中华优秀传统文化传承发展工程

Project for Transmission and Development of Fine Traditional Chinese Culture

中国民间文学大系

Treasury of Chinese Folk Literature

神话

Collection of Myths

1-41

河南卷（三）

Henan Volume III

中国文学艺术界联合会 中国民间文艺家协会 总编纂

中国文联出版社

http://www.clapnet.cn

图书在版编目（CIP）数据

中国民间文学大系 . 神话 . 河南卷 . 三 / 中国文学艺术界联合会 , 中国民间文艺家协会总编纂 . -- 北京 : 中国文联出版社 , 2023.8

ISBN 978-7-5190-5246-1

Ⅰ . ①中… Ⅱ . ①中… ②中… Ⅲ . ①民间文学 – 作品综合集 – 中国②神话 – 作品集 – 河南 Ⅳ . ① I277

中国国家版本馆 CIP 数据核字 (2023) 第 118171 号

中国民间文学大系 · 神话 · 河南卷（三）

Zhongguo Minjian Wenxue Daxi
Shenhua Henan Juan (San)

总编纂	中国文学艺术界联合会 中国民间文艺家协会
终审人	姚莲瑞
复审人	周劲松
责任编辑	刘　丰
责任校对	胡世勋　张雉岩
书籍设计	XXL Studio
排版制作	水行时代文化
责任印制	陈　晨
出版发行	中国文联出版社有限公司
地址	北京市朝阳区农展馆南里 10 号，100125
电话	010-85923025（发行部），010-85923091（总编室）
印刷	北京顶佳世纪印刷有限公司
开本	635*965，1/8
字数	1600 千字
印张	109
版次	2023 年 8 月第 1 版
印次	2023 年 8 月第 1 次印刷
书号	ISBN 978-7-5190-5246-1
定价	1080.00 元

中华优秀传统文化传承发展工程

中国民间文学大系出版工程领导小组

组长　　铁　凝　李　屹

副组长　　徐永军　董耀鹏　俞　峰　诸　迪　张雁彬
张　宏　黄豆豆　冯骥才　潘鲁生

办公室主任　　张雁彬（兼）

办公室副主任　　邱运华（常务）　韩新安　杨发航　邓光辉
谢　力　周由强　暴淑艳　尹　兴

成员　　各省区市和新疆兵团宣传部分管领导和文联党组书记；有关文艺家协会分党组书记；学术委员会主任、编纂出版工作委员会主任和中国文联出版社社长等。

中国民间文学大系出版工程学术委员会

总序

5000多年的中华文化源远流长、灿烂辉煌，滋养着中华民族生生不息、发展壮大，积淀着中华民族最深沉的精神追求，镌刻着中华民族独特的精神标识，也蕴藏着解决当代人类面临难题的传统智慧，是涵养社会主义核心价值观的精神之源，更是我们在世界文化中站稳脚跟的坚实根基。中华优秀传统文化是我们必须世代传承的文化根脉、文化基因，在实现“两个一百年”奋斗目标和中华民族伟大复兴中国梦的历史进程中，追溯中华文化的源流、探究中华文化的传续、前瞻中华文化的走向，对于为中华民族精神家园立根铸魂、为新时代中国特色社会主义事业发展凝心聚力，具有重大意义。

编纂出版《中国民间文学大系》（以下简称《大系》）是新时代传承发展中华优秀传统文化的国家级重点工程。党的十八大以来，以习近平同志为核心的党中央高度重视中华文化的传承发展。2017年1月，中央印发《关于实施中华优秀传统文化传承发展工程的意见》（以下简称《意见》），编纂出版《大系》列为其中的重大工程。《意见》从建设社会主义文化强国，增强国家文化软实力，实现中华民族伟大复兴中国梦的高度，深刻阐述了中华优秀传统文化传承发展的重要意义、指导思想、基本原则和总体目标，对传承发展工程的主要内容、重点任务、组织实施和保障措施等作出了重要部署，是当前和今后一个时期指导我们传承发展好中华优秀传统文化的重要遵循。民间文学是中华优秀传统文化中最主要的基础资源之一，它鲜明而又直接地反映着人民群众的日常生活和价值观、审美观。中国民间文学大系出版工程（以下简称大系出版工程）由中国文联负责组织实施，是中华优秀传统文化传承发展工程的重点项目之一，也是中国民间文学遗产抢救保护与传承的民心工程。这一工程的主要任务是以客观、科学、理性的态度，收集整理民间口头文学作品及理论方面的原创文献，编纂出版《大系》大型文库，完善中国口头文学遗产数据库，为中华民族保留珍贵鲜活的民间文化记忆。在编纂同时，开展一系列以中国民间文学为主题的社会宣传活动，促进全社会共同参与民间文学的发掘、传播、保护，形成全社会热爱、传承优秀传统民间文学的热潮，形成德在民间、艺在民间、文在民间的共识，推动民间文学知识普及与对外交流传播。

民间文学产生于民间，流传于民间，具有与生俱来的人民性。习近平总书记在文艺工作座谈会上的讲话中指出，“人民既是历史的创造者、也是历史的见证者，既是历史的‘剧中人’、也是历史的‘剧作者’”。因为民间文学活动本身就是人民的审美生活，是人民不可缺少的生活样式，具有浓厚的生活属性。民众在表演和传播民间文学时，就是在经历一种独特的生活方式。人民创作、人民传播和人民享受，是民间文学人民性的具体表现。

民间文学是培育和践行社会主义核心价值观的重要载体。首先，民间文学是宝贵的历史文化遗产，是中华民族祖祖辈辈集体智慧的结晶，积淀着中华民族特有的极为丰富的思想道德和文化意识形态。其次，民间文学是人民群众自己的文学和学问，具有最为广泛的人民性，没有哪一种文学艺术形式拥有如此众多的作者和观众。它对人们的生活方式和思想观念所产生的潜移默化影响也是最为深刻和久远的。再次，民间文学是人民群众最为喜闻乐见和熟悉的审美方式，也是最为便利的文学活动形式。每个地方都有祖辈延续下来的传说、故事、歌谣、谚语、小戏、说唱等等，为当地人耳熟能详。这些民间文学一旦进入当地人的生活世界，便释放出强大的感化能量。

新中国成立后，党和政府十分重视民间文艺的传承保护。民间文学搜集抢救整理成果丰硕，为编纂出版《大系》奠定了坚实基础。1950 年 3 月，我国民间文学、民间戏剧、民间音乐、民间美术、民间舞蹈等领域的文艺家与研究家发起成立了中国民间文艺研究会（以下简称民研会；1987 年更名为中国民间文艺家协会），开始在全国范围内统一组织实施中国民间文艺的传承与研究工作。在民研会成立大会上，代表们讨论并通过了《征集民间文艺资料办法》。1979 年 9 月，全国少数民族民间歌手、民间诗人座谈会在京召开，众多民间歌手和艺人恢复名誉，抢救保护民族民间文化遗产工作也随之重启。1984 年 2 月，中宣部印发《关于加强少数民族文学研究和资料搜集工作的通知》。同年 5 月，文化部、国家民委、民研会印发《关于编辑出版〈中国民间故事集成〉〈中国歌谣集成〉〈中国谚语集成〉的通知》，全国各地大批民间文艺专家和民间文艺工作者代表们会聚起来，形成强大的学术力量和社会力量，开始了民间文学抢救整理工作。1987 年至 2009 年，在全国普查、采录的基础上，全国各地民间文学“三套集成”陆续编辑出版。“三套集成”从酝酿、立项到全面实施，历经近 30 年，全国 30 个省市自治区（不含重庆、港澳台）编纂出版 90 卷（102 册），总计 1 亿多字，一大批珍贵的各民族神话、传说、故事、歌谣、谚语等民间口头文学作品，成为民间文学爱好者和研究者的通用读本。进入新世纪以来，中国民间文化遗产抢救、中国民族民间文化遗产保护等工程又相继开展，取得扎实而宝贵的工作进展。为了进一步适应今后文化发展以及科学技术进步带来的阅读、研究与利用的实际需要，2010 年 12 月，中国民间文艺家协会启动实施了中国口头文学遗产数字化工程，已陆续完成 10 多亿字民间口头文学记录文本的数字化存录，最终将形成体系完备的“中国口头文学遗产数据库”，以有效避免因各种因素造成的纸质资料遗失和损坏，并使阅读、检索和利用这些作品及资料变得更为方便、快捷和准确，从而实现更大范围的资源共享。新中国成立 70 年来民间文艺工作的实践与经验，数十亿字民间文艺资料的积累与储备，数十万民间文艺工作者的心血和智慧，是我国民间文艺事业发展的宝贵财富，也为《大系》的编纂工作确立了综合实力和巨大优势。

大系出版工程是新时代中国民间文学保护、传承工作的扩充、延伸、深化、升华，更是民间文学创造性转化和创新性发展的理论探索和实践行动。《大系》文库按照神话、史诗、传说、故事、歌谣、长诗、说唱、小戏、谚语、谜语、俗语、理论 12 个门类进行编纂，计划到 2025 年出版大型文库 1000 卷，每卷 100 万字，共 10 亿字。该工程制订的长期规划、分步骤分阶段分类别的运作策略和实施举措，保障了项目的可持续性发展和科学化运用。

《大系》既是有史以来记录民间文学数量最多、内容最丰富、种类最齐全、形式最多样、最具活态性的文库，也是在民间文学搜集整理领域开展的新时代综合性成果总结、示范性的本土文化实践活动。它将几千年来在民间普遍传承的无形精神遗产变为有形的文化财富，从而避免在全球化语境下民间文学遭遇民众文化失语和传统经典样式失忆的尴尬与窘境，为世人了解中国民间文艺发展规律、应对社会转型和变革所带来的传统文化衰微之势，提供了文化复兴的有效良方和经验范式。

《大系》充分吸收当代民间文学研究的新成果、新理念，在选编标准上，始终坚持正确的政治导向，坚持优秀传统文化的标准，萃取经典，服务当代。各分卷编委会着力还原民间文学的本真形态，忠实保持各民族作品原文意蕴，在内容、形式、类型等方面力求反映出民族风格和当地口承文化传统特点，按照科学性、广泛性、地域性、代表性的“四性”原则，在各类文本中，精心编纂出具有民间文化传统精神和当代人文意识的优秀作品文库。

编纂出版《大系》，我们始终坚持具有鲜明导向的指导思想和基本原则。《大系》汇集全国各地民间文艺领域上千名专家、学者，计划用 8 年的时间对民间文学 12 个门类进行搜集整理、编纂出版，是一项复杂的系统工程。《大系》既是党中央交给中国文联的一项重要的文化建设任务，又是民间文艺界的一项重大学术研究活动；既是一项中华民族大型文化精品创建工程，又是一次中国民间文学主题实践宣传活动；既要深入田间地头调查搜集采录第一手资料，又要坐在书斋静下心来进行归纳整理研究。《大系》具有很强的政治性、学术性、专业性、群众性。我们的指导思想是，始终高举中国特色社会主义伟大旗帜，全面贯彻落实习近平新时代中国特色社会主义思想和党的十九大精神，紧紧围绕实现中华民族伟大复兴中国梦，深入贯彻新发展理念，坚持以人民为中心的工作导向，坚持以社会主义核心价值观为引领，坚持创造性转化、创新性发展，坚定文化自信，增强文化自觉，树立正确的价值观、历史观、审美观，积极思考和探索民间文学的继承与发展等时代命题，坚持交流互鉴、开放包容，关注民间文学新的时代内涵和现代表达形式，使我们民族创造的民间文艺更接地气、更有底气、更具生气。

《大系》编纂出版工作确立了“三个坚持”的基本原则：一是坚持社会主义先进文化前进方向和正确价值取向，对民族民间文学中的制度风俗、思想观念、价值理念、乡规家风等加以梳理和诠释，去粗取精、去伪存真，发掘民间文学蕴含的核心价值观，充分发挥民间文学在“美教化、厚人伦、移风俗”等方面的特殊作用；二是坚持广泛性和代表性相结合，在广泛普查和科学分类的基础上，加强对各民族民间文学精神与思想内涵的挖掘和阐发，把强调先进价值观与突出地域文化特色、民族风格密切结合起来，推动建设中华民族和合一体的共同精神家园；三是坚持学术性与普及性相结合，以民间文学理论研究成果和当代文化思想为学术指导，加强民间文学各类别经典文本呈现、精品范本出版，促进民间文学的创造性转化和创新性发展，并注重与时代发展相适应，实现从口耳相传到多媒体传播的时代变化，激活其当代价值，高标准、高质量、高要求地打造体现中国精神、中国形象、中国文化、中国表达的经典传世精品。

编纂出版《大系》是新时代赋予我们的光荣职责和神圣使命。我国各民族民间文艺积淀深厚，灿烂博大，与人民生活紧密联系着，是中华优秀传统文化的土壤和基石。千百年来，我国民间文学薪火相传、生生不息，深深融入中华民族的血脉，深刻影响着中国人的精神世界，印刻着中华民族独特的文化记忆，鲜明地表现着广大人民群众的精神向往、道德准则和价值取向，充分彰显着中国人的气质、智慧、灵气、想象力和创造力，是中华文化的亮丽瑰宝和鲜明标志，不论过去还是现在，都有其永不褪色的价值。但同时也要看到，民间文学又是脆弱的。随着转型期社会的深刻变革和城镇化带来的高速发展，民间文学赖以生存的土壤正在迅速流失，不少优秀民间文学正在成为绝唱，更多的民间文学资源业已消失。因此，抢救与保护散落在中国大地上各区域、各民族现存的不可再生的文化遗产，按照当代学术规范和学科准则，大规模开展民间文学的搜集、整理、出版、推广、研究，激发全社会对我国优秀民间文学的热爱和珍视之情，促进民间文学保护、传承与发展，延续中华文脉，造福人民大众，为繁荣发展社会主义文艺事业提供民间文学精致文本和精彩样式，已成为热爱中华优秀传统文化有识之士的共同心声。

当前，中国特色社会主义步入新时代，在以习近平同志为核心的党中央领导下，各级党委和政府更加自觉、更加主动推动中华优秀传统文化的传承与发展，开展了一系列富有创新、富有成效的工作，有力增强了中华优秀传统文化的凝聚力、影响力、创造力。进一步发扬优秀传统，充分尊重人民群众的思想观念、风俗习惯、生活方式、民族情感、表达形式，充分尊重一代又一代民间文艺创造者、传承者的经验智慧与劳动成果，进一步凝聚共识，精耕细作，落实好、完成好大系出版工程的各项工作，不断书写出中国民间文学新的辉煌，既是新时代赋予广大民间文艺工作者的光荣职责，更是我们共同担当的神圣使命。

我们郑重呼吁：全社会都行动起来，共同承担起抢救中华民族民间文学遗产的神圣职责！

中国文学艺术界联合会

中国民间文艺家协会

2019 年 3 月 5 日

General Prologue

The splendid culture of China, with a time-honored history of more than 5000 years, has ensured the lineage, development, and growth of the Chinese nation, encompassed the deepest intellectual pursuit of the Chinese nation, engraved the distinctive cultural identity of the Chinese nation, containing the traditional wisdom to tackle today's problems faced by humanity. Moreover, the profound culture of China constitutes the spiritual source for cultivating the core socialist values, laying down a solid foundation for us to stand firm in the diverse global cultures. Fine traditional Chinese culture comprises the cultural root and gene that we must transmit from generation to generation. In the historical process of achieving the Two Centenary Goals and realizing the Chinese Dream of rejuvenation of the Chinese nation, China's fine traditional culture is of great significance in tracing the source and course of the culture of the Chinese nation while gaining a foresight of its future direction, so as to reinforce the rootedness and soulfulness of the spiritual homeland for the Chinese nation, and to pool the wisdom and strength for developing the socialism with Chinese characteristics in the new era.

The compilation and publication of the *Treasury of Chinese Folk Literature* (hereafter referred to as "the *Treasury*") is one of the national key projects for transmitting and promoting China's fine traditional culture in the new era. Since the 18th National Congress of the Communist Party of China (CPC), the CPC Central Committee with Comrade Xi Jinping at its core has been attaching great importance to the transmission and development of traditional Chinese culture. In January 2017, the central authorities issued the Opinions on Implementing the Project for Transmission and Development of Fine Traditional Chinese Culture (hereafter referred to as "the Opinions") in which the compilation and publication of the *Treasury* is included as one of the key projects. With a perspective of building China into a country with a strong socialist culture, strengthening its cultural soft power, and realizing the Chinese Dream of the rejuvenation of the Chinese nation, the Opinions not only profoundly expounds the significance, guiding ideology, basic principles, and the overall objectives of transmitting and developing China's fine traditional culture, but also conceives a holistic strategy for a series of projects on their main content, key tasks, organizational implementation, and supporting measures. It is, accordingly, a crucial guideline for us to better transmit and develop fine traditional Chinese culture at present and in the near future.

As one of the most fundamental resources in China's fine traditional culture, folk literature reflects, directly yet vibrantly, the daily life, values, and aesthetics of the people. The Publishing Project for the *Treasury of Chinese Folk Literature* (hereinafter referred to as "the Project"), organized and implemented by China Federation of Literary and Art Circles (CFLAC), is one of the key projects under the framework of the Projects for Transmission and Development of Fine Chinese Traditional Culture, and also a people-to-people exchange project for salvaging, preserving, and transmitting Chinese folk literary heritage. In an objective, scientific, and rational manner, the main tasks of the Project are 1) collect and collate the first-hand materials of folk oral literature and original documents of theoretical studies, 2) set up a large-scale textual library through compiling and publishing the *Treasury*, 3) enrich the Chinese Oral Literature Heritage Database, and 4) keep folk cultural memories alive for the Chinese nation. At the same time of compilation, a series of social publicity activities centered on the theme of Chinese folk literature should be carried out to promote the participation of the whole society in the exploration, dissemination, and safeguarding of folk literature, to unfold vigorous mass campaign for practicing and transmitting the fine traditional Chinese culture, and to reach the consensus that the people are the source of morality, art, and literature, giving impetus both to the popularization of folk literature knowledge and cultural exchanges and communication with foreign countries.

It is precisely because its origin is in the people while its spread is among the people, folk literature stands in the immanent affinity to the people. General Secretary Xi Jinping of the CPC Central Committee pointed out in his speech at the Forum on Literature and Art, "The people are both the creators and the observers of history, and both its protagonists and playwrights." Since folk literary activity itself has shaped not only the aesthetic life of the people, but also the indispensable life model of the people, it bears a strong life-attribute. When people perform and disseminate folk literature, they are experiencing a specific way of life itself. The affinity to the people of folk literature is alive in the concrete manifestations that it has been created, transmitted, and enjoyed by the people.

Folk literature is an important carrier for fostering and practicing core socialist values. Firstly, folk literature is the irreplaceable historical and cultural heritage, representing a crystallization of the collective wisdom handed down for generations of the Chinese nation, while testifying the accumulation of the distinctive and profound philosophical thoughts, moral essence, and cultural ideology attributed to the Chinese nation. Secondly, folk literature stands for people's own literature and learning and boasts the most extensive affinity to the people. No form in literature can match folk literature in terms of the number of creators and audience, and no literary form has exerted such profound and long-lasting yet subtle influence on people's mode of life and way of thinking as folk literature. Thirdly, folk literature is one of the most celebrated aesthetic means that is familiar to the average people and is also the most easily-accessible form of literature. No matter where it is, there must be legend, tale, song and ballad, proverb, drama, telling and singing, as well as other oral genres that are widely known to the local people for generations. Accordingly, once entering the life-world, folk literature will release powerful inspirational appeals.

Since the People's Republic of China was founded in 1949, the CPC and the competent authorities of government at all levels have been attaching importance to transmitting and promoting folk literature and art. The work of collecting, salvaging, and collating folk literature has yielded fruitful results, which lays a solid foundation for the compilation and publication of the *Treasury*. In March 1950, with the initiative of artists and researchers from related fields, such as folk literature, folk operas, folk music, folk fine art, folk dance, and so forth, the Chinese Society for Folk Literature and Art Research (hereafter referred to as "the Society," which was officially renamed as the Chinese Folk Literature and Art Association in 1987) was established. The Society immediately embarked on organizing and implementing the promotion and research work of folk literature and art in a unified way throughout the country. The "Measures for Collecting Materials of Folk Literature and Art" was discussed and adopted at the founding assembly of the Society. In September 1979, the National Symposium of Ethnic Folk Singers and Folk Poets was held in Beijing, with the aim of restoring the reputation of folk singers and artists who had been degraded during the Cultural Revolution, and the work of salvage and preservation of the folk cultural heritage was also resumed along the event. In February 1984, the Publicity Department of the CPC Central Committee issued the Notice on Strengthening the Research and Data-Collection of Ethnic Literature. In May 1984, the Ministry of Culture, the National Ethnic Affairs Commission, and the Society jointly issued the Notice on Compilating and Publishing *The Collection of Chinese Folktales, The Collection of Chinese Songs and Ballads, and The Collection of Chinese Proverbs*. Many experts and workers devoted to folk literature and art from all over the country were convened to form a strong academic force and social synergy and started to dedicate themselves to salvaging and collating folk literature. From 1987 to 2009, the Three Collections of Folk Literature were successively compiled and published on the basis of the nation-wide survey and collection. After nearly 30 years from preparation, project approval to full implementation, the Three Collections finally came into view of readers in 90 volumes (102 copies) in 30 provinces and autonomous regions (apart from volumes of Chongqing, Hong Kong, Macao, and Taiwan), with a total of more than 100 million characters in Chinese. Since then, a great amount of folk oral literary texts, such as myth, legend, folktale, folk song and ballad, proverb, and so forth, have become the general readers both for folk literature enthusiasts and scholars.

Since the beginning of the new century, the Project for Salvaging Chinese Folk Literature and the Project for Safeguarding Chinese Ethnic Folk Cultural Heritage have both been implemented by the Chinese Folk Literature and Art Association (CFLAA) and made remarkable achievements. In order to further adapt to the actual needs of reading, research, and utilization brought about by cultural development along with scientific and technological advancement in the future, in December 2010, the CFLAA initiated and implemented the Project for the Digitization of Chinese Oral Literature Heritage and has hitherto completed the digitization of the folk oral literature of over one billion Chinese characters. The goal of the digitization project is to create a well-established system of the Chinese Oral Literature Heritage Database, to effectively avoid the loss and damage of printed materials caused by various factors, to make reading, retrieving, and using these texts and materials more convenient, fast, and accurate, thereby enabling a wider range of resource sharing.

Over the past 70 years, the practices and experiences of folk literature and art, the accumulation and preservation of folk literary data in billions of Chinese characters, as well as the efforts and wisdom of hundreds of thousands of cultural workers, have constituted the invaluable assets for the development of Chinese folk literature and art, and also established the comprehensive strength and considerable advantage for the compilation of the *Treasury*.

The Project is not only the augmentation, extension, intensification, and sublimation of the preservation work of Chinese folk literature in the new era, but also the theoretical exploration and practical action in transforming and boosting folk literature in a creative way. The *Treasury* is to be compiled under 12 categories, namely myth, epic, legend, folktale, song and ballad, long poem, telling and singing, folk drama, proverb, riddle, folk adage, and theory. It is planned that by 2025, 1000 volumes with one million characters each and one billion characters in total will be registered. The sustainable development and scientific applying value of the Project will be ensured by its long-term planning and holistic measures with operation strategies for implementation in phases, steps, and categories.

The *Treasury* is not only the library that documents the largest number of folk literary texts with unprecedented resources in terms of content, genre, form, style, and living nature throughout history, but also provides a summarization of the comprehensive achievements in the field of collecting and collating folk literature, demonstrating local cultural practices in the new era. It turns the intangible spiritual legacy that has been generally transmitted for millenniums among the masses into tangible cultural wealth, thereby obviating the dilemma and predicament of folk literature suffering both from cultural aphasia of the folks and amnesia of the fine traditional patterns in the context of globalization. To understand the laws governing the evolution of Chinese folk literature and art, to cope with the decline of traditional culture brought about by social transformation, the *Treasury* provides an effective prescription and experience paradigm for cultural rejuvenation.

The *Treasury* fully draws on the new achievements and new conceptions gained in contemporary folk literature research. With regard to the selection criteria, it always adheres to the orientation of the people-centered and the standards of fine traditional culture to make the past serve the present. The editorial committees of each collection and each volume strive to represent the cultural reality and diverse implication of folk literature collected from Chinese people of all ethnic groups, giving specific attention to maintaining ethnic characteristics and local feature of oral-based cultural tradition in terms of content, form, genre, type, and so forth. In accordance with the Four Principles, namely, Scientificity, Extensiveness, Locality, and Representativeness, the well-elaborated Treasury collects fine folk literature works from all kinds of texts that are embedded with traditional cultural ethos and contemporary humanistic perception.

The compilation and publication of the *Treasury* always upholds the guiding ideology and basic principles with well-defined orientation. As a collaborative undertaking of thousands of experts and scholars in the field of folk literature and art across the country, it is a complicated systematic project that is planned to take 8 years to collect, clarify, collate, compile, and publish the folk literature materials under 12 categories. The *Treasury* is not only a crucial task entrusted to the CFLAC by the CPC Central Committee, but also a significant academic research project in the field of folk literature and art; it is not only a large-scale cultural project for promoting fine works of the Chinese nation, but also a promotional activity in practice highlighting the theme of Chinese folk literature; it is thus necessary both to go deep into the field to investigate, collect, and document the first-hand data, and to sit down at the desk to conduct induction, collation, and research with a will.

The *Treasury* is highly political, academic, professional with a strong connection to the grass-roots. Our guiding ideology includes to uphold socialism with Chinese characteristics and comprehensively implement Xi Jinping's Thought on Socialism with Chinese Characteristics for a New Era and the guiding principles of the 19th CPC National Congress; to make the unremitting endeavor to the realization of the Chinese Dream of national rejuvenation and push forward the new development concepts in an all-round way; to adhere to the people-centered approach, the guidance of the core socialist values, and transform and boost traditional culture in a creative way; to have full confidence in culture, enhance cultural consciousness, foster sound values and outlooks of history and aesthetics, and actively ponder over and explore into propositions put forward by the times, including the transmission and development of folk literature; to persist in deepening exchanges and mutual learning in a spirit of openness and inclusiveness, while ensuring the attentiveness of new connotation of the times and the contemporary form of expressions introduced in folk literature. In accordance with the above-mentioned guiding principles, the folk literature created by the Chinese nation should be more grounded, more uplifted, and more energetic.

The compilation and publication of the *Treasury* has established the basic principles of the Three Adherences. First, to adhere to leading direction of advanced Socialist culture and sound value orientation. In the process of clarifying and annotating the conventional custom, idea, conception, and family tradition carried in the ethnic and folk literature, we should discard the dross and keep the essential, eliminate the false and retain the true, explore the core values contained in folk literature, and to give full play to the special role of folk literature in the aspects of "giving depth to human relation, fostering sound moral values, and breaking with undesirable customs." Second, to adhere to the combination of extensiveness and representativeness. On the basis of extensive survey and scientific classification, we should strengthen the exploration and elucidation of the literary spirits and ideological connotation of folk literature among various ethnic groups, integrate the manifestation of sound values with prominent regional cultural characteristics and ethnic features, and promote the construction of a common spiritual homeland of harmony and unity for the Chinese nation. Third, to adhere to the combination of academicity and popularization. Under the professional guidance of the theoretical research results of folk literature and contemporary cultural thoughts, we should strengthen the presentation of fine texts in various categories of folk literature and the publication of quality model-texts, promote the creative transformation and innovative development of folk literature, and lay stress on keeping pace with the times, facilitating the appropriate transition from word of mouth to multimedia communication, and activating its contemporary value. With high standards, high quality, and high requirements, the *Treasury* aims to create a fine library that exemplifies Chinese spirit, Chinese image, Chinese culture, and Chinese expression that will be handed on from age to age.

The compilation and publication of the *Treasury* is the glorious duty and sacred mission delivered to us by the new era. Closely connected to the people's lives, folk literature and art of all ethnic groups of Chinese nation are profoundly developed and accumulated with its splendid, extensive, and broad spectrums, offering soil and cornerstone for the growth of fine traditional culture with Chinese features. For thousands of years, the Chinese folk literature has been passed on from generation to generation, running deep in the blood of the Chinese nation with great influence on the spiritual world of the Chinese people, and thus establishing the Chinese nation an imprint of the distinctive cultural memory. The folk literature in China thus evidently represents the spiritual aspirations, moral principles, and value orientations of the broad masses of the people, fully demonstrating the temperament, wisdom, intelligence, imagination, and creativity of Chinese people, thereby, endowing Chinese culture with the bright gem and distinctive symbol, which has its values that never faded, no matter in the past or at present. At the same time, however, we should be aware of the fact that folk literature is fragile. With the profound transformation of society and the rapid development brought about by urbanization during the transitional period, the soil that folk literature lives on is rapidly losing; many expressions of fine folk literature are becoming swan songs, and more and more folk literary resources have disappeared. Therefore, it has become the shared aspirations of those of vision to salvage and safeguard the existing nonrenewable cultural heritage scattered in various regions and ethnic groups in China, to undertake collection, collation, publication, promotion, and research of folk literature on a large scale in accordance with contemporary academic norms and disciplinary criteria, to motivate the whole society to love and cherish China's fine folk literature, to strengthen the protection, transmission, and development of folk literature so as to continue the lifeline of Chinese culture, and benefit the people's wellbeing, as well as to provide exquisite texts and wonderful formats of folk literature for the prosperity and development of socialist literature and art.

At present, the socialism with Chinese characteristics has entered a new era, the CPC committees and governments at all levels, under the leadership of the CPC Central Committee with Comrade Xi Jinping at its core, have been more conscious and more active in promoting the transmission and development of fine traditional Chinese culture, and launched a series of innovative and productive work, which has effectively enhanced the cohesion, influence, and creativity of fine traditional Chinese culture. In order to further carry forward the fine traditions, we should 1) fully respect the people's ideological concepts, customs and folkways, lifestyles, feelings and sentiments, as well as their ways of expressions, 2) fully respect the experience, wisdom, and labor outcomes of bearers and practitioners of folk literature and art in generations, 3) further consolidate consensus to carry out intensive and meticulous operations, to implement and complete all the work of the Project, and to make new achievements in Chinese folk literature. All these tasks are not only the honorable responsibilities of the practitioners of folk literature and art in the new era, but also the noble mission that we share.

We hereby earnestly call on the whole society to take actions together on the solemn duty of salvaging folk literary heritage of the Chinese nation.

China Federation of Literary and Art Circles (CFLAC)
Chinese Folk Literature and Art Association (CFLAA)
March 5, 2019

（陈婷婷　安德明　巴莫曲布嫫 译；侯海强 审订）

中国民间文学大系出版工程编纂出版工作委员会
“神话”编辑专家组

序言

人类，世界生物史中唯一能讲故事的生物，也是大千世界中唯一能够想象虚构的物种。讲述故事的语言能力，给人类带来两种直接的结果：讲述真实的内容——历史，讲述想象虚构的或半真实半虚构的内容——文学。人类学家的研究表明，人类的语言能力和想象能力是大约同时在旧石器时代后期臻于成熟的。对于三百万年的人类进化史而言，这只不过是距今几万年前发生的新情况。当代学术专家们编写出的“人类艺术史”之类著作已经不在少数，其中具有开端意义的一些史前期造型艺术作品，以西欧地区洞穴中的壁画和雕塑为早。如发现于德国的象牙雕刻狮头人身形象，距今3万多年。这种形象充分见证了人类凭借自己的想象力能够创作出现实中本不存在的事物。一旦这种想象虚构能力和语言叙事能力结合，神话传说就足以产生，并迅速在早期社会中传播，成为部落社会精神文化的核心，也成为人类群体的文化认同和文化凝聚力的支柱。今日被当作民间文学的神话讲述，在早期人类形成过程中扮演着塑造整个社会意识形态和奠定核心价值观的至关重要作用。

人类学家还发现，世界五大洲现存的数以千计的族群，不论有没有文字，不论有没有冶金术或城镇、商业，没有例外地都会讲述神话故事。然而，长期以来，由于文化霸权和由此支配的强势话语权作用，对于西方文明而言具有信仰根源性的一些神话，如希腊罗马神话，以《圣经·旧约》为代表的犹太教、基督教神话，如宙斯、阿波罗和雅典娜、阿佛洛狄忒等，亚当夏娃、伊甸园、诺亚方舟等，早已随着西方现代工业革命引领的全球化大潮，变成世界性的家喻户晓的故事。而世界上大多数弱势文化群体，特别是位于发达文明社会之外的少数民族和原住民族群体，其神话则一般都不为外人所知，处在自生自灭和大量流失的状态。正是因为意识到这种多民族民间文化的危机状态，联合国教科文组织才以立法和国际公约的形式，引领世界各国的文化管理部门，在全世界范围展开抢救和保护“口传与非物质文化遗产”的规模空前的文化运动。

当此之际，人们毫不奇怪地发现，在官方定义的“非遗”概念下，位列遗产第一位的就是“神话”，而与其匹配的还有“仪式空间”等。在具有歌舞展演性质的仪式——神话集合体后面，还有发挥着人类行为驱动作用的信仰和观念。这就能够提供出一种民间文化整体语境。从文化的整体语境看，神话的重要性不仅仅在于其讲唱和传承的叙事内容，而且也在于它与社会整合和文化凝聚的各个关联方面。为什么从神话到仪式展演，再到史诗、传说和故事的讲唱，就足以构成当今学界从文化整体把握民间“非遗”现象的基本因果链条？阅读神话卷，读者即可自己给出答案。

《中国民间文学大系》（以下简称《大系》）的神话卷，将使得全中国意义上的民间口传神话的全景再现，从可能变成现实。自约三千年前西周时代官方主持下的“采风”活动以来，全世界各国还从来没有出现过如此规模宏大的口传神话故事的出版现象，这毫无疑问应属了不起的文化大事件，值得庆贺，也值得学术界的重视和研究，更值得新时代的学校师生们重新学习。配合“非遗”进校园的新时代风潮，《大系》神话卷将成为普及“全景中国”大视野下的多民族文化知识的首选读本。

《大系》神话卷的内容，将对我国960多万平方公里的国土空间和56个现有民族实现全覆盖。除了一般理解的能够提供空前丰富的民间文学研究资料意义之外，本卷的问世，还会产生重要的学术再发现意义，以及推波助澜的文化连锁反应。以下侧重从本土文化自觉的理论意义上，作如下三个方面的提示。

一、发现“口耳间的中国”

新世纪以来的大众传媒方面，一部以民间采风调研为基础素材而拍摄成的纪录片，让人们知道了什么叫作“舌尖上的中国”。中国民间文学大系出版工程（以下简称大系出版工程），必将会带来对传统文化重新认识的一次热潮，其特殊性就在于探索发现以往的国学传统中没有的内容——“发现口耳间的中国”，特别是足以覆盖到我国行政区划的34个省级行政区和56个民族口耳相传保留下来的海量神话叙事，这将是一场民间文学的全席盛宴，也必将带来一种与时俱进的新知识景观。

原来的这类神话故事都在本族群、本部落的小范围内口头流传而已，如今则通过正式出版的汉文书册系列，开启一种全国化乃至全球化的传播过程。讲述和传播这些神话，将是在全民范围内普及推广人类文化多样性再教育的过程。这对于我们在新时代条件下，构建全民性的“人类命运共同体”意识，具有奠基性作用。

人类命运共同体意识，必然首先包括两个观念基础，即人类一体意识和人类文化多元意识。以往的教育传统，受到文字载体的限制，更多体现的是人类一体意识和国家一体意识，对国内非汉族群体的文化内容涉及很少，或基本上空缺。人类多元文化的教育，需要从多民族国家内部的文化多样性认识入手。补习各族口传神话讲述的故事，需要这样便捷的入门课本。

人类遍布全球，但是大多数的地方文化却完全处在不为人知的“沉默的大多数”的境地。大系出版工程，源于中国民间文艺家协会自2011年启动的十多亿字规模的“中国口头文学遗产数字化工程”的成果，凝结着新中国成立七十年来数十万的各族民间文艺工作者聚沙成塔般的艰苦努力，其信息量之巨大、覆盖面之广远、代表性之宏博，都堪称规模空前，意义非凡。

回首自新石器时代以来的人类近万年的历史，都是“以族群扩张与冲突为基调，充满血泪的历史剧”[1]。族群扩张其实还有更深刻的面相，塑造了人文世界的荣耀与隐忧：发展普遍人伦理想以及恣意剥削自然。以西方文明基础所培育出的人类中心主义和种族主义的旧价值观，是造成人与自然之间、人与人之间紧张关系的根源。如何批判和纠正这些旧的价值观，引领全民的生态意识觉醒，阅读和学习原住民族、少数民族的神话故事，将会得到有益的启迪。各民族神话的文化资源意义，也由此得以彰显。以《大系》的神话卷示范卷——云南卷为例，在近百万字篇幅里，收录了该省境内24个民族的口传神话，有阿昌族、白族、布朗族、布依族、傣族、德昂族、独龙族、哈尼族、回族、基诺族、景颇族、拉祜族、傈僳族、苗族、纳西族、怒族、普米族、水族、佤族、瑶族、彝族、侗族、藏族、壮族等。从其丰富性和多样性看，这是真正意义上的文学的汪洋大海，不是任何个人性的文人创作所能比拟的。云南卷的出版，可以让云南省多民族的优秀传统文化，通过神话故事这个易于普及的传播平台，便捷地分享于世界，让民族文化的珍贵资源库和智慧库作用得以有效发挥。将数十个省区的全部口传神话汇聚一体，将使过去一百多年来限于汉文古籍为主的“中国神话”观大大改观。这无疑也是世界神话史和学术史上具有里程碑意义的事件。

二、发现地方性的“神话历史”

民间文艺的传承形式中，有一些具有真实的文化和历史信息。比如说神话史诗，从名称上看就知道其有“历史”的成分在里面，不能单纯地当成子虚乌有的虚构性文学创作。改用文史哲不分家的“神话历史”视角去审视，其文学形态背后隐藏的真实内容就有可能再度呈现出来。像我国藏族的《格萨尔王传》和贵州麻山苗族的《亚鲁王》这类神话史诗作品，虽然限于体裁分类，没有收入神话卷，但是其宏大叙事中所具有的神话叙事的成分，

[1] 杰拉德·戴蒙德：《第三种猩猩》，王道还译，海南出版社，2004年，第6页。

却是不容置疑的，其中有关多民族的神话历史信息弥足珍贵，值得人们去思考、发掘和探究。

再以汉民族的民间口传神话为例。早在先秦古书中，就有关于太湖地区防风氏或汪芒氏的神话传说。始见《国语 · 鲁语下》引用孔子的话："丘闻之，昔禹致群神于会稽之山，防风氏后至，禹杀而戮之，其骨节专车，此为大矣。"韦昭注云："群神，谓主山川之君，为群神之主，故谓之神也。"据此，夏禹是开创华夏第一王朝夏朝的王者，他来到南方的会稽这个地方聚会诸侯，显示其中央统治者的权威，本地相当于诸侯王身份的防风氏因为迟到，就被夏禹毫不留情地杀戮了。连一贯"不语怪力乱神"的孔子，都能在一千多年之后明确讲述自己亲耳听来的（丘闻之）防风氏被杀故事，甚至有"骨节专车"的夸张细节描写。众所周知，历史书写自古戴着"成王败寇"的有色眼镜，被杀的防风氏，从夏王朝起步之际就开始被历史所遗忘，所留下的无非是些零零星星的地方叙事，难登大雅之堂。后人将大禹奉为百世帝王楷模的圣祖，神圣而崇高；而蒙冤被戮、死于非命的防风氏之沦落，则可想而知。其当年统治下的江南之防风国究竟是什么样子，其后人汪芒氏又何去何从，都像石沉大海一般变得渺茫而无稽了。不过，难得有浙江省德清县等少数地方的民间口头文学传承，配合着当地保留下来的防风氏庙、防风祠之类古建筑，使之若隐若现地遗留在祭祀仪式的活态传承之中，形成地方神话与地方风物、礼俗相互依存的文化记忆。此类的防风氏神话有《尧封防风国》《防风为何封王》《王鲧与防风》《防风三难大禹》《大禹斩防风氏》《大禹山和防风岩》《武康防风庙的来历》等。值得庆幸的是，浙江德清县学者努力调查并组织专家研讨会展开研究，取得了相当丰富的成果，防风氏神话终于在 2011 年 5 月入选国家级非物质文化遗产名录。防风氏神话的地方性再发现，其意义仅限于民间文学方面吗？其地方性历史的重建意义又是什么呢？

试问：在全国 2800 多个县级行政单位中，为什么防风氏神话只在太湖以南的这几个地方（德清、东阳、绍兴）"风景这边独好"呢？甚至有外国学者以为防风氏神话是现代民间文艺工作者编造的新神话。可是古籍文献（如《述异记》等）中明明记录着古代有祭祀防风氏的活动。[1] 可见是真正意义上的神话与民间信仰、地方性历史叙事的三合一形态，非常吻合联合国专家当初拟定的"口传与非物质文化遗产"的概念规定，唯其如此，在我国正史上空缺的防风氏这部分内容，才能以国家级非物质文化遗产成功入选，补上地方文化记忆的重要一笔。这不能不说是神话学对史学的特殊贡献。

散落在民间的口传神话，其潜含的地方性历史重建作用，以及仁爱思想垂范作用，于此可见一斑。防风氏神话的再认识，会带来 4000 年之后的当代人"继绝世"举措，让曾经的史前地方统治者形象得以重塑，并充分依据考古新发现遗址和文物，将太湖一带距

[1] 钟伟今：《防风文化新探》，黑龙江人民出版社，2018 年。

今5000年至4000年间的辉煌灿烂玉文化王国——良渚古国，视为防风氏之国的历史原型（参看浙江本地学者撰写的研究著作：董楚平《防风氏的历史与神话》，浙江古籍出版社，1996年版。陈剩勇《中国第一王朝的崛起》，湖南人民出版社，2002年第二版，第七章第一节“江南会稽与大禹陵”、第四节“防风氏神话的民俗底蕴”）。

“兴灭国，继绝世”，这句出自孔子的话语，早已成为古人挂在嘴边的熟语。如《韩诗外传》卷八的解说：“其后子孙虽有罪而绌，使子孙贤者守其地，世世以祠其始受封之君，此之谓兴灭国，继绝世也。”西周统治者分封诸侯时，不仅要封赏自己的亲族弟子，也要分封黄帝、神农、尧、舜、禹的后代为诸侯，让他们各自延续祖先的祭祀，让文化血脉传承不衰。同时也还要分封被打败的商纣王的兄长为诸侯，专门设立一个宋国。这样的分封政治选择深得儒家的赞许，遂树立为仁爱精神的百世之范。这样就能给后世改朝换代的一切战胜者们提个醒：不要斩尽杀绝，不要滥杀无辜，不要过于血腥残暴。要给人家战败者一方留下香火，繁衍生息。只有这样充分人道的做法，才会真正赢得天下民心。一个凸显历史连续性的华夏民族，就此呈现出其雍容大度和仁爱智慧的一面。

中国领土广大，族群众多，许多没有得到王朝正史记录的地方性历史真相，大多以一种“神话历史”形态，存续在地方口头神话传承之中，甚至伴随着本地社会的仪式表演和年节活动。以往的人不重视这方面，如今则仰赖“非遗”保护运动，得到重新审视和探究的广阔空间。如何充分利用今日的跨学科研究视野和方法，将众多的地方性“小历史”从当地百姓的神话故事传承中发掘出来，成为一项利在当代、功在千秋的重要学术任务。诸如广西来宾的盘古国与盘古神话，流行于湖南、湖北、重庆和贵州等地的蚩尤戏与蚩尤神话等等，都是自古以来传承不衰的珍贵民间文化礼俗。对于传统文化在当代的弘扬和创新性发展而言，没有比这些原汁原味的地方性神话叙事更加有利的民间资源了。在多元一体的统一想象中，保留地方文化血脉传承，是体现中华文明五千年生生不息精神的极佳载体。

三、正本清源：重建“神话中国”观

既然我们中国各族人民的历史都难免具有神话历史的性质，而我们最早的地理书《山海经》也是典型的神话地理书，乃至今日中国地图上许多地名都出自神话，那么，神话就不该是归属于文学这一个专业的，而是文、史、哲、政治、法律、艺术、宗教等现代学科的共同源头。《大系》神话卷的出版，更让我们方便地看到多民族现实生活中神话无所不在的性质。这有助于推进从纯文学的神话研究，转向对神话中国的再认识。换言之，在中国历史上从来也没有经历过像古希腊那样的一场彻底告别神话信仰的“哲学的突破”，将逻各斯的抽象思维之理性——逻辑奉为圭臬，发展出一整套形而上思维传统，并由此奠定哲学和科学的传统。在整个中华文明骨子里的东西，还是神话感知和神话思维。唯其如此，我们的人民才会自古及今地津津乐道，诸如天汉（相对应的地名有天水、汉水、天河等）、神州、龙凤（对应的地名不计其数）、麒麟、河图洛书、昆仑玄圃、九天玄女、女娲造人、瑶池西王母、嫦娥奔月、玉兔捣药、玉皇大帝、太白金星等。中国各民族神话不只是文学课堂上审美的对象、娱乐的对象，应该结合着中国百姓所喜闻乐见的文庙、土地庙、城隍庙、关公庙、门神、礼馍、面花、祖像、灵牌、剪纸、社火、龙舟、泥泥狗、唐卡、木版年画、纸马、民间百戏等各种具有神话性质的礼俗和游艺活动，给予全盘的审视，这样就能将被西学东渐以来的学院分科制度所割裂的对象，重新放回到其产生的本土文化的原生态语境之中。如此一来，从社会生活整体视角看到的，只能是原汁原味的、地地道道的一个“神话中国”。

古希腊神话举世闻名，它的丰富和体系化、神谱家族式的系统性，与世界其他国家神话相比令人艳羡。不过，古希腊人只给后人留下一个“万神殿”，而我们中国呢，各地都有各地的“万神殿”，各民族也有自己所信仰的诸神谱系。仅以河北内丘为例，其流传至今的木版年画礼俗形式，包含着丰富而完整的诸神谱系，包括从天地日月星辰、山河大地乃至村民的居住空间、衣食住行各个方面，几乎达到一种无处不神的境地。即便是国人家喻户晓的玉皇大帝，在内丘的图像表现中也分为大玉皇、小玉皇两种。像路神、马神、车神、灶神、紫姑厕神等都是希腊罗马神话神谱中没有的。占中国人口大多数的汉民族内部的文化多样性，于此可见一斑。重新学习这种文化多样性的表现，神话载体将成为一个很好的切入视角。要想知道中国有多少种神谱，先要分清 56 个民族的不同信仰体系。

由于在叙述形式方面，古汉语文献记录下来的神话比较稀少而零散，而民间口传的却丰富而繁多，从早期的日本神话学者到今日的中国学者，认定中国神话简略零碎，不成体统，已经形成一种根深蒂固的成见。谢选骏《中国汉籍上古神话传说的叙事特征》总结的特点分别是：一、神话材料零碎，叙述语言十分简略。二、叙事的零散性突出表现在，缺乏前因后果的连贯，因而只有片段而没有叙事的系列[1]。这当然是以西方的希腊神话为基准而得出的看法。启良著《中国文明史》论述中国神话六大特征，也完全是以希腊神话为标尺的对照。如说希腊神话是有谱系的神话，中国神话是没有谱系的神话[2]，诸如此类，不一而足。

刘城淮著《中国上古神话》解释中国上古神话稀少与零碎的原因有三点：一是民族统一较晚，没有形成完整的神话系统。二是生活于内陆的周人长期统治华夏，大大削弱了神

[1] 中国神话学会：《中国神话》第一集，中国民间文艺出版社，1987 年，第 288—295 页。

[2] 启良：《中国文明史》上册，花城出版社，2001 年，第 36 页。

话。三是封建制度较早地取代奴隶制度，给神话带来了厄运。[1] 从神话多元化存在的视野看，这三点理由都难以成立。例如地处偏远的民族珞巴族的神谱，非但不零碎散乱，而且和希腊神话一样，都显得严整而系统化。

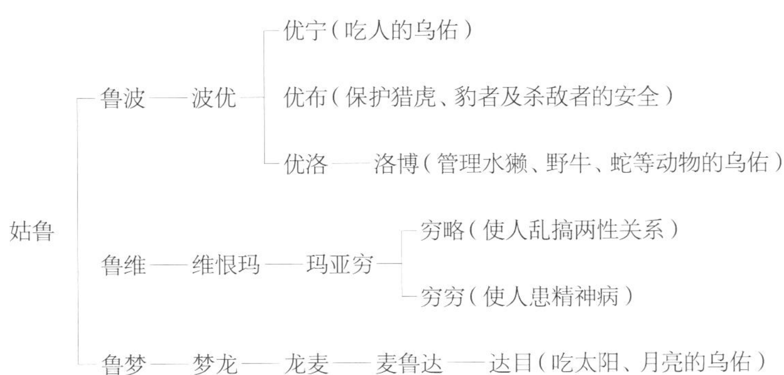

在上述姑鲁繁衍的三大支系的谱系中，优宁、优布、优洛、洛博、鲁维、穷略、穷穷、达目等下面，还衍生出很多的氏族、家族。如洛博下面为博义，博义的后裔形成了黑基姑、基色姑、基利姑、基风姑、黑基过龙姑、黑基东尼姑、黑基亚宁毕、黑基仁得毕等数十个氏族或家支。各有其所敬拜之神及相关神话故事。[2]

珞巴这个目前在中国境内仅有两千余人的民族，仅占中国总人口的七十万分之一，而其谱系之完整细致却非常具有“地方性知识”的特色，对于亚洲乃至全球范围的比较研究均有参考借鉴价值。它不仅说明中国多民族的地方神话的原生性、多样性与丰富性，而且说明仅凭汉语古籍文献资料了解中国文化传统是多么片面和以偏概全。所谓中国神话不成体系或没有谱系的成见，在严整有序的珞巴神谱面前会顿然瓦解。吕大吉、何耀华总主编的《中国原始宗教资料丛编》（后改名为《中国各民族原始宗教资料集成》）一书，和《大系》一样，涵盖着56个民族的全景资料，其书总共28卷，其总字数加起来接近一亿汉字。这在全世界范围看是非常惊人的，会使那些抱有“中国神话简略”“无体系”成见的学者有如梦初醒的感觉。相信十亿字规模的《大系》的出版，也会有力促进传统的知识观和文化观的变革。

多民族文化的丰富多样彰显的正是人类文化多样性。从生态学意义上看，文化多样性的保护和生物多样性保护是同等重要的。礼失而求诸野，多样互补，将是中华多民族神话资源发挥重要作用的两个方面。

我们完全有理由期待：一个与时俱进的重新学习“全景中国”和“大传统中国”的相关新知识的局面，正伴随着《大系》的出版而到来。

[1] 刘城淮：《中国上古神话》，上海文艺出版社，1988年，第25—27页。

[2] 吕大吉、何耀华：《中国各民族原始宗教资料集成·珞巴族卷》，中国社会科学出版社，1999年，第734页。

如果说“哲学中国”或“科学中国”这样一些视角，都是伴随着西学东渐历程而新近空降到我国的舶来之观点，那么符合我们本土社会现实的、原生态的黎民百姓之中国，只能是“神话中国”。

叶舒宪

2019 年 1 月 8 日

本卷主编　程健君

中国民间文学大系出版工程河南省工作领导小组

组 长　　王守国

副组长　　王朝纪　程健君

办公室主任　　刘炳强

中国民间文学大系出版工程河南省专家委员会

主 任　　程健君

副主任　　夏挽群　乔台山

委 员　　（按姓氏笔画排序）

丁永祥　乔台山　刘二安　刘小江　李广宇　吴亚明
汪振军　张守镇　陈江风　孟宪明　郜冬萍　姚向奎
耿相新　夏挽群　高天星　彭恒礼　葛　磊　程健君

神话、传说组组长　　程健君

专家委员会秘书　　刘炳强

《中国民间文学大系·神话·河南卷（三）》编辑委员会

1
1983年11月5日，张振犁（右）、程健君（左）在西华县文化馆察看出土文物
摄影 孟白

2
1983年11月9日，“中原神话调查组”在淮阳招待所采访闫先盈（右二），右一为张振犁，左一为淮阳文化馆馆长骆崇礼，左二为杨复竣
摄影 程健君

3
1983年11月13日，“中原神话调查组”张振犁（右）在沈丘县新安集公社魏桥村乔庄听乔振邦讲述神话
摄影 程健君

4
1983年11月27日，“中原神话调查组”在新郑风后岭考察
摄影 程健君

5
1983年12月3日，“中原神话调查组”在密县大鸿山考察
摄影 程健君

6
1983年12月3日，“中原神话调查组”在密县大鸿山考察途中。右一为张振犁，左一为高力升，后左为苟堂公社胡秘书，前中为七岁半的小山民任照旭，后右为程健君
摄影 魏殿臣

7
1983年12月5日，“中原神话调查组”在考察密县平陌公社密岵山黄帝神话的登山途中，后为张振犁
摄影 程健君

8
1983年12月5日，“中原神话调查组”在考察密县平陌公社密岵山的途中休息，右为张振犁，中间为高力升，左为护林员杨树堂
摄影 程健君

9
1984 年 12 月 5 日，“中原神话调查组”在灵宝西阎大字营考察
摄影 程健君

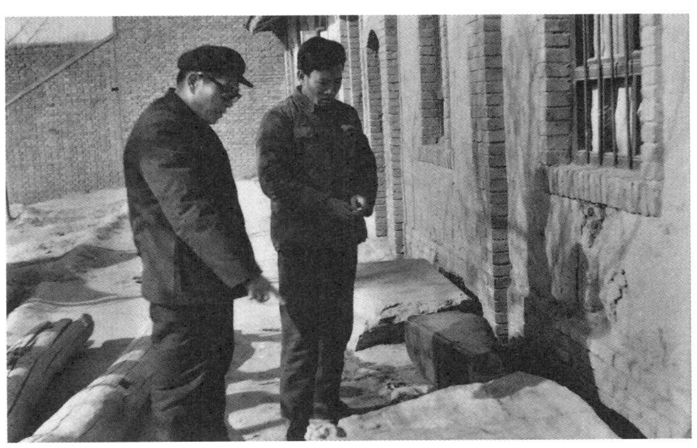

10
1984 年 12 月 5 日，“中原神话调查组”在灵宝西阎大字营学校调查残破的唐碑《轩辕黄帝铸鼎碑铭》
摄影 程健君

11
1984 年 12 月 5 日，“中原神话调查组”在灵宝西阎大字营学校调查残破的唐碑《轩辕黄帝铸鼎碑铭》
摄影 程健君

12
1984 年 12 月 5 日，“中原神话调查组”张振犁（右）在灵宝西阎大字营采访王生民（左）
摄影 程健君

13

1984 年 12 月 6 日，“中原神话调查组”在灵宝庙底村采访
摄影 程健君

14

1984 年 12 月 6 日，灵宝庙底村讲述夸父神话的山民张志君
摄影 程健君

15

1984 年 12 月 7 日，“中原神话调查组”登上夸父山，自左至右：杨虎胜、张振犁、许伯赞、程健君
摄影 程健君

16

1984 年 12 月 7 日晚，“中原神话调查组”在灵宝阳平夸父营村小学召开小型座谈会，自左至右：孙金禄、张景春、杨虎胜
摄影 程健君

17
1984 年 12 月 11 日，张振犁（左）、程健君（右）冒雪登上华山，考察“劈山救母石”
摄影 程健君

18
1984 年 12 月 20 日，“中原神话调查组”在桐柏淮渎庙旧址留影
摄影 程健君

19
1985 年 4 月 9 日，“中原神话调查组”在辉县考察，自左至右：程健君、周抒真、张振犁、胡佳作
摄影 佚名

20
1985 年 4 月 12 日，“中原神话调查组”张振犁（左）在济源街头采访
摄影 程健君

21

1985 年 4 月 14 日，“中原神话调查组”在济源王屋山阳台宫考察
摄影 程健君

22

1985 年 4 月 14 日，“中原神话调查组”在济源王屋山阳台宫考察黄帝战蚩尤石雕，前为济源文化馆王怀修，后为张振犁
摄影 程健君

23

1985 年 4 月 14 日，张振犁先生（左）在王屋山愚公村采访韩龙书
摄影 程健君

24

1989 年，张振犁（右）、张楚北（中）、陈连忠（左）讨论《中国民间故事集成·河南卷》编纂问题
摄影 程健君

25

1990 年《中国民间故事集成 · 河南卷》编纂人员在登封轘辕关考察
摄影 程健君

26

1990 年河南省民间文学三套集成办公室编纂人员在嵩山采访讲述人王鸿钧（左三），左一为陈连忠，左二为曹宝泉
摄影 程健君

27

1990 年前出版的部分河南省民间文学三套集成县卷本
摄影 程健君

28

1991 年 4 月 16 日，中国民协三套集成编辑部贺嘉（左二）、刘晓璐（左一）等采访被联合国教科文组织命名为民间故事家的曹衍玉（右一）
摄影 程健君

29
1995年10月，张振犁（左）、程健君（右）在北京西山工人疗养院向钟敬文先生（中）汇报中原神话研究工作后留影
摄影 佚名

30
2000年7月10日，张振犁（中）、程健君（左三）、乔台山（右二）、马卉欣（左二）、高有鹏（左一）、郑大芝（右一）在桐柏水帘寺与故事讲述家曹衍玉（右三）合影
摄影 佚名

31
2006年8月11日，中国神话学国际学术研讨会在河南周口举行
摄影 乔台山

32
2007年6月26日，张振犁（左一）和他的学生孟宪明（左二）、程健君（右二）、高有鹏（右一）在家中商议《中原神话通鉴》一书编纂事宜
摄影 吴效群

33
2007年6月28日，刘炳强、孟宪明、程健君、高有鹏（自左至右）在鹤壁五岩山考察时留影
摄影 小庞

34
2008年10月18日，程健君（右）陪同张振犁先生（左）再次登临三皇寨考察民间神话
摄影 佚名

35
2009年10月22日，参加张振犁神话学术思想研讨会的代表合影
摄影 乔台山

36
2021年4月14日，程健君（右二）、田晓（右一）、郝川丽（右三）等在南阳卧龙区桑林村采录《牛郎织女》神话
摄影 宛民

37

2021 年 4 月 14 日，程健君（左一）在南阳宛城区牛郎庄采风
摄影 宛民

38

2021 年 10 月 8 日，《中国民间文学大系 · 神话 · 河南卷（三）》部分编纂人员在荥阳环翠峪二郎庙采风时合影
摄影 海峰

目录

概述

神话，是产生于原始社会而世代传承的口头语言艺术，是语言民俗中的重要组成部分，是人类心理历程上的一种特殊情结的语言反映，是一种异常重要的民俗文化现象，也是原始先民们留给我们的一宗丰厚的精神财富。尽管那些似乎荒诞的、带着原始初民天真幼稚幻想的神话中有许多至今仍未能揭示的谜底，但它仍不失为一种理想、一种信念、一种世界观、一种思维方式、一种文学样式。所以，世界上每个民族的民俗、历史、宗教、科学、语言、文化艺术发生学的研究家们，都要到神话这座古老而又神圣的殿堂去寻根究底。20 世纪 80 年代以来，在中国文化界所形成的“神话热”现象，也正说明了作为原始口承文学的神话所蕴藏的深层的民俗文化积淀，它像一个深不可测的海洋，是一个永远解释不完的世界。每个民族的神话，都表现了人类对自然力的斗争和对理想的追求。正是这种幻想和追求，给后人奠定了到达理想境界的基石，增强了人们认识世界、改造世界、创造美好未来的信心和动力。同时，这种幻想和追求，也给后世文人留下了想象驰骋的空间。

完整的中原神话体系

中国神话早在先秦典籍《山海经》《左传》《国语》和《吕氏春秋》中就有记载。汉代和三国以后的《淮南子》《史记》《独异志》等古籍中也有许多片断的古典神话。从这些片段和零星的记载中，我们大体可以窥见中国古代神话的源头和主要内容。但是种种历史原因，造成了我国古代神话在典籍文献中的“零散”状况，甚至连“盘古开辟创世”这类属解释宇宙起源的重大题材的神话故事，在汉以前的文献中也难以找得到。

近几十年来，对中原民间流传的“活”神话的发掘和研究，使得中原神话完整的体系呈现在了世人面前，这弥补了中国汉族神话“零散”的缺憾。在中原神话中，我们可以看到比较完整的神话体系和较为明晰的“神谱”脉络。盘古开天、三皇创世、五帝霸业、大禹治水，这一“中原神话”体系，从“开天辟地”说起，中间经过了“补天”“造人”等一系列的曲折故事，直到“禹王治水”和从天体神话中演绎出的“牛郎织女”故事而结束。中原神话中所反映的夏代以前这一段原始社会的历史，是我们研究中原文化史不可多得的珍贵资料。

中国神话中的主要内容大都可以在中原神话中找得到，甚至连世界性的同母题神话，如“创世神话”“洪水神话”“盗火神话”等，在中原地区也多有流传。

中原神话以盘古创世和女娲造人最为著名。这是反映开天辟地和人类起源的神话，称得上是口传的最古老的人类历史，也是人类文化肇始的源头。在中原神话中，反映人之起源的内容有两种情况：一是捏泥人，一是兄妹结婚后生儿育女。显然，捏泥人的情节比较早一些，它是人类对生育机能还未完全理解和认识的产物。具体到由谁来捏泥人、谁和谁的兄妹结婚生儿育女问题上，也是比较复杂的。在这类神话中，明显可以看到“开辟创世”神话和“洪水后人类再造”神话产生了融合现象。开天辟地的盘古兄妹、始创八卦文明的伏羲女娲兄妹和洪水后不知姓名的兄妹们都承担了捏泥人和结婚繁衍人类的重任。这种传承过程中无意识的融合，使中原神话显得异彩纷呈。

中原神话中，有许多是对自然现象的解释。这种解释又反映了原始人的宇宙观，如“女娲补天”“夸父追日”“羿射十日”等。这类神话所反映的是原始人征服自然的愿望和原始人在强大的自然力面前毫不妥协的态度，表现出了人类祖先征服自然的意志力和行动力。尽管有些行动是先民们的幻想，是不可能实现的，但用口头文学的形式表现出来，足以表明原始先民丰富的创造性。神话中所反映出的原始人坚强不屈的气概，又使中原地区流传的这类解释自然的神话充满了幻想和豪情。

比如“女娲补天”的神话，把原始人受到的种种灾难加以集中和夸张：天塌了，地陷了，山火到处蔓延，洪水遍地泛滥，各种凶禽怪兽成群结队出来伤害人。这时候的自然力显得非常凶恶和强大。在人类生死存亡的危急时刻，是女娲挺身而出，面对险恶的自然力，有目的有针对性地采取了一系列征服自然的措施。她把五色石熔炼成汁用来补天；把巨大的龟足斩下来竖在大地的四方，成为顶天的柱子；杀了黑龙，又用芦草的灰堵住了滔滔洪水。从这里我们可以看到，女娲身上既集中了原始人类的力量、智慧和勇气，更突出地体现了原始人征服自然的强烈愿望。在神话中完成伟大的业绩，帮助人们达到征服自然之目的的是一位伟大的女性神，这无疑与母系氏族社会中妇女享有的主宰地位和作用有极为密切的关联。

反映原始人在自然力面前遭到挫折的神话，从另一角度表现了原始人征服自然的愿望和不屈的意志。“夸父追日”神话便是一个突出的例子。夸父是一个形体高大的巨人。他为了追赶太阳，道渴而死，临死前把手杖抛在荒野之中，长出广阔的桃林，以此表现其不屈的意志。夸父这一悲剧性追日壮举的动机，“显然不在和太阳比快慢和勇力，主要是为了探讨宇宙间太阳运行情况。它反映了原始氏族社会人类的求知愿望……充分表现出夸父探讨知识的心‘志’和因壮志未酬悲愤死去的坚毅、刚强的部族性格”[1]。

“羿射十日”的神话，也是原始人同自然力抗争的一种表现。原始人认为干旱是十日并出造成的。他们把除去多余太阳的希望，寄托在弓箭和射箭能手身上。这就必须把弓箭和人的作用通过幻想大大加以夸张，只有射掉太阳，才能解除旱象。这种想象，是和现实联系在一起的。射日神话中所使用的是低级的工具（在当时是相当先进的了），但所表现出的却是宏伟的气魄。在中原神话中，还有“担山赶太阳”的神话等，所表现的也都是原始人的一种抗争意识。

除此之外，中原地区还流传有大量的关于文化创造的神话，《伏羲画卦》《阏伯管火》《神农播五谷》《仓颉造字》《嫘祖养蚕》《葛天氏舞》等都属此类。在这些神话里，反映的都是原始先民们的聪明才智，也表现了原始人在生产力极其低下的自然环境中求生存、图发展的欲望和毅力。

在原始社会末期，氏族部落之间的战争日趋频繁，而作为反映原始社会生活的神话，自然也记录了这一段的历史，如黄帝底定中原的《炎黄之战》《黄帝战蚩尤》等就是这方面的典型之作。反映部族战争的神话，大都描述了原始社会中战争的残酷与险恶，描述了战争场面的恢宏。从某种意义上讲，战争也促进了原始科技的进步，譬如神话中所讲的黄帝发明了指南车，其主要用途是不至于在战争中迷失方向。

中原神话的集群式分布

中原神话在流传过程中，逐渐形成了呈集群式分布的显著特点，即在一个特定的区域内，围绕一个神话人物，派生出许许多多神话故事。一个神话集群的形成，不是一朝一夕能够实现的。除了自古而今的文化传承的基本因素外，还受到社会的、地理的以及世俗文化的影响，一旦诸种因素聚结起来形成一种小氛围，创造出了一种适合此种神话繁衍滋生的土壤，一个适应民间信仰需要的神话集群就会产生，一位神话集群的中心人物——庇佑一方的神的形象也就被创造出来。被创造出来的这位“神”的神职，也为了适应当地人们的需要而不断地扩大或发生变化。如“盘古”，他的神职就不仅仅是开天辟地，他还要造

[1] 张振犁：《中原古典神话流变论考》，上海文艺出版社，1991 年。

人，还要负责人们日常生活中良好愿望的实现。神话在流传过程中，一些符合人们意愿的内容被保留下来，围绕神话人物继续传承；一些原始神话中原有的内容，而在此“氛围”中看来是次要的或是不亟待解决的或是已经解决的问题就会自然地削弱，甚至在传承过程中泯灭。中原神话，大体呈如下集群式分布：

（一）盘古神话群

作为开天辟地的大神盘古，在中原神话中有两个重要的活动区域，形成两大神话集群。一是河南南部桐柏县和泌阳县交界的盘古山地区，一是河南西北部的太行山地区，其中以盘古山地区最为典型。盘古山盘古神话的主要内容有：盘古出世，开天辟地；补天、战洪水、除猛兽；发明衣服、滚磨；与盘古奶成亲、生子；与八子分掌九州；发明文字；最终肢体化作盘古山等世间万物。太行山的盘古神话，主要是记录盘古出世化为万物的故事。

盘古山北为泌阳县，山南为桐柏县。北朝时期，地理学家郦道元在他的《水经注》卷二十九记载：“比阳县故城，城南有蔡水，出南磐石山，故亦曰磐石川”。比阳县即今泌阳县，磐石山俗称盘古山。此山何以以盘古命名，史书无考，我们只有在当地盛传的神话故事中寻找其答案。

这里流传的神话大体是：早在天地没分开的时候，盘古大神砍开了一个飘来飘去的大气包。气包漏了气，直往下落，盘古追下来站在上面，这气包里的东西就变成了今天的桐柏山。盘古也就在盘古山上休息。就在这时候，不知从什么地方走来了一位俊俏漂亮的姑娘，自称是老天爷的三女儿。她看盘古开天辟地太劳累，又太孤单，就从天宫下凡，来认盘古当哥哥。盘古和三仙女结为兄妹后，老天爷令风婆刮了一阵大风，吹走了他俩身上的仙气，于是盘古兄妹便开始了人间的生活。兄妹俩穿树叶，采野果，捕鱼打猎，构木为巢，生活过得倒也快乐。后来，天地间忽然洪水泛滥，天塌地陷，人类毁灭，盘古兄妹依靠石狮子的搭救得以生存。事后兄妹俩补好了天上的漏洞，又滚石磨验婚结为夫妻，天底下才又有了人烟。

传说盘古兄妹结婚后，先后生了八个儿子，取名东、西、南、北、东南、西南、东北、西北。这八个儿子长大后，盘古叫他们分别到八个方向去生活。八个儿子去八方，盘古在中间，故而天下划为九州。

后来，这八个儿子都死了，盘古夫妇自然是很伤心，想办法抬回了他们的灵魂，埋在了自己的眼前。盘古山南十里许有一字排开的八个山头，据说是盘古夫妇八个儿子的墓地，号称“八子山”。盘古的儿子们死了以后，夫妻俩就捏起了泥人。这些泥人跟着盘古夫妻学了好多好多的本领，他们有的到平地种田，有的去深山打猎，有的到河边捉鱼。年长日久，盘古生活居住的地方就叫盘古山了。

盘古山盘古神话在内容上较三国徐整《三五历纪》中的记录更丰富而且颇有情趣。盘古山一带的人们，没有谁不知道盘古爷、盘古奶是“人根之祖”的。盘古山主峰有盘古庙，或曰盘古寺。在这里，寺庙混称，佛道同存。盘古庙建于何时，尚无确考。盘古庙大殿周围有不少残碑，大都是记载盘古氏为夫妻、繁衍人类或盘古逢旱行私雨、福佑一方百姓的恩德。盘古神话的内容，已经与人民群众的生活息息相关。盘古从一个至高无上的开天大神，走向了人间，成了人类的保护神。

豫西北太行山的盘古寺则是盘古神话的又一个圣地。太行山盘古寺也称“盘谷寺”。唐代大文豪韩愈在《送李愿归盘谷序》中，对太行山的“盘谷”曾这样记述：“太行之阳有盘谷，盘谷之间，泉甘而土肥，草木丛茂，居民鲜少。或曰：‘谓其环两山之间，故曰“盘”。’或曰：‘是谷也，宅幽而势阻，隐者之所盘旋。’”自此，太行山盘古寺因韩愈之文而闻名海内。然而，与盘古寺相关联的盘古神话，使这座“宅幽”“势阻”“泉甘”“土肥”的寺院，蒙上了一层更加神秘而神圣的色彩。

在盘古寺周围流传的神话大体是：开天辟地的盘古，在一个混混沌沌的大鸡蛋里孕育成人。十万八千年以后，盘古用脚蹬烂了鸡蛋壳。他出世以后，开天辟地，创造日月星辰、山川河流、风雨雷电、六畜树木、花草虫鱼、人类牲灵，等等。盘古出世时挣破的鸡蛋壳，埋在太行山下，慢慢变成了一层层细腻光滑的石头。后来，人们用这种石头制成了砚台，这就是著名的“盘砚”。后人为了纪念盘古开天辟地的功绩，就在盘古出世的太行山上修了盘古寺。这个民间的神话传说很接近徐整的《三五历纪》《五运历年纪》等文献中的记述，基本上保留了盘古创世原生神话形态的“核”。

（二）伏羲女娲神话群

伏羲女娲神话流传甚广，形成了多个神话集群，以淮阳、西华、新密、孟津尤为突出。

淮阳(陈州)今有太昊陵，太昊陵附近有伏羲画卦台(坛)。史载：“伏羲坐于方坛之上，听八风之气，乃画八卦。”《古今图书集成》载：“八卦台，在陈州北一里，昔伏羲于蔡水得神龟，因画八卦于此坛。”今存画卦台位于淮阳太昊伏羲陵东南隅城湖之中，台高六七尺，方圆约十亩，环台皆湖水，唯台西南有路可通行人。据说古时台上有庙宇，内有太昊伏羲像、八卦亭、先天图等，为太昊伏羲氏生前画八卦的圣地。

在淮阳一带，除上述画卦神话以外，还流传有《伏羲的来历》《伏羲教民》《伏羲降龙》等一些不见于典籍的有关人类始祖伏羲的神话故事。

太昊陵有盛大的庙会，起于何时，史无详载，但至今仍兴盛不衰，其声势之大、会期之长为中原庙会之罕见。每年自农历二月初二始，至三月三日止，会期一个月。届时，河南、河北、安徽、山东、湖北等数省的善男信女们从四面八方潮水般涌进淮阳太昊伏羲陵朝祖进香，每天竟达二三十万人。常年进香朝祖者，则有严密的组织，往往由会首扛着“××进香会”“××朝祖会”的会旗会标，一路吹吹打打，进入陵区。太昊伏羲墓前整日香烟蔽日，气氛肃然。进香的人们或求子祈福，或除灾祛病，虽心理各异，但都虔诚至极。

庙会期间除物资交流以外，还有各种各样的民间娱乐活动，其中尤以狮子、龙灯、竹马、旱船等民间杂耍为多。从娱乐角度来看，这个庙会同时也是一个民间游艺的展示会。与其他庙会相比，太昊陵庙会习俗有两点独特的地方。

一是担经挑俗。担经挑也称“担花篮”，是一种比较原始的祭祖娱神的舞蹈形式。庙会期间，每天都有“经挑班子”来进香祭祖，娱神求福。舞蹈时每班四人，三个担花篮，一人打竹板，以数唱形式伴舞，三副经挑，六种花篮，边舞边唱。舞者皆着黑衣、黑大腰裤（扎裹腿）、黑绣花鞋，裹五尺长黑纱包头，下有二寸长穗。舞者大多是老年妇女。

担花篮舞源于何时不详，此舞传女不传男。“担花篮”舞到兴处，舞者走到中间背靠背而过，两尾相碰，象征伏羲女娲相交之状。其唱词也多与伏羲女娲有关。

二是泥泥狗俗。泥泥狗也称“太昊陵狗”。“陵狗”是庙会上出售的一种泥玩具，吹之有声。每年的太昊陵庙会上，都挤满了琳琅满目的泥泥狗的摊点。这些泥捏的玩具，造型有斑鸠、蛇、蛙、独角兽、双头狗、人面猴、抱桃猴、草帽老虎、龟、燕等几十种之多。其形象夸张、神态各异，于古拙中见寓意。据考，这些泥玩具，是流传至今的原始社会后期的活文物。有人认为这些泥泥狗的造型反映了伏羲时代的生殖崇拜，也有人认为这些泥玩具是伏羲女娲兄妹结婚后“捏泥人”留下来的习俗。

西华县城东北十余里的聂堆镇（原聂堆乡），有一村名叫思都岗。据旧志记载：思都岗是因女娲氏遗民思念女娲在此建都而得名的。思都岗村外有一大“岗”，岗高丈余，上建有寺院，曰“龙泉寺”。寺院建于何时无详考，20世纪80年代初还存有院门、正殿和东西配殿数间。思都岗龙泉寺大殿内，过去曾供奉有身披槲叶的女娲神像。思都岗附近有女娲城，每年的正月十二日到二十日，女娲城都有盛大的庙会。女娲城庙会主要的活动是祭祀女娲神。担着花篮（经挑）的妇女在女娲坟前载歌载舞，以娱女娲神，使其降福人间。女娲坟前竖立的大旗上，书有“天地全神女娲氏”字样。可见，女娲的神职也随着人们的需要而扩大了，成了万能的“天地全神”。

河南省中南部遂平县境内有座号称中原盆景的嵖岈山，风光旖旎秀丽，是女娲神话的又一集中流传地。遂平有大量有关“风”的地名，与女娲的姓氏有关。《史记·补三皇本纪》说：“大皞庖牺氏，风姓，代燧人氏继天而王。”遂平西部有“风山”“千风躲”“风陵”“阳风寺”“黄脸场”“凤凰山”“娘娘河”等地名，说明这里曾是当初风姓人（女娲部族）活动的场所。嵖岈山的天磨峰和天磨湖相传就是伏羲女娲兄妹滚石磨验婚成亲的地方。

遂平女娲神话大都黏附着当地的一个胜景或风物，“母祖峡”“阳风寺”“风陵”“千风寺”“百泉寺”“姨娘庙”“娘娘庙”等都有关于女娲的神话故事。“千风躲”山峰，传说是千余风姓人躲避灾难的地方。“千风躲”是女娲部族活动的中心区域，围绕这一中心，向周边衍生开去，有着众多的女娲文化遗存，并且伴随着大量的女娲文化传说，在民间广泛地流传着。

王屋山天坛顶西侧豫晋交界处是中州名镇邵原镇，该地区也是女娲神话流传比较集中的地区之一。除女娲造人、女娲补天神话外，盘古开天，伏羲画八卦，神农尝百草、播五谷，轩辕祭天、战蚩尤，颛顼与共工争帝，大禹治洪水等神话也流传甚广，与这些创世神话相契合的自然遗存也十分丰富，实为罕见。这些神话具有浓厚的地方风情，基本上保留着原始神话的状态。

新密浮戏山一带伏羲女娲神话传说比较丰富。洪水传说、滚磨成亲、抟土造人传说，其密集性足以说明伏羲女娲在此深入民心。新密市浮戏山向东约十五公里，隆起一小山，名叫浮山岭，又叫娘娘庙岭。山上有重修于明成化和万历年间的“伏羲女娲祠”，俗称娘娘庙，祠中伏羲女娲是以夫妻身份并坐享祀。娘娘庙中伏羲女娲同坐受祀的情况，在新密是比较普遍的现象。其他地方大都是伏羲女娲单身享祀。在新密，与伏羲女娲这两位圣人相关的村落及文物古迹的名字有很多。新密平陌、牛店、来集、周家寨等地的伏羲女娲庙、天爷洞、始祖庙、娘娘庙等都是伏羲女娲民间神话遗迹遗存。在新密农村，每年的二月十八日都有民间祭祀伏羲女娲活动，娘娘庙庙会活动很多，可见伏羲女娲神话在当地的影响之深。

洛阳孟津等地，也流传有伏羲女娲神话故事。孟津县雷河村有座负图寺，据《孟津县志》记载：“伏羲时，河图出于孟津。……伏羲德洽上下，天应以鸟兽草木，地应以河图”。孟津县老城和负图寺一带，流传有伏羲观《龙马负图》治理天下的神话。

（三）神农神话群

神农神话，主要集中在淮阳五谷台和沁阳神农山。

神农五谷台在淮阳城东北五公里处，传说是炎帝神农教天下万民播种五谷的地方。五谷台和太昊伏羲陵相邻，附近不少百姓也常来此台朝祭神农。民间传说，神农时期人越来越多，食物也随之越来越紧张，人们不得不到很远的地方去寻觅食物。忽然有一天，一只神鸟为神农衔来了稻、黍、稷、麦、菽五谷的种子。自此，神农便在此地教人们如何耕种、如何食用，解决了食物紧缺的困难。

在五谷台周围地区，流传着许多关于神农的神话传说，而这些神话传说又大多同炎帝神农教民耕种有着极为密切的关系，这大概是因为处于农耕地区的人们特别关心“农事”吧。比如流传很广的《龙·虎·凤凰》这则神话，既有生动形象的比喻，又有幽默风趣的语言。当地至今还流传着麦子的演变歌谣：“一龙一虎一凤凰，天帝叫它下天堂，亏得神农收留它，为人造福远流长。”这则传说和如今麦子中的害虫联系了起来，让人们有真实可信的感觉，从而增强了人们对神农氏的崇敬之情。

在淮阳，还有其他一些与神农有关的传说。如当地盛产的七芯黄花菜，传说也和神农的女儿有一些联系。

神农坛位于沁阳市西北部赵寨村北，这里有雄山奇峰、陡崖峻岭，有茂林古藤、珍禽异兽，有朔风松涛、清泉溪流，有险阶曲径、古刹禅林……神农坛是伏羲、女娲、神农“三皇”神话集中流传的地区。与神话有关的众多的遗址名胜，使神农坛更加充满了神秘的色彩，也巩固了伏羲、女娲、神农“三皇”神话在中原神话中的主导地位。

传说中神农尝百草播五谷的地方称百草洼，位于神农坛一天门的西侧，三面环山，花草繁茂，苍翠葱郁。这里生长着八百多种中草药，如山参、桔梗、柴胡、冬凌、狼毒、山药、地黄、菊花、灵芝等，故此得名百草洼。附近有山药沟、菊花岭、地黄坡、牛膝掌，著名的四大怀药都产于此。由于此地草药品种多、疗效神，曾吸引许多神医和药农。传说太上老君也在此铸炉炼丹，药仙刘自然、药王孙思邈、元代科学家许衡都在此栖留过。当地人至今还保留着在此种药、采药的习惯。

神农坛还有传说是当年神农开荒种地时修筑的房屋神农居和神农窟，神农尝百草误食“断肠草”后的化身神农石，等等。神农氏为中国医药先圣，在中医界也流传有不少关于神农氏与医药的传说。流传在河南沁阳的《神农十二经脉》就是比较有特点的神话故事。

（四）黄帝神话群

黄帝神话主要集中在新郑、新密和豫西灵宝。

新郑市位于河南中部，是传说中轩辕黄帝的出生地。考古资料表明，早在八千年前，我们的祖先就在这块土地上繁衍生息，是中华民族文化的发祥地之一。至今，在这里仍可以看到许多与轩辕黄帝有关的遗迹，还可以听到许多赞扬黄帝功业的美妙动人的神话传说。

因轩辕黄帝出生在新郑，所以俗称新郑为"轩辕故里"，文献中也有不少文字记载。20世纪60年代以前，在新郑县城北关的祖师爷庙前曾立有高约六尺的石碑一通，上刻"轩辕故里"四个大字。据说此碑为清代刻立，具体年月不详。因此碑为一古槐所抱，故而俗称"槐抱碑"，后来下落不明。关于黄帝的神话故事，异彩纷呈，遍传乡里。

新郑流传有《黄帝出世》等许多神话故事。新郑一带的一些山名、地名，有不少是与黄帝神话传说有关的，风后岭就是其中之一。风后岭在新郑西南的千户寨乡，其山势陡峰峻，为游览观光的理想去处。风后，传为黄帝大臣。《史记·五帝本纪》：黄帝"举风后、力牧、常先、大鸿以治民"。新密今有力牧台，新郑、禹州、新密交界处为大鸿山。相传，当年黄帝为求贤臣以治国安邦，不辞辛苦，在东海边上找到了风后、力牧二将。后来，风后、力牧帮助黄帝战胜蚩尤，平定天下，黄帝便把一座山封给了风后，山名由此而来。

河南新密与新郑毗邻，同属一个黄帝文化圈。黄帝访贤求道的具茨山就在新密和新郑两市境内。新密境内的大鸿山、力牧台、大隗镇均是以黄帝大臣的名字命名的。

云岩宫在新郑市西四十余里的新密境内，为中州名胜风景区之一。这里山重水复，岩壑幽深，水平波静，松柏成荫，云雾缭绕，一派仙境风光。据说，黄帝在战蚩尤前后，就曾经选择这块风水宝地建都。

云岩宫一带流传的黄帝神话传说，主要内容是讲黄帝战蚩尤的。相传，黄帝蚩尤之战的初期，蚩尤是将骁兵勇，战得黄帝连连败退。黄帝无奈，只得暂时休战，在云岩宫屯粮养兵，和大臣风后、力牧一起研究"奇门遁"（八卦阵）兵法。现如今，云岩宫中仍立有唐代作家独孤及的《云岩宫风后八阵图记》石碑。从碑记上看，黄帝和风后在此研制《八阵图》，主要是为了修整戎行，使师律严明，把握时机，以利克敌制胜。云岩宫是黄帝休养生息的军事大本营。黄帝在风后、力牧的协助下，经过对战法的深入研究和对军队的严格训练，亲自率兵出阵，一举打败了蚩尤，平定了战乱，从而完成了平定中原的大业。

除了上述传说以外，在云岩宫附近流传的还有关于黄帝访贤求道的神话。如黄帝访大隗，《南华真经》说："黄帝将见大隗乎具茨之山。"如今，在云岩宫附近有一重镇叫大隗镇，镇上的"修德宫"内，有一通明万历四年刻立的《敕建重修修德宫记》，从残损的碑文中还可以看到如下的内容："……黄帝问道于是，而修德以为治平之本……广成子曾隐于大隗之山……广成子与黄帝有问答之书传于世……"可见，黄帝向广成子问道的故事，在此地的流传是比较广泛的。

总之，新密云岩宫和新郑轩辕故里构成了一个点线相连的黄帝神话系列，丰富的神话内容和众多的遗迹碑文为黄帝文化的研究提供了珍贵的资料。

河南也有一座黄帝陵，但已鲜为人知。这座早年也曾香火极旺的先祖陵墓，坐落在今灵宝市阌乡东南十里的荆山铸鼎塬上。铸鼎塬也称黄帝岭，传说黄帝当年曾在此铸鼎炼丹，因而得名。铸鼎塬中间有黄帝庙旧址，旧址西北方五十米处有一很高的土冢，传为黄帝陵，也叫"葬靴冢"。

轩辕黄帝铸鼎之事，始载于《史记·封禅书》："黄帝采首山铜，铸鼎于荆山下。鼎既成，有龙垂胡髯下迎黄帝。黄帝上骑，群臣后宫从上者七十余人，龙乃上去。余小臣不得上，乃悉持龙髯，龙髯拔，堕，堕黄帝之弓。百姓仰望黄帝既上天，乃抱其弓与胡髯号，故后世因名其处曰鼎湖，其弓曰乌号。"鼎湖，就是今天的铸鼎塬一带（旧有湖县之称）。当地传说，轩辕黄帝之所以从昆仑山来到荆山一带，目的是察看这里的灾情。他不辞辛苦采铜铸鼎，是为了炼出仙丹给老百姓治病。黄帝为人们办了许多好事，所以人们爱戴他、崇敬他。当黄龙来迎黄帝升天时，人们死活不让他走，这才脱下他的金靴，扒下了龙皮，拔掉了龙须。人们把黄帝的靴子埋在他铸鼎的地方，故而这里也就成了黄帝陵了。现存唐代的《轩辕黄帝铸鼎碑铭》，是我们能看到的荆山黄帝陵最早的一通石碑，是研究荆山黄陵的重要物证。

（五）嫘祖神话群

嫘祖，中华民族远古时期的一位伟大女性。她发明了人工植桑养蚕，缫丝制衣，辅助黄帝统一天下，肇造了中华民族男耕女织的农耕文明，为人类步入文明社会做出了卓越贡献。对于黄帝正妃嫘祖的历史功绩，诸多史籍的记述是一致的。淮南王《蚕经》云："黄帝元妃西陵氏始蚕，盖黄帝制衣裳因此始也。"《通鉴外纪》云："西陵氏之女嫘祖，为黄帝元妃，始教民育蚕，治丝茧以供衣服……后世祀为先蚕。"等等。嫘祖追随黄帝，足迹遍及华夏大地，全国自言是嫘祖故里的地方就有十余处。河南的西平县和荥阳市是流传嫘祖神话十分集中的两个地区。

西平县在河南中部，古为西陵，周封柏国，汉初置县，相沿至今。传说，西平董桥遗址（吕墟），是当年西陵氏族的聚落中心。传说嫘祖在西平蜘蛛山受蜘蛛结网的启示，发明了养蚕、缫丝、制衣。西平至今还保留着嫘祖当年活动的遗迹，这些保留下来的胜迹，在一定程度上为当地嫘祖神话的可信性增色添彩，为嫘祖神话的代代传承提供了物的支撑。嫘祖陵、嫘祖庙、蜘蛛山、始祖峰、盘丝洞、天池等都依附着嫘祖的神话传说。

嫘祖神话的另一个集中地是荥阳。荥阳地处河南省中部黄河中下游分界处，距人文始祖黄帝故里新郑不足百里，距新密的黄帝行宫——云岩宫（今称黄帝宫）仅二三十公里。荥阳市域西部和南部属伏牛山余脉的浮戏山遗存有大量的有关嫘祖养蚕缫丝的地名与传说。在距荥阳桑梓峪十多公里的浮戏山北麓，有宋、明时期古建庙宇玉仙庙，域内还有青台遗址、织机（绩）洞等古文化遗址。青台古文化遗址，出土了距今五千多年的古丝织品。这是世界上最早的丝织品，已载入《中国历史》教科书。这在时间上与轩辕时期相符，它的出土证实了黄帝嫘祖之时确已养蚕缫丝。当地流传的许多有关嫘祖的神话传说，也证明了这一点。

（六）仓颉神话群

仓颉造字神话在中原地区广为流传，仅河南境内就有南乐仓颉陵、虞城仓颉墓、鲁山仓颉祠、开封仓颉墓、新郑和洛宁造字台及原阳仓颉帝都等多处仓颉神话遗迹。

传说，仓颉是今河南省濮阳市南乐县梁村乡吴村人。仓颉陵在吴村西侧，是豫北地区的名胜古迹。陵前有翁仲、石狮，并建有石坊，上书“仓颉”二字。新中国成立后保存的建筑系明清两代重建，占地七十多亩。陵内碑刻林立，松柏苍翠、杨柳依依，楼台亭阁鳞次栉比，整个建筑群雄伟壮观。仓颉陵周围是仰韶、龙山及商周的古文化遗址。陵侧有传说始建于东汉的仓颉庙。现存仓颉陵为圆锥形，有砖墙围绕。当地有一习俗，人们拜谒仓陵，必绕陵三周，传说是可保不腰酸腿疼，身体康健。陵上青草葱郁，人们称为儿女草。当地有“薅个草儿，生个小儿；刨个根儿，生个妮儿”的传说。谁家想生男生女，到仓陵取草，用红绳系牢，放入怀中，取一名字，一路呼唤至家，把草或根压入床上被褥之下，保准日后生下如意儿女。习俗如此，灵验与否，没人考究。

虞城仓颉墓位于虞城县古王集乡堌堆坡村，始建于汉代，唐开元年间及清康熙年间曾几次重建。现存有康熙九年重修大殿一座，为三门出厦，明柱木雕装饰，座梁嵌檩，八砖扣顶。殿前两棵古柏，至今仍然生机盎然，郁郁葱葱。殿内塑有仓颉坐像，孔子拜坐身前。明柱上书“天下文章祖，古今翰墨师”，殿两端各设配房，大殿后面是高三米周长约四十五米的墓，墓前有一石碑曰：古仓颉墓。现为国家重点文物保护单位。

鲁山仓颉冢位于现仓头乡政府后院，冢上有仓颉祠。祠内有一棵五百年的皂角树。传说，仓颉死后，葬于鲁山仓头，黄帝赐名仓子头。

开封仓颉墓在今城东北约十公里的黄河大堤外刘庄村北侧。明《汴京遗迹志》载："仓颉墓在城北时和保，俗呼仓王冢是也。"《水经注》及宋《太平寰宇记》、东汉《陈留风俗传》等著作也有关于仓颉城和仓颉陵墓的记载。所谓仓颉城实际是座包括陵墓在内的大庙院。今仓颉墓，呈椭圆形，墓东南约三百米处有一方形土丘，传为仓颉造字台。旧时台上有石牌坊、仓颉庙。开封城西二十五公里有仓家寨，简称仓寨（现划归中牟县），村中仓姓人自称系仓颉后裔，早年他们曾多次到仓颉墓祭祖。

新郑流传着这样的神话传说：仓颉是黄帝的史官，黄帝统一华夏之后，感到用结绳的方法记事远远满足不了要求，就命他的史官仓颉想办法造字。仓颉把他比着动物造的字献给黄帝，黄帝非常高兴，立即召集九州酋长，让仓颉把造的这些字传授给他们，于是，这些象形字便开始应用起来。为了纪念仓颉造字之功，后人把河南新郑城南仓颉造字的地方称作"凤凰衔书台"，宋朝时还在这里建了一座庙，取名"凤台寺"。

洛宁仓颉造字台位于洛宁县底张乡阳峪河滩，南至七亩方地，北至下阳峪河。传说上古黄帝派仓颉南巡，行至洛宁西长水玄沪河，南渡洛河时，发现一灵龟负书，过河后在阳峪河东择地造字，即现在的仓颉造字台。

仓颉的都城、出生地、墓地以及造字地域在原阳境内均可以找到传说中的遗迹。传说仓颉治理一百一十载，最终墓葬于原阳利乡亭。历代阳武（今原阳）县志都把仓颉列入上古名贤。

总之，仓颉的神话传说在中原地区这么密集地流传，说明黄帝时代作为史官的仓颉在这里活动频繁。神话传说记载了仓颉造字的艰辛与为人类文明发展所做出的贡献，其意义在于阐明仓颉造字使人类告别了"结绳记事"的年代，文字的出现和使用是人们在长期的社会生活中不断积累、不断总结、不断创造的结果。

（七）颛顼帝喾神话群

颛顼和帝喾是继黄帝之后的两位较有影响的神话人物，也是中国古代神话中由天帝向人间帝王过渡的人物。也就是说，他们既是天神，也是人神。关于颛顼和帝喾二帝的神话传说，流传下来的并不多，与此相关联的胜迹遗址则更少。濮阳、内黄一带，是颛顼和帝喾活动的中心，也是他们的安葬之地。

今内黄县梁庄镇三杨庄村西北三里许的硝河西岸，有一座气势恢宏的颛顼、帝喾陵墓及庙宇，俗称二帝陵，或称高王庙，即高阳氏、高辛氏二帝王之庙。《史记·五帝本纪·集解》说："颛顼冢在东郡濮阳顿丘城门外广阳里中。"《水经注》云：淇水东北经帝喾冢西，又东历广阳里，经颛顼冢西。二帝陵建筑宏伟，碑碣林立，松柏葱郁。唐宋以来，历代皇帝都曾遣官来此祭告颛顼。群众性的祭祀则更为频繁。

二帝陵因年代久远，又临黄河故道，至清同治时期，已渐渐为飞沙掩埋。后人在一座土山上设庙同祭二帝（庙中发现有祭颛顼、帝喾的两种碑文），加之二帝时代相近、功德相彰，所葬之所因年代久远难分彼此，故而俗称二帝陵。流传在此地的《二帝陵与硝河的传说》等，就是活在群众口头上的怀念先祖功德的神话故事。

在豫东地区流传的《帝喾登天辩理》神话中，又说帝喾陵在豫东商丘。在商丘古城南二十余公里，有一个以帝喾高辛氏的名字命名的小集镇高辛集，镇西北约一里处有一个高大的陵墓，传为帝喾高辛氏墓。

（八）大禹神话群

在中原地区，大禹治水神话呈三个神话集群分布：黄河区，以三门峡禹开三门传说为中心，兼及授图传说，其中以《大禹导黄河》神话为代表；嵩岳伊洛区，以嵩山为中心向四周扩散，具有代表性的是《启母石》和《禹王锁蛟》神话；桐柏淮源区，以禹王治水怪蛟龙和无支祁的神话为多，有代表性的是《玉井龙渊》神话。

“禹治水之功，莫大于河。”禹治河神话最为集中的地区是三门峡。在许许多多的民间神话中，都反映了大禹治水所显示出来的超人神力。

民间流传的神话传说表明，大禹治黄河来过三门峡。他在这儿疏导了黄河，留下了许多治水的遗迹。黄河东流至此，折向东南，有两石岛，将河道一分为三，状若三门，南曰鬼门，中曰神门，北为人门。在三门峡一带的群众中，曾流传有这样的俗语：“张店塬开船，魏德岭揽船。”相传很早以前，这里曾是一片白茫茫的大湖，没有出口，张店塬和魏德岭是当时的南北两个大码头。后来，这湖中常常有水妖作怪，老百姓饱受水灾之苦。大禹来到这里后，抡起开山斧，把大山劈开了三个豁口，引水东流，解除了水患。这三个豁口就是今天的三门。《大禹导黄河》说：三门峡原来是一个大湖，大禹在山上劈开豁口后，还要在下面开一条河，好让河水顺着河走。大禹临走时对妻子说：“等到河开了，湖水流尽时再给我送饭。”大禹变成一头黑猪拱河，湖水顺着河往东流。后来，妻子见湖水下去了，便去送饭。她看见一头黑猪在拱河道引水，便大叫：“黑猪拱河哩！黑猪拱河哩！”大禹的原形被妻子发现了，他一怒之下，便把妻子的头打掉在河水里，变成了一块巨石。她的身子还立在河岸上，后来化成娘娘山，也叫梳妆台。《米汤沟》《大禹造桥》《马蹄窝》等都是当地流传很广的大禹治水神话传说。

在大禹的祖居地，也就是嵩山四周黄河两岸，也有许多禹治水的神话传说，或美丽动人或气壮山河。最早的时候，大禹建都在登封阳城，夏朝的开国帝王夏启的国都也建在距阳城不远的禹州。这样就使许多禹治水的神话在这一地区流传。《启母石》是登封流传最广的一则神话。在登封嵩山脚下，矗立着一块巨大的石头，相传这就是“启母石”。在离“启母石”不远的地方，还立着两根由大块方石头垒成的门柱，上边刻着打猎、农耕的浮雕画。这就是当时大禹的家门口，后人叫“启母阙”。传说大禹为了很快开通河道，在凿山时，就变成一只巨大的黑熊。妻子涂山氏给大禹送饭时看见大禹化作一头大黑熊在用力凿石推土、开挖河道，又羞又急，就变成了一块石头。大禹知道妻子已变成岩石后，走到巨石面前大声喊道：“孩子他娘啊！你就这样离开我了吗？你要把儿子交给我呀！”突然，轰隆一声响，这块巨大的岩石裂开了，跳出了他的儿子。大禹急忙把儿子抱了起来。后来，这孩子长大了，大禹就给他起名叫“启”。所以，那块巨石就叫“启母石”。

还有《涂山姚代姐育婴》和《五指岭》等神话传说。禹娶涂山娇后，涂山姚情愿同姐姐一起走。姐姐犯禁化石生子以后，妹妹就自然地担当起妻子的重任，为姐姐养育儿子。《还阳镇》和《迎春花》等神话，则是歌颂禹妻涂山氏的功德的。

禹州在嵩岳东南，与登封山水相连，传说因大禹治水有功受封此地而得名。所以，在禹州市境内，也流传有许多治水降妖的神话。至今，我们仍可以在禹州城内神禹庙前方的古钧台街看到传说中的“禹王锁蛟井”。锁蛟井以砖券成，井口覆以大石井券。井侧立一石柱，锁蛟的大铁链一端系于石柱，一端垂于井下。俯视井内，被锁的“蛟龙”隐约可见。井上有亭榭式建筑一座，雕梁画栋，斗拱飞檐。亭壁绘有大禹治水神话图。亭内塑有手拉铁索、怒视蛟龙的神像一尊。

除前面我们谈到的三门峡和嵩岳两大神话集群之外，在中原的大禹治水神话系列中，大禹在河南南部桐柏山导淮河的神话也占有同样重要的位置。《禹贡》记载：“导淮自桐柏，东会于泗沂，东入于海。”桐柏山在今河南桐柏县西南三十里，一名胎簪山，一名大复山，东接随州，西接枣阳，峰峦极为奇秀。

桐柏山有不少同大禹治淮神话有关的胜迹，《古今图书集成 · 方舆汇编 · 职方典》第四百四十九卷《桐柏县志》中记有：“石柱山，在县西南五十里许，山有石柱，柱有铁环，莫考其故。相传石笋如柱，高数寻。有‘大禹系舟处’五字。”“淮井，在县西三十里，有池方七尺许。池上旧亭，成化二年火烧，有泉三处，涌出于池边，伏流地中，经六七里成河。知县高士铎复建淮井亭一座，牌楼一座。”今县西固庙镇有“淮源”碑和锁蛟井，也称“玉井龙渊”。

大禹治水神话中，有相当多的治水妖水怪的情节，大禹治淮神话中也是如此，降水妖似乎是大禹治淮的主要任务。《淮河的来历》《玉井龙渊》等都是说大禹如何降伏水怪的。大禹治水决淮渎的神话故事，文献中的记录是比较简单的。

除上述神话集群外，像河南西华的盘古神话，淇县、荥阳、汝州的伏羲女娲神话，也都呈现出集群式分布的特点。

中原神话与地方风物

中原神话能够这么长久地在民间流传，有一个主要的因素是与地方风物的黏连，地方化的特征比较明显。中原神话的地方化，其主要的表现是，凡是著名的神话，大都可以在这里找到和这些神话相联系的“遗迹”，或是名胜或是风俗习惯，等等。如关于盘古开天辟地的神话，在桐柏、泌阳交界处不仅有盘古山、盘古庙，而且还有十多处与盘古神话有关系的遗迹，甚至附会出了当年盘古兄妹成亲时所滚的大磨。女娲神话也是如此，河南西华县今有女娲城、女娲坟，以此为中心，形成了女娲神话集群。豫西太行山也有女娲祠和女娲炼石补天的遗石。在古典神话中，伏羲和女娲是一对兄妹，后结为夫妻，因繁衍人类有功，被后世称为“人祖爷”“人祖奶”。河南淮阳传为伏羲故都，今有太昊伏羲陵、伏羲画卦台、女娲阁等与伏羲女娲神话有关的名胜古迹。豫西孟津有为纪念伏羲降龙马、观龙马之图以画八卦的负图寺。温县有神农涧，商丘有阏伯台，内黄有颛顼帝喾二帝陵，灵宝有夸父山，等等。这些与古典神话相黏连的地方名胜，在很大程度上为古神话的长传不衰奠定了基础，为人们信奉、传讲神话提供了一个参照物。

新郑为轩辕故里，与黄帝神话有关的地名很多，如风后岭、黄路口等，还有附宝感光生黄帝处，旧有“天心石”一块。新密和新郑相邻，也是黄帝活动的重要地区，云岩宫便是黄帝当年屯粮练兵之所。至今仍能叫得出名的与黄帝有关的地名多达十余处。灵宝荆山为黄帝采铜铸鼎之所，今黄帝岭上有葬靴冢、黄帝庙，传为黄帝骑龙升天之地。因为黄帝主要活动在中原地区，在这里完成了华夏民族的统一大业，因而也就留下了许多与此有关的胜迹。

大禹治水神话在中原地区也是神话中的“重点作品”，其活动地域主要在黄、淮水域，因此留下的痕迹也很多。如黄河三门峡，洛阳伊阙，嵩山启母石，禹州、商丘和桐柏的大禹锁蛟井，等等。每一处遗迹，都有一串关于大禹王治水的美妙动人的神话传说。

神话与地方名胜古迹黏连，只不过是神话地方化的一种表现形式。重要的是，这些神话与地方风物结合以后，使人们从感情上或从直观的感受上都认为这个神话故事就是在这里发生的，是真切可信的，这才是神话地方化的内核。有些神话则是与当地的社会生活相结合，更让人们觉得亲近、可信。比如“牛郎织女”神话，本来是一则关于天体星相的解释性神话，但是后来在流传过程中就生活化了。牛郎成了某村有名有姓的人物，于是也就有了“牛郎洞”、九仙女洗澡的“九女潭”等，就连养蚕、缫丝和织绸技术也被认为是灵巧的织女所传。

神话地方化以后，不仅会使受众（听众）产生一种真实感，同时又以其幻想的手段增强了感人的艺术力量，从而可以激发人民群众爱乡土、爱祖国的崇高感情，也为人们提供了艺术的享受和重要的精神食粮。

神话本身是一种以口头语言为主要传播载体的民俗事象，故又被称为语言民俗。任何一种民俗事象都不会孤立地存在于社会中，它必定要关联着社会上其他一些事物。在中原地区，与神话相关联的其他民俗事象很多，但主要的是那些依附着神话的信仰民俗和由信仰民俗派生出来的行为民俗。

中原民俗中的许多神话人物都是人们信仰的“神”，而且是庇佑一方的保护神，不少地方都建有祠庙，并有较大规模的祭祀活动。这种将神话人物转化为“神”的过程，也就是语言民俗转化为信仰民俗的过程，对这一位“神”的祭祀活动当然就是行为的民俗了。如关于盘古，他是一位开天辟地的神话人物，后来因为尚祖心理的需求而成了“人根之祖”，所以也就有了盘古山上的盘古庙，有了三月初三开始的为期五天的祭祀活动。太昊伏羲陵每年二月初二到三月初三，有长达一个月的祭祀人祖伏羲的庙会活动。女娲城、阏伯台、黄帝岭、夸父山、禹王庙等都是与祭祀相关的神灵的场所，而且有固定的祭祀时间。这种祭祀活动推动着关于这位被祭祀大神的神话传说的广泛传播，也可以说是神话依附于这些祭祀活动而得以广泛流传。反过来，神话传说又使这些祭祀活动更充满神秘感。

嵖岈山的民间习俗，也有不少关联着女娲神话，特别是在遂平县风山一带的民俗中，体现更为充分。遂平县流传的女娲神话大体是：洪水过后，女娲受玉皇大帝派遣来到人间，用黄土造人，吹口气就活了。后来恶龙降灾，天塌了个窟窿，大雨倾盆，女娲先是用石头补天，后用身体补天，又用衣服补了九九八十一天，把天补住了。这个故事里有了两个核心的情节，即抟土造人、炼石补天。据说现在遂平人烙烙馍用的鏊子，就是缘于女娲补天的故事。相传女娲补天曾用白鳌的鳌壳炼石，完工后，女娲兑现当初的承诺归还鳌壳，善良的白鳌并未因鳌壳熏黑拒收，而是披上黑色的鳌壳愉快地游回水中。女娲为纪念白鳌的恩德，按照鳌壳的样子做成了经久耐用的炊具——鏊子，供人们炊事之用。遂平乃至整个驻马店地区至今仍保留着用鏊子烙烙馍和做菜馍的习俗，尤以红石崖、风山一带为甚，用鏊子烙出来的烙馍被视为上品佳肴以招待客人。

再如小孩戴风帽穿披风的习俗。遂平的小孩从很小的时候到五六岁时，都要戴虎头风帽，穿红披风。正如民谣所说："不刮风，戴风帽。"据传这一为纪念风姓女娲，二为求娲娘保佑平安。又如扎"扫天娘娘"。当雨水不止、天难以放晴时，遂平人家家户户都会扎"扫天娘娘"，挂在门楣上，并口中念念有词："一扫风住，二扫雨停，三扫日出，四扫太平。"这显然与女娲文化中的祈晴习俗有关。

另外，在遂平县境内，至今仍流传着为退避毒蛇猛兽新婚女子头上披红盖头的习俗，与此相同，幼稚孩童玩耍中的"补娲屋"游戏也带有女娲补天色彩……这些都与当地流传的女娲故事有关。

有一些民俗事象虽然也和神话有联系，但并不是像上述情况那样将神话人物祭奉为神，因而所表现出的就不是那么严肃和虔诚的民俗事象。比如与牛郎织女神话相联系的"七夕乞巧"习俗，实际上就是少女少妇们取乐的一种游戏活动。由嫦娥奔月神话而衍化出来的娘瞧闺女习俗，则是母女相思情感的一种表现方式。每年的三月十五人们纷纷登嵖岈山，到山上的"娘娘庙"朝拜，则为祈求生子，祈求多子多福。

中原神话学的提出和研究

中原是中国汉族神话产生和流传的典型地区，因而中原神话便成为汉族神话的重要组成部分，确切地讲，中原神话是指在中国古文献中已有零星记载，至今仍流传在中原民间口头上的活态神话。中原神话学就是近年来兴起的专门研究这些"活"神话的流变规律及其文化价值的学问。

中原神话的系统调查和研究工作始于20世纪80年代初，倡导者是河南大学的张振犁教授。张教授和他的学生们曾多次深入山乡村野，历尽艰辛调查中原神话和与此有关的民俗活动，获得了大量的第一手科学资料，编印了《中原神话专题资料》[1]，写出了多篇调查报告，取得了令中国神话学界和世界神话学界赞叹的成果。学术界认为："在中原地区发现的若干古典神话的延续，推翻了过去中国神话贫乏、仅有断简残篇的片面结论，大大丰富了中国和世界神话学。值得特别指出的是，大量有关开天辟地、宇宙创造的神话材料的发现，填补了这类神话材料缺乏的空白，纠正了史学家们关于中国神话中仅有圣贤英雄人物的史迹材料的传统观点。"[2] 国外学者也认为，中原神话对于重新构建古神话，以及了解神话在封建时代演变的规律，都提供了有益的资料。1990年，介绍中原神话第一批研

[1] 张振犁、程健君编，中国民间文艺家协会河南分会，1987年。

[2] 《中国民间文艺研究会第四次会员代表大会的工作报告》，1984年。

究成果的《神话与民俗》[1]出版，同年，大型工具书《中国各民族宗教与神话大词典》[2]出版，“中原神话”作为独立的神话体系在此书中出现。1991年，第一部研究中原神话的专著《中原古典神话流变论考》[3]出版，该书是张振犁先生潜心研究八年的学术成果。张先生的论著，以科学考察得来的大量中原“活”神话资料为基础，结合民俗和古文献的比较、分析，探讨我国著名古典神话的流变特点、规律及文化史价值，是中国神话学史上的一次突破性尝试。1997年，程健君的《民间神话》[4]出版，该书是作者历时数十载进行中原神话田野调查的成果，书中将“活”神话和古典文献记录的神话相对照，结合中原民俗，阐述了这些神话盛传不衰的原因。书中所涉及的几乎都是中国神话学中的重要问题或是神话学界所关注的“大神”，如盘古、女娲、伏羲、黄帝、大禹等。1999年，张振犁教授和他的学生陈江风、程健君、高有鹏、吴效群等多位中原神话研究者携手，出版了《东方文明的曙光——中原神话论》[5]。该书以系列性专题研究的方式，从哲学、史学、民俗学、文化学、宗教学等诸多角度，努力挖掘中原神话的深层内涵和典型意义，从而构筑起东方原型文化的模式，为中国神话学规范化的学科建设和中原神话学的构建奠定了基础，形成了以张振犁教授为旗手的“中原神话学派”。这个学派将整个社会活生生的生活事项作为一部大书，从民间文化、民间生活、民间社会的角度来观神话。这种方法已被学界广泛接受。2009年，张振犁先生的论著《中原神话研究》[6]出版。2017年，张振犁先生数十年的心血倾注而成的《中原神话通鉴》[7]一书出版。该书全四册计174万字，393幅图片，收录800多篇民间神话传说。书中内容以神话点评的形式，集中展现了数千年来中原神话的丰富性。这部中原神话集大成的皇皇巨著，极大地丰富了中国乃至世界神话学研究，彰显了中国民间文化的巨大价值与魅力。

自20世纪80年代初期，张振犁先生在河南大学中文系开设“中原神话研究”课程，到目前中原神话学体系已基本构成。四十年来，国内外一批学者聚焦中原神话，推出了一大批中原神话研究的学术成果。1987年10月，中国民间文艺家协会、中国神话学会、河南大学、民协河南分会联合主办的中国神话学会首届学术研讨会在郑州举行。袁珂、刘锡诚、秋浦、鲁刚、王玢玲、张振犁等知名专家和叶舒宪、陈江风、程健君等一批年轻学者聚集一堂，围绕中国各族神话的民族特点、中国神话与民族文化两个议题展开热烈的讨论。这次研讨会是中原神话进入学界视野的开端。二十年后，为期七天的中国神话学国际学术研讨会，于2006年8月11日在河南省周口市隆重开幕。本次会议由中国文联、中国民协、河南省文联联合主办，中共周口市委、市政府等单位承办，并得

[1] 朱可先、程健君编，中原农民出版社，1990年9月。
[2] 《中国各民族宗教与神话大词典》编审委员会编，学苑出版社，1990年10月。
[3] 张振犁著，上海文艺出版社，1991年5月。
[4] 海燕出版社，1997年5月。
[5] 东方出版中心，1999年2月。
[6] 上海社会科学院出版社，2009年9月。
[7] 河南大学出版社，2017年2月。

到了河南大学，驻马店、南阳等地方党委政府的大力支持。来自中国香港、澳门和芬兰、比利时、德国、美国、墨西哥、日本、韩国等地区和国家的专家学者160余人参加了此次盛会，这次会议是迄今为止中国神话学研究史上规格最高、规模最大的一次盛会。会议期间，与会学者“千里走中原”，实地考察了淮阳、桐柏、新郑等中原神话的密集流传地。颇具影响的《神话中原》[1]一书，就是这次盛会的研究成果。这期间出版的研究中原神话的论文集还有程健君、高有鹏主编的《神话 神话》[2]，常松木主编的《禹里禹都研究文集》[3]，陈玮、赵雪梅主编的《荥阳嫘祖及古丝绸文化》[4]，等等。一批研究中原神话的专著陆续出版，如马卉欣的《盘古之神》[5]《盘古学启论》[6]，陈江风的《天国的灵光》[7]《天文崇拜与文化交融》[8]，高有鹏的《民间百神》[9]（与张广智合著）、《民间庙会》[10]，等等。杨利慧的《女娲的神话与信仰》[11]中的许多神话例证，均来自她在中原，特别是河南地区进行神话田野考察的成果。

中原神话的发掘和研究之所以能为世人所瞩目，其原因是那些产生在原始社会的“口头文学”至今仍能“活”在群众的口头上。像希腊、印度这些曾经产生过许多神话的国家，他们的国民已经丢失了“活”的“口头文学”，但仍有大量古典神话“活”着。那些有幸保留下来的、成为人类共有的精神财富的神话，主要是凭借文字的记录。“从这个意义上说，中原人民口头遗存下来的许多古典神话，便是一种文化史上的奇迹，是十分值得重视的珍宝。”[12]中原“活”神话“更重要的意义，则不仅在于大量古典神话口头遗存的本身，而且在于这些历史文化遗物可以大大裨益于我们今天神话科学的建设和繁荣”[13]。

从“中原神话学”的提出到目前初具规模的中原神话学体系，两代学人历经了四十年的努力。“中原神话”和“中原神话学”为什么能跻身于民俗学研究的焦点，归根到底，是因为中原这块古老的大地，蕴藏了丰厚的文化宝藏。“活”在中原人民口头上的神话故事，为我们今天人文科学的研究提供了宝贵的资料。

[1] 白庚胜、叶舒宪主编，大象出版社，2008年4月。
[2] 河南大学出版社，2011年3月。
[3] 河南文艺出版社，2014年1月。
[4] 中州古籍出版社，2011年12月。
[5] 上海文艺出版社，1993年8月。
[6] 中国社会科学出版社，2003年3月。
[7] 中原农民出版社，1992年3月。
[8] 河南大学出版社，1994年9月。
[9] 海燕出版社，1997年5月。
[10] 海燕出版社，1997年5月。
[11] 中国社会科学出版社，1997年12月。
[12] 张振犁：《中原古典神话流变论考》，上海文艺出版社，1991年，第1页。
[13] 张振犁：《中原古典神话流变论考》，上海文艺出版社，1991年，第2页。

神话，是一宗丰厚的民族文化遗产。

中原神话，是一块难得的民族传统文化中的瑰宝！

程健君

2019 年 3 月 17 日星期日 改定

凡例

一、《中国民间文学大系 · 神话 · 河南卷》共分三卷，所选内容以 20 世纪 80 年代河南省民间文学三套集成普查和河南大学“中原神话调查组”的神话资料为基础，按照科学性、全面性、代表性的原则甄选编纂成书。其中一部分作品是近年来地方民间文艺工作者搜集整理的。凡选自公开出版物和内部资料的篇目，均注明出处，有多个出处的篇目，只标注最早的一个版本。

二、《中国民间文学大系 · 神话 · 河南卷》第一卷收录“盘古”和“三皇”诸神神话，第二卷收录“五帝”和“大禹”诸神神话，第三卷收录“玉帝、王母”等其他“诸神神话”和“创世神话”“人类起源神话”“文化起源神话”。

三、每篇作品正文后，附有该文讲述者和采录者的姓名、性别（男性略）、年龄、住址或工作单位、职业、文化程度，以及采录的时间和地点。讲述者和采录者的基本情况以及县、市、乡镇名称均以采录时为准。少量篇目无法采集到讲述者和采录者有关信息的，遵从原稿标注，或在附记中说明。

四、不宜作为正文的内容，作为“异文”列出，或作为“附记”列在篇后。

五、须注释的方言方音、地名等词语，在当页脚注。

六、个别篇目在收入本书时，适当做了“口语化”恢复梳理。

七、与该卷作品相关的田野调查、讲述环境、名胜古迹、民间习俗、土特产等有关图片随文编配。

八、附录：各卷附有与该卷相关的神话分布表。《〈中国民间文学大系 · 神话 · 河南卷〉主要讲述者、采录者、研究者小传》附在第一卷，《河南省民间神话作品书目》《河南省民间神话研究书目》附在第二卷，《中国民间文学大系 · 神话 · 河南卷》方言注释与《中原神话调查报告（一、二、三）》《中原神话调查日记（1983 ～ 1985）》《中原神话调查组（1983 ～ 1985）录音、文字资料简表》《中原神话调查组（1983 ～ 1985）采访的主要讲述者一览表》《中原神话调查组（1983 ～ 1985）图片资料一览表》等附在第三卷。

神话章节提示

异文提示

采录者提示

文中注释位置提示

附记提示

引用提示

诸神神话

一、玉帝、王母

（一）

玉皇大帝（老天爷）

1

老天爷

（一）

传说，很早很早以前，天上还没有老天爷呢，可是，为啥后来却有一个姓张叫天社的玉皇大帝呢？

原来的天和地是连在一块儿的，传说盘古开天地，才有了今天天和地的样子来。可是，有了天、地，谁来当老天爷管天管地呢？那个时候，天上已有了一班大臣，其中有太白金星了、太上老君了、如来佛了等。他们商量咋样找这样的一个人来，就推举太白金星下凡来到人间找“老天爷”这个人来了。

一天，太白金星来到一处地方，听说村里有一户姓张叫天社的大户人家，他不但富有，脾气也很豪爽，对人讲义气，不拘小节。太白金星打听到这家的住址后，就摇身变为一个要饭的老头儿，要饭到这家门前。这家掌柜正想出门，听到门口有要饭的讨乞。出门一看，是一个年约七旬的老头儿在要饭，就吩咐家人，把这个老人请到客厅里好好款待。

谁知，这个要饭的老头儿，吃过了还把盘子、碗、碟摔个稀巴碎。人们想他老了，神经古怪也是常有的。一顿、两顿、三顿，顿顿这样，伙计们气了，就去告诉主人，主人也不计较，由他那样。伙计们都气不过，商量要教训教训他，把他赶走。不想这老头儿浑身生满了脓疮，这事便罢。自从他生了脓疮，别人都不去接近他，唯独主人格外殷勤，又是请医、抓药，又是煎药，照料他就像对待自己的亲老人家一样。老人疮好后，又住了几个月，约莫前后共住了有年把时间，不但饭钱没出一文，而且每天都有好酒好饭招待。太白金星想，这个人肚量大，心肠好，会治家，定能管理好天地的。

一天，太白金星想到约定回天的时间也到了，就问主人：“君看天下何处景致最好？”

主人说：“西湖最美。”

“那何不趁此去游玩游玩？”随后，他就把每日摔碎的碗碟拼成一只小船。奇怪，这船竟跟真的一样，他们两个乘上船直离地面向天庭驶去。这时，太白金星才亮明身份，要他上天去做玉皇大帝呢。

讲述者：张华昌，55岁，西峡县回车乡黑虎庙村农民，不识字

采录者：谢起超，40岁，西峡县文化馆干部，高中

采录时间：1986年5月

采录地点：西峡县回车乡黑虎庙村

选自：《中国民间故事集成·河南西峡县卷》，谢起超主编，西峡县民间文学集成编委会1987年9月编印

原题《老天爷的来历》

民间庙宇中的玉皇大帝塑像（2009年程健君摄）

南阳市宛城区溧河乡牛郎庄玉皇大帝塑像

（2021年4月14日程健君摄）

2

老天爷

（二）

传说，很久很久以前，天庭里众神大乱，一时间不分好坏，拉帮结派，闹得天庭里不得安宁。

有位法力无边的年轻神仙，平息了这场战乱，并把众神收为自己手下。在这群神仙当中有位老神仙，虽和年轻漂亮的神仙结过深仇，但在众神中还是很受拥护的。

年轻漂亮的神仙被众神推为天皇，他很高兴，便一口答应了众神，择良辰吉日登基，给众神加官封禄。

登基那天，众神个个都很高兴，很快便在天庭聚齐。他们都希望天皇能赐予一个如意的官。这天，天皇在众神仙的簇拥下，便给各位神仙加官封禄，等他封完，众神都很高兴，都跪着向天皇行君臣大礼。天皇见了哈哈大笑，可又愣住了，脸色猛地大变。他看到一位神仙竟然敢在他对面，立着不跪，还面带怒气地看着他。这人正是天皇的仇人老神仙。

老神仙知道官位还有一个，这官位看上去很小，可细一想还挺大，比天皇的官位还大。所以他不但不着急，还暗暗喜在心里。

不过，天皇也想到了，仇人也会找他要官当的，所以在封官时故意把老神仙漏掉，看他咋表示，再作发落。

这时，只听天皇怒喝道："大胆，为啥见本王不跪？你眼中还有天皇俺吗？"

老神仙道："俺跪也不难，为啥不封俺官？"

天皇冷冷地说："你也想当官？实话告诉你，而今天庭是属于俺的。来呀，把这个老不死的打到十八层地狱！"天皇一说出去，又后悔了，他把老神仙封成了老不死的，要知道君子口里是无戏言的。

老神仙心里更踏实了，忙抱拳道："众位仙人请你们评评理，既然天皇说俺'老不死'，那就不该死。"众神想到老神仙平时对自己的恩惠，平心而论，老神仙在众神中还是很有威望的。众神们正准备求天皇给老神仙封官，一齐跪下向天皇求情。天皇一看众神都为老神仙求情，半天才说："看在众神的面上，免你一死，把'老天爷'这个官位封给你。"大家一听欢呼起来。

老神仙忙谢道："谢天皇恩封。"又向众仙道："多谢诸位求情。"说完走到天皇右边的座位坐下，端起酒就喝。他的举动把众神吓呆了，天皇先是一惊，随后怒道："大胆，你目中还有俺吗？"

老神仙说："官是你封的，你让众神评评理，是你该敬俺，还是俺该敬你？"话音一落，众神议论开了。天皇一想更气了："唉，俺咋封他这么个官，俺是'天皇'，他是'老天爷'，反让他成了俺爷爷了。唉！俺还留恋这仙界有何意思呢？"一阵心酸过后，便化为一股清风走了。他离开天庭，不做神仙了。

老神仙一看天皇走了，就笑哈哈地说："多谢众位神仙，今日俺要给众神仙再加官三级。"众神一听，把老天爷给抬起来了。

打那以后，天庭由老天爷掌管了起来。

讲述者：杨国民，34岁，平舆县高杨店乡高杨店村农民，高中
采录者：杨国伟，16岁，平舆县高杨店联中学生
采录时间：1987年10月
采录地点：平舆县高杨店乡
选自：河南省民间文艺家协会资料库电子文档

《中国民间故事全书·平舆县卷》
原题《老天爷的由来》

3

玉皇大帝

（一）

传说，玉皇大帝原来也是个凡人，他还是被太白金星选到天上做了玉皇大帝的。

在很早以前，天上也是天各一方，各路神仙和鬼怪各霸一方，乱世当道，谁也不服气谁。结果是各兴各的令，地下生灵也跟着受灾，不是涝，就是旱，不是闹瘟疫，就是闹疾病，眼看着白骨累累，一片荒凉。

这时，天上有个老头儿，叫太白金星，他目睹天上地下的惨景，心想，天上没有个神仙来治理，地下也不能平静。他在天上选来选去，始终没有选到一个合适的统治者，后来他就和几路神仙商量，想到凡间来选个合适的人。他云游天下，翻了七七四十九座山，过了七七四十九条河，走了七七四十九天，这天才来到一个小镇上，找到了一个姓张的人。

这镇上有一个大户，当家的姓张叫张虎天，是一个通晓古今，很有知识和道德修养的人。他识天文、知地理，他把他的万贯家产，都周济给贫苦的人们，自己却吃糠咽菜。太白金星听说这个人后，就化装成一个乞丐，到他家去私访，结果选中他这个人。

他又回到天上，和各路神仙介绍了情况，作了商量，然后才把张虎天请到天上，做了玉皇大帝。他很有才干，自从做了玉皇大帝，天上的各路神仙们也没有不佩服他的。从此，天上就大治了，人间也有了生机。

张玉皇上天后，把他的老婆和九个女儿都带到天上了，他老婆被封为王母娘娘，九个女儿由于都是从凡间上天的，所以和凡间的人，都有情缘。他的个个女儿都思念凡间的人，想下来做凡人的妻子。她们还集体搞了一次天女散花哩！

采录者： 李书法，20 岁，农民，初中

选自： 《中国民间故事集成·河南栾川县卷》，贾翰如主编，栾川县民间文学三套集成编辑委员会 1989 年 1 月编印

原题《玉皇大帝的传说》

沁阳神农山的玉皇阁（2014 年 1 月 16 日程健君摄）

沁阳神农山上南天门（2003 年 3 月程健君摄）

沁阳神农山一天门（2003 年 3 月程健君摄）

4

玉皇大帝

（二）

商朝末年，有一个小官，每天不理民事，专好求神拜佛，烧香祷告，梦想有朝一日得道成仙，活个长生不老。

一天，他闻听人言，周文王的军师姜尚要斩将封神，喜得他一夜没有睡觉。第二天，他四更用饭，五更动身，慌慌忙忙找姜尚讨封，一边走一边不住地念叨："快！快！天赐良机，万万不能错过。"一气走了九天九夜，脚板磨烂了，双腿累瘸了，为了封神，这千般苦楚也顾不得了。

等他来到姜尚的中军大帐，"扑通"一声跪倒在地，连连叩头，声声讨封。姜尚往下一看，见是一个不知名的小官，心中暗暗好笑："大官大将还没封，你这无名小卒倒抢先跑来了，实在可笑。"想到此，姜尚戏笑道："起来吧，老天爷！"那小官闻听"老天爷"三字，乐得一蹦三尺高，连忙叩头谢恩，谁知用力过猛，头颅碰破，脑浆迸出，一命呜呼。他那一股阴魂，冲天而起，直往灵霄宝殿飞去。姜尚的一句戏言，倒使这名无名小官成了玉皇大帝。

讲述者：高长有，71 岁，郾城县裴城乡城高村教师，中师
采录者：高志华，49 岁，农民，高中
采录时间：1996 年 2 月
采录地点：郾城县裴城乡城高村
选自：河南省民间文艺家协会资料库电子文档《中国民间故事全书 · 郾城县卷》

5

选天帝

在很早时候，天上没有正主，很多人只顾争当天帝，把政事荒废了，弄得天底下常闹灾荒。太白金星很犯愁，就变成一个凡人下界，想寻个贤人掌管天界。

那时候有个天王村，村里住着一个员外叫张百忍。他跟前有七个闺女，一个比一个长得漂亮。有一天，一个仆人慌里慌张向张百忍报告，有个叫花子老头儿来讨饭，刚进门，“扑通”昏倒了。张百忍赶紧让仆人把他抱进屋里，请来郎中为他治病，还让妻子王氏亲手为他熬药、喂汤。过了两天，叫花子醒来了，可他一句感谢的话也不说，就让张百忍为他摆筵席。仆人们都很气愤，不让理他，张百忍倒平心静气劝大家：“他病刚好，正需要补养身子。”就办了一桌酒席款待他。叫花子毫不客气，大吃大喝，吃过后倒头便睡。醒后还叫摆筵，再吃，再睡。一连几天都是这样。

这天，叫花子把张百忍叫到面前，说：“张员外，我想求你办件事，不知你肯不肯答应？”张百忍笑笑说：

"这话就见外了！搁合[1]恁些[2]天，都成了一家人，有啥话只管说。"叫花子说："我是天上太白金星，想让你上天当天帝，不知你愿去不愿去？"张百忍不知他葫芦里卖的啥药，只是摇头。太白金星看他不信，忙现了真身。张百忍吓了一跳，跪下便拜。太白金星忙搀他起来，反跪到他面前称"天帝"。张百忍说啥也不肯答应，推说自己家里有妻子、女儿，自己一走，家里人咋办？

太白金星说："家里人一起带去。"

张百忍还是推托："可我妻子说啥也舍不得离开她喂养的鸡子、狗，我咋好勉强她！"

太白金星说："鸡子、狗一起带去，还有啥说！"张百忍没词了，只好答应。

就这样，张百忍带着他的妻子、女儿、仆人，连同鸡狗一起上了天，当了天帝。他怜惜穷苦百姓，肯用心办事，很快就把天下治理得非常太平。

讲述者： 王秀杰，女，72岁，唐河县古城公社张庄村农民，略识字

采录者： 张果夫，39岁，唐河县文化局干部，高中

采录时间： 1982年11月

采录地点： 唐河县古城公社张庄村

选自： 《中国民间故事全书·河南·唐河卷》，张果夫主编，知识产权出版社2011年9月版

[1] 搁合：方言，合作。

[2] 恁些：方言，这么多。

6

玉皇大帝是小偷

盘古开天辟地以后，玉帝、如来和李老君三位争管天下，谁也不肯让谁。可天下只能有一个主子呀！李老君说："等打雷的时候，咱们三个都闭上眼，坐在仙树下，树上的仙花震落在谁怀里，就由谁掌管天下。"玉帝和如来都说："中！"就一同来到仙树下，闭目静坐。

谁料玉帝私心重，听见雷响，就偷偷睁开眼，见一朵仙花飘飘忽忽落在如来怀里，心想：光棍不吃眼前亏。他眼闭着，我一抬手就能把花取过来，何必让他占便宜！一抬手，把花拿过来，放在自己怀里了，又闭上眼，装作啥事也没出过。

其实，如来虽说在闭着眼，啥都清清楚楚，怕玉帝在李老君面前出丑，才装作不知。玉帝就这样得了天下。

等玉帝得了皇位后，如来挖苦他说："玉帝呀，你掌管天下是很有能耐的。可是只有一件事，你管不了。"

玉帝问："啥？"

如来笑笑说："小偷！只有小偷你管不了！"一句话羞得玉帝闭口无言。

如来的话果真灵验。玉帝得天下后，啥事都治理得很

好，可只有小偷一款，世世代代除不尽！

讲述者： 丁朋治，68岁，唐河县苍台乡丁湾村农民，高小

采录者： 张果夫，41岁，唐河县文化局干部，高中
丁国法，30岁，唐河县苍台乡丁湾学校教师，高中

采录时间： 1984年8月

采录地点： 唐河县苍台乡丁湾学校

选自： 《中国民间故事全书·河南·唐河卷》，张果夫主编，知识产权出版社2011年9月版

7

玉皇大帝强占修道洞

轩辕黄帝的大太子轩武，在封地风后岭深受老百姓的爱戴，黄帝决定让位给他。黄帝先派赵、王二令官召轩武下山，轩武婉言谢绝了。后来，黄帝又亲自出马，轩武还执意不肯继位。为了避开父亲，轩武决定出家修道，脱离凡俗。他在风后岭东侧半山腰，凿了一个山洞，还在洞下开了一块平地，白天在洞外诵经修行，夜里在洞内歇息。

这件事传到玉皇大帝的耳朵里，他觉得轩武人才难得，凡间的天下应该让轩武掌管。这天，玉皇大帝借出游的机会，带着王母娘娘，来到风后岭，想会会轩武。正巧，轩武访友不在家。玉皇大帝望着石洞，计上心来，对王母娘娘说："你看这地方咋样呀？"

王母娘娘站在洞口，向东望去，沃野千里，直至东海，非常高兴，说："这洞真好。我要有这样一个行宫，闲时住住，就心满意足了。"

玉皇大帝大喜，立即宣旨："往后，这洞就叫王母娘娘洞吧！"并传令在洞外建一座玉皇宫，作为自己的行宫。其实呢，他们夫妇强占轩武洞，是为了挤走轩武，让他乖乖地接住黄帝的帝位。

轩武云游归来，见玉皇大帝和王母娘娘占了自己的洞，非常生气，可又不能说啥，只得离开山洞。去哪儿呢？找父亲去，黄帝必然还让他继位，他说啥也不想下山。无奈何，只好来到风后岭山顶，另建修道住处。在山顶搬石头时，由于心里生气，他狠狠地跺了一脚，吐了一口唾沫。巧啦，这一脚正好跺在原来修道的山洞顶上。洞的上方立刻裂开了一条长缝，唾沫顺着裂缝直淌到洞里。

后来，人们只得把轩武原来修道的山洞，改叫王母娘娘洞，洞外那座宫殿，叫老天爷庙。王母娘娘洞顶上至今还有那条裂缝，不管雨天还是晴天大日头，裂缝经常往下淌水，人们说那是轩武的唾沫。

讲述者： 史丙辰，46 岁，干部

采录者： 张宝锁

选自： 《河南民间文学集成·轩辕故里的传说》，李新明主编，中原农民出版社 1990 年 10 月版

8

玉皇大帝的生日

从前，息县城东关外有座天爷庙，庙里有个神仙叫玉皇大帝，俗称老天爷。说起玉皇大帝的来历，这里有段故事。

相传，古时候，有个“光严妙乐国”，国王名字叫净德时王，年过半百尚未得子，心里非常着急，曾多次祈求太上老君赐个儿子，好继承他的王位。

一天，皇后果然见到太上老君抱一婴儿来到皇宫，说是给她送子来了。皇后随即禀告国王，国王立刻前来拜谢，并设宴款待太上老君。可是，太上老君见了他们的酒席，转身拂袖而去。皇后以为酒席不丰盛，惹怒了太上老君，急忙上前追赶赔礼道歉。因她走得太慌张，被门槛绊倒在地，“唧哇”一声惊醒了自己，原来是一场梦。可她一摸肚子，真的怀孕了。国王一听夫人有孕，一时乐得哈哈大笑，说：“这真是天助我也！”马上设宴，庆贺皇后怀孕，也借此感谢太上老君给他送子之恩。

第二年正月初九，皇后生下一子，国王和皇后视如掌上明珠。国王每天朝政回来，总要亲一亲儿子，盼儿子快长大好继承王位。不料，这个王子长大以后，竟舍弃王位，

不愿做皇帝，把皇室的所有财产一散而尽，自己却到山中学道修真去了。后来，他得道成仙，被太上老君选入天庭，当上了玉皇大帝，总管三界的一切祸福。

因为玉皇大帝是农历正月初九生，所以，人间每到这一天都敬奉老天爷，说是正月初九给老天爷过生。

讲述者： 涂玉生，63 岁，农民

采录者： 戴金瑛，48 岁，息县县志总编室干部，中学

采录时间： 1984 年

采录地点： 不详

选自： 《中国民间故事集成·河南省息县卷》，曹金铸主编，河南省息县民间文学三套集成编委会 1990 年 1 月编印

9

赶山鞭

相传，可早可早以前，天底下东边是水，深得没底，西边是山，高得也没顶，各占一半江山。没有田地可以耕种，就没有吃的和穿的，百姓们生活极度困难，惊动了老天爷。

玉皇大帝为救百姓，派太白金星拿着赶山鞭，准备从东到西，把山一个一个赶到大海里。紧靠海边的山都已经被赶进了海里，小山沉到海底看不见，大山露出海面成岛、成礁，半不大的山就成了暗礁，山上的狼虫虎豹变成了海里的鱼鳖虾蟹。靠近大海的东部地区就成了平原、良田沃土，才有了现在的三山六水一分田的格局。

太白金星在忙着赶山的时候，老天爷看见秦始皇荒淫无道、穷奢极侈，与民实施暴政，心里非常生气，就命太白金星停止赶山，赶到哪儿就算到哪儿。

现在我国地势东面低平原多、西边高大山多、水往东流就是那时候留下的。

10

玉皇大帝的金童玉女

讲述者： 胡秋月，鲁山县让河乡瀼东村人

采录者： 翟保海，44 岁，鲁山县让河乡瀼东村人，干部

采录时间： 1985 年

采录地点： 鲁山县让河乡瀼东村

选自： 《中国民间故事全书 · 河南 · 鲁山卷》，袁占才主编，河南美术出版社 2016 年版

传说，玉皇大帝身边有一男一女两个童子，男的叫金童，女的叫玉女。玉皇大帝为了叫金童和玉女好好侍候他，就给他俩定很多清规戒律：男女之间不准说笑，更不准动手动脚。金童和玉女成年累月守在玉皇大帝身边，既不敢说，也不敢动，活像两个木头人儿。

有时候，趁玉皇大帝闭目养神的一会儿时间，金童偷眼看看玉女，玉女也偷眼看一下金童，她一挤眼，他一弄嘴，互相一笑。就这样，金童暗暗爱上了玉女，玉女也暗暗爱上了金童，可谁也不敢吐露出来。

一天，玉皇大帝带领众位神仙赴王母娘娘的蟠桃会去了，灵殿就剩下金童和玉女了。他俩都很高兴，互相说出了自己的心里话。金童发誓永远不忘玉女，玉女也发誓永远想着金童。他俩正在说笑，玉皇大帝回来了，一见这种情景，立时大怒，指着他俩说："如此放肆，败坏了天风，这还了得！"说着就要惩罚他们，经王母娘娘讲情，才免去这桩大罪。从此，金童和玉女恼死了天堂，恨透了玉皇。

后来，这事被月亮老人知道了，他为了成全他们，就向玉皇大帝奏了一本："伏羲在人间创世造人，日夜劳累，

需要一对仙童侍候。金童、玉女既触犯了天规，何不赶下凡去侍候伏羲？”玉皇念伏羲创世造人有功，就准了月亮老人的本章，把他俩赶出了灵霄宝殿。

金童和玉女下凡后，来到伏羲身边很乐意，觉得比天堂强得多。再说伏羲也很喜欢他们，不像玉皇那样，给他们立那么多规矩。这样一来，金童和玉女常在一起干活说笑，感情越来越深。伏羲见这对年轻人有情有意，就亲自聘月亮老人为媒，叫金童和玉女结成夫妻，生儿育女，繁衍后代。

金童和玉女为了报答伏羲的恩情，就认伏羲为义父。据老人们讲，咱这一带如今人烟这么稠密，传说都是金童和玉女的后代。

讲述者：雷培业，70岁，太康县朱口镇农民

采录者：雷文杰，41岁，太康县朱口镇专职通讯员

采录时间：1986年冬

采录地点：太康县朱口集

选自：《中国民间故事集成·河南太康卷》，胡有典主编，太康县民间文学集成编委会1989年10月编印

11 玉皇大帝吃供

一天，有四个人到天宫，来求玉皇大帝。其中，一个推车的，一个种田的，一个植园的，一个撑船的。他们一齐跪在玉皇大帝跟前。推车的说：“老天爷，我想出门在外，白天走路晚上睡觉，恁[1]能别下雨了吗？到年下俺给恁上供！”

种田的说：“老天爷，地有些旱了，恁下点雨吧，俺保证年下给恁上个大供！”

植园的道：“老天爷，我种的果子最怕风刮，恁能别刮风吗？到年下俺给恁上最好的供！”

撑船的说：“老天爷，俺撑船天天都可累，恁也该刮大点风，到了年下，我给恁献上最大最大的供！”

玉皇大帝听了他们四人的话，觉得很为难，他想：要是许了这俩吧，就得得罪那俩，要是顺了那俩，就又亏了这俩，还只能吃上俩供，咋办呢？玉皇大帝就请教王母娘娘，娘娘听罢一笑说：“要吃下四个供很容易，你按我的话来，保准没错！”王母娘娘把咋刮风、咋下雨、咋巧吃

[1] 恁：当地口语，“你、你们”都发音“恁”。

四供的话说给玉皇大帝。

玉皇大帝听了哈哈大笑，直夸娘娘，然后就把他们打发下凡了。玉皇大帝命令水龙夜里下雨，白天放晴；叫风龙溜着河道走，园林少刮风。从那以此，他们都可高兴了。种田的晚上得春雨，推车的白天好行路，撑船的顺风好扬帆，植园的年年丰收。到了年下，每个人都给玉皇大帝上了一桌好供。一直到现在都是这样，夜里大雨过后，天明就转晴。河里常刮溜河风，果园树林少风害。

讲述者： 王中古，68 岁，农民
采录者： 王中升，永城县马牧乡文化专干
采录时间： 1986 年 11 月
选自： 河南省民间文艺家协会资料库电子文档
《中国民间故事全书·永城市卷》

12

好天难当

当好人难，当好官难，当好天也难！

有一天，老天奶和老天爷开玩笑说："我看你这官儿怪自在哩，整天闲着没事，还三天两头吃供享，四行八业都向你许愿，啥好吃的都让你吃了！"

老天爷笑了笑，说："要不，我让给你当几天，咋样？"

老天奶说："中，当几天就当几天，看能把我咋着！"

老天爷出门玩了，要老天奶在家当家儿。

这天，先来了个种地的，烧香祷告说："老天爷，你老睁睁眼，快下雨吧，我的庄稼快旱死了，你若是保佑俺好收好打，我给你上个刀头肉供！"老天奶一口应承了。她想，原来当老天爷就这么容易呀！一个供到手了。

过一会儿，来了一个泥瓦匠，跪下祷告说："老天爷，你老睁睁眼，千万别下雨，把我的坯淋毁了！你要给我几个好晴天，我许你一个刀头肉供！"老天奶也应承了。

过一会儿，又来了一个种果园的，进庙来祷告说："老天爷，我的果树正开花，千万千万别刮风，你要是给我个没风没火的好天气，我许你一个刀头肉供！"老天奶应承后，感觉有点麻烦了。

不一会儿，又来了一个撑船的，进庙祷告说："老天爷，求你老人家帮帮我吧，你要给我送上一阵三级风儿，过了河，我给你上个刀头肉供！"老天奶不好不应承，可一想，难住了：一个叫下雨，一个不叫下雨，一个叫刮风，一个不叫刮风。叫人人都说好，不容易呀！

等老天爷回来，她苦笑着对天爷说："你这个官儿我不当了！"老天爷问她咋回事，她把难处说了。

老天爷听了，笑了笑说："这有啥难！"随手批道："下雨只下庄稼地，砖瓦场上晒干坯，果树开花蜂蝶去，开船送他顺河风！"

老天奶笑了："还是你有办法，刀头肉[1]你还吃吧！"

讲述者： 周秀英，女，80岁，家庭妇女，不识字

采录者： 牛凤桐

选自： 《河南民间文学集成·山阳城民间故事》，翟作正主编，中原农民出版社1990年10月版

[1] 刀头肉：方言，也称"刀头"，敬神供品，一般指猪肉供品。

13

老天爷难当

有一天，有四个人拿着香箔供品到天爷庙里烧香祷告。各有心愿，请老天爷保佑万事如意。

种地人说："老天爷，快下雨吧。庄稼苗快旱死了，要是下场透雨，俺给恁上花花大供。"

老天爷说："那就下场雨吧。"

卖酱的老板祷告说："老天爷，可千万别下雨呀。弄几个大晴天酱就晒好啦。我赚了钱给恁上花花大供。"老天爷有点作难啦。

梨园主祈求说："老天爷，梨树正开花呢，千万可别刮风呀。梨园挂果多，给恁上花花大供。"话刚落音，又有人祈祷了。

船老板说："老天爷，我要起船啦，快刮几天顺风吧。三天能到码头，我给恁上花花大供，谢谢恁。"老天爷更作难啦。有人叫下雨，有人不叫下雨，有人不叫刮风，有人叫刮风，我听谁的话呢？老天爷难当，我不当了。

老天爷回到家里唉声叹气，说天爷难当。老天奶忙问："因为啥事儿呀？"老天爷咋来咋去对老天奶一说。老天奶慷慨利落当机立断："这事好办，夜里下雨，白天

晒干酱，光刮顺河风，不要穿梨行。这不都如他们愿了吗？四家的花花大供，我们都收，还去当你的老天爷吧。不当，谁来进贡！”

老天爷就又继续当起来啦。

讲述者： 丁佩荣，女，70 岁，浚县大伾山风景区工人

采录者： 邢清玉，49 岁，浚县博物馆干部

采录时间： 1988 年 12 月

采录地点： 浚县大伾山风景区

选自： 《中国民间故事集成·河南浚县卷》，张守树主编，浚县民间文学集成编委会 1989 年 10 月编印

14

四供都吃完

天王爷在庙内受完香火回到后宅，心里不高兴。天王奶奶问他为啥事皱眉苦脸，天王爷叹了口气：“唉！这官当着真难啊！一百个人就有一百个心，叫俺满足谁呀？”

原来今日庙会，三教九流的人都来进庙烧香、祷告。财主说：“老天爷，俺要晒麦子了，你可得晴几个中天[1]呀！”

长工说：“老天爷，掌柜的累得俺们实在受不了，你可怜俺们下力人，下场雨让俺睡睡觉吧！”

种桃树的说：“俺的桃子刚熟，你可千万别刮风！一刮风桃就烂掉了。”

船家说：“你得体谅俺们行船拉纤的苦处，不管咋着得刮风助助俺们。”

天王奶奶听了天王爷的话，笑着说：“恁点儿事儿搁不住发愁，你就不会夜里下雨、白天晌晴天、有风顺河走、别刮桃树园，这样四供不都吃完了！”

[1] 中天：方言，好天、晴天。

15

吃刀头

讲述者：周妞，女，70岁，农民，不识字
采录者：黄坡，34岁，干部
选自：河南省民间文艺家协会资料库电子文档《中国民间故事全书·长葛市卷》

天上有对夫妻，男的是老天爷，女的是老天奶奶。凡向老天爷许愿，让他办一些常人做不到的事，事成之后就向老天爷敬送刀头。老天奶奶见老天爷吃了许多刀头，很眼馋。老天爷知道后就对老天奶奶说："我吃刀头是我有本事给人间老百姓办好事，你想吃，也凭本事挣啊。"

老天奶奶想：你能做到，我就不能做到吗？想着，也就赌气答应下来。

恰好这一天来了四个许愿的，他们分别是商人、农民、船家和看梨园的。

商人说："今天我要走远路，老天不要下雨，要是如愿，我就许上一刀头五斤肉。"

农民说："今年天旱得很，要是下一场透墒雨，我许一刀头五斤肉。"

船家要走水路运货，需要刮风，他许的愿是："刮了顺风，还一刀头五斤肉。"

最后，看梨园的人说："今年梨子结得多，个儿又大，眼看就要成熟了，最近十天半月如果不刮风，许一刀头五斤肉。"

四个许愿的，一个要下雨，一个不要下雨，一个要刮风，一个不要刮风，这可难坏了老天奶奶。她没招了，只得让老天爷想法子。老天爷笑笑说："这刀头你吃不了吧？看我的吧！"

接着，老天爷就命令管风雨的天神："晚上下大雨，白里[1]好晴天，有风顺河走，莫要穿梨园。"

采录者： 阎玉平

选自： 《河南民间文学集成·西平故事卷》，高沛主编，中州古籍出版社 1997 年 1 月版

[1] 白里：方言，白天。

16

老天奶奶当家

当你站在河沿上，觉得这里比别的地方风大，而果木林中又比别的地方风小，夜里下雨的时间比白天多。你知道是咋回事吗？

相传，在很久以前，老天爷和老天奶奶为了谁当家——主管天下，发生了争吵。老天奶奶说她能管好天下，让人类生灵过好日子，老天爷也说能管好天下，而且要比老天奶奶强。一时间争吵不下，最后商量好一人当家一年，老天奶奶起头先当家。

这年一开春，船家为了多拉货，少出力，就烧香叩头，许愿说："老天奶奶刮大风吧，让船帆借风，多拉几趟，赚了钱，到年底俺给恁上猪头大供。"

果园里的人却烧香叩头，许愿说："老天奶奶，千万别刮大风，一刮风，果花败落，结不成果，成了灾荒年，让我们咋过呀？只要老天奶奶不刮大风，让果坐好，等丰收了，给恁上鲜果大供。"

种地的农夫看着因缺水快要旱死的庄稼，心急得很，忙烧香叩头，许愿说："老天奶奶下大雨吧，只要下雨，庄稼丰收了，到年底给恁上花糕大供。"

晒干姜的人也许愿说："老天奶奶千万不要下雨，让我把姜晒干，要不一年吃喝无着落，全家人只有饿死。只要能晒好姜，到年底我拿出一半钱买上礼品给恁上供，一年四季烧香叩头。"

老天奶奶一听可发了愁，一个要风，一个不要风，一个要雨，一个不要雨，都许下大供，这可咋办呢？想来想去咋也想不出办法，只好找老天爷商量。

老天爷一听，哈哈大笑："还要当家呢！这点小事都解决不了。"

老天奶奶忙问有啥办法，老天爷说："有供不光要吃，还能四个供都吃。"当即给风婆和雨神下了一道圣旨，上面写着："有风顺河走，莫要穿花行，夜里下大雨，白日晒干姜。"

老天奶奶自知不行，才交了权，老天爷就当家至今。从这以后人们一有事，就请老天爷保佑。

讲述者： 许惠斌，82岁，内黄县楚旺镇人，读过四年私塾
采录者： 张国安
采录时间： 1987年10月
采录地点： 内黄县楚旺镇
选自： 《中国民间故事集成·河南内黄县卷》，李香菊主编，内黄县民间文学集成编委会1990年10月编印

17

老天爷分家

传说老天爷有四个儿子。长子起名叫青天，次子名叫白天，三子叫昏天，四子叫黄天。常言说："儿大不由爷。"四子长大后，都怀私心，钩心斗角，各霸一方，常因争权夺利而闹得天昏地暗。老天爷无法管教，只好同老天奶奶商量，决定分家。可天堂上一切都是公有的，有啥可分呢？无奈，老天爷只好把一年三百六十天平分给四个儿子，每人各分九十天。

家已分好，不料，恰巧在这个节骨眼儿上老天奶奶又生了一子，起名苍天。这五子分啥呢？这一下，可愁坏了老天爷，无奈，他只好又同四个儿子商议，要他们各匀出十八天由五子苍天所管。这样一来，每个人各得七十二天。也就是从"打春"到"立夏"共有七十二天，这段时间由长子青天所管；从"立夏"到"立秋"这七十二天由次子白天掌管；从"立秋"到"立冬"这七十二天由三子昏天所管；从"立冬"到"打春"这七十二天由四子黄天所管。而在这每个节令外都有十八天，一共又是七十二天由五子苍天所管。刚好这十八天里，天上的神仙都要到玉皇大帝那儿议事，常说的："三煞""五黄""太岁"都避过去了。

人间便把这些天当作“吉利日”，百姓们便趁此机会起梁、盖屋、修造、嫁娶……都会平安无事。

讲述者： 王燕灵，女，65岁，西峡县蛇尾乡小集村农民，不识字

采录者： 张玉环，女，23岁，西峡县蛇尾乡小集村农民，高中

整理者： 杨平女，28岁，西峡县文化馆职工，高中

采录时间： 1986年5月4日

采录地点： 西峡县蛇尾乡小集村

选自： 《中国民间故事集成·河南西峡县卷》，谢起超主编，西峡县民间文学集成编委会1987年9月编印

18

老天爷偏爱幼子

相传玉皇大帝同王后所生四子，长子春，次子夏，三子秋，四子冬。玉皇大帝见四个儿子年少有为、聪明过人，甚是欢喜，便降旨让春、夏、秋、冬四兄弟掌管天下，轮流执政，每人三个月。执政期间，赏罚自行做主。

谁知，旨降下来不久，王后又身怀有孕，又生下一子，名曰土旺。这土旺比四位哥哥更加聪明伶俐，深得玉帝和王后的宠爱。但是一年四季春夏秋冬已封满，无奈又降旨让春、夏、秋、冬每人拿出十八天给土旺。从此，土旺在立春、立夏、立秋、立冬前十八天理事，共七十二天。虽说春、夏、秋、冬也各还有七十二天的执政期，但是月有大小，谁也满不了七十二天，唯有土旺的七十二天是一天不少的。所以，人常说：谁都偏爱幼子，就老天爷也是如此。

讲述者： 庞新科，27岁，栾川县潭头乡重渡村农民

采录者： 庞留建，15岁，栾川县潭头乡重渡村初中学生

选自：　《中国民间故事集成·河南栾川县卷》，贾翰如主编，栾川县民间文学三套集成编辑委员会1989年1月编印

19

聪明的老天奶奶

一次老天爷听下界人们的祷告。

庄稼人说："老天爷下雨吧，庄稼旱到劲了。"

卖姜的说："老天爷千万别下雨，烂了姜、赔了本就没法活了。"

水手说："老天爷刮大风吧，一帆风顺多省劲呀！"

梨园的人说："老天爷别刮风，刮掉了梨可就苦透了！"

老天爷作了难，对老天奶奶说，没法叫所有的人都满意。

老天奶奶给他生了个好办法："黑喽[1]下大雨，白天晒鲜姜，有风顺河走，甭家[2]穿梨行。"

讲述者：　董立杰，63岁，离休教师

采录者：　董俊生，23岁，教师

整理者：　刘希功，45岁，清丰县文化馆干部，大专

[1]　黑喽：指夜间。

[2]　甭家：方言，不要。

采录时间：1987年5月15日

采录地点：清丰县马村乡董家村

选自：《中国民间故事集成·河南清丰县卷》，唐孝方主编，清丰县民间文学集成编委会1989年10月编印

20

天奶奶替天爷解难

有一年庄稼旱了，百姓说："老天爷啊，快下雨吧，再不下庄稼都旱死了。"

走路的客官说："老天爷，你可不能下啊，把我淋在半路咋回家啊？"

船上的纤夫拉纤累得满头大汗，口里不住埋怨老天爷："咋不起大风哩？起了风拉上篷，我们不是不卖这苦力了吗！"

正赶果子成熟，梨园里的人说："老天爷可不能刮风啊，要是把梨都刮落了，今年俺又要受穷了。"

各人的要求不同，老天爷作难了，愁得茶饭不香、睡觉不安。

王母娘娘看老天爷这样子，问他："你愁的啥呀？"

老天爷把这些事情给王母娘娘说了一遍。王母娘娘说："那有啥愁哩，你传令叫黑夜下大雨，白天响晴天，大风溜河走，别叫闹梨园。这样，各方面不都照顾到了吗？"

老天爷一听说："中。"就传令，命雷公风婆照计划行事。

普天下都说天爷是好天爷。

讲述者：　王远，70岁，农民，不识字

采录者：　王洪志，44岁，文化站专干

选自：　《中国民间故事集成·河南西华县卷》，胡有典主编，西华县民间文学编纂小组1990年5月编印

21

老天奶代天行旨

老天爷和老天奶都很爱老百姓。

有年大旱，地里庄稼苗都疙蔫[1]了，眼看就要断收。乡下人急得嗓子冒烟，求老天爷下雨。老天爷听说这事，很着急，叫雨神赶紧下雨。旨令还没传出，又听说许多举子求神不要下雨。原来这是大比之年，举子怕雨多，进不得京城，这一科考试就没有指望了。老天爷听这一说，又为难了，下雨好呢，还是不下好？

正当老天爷拿不定主意的时候，又听到两处值日神来报：一处说，艄公们碰上大热天，行船困难，要求刮风；另一处却说，今年梨子收成好，果农们求神祷告，千万不要刮风。老天爷听罢，又皱起眉头，刮风好呢，还是不刮好？

他越想越愁，唉声叹气，饭都吃不下了。老天奶见他不乐意，问："啥事把你愁成这个样子？"老天爷就把农夫、举子、艄公和果农求告的事给她说了。谁知老天奶听了，一点也不急，微微一笑说："这点小事就把你难成这

[1]　疙蔫：方言，枯萎。

个样？真没材料[1]子！”她随手替老天爷做了批文：

夜里下大雨，
白日响晴天，
刮风顺河走，
莫要穿梨园。

讲述者： 王秀杰，女，72岁，唐河县古城公社张庄村农民，略识字
采录者： 张果夫，39岁，唐河县文化局干部，高中
采录时间： 1982年12月
采录地点： 唐河县古城公社张庄村
选自： 《中国民间故事全书·河南·唐河卷》，张果夫主编，知识产权出版社2011年9月版

[1] 没材料：方言，没本事。一般指办事缺乏智慧。

（二）

王母娘娘

22

王母娘娘

很久很久以前，南山脚下住着一家人，爹娘下世早，撇[1]下哥哥、嫂子和小姑三口人过日子。

那小姑生得脓眼眵目糊[2]的，穿着一身又脏又破的衣衫，就像刚从炭窑里爬出来的黑姑娘。特别是那光秃秃的头顶，没有一根头发，又脏又臭讨人嫌。嫂子经常让她烧锅捣灶干重活，还秃妮儿长秃妮儿短地叫，时候长了，村里人都叫她小秃妮儿。

别看人家秃妮儿长得丑，可心眼好哇，没大言语，肯干活，村里婶子大娘都喜欢。她从不和嫂子争长论短，嫂子呢，想着法儿难为她。秃妮儿没明没夜地干活，从来没吃过一顿饱饭。嫂子说："谁的脸白吃白馍，谁的脸黑吃黑馍。"哥哥怕老婆，也不敢吭声，秃妮儿只好吃黑馍，一顿只准吃半拉。秃妮儿有苦没处讲，泪水只有往肚里咽。

秃妮儿吃不饱饭，每天还要上山放牛。嫂子嫌秃妮儿干活少，又让她做鞋，一天做一双，做不好就不让吃饭。秃妮儿坐在草地上，一边看牛，一边纳鞋帮，新鞋做了一双双，一嘟噜一串串，挂在藩篱上。嫂子还嫌做得慢，又让秃妮儿做衣裳。

秃妮儿一顿吃半拉窝窝头，赶着牛羊上山，肚子饿得咕咕叫，头晕眼黑乱晃荡。黄牛屙了一泡屎，嘟噜变成了白馍馍，秃妮儿弯腰捡起来吃了，喷香，身上有了劲，就坐下来缝衣裳。嫂子让秃妮儿一天缝两条裤子，一条裤子九道缝，左缝右缝缝不完。眼看天快黑了，秃妮儿急得掉眼泪，哭啊哭，不知不觉睡着了。蝼蛄大嫂心疼没娘的小秃妮儿，喊来了姐妹来帮忙，一会儿两条裤子全缝好。秃妮儿醒来一看，有些摸不着头脑，就赶着牲口回家了。

嫂嫂早就不放心，见秃妮儿越吃越胖，两条裤子做得又细又巧，心里打起了小算盘。

这天，秃妮儿赶牛上山，嫂子在后面偷偷跟着，想看看是谁帮助秃妮儿干的。一头黄牛哞哞叫，一撅尾巴屙了个白馍馍。嫂子一见心暗喜，慌忙捡在手中，张口就咬，白馍馍变成了牛屎，满嘴牛粪臭烘烘，恶心了好半天。她抓住秃妮儿没头没脑地打了一顿，怒气冲冲地回家了。

秃妮儿长到十八岁上，嫂嫂便四处托人说媒，想把她早点打发出去，可就是没一个媒人登门，嫂嫂气得直拍屁股。忽有一天，门外来了个张公子，口口声声要娶秃妮儿。小伙子举止斯文，长得也俊，秃妮儿十分乐意，当下约定正月初一娶亲。嫂嫂问秃妮儿要啥嫁妆，秃妮说："金山银山我不要，我要踩着嫂嫂肩膀上花轿。"气得嫂嫂直哼哼。

出嫁那天，秃妮儿突然长出了长长的黑发，更衣巧打扮，漂亮得好像天仙。张家花轿停在门口，秃妮儿来到轿前，把一把黄豆撒在脚下，黄豆满地滚，"咕噜噜"变成黄澄澄的金豆子。嫂嫂见了心喜欢，慌忙上前去捡。秃妮儿抬脚踏上嫂嫂的肩膀上了轿，花轿一阵风飞上了天。

后来，人们才知道，那是玉皇大帝度秃妮儿成神哩。那求亲的小伙子就是玉皇大帝，秃妮儿成了玉皇大帝的妻子，就是我们所说的王母娘娘。

[1] 撇：方言，留。

[2] 脓眼眵目糊：方言，这里指人长得很丑。眵目糊指眼屎。

讲述者：王宏玲，女，24 岁，项城县王明口中学教师，中专

采录者：苏国安，项城县贾岭乡文化站专干

整理者：孔祥谦，50 岁，项城县文化馆干部，中专

采录时间：1987 年 7 月

采录地点：项城县王明口中学

选自：《中国民间故事集成·河南项城县卷》，孔祥谦主编，项城县民间文学集成编委会 1987 年 12 月编印

民间庙宇中的西王母塑像（2009 年程健君摄）

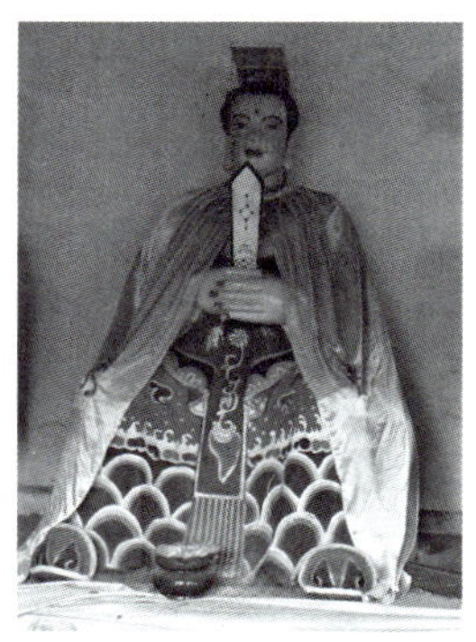

南阳市宛城区溧河乡牛郎庄王母娘娘塑像（2021 年 4 月 14 日程健君摄）

23

王母洞

王屋山的五斗峰上，有个大石洞，洞很深，里边有八个大厅，厅厅相连。每个大厅的门口都很窄，只能过一个人。厅内很宽敞，能容千军万马，传说这个洞是通着天上的，王母娘娘在里边住过，所以，人们叫它“王母洞”。

为啥王母娘娘在这里住呢？其中有个传说。

古时候，轩辕黄帝在天坛山上设坛祭天，祈求丰年。他用天坛山上的干树枝当香烧，一点火，干树就噼噼啪啪地烧起来，火光万点，一直烧了十天十夜也不熄灭。谁知这干树枝是檀香木，这一烧呀，把整个王屋山熏得香喷喷的！香气随风一直飘到玉皇大帝的灵霄殿。

玉皇大帝就问：“这是哪儿来的香气呀？”

王母娘娘说：“今天是你的生日，下界给你烧香祝寿哩。”

玉皇大帝听了十分高兴，说：“太白金星，你到下界去查查，是谁家给我烧香。”

太白金星腾云驾雾，顺着香气往地上奔。他来到王屋山上空一看，嗬！只见方圆七百里大的王屋山，到处香烟缭绕，却看不见烧香人在哪里，也分不清香气是从哪里冒

出来的。太白金星朝山头"腾腾"跺了两脚，把土地老爷叫出来，问清楚了就去回奏玉皇大帝："陛下，烧香的人找到啦！"

"谁？"

"掌管中原的轩辕黄帝。"

"他在哪方烧香？"

"王屋山。那儿山清水秀，是人间仙境。"

"他烧香求啥？"

"他为王屋山的百姓祈求丰年。"

"中，中，你传令，给王屋山个好年景。"

王母娘娘是个好游山玩水的人。她听说王屋山是人间仙境，就想去逛逛。第二天，她就打扮一下，带着五百宫娥仙女和雷公雷母，奔下天庭，来逛王屋山。这一天，王母娘娘贪恋王屋山美景，游呀，玩呀，到天黑也没玩够。这时，南天门"咣当"一声就关上了，她也回不到天上了。

宫娥仙女们，看到王屋山农家儿女男耕女织，欢欢乐乐地过日子，都不想回天宫了，就对王母娘娘说："咱住下多玩几天吧！"

王母娘娘嘴上说："不行，不行，仙家咋能久居人间呢？"心里却想，这儿的山水、草木，无处不美。就对宫娥仙女们说："你们既然喜欢王屋山，我就把它作为行宫，咱们往后时常来这里逛逛。"

仙女们说："中，中！咱就住下吧！"

当时，王母娘娘就叫雷公雷母在王屋山上找个好地方，给她修个行宫，在这里享享人间清福。雷公拿起天鼓，雷母擎起闪剑，就在五斗峰上凿了一个山洞。

王母娘娘和宫娥们在王屋山逛了一天，弄得满脸灰尘，浑身是汗，又渴又饥。她进了山洞，就引来了天河水洗脸梳头。她们把洗过的胭脂粉水，都泼到洞里，日积月累，洞里大厅都积满了粉红色的水。不知又过了多少年，水渗到天坛山肚子里去了。洞里沉淀出一层厚厚的红泥，这泥就叫"胭脂泥"。

这泥红彤彤、黏糊糊的。人们游天坛山时，都要到王母洞里挖一团红泥，拿回家去捏灯盏，不用烧，不用上釉，光亮光亮的，点起灯来，也不渗一滴油。

讲述者： 段庆川，78 岁，济源县城卖菜者
程月英，女，65 岁，王屋山卖茶者

整理者： 缪华等

采录时间： 1982 年

采录地点： 济源县

选自： 《中原神话专题资料》，张振犁、程健君编，中国民间文艺家协会河南分会 1987 年编印

附记

缪华为新乡市原百货公司营业员，1936 年生人，初中文化。据他本人回忆，这篇神话是 1982 年在济源街上采录的。（程健君）

王屋山王母洞王母塑像（2020 年 6 月 2 日程健君摄）

王屋山王母洞（2020 年 6 月 2 日程健君摄）

王屋山王母洞近景（2020 年 6 月 2 日程健君摄）

24

王母娘娘洞

在密县刘寨乡，有一个地方叫云岩宫，那里景色迷人，至今还流传着这样的歌谣：

北京到南京，
不如云岩宫；
石头缝里长柏树，
老龙叫唤不绝声；
三柏二石一所庙，
王母娘娘坐空中。

在云岩宫南边湖中，有一个小岛，岛上有一个洞，叫王母娘娘洞。为啥叫王母娘娘洞呢？

据说，很久很久以前，王母娘娘下凡游玩，在回去的途中，经过云岩宫，她在云端向下望去，只见那里绿树成荫，景色迷人，老龙潭的水叫个不停，几里以外都能听到。那里的石头更为奇特，在湖边的岩石缝里，长满柏树。王母娘娘还从来没有见过这样的好地方，就又下凡，在那个小岛上的洞中住了下来。

后来，人们便把那个洞叫作王母娘娘洞。逢年过节，当地人都去那里烧香求愿。据当地人说，那个洞很古怪，口子能大能小，去烧香的人必须虔诚，进到洞里不能说话，否则，洞口就会变小，就再也不能出来了。

再后来，人们为了表示对王母娘娘的尊重，在洞顶儿盖了一座庙，不知啥原因，庙前出现了两个大石头，三棵大柏树。所以，民间就有了“三柏二石一所庙，王母娘娘坐空中”的歌谣。

采录者： 贾建

采录地点： 密县刘寨乡云岩宫附近

选自： 《中原神话通鉴》（第三卷），张振犁编著，河南大学出版社 2017 年 2 月版

沁阳神农山上的王母洞（2003 年 3 月程健君摄）

25

王母泉

一天，日出东方，彩霞满天。天庭上，王母娘娘梳妆完毕，忽听年仅七八岁的七女在哭，便走上玉霄宫问她为啥哭。七女撒娇地说：“昨晚我做了个梦，梦见我的金鸽子在人间，你们快领我去找回来吧！”

六女听说要去人间，便也闹着要跟着去。王母娘娘最疼这两个小女儿，便命哪吒赶着龙辇，到凡间一游。

龙辇飘落到一个小村西头，停辇时，白龙马没留神，蹄子滑了一下，七女的玉枕被晃到地上，立刻变成了一块石头，长到石棚地上了。王母娘娘一慌，一只绣鞋掉到地上。赶辇的哪吒忙蹦下给她拾了起来。绣鞋虽然没有化成石头，但留下了一个鞋印。

顺着石棚路向东，王母娘娘他们来到一片平展展的石棚前，六女、七女齐声喊口渴，王母娘娘便拔下头上的金簪，在石棚上划了一道，只听“哗啦啦”一声响，石棚上裂了几丈宽的石缝，从当中“咕嘟嘟”冒出泉水来，紧接着，一对金鸽从水里腾空飞起，在天空绕了一个圈，落在七女面前。六女、七女惊喜若狂，抚摸着一对金鸽子，竟忘了喝水。

一会儿，清亮亮的泉水越涌越多，渐渐地冲走周围的杂草、石子，浩浩荡荡向南流去，成了一条宽阔的万泉河。

王母娘娘他们喝了水，洗过脸，便启辇回天庭去了。

村上一位九十九岁的老奶奶，看到了这一惊人的情景，才知是神仙下凡，为民造福的。老奶奶逢人便讲，众位乡亲奔走相告。全村人齐声感谢王母娘娘的恩惠，便请一位老石匠，给王母娘娘立了一块高大的石碑。石碑正中是王母娘娘的石像，两边是她的两个女儿。碑底座上写了两句话：

春夏秋冬常流水，
祖孙万代常烧香。

并把这个无名的小村取名为“王母泉”。

采录者： 赵桂梅，女，40岁，教师

采录时间： 1983年

采录地点： 焦作市山阳城墙南村

选自： 《中原神话专题资料》，张振犁、程健君编，中国民间文艺家协会河南分会1987年编印

26

王母娘娘磨绣针

很早以前，轩辕帝的大太子真武不愿在宫廷为官，特请求去风后岭庙修行。

起初，他耐不了这里的困苦生活，受不了孤独与寂寞，动摇了修道的决心，一心想重返宫廷。

这一日，他来到风后岭东十余里郭寨沟南河拐弯处，看到有一老婆婆，手拿铁棒在石上来回摩擦。真武太子感到奇怪，上前深施一礼道：“这位老太，你在磨啥？”

“我要磨根绣花针。”

“哎呀，这么粗的铁棒要磨到啥时候？”

“功到自然成啊！”

听到老婆婆的话，真武太子深受启发，回头向来路走去。

老婆婆望着真武远去的背影，微微一笑，自言自语道：“这就对了，此子可教。”原来这一老婆婆是王母娘娘的化身。她发现真武动摇了修道的决心，就化一老婆婆来点化他。

经过多年的艰苦磨炼，真武太子终于修成正果。

27

梳妆台与舍身岩

讲述者：许治业，37岁，农民

采录者：张爱民

选自：《河南民间文学集成·轩辕故里的传说》，李新明主编，中原农民出版社1990年10月版

新郑始祖山王母洞（1983年11月27日程健君摄）

梳妆台和舍身岩都矗立在风后岭东侧的悬岩峭壁上。

相传，很早以前，祖师在风后岭修行将成正果。王母娘娘为了点化他，化成美貌少女，对祖师进行考验。王母娘娘来在祖师庙东悬岩峭壁的一个平台上，赤身裸体梳妆打扮。祖师看到后，气愤地说："这一女子，赤身羞辱于我，成何体统？"

王母娘娘的化身说："你一人在这里修炼，多么清苦，我们不如结为夫妇，享尽人间之乐，你看可好？"

祖师气极："你……你……好不知耻的东西，还不与我快滚？"

王母娘娘一看，祖师态度坚决，可以脱离凡间升化成仙，便又嬉皮笑脸地招手说："来呀，快来呀！"

祖师气愤不过，手持木棍追打过去。王母娘娘见祖师赶来，便姗姗向东跑去。王母娘娘乃仙体，可翻山越岭，腾云驾雾。祖师见王母娘娘向东跑去，心想，既然走了就算，便停了脚步。

王母见祖师不追，也停在梳妆台东侧空中，再次招手，引逗祖师。看到这种情况，祖师飞步继续追赶。祖师过了

梳妆台，向前一迈步，便坠入了万丈深渊，凡体留在了人间，仙体化为轻烟，随王母升了天宫。

从此以后，便有了梳妆台与舍身岩的美好传说。

讲述者：许治业，37岁，农民

采录者：张爱民

选自：《河南民间文学集成·轩辕故里的传说》，李新明主编，中原农民出版社1990年10月版

28

仙狗下凡

在很古的时候，大地上就有了人类，靠吃野菜、野果度时光。一日，天上王母娘娘出宫游玩，看见人间以野果野菜为食，很同情，决定派仙狗下凡，为人间看门，并令它带稻种到人间播种，生产粮食。

这天，王母娘娘唤来仙狗，将稻种拴在它的尾巴上，并嘱咐道："到了人间，要看好门，打下的粮食吃大份[1]。"谁知仙狗听错了，以为是叫人们打下粮食，它吃"大粪"。

仙狗按照王母娘娘的吩咐，下凡到人间来。过大海时，不小心将稻种掉到水里，它急忙用尾巴去捞，结果只捞起一粒稻种，带到人间。人们经过精心栽培，把一粒种子繁衍为千千万万。从此，水稻传遍世界各地。不过狗看门、吃大粪的特性，却一直沿袭至今，没有改变。

讲述者：陈文候，35岁，教师，初中

[1] 吃大份：同大家一起吃，或和人们分吃时得一大半。

采录者：刘术文，41岁，干部，高中
采录时间：1985年7月6日
采录地点：光山县凉亭乡文化站
选自：河南省民间文艺家协会资料库电子文档
《中国民间故事全书·光山县卷》

29

花篮盆地

传说，王母娘娘生了七个女儿，可玉帝想得到一个金童，好继承自己的帝位。

有一天，玉帝正在灵霄宝殿议事，一个玉女高兴地跑来禀告玉帝："娘娘生了一个太子。"玉帝喜极，立即回到后宫去看，见果然生了一位金童。

金童满月那天，各路神仙都来庆贺。玉帝要举办宴会，就叫七个女儿到人间采鲜花。七个仙子来到人间，看见人间景色迷人，七仙女被迷住了，玩得忘了回天宫。六个姐姐早都回去了。忽听"轰隆"一声鼓响，七仙女吓了一跳，这才想起该回天宫了，立即提起花篮回天宫，可是晚了，天门已经关闭了。她急得大哭起来，一时忘了，手一松花篮掉了下来，花篮破了，变成了盆地。盆地里的花草树木，就是七仙女摘的鲜花。

讲述者：杨春喜，49岁，西峡县阳城乡竹园村农民
采录者：张金法，25岁，西峡县阳城乡竹园村农民
整理者：杨平，女，28岁，西峡县文化馆职工，高中

30

三山争高

采录时间：1986 年 5 月

采录地点：西峡县阳城乡竹园村

选自：《中国民间故事集成·河南西峡县卷》，谢起超主编，西峡县民间文学集成编委会 1987 年 9 月编印

原题《盆地的来历》

南阳汉画像石上的西王母、羽人和玉兔（2011 年程健君摄）

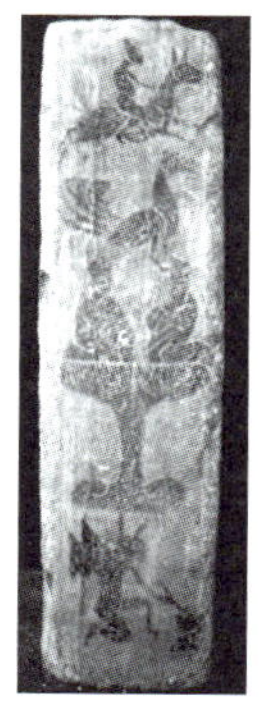

南阳汉画像石上的西王母和东王公（2008 年程健君摄）

南阳汉画像石中的西王母（凌皆兵、王清建、牛天伟主编《中国南阳汉画像石大全》，大象出版社 2015 年 9 月出版，程健君供稿）

传说盘古开天辟地后，玉皇大帝到下界普度众生，嫌路程遥远，意在下界选址建宫歇息。几经巡查，决定在邵原东北方天坛山、鳖背山和灵山三山中选一个地方，但又感到山低不峻，灵气不足，玉皇大帝命王母娘娘下界督管三山长高。以百日为期，日长夜停，到时山高者建宫。自三月初三开始，三座山按规则都一个劲儿地往上长，待百日期限将近，鳖背山、灵山两山看各自远远低于天坛山，两山就日夜不停地猛长，灵山还示意让鳖背山放一暗箭，射于天坛山后背，以阻天坛山上长。至今，天坛山背后仍有箭孔洞穴。

王母娘娘见三座大山都越长越高，越长越秀，鳖背山浑厚刚毅，灵山如娥飞舞，天坛山挺拔俊秀、有王者之风，娘娘心中暗喜。时至九十九日那天夜里，王母娘娘夜巡诸峰，突然发现鳖背山和灵山两山违规，日夜兼程，暗自偷长，勃然大怒，遂派天将，砍去灵山头，用烧红的巨鳌盖住鳌背山顶。唯天坛山守规，日长夜停，深得王母娘娘厚爱，便禀告玉帝，在此建修宫殿，即为祭天之坛。至今天坛山后灵山下，仍有王母洞。

自轩辕黄帝后，历代帝王常有天坛祭祀之举，后人并在此修庙祭神。

讲述者：翟明战，64 岁，济源市邵原镇邵原村人，中学

采录者：翟明亚，46 岁，济源市邵原镇邵原村人，高中

采录时间：2001 年 9 月

采录地点：济源市邵原镇邵原村讲述者家中

选自：《济源邵原创世神话群》，济源市邵原镇政府、济源邵州文化研究会编，河南人民出版社 2008 年 4 月版

31

王母娘娘捋麦穗

很久很久以前，地上的麦子可多可多哩，一根麦子就长恁些穗，就像芝麻蓢一样。打下来哩白面吃不完，人们就拿白面不当个东西，随地糟蹋。

老天爷知道了这件事，就派王母娘娘下来私访。王母娘娘下来后，打扮个要饭老婆儿，挋个破竹篮，到了一个村，老远闻见了一股香味，就朝有香味的这一家来了。一进门，瞧见院里支个小锅，一个老婆正在烙饼。王母娘娘说："行行善，给口吃哩吧！"

老婆脸都不扭："走开，没有剩东西儿。"

王母娘娘说："你都烙了恁高一摞，就不能给俺一口！"

老婆说："那是给俺孙儿垫屁股、当屎布用哩。"老婆说罢，就从屋抱出个小孩，让他坐在那一摞饼上。王母娘娘瞧见这，心里急哩不行，就走了。

王母娘娘又到了一家儿，见一个娘儿们正端着盆去喂猪，那猪食盆里都是白馍，有囫囵哩，有半个哩，满满一盆。王母娘娘说："行行好，给半口吃哩吧。"

那娘儿们说："走吧，走吧，没有剩东西儿。"

王母娘娘说："把你喂猪盆里馍给点也中。"

那娘儿们说："哼！给你？喂俺哩猪是叫它快些长大，吃它哩肉哩。给了你，顶啥用？走吧！"

王母娘娘听了，气哩不行，就趁着夜里，派恁些天兵天将，要将麦穗都捋下来。谁知捋哩只剩一个的时候，叫一只狗瞧见了，它跑到王母娘娘跟前，一股劲求情："丢一个吧，你要都捋光了，俺狗也没啥吃。那人们不知爱惜粮食，俺当狗哩可没有糟蹋呀！你就留个面子，给狗留点粮食吧！"

王母娘娘听狗说哩怪可怜，就剩下朝天这个穗没有捋完。

打这以后，地上的麦子就只剩下一个穗了。

讲述者：张树标，农民

采录者：张贺勋，33 岁，淇县文化馆工作人员

采录时间：1987 年 5 月

采录地点：淇县

选自：《中国民间故事集成·河南淇县卷》，于德伦主编，淇县民间文学集成编委会 1987 年 7 月编印

原题《麦子为啥只长一个穗》

异文：麦子为啥只长一穗

据说，在远古时代，一棵麦子并不是只结一穗，而是结好多穗，从上到下全结的是麦穗，老百姓家家囤尖缸满，过着幸福的日子。因为粮食多了，有些人家就不那么爱惜粮食了，把粮食不当粮食用。

有一个村子，住有十几户人家。这天，村里来了一位要饭的老太太。她走到了家门口，年轻的媳妇，一边看着孩子，一边做着针线活计。

"这位大嫂，可怜可怜我这老太婆吧，有吃的东西给一点！"老太太伸出手，向那年轻媳妇乞讨。

年轻媳妇到屋里找东西，不巧得很，屋里找不到一点熟东西。她拐回来，对要饭的老太太说："家里的馍都吃完了，没有啥给你，你要不嫌脏的话，我娃这屁股底下还垫着一个白面煎饼，给你吧。"说着，她从小孩的屁股底下拉出一个暖乎乎的煎饼给那个老太太。

老太太接了煎饼，一扭头便不见了。

原来，那老太太是王母娘娘变的。她奉玉皇大帝的命令下天来视察民情。玉皇大帝听完王母娘娘的汇报，十分生气，派了无数天兵天将，要他们把地上的麦穗全部打掉。

半夜里，人们都睡熟了，天兵天将一个个手拿大棍下了天，他们举起大棍，对准麦穗打了起来，被他们打下的麦穗，以后就再也不会长了。就在天兵天将把麦子打得只剩顶上一穗时，一只狗跑了过来，狗一见主人的麦子要被天兵天将毁掉了，就围着天兵天将哭起来，哭得天兵天将都动了心。天兵天将见狗哭得实在可怜，就决定留下最后一穗作为狗食。从此以后，麦子便像我们今天看见的那样，只会结一穗了。

讲述者：田大女

采录者：姚建新

选自：《中原神话通鉴》（第三卷），张振犁编著，河南大学出版社 2017 年 2 月版

32

王母娘娘留麦穗

采录时间：1989 年 6 月

采录地点：开封县

选自：《中原神话通鉴》（第三卷），张振犁编著，河南大学出版社 2017 年 2 月版

原题《麦穗为啥这样短》

郑州汉画像砖中的羲和主日与西王母。西王母传为西仙之首，住在昆仑山上，有三只青鸟为其寻食，九尾狐为其使，玉兔为其捣长生不老之药（程健君供稿）

郑州汉画像砖中的西王母（程健君供稿）

传说王母娘娘有一天下凡到人间，她看到又长又大的麦穗却不认识。也巧，她这时到麦地里解手，蹲在那里，用手捏玩麦穗。那时的麦穗像棒槌那样长，长得又很好，那时候的人啊，打一点就吃不完。这时，一只兔子突然从她身后跑过去，王母娘娘一紧张，麦芒扎了她的手。她当是兔子调戏她，又没法说出来，一生气想治下凡间的人，就用神手把麦穗从中间掐断了。她还不解恨，想把留在麦秆的一小半也掐掉，她这一动手，还刮起了一阵大风。那个兔子抬头一看麦穗变小了一多半，它知道是王母娘娘干的，就赶快跑回来，向王母娘娘求情，给它留一点口粮。王母娘娘为了出这口气，就指着兔子的尾巴说："把麦穗剩得跟你的尾巴那样长吧！"

兔子也不敢多说，只好答应，麦穗就像兔子尾巴那样长了。

讲述者：杨氏，女，75 岁

采录者：孙书民

二、二郎神

（一）二郎担山

33

二郎担山赶太阳

（一）

老古时，天上有十个太阳。一个跟着一个，这个还在当天上，那个已经爬上东山头，这个还没有落到西山头，那个已经到当天上了。十个太阳没日没夜地烤烤烤，烤焦了树木，烤干了河流，烤死了许多人和飞禽走兽。眼看着世上就没有了生灵，人们盼望世上出一个顶天立地的英雄，把天上的太阳除掉。

后来，这个人果然就出来了，他就是杨二郎。杨二郎出生在伏牛山灌口这个地方。据说，他的父母就是开山老祖。二郎长到七岁上，父母被太阳烤死了，他发誓要除掉天上这些杀人的太阳，为父母报仇，为一切被烤死的人报仇。

为了除掉太阳，二郎天天练本事，练累了，就躺到地下歇一会儿，有了力气再练。本事练成了，二郎收拾停当就出发了。

他追着太阳走。他看到太阳落在一个山头上，心想，到那里，准能逮住太阳。他就赶到那个山头，谁知太阳从那个山头上空绕过去又落在前边山头上了。二郎不泄气，又赶到前边那个山头上，到那儿后，发现太阳又落到更远处的山头上了。这样子，二郎朝着太阳落下去的山头，追呀追，一直追到昆仑山。到山上一看，谁知太阳又从昆仑山上空转过去，落到前边那个山头下边了。二郎又累又气，一屁股坐到地上，直喘粗气，心想，这样子追到啥时候才能追上太阳啊！

正在发愁，一个白胡子老头儿来到他跟前，笑着说："年轻人，为啥一个人在这里生闷气呀？"

二郎见问，就把自己追赶太阳的根由对老头儿说了。白胡子老头儿听后，点点头，在二郎肩头拍了拍："年轻人，要干成一件大事，光用力气不行，还要凭智慧！老夫乐于相助，送你一根扁担吧！"说罢，眨眼就不见了。

二郎东瞅西瞅不见老头儿，只见面前放着一根扁担，就拿起扁担，放在肩头上。一放，忽的一下他的身子长得跟天恁高，扁担也随着他长，长得有千万丈长。二郎这时才恍然大悟，原来那个白胡子老头儿是专门来点化他、帮助他的啊！

二郎想："我的个子长得比太阳高了，抓住它不成问题了。抓住它，把它咋办？得生法把它压住。对，就用大山压它吧！"二郎开了窍，用扁担担起两座大山，追赶天上的太阳。

赶赶，赶上一个，二郎把扁担一抬，"扑嗒"一下，就把太阳压在山底下了。抽出扁担，再挑两座山，再赶。

赶赶，又赶上一个太阳，二郎把扁担一抬，"扑嗒"，又一个太阳被压在山底下了。

这样赶一截压一个，最后赶到伏牛山这个地方。天上还有两个太阳，二郎累极了。咬咬牙，又担起两座山，朝一个太阳压去，"扑嗒"，一个太阳给压在山底下了。二郎看看天上还有最后一个太阳，就运运力气，又用扁担去挑山。糟糕，一挑，山头给挑豁了，扁担从肩头滑到地下去了。二郎慌忙俯下身子去拾扁担，扁担已经化成一条深沟，二郎掂了两掂掂不起来，"咕咚"一声也跌倒在地上，累死了。

二郎担山，压住了九个太阳，最后只剩下一个没压住，就留在天上。从此世间有了春夏秋冬，有了年月日时，有了黑夜和白天，生灵万物又开始繁衍生长。

人们为了纪念为民除害的英雄杨二郎，就在他倒下的地方盖起了一座庙，叫二郎庙；那根担山扁担化成的山沟叫扁担沟；挑豁鼻的那座山叫两半山；压太阳那些山下后来冒出一股热水，能煮熟鸡蛋，人们管它叫汤河温泉；二郎出生的灌口村也还在。这些地方都在卢氏县境内的西南山一带。

讲述者： 杜秉贵
采录者： 杜玉峰，39 岁，卢氏县文联干部，大专
采录时间： 1986 年 8 月
采录地点： 卢氏县朱阳关乡
选自： 《中国民间故事全书·河南·卢氏卷》，闫建朝主编，知识产权出版社 2009 年 2 月版

附记

卢氏县南部伏牛山腹地的汤河村有一特殊的裸浴习俗延续至今。露天温泉浴场位于汤河乡政府南侧的老灌河畔，紧挨着村子通往山外的道路。无论春夏秋冬，也无论男女老少，更无论白天黑夜，附近村民都在露天的温泉里赤条条地洗澡，毫不顾忌外人的目光。村民们自觉将洗澡时间定为男性单日，女性双日。来露天浴池裸浴的村民旁若无人地搓背、洗头、洗衣服。温泉和灌河都关联着二郎担山的神话传说。（程健君）

卢氏汤河裸浴场之一，相传二郎神将太阳压在山下形成了温泉
（2021 年 7 月 14 日程健君摄）

卢氏汤河裸浴场之二，相传二郎神将太阳压在山下形成了温泉
（2021 年 7 月 14 日程健君摄）

34

二郎担山撵太阳

（二）

在镇平、内乡和邓县相交处，有三座小山，东边的叫先主山，西边的叫寺山，南边的叫踢脚山。这三座山没离多远，当中有个村叫义和村，村西头有一口大井，叫二郎井。离三座山不远处还有一座小山叫鏊子山。这都是当年二郎担山撵太阳时留下的。

传说很久很久以前，天上有九个日头。这个还没有落哩，那个就又出来了，大地上净是白天，没有夜晚。人们顶着毒日头，成天干活，老不能休息，大家都累得腰酸腿疼。玉皇大帝就派二朗神去降服那九个日头。

二郎神担着大山，撵起天上的太阳了。

二郎担山撵太阳的事，传到九个日头耳朵里，它们就小心提防起来。二郎担着两座山，在天上从东边撵到西边，又从西边撵到东边，他撵得快，日头也跑得快。这样，转了一圈又一圈，撵上两个，把它们压在山底下；撵上一个，压住一个。有一个日头，眼看快被二郎撵上了，它心里一急，就一头钻到路边的马齿菜[1]下面，躲过了二郎的追赶，再也不敢露出来了。直到如今，马齿菜晒不死，就是因为它下面有个日头跟天上的日头对晒呢。后来，天上的日头少了，天气也没先前那么热了，白天也短了。

二郎撵到最后一个日头时，人们看到每天能黑一半、明一半，白天干活、晚上休息，再好没有了，就跟二郎说："别撵了，留下个日头吧！"这个日头一听人们为它求情，感激地跟二郎说："留下我吧，我会规规矩矩，早上按时出来，晚上按时下去！"二郎想：天底下光有黑暗怎会行？就对日头说："你要是说话不算，可别怪我无情！"日头连忙答应，二郎担起大山往回走。

他担着大山，走到伏牛山前面的时候，正赶上一个下雨天，路上泥大，不好走，脚下粘着厚厚的泥巴，越走越沉，越走越拖不动。他十分生气，用力甩了一下，谁知他用力过猛，"咔嚓"一声扁担闪断了，两座山也掉了下来。一座成了现在的"先主山"，一座落下地时，折成两半截的扁担从空中落在它上面，压了两道深槽，把山分成三截，鼓起三个疙瘩，这就是"寺山"。二郎脚下甩掉的泥块飞得不远，鼓起一个谷堆，这就是"踢脚山"。

扁担断了，二郎神就趁势坐下来歇歇。他太渴了，发现地下有一个小水坑，用指头往下一拧，成了一口井，二郎一喝，凉甜解渴。后来人们用砖把井砌了砌，起名叫"二郎井"。

二郎又往西走了不远，肚子饿得"咕噜噜"响，就找几块石头支起鏊子烙馍做饭，后来留下的灰堆成了一座小山，就叫"鏊子山"。

讲述者： 尚保元，吴光瑞
采录者： 尚海山，河南大学中文系 1978 级学生
采录时间： 1981 年
采录地点： 镇平县
选自： 《河南民间故事集》，中国民间文艺研究会

[1] 马齿菜：方言，亦叫马蓬菜，即马齿苋。杆粗叶厚，可食用。连根拔出来后不易晒干。

河南分会、河南大学中文系编，中国民间文艺出版社 1985 年 5 月版

35

二郎担山撵太阳

（三）

太阳神收了十二个弟子，教散热发光的本领。小太阳学成以后，太阳神嘱咐他们说：“散热发光的事我不管了，全由你们来干，我要永远休息了。千万记住，一个时辰只能出一个太阳，可不能成群结队地出来。”

开始，小太阳们还听太阳神的话，一个时辰出一个太阳。地上一片绿油油的，有花儿，有草儿，人也强，马也壮。

不知过了多少年，太阳神的弟子忘了太阳神的话，成群出来玩。人们觉得越来越热，喘不过气来。井干了，河涸了，庄稼叶卷了，就连一千多里的淮河也干得冒不出一滴水儿。人们对天喊：“老天爷呀老天爷，我们咋得罪你啦！为啥降火惩罚我们？”

老天爷听到了人间的怨声，就派外甥杨二郎去劝说太阳神的弟子们，不要苦害百姓。

太阳神的弟子不听劝，还说：“我们是太阳神的弟子，又是老天爷的儿子，你杨二郎只是老天爷的外甥，还是凡人转的，不配管我们天上的事儿。”

杨二郎听了这话，可恼火啦，带着哮天犬，下凡来了。

杨二郎下凡，遇上的第一个人是个挑水老汉。杨二郎问：“老伯哪里去？”

老汉答：“老天降火不降雨，大地都干透了，我只好到东海取水。”

二郎说：“降火的罪过，应归太阳神的弟子们。”

挑水老汉说：“我要有神箭，我把他们射个稀碎；要有神斧，我把他们砸个稀烂。”老汉说着说着，气得把扁担也扔到了地上。扁担落地，“轰隆”一声，像打炸雷，吓得哮天犬拔腿就跑，把山上的石头也蹬出了好多狗蹄印子。至今桐柏山西边儿的程湾还有“狗蹄石”的地名。

杨二郎唤过哮天犬，定神一看，那根扁担是个宝物。他就向老汉施了一礼，说：“老伯，扁担借给我用用吧。”

老汉点点头答应了。杨二郎拿起扁担，担起两座山就要动身。老汉问：“你担着两座山有啥用啊？”

二郎说：“等我担着山撵上太阳，你就能见个明白！”

老汉急忙说：“哎呀勇士，小太阳神通大，恐怕你不是他们的对手啊！”

杨二郎大笑三声，说：“老伯看着吧，为了天下百姓太平，我要拼死一战！”

杨二郎担着山撵上了小太阳。他命哮天犬和一个小太阳撕打。另一个小太阳前来帮忙，想烧死哮天犬。杨二郎顺着太阳射来的光柱把两座山扔过去，两个小太阳被压在了山下。这个地方，人们称为“双山”[1]。

两个小太阳被压，大地上凉快多了。杨二郎一天压住了五个小太阳。别的小太阳一见，都吓得东躲西藏，有的钻到水里，有的藏到山洞里。二郎又担了几座山，把小太阳压在水里，堵在洞里。十一个太阳都不能再出来作恶了。

剩下最后一个太阳，没有场儿躲，躲在了马齿菜下边。马齿菜下有一条蚯蚓，最怕热，忙给杨二郎报信儿说：“这儿——这儿——”哮天犬扑了上去，把最后一个太阳吞掉了。

天昏了，地暗了。挑水老汉和众人赶到，向杨二郎求情，说：“二郎神呀二郎神，太阳多了，人要遭殃。没有太阳，人又没法生存。俺求求恁让天狗把太阳吐出来散热发光。我们永远不忘恁为人们除害的大恩。”

杨二郎搀起大家，对哮天犬肚里的那个太阳说：“你要照人们的心愿来散热发光，分出春、夏、秋、冬，分出白天、黑夜。晚黑儿[2]，你住在大海，听到鸡叫再起身。我还让天狗跟着你，要有差错，天狗还把你吞到肚里！”

小太阳说：“我一准听话！”

天狗吐出了太阳，大地亮了，百姓们都高兴了。

后来，人们把杨二郎当年歇脚的山叫二郎山，又修建了二郎庙，以纪念二郎不畏困难、为民除害的功劳。

讲述者：李振有，李爱波

采录者：马卉欣，41岁，桐柏县文化馆干部，高中

采录时间：1986年

采录地点：桐柏县文化馆

选自：《中国民间故事集成·河南桐柏县卷（第一分册）》，马卉欣主编，桐柏县民间文学集成编委会1987年9月编印

[1] 双山：在桐柏县安棚镇东。

[2] 晚黑儿：方言，夜里。

36

二郎担山赶太阳（四）

采录时间：1983 年夏

采录地点：方城县二郎庙乡

选自：《中原神话通鉴》（第三卷），张振犁编著，河南大学出版社 2017 年 2 月版

很早的时候，地上人们不断地打仗，死的死伤的伤，庄稼全都荒了，老天爷为了惩罚人，就让天上同时出了十个太阳。

这一下可不得了，人们热得只有喘气的工夫，遍地都是热死饿死的人。

这时候，犯了罪被老天爷罚下来的大力神二郎神，看到半死不活的人们躲也没处躲，地上的土都烧焦了。他忍不住，又不顾老天爷的戒条，担起几座大山，飞步追赶太阳，把太阳一个一个压在山下，每天只让出来一个。

到现在太阳还是早晨从山中出来，夜里又回到山中。

天下又太平了，可是二郎神用劲太多，最后累死了。他的眼睛变成了月亮，在夜里给人们照亮。

人们都怀念他，各地修了很多二郎庙祭奠他。现在我们乡就叫二郎庙乡。

讲述者：林纪，70 岁，农民

整理者：杨明鲜，河南大学中文系学生

37

二郎担山撵日头

在巩县东部有两座大山，东边的叫片儿山，西边的叫伏山，这两山中间还有一座小山叫铁山。这三座山据说还是早先二郎神撵日头时留下的。

先前，天上出现十个日头，把地上的水烤干了，地也晒裂了，庄稼也都晒死了。玉皇大帝就派二郎神来惩治它们。二郎神用扁担担了许多座山，手里也提着山，每撵上一个日头，他就把它压在山下，这样一直压住了九个日头，只剩下最后一个日头了。他不歇气，想一口气把这个日头也压在山下。

他担着片儿山、伏山，手提铁山，撵到咱这儿。这时候，他浑身骨头像散了架，没一点劲，肚里也"咕噜咕噜"地乱叫起来，实在走不动了，他就放下担子，想歇歇气儿弄点吃的，再撵。他找了些柴火，掏出带的秫秫面在锅里煮起秫秫糊糊。糊糊煮成了，日头也偏西了，眼看撵不上了，他就赶紧舀起糊糊喝，谁知糊糊热得烧嘴，喝不下，又怕耽搁时辰撵不上日头，心里一急就把一锅糊糊泼在地上，想担起山就走。谁知，没吃饭，没有劲，山担不起来了，从那以后，这三座山就留在这儿，一直到现在。

二郎神泼在地上的糊糊变成了黄土，糊糊中的疙瘩变成了赖礓（一种石头），没烧完的柴火被压在地下，变成了煤。现在咱这儿的煤就是那些柴火变成的。

讲述者：佚名，80多岁，农民

采录者：王西克，河南大学中文系1984级学生

选自：《中原神话通鉴》（第三卷），张振犁编著，河南大学出版社2017年2月版

38

二郎神挑山追太阳

二郎神杨戬，是玉皇大帝外甥，生三只眼睛，身体高大，脚踏地头顶天，一伸手能摘下月亮和星星。他心眼好，有时还监督那些贪懒误事的神仙，为凡间百姓办点好事。

传说这一年，春天大旱，麦子旱死，大地裂缝多深，早秋没法安种。河水断流，井水干枯，林木枯死，人畜没水吃。大人小孩热死许多，人间一片凄惨。太阳神还是一股劲地晒，谁把它也没办法。

这天，二郎神从天上驾着云彩下来，一看人间这般，便问山神土地。这些小神一五一十说："春种、夏花、秋实、冬藏，从春到夏整差一个季节，没有一丝雨，人间缺粮，百姓热死许多。要想改变这些，请二郎神给太阳神商量一下，今年再从春季开始，或许人们还有个活头。"

二郎神便去找太阳神问话。太阳神说："季节迟了不怪我呀，天不下雨。你去问问雨神，看是咋回事。"

二郎神又去找雨神。雨神说："春天到了人间，我就准备降雨，可太阳神说：'你忙了一冬天，下雪不少，我的热量没有很好发挥，你去歇歇，啥时需要雨我给你说。'我听了他的话，一觉醒来，春分时节已过，他也没叫我说该下雨了，这不能怨我呀！"

二郎神这才明白，原来是太阳神捣的鬼，渎职造成人间灾害。他二翻身又去找太阳神说："我已把情况问明白了，现在已是秋天，你把秋改作夏，让老百姓安种晚秋庄稼，行不行？"

太阳神把脸抬得高高的，说："我遵照玉帝旨意，有我自家规矩，该热不热，五谷不结，该冷不冷，五谷不丰。秋天是该冷的季节了，你叫我再热起来，玉帝不答应，我也办不到！"

二神抬杠，越抬越恼，太阳神竟然把脸一扭，向西走去。二郎神很恼火，暗想：我非叫你扭回一个季节不可！你不听话，我用大山压住你，叫你逃不了！于是寻了一根大扁担，一头挑着五台山脚下的熊耳西山，一头挑着熊耳东山，跟在太阳神屁股后边穷追猛赶。太阳神发现后边二郎神在追，步伐迈得更快了。二郎神追呀追呀，一直追到渑池境内的一块大平原上，追得气喘吁吁，汗流浃背，想坐下歇息，顺手把肩上的两座熊耳山放下。太阳神看见二郎神坐在地上擦汗休息，也在西边半天空上停下来，讥笑说："喂，你想撵上我用大山压住，往后退一个季节，你咋还坐在那里歇哩？你咋不来撵呢？"

二郎神一听太阳神挖苦，气得二股筋蹦多高，忽地站起，来不及再担山了，拔腿就撵呀撵呀，一直撵到天昏地黑，星星月亮出了满天，太阳早窜得无影了。二郎神看看没撵上，也没了办法，扫兴而归。

现如今，在渑池县西村乡境内依然存有当年二郎神挑山追太阳的遗迹，熊耳山就是二郎神挑的山，山北麓脚下有个鼓堆凹村，村西边有两座大土山，传说就是二郎神歇息时，从鞋壳篓里倒腾来的土堆。再往北一点，东西横伏一条几十里长的大土岭，那就是二郎神扔下的扁担。

讲述者： 刘桂萍
采录者： 姚光一
采录时间： 1988 年

采录地点： 渑池县西村

选自： 《中国民间故事丛书·河南三门峡·渑池卷》，张宝星主编，知识产权出版社2016年2月版

39

杨二郎担山赶太阳

古时候，天上有十个日头，烤得大地热锅一般，寸草不生。人们住在洞穴里，只能夜晚出来寻食，生活十分艰难。

当时有个大汉叫杨二郎，力能拔山。他在百姓们的央求下，冒着烈火一样的炎热，担起大山赶压日头。经过多次拼搏，他终于把最大的两个日头压在华山下，把最狡猾的两个日头压在泰山下。而后，把北方的两个日头压在燕山底下；把南方的两个日头压在衡山底下；把最小的一个日头赶到夜间出来，那就是月亮；只留下中间的一个不冷不热的，就是现在的这个太阳。

从此，天气温和了，夏天下雨，冬天下雪，地上河流纵横，滋润万物，人类才得以生存。天上玉皇大帝知道了，就封杨二郎为神仙，专为人们驱邪拿怪、抱打不平。连杨二郎的妹妹也被封做圣母娘娘，造福人类。

讲述者： 窦平，66岁，扶沟县白潭乡东白庄村，农民，不识字

40

二郎神担山撵太阳

很早的时候，天上有十个日头，它们排一拉溜儿，这个还没打西边落下去，那个又打东边出来了，晒得河里井里的水都干了，庄稼全旱死了。再说，光有白天，不见黑地儿[1]，人热得受不了，又睡不成觉，也死得差不多了。

这还了得！老天爷知道了，赶紧派二郎神，叫他把日头压到山底下。

二郎神担一挑子大山，撵上一个日头，就搬山压下一个，再撵上一个，再压下一个，连着压下九个日头。他一路往西撵，在下汤、中汤、上汤[2]三个地场儿[3]各压了三个日头。现在这仨地场儿都往外流热水。

天上只剩下一个日头了，二郎神死心眼儿货，也不想想没有一个日头中不中，还是担着山撵。剩下这个日头看着兄弟们都叫逮住压山底下了，它就破命跑。眼看快叫二郎神撵上了，它一藏，藏到了水沟里。水沟里的出串[4]热

[1] 黑地儿：方言，黑夜、夜晚。

[2] 下汤、中汤、上汤：三个村，在鲁山县西部。

[3] 地场儿：方言，地方。

[4] 出串：方言，蚯蚓。

采录者：窦宝全，46岁，扶沟县白潭乡水利站技术员，高中

选自：《中国民间故事集成·河南扶沟县卷》，唐贵知主编，扶沟县民间文学集成编纂委员会1989年9月编印

得受不住，就对二郎神说："这儿——这儿——"

日头看藏不住身，起来又跑。一跑，破嘴老鸹[1]看见了，也给二郎神报信儿，叫唤着："瓦啦[2]！瓦啦！"

二郎神接着又撵。日头没处藏，藏到一棵马齿菜下面。马齿菜护着日头，热死也不吭声，眼看着二郎神往西撵去了。二郎神想着日头藏石人山去了，就又往石人山去找。谁知走到这里扁担断了，两架山就掉在了地上。这时，鸡也叫了，二郎神就往天上给老天爷回命去了。

这里的人给二郎神修座庙，叫"二郎庙"，就在鲁山县二郎庙乡政府那儿。二郎庙西关有两块大黑石头，都说是二郎神挑来的。

日头不忘马齿菜救命的恩，就叫马齿菜不怕晒，越晒越支棱，就是根儿朝天，也晒不死。

日头恨透了出串和老鸹，一见出串就把它晒死，还把老鸹晒个浑身黑。

讲述者： 李永和，69岁，鲁山县赵村乡中汤村农民，不识字
采录者： 张怀发，35岁，鲁山县赵村乡中汤村教师，中师
采录时间： 1986年9月
采录地点： 鲁山县赵村乡中汤村
选自： 《中国民间故事集成·河南卷》，中国ISBN中心2001年6月版
原题《二郎庙》

[1] 老鸹：方言，乌鸦。
[2] 瓦啦：方言，跑啦。

41

二郎神担山赶太阳

相传，很久以前，天上有十个太阳，人类不能生存。玉帝派后羿去射掉九个太阳，留一个，供人类万物生存发展、繁衍生息。后羿遵旨射日，当要射第八个时，弓上之弦突然断裂。天上余下三个太阳，天下万物依然不能繁衍，人类不能生存。况且太阳升于西方落于东方，有违万物发展规律。

玉帝又派一名身怀绝技、举世无双、善于变化的天神去赶太阳，到适当的地方，压下两个，留下一个，并把留下的一个从西方赶到东方，令它从东方升起，顺应万物发展之规律。这位天神就是人称"二郎神"的杨戬。

二郎神受命之后，按下云头，扮作一个青年人模样，在一座山岭上砍了一棵树，刮了一根两头翘的扁担。又砍了一棵小树，截成比肩膀低的木棍当搭杵，做了一个月牙形搭杵帽，安在木棍上。由于树太粗，刮下来的木渣太多，堆在山岭上就成了"木渣岭"。后来人们嫌"木渣岭"的"渣"字不好听，就把"渣"字改为"札"字，成为"木札岭"了。

二郎神把自己多余的衣服撕扯为碎布片，做成巴掌大

小的七八寸的留肩，绑在扁担中间，放在肩上，用于减轻负担。二郎神用刮好的这根扁担担着两座山，一路向东走去。走在坎坷不平的羊肠小道上，每挪动一步，都要用相当大的力气。他费尽了九牛二虎之力，在走了七天七夜的时候，走到一个村庄，借宿在一间破庙里，不一会儿就呼呼地睡着了。后来，有人听说二郎神在这间破庙里住过，就把这间庙叫作“二郎庙”。

第二天天刚亮，二郎神起床洗漱完毕，匆匆吃点儿早饭就担山起程，继续向东走去。不知又走了多长时间，二郎神又饥又累，就在一个背风向阳的山坳里，放下担子，停下来休息。正在这时，一位鹤发童颜、两眼炯炯有神的老丈，一手端着一瓢水，一手抓着几个烧饼，向二郎神走来。老人让二郎神吃烧饼、喝水，二郎神坚辞不受。老人说，自己住得离此地不远，是专程为二郎神送吃食来的。二郎神心想，这可能是天意，吃就吃吧！就津津有味地吃喝起来。后来人们才知道，为二郎神送烧饼的老人是张灶君。人们为了感念这位德高望重的老人，在山里建起一座庙，名“灶君庙”。后来这里聚集的人越来越多，成了一个村庄，这座村庄就叫灶君庙村了。

二郎神吃过烧饼，喝过水，不饥了，不渴了，不累了，有劲了，担起两座山呼扇呼扇地继续前行。往前走了大约一里路，看见一位漂亮的村妇在河边洗衣裳。这位村妇热情地向二郎神打招呼，说：“这位壮士，歇歇脚吧，担这么大两座山，不怕把扁担压折？”村妇话音刚落，只听二郎神肩上的扁担“咔嚓”一声断为两截。二郎神感到惊奇，回首一看，那女人已无踪影。

二郎神感到惊奇，当时这声音很大，几里以外都听得清清楚楚。随着扁担断时的这一甩，那两个太阳不偏不倚被压在了两座山下。

一座山下压一个太阳，好像有老天故意安排似的。支撑扁担的搭杵也断了，肩上的留肩也被甩出老远。现在两座山之间有一块月牙形的大石头，就叫“搭杵帽”；一块四四方方的大石头，就叫“留肩石”。这些东西至今还在灶君庙河下方与大庄河交叉的地方。

二郎神赶着剩下的一个太阳继续东行，不大工夫，走到一个村庄。二郎神觉得脚下发热，使劲跺了一下脚，地上竟出了一个窟窿，“嗞嗞”地往外冒热水。二郎神心想，莫非是两座山压住的太阳，把地下水烧热了，流到这里的？二郎神也不再多想，赶着最后一个太阳继续东行。由于二郎神没有了负担，一路走得甚快，不知不觉中走了二三十里路。到一个山庄，又觉得脚下发热，就下意识地又跺了一下脚，地上又出个大窟窿，往外冒热水。二郎神这次用手撩了几把水洗脸，真美呀，又得劲，又舒服，然后就继续走。大约又走了二十四五里路，二郎神又觉得脚下发热，他索性再跺上一脚，地上又出个大窟窿，还是“嗞嗞”地往外冒水。这次二郎神想个办法，三下五去二在冒水的地方挖个坑，跳下去洗澡。这一洗不打紧，一身的疲劳和臭汗味顿时无影无踪，得劲极了，身上轻松很多，一鼓作气地把太阳赶到东海远处的天边！

二郎神完成了玉帝交代的任务，回到天宫向玉帝交差，并说明那两个太阳被压的地方，太阳热量烧出的地下水流经的三个地方，被他用脚跺出了大窟窿往外冒热水等事情。玉帝不但没有责怪二郎神，反而夸他做得好，还委派太上老君往那三个冒热水的地方各放一粒仙丹。如此一来，这三个有热水的地方都有消除疲劳、散风除湿、治疗疮疾和腰酸腿疼的特殊功效了。所以，来这里洗澡的人络绎不绝，从古至今无间断。据传，当年连皇上的女儿也到此沐浴，至今留下了“皇女汤”的美称。

人们感念玉帝的圣恩和二郎神的功绩，把先冒出热水的地方叫作“乱汤”，后冒出热水的地方叫作“中汤”，最后冒出热水的地方叫作“下汤”。后来，人们嫌“乱”字难听，就把“乱汤”改称“上汤”了。

讲述者： 徐惠范
采录者： 郝天明
采录时间： 2006 年 5 月
采录地点： 鲁山县赵村乡
选自： 《中国民间故事全书·河南·鲁山卷》，袁占才主编，河南美术出版社 2016 年版

异文：二郎神担山赶太阳

关于上汤佛泉寺温泉的故事，还有一种说法。

后羿射日箭无虚发，只是射掉七颗太阳后，待要射第八个太阳时因为弦绷得太紧，用力过猛，“咯嘣”一声，弓弦断为两截。余下三颗太阳仍在天上与人类作对，人间还是酷热难耐。玉帝遂又派身怀绝技、善于变化、在天宫任职的二郎神杨戬把太阳赶到适当的地方压下来。

二郎神受命于玉皇大帝，择吉日，按落云头，变作一个年轻力壮的小伙，砍下一棵胳膊粗的小树削成扁担，又砍下一棵稍细的做成搭杵，以备挑山时换替肩膀用。由于砍下来的木渣太多，堆在山岭上，后来人们就把这条有木渣的山岭叫“木渣岭”。“渣”与“札”同音，今人唤作“木札岭”，即今鲁山与嵩县交界之山岭。

二郎神用碎布做个留肩，在木渣岭北边选择两座大山，念了一个咒语，用“缩骨法”把山头缩小，用绳子绑好两座山向东走。后来当地山神发现他管辖的二十座山少了两座，成了十八垛，就据实上报，这个地方一直就叫“十八垛”了。

二郎神肩挑大山向东天边奔去，晚上，他借宿在一座破庙里。后人把这座破庙就称作“二郎庙”，人因庙而聚居，唤名“二郎庙村”“二郎庙镇”，今又更名为“尧山镇”。

翌日，行进得饥渴间，一位鹤发童颜的老丈，向二郎神送来烧饼和水，并解释说：“小神离此不远，专程为恁送吃的来。”二郎听说小神二字，知是玉帝安排，放心享用。后来人们知晓这老者就是张灶君，遂在附近修庙一座，取名“灶君庙”。

二郎神马不停蹄赶至东天边，来到太阳旁边，一边担山，一边用桑条赶着两个太阳西走，选择适当的位置压山。行至一条河间，见一村妇在浣衣。村妇向二郎神打招呼：“这位壮士，歇歇脚吧，挑这么大两座山，不怕把扁担压折？”村妇话音刚落，二郎神肩上的扁担“咔嚓”一声断为两截。惊奇间，再看村妇，哪里还有踪影！二郎神心知这是菩萨暗中点化，随即把扁担一甩，顺势把一颗太阳不偏不倚压在一座山下。趁这一甩间，另一个太阳想东跑，二郎神紧追几步，把它压在距离这个太阳十几里的地方。

这两个太阳被压在地下，却有发泄不完的热量，把地下的水都烧热了，就都化作了温泉。天上一个太阳当值，有干有歇，日白夜黑，四季轮回。温泉水日日夜夜“呲呲”地往外冒出地面，供人们洗浴。压第一个太阳的地方就是上汤玉枕山佛泉寺下的温泉，压第二个太阳的地方就是中汤灵凤山下墨子坊附近的温泉。而温汤、下汤、碱场温泉也是由这两个温泉的热水延伸露出地表形成的。

讲述者：王学超，55 岁，鲁山县尧山镇人

采录者：李修平，34 岁，鲁山县旅游产业园区管委会副主任

采录时间：2013 年 5 月

采录地点：鲁山县赵村乡

选自：《中国民间故事全书 · 河南 · 鲁山卷》，袁占才主编，河南美术出版社 2016 年版

42

三阳凹

整理者：贾翰如，64岁，栾川县文化馆离休干部，高中

选自：《中国民间故事集成·河南栾川县卷》，贾翰如主编，栾川县民间文学三套集成编辑委员会1989年1月编印

伏牛山上摩天岭下，有一个三阳凹，也叫扁担凹，相传是当初二郎担山撵太阳的时候，扁担断了，留下的痕迹。

很早很早以前，天上有十个太阳，按照上帝的排列，它们是每天出来一个，轮流值日，十天一循环。可是它们不听话，有时，一天一齐出来了，把地面上的啥东西都晒死了。上帝知道后，就派二郎神去捉拿太阳，他肩上担着两架山，捉住一个压在山下一个，捉住一个压在山下一个。八个太阳都被他捉住压在山下，最后只剩两个，他又抓住了一个，压在汤营的山下，变成了现在的温泉。当他去捉最后一个的时候，扁担断了，就留下了现在的三阳窝。那最后的一个太阳，便乘机逃跑，也就是现在天上的太阳。

采录者：陈海涛，15岁，栾川县大清沟乡北乡村初中学生
黄宗智，57岁，栾川县石庙乡上园村人，教师，高中
许秀武，16岁，栾川县大清沟乡杨庄人，学生，初中

43

二郎担山

相传，很早以前天上有十八个太阳，烈日炎炎如喷火，土地龟裂，河水枯干。

二郎眼看人们在烈日下难以生存，怒火心中烧，抓起一座山就将其中一个太阳压住。当他一连压了几个之后，其他太阳纷纷逃命。二郎怕它们逃到别处继续为非作歹，一时兴起，用扁担一下子担了两座山去撵太阳。当赶到大史村南地时，沙土灌在鞋里，行走不便。二郎就脱下鞋，将里面的沙土倒出来。据说大史村南地现今的大沙堆就是二郎从鞋内倒出来的沙土。

当二郎担起山来继续往前赶时，不料扁担楔儿折断了，溜担了。山掉下来，将地砸了两个坑。据说前郭雷和大史村的“二郎坑”就是当时二郎担山砸的。

二郎将扁担收拾好后，继续担山上路撵太阳。追呀，追呀！二郎一直将十八个太阳压了十七个，剩下一个找不到了，他想，留下一个也作不了啥怪，算了吧，以后再说。

后来才知道，那一个太阳就藏在马齿苋的叶子下面。以后太阳日照万物，一年四季将光辉洒向人间，再也不敢为非作歹了。正因为马齿苋救了太阳，所以世上万物都怕太阳晒，唯有马齿苋，即使拔起来放在太阳下暴晒数日仍不死，就是这个缘故。

采录者：李桂生

选自：《中国民间故事集成·河南省辉县市卷》，周抒真主编，河南省辉县市民间文学三套集成编委会 1989 年 9 月编印

44

二郎神追日

盘古开天辟地时，天上有九个太阳，把大地整天晒得热烘烘的，房子晒着火了，河水干涸了，人晒得更是受不了。玉皇大帝知道了，传下谕旨，派二郎神下凡除掉太阳。

二郎神带着天狗来到凡间，一口气吃掉了八个太阳。有一个太阳机灵，见势不妙，就趁机逃跑了。太阳前头跑，二郎神后面追，眼看快要追上，太阳急中生智，把身子越缩越小。这时，它见前面有棵马齿菜，就跟马齿菜商量，叫救它一命，表示日后以恩相报。马齿菜就让太阳神藏在它的身子底下。

这事被蚯蚓看见了。

二郎神追着追着不见太阳哪里去了，正在着急，蚯蚓高声叫起来："太阳在这里，太阳在这里！"

二郎神问在哪里，蚯蚓说在马齿菜身子底下。二郎神正要搜查，这时玉皇大帝又传下旨意："太阳能哺育万物，不可没有太阳，就留一个算了。"二郎神这才带着天狗转回天宫。

后来，为了不忘马齿菜的恩情，太阳晒得再厉害也晒不死马齿菜。蚯蚓因为坏了太阳的事，它天天躲在泥土里不敢见太阳，一见太阳就得把它晒死。

讲述者： 余国清，28岁，汝南县韩庄乡政府干部，中专

采录者： 张红梅，女，28岁，汝南县机械厂职工，高中

采录时间： 1987年7月4日

采录地点： 汝南县韩庄乡政府

选自： 《中国民间故事集成·河南汝南县卷》，冀世清主编，汝南县民间文学集成编委会1991年8月编印

45

马齿菜为啥晒不死

（一）

在很久很久以前，天上共有十个日头，他们白天黑夜轮流照着大地。庄稼树木都烧焦了，大地也裂着口子，人们也顶着毒日头，不断地干活，累得腰酸腿疼，也不得休息，人们不断地叫苦，上帝就派二郎神去降服那十个日头。二郎神就担着大山，撵起天上的日头来了。

二郎神担着山在天上不停地跑，从东方撵到西方，又从西方撵到东方，就这样撵了一圈又一圈，日头一个一个被压在了山底下，最后还剩下三个日头，二郎神累了，日头们也累了，但二郎神还是不停地撵，发誓非把日头都压到山底。二郎神不停地撵啊撵，最后撵到了邓县、内乡、镇平交界处，撵上了这三个日头，他一边一座山压住了稍后的两个日头（这就是今天三县交界处的土谷山），由于用劲过大，扁担一下闪断了，二郎神不提防，一下子坐了下去，就这样让最头一个日头逃了过去。可那个逃跑的日头被二郎神吓坏了，也累得跑不动了，看见旁边有马齿菜，就钻到了它下边。等二郎神站起来，寻找最后一个日头时，咋也找不到，他就决定等日头出来时再说。

二郎神回到了天庭，还时刻准备着再用山压那第十个日头，可躲在马齿菜下面的日头吓得再也不敢出来了。这时，天上没有一个日头了，地下变得一片漆黑，人们啥也看不见，活儿也干不成了，万物也不能长了，老百姓又过起了苦日子，纷纷要求上帝让最后一个日头出来。上帝就说服了二郎神，不让他再用山压最后一个日头了。第十个日头这才颤颤抖抖地从马齿菜下面出来了。

从此以后，黑暗的世界变亮了，万物开始生长，大地又有了生机，人们才过上了好日子。

重新出来的日头，为了报答马齿菜的救命之恩，从来不晒死马齿菜。直到今天，马齿菜从来没被晒死过。即使你连根拔了，放在日头下面晒几天，一浇上水，马上就又活了，不信你可以试试。

讲述者： 杜国保，80 岁，农民
采录者： 杜玉敏，河南大学中文系 1986 级学生
采录时间： 1989 年 10 月 1 日
采录地点： 邓州市罗庄乡宅子村
选自： 《中原神话通鉴》（第三卷），张振犁编著，河南大学出版社 2017 年 2 月版

46

马齿菜为啥晒不死

（二）

讲述者：马心旺，50岁，小学
采录者：马广振，30岁，高中
采录时间：1985年10月
采录地点：柘城县洪恩乡任庄村
选自：河南省民间文艺家协会资料库电子文档《中国民间故事全书·柘城县卷》

听老一辈说，古时有十三个太阳神，见天[1]里都争着出来。十三个太阳给地都烤熟了，地上东西都晒焦了。

这个时候，土地神就把这个事给玉帝汇报了。玉帝听了，赶紧叫二郎神去打太阳神。二郎神就担着俩山去撵太阳神，撵上一个压在山底下一个。十三个太阳神叫二郎神压了十二个，还剩下一个藏在马齿苋菜棵儿下头。二郎神没找着，就侥幸活了一个太阳神。所以，现在就剩一个太阳了。

自打二郎神把太阳压到山下，就没有白天了，都是黑夜，玉帝看不中，又传旨再放出一个。这时土地爷跑到前头，给剩下这个太阳神说了，这个太阳就出来了。为感谢马齿苋的救命之恩，太阳就封马齿苋叫永生草，不怕风吹日晒，永远不会死。为感谢土地神，太阳就出来一半时间，再藏起一半时间，好让土地凉快凉快。

有白天，有黑夜，马齿苋也晒不死，就是从那时候传下来的。

[1] 见天：方言，整天、每天。

47

马齿菜为啥晒不死

（三）

自古以来，平顶山这个地方的马齿菜是晒不死的。为啥？这里有一个久远的传说。

相传在很早很早的时候，天上共有九个日头。它们轮流出来，世上只有白天，没有黑夜，成年累月地晒，万物都不肯生长，大地上就渐渐出现了高山、沙漠。人们都十分发愁了，可又没啥办法治住。

有个聪明大胆的小伙子，名叫杨二郎，决心为民除害。他用扁担挑起两座大山，撵上一个日头，就把它压在山底下。只一年工夫，就把八个日头压在山底下出不来了。天上最后只剩下了一个日头，被二郎撵得没处藏身。马齿菜看到了，心想：他把这最后一个日头也压起来，不就成了黑暗世界了吗？再说自己和其他万物都需要阳光，没有日头可怎么行呢？于是，好心的马齿菜就把正在逃跑的日头藏到自己身子底下。住在马齿菜身旁的出串，却扯着嗓子叫唤："这里，这里！"日头又怕又恼火，发狠地说："你这家伙，我出去就晒死你！"

在马齿菜的帮助下，最后一个日头躲过了杨二郎，幸存下来。也就从那以后，出串只要一见日头，就非晒死不可。而马齿菜呢，就是把根朝上，晒上十天半月，再翻个身，照样能活，据说这是日头在感谢它的救命之恩呢！

讲述者：任守玉，76 岁，平顶山市新华区石桥营村，农民，不识字

采录者：任进喜，46 岁，平顶山市新华区石桥营村，农民，小学

采录时间：1992 年 1 月

采录地点：平顶山市新华区石桥营村

平顶山市舞钢二郎山（2011 年 6 月 24 日程健君摄）

48

太阳为啥不晒马蜂菜？

采录者：　江方聚，45 岁，干部，高中
采录时间：　1983 年 6 月
采录地点：　商丘地区睢阳娄店乡
选自：　河南省民间文艺家协会资料库电子文档《中国民间故事全书·睢阳区卷》

地里长哩野菜里头，有样菜叫马蜂菜[1]。这个马蜂菜啥时候都是绿莹莹水灵灵的，就是连根拔下来，也晒不干。这是啥原因哩？

据传说，很古的时候，天上一下子出了十二个太阳，把树叶儿都给晒焦了，把庄稼也旱死了，地皮儿都晒哩裂可大哩缝。农民没法种地了，到处叫苦连天。这事就惊动了上神，玉皇大帝就派杨二郎捉拿太阳。杨二郎把十二个太阳捉住了十一个，都给杀掉了。剩下这个太阳为啥没有被捉住呢？原来它藏在了马蜂菜下面。后来这个太阳为了报恩，就不晒马蜂菜。太阳光晒到其他庄稼苗菜叶上就跟火一样在烤它们。太阳光晒到马蜂菜身上，就给洒了一层甘露水一样。

就因为这，马蜂菜啥时候都是水灵灵哩。

讲述者：　孙王氏，女，73 岁，农民，不识字

[1]　马蜂菜：方言，即马齿苋。

49

大伾山与浮丘山

采录地点：浚县

选自：《中国民间故事集成·河南浚县卷》，张守树主编，浚县民间文学集成编委会1989年10月编印

相传很久很久以前，九十高寿的愚公率领儿孙们要搬掉挡在门前的两座大山。他们决心移山填海的精神感动了天上的二郎神。二郎要趁夜深人静把山担走，扔到东海里去。

二郎挑着两座山汗流满面地向东走去，一下眼前出现了一条黄水滔滔的大河挡住了去路，眼看天色发亮，二郎心急如焚，就放下两山跨到河东想打听一下路径。这时，日头长起来啦。常言说："神人不露相。"二郎的灵魂脱壳而出飞向天宫，把一具尸体留在了河东。

二郎担的两座大山，大伾山、浮丘山，永远留在了黄河西边。人们为了纪念这位二郎神，在河东修建了金身塑像、青砖灰瓦的二郎庙。

至今还有二郎庙这个村呢。

讲述者：吕子英，60岁，浚县教师进修学校校长

采录者：邢清玉，49岁，浚县文物风景区干部

采录时间：1988年10月

50

华山后头的老阳儿多着哩

任村一带的群众都爱说一句话："华山后头的老阳儿[1]多着哩！"意思是啥事也不用急，今儿办不成，还有明儿。其实听老年人讲，这话开始可不是这个意思。

据说在远古时期，天上一下子出了十个老阳儿，晒得人们睡不了觉，过不了时光。老百姓怨声载道，把状告到了玉皇大帝那里，玉皇大帝就派二郎神下凡来捉老阳儿。

二郎神把老阳儿撵到任村一带，老阳儿慌了手脚，眼看着就要被二郎神捉住，赶紧躲到了任村北边的一座叫华山的大山谷堆后边。二郎神伸出两只大手就去捉老阳儿，捉住一个，放在脚下，就又去捉那几个，捉一个放一个。老阳儿一个比一个鬼，一瞧二郎神不敢咋样他们，就又偷偷地跑到了华山后边。二郎神捉来捉去，咋也捉不完，只好说："华山后头老阳儿多着哩，我是捉不完。"

老阳儿是玉皇大帝的外甥，玉皇大帝根本就不想惩治他们，就没有再说啥。

后来还是民间出了个英雄叫后羿，才把九个老阳儿射落，只留下了一个老阳儿。

[1] 老阳儿：方言，太阳。

采录者：苏清林，林县任村乡文教专干

选自：《林县民间故事集成》，彭新生主编，中国民间文学集成河南林县卷编委会 1987 年 8 月编印

51

太阳瓜

新野城北四十里有一个焦店村，这里出产的西瓜个大味甜，特别有名，那是为啥哩？这里面有一个传说。

据老辈人相传，在远古时代，天上一共有十个太阳，十个太阳像火炉烤着大地，庄稼不长，草木不生，人也热得喘不过气。人们忍受不住了，都向老天爷哀告：不要这么多太阳，只要一个太阳就行了。这老天爷就派二郎神担山撵太阳，撵上一个用山压下一个，撵上一个用山压下一个，最后把九个太阳都压在大山下面，只留下了一个太阳。

焦店村西那座皇太岗，据说就是二郎神压下一个太阳的地方。压在皇太岗下面的那个太阳满身火热发不出去，心里难受极了。岗下有个善良的老头儿，看见太阳干渴得难受，每天用瓦罐到白河拎水浇它。天长日久这个太阳心中感动哪，心想以往自己不顾老百姓死活毒晒他们，现在老百姓不记前仇经常拎水让自己消渴，这大恩大德得想法报答呀。

有一天，老头儿又来给太阳拎水解渴，发现岗顶上冒出一个青枝绿叶的蔓秧。后来这蔓秧越长越长，不久蔓秧又开出黄色的小花，黄花又变成圆圆的果子。等这圆圆的果子长大，长熟了，老头儿切开一尝，水汪汪、甜蜜蜜的，真是好吃极了！老头儿就把这种果子取名叫“瓜”。

第二年他又把瓜的种子种到地里，获得了大丰收，人们吃了都说好，大家就都种起了这种瓜，代代不绝，直到现在。你看：瓜圆圆的像不像太阳？瓜皮上一道道花纹像不像太阳的光线？

讲述者：马德战，40岁，新野县沙堰镇焦店村农民，初中
采录者：葛磊
采录时间：1987年2月
采录地点：新野县沙堰镇焦店村
选自：《中国民间故事集成·河南新野县卷》，曹宝泉主编，新野县民间文学集成编委会1987年8月编印

52

石人沟

离西峡口十来里的北山，有一条沟叫石人沟，里面有一个几丈高的石人。

在老远老远以前，天上出了十个日头，把地上的庄稼都晒焦了，人们白天不敢出门，庄稼也种不成。看着人们都快饿死了，人们就跪在地上对着老天爷哭，玉皇大帝就派二郎神下来治这十个日头。二郎就拿着一根扁担，两头担了两个山——公型山、母型山（现在石人沟以东五里）撵日头，撵上了，就把它压在这两座山底下。最后剩下了一个日头。

有一天，他来到北山，看到一个很高的石人，听说他一天往上长一丈。二郎想：要是他一天长一丈，那要不了多长时间，就能给天顶塌了，这可不行。他就放下担子，抽出扁担，向那石人的脖子上打。只听“轰隆”一声，就好像打了个炸雷一样，石人的头被打掉了，掉在东边的一个坡上。打那以后，石人就死了，也不长了，可是二郎的扁担也折了，担不成那俩山。二郎只有担着山才能跑快，扁担一断，他就撵不上最后这个日头了。所以，天上剩下了一个日头。

听说谁要是能把石人的头找着，再安上，那石人可就会再长。

讲述者：赵长富，53岁，西峡县五里桥乡郝岗村农民，小学

采录者：张宗伟，21岁，河南大学中文系1984级学生

采录时间：1987年8月5日

采录地点：西峡县五里桥乡郝岗村

选自：《中国民间故事集成·河南西峡县卷》，谢起超主编，西峡县民间文学集成编委会1987年9月编印

原题《石人的传说》

异文：石人沟

西峡城东北二十多里的马头山上，立着一块一丈五尺见方、四丈多高的大石头，远远看去有头有身儿，有胳膊有腿儿，人们都叫它石人。传说石人的娘姓梅，要知道是咋来历，还得先从马头山说起。

传说古时候，马头山上苍松翠柏，到处是开不败的花朵，几里外就能闻见花香。山脚下有条小河，河两岸是一脚榨出油的稻田。河两岸家家户户都是牛羊满圈，鸡鸭成群。人们春耕、夏锄、秋收、冬藏，小日子过得可美气儿。天上有个仙女爱上马头山的景致，羡慕人间男耕女织的幸福生活，偷偷下凡跟住在马头山的小伙子结婚了。

这个憨厚的小伙子名叫梅杰，小时候死了爹娘，留下姊妹[1]俩过日子。他妹妹叫梅灵，也是个聪明能干的姑娘。

仙女和梅杰结婚不久，老天爷知道了，非常生气，就命龙王把仙女抓回天宫，叫马头山寸草不生。龙王领旨，下了七七四十九天大雨后，就点起三千虾兵蟹将，水漫马头山。龙王一声令下，霎时狂风大作，电闪雷鸣，雨像从天上倒下来一样。说话不及，山前山后、山左山右，被水

[1] 姊妹：方言，兄妹、姐弟、姐妹的统称。

围住。几丈高的浪头直往仙女身上扑。梅杰一手拉住仙女，一手拉住妹妹，向马头山上跑，雨打得他们睁不开眼，狂风撕烂了他们的衣衫，他们还是拼命地向山顶跑，越跑得高，浪就越翻得大。眼看快要淹住马头山的山脊，仙女心下明白了，这一灾是逃不过去了，万般无奈只得把真话讲了一遍。姊妹三人抱头痛哭。眼看着浪头翻上了山脊，仙女心想我再不走，就救不下丈夫和妹妹了。仙女想到这里把心一横，向浪头扑去。梅杰急了，也向浪头扑去，追上仙女。他们二人拼命地与恶浪搏斗，随浪漂流，越去越远。梅灵哭着、喊着，再也听不到她哥嫂答应。

雨停了，水消了，山上的土地冲光了，房子倒了，人淹死了。山成了石头山，地成了石头垄，寸草没有。梅灵没家可归了。她想暂且到半山腰的石洞里存身，走进石洞一看，真奇怪，石洞里没进水，还有现成的床。床上铺盖整齐，桌上还有一盘馍，梅灵一摸，馍还是热的。又饿又累的梅灵，不论三七二十一，吃了个饱就躺到现成的床上睡着了。第二天醒来桌上还是满满一盘热馍。就这样，一天、两天、三天……石洞成了梅灵的家。

大水过后，接着又旱了三年六个月，方圆百儿八十里的泉眼都旱干了，河底挖几丈深也见不到潮沙。梅灵没有水喝。这时候，从石洞顶上一滴一滴地向下滴水，梅灵就接这水喝。说也奇怪，一个月后梅灵姑娘怀孕了。更奇怪的是她一直怀了三年五个月才分娩。孩子落地了，梅灵一看是个石头娃，况且落地就会说话，不知道是啥妖怪，又气又怕就昏倒了。石娃慌忙扶住梅灵，连住叫了几声“娘”。

梅灵慢慢地醒过来，石娃说：“石头爹，凡人娘，我娘生下石头王。石头下凡来投胎，我娘有儿莫惆怅。”

梅灵看看扶她的石娃问：“你为啥来投胎？”

石娃答道：“老天做事心肠坏，寸草不留太不该。千户万户受灾害，报仇投胎下凡来。”

梅灵又问：“你能为千家万户报仇？”

石娃又说：“石娃吃的石头粮，石头精水润肝肠。石娃骑上神马驹，誓要山青绿水长。”

石娃长得很快，两天就长一丈多高。第三天长两丈多高，石洞立不下了。石娃就向母亲告辞，走出石洞，向马头山走去。

梅灵问：“儿呀！你上哪里去？”

石娃说：“马头神驹能腾空，石娃上马闹天宫。要回万树百草青，要回米粮救百姓。”

梅灵听了石娃的话，满意地点点头，回石洞去了。

石娃为啥要登上马头山呢？传说马头山是天上的神龙驹，偷喝了王母娘娘荷花池的水，又吃了荷花，被王母娘娘打下凡变的。临下凡时，神龙驹问王母娘娘，啥时候再叫它回天宫。王母娘娘生气地说：“石头发芽！”

马头山远远看去有头有尾，中间是马鞍山，马鞍山的两边还有石马镫。老辈人说：谁能骑上神龙驹，就有大福大贵。石娃要大闹天宫，非得有这宝马助他不行。

石人已经上到马尾山上，再走几里地，就上到马鞍山上了。不巧，就在这时候，二郎神担山撵太阳，正走到这里，二郎神看见巨大的石人快要跨上神龙驹，就问：“你是谁？”

“我千年石头修成人。”

“你几岁？”

“我三天两夜生红尘。”

“你能长多高？”

“我上马比天高一半。”

“你能给天戳个窟窿？”

“我要大闹天宫报仇恨。”

二郎神是老天爷的亲外甥，一听石人说要大闹天宫，就气冲牛斗，放下担子，抽出铁钎担，一钎担把石人帽子挑到姑庙岭上，变成半间房子恁大一块石头落在岭顶上，人们就叫它“帽儿岭”。二郎神又用钎担尖把石人从头到胸口，划了一丈多长、一尺多宽一道壕。石人的仇没报，粮没要，被二郎神治了，气恨极了，就把自己满身的鲜血喷到天上，变成倾盆大雨落下来。干旱了几年的土地湿润了，透墒了。风化了的石头变成了泥土，渐渐地长出青草，开出鲜花。

梅灵走出石洞，踏着青山绿水漫游，她游着，游着，不觉得飘飘然然，上升到半空中。梅灵在空中漫游，看见被打死的石娃哭着说：“石娃生来好心肠，血化风雨长米粮。人间风调雨又顺，我儿随娘到天上。”

后人传说梅灵成仙了，就在马头山东四五里的地方，盖起了“梅氏庵”；谁也忘不下梅灵生育石人的功德，又在离梅氏庵二三里的地方盖下“慈母寺”。年长久远，人们叫俗了，把这地方叫成“慈梅寺”。

石人被二郎神打死，没有“石头芽”了，神龙驹再也不能回天宫了，就永远留在人间；死了的石人也永远立在马尾山上。可是马头山一带却是风调雨顺。马头山上的水顺着沟沟岔岔往下流，淤成一洼一洼的好地。水流到山脚下，汇成一条小河，永远流不完。至今人们还把这条小河叫“石人河”。人们又来到石人河两岸，安家落户，开荒种田。这里的人端起碗想起石人，所以人们又在石人立站不远的地方，盖起“石人庙”，把这条山沟叫“石人沟”。

讲述者： 张治田，70岁，西峡县五里桥乡石人沟农民，不识字

采录者： 万子东，53岁，西峡县五里桥乡前营村农民，高中

整理者： 谢起超，40岁，西峡县文化馆干部，高中

采录时间： 1986年5月

采录地点： 西峡县五里桥乡石人沟

选自： 《中国民间故事集成·河南西峡县卷》，谢起超主编，西峡县民间文学集成编委会1987年9月编印

53

太阳沟

传说在很古很古的时候，有一天突然天上出了十个太阳，晒得大地一片滚烫。人们钻进地洞里还热得透不过气来，外边草木焦枯，赤地万里。人们愁眉苦脸地，你看看我，我望望你，眼看都活不下去了，可谁也拿不出好办法来。

那时候有个年轻巨人，大家都叫他二郎。二郎站起身子像座高山，腾腾鞋壳篓里积灰能堆起座小山岗，轻轻说句话震得山都乱动弹。二郎看见大伙那个熬煎相，心里十分难过。他想：我要是不能为大家排难解忧，空长恁大个子，活在世上岂不让人耻笑？他决心要治服这些太阳。主意打定，他把大家召集到一块说：“大伙别发愁，在家等着，我到西山后边去，把他们都收拾[1]了，就啥事没有了。”

大家一向都十分信任二郎，一齐动手，给二郎准备了够吃七七四十九天的干粮，够喝八八六十四天的水，够穿九九八十一天的草鞋。

二郎大步朝西山走去，饿了啃点干粮，渴了喝口水，只有在换草鞋的时候才停下脚步喘口气。那时候，整天烈日当空，没有黑夜，二郎也不知道自己走了多少天。就在干粮吃掉一半、水喝掉一半、草鞋穿破一半的时候，二郎来到了西峡的西山。他爬上山顶一看，两山中间曲曲弯弯一条沟，沟里金光万道；眯起眼来仔细一瞧，原来是几个

[1] 收拾：收聚散物于一起叫收拾。这里引伸为处理的意思。

落山的太阳正懒洋洋地在睡大觉。二郎大喝一声，从山顶上跳下去可捉住了一个。别的太阳看见同伙被捉，像一窝蜂起来就跑，二郎撵上去两手一捂，又按住了一个。可先捉住的那个趁二郎松手之机又逃跑了。就这样二郎捉了这个逃了那个，累得满头大汗还是无济于事。他想这可不是办法，便坐下来边吃干粮边喝水，边想主意。吃饱喝足了，办法也有了，他高兴地一拍大腿，噔地跳起身来，朝石人沟奔去。

这石人沟在西峡县五里桥乡走马岗。传说沟里住着个石人，所以人们就叫它石人沟了。这石人身高千尺，力大无穷，身边有根宝贝扁担，能挑得起两座大山。

二郎到了石人沟，见了石人很恭敬地喊了声“石大哥”，想请他给帮帮手，用宝扁担挑上两座山，把他捉住的太阳都压到山下边去。谁想，石人听罢不但不帮忙，还说二郎爱多管闲事。二郎没办法只好又说：“大哥你真不去也罢，请把你那扁担借给我用一用，小弟一人前去好了。”

石人听罢嘿嘿冷笑几声说：“老弟，别说天上有十个太阳，就是有一百二十个，这事犁不住我挂不住我，想用我扁担，哼！懒蛤蟆抱琵琶——弦也不沾。”

二郎听罢又急又气，说：“石大哥，我今儿来，这扁担是借定了，你只说是给不给！”

石人听了气得哇哇乱叫：“老子就不借给你该咋着？想动武？来吧！你胜了这扁担就给你。”

石人说罢抡起扁担朝二郎横扫过来，二郎跳起身躲过去了。呼一家伙又一扁担飞了过来，二郎又闪过去。连两次没打中，石人使出浑身解数，步步紧逼。二郎忍让再三，被迫应战。他故意卖个破绽，让石人一扁担兜头打来，当扁担要落到头上时，二郎趁势一闪，一把抓住扁担这一头，轻轻朝怀里一拽，石人立脚不住，便朝二郎怀中栽过来。二郎伸出巨掌朝石人头上打去，只听“砰——轰隆”一声巨响，石人的脑袋可搬了家，飞落到距石人沟十多里地的一条山岭上去了。至今那脑袋仍在那山岭上，有一大间房屋大。

二郎正后悔刚才这一掌打得太狠了，谁料那石人又从肚里长出一个头来，更凶狠地朝二郎反扑过来。这次二郎只伸出一个指头，朝石人脑袋上“嘣”弹了一下，那脑袋便被敲得粉碎。石人一连长出了十二个脑袋，都被二郎击败了。二郎怕他再长脑袋来耽误时间，一时兴起，挥巨掌“唰”一声，朝石人当胸劈下去。这一掌儿乎把石人劈成了两半，肚子里的五脏六腑全被劈掉地上，石人再也长不出脑袋来了。身子越变越小，最后只剩下一丈多高，至今仍在石人沟半山腰上立着。有胳膊有腿就是没有头，当胸至腹有一道深槽子，就是二郎那一掌劈的。

二郎得到了宝贝扁担，马上又砍了根参天大树，做了个称心如意的打竖杆儿。选了两架山挑起来，试了试呼扇扇，不沉不轻正合适。

再说那十个太阳听说二郎得到了宝扁担，挑了两座大山，要把他们一个个捉住压到山底下去，像一群惊弓之鸟，逃的逃，藏的藏，早五零四散了。

二郎担了两座山，行走如飞，累了用打竖杆儿支住扁担喘口气，看见哪儿有个太阳，就担起挑子撵上，捉住一个就卸一座山，把捉住的太阳压到山底下，另找座山拼起担子担上，再去撵别的太阳。二郎马不停蹄，穿破了九九八十一双草鞋，十个太阳有九个都被捉住压到了山下边。西峡境内的大山，据说都是二郎担山撵太阳从别处担来的，下边还压着九个太阳哩！

再说最后剩下一个太阳，二郎还担着两座山紧追不放。那太阳被撵急了，又钻到老灌河西边那条曲曲弯弯的山沟里，回到老地方藏到一棵马齿菜秧底下，吓得再也不敢露面了。后来人们便叫那条山沟为太阳沟。

这个太阳就是现在的太阳。他为了报答马齿菜的救命之恩，就封马齿菜为长命菜。不信你看，天气再炎热，马齿菜总也不会被晒死。西峡一带生小孩客人吃喜面条，回篮[1]时丢把马齿菜，这风习就是从这儿说起的。

且说这个太阳藏起来以后，大地一片漆黑，天上只有星星和月亮发出微弱的光。人们便在二郎面前替太阳求情说：“就饶了这个太阳吧！只要他作息有时，就让他戴罪立功吧！”

[1] 回篮：西峡风俗，盛礼多用竹篮，所送礼品除酒肉、粉条外，其他挂面、糖、罐头等留下一半，回上一半，叫送竹篮者带回家，俗称“回篮”。

二郎一想也对，便大声喊道："太阳太阳！你出来吧！看在大伙的面子上，我饶了你。今后你只要作息有时，我就既往不咎。"

那太阳在马齿菜秧底下曲踡着，浑身上下不自在，可又不敢乱动弹，听见二郎的话，战战兢兢钻出来。二郎吩咐他每天从东山出来，经中天走六个时辰从西山落下去，过六个时辰再从东山出来；和人们一起劳作，不得有误。

太阳连连称是，领命而去。从此人们又过上了四季分明的好日子。

再说二郎打发走太阳之后，便把担在肩上的两座山放了下来，传说这两座山就是现在西峡境内回车乡的白大垛和萧山。二郎的那根打竖杆儿不用了，放在白大垛的东南边，变成一条长达十几里的山岭，这座山岭一头高一头低，像个平放着的大木什古栋，人们就叫它"古栋山"，叫俗了如今叫成了"古朵山"。

二郎后来成了天神，据说那条宝贝扁担就成了他的兵器。人们为了纪念二郎为民除害的功绩，在古朵山半腰建了座二郎庙，终年庙上香烟不断，年年二月二山上还有盛大的庙会哩！

讲述者： 任西挺，西峡县回车乡杜店村农民，初小
任相山，50 岁，西峡回车乡杜店村农民，小学

采录者： 任放远，43 岁，西峡回车乡杜店村农民，高中

采录时间： 1983 年 4 月

采录地点： 西峡县回车乡

选自： 《中国民间故事集成 · 河南西峡县卷》，谢起超主编，西峡县民间文学集成编委会 1987 年 9 月编印

54

二郎船

传说在远古时候，天上有十个太阳。这十个太阳，是玉皇大帝的十个儿子。玉皇大帝叫他们弟兄十个，一轮一天值班。后来，弟兄十个比试本领，一齐出来，在天空跑起来。从此，天不分昼夜，大地像蒸笼，庄稼、树木都死了，人和牲畜都没法活下去。

在一条大山沟里，住着一户姓杨的贫苦人家。这家三口人，一个老母亲和两个儿子。老大上山挖野菜，从悬崖上摔下来死了。老二长得虎头虎脑，膀乍腰圆，力大无比，很是勇猛，方圆几十里的人家都知道他，叫他"大力二郎"。

一天，大力二郎对母亲说："妈，我想把太阳除去，恁说行不行？"

他妈说："孩子，那会是轻而易举的事？不过，你真是一心为百姓除害，娘也同意！"

二郎听了母亲的话，劲更足了，对母亲说："儿除不去祸害人们的太阳，决不回来！"

用啥办法除去太阳哩？

二郎想了一个办法，用一个大石条当扁担，一头担一

座山，朝着太阳走的方向追，撵一个压一个，撵上两个压一双。大力二郎担起两座山，朝着太阳行走的方向，走哇，走哇，也不知走了多少路，翻了多少山，还没撵上一个太阳。一天，走到伏牛山中，听到闷沉沉的响声，抬头一看，是一条翻着浪子的大河，横在他的面前。眼看离太阳不远了，望着这怒涛滚滚的大河，他着急了。

突然，从河对岸传来了笛子声。大力二郎仔细一看，对面山上有座楼，门上有"望花楼"三个字。正在发愁无法渡河，一条小船漂了过来。二郎乘小船渡过了河，来到对岸，走到楼前，见大厅正中端坐着一个姑娘。二郎怯生生地行过礼，对那姑娘说："大姐，普天之下，万民共遭十日之苦，生灵涂炭，我决心撵上太阳，把它压在山下。可是我追了不知多少天，连一个也没追上，望大姐助我一臂之力。"

那姑娘说："你努力追赶吧，神灵将会助你成功。"

这姑娘你猜她是谁？她就是天上王母娘娘派下来，在望花楼看花园的桂月仙子。

大力二郎不大高兴，退了出来。来到河边，挑起担子，又去撵太阳。走啊走啊，走得累极了，放下担子，倒在地上睡着了。

梦中，听见那姑娘大声说："没有恒心，何时才追上？亏得你还是男子汉大丈夫。""轰隆隆"一个沉雷，把二郎从梦中惊醒。他揉了揉双眼，看看眼前没有一个人，又挑起担子朝太阳追去。他觉得全身都是力气，脚底生风，一会儿就跑了几百里。

二郎用了最大力气向前追赶，撵上两个压一对，撵上四个压两双，一口气压下了八个太阳。谁知第九颗太阳突然掉下来，把二郎绊了一跤，石扁担也断了，头一蒙，就啥也不知道了。

霎时，大地凉快了许多，人们向天空一望，十颗太阳失去了九颗，只剩下一颗，在蓝蓝的天中游着。二郎的母亲看到人们那个欢喜劲儿，心里很是高兴。她一心盼着二郎儿早些回来，盼啊，等啊！可大力二郎再也没有回来。

后来，二郎过河坐的那条船，成了石船，现在还在四棵树乡二郎船村放着。人们为了不忘二郎的好处，在"二郎船"附近修了二郎庙，给他塑了像，逢年过节，让他享受人间万家香火。

讲述者：	翟传林，30岁，南召县四棵树乡三岔口村民办学校教师，高中
采录者：	乔明宪，48岁，南召县文化局干部，大学
选自：	《中国民间故事集成·河南南召县卷》，乔明宪主编，南召县民间文学集成编委会1987年10月编印

（二）

二郎治水

55

二郎神担山填海

南村乡仁村村北边黄河急流中，有两块小山一样大的石头，是二郎神挑山填海时，路过这里，从脚趾头旮旯里抠出来的泥沙疙瘩变成的。

二郎神杨戬为啥要挑山填海呢？

很古很古以前，有一个叫共工氏的神，他不知因为啥事触怒起来，大发雷霆，一头撞断了撑天玉柱。立刻，山崩地裂，天塌西北，地陷东南。共工氏的头也被撞破了，血水像涌泉一样向东流去。大地被血水淹没，许多许多生灵被毁灭，就连天帝的宝殿，也快被淹没得倾斜倒塌了。天帝眼看着自己连个藏身地方也保不住，万分焦急，下了一道命令，赶紧召开万仙大会，共商补救措施。

众仙相聚以后，都在抓耳挠腮，半天时辰过去了，也没有想出个好主意来。一个个目瞪口呆，愣愣地静坐着不吭声。突然，太上老君站起来说道："禀告天帝，既然众仙没有良策，请允许我推荐两位大仙，足能除眼下大祸。"

天帝一听，顿时大喜，连忙问道，这两位大仙姓名，有何能耐？太上老君道："一个是女仙头头，名叫女娲，她有补天连缝的本领；另一个便是天帝你的外甥二郎神杨戬，他力大无穷，有七十二般变化，填海移山不在话下！"

天帝一听，立即招来外甥二郎神杨戬和女娲上殿。二位大仙到了金殿之上，领了旨意，立即行动。

女娲拣来五色花石，炼了七七四万九千个岁月，九九八万一千块神石，把天上的窟窿一个一个都补住，把裂的天缝一道一道缝住，从此成了一个完整的蓝天了。二郎神杨戬呢？将青海的一座大山，用三棱刀一下劈成两半个，再用担子扎住，担起来就往东海岸走去。走呀走呀，一天走到渑池仁村村北边黄河沿时，感到浑身无力，累得两腿沉重，便放下担子歇息。二郎神坐在地上歇时，脚放在黄河里边洗，将脚趾头旮旯里的泥沙抠出来，随手扔到黄河里边，顿时，黄河水被分成两叉，打着旋涡滚滚向东流去。

二郎神歇息半天，又用黄河水洗了脸和脚，感到轻松许多，精力又充沛起来，挑着两座大山往东海走去。就是这样，二郎神挑着大山，去了又来，来了又去，反反复复不知担了多少岁月，不知担走了多少大山，终于，填平了东海，治住了洪流。

二郎脚趾头旮旯里抠出来的泥沙，慢慢变成了两座不大不小的石山，矗立在黄河急流中，人们都把它叫作"二郎石"。自古到今，人们只要看见二郎石，都要谈论一番这个神话。

讲述者： 戴松筠
采录者： 茹明
采录时间： 1988 年
采录地点： 渑池县南村乡
选自： 《中国民间故事丛书 · 河南三门峡 · 渑池卷》，张宝星主编，知识产权出版社 2016 年 2 月版

56

二郎斩蛟

相传很久以前，密县岳村乡壶瓶嘴上游数十里是个大湖。湖内水清见底，是个一年四季稻谷飘香的好地方，人们过着幸福的生活。可是有一年湖内突然来了一对蛟怪。它们来到这里以后，经常兴风作浪，淹没良田，还经常到岸边伤畜害人，闹得民不聊生。后来人们就把此事上告皇帝，皇帝就派兵捉拿水怪。多次派兵不但没有捉拿住蛟怪，反被蛟怪掀翻船只，损兵折将。惹怒了蛟怪，大水几乎淹没了云蒙山。人们无奈只好纷纷弃家外逃他乡。

有一天，二郎杨戬驾着云头从这里经过，忽见脚下湖水翻腾，浊浪滔天，停住云头细看，原来是两只蛟怪在水面上戏耍，闹得洪峰起伏，波浪滔天。眼看大水就要漫上云蒙山顶，庶民百姓有的落入水中被蛟怪伤害，有的爬上大树和木器，漂泊呼救，景象很惨。二郎杨戬见此情景，就站在云头骂道："水中二怪听着，二郎爷杨戬在此，你们休得猖獗，还不快快降落水头与你二爷跪下就擒！"

正在兴头上的两只蛟怪顺声向空中望去，见一彪形大汉，手握青龙宝剑，脚蹬五彩祥云站立头顶，吓了一跳。但它们又不愿束手就擒，竟从水中跃起，在云端与二郎神大战起来。没战几个回合，二怪大败，驾起云头逃跑。那雌蛟逃得快脱了身，雄蛟却被杨戬的神箭射中腹部坠落尘埃，正好落在如今来集乡黄寨以东、芦村以西，新密公路北侧一块儿。二郎神及时赶到，发现中箭蛟怪正在那里喘息，手起剑落，蛟怪的头滚落在崖头下边，顿时鲜血四溅，把附近的岩层都染成了红色。这个高崖头就是如今的"斩蛟台"，也叫"斩龙台"。

后人为了纪念杨二郎为民斩蛟除害，就在壶瓶嘴西北方，岳村乡赵寨附近修建了一座二郎庙，以表敬意。

那只雌蛟也没逃多远，它刚逃到颍川地界(今禹县境内)就碰上了夏禹王，当即被禹王捉获，锁在禹州城内古钧台附近一眼井内。

讲述者：王天边
采录者：李改玲
采录地点：密县岳村、来集、城关镇等
选自：《密县民间文学集》，高力升、刘玉田主编，密县民间文学集成编委会 1990 年 6 月编印

57

二郎救童男童女

为啥咱这儿有个二郎庙，是因为二郎神杨戬在这里显圣，去河北[1]治水患救了童男童女。老百姓在这里盖庙供奉他。

当年，河北黄水泛滥，河神光吃供奉不办事。黄河一泛滥，老百姓就受灾，就得祭河神。祭河神的时候，用牛、羊、猪已经不管用了，得往河里扔童男童女。

这一年，太白李金星掐指一算，黄水要泛滥，要有灾情，黄河北老百姓要遭灾，就派杨戬去河北搭救祭河神的童男童女。二郎神杨戬正在咱这儿治水，得到天上的指令后，就跑到河北的黄河边上，变化成一个算卦先生，遇见一户人家正在哭天喊地要上吊。这是今年轮到这户人家准备童男童女祭河神了。这家只有一个闺女，没有男孩，必须还得买个男孩，但是他的家很穷，买不起呀。二郎神杨戬给这户人家说："别哭了，你该准备童男童女还要准备，到时候我来搭救。"这户人家起初还不相信。杨戬变化的算卦先生给他说："你们按我说的做，放心吧。"

[1] 河北：指荥阳一带的黄河北岸。

祭祀河神的时候到了，杨戬变化的算卦先生藏在供桌下边。正准备要祭祀河神，向黄河里投童男童女的时候，忽然，天空乌云密布，二郎神将宝剑在岸边一戳，顿时，天空就云开雾散了，童男童女也就不用往河里扔了，得救了。

从那以后，河北再也不用童男童女祭祀河神了。所以河北老百姓建二郎庙比较多，就是为了感谢二郎神杨戬。

每年的腊月十八是咱这里的二郎庙会，整条沟都是人，有一里多地长。因为传说二郎神是从我们这里显圣去的河北，来这里赶庙会烧香祭拜的大部分都是河北人。

讲述者： 王国林，60 岁，荥阳市环翠峪二郎庙村人，小学

采录者： 程健君，65 岁，河南省民间文艺家协会名誉主席，大学

胡永华，女，44 岁，河南省民间文艺家协会办公室主任，大专

采录时间： 2021 年 10 月 8 日

采录地点： 荥阳市环翠峪二郎庙内

附记

2021 年 10 月 8 日，遭受"7·20"特大洪水灾害的荥阳环翠峪交通刚刚恢复，我带着省民协办公室主任胡永华等同志到荥阳市开展民间神话采风调研活动。汽车沿着刚刚修复的公路来到环翠峪的二郎庙后，我们请来了当地的张长宽（78 岁）和王国林（60 岁）两位村民。此时又下起了小雨，我们就在二郎庙内随机采访，听他们讲述了"二郎神话"和二郎庙的来历及相关民俗活动，并对讲述现场进行了视频录制和图片拍摄。荥阳市文联原主席韩露，荥阳市文联党组成员、副主席杨莉莉，荥阳市民协主席宋新建等参与了此次调研活动。

环翠峪二郎庙建于何时，已不可考。现存二郎庙为三间大殿，二郎居中，右为火神，左为关帝财神。据村民讲，清乾隆年间村民在此建火神庙，挖地基时挖出了一个明崇祯时期二郎庙碑，又因人们信奉财神，所以此庙就建成了"三神"庙了。

据庙内现有碑文和当地村民口述，此地所敬二郎神身份比较复杂，

有玉皇大帝外甥杨戬，有治水英雄李冰之子李二郎，也有道教灌口二郎赵昱等，其功德主要是平水患、降水妖，保一方平安。庙内二郎塑像伴有哮天犬，显然为二郎杨戬。此地同时流传有“二郎担山赶太阳”传说，二郎庙村后便是二郎山，山上也有二郎庙。当地百姓对二郎神虔诚供奉，集资修缮庙宇，刻碑纪念，一年一度的腊月十八民俗庙会规模宏大，香客云集。关于二郎神“显圣”助民的传说在当地多有流传。（程健君）

二郎神塑像（2021 年 10 月 8 日程健君摄于荥阳环翠峪二郎庙）

荥阳环翠峪二郎庙（2021 年 10 月 8 日程健君摄）

荥阳环翠峪二郎庙（2021 年 10 月 8 日程健君摄）

荥阳环翠峪二郎庙村后的二郎山（2021 年 10 月 8 日程健君摄）

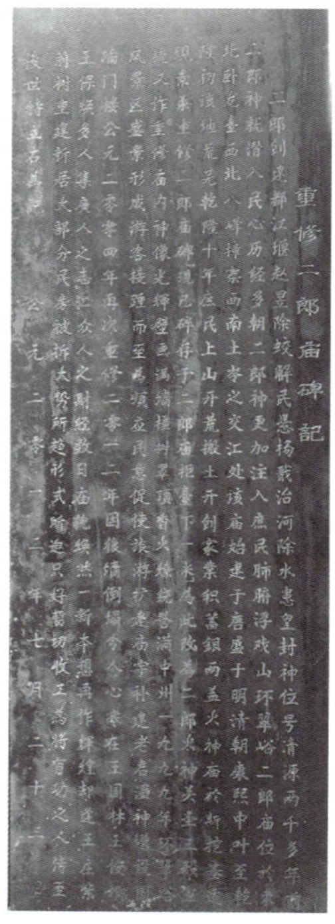

重修二郎庙碑記

重修的二郎庙碑记

（2021 年 10 月 8 日程健君摄于荥阳环翠峪二郎庙）

王国林讲述二郎故事

（2021 年 10 月 8 日程健君摄于荥阳环翠峪二郎庙）

张长宽讲述二郎故事

（2021 年 10 月 8 日程健君摄于荥阳环翠峪二郎庙）

58

二郎除水怪

传说在很久以前，汝州陵头村中间有一大水潭，黑深无底。潭内有一水怪，大眼黑身，吐云喷雾。潭水经常黑浪翻滚，周边乡村人畜失踪经常发生，潭边无人敢近。特别是年幼之男女，更是水怪作害的对象，因此人烟稀少。

一日，有名叫二郎的书生，经过此地。时值傍晚，欲留此地住宿，但是无店家可寻。正在犯愁，见一老妇背一捆柴火路过此地，二郎上前问道："婆婆，此地可有店住？这里咋房多人少？"

老妇摇头不答，只顾前行。二郎不得不上前拦住老妇又说道："婆婆我帮你把柴火带回家去。"

二郎夺过柴捆背上肩去，老妇无奈，和二郎一道回到家门。待二郎放下柴火，老妇忙把门关住，随二郎到屋里说道："不是我不理你，是不敢搭言啊，只因这里的黑水潭中有一个大水怪，危害乡邻，人畜不敢在这里居住。"说完就推二郎出门，"你趁天黑前到十里之外歇息吧。"

二郎听罢说："婆婆休怕，自古言邪不压正，我要为民除害，治治这个水怪，今晚就暂借婆婆家住一宿。"

老妇摇头道："万万不可，出了啥差错，我可担当不起。”

二郎说婆婆尽可放心，他自有妙计降妖。

二郎点灯伏案赶写檄文一篇，待吃罢晚饭，二郎手握檄文，按照老妇所指方向，朝黑水潭奔去。行至潭边将檄文掷向潭心，檄文落水，忽然天上雷鸣电闪，潭水一片沸腾。经过一个时辰，潭水恢复了平静，二郎回到老妇家说：“婆婆放心吧，水怪已被我杀掉，从今以后，乡邻可以过上平稳的日子了。”

第二天早上，二郎告别了老妇，东行游玩去了。

二郎走后，老妇将此事告诉了村里的几个老妇老翁，他们结伴来到潭边观看，只见潭水似血水，平静无波。老人们将此事告知为此远离家乡的青壮年，大家纷纷回到了家乡，过上了平静的生活。

讲述者： 杨建周

整理者： 杨树林，52 岁，汝州市寄料镇人

讲述时间： 2014 年 10 月

讲述地点： 汝州市陵头村村部

选自： 《汝州民间故事选萃》，彭忠彦、常文理主编，现代出版社 2016 年版

三、后羿、嫦娥

（一）后羿

59

后羿射日

（一）

从前，天上共有十个太阳，他们都是天帝的顽皮孙子。

那时候，人间地面上十分繁华，树木葱茏，百草茂密，繁花如锦，人们在地面上辛勤耕耘，鸟儿在天空中唱歌，鱼龙在河水中腾跃，猪马牛羊成群成片，这可比寂寞清冷的天宫好多了。

那十个太阳都争着看人间景致，常常争吵打架，天帝就命令他们，每天只准出来一个看一天，老大头一天，老二第二天，老三第三天，依次类推。这几个开始十分守规矩，人间也就安居乐业，每到早晨，该谁看景致，谁就早早爬起来，傍晚才依依不舍地离去。

后来有一天，他们又搞恶作剧了，一齐都跑了出来，树木花草都晒焦了，猪马牛羊都晒死了，人们也都被晒得半死不活的没处躲藏。人们就找到了神箭手后羿，请求他把十个太阳射掉。

后羿就张弓搭箭，一个一个地射，那太阳就“咕咕噜噜”地掉到东海去了。

后羿一连射杀九日，第十个吓得半死，他看见地上有一堆茂密的植物，就钻了进去，吓得不敢露头了。

人间没了太阳，又黑又冷，万物也不能复苏，人们实在生活不下去了，就请求天帝，让再派个太阳。

第十个太阳知道了，就偷偷钻了出来，人们热烈欢呼，黑暗的世界有了光亮，百草树木又萌生了，飞禽走兽又繁殖了，人们也安居乐业。这个太阳再也不敢顽皮了，每天按时起床、休息，给人们带来光明和温暖。

那第十个太阳藏身的一堆植物，是马齿菜，它是太阳的恩人，自此，太阳连一棵马齿菜也没晒死过。

讲述者：	潘富荣，71 岁，南阳县新店乡贾庄村大边庄人
采录者：	李风云，21 岁，河南大学中文系 1986 级学生
采录时间：	1989 年 12 月
采录地点：	南阳县新店乡贾庄村大边庄
选自：	《中原神话通鉴》（第三卷），张振犁编著，河南大学出版社 2017 年 2 月版

南阳汉画像石中的射日图（程健君供稿）

郑州汉画像砖中的后羿射日（程健君供稿）

60

后羿射日（二）

传说老早老早时候，天上出了十个太阳，晒得地上草木枯焦，尸骨遍地。老天爷见地上的人马上都快死净了，就派后羿神去捕杀太阳。

后羿用神箭先后射下九个太阳后，又追赶剩下的最后一个。这个太阳觉得势单力薄，每天东躲西藏，怕后羿把它也射死。它找到一个蛐蜷儿[1]洞，赶紧钻了进去，谁知蛐蜷儿一个劲儿地叫："这儿哩，这儿哩！"吓得太阳赶紧换地方。

它又藏在马齿菜的枝叶下，才躲过了这场灾难。后来老天爷传令：留下一个太阳为世间照明，让万物生长。这个太阳才又光明正大地行走在天空。它没有忘记蛐蜷儿告密这件事，一定要报复它。只要一见蛐蜷儿，就把它晒死，并狠狠地说：当时你别吭气没人当你是哑巴。就这一句话，蛐蜷儿就变成了哑巴。直到如今，蛐蜷儿一声也不会吭，人们听到的蛐蜷儿叫，实际是蝼蛄的叫声，而且特别不耐晒，一晒就死。

太阳为了报答马齿菜的救命之恩，特别赐予它耐旱的本领，你若把马齿菜拔掉，晒三天也晒不死。

讲述者： 薛俊友，82 岁，济源市邵原镇崔家庄村人，不识字

采录者： 牛学鸣，47 岁，济源市邵原镇实验小学教师，中专

采录时间： 2001 年 5 月

采录地点： 济源市邵原镇崔家庄村讲述者家中

选自： 《济源邵原创世神话群》，济源市邵原镇政府、济源邵州文化研究会编，河南人民出版社 2008 年 4 月版

[1] 蛐蜷儿：方言，蚯蚓。

61

后羿射日

（三）

传说在远古的时候，龙安区马家乡马鞍山山上住着一对恩爱夫妻，男人叫后羿，女人叫嫦娥。

嫦娥勤劳朴实，聪明贤惠，温柔和善，十分招人喜欢。人们都羡慕这对郎才女貌的恩爱夫妻。一天，后羿到宝岩寺访友求道，巧遇由此经过的王母娘娘，便向王母娘娘求得一包长生不老药。据说，服下此药，就能即刻升天成仙。然而，后羿舍不得撇下妻子，只好暂时把长生不老药交给妻子珍藏。嫦娥将药藏进梳妆台的百宝盒里。本想妥善保管，不想被小人逄蒙看见了，逄蒙想偷吃长生不老药自己成仙。

三天后，后羿率众人林中狩猎，心怀鬼胎的逄蒙假装生病，留在家中。后羿率众人走后不久，逄蒙手持宝剑闯入内宫后院，威逼嫦娥交出长生不老药。嫦娥知道自己不是逄蒙的对手，危急之时，她当机立断，趁其不备，突然转身打开百宝盒，迅速拿出长生不老药一口吞了下去。

嫦娥吞下药，身子立时飘离地面，冲出门口，向天上飞去。由于嫦娥牵挂着丈夫，便飞落到离人间最近的月亮上成了仙。

傍晚，后羿打猎回到家，侍女们哭诉了白天发生的事。后羿既叹又怒，抽剑去杀恶徒，可逄蒙早已逃走了。后羿气得捶胸跺足，悲痛欲绝，仰望着夜空，呼唤着爱妻的名字。这时他惊奇地发现，今天的月亮格外皎洁明亮，而且有个晃动的身影酷似嫦娥。他拼命地朝月亮追去，可是他追三步，月亮退三步，他退三步，月亮进三步。无论怎样，后羿也追不到跟前。

后羿无可奈何，又思念妻子，就把嫦娥常常用来洗澡的池子扩建成月亮形，取名“月潭”，以表达对妻子的思念之情。

后羿是个神箭手，百步穿杨，百发百中，以狩猎为生。他心地善良，乐于助人，所获猎物，总要分给贫困的人们分享。

那时，天上有十个太阳，本来按照规矩每天一个太阳轮流穿越太空，给人间送去温暖和光明。

突然，有一天十个太阳同时出现，晒得庄稼枯死，动物干渴难熬。

后羿十分同情受难的百姓，他看到太阳不守规矩，祸害苍生，便勇敢地登上山顶，拉起神弓，一口气射下九个太阳，太阳一个个落下来。当后羿从箭筒中抽出最后一支箭要射第十个太阳时，闻讯赶来的部落首领尧连忙按住他的手说：“太阳对人间是很有用的，太多了才会带来坏处，留下这最后一个，让它给人们带来光明和温暖吧。”后羿听了点点头，把弓箭收了起来。

后羿因此深受百姓的尊敬和爱戴。

后来，后羿卧佛成仙，人们又在月潭的旁边挖了一个形如太阳的潭子，取名“日潭”，表示对他射日救生灵的感激。

讲述者： 王银花，女，58岁，安阳市龙安区马家乡岭头村农民，小学

采录者： 徐玉生，57岁，安阳市龙安区马家乡岭头村教师，中专

采录时间： 2017年

采录地点： 龙安区马家乡岭头村

62

羿射九日

（一）

讲述者：申黑妞，女，64岁，安阳市龙安区马家乡农民，不识字

采录者：徐玉生，48岁，安阳市龙安区马家乡岭头村教师，中专

采录时间：2008年4月

采录地点：安阳市马鞍山森林公园玉皇庙

传说在远古的时候，天上有十个太阳，按照规矩，每天有一个太阳工作，给世界送去光和热，每天轮一次。人们沐浴在温暖的阳光之中，生活得非常快乐和幸福。

有一天，太阳突发奇想，觉得一起周游太空很有趣，便开始了集体周游。这一天大地上的万物可遭了殃，地面烤得发烫，庄稼晒枯了，河水蒸干了，森林烧着了。人们只好躲进山洞，一步也不敢迈出来。

当时住在马鞍山上的一个后生，名叫后羿，是个神箭手，百发百中。平时狩猎为生，力大无穷。他看到百姓生活在苦难之中，便下决心帮助人们脱离苦海。于是这天，他带上一支红色的弓和十支白色的箭，登上山顶，用足神力，拉开弓箭，一气射下九个太阳，并严令最后一个太阳按时起落，造福人间。

九个太阳一死，大地立刻恢复了正常。人们欢欣鼓舞，手舞足蹈，纷纷从山洞里走出来，继续进行生产劳动。

后羿一连用力射下九个太阳，太累了，便躺下休息。谁知因为太累了，一睡不醒，日子久了，就化成一座山。

后人为感激后羿，把这座山取名为“卧佛山”。

63

羿射九日

（二）

盘古开天地后，天上没有日头，地上不分白天黑夜，整天混混沌沌的。

有一天，一下子出来十个日头，地上的花草、树木呀都晒干了，河里坑里的水都快晒滚了，人热得顶不住了。十个日头一出来，人都跑到山洞里去，等它们落到西天边才出来找点吃的东西。眼看就活不成了，大家都去找黄帝想办法，黄帝能有啥法哩？就天天跪在热地上向天上祷告。

原来这十个日头是玉皇大帝的十个闺女。她们从小娇生惯养，天上的规矩一点也不遵守。清早起来，不梳洗打扮，每个人踩个火轮圈从东到西去玩。她们只知道玩，地上的人可就撑不了啦。黄帝天天祷告，玉皇大帝知道了这事儿，就把十个闺女叫到跟前训了一顿。她们真是不听话，第二天照样踩着火轮去玩。这可把玉皇大帝气死了，就叫来一个叫羿的天神去把她们叫回来，还安排羿说，她们要是不回来就吓唬吓唬她们。

羿很正直，神通很大，拉弓射箭，百发百中。他背着神弓，带十支神箭，出了天宫向东去找，到天东边一看，十个日头跑到南天去了。羿想走近路到西边天截住她们的头，就来到了地上。到地上一看毁的那个样儿，他真心疼，就大声吆喝十姐妹赶快回天宫。谁知她们听见羿吆喝连理也不理。羿就拉开弓，搭上箭说："要不回去我就把你们射下来！"

这些娇小姐以为自己是玉皇大帝的闺女，哪把羿放在眼里，嘻嘻哈哈的，还用火轮的光芒直射羿的眼睛。可把羿气坏了，心想：别说你是玉皇的闺女，谁作恶也不中，看我惩治你们！他使足劲，拉满弓，对准最前边的那个日头射去，只听"轰"的一声，那个日头炸开了！火花乱飞。人们看看天上真的少了一个日头，觉得凉快了好些，大家喜欢得直拍手。羿见人们那高兴劲儿，自己的勇气更足了，向着天上东一个西一个逃散的日头继续射去，每射出一支箭天上便发出"轰"的一声，一个日头就炸开了。

眼看天上的日头就要被羿射完了，在旁边看热闹的一个老头儿猛然想起，要是没有一个日头，天不还是混混沌沌的吗？就让一个小孩偷偷从羿箭袋里抽出了一支箭。羿以为十支箭都射完了，就停了下来。从那以后，天上就只剩一个日头，直到现在还是这样。

讲述者： 王宏玲，女，24 岁，项城县王明口中学教师，中专

采录者： 苏国安，38 岁，项城县贾岭乡文化站干部，初中

整理者： 孔祥谦，50 岁，项城县文化馆干部，中专

采录时间： 1987 年 7 月

采录地点： 项城县王明口中学

选自： 《中国民间故事集成·河南项城县卷》，孔祥谦主编，项城县民间文学集成编委会 1987 年 12 月编印

64

后羿追日

上古时，地球分东、西、南、北、中和东南、西南、东北、西北，谓之九州。每州里有一个太阳，一共九个。这九个太阳，有时候同时出来，放射出暴光烈火，把大地烤得焦灼滚烫，河井干涸，草木枯焦，禾苗死亡，人和飞禽走兽都难以生存。有时又一个接着一个，轮换出进，不留间歇，一直白天，没有夜晚，人们只有无休止地劳动，没有安睡歇息的时间，把人类折腾苦了。可谁有啥法哩！

后来，人们实在熬不下去，就纷纷去天宫中东王父那里告状。东王父是主管日月星斗的，听了苦诉，勃然大怒，下令捉拿九颗太阳治罪。可是，派张三张三说有病，派李四李四说有事，派来派去谁都不愿前去。为啥？因为这九个太阳不仅力大无穷，行如闪电走如飞，而且浑身上下都是火，稍稍近身，就有被烧焦化成灰的可能，谁个不怕？所以，都怕捉拿不成，反伤了自己，便都借口不去。东王父看无人出战，火性骤起，正待发作，“父王在上，儿愿一往！”随着一声高喊，殿前闪出一人。此人二十出头，身躯凛凛、相貌堂堂。一双虎目似寒星，两条剑眉如刷漆。胸脯横阔，有万夫难敌之威风；意气轩昂，有千丈凌云之壮志；心雄胆大，似撼天狮子下云端；骨健筋强，如摇地貔貅临座上。东王父一看，不是别人，正是自己的少子后羿。后羿是东王父的宝贝蛋儿。大凡做父母的，都有亲溺少子之心，何况这后羿又是生得这样英俊无双？东王父想：让少子前去，若有个闪失……想到这里，不由得犹豫了一下。又一想：不对呀，除害救生关紧，再说，在众人面前怎能顾亲舍义呢？只好应允。

后羿谢过父王，来到后庭。头戴冲天冠，上镶无光珠；身穿抱金衫，胸披耀日镜；腰挂斩日剑，脚蹬追日鞋；左手拿砸日锤，右手戴按日掌，还背上雕宝弓和射日箭。披挂一毕，准备停当，辞别父母，直奔中岳而去。后羿为啥直奔中岳而来？中岳是九个太阳每次出来的必经之路，再者，中岳半山腰间有个大洞，可以隐身藏体。后羿驾起祥云，来到中岳上空，然后按下云头，收着阵脚，着落在中岳山巅，藏身于半山腰的大洞之中。这时，太阳过来了。一、二、三……一个个喷着烈火，射着强光，奔驰而来。后羿伏在洞口，屏着呼吸，两眼紧紧盯着。等到第一个太阳来到洞口，他就忽地蹿上去，抡起砸日锤，“嗵！”砸了下去。那太阳正得意忘形，冷不防挨了一锤，只觉得头晕目眩、眼冒金花，眼前一黑，栽倒在地上。后羿乘势赶上去，右手一把紧紧抓着，左手将中岳一提，提了起来，把太阳往下边一放，压到了中岳山下。其余八个太阳见老大被擒，压到山下，顿时恼羞成怒，一齐围上来替老大报仇，把后羿紧紧围在中央，往身上喷火，往眼里射光。但是，不管它们咋喷、咋射，后羿却毫无惧色，一点不怕，并且越战越强。太阳一看不是对手，不敢恋战。心想：三十六计，走为上策，还是赶快逃命为好。便虚晃几枪，纷纷逃去。后羿杀得兴起，哪肯罢休，他抡锤舞剑，紧紧追杀，一鼓劲打倒砍伤了七个，并把它们分别压到了昆仑山、五台山、太行山以及东、西、南、北四岳之下。剩余那一个后羿看它逃得远了，难以追上，就取下雕宝弓，搭上射日箭，“嗖”的一下，不偏不倚，射在日头的中心。只听一声惨叫，日头栽到了地上，鲜血直流。正待追上去杀掉，东王父下命令，让留下一个，和月亮昼夜轮换出来，为地上的众生造福。

从此，地球上就剩了一个太阳。这一个太阳，被后羿射了一箭，落了一个伤疤，经常流着鲜血。后世人看到，中午时太阳中有块黑斑，早上和傍晚太阳总是鲜红鲜红的，也就是这个缘故。那八个太阳被压到三山五岳下之后，继续散发着热量。时间久了，把山下的石头和泥沙都熔化成了浆水，把泉水也烧成了热的，有了火山爆发和温泉。

讲述者： 邱海观，73 岁，南阳县青华乡青华村农民，读过私塾

采录者： 李明才，42 岁，南阳县文化局干部，高中

采录时间： 1986 年

采录地点： 南阳县青华乡

选自： 《中国民间故事集成 · 河南南阳县卷》，阎天民主编，南阳县民间文学集成编委会 1987 年 8 月编印

65

第十个太阳

在很久很久以前，天上共有十个太阳，他们是天帝的十个调皮的孙子。每天一早，他们就出来玩耍，这下，地上的人可遭殃啦，庄稼枯了，河水干了。

后羿为地上的人除害，一连射杀了九个太阳。当他正要射第十个太阳时，太阳不见了，天一下子变得黑暗，啥都看不见。

一天，后羿听到一个细微的声音在叫唤，他走近去，原来是蚯蚓在说话呢。它说："勇敢的弓箭天神啊，你还没有射除所有的太阳呀，第十个太阳正在地上藏着呢。"后羿一听很生气，他找来找去，可就是看不到。世界上一片昏暗，到哪儿去找呢？

后来，人们实在生活不下去啦，后羿也后悔不该射第十个太阳。他们请求天帝，唤第十个太阳出来，让人类万物繁衍下去。

一天早上，红彤彤的太阳，又从东方走出来。开始，他还有些害怕呢，可他用温暖的眼睛偷偷一看，人们都在欢迎他呢。从这以后，黑暗的世界变得明亮了，万物开始生长，大地又有了生机。

那么，第十个太阳究竟藏在哪儿呢？原来，当后羿第十次拉起弓箭的时候，马齿苋用自己稠茂的枝蔓遮住了太阳，后羿才没找到他。

太阳重回到天上以后，为报答马齿苋的救命之恩，从来没晒死过一棵马齿苋，而蚯蚓一爬到地面上，就立即被太阳烧死。

讲述者： 林小群，杨文彪

整理者： 李延平，21 岁，河南大学中文系学生

采录时间： 1983 年 6 月

选自： 《中原神话通鉴》（第三卷），张振犁编著，河南大学出版社 2017 年 2 月版

66

十二个太阳

传说在很早很早以前，天上共有十二个太阳，他们都是玉皇大帝的儿子。按规定，十二个太阳轮流值班，一个太阳管一个月。可玉皇大帝惯坏了他们，要么都一齐出来，要么一个也不出来。不出来时，一连几天甚至几十天人间黑暗一片，寒冷得要命，人们啥活也干不成。出来时，大地顿时热气升腾，照得人们睁不开眼睛，热得喘不过气来，庄稼被烤得卷了叶，树木勾了头。

人们受够了太阳的折磨，便推选弓箭射得又远又准的勇士后羿去把太阳射落下来。

后羿背着干粮，带着弓箭出发了。他走了九九八十一天，终于爬上了一座最高的山头，因为这儿离太阳最近。等他射箭时，太阳们又都不见了。他就在山头上等，一直等到把随身带的干粮吃光了，太阳也没出来。就在他抵不住饥饿准备下山时，十二个太阳都出来了。十二个太阳一露面，后羿马上感到浑身像火烧着了一样难受，他咬紧牙关，拿出弓箭射了起来。一个、两个、三个……当把最后一个太阳射落时，后羿倒下再起不来了。

人们恨透了这些作恶多端的太阳，他们落到哪里，就

赶到哪里将他们一个个打碎埋掉，当打完第十一个时，人们咋也找不到最后一个了。原来，最后一个太阳落下时，正好滚到一棵很大很大的马齿菜下边，被马齿菜秧遮得无影无踪。人们东找西找，就是看不到。

这时，玉皇大帝得知了这件事，马上派天神下凡向人们道歉，并传话让凡间饶了这最后一个太阳。人们想到世间也离不开太阳，便也不再找了。这最后一个太阳重又回到了天上，再也不敢胡闹了。每天早出晚归，按季南移北撤。从此，人间有了白天黑夜，一年分为春夏秋冬。人们日出而作，日落而息，春种秋收，平平安安过着日子。

太阳为了报答马齿菜的救命之恩，对马齿菜非常关心照顾，阳光不论多毒，都不令马齿菜损伤。如果你不相信，可以挖一棵马齿菜放在太阳下，就是晒上三天五天也不会把它晒死。

讲述者： 艾连香，女，30 岁，工人，小学
采录者： 艾守斌，34 岁，干部，初中
采录时间： 1987 年 10 月
采录地点： 正阳县
选自： 《中国民间故事集成·河南正阳县卷》，夏纪德主编，正阳县民间文学集成编委会 1989 年 7 月编印

67 师徒比武

传说，上古的时候，有两个最出名的“箭王”，一个叫羿，一个叫逄蒙。羿是逄蒙的师父。

逄蒙原来是“神射”甘蝇的徒弟。甘蝇死后，逄蒙又投奔羿。好话说了几箩筐，羿才收下了他。羿苦心教了他三年，逄蒙也成天下有名的射手了。

朝里有一个奸臣，叫孔壬，最嫉妒羿。一天，他找到逄蒙说：“你的射术早已天下第一了。唉！真可惜呀！要不是羿还活着，我早保举你掌管全国的兵权了。”

逄蒙心眼儿不正，一听这话，像娶媳妇一样高兴，觉得孔壬能为自己操心，真是个大好人。从这儿起，他和孔壬越来越亲热了，就对羿越来越疏远了。

有一天，帝尧带领文武百官去教场看羿练兵，孔壬不操好心，对帝尧说：“羿和逄蒙的箭法都是千古难遇的绝射，请恁下令让他俩比试比试，好叫小臣们也开开眼界。”

帝尧一时高兴，就下了令，孔壬把逄蒙拉到一边，小声说：“今天你一准要把羿比败，我好在帝尧面前保举你做大官。杀了羿，出事儿我给你顶着。”逄蒙点点头，带上弓箭，进了教场。

第一项是比远。尧命士兵在靶子上画一鸟，用红颜色抹上双眼，抬到八百步开外的地方儿，说是谁射中鸟眼算胜。谁知羿和逄蒙都射中了鸟眼。

第二项是比力。把一百个铜板合起来，平放在二百步开外的桌子上，讲明谁的箭能穿透铜板算胜。一比，二人都射透了。

第三项是比巧。尧命人在一根竹竿上挂一个鸡蛋，鸡蛋上放一块小石头。射落石头算胜，射鸡蛋算败。羿和逄蒙都把小石头射掉了。尧和文武官员都夸他俩是"箭王"。逄蒙想起孔壬交代的话，一心想比败羿。正巧，天上飞过一行大雁。逄蒙暗说："比败羿的时候到了。"他拔出三支箭，"嗖"的一声射向雁群。飞在前面的三只雁，一下子落了下来。众人都夸逄蒙的箭法超过了师父。原来，这个射法是逄蒙的先师甘蝇教给他的。

羿见众人为逄蒙喝彩，顺手拔出五支箭，并排放在弓上，"嗖"的一声飞上天去。刚才逄蒙射了三只雁，受惊的雁往四面八方乱飞，弹射上去的箭向东、南、西、北、中飞去，一眨眼，五只雁落到了地上。尧和大臣们有的说好，有的点头，都说嫩姜还没老姜辣。

逄蒙一看羿用乱箭射下五只雁，就想，师父有意灭自己的威风，恨不得当场一箭，把羿射死。可是教场人山人海，就是杀了羿，自己也逃脱不了啊！想到这儿，逄蒙趁人们不注意，偷偷溜走了。

讲述者：释海良
采录者：刘剑
采录时间：1985 年 7 月
采录地点：桐柏县西十里村
选自：《中国民间故事集成·河南桐柏县卷（第一分册）》，马卉欣主编，桐柏县民间文学集成编委会 1987 年 9 月编印

68

羿喉中箭

羿的箭法高，百姓们个个夸好。有好些小伙子都向羿学得一手好箭法。一个叫逄蒙的小伙子学得最好，羿就收他为徒弟。教他学箭法，还教他学管事。

逄蒙为了学箭法，还管事，搁劲儿[1]讨好羿，让羿多教他，把一身的本事都教给他。

时间长了，逄蒙觉得自己啥都比别人强了，连羿也不如自己了。总在想法儿把"天下第一箭"的名声归自己。

一天，羿出门在前边走，逄蒙在后边偷偷跟着。逄蒙左右看看，一圈儿没人，就朝羿的后脑射一箭。羿正走着，听见背后"嗖"的飞箭声，忙转脸看。这一转脸呀，朝后脑射的这一箭正好射向他的喉咙，羿倒在草窝儿里了。

逄蒙一见，高兴透了，忙跑到羿倒的地方，对着羿说："看来，青出于蓝总要胜于蓝啊！羿呀羿，君主的位总算归我了吧！"他大笑了一阵，又说："待我取下箭走哇！"

逄蒙弯腰取羿喉咙里的那支箭时，羿又站了起来，嘴

[1] 搁劲儿：方言，下功夫。

唇张开，说："看，你射的这一支箭我用牙咬住了！"

逄蒙脸一下子变了色，说："用牙接箭的绝招儿你咋没教给我呀？"

羿说："还有一手哩！招呼接箭！"羿把嘴里噙着的箭杆颠倒个头儿，头往后一用劲儿，牙一松，只听"嗤"一声，箭朝逄蒙飞去。逄蒙接着箭，忙跪在地上，连声向羿求饶，说："师父，饶了我吧，我再也不敢坏良心了！"

讲述者： 孙建英，46岁，桐柏县文联副主席，高中
采录者： 马卉欣，41岁，桐柏县文化馆干部，高中
采录时间： 1986年3月1日
采录地点： 桐柏县文联
选自： 《中国民间故事集成·河南桐柏县卷（第一分册）》，马卉欣主编，桐柏县民间文学集成编委会1987年9月编印

附记

《羿喉中箭》《金乌汤》这两篇关于羿和嫦娥的神话都是县文联副主席孙建英讲的。1986年3月1日上午，我带了一部分神话故事找他看稿。当他看了两篇羿的神话后，就讲了这两篇。他是小时候听邻居张先儿讲的。不知道张先儿的真名，因为他经常讲瞎话儿，人们就称他张先儿。（马卉欣）

异文：青龙射日

从前，天上有十个太阳，轮流值班。可是，有一天，十个太阳一齐出来了，晒得地面寸草不生。在东面的大海洋里，有一条很长很长的龙。这条龙高兴或生气时，就会在海洋里翻腾吼叫，那波涛把海附近的村庄吞没了，那吼声震得地面都裂了口。这十日和这条龙，折磨得人无法再生存下去了。在一个村庄里，有一个叫"青龙"的人，他不仅是个射箭能手，还是个杀虎斩龙的神手呢。他看到那十日和长龙把人类折磨得无法生存，便下了决心："我宁可自己死了，也要挽救人类。"

一天，青龙爬上一座山的顶端劝十个太阳说："你们快回去吧，该谁值日谁就出来，你们这样一起出来，大地上的一切都会绝灭的。"那十个太阳正在快乐地张望着大地，听到有人喊它们，扭过头一看，哈哈大笑起来。青龙说："不要笑了，赶快回去，要不我可要射死你们了。"

十个太阳止住了笑，轻蔑地说："你，一个小小的人，敢来阻挡我们。我们是玉皇大帝的儿子，你管得着我们吗？"

青龙听了，生气了，边拉弓边说："既然你们不听我的劝告，那就得死在我的手中。"说罢，他张弓射箭，"呼"的一声，射出一支箭。"啊——"，一个太阳被射中了，只听它叫了一声，身上的火不见了，一个圆东西落在了地上。接着青龙又射出了第二支，第三支……当青龙正要射第十个太阳时，忽然传来喊声："停一停，停一停。"青龙听见喊声，便放下弓箭，低头望去，只见一个农夫气喘吁吁地向他跑来，他连忙迎上去，问道："老伯伯，你喊啥呢？"

农夫对他说："这个太阳就留下它吧！"

"咋，它们这样害人类，不该把它们都射掉吗？"青龙不知道为啥要留它，就问农夫。

农夫耐心地对青龙说："地球上的光明与温暖都是太阳送来的，如果你把它们都射掉，地球上到处黑暗，人类、生物咋样生存呢？"

青龙听了觉得有道理，便对那个早已吓得魂不附体的太阳下命令："饶了你，以后你自己天天得来值班。"那个太阳听了，连忙答道："是，是。"以后，那个太阳每天从东方升起，从西方落下。

太阳被制服了，青龙决定去斩河里的那条长龙。他带了一把锋利的宝剑来到海边，对着大海大声喊："喂，长龙，你如果再来人间做坏事，我可不饶你。"那条长龙正在吃饭，忽听有人说要杀它，气极了，怒气冲冲地奔出海面。它看见是一个人，哈哈大笑后说："你这小人儿，我还没吃饱哩，你自己送上门来了。好，今天就拿你做一顿美餐吧。"那条长龙吼叫一声，张开大嘴，扑向青龙。青

龙早已有了防备，猛地一闪，闪到了龙的一边，随即举起了闪闪发光的宝剑，狠狠地刺向长龙。长龙见势不妙，掉头扑向青龙，青龙又把身子一蹲，又躲了过去。趁这机会，青龙又举起宝剑刺了长龙一下，立刻，一股鲜血从那条长龙的腹部流了出来。这下可把那条长龙气坏了。它大吼一声，张牙舞爪地向青龙扑来，他又一次举起了宝剑扎进那条长龙的喉咙。长龙“啊”地惨叫了一声。接着，青龙举起宝剑，使尽平生气力向那条长龙刺去，“咔嚓”一声，那条长龙被一剑斩成两段。

青龙射日除害的故事就是这样的。

讲述者： 刘江沛的爷爷
采录者： 刘江沛，18岁，舞阳县北舞渡左沟学校中学生
采录时间： 1989年4月12日
采录地点： 舞阳县北舞渡左沟学校
选自： 《中国民间文学集成·河南舞阳县卷》，王秉钧编辑，舞阳县民间文学集成编辑委员会1990年8月编印

69

马蹄救日

开天辟地，天上有十个太阳，晒得大地很热很热。热得后羿着急了，用箭一口气射死九个。剩下一个太阳，麻利躲藏到马齿菜心里。被蛐蟮[1]看见了，它向后羿翻嘴，太阳马上又躲藏到马蹄下。后羿看见了，去马前蹄射，太阳急忙转移到马后蹄。后羿射马后左蹄，太阳又躲进马后右蹄，就这样射前藏后，射左藏右，转圆圈射不住太阳，太阳得救了。

马立功了。太阳为了报答它的恩情，就是到了五黄六月天气，也只送给马温暖，不肯晒坏马的皮肉，民间有“五黄六月，淋牛晒马”说。

马为了忠于太阳，闲站时总把一只蹄抬起来，生怕蹄踩着太阳。马齿菜也立功了，它撅起屁股在太阳底下晒半个月，太阳也不会把它晒死。蛐蟮翻嘴了，太阳一见它，马上发出针一样的亮光将它刺死。至今蛐蟮一直钻在阴沟里，一次也不敢见太阳。

[1] 蛐蟮：方言，蚯蚓。

讲述者： 马起凤，女，78岁，济源县下冶乡中吴村农民

采录者： 翟作正，56岁，焦作市文化局干部，大专

采录时间： 1986年

选自： 《河南民间文学集成·山阳城民间故事》，翟作正主编，中原农民出版社1990年10月版

70

马齿菜

谁都着[1]，太阳晒不死马齿菜。

据说是在古时候，天上一下出来十二个太阳，晒咧地上寸草不生，大小河儿都干了，整个大地全是火辣辣、明晃晃一片。

百姓们到处求神拜佛，要求除掉这十二个太阳，可是哪个神仙也不能办到。有位叫后羿的仙人来对百姓说："不用到处求了，叫我来处置它们。"

说罢，他掂弓拿箭去射太阳了。

他爬过一道山又一道山，上到一个最高的山上，这时他只觉得头顶发麻，四肢发酸，脊梁上叫晒咧比针扎还难受。他"嗖"一声抽出一支箭，往弦上一搭，使劲一拉，一丢手，那箭直奔太阳而去。一小会儿，只见一个大火球从天上掉了下来，后羿一瞧射中了，心里怪高兴，接着又连射下两个。这十二个太阳被连射下来三个，剩下九个了。这九个太阳觉得自己难保，它们就挤到一堆，把热都聚到后羿身上。后羿可就难支了，他一狠心，咬着牙，一回发

[1] 着：方言，"知道"的合音，意为知道。

两支箭，向太阳射去，一会儿工夫，又射下来七个。剩下那俩可不护群儿了，东跑西窜。后羿瞄准西边的一个"嗖"一声就把它射下来了。再往东看，剩下的那个没影儿了。

这时，天下忽一下就凉了，漆黑一团，后羿不知道最后一个太阳藏在啥地方儿了，找半天也没找着。他想：没有太阳真黑，咋叫人过时光咧？他大声对那个太阳说："你出来吧，我饶你一命，不过你得依我两样儿事儿。一是你要报答为你遮身的那东西。二是以后必须早上从东方出，晚上从西方落，不然，我把你也射下来。"

太阳听了，就慢慢儿从东边儿露出半个脸，越升越高。

原来，那太阳跑到东海边上，藏在了一棵大马齿菜叶儿底下了。太阳听从后羿的吩咐，就给了马齿菜一个特殊的本领——晒不死。

讲述者： 刑朝军，28 岁，浚县善堂镇人
采录者： 张俊生，30 岁，浚县文化馆工作人员
采录时间： 1998 年 12 月
采录地点： 浚县
选自： 河南省民间文艺家协会资料库电子文档《中国民间故事全书·浚县卷》

71

马齿菜救日

很早很早以前，马齿苋菜可没阳会儿[1]顶[2]旱。

相传，天上有十个日头，是老天爷的十个儿子。十个儿子很听话，轮流坐庄，一个替一个出来。正因为这样，天下冷暖有序，四季分明，万物才能生长。

有一天，地上的人过节，又唱又跳。日头觉得奇怪，十兄弟看热闹，一下子都出来了。这一齐出来可不打紧，地上真像着了火一样，庄稼一下子都枯黄了。

这事儿，叫后羿知道了。后羿是个天下大英雄，大恼，十个日头这样为害天下，太不像话了。

他要找十个日头算账。

后羿对十个日头说："你们是老天爷的儿子，老天爷叫你们十个轮流出来，你们为啥不听老天爷的安排？为啥一齐出来，这样祸害天下？"

十个日头很凶，自以为是老天爷的儿子，哪里把后羿看在眼里？哪里肯听？竟与后羿对仗起来。后羿实在恼火，

[1] 阳会儿：淮阳俗语，现在、如今。
[2] 顶：方言，耐。

大叫："你们听不听，要是不听，我叫你们这些老天爷的儿子尝尝后羿的厉害！"

十个日头一齐大笑，自以为后羿不敢咋着他们，一齐说："不知天高地厚的后羿，你不怕老天爷拿你是问？"

后羿气愤极了，为了天下，管他是谁！他拉满弓，搭上箭，一口气射落了九个日头，叫这些不知天高地厚的家伙一个个都栽倒在东海里，丧命了。

最后一个日头吓坏了，急中生智，一看地上有棵马齿菜，赶紧藏到了马齿苋底下。

后羿一连找了几遍也没找到。最后，就不找了，留下一个，看他也不敢作怪了。

后羿走后，剩下的那个日头，从马齿苋底下钻出来，对马齿苋感恩戴德，说："太谢你了，我日头再厉害，也永不晒死你。"

日头说话算数，从那以后马齿苋不怕日头，也不怕旱，不论啥时候都是这个样。

到阳会儿，马齿苋还是不管咋旱，就是晒不死，也旱不死。

讲述者： 李庆福，55岁，淮阳县黄集乡黄集村农民
采录者： 张田生，23岁，农民
李奇，22岁，干部
采录时间： 1986年
采录地点： 淮阳黄集
选自： 《中国民间故事集成·河南淮阳卷》，杨复竣主编，淮阳县民间文学集成编纂委员会1988年4月编印

72

太阳为啥不晒马齿菜

不论天多旱，太阳多毒，马齿菜是晒不死的。这是咋说的？马齿菜是太阳的救命恩人，太阳不晒它。别的草、菜都能晒死，马齿菜晒不死。

据说，很早很早以前，天上有九个太阳，它们是弟兄九个，都是玉皇大帝的孩子，按照玉帝的天规，它们每天出来一个在天上走一趟。天底下的万物生长得很好。

后来，它们弟兄九个，不按天规来了，胡来开了，每天九个太阳一下都出来，在天上打打闹闹，好长时间也不回去。这下可把天底下的百姓害苦了，原先是一个太阳，现在，是九个太阳，整天都比三伏天还热哩，地晒卷了，树晒干了，庄稼都晒着火了，收不了粮食，百姓可都遭灾了。

后来，有个叫后羿的年轻人，他决心给百姓除害。他做了一张大弓和恁些利箭，背上，到一座最高的山上，朝着太阳它们弟兄九个，一连射了八箭，射下八个太阳。剩下最后一个，后羿还要射死它。这个太阳吓哩狠，跑咧，从天上跑到地上，后羿在后边直追，那太阳跑到个山后边。山后边有棵大马齿菜，看到太阳实在没地方跑了，就说：

"你藏这儿吧！"太阳就藏到马齿菜棵底下了。

这时候，后羿赶来了，到处瞧不见太阳在哪儿哩，只有一棵马齿菜，就问："你瞧见个太阳没有？"

马齿菜说："都射死了，天底下还长庄稼？"后羿一听，提起弓回家了。

后来，那个太阳又回天上了，每天它都出来。它啥时候都不忘马齿菜的救命之恩，它不光在天上照射万物生长，还每时每刻都瞧着它的救命恩人长得咋样，不能狠晒着了，所以，马齿菜晒不死。

讲述者： 郭老愚，93岁，淇县阁南村农民
采录者： 于德伦，30岁，淇县文化馆工作人员
采录时间： 1987年5月
采录地点： 淇县阁南村
选自： 《中国民间故事集成·河南淇县卷》，于德伦主编，淇县民间文学集成编委会1987年7月编印

73

太阳和马齿菜

传说，很久以前，天上有九个太阳王子。为了不把人间晒过火了，玉帝叫它们轮流出来。一天只能出来一个。它们贪玩，谁也耐不住家中的寂寞，就一块儿全跑到天空。这下，老百姓可遭殃，庄稼几乎全晒死了，人也无法生活。这时，后羿受人们之托用箭射死了八个太阳王子，最小的一个吓得仓皇逃跑。

后羿紧追不放，小王子一心想找个藏身的地方。但地里庄稼枯死了，哪有藏身之处呢？

它跑呀跑，忽然看到河边有片青青的马齿菜，急忙奔去。经马齿菜的同意，它缩小身体藏在马齿菜叶下。这时，热气下去了许多，天上阴凉了，马齿菜也有了生气，把太阳王子藏得更严了。

谁知，这个事全被蛐蟮看见了，它急忙对后羿大声喊："在这里——在这里——"可后羿也筋疲力尽，再加上人们请求留一个照明，他便放了这个太阳王子。

太阳王子受了这般惊吓，从此再也不敢胡作非为了，就天天清早出来，晚上回去，为人们照明取暖。为了报答马齿菜的救命之恩，太阳王子对它格外温柔，无论如何也

不伤害它，但一见到蛐蟮分外眼红，哪怕蛐蟮在水边，也非把它烤死不可。

讲述者：郭秀志，42岁，遂平县文城高中教师

采录者：赵新生，18岁，遂平县文城高中学生

选自：《中原神话通鉴》（第三卷），张振犁编著，河南大学出版社2017年2月版

74

马齿菜和马抬蹄

相传在很久很久以前，天上有十个太阳，世间像个大火炉子，江河湖海都快被晒干了，树木和庄稼都快干枯了，人们也都无法生活下去了。

这时有一个力气很大的人，箭也射得很准，一连九箭就射落了九个太阳。当他再射时，剩下的这个太阳却躲在马齿菜下边，不料被蛐蜷看见了，蛐蜷向后羿翻嘴说："这儿，这儿。"

太阳一看不好，麻利又躲到了马的前蹄子下面，又被后羿看见了，后羿就照着马的前蹄射，太阳马上又躲到马的后蹄，后羿就照着后蹄射，太阳又躲到马的另一只蹄下，就这样太阳在马蹄前后左右躲来躲去，后羿转着圈儿射，咋势[1]也射不住太阳。后来老天爷知道了，才下令不让后羿再射了，天上最后就只剩下一个太阳了。

太阳为了报答马的恩情，不肯晒马的皮肉。至今民间仍有"五黄六月，淋牛晒马"的说法。因为马保住太阳，太阳躲到哪只蹄下，它就抬起哪只蹄子，为不踩着太阳，

[1] 咋势：方言，咋。

总是有一只蹄子是抬着的。如今马儿在闲着时，总习惯抬起一只蹄子。

马齿菜也立功了，就是连根拔掉，晒十天半月也晒不死。

太阳为报蛐蜷儿告密的仇，只要见蛐蜷儿，就把它晒死。所以蛐蜷特别不耐晒，一晒就死，就一直钻在阴沟里不敢出来见太阳。

讲述者： 李发增，68岁，济源市邵原镇史家腰村人，小学
采录者： 李小训，34岁，济源市邵原镇史家腰村人，高中
采录时间： 2002年4月8日
采录地点： 济源市邵原镇史家腰村小学门前
选自： 《中国女娲神话之乡丛书·故事卷》，济源市邵原镇人民政府、济源市邵州文化教育研究会2018年11月编印

75

鸡叫明

很早很早以前，天上有十个日头，这个还没下去另一个又出来了，只有白天没有夜晚。人们都在地里劳动，没有休息时间，都累得腿酸腰痛，地里的庄稼也被晒成半死的样子，人们简直就没法活下法。他们想，要是有人能把日头打掉才好呢！可是谁又有那么大的本事呢？

一天，身背弓箭的巨人羿来到这里，人们很好地招待了他，羿十分感激，问人们有没有啥事情让他帮忙，人们就告诉他，十个日头把他们晒得够呛了，要是能把它们射掉才好哩。羿听罢说："放心吧，看我把它们射下来。"

羿拿了根一丈多长的箭，箭头金光闪闪，他把箭搭在弦上，用力一拉，对准一个日头射去。人们看见这一箭正射中一个日头，日头被射得"轰"的一声再也看不见了。其他九个日头一见不好，就四下逃命。羿拿着弓箭，一边追一边射，又射下了八个日头，剩下的一个不知藏在哪儿去了。

射了之后，羿就走了，这时大地一片漆黑，只有几个星星在天上闪烁，人们看不见庄稼，也没法劳动，如果这样下去，他们又生活不成。有个人忽然想起羿只射死了九

个日头，还有一个日头不知藏在哪儿不敢出来，要是把它找来不就又有白天了吗？他们就派人四处寻找，可咋也找不到，他们动员了各种家畜轮流呼喊日头，驴、骡、牛、鸡、鸭、狗都被动员起来了。

原来，这个日头趁乱，一头钻在马齿菜下面，哀求说："马齿菜兄弟，你救救我吧，日后我一定报答你。"马齿菜看它可怜，就用它的叶子盖住了日头，日头才免于一死。过了一些时候，它忽然听见人们在呼喊它，但它还是不敢出去。后来鸡、鸭、驴、狗都呼喊起来，其中一只大公鸡站在墙头上，面对东方伸长脖子用力地喊："出来吧！出来吧！"那声音既婉转动听，又带有哀求，日头心动，又见羿已经远去，也不必再躲藏了。它就应着公鸡的喊声，慢慢地从马齿菜下面钻了出来了。

天又亮了。

这就是鸡叫明的传说，据说后来日头报恩，永远不晒死马齿菜。

讲述者： 郭张氏，女，50 岁，农民
采录者： 郭祥振
选自： 《中原神话通鉴》（第三卷），张振犁编著，河南大学出版社 2017 年 2 月版

76

公鸡和太阳

在远古的时候，公鸡是天上掌管天地的神仙。他有十个儿子，轮流驾着火龙，拉着太阳车，由东向西巡视，人们称他们是太阳。

有天，公鸡到玉帝那里去赴宴，弟兄十个没人管了，驾着太阳车，往天上跑来跑去。这下，天底下的人畜万物受不了啦！河水晒干了，庄稼枯死了。

玉帝知道了，派了一名叫后羿的神仙，带着太上老君八卦炉炼成的一张宝弓和十支硬箭，去惩治这十兄弟。

后羿一连射了九个太阳，刚要射第十个，忽然不见了。这老十最机灵不过，他见哥哥们被射死，就一个跟头扑到地下，钻进马蓬叶子[1]底下去了。后羿没有打到，就回天宫交旨。

公鸡教子不严，使百姓遭难，玉帝把他贬到人间，永世不准返回天宫。公鸡想儿子，每天三更说："我儿……我……儿。"招唤他的儿子。起初，老十不敢出来，直到公鸡叫三遍，十儿才推着太阳车从东山马蓬叶下爬出来见父亲。

[1] 马蓬叶子：方言，马齿苋。

77

老公鸡、马齿菜、蚰蚓和太阳

在很古的时候，天上太阳神弟兄十个，轮换着每天有一个太阳出来。这样人间阳光灿烂，风调雨顺，人们安居乐业。到了尧帝时，十个太阳忽然一齐出来了，晒得大地如火，草木焦枯，人们饥渴难忍。后来后羿下决心为民除害，他拈弓搭箭，一连射下了九个太阳，人们个个欢喜，拍手称快。

谁知后羿杀红了眼，他一不做，二不休，咬牙切齿还要把最后一个太阳射下来。太阳神老十吓破了胆，慌慌张张向东海奔。山头上的老公鸡看见了，想：要是没了太阳，地上就没热、就没光，万物不能生长，世界就要毁灭，得留下这位太阳神！连忙“喔喔喔”叫，让太阳神躲到山后去，说：“听我叫你再出来，我给你放风！”太阳神很感激。

太阳神到后山，马齿菜见着了，问他咋回事，太阳神把前后经过一说，马齿菜说：“那你就藏在我家里吧！”太阳神正愁没处藏身，听了马齿菜的话，赶快紧缩了身子，钻到马齿菜衣下边，马齿菜一展身，把太阳神遮盖得严严实实。

讲述者：崔金钊，60岁，范县王楼乡教育组干部，大专

采录者：荆耕田，22岁，范县文化馆干部，高中

采录时间：1990年4月10日

采录地点：范县文化馆

选自：《中国民间故事集成·河南范县卷》，荆耕田主编，河南省范县文化局1990年7月编印（油印本）

后羿追来了，找不到太阳神，就问老公鸡，老公鸡头一摆，说是向西跑了，后羿急忙向西追。谁知，躲在湿地里的蚯蚓知道了，它怕光，恨太阳，就想把真话告诉后羿，它大声喊叫后羿。老公鸡一看不好，没等它讲清楚，就把尖利的嘴巴伸过去，吓得蚯蚓赶紧缩到地下去了。

看后羿走远了，老公鸡高叫："咯咯——勾，太阳神出来吧！"太阳神吓破了胆，直等老公鸡叫了三遍，才敢出来了。所以直到现在，每天清晨，总是等鸡叫三遍，太阳再慢慢从东海升起来。

太阳神得救后回到天宫，为报答老公鸡的恩情，赐给它一个特别的胗子，能吃沙子、石子，还能吃蝎子、蜈蚣等毒虫，走到哪里都有吃的，永远饿不死。为报答马齿菜的恩情，赐给它一粒仙丹，吃后晒不死。蚯蚓害怕了，永远躲到地下，再也不敢见太阳。

讲述者： 李成林，53岁，武陟县小董乡大陶村人，干部
采录者： 王广先，43岁，武陟县文化馆编辑，中专
选自： 《中国民间故事集成·武陟县卷》，王广先主编，武陟县民间文学集成编委会1985年12月编印

异文：马齿菜和葵花

相传，女娲补天之后，她补天用的石头，有十二个变成了太阳，把人晒得没法露头，花草树木都晒焦了，地裂多宽的纹，眼看着就不能活。

这时，有个叫后羿的人，练就一手好箭法，不忍心叫人们被活活地晒死，他想用箭把太阳都射下来。又一想：没啥东西可以遮盖身子，要是出去了，不是白送一条命吗？后羿心急火燎，正没办法，忽然看见一片绿莹莹的东西，就飞一样地跑了过去。到跟前一看，原来是一片马齿菜，活生生的。他马上薅一些子抱回家去。

回到家，他用马齿菜编了个挺大挺大的帽子，往头上一戴，拿起弓箭，一口气跑到高山顶上，对准太阳，一箭一个，一箭一个，一歇气射下来六个。这时候，他头上的马齿菜帽子也晒塌架了，遮不住身子了，一会身上起了泡。这时候，他一瞅，山下长着一片东西，好像小树，每一棵都结个黄色的顶子，顶子面朝太阳。他急忙下山掰下几个顶子捆在身上；又跑到山顶，拉弓搭箭，一口气又射下五个太阳，只留下一个。

后羿把马齿菜编的帽子扔到地上，谁知这马齿菜很快又活了！直到如今马齿菜还是不怕太阳晒，就是拔下来晒几天，再放地上还照样地活。那些结黄顶子的小树就是葵花，也就是向日葵，到如今仍然朝着太阳开花结籽。

讲述者： 王克臣，31岁，太康县马头镇马北村农民
采录者： 井如德，45岁，太康县马头镇文化站专职干部
选自： 《中国民间故事集成·河南太康卷》，胡有典主编，太康县民间文学集成编委会1989年10月编印

（二）

嫦娥

78

新密月台村的嫦娥神话

嫦娥奔月

月台村[1]西部有一座土岭，叫望月岭，岭上有一个望月台，相传是嫦娥奔月的地方。

嫦娥是女娲的女儿，美丽、贤惠、善良。女娲派她到咱这个地方种桑、养蚕、缫丝、织绸。嫦娥姑娘就生活在丹凤朝阳这个地方。

望月岭南有个吴岗村，村里有个青年叫吴刚，父母双亡，聪明伶俐、勤劳能干。吴刚在紧靠望月岭的地方开了一个酿酒作坊，酿的桂花酒很有名气，王母娘娘的蟠桃宴会用的就是这酒。嫦娥姑娘常在望月岭一带游玩，一来二去的，与吴刚情投意合，后来俩人就结婚成家了。

有一年，王母娘娘又要开蟠桃宴会，还是用吴刚的桂花酒招待各路神仙。吴刚和嫦娥去给蟠桃宴会送酒，天蓬元帅看见了嫦娥，两眼发直，对嫦娥动了手，嫦娥气得打了他一巴掌，吴刚看见了，也和天蓬元帅打了起来。太白金星来劝解，暂且息事。

天蓬元帅哪肯善罢干休，就在吴刚所送的酒里做了手脚。玉皇大帝和各路神仙在蟠桃会上喝了桂花酒后，个个东倒西歪，口吐白沫。后来，王母娘娘罚吴刚到月宫砍伐桂树，砍不倒桂树不准出来。吴刚砍一寸，桂树长一寸，就这样一年又一年，桂树永远也砍不断，吴刚只好在月宫受罪。

嫦娥从天宫回到凡间，与丈夫吴刚天地相隔，终日哭哭啼啼。

又一年，天上出来了十个太阳，把土地都烤焦了，黎民百姓苦不堪言。玉皇大帝就派后羿下凡，惩治作恶的太阳。

后羿来到望月岭上，劝十个太阳轮流值班，每天出动一个。他们不听，后羿就遵照玉帝的旨意，搭弓射箭，一下子射落了九个太阳。当他还要去射最后一个太阳时，被经过这里的嫦娥劝阻住了。

后羿知道了嫦娥与吴刚天地分离的事，觉得嫦娥也怪可怜，趁回天庭交差的时候，从王母娘娘那里要来了一粒长生不老的仙丹。后羿回到人间，将仙丹送给了嫦娥。嫦娥吃了仙丹，只觉身子一下轻了很多，随后飘了起来，离开望月岭，往月宫飞去，与吴刚在月宫里面团聚了。

讲述者：陈进财，62 岁，新密市牛店镇月台村退休教师，高中
郭书贵，63 岁，新密市牛店镇月台村农民，初中
采录者：陈学柱，63 岁，新密市牛店镇月台村人，退休干部，高中
采录地点：新密市牛店镇月台村
采录时间：2006 年 5 月 10 日

[1] 月台村：在新密市西部牛店镇境内。传说，月台村原名南照村，因宋太祖赵匡胤曾在此望月台上焚香拜月而改名。赵匡胤在此观月时曾许下做皇帝的心愿。

附记

我姥姥家是登封市卢店镇吴岗村的，我姥爷姓吴。过去听我姥爷讲过，吴岗就是嫦娥奔月故事中吴刚的家乡。

关于吴刚酿造桂花酒，当地有这样的传说：

相传吴刚是一位酿酒技师，手艺很好，在屈家坊开了一个酿酒作坊，酿造桂花酒，远近闻名。这个酿酒作坊一直传到现在，前些年成为朝阳酒厂，酿造的是朝阳牌粮食酒。我前些年搞运输，还给他们运送过酒。这几年形势不好，停产了，但酿酒专用的大缸还在。

传说原来窖酒的窑洞就在大坪岭奔月台下的刘家门，现遗址还在。最近，奔月台西边张沟的费为民与贵州茅台酒厂联营注册了阳子台牌“嫦娥奔月”系列酒。

讲述者： 谢双喜，60 岁，新密市牛店镇月台村农民，初中

采录者： 陈学柱，78 岁，新密市牛店镇月台村退休干部，高中

采录时间： 2021 年 6 月 3 日

采录地点： 新密市牛店镇月台村

新密市月台村（2021 年 12 月 25 日杨建敏供稿）

新密市月台村观月岭上的奔月雕塑（2019 年 5 月 14 日杨建敏摄）

新密市月台村村民郭书贵（2021 年 12 月 25 日杨建敏供稿）

月台的由来

在我们牛店镇月台村，老辈子一直流传着嫦娥奔月的传说，在村西头有一座望月岭，岭上有一座望月台，相传就是嫦娥奔月的地方，也是宋代皇帝赵匡胤赏月处。

相传，嫦娥是本地人，与丈夫后羿居住在咱月台村，两人为了能够长相厮守，后羿就到王母娘娘那里求来了长生不老药。一次后羿外出，嫦娥自己一个人偷吃了长生不老药，身体变得轻飘飘的，从望月岭上飘到月亮上去了。

嫦娥奔月以后，很快就后悔了，她想起了丈夫平日对她的好处和人世间的温情，想到在月亮里的凄凉、孤独，于是就催促吴刚砍伐桂树，让玉兔捣药，想配成仙药，吃了以后，好早日回到人间与后羿团聚。

药一直也没有配好，嫦娥也就没有再回来过。但她常常在月圆之夜，向家乡观望。

百姓们闻知嫦娥奔月成仙的消息后，纷纷在月下摆设

香案，向善良的嫦娥祈求吉祥平安。从此，中秋节拜月的风俗在民间传开了。

讲述者： 陈学柱，78岁，新密市牛店镇月台村人，退休干部，高中
采录者： 杨建敏，51岁，新密市来集镇王堂村人，新密市文化广电旅游体育局干部，大专
采录时间： 2021年12月25日
采录地点： 新密市牛店镇月台村

附记

新密市牛店镇月台村望月岭周围有许多与嫦娥奔月、后羿射日有关的地名，望月岭的南边叫“月沟”；西边的屈家坊相传是吴刚酿酒的作坊；往南约三公里登封市的吴岗村，传说是吴刚的家乡；望月岭东边是朝阳坡、阳子台，传说是后羿射日的地方；周围还有旱坪坡、南红坡、四十五里旱龙岗，石头和土都是红的，传说是被十个太阳烤焦的。（杨建敏）

嫦娥探亲送碓窑儿[1]

相传有一年八月十五，嫦娥和吴刚回家探亲，乘云来到望月岭上，见人们摆上的供果，有红瓤大西瓜，有呲牙咧嘴的大石榴，还有又脆又甜的大红枣，另有新谷子做的小米饭。嫦娥和吴刚把切开的西瓜尝了一口，觉得又甜又解渴，又尝了石榴和枣，最后尝小米饭时，虽觉着饭味很香，但谷皮垫牙不好受。

第二年，嫦娥邀吴刚下界到望月岭上探亲时，吴刚说：“这次我不去了，上次去吃那个扎嘴的米饭，把舌头都扎烂了。”嫦娥一想，也是这个理，她自己尝过小米饭后，回来还拉了肚子。嫦娥又想：“我们这些半仙体的人，吃了这种米饭还难受，那地上的老百姓可咋过呢？”想来想去，就想出个好办法来。

嫦娥就对吴刚说：“你看玉兔捣药用剩下的那个碓锤和碓窑儿，不是闲着吗？说不定用它们捣谷子，会把谷皮去掉，解决这个难题。”

吴刚说：“碓锤、碓窑儿应该会把谷皮去掉，但地上没有啊。”

嫦娥说：“这样吧，这次下去，我拿着碓锤，你扛着碓窑儿，咱把它们带下去。”

吴刚说：“好。”

于是两人带着月宫里捣药用的碓锤和碓窑儿，乘云来到了月台村的望月岭上。到这里时，吴刚已经累得上气不接下气，“扑通”一声，就把碓窑儿扔到地上，把地砸了个坑。嫦娥也把碓锤放在地上。这时天色还早，人们还没来到望月岭上拜月。嫦娥和吴刚歇了一会儿，就乘云回月宫去了。

嫦娥两人离开望月岭后，月亮也从东边升起来了，快两竿高时，月台村的男女老少拿着供品，带着香纸，来到望月岭上拜月。

当人们准备拜月时，突然发现地上有个又粗又长、一头又有个凹槽的石头，另外还有像半截西瓜的小石头，上面还有把儿，感到稀奇。人们从来没见过这种东西，一时间议论纷纷。

有个年纪最大的老头儿，对这两件东西也感到稀奇，他想了想说：“听老人说过，嫦娥奔月后，在月宫被罚捣药，用的是石碓锤、石碓窑儿，说不定在月宫闲着没用，就把它们带下来了。”

老人一说，大家有信的，有不信的。有个年轻小伙说：“不管咋来的，它们既然能捣药，也应该能捣米，咱搬回村上试试吧。”

人们在拜月之后，就七手八脚把碓锤和碓窑儿搬回了村里，放在村口。那个小伙子端了一盆谷子，倒进碓窑儿里，掂起碓锤捣起来，捣鼓了一阵儿，小伙子见谷皮和谷仁分开了，用嘴一吹，把谷皮吹跑了，剩下了黄澄澄的小米来。

从这以后，人世间才学会捣谷舂米了，这个碓锤和碓

[1] 碓窑儿：方言，碓臼。捣米粮的用具。

窑儿每天从早到晚上就没有闲过。

不知过去了多少年，碓锤换了一个又一个，碓窑儿现在把底都快磨透了，仍然放在月台村的东门口上，成为嫦娥奔月在月台的实物见证。

讲述者： 柴振声，58岁，新密市牛店镇月台村柴窑组农民，初中

采录者： 高天保，67岁，新密市白寨镇白寨村人，新密市化工厂退休职工，高中

采录时间： 2008年7月30日

采录地点： 新密市牛店镇月台村

附记

月台村望月岭上拜嫦娥习俗

据说嫦娥思念家乡，每年要回月台看望两次，一次是在正月十五，一次是在八月十五。人们要在这两天晚上提着灯笼，挑着经担，摆上供果，唱着经歌，迎接嫦娥的到来，这个习俗一直延续下来。

也有说嫦娥奔月的时间是在农历的八月十五，因此每年八月十五中秋节晚上，各家各户的妇女都要在院子里摆上月饼、苹果、石榴、核桃、花生、大枣等供食，面对月亮焚香礼拜，祈求嫦娥保佑夫妻恩爱，生男育女，消祸免灾，福贵平安。

这天晚上，月台附近的村民会来到望月台上，焚香祭拜。一些善男信女还围着望月台跳经担舞，正三圈、反三圈，进三圈、退三圈，内三圈、外三圈，唱着经歌，在现场留下了一圈圆形的踪迹。

每到正月十五，月台村的人们也要到望月岭上摆供果，挑经担跳舞，磕头许愿，还在大门上挂双灯笼、挂吊挂[1]。

我（李秀荣）十八岁嫁到月台柴窑，就参加烧香挑经担拜嫦娥活动，等月亮升起来后，上香、焚黄表，跳经担舞到后半夜。我们唱的经歌有：

八月十五月光明，家家都把嫦娥敬。
吴刚捧出桂花酒，嫦娥奶奶她送光明呀！
唉嗨嗨咿呀唉嗨嗨呀
唉嗨嗨咿呀唉嗨嗨呀

八月十五月光明，俺们来到了望月岭。
望月岭上拜嫦娥，嫦娥奶奶她送光明呀！
唉嗨嗨咿呀唉嗨嗨呀
唉嗨嗨咿呀唉嗨嗨呀

黄袍加身定大宋，月台地名都受皇封。
街上悬挂着白吊挂，家门点个那红灯笼。
一十八道经担舞，五谷丰登都人安宁呀！
唉嗨嗨咿呀唉嗨嗨呀
唉嗨嗨咿呀唉嗨嗨呀

八月十五月儿圆，嫦娥奶奶住广寒。
吴刚捧出桂花酒，善男信女来祭奠。
保佑男恩并女爱，保佑生女又生男。
为人多做那良善事，荣华富贵都保平安呀！
唉嗨嗨咿呀唉嗨嗨呀
唉嗨嗨咿呀唉嗨嗨呀

八月十五月儿圆，俺们都来把月愿。
金桌子，银镶边，摆到那院子正当间。
一个月饼圆又圆，摆到那桌子正当间。
左摆石榴右摆枣，当中摆着个大仙桃。
毛栗子，海柿子，当中摆着个大松梨。
大苹果，圆又圆，摆到那桌子正当间。
毛豆角，尖又尖，俺把那供食都摆全。
俺们都来把月愿！
唉嗨嗨咿呀唉嗨嗨呀
唉嗨嗨咿呀唉嗨嗨呀

月奶奶，明晃晃，开开后门洗衣裳。
洗得净，捶得光，打发那儿孙上学堂。
读诗书，念文章，红旗插到咱门上。
你看那排场不排场，你看那排场不排场呀！
唉嗨嗨咿呀唉嗨嗨呀
唉嗨嗨咿呀唉嗨嗨呀

讲述者： 李秀荣，女，91岁，新密市牛店镇月台村柴窑组农民，小学
王秀奇，女，78岁，新密市牛店镇月台村

[1] 吊挂：节日里悬挂的旗子或花帘，用布或纸制作。

农民，初中

采录者： 杨建敏，51 岁，新密市来集镇王堂村人，新密市文化广电旅游体育局干部，大专

采录地点： 新密市牛店镇月台村村委

采录时间： 2021 年 12 月 25 日

附记

讲述时在一旁附和者还有董景（71 岁）、陈梅兰（83 岁）、孙凤仙（76 岁）、张花瑞（72 岁）、王英（76 岁）、李梦菊（71 岁）等人，都是新密市牛店镇月台村人。

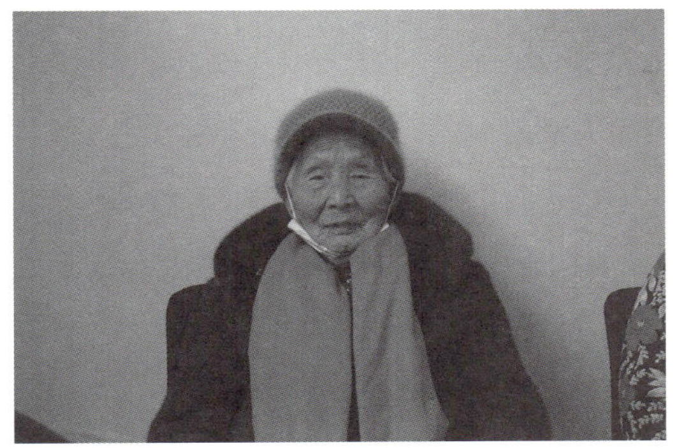

新密市月台村村民李秀荣（2021 年 12 月 25 日杨建敏供稿）

新密市月台村村民王秀奇（2021 年 12 月 25 日杨建敏供稿）

在新密市月台村调查嫦娥奔月传说时，杨建敏采访郭书贵

（2021 年 12 月 25 日杨建敏供稿）

79

嫦娥奔月

（一）

从前，嫦娥并不是一个神仙，而是凡人。由于她长得美丽出众，被河神看中了，想娶她为妾。嫦娥不从，触怒了河神，他就使起魔法，霎时飞沙走石，刮起了一阵妖风，将嫦娥刮得晕头转向，昏倒在地上。

河神想趁机将嫦娥抢走，这时走过来一个小伙子，名叫后羿。他年轻力壮，很有正义感，看到河神欺负民女，就取出了自己的箭，朝河神射去，正射中河神的一只眼，河神痛得“哇哇”乱叫，赶忙逃走了。

嫦娥醒来，看到后羿搭救了她，非常感激。她又看到后羿长得非常英俊，就与他成了亲，小两口非常恩爱，日子过得挺幸福。

再说河神回到龙宫，非常气恨，想狠狠报复一下人间百姓。他突然看到龙宫中树上的九只亮光光的金翅鸟，就决定将这九只金翅鸟放到人间。

这九只金翅鸟可是龙宫中的传家宝，它们遍体透亮，发出强烈的光，所以才把龙宫照得金碧辉煌。河神将这九只金翅鸟放出后，它们就飞到天上，成了九个太阳，加上原来的一个共是十个太阳，这十个太阳一个接一个地轮番挂在天空，人间没有了黑夜，天天烈日当空，地干了，河枯了，庄稼也干死了，许多人被饿死、晒死。

后羿看到这种情况，知道是河神搞的鬼，他决心出去学艺，制服河神，拯救百姓。后羿就外出求艺，一边访一边学。一天，他遇到了南海法师，就把自己的想法告诉了他。南海法师说：“你学艺是好事，可是即使你学好了武艺也奈何不得它们呀。这样吧，我给你一粒药丸，到六月六这天的正午，你就将它吞下，这样你就会飞到月宫，那儿有个将军叫吴刚，你向他要一副箭，就可把天上的那九个太阳射下来。”后羿感谢了南海法师，带着药丸回了家。

到家后，后羿将遇到南海法师的事向嫦娥说了，两个都很高兴，心想百姓快有出路了。

可是由于后羿劳累过度，回家不几天就病倒了，昏迷不醒。到了六月六这天正午，嫦娥叫他不应，推他也推不醒，急得不得了。她想如果延误了时辰，药丸就会失去效用，百姓就永远没有活路了，就自己吞下了药丸。一会儿，她就感到身子轻飘飘地飞了起来，一会儿就到了月宫。

月宫中的仙女都出来迎接嫦娥，嫦娥向她们诉说了事情原委，提出要箭的事。仙女们就采集流星做箭头，送给嫦娥，并领她见了把守月宫的将军吴刚。吴刚从月宫中的桂树上采下桂枝做成箭杆送给嫦娥。

当后羿醒来时，发现嫦娥拿着管神箭站在他面前，知道是嫦娥吃了药丸。他知道嫦娥吃了药丸后变成了神仙，人神不能长久住在一起，他们不久将要分离，就非常伤心地哭了起来。他又想到救百姓要紧，就赶紧从嫦娥手中取过神箭，飞上天空，将那九个金翅鸟变成的太阳全射了下来，只剩下原来的那个。人间恢复了原来的样了，百姓们得救了。

不久，嫦娥不得不又飞回了月宫，他们夫妻不得不永远分离了。可是嫦娥经常想念她的丈夫，每当月亮圆的时候，如果你仔细看，就会发现，月亮中有一棵桂树，旁边倚着一个人，那就是嫦娥。她在向人间看她的丈夫呢！

讲述者： 李卫华的祖母
采录者： 李卫华

采录时间： 1989 年 12 月 10 日

选自： 《中原神话通鉴》（第三卷），张振犁编著，河南大学出版社 2017 年 2 月版

80

嫦娥奔月

（二）

古时候，有一个漂亮善良的姑娘，名叫嫦娥。这个姑娘很能干，她的心眼也好着哩！在黑间她好看天上的星星。嫦娥的爹和娘都是老百姓，不知道在哪儿，她家弄来很多草药。有一种药，她爹老是不叫嫦娥看，也不叫她吃，嫦娥姑娘最好打破砂锅问到底了。有一天，她趁着家里的人不在家，就偷偷地打开了药罐。哦，这药真好吃，她想着爹娘留着好东西不给她呢，嫦娥就越吃越想吃。

不好了，嫦娥吃罢药，肚子里就觉得不得劲，身子像是越来越轻，嫦娥飞起来了。嫦娥飞呀飞呀，她也不知道到哪儿了，就见脚底下有圆球。嫦娥就在月亮上住下了。她后悔了，在这又冷又黑的广寒宫里边真不好受，她又多想家呀！

姑娘也没法，咋着也不能回家，她哭了。姑娘的哭声感动了老天爷，玉皇大帝显了灵，派玉兔降到月亮上边，陪着嫦娥，哄哄她，给她做个伴。上帝还派了另一个男子吴刚跟了她。

从此，我们就能在月亮上看到玉兔和吴刚伐树了。

81

嫦娥奔月

（三）

讲述者：陈蓝天，50 岁，农民

采录者：陈印景，河南大学中文系 1986 级学生

采录时间：1989 年 11 月

采录地点：濮阳县习城

选自：《中原神话通鉴》（第三卷），张振犁编著，河南大学出版社 2017 年 2 月版

相传，很早很早的时候，地上有一对夫妻，男的叫后羿，是位力大无穷的勇士，女的叫嫦娥，是位美貌的贤良女子。

后羿整日打猎、种田，为百姓做了许多好事，受到百姓的拥戴，他自己也以此为荣。嫦娥却不是这样，她总是幻想着能过上天堂的生活。两个人都是肉体凡胎咋上天呢？嫦娥就对后羿说："你出去一直向西走，到昆仑山去，听说那里是王母娘娘住的地方，到了那里向王母讨点仙药我们俩就可以上天了。"

后羿心里不高兴可还是照办了。他背上弓箭，挎上宝刀，跨着千里马出发了。

一路上他过了七七四十九座山，过了七七四十九条河，经历七七四十九重难关，终于到了昆仑山向西王母讨到了仙药。后羿回来以后，嫦娥更加殷勤地照顾丈夫。后羿对她说："我带的药不多，要是一个人吃了会升天，要是两个人吃了会长生不老，你看我们咋办呢？"

嫦娥想了想说："我愿意与你一起长生不老。"

后羿说："好吧，那咱们到八月十五，等人们收了庄

稼、庆祝丰收的时候再喝仙药吧。”

以后，后羿忙着干活，可嫦娥总惦着仙药的事。说着说着八月十五到了，人们拿出自己的劳动成果分享，庆祝一年劳动换来的丰收的欢乐，家家户户都是喜气洋洋。这天晚上月亮又大又圆，嫦娥等着后羿回来好两人一块吃仙药，可左等右等不见人回来，她就独自一个人把药拿出来先把自己的那份吞了下去，马上觉得全身清爽，舒服极了。“可人飞上天究竟是啥样子呢？”嫦娥经不住好奇心的诱惑，她把丈夫的那一份也吃下去了。过了一会儿，她发现自己全身轻飘飘的，脚离了地，要飞起来了。这个时候，后羿刚刚回到家，见妻子这个情形就知道坏了，想上前拉住她，可哪里拉得住，只扯下一片裙子。

嫦娥飞到了天上，又冷，又饿，凄凄清清，哪有人间欢乐。可是已经没有办法挽回了，她看见月亮大大圆圆的就飞了进去。后羿后悔自己不该寻啥仙药来。

从此以后，他们天各一方，每当八月十五月亮高高挂在天上的时间，嫦娥都会从天上遥望人间，想念她的丈夫。后羿也会对月酌酒，怀恋妻子。时间一长，人们都把八月十五这天当作团圆节了。

据说八月十五的酒是月中嫦娥洒下的眼泪，人们吃的月饼是照月亮的样做的。

讲述者： 胡阅，50 岁，安阳郊区农民

采录者： 翟宏为，河南大学中文系 1986 级学生

采录地点： 安阳

选自： 《中原神话通鉴》（第三卷），张振犁编著，河南大学出版社 2017 年 2 月版
原题《中秋节的由来》

附记

月亮也称“月奶奶”。河南各地旧时的拜月习俗大同小异，每到中秋节的晚上，各家都在庭院里摆上月饼和时令瓜果。供品一般有月饼、苹果、石榴、核桃、柿子、大枣等。周口地区除在桌案上摆放各种水果、月饼外，还摆放毛豆角、毛栗子和三杯清茶，一炉高香，中间放一张“月宫码”（一张印有月殿、桂树、嫦娥、玉兔的木版年画）。

待“月奶奶”升入高空，拜月仪式开始。家中年长的女人洗手后带女儿、媳妇、孙女们到桌案前跪下，然后烧香、跪拜磕头，长者口中念念有词：“月奶奶，明花花，八月十五到我家，又吃月饼又吃瓜。”同时将准备的纸钱点燃，又跪拜，又磕头，然后起身把所有的供品都掐下一点点弃于案前，同时祷告：“八月十五月明圆，月奶奶呀来尝鲜，你坐堂上我们拜，月饼瓜果全尝遍。”

周口一带同时要烧掉“月宫码”，宣告仪式结束。（程健君）

82

嫦娥奔月

（四）

很早的时候，天上有十个太阳，同时出现在天空，把土地烤焦了，庄稼都枯干了，人们热得喘不过气来，倒在地上昏迷不醒。因为天气酷热，一些怪禽猛兽，也都从江湖和森林里跑出来残害人民。

人间的灾难惊动了天上的神，天帝命令善于射箭的后羿下到人间，解除人民的苦难。后羿带着天帝赐给他的一张红色的弓，一口袋白色的箭，还带着他的妻子嫦娥一起来到人间。

后羿从肩上除下那红色的弓，取出白色的箭，一支一支向太阳射去，顷刻间十个太阳被射去了九个。

后羿的功德，受到了其他天神的妒忌，他们到天帝那里谗言，天帝疏远了后羿，把他贬到了人间。受了委屈的后羿和妻子嫦娥只好隐居在人间，靠打猎为生。

后羿觉得连累了他妻子，便到西王母那里去求来了长生不死之药，好让他们夫妻二人在世间永远生活下去。

嫦娥过不惯清苦的生活，趁后羿不在家的时候，偷吃了全部的长生不死药，奔逃到月亮里去了。

嫦娥奔月以后，在月亮里很孤独，想起了丈夫平日对她的好处和人世间的温情，后悔了。

讲述者：王二妮，女，78 岁，漯河市源汇区人，不识字

采录者：芮广欣，30 岁，漯河市源汇区广电局职工，大学

选自：河南省民间文艺家协会资料库电子文档《中国民间故事全书·源汇区卷》原题《后羿与嫦娥》

83

嫦娥奔月

（五）

传说很早很早的时候，天上有十只金乌，每天飞出来一个变成日头，从东天边飞到西天边。剩下那九只就在东天边一个大山洞里睡觉。谁知有一天，十只金乌闹着玩哩，一齐都飞了出来，变成了十个日头。那还得了！地叫晒哩直冒烟儿，庄稼都晒焦了。就这样一连闹了几天，老百姓们眼看都快叫晒死完了。

那时候有个打猎的英雄叫羿，羿的力气大哩很，一万多斤的宝弓都能拉开。他见金乌这瞎胡闹，叫老百姓受恁大的罪，很生气，就拉开宝弓，搭上神箭，向金乌射去。金乌们吓哩满天乱飞，羿就在下边撵着射，一气儿射下了九只金乌，剩下那一只苦苦求饶。羿想着要是没有一个日头也不中，就叫那只金乌每天按时出来，按时落山，为老百姓照亮儿。

从那儿以后，羿的名字传遍天下。人人都敬仰他。后来，他娶了个妻子叫嫦娥，嫦娥是天下最美的姑娘。过门以后，夫妻二人相亲相爱，生活美满幸福。嫦娥心地善良，常常把丈夫打来的猎物接济乡亲们。乡亲们都夸羿娶了个好媳妇。

一天，羿在打猎的路上，碰见了一个老道士，老道士很佩服羿的神力，赞赏羿为民造福的功劳，就赠给羿一包不死药，说吃了就能飞上天成仙。羿舍不得心爱的妻子，更舍不得父老乡亲们，不愿意自己一个人飞天成仙，回家后就把那包不死药交给了嫦娥，叫她藏起来。

羿射日出了名儿，好多人都来找他拜师学艺。有个叫逢蒙的人，也做了羿的徒弟。这逢蒙外貌看着怪忠厚，实际却是个奸猾小人。他见嫦娥长得漂亮，就起了歹心。他听说嫦娥藏着羿的不死药，就想把药偷偷吃掉，自己上天成仙。

这一年的八月十五日，羿又带着徒弟们打猎去了。走到半路上，逢蒙偷偷溜了回来，闯进嫦娥住的房子，嬉皮笑脸地调戏嫦娥，威逼嫦娥交出那包不死药。嫦娥身单力薄，跟逢蒙拼打吧，打不过，呼喊丈夫吧，丈夫打猎还没回来，就是拼着一死，不死药还会落到强盗手里。万般无奈，就趁逢蒙不防备，取出不死药，自己全部吃了下去。霎时，身子轻得像燕子一样，飞出了窗口，飘飘荡荡升了天，飞到了月宫里。

羿回到家里，不见了妻子嫦娥。听乡亲们说了这事儿，他悲痛万分，跑到门外，只见天上的月亮比以往啥时候都亮、都圆，好像心爱的妻子在望着自己。他力气虽然很大，却上不了天，不由得对着月亮，高声呼喊着妻子的名字，喉咙都喊哑了。乡亲们说，嫦娥能飞上月宫，一定还会飞回来的，劝羿耐心等着。

第二年八月十五晚上，是嫦娥奔月整整一年的日子。羿和乡亲们怀念嫦娥，盼她回来，就拿出各种圆的水果，还做了好多圆饼饼，摆在当院里，向嫦娥表明团圆的心意。就这样等了一年又一年，嫦娥没有回来，人间却形成了习惯，因为这天正是仲秋，就称为中秋节。

讲述者： 赵光华，53 岁，干部，高中
采录者： 徐东，33 岁，社旗县文化馆干部，高中
采录时间： 1980 年 2 月
采录地点： 社旗县文化馆
选自： 《中国民间故事集成·河南社旗县卷》，徐东主编，河南省社旗县民间文学集成编委

会 1987 年 9 月编印
原题《中秋节的传说》

84

嫦娥奔月

（六）

传说，很久以前天上有十个太阳，大地热得像着了火。神箭手后羿射下了九个，为人民解除了痛苦。那太阳本是玉帝的十个儿子，后羿杀死了太阳公子，便犯了天条，被玉帝赶下了天。

后羿来到人间，与嫦娥结为夫妻。每天一早，后羿带弓箭出去打猎；晚上回来，嫦娥在家织布做饭。夫妻俩和睦相处，小日子过得挺幸福。

一天，嫦娥问后羿："你说天上美，还是地上美？"

后羿说："地上的一切都比天上好。"

"唉，"嫦娥叹了口气说，"可惜我们不能永远住在地上呀！"

后羿想了想说："我在天上的时候，听说王母娘娘那里有长生不老药，我去讨点回来。"

说完，告别嫦娥，上天去了。后羿到了王母娘娘那里，先拜见王母娘娘，问她有没有长生不老药。王母说："幸好还有一包，你要是来晚了就没有了。"

后羿谢过王母，便回家了。后羿回到家时，正是八月十五的晚上。后羿对嫦娥说："今天晚上我们吃一点，吃多了要上天的。以后我们每年这个时候吃一点。”嫦娥点了点头，把药放在床头箱子里。

不久，后羿家有长生不老药的事让一个无赖知道了，他很想把药偷来自己吃，但一直没有机会。

第二年八月十五一早，后羿照常去打猎了，临走，他对嫦娥说：“你一定要等我回来。”

已经很晚了，嫦娥还不见后羿回来，心里很着急。过了一会儿，院门“呀”的一声开了，嫦娥以为后羿回来了，急忙出来，一看，只见一个人手拿一把利斧向她奔来，嫦娥赶紧关屋门，已来不及了。嫦娥认出是本村的无赖，问道：“你来干啥？”

那人说：“后羿在山上摔死了，你快把长生不老药交出来，免你一死，要是不拿出来，别怪我不客气。”那人恶狠狠地说着，举起利斧，把桌子砍为两半。

嫦娥心想：他虽死了，但长生不老药决不能落到无赖手里。嫦娥强忍悲痛，对那无赖说：“你先到院子里等着，我去拿。”

无赖以为嫦娥真的害怕了，就到院里去了。嫦娥哭着打开箱子，拿出了那包药，对着天说：“郎君呀，你在天有灵，我这是被逼得无奈了，才这样做的。”说完把药全吃了。刚吃完，她就慢慢向上飘。她飞出屋门，越升越高，那个无赖见嫦娥飞上天了，知道她把药全吃了，便急忙跑走了。嫦娥越升越高，最后飞到月宫里去了。月宫里清清凉凉，没有人，也没有树木庄稼，很凄凉。她想家乡，想亲人，可是，她再也不能回到人间了。

在嫦娥刚刚离开地上之后，后羿就回来了。原来，后羿为追赶野兽，跑到了深山里，所以回来晚了。他进到屋里，看到放在桌上的包药纸，知道嫦娥已不在人间了。后羿大声喊到：“嫦娥，嫦娥，你在哪里呀？为啥要离开我？”

邻居们听到喊声都来了。那无赖对后羿说：“晚上，我来看你，你不在家，我看见嫦娥吃点药，飞上天去了。”

后羿听了，便向邻居借了张桌子，放上亲手做的饼子，叫嫦娥吃。

后来人们把这种饼叫“月饼”，后人为了纪念嫦娥，每年八月十五这天晚上，在院子当中放张桌子，在桌子上放些月饼敬月亮。

讲述者： 褚虎臣，73 岁，南召县太山庙乡硃砂铺村农民，私塾四年
采录者： 张春平
采录时间： 1986 年 6 月
采录地点： 南召县
选自： 《中国民间故事集成·河南南召县卷》，乔明宪主编，南召县民间文学集成编委会 1987 年 10 月编印
原题《八月十五敬月亮》

85

嫦娥与桂花酒

每年仲秋节的时候，人们都要赏月。这种习惯是咋样形成的呢？

古时候，有个国君后羿，娶了个美貌的妻子，名唤嫦娥。一天，后羿从西王母那里求得长生不老药。嫦娥听说后，半信半疑，就在当天夜里，偷了一些吃了。吃罢，她觉得身子渐渐轻得像一张纸，一阵风刮来，就飘上了天，一直飘到月亮上。

天上一位神仙见了嫦娥，说："宝药不该你吃，偷吃更是罪过。"接着问道，"你是愿意赎罪呢，还是愿意受罚？"

嫦娥眼里噙着泪，说："咋个赎罪，咋个受罚？"

神仙说："赎罪，就是要你日日月月为神仙制造桂花酒；受罚，就是将打入嵩山下的冰井里受冻。"

嫦娥想了想，说："我愿意做酒。"

神仙说："好吧。只是你要注意一条。"

嫦娥问："哪一条？"

神仙说："桂花酒乃是金桂之花酿成的，只许仙人享用，不可向凡间有半点滴漏。如让凡人尝到酒或闻到酒气，他们就都变得漂亮起来，那时善恶美丑就难以分辨了。"

嫦娥听了，点头答应。从此，她起早搭黑，勤恳造酒。不知过了多少年月，嫦娥渐渐思念起人间来。就在一年八月十五日的夜里，私下舀下一瓢酒，向凡间洒来。那天夜里，大部分男人睡了，没有碰上运气，女人们在月光下忙着纺花、干活，大都闻到了酒香。她们第二天就变了样：好看的更漂亮了，丑陋的也俊俏起来。以后，每年八月十五，嫦娥都要洒一次酒，时间久了，人们看出了门道。八月十五坐夜赏月的人都多起来了。

现在漂亮的女人比漂亮的男人要多得多，就是因为很久很久以前，女人们闻到了桂花酒香的缘故。

嵩山下确实有一口冰井，一年四季冰冷，伏天也不例外，又叫"伏冰井"。见到这口井，人们就讲起这个故事来。

采录者： 辛毅

选自： 《中原神话通鉴》（第三卷），张振犁编著，河南大学出版社 2017 年 2 月版

原题《赏月》

附记

巩义市康百万庄园一庭院内，安放有一雕刻精美的石桌，称拜月桌，是康家人当年仲秋节拜祭月亮时所用。旧时，康家每年拜月之时，在此石案上除了陈设一些寻常家庭常见的供品之外，还要摆放上金条、元宝之类贵重物品。一则显示主人生活的富有，另外也取"今（金）夜团圆"之意。（程健君）

康百万庄园内专供拜月用的石桌，称拜月桌

（2019 年 5 月 21 日程健君摄）

86

药奶奶

早先，东山脚下住着一户人家，老夫妇年过半百勤劳忠厚，女儿嫦娥聪明伶俐。一家人男耕女织，日子倒也欢乐。

这年夏季，从南方过来一阵瘴气，传来一种病症，眼看着好端端的人都被夺走了生命，嫦娥父母也先后病倒。嫦娥日夜思虑寻找解救办法。她想起平常头疼脑热时，爹爹采些金银花、荷叶之类，熬成水一喝就好了，想着一定也会有能治父母亲疾病的草药。就不顾风吹雨打，翻了七七四十九座山，越了九九八十一道岭，不管苦甜酸辣，温热寒凉，采了一百多样草，腿跑肿了，眼熬烂了，身体瘦弱了，也没有找着治病的药。虽是这样，她采药尽孝的诚心仍然不减。

常言说，精诚所至，金石为开。她的真诚感动了上天。这天晚上嫦娥拖着疲惫的身子，刚一睡着，蒙眬中见一位慈眉善目的婆婆来到她的面前，叫着她的名字说："嫦娥姑娘，你这一片真心，出于至诚，很是难得。可仙丹妙药没有现成的，必须经过一番辛苦的采集。不过造物主在造化这些草药的时候，是给整个生灵的，你如果只为父母采药，怕是不易得到的。”

嫦娥听到这里，急忙顿首下拜说：“只要能治好病，我就是赴汤蹈火也万死不辞！”

那老婆又说：“那好，南山有七十二峰，在这七十二峰中间，有三十六种药在山南边，可以治男子的病，有三十六种药在山北边，可以治女子的病。采集到的药要分别放好，不要混杂。”

嫦娥一听，不由着急地说：“老婆婆，那荒山上草丛树林到处都是，我咋知道哪些是药呀？”

那婆婆又说：“这不难，有一个小白兔在前边给你引路，只要小白兔用爪子抓住的东西，不管是花草树皮、石头虫毛，你都把它采集起来。草药采全以后，小白兔就会跳到你怀里，你可以把它带回来。记下了吗？”

嫦娥点头答应：“记下了。”

说完这话，一眨眼，老婆婆就不见了。

嫦娥心中惊疑，心想着可能是神仙来授药法哩，父母有救了，普天下凡是得病的人都有救了。她高兴极了，望空叩了一个头，起来拜见父母，把刚才的事原原本本说个明白。她父母都认为是梦中之事，哪里能信得真。嫦娥说：“虽是梦中，言犹在耳，岂能忘记？再说，孩儿与长者约，只能信其有，不能信其无啊！”

二老说她身小力薄，去深山老林采药，实在叫人放心不下。嫦娥说：“孩儿现在身体强壮，再带一把护身利刃，料也无妨。俗话说，不入虎穴，焉得虎子。请二老放心吧！”她父母见她决心已定，也只好由她。

嫦娥随即着手准备东西。做了两个大布袋，上边又做好标记，随身带点干粮和一把匕首。一切停当，就告别父母进山了。

嫦娥进得南山，顿觉耳目一新，只见青草漫山，野花遍地，丛林茂密，奇峰陡峭，隐隐若仙家出没之所，与东山相比强似百倍。她四处张望，到处寻找小白兔，寻啊，找啊，有几次看到白一点的东西都当成小白兔了，等跑到跟前一看，却总是扑了空。她心中有点不安起来。正在这时，前边山崖上“哗啦啦”一阵响声，从上面掉下一些碎石子儿。她抬头向上一看，天哪，在高高的悬崖顶上，有一只比雪还白的小白兔，正在用爪抚摸着一棵开黄花的小草。那白兔瞪着血红的眼望着她。嫦娥喜出望外，陡地添了精神，不顾一切向上攀登，费了九牛二虎之力终于到了小白兔跟前。她先拔掉白兔抚着的那棵草，按照布袋上山前山后的标志，放进了布袋。她用手去抓小白兔，只见小白兔后腿一蹬，窜到又一个地方去了。嫦娥连忙赶过去，见小白兔正抓着一个茶杯口那么粗的蛇皮，嫦娥又把蛇皮放起来。白兔漫山架岭地跑，嫦娥在后边拼命地追，衣服划破了，鞋子跑掉了，手脚磨烂流血了，她全不顾。虽说拿的有干粮，也顾不上啃一口，只是跑啊，采啊。她想着只要能采来救活父母和乡亲们的药，就是抛出自己一条命也是值得的。在白兔摸蝎子、蜈蚣、土谷蛇时，她也毫不害怕了。嫦娥奔波了几天几夜，采来的药终于把两个布袋装满了。里面有鲜花、绿叶、草根、树皮、石头、鸟粪等。凡白兔摸过的东西，她都采集回来了，就和小白兔一起回到了家里。父母正在为女儿着急哩，一见女儿回来了，采回许多药，又领回一只小白兔，立即转忧为喜，不住嘴地念起佛来。

嫦娥不顾数天的劳累，把山南山北的草药又清理查点一遍，分别给父母熬了一些，服侍二老喝下。她这才疲乏得像散了架一样，抱起小白兔和衣躺在了床上。

一声鸡叫，惊醒了嫦娥，她睁开困涩的眼睛，见怀中没了小白兔，就连忙坐起，强撑着身子下了床，去到父母房中。见二老服药以后真如吃了仙丹一般，病已经好了。嫦娥满心欢喜，转身去找白兔。她正焦急地找着，小白兔从外面回来了，嘴里噙着异香扑鼻的一枝花。小白兔忙把花枝送到嫦娥嘴边。嫦娥张嘴噙着一个花朵，只觉一股清香，直透肺腑，疲乏顿消，神清气爽，身体也竟然轻飘飘，从地面上起来。她连忙喊叫父母，父母听见喊声就出来，见女儿已飘有树梢高了。嫦娥说：“爹妈，我采的草药已经调配好，来不及给乡亲们分了，我要是下不去了，请恁给大家分吃了，尽快治好疾病，并给大伙说，我就是到天上也要继续采药，从天上撒下来，为大家治病。”嫦娥说着说着就飘到了半空中了，一直飘到月宫，见月宫中真个好一派明亮的水银世界。她来到一棵桂树下，见那里有一个石臼石杵。她心想在这个地方放这个东西有啥用哩，冷不防白兔“噌”地从她怀里挣跑了。本来，在这个新的世界里，嫦娥把白兔当作自己的伙伴，现在白兔跑了，她感到一阵孤独。谁知不一会儿白兔回来了，背上背的，怀里抱的，嘴里噙的，都是草药。白兔把药全部放在石臼里，望着嫦娥点点头，又走了。嫦娥明白了：哦，这是让我舂药呀，我要抓紧时间，多舂一些，等太阳出来以前，把药撒到人间。就这样白兔不住地采，嫦娥不住地舂，一人一兔两个合作，干得很有劲。

再说嫦娥的父母，自己刚好了身子，却走了女儿，真是又喜又急。他俩跑到村上，喊醒大家，说明了情况。大家一见嫦娥的父母病全好了，又听说嫦娥到天上还要往下撒药，就到河里洗脸洗澡，薅野草煮煮喝。嫦娥升天，还要往下撒药的消息一传十、十传百，不到天明就传了很远很远。这一天就是农历五月初五端阳节。以后每年的五月五日早上人们还要到河里洗澡，到田里采药，这成了一种风俗，一直传到现在。人们很怀念嫦娥，感谢嫦娥。月亮里影影绰绰可以看见树影下一个人影在舂药，都说那就是嫦娥，并亲切地叫她“药奶奶”。

讲述者：殷龙欣，46岁，方城县小史店乡大林头村农民
采录者：余秀海，姚民校
采录时间：1985年4月9日
采录地点：方城县小史店乡大林头村
选自：《中国民间故事集成·方城卷》，毛秀荣主编，方城县民间文学集成编委会1987年9月编印

登封汉启母阙雕刻的月中玉兔(2008年10月17日程健君摄)

87

金乌汤

羿的妻子叫嫦娥，长得很漂亮。她整天不干活儿，还闹着丈夫给弄好的吃。羿很爱嫦娥，经常四处打猎，取美味让她吃。时间长了，圆圈儿[1]一百多里的飞禽走兽被嫦娥吃光了。

一天，嫦娥闹着非吃金乌肉不可(金乌肉就是老鸹肉)。要弄不到金乌肉，她就不活了。羿看妻子哭闹得厉害，就答应出去找金乌去。

羿穿过林子，跨过山崖，走了三天三夜，没见一只金乌。第四天的黄昏，羿见村边地里落了一只乌鸦，他眼疾手快，“嗖”的一箭，那只乌鸦扑下翅膀，伸腿了。羿高兴极了，心想：妻子总该有笑脸了吧！他正要去捡哩，走过来一个老太太不愿意了，说他不该把叨食儿吃的黑老母鸡射死。后羿向老太太说了自己的难处，又说黄昏时，人也累了，眼也花了，求老太太原谅他。

老太太是个明白人，听后羿这一说，也不再不依[2]他

[1] 圆圈儿：方言，方圆。
[2] 不依：方言，不答应。

了。后羿说："老太太，黑老母鸡也死了，我也没找着金乌，我想拿你的老母鸡当乌鸦，回家哄哄妻子算了。你要愿意，我把随身带的干粮放下，再给你一张虎皮，行吗？"

老太太答应后，后羿连夜赶回家，给妻子做了碗"金乌汤"。

嫦娥喝金乌汤喝得多了，一品味就知道是假的。她把碗一摔，哭闹着说："你后羿不是真心爱我，你拿这假金乌汤哄我！"

后羿为了不让嫦娥生气，又起五更找金乌去了。

后羿一走，嫦娥就把后羿的箱子撬开，这箱子里放有两粒仙丹。这两粒仙丹是后羿一次在深山打猎时，被下凡游玩的王母娘娘看中，赐给他的，让服下，脱去凡体，到天宫。后羿得到了仙丹，回去想告别妻子嫦娥后再服仙丹升天。谁知，一见妻子，又舍不得走了。嫦娥长得很美嘛！想着俩人都喝吧，一人只喝一粒，上不了天。后羿就把这事儿给嫦娥说了说，就把两粒仙丹锁在了箱子里。

嫦娥喝了假金乌汤后，觉得丈夫不是真心爱她了，越想越生气，就趁后羿不在家，偷偷儿喝了两粒仙丹。

后羿打回了真金乌，嫦娥抱着小白兔飘到天上了。

讲述者： 孙建英，46 岁，桐柏县文联副主席，高中
采录者： 马卉欣，41 岁，桐柏县文化馆干部，高中
采录时间： 1986 年 3 月 1 日
采录地点： 桐柏县文联
选自： 《中国民间故事集成·河南桐柏县卷（第一分册）》，马卉欣主编，桐柏县民间文学集成编委会 1987 年 9 月编印
原题《羿和妻子》

附记

当地还有一种传说：嫦娥是个美丽贤惠的女子，她和后羿是恩爱夫妻。一天后羿上山射猎，碰上个老道赐他一丸长生不老药，叫他吃了升天成仙。后羿难舍嫦娥和乡亲们，就把长生不老药交给嫦娥保存。后羿有个徒弟叫逢蒙，心术很坏，想把药偷吃了成仙，未能得逞。这年八月十五，他趁后羿外出打猎，逼着嫦娥要药。争夺中，嫦娥把药含入口内，不慎咽下肚去，当即飞上月宫。后羿回来听说后，悲痛万分，当夜在院里摆上供品祭奠妻子。乡亲们知道了，也都照样做，年年如此，形成了中秋祭月的习俗。（程健君）

88

嫦娥与彩虹

每年夏秋两季，下罢雨，天上有一条长长的弧形彩带，赤、橙、黄、绿、青、蓝、紫，十分好看。书上称这彩带为“虹”。说起虹啊，民间还流传着这样一个故事。

嫦娥离开丈夫到月宫，眼见的净是密密麻麻的桂花树和大大小小的石头。没有花，没有草，没有鸟。夜里，月宫里格外阴森。听听桂花树林中的风声，还有点害怕哩。她后悔自己不该粗心吃了仙丹，落了这个下场。想起丈夫后羿的好处，今天难见到了，实在伤心。以后的日子还长啊！咋办呢？想着想着，落下了泪。

哭啊哭啊！晶莹莹儿的泪水变成了露珠儿，洒到人间，花丛、草丛、树丛，处处是嫦娥的泪呀！

人间有个“有穷国”，国王是嫦娥的丈夫后羿。嫦娥不见后，他整日愁眉苦脸，闷闷不乐，饭菜不香，茶水没味儿，还派人四处探听嫦娥的消息，后来有人说嫦娥跑到月亮上去了。后羿半信半疑，正是仲秋节的晚上，天格外清，月格外明。后羿对着月亮看了又看。一阵白云飘过，真的见了嫦娥的影子。那嫦娥正在向有穷国招手哩！后羿对月亮大声骂着：“你这无情无义的贱人，偷吃我的仙丹，离开人间，真可恶极了！”说罢，命人抬来射日弓，运了运气，一咬牙，使劲朝嫦娥射了一箭。

金箭穿透云层，甩过星群，越过九重天，直飞月宫。

有穷国的人们都知道羿的两只胳膊有倒海翻江的力气，还有百发百中的本领。当年连射九日，名扬天下。今黑儿射下月亮也是十拿九稳的事儿。羿这些天来不吃不喝，体力大大减弱，加上嫦娥是他的爱妻，“一日夫妻百日恩”嘛，拉弓时，他的手软了一下，箭到月宫，没有多大劲儿了。

箭插在了桂花树上，惊动了看桂花林子的汉子吴刚。吴刚是位有罪的天神，老天爷罚他在月亮上做桂花酒，供天宫众仙用。他听了嫦娥的话，就说：“你把桂花酒倒点给你丈夫喝吧，人们喝了会百病消除，健康长寿！”

嫦娥听后揭了块桂花皮，写上自己误吃仙丹后的心情，又嘱咐羿准备一口大缸接仙酒，写完，把桂花皮穿在箭镞上，又投向了人间。

羿当晚喝到了仙酒，心里真得劲儿，身上也有了用不完的劲儿。

羿也写了一封信，射上月宫，大意是让明晚多倒些仙酒，让有穷国年老体弱、得病又没钱治的人都喝一点。

就这样，第二天晚黑儿，嫦娥又把仙酒向人间多倒几罐。老弱病残一喝，元气恢复，人们跪下向羿磕头谢恩，又对月烧香，感谢嫦娥的一片好意。

哪知这件事传到了老天爷耳朵里，老天爷气得吹胡子瞪眼，拍着桌子骂嫦娥：“这女子真是生成的北瓜菜——上不了大席面！想着她在月宫寂寞，把她提拔到天宫侍奉王母哩，谁知这样指靠不住，干脆就让她待在那儿受罪吧！”

他唤过二郎神说：“月宫里的桂花酒是专为天神做的，咋能让凡人喝呢？去，快想个办法，把弄下凡的酒毁掉，把羿变成一个最难看的东西，免得嫦娥再留恋他！”

酒正在洒的时候，天空起了云，起了风，又闪电，又打雷，下起了瓢泼大雨。

人们慌忙把接酒用的盆盆碟碟往屋里端，一声劈雷把人们怀里抱的盆碟击碎了。羿气得把牙都咬碎了。他取出射日弓，冒雨搭箭对准头顶的乌云就要射。还没拽回弓弦，闪了一道电光，二郎神大喊："玉帝有吩咐，罚你变癞蜍！"说罢，神眼一闪，三道白光射在羿的身上，羿头昏眼花、浑身无力，瘫在地上，又一声劈雷，羿的王宫也塌了。

有穷国的人一见羿倒了，一齐喊着围上来："君主！君主！"

羿在草丛里"嗳儿！嗳儿！"地答应，人们围上来一看，羿变成了一只又大又丑的癞蛤蟆！

羿的身子变成了癞蜍，心里还明白。他一见臣民们都在为他伤心，就安慰大家，说："哎，哎，别哭，别哭！"

除了这，他再也说不出一句话，气得两眼发红，肚子发鼓。他想，桂花仙酒只许天神大吃大喝，人间用了一点，就犯了天条了，太不公平了！自己变成了小虫，只有大口大口地往外吐满腔的怨气吧！

他吐了一口又一口，肚里气还是消不下去。他鼓足气力，决定吐完怨气了事，吐啊吐啊，羿口中的气雾飘在空中，聚成一根带样，太阳一照，五光十色。彩带一头伸向天边儿，另一头紧紧连在有穷国君主羿变的蟾蜍嘴里。

讲述者： 王子鉴，42 岁，桐柏县鸿仪河乡人

采录者： 薛远增，42 岁，桐柏县旅游局干部，大专

采录时间： 1986 年

采录地点： 桐柏县

选自： 《中国民间故事集成·河南桐柏县卷（第一分册）》，马卉欣主编，桐柏县民间文学集成编委会 1987 年 9 月编印

原题《彩虹》

89

嫦娥和蟾蜍

一次大雨过后，老天爷去南天门散步，看见了空中的彩虹，就问随从虹是咋来的。随从把羿异变吐虹的事如实说了一遍。老天爷念起羿以前的长处，就令一天神速速召羿上天。

羿被带到了天宫。各路神仙都想看看羿变成啥样儿了。彩女们也挤着看。谁知一看，一个个吓得朝老天爷身后躲。老天爷见羿蜍头大嘴，圆肚子细脚，一身疙瘩还浸着癞水，难看得很，就问羿想讨个啥封赏。羿翻翻眼不吭气儿。彩女们站在老天爷身边小声说："它这个癞样，一看见它先冷战后恶心。它不咬人可怪嗝意[1]人！"

老天爷说："这蟾蜍能经常吐一条从天宫到月宫的天桥，大家游月赏桂时好过。"

彩女们说："让它住在月宫上吐，不一样嘛！"

老天爷在群仙面前是说一不二的，对这群娇丽的彩女，总是依着她们的性儿。他下令把羿变的这只蟾蜍放进月宫，让它雨后吐虹。

[1] 嗝意：方言，让人恶心，不舒服。

月亮上的嫦娥，一见自己的丈夫变成了一只又脏又丑的癞肚，就大哭起来。哭后，她把这只蟾蜍抱进宽敞清静的月宫，端上仙果桂酒敬它。这样，天天侍奉，夜夜伴陪。天长日久，人们有了“月有蟾蜍宫”的说法。

讲述者： 王子鉴，42 岁，桐柏县鸿仪河乡人

采录者： 薛远增，42 岁，桐柏县旅游局干部，大专

采录时间： 1986 年

采录地点： 桐柏县

选自： 《中国民间故事集成 · 河南桐柏县卷（第一分册）》，马卉欣主编，桐柏县民间文学集成编委会 1987 年 9 月编印

原题《彩虹续篇》

附记

1986 年 3 月 1 日，我接到原讲述者的电话，说他又听了这个故事的续尾。我火速赶到，他说我记，成了这一稿。（薛远增）

汉画像石，嫦娥会玄武 (2008 年 5 月 9 日程健君摄于南阳汉画馆)

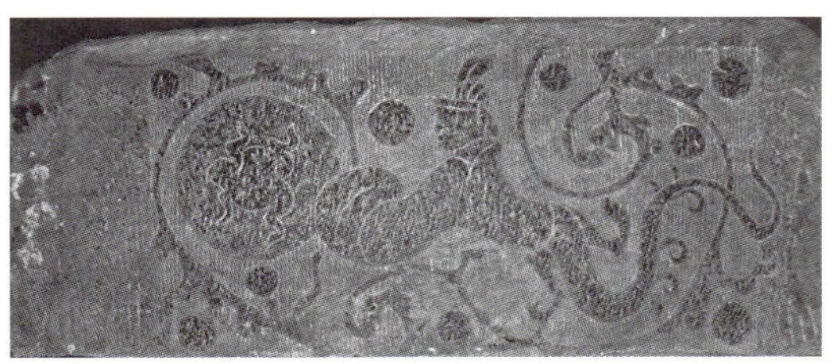

汉画像石，嫦娥奔月 (2008 年 5 月 9 日程健君摄于南阳汉画馆)

90

嫦娥与后羿

很古很古的时候，天上有十个太阳，一齐照在大地上。庄稼树木都烧焦了，大地裂着口子，人们真是没有法儿活了。

有一个叫后羿的人，腰圆胳膊粗，力大无比。后羿不光是力大，还是个射箭的神手。他看着人们被那毒日头晒得皮焦骨酥的，就搭上箭，一箭一个，一口气射下了九个太阳。要不是有人拦着，兴许剩下的那个日头也被射落了呢！

是谁拦着后羿没让他把剩下的那个太阳射落呢？是嫦娥。原来，嫦娥从月宫里看见后羿魁伟壮实，心里无限爱慕。当后羿搭箭准备射第十个太阳时，嫦娥忽然想起月宫里还指望留下个日头当灯点呢，就连忙从天上下来，拦住了后羿；还把他带上了月宫，和他结成了恩爱夫妻。后来，后羿才改名叫吴刚了。

后羿射日的事被当时的史官记在书上，流传了下来。不过那史官不是别人，却是嫦娥原来的丈夫，他恨透了嫦娥，所以，在史书上昧着良心抹去了嫦娥的功劳。那史官还编造瞎话，说嫦娥当初上月宫是偷吃了仙药。其实，人

家嫦娥是看到他又懒又馋，写史记事也不公正，整天跟一班奸臣小人混在一起，想法子拍那昏头昏脑的皇帝的马屁，才独自跑到天上去的。

后人不知道内情，以为嫦娥真的是好吃嘴才撇下丈夫，跑到了天上呢。

讲述者： 马富贵，90 岁，农民
采录者： 刘志伟，26 岁，河南大学中文系 1978 级学生
整理者： 张振犁，王定翔
采录时间： 1982 年
采录地点： 卢氏县
选自： 《中原神话通鉴》（第三卷），张振犁编著，河南大学出版社 2017 年 2 月版
原题《后羿登月》

91

嫦娥和吴刚

据说吴刚本是玉皇大帝女儿的仙师，在仙宫除了教授仙女们，还兼管编写天书。一有空他就编呀写呀，天文地理、阴阳干支、六支八道、三教九流，啥内容都编了进去。当他写到《农事蚕桑》一章，他对人间产生了兴趣。这时，七仙女下凡，被召回天宫，他就私下向七仙女打听人间的情况。七仙女对他学说了凡尘的美景，山清水秀、桃红柳绿、男耕女织、夫妻恩爱……吴刚听得入了迷，他想天宫的清规戒律多如牛毛，哪有人间欢乐！便向玉帝呈上条陈，借口去重霄云汉游学，却从天经阁中盗出一卷天书，偷偷离开天宫，来到人间。

吴刚来到人间，与一个名叫丽娥的姑娘结了婚。夫妻二人住在山清水秀的江南，春耕秋收，生活十分甜蜜。吴刚利用农事空闲翻看天书，制作农具，培育良种，四下传播，很快使江南富裕起来，人们提起吴刚没有不夸奖的。我国东南古代之所以多称吴或吴越，就是对吴刚的怀念和敬重。后因太白李金星，入天经阁翻阅天书，发现少了一卷，三追两查，吴刚的秘密弄破，玉帝发怒，令南天门武士擂响召仙鼓寻拿吴刚问事。召仙鼓是很厉害的，各路

神仙只要听到它的响声，哪怕在九霄云外，也得迅速返回天宫，各入本位，否则，就要化为灰土随风飘去。在人间的吴刚正在制作飞翔降雨器，听见召仙鼓响，顿时惊慌失措，周身绞疼。当他看到妻子丽娥已有身孕，更是难舍难分。又一声鼓响，不可久待，他只好向丽娥吐露真情：自己本是从天宫中来，还要回天宫中去。然后，凄怆地唱着："来之缓兮去之速，恋尘寰兮恸肺腑，洒泪别兮情不断，空渺渺兮永回顾。"随着召仙鼓三响，飘然升天。

灵霄宝殿，神仙济济，玉帝威严地端坐在上。这时，太白金星启奏："吴刚仙师归天，请圣主发落。"

"传吴刚上殿！"阶下一齐呼喊："吴刚上殿！"吴刚自知触犯天条，进了灵霄宝殿，匍匐在地，听从发落。

玉帝盛怒，厉声呵斥道："好你吴刚，冒犯仙规，盗去天书，偷下凡尘，与民通婚，若不刑戮，何法他家。哇！推吴刚于斩仙台处之！"

太白金星是玉帝的谋士，闻听要斩吴刚，倒抽一口凉气，近前半步，为吴刚求情："圣主三思，吴刚仙师教授有功，斩他不妥，日后仙馆谁来掌道，天书谁再编写？"

玉帝一想，对呀，斩了吴刚，女儿们还向谁求教呢？便问李金星道："依卿之见呢？"

李金星回禀道："不如罚他苦役，令他去砍月中桂树，桂树砍倒，他的罪孽也就免了。那时，再宣他回殿就职，岂不为好？"

玉帝恩准，吴刚拜辞而去。

吴刚到了月宫，抬头一看，只见桂树盘根错节，数围之粗，高有丈余。他想：砍倒这桂树，大料也用不了多少日子。便抡起长斧"砰喳砰喳"，一下下砍起来。这响声惊动了月宫中的嫦娥。嫦娥本来是人间后羿的妻子，因偷吃仙药而升天。玉帝容她不得，便令她去守月宫。嫦娥到了月宫，一片冷冷清清，除了喂养的一只玉兔，再无伴侣，终日形影孤单，甚是凄凉。这时忽然听到砍伐桂树的声音，走出广寒宫一瞧，认出是仙师吴刚，很为惊奇，便上前问道："仙师因何事在此伐树？"

吴刚说明原委。嫦娥眉头一皱，若有所思，慌忙从广寒宫里捧出桂花酒，献给吴刚说："仙师伐树辛苦，请喝几杯桂花酒，消愁解乏吧。"吴刚也不推辞，连饮几杯，饮后继续伐树。嫦娥说："吴仙师可以歇息片刻，我们谈谈心好吗？"吴刚一心想早砍倒桂树，好早回天宫，哪有心思闲聊，摇头不应。

原来，嫦娥是个多情女子，她看吴刚英俊魁梧，自知回不了人间，对他已有爱慕之心。因此每天都捧出桂花酒，献给吴刚，百般殷勤。但是，吴刚心想人间的妻子，对嫦娥却视而不见，漠然处之。一天，嫦娥实在忍不住了，便对吴刚吐出心腹之言："吴仙师，难道人间的七情六欲您都忘干净了吗？"

吴刚眉头皱了几皱，爱理不理地回了半句："没忘。"

嫦娥盈盈一笑，献媚道："既然这样，我回不了人间，你也去不了尘世，咱俩可谓天涯沦落人，结为丝萝，岂不为美？"

吴刚一听，顿时脸上变色，愤愤道："想当初你与后羿是多么好的一对。羿射九日，为民除害，天下敬仰。你不该偷吃长生药，舍弃丈夫，升天成仙，自寻寂寞。今又胡言乱语，我吴刚乃堂堂仙师，仁义之人，哪能与你这忘恩负义之妇成婚，何况人间还有我的妻子日夜盼着我重返人间呢？我永远不会背弃她。"

一番话说得嫦娥面红耳赤，无言对答，又羞又愧，悻悻而去。吴刚却"砰喳砰喳"伐他的桂树。

嫦娥求爱受辱，顿生毒计。她取出一粒仙丹，化成明水，乘吴刚困盹休息之际，偷偷喷洒在桂树上。吴刚醒来一看，十分吃惊，原来砍伐的豁口，全都平复。他不知道是咋回事，但并不灰心，继续抡起大斧，砍呀，砍呀，可是一斧砍下去，刚抽出斧刃，开口就马上愈合在一起了……

所以，直到今天，我们在人间还可以清楚地看到吴刚在月宫砍伐桂树的身影。有时月光为啥那样柔和，那是吴刚在窥视地上他心爱的妻子丽娥呢。

讲述者： 刘继龙，35岁，开封市政府招待所工人，初中

采录者： 文戈，48岁，开封郊区广播站干部，中专

选自：《中原神话通鉴》（第三卷），张振犁编著，河南大学出版社 2017 年 2 月版

92 嫦娥下凡

传说，天上有个大将叫后羿，箭法超群，百发百中，他专门守护在天宫外边儿，不让怪物打扰神的安歇。

有一年，天上出现了十个太阳，晒得大地像火燎一样，人们对天叫喊，请苍天睁睁眼。喊声吵得老天爷连觉都睡不着。他就派大将后羿去说一下这十个太阳，说说大话吓吓它们，别一起跑出来就行了。

后羿问太阳："喂，你们为啥整天一齐照射大地？"

太阳回答："有两个天神，放了两只神鹰，要下凡当天下的主人。"

后羿问："鹰好当人的家？"

太阳回答："越是癞八叉，越要争着当家呀！"

后羿接着又问："它俩争它俩的，与你们啥相干？"

太阳说："俺们看热闹，看看谁能斗赢。"

后羿说："要看它俩斗的话，一个个儿地看吧！"

"不中！一起看才痛快呢！"

后羿一恼，把两只鹰射死了，落在了地上。他说："我叫它俩没法争着当家，小太阳们也没法看热闹。"

后羿射死了鹰，太阳们还不收场，大地还不安宁。一

天又一天，太阳们还不回家。太阳们说："后羿让咱看不成热闹，咱还在这儿玩，自己给自己凑热闹。"

后羿是个犟脖子[1]，一看十个太阳还不回家，就骑上神马，搭上弓，瞄准那个太阳就是一箭。只听"哇"的一声落下地了。后羿一看，这个被射死的太阳是一只三条腿的乌鸦。后羿接着又发了几箭，又落下了几只乌鸦。太阳老九一见，冲向后羿。晒焦了后羿神马的毛，晒焦了后羿的帽子和衣裳。后羿为了天下能太平，心想：我要使尽力儿，鼓足劲儿，非争个赢不可。他又射了一箭，第九个太阳变成了一只死乌鸦。

眼见后羿体力支不住了，还要搭弓射第十个太阳，一个老农拦住了他。那老农说："后羿呀，天神爷！留一个太阳吧，别让大地变成黑洞洞的了。"

后羿听了这话，留下了最后一个太阳。老农一说"谢谢！"，后羿的身子"呼塌"软了。别说登云回天宫了，连站起来的力气也没有了。

本来后羿没有回天的力了，再加上老天爷又不叫他回天宫了。老天爷怕得罪太阳神，对王母娘娘说："后羿是办了点儿好事，要是再赐给他点仙力，还能回到天宫。他一回来，咋向太阳神交代小太阳被杀的事儿呢！"

王母娘娘平时很喜欢后羿，这个时候又没法对老天爷讲情让他上天，就想了个好法儿。她对老天爷说："这样吧，人家办好了那事儿，又躺在下边上不来了，干脆让嫦娥下凡配后羿，安个家吧！"

老天爷说："嫦娥？"

王母娘娘说："从前他俩就眉来眼去的呀！这回咱行个好，算啦！"

老天爷扭扭脸没说话。

王母娘娘说："我知道你喜欢嫦娥这个妮片子。不会等太阳神消了气儿，我再想法让她回天上来？"

就这样，嫦娥下凡配了后羿，成了夫妻。

讲述者： 邓鹏

选自： 《中国民间故事集成·河南桐柏县卷（第一分册）》，马卉欣主编，桐柏县民间文学集成编委会1987年9月编印

[1] 犟脖子：方言，硬脾气。

93

淮水浸月

桐柏城有句话："站在桐柏城东北角，淮河与小南河交汇处，能见两个月亮。"人们称这奇景为淮水浸月。

先前，老天爷有十个儿子，十个女儿。十个儿子都是太阳神，十个女儿都是月亮神。太阳神住火宫，月亮神住冷宫，冷宫就是月宫。那十个太阳常常捣乱，他们一捣乱，地上的人可受不了哇。庄稼晒焦了，人和牲口也晒死了。后来出了个羿把太阳射下了九个，只留了一个，叫他一天到大地一趟。老天爷只剩下一个儿子，心里很不得劲，他怕闺女们再走哥哥的路，就下旨让她们不准出月宫一步，月亮们也很听话。

有一年，织女星下凡配了牛郎，生了一儿一女。这件事被王母娘娘知道了，把织女抓回去关在牢里。月亮们平时喜欢叫织女织丝绢、绣手绢。她们听说织女被王母娘娘关在牢里，就偷偷儿跑去看她。织女就给她们讲些人间的事儿。一来二去，月亮中的老五老六动心了，也想到人间去。可一想织女的下场，她们不敢轻易动啊！

又一年，后羿的老婆嫦娥偷吃了神药，跑到月宫。月亮们知道是嫦娥的男人射死了哥哥，很恼恨她；罚她到桂花树下榷[1]药，还派最小的老十看管她。这小幺妮心很好，看管嫦娥不打她，也不骂她，有时还帮她干活。慢慢地跟嫦娥玩熟了，说话也不论啥了。一天，小幺月亮问嫦娥："我哥哥们也没得罪你丈夫，你丈夫为啥要把他们射死？"

嫦娥说："你父王让太阳们好好照料人间，可他们不听话，常常带着火跑出来聚到一起，把地上的人、庄稼、牲口都晒死了。羿劝他们，他们不听，才射他们。这是羿为人间做的好事。你父王没责怪他，你也不应该埋怨他。"

小幺妮又问："人间好玩吗？"

嫦娥说："只要神鬼不捣乱，人间最美呀，山清水秀，男耕女织，年丰人和。织女就偷偷下凡了嘛！"

小幺妮又说："人间恁好，你为啥还要上天呢？"

嫦娥说："逄蒙存下害羿的坏心，他趁羿不在家，来抢不死药，我怕护不住不死药，把药吞下啦。一吞下，就飘到月宫上来了。我现在还想回到人间，可惜已经不能了。"

小幺妮说："我替你想想办法，咱们一块到人间去。"

从这以后，小幺妮就东打听，西打听，想帮帮嫦娥。一天，王母娘娘过生日，十个月亮都去给王母娘娘拜寿。她们围在王母娘娘身边，问这问那。小幺妮问："妈！咱们这不死药，服下后还能有啥解药吗？"

王母正高兴着哩，也没细想，就说："有啊，桐柏山淮河头上有一种三瓣草药，吃下它，药就能解啦。"小幺妮把这话记住了。

回到月宫后，小幺妮把这些话告诉嫦娥，嫦娥说："有办法也不行啊，我下不去，你又不敢下。"小幺妮也为难了。

这天，小幺妮正在花园里想着下凡的办法，猛听桂花林里有人说话。一听，是六姐的声音。只听六姐说："哎呀，织女说人间恁好，咱咋不想法到人间去呢？"

小幺妮听这，跑上前去，把老六吓一跳，小幺赶紧说："姐姐别怕，我也是想到人间玩玩，咱们一起想个主意吧。"

老六这才定下心，她俩想啊，想啊。小幺妮说："有

[1] 榷：方言，捣。

了，咱们下去，叫嫦娥守在桂花树下，有事给咱们摆摆手，咱们赶快回来。”

老六说：“嫦娥正恨咱们，她不告密？”

小幺妮说：“不会。”她把嫦娥给她讲的话竹筒子倒豆——全说了出来。

俩月亮跑去找嫦娥，商量来商量去，她们说：“只要王母娘娘不知道就没事。”约定有事嫦娥摆摆手。

俩月亮下去了，她们玩呀玩呀，人间太美啦，她们到处都想玩，到处都想看。小幺妮记着给嫦娥办事，就催六姐到淮河。她们来到桐柏城东北角淮河的犁铧尖上，站在桥头一看，淮河水清极了，水里的鱼摇头摆尾很招人喜欢。小幺妮想着下水给嫦娥找三瓣草，就对六姐说：“咱们洗个澡吧！”老六同意了。俩月亮仙女就脱衣下水了。

真不凑巧，俩月亮下凡时，王母娘娘恰好到月宫来。她没从桂花树下走，嫦娥也没看见。几个闺女围到她跟前，她看不见老六和小幺妮，掐指一算，知道下凡了。她往人间一看，正看见俩月亮下了淮河。王母气得很，一甩手，把她们脱的衣裳收上天了。王母娘娘收衣裳哩，惊飞了河边桐树林里的凤凰。这个地方就叫“凤凰台”。

衣裳没有了，俩月亮回不去了，也出不了水啦。淮河里就清清楚楚地显出俩月亮的影子，后来人们经常到城东北的小南河和淮河的交口处的犁铧尖上看望月亮仙女。在一搂粗的柳树下讲“淮水浸月”的故事。这里还被称为“望月台”。

讲述者： 王子鉴，42 岁，桐柏县鸿仪河乡人

采录者： 柳丹

采录时间： 1986 年

选自： 《中国民间故事集成·河南桐柏县卷（第二分册）》，马卉欣主编，桐柏县民间文学集成编委会 1987 年 6 月编印

附记

中原民间八月十五日晚上有拜月习俗，俗称“愿月”。中秋之夜，皓月朗朗，清辉洒地。各家各户将小方桌放在庭院，然后小心翼翼陈列供品。供品有月饼和水果两类。月饼有买来的，有自家蒸制的。水果是时令瓜果，如苹果、石榴、柿子、核桃、枣等，称之为“五色果供”。讲究的人家会在夏天就保存两个西瓜，以备中秋愿月做供品。

愿月的供品，都寄寓人们不同的愿望。像月饼圆圆预示阖家团圆，柿子为事（柿）事如意，石榴为多子多福。摆供时，大多是把西瓜或桃摆在中间。瓜或桃前竖立一块一斤重的大月饼，两边各放一盘毛豆，周围环绕一周，摆放上新鲜水果。民间传说，月亮是一位慈祥的老太婆，故敬称月亮为“月奶奶”。月奶奶身边有一只可爱的兔子，因在洁如玉盘的月亮中，人们称它为“玉兔”。供品中的月饼、水果是为月奶奶准备的，而毛豆则是让玉兔吃的。

一切准备就绪，主妇便燃香焚纸马，叩首对月作拜。作拜时口不出声，心里默默祈祷，请月奶奶吃月饼，求月奶奶降福。中原有“女不祭灶，男不愿月”的风俗，月奶奶是妇女，男女有别，男人愿月会被视为行为不规。男人只是观赏明月，而祭拜之事必须由妇女来完成。豫北有首愿月歌这样唱道：

八月十五月儿圆，
搬着案板朝东南。
……
又有盘来又有碗，
干净筷子放两双。
砀山来的好鸭梨，
曹州柿饼自来霜。
鄂阳县的好石榴，
新拔毛豆也供香。
左边石榴右边梨，
仙桃摆在正中央。
西瓜月饼摆两厢，
香炉蜡台端桌上。
府里檀香上一把，
牛油蘸蜡明晃晃。
黄表纸，烧三张，
再点三声敬神枪。
我在这里开言道，
出言叫声妮她娘。
祭灶本是男子汉，
愿月当是女娥皇。

多磕头来少说话，
敬神不兴[1]胡张诓。
（李广武搜集，流传在豫北长垣一带）

从这首愿月歌的内容可以看出，唱歌者是家中的男主人。到了八月十五愿月的时刻，女主人心慌意乱，手足无措。男主人带着嗔怪的口吻叮嘱妻子做愿月的准备，并不厌其烦地交代愿月的过程。最后，他还特意关照妻子："多磕头来少说话，敬神不兴胡张诓。"胡张诓，即胡说八道、信口开河的意思。由此可以看出，这家主人对月神非常虔诚。

愿月之后，举家老小分吃愿月食品。人们品尝着月饼和水果，遥望银盘似的明月，产生了许多美好的联想。每当此时，老人情不自禁讲起《嫦娥奔月》《药奶奶》《吴刚伐桂》等神话故事，唱起"月奶奶，明花花，八月十五到俺家，又吃月饼又吃瓜""月奶奶，上古台，请小姐喝茶来"等愿月小曲儿。（魏敏）

[1] 不兴：方言，不准。

四、牛郎织女

（一）

南阳牛郎织女神话

94

牛郎织女

（一）

这个庄上原来有一个人叫孙如意，父母双亡，就剩弟兄两个。孙如意打小就是个放牛娃儿，都叫他牛郎。他哥结婚了，他嫂子姓马。他哥对他很不错，一直照顾他。

他嫂子对他很刻薄，主要是觉得他会分家产，也觉得他是个累赘。嫂子用了很多手段，一直在饭里下药闹[1]他，但没有闹死他。老牛没有让他吃那顿饭，老牛总是生很多办法阻止他吃。

后来，老牛说话了，说："你倒不如分家，离开她算了，要不你活不长。"

牛郎说："那好吧，那我什么也不要算了。"

老牛说："你要把我要上。"

分家了，牛郎牵着老牛走了，搬到了一个有水有草的地方生活。

牛郎长到十七八岁的时候，到了婚配的时候了，老牛说："我给你找个媳妇吧。"

牛郎说："我这么穷，没有吃的和穿的，自己的生活都很难顾着。"

老牛说："你还是结婚好，结了婚对咱村也好。你不是有善心吗？经常帮这个帮那个。"

后来他就答应了。老牛说："那你等到七月，天气最热时，你到河边去，有几个姑娘在那里洗澡，你只要偷件衣服拿过来，这个姑娘就归你了。"

牛郎说："那不哩，小的时候，我妈没死前就交代过哩，偷看女人洗澡光瞎眼。"

老牛说："那没事，你按照我说的办就好。你按照我说的办，可得到媳妇，要不得不到媳妇。"

牛郎说："那我试试吧。"

一天晚上，牛郎到河边，看到七个女孩儿在河里洗澡，他就把其中的一件紫红色的衣裳拿了。老牛告诉他："你站在这里等，等一会儿让她们都上来再说。"后来鸡子叫，别的妮儿们都穿上衣服跑了，只有一个女孩没有衣服。牛郎把她的衣服藏了起来，又给她找件衣服，领着她回家了。

领回家的是织女。织女说老牛："牛王星，你算把我坑了。"

老牛说："按照缘分来说，你俩有缘分。"

后来他俩就结婚了。婚后，牛郎和织女在南阳做了很多善事。织女把天宫中的植物种子带到了人间，还把养蚕织布的技巧传授给当地的人，人们都很爱戴他俩。

后来，过了很多年，织女已生了一个女一个小[2]。王母娘娘知道了，就派织女的大姐来劝她回去，她大姐说她："你原来和龙王三太子订的婚，人家还一直在告状，找了许多麻烦。"

织女说："你要说这，我更不回去了。"

王母娘娘不依这个事儿，又派天兵天将来，威胁她："你要是不回，就把牛郎杀死，把你的两个小孩儿也毁了。"

织女被逼得无办法，不得不答应了。

老牛对牛郎说："我寿限快到了。我死后，你把我的皮剥下来，披在身上，这样可以去追织女。"

[1] 闹：方言，毒。

[2] 小：方言，男孩。

织女在回天庭的前一天晚上，对牛郎说："到时候你要是看不到我，我把织布梭子一扔，你就能看到我，一直追我，你要是能追上我，咱俩还能结夫妻。"

那一天，过了午时三刻，天鼓一响，要杀牛郎，威胁织女。织女为了牛郎和儿女，就上天了。

牛郎把两个小孩放在扁担筐里，披上牛皮，开始拼命地追。越追越近，眼看牛郎就追上了，王母娘娘就在天空中划了一道，变成了银河，把他俩隔开了。

牛郎织女见天隔着河痛哭流涕的。太白金星看到了，对玉皇大帝说："你看他们太可怜了，不能拆散他们。再一个他们都有小孩了，木已成舟，不能改变事实了，成全他们吧。"

太白金星说过后，玉皇大帝说："那要和王母娘娘商量。"

太白金星又找到王母娘娘，王母娘娘说："让他们七天见一回吧。"

太白金星回复了玉皇大帝，玉皇大帝下旨时说错了，成了七夕见一回。

讲述者： 刘文成，69岁，南阳市卧龙区原靳岗乡文化站站长
采录者： 田晓，女，43岁，回族，南阳师范学院副教授
采录时间： 2021年4月14日
采录地点： 南阳市卧龙区靳岗街道桑庄

附记

2021年4月14日，《中国民间文学大系·故事·河南卷·南阳分卷》编纂培训会后，我陪同省民协程健君、乔台山等专家到卧龙区靳岗街道桑庄考察牛郎织女神话传说。在桑庄（原称桑林村）村外田间的"桑林"标志碑处，当地村民刘文成（曾在原靳岗乡文化站工作过）讲述了这篇《牛郎织女》故事。此篇故事根据当时录音转成文字，基本保持了讲述原貌。

讲述者当时还补充了一个细节，故事中王母娘娘为什么知道织女在当地与牛郎结婚成家了，是"老鸹王"给王母娘娘告的密。因为老鸹王欺负喜鹊时，织女赶走了老鸹王，保护了喜鹊。所以，老鸹王和织女有仇，就向王母娘娘告了织女的密。后来传说中七月七日喜鹊为牛郎织女搭桥相会，也是喜鹊感念织女保护之恩。

讲述者还说：现在南阳民间婚礼中保留的一些习俗，也是从牛郎织女结婚那时候流传下来的。比如去给新人铺床的妇女要儿女双全，她婆子妈（婆婆）这一家的姓，要三姓齐全（婆婆、公公和媳妇三人三姓），婆子妈和公公都要健在，等等。（田晓）

《牛郎织女》神话在南阳地区流传较多，且和地名、物产、风俗有机结合。传说中的桑林，在南阳城西一个叫"二十里岗"的地方，即现在的卧龙区靳岗街道桑庄村。在南阳市白河东（南）距离桑庄20余公里的地方还有一个村子叫牛郎庄。在桑庄调查时，村民刘文成在现场还告诉我们：桑庄过去叫桑林村，村东曾经有一大片古老的桑树林，有的桑树有两个人合抱那么粗。过去，村里家家户户都养蚕。这里关于牛郎织女的故事，有不同的版本。还有一些地名也直接与牛郎织女故事相关，如"石膏坑""牛索头地""饮牛槽"等。"石膏坑"在桑林东北，传说很久以前，牛郎的老牛死之前，在桑林的东北角尿了一泡尿，然后就埋在了那里，若干年后，形成了一个赐福百姓的石膏坑，也有人说石膏是老牛的骨头变的。因此，这里有老牛能"屙金尿银"之说，当地还用这样的俗语来比喻没有本事的人：还不如牛哩，牛还能尿个石膏坑。桑林东北不远处的磨山上有一个天然形成的大坑叫"饮牛槽"，传说是牛郎放牛时饮牛的地方。还有说是牛郎被嫂嫂赶出家门后，受仙人指点，由此前往伏牛山，找到了传说中的老牛。

关于牛郎上天的说法，刘文成还讲到，织女被王母娘娘带上天宫后，老牛噙着织女事先用百鸟羽毛和蚕丝做好的登云鞋，让牛郎穿上去找织女。还有一种说法是老牛死后，牛郎踏着老牛耕地用的"牛索头"上天追织女去了。很多年前，这里民间艺人自编自演的节目内容，大多与牛郎织女相关。

据刘文成回忆，小时候，每当七月初七晚上，他和小伙伴们到扁豆架下偷看"牛郎织女相会"，蚊子把腿都咬肿了，只听见蛐蛐叫，其他什么也看不到（笑）。他问母亲为啥看不到，母亲说："你骂过人了吧，做了坏事了吧，所以看不见。"（程健君）

南阳市卧龙区靳岗街道桑庄牛郎织女标志碑

（2021年4月14日程健君摄）

南阳市卧龙区靳岗街道桑庄刘文成在讲牛郎织女神话

（2021年4月14日程健君摄）

2021年4月14日，本卷编委会部分成员在南阳市卧龙区桑庄采风

（田晓供稿）

95

牛郎织女

（二）

当初，牛郎一家穷得很，逃荒要饭来到这里，来这里以后就在这里落叶[1]了，时间久了，这里就叫牛郎庄了。

牛郎他们丁俩[2]，在这里住得时间长了，就开始在这里开荒种地，栽了好多桑树养蚕，生活也过得好了。

在这里住上几年后，牛郎他哥先娶了个媳妇。他嫂子待他不好，让他整天放牛。天长日久，牛郎把一头牛养成了九头牛。他嫂子说："等你把牛养够十头，就给你信人[3]哩。"

过了一年又一年，还是这九头牛，不知啥原因，牛郎就是把牛养不到十头。后来，天上的神牛看牛郎可怜，就下凡来了（讲述者指着村边一个土冢说，就是这个冢，里边埋的是神牛，叫神牛冢）。

有了神牛的帮助，牛郎算是和七仙女织女相遇了，他俩结婚了。

[1] 落叶：方言，驻扎。

[2] 丁俩：方言，弟兄两个。

[3] 信人：方言，找媳妇，结婚。

牛郎庄现在还有牛郎宅、饮牛坑、牛郎桥、神牛冢、古桑林。

讲述者： 陈德生，60岁，南阳市宛城区溧河乡牛郎庄农民

采录者： 田晓，女，43岁，回族，南阳师范学院副教授

采录时间： 2021年4月14日

采录地点： 南阳市宛城区溧河乡牛郎庄牛郎织女文化馆内

附记

2021年4月14日，我们调查组一行人来到牛郎庄“牛郎织女文化馆”（过去叫牛郎庙）时，碰到了当地农民陈德生，他边走边讲，我们的录音也时断时续。讲到牛郎和织女结婚以后的故事，他说，这个大家都知道了，就不讲了。他主要给我们讲了“牛郎织女文化馆”周边的一些和牛郎织女神话有关的地名“遗迹”，诸如牛郎家的宅院，牛郎放牛时牛喝水的饮牛坑，村边由三块石板做的牛郎桥，人们也称之为“鹊桥”，神牛死后埋葬的“神牛冢”和当地的一些风俗趣闻，等等。

他说：这个饮牛坑很奇怪，一个蛤蟆癞肚[1]都没有，一年到头听不见蛤蟆叫唤。这个坑没有干过，旱上三至五个月，坑里水不会少，村子一圈没水，这坑里还会有水。大集体时候，喂哩有牛，秋天容易得牛瘟，每年到七月七，庄稼把式[2]拎着桶，把饮牛坑的水拎回去喂牛，牛一喝，就不得牛瘟了。

当地多年七月七的前一天会下雨。

附近岁数大还没有信人（结婚）的，不管男女，都到这里来上香，烧过香，不超过仨月就会找到有缘人。

牛郎庄和织女庄隔个汽路（公路），现在织女庄扒了。俩庄很近，多少年来不通婚，到现在也不通婚。织女庄的妮儿不往牛郎庄信（嫁），牛郎庄妮儿也不往织女庄信，都不想当小舅子。（田晓）

据调查，牛郎庄“牛郎织女文化馆”最初是牛郎庙，据传始于东汉，民国时改名为“牛郎织女庙”，后遭到破坏，1995年重建，名为“牛郎织女文化馆”。馆内除供奉牛郎织女及神牛、玉帝、王母、仙女塑像外，另有牛郎织女文化及当地农耕民俗的陈展。

每年七月七，牛郎庄还保留着“蒸巧馍（花馍）”和分享巧馍的习俗。

1995年开始，牛郎庄庙会改为“三月三文化节”，三月初二开始，会期15天。其间有舞龙舞狮、扭秧歌、划旱船、鼓儿哼等多种文艺表演和拜牛郎织女星、拜神牛、拜喜鹊、乞巧祈福等活动。（程健君）

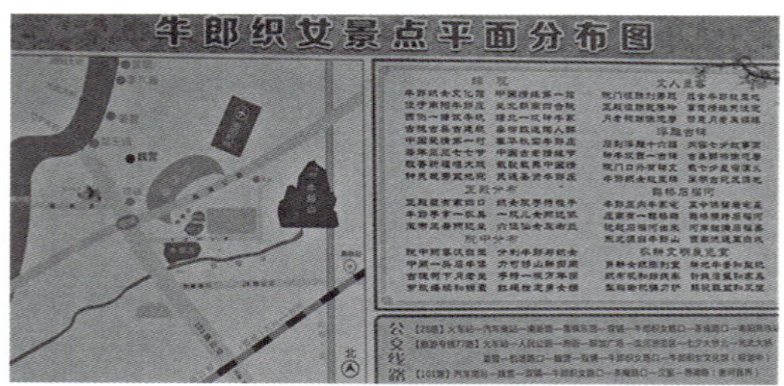

南阳市宛城区溧河乡牛郎织女文化分布图

（2021年4月14日程健君摄）

南阳市宛城区溧河乡牛郎织女文化馆（2021年4月14日程健君摄）

南阳市宛城区溧河乡牛郎庄牛郎织女塑像

（2021年4月14日程健君摄）

[1] 蛤蟆癞肚：方言，也叫癞肚蛤蟆，即蟾蜍。这里泛指蛙类。

[2] 庄稼把式：方言，种庄稼的老手。养牛使牲口的也称“牛把式”。

南阳市宛城区溧河乡牛郎庄牛郎织女雕塑

（2021 年 4 月 14 日程健君摄）

南阳市宛城区溧河乡牛郎庄的神牛冢

（2021 年 4 月 14 日程健君摄）

南阳市宛城区溧河乡牛郎庄农民陈德生在讲牛郎织女神话

（2021 年 4 月 14 日程健君摄）

南阳市宛城区溧河乡牛郎庄农民陈德生在讲神牛冢

（2021 年 4 月 14 日程健君摄）

96

牛郎织女

（三）

相传，很早的时候，南阳城北有个小庄，庄上有个叫如意的孩子。他听老人们说西北大山里卧着个老黄牛，那山就叫伏牛山。家里没有牛，他想把它拉回来，好使它耕田。这天，他进山了，也不知爬了多少坡，过了多少沟，找了多少天，才找着那头牛。那牛卧在地上，腿有伤，不会动，瘦得快成骨头架了。原来这老黄牛是个神牛，因为给凡间偷五谷，叫老天爷踢下凡来了。如意薅了好多好多的草喂牛，又生法儿治好了老黄牛腿上的伤，老黄牛就跟着他回家了。回家后，如意成天跟着老黄牛，人们就叫他牛郎。牛郎他嫂子好在家偷吃巧嘴[1]，老黄牛总是叫牛郎回去吃。一来二去，牛郎他嫂子气了，非跟牛郎分家不中。牛郎也不要房子也不要地，只要老黄牛和一辆破车。

牛郎拉着老黄牛，在一片桑树林里安了家。老黄牛从嘴里吐出来茶豆，叫牛郎种在门前头。谁知那茶豆头天黑了种上，第二天可出土了，第三天就拖秧了。牛郎搭了个架子，没几天可拖满了。老黄牛说："如意啊，夜里你藏到茶豆架子底下，就能看到天上的仙女们，仙女们也能看见你，谁要是瞅见你笑了，谁就是想做你妻子哩，咱就生法把她娶下凡来。"这天晚上，牛郎钻到茶豆架子底下往上一看，果然看见一群仙女在天池洗澡哩。临走时，一个仙女朝他笑了笑。他跟老黄牛一说，老黄牛就叫他坐到车上，驾起车辕，四蹄腾空飞了起来。那对牛郎笑的仙女是织女，织女见牛郎去了，搬了一辆纺花车和一台织布机放在车上，又带了一篮子天蚕坐到车上，下凡来了。

乡亲们听说牛郎娶了个仙子，都来给他贺喜。织女就把天蚕分给大家，还教他们咋样养蚕，咋样抽丝，咋样织绸缎。没多久，白河两岸，伏牛山区的人都学会了。他们织出来的绸缎，做成衣服穿上冬暖夏凉，引得山南海北的商人都来买南阳绸。

第二年的七月七，织女一胎生了一男一女两个孩儿，男的起名叫金哥，女的起名叫玉妹，小日子过得十分舒坦，姑娘小伙们谁见了谁眼气。

又过了几年，一天，牛郎正在犁地，天上突然打了个炸雷，老黄牛站住对牛郎说："如意啊，我把织女拉下凡，犯下天规，看来我是活不成了。我死后，王母娘娘非把你夫妻拆散不中。你把我的皮剥剥，做双靴穿上就会腾云驾雾；我的肉吃了能脱凡成仙。"老黄牛说罢，倒下死了。牛郎趴在老黄牛身上哭了一阵，就照着老黄牛说的办了。

这年的七月七，牛郎正在地里干活儿，金哥玉妹跑来了，说他妈叫一个老婆拉走了。牛郎知道那老婆肯定是王母娘娘，就拉着金哥玉妹腾空就追。眼看快要追上了，王母娘娘拔下头上金簪照脚下一划，霎时现出一条大河，把牛郎和金哥玉妹隔到河这边。金哥玉妹见撵不上妈了，就大声哭喊起来。玉帝见他们哭得怪可怜，就叫他们一家人每年七月七见一回面。

牛郎一家人不见了，人们觉着蹊跷，往天上一看，见天上多了一条又宽又长的银带。银带的一边多一颗星，一边多了三颗星，人们就给它起名叫牛郎织女星。后来，人们每天晚上总要钻到牛郎家的茶豆架底下往天上望一望。一直望到第二年七月七那天夜里，突然看见满天喜鹊向天河飞去，它们互相咬着尾巴，搭起一座天桥。牛郎拉着一双儿女在桥上和织女见面了。人们也喜欢得不得了。直到

[1] 巧嘴：方言，指特别好吃的饭或点心。

现在，还有不少好奇的男女，每到七月七的那天夜里，还钻到茶豆秧底下，偷看牛郎会织女。

采录者： 杨东来，41 岁，社旗县桥头公社杨庄村农民，初中
采录时间： 1982 年 2 月
采录地点： 社旗县桥头公社杨庄村
选自： 《中国民间故事集成 · 河南社旗县卷》，徐东主编，河南省社旗县民间文学集成编委会 1987 年 9 月编印
原题《七巧节》

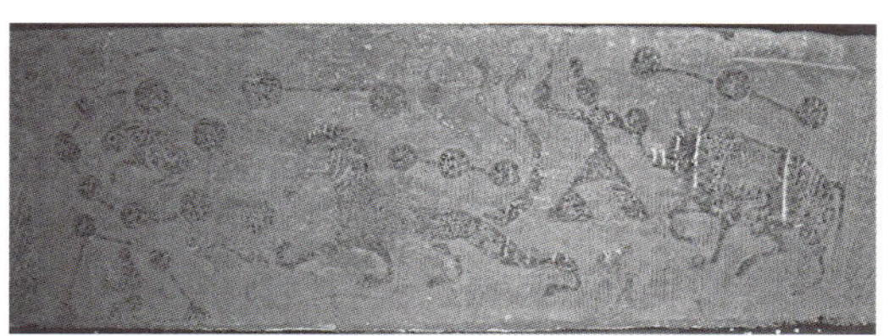

汉画像石，牛郎织女星座（2008 年 5 月程健君摄于南阳汉画馆）

南阳市宛城区溧河乡牛郎庄仙女雕塑（2021 年 4 月 14 日程健君摄）

南阳市宛城区溧河乡牛郎庄仙女雕塑（2021 年 4 月 14 日程健君摄）

97

牛郎织女

（四）

牛郎小名叫运儿。弟兄两个，哥搁[1]家种地，弟在家上学。牛郎的嫂蔡氏，不贤惠，搁到屋里，今儿做点这吃吃，明儿做点那吃吃。她想独霸家业，还想害运儿。

哥去赶集，看到一头黄牛，长得水鼻子水眼哩，怪好看。买回来哪，拴在大门口。回到屋里对蔡氏一说，蔡氏忙出来看哩。她一到跟儿，牛一角把她抵得老远，把个蔡氏吓哩不得了：对了，等运儿回来，叫运儿来看，让它把运儿抵死算了。

运儿放学回来，蔡氏就说："运儿哟，你哥买了头黄牛，长得多好看哟，你快去看看哪！"

运儿去了，给牛捋毛、抓痒，黄牛一动也不动，还用舌头舔运儿的手。蔡氏看见了，气哩不得了。末了，就叫运儿放牛，使唤牛。

牛郎和牛正搁地里干活哩，牛不走了，对牛郎说："你嫂正搁屋里偷吃哩，你快回去，也吃点儿。"

牛郎回去呢，蔡氏正好把饺子下好，盛好了一碗，放

[1] 搁：方言，在。

在锅台上。看到牛郎回来了，蔡氏说："快吃吧兄弟，我正准备去叫你哩。"牛郎也不吭声，端起碗就吃。

蔡氏一偷嘴吃，牛就叫牛郎也回去吃，回回都是这样。蔡氏生气了，这一回她叫[1]饭里放点毒药。牛又对牛郎说："快回去吧，你嫂又偷吃哩。回去了，你嫂端给你那一碗，你别吃，你吃锅里头哪。"

牛郎回去了，蔡氏说："兄弟，快吃吧，叫你搁外头受累了。"端一碗，递给了牛郎。牛郎不要，自己搁锅里盛了一碗。

过了两天，牛又对牛郎说："牛郎，不中了，你嫂子光想害你，得分家了。分家时，你就只要一个破牛车、一口破箱子和我算了。今儿个，你嫂又做好吃哩呢。你回去了别吃，把饭倒给狗吃。你得说分家。"

牛郎又回去了。他嫂说："这将[2]做好，你吃吧。"牛给他说过不让他吃。牛郎不吃，端出来倒给老黄狗。老黄狗一吃哩，死了。牛郎见嫂嫂真哩待他不好了，要分家了哩。

牛郎的舅来给哥俩分家。舅说："运儿呀，舅是大磨压头，你老头[3]儿娘当不了家，我都能当。你恁小就没了老娘，你要啥，睛说了，舅当家分给你。"

牛郎说："我要一个破车，一个破箱子，要这个黄牛。"破牛车、破箱子也没啥用，黄牛除了牛郎谁也放不住，料理[4]不了。嫂嫂也没啥说哩，就这样分了家。

牛郎套上牛车，把箱子搬上牛车，自己也坐到牛车上，让牛拉着走了。

牛拉住他，拉呀，拉到一个山峡里不走了，天也黑了。牛郎说："牛大哥，这咋弄哩，咱得有一个住处呀！"

牛说："你先睡吧，住的地方宽着哩。"

牛郎一醒，看见自己睡在一座漂亮的房子里。

牛郎就和牛搁这儿住下来了，开荒种地。

转眼过了好多日子。这一天，牛又说话了："牛郎，今儿咱不去干活了。咱到后山上去，那儿有一个水塘。仙女们下凡，在那儿洗澡。水塘旁边树林里，有七堆衣裳。你叫粉红色的那一堆衣裳，拿过来藏着。"

牛郎按着牛的话做了。

仙女们洗完澡，起来穿衣裳走哩，织女脆咋[5]也找不到自己的衣裳啦。别人都穿好走了，就剩下了织女。牛郎拿出织女的衣裳，织女要哩，他不给。织女答应嫁给他，他俩一路回去了。

转眼，织女给牛郎生了一男一女。牛郎种地，织女纺棉，日子过哩怪好。这一天，牛又说话了。他把牛郎叫到跟前说："我不行了。我死后，你别吃我的肉，把我的肉埋到屋后头，把我的皮做成鞋，你一双，你俩孩子各一双，以后遇到啥大事，你就穿上它。"说完，老黄牛就死了。牛郎哭哩不得了，哭了呢，按老牛说的办了办。

织女下凡三年了，在天上是三天。到了第三天，王母娘娘见织女还不回去，就下来找。王母娘娘把织女抓走了。

牛郎干活回来了，只见两个小孩在哭，不见了织女。抬头一看，织女已飞到半空中。牛郎就穿上牛皮鞋，用挑子一头挑一个孩儿，撵哪，撵哪。他穿着牛皮鞋，不知不觉飞了起来了。眼看就撵上了，王母娘娘取下头上哩银簪子，在身后划了一道，出了一道天河，隔开了牛郎、织女。

牛郎拿了牛索头[6]擈[7]给了织女，织女拿了织布溜子[8]擈给了牛郎。天河两边，就有牛郎星和织女星。织女星旁边有一个牛索头星群，就是牛郎挑的两个孩子。在牛郎星的旁边，有一个织布溜子星群。不信你去看看。

牛郎织女分手这日，正好是七月七。喜鹊们很可怜他俩，每年到了七月七日这日，喜鹊都飞到天上去搭桥，让牛郎和织女相会哩。七月七以后，喜鹊头上都没有毛哩，那是叫牛郎织女给踩掉啦。

讲述者： 曹衍玉，女，61岁，桐柏县月河乡金桥村郑庄农民，不识字

[1] 叫：方言，往、把。

[2] 将：方言，刚、刚刚。

[3] 老头：这里指爹。

[4] 料理：方言，管理。

[5] 脆咋：方言，咋。

[6] 牛索头：即"轭"，指驾车时套在牛脖子上的曲木。

[7] 擈：扔，投，掷。

[8] 织布溜子：方言，织布的梭子。

采录者：程健君，28岁，河南大学中文系教师，大学

采录时间：1984年12月18日

采录地点：桐柏县月河乡金桥村郑庄

选自：《中国民间故事集成·河南卷》，中国ISBN中心2001年6月版

98

牛郎织女

（五）

牛郎名印，年代不可考，是个父母早亡的孤儿。靠着兄嫂过活。他的兄嫂对他很刻薄，终日教他在田间放牛。他放牛出去了，他们便在家做好东西吃，给他的只是粗茶淡饭。

牛郎放的是头[1]老黄牛。这牛委实精灵，不独能说人话，且有“未卜先知”之能。它一算到牛郎的哥嫂在家做“巧嘴”便说：

“印呀！你嫂子在家吃鸡，你快回去吃点。”或说：

“印呀！你嫂子在家包饺呢，快回去吃！”

牛郎依从它的忠告，总没落过空。

他的嫂子因为屡次失败，遂决计同他分家。老黄牛闻此消息，又偷偷地告诉牛郎说：

“他们要同你分家时，你什么都不用要，只要我同那辆破车。”

牛郎遵命，对他兄嫂提出分家的条件，他夫妇觉得这两件东西所值无多，都慨然允许了。

[1] 头：此处原刊为“匹”。

牛郎得老黄牛和破车之后，便赶着车漫游各处。因为他的祖传的房产都被他哥嫂所得了。走来走去，走到一个地方，老黄牛忽然对他说：

“印呀！离这里不远，有个池塘。那里有七个大闺女在洗澡。你快去，不论谁的衣服抱一套来。”

牛郎跑到池边，果见有七个大姑娘在池中洗澡。便照老牛的吩咐做了，并且将抱来的衣服藏在井中。

牛郎抱走这套衣服的主人，便是织女。她因失去衣服，不能回家，遂跟了牛郎来，同他结为夫妇。

年复一年，织女已生了两个儿子，老黄牛也死了。但它在将死的时候，曾叮嘱牛郎说：

“她虽然已生了两个儿子，但她还没有和你一心，她若要她的衣服时候，可不要给她。再说我死后，你可用我的皮给你的孩子们和你自己各做双鞋。她要走时，你们可穿上皮鞋赶她。”

牛郎因为老黄牛的嘱咐在先，无论她怎样要衣服，总不给她，而且用老黄牛的皮做了三双鞋。一次，两次，牛郎被她缠不过，又想着她已有了两个儿子，总不至于一去不归，遂将井中藏的衣服取出还她。她接到衣服，抖了抖披在身上，渐渐地离开地面。牛郎见此，知道不妙，忙取出黄牛皮鞋，父子三人穿上，拉着两个儿子赶将上去。一个前面走，三个后面赶，看看快赶上了，情急生智，忙取下簪子在地下一划。波浪汹涌，鱼龙出没，一水之间，竟隔断了这夫妻母子四人。

采录者： 漱峦

选自： 《北京大学研究所国学门月刊》第一卷第四号，上海开明书店 1927 年 1 月 20 日发行

原题《牛郎织女的来历》

附记

“漱峦”为冯沅君曾用的笔名。

冯沅君（1900 ~ 1974.6.17），女，河南省唐河县人，现代著名女作家，中国古典文学史家，大学一级教授，曾任山东大学副校长。冯沅君早年就关注民间故事，除在《北京大学研究所国学门月刊》第一卷第四号上发表《牛郎织女的来历——唐河传说之一》外，同期还发表了《灶爷之来历——唐河传说之二》《老猴精——唐河传说之三》《蛇吞相（象）——唐河传说之四》。此前，她以“漱峦”的笔名在《北京大学研究所国学门月刊》第一卷第三号上发表《老丑虎——关于老虎母亲的传说》一文，与钟敬文先生发表在《国学周刊》上的陆安传说《老虎外婆》进行比较研究。

在《牛郎织女的来历》故事的开头，原稿中还有一段文字：

牛郎织女是件极普遍而有趣的恋爱故事。不过因其太普遍之故，遂使这件故事因地而异。静闻先生在《国学周刊》第一卷第十期陆安传说中说：“此诗（按指他所引的古诗而言）便是取材于这件故事。梁人《荆楚岁时记》所述，大概和我们这里的传说很相似。赵景深辑的《中国童话集》第一册中有名《牛郎》的一篇是记这件故事，但情节差异得太甚了，虽然脉胳上尚可以寻得出来。”赵景深君辑录的牛郎的传说，我未曾看过，不知内容到底如何，就我们那里说，关于牛女的传说确与静闻先生所述者大异。姑录之，以供研究传说的先生或女士们的参考。

静闻先生即钟敬文先生。这篇故事收入本书时，编者只将第一段“作者按”移入“附记”。文字除改动“地、的”符合现代语法之外，其余文字均保留原样。（程健君）

1927 年发行的《北京大学研究所国学门月刊》第一卷第四号封面（程健君供稿）

99

牛郎织女

（六）

这家三口人，哥嫂和弟弟，父母去世早，弟弟没有姓名，整天放祖上留下的黄牛，村里人都叫他牛郎。

哥嫂对牛郎不好，可怜的牛郎总是吃不饱、穿不暖，哥嫂还要和他分家，问他要啥，牛郎想了想，只要了黄牛，别的啥都不要。

黄牛成天给牛郎驮柴、驮草，然后再换谷子吃，黄牛晚上就和牛郎睡在一起。一天，天黑了，黄牛猛开口对牛郎说："明儿有七个仙女下凡到后潭去洗澡，你把那身蓝绸衣服藏起来，等别的走了以后，你捞住她，她就是你媳妇，回家后把那身衣服扔到后院井里。"

牛郎有了家。

这个仙女原来在天上是织绸的，那蓝色的云就是她织的。牛郎还放牛、耕地，仙女织布养蚕，小两口子可好了。

过了几年，他们有了一男一女。夏天到了，他们乘凉，织女就讲天上的故事，牛郎说那身衣服在后院井里。

老牛越来越老了，成天泪汪汪的，一天，老牛叫牛郎到他跟前说："我要死了，死后，把我的皮剥下，晒干藏起来，等有大灾时你就披上。"

织女在人间，可还记着天上王母娘娘的凶恶。她看着两个孩子已经大了，就偷偷到后院井里捞起衣服穿上走了。牛郎回来，一看找不到织女，到后院井里一看，就知道她一定上天了。他很快找来筐子，把两个孩子一头放一个，披上牛皮，担起挑就去追。

眼看要追上了，狠心的王母娘娘拔下头上的簪子，在前面一划，成了一道天河。牛郎及两个孩子的哭声惊动了玉帝，就叫每年七月七他们相聚一次。

王母娘娘为了不让人间看到他们相会，每到七月总是下雨。人们为了看他们相会，就钻到葡萄架下，用叶遮着看。这天晚上，天河是东西的，别的时间，天河是南北的，牛郎一双儿女在天河南北时见不到他们的娘，因此传着"天河南北，小孩不跟娘睡"之说。

讲述者： 黄氏，张蔚的外祖母
采录者： 张蔚，河南大学中文系 1986 级学生
采录时间： 1984 年
采录地点： 唐河城郊外
选自： 《中原神话通鉴》（第三卷），张振犁编著，河南大学出版社 2017 年 2 月版

100

牛郎织女与南阳丝绸

年年七月七，牛郎会织女。牛郎和织女的故事有好多，这儿，说一个流传在宛城乡间的传说。

相传，很早的时候，南阳城西有一个桑林，桑林里有一个村庄，村中有一个叫如意的孩子，聪明、勤劳、忠厚，人们都很爱他。他常望着西北的大山出神。听老人们说山中卧个老黄牛，那山叫伏牛山。家里没有牛，他要进山把那头牛拉回来耕田。他进山了，翻了九十九道山，过了九十九道涧，找到了那头牛，在一块大平石上卧着，瘦骨丁丁的。

他趴下磕了个头，喊声"牛大伯"，请老黄牛跟着他走。老黄牛睁了睁眼，没说话，又合上了。他看着老黄牛那没精打采的样子，想着，可能是饿了，就去给老黄牛薅草。他薅着草，牛吃着，薅了一捆又一捆，总是供不上牛吃。就这样，他喂了三天，老黄牛吃饱了，抬起头对他说："小孩子，我原在天上住。盘古开天辟地的时候地上没有五谷，我偷了天仓的五谷撒下来，触怒了玉帝，把我踢下天庭，摔坏了腿，不能动弹，我的伤，用百花露水涂洗一百天就会好的。"

小如意听了，也不急着下山了，饿了吃野果，渴了喝些泉水，夜里偎着老黄牛睡，每天清晨去采百花，用花朵上的露水给老黄牛洗伤。整整一百天，老黄牛的伤好了，站了起来，跟着他回家了。

小如意待老黄牛很亲，白天去放牧，夜里睡在它身边，人们都叫他牛郎。老黄牛待牛郎也很亲，每回牛郎的嫂子在家偷吃巧嘴的时候，老黄牛总是叫牛郎回去吃。一来二去，牛郎的嫂子气了，要和牛郎分家。牛郎不要房子，不要地，只要老黄牛，要辆破车，要只烂皮箱。老黄牛拉着破车，牛郎坐在皮箱上，离了村，出了桑林，搭了个草棚棚，住下了。老黄牛从嘴里吐出个茶豆，朝牛郎点点头。牛郎把茶豆种在门前，第二天出土了，第三天拖秧了，牛郎搭了个架子，没几天可把架子拖满了。老黄牛说："意儿啦，夜里藏在茶豆架下，能看到天上的姑娘们。天上的姑娘们也能看见你，谁要是向你偷看七个夜晚，她就想做你的妻子。我拉着车儿带上你，把她娶下凡来，与你配婚。"

夜里，牛郎站在院里茶豆架下向天上望，只见一群仙女在玉池里洗澡，临走时，一个仙女向下偷看他一眼。第二天夜里，只见那个仙女独个来到玉池边，大着胆子看牛郎。第三天夜里，望着牛郎微微笑。第四天夜里，向牛郎点点头。第五天夜里，扤着一篮蚕。第六天夜里，偷出一架织布机。第七天夜里，拿着织布梭向牛郎招手。牛郎织女，一个在地上，一个在天上，眉来眼去七个夜晚。牛郎盼着织女下凡来，织女盼着牛郎快去娶。七月七那天，从天上飞下来只喜鹊，落在了老黄牛的头上，喳喳叫着："织女差我来，叫你快去娶。快去娶，快去娶。"

老黄牛向牛郎点点头，牛郎套上车，坐上去。老黄牛四蹄腾空，一会儿来到玉池，牛郎下车，和织女双双抬起织布机放在车上，织女扤着蚕篮上了车，牛郎也跳上车和织女坐在一起。老黄牛腾云驾雾，四蹄翻飞，不一会儿到了家。

乡亲们知道牛郎成了家，都来贺喜。织女把带来的天蚕分给姐妹们，教大家养蚕、抽丝、织绸缎。

一传十，十传百，都知道牛郎娶了贤惠妻，能养蚕，会抽丝，织出的绸缎又光又明，好像粼粼闪闪的白河水。

都说织女的织布机是从天上带来的，织出的绸缎做成衣，冬暖夏凉。这消息传了出去，引起山南海北的丝绸商人，都来争购南阳绸。这一下轰动了白河两岸、伏牛山区的千家万户，都送自家的姑娘来织绸缎。织女是个善良的人，乐心教，来的来，去的去，川流不息。没二年，养蚕、抽丝、织绸缎，家家户户都会了。

第三年的七月七，织女一胎生了一男一女，男的叫金哥，女的取名叫玉妹。牛郎耕田，织女织布，小日子过得康乐和睦。姑娘小伙都很羡慕，问他们是咋样到一起的。牛郎指着茶豆架，说出了根根底底。茶豆熟了的时候，姑娘们、小伙们争着采摘，种到自家的院里，也偷偷到茶豆架下，向天上瞭望。小伙们盼着能见到一个偷看他的仙女，姑娘们盼望着能瞅见一个偷看她的仙童。年轻人一钻到茶架下，心里都是甜蜜蜜的。

又过了几年，那天，牛郎正在犁地，晴空响了一阵雷，老黄牛站住了，望着牛郎流着泪说："意儿啦，我把织女拉下天，犯了天律。天鼓在响，我难活。我死后，王母娘娘准会来拆散你夫妻。你记着，把我剥剥，肉吃了能脱凡成仙，皮做靴子穿上能腾云登天。"老牛说罢，倒下死了，牛郎哭了一阵，就照着老黄牛的话做了。

七月七那天，牛郎正在锄地，金哥、玉妹哭着跑来了，对他说，来了个老婆子，把妈妈从织布机上拉跑了。牛郎把锄扔下，一手拉着金哥，一手拉着玉妹，腾空就追。眼看就要追上，王母娘娘拔下头上的金簪照脚下一划，汹浪滔滔的一条大河出现了。牛郎拉着金哥、玉妹站在河边哭。金哥、玉妹的嚎叫声惊动了玉帝，玉帝看一双孩子怪可怜的，就叫他们一家每年七月七相会一次。

牛郎一家不见了，人们觉得蹊跷。晚上钻到茶豆架下向上望，看见一条大河，汹浪滚滚，织女站在河那边哭，牛郎拉着金哥、玉妹在这边哭。人们明白了，擦着泪走出茶豆架，向天空望去，发现繁星闪烁的天空多了一条又宽又长的银带，就叫它"天河"。天河的一边多了一颗星，一边多了三颗星，就叫织女牛郎星、金哥玉妹星。人们想念牛郎织女，每天晚上总要钻到茶豆架下望一望，望到七月七日那夜，突然看到满天喜鹊向天河扑去，互相咬着尾巴搭起一座鹊桥。牛郎拉着一双儿女上桥了，织女上桥了，在鹊桥的中间，一家人相会了。人们也随着欢喜了，互相谈论着"七夕会"的事。

牛郎织女虽然登天了，可给人们留下了宝贵的天蚕、织布机，世世代代抽丝织绸缎。用织女的织布机织出的南阳绸细密闪光，畅销九州，随着南阳绸的远销，也把这牛郎织女的故事传到各地。每到七月七日的晚上，人们都想起了牛郎织女，好奇的年轻人，藏在茶豆架下望着天，偷看牛郎会织女。

采录者： 西去

选自： 《中国民间故事集成·河南南阳市卷》，党铁九主编，南阳市民间文学集成编委会1988年9月编印

101

牛二九女

从前，内乡城东二十里的灌张铺有兄弟俩，老二七岁时爹妈都死了，老大成了家。老二就整天放那头老黄牛，牛一边啃着，他一边薅着，夜里打完夜草，老牛卧下倒着沫[1]，眨着眼，扑扇着耳朵，呼呼直喷长气。老二摸摸牛角，扒拉扒拉牛脖子上的毛，弄着弄着就睡觉了。

就这样，老二和老牛黑夜白起在一堆儿，伴着它长大了，人们就叫他牛二。年年的犁耙耕种都是他俩的事儿，老大在铺上做了小生意，嫂子好吃懒做，不让牛二穿好的，也不让牛二吃好的，心里暗暗打着一个老算盘：不给老二娶媳妇，叫他一辈子给我们当伙计，和老牛一样，到死为止。

有一天，犁地犁了半晌，老牛冷不丁地躺到地里，张着两眼直瞪瞪地看着牛二，牛二心里一软，眼泪就滴滴答答直往下掉："牛大哥，你歇吧！你要有啥话就尽管说吧！"

"嗯，牛二，"老牛真的说话了，"我是天牛星被罚下凡，投胎到你们家。你嫂子心狠手辣，想独门霸产，你还不知道，你想成家吗？"

"想。"

"那你就跟他们分家，光要我就行。"

他嫂子一听说要分家，就慌了：按理来自己一半家产就没了！她就撒赖："牛二，别想鸡尿喝，除了那头牛，这家没你的！"

牛二说："我就只要那头牛。"

牛二就和老牛一起到了哩河边，老牛从嘴里吐出几颗蚕豆，他们就在那儿开始搭庵儿住下。有一天，老牛说："天帝的闺女们常下界在菊潭里洗澡，老是最后才走的那个是九女，粉红色裙衣是她的，你偷偷地把它拿走，让她做你老婆。"

牛二这样做了。一直玩到最后的九仙女发现自家的衣服没影了，就着急了：这光身子咋回去呀？这时牛二捧着衣服走到九女跟前说："你做我的老婆，我就把衣服给你。"

九女羞答答地只好说："行。"

从此，牛二和九女就结成了夫妻。牛二耕地种田，九女纺花织布，自由自在，快快活活，九女也不想回天宫了。不知不觉两年过去了，他们有了一男一女，小家庭幸福美满着哩。

可有一天，老牛流着眼泪对牛二说："我的凡体快死了。我死后，你把我的皮晒干藏好，如遇到危难时，你把它披上。"话一落拍，老牛就伸腿了。

第三年，一天牛二正在干活，忽听俩娃直哭："妈妈叫人抢走了！"

轰轰隆隆，天像要塌一样，裂开了大缝，啊，九女被俩天神架着，就要入云了。他赶紧披上牛皮，担着俩娃，说："牛大哥，你帮我一把呀！"

"呼"的一下，牛二也飘飘忽忽飞起来了，眼看就要追上，忽然一道金光划过，霎时，天河汹汹流过，牛二眼睁睁看着被隔开了……原来，王母娘娘发现九女一天没影，就让人去寻，原来是偷渡人间，就用金簪划开天河把牛二分开，只准一年的七月七于鹊桥相会。

在七月七夕，看天河，你看，岸边由四颗星组成的像

[1] 倒着沫：方言，反刍。

梭子样的跟起[1]的那一明两暗的三个星，就是牛二和他的俩娃；河对岸由三颗星组成的像牛索头似的跟起的那一个亮闪闪的星，是九女。据说，那梭子和牛索头是他们平时互相抛扔的情物。

讲述者： 郑英贤，86岁，农民
采录者： 罗荣显，河南大学中文系1986级学生
采录时间： 1988年2月
采录地点： 内乡县庙岗
选自： 《中原神话通鉴》（第三卷），张振犁编著，河南大学出版社2017年2月版

[1] 跟起：方音，跟前。

102

意儿与仙女

意儿很小的时候，爹妈就死了，他跟着哥嫂过日子。

哥嫂有一头老黄牛，意儿就成天到山上放牛。他长到十二岁时，嫂子想害死他，她独霸家产。

一天，老黄牛对意儿说："意儿啊，你嫂子在屋包饺子哩，我在山上等着，你好回去吃。放到锅台上那一碗你别吃，你嫂子想害你哩。里头包的是扎花针，你端着去把它埋了，你嫂子给你盛第二碗了你再吃。"

意儿说："中啊。"

意儿到家后，他嫂子就说："锅台上有碗饺子，你先端去吃吧。"

意儿也没吭气，端出去埋了。嫂子给他盛第二碗他才吃。

过了些时间，老黄牛又对意儿说："意儿啊，你嫂子又在屋里包饺子哩。第一碗包的是毒药，在锅台上放着哩，你端去倒给老黄狗吃。等狗死了，你就叫你舅来分家。分家时，你要我，要绳索犁耙，要屋里的破车和你妈留下的那个老板箱，别的啥也别要。"

意儿说："中啊。"

意儿一进屋，他嫂子就说：“意儿啊，锅台上有碗饺子，你先端去吃吧。”意儿没吭气，端出去倒给了老黄狗，狗吃完饺子，不一会儿死了。

老黄狗一死，意儿就去把他舅叫来分家。他舅说：“意儿小，让意儿先要吧。”

意儿说：“我要老黄牛，要绳索犁耙，要烂破车，还要俺妈的老板箱，别的，啥也不要了。”他哥嫂一听，都是老掉牙的破东西，就同意了。

分完家，老黄牛对意儿说：“意儿啊，你把我套到车上，把绳索犁耙、老板箱也放车上，你坐上，我拉着你走，走到哪儿，哪儿就是你的家。”

意儿照老黄牛说的，把分的东西都放在车上，老黄牛就拉着走。

天快黑了，老黄牛还不停地走。意儿害怕，坐车上哭起来。前头有个小村庄，老黄牛说：“意儿啊，别哭了。咱们到前头去看看有没有闲房子住。”

走到村头一看，正好有间闲房子。老黄牛站在那儿不走了，意儿就把东西拿进屋里。这时，过来一个放牛老头儿，看意儿在往屋里搬东西，就说：“孩子，你别住这儿，这个房子盖起来，就住不成人，晚上住这儿，第二天早上就没有了。”

老黄牛还是站着不动。意儿一看老黄牛不动，就在屋里铺个床睡了。半夜里，来了一对水狮子要吃意儿，老黄牛跑上去牯氏牯氏糙糙[1]，水狮子不见了。一会儿，又来了一对火狮子要吃意儿，老黄牛跑上去牯氏牯氏糙糙，火狮子不见了。

第二天早上，老黄牛让意儿在地上挖，在水狮子出现的地方挖出一缸银子，在火狮子出现的地方挖出一缸金子。

放牛老头儿早晨拾粪，想看看昨晚住这儿的人还在不在。一看，意儿正在挖金子、银子。意儿说：“老大伯，你拣一箩筐去。”

拾粪老头儿说：“俺不要，这是你的福。”

意儿非叫老头儿拿金银不可，老汉只好拿了一点儿，又对意儿说：“南河滩里有一块荒地，你去犁犁好种粮食，以后就住这儿吧。”

意儿把老黄牛套上，到南河把荒地犁了犁，种上庄稼，在这儿安了家。

意儿长到十八岁的一天，他正犁地，老黄牛说：“意儿啊，你要是想娶媳妇，明天多穿条裤子，晌午别回去。天上的仙女要下来洗澡，裤子都脱到河沿上，你拣一条最红的藏起来。裤子越红越年轻，谁要来问你，你就把你穿的脱一条给她，她就和你成亲了。”

第二天，意儿穿两条裤子往南河去了。正晌午，仙女们真到南河洗澡来了。意儿拣了一条最红的裤子，包个石头，扔到井里了。

仙女们洗完澡，都上天了，剩下一个仙女找不着裤子。她看到意儿在犁地，就上前问：“犁地的大哥，你看见我的裤子没有？”

意儿说：“我没看见你的裤子。我穿的裤子多，脱给你一条，你先穿着吧。”

仙女没办法，只好穿了。意儿对她说：“你别走了，和我过日子吧。”

仙女说：“张铁匠，李铁匠，没有媒人不成当。”

意儿说：“张大哥，李大哥，没有媒人咱自己说。”

仙女就和意儿成了亲。老黄牛老了，快要死了。它对意儿说：“意儿啊，我死了你可别吃我的肉，把肉埋了。皮剥下来做一双靴，剩下的糊到你妈的老板箱上。你媳妇啥时走了，你就穿上靴，骑上老板箱撵她。”

没多长时间，老黄牛就死了。意儿就把肉埋了。皮剥下来做了一双靴。剩下的糊到了老板箱上。

过了几年，仙女生了一双儿女。有一天，意儿去吃酒席，喝醉了，回到屋里叫仙女给他烧茶喝。仙女说：“你先说你把我的裤子弄哪儿了，再给你烧。”

意儿说：“我把它包个石头扔到井里了。你好烧茶，我给你捞去。”

意儿拿根竹竿到井上捞裤子。仙女把茶烧好，也来到井边，见意儿还没捞上来。仙女说：“你回家喝茶去吧，我自己捞。”

仙女把裤子捞上来，裤子沤糟了。她拍成片搭在肩头，上天了。

[1] 牯氏牯氏糙糙：方言，描述牛向前用力和摩擦的动作。

意儿喝完茶跑到井边一看，仙女上天了。他慌忙穿上皮靴，骑上老板箱，把男孩放到后头，女孩放到前头，上天去撵。眼看快要撵上了，仙女取下头上的金簪划了一条河，把意儿父子仨隔到了河这岸。打那天起，意儿就在河这岸耕地，仙女在河那岸织布。王母娘娘知道后，让他们每年七月七见一次面。

七月七，所有的喜鹊都到天河去搭桥，让意儿和仙女从它们头上走过。七月七以后，人们看到喜鹊头上都没毛，就是意儿和仙女见面时踩掉了。

讲述者： 刘英元，女，54 岁，桐柏城关镇南街人，不识字

采录者： 张明芝

选自： 《中国民间故事集成·河南桐柏县卷（第三分册）》，马卉欣主编，桐柏县民间文学集成编委会 1987 年 9 月编印

103

牛郎织女与银河

放牛娃儿牛郎在家排行老小，爹娘死得早，上面只有一个性情怯弱的哥哥和又恶又狠的嫂子。

嫂子对牛郎很不好，常常无端挑剔这、挑剔那，牛郎忍气吞声，见天望着心爱的伙伴老牛流泪。

牛郎一天天长大了，一天，牛郎又受了嫂子的气，站在老牛身边抚摸老牛的头流泪，老牛突然说话了："牛娃儿，你想成家吗？"

牛郎叹道："上哪儿成呢？"

老牛说："上天！"

牛郎说："咋上哩？"

老牛说："我不行了，我死了之后，你把我的肉埋了，用我的皮做成鞋子，你就可以上天。天上有个大坑，每天晚上王母娘娘的七个仙女都在那里洗澡，等她们下去洗时，你拿起一套衣服就走，她就是你将来的老婆。成了家后，你就和你哥分开过。哎，你要记住，把她在天上的衣服藏在后院的井里，不要告诉她。"说罢，老牛大出两口气，死了。

牛郎很是哭了一场，之后，按老牛说的法儿准备去了。

鞋子穿上了，等到天黑，牛郎脚往下一蹬，只觉得脚下生风，一会儿就到了天上。牛郎在天上走了没多大会儿，就在一个坑边住了步，他正想是不是老牛所指的坑，只听远处有叽叽喳喳的说笑声，他回头一望，六七个仙女正朝这边过来，牛郎赶紧藏起来。等她们说笑着下到水里，牛郎拿起一件衣裳就走，仙女们顿时乱了起来，六个都上岸穿衣，一溜烟不见了。牛郎又往回走，脱下自己的衣服叫剩下的七仙女穿上，背上她下凡了。

话说牛郎与七仙女成家之后，把七仙女的衣裳藏在老井里，替她换上一般的衣服，就遵照老牛的吩咐另立了门户。

一转眼两年过去，牛郎已经有了一男一女，七仙女织布，牛郎种地，日子过得蛮不错。

再说王母娘娘自从丢掉自己的女儿之后，一直在打听和探视，这天终于看到自己的女儿，抓住她就走。牛郎在屋后地里干活儿，一看不妙，就赶紧跑回去，穿上牛皮鞋，弄个扁担，两头绑两个筐，把一男一女放进筐里，直追赶她们。一男一女一边哭，牛郎一边叫，七仙女一边挣扎，眼看快要追上，王母娘娘赶紧从头上拔下金簪子在脚下一划，滚滚滔滔的大河出现了。

现在，你从地上还能看到这条河呢。这就是现在的银河。

讲述者： 闻林青，78 岁，农民

采录者： 闻达

采录时间： 1989 年春节

采录地点： 邓州市罗庄乡马岗村

选自： 《中原神话通鉴》（第三卷），张振犁编著，河南大学出版社 2017 年 2 月版
原题《银河的来历》

104

天河

天上有个仙姑叫织女。

她想到人间散散心、解解闷，就偷偷儿下凡去了。

从天上跑到地上，找了一个僻静的水潭，洗呀，洗呀！正洗得痛快哩，冷不防过来一个叫牛郎的小伙子，拿着织女的衣裳就跑，织女可作起难。撵吧，金枝玉叶这样赤皮露肉的怪不好意思；不撵吧，咋好不穿衣裳回天宫呢？前想想，后想想，没一点儿主意，她捂住脸哭起来了。

这一哭不打紧，牛郎的心软了。他想：自己太不应该了，把一个姑娘逼得直哭，外人知道了会咋说哩！跑有半里多路又拐了回来。

织女一见牛郎又拐了回来，哭得更痛了。牛郎低着头："别哭了！怨我不对。我不是家穷嘛！想讨你做我老婆啊！"牛郎说罢把衣裳往织女跟前一放就走。

织女看牛郎这人怪实诚、怪善良，长得也怪结实，就擦擦眼泪："事儿已经这样了，我只有跟你一块回家吧！"

牛郎把织女领回家里，当天拜堂，结为夫妻了。

三年过去了，牛郎织女男耕女织，处得特别好，有了一男一女两个小孩儿了。这一天，牛郎在外边干活，织女

正在屋里织布，外边儿起了大风，一块黑云遮住了天，云头上站着一个呲牙咧嘴的天神，说："织女，老天爷叫你赶快回去，要不，把你们全家人全劈死！"

原来老天爷在天上一连打了三个喷嚏，掐指一算，知道织女偷偷下凡三天了（天宫的一天就是人间的一年），就命电母拿她回去。

电母一说，织女又哭着说："老母啊，你抬抬手吧，我一走，这俩孩子撇得可怜呀！"

电母说："不行不行！老天爷怪罪我了咋办！你再恋他们，耽误了我向老天爷交旨，我就放电，劈他们了！"说着，拉起织女就走。

两小孩儿舞乍[1]着小手儿，"妈呀妈呀"地喊起来。

牛郎跑回来一瞅织女要走，慌得把俩孩儿往怀里一搂，咬一咬牙，"噌"的一声跳上了电母踩的那块儿云彩上。

电母伸手要打牛郎，牛郎说："老天爷，你别打，我给你磕头拿菜瓜。我抱俩娃娃送他妈！"电母哼一声，拉着织女就走，一气儿到了南天门。

织女知道，要是牛郎进了南天门，老天爷非处死他不可，连孩子也保不住。织女说："娃他爹，回去吧！好好照看俩娃儿！"

牛郎硬是不拐回去，织女很作难。不叫他们进南天门吧，他不听话；叫他们进南天门吧，这一家四口一个也别打算活了。织女一急，从袖子里摸出个织布梭子，往牛郎身边一扔，说："用这个梭子哄哄孩儿们！"

她故意把梭子扔得老远，趁牛郎转身捡梭子时，拔下头上的金簪，在身后一划，成了一条大河，把牛郎和孩子们隔在了河那边。

就这样，南天门前有一条又宽又长的天河。

讲述者： 周贤有，桐柏鸿仪河乡仓房村人

采录者： 周君立，25岁，桐柏县鸿仪河乡仓房村农民，高中

采录时间： 1985年5月1日

选自： 《中国民间故事集成·河南桐柏县卷（第一分册）》，马卉欣主编，桐柏县民间文学集成编委会1987年9月编印

[1] 舞乍：方言，挥动。

105

牵牛星和织女星

天河的东南岸上有一个最漂亮的星叫牵牛星。牵牛星两边有两个不太亮的小星，叫儿女星。离牵牛星远的地方有颗比较亮的星叫溜子星。天河西北岸有一颗最亮的星叫织女星，一边还有个牛索头星。天上为啥有这几颗星呢？这还要从地上的牛郎织女说起。

牛郎从小说[1]跟着哥嫂放牛，取名牛郎，他的嫂子总是不让牛郎吃饱穿暖。牛郎任凭挨饿、找野果吃，也要把牛放得饱饱的。

一天，牛郎喝罢稀菜汤，刚走到坡脚，老黄牛就挣着回家。牛郎不知为啥，只好依从，回家一看，嫂子正在烙油馍吃哩！嫂子觉得难看，就骂了一顿。牛郎还没弄清咋回事哩，嫂子就把碗摔在他脸上，牛郎拉着老黄牛边走边哭，老黄牛轻轻地舔着牛郎的手臂，还瞪着眼拐回头望着。

有一天，嫂子笑盈盈端着一碗热气腾腾的鸡蛋花儿面条走进牛屋。她说："兄弟！以前嫂子有对不起你的地方，你别生气。眼看你也大了，我能光对你不好吗！哈！快把这碗饭喝了好去放牛。"

牛郎是个老实孩儿，听到嫂子这话，把过去的气消完了，伸手去接。老黄牛挣开笼头，一下子拱掉了面条碗，面条洒了一地。嫂子气得大骂，又在牛槽边取出了一条大棍，想使使厉害，老黄牛瞪着眼朝她扑去，她才放下棍子跑了。牛郎把老黄牛拦住，老黄牛说起话来："牛郎啊！这面条里有毒药！你看！"牛郎一看，两只啄了面条的母鸡，扑棱几下死了。

牛郎说："老黄，我的老黄哥呀！"

老黄牛说："你嫂子存心害你，你躲过初一，躲不过十五。事情到了这一步，那女人一会儿就来给你分家，她说咋分，你就说中，分家后往南走上一天，晚上就有安家处了。"

过了一会儿，嫂子真给牛郎分家来了。牛郎按老黄牛的话，听嫂子铺摆[2]。嫂子说："老的[3]死时候也没留下啥财产，俺把你养活这么大，按讲说，你净人出去就行。嫂子咋忍心呢！你哥俩总是一个奶头吊大的嘛！给你头牛总行吧！"其实，她是害怕这头牛，才把它分给牛郎。牛郎二话没说，牵着老黄牛往南走了。

走啊走啊！一直走到太阳落山。他俩来到了一个背靠大山的小村。牛郎前去借宿。村上一位老头儿说，山那边竹园里有两间新房子是自己看竹竿住的，里面常闹鬼，没人敢住。黄牛点点头，牛郎就谢过老头儿，牵着牛进去住了。半夜，屋里有一道星光，一个身高头大的人把门踢开了。老黄牛蹿上去，把那人抵倒，那人一倒，门前有一堆银子，那个身高头大的人是看银子的山神啊！

牛郎得了银子，一半买了这两间房子，一半置了几亩地，春种秋收，过起了好日子。

一天，老黄牛对牛郎说："你也不小了，咋不娶一个妻子过日子呀！"

牛郎说："牛大哥咋和我开起玩笑了，咱是个庄稼人，笨手笨脚的，谁跟咱？"

老黄牛说："后山大水潭，有一群仙女在洗澡，你去

[1] 说：当地口语的表达方式，意思"（从）……开始"。

[2] 铺摆：方言，安排。

[3] 老的：方言，指父母。

把潭边的一条红裙子拿在手里。”老黄牛又耳语一阵子，他俩就往山后走去。

来到山后潭边，真见一群年轻漂亮的姑娘在潭里玩水。潭边石板上放着一堆衣裙，牛郎把那件最红最鲜的裙子拿着，躲进树丛里，又用力咳嗽了两声。那群洗澡的姑娘一听有人来，赶忙穿衣系裙，轻飘飘地离开大地，腾云走了。水潭边留下一个非常俊美的姑娘，着急得乱叫：“我的裙子呢？我的裙子呢？”

牛郎从树林里走出来，说：“大姐，裙子在这里！”

这姑娘叫织女，是王母娘娘的仆女，专给老天爷织绣衣裳。织女羞得满脸通红地说：“大哥，我离开了裙子，咋回家呀？”

据说仙女离开了裙子，就不能起风驾云。牛郎不管这话，抱着裙子往家跑，织女只好跟在后边。就这样，在黄牛的说合下，牛郎和织女结了婚，成了夫妻。男耕女织，勤勤俭俭，日子非常甜蜜。牛大哥呢，整天掉泪，牛郎给它端来了绿豆汤，它连闻也不闻，牛郎急得问它是咋回事儿，老牛才慢吞吞地说：“我本来是天上的力神，为人间挪了几架山，触犯了天规，被贬成牛。我又让织女你俩成了亲，老天爷非处死我不中。我死后，你把我的肉挂在树上喂喜鹊，它们是我的朋友；你再把我的皮剥下，做一双靴子，里边儿放一把青草，穿上就能腾云驾雾。”

黄牛说罢，长出一口气，死了。牛郎和织女痛哭不止，又烧香又烧纸供祭一番，按照牛大哥嘱咐，把牛皮做了靴，把肉挂在树上喂喜鹊。

一晃三年，织女生了两个孩子，一男一女可喜人啦。

一天，牛郎正在地里干活儿，听见“轰隆隆”一阵响雷，接着就是乌云，云越来越低，连房顶上都是昏昏沉沉的。他觉得蹊跷，回家一看，王母娘娘拉着织女往外拽，织女坠着身子不走，两个孩子拽着织女的衣裙哭叫着。牛郎把锄头往地上一捣，说：“干啥呀？”

王母说：“我是天上王母！从西天归来，顺路拿她服罪！”

牛郎直跺脚：“不行！不行！放下她，放下她！”

王母抓起织女，一阵风上天了。

牛郎想起黄牛临死的嘱咐，忙从屋里找出那双靴子穿上，身子轻得像燕子，一步迈到半空云里了。两个孩子见妈妈走了，爹也走了，就哇哇哭得更厉害了。牛郎忙拐回把两个孩子放进两个篓儿里，抽根扁担一挑，脚一蹬，离开了地面，追织女去了。

追啊，追啊，透过云缝儿看见了王母和织女。王母往前拉，织女向后挣，还向后望着。

牛郎牙一咬，步子更大了，王母娘娘见牛郎要追上，忙从发髻上取出金簪一划，一条茫茫大河，拦住了牛郎。牛郎想从河面上跑过去，干蹬起不来劲儿。他走时太慌，没顾得上往靴子里放把青草。牛郎没力气了，游过河吧，又不会游。他一急，见竹篓里放一个牛索头，拿着就使劲朝织女扔！牛索头不偏不斜落在织女身边，牛郎大声哭喊：“看见索头别忘我！”

织女忙从袖子里取出织布溜子扔向牛郎，还说：“每月初七来看你！”

织女的手不准，织布溜子落在离牛郎很远的地方。牛郎只招呼接织布溜子，把每月初七听成了七月初七了。

现在，天上的牵牛星、织女星、牛索头星和溜子星就是牛郎追赶织女时互相赠的物变成的。牵牛星一边儿还有两个小星星，那是织女的一双儿女呀！

讲述者： 黄发美，43 岁，桐柏县固县镇黄畈村农民

采录者： 黄正明

整理者： 薛远增，42 岁，桐柏县旅游局干部，大专

采录时间： 1986 年

选自： 《中国民间故事集成·河南桐柏县卷（第一分册）》，马卉欣主编，桐柏县民间文学集成编委会 1987 年 9 月编印

（二）

鲁山牛郎织女神话

106

牛郎织女

（一）

在鲁山县东部的鲁山坡下，流传着一个牛郎织女的传说。

牛郎姓孙，叫小意。如今鲁山西南脚下起的孙庄，就是牛郎的故乡。

小意从小没了父母，就跟着哥哥嫂嫂生活。嫂嫂待他很不好，总以为是他们养活了小意，一心想把他赶出去。

小意放的那头牛，原来是天河里的一条龙，因错行了雨，被天帝贬到下界，投胎到牛肚里，变成了一头牛。

这年春天，嫂嫂看小意也长这么高了，不能老让他坐着吃闲饭，就对她丈夫说："小意也十多岁了，该给他找点活儿干干了。老让他白吃饭，咱能养活他到啥时候？"

小意他哥说："能给他找点啥活呢？"

嫂嫂说："你去给他买头牛吧，重活干不了，放头牛总能行吧！"

小意他哥听了他嫂嫂的话，就到会上去给他买牛。走到半路上，刚好遇到个老汉牵了头牛，也要去赶绳[1]。小意他哥一看这头牛，宽宽的脊背，长长的身子，一双眼睛忽闪忽闪，挺精神，就爱上了。三下五去二，说好了价钱，就把牛牵了回来。

别看这头牛样子挺温顺，对不顺眼的人，也爱发脾气。到家以后，小意嫂嫂赶紧过来看，还没走到跟前，老牛就哼了一声，抬起头去抵她，吓了她一跳，气得骂道："没长眼的东西，买回头牛也不是货，以后我可不喂它！"

小意听说哥哥买回了一头牛，也高兴地从外头跑了回来。这头牛见了小意却显得很懂人情，小意摸摸它的身子，它摆摆尾巴；小意摸摸它头上的角，它摇摇耳朵。从此，小意就和牛生活在一起，每天天不亮就赶牛上坡，一直到日头下山才回家。有时遇到刮风下雨，小意就把牛拴在浓密的树林里，自己到山崖上的一个石洞里避雨。

小意虽然风里来雨里去地去坡上放牛，嫂嫂还是想方设法地虐待他。每逢小意不在家，她就做些好吃的，自己吃点，给丈夫留点。等小意回来了，吃的还是粗茶淡饭。

一天，小意又牵着老牛到坡上去啃草。快近中午时，老牛忽然说话了："小意，今中午你就早些回去吧，你嫂子在给你包扁食[2]呢！"

小意一听，吃了一惊："老牛，你咋会说话呢？"

老牛慢吞吞地说："你待我这么好，我也要想法报答你啊！"

小意听从了老牛的话，到家一看，果真嫂子正在下扁食。嫂嫂没法，只好也让小意吃了一顿扁食。

时间一长，嫂嫂就起了疑心：该是小意又多长了个心眼？咋老是我一包扁食，他就回来？下次我用毒药给你包一碗，叫你一吃就死，看你还刁不刁！

这天，又快近中午了，老牛对小意说："小意，今中午你又有扁食吃了。可你要记住，这碗扁食你不能先吃，一定要端给我先尝尝！"小意答应了。

到了家，嫂嫂又假意地应酬着："小意回来了，看把你热的！快去吧，桌上我给你下好了一碗扁食，都快放凉了！"

小意把扁食端到老牛跟前，说："你先吃吧！"老

[1] 赶绳：到集市庙会上买卖牲口，俗称"赶绳"。

[2] 扁食：方言，饺子。

牛却把嘴一伸，一碗扁食让它拱了个底朝天，谁也吃不成了！

吃过饭，嫂嫂过来看小意，心想八成已经伸腿了。一看，一碗扁食却倒在地上，心想：这小孩可真够鬼了，敢是他看破了我的机关？还有这头牛，见了我就吹胡子瞪眼，可对小意却不赖，两个坏东西，干脆把它分给小意，让他守着这头牛过好了。

嫂嫂打好了主意要和小意分家。老牛提前对小意说：“小意，你嫂嫂要和你分家了。分家时，你别的啥也不用要，就把我和那辆破车要下好了。”

临分家这天，哥嫂问小意都要啥，小意说：“别的我啥也不要，恁就把那头老牛和那辆破车给我吧。”

分家后，小意还是每天赶着牛到坡上去，可多了样麻烦：每天要自己回家烧火做饭。老牛每次看到小意被烟熏得流眼泪的样子，心里就挺难过。

转眼间夏季到了。山涧有个小潭，水清得能照见人影，小意有时就把老牛牵到这里饮水。这天，天帝的九个女儿，嫌待在天宫里太烦闷，就背着父母，偷偷飘下天宫，到潭里来洗澡。

老牛悄悄对小意说：“小意，今天有九个仙女从天上下来，到前边的潭里洗澡，她们的衣服都放在潭边上。你去把最边起[1]的那一身衣服藏起来，那是九姑娘的。将来，她就是你的媳妇。”

小意不好意思地说：“拿人家的衣服，多没道理呀！”

老牛催促他说：“机不可失，将来后悔就晚了。”

小意就轻轻地走过去，把那靠边的一堆衣裳拿了过来。看看过午了，仙女们要回去，只听一个声音叫道：“哎呀！我的衣裳哪儿去了？”

众姐妹都埋怨她太粗心，说：“我们先走一步，回家晚了要受罚的。”就先飞走了。

九姑娘正在着急，小意走过来说：“衣裳我给你放起来了。你要衣裳我答应，可你要先答应嫁给我做媳妇。”

九姑娘无奈，只好红着脸点了点头。小意又找了件衣裳给九姑娘，和九姑娘成了亲。九姑娘说，她整天在天上织布，大家都叫她“织女”。天上虽然很好，可王母娘娘的法令挺严，让人每天坐在织机上织布，连个乐日子也没有，还不如人间幸福哩！

从此，小意放牛种地，织女养蚕织布，小两口互敬互爱，日子过得挺美满。

过了几年，织女给小意生了一男一女两个小孩。每到晚上，织女就和他们坐在一起，给他们讲天上的事情。小意也觉得织女下来这多年了，又有了孩子，不会再走了，就把织女当初的衣裳还给了她。

一天，老牛把小意叫到跟前，说：“不久我就要死去了。我死后，你把我的皮剥下，晒干后好好保存起来，等有急事时就把它披在身上，它会帮你的忙。”

织女虽然舍不得小意和两个孩子，可还是惦记着王母娘娘的法令。她看看把小意的两个孩子拉扯得已能离手脚了，就趁小意去地里干活儿的当儿，穿起原来的衣裳上天了。小意在地里干活，猛抬头，看见天上有个人，就知道事情不好，马上跑回家，找两个箩头，把两个孩子放进去，披上牛皮，挑起担子，就也腾身而起，向前追去。

小意心急火燎，越追越快，看看快追上了，可狠心的王母娘娘拔下头上的簪子，在前边划了一道天河，隔断了小意的去路。

从那以后，小意一直没有再回来。

现在，山上还有“牛郎洞”和“九女潭”这两个地方。

讲述者： 徐鸿欣，女，50岁，农民，不识字
采录者： 张耀昌，24岁，河南大学中文系学生
采录时间： 1982年7月
采录地点： 鲁山县城东
选自： 《中原神话专题资料》，张振犁、程健君编，中国民间文艺家协会河南分会1987年编印

[1] 边起：方言，边上。

附记

本篇讲述者为采录者的母亲。（程健君）

鲁山坡牛郎洞(2008 年 7 月 15 日程健君摄）

鲁山坡瑞云观牛郎织女殿匾额(2008 年 7 月 15 日程健君摄）

鲁山坡九女潭(2008 年 7 月 15 日程健君摄）

鲁山坡九女潭灵霄殿(2008 年 8 月 31 日程健君摄）

鲁山坡九女潭碑赞(2008 年 7 月 15 日程健君摄）

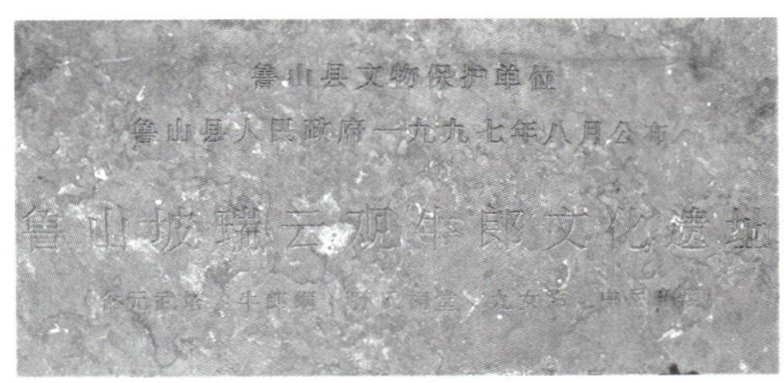

鲁山牛郎文化遗址保护碑(2008 年 7 月 15 日程健君摄）

107

牛郎织女（二）

在鲁山一带流传着一个牛郎织女的传说。

牛郎从小没了父母，跟着哥嫂生活，嫂嫂待他很不好。牛郎天天到山里去放牛，一直到日落才回家，有时遇到刮风下雨，他就到山崖的石洞里去躲雨。虽然这样，回到家里吃的都是粗茶淡饭，而且还常常遭到嫂嫂的白眼和数落。

一天，牛郎又去放牛，快中午时，牛忽然说："今天早些回家吧，你嫂嫂在家吃扁食呢。"

牛郎听了一惊："老牛，你咋会说话了？"

"你待我这么好，我要想法报答你呢。"牛说。

牛郎回去一看果然如此。时间一长，嫂嫂起了疑心："该是牛郎又多长了个心眼！下次我用毒药毒死你，看你还刁不刁！"

这天，老牛又说："今中午的扁食你不能吃，你嫂嫂毒死你呢。"果然，牛郎把扁食扔给了狗，狗吃后就被毒死了。嫂嫂见机关被看破，就决意要和牛郎分家。老牛抢前对牛郎说："你嫂嫂和你分家了，分家时你别的啥也不要，只要我和破车。"果然，分家时，他依了老牛的话。

分家后，牛郎还是到山上去放牛。转眼间到了夏季，一天老牛又说："今天有九个仙女在前边潭里洗澡，你去随便抱走一件衣服，她就是你的妻子。"

牛郎去拿了一件粉红色衣服，等其他姑娘都走了，牛郎走过去说："我把你的衣服放起来了，你做我的妻子吧？"姑娘无奈，只好点头答应。九仙女就成了他的妻子。二人相亲相爱，男的耕地，女的织布，转眼间过了几年，他们有了一双儿女。

一天，老牛说："我不久要死了，我死后，你把我的皮剥了保存好，等有急事，就把它披在身上。"

天上的王母知道九姑娘下凡后，很生气，就派天兵天将来把九姑娘捉了回去。牛郎看到织女被捉走了，马上担起两个孩子，披上牛皮就去追赶，眼看快要追上了，王母娘娘拔下簪子划了一道天河，把牛郎和织女隔开了。

从那以后，牛郎再没有回去。

讲述者：孙庆生
采录者：赵国锋，河南大学中文系 1986 级学生
选自：《中原神话通鉴》（第三卷），张振犁编著，河南大学出版社 2017 年 2 月版

附记

河南鲁山县是牛郎织女神话传说集中流传的地区之一，以辛集乡鲁峰山为中心，周边的许多地名、建筑、遗迹等与牛郎织女神话有关。2009 年，中国民间文艺家协会考察后命名鲁山县为"中国牛郎织女文化之乡"。

鲁峰山在县城东九公里处，平原突起一峰，为鲁山古八景之首，史称"鲁山独秀"。山顶一"瑞云观"，内奉牛郎织女塑像。牛郎洞，在鲁峰山南岗石崖壁上，洞口朝东南，洞前为金牛石，也称梳妆台。考古工作者在牛郎洞发现有汉砖垒院落门墙，砖铺地板，唐、宋、明、清的瓷罐、碗碟遗物，一对石刻麒麟门墩非常精致。自古及今，此处一直是山下孙义庄牛郎孙氏后裔祭祀祖先牛郎孙守义处。从挖出的两块石碑上可见当年香火异常旺盛。

九女潭（也称织女潭），在鲁峰山下，潭旁有九女殿，内奉九仙女。有龙王庙，旧时天旱年月，村民多在此祈雨。

《河南省鲁山县地名志》载：“孙庄，自然村。在辛集寨西南 4.7 公里，鲁山坡西南山脚，孙义村委会独辖该自然村。1982 年地名普查时，以因有牛郎孙守义与织女成亲的传说，更名为孙义大队。”孙庄村内有孙氏祠堂，内奉牛郎织女。

清嘉庆《鲁山县志》有“七夕乞巧，望夜焚香追先亡”的记述。

附近辛集寨，七月初六、初七、初八有古庙会。辛集七夕古庙会起始年代无详考，会期唱大戏、敲锣鼓、放鞭炮，百姓称其为“迎接仙女”或“接牛郎织女回家”。（程健君）

鲁山孙义村的孙氏祠堂（2008 年 7 月 15 日程健君摄）

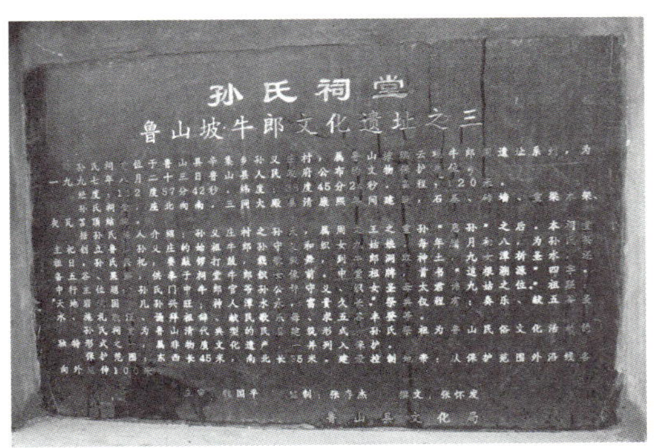

鲁山孙氏祠堂保护碑（2008 年 7 月 15 日程健君摄）

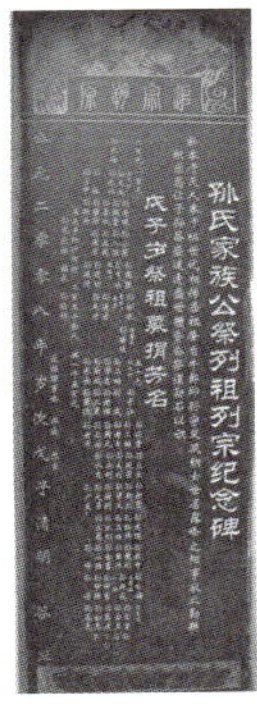

鲁山孙氏祠堂内的纪念碑（2008 年 7 月 15 日程健君摄）

鲁山坡瑞云观牛郎织女殿内保存了半个多世纪的牛郎织女塑像（2008 年 8 月 31 日程健君摄）

鲁山牛郎织女山歌会（2008 年 8 月 31 日程健君摄）

鲁山山歌《牛郎鞭》（2008 年 7 月 15 日程健君摄）

（三）

其他地区牛郎织女神话

108

牛郎织女

（一）

很早很早以前，太行山里有个放牛娃，家里养着一头老牛，放牛娃天天牵着老牛上山去放，哪里水清草嫩就把老牛牵到哪里，叫老牛吃嫩草喝清水。老牛长得腰粗腚圆，肥胖肥胖的，浑身的毛滑溜溜亮光光的。

村里人都管放牛娃叫牛郎。

织女是天宫里王母娘娘的第七个外孙女，从小会纺花织布，天上的蓝天白云就是织女织的云锦天衣。

牛郎的哥哥嫂嫂心眼儿坏得很，爹娘一死，见天刻薄牛郎。天天把牛郎支使下地干活后，两口子在家吃香的、喝辣的，让牛郎喝剩饭、吃剩馍。老牛看不过眼，一天，正犁着地，老牛说话了："牛郎，牛郎，你哥嫂心眼不正呀。"

牛郎说："哥嫂比我大，让他们点吧。"

犁到半晌，老牛又说："牛郎，你不回家吃好的去吗？"

"这么早回去，哥嫂不依呀！"

老牛拉着犁，犁到地头时，老牛猛一跑，犁铧碰到石头上，"嘣"，坏成了两半拉，不能犁地啦。牛郎只好牵着老牛，拿着犁铧回家去。他哥嫂正吃饺子哩，看见牛郎，脸色就阴了。

哥哥瞪圆眼睛说："兄弟，你咋回来啦？"

嫂嫂黑丧着脸骂："饿死鬼托生的，光想回来吃！"

牛郎说："铧子坏啦。"

哥哥说："换个铧子快去犁地吧！"

哥哥嫂嫂只好让牛郎吃了一顿饺子。

第二天牛郎去犁地，犁着犁着，从村里溜溜吹来一阵南风，风里夹带着一股香气。老牛耸耸鼻子，闻到喷香喷香的鸡肉味。它往前猛地一蹿，犁铧插进田埂里，"咔嚓"，犁辕断啦。

牛郎回到家里，见哥哥嫂嫂正撕着鸡肉吃哩。一见牛郎，哥哥就咋呼："兄弟，你咋又回来啦？"

牛郎说："犁辕坏啦。"

嫂嫂鼓起腮帮子骂牛郎："败家子，天天弄坏犁。"抓起擀面杖来打牛郎。老牛一调屁股挡住牛郎，老牛挨了两擀面杖。

牛郎不吭气，吃了一碗鸡肉。

第三天犁地时，老牛说："牛郎，你哥嫂要跟你分家啦。你别的啥东西也别要，就要老牛、破车、烂麻绳。"

牛郎说："中呀！"

牛郎犁完地回家，哥哥嫂嫂说："兄弟，老话说树大分杈、人大分家，咱今天就分家，各过各的吧。"

牛郎见哥嫂真的容不得自己，狠狠心说："分就分吧。"

哥哥去请舅舅来主持分家。舅舅一来，嫂嫂就哭天抹地地数落牛郎："败家子，今儿个弄坏铧，明儿个弄坏犁，你那份家当叫你折腾光啦，家里没你的份啦。"

舅舅说："天要阴，雨要下。爹要死，娘要嫁。哥嫂要分家，二外甥你要啥？"

牛郎说："我要老牛、破车、烂麻绳。"

牛郎只要这三样老的老、破的破、烂的烂的东西，哥嫂喜得鼻子眼睛嘴巴都挤在一起啦。

牛郎给老牛套上破车，拿着破麻绳离了家。出了村，牛郎问老牛："咱往哪里去呀？"

老牛说："往南走吧，南边有水、有山、有草，到南边去安家吧。"

牛郎跟着老牛往南走呀，走呀，走了七天七夜，走到了山清水秀的清溪沟。溪水哗哗地流着，溪边的草又青又嫩。老牛说："就在这里安家吧，牛郎。"

"中。"牛郎卸下破车，坐在青石板上正想着咋个安家、咋个开荒种地的事，忽见一只白鸽"咕咕"地叫着飞过来，后头紧紧追着凶恶的老鹰。眼看就要追上了，白鸽惊惊慌慌地飞到牛郎身边。牛郎见老鹰尖嘴利爪来扑白鸽，拿起牛鞭"嗖"地向老鹰抽去，正抽在老鹰尾巴上，把老鹰赶跑了。白鸽得救啦，变作个天仙般的姑娘站在牛郎面前。牛郎吓了一跳，后退几步，问："你是谁？"

姑娘说："我是织女。你救了我，我咋报答你呢？"

牛郎说："姑娘，你快回家吧。"

织女眨巴眨巴眼，变成一只白鸽飞走了。这时，老牛说话了："牛郎，她是天上的织女，你娶她做媳妇吧。"

牛郎听老牛的话，说："中呀，咋娶呢？"

老牛说："再过五天就是七月七。南天门一开，有七个姑娘来溪边洗衣裳，穿红袄蓝裙的那个就是织女。你悄悄把她身后晒的衣裳拿了，她来要时，你别还，她就给你做媳妇了。啥时候还她衣裳，你叫我三声我就来了。"

七月七那天，牛郎早早地坐在青石板上等着。日头三竿高的时候，天空中"哗啦"一声，南天门开了，齐刷刷地飞出七只白鸽子。七只鸽子落到清溪沟，扇扇翅膀变作七个姑娘。七个姑娘一个挨一个地坐在溪边的石头上洗衣裳，把溪水拨弄得"哗哗"响，泛起一串串白花花的水泡泡。清悠悠的水里倒映出七个姑娘的影子，可好看哩。

牛郎坐在山坡上的青石板上，看见七个姑娘在溪边洗衣裳，从右边挨个儿数到左边，果然第七个是个穿红袄蓝裙的姑娘，身后边晒着一件白绫衣裳。牛郎悄悄走到溪边，轻手轻脚地把红袄蓝裙姑娘的白绫衣裳拿啦。

七个姑娘洗完衣裳，收拾衣裳要回去啦。六个姐姐收了衣裳，穿上白绫衣裳，变成六只白鸽飞上天空，边飞边说："七妹妹，快穿上衣裳回家呀！"

织女说："我的衣裳找不见啦。"

织女在溪边找呀找呀，总找不着自己的白绫子衣裳，一抬头，看见牛郎坐在平光溜滑的青石板上对她笑哩，就朝山坡上走来，说："牛郎哥哥，你拿我的衣裳啦？"

牛郎说："拿啦。"

织女说："还给俺吧。"

牛郎说："不给。"

织女说："牛郎哥哥，为啥不还给俺呢？"

牛郎说："我要你做媳妇。"

织女羞得脸红，说："咱俩配夫妻，还俺衣裳吧。"

牛郎还是不给。六只白鸽飞到南天门，不见织女，又折回头说："七妹妹，快回来吧，南天门要关啦！"

织女说："关就关吧，我跟牛郎配夫妻，不回去啦！"

南天门"砰"一声关上啦。南天门一关，天就黑啦，星星月亮也出来了。织女说："咱俩配夫妻成家，得盖间房子住呀，总不能光坐在这块青石板上过日子哇，怪凉的。"

牛郎问："没有斧子砍木头，没有锤子敲石头，咋盖哩？"

"你闭住眼，往里边挪挪。"

牛郎闭住眼，织女从怀里掏出块花手帕，平展展地铺在牛郎挪出的石板上，往手帕上轻轻吹口气，手帕"呼"地变成一间青砖红瓦的房子。手帕上的花骨朵变成五颜六色的盆盆罐罐、锅碗瓢勺，手帕上的花叶、草叶变作桌子、凳子、纺车、木床、织布机。牛郎睁开眼一看，嚯！新房新被，啥都有啦，喜得直拍手。从此，牛郎耕田种地，织女纺花织布，日子过得舒舒坦坦。

过了些日子，织女的姥爷玉皇大帝过生日，织女的六个姐姐都去拜寿。玉皇不见七外孙女，问："七女呢？"

六个姑娘一齐说："跟牛郎配夫妻啦。"

玉皇一听恼啦，说："仙家女怎能同凡人配夫妻？"

他叫织女爹下凡去查办织女和牛郎。织女爹来到清溪沟，见了牛郎，说："你想当我的女婿，得给我办三件事，办成了就做我的女婿，差一件办不成，我就要杀死你！"

牛郎说："岳父大人，你说吧，办哪三件事？"

织女爹说："头一件，后山里有两捆稻草，你拿门后边那根竹竿去把它挑回来。"

织女听到她爹的话，偷偷地告诉牛郎："那根竹竿是条蟒蛇。你捏住倒数第三节，再从上到下捋它三下，它就不会伤害你啦。后山那两捆稻草是两只老虎。你用竹竿戳它三下再挑。路上不管听到啥响声，千万别回过头去看。挑到家放到地上，赶快退后七步，就没事啦。"

牛郎照着织女教他的法子，捏住竹竿倒数第三节捋了三下，就到后山去了。牛郎在山腰路边找到那两捆稻草，举起竹竿狠狠地朝每捆戳了三下。一头穿上一捆稻草往家走。走着走着，背后一会儿狗叫，一会儿虎吼，牛郎像没听见似的，不停步，不回头，一个劲地往家走。回到家门口往地上一放，往后退了七步。两捆稻草“呼噜”一下变成两只黄毛大老虎，顶眉心上还有巴掌大的个“王”字。那根竹竿也变成胳膊粗的蟒蛇。

牛郎说：“岳父大人，稻草挑回来啦，你还杀我不啦？”

织女爹出来一看，“哟嗨”一声，了不得啦！两只老虎叫牛郎戳断了脊梁骨，半死不活地卧在地上动弹不得。蟒蛇叫牛郎捋脱了骨节，浑身软不拉几地躺在地上。只好说：“这件事办成啦，不杀你啦。”

第二天，织女爹说：“牛郎，后山上有棵万年青树，你去把它砍倒扛回来吧。”

牛郎“噌噌”几下，把斧头磨得明光闪亮，试试锋口，削铁如削泥，拔根头发对着斧口一吹，断啦。牛郎心里想，我从小放牛砍柴，有这么锋利的斧头，再大的树也不愁砍。到后山上找着那棵碗口粗的万年青树，抡起斧头，甩开臂膀，“唧唧”就砍。说来真怪，那么利的斧头砍在树上，就像划个指甲印一样。牛郎砍呀砍呀，从日头冒红砍到日头当顶，累得汗珠子“吧嗒吧嗒”往下掉，也没砍下指甲盖大点树皮。牛郎一边喘气一边说：“这树咋这么铁哇？”攒攒劲，又砍起来，费了老鼻子劲，还是没砍下芝麻大点树皮。

牛郎正发愁，织女来啦，说：“别傻费劲啦，我来帮你砍吧。”

牛郎说：“这树咋恁硬，砍半天也没掉点皮？”

织女说：“你当这是棵真树？这是俺爹的金耳勺变的。”

牛郎说：“这咋办？砍不倒，你爹要杀我哩。”

“不当紧。”织女从头上拔下金簪子，在万年青树上划了一圈，树干上就显出一道白印。织女说：“你照着白印砍吧！”

牛郎照着织女划的白印，“唧唧”砍了两斧，万年青树“哗啦啦”倒啦。牛郎把树扛回家，说：“岳父大人，树砍倒扛回来啦，你认我做女婿了吧？”

织女爹出来一看，说：“别慌，还有第三件没办哩。”

头两件事没难住牛郎，织女爹又想了个主意。第三天他对牛郎说：“今天咱俩藏猫猫，我藏了你找。找不着，我就把织女领回天宫，还要把你杀死哩。”

织女不愿离开牛郎，悄悄地告诉牛郎：“今天俺爹要变作个红臭虫，藏在房后第七棵竹子第七个节的虫眼里，你找到第七棵竹子第七节的虫眼，用手指按住虫眼，说：‘岳父大人，你认我做女婿不认？不认我就把你闷死在里边啦。’他就答应咱俩做夫妻啦。”

一会儿，织女爹果真变作一个绿豆大的红臭虫，钻进房后第七棵竹子第七节的虫眼里去啦。牛郎装作不知道，在屋里找找，在屋外找找，慢慢地找到房后第七棵竹子跟前，从下往上数到第七节，果然有个绿豆大的虫眼。牛郎用指头堵住虫眼说：“岳父大人，你认我做女婿不认？不认，我就把你闷死在里边。”

织女爹在虫眼里，闷得喘不过气来，憋得发慌，连忙说：“认啦，认啦，好女婿，快让我出去吧！”

牛郎不放心，给织女爹透了点气，又按住虫眼说：“岳父大人，你还杀我不杀啦？要杀我，我就把你闷死在里边啦！”

“不杀啦！不杀啦！好女婿，快让我出去吧！”

织女爹从虫眼里爬出来，回天宫去了，见了玉皇大帝，说：“牛郎本事可大哩，我都叫他降住啦，就让他跟织女配夫妻吧。”

过了年，织女生下个小妞妞；又过了两年，织女又生了个胖小子。牛郎织女可高兴哩。妞妞长到六岁的时候，一天晚上，织女说：“六月六，晒被褥。你把我的衣裳藏了几年啦，拿出来晒晒吧，可别霉坏啦。”

牛郎心里想：可不是，织女跟我过几年啦，她爹来叫她都不走，孩子这么大了，她还能走？就从青石板下拿出织女的白绫子衣裳，还给了织女。

织女好几年没穿白绫子衣裳啦。这天晚上，织女给牛郎缝好新衣裳，给妞妞盖好被子，给小子穿上红兜肚，对着月亮换上白绫子衣裳，眨巴眨巴眼睛，变作一只白鸽飞啦。

半夜里，牛郎冻醒了，睁开眼睛瞅瞅，糟啦，老婆没影啦，房子没有啦，头顶上满天星星，自己和妞妞、小子躺在凉冰冰的青石板上，赶忙叫："织女！织女！你不能走呀！"

老牛听到牛郎的喊声，从山坡上回来了，说："咋啦？老婆走啦？看看，我叫你还衣裳的时候叫我三声，你咋不叫哩？"

牛郎说："我大意了，把你的话忘啦。"

老牛说："快收拾收拾东西，找两只竹箩，一只装妞妞，一只装小子，担上去追你老婆吧！"

牛郎怀里揣着织女的织布梭，担着妞妞和小子出来，老牛对着南天门"哞——哞"叫了两声，对牛郎说："闭住眼睛。"老牛一甩尾巴，掀起一股风，把牛郎送上了天空。牛郎担着妞妞和小子，腾云驾雾，追到南天门，把门将军不让进去，牛郎说："我是你七姑爷，这是织女的妞妞和小子，快让我进去吧。"

南天门开了，牛郎进去啦，老远就看见织女和六个姐姐在一起。牛郎喊："织女，织女！"

妞妞、小子也喊："妈妈，妈妈！"

喊声传进天庭，惊动了王母娘娘。王母娘娘出来一看，是牛郎担着孩子来了，拔下头上的金簪子朝天上一划，就变成一条小河，小河越来越宽，变成了宽宽的天河，挡住了牛郎，把牛郎隔在天河西岸、织女隔在天河东岸。牛郎过不了天河，心里一急，掏出织布梭，向织女扔过去。织布梭"哧溜哧溜"飞到天河东边，落在织女身旁，"砰"的一声迸出七颗火星。直到现在，晴天夜里还看得见哩，样子可像织布梭啦。

织女认出了自己的织布梭，知道牛郎追来了，不走啦。织女在天河东边望着牛郎哭，牛郎在天河西边望着织女哭，哭得可伤心啦。哭得王母娘娘的心也软了，不忍心再拆散这对恩爱夫妻。可是划出的天河又收不回来，就对牛郎织女说："你俩逢七相会吧！"

牛郎在天河西边，河水又"哗哗"地响着，把王母娘娘"逢七相会"的话，听成了"七七相会"。就打那时起，每逢七月七，牛郎织女才相会一次。到过了七月十六，织女才回天河东边去。

讲述者： 靳德荣，女，40 岁，工人

采录者： 缪华，44 岁，新乡市百货公司营业员，初中

采录时间： 1980 年夏天

选自： 《节日的传说》，本书编辑部编，河南人民出版社 1982 年 11 月版

附记

早先，每逢七月七这天晚上，姑娘们就聚在一起，给牛郎织女送饭，求牛郎织女教她们纺纱织布做针线活，看牛郎织女相会。

姑娘们给牛郎织女送饭，可古趣[1]哩。七个姑娘一人拿一把面、一样菜，合在一起，包七个饺子。用柳叶桃叶剪成七样姑娘们常用的绣花针、做活针、纳底针、剪子、织布梭、纺花车、木梳的样子，每个饺子里包一样。等到牵牛星、织女星出来的时候，七个姑娘就对着天河点上香，摆上送给牛郎织女的饭菜，轻声地唱歌给牛郎织女听：

年年有个七月七，天上牛郎会织女。
牛郎哥哥，织女姐姐，快快来相会。
俺给你送馍，教俺学做活；
俺给你送汤，教俺扎鞋帮；
俺给你送菜，教俺学剪裁；
俺给你送水，教俺纳鞋底；
俺给你送瓜，教俺纺棉花；
俺给你送醋，教俺学织布；
俺给你送油，教俺学梳头。

姑娘们唱的歌，又清亮又甜蜜，一直传到天河上。织女听见姑娘们要跟她学做针线活儿，就把她织的蓝缎子、白绫子抖开，让姑娘们看，天空闪光发亮的星星，就是织女织成的蓝缎子、白绫子，每到夜晚可好看哩。

姑娘们唱完歌，就悄悄躲在葡萄架下，扒开密密麻麻的葡萄叶，看牛郎织女相会，还能听到牛郎织女说话哩。这时候，天空往往会掉下几滴雨星星。为啥呢？这是牛郎织女一年相会一次，舍不得分开，哭哩。

第二天天明时，七个姑娘每人吃一个饺子。谁吃着啥，就会做啥，心也灵啦，手也巧啦。吃着绣花针的姑娘，能描龙绣凤。描龙，龙会

[1] 古趣：方言，有趣。

喷云吐雾；绣凤，凤会开屏展翅。吃着剪子的姑娘会剪裁。剪花，花红艳艳的；剪叶，叶绿莹莹的。吃着织布梭的姑娘会织布，一天一夜就能织出一匹五彩绫子。不用描，不用绣，梭子一动就织出龙凤云霞、花草树木。要是哪个姑娘连着七个七月七吃到七样东西，就成巧姑娘啦。

以上“附记”内容从原稿中摘出。（程健君）

109

牛郎织女（二）

从前，有一个放牛娃，养了一头牛，他待牛非常好，天天给牛割新鲜草吃，还给牛洗澡。

慢慢地放牛娃长大了，他看见有的人和他年龄一般大都娶媳妇了，就也想娶个媳妇，可是他太穷了，娶不起媳妇。

有一天晚上，放牛娃给牛洗罢澡以后，准备回屋睡觉，那头牛突然说话了。牛对放牛娃说：“牛郎呀，你不是想媳妇吗？我给你说，你现在到河边，那儿正有一群仙女洗澡，一共有七个。你到那儿以后，看见河边树上挂有衣裳，你挑最好看的衣裳拿走，那是七仙女的。把衣裳拿回来后，七仙女就会给你做媳妇了。”

牛郎到河边，果然看到有七个仙女在河里洗澡，又见树上挂好几件衣裳，他就拣最好看的衣裳拿起来就往家跑。七个仙女洗完澡后穿衣裳，只有七仙女的衣裳找不着了。这时，她们该回天上了，再晚就该挨罚了。其他六个仙女对七仙女说：“我们先去了，你赶快找衣裳回去。”说罢都飞走了。七仙女急得没法。

这时牛郎和牛来了，牛对七仙女说：“你的衣裳在我们这里。你也别回天上了，嫁给牛郎吧。牛郎人可好，就是没钱娶不起媳妇。”七仙女看牛郎很老实，就点头同意了。

牛郎和织女结婚了。他们生活得很好。天天牛郎牵牛去耕地，七仙女在家织布。七仙女织布织得很漂亮，外面很多人都跟她学。因为她是天上的仙女呀！不久，牛郎和七仙女有了一男一女两个小孩。他们非常疼这两个孩子。

有一天，牛对牛郎说：“牛郎呀，我不行了，快死了。我死以后，你把我的皮剥下来，晒干，有急事的时候你披上。”说完牛就死了。

牛郎听了牛的话，把牛皮剥下晒干挂在屋里。

又过几天，牛郎出来耕地，碰见一老婆儿。老婆儿问他有个织布织得很好的女的在哪里，牛郎以为她也是向七仙女学习的，就把路指给她。等牛郎回家后，看见两个小孩正哇哇大哭，也不见了七仙女。仰头一看，看见刚才见的那个老婆儿正拉着七仙女在天上飞。原来那个老婆儿是王母娘娘变的，她下尘世找七仙女回天上哩。

牛郎一看事情很急，想起了牛对他说的话，就用扁担一头挑一个孩子，又披上牛皮。牛郎一披上牛皮，就飞起来了。牛郎担着两个孩子追七仙女，越追越快，眼见快追上了，王母娘娘拔下头上的簪子，在身后划了一道，眼看挡不住牛郎，就又划了一道，两道形成天河挡住了牛郎。七仙女看见后非常伤心，就站在天河边上哭，再也不跟王母娘娘去了。王母娘娘看他们怪可怜，就答应他们每年七月七见一次面。七月七那天喜鹊在天河上搭桥，牛郎和七仙女在桥上相会。

每年七月七，人们都喜欢在树下听牛郎和七仙女说话，要是下雨，那是七仙女伤心流下的眼泪。

讲述者： 王斌，65 岁，工人

采录者： 李楠，河南大学中文系 1986 级学生

选自： 《中原神话通鉴》（第三卷），张振犁编著，河南大学出版社 2017 年 2 月版

附记

在豫北新乡一带，有一个叫作“七月七日七巧会”的风俗节日。这个节日和一个美好的神话传说有关：

年年有个七月七，
天上牛郎会织女，
牛郎哥，织女嫂，
双双来送巧。

传说天上的织女不但对爱情忠贞，而且心灵手巧。天下的姑娘们都愿向她求教。请她到人间教自己做活该是多么美好的愿望和天真的想象！她们在七夕之夜，七个未出阁的小姑娘，对凑上七种礼品，做七个大饺子包七种用柳叶、桃叶儿剪成的针、剪子、弹花槌、织布梭等七种工具，唱着：

年年有个七月七，
织女姐姐俺给你送饭吃，
教俺巧，做对花鞋送你老；
教俺拙，弄个红葛针扎你脚。
七个针，七根线，
七个闺女都教遍。
打东墙，望西海，
织女姐姐送巧来。

唱完紧闭双目，背过身去在篮子里摸一个大饺子，谁吃的里面有哪种针线工具，谁就是这样活计未来的能手。（郭松针）

110

牛郎织女（三）

人们都说牛郎从小就死了父母，跟他哥哥一起过活。后来，他哥娶了个媳妇儿。这个媳妇儿可厉害了，待牛郎很不好。自己又好吃懒做，成了个有名的吃嘴精。

一天又一天，一年又一年，牛郎终于熬成了人。可还是光棍一条，分家时，只分了一间破房和一辆烂车，还有一头老牛。分家后，牛郎又到附近山坡上开了一坡地。牛郎经常牵着老牛到山坡上干活。

有一天，老牛突然会说话了，对牛郎说："我老了，不中用了。你也得娶个媳妇儿成个家。你明天到水潭边，那儿有七个仙女在洗澡。你把其中一件红衣服拿走，藏到旁边的树林里。仙女们洗完澡以后，有个叫织女的，就是你拿那件红衣服的那个仙女，要找衣服，你先不要给她。等那几个仙女走后，你再给她，说你要娶她做媳妇儿。"

第二天，牛郎果然那样做了。织女也同意了。牛郎就把织女领回家成了亲。

俩人相亲相爱，过了几年，生了一男一女。自从那天仙女被牛郎领走之后，其他几个仙女回到天宫给王母娘娘说了。王母娘娘很恼火。原来，织女是一个织布能手，每天要比其她仙女多织半匹布。王母娘娘就派天兵天将下到人间来寻找织女。一直寻了好几年，都没找到。终于有一天，见织女在家里看孩子做饭，就回天宫告诉了王母娘娘。王母娘娘立即派天兵天将来拿织女。

这时，牛郎和老牛正在地里干活，老牛流着泪对牛郎说："我就要死了，我死后，你快点儿把我的皮剥下来，保存好，遇到急事，披上我的皮，就会有用。"牛郎感到很悲伤，又照着老牛的话做了。

过了不长时间，牛郎又在地里干活，他突然看到天兵天将将织女带走了。他迅速回到家，披上老牛皮，用两个竹篓挑着儿女就去追赶。眼看就要追上了，王母娘娘用发簪划了一条天河，可牛郎还是飞过去了。王母娘娘一连划了几条天河都没有挡住牛郎。王母娘娘狠心划了一条又长又宽的大天河，终于把牛郎和织女隔开了。

牛郎再也未回到人间，一直就站在天河边等着织女。织女回宫后，王母娘娘对她进行惩罚，每天罚她比其她织女多织一匹布，并且不允许她再回去跟牛郎过日子，只准许她每年七月七日到天河边与牛郎及儿女们见见面。

讲述者： 薛富贵，82 岁，农民，小学
采录者： 薛国新，河南大学中文系 1986 级学生
采录时间： 1988 年 12 月 5 日
采录地点： 博爱县高庙乡大中里村
选自： 《中原神话通鉴》（第三卷），张振犁编著，河南大学出版社 2017 年 2 月版

111

牛郎织女

（四）

很久以前，有一家兄弟俩，父母相继去世，家有几十亩田地，房屋、牲口、农具也样样齐全。哥哥心地善良，老实能干；嫂子王氏也很贤惠，料理家务、纺纱织布，样样也都在行。当时，弟弟才九岁，干不了啥农活，就天天牵着家里那头大黄牛，在西山一边放牧、一边割草，到了晚上，就背着草牵着牛回家。村里人见面都叫他“牛郎”。

转眼七八年过去了，牛郎渐渐长大，成了个身强力壮的小伙子。他干活非常勤快，又很尊敬哥嫂。王氏这些年来，对牛郎以嫂比母，做吃做穿，照顾哩也很好。这时，她看牛郎已长大成人，就打起多占家产的算盘。心想：“牛郎要娶媳妇了，花钱赔东西让他沾光，娶过媳妇又该生孩子，这一来，不几年就会添几张嘴吃饭，折腾穷了再分家，兄弟俩还是各自一半，不如霸拦一些东西趁早分开。”这一想，她就看牛郎不顺眼了。她让牛郎吃剩饭、穿破衣，烂鞋子露着脚趾头，终天比鸡骂狗，给牛郎白眼。牛郎忍气吞声去地里干活，她就在家和丈夫吵架，说了牛郎很多坏话，逼着丈夫和牛郎分家。哥哥没法，就跟牛郎说：“弟弟，你也长大了，我这一窝子孩子，连累你吃亏干重活。不如咱弟兄俩就此分开锅，你也可以攒点钱娶来弟媳成个家。这都是为你好，你看中不中？”

牛郎一听，心里很难受，就说：“哥哥咋说这话呢？我从小靠哥照料长大，嫂子给我做吃做穿，我情愿一辈子跟着哥嫂过活。”说着说着，泪就流下来了。

哥哥说：“哎！你没看你嫂子那小心眼，终天给我气生，我看这个家是捆不到一起了，你还是早作打算吧，我当哥的对不住你！”说着，哥哥也掉下了眼泪。

牛郎牵着牛到田里耕地，心里想着要和哥哥分家的事，以后吃穿就没人管他了。他越想越伤心，不由地哭了起来，哭着说着：“老天爷，我可咋办哩？”

话音刚落，只听得有人接着说：“牛郎，别发愁，我有办法。”牛郎吃了一惊，不哭了。他向四周看了看，也没一个人影，心里越发奇怪。正在这时，又听见说：“叫分家你就答应分吧。”

牛郎回头一看，是黄牛在给自己说话。他又惊又喜，连忙说：“黄牛，这么多年，咱俩形影不离，我还不知道你会说话哩。你说我该咋办呢？”

“这没有啥，你分家啥也别要，就要我和咱家那辆破车，再带点干活用的东西。你坐上车，闭上眼，我把你拉到一个好地方去。”

牛郎一听，有了主心骨，就说：“中，中。”

这天，牛郎把分家的事给哥嫂说了，嫂子一听，喜欢迷了，心想：“放着田产、地宅不要，一条老牛一辆破车算啥？给他。”

天到午时，牛郎套上黄牛，闭上眼睛，坐在车上走了。走着走着，好像上大坡一样，车子离开地面，飞起来了。

牛郎听见黄牛说：“牛郎，睁开眼吧。”

他睁眼一看，车子停在一个小山坡前。山上苍松翠柏，飘着果香，到处是叫不出名的鲜花，一朵比一朵好看。山东是一马平川，黑土肥得流油，五谷和野草杂生。牛郎高兴极了，他选择了一个背风向阳的地方，搬石运土，伐木割草，盖起了一所房子。从此，牛郎和黄牛一起开荒种地，有吃有喝，生活过得很舒心。

日子一长，牛郎又觉得烦闷起来。黄牛看出他的心思，就对牛郎说：“牛郎，你该娶房媳妇了。”

牛郎无精打采地说："老黄牛，这里就咱俩，向哪娶个媳妇呀？"

"嗨！你不要愁嘛，山那边有个天湖，今天中午正好玉帝的女儿都到这湖里洗澡，咱俩偷偷到岸边，那一件翠绿色的衣裙，就是七仙子织女的衣服，你往怀里一揣，就赶紧跑回家，藏在我的卧铺墙角。只要不给她衣服，她就永远走不了，你记住了吗？"

"记住了。"

牛郎和黄牛来到湖边，七个仙女水灵灵的，果然在湖中洗澡，岸边堆着五颜六色的彩裙。牛郎跑上去拿起那件翠绿色的，向怀里一塞，拔脚向家跑去。众仙女吓得慌忙上岸来，穿上衣服跑走了。织女发现偷了她的衣服，也顾不得羞耻，快步向牛郎赶去。牛郎到了家里，赶紧把翠裙藏在牛铺墙角，黄牛脚跟脚也到了屋里，它"扑啦"一声，屙了一脬[1]稀屎，把衣裙盖得严严实实。织女赶到屋里，东找西寻，见不到衣服，上不了天，没奈何，只好和牛郎成了婚。

自从牛郎和织女成家以后，牛郎和黄牛辛勤耕作，粮食大囤满、小囤流。织女手巧心灵，养蚕抽丝，纺线织锦。五年当中，生了一男一女，全家连黄牛算上五口，吃得香，穿得光。日子过得实在舒坦。

到了十年头上，老黄牛病了，草料不打牙，一天不如一天。这天，牛郎牵它到野外转悠转悠，老黄牛看跟前无人，就对牛郎说："牛郎，我给你交代个事。"

牛郎说："你说吧，我听着哩。"

"我这次得病是不会好了。"牛郎一听，顿时泪流满面，哭了起来。

黄牛安慰他说："不要哭了，这是天数。我死了以后，你把我剥成筒皮，晒干安置起来，遇到急事，照样可以驮着你跑。"牛郎哭着点了点头。

黄牛死了以后，牛郎就按它的嘱托，剥了牛皮，把尸骨埋在房前左侧，天天祭祀祷告。

不知不觉又三年过去了，织女别家也已经十三年了，她非常想念王母娘娘，但又回不了家，就对牛郎说："我的衣服你到底给藏哪啦？给我拿出来吧。"

牛郎一听是要衣服，就说："你织的锦缎五颜六色，还要那件衣服干啥？"

"那是父王封赠的神衣仙裳，别的再好也比不上。再说，你也不必多心，孩子都这么大了，我还能跑吗？"

牛郎一听，心想：男孩十一岁，女孩九岁了，她能忍心走了吗？就说："在牛铺墙角里，牛粪盖着哩。"

织女听说，赶忙跑到牛铺一看，果真墙角一堆牛粪。她心疼极了，说："哎呀！你咋这样糟践仙衣呢？八成沤坏了。"说着，伸手拨开牛粪，把衣服掂起来一抖，嗬，还是干干净净，鲜艳夺目。织女高兴透了，把衣服穿在身上，左看右看。织女想回天宫，明说了又怕牛郎不让她走。她不动声色，仍然上机织布。牛郎看织女又去织布了，也就放心地干活去了。

牛郎正在锄地，忽听一双儿女哭着喊妈妈，赶忙跑回家一看，见织女一人向天上飞去。他心想：坏了！织女得了仙衣，要跑走了。他忽然想起黄牛临死前的嘱托，就马上用筐挑着两个孩子，骑上老牛皮追去。这黄牛皮驮着他三口人飞了起来。追着追着，眼看赶上织女了，牛郎一时性急，取下三角牛索，向织女掷去，这一下正打在织女的左脚上，痛得她走不动了。现在织女星旁边，有三颗小星，正好是三角牛索形。织女挺生气，就用织布梭子向牛郎扔过去，她没有准头儿，没有打着牛郎。现在天上牛郎星附近有一组梭子星。织布梭子没有打着牛郎，牛郎继续猛追，眼看追到跟前，织女一急，就又拔下头上玉簪划去。这一划顿时成了一条波浪翻滚的天河，牛郎骑着牛皮下水，牛皮一见水就软瘫了。从此，牛郎和织女就被隔在天河两岸。天河这边，牛郎星一边一颗小星，就是牛郎的一儿一女。

事后，王母娘娘来了，她责备牛郎说："织女被你抢亲成婚，十几年来也算有情味了，可你总该让她来看望我一趟呀！你用牛索把她砸伤，也太过分了！这样吧，事已至此，今后你们每七天见一次面吧。"牛郎没听清楚，误为每年七月七这天见面。

据说，每年七月七这天，下界凡间的鸟类，都飞到天河搭桥，让牛郎织女走上去见面。两人想起十几年的恩爱，一见面就抱头痛哭起来。只哭得天昏地暗，日月无光。所

[1] 一脬：方言，一摊、一堆。

以人间每逢七月七这天，总是乌云密布，阴雨绵绵，传说，那是牛郎织女的相思泪。

讲述者：蔡玉花，71岁，农民
采录者：李新明，48岁，新郑县文化馆干部，大专
采录时间：1989年
选自：《河南民间文学集成·轩辕故里的传说》，李新明主编，中原农民出版社1990年10月版

112

牛郎织女

（五）

从前，有弟兄俩，父母早亡。老二跟着兄嫂过活，老大太老实，嫂子又太尖刻。

老二常常受气，天不亮就得出去割草放牛。一天，他正在放牛，牛突然张嘴说起话：“牛郎啊，今天回去，要是你嫂子给你捞面吃，你不要吃。要是给我吃了，以后分家你就只要我的皮。”

牛郎听了话，就问：“你咋会说话？”

牛说：“我是天上神星。”

这天，牛郎放牛回去，果然，嫂子给他捞面吃，他只吃了块馍没有吃面条，他嫂子就把面条倒给牛了，牛吃后就死了。

一天，哥嫂与牛郎分家，牛郎提出只要一张牛皮，老大两口很高兴，就只给他一张牛皮，牛郎回去就把牛皮钉在墙上。这天，牛皮也说话了：“牛郎，你到河边藏好，等天上仙女下来洗澡时，你就偷拿一件衣服，到时候就会有人给你成亲。”

牛郎按它的话做了，果然和一个仙女成了亲。后来，王母娘娘听说仙女在人间成了亲，就趁牛郎不在家，派神

把织女抢了回去。牛郎回家一看，就披着牛皮，挑着两个孩子去追，眼看就要撵上了，王母娘娘在天上用梳子一划，天上就出现了一条天河，把牛郎织女隔开了。后来，王母娘娘答应他们每隔七天见一次面，小鸟传话时，传成每年七月七见一次面。所以，这一天，小鸟们就不见了，都去给牛郎织女搭桥了。

讲述者： 赵付叶的母亲，65 岁，新郑县梨河乡学田村农民，不识字

采录者： 赵付叶，河南大学中文系 1984 级学生

采录时间： 1987 年

采录地点： 新郑县梨河乡学田村

选自： 《中原神话通鉴》（第三卷），张振犁编著，河南大学出版社 2017 年 2 月版

113

牛郎织女

（六）

牛郎，谁也不知道他的真名叫啥，年龄大概有十七八岁，他爹和他娘都早死了，死时他还很小，所以也没有分到家具，跟他哥嫂一块生活。牛郎的哥哥怕老婆，干啥事都听他媳妇的。牛郎的嫂嫂心很毒，总嫌弃她这个小叔子碍手碍脚，吃她的饭、穿她的衣。

小牛郎穿的衣服缀满了补丁，天天到山里放牛，回到家里吃的都是剩饭，经常遭到嫂嫂的白眼和数落："没娘的，啥时才能不拖累人。"

牛郎的哥哥看眼里，也不敢吭声。邻居们看不过去，再加上牛郎也不小了，就出面给牛郎分了家，牛郎分到了一头老牛，一套做饭的，一床铺盖和一间茅草房，其他啥也没有。

牛郎人虽然不小了，但因为心眼老实，经常受嫂白眼、嘲讽，看上去傻呵呵的，见了人只会傻笑。一天下午，他照常牵着牛到后山去，走到没人的地方，他忽然听到一个声音："牛郎，你想不想找个伴呀？"

牛郎左右看了看，只有老牛和他，又想多个人会热闹些，就问："到哪里找呢？"

“山那边的黑龙潭有七个姑娘在洗澡，你去拿一套衣服，那姑娘就会成为你的媳妇。”

牛郎听了老牛的话，来到黑龙潭边，果然看到七个美丽的少女在嬉笑戏水，牛郎就随便拿了一套衣服。洗澡的七个少女见有人来了，慌忙上岸穿衣，最小的七姑娘找不到衣服，哭了起来。她的几个姐姐都飞了，牛郎从树后走出来：“咱俩过日子吧！”

七姑娘看到憨厚的牛郎，也爱上了他，他们一起回到了家。

牛郎和织女在一起，甜甜蜜蜜生活了两年，给牛郎生了一双可爱的儿女。织女闲了就教村里的小姐妹织布，做衣。牛郎不知道他媳妇是王母娘娘的小女儿，织女也不想告诉牛郎。

地上两年，天上只过了两天。王母娘娘听到七女儿下凡了，非常恼怒，下令天兵天将把织女抓回了天庭。

牛郎干完活到家里，只见到一双又哭又叫的儿女，到处找不到织女。老牛把事情给牛郎说了，还说：“我快要死了，我死后你把我剥了，披上我的皮，双脚踩在我的两根大骨头上，挑上你的儿女到天庭找织女去。”老牛说完就死了。牛郎非常伤心，没有其他办法，就照老牛的话做了。

快到织女住的地方了，王母娘娘拿出金簪划了一下，便是现在的银河。牛郎和织女只能隔河相望。只有每年七月七日夜，好心的喜鹊搭成一座桥，牛郎、织女才能见一次面。

讲述者：邓运安，86 岁

采录者：邓某，河南大学中文系学生

采录时间：1989 年 8 月 19 日

采录地点：嵩县纸房乡邓岭村

选自：《中原神话通鉴》（第三卷），张振犁编著，河南大学出版社 2017 年 2 月版

114

牛郎织女

（七）

牛郎很小就失去了父母，跟哥嫂一起过日子，他家里很穷，哥嫂也对他很不好。

牛郎家里有一头大黄牛，很通人性，它和牛郎的感情很好，牛郎整天去山坡上放牛，并为它赶苍蝇、打蚊子，到小河里给它洗澡。

有一天，牛郎在山坡上放牛，突然听见有人叫他的名字：“牛郎……”他四处看了看，没有发现一个人。

“牛郎，是我在给你说话。”

大黄牛开了口，牛郎吓了一跳：“你咋会说话？”

大黄牛就把自己的经历给牛郎讲了一遍。原来它是天上的一条龙，因为触犯了天律被贬下人间，成了一条黄牛。大黄牛劝牛郎和哥嫂分家，对他说，除了黄牛和破车啥也不用要。牛郎的舅舅来了，给哥俩分了家，哥嫂听说牛郎只要黄牛和破车，自然是非常高兴，便答应了他。

又有一天，黄牛问牛郎想不想要媳妇，牛郎当然想要，可想到自己那么穷，会有人愿意做自己的媳妇吗？黄牛告诉他：“明天中午东边小河里有七位仙女在洗澡，你偷偷把她们脱下的那套粉红色衣服拿走就行了。”

第二天中午，果真有七位仙女在小河里洗澡，牛郎也照黄牛说的做了。到了时间，七位仙子恐怕王母娘娘降下罪来，纷纷穿上衣服回到天界，只有最小的织女找不到自己的衣服，坐在水里干着急，不敢出来。牛郎走过来对她说："你愿做我的媳妇吗？如果愿意，我就把衣服还给你。"

织女点头答应，和牛郎做了一对夫妻。

牛郎和织女生活得很美满，牛郎担水种田，织女纺织做饭。不久，他们又有一双儿女。黄牛这时也老死了。临死前，它对牛郎说，它死后要牛郎把皮剥下来，如果有急事，就把皮披在身上。牛郎也如此办了。

俗话说，天界一日，下界一年。过了几天，王母娘娘发现织女不见了，经过寻找，发现了织女下落。这天，牛郎到地里锄地，王母娘娘就亲自下到人间，拉着织女就飞上了天。牛郎正好这时回家，眼看着织女升天而去，突然记起了黄牛的话，便把一双儿女放在两个筐里担着，自己披上牛皮，飞一样地追赶织女和王母娘娘。眼看快要追上了，王母娘娘气急了，便从头上拔下一根银簪，顺手一划，牛郎和织女之间便出现了一条天河。

后来，天下的麻雀为他们的故事感动。每年农历七月七日那天，成千上万的麻雀便飞上天去，用身体铺成一座桥，牛郎和织女便可在桥上相会了。

据说七月七日这天晚上，如果你静坐在葡萄架下，还能听到牛郎和织女的低语呢！

讲述者： 闫氏
采录者： 方化，河南大学中文系 1986 级学生
采录时间： 1986 年 12 月
采录地点： 襄城县
选自： 《中原神话通鉴》（第三卷），张振犁编著，河南大学出版社 2017 年 2 月版

115

牛郎织女

（八）

从前，有一个孤儿，跟着哥嫂生活，他聪明又勤快，可嫂子仍嫌弃他，天不亮就赶他干活，大家都叫他牛郎。后来，哥嫂要和牛郎分家，狠心的嫂子只给他一间破草房，一头老牛。

从此，牛郎每天天刚亮就下地耕田，回家后还要自己做饭洗衣，日子过得十分辛苦。谁料有一天，奇迹发生了！牛郎干完活回到家，一进家门，就看见屋子里被打扫得干干净净，衣服被洗得清清爽爽，桌子上还摆着热腾腾、香喷喷的饭菜。牛郎吃惊，瞪大了眼，心想：这是咋回事？神仙下凡了吗？不管了，先吃饭吧。

此后，一连几天，天天如此，牛郎耐不住性子了，他一定要弄个水落石出。这天，牛郎像往常一样，一大早就出了门，其实，他走了几步就转身回来了，没进家门，而是找了个隐蔽的地方躲了起来，偷偷地观察着。果然，没过多久，来了一位美若天仙的姑娘，一进门就忙着收拾屋子、做饭，甭提多勤劳了！牛郎实在忍不住了，站出来道："姑娘，请问你为啥要来帮我做家务呢？"

姑娘吃了一惊，脸红了，小声说道："我叫织女，看

你日子过得辛苦，就来帮帮你。”

牛郎听得心花怒放，赶忙接着说：“那你就留下来吧。”

织女红着脸点了点头，他们就此结为夫妻，男耕女织，生活得很美满。

过了几年，他们生了一男一女两个孩子，一家人过得开心极了。一天，突然间天空乌云密布，狂风大作，雷电交加，织女不见了，两个孩子哭个不停，牛郎急得不知如何是好。正着急时，乌云又突然全散了，天又变得风和日丽，织女也回到了家中，但她的脸上却满是愁云。她轻轻地拉住牛郎，又把两个孩子揽入怀中，说道：“其实我不是凡人，而是王母娘娘的外孙女。现在，天宫来人要把我接回去了，你们自己多多保重！”说罢，泪如雨下，腾云而去。

牛郎搂着两个年幼的孩子，欲哭无泪，呆呆地站了半天。不行，我不能让妻子就这样离我而去，我不能让孩子就这样失去母亲，我要去找她，我一定要把织女找回来！这时，那头老牛突然开口了：“别难过！你把我杀了，把我的皮披上，再编两个箩筐装着两个孩子，就可以上天宫去找织女了。”

牛郎说啥也不愿意这样对待陪伴了自己数十年的伙伴，但拗不过它，又没有别的办法，只得忍着痛、含着泪照它的话去做了。

到了天宫，王母娘娘不愿认牛郎这个人间的外孙女婿，不让织女出来见他，而是找来七个蒙着面、高矮胖瘦一模一样的女子，对牛郎说：“你认吧，认对了就让你们见面。”牛郎一看傻了眼，怀中两个孩子却欢蹦乱跳地奔向自己的妈妈，原来，母子之间的血亲是啥也无法阻隔的！

王母娘娘没办法了，但她还是不甘心织女再回到人间，就下令把织女带走。牛郎急了，牵着两个孩子赶紧追上去。他们跑着跑着，累了也不肯停歇，跌倒了再爬起来，眼看着就快追上了，王母娘娘情急之下，拔出头上的金簪一划，在他们中间划出了一道宽宽的天河。从此，牛郎和织女一个河东，一个在河西，遥遥相对，却无法相见，只能每天遥望哭泣。有一天，织女的哭声感动了喜鹊，无数的喜鹊飞向天河，搭起一座鹊桥，牛郎织女终于可以在鹊桥上相会了。王母娘娘无奈，只好允许牛郎织女每年的七月初七在鹊桥上相会一次。

讲述者：闫德强，59岁，源汇区问十乡人，初小
采录者：王松收，42岁，源汇区文化馆干部，大专
选自：河南省民间文艺家协会资料库电子文档《中国民间故事全书·源汇区卷》

116

牛郎织女

（九）

牛郎是个傻子，他成天牵着老黄牛放牛。他放牛上地，他嫂子吃嘴，晌晌[1]偷着吃啥。牛说："小儿[2]，你弄啥？恁嫂子又吃嘴哩，你吃不吃？"

"那我弄啥吃呀？"

"你想吃不想？"

"想吃。"

"想吃你回家。到家恁嫂子就做出来了。"

可不是嘛，一回家，嫂子就说："小儿，你回来啦，我正叫恁哥去叫你哩！他没去。"他吃吃就跑了。

过些时，他跟他哥分家哩，他分啥哩，他哥不想分，他要分。那就分吧，把他舅叫来。他舅问他分家要啥，他说："我要牛、破皮鞭、破皮套，要咱的破车，就这几件。"

"还要别的不要啦？"

"不要。"

"不要就分给你吧。"

他把牛套上，把套挂上车，他往车上一坐，赶着走了。他哥在后头撵，哪就撵上了？

拉到山里头，在那里安家了。他在山里住了二年，牛说："你要家小不要？"

"哪弄家小哩？"

"你要不要？"

"那要呗。"

"今儿晌午你到河里去，天河里七个闺女在那里洗澡。张七姐在那儿等着你。"

他一去这几个闺女都跑了，七个闺女跑六个。就剩张七姐，叫她上来，她不上来，他把裤子跟她携跑了。她往那儿一站，光着肚儿哩。咋往上上呀，末的了，她说："你把裤子撂给我，我跟你去。"

说了十来回了，他把衣裳撂给她，她跟他去了。

过了二年，有小孩了。她要走。牛说："她要走，我也就快死了。一死把牛肉熬成汤，她让得天[3]狠，你都不要吃，也别喝汤，以后就知道了。"

她跑他撵，张七姐拔金簪划天河，走掉了。来年有个七月七，天上牛郎会织女，就是七月七，牛郎和织女见面。

讲述者： 乔振邦，87岁，沈丘县新安集乡魏桥村乔庄农民

采录者： 张振犁，59岁，河南大学中文系教师
程健君，27岁，河南大学中文系教师

采录时间： 1983年11月13日

采录地点： 沈丘县新安集乡魏桥村乔庄

选自： 《中原神话专题资料》，张振犁、程健君编，中国民间文艺家协会河南分会1987年编印

[1] 晌晌：方言，天天、每天。

[2] 小儿：方言，对小男孩儿的习惯称呼。

[3] 天：方言，再。这里用天表示极致。

附记

1983 年 11 月 13 日，河南大学“中原神话调查组”到沈丘县新安集乡魏桥村乔庄采风。在乔振邦老先生家庭院里，他给我们讲述了洪水后人类再造和这篇“牛郎织女”的神话故事。本篇根据当时的原始录音稿整理，保持了讲述原貌。因讲述者年纪已 87 岁了，讲述时有中断，后面的故事情节似乎没有交代清楚。（程健君）

沈丘县新安集乡魏桥村乔庄农民乔振邦在讲故事

（1983 年 11 月 13 日程健君摄）

117

牛郎织女

（十）

相传，村里住着弟兄俩，弟弟整天放牛，跟随哥嫂生活在一起，他就是牛郎。

牛郎放牛，夏天给牛扇扇，冬天给牛生火，夜里和牛住在一起，每天都围着牛转，牛郎对牛很好。

牛郎的嫂子对牛郎很坏，牛郎小时经常遭到嫂子的打骂。

后来，牛郎长到十多岁了，嫂子想独占家产，对牛郎起了歹心。一天，在牛郎回家的路上，老牛突然发话了，它对牛郎说：“你今天回去，你嫂子给你馍你不要吃，你就喝点稀饭。”牛郎这样做了。

第二天，老牛对牛郎说：“今天，你不要吃稀饭，就吃个馍。”

第三天，老牛又告诉他：“稀饭和馍都不要吃了。”牛郎嫂嫂感到很奇怪，不敢再对他有害心了。

又过几天，老牛又对牛郎说：“你嫂子今天要和你分家，分家时你啥都不要，只要牛和大车。”

牛郎和哥哥分家后，坐在车子上，老牛给他拉进大山里去了，他就在山里搭了个棚和老牛生活在一起。

一天，老牛又对牛郎说："今天，在山里那潭里有七个仙女在洗澡，你偷偷过去将那件红衣服拿走，那就是你的妻子。"牛郎这样做后，他俩真的成了婚。生活了几年后，生了一男一女，生活挺幸福。可有一天，天气突然变了。织女看见王母娘娘出现在天上。

又过了几天，牛郎放牛回家的路上，老牛流着眼泪（人们传说，牛自知其要死就要流泪），对牛郎说："我就要死了。死后你给我剥了，皮晒干后，要是有急事就裹在身上，它可以帮助你。"回家后老牛死了。

又一天，雷雨风行，王母娘娘又一次出现在天上，织女知事不好，又不敢违反，只好走了。牛郎见后，披上牛皮一手拉着一个孩子就追，眼看就要追上了，王母手持金簪在天上一划，将他们隔开了，这就是天河。牛郎、织女隔河相看，都想见，可不能，就不走了，坐下来狠哭，感动了地下的喜鹊，它们在七月七日那天都飞上天，用头部架桥，让牛郎和织女见面。这一天人们见不到喜鹊，都上天架桥去了。这天以后，喜鹊头上都没毛了，相传，这是架桥磨掉了。

讲述者： 常卓
采录者： 陈力，河南大学中文系 1986 级学生
采录时间： 1986 年
采录地点： 固始县
选自： 《中原神话通鉴》（第三卷），张振犁编著，河南大学出版社 2017 年 2 月版

附记

我们家乡传说，农历七月七日夜里过了十二点，可以看到牛郎和织女见面。要想知道他俩说啥，须得不满十二周岁，口咬烂瓜，可以听到。是否真实，也没有验证，因为没人口咬烂瓜去听牛郎织女的讲话。（陈力）

118

牛郎织女

（十一）

不知啥时候，芒砀山脚下来了兄弟两人，搭起一间小茅屋，弟弟十几岁，谁也不知道他叫啥名字，因为他天天放牛，人们都叫他牛郎。

不久，牛郎的哥哥娶了媳妇，也很能干，长得很漂亮，可是，就对牛郎不好，整天闹着和牛郎分家。牛郎和他哥哥几年挣些家产，嫂子光想一人独占，就缠着丈夫把牛郎赶出家门。

哥哥对弟弟说："我给你些钱，你到外面挣饭吃吧。"

牛郎虽然心里很气，还是答应了。清早起来，牛郎就悄悄离家出走了。刚刚走出庄，老牛就在后面叫，牛郎不忍心和老牛分别，就又回家和哥哥商量。老牛眼含泪水，在外面直叫唤，哥哥想赶也赶不走，只好把老牛分给牛郎。牛郎牵着老牛走出几十里停下来，搭起一间茅屋，自己早出晚归开荒种地，老牛也分外卖力，一年收获的东西也是只能勉强糊口。

第二年夏天，天长夜短，牛郎干活回来又热又累，就不想做饭，喝点水啃口干馍就算过去了。可是有一天，牛郎回家，看到饭都给做好了。一连几天都是这样，牛郎心

里很奇怪。

一天晚上，老牛突然说话了："牛郎，做饭的姑娘就是你的媳妇，你准备准备，现在就成婚吧。"

这样，牛郎就跟这位做饭的姑娘结了婚。老牛对牛郎说："牛郎你以后就会过上好日子，这姑娘是天上的织女。"牛郎听后又激动又高兴。

结婚以后，生活果然一天天好起来，织女给牛郎生了两个孩子，一男一女。天天牛郎在地里干活，织女在家里织布，生活过得蛮不错。

突然，一天牛郎牵着老牛在地里干活，牛眼里不停流泪，牛郎摸着老牛问它啥事。老牛对牛郎说："你的媳妇是仙女，是一位心灵手巧的织女，王母娘娘正找她回天宫。她私自下凡，要受到惩罚，如果织女上天，你就对我说：'老牛，你帮帮我吧！'那时候，你就会有办法。"

果然，当天晚上，空中云彩翻滚，织女被王母娘娘召上天宫。牛郎从地里回来，立刻找着俩箩筐，一头担着一个孩子，对老牛说："老牛，你帮帮我吧。"说完，牛郎乘风飞走，眼看着就要赶上织女，突然，王母娘娘用簪子往后一划，一条天河横在牛郎和织女之间。牛郎担着孩子哭啊哭啊，王母娘娘只准每年七月七日相见一面。据说，那天，就有成群的喜鹊为他俩相会搭桥。民间还传说，七月七日夜，在葡萄架下还能听到他俩说的话呢。

讲述者： 李德明，永城县顺和乡李大庄农民，小学
采录者： 高永才，河南大学中文系学生
采录时间： 1989年7月10日
采录地点： 永城县顺和乡李大庄讲述者家
选自： 《中原神话通鉴》（第三卷），张振犁编著，河南大学出版社2017年2月版

119

牛郎织女

（十二）

应先[1]，有弟兄俩在一块儿过，老大娶了媳，老二天天放牛，人家都叫他牛郎。

牛郎憨厚，干活实受[2]，不挑吃不挑穿，成天早出晚归，把老黄牛喂得饱饱的，额外还割一大车青草。家里穷，他娶不起媳妇，他嫂待他不好。他嫂在家好偷嘴儿吃，他穿的也是破衣烂裤。

一回，牛郎又去放牛，老黄牛咋也不吃草，眼里还噙着泪儿。牛郎就问老黄牛："你为啥不吃草啦？"

老黄牛说："你嫂待你不好，你跟她分家吧。你啥也不要，就要我和那辆破车。"

牛郎说："中！"

他回家就哭吵着要分家，他哥没法儿就说："老二，你要啥，你随便挑吧。"

牛郎说："我啥也不要，就要那个老黄牛和那辆破车。"他哥就给了他。

［1］ 应先：方言，早先。
［2］ 实受：方言，实在、本分。

牛郎把老黄牛套在车上，坐上车赶牛上路了，走着走着，牛拉的车不沾地儿了，飞了起来，牛郎吓得赶忙圪挤[1]住眼。飞啊飞啊，不知飞了多长时候，多远路，老黄牛才停下来，叫牛郎睁开了眼。牛郎一看，原来到了一个破窑跟儿。打这儿，牛郎和老黄牛就住到窑里啦。牛郎在那儿照常干活、放牛。

一回，老黄牛又不吃草了，光叫唤。牛郎问老黄牛："你叫唤啥，老黄牛？"

老黄牛说："明儿天上的仙女，要下凡到东面那个坑塘里洗澡，你明儿个藏到那儿的柳棵里，等到她们下水，你就去偷她们的衣裳，哪件鲜红，偷哪件。等仙女们洗了澡出来，你拿着衣服就往家跑，是谁的衣裳，那个仙女就会来撵你，她就是你媳。"

牛郎怪听话，第二个[2]他就去啦。到了晌午，天上的仙女还真的下凡来洗澡，你看，一个比一个齐整[3]。等她们都下了水，牛郎就偷偷到她们脱的衣裳跟儿，里边还真的有一件鲜红的衣裳。他就把它拿去啦。仙女们洗了澡，都赶紧穿了衣裳上天了，剩下一个，牛郎拿衣裳就跑，那仙女就在后头撵，一么[4]撵到家中，老黄牛给他俩说合，当媒人，他俩就成了家。

牛郎还是放牛种地，仙女在家织布纺线，她手巧心灵，织的布又结实又好看，人都叫她"织女"，小两口过得很和睦。

又一回，老黄牛又叫唤起来，不吃草，牛郎问老黄牛叫唤啥，它说："牛郎啊，织女的那件衣裳，你要放在后边的那个干井里，用石头压住，千万不要叫织女知道。她知道了，找到了她的衣裳，她会飞回天上的。"牛郎听了老黄牛的话，把织女的那件衣裳藏得严严实实。

过了一年，牛郎织女有了孩子，双胞胎，一男一女。牛郎下地干活，织女在家成天织布，生活过得很安生。

织女下凡，与凡人结婚，犯了天条，天帝要派人来抓她。一到天阴响雷，织女总是提心吊胆的。她找不着衣裳就上不了天，她天天向牛郎吵着要衣裳。牛郎就是不说。

有一天，老黄牛又叫唤起来，它说："牛郎啊，牛郎，我老了，快要死了。我死了，你把我的皮剥掉晒干放好，有了啥急事，你披上我的皮就能飞。"说完，老黄牛一瞪眼，一伸腿，就死了。牛郎伤心地哭了一场，就听了老黄牛的话，剥了皮晒干放了起来。

一天，牛郎刚从地回来，织女又吵着要衣裳，牛郎一着急说漏了嘴，他说："在后边干井里，你自己去拿。"

这时候，正好是正晌午，一阵风，天阴了，响起了雷，天帝又派神来抓织女了。织女着了忙，跑到后边干井里就拿出了衣裳，穿上后就向天上飞去。牛郎急了，赶紧把牛皮披在身上，把两个孩子放在两个筐里，担着，去撵织女。撵啊，撵啊，眼看就要追上，只见织女从头上拔下银簪，往天上一划，成了一条天河，把牛郎给隔住了。牛郎急，就把箩筐里的牛索头向织女攮去，正好砸到织女的怀里。织女也把怀里的织布溜子扔向牛郎，她力小，扔到牛郎的一边。现在天上，牛郎星一边就有四个星星，那就是织女扔的织布溜子；织女星跟儿有三个星星，那是牛郎扔的牛索头。天上南北的那一道白，就是织女划的天河。

织女是天帝最小的妞儿，天帝可怜她，叫他们夫妻一月见七次面，天上的神传错了话，说是叫他们一年七月七见一次面。到了七月七这一天，天上的喜鹊，就为牛郎织女搭了桥，他们夫妻就在桥上见面。

讲述者： 冯冉氏，女，66 岁，农民，不识字
采录者： 冯长顺，河南大学中文系 1986 级学生
采录时间： 1989 年 11 月 5 日
采录地点： 中牟县冯堂乡蒿家村
选自： 《中原神话通鉴》（第三卷），张振犁编著，河南大学出版社 2017 年 2 月版

[1] 圪挤：方言，闭。
[2] 第二个：方言，此指第二天。
[3] 齐整：漂亮。
[4] 一么：方言，一直。

120

牛郎织女

（十三）

传说，王母娘娘把牛郎和织女分居在河两岸。但是，没过多久，牛郎和织女就又居住在一起生活。这事时隔不久，就让王母娘娘知道了，便把织女又弄到天河另一岸，让她变成一座山，也把牛郎变作一座山，并且叫来一个老猴子说："你在这看守好他们。如果他们再在一起生活，我把你杀了。"王母娘娘恶狠狠地说完就走了。

再说这个老猴子心地善良。他不愿把这对夫妇分居在银河两岸，但是，又不能把银河水挡住。这个心地善良的老猴子想了几天，最后，他终于想出了一个好办法。

有一天晚上，他对织女说："从今往后，你们夫妇在夜晚相会。但在天亮之前，一定回到原来的位置。"

织女听了非常感动。她说："老爹，我们一见面，就会把银河水挡住，水一上涨，让巡官知道了，报给王母娘娘该咋办呢？"

老猴子说："不要紧，我已经想好了。快去告知牛郎说，每天晚上见面，天亮必须回到原来的地方。"

"那就谢谢恁了，老爹！"织女说完，立即向牛郎奔去。

两座大山慢慢地合拢了，挡住了银河，水往上涨。这时，只见老猴子站在水边，吸了满满一肚子水，翻到山那边再把水吐出来。又赶紧翻过去吸水，再翻过来把水吐出。就这样，保证了银河水不断流。

这样，一年过去了，无事。俗话说，没有不透风的墙，这件事还是让王母娘娘知道了。

这天，她领了一帮文臣武将来到银河岸边，随之叫来老猴子说："为啥夜间你让牛郎、织女在一起？这件事已经有人告知我了。"

老猴子也不还嘴，站着一动不动。

"来呀！把老猴子给我杀了。再用两根铁锁链把牛郎、织女分别定在河的两岸。"

武将们"嗷"了一声，照王母娘娘的吩咐去办。但是，经过织女的抗争，王母娘娘拗不过她，就规定他们每月初七晚上见面。可是，织女把每月初七错听成了七月七日晚上相会。从那往后，每年的七月七日，很少见到鸟，它们都去为牛郎、织女搭鹊桥去了。你若站在葡萄架下，还能听到他们在说话呢。

讲述者： 李文志，47 岁，遂平县和兴乡钟庄村医生，初中

采录者： 李春生，遂平县和兴高中学生

采录时间： 1987 年 10 月

采录地点： 遂平县和兴乡钟庄

选自： 河南省民间文艺家协会资料库电子文档《中国民间故事全书·遂平县卷》

121

牛郎织女

（十四）

牛郎一开始跟着他的嫂子和哥哥一起过，他嫂子多嫌[1]他，待他很不好，只想药死他独占财产，只有一头老牛待他最好。

牛郎天天去放牛，有一天放牛时，那头老牛跟牛郎说："今天你回家以后，你嫂子给你做的肉包子你不要吃。"牛郎赶着牛回家，果然见他嫂子做好了肉包子等着他吃。牛郎一看很喜欢，早把老牛的话忘了，拿着包子就吃。那头老牛一看，红着眼睛一挣，拽断了缰绳，跑到牛郎跟前，一头就将牛郎手里的包子顶掉了。他嫂子一见就将牛郎和那牛一起赶了出去。

牛郎就和黄牛一起过。有一天老黄牛就对牛郎说："明天有一群仙女下来洗澡，你偷偷地将其中一件衣服藏起来，那个仙女来找衣服，她就是你媳妇。"

牛郎按照老黄牛的话去做了，正好拿了织女的衣服，织女就给牛郎做了媳妇。他们在一起过，过了两年，生了一儿一女。有一天，织女就对牛郎说："你瞧咱们的孩子都这么大了，你就把我的衣服还给我吧。"牛郎就是不给她，她也就没有再要。

又过了一些时候，老黄牛病死了，临死前对牛郎说："我死后，我的肉你们吃了，把我的骨头刻成纽扣卖掉，把我的牛皮保存好，有一天你有急事就披起它……"

又过了一些时候，咚咚的天鼓响了，织女又向牛郎要仙衣，牛郎被缠不过，就告诉她藏仙衣的地方，随后就下地干活了。织女找到了仙衣，就撇下两个孩子飞走了。牛郎在地里听到了孩子的哭声，跑回家一看，就明白了咋回事，就用两个筐担起两个孩子，披上老牛皮去追赶织女。看看就要赶上了，织女就拔下头上的金钗向后一划，一条天河就出现在牛郎面前，牛郎挑着两个孩子蹚过了河。织女一看挡不住牛郎，就又向后狠狠地一划，又一条大河挡住了牛郎，这就是天河。织女边划边说："一条天河挡不住，两条天河隔住你。"牛郎过不去了。

牛郎一看，气得掏出怀中的牛索头用力向织女投去，正好投中织女。织女也掏出怀中的织布溜子向牛郎扔去，妇女的准头不高，溜子扔偏了，没有打中牛郎。"牛索投到你怀里，溜子投到东北角。"这是牛郎说的。

后来，老天爷知道了这件事，就让牛郎和织女，每月逢七见面（初七、十七、二十七），老人星听差了，听成了每年七月七见面，牛郎和织女每年只能在七月七见一次面。年年七月七都要下雨，那一天是下雨的好儿[2]。

讲述者： 孟广芝，50岁，杞县裴村店乡六台岗村人，不识字

采录者： 贺威，河南大学中文系1986级学生

采录时间： 1989年10月

采录地点： 杞县裴村店乡六台岗村

选自： 《中原神话通鉴》（第三卷），张振犁编著，河南大学出版社2017年2月版

[1] 多嫌：方言，嫌弃。

[2] 好儿：方言，这里指日子。

122

憨二

憨二他家有十二顷地，爹娘都没了，有个哥哥、嫂嫂。憨二还没媳妇，他嫂子起坏心，想药死憨二，独吞家业。

头一回，他嫂子给憨二打鸡蛋茶，里面下了毒药。憨二在地里锄地，老牛对他说："回去，恁嫂子给恁打的鸡蛋茶，恁别喝。"

憨二憨声慢气地问："咋啦？"

"那里面有毒药。"

"中。"

憨二回到家，他嫂子端出鸡蛋茶，憨二接住攉给狗了，狗一吃，就死了。

第二回，老牛又给他说："憨二。"

"咋？"

"恁嫂子给恁烙烙饼，恁可别吃。里面有毒药。"

他回到家，他嫂子端出烙饼，憨二接过就倒给猪了。猪一吃，就给药死了。

又一天下地，老牛给憨二说："憨二，恁嫂子净害你，恁给她分家吧。"

"咋分呢？"

"恁嫂子想要那十二顷地，恁啥都不要，只要八斗黑豆，一草铺底的麦秸。"

"要这干啥？"

"我好路上吃啊。再要个破大车，我拉着恁，咱赌走咧。"

憨二说："咱上哪儿去呀？"

"上北边淮阳县李大庄李大四那儿。"

"中。"

憨二回到家，见了他哥就说："哥，咱分家吧！"

"分家干啥？"

"俺嫂子净想药死我哩。你没看那狗、猪都给药死了。"

他哥说："分就分吧，你要啥？"

"我要八斗黑豆，一草铺底麦秸，一辆破大车，叫老牛拉着，我就走了。"

他哥把这几样都给他了。老牛就拉他"咣当，咣当"走了。走着走着，憨二问："老牛，车咋不响了？"

"恁挤住眼，坐好，赌别管咧。"

老牛起云驾雾走了一天，天黑走到淮阳县李大庄。李大庄的李大四盖了群楼群院，就是住不住人。里面的小妖说："咱给憨二爷看着家，谁也不能住这里头。"

里边一住人，不是给小妖吃了，就是生大病。老牛把憨二拉到庄头，给憨二说："你向那个老头儿找地方住吧。"

憨二就过去问李大四："老大，有地方住吗？"

李大四说："有地方住，里面就是不平和，净死人。恁怕不怕？"

憨二说："我不怕。"

憨二就住到那群楼群院里了。里面的小妖说："憨二爷来啦！憨二爷来啦！咱给他看东西看到头了。"住了一夜，也没出啥事。

李大四给憨二说："这些院子就卖给恁吧。"

"中。"

老牛对他说："堂楼门东边埋着一缸金子，西边埋着一缸银子。后墙根埋着一缸铜钱。他要多少钱，就给他多少钱。"

憨二把银钱交给李大四，买了群楼群院。李大四说："后院还有一个保险井，也给恁吧。"憨二就住下了。

有一天，老牛问他："憨二，你想要个老婆不要？"

憨二说："上哪去要呢？"

"上天。"

"咋上去呀？"

"我度你上去。"

老牛就把他度到天上。这时候，九个仙女都在个大坑里洗澡哩。老牛对他说："你到那个地，挟件衣裳就跑回来。"

憨二到那坑边，一下子挟了就往回跑。九个仙子都喊："给俺的衣裳，给俺的衣裳！"

老牛说："赶紧板[1]，赶紧板！"

那些得着衣裳的仙女们都回去了，剩下这个仙子也就是织女娘娘，她咋要衣裳也没给她。后来，老牛说："咱回去吧。"他们都回去了。

人家都说该织女娘娘临凡了。

到家了，老牛对憨二说："恁把她的衣裳放在后院保险井里，可别给她说。恁一给她说，她穿上衣裳就上天了。"

过了几年，憨二他两口有了两个小孩。一个男孩，一个女孩。后来，人们叫憨二是牵牛大，织女叫织女娘娘。

有一天，老牛叫憨二："憨二！憨二！"

"咋？"

"我该死了。我死后，恁把我的皮剥下来，晒干。要打脊梁骨上开口子，可别从肚绷子上开刀。一有事，恁把牛皮灌满水，缝好，骑上就能上天。"说罢，老牛就死了。

憨二心里说："我一辈子没给老牛打过别[2]，这回打打吧。"就打牛肚绷子上开了个口子，把牛皮剥了下来，晒干后收了起来。

过些日子，织女娘娘要升天走了，跟牵牛大要衣裳，他不给她。两人就吵起来了。后来吵得狠了，牵牛大说："走你哩吧！衣裳搁在后院保险井里。"织女娘娘穿上衣裳就飞起来了。

牵牛大一看，她真走了，就找出牛皮，灌满水，缝好骑上，带着两个小孩撵去咧。撵着，撵着，牛皮漏水了。织女娘娘看看快撵上了，拔下金簪划道天河。心说：一道天河隔不住，二道天河隔住你。又划了一下。

牵牛大撵到河边，老牛皮没劲了。牛皮里的水都从肚绷子底下漏完了。牵牛大再一急，掂着牛索子一砸，正砸在织女娘娘怀里。织女拿个织布溜子一攮，她的手没劲，攮偏了。你要是不信，夜里睛看咧，织女星怀里有个牛索子星。牛郎星身旁一边一个溜子星。人们都说那是牛索子和溜子变咧。

老天爷想做和事佬，就让他俩明七暗七[3]见一面。谁知那翻嘴的老人星把话传成了七月七见一回。就这样，他俩只能每年七月七见面。

二人见面时，都后悔得落泪。

老天爷很生气，就罚老人星一步一磕头，跪在八角琉璃井边赔罪。不信，你看那南天边上，八角琉璃井跟前到现在还跪着老人星呢！

讲述者： 顾学兰，女，68岁，杞县湖岗公社湖岗集农民，不识字

采录者： 方明昌，18岁，杞县湖岗中学学生

采录时间： 1982年7月12日

采录地点： 杞县湖岗公社湖岗集讲述者家中

选自： 《中原神话专题资料》，张振犁、程健君编，中国民间文艺家协会河南分会1987年编印

[1] 板：方言，扔。

[2] 打过别：方言，即打别。不听话、不顺从。

[3] 明七暗七：七、十七、二十七为明七，七的倍数十四、二十一、二十八等为暗七。

朱仙镇木版年画，牛郎织女（姚敬堂作，程健君供稿）

123

牛郎偷吃蟠桃

传说牛郎和织女相爱以后，织女常常思念牛郎。这牛郎与蟠桃园内的修剪力士仙人很要好。一日，修剪力士给牛郎一个九千年一熟的蟠桃，不过，这个桃才两千年，有一个枣那么大。牛郎心中暗喜呀，可不能自己一人吃它啊！还有心上人织女呢！

牛郎怀揣蟠桃偷偷地来到织女的织锦楼阁，与织女见一面，把蟠桃递给织女。织女用手推开道："你吃吧！"

"不，你吃吧！"

"郎君，你先吃吧！"

"好。"

牛郎说了声"好"，正要咬桃，突然织女小声说："不好，娘娘又来了。"

牛郎扭头一看，一团祥云正向他们飘来。真的不好，要是被王母娘娘知道，要罚罪的，牛郎心中一急，慌中有智，他把桃一口吞下，谁知桃卡在喉咙里了。这时，王母娘娘来到了跟前，看了看低着头的织女，又看了看惊慌的牛郎，冷冷地笑了两声之后，似乎明白了，朝牛郎的脖子吹了口仙气，走了。从此，那个枣大的仙桃不上不下地卡在了牛郎的喉中。

第二天，牛郎便被判了“勾引仙女，偷吃蟠桃”罪，贬下了人间。王母娘娘一不做二不休，她又使了个仙法让天下所有的成年男子的喉中都起一个像“桃”一样的疙瘩，以发泄她对男人“贪吃”“嘴馋”的恼恨。

这个疙瘩，就是男人现在的喉结。

讲述者： 耿四军，30岁，扶沟县汴岗乡农民，不识字

采录者： 曹鸿鸣，23岁，扶沟县棉麻公司工人，高中

选自： 《中国民间故事集成·河南扶沟县卷》，唐贵知主编，扶沟县民间文学集成编纂委员会1989年9月编印

五、共工、精卫、夸父

（一）共工

124

共工和祝融

（一）

天上有两大天神，一个叫共工，一个叫祝融。共工是管水的水神，祝融是管火的火神。

有一年，南天门失火，火神祝融想借天河水扑灭大火。他和管水的共工商量。共工无论如何也不肯借给他天河水。大火没水来救，越烧越旺。眼看就要烧到天宫，老天爷“鞋里长草——荒了脚”，亲自传旨命天兵挑天河水，才灭了这场大火。从此，祝融和共工结了冤仇。

碰巧又有一年，天河上了冻，冰凌有几丈厚。冰凌挡住了水，四处漫流，越漫越大，直冲到天宫门前。共工想借祝融的火，来烧化冰凌，让水流通。他和祝融商量。祝融记着前仇，说啥也不借火给共工。这两件事触怒了老天爷，把共工和祝融一齐赶下了天堂。

两个天神到了人间，成了人间的两个大头领。由于从前结下了仇，共工和祝融经常发生大战。他们一打就是几年，闹得天下不宁。祝融本来打不过共工，只因下凡时偷了天宫的“火葫芦”，共工的水再大，祝融的火也能一个劲地烧，直到把共工的水烧干。共工屡战不胜，恼了，用头撞天柱山。天柱山是顶天的一根柱子，祝融就住在天柱山下。铜头铁臂的共工只几下就把天柱山撞倒了。天柱山一倒，天塌了一个角，震得地陷一方。从此天下没有白天，净是黑夜。

老天爷听说共工撞倒了天柱山，弄得天塌地陷，大怒，立即派一名天神捉拿共工。共工吓坏了，赶紧把身子变小往墙缝里钻，想躲藏起来。天神是火眼金睛，一眼就看见了共工。他看共工吓成这般模样，笑了笑说：“也罢，免你一死。从今你就变成一只老鼠，永远留在凡间吧。”说完他用手一指，共工真的变成了一只老鼠。从此，老鼠就在墙洞里过日子。因为它撞塌了天，没脸见人，只有黑夜才跑出来。

天神处罚了共工，又找着祝融说：“你原为天神，到人间不去为民造福，反倒大杀大战，弄得天下不太平。你就变成一只猫吧，看着共工别再作恶。”从此，变成老鼠的共工和变成猫的祝融成了万年仇敌。一直到今天，老鼠一见猫就跑。

天神回到天宫，把天塌一事详细对老天爷作了禀报。老天爷随即命令女神女娲氏下凡补天。女娲用彩石补好了天，昼夜才又分明，人民才又安静地过日子。

讲述者： 雷丕显，72 岁，太康县朱口镇雷庄农民
采录者： 雷文杰，41 岁，太康县朱口镇专职通讯员
采录时间： 1986 年春
采录地点： 太康县朱口集
选自： 《中国民间故事集成·河南太康卷》，胡有典主编，太康县民间文学集成编委会 1989 年 10 月编印

125

共工和祝融

（二）

共工是个喜怒无常、非常霸道的水神，他总想独霸世界，主宰天地。火神祝融性情暴烈，残酷无情，也是个想独霸天地的野心家。

有一次，共工遇见祝融，水火不容，便动起武来。共工为了战胜祝融，邀他的两个臣子相柳、浮游和自己的儿子一同参战。他们坐着一只大木筏，兴风鼓浪，耀武扬威地向岸上祝融进攻。祝融看共工人多，暗使巧计，假装败退，把共工一伙引上岸来，立刻口吐烈火，把相柳、浮游都烧死了。共工的儿子被祝融刀劈两半，共工又羞又恼，发起狂来，把头往西北方不周山撞去，不周山被撞断了。

天是由四根撑天柱支着哩，西北角的顶天柱一断，天塌了个大窟窿。世界变成了地狱。

天神女娲为了挽救子孙，站在大地中央，四周一看，想了个补天的好办法。她在山上拣了好多五色石，炼成石浆，把天上的窟窿又补住了。又杀死了许多吃人的猛兽，人类得到了解救。

残破的天虽被补好了，但与从前不尽一样，从此天往西北方倾斜，日月星辰都往那个方向流去。由于日月星辰的运行，大地才有了春夏秋冬四季和昼夜的区分。

讲述者： 诸虎臣，73 岁，南召县太山庙乡硃砂铺村农民，私塾四年

采录者： 乔明宪，48 岁，南召县文化局干部，大学

采录时间： 1986 年 9 月

采录地点： 南召县文化馆

选自： 《中国民间故事集成·河南南召县卷》，乔明宪主编，南召县民间文学集成编委会 1987 年 10 月编印

原题《春夏秋冬的来历》

126

共工怒触不周山

天地间自从有了人类以后，大地一天比一天更有生机。

不久，天地间爆发了一场大灾难。带来这场大灾难的是水神共工和火神祝融。水神共工是个喜怒无常、非常霸道的红头发天神，他总想成为天地间的最高主宰。他的死对头是火神祝融，因为祝融也有同样的野心，性情暴烈，残酷无情。共工、祝融水火不相容，两人为了争霸世界，终于展开了一场你死我活的恶战。共工仗着人多势众，先发制人。他气势汹汹地带着队伍向祝融发起进攻。不料祝融早有准备，这仗打得十分激烈。天上乌云翻滚、电闪雷鸣，大雨倾盆而降，地上一片火海，只打得天昏地暗，烧毁了无数的森林，淹没了数不清的庄稼，给人间造成了极大的灾难。最后，祝融发出的炎炎大火，把共工的兵马烧得焦头烂额，大败而逃。

共工眼见大势已去，恼羞成怒，咆哮如雷，一头撞向不周山。这时，只听见“轰隆隆”一阵巨响，不周山顿时崩塌下来，共工生生把一根撑天柱给碰断了。要知道，天本来是由四根柱子支撑着的。这还了得，西北面的半边天顿时倾塌下来，天上出现了一个大窟窿，天河之水泼了下来。地面上也被震裂成竖一道、横一道的大裂缝，地心之水喷了出来，江河横溢，波浪滔天，汪洋一片。加上山林燃烧的大火，那熊熊烈火，把野兽也赶出山林，到处逃窜，生灵涂炭。

不周山这根撑天柱子一折，天就向西北倾斜，从此日月总是向西移动。不周山被撞坏引起震动，使大地的东南角缺损，从此水总是向东流。

讲述者： 晋祥发，70 岁，济源市邵原镇人，小学

采录者： 高军红，30 岁，济源市邵原镇小南凹村人，中专

采录时间： 2003 年 8 月 6 日

采录地点： 济源市邵原镇南泰山岭

选自： 《济源邵原创世神话群》，济源市邵原镇政府、济源邵州文化研究会编，河南人民出版社 2008 年 4 月版

（二）

精卫

127

精卫填海

（一）

古时候，有个皇帝的女儿叫女娃，她从小就很喜欢到坑里洗澡，水性很好，水再深她都不怕。慢慢地，她觉得在小坑里不如到大海里去。一天，她只身到东海里洗澡，心里感到非常痛快。不料，一会儿狂风大作，海上顿时掀起了巨浪，小女娃就被无情的海浪吞没了。

女娃死后，变成了一只会说话的小鸟，叫的声音很像“精卫”二字，一天两天，她常年“精卫、精卫”地叫，好像是发誓要填平大海。

后来，人们怀念她，一个文字学家就把女娃这种不屈不挠的精神，编成了一个成语，叫作“精卫填海”。

讲述者： 张金陵，67 岁，宁陵县孔集乡刘堂村退休教师

采录者： 刘灿旺，36 岁，宁陵县孔集乡文化站专干

采录时间： 1986 年 7 月

采录地点： 宁陵县孔集乡刘堂村

选自： 《中国民间故事集成 · 宁陵卷》，张久亮主编，河南宁陵县民间文学集成编委会 1988 年 6 月编印

128

精卫填海

（二）

很久以前，大海边住着一户人家，男的每天打鱼，女的每天在家织渔网。两个人成天辛辛苦苦地干活。渐渐地，两个人的年纪都老了，身边还没有一个儿女。

有一天夜里，女人做了个梦，梦见天上有一个女人给她一个女儿。几个月过去了，她果然生了一个聪明伶俐的小女孩儿，夫妇俩喜得合不拢嘴。正好有个小鸟在她院里"精卫、精卫"地叫了几声飞走了，男的听见了，就给小女孩起名叫精卫。

精卫九岁那年的一天，她和父亲荡起小舟去大海里捕鱼，头一网啥也没捞着，第二网捞出一条小龙。精卫对父亲说："我看它很小，很可怜，咱把它放了吧！"

父亲同意了，就把小龙放了。谁知把它放了以后，它竟眨眼间变成了一条恶龙，张牙舞爪地朝父女俩扑来，恶声恶气地说："你们把我的嘴挂了个口子，我要报仇。"

父亲让精卫快回家。精卫知道父亲的心意，急忙往家跑，谁知快跑到家时，恶龙尾巴往上一甩，把许多打鱼人和精卫的父亲都甩在了海岛上。

精卫回到家里，把事情说给了母亲，母女俩抱头痛哭了一阵子，编了个竹排。精卫拿起斧子辞别了母亲，荡起竹排去找恶龙报仇。

恶龙一见精卫又来了，猛扑过去，精卫左躲右闪猛然举起斧子，砍掉了恶龙的头。精卫用力过猛，掉下竹排，淹死海中，变作一个鸟，人们把它叫作精卫鸟。精卫鸟站在父亲的肩膀上说："父亲，我决心把海填平，救父亲和乡亲们回家。"说罢就飞走了。

从此，它就用嘴衔石块。有一天，天气很热，精卫鸟晕了过去，恰巧海鸥路过这里，叫醒了它。海鸥说："精卫妹妹，光你自己咋能行呀，咱们找嫦娥姐姐帮助吧！"

精卫鸟就和海鸥一起飞到了月宫，见了嫦娥，说了它们的来意。嫦娥就派金凤凰跟它们一起去填海。路上，它们正飞着，看见一个老虎正吃穿山甲哩，金凤凰急忙上前吐一团烈火，把老虎烧死了。精卫和海鸥对穿山甲说："你愿意帮我们填海吗？"

穿山甲很高兴，说："感谢你们救了我，我回去叫我的伙伴们都来帮助你们填海。"

穿山甲说罢走了，精卫鸟它们又飞到一个大江边，见一个鳄鱼正要吃一个螃蟹，金凤凰又吐出一团火，烧焦了大鳄鱼。精卫和海鸥又问："你愿意帮我们填海吗？"

螃蟹感激地说："我回去叫来我的伙伴，我们都去帮你们填海。"

很多的穿山甲、螃蟹和精卫鸟它们用嘴不停地衔小石块，过了一个月，它们就把海中困着乡亲们的小岛和陆地间填成了一条大路，岛上的乡亲得救了，精卫的父亲也回到了家里。

海鸥、金凤凰和精卫鸟一起也飞到了精卫的家里。穿山甲和螃蟹们帮了忙后就走了。金凤凰朝着精卫鸟和海鸥喷出一团火，一道金光过后，精卫鸟恢复了精卫姑娘的原样，海鸥鸟变成了一个英俊的小伙子。他俩跑到精卫姑娘父母亲面前，叫爹爹、叫妈妈，一家人又过上了团圆幸福的生活。

讲述者： 李三
采录者： 李林慧，李仁太

采录时间： 1985 年 10 月

采录地点： 方城县博望镇

选自： 《中国民间故事集成·方城卷》，毛秀荣主编，方城县民间文学集成编委会 1987 年 9 月编印

淮阳五谷台精卫姑娘塑像

（2013 年 12 月 12 日程健君摄）

（三）

夸父

129

夸父追日

很早些年数了，相传在春秋时候吧，有一个人叫夸父。这个人“见过日出，没见过日入（落）”，他才追日的。

他追日追到咱这地方，天气中午了，他也渴了。他渴了，就趴在这里路边坑儿里喝水哩。一喝喝了一肚子水，就睡着了。

等他一起来，太阳就大偏西了。他看追不上太阳了，一气，就气死在这里了。

夸父气死以后，就埋在这里。这地方就叫夸父峪，这座山就叫夸父山。

讲述者： 张景春，65岁，农民，略识字

孙金禄，75岁，农民，不识字

采录者： 河南大学“中原神话调查组”

录音整理： 程健君，28岁，河南大学中文系教师

采录时间： 1984年12月7日

采录地点： 灵宝县阳平乡涧沟大队夸父营村

选自： 《中原神话专题资料》，张振犁、程健君编，中国民间文艺家协会河南分会1987年编印

附记

本篇流传在河南灵宝县，是当地夸父山一带尽人皆知的著名神话。在夸父山一带，不仅有夸父后裔居住的夸父峪及《夸父峪碑记》可以做证，而且有夸父峪八大社的社会经济生活、组织、习俗等可以证明夸父神话产生的社会基础及思想因素。（张振犁）

1984年12月7日，下着小雪，“中原神话调查组”在夸父山下的涧沟大队夸父营村小学采访了本村的张景春、孙金禄两位老人，他们都是夸父营村的老户。当被问及此村为何叫夸父营村时，他们就讲了这则夸父逐日的故事。（程健君）

“中原神话调查组”在灵宝阳平夸父营村小学采访张景春

（1984年12月7日程健君摄）

“中原神话调查组”在灵宝阳平夸父营村小学采访孙金禄

（1984年12月7日程健君摄）

130

夸父山

原先，黄帝与炎帝战于阪泉。炎帝被黄帝的大将应龙打败了，炎帝就往西逃走。

炎帝族中的一个部落头领夸父，率领族人逃到阌乡一带。这里适逢十年一次大旱。夸父率人到这里，干渴难忍。夸父因为年迈，就渴死了。

夸父临死时，嘱咐子孙，他死后要广种桃树，只能种植，不能砍伐。夸父死后，这一带从函谷关以西，潼关以东，东西一百里，南北四十里，桃花盛开。所以，这里就叫桃林。

夸父死后，被埋在阌乡县南二十五里的秦岭北山脚下。这就是后来的夸父山。

讲述者： 王生民，57 岁，灵宝县西阎乡乡志编辑室主任，中师

采录者： 河南大学“中原神话调查组”

录音整理： 程健君，28 岁，河南大学中文系教师

采录时间： 1984 年 12 月 5 日

采录地点： 灵宝县西阎乡大字营村

选自： 《中原神话专题资料》，张振犁、程健君编，中国民间文艺家协会河南分会 1987 年编印

附记

1984 年的 12 月 4 日下午，“中原神话调查组”在灵宝西阎乡采访了乡志办的王生民主任。他说，这一带“八社”（村）的人，都崇拜夸父，敬为保护神，每年都举行祭祀活动，十分热闹。次日，我们到大字营村调研，王生民家就在此村，我们就先到王生民先生家稍事休息。这是一个相当好的农家院落，一排正房坐南朝北，中间有过门直通后院。西厢房是厨房和杂物间。全家 14 口人，相当和睦，是当地公认的好妯娌家庭。谈话间提及夸父神话，王生民先生顺口讲述了这个故事。（程健君）

“中原神话调查组”在灵宝西阎乡大字营采访王生民

（1984 年 12 月 5 日程健君摄）

131

夸父山和桃林寨

从前的灵宝县不是今天的这个名字，叫作桃林，又叫桃林县。桃林县西有座夸父山。这里一直流传着“夸父追日”的故事。

上古时候，我国北方高高的成都载天山[1]上，住着一个巨人族叫夸父族。这个部族的头人夸父，身高无比，力大无穷，有不平凡的意志。

那时候，世界上很荒凉，毒蛇猛兽横行。夸父为了本部族的人们能活下去，每天跟毒蛇猛兽搏斗。夸父率领本族的男女，在斗争中取得了一次又一次胜利。夸父把捉到的凶恶的黄蛇绑在自己的两只耳朵上，抓在手里，高兴得哈哈大笑。

有一年，天大旱。火一样的太阳晒焦了地上的庄稼，晒干了河里的流水，使人热得难受，实在无法生活。夸父就立下雄心壮志，发誓要赶上太阳，把太阳捉住，让它听从人们的使唤。

一天，太阳刚刚从海上升起，夸父就从东海边上迈开大步追赶它。夸父身高力大，一迈步，震得大地直摇晃。他一脚踏下去，就在浙江临海县的山上，留下一个长长的巨人脚印。

太阳在空中飞快地转，夸父在地上疾风一样地追。中午，夸父追赶太阳来到湖南沅陵县一带，他跑得又饿又累，就停下来用三块石头支起锅来做饭。他吃完饭，见太阳已经偏西了，就赶紧迈开大步又追了上去。后来，这三块支锅石就成了辰州东面的三座大山，叫贾釜山。

太阳快落山了，夸父离太阳越来越近。到了甘肃东部的泾川县，他停下来歇一会儿，把鞋里的土块、石子往外一倒，就成了一座小山。现在人们叫它“振履堆”。

夸父跨过一座座高山，越过一条条大河，在禺谷眼看快要追上太阳了，这时，别提他心里多高兴了。当他伸手就要捉住太阳的工夫，突然，感到头昏眼花，竟渴得晕过去了。他醒来时，太阳早已不见了。他站起来走到东南方的黄河边，伏下身子，猛喝黄河里的水，黄河水被他喝干了，又喝渭河里的水。谁知道，渭河里的水也被他喝干了，还是不解渴。这时，他又打算去山西雁门山一带，去喝大泽里的水，可是，夸父实在太累太渴了，当他走到华山以东、灵宝以西不远的地方，身体再也支持不住，就倒下去死了。

夸父死后，他的身体变成了一座大山。这就是现在灵宝县西三十五里灵湖峪和池峪中间的夸父山。夸父死时扔下的手杖，也变成了一片五彩云霞一样的桃林。桃林的地势险要，以后人们就把这里叫作“桃林寨”[2]。

夸父死了，他的后代子孙就居住在夸父山下，生儿育女，传业后世。夸父的子孙居住的村子，就是今天夸父山下的“夸父营”。

采录者：许顺湛，河南省博物馆馆长
丹书

整理者：李庆红，河南大学中文系 1978 级学生
张振犁，河南大学中文系教师

选自：《河南民间故事集》，中国民间文艺研究会

[1] 成都载天山：山名，见《山海经》。非四川成都。

[2] 桃林寨：自潼关至函谷，俱为桃林寨。（《通鉴地理通释》）

河南分会、河南大学中文系编，中国民间文艺出版社 1985 年 5 月版

附记

许顺湛（1928.1.4—2017.5.28），考古学家。丹书的个人信息资料不详。整理者李庆红是我的大学同班同学，从小就生活在灵宝，大学毕业后又回灵宝工作，熟知当地风土人情。（程健君）

“中原神话调查组”在灵宝庙底村学校拍摄的《夸父峪碑记》石碑（1984 年 12 月 6 日程健君摄）

灵宝庙底村讲述夸父神话的山民张志君（1984 年 12 月 6 日程健君摄）

六、世俗神

（一）姜太公

132

姜太公封神

姜子牙掌握着封神大权。有的封到莲花盆里，有的封到极乐世界，有的封到水晶宫，更多的是封到千家万户的神桌上面去享清福。可他却把自己忘啦！实在没办法，姜子牙最后把自己封到梁头上，上不接天，下不挨地。到现在上梁贴上还写："姜子牙在此诸神退位。"

姜子牙他老婆说："还有我呢，把我封到哪啊？"

姜子牙说："没有好地方了，把你封到茅房里吧。"

到现在，新年五更人们不让去厕所里去解手，怕碰到姜子牙他老婆，碰到好招灾。

讲述者：董天增，75岁，清丰县马村乡农民，不识字

采录者：董俊生，23岁，教师

整理者：柳桂亮

刘希功，45岁，清丰县文化馆干部，大专

采录时间：1987年5月10日

采录地点：清丰县马村乡董家村

选自：《中国民间故事集成·河南清丰县卷》，唐孝方主编，清丰县民间文学集成编委会1989年10月编印

朱仙镇木版年画，姜太公（姚敬堂作，程健君供稿）

133

姜太公与厕所神

过去，淇县一带的老百姓中，有这样一个习俗：每年除夕，家里的老人们总要叨叨小孩儿们："有啥杂事[1]提前办，初一五更起来，不准到厕房里解溲——那里有神！"

又脏又臭的厕所里咋还会有神呢？这事儿还得从三千多年前的姜太公说起。

姜太公姓姜，名尚，字子牙，人称太公，原是纣王手下的一员大臣。因见纣王昏庸无道，多次劝告无效，后来改投文王。姜太公为人忠厚、正直，大公无私，所以元始天尊才把"封神官"的要职交给他。姜太公对在商周战争中阵亡的各路将士以及其他人等，不分远近亲疏，一视同仁，只根据各人的功劳及能力大小，分别给予妥善安排：有的封为风神，有的封为雨神，有的封为水神，有的封为火神……总之使该加封的人各得其所。

哪知道半路上杀出来个程咬金，姜太公的老婆马氏突然跑来大哭大闹："好你个没良心的老东西，我跟你过了一辈子，碰到好事儿你倒把我忘得一干二净！"

太公两手一摊，无可奈何："你来得晚了，该封的地方都封过了。"

马氏哪肯善罢甘休。太公觉得马氏倒也该封，认真想了一会儿，突然说道："噢，我想起来啦，位置还真有一个，厕所神还没有封……"

不等太公说完马氏便又跳起来："难道让我这堂堂封神官夫人，去做那又脏又臭的厕所神么？"

"你若不去，切莫后悔。说不定再过些时候，那个地方也保不住。你若愿去，我可以告诉天下人，逢年过节，让他们把厕所里打扫得干干净净，初一五更不让人们到那儿解溲，不就行了？"

马氏只得点头默认。

直到现在我们淇县一带的百姓春节前总要把厕所里也打扫得干干净净，并且初一五更不到厕所解溲，据说就是为了纪念姜子牙，尊重厕所神。

最后，把所有该封的人和能封的地方，确实都封完了，却剩下姜太公自己无处可去，只得悄悄地爬到人家的梁头上。

我们这一带的老百姓盖新房上梁的时候，总要在梁上贴一条红纸，写上："姜太公在此！"以降妖伏魔。后来不知是谁把它编成了一条歇后语：姜太公在此——诸神退位！

讲述者： 文华，女，74岁，农民
采录者： 张长虹，49岁，淇县文化馆干部
采录时间： 1985年7月
采录地点： 淇县西岗乡河口村
选自： 《中国民间故事集成·河南淇县卷》，于德伦主编，淇县民间文学集成编委会1987年7月编印

[1] 杂事：这里指大、小便。

襄城县首山五龙庙污秽菩萨神位（厕神）

（2022 年 4 月 1 日程健君摄）

134

姜子牙封玉皇

原来是姜子牙要当玉皇大帝的，后来却让他的表弟张元灵捷足先登，坐上了灵霄宝殿，为此，姜子牙还生了一肚子窝囊气。

西周灭商以后，元始天尊授命姜子牙把战争中为国捐躯的将士封神，以享受人间香火。姜子牙有意除下玉皇大帝这个神位，打算选一个德才兼备的人去任职。经过推选，大家也都觉得姜子牙当比较合适。但姜子牙却一再推辞，想选一个更合适的人。几天来，他一直在想，选谁合适呢？嘴里不停地嘟囔着，甚至在梦里还念叨：玉皇大帝叫谁去当才称职呢？要是让李靖去当吧，他也有那个貌样，倒也很正直，口才也好，计谋又多；伐纣时，领兵打仗，冲锋陷阵，智勇双全，还真是块好料。可就是有一点，连自己家都管不好。他的三儿子哪吒就不听他那一套，这样他咋能治理好天上人间呢？叫太上老君、太乙真人当吧，他们都是道家出身，办不成大事，况且他们又不愿管人世间的事，他们只配当个仙家。想来想去确实都还不如自己。可他又一想，自己年事已高，坐上那宝座，还唯恐力不从心，难孚众望。天上人间又有那么多的事，都得自己来管，到时候也顾不过来。他左思右想，拿不出个好主意来。

就在这时，他的表弟张元灵看出了他的心思，便试探地问道："你想让谁去当玉皇大帝呀？"

姜子牙说道："这事我正在犯愁哩，至今还没有物色到一个合适的人哩。"

张元灵说："要是再过三天，天鼓一响，没人去赴位，岂不误了天庭大事吗？"他见姜子牙低头不语，愁眉紧锁，便脱口而出："表哥，你看我咋样？"

姜子牙摇摇头说："嘴上没胡，说话转轴。不行，不行，你没威望，谁也不会听你的。"

这话把张元灵说急了，他红着脸说道："俺张家自古开天辟地，就受人尊重，三皇五帝还称先祖为天师，后来俺老祖宗教会先民捕鱼张网，立下大功，受封'张'姓。我年轻力壮，马前马后，征南战北，伐纣灭商，身先士卒，你咋都忘光了？"一席话说得姜子牙无言对答。

三天后，天鼓擂得震耳欲聋，南天门上张灯结彩，天兵天将浩浩荡荡下界来接玉皇大帝，催促赴任。这一下，姜子牙可慌了手脚，只好快刀斩乱麻，秉公办事封自己了。他急忙左手举起杏黄旗，右手握着打神鞭，说道："诸位将领不必过虑，老朽自有主意，现封姜自然去任玉皇大帝主宰乾坤！"

七老八十的姜子牙，口音不清，吐字不准。他把"姜"说成"张"了。这真是说者无意，听者有心。在一旁候封的张元灵，他的字叫"自然"。一听说"封张玉皇自然主宰乾坤"，高兴得跳了起来，急忙叩首谢恩："谢元帅封此重位，末将感恩不尽，后当重报。我去也！"说罢，随同来接玉皇大帝的天兵天将，驾起祥云，直奔灵霄宝殿赴位去了。在一旁的众神面面相觑，掩面而笑。

本来姜子牙想把这个位留给自己，结果让张元灵投了机，钻了空，轻而易举地当上了玉皇大帝，把姜子牙气得哭笑不得。

讲述者： 李迎喜，57岁，汲县前太公泉村农民，小学

采录者： 李志清，62岁，退休教师，大专

采录时间： 1981年6月

采录地点： 汲县太公泉乡前太公泉村

选自： 河南省民间文艺家协会资料库电子文档《中国民间故事全书·卫辉市卷》

135

太公楼

在我们这一带，有的人家盖房子，喜欢在屋脊上盖个“太公楼”，上书“太公在此”四个字，以保全家平安，万事如意。传说，这个风俗还是姜太公封神那会儿留下来的。

这天，姜子牙站在封神台上，手拿封神榜，把天上地下的神都封了位。各位神仙满心欢喜刚要去上任，只听一向好讨好姜太公的财神爷赵公明突然问道：“大帅，我们都有了位子，你呢？”这一问，使姜子牙大吃一惊，由于自己一时糊涂，竟忘了给自己留位子。众神要是知道自己没了位子，谁还服？他后悔不迭。

姜子牙急得在台上转起了圈。转着转着，突然灵机一动，拍了拍脑门，大声说道：“谁说我没位子，我是管神之神，我住楼上楼。我住那里，能看见你们的所作所为，如有不轨，随时拿你等问罪。”众神听了，不由得摸了摸脖颈。姜子牙说罢，便唤过门神把自己的旨意传到民间。

民间的人听了，都不知“楼上楼”在啥地方。有人想出了个办法，便在自家房子的最高处——房脊上盖起了“太公楼”，叫太公居住。

讲述者：郭春花，女，71 岁

采录者：焦玉江，林县原康乡曹家沟学校教师

选自：《林县民间故事集成》，彭新生主编，中国民间文学集成河南林县卷编委会 1987 年 8 月编印

附记

中原地区，特别是在豫北一带，旧时的砖瓦房房脊正中，普遍建有“太公楼”。“太公楼”由几个青砖刻花垒砌而成，高约尺余，小巧玲珑，中间青砖上刻“姜太公在此诸神退位”字样。建房盖屋的泥瓦匠，一般都会讲述姜太公的神话传说。（程健君）

朱仙镇木版年画，姜太公钓鱼（郭太运作，程健君供稿）

（二）

八仙

136

张果老成仙

（一）

淮滨县张庄集，传说是张果老的故乡。张果老成仙后又改名叫“张果城”和“仙庄集”。提起张果老成仙和他为啥要倒骑驴的事儿，这里还有一段风趣的传说哩。

张果老本是穷苦人出身，常年以赶驴驮脚、帮人拉运货物为生。一年到头，风里来，雨里去，日子过得甚是贫寒。这天，他做完生意，赶着小毛驴回来。中午时分，他来到张庄集南头的庙前。这是一座荒坡野庙，破烂不堪。庙里空无一人，只剩下断壁残垣支撑着两间瓦房。往常，张果老每次打这里路过，总要先歇歇脚，困上个把时辰的觉再进庄。可今天，张果老却突然改变了主意。他摸摸干粮袋，还是早上舍不得吃完的那半块糠饼。心想，要把这块糠饼吃下去那还不容易，可晚上就没有东西充饥了；干脆回到家，两顿合成一顿吃算了。想到这，他牙一咬，心一横，对着毛驴扬起了鞭子。这时，突然一阵清风刮来，从清风中飘来一种异常的香味。这使得肚子空空、饥肠咕咕的张果老，又喝住了毛驴。

张果老左瞧瞧右瞅瞅，四周空荡荡的，只有眼前破庙的两间破房。他想，秃子头上的虱子——明摆着，这香气八成是从那破庙里散发出来的。张果老将毛驴拴在庙门前的一棵小树上，推开虚掩着的庙门，走了进去。

进了庙门，张果老一下愣住了。断了多年香火的破庙里不知谁在这里支了口大锅，那锅灶膛里正架着劈柴，火焰腾腾，从锅盖的四周不停地冒着香气。张果老觉得奇怪，忙掀开锅盖一看，好家伙！你道锅里是啥？原来是炖得滚烂的一锅肥肉。那满锅的香气，一个劲儿地直朝他肚里钻。真邪乎呀，是谁这般出俗，有肉不在家吃，偏偏拿到庙里煮呢？张果老四下瞧瞧，又出门望望，却不见一个人影。难道是神仙显灵不成？对了，早就听人传说啥关帝庙、奶奶庙的神仙显灵，可那都是言传，而今摆在他眼前的事，又令他不得不信。他想，要不是神仙显灵，谁会在这荒坡野庙里专门备下这么一锅肥汤呢？俺张果老既然碰上了这么个好运气，岂能轻易放过？他尝了一口汤，味道出奇地美。破庙里找不到碗筷，他只好从门外的小树上折了根树枝当筷子，便狼吞虎咽地吃将起来。

他哪里知道，这锅肥美的“肉汤”，并不是啥神仙显灵。原来，离这座庙不远处，有一所小学堂，学堂里有一个性情孤僻的教书先生。他平生无别的嗜好，只爱修身养性，以求成仙升天之道。说来也巧，这天，他从一个学生的口里得了一个信儿，说是在离学堂不远的一个大荒坡野地里，经常有一个精屁股小孩出来同放学的孩子们一块玩耍。这孩子个子很矮很矮，却长得白白胖胖，一玩玩到天黑，学生们都不认识他是谁家的孩子。先生听到这个消息，心中暗喜。他断定这绝不是啥谁家的“孩子”，很可能是一株成了精的何首乌。因为先生早就听人说过，何首乌在地下生长千年之后就会变成人形，出来走动，是世上罕见的珍宝，谁能吃到这种何首乌的肉，谁就可以脱俗成仙。先生早就梦想得到这样的宝贝。他灵机一动，想出了一个猎获的办法。他把一条长长的红丝线一头穿在针上，交给那个学生，让他在和那精屁股小孩玩的时候，偷偷地把针扎在小孩的头发上。学生很听老师的话，果真这样做了，先生就顺着红丝线一直找到了何首乌生长的地方，趁着没人的时候，挖了起来。挖了很深很深，直到把红丝线挖完，终于挖出了一只长得肥肥胖胖的何首乌。先生高兴极了，想带回家，又怕被人遇见。再说家中那所小学堂，有多少双眼睛在盯着他，万一走漏了风声，岂不是前功尽弃了？咋办？想来想去，不如就在破庙里支个锅，人不知鬼不觉地独个儿吃了完事。没想到，等他煮熟了肉，回去拿筷的当儿，前庄却来了一个朋友请他，说是家里办喜事，急等着他去帮忙写对联，不等他答应，朋友就死拉硬拽地把他拖走了。先生惦记着破庙，可又有苦说不出。待到他连三赶四写完了对联要告辞时，朋友又死活留着他不让走，高低非留他在家里喝几杯不可，咋也推脱不掉。就这样，时间一拖再拖，炖得烂熟的一锅仙肉仙汤却没能上口。

那边先生急得抓耳挠腮，这边张果老吃得津津有味，满嘴流油。因那何首乌个大肉多，张果老吃得痛饱也没吃完。这时，他的小毛驴在院外又踢又叫，他才想起他的小毛驴还在饿着肚子呢。他连锅带汤一起端了出来，让驴儿也吃了个痛饱，最后还剩下的一点汤，他顺手泼到墙头上了。

张果老吃罢肉，喝罢汤，心中美滋滋的，正要坐下来抽袋烟运运气，却一眼看见有个人慌慌张张朝这边走来。“乖乖，坏了！这锅肉八成是他炖的！”想到这，他慌忙起身，解下驴绳，屁股一抬，倒坐在了驴背上。“嘚儿——嘟！”驴儿四蹄嗒嗒飞快地跑了起来。他两眼一眨也不眨，紧紧地盯视着那个人。

先生进了庙门，见仙肉仙汤被偷吃掉，出了庙门，朝着张果老追了起来。张果老一见来人追赶，对驴屁股“叭、叭”就是几巴掌，毛驴飞跑得更快。谁知，就在这紧追快跑之时，仙物生效。那驴儿也因喝了仙汤，四蹄早已离开了地面，腾云驾雾，飞了起来。那张果老倒骑在小毛驴背上，只觉得身子轻得像鹅毛，越升越高，越飞越远。不一会儿，就把破庙和那个追来的教书先生抛得无影无踪。张果老得意洋洋，手拍驴屁股，哼起乡间小调来。从此，张果老便得道成仙。

张果老成仙后，那枝被张果老用来当筷子的树枝子，竟然落地生根，不久便长成参天大树，被当地人称作“果老树”。据说，此树专门接济穷人。每逢年节，谁家要是缺了啥东西，向大树求借，有求必应。但有一条，借的东西用过之后必须归还，如果不还，就要受到惩罚。有一个贪心的财主向大树借了十双金筷子、十个银碗没有还，大树一怒之下，便把这个财主连人带物一齐吸到树洞里了。那一处被张果老用肉汤泼过的墙头，竟然如铜墙铁壁一般。别的墙头倒了又垒，垒了又倒，但那处墙头一直完好无缺，经世不倒。后来，人们把这座破庙加以修整，改建成“果老庙”，把那堵墙称为“果老墙”。

讲述者：张五，女，76 岁，淮滨县张庄公社农民
采录者：朱洪喜，刘永胜
采录时间：1982 年 6 月
采录地点：淮滨县张庄公社
选自：《中国民间故事集成·河南淮滨县卷》，赵庆尧主编，淮滨县民间文学三套集成编委会 1990 年 1 月编印

民间刺绣八仙图（2019 年 3 月 26 日程健君摄于洛阳民俗博物馆）

民间刺绣八仙图（2019 年 3 月 26 日程健君摄于洛阳民俗博物馆）

137

张果老成仙

（二）

张果老是个孤儿，十二岁就在道观里伺候一个老道人。他要干的活可多了，打水、扫地、烧水做饭、铺床叠被。就这还不够，老道人让他每天挑七七四十九担水，来浇院里的一棵何首乌。小果老压得肩膀肿起了大血泡，累得吃不下饭，瘦得皮包骨头，一阵风就能把他吹倒。动不动老道人不是骂，就是打，没有一个人过问一声，只有道人的那头粉白驴，见了果老就“嗷嗷”地叫个不停。小果老听到驴的叫声，就连忙给它添草加料。时间长了，他和小白驴成了好朋友，每逢喂驴时，他总是用手抚摸着驴的耳朵，小白驴也“咴儿、咴儿”地用嘴舔张果老的小手。

使小果老高兴的还有那棵何首乌，叶子长得又绿又嫩，青藤爬上了大殿，枝叶盖满整个房坡，好看着呢。

一天夜里，小果老一觉醒来，忽然想起小白驴的草该吃完了，可是，今晚它为啥不叫呢？他抬头一看，见小驴吃得正欢呢，槽里不缺草料。到了五更天，他连忙起来，拿起扫帚准备扫院子，一看，院子扫得干干净净，还洒了水。他就到灶屋里去做饭，开门一看，锅上热气腾腾，饭早已做好了。这是谁干的呢？小果老猜不透。一天、两天，天天都是这样。一天，小果老想看一看究竟是谁干的。晚上，他没脱衣服，躺在床上假装睡着，还故意打着呼噜。刚好三更天，门“吱”的一声开了，小果老眯着眼往门口看去，见一个光屁股小孩进了屋，给驴添草料，又拿起扫帚出了屋就扫起院子来。小果老一声不响地扒在窗户上，见这个小孩子扫了院里地，把扫帚拿回屋里，出了房门，一直向灶屋走去。小果老想：这是谁呢？我咋不认识？他出了房门蹲在黑暗处，想看看小孩做了饭到哪儿去。不多一会儿，小孩开门出来，一眨眼可不见了。小果老急出一身冷汗，这是咋回事呢？他一点也猜不透。

第二天，老实的小果老向老道人说了这件事。老家伙听了，一对三角眼眨巴了几下，回到卧室，拿出一个线球交给小果老，在果老耳边如此这般说了一遍。

到了夜晚，小果老按照老道的吩咐，将线绾了个圆圈，放在灶屋锅台旁，把另一头拉到自己屋子里。鼓打三更，那个小孩又出来了，先喂驴，再扫地，然后做饭，做完饭一眨眼又不见了。小果老顺着线绳去找，线绳的一头埋在何首乌的根下，就叫醒了道人。老家伙来到近前，让果老打着灯笼一看，立即明白了。他皮笑肉不笑地拍拍果老的头说：“小果老啊，你来庙里好几年了，没少受累，到明个儿，我给你买几件新衣服，你再干一天活，以后再也不让你干了，赌享清福啦。”小果老不知啥意思，还说：“不，师父，我闲不惯。”他哪里知道，老道人准备害死他。

天一明，老道拿了铁锨、钉耙和小果老一起去挖何首乌。挖呀刨哇，顺着那根线一直挖下去。挖着挖着，绳子尽头了，挖出了一个何首乌，长得和小孩一样，一条腿还套在线绳套里呢。老道连忙叫小果老刷锅添水，把何首乌放进锅，生火煮起来。这时正好有人找道人到府上做道场，道人见是财主家，不敢不去，就对小果老说：“果老，烧好后，你等我回来，千万不可揭锅盖，更不能偷吃偷喝，要是不听话，小心你挨嘴巴。”小果老连声答应，老道放心地走了。

小果老烧哇烧哇，柴火烧了一捆又一捆，热得他满头大汗，直到锅上冒气了，小果老才缓了一口气。刚想坐下歇一会儿，忽听有人叫：“果老哥、果老哥。”小果老吓了一跳，心想，这里哪有人呢？他连忙把锅盖掀开一看，原来是何首乌。这时何首乌说话了："果老哥呀，是你每天四十九担水浇了这些年，把我浇成了仙果。你千万别听老道的话，请你赶快把我吃了吧，吃了你就成仙了，快、快……"张果老在何首乌的催促下，就吃起来，吃完了又喝汤。忽听小白驴"嗷嗷"两声，果老把汤给小白驴喝了。这一喝不当紧，小白驴一下挣脱了缰绳，蹿到果老身边。果老忽听门口有脚步响，大吃一惊，心想：坏了，老道回来了，他非打死我不可！咋办呢？眼看道人就走过来了，他急中生智，"噌"，蹿到白驴身上。这下好了，小白驴两条前腿一立，"忽"的一声蹿上了高空。老道站在院里仰着头叫："果老，果老！"

小果老回过身子，倒骑着驴对道人说："别叫了，你不是说，从今天起，我就该享清福了吗？"说着，腾空而去。

讲述者： 于书章，40岁，项城县官会乡于庄村人，初中

采录者： 王金亮，38岁，项城县官会乡文化站专职干部，初中

选自： 《中国民间故事集成·河南项城县卷》，孔祥谦主编，项城县民间文学集成编委会1987年12月编印

138

何仙姑成仙

（一）

相传，在很久以前，郸城集有个姑娘，名叫何姑。何姑自幼父母双亡，无依无靠，在一家当童养媳。何姑在家整日挨打受气，日子很不好过。

一次郸城逢集。天不明，何姑就被婆婆赶去卖汤。到集散时，一个要饭的跛脚老人，背着个亚腰葫芦，可怜巴巴地走来，要饭吃。何姑见他可怜，就给他一碗。老人刚吃完，正巧何姑的公婆来到，逼着讨饭老人给钱。只听老人说道："我没钱，干脆给你吐出来吧！"说着用手指往嘴里搅了几下，"呱呱"，将汤全吐出来，扬长而去。

老者一走，公婆非让何姑舔吃了不可，何姑忍气一口一口地舔了起来。刚一舔完，她的身子飘然腾空，转眼不见了。

原来这讨饭老人正是神仙铁李拐。

何姑的公婆见此情景，蒙头盖脸吓跑回家了。

后人传说何姑上天入了仙界，就是八仙里面的何仙姑。

从那以后，郸城集的公公婆婆再也不敢虐待童养媳了。

139

讲述者：何道守，45 岁，郸城县汲冢镇文化专干，高中

采录者：王东玉，30 岁，郸城县县政研室干部，高中

选自：《中国民间故事集成 · 河南郸城县卷》，阎春茂主编，郸城县民间文学集成编委会 1989 年 9 月编印

何仙姑成仙

（二）

传说，何仙姑原是个农家媳妇，丈夫死得早，身边又没儿女，婆母是个有名的老恶婆，整天不把她当人看待，轻则骂，重则打，家里家外凭她一个人干，还得精心伺候恶婆，稍不遂恶婆心意，就遭到一顿臭骂。

有一天，从大门外来了一个背挎篓的要饭老头儿，穿得破烂不堪，冻得浑身打战。何仙姑见他实在可怜，就背着恶婆，给要饭的老人盛了满满的一碗热饭，让他赶快走。谁知那要饭老人走着吃着，刚到大门口，被恶婆看见了，就不问青红皂白，抓住何仙姑打了起来，非让她把饭要回来不可，何仙姑认死也不要，那恶婆打得更凶了。不想，那要饭老人见何仙姑为他挨打，就走了回来，劝恶婆不要打了，可那恶婆却恶狠狠地对他说："你偷吃了俺家的饭，非得赔俺不可，不然，俺就打死这贱人！"

乞丐道："饭俺已经吃到肚里了，咋赔你呢？"

恶婆道："你吃了俺的，给俺吐出来。"

那乞丐道："好吧，吐在啥地方？"

恶婆道："吐到猪食槽里，让猪吃了也比你吃了强。"只见那乞丐真的来到猪食槽边，一低头，"哇"的一声，

竟吐了半猪槽。恶婆见那乞丐吐得又腥又臭，就非让何仙姑吃了不可，何仙姑不吃，恶婆就打，打得她死去活来。她没办法，只得忍辱吃掉。谁知看着又脏又臭，吃起来竟是香甜可口，何仙姑真的一下子吃完了。

那乞丐对恶婆道："俺看你这媳妇也实在惹你生气，又不孝顺，不如卖给俺吧！俺这么大年纪了，要饭也走不动路，买下她，能帮俺找口饭吃就行了。虽然她不善，俺能把她教育好，你看要多少钱都行。"

恶婆道："你这要饭老头儿，连吃的都没有，能有啥钱？俺要一万两银子，你拿得起吗？你拿得起，俺就把她卖给你。"

乞丐道："此话当真？"

恶婆道："那还有假？"

乞丐又道："一言为定。"

恶婆心想：一个穷要饭的，哪会有钱，如果真有钱，一万两银子也够发财的，比养活这个贱人强得多。就接口道："一言为定。"

只见那乞丐嘴里默默咕噜了一阵子，用手一指背上的背篓，说道："俺这篓里，不多不少正好一万两银子，给你吧。"说着把银子拿出来给了恶婆。

那恶婆一见真的一万两银子，喜欢得不得了，接过银子，对何仙姑道："去吧，享你的福去吧。"

何仙姑一见恶婆把她卖了，心里可高兴了，心想：总算出了火坑，再也不受恶婆的气了；伺候这要饭的老人，也比伺候恶婆强得多。就对恶婆点点头，随那乞丐老人走了。走着走着，只见那乞丐老人对何仙姑道："俺不是别人，俺是上仙，特来度你。因你命中有道缘，且又受尽人间的苦，师父不忍让你多受。适才你吃了俺吐的仙丹，就已成了仙体。只要苦心修炼，定能早升仙界，随俺上天去吧。"仙姑一听，心中恍然大悟，连忙叩头下拜，感谢师父超度的恩，随同师父离了人间升入仙境。

打那以后，何仙姑一心一意修炼，不怕吃苦，在师父的点化下，后来成为八仙之一。而恶婆所得到的一万两银子，回屋一看，全是碎砖烂瓦。

讲述者：	苏王氏，女，72 岁，平舆县东和店乡仙翁庙村农民，不识字
采录者：	王继松，34 岁，平舆县东和店乡仙翁庙村农民，高中
采录时间：	1987 年 7 月
采录地点：	平舆县东和店乡
选自：	河南省民间文艺家协会资料库电子文档《中国民间故事全书·平舆县卷》

140

何仙姑

何仙姑的婆家就在俺项城县官会集南三里张埝村。她原是个童养媳，从小失去父母，在婆家受尽了公婆的折磨。不管是寒冬盛夏，每天天不明得起床，不到三更不能睡觉。打水、扫地、推磨，家里活全靠她一人去做。公爹开了一个小饭铺，烧锅捣灶不用说还是她的。偏偏丈夫又是个大傻子，动不动抬手就打。这姑娘不知暗地哭了多少场，眼睛常常哭得又红又肿，也没人问一声。

这天，已到三更了，小媳妇推完磨，累得满头大汗，头晕眼黑。刚要睡觉，来了一个买饭的，公爹又吩咐说："去，给这位客官做碗素面。"

小媳妇一声没吭，做了碗素面，端到客官面前。一看这人，衣衫破烂，满面灰尘，手拄拐杖，上挂个葫芦。他接过素面，三吞两咽就喝光了，站起来就走，公爹忙拦住说："客官，你还没给饭钱呢！"

这老客说："哈哈，哪有跟要饭花子要钱的呀，看来你是不想给我这碗素面啦，那好吧，我还吐给你！"他一摇头把嘴一张，素面都吐在地上了。这下可气坏了公爹，他对花子没办法，就拿媳妇解恨，骂道："臭丫头，你做的素面，你还给我吃了，剩下一点看我不把你的头发辫子给揪下来！"

这童养媳哪敢反抗，眼含着泪蹲下身子，用双手收素面，捧一点喝一点。公爹气仍不消，照头上就打，嘴里还骂道："你个饿不死的臭妮子，真没出息……"话没说完，举起的手还没落下来，只见童养媳被一阵香风吹了起来。公爹向前去抓没抓住，忽见霞光四射，小媳妇坐在一朵莲花上，那个老客用拐杖向上一指，二人慢悠悠地飞上九天。吓得公爹跪在地上直磕头，嘴里不住地说："大仙饶命，大仙饶命啊！"

原来这老客就是铁李拐，他是专来度化何仙姑的，两个人驾起祥云去蓬莱仙阁赴会去了。

讲述者： 王新章，62 岁，项城县官会乡时庄村农民，读过私塾

采录者： 王金亮，38 岁，项城县官会乡文化站专职干部，初中

整理者： 于书章，40 岁，项城县官会乡于庄村人，初中

选自： 《中国民间故事集成·河南项城县卷》，孔祥谦主编，项城县民间文学集成编委会 1987 年 12 月编印

141

仙姑洞

讲述者：王好敏，78 岁，农民，小学

采录者：刘邦项，27 岁，陕县张茅乡白土坡村农民，高中

采录时间：1987 年 8 月

采录地点：陕县硖石街

选自：《中国民间故事丛书 · 河南三门峡 · 陕县卷》，尚根荣主编，知识产权出版社 2016 年 1 月版

八仙中的何仙姑是硖石乡三教地村人。早先年，三教地村有个姓何的女儿没了爹妈，跟上哥哥嫂嫂过日月。嫂嫂看她，咋看咋不顺眼，生着法儿折倒她，哥哥不管也不问。妹妹着实受不了，悄悄出了村，来到南山里。石崖上有个洞，就在洞里住下。饥了，摘些破瓣、藕李、葡萄一类野果儿吃；渴了，打草叶树上的露水喝。

妹妹没了，寻不着。不知道过了多少时间，有人去南山拾柴火，看见妹妹在山里，给哥哥嫂嫂说了，哥哥嫂嫂捏些扁食煮熟拿上，去接妹妹回家。妹妹不搭理哥哥嫂嫂，任凭他俩咋说好话，都不开口，更不吃他俩拿的扁食。嫂嫂急了，说："不说话，也不吃扁食，你成仙啦。"

嫂嫂话刚一说落点，妹妹忽忽悠悠飞上半天云里走啦。真个儿成仙啦。

至今，三教地村正南，洛潼公路靠近王家寨村边的石崖上还有一孔洞，人都叫"仙姑洞"。洞口上的小石头都像扁食一样，细看，还有人捏的指纹印儿。

142

曹国舅成仙

采录者： 李继兵，13 岁，辛店联中学生
采录地点： 平舆县辛店乡
采录时间： 1987 年 10 月
选自： 河南省民间文艺家协会资料库电子文档
《中国民间故事全书·平舆县卷》

相传，八仙有韩湘子、蓝采和、铁拐李、曹国舅、何仙姑、张果老、吕洞宾、汉钟离这八位。他们各有各的成仙方法，但除了曹国舅是个坏货，都是些清贫的好人。

为啥曹国舅是个坏货还能成仙呢？这里还有一段故事。

宋朝时，包公私访，得知国舅们依仗权势，上欺天子，下压臣民。清点一下他们的罪行，个个该杀。老包令王朝、马汉、赵虎去捉拿他们。他发下誓言："好你个祸国殃民的国舅，能逃出俺手，就算你是神仙。"

谁知，王朝、马汉回来说没有找到曹国舅。

老包又令他们去搜皇宫，可是，尽管皇宫的各个角落都找遍，还是不见曹国舅的影子，没办法只好回府。

曹国舅到底在啥地方呢？原来呀，早被曹娘娘藏到后花园的一个暗道里了。打那以后，曹国舅就应了老包的话成仙了。

讲述者： 李单决，41 岁，平舆县辛店乡长湖村农民，高中

143

吕祖修仙

不知哪朝哪代有个姓吕的青年，很想得道成仙，就到一个大山里找个山洞静坐修炼起来。

修仙谈何容易，需要诚心诚意修身养性，到了一定的时候还要少吃甚至不吃饭食。他急于求成，一开始就不吃饭。头一天还好过，第二天饿得肚里“咕咕”叫，光往下咽吐沫。第三天、第四天水米不沾牙的滋味更是难受，饿得他筋疲力尽、眼冒金星。他不忍饿死，就动手做了饭，吃饱以后心灰意懒地走出洞来，要半途而废了。

他没走多远儿，见山坡上有一个老太婆在山石上磨一个碗口粗的铁梁，铁梁光不溜溜的能照见人影儿。他奇怪，问：“老妈妈，你这是干啥呀？”

老太婆看他一眼，慢声细语说：“给我闺女磨绣花针呢！”

他觉得好笑，就说：“这啥时候才能成功呀！”

老太婆挺认真地回答：“不能性急，只要一下一下磨，铁梁磨绣针，功到自然成。”

这老太婆是菩萨变的，见他扭回脸去，一眨眼就不见了。吕氏青年领略了“不能急于求成，而功到自然成”的道理，他又转回洞里，一步一个脚印地修炼，终于成了神仙。他为百姓们做了不少好事，老百姓称他为吕祖。至今洛阳还有吕祖庙，汲县还有吕祖阁呢！这许多庙阁都是百姓们为了纪念他而修的。

据说吕祖就是吕洞宾，他当时为了度过不吃饭食也不饥饿这一关，亲手用宝剑把肚子剖开，取出了胃和肠子。凡是吕祖阁和吕祖庙都专修有鳖和蛇来守护陪伴着吕祖像，那是用来象征他取出的胃和肠子的。

讲述者：何宪景，79 岁，退休干部，大学
采录者：韩德新，78 岁，退休教师，大学
采录时间：2005 年 5 月
采录地点：卫辉市吕祖阁
选自：河南省民间文艺家协会资料库电子文档
《中国民间故事全书 · 卫辉市卷》

周口关帝庙木雕，八仙祝寿图（2019 年 3 月 22 日程健君摄）

144

铁拐李成仙

古时候有“郸城出王子，汲冢度李吉”之说。汲冢度李吉是咋回事？传说是这样的：

李吉住在汲冢集南街，为人忠诚老实，勤劳好善，早年父母双亡，跟着哥嫂过日子。李吉的哥哥李杰，胆小怕事，嫂子杨氏，对他十分刻薄。不论白天黑夜，寒暑阴晴，嫂子一喊，李吉就得应声而到。迟慢一步，轻则痛骂一场，重则苦打一顿，李杰虽然心里不肯，也不敢张口劝阻。

一个寒冷的冬天，冰雪遍地。心眼刁险的杨氏硬逼着李吉出门拾柴，还说拾不来柴火，别想还家进门。李吉没有办法，只好应从，出得门来，抬头往外一看，狂风卷起雪花，天地间白茫茫一片。在这样的鬼天气里到哪里去拾柴火呢？李吉伤心流泪，迎着风雪往外走。风大雪深，寒气逼人。李吉食不饱肚，穿的又很单薄，一会儿，冻得浑身颤抖，站立不稳。无可奈何，便钻进一座破窑里暂避一时，等风雪稍住再去拾柴。谁知天不从人愿，风越刮越猛，雪越下越大。破窑里像个冰窖，李吉冻得缩作一团。挨近黄昏，实在支持不住跑回家中。嫂子一看，非常气恼，恶狠狠地说：“没拾来柴火，做饭烧你的大腿！”说着抓起李吉往灶火里填，李吉痛得昏了过去，从此一条腿被烧成了残疾。

这天，汲冢街上来个疯僧，僧袍又破又脏，虱子乱爬，脓眼臭鼻子，脑门上还长个毒疮，嘴里不住地喊着：“人不识我，我不识人；人若识我，必上天门。我毒你吸，莫失良机。”疯僧如此喊叫七七四十九天，平常人只当他在胡言乱语，谁也不去理会。四十九天头上，李吉在大街讨饭，疯子对他喊个不停，李吉很惊奇。尤其是最后一句：“我毒你吸，莫失良机。”李吉感到他出语不凡，其中定有缘故，仔细看看疯僧脑门上不是啥毒疮，影影绰绰像是一个歪嘴大仙桃，便近上去：“师傅请了，弟子这厢有礼。”

疯僧一见哈哈大笑，说：“我毒你吸，你可愿意？”

李吉说：“愿意，愿意。”

“好！”疯僧把头伸过来，对李吉说，“我这疮，五毒俱全，脓血腥臭异常，你就吸吧。”

李吉没有迟疑，嘴对疯僧脑门吸了起来，街邻街坊看见，无不恶心呕吐。其实，李吉吸到嘴里的是蜜汁一样的东西。吸着吸着，李吉觉得体轻似鹅毛，双足如驾云。这时，又听疯僧念道：“仙家奥妙莫猜疑，我度弟子上莲台。转眼列入八仙位，本是三界铁李拐。”

疯僧忽然不见，李吉渐渐升天。街邻街坊看得目瞪口呆，回头一想，方才醒悟：哪里是我毒你吸，原来是仙翁度李吉。

讲述者： 何道礼，62岁，郸城县汲冢镇农民，初小

采录者： 何道守，45岁，郸城县汲冢镇文化专干，高中

选自： 《中国民间故事集成·河南郸城县卷》，阎春茂主编，郸城县民间文学集成编委会1989年9月编印

145

韩湘子单度韩文公

大唐年间，一天，唐太宗宴请群臣。满朝文武刚刚入座，忽然，来了一个白衣秀士，年龄有二十三四岁，长得眉清目秀、鼻直口方、面如扑粉，头戴白缎儒巾，身穿白缎长衫、大红中衣、白袜乌靴。来到宴前，对皇上一揖："吾皇万岁，韩湘子特来为御宴献果，以表祝贺。"

唐太宗不认识。只见左班里闪出韩文公，跪倒金阶："禀万岁，此乃臣之小侄，望万岁恕罪。"这下，唐太宗明白了，原来韩文公经常向他叙说侄子韩湘子是个修道士，心里极为仰慕，今果见一派仙风道骨、举止不凡，便说："噢！原来是韩道士仙驾降临，失敬！失敬！不知韩道士所赠何果？"

韩湘子不慌不忙从提袋中拿出一个西瓜，放在龙书案上，抽出宝剑一切两半，双手捧起一半递给唐王："万岁，请。"

唐太宗有些生气了，心里想：亏你还是神仙哩，寒冬腊月你叫我吃西瓜，这不成心想冰死我吗？他不耐烦地摇了摇头。韩湘子扭头对韩文公说："叔父，万岁不用，恐里面有诈，你先吃一块吧。"

韩文公心想也是，拿起一块吃起来。此时，惊动一人，谁？就是一肚子尽是坏水的张士贵。这家伙真有一套，他认为，大腊月天，哪有西瓜呢？分明是仙果。唐王没仙眼，韩文公吃了非成仙不可。龙书案上还有一块，他可不能错过这个机会，便伸手将那块西瓜拿起来，张口就吃。说时迟，那时快，韩湘子对着那块西瓜"呼"吹了一口气，西瓜变成了石头。张士贵用力一咬，只听"咔嚓"一声，可怜艮[1]掉了四个门牙，鲜血流了一嘴，疼得在金阶下直打滚，文武百官差点儿没笑破了肚皮。这时，唐王方知西瓜是仙果，后悔自己有眼不识泰山。再看韩湘子叔侄两个，已踏着祥云，腾空而去。唐王和众文武惊疑多时，御宴也不欢而散。

韩湘子把韩文公领到仙界，对他说："叔父，你看这仙界比你在下界保朝[2]如何？"

韩文公脸有不乐之色道："唉！好是好啊，就是你婶母不在，我心里实在不好受。"韩湘子听了大惊失色，心想：原来叔父凡心不退，不如早些打发他回下界。就说："叔父，你凡心太重，叫玉皇知道那还了得，我送你回去，在下界当个神吏吧。千万记住，红门方进。"说罢，一袍袖把韩文公打出了天界。

韩文公来到地上，抬头见有一小门，心想：我侄儿叫我逢门就进，这不是有门吗，进去吧。原来他把"红"字听成"逢"字了，谁知他进的却是个土地庙。从此，韩文公做了仙界最小的地方官——土地爷。又因为他凡心不退，人们总见土地庙里有土地奶奶伴着坐在那里。

讲述者：	崔金品，60 岁，项城县官会乡腰庄村农民，读过私塾
采录者：	王金亮，38 岁，项城县官会乡文化站专职干部，初中
整理者：	于书章，40 岁，项城县官会乡于庄村人，初中
选自：	《中国民间故事集成·河南项城县卷》，孔祥谦主编，项城县民间文学集成编委会 1987 年 12 月编印

[1] 艮：方言，硌、挤碰。
[2] 保朝：保护朝廷。

（三）

老君

146

老子出世

春秋时候，鹿邑叫苦县。苦县城东十里有个村庄，叫曲仁里。曲仁里村前有条小河沟，叫赖乡沟，沟两岸有很多李子树。沟边有户人家，这家有个闺女，十七八岁了，还不愿出嫁，守在二老身旁行孝。

一天，这闺女在沟边洗衣裳，见顺水漂来个李子，伸手捞起一看，原来是两个一面鼓肚儿、一面扁平的李子连在了一起，很像两个耳朵在一块儿扣着。她咬一口尝尝，脆甜好吃，几口就吃完了。

刚吃完李子，这闺女就觉着肚里难受，站起来要回家，忽听肚里有人说起话来："娘，不要怕，等孩儿坐正就好了。"

她大吃一惊，红着脸，小声对着肚子问："你是谁？咋钻到我肚里啦？"

肚里人说："你刚才吃下李子怀了我，我是你的儿子呀！"

"你既然是我的儿子，也会说话了，快出来吧。"

"不行。我要在娘肚里用心思忖，看如何能使笨人变聪明、恶人变善良。"

"那你啥时候才出来哩！"

"要等到天长严、牵骆驼的人来了，我才能出去。"

转眼过了一年多，儿子还没有降生。这闺女害怕了，偷偷跑到一个僻静地方，小声问肚里的孩子："儿啦，人怀了孕有七个月八个月生的，也有九个月十个月生的，你都一年多了，咋还不出生哩？"

儿子问："天长严没有？牵骆驼的人来了没有？"

"天没长严，牵骆驼的没来。"

"那还没到时候。"

就这样，母子俩经常隔着肚皮说话，可孩子一直不肯出生。整整过了九九八十一年，黄花闺女变成了白发苍苍的老闺女，她觉得自己没几年阳寿了，实在等不下去了，又问起肚里的儿子："儿啦，我的冤家呀，整整八十一年了，你还不该降生吗？"

儿子又问："天长严没有？牵骆驼的人来没有？就是天长严了，牵骆驼的人没来也不行啊！"

"你咋老问这两句话哩，到底为啥？"

"娘啊，天机不可泄露。"

老闺女想：反正天就剩东北角一点儿没长严，我干脆给他说天长严了，牵骆驼的人也来了，把儿子哄出来算了。就对肚里的儿子说："儿啊，快出来吧，天长严了，牵骆驼的人也来了！"话刚落音，肚里的孩子就从他娘的肋巴上顶开个洞，拱了出来。他娘一看，是个白胡子小老头儿，连头发眉毛都是白的！

他娘的肋巴流血不止。儿子见牵骆驼的人没来，知道是他娘骗了他，就哭着说："娘啊，牵骆驼的人没来，就没法儿撕下骆驼皮，糊住伤口止血。孩儿救不了娘，有罪呀！"说着，双膝跪下，给他娘磕了三个响头。

他娘说："儿啦，别哭了，我不埋怨你。你是因为娘吃李子怀孕生下来的，那李子又像两耳朵，娘给你指姓起名，就叫'李耳'吧。盼你在尘世上做个好人，也就不枉我怀你八十一年！"说罢，气绝身亡。

因为李耳一出生就像个老头儿，后来人们就称他"老子"。

讲述者： 朱化广，62岁，鹿邑县文化馆离休干部，

高小

采录者： 秦新成，48岁，鹿邑县文化馆干部，高中

采录时间： 1986年8月

采录地点： 鹿邑县文化馆

选自： 《中国民间故事集成·河南卷》，中国ISBN中心2001年6月版

附记

鹿邑县传为老子诞生和升仙之地，境内现存有太清宫、老君台等名胜古迹。太清宫位于鹿邑县城东五公里的太清宫镇，北五里许为涡河。太清宫是祭祀老子的祠庙，也是老子的诞生地，2001年被列为全国重点文物保护单位。

老君台原名升仙台或拜仙台，相传老子修道成仙，于此处飞升，因而得名。因宋真宗大中祥符七年（1014）追封老子为“太上老君混元上德皇帝”，故又名老君台。该台位于鹿邑县城内东北隅，台为圆柱形且有棱角，高10余米，台底面积700余平方米。

鹿邑县民间每年有祭奠老子的民俗活动。农历二月十五日，民间传说是老子的诞生日，以太清宫为中心形成拜祀的高潮；正月十五日，民间传说是他得道成仙的日子，以老君台（升仙台）为中心形成祭祀的高潮。正月十五日至二月十六日期间，鹿邑民众举行盛大的庙会，老君传说伴随其间，老子打铁舞、老君戏、老君圣歌、老君拳、老君刀、老君棒等有关老子的民间艺术在庙会上呈现。地方特产，如老君麻花、老君麻片、李耳石磨香油、老君帽、老君妈糊等齐集在庙会上。各地老君社、老君会等进香会成群结队来参加祭拜活动。进入农历二月，届时，晋、冀、豫、鲁、苏、皖等周边省市等海内外数百万香客游人纷纷朝老，形成规模盛大的民俗庙会。（程健君）

先天太后墓（李母墓）位于河南省鹿邑县太清宫镇

（2011年3月27日程健君摄）

鹿邑老子诞生处（2013年12月11日程健君摄）

鹿邑老子塑像（2011年3月27日程健君摄）

鹿邑老子升仙台（2013年12月11日程健君摄）

147

老君修天地

很久很久以前，天和地还没有长严实。那时候人很少，有个老姑娘生来很出奇，她不吃五谷杂粮，饿了晒太阳，渴了喝露水，后来也不知道因为啥怀了孕。怀胎几年一直也不生，有一天，肚里的小孩突然隔着肚皮和她说起话来。

小孩在肚里问："母亲，天地长严没有？"

老姑娘答："没长严。"

从那天起，小孩天天问一遍。天长日久，老姑娘心想：这孩子天天问天地长严没有，咋就不出来呢？他再问我，我干脆说长严啦，看他咋着。

这天小孩在肚里又问："母亲，天地长严没有？"

老姑娘大声说："长严啦！"

小孩说："天地长严了，我该出去了，母亲你该死啦。"说罢，从老姑娘肋巴窝里拱出来，老姑娘当即就死了。

小孩从老姑娘肚里一出来，见风长，眨眼工夫，身高万丈，睁眼一看，天地还没长严，急得直跺脚。他见天东北角有个洞，抓一块冰凌给堵住了。他一看地西北角有个缝，伸手从地东南边挖一把泥给糊住了。从那以后，一刮东北风就冷。东南地势洼，水都往东南流。这个小孩就是后来的太上老君，他本是神仙转世，后来上了天。

太上老君补罢天地，东奔西走，把地踩得凸凹不平，高的地方成了山，低洼地方成了海湖。他用手一抹拉[1]，成了平地，指头划过的地方成了江河。

讲述者：孔祥山，85岁，沈丘县范营乡董楼村窑匠，读过私塾

采录者：孔祥金，沈丘县范营乡董楼村业余作者

采录时间：1987年9月

采录地点：沈丘县范营乡董楼村讲述者家里

选自：《河南民间文学集成·周口地区故事卷》，陈连忠主编，中原农民出版社1991年9月版

[1] 抹拉：方言，抹平。

148

老君撑天

太上老君是道教始祖，人们也叫他老子。他没有爹，只有妈，生他时还很费了一场周折哩。

古时候有个李员外，家里很富，却只有一个独生女儿。李小姐长到十六岁时，有一天到后花园里散心，看见一棵树上挂着一个红鲜鲜、水灵灵的桃子，觉着很奇怪：十冬腊月天，咋会结桃子哩？就把这个稀罕物摘下来吃了。这一吃可不得了啦，她的肚子一天天大起来。李员外一见很恼火，认为闺女与人做下了苟且之事，败坏了门风，就不要她了，一笤帚疙瘩把她撵出了家门。

李小姐没处安身，只得住到一个山洞里。她妈很心疼她，暗地里派人给她送来好多吃哩，想着等孩子生下后再接她回家。谁知，李小姐还没有把孩子生下来哩，天忽然塌了，天下人全给压死了。她因为住在山洞里，好歹保住了一条性命。她整天摸着大肚子发愁，这样一过就是十来年。

一天，她又坐在洞口发愁哩，忽地从肚子里传出了问话声："妈，天开了没有？"

李小姐吓了一跳，才知道自己要当妈啦。她朝洞外看了看说："儿呀，天地之间才闪开一条缝儿。你快出来吧，妈都拖不动你了。"

她肚子里的娃儿说了："现在不是我出去的时候，等天开了我才能出去。"

又过了十来年，李小姐肚里的娃儿又问了："妈呀，天开了没有？"

李小姐又往外看了看说："还没哩，天才升高了三尺。"

就这样，以后每隔十来年，那娃儿就要问一次，一直问到第八十三年，天还没有全部升起来哩。李小姐叫他问烦了，就骗他说天地分开了。他一听就急着要出世，在他妈肚子里乱冲乱撞，一下子冲了个大洞蹦了出来，见风就长，一会儿就长成个大人。李小姐一看，这娃儿白须白发像个老头儿，就给他起个乳名叫"老子"；又看他拖着好长好长的白胡子，又给他起个号叫"老髯"。因为他没有爹，随了母姓，后人就叫他"李儿"，意思是李家儿。后来觉着叫"李儿"不雅，就改叫"李耳"了。又有人把他的名和号合起来造了一个新字，叫"聃"，从此以后，"李聃"就成为他的正式名号了。他妈肚子破了血流不止，不久就死了。他大哭一场，把他妈埋在那个山洞里。

老君爷一出生就有翻天覆地的神通。他看天还很低，在太阳的下边横着，遮得地上一片黑暗，就举起双手使劲往上一撑，把天撑到了太阳上边，使世界重见光明。

后来他就住在天的最高处，还在太阳的上边，所以人们都称他为"太上老君"。

讲述者：	曹学典，79 岁，新野县王庄曹溪营村农民，私塾六年
采录者：	曹宝泉，29 岁，新野县文化馆干部，高中
采录时间：	1970 年 3 月
采录地点：	新野县王庄曹溪营村
选自：	《河南民间文学集成·贵地新野的传说》，曹宝泉主编，文心出版社 1993 年 5 月版

149

太上老君造锄头

起初，地里没庄稼，五谷长在天上。天宫有好大石磨，不停地转呀，转呀……磨哩东西盛不下，老天爷叫撒到人间。所以，天宫落下来哩不是雪，是白面；打下来哩不是冷子，是糖豆；滴下来哩不是雨，是香油。世上人吃不尽，用不完。

时间长了，老天爷想知道人间啥样，派太上老君下凡察看，人不知道珍惜东西，脚踩是白面，小孩屁股垫是白面。太上老君上天一汇报，老天爷再不让给人间撒糖、面、油。

太上老君怕人都饿死，断世界，带上种子和铜锣，下凡教人把种子撒进地里，只要敲敲铜锣，说："草死苗活，草死苗活……"草就死了，庄稼就长起来，浑身结籽。米面又多了，人忘掉饿，铜锣扔一边，"呼呼噜噜"睡大觉。

老天爷亲自下凡，看见人懒，气不打一处上，一脚踩扁铜锣，挽胳膊抹袖捋起庄稼，人还睡着觉，一点不知道。狗灵性，看见了，哭着求老天爷："给我丢点，给我丢点……"

老天爷正捋麦，刚好捋到梢上，只剩最后一穗，给狗丢下，没捋掉，说："你吃了，巴下人吃。"狗错听成"人吃了，巴下你吃"。到现在，一直是狗吃人屎。其实，天意是人吃狗屎。老天爷捋罢麦又捋其他庄稼，都给狗丢一两穗，捋到荞麦，手烂了，血流到荞麦秆上，荞麦秆是红哩。

庄稼不能浑身结籽，粮食少了，人饿起肚子，再不敢睡懒觉。爬起来，铜锣扁了，敲着不管用，只好当铲使，一苗一苗铲草。老天爷想起下凡的事，就降下旱、涝、风、霜，庄稼一荒，人铲不过来。太上老君把铲窝个钩，成了锄头，使起方便多了，草锄得快，庄稼也能收多。

讲述者： 张拴龙，农民，不识字
采录者： 刘邦项，24 岁，陕县张茅乡白土坡村农民，高中
采录时间： 1984 年 2 月
采录地点： 陕县张茅乡丁家庄村
选自： 《中国民间故事丛书 · 河南三门峡 · 陕县卷》，尚根荣主编，知识产权出版社 2016 年 1 月版

150

太上老君炼丹炉

太上老君炼丹炉在陕县韩家山村后山坡上。

老老以前，太上老君下凡，从陕州城南门向东修黄河。炼丹炉放在工地上，修好一段向前挪一段。挪到响屏山口，碰上硬邦邦黑矸石，白天修开，夜里长住。老君一心要挖通黄河，不离工地，白天修，夜里还修。老君本来爱吃煎馍喝白面疙瘩汤。和老君娘娘约好，光喝白面疙瘩汤，不吃煎馍。烙煎馍铜鏊挂到炼丹炉上，要吃饭，敲一敲。老君娘娘听见响，把饭送到工地。

一只屎螃牛飞起撞到铜鏊上。老君娘娘听见“当啷”响，赶紧把饭送到工地，不见老君影，站在炼丹炉下向东望，一头大黑猪正在山底拱山，猪嘴拱到地方，老高老高山裂成河床。

黑猪不拱了，调回头，向炼丹炉走来。近了，原来是老君。

老君娘娘问：“你咋就是这人？”

老君气冲冲问：“谁叫你来？”

老君娘娘说：“听见鏊响，来送饭。”

老君修河有忌讳：不能让任何人知道咋修法。这回老君娘娘看见，破了天机，修不通响屏山了，功夫都白费了。

老君正生气，看见地上屎螃牛，知道是这家伙惹哩祸，一脚踏下，用劲大了点，踢翻饭罐，顺山“咕咕噜噜”滚下，白面疙瘩汤洒到山坡上，这就是炼丹炉西边那片白石头，疙疙瘩瘩，人叫“老君余粮”。

响屏山修不通了，老君返回陕州城西，由北门外修通了黄河，炼丹炉留在韩家山村后，成了他修黄河的证物。

讲述者： 刘小锁，76 岁，农民，小学

采录者： 刘邦项，24 岁，陕县张茅乡白土坡村农民，高中

采录时间： 1984 年 6 月

采录地点： 陕县张茅乡白土坡村

选自： 《中国民间故事丛书 · 河南三门峡 · 陕县卷》，尚根荣主编，知识产权出版社 2016 年 1 月版

151

太上老君降牛

当初，人间没有牲畜。牛、驴、骡、马都在天宫里，属太上老君管。

后来，太上老君下凡到陕州修黄河，看见人背担推拽，太苦累，返回天宫，下令牛王和马王率领它们的子孙下凡拽犾劳作。人间有了牛、驴、骡、马，地里变了样，庄稼长哩油汪汪，年年都是好收成。

牛在畜生里头，气力最大，性最暴。干过一段，不服使，满山遍野撒泼，糟踏得庄稼少秆没叶，见人连踢带咬，谁都不敢往跟前去。

太上老君知道了，一个个敲掉牛上牙，劈开牛蹄。还教人穿透牛鼻膈，扎上荆条桊，系根缰绳。牛变得驯顺了。

当时，有头牛野得没了边儿，连老君都不服，不叫敲牙，不叫劈蹄，更不叫扎鼻桊[1]。连连逮了几回都没逮住，撵上一道山梁，老君怒了，"嚓嚓"两刀，砍掉牛头和尾巴，刀子一挑，牛头落到东南方五里外白土坡村底山沟里。

白土坡村缺水。老君把牛头压到石头底下，叫它把喝过的水从鼻孔里吐出来，供人使用。它从前喝的是天河水，就冬暖夏凉，吐起来长流不息。

牛身留在山梁上，年长日久，变成石头，人叫那道山梁"石牛岭"。

牛尾巴，老君拿去掸尘了。

讲述者： 刘雷霆，50 岁，教师，高中
采录者： 刘邦项，20 岁，陕县张茅乡白土坡村农民，高中
采录时间： 1980 年 12 月
采录地点： 陕县张茅高中
选自： 《中国民间故事丛书 · 河南三门峡 · 陕县卷》，尚根荣主编，知识产权出版社 2016 年 1 月版

[1] 鼻桊：穿在牛鼻子上的小木棍儿或小铁环。

152

老君犁黄河

开天辟地，是老君造世。黄河就是老君开哩。老君扶一张夯犁，套一头天牛，开出曲曲弯弯一条犁沟，就是黄河。

老君犁到陕州城，遇上了石头。一大早套上犁，铧尖不是浅了，戳不进，只挑一层皮；就是深了，天牛拉不动，越往前越难犁。老君一抬夯犁，坷垃翻到犁沟北边，人都叫它“抬夯（太行）山”。赶犁到陕县与渑池搭界崖底村后边，天牛乏了，老君乏了，也饿了，卸了犁，摸出火镰火石，打火做第一顿饭。这时，大约十点钟。吃过饭，老君放天牛吃草。天牛吃饱了。老君摸出火镰火石，打火做第二顿饭。这时，大约后半天两点钟。吃了第二顿饭，老君套犁冲犁沟，冲到陕州城，又拐回崖底村后边，紧紧赶着冲了一来回。老君卸了犁，摸出火镰火石，打火做第三顿饭。这时，天黑了，天牛赶在犁沟南边吃草，天牛着实乏了，顾不上吃草，先卧下歇息，就再也没有起来，人都叫它“伏牛山”。

人看见老君一天做吃三顿饭，都跟着他学。大约十点钟，做第一顿饭；后半天两点来钟，做第二顿饭；天黑了，做第三顿饭。

老君吃过三顿饭，坐到犁沟边上歇下来，鞋窠篓里夯满了土，怪憋人，脱下磕磕，拿起一只端端倒出来，造了一座圆圆山，人都叫“圆疙瘩”；拿起另一只轻轻向前撒，倒出来，造了一座长长山，人都叫“长疙瘩”。

老君临走的时候，火石掉在犁沟南边坡沿儿上。黄河南岸的山崖上悬着一颗大火石，说是老君丢下那一颗，人都叫“老君火石”。从上面随便敲下一小块，打火就是好使哩很，火镰轻轻一碰，“哧哧”就燃着啦。外乡外县外省的人都不远十里八里，三十里五十里，百儿八十里来这儿采火石。

老君火石边儿还有一道石沟，是老君搭夯犁时剜下哩。

讲述者：柴国孝，76 岁，农民，小学

采录者：刘邦项，27 岁，陕县张茅乡白土坡村农民，高中

采录时间：1987 年 8 月

采录地点：陕县柴洼乡崖底村

选自：《中国民间故事丛书·河南三门峡·陕县卷》，尚根荣主编，知识产权出版社 2016 年 1 月版

153

南山埋金，北山撒煤

以陇海铁路、洛潼公路为界，在河南省陕县人叫县东张茅、宫前、西李村一带是“南山”，王家后、柴洼以至渑池县陈村、张村一带是“北山”。南山土厚，草木多，收成好；北山土薄，草木少，收成差。

当初老君修通黄河，临走时候，走到南山，南山人挡住不叫走，要老君留下些东西。老君一屁股坐下，问：“留些啥？”

南山人心馋，看不上不值钱东西，说：“金银珠宝，玉石玛瑙，样样都好。”

老君叹口气：“唉——好！”往地下挖个坑，从布袋里掏出一把，“哗啦”丢进，又把坑攒住了。后来，南山里有金银珠宝、玉石玛瑙，全都埋在大山老底下，取不出来，南山人也不富。

老君走到北山，北山人挡住了，要老君留下点东西。老君一屁股坐下，问：“留点啥呢？”

北山人厚诚，说：“啥都中，只要救下我都不死就好。”

老君叹口气：“唉——好。”脱掉两只鞋磕了磕一路钻进鞋窠篓里的尘土，倒在地下，尘土叫脚汗染黑了，老君又抓把土面撒上苫住。后来，北山里就有了煤，山皮盖着，也不厚，一挖就能挖透，就能挖出来。挖呀挖呀挖不完。

北山土薄草木少，收成不咋好，可是挖出煤就能烧火、就能换钱，也不比南山人穷。

讲述者： 刘雷霆，50岁，教师，高中
采录者： 刘邦项，20岁，陕县张茅乡白土坡村农民，高中
采录时间： 1980年12月
采录地点： 陕县张茅高中
选自： 《中国民间故事丛书·河南三门峡·陕县卷》，尚根荣主编，知识产权出版社2016年1月版

154

打石取火和锄头的来历

传说远古的时候，农民种庄稼不用锄草，只消“当当当”一敲铜锣，杂草就会闻声死掉。久而久之，人们不靠天吃饭，连敬奉老天爷的事也渐渐淡漠了。天上的玉皇大帝发现信奉他的人越来越少，十分生气，便派一位天神到人间使出法术。敲锣锄草从此不灵了。后来，人们发明了钻木取火，开洪炉打制出了铁铲，用铲子除草，虽比不上敲锣除草那么省力，可总比手薅便利得多。如此年年得到好收成，对老天爷的感情还是热不起来。

玉皇大帝再次动了怒。他派了精通火功的太上老君去灭人间的火种。太上老君虽是个体谅民间疾苦的神老头儿，可又不能违抗玉帝旨意，只得硬着头皮从命。

太上老君驾祥云来到伏牛山下的一个小村庄，看到几个人骑在一棵大树上，艰难地用小树枝钻木取火。钻呀钻，磨烂了双手，汗水浸透了衣衫，方才取得一星点点的火种。火种到手，几个高兴得眼泪直淌，欢跳着朝村里奔去。老君见此情景，哪忍心煞灭火种！他跟随着几个人来到了一座洪炉旁，只见一位小铁匠接过火种，赶忙生火，人们扇风的扇风，吹火的吹火，终于燃起了熊熊大火。小铁匠便操起家什打制铁铲。只听“叮叮当当”连声作响，一把把铁铲打了出来。老君看到眼里，喜在心头，决心助人间取火制铲一臂之力。他不好直言点明，就想了个法儿。

老君往洪炉前靠一靠，声言讨个火使。小铁匠一看是位白发长者，便十分恭敬地为老君引火。老君使了点法术，“噗”地吹出了一股冷风，洪炉顿时火熄烟灭，老君转身拔腿就跑。生一次火不容易，霎时竟被灭掉，小铁匠怒上心头，喝了声“哪来的妖人！”，便抄起一把铁铲追去，眼看快要追上，小铁匠将铁铲朝老君打了过去，只听“当啷”一声，火花迸飞，原来铁铲打在了一块大石上，再看老君已无影无踪了，小铁匠恍然大悟，才知道是太上老君前来点化取火的新法。便打了一个火镰，取来石块撞击取火，比原来的钻木取火省力多了。小铁匠还发现打老君的那个铲子碰在石头上折弯了，用这折弯的铲子一试，分明是往怀里捞着除草，比用铲子往前铲省力得多。他便和伙伴们合计，照弯铲子的样子打，从此农家就用上了锄头。

太上老君不但没煞灭人间火种，还点化了人们生火和制作锄头的方法，玉帝为此将他打入天牢。后世人们根据“老君蓝衫五尺三”的说法，安锄把时都用五尺三寸长的木棍。中原一带传说立秋是老君生日，人们便在这天停止劳作，挂起锄钩休息，以示对老君的纪念。由此又产生出“立了秋，挂锄钩”的农谚。

讲述者： 贺海成
采录者： 姜典凯
采录时间： 1986 年 3 月
采录地点： 镇平县贺庄村
选自： 《中国民间故事集成·河南镇平县卷》，姜典凯主编，镇平县民间文学集成编委会 1987 年 11 月编印

155

歪头山

太上老君来到陕州，修通黄河，降下天宫里的牛马、驴骡，又在南山埋下金子，北山撒下煤，还教会人料理生产生活。早起后晌犁地，中午放牛，一天吃三顿饭，使火镰火石打火，尽给黎民百姓些好处，人哩日月一天比一天好过起来。陕州这块地盘，当然也就该是太上老君哩。他劳碌哩够乏啦，打算拣个地方，造座房住下，歇歇身，歇歇心。那时候人还住在茅草窝里，不会盖房子，顺便再教会人盖房。

太上老君拣来拣去，拣到张茅青云山上。谁知道，王母娘娘听说了，也眼慕陕州这块好地方。趁太上老君下山运房料，来到山顶上，拔下太上老君立好的房础脚，把自家绣花鞋埋到础脚窝里头，然后又把础脚原样立上。

太上老君回到山顶，看见王母娘娘坐在房地基上，噘着嘴，问："娘娘来啦。"

王母娘娘开口就没好哩，说："谁叫你在我这地盘上揳橛儿？"

太上老君愣怔了一会儿，说："是你哩地盘，有啥凭据？"

王母娘娘说："是你哩地盘，有啥凭据？"

太上老君说："是我哩地盘就有凭据，这不，我要盖屋，础脚都下上啦，这就是凭据。"

王母娘娘说："这是凭据哩？揳橛儿都不看看揳是啥地方？"

太上老君说："啥地方？我哩地方。"

王母娘娘说："嘴犟不算，你挖开看看。"太上老君一挖，挖出了王母娘娘哩绣鞋。

王母娘娘说："还犟不犟？不偏不斜，可可下到人绣鞋上，还说是凭据哩？"太上老君又愣怔了，反不上气儿。

王母娘娘说："后来者居上，我哩绣鞋在你哩础脚下头，说明我先来，这地方是我哩。"

太上老君知道是上当了，越想越冤枉，越想越生气，"扑通"一屁股蹲跌坐地下。玉帝听说了，跑来拾起绣鞋扔到山底下。王母娘娘哭闹不行，玉帝只好说："真看中这儿，就住跌鞋那儿。"

太上老君一屁股蹲把山头砸歪了，青云山也叫"歪头山"。老君盖了房，人跟他学会了盖房。歪头山根有片地方叫娘娘庙。后来，她真在那儿住下来啦。

讲述者： 张拴龙，农民，不识字

采录者： 刘邦项，26 岁，陕县张茅乡白土坡村农民，高中

采录时间： 1986 年 7 月

采录地点： 陕县张茅乡丁家庄村

选自： 《中国民间故事丛书·河南三门峡·陕县卷》，尚根荣主编，知识产权出版社 2016 年 1 月版

156

老君列石

早先，黄河水高着哩，咱这一带全是水。要过河北，不坐船没法儿，船一到河心，就被浪晃得乱摇，人心提得老高。水里有个妖怪，像两扇门恁大，嘴像个簸箕，老害人。它拱[1]到船底下，一使劲，船就翻啦！人都跌到河里头啦，它就把人都吃了。这个妖怪是个老鳖精，吃了好些人。

老君知道了，就使斧头把河心的大石岛砍了个豁口，水流走啦，水面就窄了，也浅了，老鳖精的盖就露出啦。老君上去一抬腿就把它踩到脚底下，骂它："畜生！害了恁些人，杀了你，吃鳖肉！"

老鳖精急啦，赶紧磕头："老君爷，甭杀我，往后叫我咋我就咋，我还能没一点用处？"老君爷就拿它压到山下，又回去炼丹啦。

后来，老君爷要过河北，在河南拾了一块大石头扔到水里，石头没放稳实，乱晃荡，老君爷就想起老鳖精，叫它："老鳖精！老鳖精！"这个妖怪听见喊声，就快快爬到石头底下，稳住这块石头。老君爷就踩着这块列石过河啦。老君爷对老鳖精说："你就好好在下头稳着，叫过河人踩着列石，我闲了，再超度你。"

老鳖精就老老实实地稳在下面不动。那老鳖精盖里有珍珠，一到天黑就发光亮，天黑了也能踩着它过河，方便多了。咱这里人都叫那块石头"老君列石"。不知道啥时候发大水把它冲走了，老鳖精也被老君爷超度啦。

[1] 拱：方言，钻进。

讲述者： 张福忠，62 岁，干部，中专

采录者： 虎艳莉，女，43 岁，陕县文化馆职工，大学

采录时间： 2005 年 6 月

采录地点： 陕县会兴街

选自： 《中国民间故事丛书 · 河南三门峡 · 陕县卷》，尚根荣主编，知识产权出版社 2016 年 1 月版

王屋山阳台宫，号称"天下第一洞天"（2021 年 6 月 1 日程健君摄）

老子圣像位于河南省灵宝市函谷关，高 28 米，重 60 吨，为紫铜锻造贴金（2014 年 4 月 28 日程健君摄）

灵宝函谷关太初宫朱雀门（2014 年 4 月 28 日程健君摄）

函关古道（2014 年 4 月 28 日程健君摄）

（四）灶王

157

灶王爷

（一）

不知哪朝哪代，皇上派个大臣下来当州官。大臣在京里享乐惯了，不愿意去，皇上就对他说：“这个州是好地方，你若去后，怕比在我手下还要享福。你上任后可以这样办……”

大臣听皇上的话，就欢欢喜喜去上任。到任后，他立即贴了告示。告示上说，他上任三天以后，全州百姓每家每户都要挨次请他吃一天酒席。谁若不请，就满门抄斩。

州官已计算好了，这州里有几万家，他要美美地吃上几万天。

开头是他一人去吃，这还好说。后来呢，他计算着不太合算，就把他的夫人、下属和鸡狗都带去吃。州官整整吃了一年，他吃得又白又胖。老百姓却咬牙切齿，说：“州官不是咱的父母官，他是来吃人肉、喝人血、嚼人骨头的！”

这话传来传去，传到一个偏僻的村子，传到张大巴掌耳朵里去了。张家夫妻俩过日子，媳妇织布纺线，丈夫种地打柴。张大巴掌生得膀大腰粗，力大如牛，巴掌又大又厚，因此人们都叫他张大巴掌。他伸手拔树如拔葱。

州官好吃好喝的事，他听到以后，就杀了一头猪，放在锅里，加上佐料，让媳妇烧火炖肉。他去找州官，一见州官，张大巴掌说：“州官大人，你看我的长相，像有本事的不像？”

“呀，你这样出奇的巨人，我还头一回见到呢！你的本事准不小！”

“对了，我能上天抓凤入海擒龙。听说州官大人挺爱吃好东西，今天特地擒了龙凤，炖了一大锅‘龙凤肉’。虽还没轮到我家管吃，就先请州官大人屈尊驾临吧！”

州官一听，这哪能不去，立刻带着夫人、下属和鸡狗，跟张大巴掌去了。

一进张大巴掌的门，州官他们一边抽鼻子，一边喊：“好香啊！好香啊！”鸡馋得拍翅膀，狗馋得直耷拉舌头。

张大巴掌一看媳妇还在灶门烧火，“龙凤肉”还没熟。还没等他开口，州官就质问张大巴掌为啥龙凤肉还不熟。

这时，张大巴掌让媳妇闪在一边，把门一关，卷起袖子，扬起巴掌，手指州官说：“这回你们算跑不了啦！你们把老百姓吃得好苦，这回是要你来尝尝我的巴掌是啥味道！”

媳妇忙拦住说：“你一抬手就把他们打扁了，要打就把他们打在锅灶边的墙上吧。他们生前爱吃爱喝老百姓的，死后让他们永远站在灶边，瞪眼看着老百姓吃好东西吧！”

“好！”张大巴掌扬起巴掌只使了一点劲，“叭”把州官夫妻俩打在锅灶边墙上了。

大家知道这件事后，纷纷跑来看，一个个拍手称快。有人提议，说州官生前到家家户户去吃，不如请画师把他画下来，贴在每家的灶墙上，让他看着人们吃好东西干眼气。

这件事让皇上老子知道了，他很生气，却不敢来问罪，也是怕张大巴掌把他打在墙上。咋办呢？他就写了假告示贴出来，说：“州官两口子生前是皇上的‘御膳厨子’，侍候皇上有功，死后封他夫妻为灶王爷、灶王奶奶。家家户户都要把他们画成像，贴在墙上，以飨千古。”

从那时起，关于灶王爷的传说就有两样：一说灶王爷是被张大巴掌打在墙上的州官；一说灶王爷是皇上的“御膳厨子”，死后受了皇封。

讲述者：王三
采录者：王爱梅
选自：《河南民间文学集成·西平故事卷》，高沛主编，中州古籍出版社 1997 年 1 月版

158

灶王爷

（二）

乡间流传有“糖瓜儿集到二十三，离年下还有整七天”的说法。每逢腊月二十三，人们都要赶集买点糖果，晚上祭灶。

黄昏时候，家中的妇女、老太太先给灶王爷烧香，供糖瓜（饴糖和面做成），然后用竹篾扎一个马，拣几圪节喂牲口的谷草，稍洒几滴水。这算是灶君爷的坐骑和草料。到了深黄昏，把供了一年的灶君爷旧神像和“马匹”“草料”，一块放在黄表纸上烧，嘴里同时小声念叨：“年年有个二十三，灶君老爷要上天。有大马，有草料，路途平安顺利到。供上糖瓜把你甜，玉皇面前进好言。”人们是在祷告灶君爷上天言好事、回宫降吉祥哩。说起祭灶的来历，还有一段传说哩。

从前，有个人，叫张大郎，为人非常刻薄。穷人遇上一时过不去的困难，或者逢上天灾人祸，想借他点钱粮，他不但不借，反倒骂你穷鬼，把你赶出门外。为这，乡里穷人都挺恨他。他在家里，对妻子张口就骂，举手便打，前妻郭丁香，第二个妻子玉满常，都先后被他休了。张大郎还是个败家子，不出几年，就把祖上留下的家产折腾光

了。他成了光棍一条，只好拿起打狗棍儿，端起讨饭瓢儿，走乡串户，要饭度日。因为张大郎过去为人不好，穷人都不愿意舍饭，他只好到外乡流浪。

这年腊月二十三，天寒地冻。张大郎听说近处的尼姑庵上舍粥，就到那里去了。他挨个等着领粥，等轮着他了，粥也光了。张大郎饿得肚子“咕噜咕噜”响，眼睛直冒金星，眼前一黑，“扑通”栽倒在地上晕过去了。小尼姑见了，忙去告诉主事的尼姑。原来这位主事的尼姑就是张大郎的前妻郭丁香。古时候，出门的闺女被男家休回，那是最丢人败兴的。她没法回娘家，就出家当了尼姑。时候长了，她又成庵里的主事了。这会儿，她看罢张大郎，回到庵里亲手做了一碗面条，端给他吃。张大郎喝了几口热汤，清醒了过来。他抬头一看，是前妻郭丁香在喂他，羞愧难当，无地自容，一下子钻到熬粥的灶膛里去了。

从这以后，张大郎的魂体每天帮助小尼姑熬粥、舍粥，时候长了，远近出了名。玉皇大帝知道后，就钦封他为灶君，掌管人间各家灶头事务。人们称他为“灶王爷”。因为他娶过两个妻子，神像上，灶王爷左右两旁还有两个女人。按理说，如果舍粥有点功德，也是他前妻的事。玉皇大帝也是重男轻女，致使张大郎无功受封。老百姓心里有数，好坏善恶分得最清楚，张大郎后来虽然有些改变，穷人仍怕他本性难移，到玉皇大帝面前说穷人的坏话，所以每逢腊月二十三晚上祭灶时，总要供上糖瓜儿，并且拖到半夜时才祭。这意思是，祭送得晚了，他在玉皇大帝那里待的时间短，说穷人坏话的机会少；糖瓜儿粘住嘴了，他就不能说穷人的坏话了。

讲述者：王舜英，38 岁，工人

采录者：郑喧

选自：《节日的传说》，本书编辑部编，河南人民出版社 1982 年 11 月版

159

灶王爷

（三）

很早的时候，有一年闹灾荒，庄稼颗粒不收，家家没有粮食吃，草根树叶都被吃得净光。如果再没有啥吃，人们都得饿死。

有一天，有人在大老远的地方发现很大一片从来没有见过的野草，上面结着样子挺古怪的黑草籽，就采下一些，带回村里，互相传看，谁也说不上是啥东西。

有人说：“要是能吃就好了。”有人说：“看样子像是有毒。”有毒无毒，看不出来，只有吃吃才能知道。谁敢第一个吃呢？大家你看我，我看你，谁愿意死呀！这时候，乔大爷说：“我先吃吃看，若是没毒，大家就有了度荒救命之物；若是有毒，反正我也这么一大把年纪了，无牵无挂的。”

乔大爷吃了黑草籽，穿上衣服预备着死。一天过去了，一点儿事儿没有，他就对众人说：“大家快去采吧！这种东西不单能吃，还很好吃，只不过比麦子磨出来的面黑一点就是了。”

众人纷纷去采集这种草籽充饥，度过了荒年，并把这种东西叫成了“乔麦”。

乔大爷死后，虽然无儿无女，但是来料理后事的人很多。人们为纪念他，请人把他的像画下来，贴在灶房里，常常在画像前烧点香、上点供，时间长了，后人就把他当灶王爷敬了。

讲述者： 金木，50岁，农民，不识字

采录者： 金花英，女，15岁，学生

选自： 《中国民间故事集成·河南省许昌市长葛县卷》，杨应甫主编，长葛县民间文学三套集成编委会1990年8月编印

160

老灶爷

（一）

老灶爷也称灶君、灶王爷。民间迷信他是掌管一家祸福的神灵。因此，家家户户锅台前都供奉有他和他的老伴灶奶奶的画像，并配有对联曰："上天言好事，下界保平安。"横幅是："一家之主。"

传说，每年的农历腊月二十三日，老灶爷都要到天上去一趟，向玉皇大帝禀报一次人间善恶，到除夕那天又回到人间。在老灶爷上天和返回人间这两天，家家都焚烧纸马、纸钱送接，称为送灶、迎灶。逢年过节，家家对老灶爷更是不敢怠慢，总是先在锅台上摆好供品，又是烧香，又是叩头，又是祈祷。之后，全家才吃年节饭。人们对老灶爷这样毕恭毕敬，还不是期望老灶爷能在玉帝面前多进好言，保佑平安？

这个老灶爷到底是从哪冒出来的呢？

传说很久以前，某地有一个姓张的县令。这县令一无才，二无德，生就的一张馋嘴，一副大肚皮。他常年不理公务，整天吃吃喝喝，醉生梦死。下属和地方豪绅们知道他爱贪吃贪喝，纷纷借机奉承讨好，今天你请，明天他接。这县令可是毫不客气，谁请都去，随叫随到，吃喝了嘴一

抹就走。慢慢地，就连案犯盗贼也都请起县令来。只要是请他吃喝，大事化小，小事化了，所提要求没有不满口答应的。出了案子，也不讲谁有理没理，请一顿吃喝，这案子就算了结了。这样一来，县令就成了坏人的保护伞。地方恶霸歹徒更加肆无忌惮敲诈勒索老百姓，可把老百姓给坑苦了。百姓们真是恨透了这个"吃喝官"。

却说县城外有一个姓张的打柴汉，母子俩人过活。本来日子够苦的了，加上名目繁多的苛捐杂税，更是过不下去了。他想，眼看饿也是饿死，倒不如为民除害，杀掉这个狗官。

一天，他用积攒的卖柴钱备了一桌酒席，便到县衙里去请县令。你想，那还能请不来！等县令喝得站都站不起来的时候，打柴汉上前一把抓住县令的衣领，破口大骂："你是啥鸟父母官，只知道贼吃贼喝，不顾老百姓死活。今天，俺让你上阴曹地府去吃去喝吧！"说罢，举起铁锤一样的拳头，一拳下去，正打在太阳穴上，吃喝县令当时就死了。

这吃喝县令自觉一个平民百姓竟敢打死县太爷，真是无法无天。他阴魂不散，竟跑到灵霄宝殿，在玉帝面前将打柴汉告下了。谁知玉帝却是多一事不如少一事的神主。心想，打死个民间芝麻官，这样的小事也来找我，我真是没事干了。可县令一个劲地死缠活缠，苦苦哀求，就是赖着不走。玉帝无奈，来了个和稀泥。对县令说："一笔写不出两个张字，我姓张，你姓张，他也姓张，和尚不亲帽子亲，你反正是已经死过了，我看这事就算了吧。"县令一听说算了，当然不愿意喽。玉帝接着又说："当然，我也不会亏待你。你生来就爱吃喝，就封你做个灶神，继续享受人间供奉吧。"县令一听说还让他继续吃喝，高兴得像捣蒜一样，连连叩头，接受了官封。临走时，玉帝告诫县令说："你要尽职尽责当好我的耳目，每年来向我禀报一次人间的事情。"县令一口一个是，离开天宫便下界上任去了。

至今，民间仍然称玉皇大帝叫张玉皇，称老灶爷叫张灶王。早期的老灶爷画像，头上还戴有纱帽翅呢！

讲述者： 曾庆君，淮滨县城关人，职工

采录者： 李健

采录时间： 1989 年 8 月

选自： 《中国民间故事集成·河南淮滨县卷》，赵庆尧主编，淮滨县民间文学三套集成编委会 1990 年 1 月编印

161

老灶爷

（二）

张郎是个富家子弟，有良田千顷，家产万贯，娶妻郭三姐，不但美貌出众，还勤劳贤惠。她上敬公婆，下爱弟妹，把家理得井井有条，亲戚邻居没人不夸她的。

可过了几年，张郎就起了厌旧的心，他又看上了邻家的小姐王满堂，就百般找茬，要休郭三姐。

郭三姐问："俺咋了，你为啥要休俺呢？"

张郎说："咋了，反正是不要你了，还摆啥理！"

郭三姐听了气恨难忍，拎个针线包就走了。

张郎花了很多钱，把王满堂娶了过来。王满堂可是富家小姐，从小娇生惯养，好吃懒做的，花钱如流水，不几年就把张家董[1]光了。

常言道："酒肉的朋友，米面的两口子。"张郎成了穷光蛋，王满堂才不陪着他受这洋罪哩！拍拍屁股，她走了，撇下张郎孤独一人，没吃没穿没住处。回想当初，他好后悔哟！但是晚了。没法子，只好拉棍要饭。

郭三姐呢，自从被撵出张家后，靠她的一双巧手，针凿刺绣，还攒了些钱。后来又做起了生意，不久就发了财，成了一方的富户。

有一年年成假[2]，要饭的人成群结队，饿死的不少。三姐可怜穷人，就在庄头支起大锅，搭个舍饭棚。要饭的排了很长的队，临到末了那个人，正好锅里饭没有了。那个人勾着头走开了，三姐一看，咦，那不是张郎吗？毕竟两口子一场呀，三姐心慈量宽，并不记恨他。心想：他今天排在最后，没吃着，明个儿先从后边分吧。

第二天，三姐真从后边开始分了。也巧，正好又剩下最前面一个人，锅里没饭了。三姐一看，还是张郎。

张郎品着，自己的命咋恁苦呀，前后都吃不上一碗舍饭，在这儿丢人现眼，不如不来。

他回到破庙里，自己编了一个歌，一把鼻涕一把泪地唱道：人生难买后悔药，千错万错张郎错，奉劝世人别学俺……

歌没唱完，他就饿死了。

阴魂到了森罗殿，阎王爷问案后，认为他能痛心知错，对世人有教化意义，就封他为灶王爷——一家的主。

后来，郭三姐死了以后，经众神和解，又和张郎拢锅了，成了老灶奶奶。

讲述者： 王本德，69岁，回族，平舆县杨埠乡河北大队农民，私塾二年

采录者： 李万毫，21岁，农科所待业知青，高中

采录时间： 1987年12月

采录地点： 平舆县杨埠乡

选自： 河南省民间文艺家协会资料库电子文档《中国民间故事全书·平舆县卷》

[1] 董：方言，挥霍浪费。

[2] 年成假：方言，收成不好。

162

老灶爷

（三）

相传老灶爷姓张名魁，小名张大郎。他原本是天庭的一个御厨，在御厨官赤脚大仙手下做事，掌管御膳房的菜案，专门给玉皇大帝和王母娘娘做菜。以前的御厨做菜都是一种蔬菜做一道菜，并且只有一样颜色，味道也比较单一。菜做好后，由赤脚大仙尝尝感到没有啥问题后，再进献给玉皇大帝和王母娘娘。张魁按照旧规做了一段后，觉得这样花色单一，就试着将几样蔬菜放在一起炒，共做了十六道菜。这一来，每道菜都五颜六色，看着都令人眼馋得流口水。做好后，张魁心想几样菜合在一起，不知道味道如何，万一发生毒变咋办，就一个个尝了尝，发现每道菜都有不一样的味道，酸辣咸甜，哪种味道都有。

有个厨师见了，就禀报给了赤脚大仙，说张魁胆大包天，竟敢品尝御膳。这还了得，简直是秃子打伞——无发（法）无天啦。赤脚大仙立马来到灵霄殿，跪拜在地："启禀万岁，小仙管教不严，厨师张魁违犯天规，私自品尝御膳，请吾皇万岁处置。"玉皇大帝一听，这还了得，正想下旨捉拿张魁，一转念下令将张魁传来细问。听张魁说明原因后，又传令将菜端上来，让众仙尝尝。诸位神仙一看，赤橙黄绿青，每道菜颜色搭配都刚好，一尝滋味好极了。一看各位神仙的神态，又听听各自的评价，玉帝和王母亲自一个个尝了尝后哈哈大笑，就问赤脚大仙："味道太好了，能做出这样色味俱全的菜肴，说明张魁是个有心的厨师。你说该咋奖赏他呢？"

赤脚大仙说："回禀万岁，张魁违犯天规，虽然有情可原，但奖赏就免了吧，让他继续做菜将功赎罪吧。"

谁知，众厨师听说后不乐意了，大家都觉得不公："张魁违犯了天条，我们不愿和他共事，如果不惩治张魁，我们都不干了。"赤脚大仙一看，心想：我是搬起石头砸了自己的脚，谁让我以前对大家要求太苛刻呢。无奈就又回禀玉帝："启禀万岁，御厨房里挑水做饭，择菜剥葱各管一工。大家对张魁都有意见，不愿和不守规矩的人共事，张魁一个人也顶不起锅盖，众怒难犯，还请万岁处置！"玉皇大帝就将张魁好生安慰一番，便让他下凡到嵩山南麓伏牛山一带，并告诫他说："伏牛山下颍河两岸，百姓众多，土地肥沃，但老百姓却吃不好穿不好。你啥时间让那一带老百姓请你做一家之主，又能让大家吃饱穿暖，我就封你做天上正神。如果没人请你，你就在嵩山南北教人做美食，改善大家的伙食，我也可封你做人间的神。"

张魁来到人间，就站在伏牛山上远望，只见伏牛山腰有个老龙窝，泉眼只有一桶水，但再旱也不会干，又看到颍河水很清，心想这么好的地，这么好的水，老百姓咋会吃不饱肚子呢？他在伏牛山上站了整整一百天，也是没人来请他去做一家之主。后来打听到嵩山一带有一只大蛐蛐，成了精，到处吃庄稼，还跑到各家灶屋偷饭吃，人们如果抓它，它就会咬人，老百姓没有办法，只好任其横行霸道。张魁不能成为天上的正神，把一腔怒气全撒在蛐蛐精身上，就决心除掉这个害人精。找到蛐蛐精后，张魁训斥它说："你这害人精，只知道在人间祸害百姓，搞破坏，今天我要替天行道，为民除害。"

那蛐蛐精一抖身，霎时变得非常高大威猛。两个人开始比武，你拳我脚，你攻我挡，最后蛐蛐精战败。张魁正想杀死它，蛐蛐精说："请不要杀掉我，我能日行千里，夜行八百，可以当你的坐骑。"

张魁心一动，说："除此之外，你还能干啥？"

"我还能守在灶屋里，帮人看家，防止蜈蚣、毒蛇、蝎子伤害人们。"

张魁就收下了蛐蛐精，骑上它巡视嵩山南北。每到一个地方，都发现人们饭菜单一，只会炒粮食吃，不会把粮食做成各种花样，更不知道搭配着吃。张魁就到各家各户去，人们问他干啥，他说我来做一家之主，给你们当家理财，让你们吃饱穿好。人们心想，你是那山上下来的牛，还真会说大话，只把他的话当作戏言，也不再搭理他。后来，张魁又来到一户人家，见主人不在家，就躲在水缸里，主人担水回来，发现水缸里有个人，就抡起扁担要打他。张魁忙说："别慌，我是到你家做一家之主的，一年内保证让你家有吃有喝。"

主人问他有啥能耐，他就教主人做石磨、碓臼、箩等工具，把麦子、玉米、谷子磨成面吃，还教主人用面做火烧、蒸馍、花卷、面汤等。主人学会后，张魁说："你就开个小店，专门卖火烧吧。"

主人按他说的做了，一年后家境富裕起来。邻居们天天闻到面食的香味，又看到他白手起家发家致富，就问："你家帮你的那个人是谁？"

"那是俺家的一家之主呀！"邻居们心想他们又不沾亲带故，光住他家不行，也可请到我们家去。张魁就相继被东家请西家请，到谁家谁家就富裕。消息传开后，嵩山南北的人们纷纷请张魁到家做一家之主，人们生活大为改变。

腊月二十三日这天，玉皇大帝就派太白金星下凡召张魁上天，说："你在下界立了不少功，老百姓日子也逐渐好转，就封你到蟠桃园管理酿御宴酒吧。"

张魁一听，连连摆手说："不行，不行，俗话说酒足饭饱，人们一喝酒就吃不好饭了。赤脚大仙和众厨师本来对我就有意见，我何苦再得罪他们呢，还是让我到下界去做一家之主吧。"

玉皇大帝听后立即传旨，封张魁为灶神，当好一家之主的同时，负责报告人间的善恶。天上就这一番对话，地上却过了七天。张魁回到人间时，已是大年初一五更。

从此，家家户户都称一家之主张魁为老灶爷，年年腊月二十三都打火烧来供奉他，并且为了防止他说人间的坏话，还做芝麻糖、麦芽糖等来粘住他的嘴，希望他上天言好事、下地保平安。

讲述者：　李有德，登封市文联干部
采录者：　常松木，34 岁，登封市君召乡常寨村人，登封市文联干部，大学
采录时间：　2006 年 1 月 18 日
采录地点：　登封文联办公室
选自：　河南省民间文艺家协会资料库电子文档《中国民间故事全书·登封市卷》

163

老灶爷

（四）

人们所说的老灶爷，原名叫亚当，他的妻子叫桂香，长得丑。母亲对儿子说："你媳妇长得不好看，你干脆把她休了吧。"亚当不忍心把妻子休掉，可又怕落不孝的名声，整天愁得吃不好、睡不安。

桂香知道了这事，心想：既然婆婆嫌弃我，不如趁早走了。一天，她趁亚当不在家，就掂个小包袱走了。夜里住在一座破庙里。

桂香在庙里还没睡，却又来了一个男要饭的。那男的问桂香："看样子你是有家的女人，咋自己跑这儿来了？"桂香就把自己为啥出来住这儿的原因说了一遍。

男的听后也觉得怪可怜，说："我今个儿要了半拉馍，你先吃了吧。今夜你住里边，我睡在门口，这座庙里过去常闹鬼。"

到了夜里三更的时候，只听到外边"噔噔噔"地响，男的听到这响声，赶紧爬起来，看见来了一个怪物。他拿起要饭棍，照那怪物头上打了一棍，那怪物就"咕通"倒下了，却是一匹马。不一会儿，又来了个又高又大的人，男要饭的拿起棍又照那人头上打去，那人也"咕通"倒下了。男要饭的正要睡，外面又来了一只大老虎。他又对老虎打了一棍，老虎也倒下了。

到天明时，他出门一看，半夜打死的马、人、虎都是金的。男要饭的说："你有家不能回，我无家可归，干脆咱俩成一家吧，这些金子咱一辈子也吃不完。"桂香点头同意了。

他俩成了家，盖起了房子，置了地，成了大财主。

自从桂香离开亚当后，亚当家里慢慢穷了，他娘饿死了，剩下亚当一人，只好去要饭。这天亚当要到桂香家，桂香一看是亚当，忙端吃端喝。晚上，亚当对桂香说："你待我这么好，我咋报答你哩？"

桂香说："我是桂香啊。"

半夜，亚当越想越难受，就一头撞在锅台上死了。

天明以后，桂香起来一看，亚当死在了灶屋里，就把锅台推倒，把亚当埋在那儿。逢年过节就给亚当烧纸烧香。日子长了，人们问桂香咋在灶屋烧香烧纸，桂香说是祭灶神。人们也学桂香年年过节祭灶神。一代传一代，成了习惯。

后来，有的把"灶神"说成"灶爷"了。

讲述者： 马金玉，59 岁，农民
采录者： 马加强，31 岁，农民
选自： 《中国民间故事集成·河南西华县卷》，胡有典主编，西华县民间文学编纂小组 1990 年 5 月编印

164

张灶君

相传在很久很久以前，有位叫张义君的小伙子，三岁丧父，十二岁丧母，孤苦伶仃，靠耕种二亩薄地为生。

一天，他锄完地回家，累得不想做饭，就拿出剩下的两块锅巴吃起来。才咬一口，见茅屋外走来一位女子，年纪也不过十七八岁，别看衣裳破旧，人长得很俊。她有气无力地站在门口，说："求求大哥给点吃的吧！"义君一看很是可怜，就把她让到屋里，急忙生火烧饭。烧着饭，义君问她是哪里人，为啥出来讨饭。

她说："俺姓郭，叫秋月，离这里很远，去年父母都死了，无亲无友才出来讨饭。"

义君一听，和自己是一条藤上的苦瓜，更加同情她，就试探着说："俺也是光棍一个，你既是无家可归就住俺这里别走啦。"秋月见义君心慈面善，脸一红点了点头，这就成了夫妻啦。

从此二人男耕女织，恩恩爱爱，生活虽贫，过得可快活。说话间快要过年了，富豪人家都张灯结彩，杀猪宰羊，他们家虽弄不上啥好东西，也想过个干净年。义君去担水，打扫房间。秋月用锹去铲灰土，铲着铲着，忽听"啷"一响，秋月用锹一扒，扒出个元宝。她又一扒，见地下埋有一大坛子白花花的银子，她急忙让丈夫挖出来，接着又挖出一大坛子黄澄澄的金子。夫妻俩又是蹦又是跳，又是说又是笑，可喜欢坏了！这些金银，就是买上万亩良田，盖上楼瓦雪片[1]的庄园，吃喝一辈子也用不完啊！

可是，吃饭的时候，义君却认真地对妻子说："这些金银不知是几辈祖先们积存下来的，咱们可不能随便花掉。"

妻子说："相公说得是，咱们还是好好劳动，不能坐等吃喝。"夫妻俩商定：买几亩地糊口，盖几间房存身，余下的要用到该用的地方。

从那以后，他们还像往常一样你耕我织，勤勤俭俭，整天是粗茶淡饭。夫妻俩还教儿女们耕种纺织，从不准随便动用那两坛金银。可是穷人们谁家缺了油盐，上他家尽管拿；谁家没了米面，上他家尽管背，从不要人归还。要是谁家的小伙子穷得娶不上媳妇，他就送上银钱帮助完婚。听说哪家穷乡亲出了天灾人祸，他总是送钱送东西，热心帮助。

就这样，十多年过去了，那金银不知团圆了多少妻离子散的人家，不知救活了多少快要死的穷人，不知成全了多少对青年人的姻缘，穷人们都说他俩是活菩萨！

后来，这事传到一个无恶不作的县官那里。这天，县官带领衙役们到张义君家，声称官府金银被盗，今日来抓贼。他们不容分说抢走了金银，抓走了张义君。后来又把屋里、院内的地翻起几尺深，再也没得到更多的金银。狗官看捞不到油水了，就弄瞎了张义君的双眼，放出了牢狱。妻子呼天叫地把丈夫接回家，儿女们围上去哭叫："爹爹，爹爹！"张义君咬牙切齿，让妻子牵着他去州府告状，不料途中病倒，只得回家养病。

张义君上告的事很快传遍了乡里，穷人们成群结队来看望他。他们都决心要除掉狗官。

这年腊月二十三，张义君正在灶房吃早饭，忽然小女儿跑回来，喊道："爹爹，打死啦，打死啦！"

秋月忙问："傻丫头，打死啥啦？"

[1] 楼瓦雪片：方言，形容建筑高大精美。

“打死狗官啦！”张义君一听，哈哈大笑，一会儿倒在柴堆上不吭声了。妻子急忙上前一瞧，竟是笑死了。

因为张义君勤恳善良，穷人们都说他升了天，成了神仙，专管人间的柴米油盐，所以人们都称他为张灶君。为了纪念他，人们画了他两口的像挂起来，每年腊月二十三烧香摆供进行祭奠。

讲述者： 吴青梅，女，45岁，郸城县胡集街农民，不识字

采录者： 胡同运，35岁，郸城县财委干部，高中

选自： 《河南民间文学》（第5辑），中国民间文艺研究会河南分会1982年12月编印

165

张照君

很久以前，有个叫张照君的人，家境贫寒，三十多了还未娶妻。邻村有一户姓郭的，祖辈以修脚为生，家中有一位贤惠的姑娘叫郭鼎香，长到二十七八了还没有找到婆家。后来，经人说合，张照君娶了郭鼎香。

起初，张照君不嫌弃郭鼎香出身贫贱，两口子恩恩爱爱。郭鼎香很会过日子，不几年挣得了一份大家业。日子越过越富裕，张照君的心也慢慢变了。他以为自己成了富家，寻个修脚女人做老婆，在别人面前低了一截，天天故意找茬，不是打，就是骂。鼎香忍不住了，对他说：“照君，咱俩夫妻几年了，难道说没有一点情意吗？你这样没事找事地打骂我，不怕别人说你心狠吗？”

张照君这下可找到了有缝的鸡蛋，对着鼎香骂道：“你个贱人，摸鸭蛋摸个鳖，长出嘴来了，你敢骂我心狠，非休你不可！滚回家和你爹还干那好活去吧！”说罢，出去请人写了一张休书扔给了鼎香。鼎香见自己真的被休了，难过得掉下了眼泪。她觉得再也无脸活在世上，便走进一个小树林里上吊了。

张照君休了鼎香之后，媒人马上找上门来，给他说了

个如花似玉的俞海棠。谁知，这俞海棠是个好吃懒做、好穿好戴的败家星。她戴金戴银戴玛瑙，绫罗绸缎身上飘。一天穿戴换三遍，三天九遍把眉描。清早起来包饺子，晌午鸡肉蒜面条。晚上吃顿糖熘鱼，外带牛肉加火烧。半夜里，高了兴，蹬上裤子炸糖糕。

后来，张照君又染上了赌博的毛病，不上二年，两口子把家产鼓捣得一干二净。俞海棠见张照君成了穷光蛋，一拍屁股改嫁了。张照君一穷，再也无人搭理他，成了要饭花子。

一年冬天，刮着东北风，飘着雪花。张照君穿着破烂衣服去讨饭，冻得浑身发抖。他见前面有一所庙院，便想到庙里讨口茶饭暖和暖和。他东歪西扭地来到庙门前，见庙门关着，刚要拍门，觉得眼冒金花，"咕咚"一声昏倒在地。

这座庙是个尼姑庵，庵里人听见庙门响动，走出了一个女人，你猜是谁？原来是郭鼎香。当年她上吊时被一个过路的尼姑救了下来。尼姑问明了原因，便把她领回庵里，让她烧火做饭。

鼎香打开庵门，见是个要饭的饿昏了，仔细一看，原来是自己的丈夫，心中不禁又恼恨、又悲痛。好心的鼎香念夫妻之情，叫来尼姑把他抬回屋里，用姜汤一灌，不一会儿张照君醒了过来。他睁眼一看，原来是前妻站在面前喂茶，只羞得恨不能钻进老鼠洞去，忙跪倒在地，哭着说："鼎香啊！我对不起你，原谅你忘恩负义的丈夫吧。我明白了，咱还回家去吧！"

鼎香见他真的回心转意了，便向老尼姑说了，老尼姑又把照君数叨[1]了一番，见他真心悔过，便让他们吃了饭，给了点破衣裳让他穿里面，又给了些盘缠，让他们回家了。

鼎香回家一看，还是原来的破草屋，也没说啥，就用尼姑给的钱买了些粗粮，拌些糠菜过日子。到了春天，鼎香从草房里扒出走前埋下的一坛银子，又置买了田地房屋，慢慢又富了起来。照君和鼎香白天地里一起干活，回家后你做饭我烧锅，你纳鞋底我搓线，勤勤俭俭地过日子。后来有了儿子，娶了媳妇，添了孙子，老两口还是恩爱如初。鼎香总是爱做饭，照君总是爱烧锅，说说笑笑怪有意思哩！孙子见爷爷总在灶屋烧火便叫他"灶爷爷"，见奶奶总在锅上做饭便叫她"灶奶奶"，传来传去，人们都这么叫法，连张照君的名字也叫成张灶君了。

这一年的腊月二十三日，老两口双双归天。孙子整天哭着要灶爷、灶奶，还要闹着吃爷爷奶奶买的麻花糖、火烧子。儿子、媳妇无法，便请人画了两位老人的像贴在灶屋里，摆上麻花糖、火烧让儿子拿着吃。孙子长大后，更怀念爷爷和奶奶，为了补情，年年腊月二十三日这天，便摆上麻花糖、火烧来祭奠他们。

后来，传到外面，都说张灶君、郭鼎香成了神，被封为灶爷、灶奶奶，能上天言好事、下界保平安。千家万户都在腊月二十三在灶屋里贴上他俩的画像，摆上麻花糖、火烧祭奠，祈求他们保佑全家平安。

灶君、灶奶奶的传说便传了下来。

讲述者： 文月玲，女，30 岁，项城县新桥乡马庄村农民，不识字

采录者： 马良红，女，20 岁，项城县三店乡文化站专职干部，高中

整理者： 栾永军，38 岁，项城县永丰乡毛集村农民，初中

选自： 《中国民间故事集成·河南项城县卷》，孔祥谦主编，项城县民间文学集成编委会 1987 年 12 月编印

[1] 数叨：方言，唠叨、批评、教训。

166

灶爷

且说在某时代，某地方，有个姓张的富家。有次在预备过年的糕点的时候，张氏夫妇都到厨下炸胡桃。当时他们立了一条赌赛的规约：谁炸的胡桃内中仁满，便是谁有福气。结果，妻子炸的仁最满，但是丈夫不服气。他说：

“你吃的穿的都是我家的，不知道到底是谁享谁的福？”

妻子说：

“你既然以为我是享你的福，我们就离开，看看福到底是谁的。”

妻子既离开张家后，因为平日不出大门之故，骤到外边，简直连东南西北都辨不清。信步走去，走到傍晚时候，到了个小庄上，庄头有几间茅屋，门前坐个老太婆。

“你这个老大娘！我是个被人舍弃的女子，我愿到你家住下。你有儿，我给你作媳妇；你没有儿，我给你作闺女。”妻子很诚挚的请求。

老太婆原是一贫如洗，有一个儿子，却未寻下妻房。今见她如此漂亮的人物，自然喜出望外，遂决定留她作媳妇。

老太婆的儿子本来外面做工，家里这场大喜事，他丝毫不晓得。回来时，走到庄头上，望见自己家门一片通红，以为是失了火，连忙跑了过来。谁知是支竹竿挑着件红小袄插在门上。

“妈呀！你为什么把小袄挑在门口？”他惊异的问。

“娃呀！你不知道咱家有了大喜事！我给你娶了房花媳妇。红袄是作彩的；为的咱家穷买不起红布。”她满含着欢欣的回答他。

张家的弃妇原是有福的人，老太婆家因托她的福，不上几年，便发了起来。不独吃的穿的是锦衣玉食，住的是高楼大厦，更兼良田百顷，牛马成群。张家呢，因为福星离门，一天败落似一天，骡子，马庄，田地都卖给人家。恰又逢着大荒年，张某只得随着其他难民逃到他的弃妻那里。因为她家此时大发慈悲，施饭给难民吃。

她家施饭的方法是：教难民排成一行，从这头到那头按次分给。张某委实命薄，当初几天，人家是自东而西分给的，他偏偏是西头的末一个，恰恰饭分到他东边的一个人就完了。后来他跑到东头，人家又改从西头分给了，而且又是到他跟前时，饭就完了。为饥饿所驱迫，他只好来到施主门口，请求特别“打发”[1]。

女施主见她的前夫如此落魄，也很可怜他，便叫他到厨房内，坐在灶门前，盛饭给他吃，并且于盛饭时偷偷的将金耳环放在碗内。张某原不知这位女施主便是他的弃妻，接着碗，就老老实的将饭吃完，迨到“图穷匕首现”的时候，才由惊异而思索，知到她就是他的弃妻。他立时羞愤交集，一头碰死在灶门前，以后便成了灶神。这便是灶神的来历。

采录者：　漱峦

选自：　《北京大学研究所国学门月刊》第一卷第四号，上海开明书店 1927 年 1 月 20 日发行
原题《灶爷之来历》

[1] 打发：方言，即给钱或食物予讨饭的。

附记

在《灶爷之来历》故事的开头，原稿中还有一段文字：

灶爷同土地似的，是极普遍的神。关于他的来历，说话也很长。相传夏代的五祀，灶爷是其中之一。《淮南子》上说：黄帝作灶，死为灶神。《五经异义》说：灶神姓苏名吉利，夫人姓王名抟头。《酉阳杂俎》说：灶神名隗，状如美女。又云：姓张，名单，字子郭。真真所谓“异说纷纭，莫衷一是”。闲言少叙，书归正传。

这篇故事收入本书时，编者将第一段文字移入“附记”，其余文字与原刊文本一致。（程健君）

167

灶神

传说很古时，在一个山根的小村里，住着一对老夫妻，无儿无女，相依为命。后来旱涝成灾，没有收成，许多人不得不去逃荒，只剩老两口，饿得实在顶不住，老两口也商量外逃。

老汉说：“咱俩都走，屋里的盆啊罐的丢了怪可惜，不如你在家守摊，我去要干粮回来糊口。”老婆答应，老汉就拿着破篮子出去了。

老汉乞讨到京都，大街小巷满是逃荒的人，十分凄惨。一天夜里老汉宿在一个破庙。夜深时，他做了个梦，梦见一个白发老头儿对他说：“城东小河旁有座宝塔，下边有你的福分，得宝后要救济灾民呀！”老汉睁开眼啥也没有见着。

天快亮时，他来到了那地方，四处寻找福分，找半天啥也没有找着。正要离去时，被一团草绊倒在地，发出“嗵”的一声响。老汉伸手一扒，扒出几缸金银。老汉就用那些金银买了很多很多粮食，在京都办起了舍饭场。

老婆在家等了几个月了，也不见老头儿回来。家里啥吃的也没有了，她只好也出去讨要。后来她也来到了京都，老汉看到老婆饿得都皮包骨头了。老婆说："为寻你三天都没有吃饭了。"老汉心疼，想照顾老婆，可是自己又立有规矩。思前想后，只得说："快到开饭时间了，你去站队，站南边不要站北边。"老婆饿晕了，偏偏去站到了北边。开饭了，从南边开始，还是没有挨到老婆，饭已经没了。最后，老婆就饿死了。老头儿一伤心，再加劳累饥饿，也死了。

老两口开舍饭场却饿死了自己。消息传到天上，感动了玉皇大帝，把老两口封为灶神，并规定每年腊月二十三上天，要亲眼看灶神饿死没有，再让他汇报人间的生活情况，大年初一五更下凡回人间，先吃人间过年准备的最好东西。人们为了纪念灶神，就把画像贴到厨房案板前，每一顿饭都让灶神看到尝到，不至于饿死。并写上一副对联：上天言好事，下界保平安。

"大旱三年饿不死灶神"这句谚语也是从此而起吧。

讲述者： 刘桂萍
采录者： 姚光一
采录时间： 1987 年 2 月
选自： 《中国民间故事丛书·河南三门峡·渑池卷》，张宝星主编，知识产权出版社 2016 年 2 月版

168

灶爷和灶奶

老灶爷是二斗瘪谷糠命，老灶奶是二斗珍珠命。她哩命好，得劲儿，他俩享福。

他俩拌起了嘴劲儿。老灶奶说她多有钱多有福。老灶爷恼了："中，你有福，我叫你休了，叫你撵出去，叫你看我也还中。"

老灶爷叫郭家女休了，把刘满仓娶过来哪。郭家女临走哩时候，叫米拜了拜，袖褊里褊了半截米，骑个马走了。

走到一个老婆儿、一个孩儿那哈[1]，马不走了，郭家女就住在那哈了。这老婆儿家穷，啥没得。她说："你这位姑娘，你上我这哈来，这咋弄咧？也没得吃哩。"

老婆儿去给她做饭哩，郭家女说："我这哈有半截米，你去做干饭，咱们仨都吃。"

老婆想：这咋弄咧？这半截米，中，就听她哩话。她叫半截米下锅。米蒸好了，掀锅一看，鼓登登哩一锅米，吃不完。

老灶奶就搁那哈了，慢慢地这家有钱了，发财了。

[1] 那哈：方言，那里。

这个老灶爷咧，他穷了。老灶奶去放粮哩，老灶爷也去领粮。饿哩不得过哩，去领饭哩。起东头发，他在西头，盛到他那哈没得饭了，也盛不成了。这回他调调头，人家又打西头发，到那头又没得了。这回打当中发，打当中发哩，又盛到他那哈没得了。回回都是哩。老灶爷这都饿了几天了。饿了几天这咋弄咧？老灶奶想：打两头发，没得他哩饭，打中间发，又没得他哩饭。干脆叫他请到屋里，要饭哩，怪可怜的。

到了屋里，老灶奶给他弄点面条吃。老灶爷吃着面条说："哎哟，老大娘啊，起我休了郭家女，接了刘满仓，我没有吃一碗好面汤。"

老灶奶说："咋说哩呀？你抬头看，我本是你前妻嘛，你咋喊我老大娘！"

过起[1]，叫老灶爷羞死到锅底门上了。

讲述者：曹衍玉，女，61岁，桐柏县月河乡金桥村郑庄农民，不识字

采录者：河南大学"中原神话调查组"

录音整理：郑大芝，女，22岁，河南大学中文系1981级学生
程健君，28岁，河南大学中文系教师
张振犁，60岁，河南大学中文系教授

采录时间：1984年12月19日

采录地点：桐柏县月河乡金桥村郑庄讲述者家中

选自：《故事婆讲的故事》，张振犁、程健君、郑大芝采录，海燕出版社2000年6月版

[1] 过起：方言，一下子。形容很快。

169

老灶爷和老灶奶

老灶爷叫沈万山，老灶奶叫郭天香。

郭天香的爹是个大财主，有三个毛妮[2]。一天，他问大妮和二妮享谁的福，这俩妮都说享爹的福。问到小妮郭天香，小妮却说："我享自己的福！"老财主听了心里生气，一心要让这个小妮知道知道天高地厚。

有天，门外雪地里站个讨饭的花子。财主叫那花子进屋，问花子有没有定亲。花子说："像俺这么个要饭的人，谁愿意把闺女嫁给俺呀？"

老财主说："我有一个毛妮，我把她嫁给你。"说着就叫过郭天香，叫她跟那花子走。郭天香见那花子穷是穷，长相还齐整；明知是爹处罚她的，她也就认了。临去，她妈心疼她，怕她受冻挨饿，悄悄塞给她一个元宝。

郭天香跟着叫花子到一个草棚子里住下，才知道叫花子叫沈万山。她拿出元宝，让沈万山去买些米。沈万山说："这就是元宝？这要是元宝，俺见着的元宝可多了。俺讨饭路过一个山沟子，一沟的都是这东西。"

[2] 毛妮：方言，指女孩。

郭天香要他领着自己去看，到那里，果然一沟都是银元宝。沈万山咋弄得回去哩？郭天香说："是咱的元宝就跟俺走。"他二人往家走，到家后，那些元宝早已到了草棚子里。他们有了银钱就盖庄园，过上了很美气的日子。

一天，郭天香回娘家，说自己也有了庄园。她爹说，有庄园算啥，得有聚宝盆才中。说着，把自己的聚宝盆搬出来夸富。沈万山一见，说："这就是聚宝盆？这要是聚宝盆，俺也见到一个。"

郭天香问他在哪见过，沈万山说他讨饭路过东海边看见的。郭天香就叫她男人领着她去找那聚宝盆，一找真找着了，就搬了回来。然后，她对她爹说她也有了聚宝盆。她爹说有聚宝盆又算啥，盆里有金蛤蟆才算富。郭天香把自个的聚宝盆跟爹的聚宝盆一比，见自己的盆里有两只金蛤蟆，而爹的盆里有四只金蛤蟆。没等说话，她爹盆里的金蛤蟆一起蹦进她的聚宝盆里。她爹要来捉，天香说："爹，你别捉了，只当给我做个嫁妆吧。"她爹听了，只好依了她。

郭天香同男人一起建起庄园不说，还在江心造了五百亩江心田。过上好日子的沈万山，渐渐不知自己是谁了，逢人便说："天旱龙叫唤，饿不死沈万山！"不但对别人夸，对郭天香也夸自己的福大。郭天香说，这都是她给他带来的福气，不是她，他沈万山满地是宝也不认得。沈万山不服气，把郭天香休了。意思是你有福，离了你看我能要饭不！郭天香离家只要一匹又老又瘦的马，骑上马背，对那马说："马儿啊，你驮着俺往前只管走。是俺落脚的地方，你就停住。那地方有福咱俩同享，那地方有罪咱俩同受。"马听了主人的话，驮着主人往前走。天快黑了，来到一个山沟。山沟里有几间空草房，那马到门前就不走了。郭天香进屋见里边没有人，就住下了。第二日，那屋子里就不知从哪飞来那么多的元宝。有了元宝，郭天香又建起了庄园，过起好日子了。

沈万山休了发妻后，又娶李满香为妻，见天除了吃喝玩乐，就是夸海口。海口传到上神和皇帝的耳朵里，上神和皇帝都很生气。先是那五百亩江心田被江水冲掉，后是火灾，庄园从初一烧到十五。烧了楼房盖瓦房，烧了瓦房盖草房。那草房盖了，也着火烧个精光。亏得聚宝盆会出宝，还饿不着沈万山。谁知南京城里的皇帝，要修建江上水西门，指名借他聚宝盆一用。沈万山问："用几个时辰？"

皇上说："四更借，五更还。"聚宝盆到了皇上那儿，就放入江水之中，压在石基底下，想拿也拿不出来了。皇帝是天子，天子无戏言，还不了聚宝盆，从此命令更夫，打更永远只打四更，五更鼓不得敲一下。

沈万山倾家荡产了，女人李满香也死了。他穷得只剩下一只金碗和一双银筷子。拿着金碗、银筷子讨饭，人家还不愿给。一天，他讨饭讨到了郭天香门前。郭天香认出是自己的男人，说："进屋吧！"叫他坐灶前，喝碗龙须汤暖暖身子。沈万山见了龙须汤，边喝边忍不住地说："自从休了郭天香，就没喝过龙须汤。"

郭天香问他："你见了郭天香，还认识她不？"

沈万山说："俺咋会不认识？她是俺的女人。"

郭天香把搭着的头巾取下来，让沈万山认认自己是谁。沈万山这才认出，顿时羞得无地自容，见那灶里还着火，便一头扎进去把自己烧死了。郭天香见男人自尽，自己也一咬牙钻进灶内，追着沈万山而去。

这就是后来的灶王爷和灶王奶。为了纪念他们，新打锅台，要买肉"支锅底"，亲友们也要送些吃食"支锅底"。平时炸油条，过年吃扁食，第一筷子先叨给灶王爷，那叫祭灶。并且无论是烧锅还是烤火，都严禁把两脚伸进灶火门。要不，就是亵渎灶王爷和灶王奶，就会遭罪，就要受到报应的。

讲述者： 王义兰，女，74岁，农民
采录者： 王道玉，女，45岁，农民
采录时间： 2005年
采录地点： 桐柏县毛集镇田木湾村
选自： 《中国民间故事丛书·河南南阳·桐柏卷》，杨相生、李书斌主编，知识产权出版社2016年7月版

170

灶王爷和灶王奶

（一）

从前，鸡公山下有一户姓张的，辈辈穷。临到张万良这一辈时，祖上给他留下的只有一间烂草房、一口铁锅、一根扁担和一把斧头。

后来张万良跟一个讨饭的姑娘成了亲。这姑娘姓葛，人称葛氏女，很会治家。张家住在鸡公山下的官马驿路路边儿上。葛氏女想，靠山吃山，靠水吃水，靠路边儿就该开店摆摊儿，何不做个生意买卖呢？

葛氏女跟丈夫商量做生意的事。张万良说："偷鸡还得蚀把米。做生意得有本钱哪，咱指望啥哩！"

葛氏女说："咱屋里有口铁锅，饿三天不吃饭，咱做锅饭卖卖，不就有了本钱？"

张万良说："好，试试看。"

葛氏女开店卖饭，笑脸迎笑脸送，价钱公道，老不欺少不哄，生意越做越兴隆。几年时间，他们便发了财，又盖了房屋，扩大门面。就这样，张家慢慢变成了富户。

饭饱生淫欲。张万良变富了，就想玩乐，有了一妻，还想一妾，又娶个如花似玉的李曼香。谁知这个女人就像殷朝的苏妲己。她迷住张万良，陷害葛氏女，硬逼着张万良把葛氏女赶出门外。

葛氏女离开张家，没有嫁人。她女扮男装，来到山北几十里外的小镇上，又做起饭店生意。几年工夫，她又积攒了不少银钱。张万良家呢？自从葛氏女走后，一天不如一天。不几年被李曼香挥霍个一干二净，连店铺也卖给了别人。张万良又成了个穷光蛋。李曼香没福享了，屁股一拍改嫁了。这年又逢饥荒，张万良揭不开锅，便拉着棍讨饭，四乡流浪。

一个大雪天，张万良来到葛氏女开店的小镇上，挨门乞讨。走到葛氏女的店门口时，他肚饥衣单，头一晕，栽倒在雪窝里。葛氏女见这个讨饭花子怪可怜的，忙把他拖到屋里叫醒，先熬碗姜汤让他暖暖身子，又去给他做一大碗鸡汤面条。饭做好了，葛氏女看他满脸满手黑灰，端过来一盆热水说："你洗洗再吃饭吧。"

张万良洗罢脸，见葛氏女端饭过来，忙迎上去，千恩万谢。葛氏女听见他的口音，觉着熟悉，才注意看他的面容。这一看，葛氏女大惊，认出这讨饭花子就是张万良，差点叫出声来。葛氏女想：你这个富而忘贫、喜新厌旧的东西，咋会落到这步田地？有心把这碗饭倒给狗吃，看他那副可怜相又不忍心，便压住火忍着泪把碗递了过去。

张万良一气把这碗鸡汤面条吃完，品品滋味，和他妻葛氏女做的一样好吃。想想过去，看看现在，摇头叹气。

葛氏女见他吃罢了，问道："我的手艺不高，做这面条味道咋样？"

张万良连忙说："好吃，好吃！不瞒兄弟你说，我家贤妻过去常做这样的饭，跟你做这一样好。"

葛氏女又问："这么说来，你家原不贫穷，为啥出来讨饭呢？"

"说来话长，"张万良叹口气说，"我本是个穷光蛋。自从娶了贤惠能干的妻子葛氏，她治家有方，为我挣了一份家产。由穷变富以后，我鬼迷心窍，又娶个二房李氏。谁知道这李氏是个妖孽精，她妒忌贤妻葛氏，逼着我把葛氏赶出门外。葛氏一走，我家一天穷一天，没几年弄个倾家荡产。狠心的李氏又嫌贫爱富。我家一穷，她又改嫁了，剩下我光棍一条。罪过呀，罪过！这是我应得的报应。"说到这里，张万良伤心落泪。他擦把泪恳求葛氏女说：

“兄弟呀，遇上你这个好心人，算我三生有幸。大难中救我一命，至死难忘。我是个要饭花子，没啥报答你，就留在店里替你烧锅刷碗、跑腿打杂，一辈子为你效劳吧！”

葛氏女听了这番话，知道张万良有悔改之意，不记前仇，有意夫妻重新团聚，便说：“我收下了。只要你知道好歹，我也不会亏待你。”

张万良要跪下磕头谢恩，葛氏女拦住说：“你那葛氏妻还没有嫁人。你愿不愿意见她？”

张万良摇摇头：“我鬼迷心窍，不识好歹，把她赶出家门，有何脸面再见人家呢？”他想了想，问葛氏女，“好兄弟，我那贤妻她在哪里？我要见到她，当面谢罪，以后死也瞑目了。”

葛氏女说：“远在天边，近在眼前。”说着把头巾一取，满头黑发，露出真相。

张万良瞪大两眼一瞅，认出葛氏女来。他满面羞惭，“扑通”跪倒在地，哭着说：“我对不起你呀！我有罪！你打吧，骂吧！纵然把我打死，我也没有怨言！”

葛氏女上前把他搀起。他扭头朝锅台上撞去。葛氏女忙拉着说：“你知错就好，过去的事一笔勾销。自从离家，我女扮男装，打定主意再不嫁人。今日夫妻重新团聚，我们都没想到，想必是老天安排，我们的姻缘还没到头吧！”说着，葛氏女也失声痛哭起来。

夫妻俩哭着叙说了前情，又重新和好。

后来，他们有了儿女，一家人越过越好。

张万良和葛氏女都是高寿，双双活过百岁时，他家已是四世同堂的大户人家。这时候，老两口仍然住在葛氏开饭店时的厨屋里。他们吸取了过去的教训，言传身教教导儿孙，全家人勤劳俭朴，通情达理，和睦相处。周围百里的人都知道张万良和葛氏女会治家。

张万良活到一百二十岁那年身染重病，他把儿孙们叫到跟前说：“今年我要归天了。我死后，把我的像请人画下来，挂在厨屋里，我还要一天三遍和全家人见面。”

这年腊月二十三日，张万良去世了。全家人都说是归天成神了。他家请人把张万良的像画下来，挂在厨屋里。因为他大半辈子一直住在厨屋里，人们就说他是灶神。

不久，葛氏女也下世了。张家就把他俩的像画在一起，挂在厨屋里。

张家人财两旺，家庭和睦，日子过得好。人们说是灶神保佑他们，便把张万良和葛氏女的像也画下来，挂在自家厨屋里敬起来。

这就是灶王爷和灶王奶的来历。

讲述者：余文耀，78 岁，信阳县柳林乡杨堰村人，篾匠，小学

采录者：张楚北，50 岁，河南省文联《故事家》杂志社编辑，高中
张书中，38 岁，信阳县文化局干部，小学

采录时间：1986 年 5 月

采录地点：信阳县柳林乡杨堰村讲述者家中

选自：《鸡公山的传说》，张楚北、张书中搜集整理，黄河文艺出版社 1987 年 4 月版

171

灶王爷和灶王奶

（二）

传说玉皇大帝有个小闺女，长得漂亮，又很贤惠，就是脾气犟。有一天，王母娘娘下凡察看民情，这闺女也要跟着下来，她娘不带她，她不依，这就一块儿下来了。

一到人间，这闺女看啥啥新鲜，看啥啥好玩儿，特别是见了人间夫妻恩恩爱爱地过日子，更动她的心。夜里，这闺女见一户人家亮着灯，就来看是弄啥的。这是一家财主，第二天要待客，他家的小伙计正在灶房里烧火煮肉。这闺女见小伙计长得不错，看脸相忠厚善良，进去就帮小伙计烧火，说是讨饭来到这里，想找个住的地方。小伙计忙给她弄点吃的，俩人就拉起家常来。他俩越说越对劲儿，说来说去，最后就定亲了。

王母娘娘要回天宫哩，闺女说她要留在人间，要跟小伙计成亲。王母娘娘她恼，拉她走，她宁死不走。王母娘娘没办法，只好撇下她，回了天宫。玉皇大帝不见闺女回宫，就问是咋回事儿。王母娘娘知道瞒不过去，说了实话。玉皇大帝听了大怒，就想派天将把闺女抓回天宫发落；又一想，这闺女任性得很，她说不回，死也不会改变主意。也罢，就让她在人间受苦吧！想着，对王母娘娘说："咱只当没这个闺女算了。那个小子不是给别人烧火嘛，好，我就让他们当灶王爷和灶王奶，看他们知不知道害羞！"

小伙计和玉皇大帝的小闺女成亲后，你恩我爱，只有恁好啦。可就是穷，缺吃少穿，烧锅燎灶的，整天满身灰。小伙计风趣地说："看咱俩这样子，成了灶王爷、灶王奶啦！"玉皇大帝的小闺女说："你还不知道吧，我父王就是把咱封成灶王爷和灶王奶啦！管他咋说哩，见天烧火做饭，干净不了，咱就这个样子。"这话别人知道了，就叫他们灶王爷和灶王奶。

灶王爷和灶王奶心好，见百姓跟他们过着一样的日子，就常到天宫找着王母娘娘，要些吃的穿的，回来分给大家。玉皇大帝发现他们背着他从天宫拿东西，就恼火儿，给王母娘娘说："往后只准他们腊月二十三儿回来一趟，别的时间不准回来！"

这年腊月二十三儿，灶王爷和灶王奶又回了天宫，恰好叫玉皇大帝碰上，一见面就说他们脏，把灰尘带进了天宫。灶王奶一生气就要走，王母娘娘给拦住了。他俩在天宫住了七天，王母娘娘给他们准备了不少吃的穿的东西。初一五更，他们带着东西，回到人间，把东西分给大家，都欢欢乐乐过个好年。

这回回来，灶王奶给大家说，往后注意干净，年年要扫扫房子，过年要拆洗衣裳。

灶王爷和灶王奶死后，人们就把他俩的像画下来，贴到灶房里。年年腊月二十三儿祭灶，送灶王爷和灶王奶上天宫去，叫他俩"上天言好事，下界保平安"。还要打扫房子，里里外外清除干净，过年时换上新衣裳。

讲述者：	杨金华，50 岁，商水县平店乡中学教师，中专
采录者：	李世清，32 岁，商水县平店乡文化站专干，高中
	郭岫岩，女，22 岁，商水县文化馆干部，大专
采录时间：	1986 年 4 月
采录地点：	商水县平店乡文化站

选自：《中国民间故事集成·河南卷》，中国 ISBN 中心 2001 年 6 月版

老灶爷和灶糖

过去，家家都敬老灶爷（灶王爷）。灶爷神像的下边印着历头[1]，两侧写着“上天言好事，下界保平安”或“二十三日去，初一五更回”。每年的腊月二十三日，人们都要摆放供品，烧香祷告，把灶爷的旧像用火焚化，换上新的送他上天朝见玉皇大帝。这种习俗称为“祭灶”。祭灶的供品中少不了一坨糖。

传说，姜子牙封神后，灶爷很有意见。他嫌坐在人们灶屋里整天烟熏火燎，不是滋味。又嫌官小，权力不大，只管些人间的鸡毛蒜皮小事儿。他不乐意干这个差事，视察也不尽力，每年向玉皇报告人间的事儿，不是多就是少，不是假就是错。玉皇听了报告，就按照人们干坏事的多少、轻重，给以处罚，把灾难降给人间。这样，就有不少人家罚不当罪，有的善良人家，不但得不到福，反而遭到不幸。

后来出了个能人。他看老灶爷嘴馋好吃，就想了个点儿，用谷子磨成面粉，经过糖化，制成一坨糖，祭灶时送给灶爷。这坨糖是专为灶爷做的，所以叫作灶糖。灶糖又

[1] 历头：年历的俗称。

香又甜，吃的时候不能性急，只能慢嚼慢化，性急了会粘住牙。

这年，老灶爷上天带了灶糖，该他报告时，牙被糖粘住了。等糖化完，又轮到别的神仙报告了，玉皇也不再理他。这样，人间果然少了好些灾祸。后来，老百姓纷纷效法，沿用成习，每年祭灶时，都要供奉一块灶糖。有的人家干脆用灶糖粘住老灶爷的嘴，希望老灶爷尝到甜头，好上天言好事。

讲述者：刘占三

采录者：刘春秀

选自：《河南民间文学集成·西平故事卷》，高沛主编，中州古籍出版社 1997 年 1 月版

173

祭灶

从前，桐柏有座盘古山。山上有座庙，庙里住着个老道。山下有个村子，村里住着兄弟二人。这对兄弟，都是有名的匠人，哥哥是个泥水匠，弟弟是个画匠。泥水匠是个机灵人，盘[1]的锅台又好烧又省柴，千家叫，万家请，家家户户的锅台都是他盘的。他姓张，盘锅台出了名，大家都称他张灶王。画匠更是个手巧人，塑的泥神会发笑，画龙龙能游，画鸟鸟能飞。山上的老道有本万年历，画匠每年上山塑神，老道总要把当年的历头抄一份给他。画匠又是个好心人，他把历头印上几百张给他哥哥，叫他哥哥走村串乡盘锅台时送给各家。张灶王人缘好，又家常，不管到谁家，谈家务话桑麻，指指点点，拿着东家的长，去补西家的短。碰见南庄恶婆婆，就说北村贤惠老婆的故事；碰上北庄的恶媳妇，就讲南村孝顺媳妇的故事。谁家生了气，经他一解劝，就和好了。千家的事好像是他一家的事，他都关照。他好吃火烧，大家尊敬他，不管到谁家，总要给他炕火烧吃。他活了八十岁，那

[1] 盘：方言，垒的意思。

年腊月二十三寿终了。人们都很想念他。要说，对他最想念的还是他的弟弟画匠。哥哥在世的时候，地里该种啥，哥哥指点，家里柴米油盐，哥哥操心，画匠可省心了。灶王一死，画匠得当家理事，可是，没当过家的人理事无方，瞎叨叨，儿子、媳妇都不听。儿子们打，媳妇们吵，闹得过不成。大儿媳妇偷偷烙个小油旋，二儿媳妇悄悄打碗鸡蛋，都成了吃嘴精。画匠无法，想念他哥哥，还想借哥哥的威望把这个家治理好。他想啊想啊，终于想出了一个办法。

那年腊月二十三，他摊开纸画了起来。先画上哥哥，又把他早死的嫂子也画上。上面画上两条龙抬着历头，下面又画上十二个童子。他画好，悄悄地挂在厨房里后墙上。过了一更天，他把睡了的儿子、媳妇都喊起来，领着去到厨房里，点上蜡烛。看见后墙上的影像，儿子媳妇吓了一跳。两条龙活龙活现，张灶王两口子红光满面。画匠说："我做了个梦，梦见你大伯你大娘成了仙，回来看看，见这个家闹得不成样子。他去见玉帝，玉帝封了他灶王神，给他十二方官掌管历头，又给他两条龙，叫他到下界坐在厨房看着各家。男的偷懒，不按历头耕田；女的吃嘴，抛撒[1]米面，骂公骂婆，啥事都管。年年二十三上天去七天，把各家的事给玉帝说说，是长疮，是害病，谁该咋报应，玉帝点了头，大年初一回来就要办。"画匠一说，吓得儿子、媳妇忙跪下磕头求饶。这时，画匠搬来供桌，哥哥爱吃火烧，放上火烧；嫂嫂爱吃糖，放上糖。然后，替儿子、媳妇求情说："哥呀哥，亲不亲，一家人，不要怪罪他们，以后他们学好就是了。你要上天言好事，好话多说，坏话不提。你要下界保平安，照应咱家，安宁无事。从今后，你是一家之主了，都听你的。"画匠说罢，又写上一副对联，横楣是：一家之主。上联是：上天言好事。下联是：下界保平安。第二天，媳妇们把这事传出去了，各家各户也都想念着张灶王，都想把张灶王请去当一家之主，关照他们的日子。人们都上门来，求画匠把灶王神的画像画一张。老画匠应接不暇，神笔画不及，就刻上板，印了一张又一张。人们把灶王爷请到家里，贴在厨房后墙上。媳妇怕长疮，吓得不敢骂公婆。婆婆怕报应，也不敢歪嘴歪舌胡找事。婆婆爱媳妇，媳妇孝婆婆，家家户户都和睦，平平安安过日月。日子快乐了，都说是灶王爷保佑的。每逢腊月二十三晚上，点上蜡，燃着香，放上火烧，供上灶糖，磕着头祷告一番：让灶王爷二十三日去，初一五更回；上天言好事，下界保平安。

这就是二十三祭灶的传说。

[1] 抛撒：方言，浪费。

采录者： 西去

选自： 《河南民间故事集》，中国民间文艺研究会河南分会、河南大学中文系编，中国民间文艺出版社 1985 年 5 月版

附记

腊月二十三"祭灶"，在河南农村比较普遍。这天晚上的祭灶仪式虽简单但很虔诚。家里的男主人，要把备好的麻糖、馒头、肉类等供品摆在灶台上的灶爷像前，口中念念有词："老灶爷，恁是一家之主哩，有饭恁先吃，有事恁先知，恁要保佑一家平安无事。"然后上香，把贴在灶上的旧灶爷像揭下，贴上新买的灶爷像。烧香祷告完毕，还要把旧灶爷像烧掉。然后，拿上事先用高粱秆扎的马（这马扎得很简单，就是把高粱秆去掉皮，用里边的瓤儿当马身马头，皮儿做马腿马鬃等，虽简单，但很像马的样子），端上一碗水，带一些草料，到十字路口处去烧，再把水泼出去。这叫备足马匹和粮草送灶王爷"上天言好事"。祭灶仪式结束，一家人共同享用麻糖等供品。

祭灶一般都是男人的事，女人一般不参加，民间有俗语叫"男不拜月，女不祭灶"。（程健君）

朱仙镇木版年画，灶王爷灶王奶（张廷旭作，程健君供稿）

（五）寿星

174

寿星

提起老寿星，可以说是家喻户晓，老幼皆知。他那大奔头前额，长长的胡须，乐哈哈的面孔，叫人又爱又敬。

在很早很早以前，寿星在昆仑学道，拜元始天尊为师，师父兄弟三人，每人都收了一个徒弟。在三个徒弟中，数寿星学道最早、年龄最大，为大徒弟。他在学道中不偷懒不取巧，很用功夫，为人处事很诚实，师父和师伯都很喜欢他。但其他师徒却把他当成无能老朽，特别是三师叔和他的徒弟经常讽刺挖苦几句，有啥苦差事总要推在寿星身上。对这些，他从不计较。

经过多年修炼，师父和师伯都认为三个徒弟中就数寿星人品好、道行深，但师叔却硬说自己的徒弟人品好、道行深。现在下山都足足有余，老师兄弟们争执不下，后来就商量了一个共同赐宝，考验一番三个徒弟的办法，以此证实谁的人品好。

在赐宝的这天，把要给徒弟们的法宝，都放在了一个看起来很不显眼的聚宝匣里，然后摆在洞府前，设了香案。三位师长坐在案前，这时三师叔的徒弟一见霞光异彩的宝贝，眼花缭乱，乐得浑身直痒痒，还没等三位师尊发话，就趴在聚宝匣上琢磨开自己的宝贝了。他看见这个也好，那件也好，真想独吞了全部宝物，然而寿星却在一旁不动声色。不多时，师父们发了话："你们谁喜欢啥，自己就拿啥。"

话音刚落，聚宝匣里的宝贝，就被三师叔的徒弟挑了一多半，师伯的徒弟看看再不动手，就啥也捞不着了，所以也下手拿开了。三师叔的徒弟一见这情况，急得眼都红了，赶忙又抢了几件，最后连一件也没有给寿星留下。按说寿星一定会生气，谁知他不但不争不抢，眼看着师弟们把宝贝拿完了，自己还在一旁不言不语，守着宝匣子乐呵呵直笑。这时，他师父倒有些急了，心想，虽然寿星为人诚实厚道，不因为几件宝贝伤了和气，可也不能任老实人吃亏，到头来一件也得不到呀。为了防止其他两个徒弟把仅剩下的一个聚宝匣——这件最好的宝贝抢去，赶忙过去拾起宝匣，一边说着"还不把宝贝收起"，一边将宝匣照着寿星的头打了下去。说也奇怪，老大个聚宝匣，一甩出去就变小了好多，一挨着寿星的头，闪了一道祥光就钻了进去，寿星头上不但不流一点血，连一点伤痕也没有留下。他只觉得头上一阵晕胀过后，浑身非常爽快。当寿星用手摸头时大吃了一惊，这时头已经长老大，前额还长出个大奔头来，用手摸胡子又吓了一跳，不知啥时候胡子也长老长，全变白了。一看师父和师伯，他们却在一边满意地笑了。

赐完宝，三位师长问三个徒弟："你们谁修炼好了？修炼好就可以下山。"

三师叔的徒弟抢着说："我修炼好了，愿意下山。"

师伯的徒弟犹豫了一阵，虽说没修炼好，但也想下山。唯独寿星说："弟子还没有修炼好，还需要在师父们的指教下，再好好修炼。"

两个师弟下山后，寿星又留下来修炼了好多年，师父和师伯又教给他好多本事，还给了他一根能降龙伏虎的拐杖。得道以后就成了福禄寿俱全的南极仙翁，也就是人们熟悉的老寿星。

175

老寿星头上的包

讲述者：王印其，女，61 岁，滑县焦虎乡农民
采录者：李洛宁
采录地点：滑县焦虎乡
采录时间：1989 年 12 月 12 日
选自：《中国民间故事集成·河南滑县卷》，王权、张保东主编，中国民间文学集成滑县卷编委会 1990 年 2 月编印

老寿星头上原本没有包。有一年，他去赴王母娘娘的蟠桃会，喝醉了，迷迷糊糊想：我何不也栽两棵仙桃树，自己吃着方便呢？就到蟠桃园中偷偷撅了两枝桃树枝，藏在袖筒里。谁知走在半路上，两个桃树枝从袖筒里掉了下去，恰巧地上有人娶亲，那俩桃枝说："咱也成亲吧！"就变成一男一女下凡去了。

老寿星酒醒以后，不见了桃枝，他怕桃枝下凡生事，慌忙去找王母娘娘。王母娘娘一听很生气，用拐棍照他头上捣了一下。这一下捣得不打紧，老寿星的头上立时起了个大包。

接着，王母娘娘又派天兵天将把那俩桃枝抓了回来。他们见了王母娘娘，乞求还留在凡间。王母娘娘也嫌他们沾上了凡间俗气，一气之下一脚把他俩踢了下去。谁知王母娘娘使了狠心，把他俩身上的仙气踢掉了。俩桃枝落到地上，变不成人了，变成了两棵桃树。自此，人间有了鲜桃。老寿星头上的那个包呢，永远也下不去了。至今那寿星图上，老寿星还总是托个大仙桃呢！

讲述者： 刘玉柱的祖母

采录者： 刘玉柱，37 岁，社旗县陌陂乡陌陂村农民，小学

采录时间： 1986 年 3 月

采录地点： 社旗县陌陂乡陌陂村

选自： 《中国民间故事集成 · 河南社旗县卷》，徐东主编，河南省社旗县民间文学集成编委会 1987 年 9 月编印

176

彭祖夸寿

彭祖，据说是活的岁数最大的人，当他八百八十岁那一年，他站在门前夸口：

彭祖活了八百八，
站在门前把寿夸。
谁要有我岁数大，
我把老婆输给他。

他正在夸寿，有一个白胡子老汉走了过来，高兴地对彭祖说："把你老婆输给我吧！"

彭祖问："你有多大岁数？"

白胡子老汉把大拇指一伸说："老鳖，千年老祸害！"

彭祖无奈，只好说："那算我输了，我回去叫我老婆。"

彭祖哭丧着脸回到屋里，老婆见他不欢喜便问："咋了？啥事把你愁成这样？"

"唉！"老头儿长叹了一口气说，"都怨我没材料，把你输给人家了。"

老婆问："咋输了？"

彭祖说："都怨我在门前夸寿说：彭祖活了八百八，站在门前把口夸，谁要比我岁数大，我把老婆输给他。谁知来了一个老汉，他说他整一千岁了。我只好把你输给人家了。"

老婆一听，说："要是那你也甭愁，叫我出门会会他。"

她刚迈出门外，就见那个千年老祸害，拉住她的手说："走，跟我走吧！"

老婆说："别拉！我先问你几句话，你答上来了我跟你去！答不上来，你赶快爬开！"

那老汉说："你说吧！"

老婆子指着院里的一棵柏树说："这棵树是九千九百九十九年一扑棱，经你记它扑棱了几扑棱？"

千年老祸害愣了："这……我不记得！"

老婆子说："这你就不记得！经我记它就扑棱了九十九扑棱。"老祸害一听，吓了一跳。

老婆子又对他说："你听着！天下娑罗是我栽，地下黄河是我开，想当年娶你八辈子祖奶奶，还是我的娶女客[1]。你别在我面前倚老卖老了。快爬开吧！"

老祸害被老婆子骂了一顿，舌头一伸，走了。

民间刺绣寿星图（2019 年 3 月 26 日程健君摄于洛阳民俗博物馆）

讲述者：赵三宣，64 岁，栾川县栾川乡后坪村农民，不识字

采录者：潘保才，37 岁，栾川县石庙镇庄科村教师，高中

选自：《中国民间故事集成·河南栾川县卷》，贾翰如主编，栾川县民间文学集成编辑委员会 1989 年 1 月编印

[1] 娶女客：指婚礼中男方去女方接新娘的人。

177

星象官徐三亭

讲述者：井长起，濮阳县徐镇镇人
采录者：段双进
采录时间：1988 年 2 月 6 日
选自：河南省民间文艺家协会电子档案《徐镇镇人民政府关于申办“河南省寿星文化之乡”的请示》，2020 年 12 月

老百姓世代相传，徐三亭懂咧看星象，颛顼帝就让他当了一名观天象大臣。徐三亭每天都要夜观天象，指导老百姓农业生产，很受老百姓欢迎，颛顼帝也很器重他。徐三亭为了感激颛顼帝的恩情，工作起来更加卖力。

有天夜里，他突然发现南边天空中出现了一个很亮的星星，特别稀罕。他就把这个事儿告诉了颛顼帝，颛顼帝认为这是一个吉祥好兆头，很高兴，就奖励给徐三亭一壶美酒。徐三亭十分珍惜，舍不得喝，就抱回家和父母一块分享。因徐三亭不胜酒力，结果喝多了酒，下午上朝拜见颛顼帝，酒意还十分浓。颛顼帝见了徐三亭，夸他是个好大臣，说：“三亭啊，你发现的那颗星星是颗吉祥星星啊，我决定把那颗星星封给你，今后你就是那颗星星的主人啦。”

结果，颛顼帝刚说完，徐三亭就飘飘飞上了天空，越飞越远，不一会儿就看不见徐三亭的踪影啦。因为颛顼帝是皇帝，金口玉言，皇帝的话不能随便更改。从此徐三亭就在天上做了神仙，颛顼帝心里过意不去，就建了一座大庙，供奉徐三亭，称他南极老寿星，代代相传至今。

附记

濮阳县徐镇旧称烟城，传说是当地人为感念寿星徐三亭的功德，改名徐镇。寿星徐三亭是护佑一方的民间大神，当地百姓建庙祭祀。在徐镇东北方向有一座八角形衣冠冢，意为迎接八仙。传说二月九日是徐三亭生日，这天，很多善男信女前来祭拜，形成盛大的庙会。（程健君）

寿星塑像（2020 年程健君摄于濮阳县徐镇）

徐三亭墓（2020 年程健君摄于濮阳县徐镇）

（六）

其他

178

鸿钧老祖定乾坤

说起来这朗朗乾坤，天上人间，弄成惹万儿[1]这样规矩，一是一、二是二的，也费一番功夫。这都是鸿钧老祖盘[2]这些年，才盘成的。

一开始，哪有啥天地？就是一个鸡蛋，混混沌沌的。鸡蛋里头不是小鸡，是一个人，他就叫盘古。成人形了以后，他长，鸡蛋也长，就是出不来。他拿个大斧头，硬是把大鸡蛋劈开了，阳气向上成了天，阴气向下成了地，才有了天地。盘古也累死了，睡到地下，身子变成了山川河流。这时候，天上地下啥子都没得，也没人，也没神仙鬼怪，任啥[3]也没，只有气。后来，天塌地陷，黑咕隆咚的，到处是黄水，水面上尽是水锈。水锈聚多了，成了一个团子。慢慢地水锈团子成了仙体，成了人形，他就是鸿钧老祖——宇宙里的第一个人。他上了天下唯一的一座山——昆仑山上修炼。后来又飞来三只鸟，他收了这三只鸟为徒弟，这就是“鸿钧一道传三友”。这三个徒弟是太上老君、元始天尊、通天教主。他们师徒四人都得道成仙了。鸿钧老祖用泥巴做了人鸡猫狗，一大堆鸟啊，兽啊，啥东西都有。留下太上老君在人间传道。他带元始天尊、通天教主两人上天去了。

过了几千年，太上老君也上天了。天分九层。鸿钧老祖住在最上边。师徒四人，天天忙着传道，得道的人越来越多。天上、地下，有仙、有神。天上的日月星乱七八糟；地下乱长东西，山精水怪乱打架；九重天上，仙和神乱撞。神仙随便下凡，帮人打仗；妖怪随便作法，吃人害物。仙斗法，鬼打架，直搞得乌烟瘴气。三个徒弟的徒子徒孙成千上万，管也管不过来。有一回两帮子狮精虎怪、山妖树魔、杂毛老道、小鬼小判们打架，直打到九重天上鸿钧老祖的门口，可把鸿钧老祖气坏了，一甩袍袖，把他们都化没有了。回到洞府一想：这天界、人间乱成这样咋能行，得定个规矩。他想啊想，想出了一个主意，写了七七四十九天，写好了规矩，叫来了三个徒弟，讲给他们听，分派各自的任务：太上老君在人间传道最辛苦，派他在天上管仙界；元始天尊管九重天最下边一层的神界；通天教主的徒弟大多数是禽兽，叫他管妖魔精怪。他们三个领了法旨，各行其是去了。

太上老君的仙界好管。鸿钧老祖住在最上边一层天，最底下一层天是神住，还有七层。他住上边第二层，又派了六个徒弟，各守一层天。他把所有的仙按道行深浅，安排六层天中居住，严禁私自下界，到处乱窜。他自己也安居兜率宫，在八卦炉安心炼丹了。所有神怪精魔要成仙的，经太上老君审查批准。

再说元始天尊，奉鸿钧老祖的法旨，建神界规矩。先选一个姓张的老实人做玉皇大帝，太白金星做丞相，把各路神都赶到玉帝的灵霄宝殿，罪大的灭掉，罪小的囚禁。其余的神，按能力分派各处，管山的管山，管水的管水，管土地的管土地；留在天庭的封了官。这样一来，天上的神太少了，又派姜子牙下凡，到人间斩将封神，天上才有了天兵天将。托塔李天王任天兵元帅。各路神安排好以后，规定不准到处游逛，违者斩首。上不准去二层天，下不准到凡间。他把自个的几个徒弟安在玉帝殿下当文官武将，

[1] 惹万儿：方言，现在。

[2] 盘：方言，管理。

[3] 任啥：方言，什么。

把守南天门。把千万神灵处置得有条有理，天上人间各处神灵都不敢乱来了。元始天尊的两个小徒弟，一个千里眼，一个顺风耳，整天四处观察，发现哪位神不规矩，就禀告玉帝，派兵问罪。好个元始天尊，把一重天的神界治理得井井有序。后来人间也学会了这套规矩，也建了皇帝、九臣四相，还有地方官。神跟人都安顿了。

最难办的是通天教主，他先把天上的妖魔精怪、小鬼小判都撵下来，杀了九九八十一天，才把他们赶到地下。地下有十八层，上面一层是通天教主的府邸，第二层住各路神灵，第三层以下住妖魔精怪，第十七层和第十八层为监狱。通天教主带八个徒弟，把罪大的灭了形，罪小的削了道业，罪不大不小的全赶到第十八层地下的监狱锁了起来。规定所有的妖魔精怪安心修炼，要成神成仙的禀报上去，由元始天尊和太上老君接收。谁再乱闹、不服气，当即灭了。千千万万个妖魔精怪都老实了，在地下三层以下住了，再也不敢到地上人间胡捣了，更不敢上天乱来了。通天教主最头疼的是小鬼小判，又多又难缠。人变鬼，鬼变人，争争吵吵，没完没了。通天教主安顿了妖魔精怪，就遵鸿钧老祖法旨，在地下第三层修建森罗殿，设阎罗王、判官跟着各司、鬼卒，定下轮回托生规矩，记人世命寿、立生死簿、录世人善恶。叫一百个读书认字的小鬼当文书，专门算账。好鬼呢，判他到世上为人，还有钱享福。恶鬼呢，判他托生成畜生。再恶的鬼就给他下十八层地狱。这一下整治好了。

阴曹地府有专门捉拿人魂的叫白无常。维持秩序、管理小鬼的御林军，就从妖魔精怪里抽出一部分好的担任。像马精、牛怪、狗精、猴精，它们有道行，小鬼都怕它们。通天教主办完这些事后，也就回洞府修炼去了。

所以，一看这人世上，人的阳寿一到，就被小鬼拉走了。拉到森罗殿，阎王爷看小鬼的记录，根据情节轻重，判你啥时候托生、托生成啥子。游魂野鬼是咋回事呢？那是人的阳寿没到，自个死的，或打仗死的，进不了森罗殿，阴曹地府找不到你这个人了，没法安排，所以叫游魂野鬼。阴曹也有街道、居家，也有生意，士农工商都有，跟天上、地上一模一样。

三位仙尊都办完了事以后，齐上九重天上，拜见鸿钧老祖，交了法旨，算来已经过了几千年。鸿钧老祖早就知道三个徒弟的所作所为，点点头，让他们各回各家了。

鸿钧老祖定乾坤以后，天、地、人三界都不乱了，各守各的规矩，到现在还是这样。

为啥人成仙的，比神进为仙，比禽兽树木成仙的多呢？这是因为鸿钧老祖得道成仙是人形，人就是鸿钧老祖按自个的样子做的。人是万物之灵，是人都有仙根，所以，人都望修道成仙。

讲述者：杨老道，潢川城关人，道士，私塾二年
采录者：丁嘉宝，28 岁，回族，潢川县文化馆干部，大专
采录时间：1971 年 3 月
采录地点：潢川县城关
选自：《中国民间故事集成·河南潢川卷》，丁嘉宝主编，潢川县民间文学集成编委会 1991 年 5 月编印

179

鸿钧老祖降徒弟

讲述者：田娃，44岁，栾川县潭头乡重渡村农民
采录者：庞留建，15岁，栾川县潭头乡重渡村初中学生
选自：《中国民间故事集成·河南栾川县卷》，贾翰如主编，栾川县民间文学集成编辑委员会1989年1月编印

传说，古时候昆仑山上有一位德高望重的鸿钧老祖。他神通广大，学艺的人都想拜他为师，他只收了三个徒弟：大徒弟元始天尊，二徒弟太上老君，三徒弟通天教主。他三个勤修苦练，一个个本领高强，天下无敌。鸿钧老祖看在眼里喜在心上。但他们也有个共同的毛病，那就是骄傲自大，谁他们也不服气。有时候老祖说话，他们也想犟两句。

一天，三个徒弟因一件小事打起架来，谁也不让服谁。正当他们打得不可开交的时候，鸿钧老祖回来了，喝住三人，并拿出药丸四颗，每人交给他们一颗。鸿钧老祖对他们说："你们平日都有骄傲自大的毛病，快把此药吃下，毛病就可以改掉了。"

三人无奈，只好把药服下。鸿钧老祖又把剩下的一颗交给他们说："你们把这一颗药丸埋在对面山上。"

三人只好又去埋了。等他们回来后，鸿钧老祖口中念念有词，说声："开！"对面的大山就"轰隆"一声炸成平地。三个人同时摸了摸肚里吞下的药丸，都怕它把肚皮炸开，从此，他们谁也不敢骄傲自大了。

180

刘海成仙

鸡公山西南约二十里地，有个天平山。传说戏上唱的砍樵的那个刘海，就是在天平山成仙的。

刘海死了爹娘，一个人住在天平山上，靠打柴过日子。山上有个花石头的石人。刘海每天上山打柴，把带的干粮往石人手上一挂，说："花石大哥，给我看着。"说完，便去打柴。

有一天，刘海正在打柴，忽然听见远处传来"救人"的喊声。刘海顺着声音找去，见一个老妈走进刺林中，出不来了。他忙用斧子砍开一条路，把老妈拉了出来，并问她到哪里去，要送她一程。

老妈说："我无家可归，也没有亲人，又是双眼瞎。谁可怜我这苦命人呢！"

刘海说："我没爹没妈，一个人住在窑洞里。若不怕苦，你就当我的妈吧！"

老妈问："你是真心？"

刘海说："真心实意。"

老妈说："你敢发誓赌咒？"

刘海说："我若是三心二意，出门叫雷打龙抓！"

老妈很喜欢。刘海担着柴，拉着瞎妈回到了窑洞里。

又一天，刘海上山打柴，照例把所带的干粮挂在石人手上。歇的时候，刘海去吃馍，馍却不见了。刘海埋怨花石大哥没给看好，也没有办法，就又去打柴。

他打够一担柴担上要走，又听见"救人"的喊声。刘海放下柴担，寻着叫声找去，自言自语地说："莫非又来个瞎妈！"走到叫喊的地方一看，一个如花似玉的大姑娘在刺林里站着。

姑娘看见刘海，说："快帮忙把我拉出去呀！"

刘海问："你咋钻到这刺林里了？"

姑娘说："迷了路。"

刘海用斧子砍开一条路，说："你快出来吧！"

姑娘走出刺林，两眼直看着刘海，不肯走开。

刘海说："你走吧！"

姑娘说："你帮了我的忙，我帮你打完柴再走。"

他们打了一担柴。刘海说："你快走吧。"

姑娘说："我爹娘不幸下世，撇下我一个姑娘家，无依无靠。早听说你又勤劳，心肠又好，情愿跟你结为百年之好。"

刘海一听，想起了瞎妈交代过的话：风流的别要，浪荡的莫收。他看这姑娘风流，有意推托，说："我家穷，还有个瞎妈，养活不了你呀。"

姑娘说："我不嫌你家穷。老娘瞎了，正要个人伺候。"

刘海说："这终身大事，我得问问俺娘。请你等等。"

姑娘问："等多久？"

刘海说："三年。"

"三年太久。"

"三个月。"

"三个月太久。"

"三天。"

"三天还长。"

"三个时辰，这可行了吧。我这回去就问，你等着。"

刘海挑上柴担往回走，姑娘紧紧跟着。刘海走快，她走快，刘海走慢，她走慢。不管刘海咋七拐八磨绕圈子，总是甩不掉她。走到窑洞门口，刘海说："你站在这里等着，我进去问问俺娘再说。"

停了一会儿，刘海出来说："俺娘同意，你进来吧。"从此，刘海和这个姑娘结为夫妻。

他们成亲以后，刘海还是天天上山打柴。这一天，刘海上山打柴，又把带的干粮挂在石人手上，吃的时候又不见了。刘海拿起扦担朝石人身上捣了几下，说："花石大哥，你是咋搞的？过去一直替我看得很好，近来一连丢了两次馍，咋不见了？"

刘海这一问，石人说话了："刘海，上次丢的馍是让狐狸偷吃了。这一次是我把它藏起来了。"

刘海问："为啥把我的馍藏起来？"

石人说："是你娘让我这样做的。"

刘海说："我不信。我娘不会让我饿着打柴。"

石人说："刘海呀，你妻子把馍里下了毒药，你娘知道了。明白了吧？"

刘海很惊奇："是真的？"

石人说："一点不假。"

刘海说："我没有错对她，她为啥要害我？"

石人说："你下山打斤酒，割斤肉，就说你要过生日，让你妻子陪你喝酒，把她灌醉。到那时候，你就知道她为啥要害你了。"

刘海按照花石大哥的嘱咐，下山打了酒，割了肉，回家对妻子说："我上山打柴，忽然想起今天是我的生日。再说咱们成亲也没热闹一下，我就买点酒肉回来，今天就热闹热闹吧！"

妻子问："你走时带的干粮呢？"

刘海说："过河时，不小心掉水里冲跑了。"

妻子笑笑，忙去炒菜、热酒。

刘海把他妻子灌得醺醺大醉。妻子倒在床上，蒙着被子睡了。

刘海想起花石大哥的话，想知道妻子为啥要害自己。他喊一声，床上没有应声，掀开被子一看，被子里蒙住一只大狐狸。刘海一下子惊呆了。

狐狸睁开眼，知道自己现了原形，从床上跳下来，夹着尾巴窜了。

刘海清醒过来，对他娘说："我上当了。狐狸变成美女，险些被它害死。多亏你让花石大哥把放有毒药的馍藏了起来。"

刘海娘说："你打死过一只公狐狸，那是它的丈夫。它化成美女来找你报仇啊！那个石人心肠好，你要去谢谢它。对了，它身后还藏着十二个金钱，你去扒出来。石人旁边有个泉，把金钱洗洗拿回来，再找个良家女子，好给你办喜事。"

刘海说："那钱是石人藏的吧，我拿回来就是不义之财。宁可不要老婆，我也不要那不义之财呀！"

刘海娘说："花石已修炼多年，只为它身后藏着金钱，至今不能成神。你把钱拿走，它就能成神了。这是替它办好事啊！"

刘海听他娘这么一说，便同意了。他到石人跟前磕头道谢之后，便去石人身后扒钱。果然土里埋着十二个金钱。刘海拿起金钱去泉里洗，泉里蹦出来一只好大的金蟾，绕着刘海跳来跳去，和他逗着玩。刘海乐了，纵身骑在金蟾背上。这一骑，金蟾腾空而起，把刘海驮到仙宫里去了。

刘海的瞎妈谁养活呢？不要担心。刘海的瞎妈是观音菩萨变的，正是来超度刘海成仙呢。

讲述者： 丁广友，58 岁，信阳县柳林乡武胜关村农民，小学

采录者： 张楚北，50 岁，河南省文联《故事家》杂志社编辑，高中
张书中，38 岁，信阳县文化局干部，高小

采录时间： 1986 年夏

采录地点： 信阳县柳林乡武胜关村

选自： 《鸡公山的传说》，张楚北、张书中搜集整理，黄河文艺出版社 1987 年 4 月版

木版年画，刘海戏金蟾（郭太运作，程健君供稿）

181

人管天下

古时候，人王和雷公、金龙、老虎是兄弟。雷公排行老大，人王是老二，虎是老三，龙是老幺。起初，兄弟四人互敬互爱，和和睦睦过日子。后来，食物享用不均，闹翻了脸，一个不服一个，争着掌管天下，争来吵去没法子，就找天神评理。天神叫他们在山顶上盖间草屋，弟兄四个都住在草屋里，哪个能把那三个赶出草屋，就算他的本事大，天下让他管。

幺弟龙朝着雷公喊："雷大哥，你是长兄，带个头，先来比试一下。"老虎一听心里着了慌，他想：雷公本事比自个厉害，先让他动手，不是该他坐江山吗，哪里还有我的份呢！先下手为强，要是一下子赶走了他们仨，天下就归我了。主意拿定后，老虎一跃身，抢先跳出了门，在门外用爪子"唰唰"抓墙壁，又摆着尾巴，把门拍得"叭叭"直响，还吼叫着，震得耳朵发麻。三兄弟没被老虎赶出来，还哈哈大笑。老虎没法了，只好气鼓鼓地钻进草屋。

雷公对老虎说："你这算啥本事！"说完，他蹦出草棚，腾云驾雾，打着雷，扯着闪。雷声震得屋子乱晃，闪电照得人和老虎眼都花了。雷公下这么大劲儿，也没有见谁从屋子里跑出来。

第三个显本事的是金龙。他二话不说，身子一伸，出了屋。雷公和老虎知道金龙有两招儿，都有点怕。人还是坐在那儿像没事儿一样。金龙跑得老远老远，运足气，接二连三地吹几口大气。一时狂风四起，遍地飞沙走石，那间草屋震得要塌。金龙又飞到天上，张开大嘴一吐，大雨“哗哗啦啦”地泼了下来。狂风把草屋吹得破破烂烂，遮不住风，也挡不住雨了。老虎的毛被雨水淋透了，夹住尾巴钻到桌子底下；雷公也慌了手脚，躲到了墙角起。人王呢，一点害怕的劲儿也没有。金龙这样闹了一大阵，得意地回到草屋里，一见弟儿仨一个也不少，倒把他累得缩卷着身子瘫在了地上。

最后轮到人王了。人王站起身来，准备往外走，雷公说：“我和金龙、老虎都不行，你这个最小的个子还能比俺们强！别瞎费力气。依我看，我们四个平分天下吧！”人王没搭腔，只是笑了笑。他走出门外，捡来一捆一捆的柴火，堆在屋子一圈，掏出两块火石头，用力擦了几下，冒出了火星子。柴草燃着了，烟也大，火也大，不大一会儿，一团一团的火苗直往屋里窜。草屋烧着了，老虎烧得毛焦火辣，窜了出来，跑到了深林子里。雷公不怕烧，也被浓烟呛得睁不开眼，喘不过气儿，跑出草屋，腾云飞到天上了。幺弟弟金龙能忍耐一些，过了一阵子，火越烧越大，烤得他鳞片都卷了起来，只好摇着头摆着尾巴出了门儿，一头扎进了深潭。

四兄弟争天下，最后还是人王赢了。天神哈哈大笑，就把管理天下的大权交给了人。

讲述者： 刘昌国（刘英的父亲）
采录者： 刘英
采录时间： 1986 年 2 月
采录地点： 桐柏县吴城乡闫庄村
选自： 《中国民间故事集成·河南桐柏县卷（第一分册）》，马卉欣主编，桐柏县民间文学集成编委会 1987 年 9 月编印

182

白娘子和许仙

观音娘娘为了建造洛阳桥，变一仙女坐在船头，以“投银招婿”的办法筹银。突然间，来了个神仙吕洞宾，他看观音娘娘变得千娇百媚，不禁动了心，遂讨来一个小银币，“嘟”的一下朝观音娘娘投去，那银币不偏不倚，正好打在观音娘娘右手食指上。观音娘娘一看是吕洞宾，顿时气恼，随将右手食指咬掉，投进河里，并把造桥的重任推给了吕洞宾。

这半截右手食指，本是一只神指，当然也有灵气，遂变成一条小白蛇。

吕洞宾建桥，银钱用完了，就在洛阳桥边卖汤圆筹银。吕洞宾卖汤圆，其中做了一个小的，而且要比大的还贵一倍，人们都买大的，唯有那个小的几天也没卖掉。这时走来一个童子，名叫许仙。他很好奇，专拣那个小的买了。许仙吃了小汤圆，咋也不饿了，一连七天没有吃饭。这一下，可慌坏了他的爹娘，他的爹娘听说他吃了小汤圆，就领他找卖汤圆的老头儿评理。老头儿说：“他好心吃了，你们又来闹事，好吧，我还让他吐出来。”说着在许仙后脑勺轻轻一拍，许仙把口一张，汤圆正掉在河里。岂不知，

那条小白蛇天天等在这里，要吃那个小汤圆哩。它吃了小汤圆，便能得道成仙，变化无穷。

许仙没有成仙的缘分，可小白蛇却讲良心，要不是许仙吐给它，它能吃到小汤圆成了仙？它决心要报答许仙的恩赐。后来许仙的爹娘先后去世了，家里很穷，他不能再读书求功名，便挑起货郎担在洛阳桥附近做买卖。白蛇找到了许仙，故意变成一条洁白美丽的小蛇，横在路上。许仙看蛇嫩白可爱，便把它捡起来放进了货郎担。

过了三年，小白蛇在他的抚养下长成了大白蛇。许仙虽爱着这条大白蛇，却觉得大白蛇越来越重，妨碍自己走路，就把它放了。

白蛇经过三年和许仙在一起，更感到许仙忠厚善良，多情多义。恩情之外，又添了恋情，它哪里舍得离去，就摇身一变，变成了个千娇百媚西施般的姑娘，并和许仙结成了美好的夫妻。

讲述者：郑广山，53 岁，郸城县汲冢镇郑集村干部

采录者：楚万生

选自：《中国民间故事集成·河南郸城县卷》，阎春茂主编，郸城县民间文学集成编委会 1989 年 9 月编印

183

白蛇下山

早先，陕州城西是一片汪洋湖泊，西南的乾山上有姊妹两条蛇，姐姐修炼了七百年，妹妹修炼了三百年。春暖花开的时候，听说当朝皇帝要来陕州，州官还专门修了座楼，让皇帝在楼上观望黄河。邻近各州各县的百姓都来朝拜，姐妹俩厮跟上乾山看热闹。走到山下一座村口上，天上下起牛毛细雨。姐姐穿一身白缎衣裙，妹妹穿一身青缎衣裙，一会儿就打湿了。姐妹俩只好钻到一家门楼下避雨。

牛毛细雨，丝丝婉婉下个不停。姐妹俩愁眉不展，正在哀声漕怨，院里打伞走出一位相公，问："哪达[1]两位姐姐，来这儿避雨是去哪达的？"

妹妹说："听说皇上来陕州，各州各县都来朝拜，我俩去看看热闹。"

相公说："噢，是这。我也正要去看，咱们一路。给，你俩把伞打上。"

姐姐说："不啦，咋能叫我俩拿伞打上，你淋着？"

相公说："我在门上，我再借去。"

[1] 哪达：方言，哪里。

相公借来伞，三个人厮跟上去陕州。姐姐问："相公哥哥，你姓啥？家里都还有啥亲人？"

相公说："我这小村叫许家疙瘩，村里人都姓许，我叫许瑄，小小离了爹妈，也没有兄弟姐妹。两位姐姐叫啥，家住哪达，都还有啥亲人？"

姐姐说："我叫白舍舍，她叫青怜怜，家住在乾山，小小离了爹妈，就我姊妹俩。"

姐姐看许相公相貌英俊，心肠善良，待人说话都有礼貌，许相公看姐姐衣着打扮素素雅雅，不落俗套，待人说话大大方方，互相心里都有了情意。在陕州游玩三天，定下终身。五月端午成了亲。姐姐叫妹妹也到许家疙瘩住下，打算日后有合适的茬口[1]给妹妹也寻个合适的婆家。

许家疙瘩村边有条金水河，金水河上头有座金山寺，寺里的和尚是金水河泥汪里的一只老蛤蟆精。修炼了五百年，老蛤蟆精亲自寻上乾山要与白舍舍成亲。白舍舍嫌它一身疙瘩，相貌太丑，更嫌它说话办事太诡诈，就没有搭理它。

真没想到，白舍舍来到眼皮底下的许家疙瘩，跟没爹没妈的许瑄成亲啦。老和尚心里容不下，施起魔法，下起大雨，金水河涨起跟许家疙瘩村边一般齐，流进许瑄院里，眼看就要灌进屋里。白舍舍和青怜怜带着许瑄往乾山上退。老蛤蟆借水势，带着金水河里鱼、鳖、蟹、虾跟后就撵，白舍舍和许瑄前头走，青怜怜手拿青光宝剑跟老和尚武斗。只管往山上跑，水只管往高处涨，整个许家疙瘩都淹没了，还在涨。走到一条大沟边，过了桥，青怜怜心里想：不能叫这恶水溢满沟，再往上涨啦。狠狠心，"咔嚓"一剑砍断了桥，"呼呼啦啦"大水退下，老蛤蟆精蹦蹦跳跳逃跑了。鱼、鳖、蟹、虾全都晾到半坡上，走不了，活不成。雨过天晴，日头爷出来，晒哩一个个枯崩响干。

现在那条大沟连同沟边村庄，就叫断桥。每到天阴要下雨，河里的大小蛤蟆就爬上岸，往坡上蹦，雨过天晴，又急急忙忙往河里蹦。

青怜怜护送白舍舍和许瑄回到乾山，看看姐姐恩恩爱爱，想想自己当初也在许家疙瘩寻个合适婆家的打算落了空，如今独个儿冷冷清清，不由心绪烦乱，闷闷不乐。

白舍舍回乾山上过了七天，看见妹妹有了心思，心里总觉得对不起妹妹，就叫许瑄和青怜怜做夫妻。青怜怜跟许瑄过了三天，心里觉着不对劲儿：许郎是姐姐的人，我咋能跟他过一起呢？又送许瑄去给姐姐做夫妻。姊妹俩推来让去，后来干脆，每十天里，许瑄和白舍舍过七天，再给青怜怜过三天。

后来，有人根据这件事，编演《白蛇传》，把地名一改，由陕州西湖改到江南西湖。其实，至今金山寺、许家疙瘩村、断桥都还在陕县。乾山庙里还塑着白舍舍、许瑄和青怜怜的金身。

[1] 茬口：方言，时机、机会。

讲述者： 杨存治，农民

采录者： 刘邦项，28 岁，陕县张茅乡白土坡村农民，高中

采录时间： 1988 年 7 月

采录地点： 陕县原店镇原店村

选自： 《中国民间故事丛书 · 河南三门峡 · 陕县卷》，尚根荣主编，知识产权出版社 2016 年 1 月版

附记

《白蛇传》在中原地区家喻户晓，有多种版本在民间流传，而且一些神话传说与地方风物结合紧密。如鹤壁市淇滨区黑山一带就有许家沟村、白蛇洞、金山寺和淇河，具备了《白蛇传》神话传说的叙事要素。鹤壁黑山西南约五公里处的淇河岸边，有一个百丈悬崖青岩绝，青岩绝上有一个直通河底的幽深洞穴——白蛇洞。传说洞中有一修炼千年、得道成仙的白蛇仙子。在黑山主峰西侧不远，有一许家沟村，传说许仙就住在这里。在黑山主峰南侧，有一座依山傍水的金山嘉佑禅寺，寺中有一修行多年的老僧法海禅师。

当地传说，许家沟村的牧童许仙在放牧途中遇到一受伤的小白蛇，就把它带回家治疗。许仙将小白蛇的伤治好后，放回草丛。这条小白蛇就是青岩绝白蛇洞中的白蛇仙子。为报答许仙的救命之恩，白蛇仙子与许仙结为夫妻，并为附近村民治病祛灾，声名远播。白蛇仙子为

村民治病，使附近金山寺的香火变得冷清，法海自然就不高兴。

法海试图破坏许仙和白蛇仙子的爱情。每年春天，白蛇仙子需要蜕皮一次。白蛇仙子在怀孕的那一年春天，需要蜕皮现形，怕吓着许仙，便让许仙去赶会。法海从中作梗，让许仙回家。许仙回到家中，看见床上有一条白蛇，当即吓得昏死过去。为救丈夫，白蛇仙子盗来灵芝，救活了许仙。法海以"人妖不配"和"拯救许仙不被害"为由，将许仙留在金山寺。

白蛇仙子为救许仙，水漫金山寺。法海施法将白蛇仙子收进金钵，压在了雷峰塔下。（程健君）

鹤壁黑山金山寺（2009 年 12 月 21 日程健君摄）

朱仙镇木版年画，《白蛇传》盗仙草故事（姚敬堂作，程健君供稿）

朱仙镇木版年画，《白蛇传》状元祭塔故事（姚敬堂作，程健君供稿）

184

无心财神

旧年画中，有一幅《天官赐福图》，画的就是财神爷。每年过节时，人们都要对他拜了又拜，求他保佑招财进宝、福禄无穷。但是，人们未必知道财神爷是一位无心肉胎凡人哩。

相传，商纣王登基以后，拜叔父比干为左班丞相。比干丞相为官清正，爱民如子，忠心耿耿保商朝江山。后来，他看纣王终日贪图酒色，不理朝政，听信奸臣谗言，搞得朝纲大乱，心里暗暗着急。他便直言谏君，多次对纣王进行规劝，为此，妲己娘娘怀恨在心。

妲己原是修行千年的九尾狐狸精，受上神指派，来到人间败坏商朝江山。有一回，她让纣王设宴款待狐狸精姐妹，请比干丞相作陪。比干左一杯、右一杯，将一群狐狸灌得酩酊大醉，一个个露出了狐狸尾巴，差点儿没现原形。比干丞相找到元帅黄飞虎，俩人暗定巧计，跟踪追迹，找到狐狸精的老窝，放火烧了洞穴，将一窝狐狸子孙全部烧死了。妲己得知自己的姐妹遭害，把比干看成眼中钉、肉中刺，打定主意要把他害死。

有一天，妲己说她犯了心绞痛病，假装昏倒在地，不省人事。纣王十分着急，请西宫娘娘野鸡精为妲己治病。野鸡精遵照妲己的吩咐，向纣王提出要用比干的心脏熬汤为药，才能治好娘娘的心病。纣王一听，便连下五道圣旨，要比干上殿献心。比干临行前，想起了姜子牙赠送给他的那道神符可以驱灾避祸，便端来开水，将神符喝了下去。他来到金殿，怒骂纣王贪恋酒色，宠信妲己妖女，败坏商朝江山。骂毕，持剑剖胸，取出心扔在地上，袍袖掩面，走下金殿，翻身上马，跑出京门。

比干来到野外，迎面碰见一位剜菜的农妇，便问剜的啥菜。农妇回答说："俺剜的是无心菜。"比干吃了一惊，脸色变得蜡黄。二次又问农妇："菜无心如何能活呢？"

农妇回答说："人无心都不死，菜无心咋不能活呢！"比干听罢大叫一声，掉下马来，口吐鲜血而亡。原来，那村妇正是妲己变的，她得知比干取心不死，跨马出城，变成剜菜农妇，拦住去路，置比干于死地。

比干死后，满朝文武大放悲声，老百姓纷纷烧纸焚香、祭奠丞相升天。这事儿惊动了玉帝，他感念比干功德，便封为理财赐福天官。从此，人间也开始敬起财神爷来。

讲述者： 高秀芝，52岁，干部，初中

采录者： 苏国安，项城县贾岭乡文化站专干

选自： 《中国民间故事集成·河南项城县卷》，孔祥谦主编，项城县民间文学集成编委会1987年12月编印

朱仙镇木版年画，天官赐福（姚敬堂作，程健君供稿）

郑州汉画像砖中的九尾狐与三足乌（程健君供稿）

185

门神

（一）

每逢过年，人们总要去街上买两张门神画[1]回来，贴在自己家的门上。这门神到底是咋回事呢？在俺这地方有着这样一段传说。

唐太宗李世民即位后，国家富强，人民安乐，他心里挺高兴。可是在打江山的时候，杀人太多，他心里又有点不得劲。尤其是杀了他的亲哥亲弟后，他总是疑神疑鬼不大安生。

一天夜里，李世民正在梦中，忽然听见门外响起一阵奇怪的哭叫声，一会儿，又听见房顶上有重重的脚步声、撞击房门声、敲打窗户声，吓得李世民紧紧地抓住被角，连口大气也不敢出。就这样，一直闹到鸡叫，声音才止住了。

李世民以为出了啥事，天一亮就叫太监宫女前来询问，可是这些人都说没听见有啥响动。李世民感到很奇怪，总以为是有啥鬼魂在作怪。

第二天夜里，还是和头天晚上一样，闹个不休，第三天、第四天……一直闹了七个晚上。第八天早朝时候，李世民再也忍不住了，不由自主地把每晚受惊的事告诉了文武百官。当下，秦叔宝出班奏道："臣一生杀人不计其数，如果把尸体堆积起来，就有一座山那么大，可是，也从来没见有啥鬼魂作怪。所以臣从来不信神鬼之说。今夜臣愿与敬德将军一起，伺候万岁，看看究竟是咋回事。"李世民一听，十分高兴，点头应允。

秦叔宝和尉迟敬德二人披甲戴盔，当夜就站在宫门外守护。李世民心里踏实了，不疑神疑鬼了，也就没再听到啥声音了，能够安睡了。

李世民为了酬谢秦叔宝和尉迟敬德守夜辛苦，赏赐了他们很多金银珠宝，并称赞他们说："两位将军真是门神啊！"又找了画师给他们画像，把画像悬挂在宫门左右。李世民认为这样做同样可以起到驱邪灭祟的作用。

后代人不知道李世民由于精神紧张曾一度有过幻视幻听的毛病，还真以为"贴门神"就可以使一家平安不受鬼魂侵扰呢，就把李世民的做法沿袭下来了，把秦叔宝、尉迟敬德尊为门神，过年时，也要把他们的画像贴在家门上。

讲述者： 张抓，农民
采录者： 杨东志
选自： 《河南民间故事集》，中国民间文艺研究会河南分会、河南大学中文系编，中国民间文艺出版社 1985 年 5 月版

[1] 门神画：泛指门神、年画。

186

门神（二）

过去，年年过春节，家家都要贴门神和春联。你知道，这习惯是啥时候兴起的吗？

很早很早以前，在风景秀丽的度朔山上，有好大好大的一片桃林。桃林中，在一棵最大的桃树下有两间青石屋，石屋内住着弟兄俩，哥哥叫神荼，弟弟叫郁垒。兄弟俩的力气大着呢，雄狮见他们低头，恶豹见他们瘫地，老虎为他们守林。

这里原是一片野桃林，兄弟俩就生在这里。父母早早地死去了，弟兄俩相依为命，吃着野桃长大，为此对这桃林可亲啦。天旱了，他们挑来山泉水；桃树生虫了，他们一只一只细心捉；培土整枝，辛勤劳作。功夫不负有心人，桃树结下的桃子，吃起来又香又甜，特别是中间那棵大桃树，结的桃子格外大、格外甜。人们都说这大桃树上结的桃儿是仙桃，吃了能延年益寿、成仙成神。

在这度朔山的东北方向，还有一座野牛岭，野牛岭上有个野王子，野王子也有把笨力气。他仗着自己力大人多，占了这一方为王。这野王子心比蛇蝎毒，手比虎狼狠，常常吃人心、喝人血，可把这一方百姓害苦了。野王子听说度朔山上的仙桃吃了能成仙，他的口水流了三尺长，立时派人上了度朔山。

来人到了桃林边，喝令神荼兄弟俩献仙桃。兄弟俩冷冷一笑说："俺这桃只送穷人不贡王。"把那人撵下了山。

野王子听了手下人诉说，只气得七窍生烟，立时带三百人马上了度朔山。神荼兄弟也带着守林虎迎出桃林。两方相遇，一场恶战，一霎时，神荼兄弟就把野王子打得七零八落、狼狈逃窜。

野王子逃回野牛岭，想仙桃茶饭不香，思报仇昼夜难眠。他想啊想啊，想得头上脱了三层皮，脑门上添了三道沟，终于想出了个坏主意。

一个风大天黑的夜里，神荼兄弟正在石屋里睡得香甜，忽听外边有动静，忙起身开门。只见从东北方过来几十个鬼怪，一个个青面獠牙、红发绿眼，奇形怪状，嗷嗷乱叫，向石屋扑来。兄弟俩一生清白，没干过坏事，所以面对恶鬼，一点也不害怕。神荼随手提了根桃枝迎上去，郁垒抓了把苇索跟在后边。神荼在前边抓，郁垒在后边捆，不多一会儿，几十个鬼怪全被捆了起来，一个个都喂了老虎。

原来，这些鬼怪都是野王子和他手下人装扮的，本想把神荼兄弟俩吓跑，却害人不成丧了命。

第二天，这件事一下子传开了，人们感谢神荼兄弟俩为民除了害。兄弟俩的名字越传越远。后来，兄弟俩去世了，人们传说他们成仙上了天庭，老天爷命他们专管惩治恶鬼，碰上恶鬼就用苇索捆起喂虎。人们还传说，因神荼兄弟俩在桃树林里住，所以桃木也能驱鬼避邪。从那儿以后，逢年过节，人们纷纷削制两片桃木板，上面写上神荼、郁垒的名字，挂在门的两边，以示驱灾避邪、保家平安之意，叫作"桃符"。有的人家还把神荼兄弟俩的相貌画下来，贴在门上，叫"门神"。

到了五代的时候，后蜀有个叫孟昶的人，在桃符上题了两句词："新年纳余庆，嘉节号长春。"挂在门的两边。明太祖朱元璋登基定都金陵后，要当地家家户户除夕夜，在大门上张贴一副对联，以示庆祝。据传说，他也以自己的名义赐给大臣或其他人几副对联。这时的春联已经是写在红纸上了。从那时起，春节贴春联便成为我国人民的一种风俗习惯了。

187

和合二仙

讲述者：杨风岐，51岁，方城县教师，高中
采录者：徐东，35岁，社旗县文化馆干部，高中
采录时间：1982年
选自：《节日的传说》，本书编辑部编，河南人民出版社1982年11月版

朱仙镇木版年画，鞭锏门神（右）（郭太运作，程健君供稿）

朱仙镇木版年画，鞭锏门神（左）（郭太运作，程健君供稿）

关于"和合二仙"的故事，有很多说法，各有异同，但在我们这里却另有一种传说，故事是这样的。

传说在洛河岸边的一个山村里住着一户人家，其家道虽不殷富，却也小康有余。老两口一生勤劳朴实、吃斋念佛、乐善好施，可是却年过五旬膝下尚无儿女。这老两口眼看着后继无人，就一天天晨昏叩头，早晚一炉香地向送子观音祈求，希望给他们送个一男半女的，百年之后坟上有人给挂个纸条，也就心安理得了。可是这送子观音也有她的难处，只因玉帝这一段时间给她的生育指标太少了，七等八等还是轮不到他们跟前，可是她看到这老两口一片诚心再加上他俩一辈子吃斋行善，深受感动，就狠狠心把她的一个童儿转生到他家，了却了这桩心事。

再说这老两口老来得子，真是喜得合不上嘴，就给儿子起了个很娇惯的名字叫拾得。孩子生下来三天，就会喊爹叫娘，真把他俩高兴得连觉也睡不着，只是逗着孩子玩。满月这天，十里八村的人都来贺喜，喜事过得十分热闹。从此这老两口更是广做善事，以答谢神灵。

时隔不久，村里来了两户逃荒的。一户带着一个刚满

一岁的女儿，名叫麻姑。一户带着一个六岁的男孩。提起这个男孩，倒真是一个苦命的孩子，父母都是老实忠厚的庄稼人，常言说“人善被人欺，马善被人骑”，就因为他们太老实了，刚结婚不久就被那狠心的大哥赶出了家门，在逃荒的路上生下了这个孩子。穷人家给孩子起名没啥讲究，因为他出生在寒山脚下，随口就给他起名叫“寒山”。这两家逃荒到这里举目无亲，无依无靠，正在为难之时遇见了拾得的父亲，他就把他们全部收留回家。反正拾得他爹正想着家里没有帮手，哪还在乎他们吃那一点，他把寒山和麻姑的父母当成自己的亲兄妹一样看待。而寒山和麻姑两家因为在外逃荒流浪多年，一旦有了这个家更是喜出望外。并且这两家四个大人都非常勤劳，不论家里、地里都是一把能手，三家合一家，人多力量大，日子过得红红火火。再说三个孩子也一见如故，像亲兄妹一样，给原来拾得家那冷冷清清的大院，增添了无限生机，显得格外热闹。

人常说：“福无双至，祸不单行。”正当拾得、寒山、麻姑三家合一、和和美美过日子时，突然他们村里发生了一种流行瘟疫病，来得没救。这三家六位老人就接二连三地去世了。麻姑她娘在临终时拉着拾得和寒山的手说：“几个老人都走了，我恐怕也不行了，我把你麻姑妹子交给你俩，将来叫她在你两个中间选一个成亲，叫你们永远在一起，我死后也就放心了。”说完她就合上了双眼，三个孩子哭得死去活来，又埋葬了这唯一的一位老人。

他们这个家虽说比较富裕，但怎能经得起这像天塌下来一样的祸事？一连串死去了六位老人，这全部的衣裳棺材都是临时购置，这需要很大一笔开支。三个孩子能有多大能耐，少不了卖去了一些田产，从此家道败落，日子也过得艰难了。好在是寒山比拾得和麻姑大五岁，他就像一个老大哥一样，十分爱护和关怀他们两个。同时他还想咱不能坐吃山空，也为了能把拾得培养得更有出息，他就不再上学，农忙时自己下田耕作，农闲时跟着屠户去学杀猪，挣点钱补贴家庭开支。麻姑在家洗衣、做饭。兄妹三人就这样艰难度日，不知不觉拾得和麻姑都长到一十八岁。作为一个老大哥的寒山，看着他俩都已长大成人了，就想起了麻姑妈临终前的嘱咐，想早点给他们把婚事办了，也好了去他做兄长的一件心事。

一天夜里，寒山和拾得睡下之后，寒山就把这件事给拾得说明，拾得一个劲地说：“哥哥你的年纪大，你应该和麻姑成亲。”寒山苦口婆心地给拾得说：“你两个年龄相当，是天生的一对，你就别再推托。至于我的婚事，你就别再操心，大哥我自有安排。你就答应我吧，早点把婚事办了，一来了去为兄我一件心事，二来也对得起九泉之下的伯父伯母。”拾得见大哥说得诚心诚意，也就只得答应了。第二天，寒山又对麻姑说明此事，麻姑听了只是一个劲地哭，就是不说话。寒山又是苦口婆心地不知说了多少遍，最后麻姑总算是点头答应了。寒山就叫一个老先生给择了吉日，时间定于这年腊月。

寒山为了多挣点钱把拾得和麻姑的婚事办得体面一点，他就起早摸黑地去给人杀猪。眼看喜日子一天一天近了，寒山里里外外更是忙得不亦乐乎，他总希望自己一手能把这事给他们圆满地办好，也不枉他们的兄弟一场。

这天寒山又起早去给别人家杀猪，只因他心中装的事情太多，一时疏忽竟把杀猪的刀忘到了家里。走到半路上忽然想起，就返身回家取刀。但他到家一推大门发现上了闩，寒山想叫他们多睡一会儿，又不忍把他们叫醒，就翻墙进了院子。到院后，他一眼就看见麻姑妹子的房中亮着灯，而且有两个人说话的声音，寒山就轻步走到窗前，仔细一听原是麻姑的哭声。后来又听到麻姑边哭边说道：“拾得哥你是好人，你们一家都是大好人。请你原谅我吧，我有一桩心事必须向你说明。自从咱几个父母过世之后，是寒山哥像牛马一样里里外外、拼死拼活地照顾咱，爱护咱。如果没有他只怕就没有我这个麻姑。寒山哥他现在已经是二十好几的人啦，又是外地人，如果再耽搁几年，只怕是很难成个家呀！拾得哥，我不是不喜欢你，你的人品和长相，都优于寒山哥，何况你一家又是我一家的大恩人。如果只从我个人的利益着想，我无疑要选择你，但是一想到寒山哥的前途和命运，我这颗心就软了。我不能只顾咱二人的幸福而丢下寒山哥不管呀！拾得哥，你还年轻，不愁将来没个好伴侣。拾得哥，你能谅解我吗？你能成全我和咱寒山哥吗？”说完她就放声大哭。

拾得听到这里忙说：“好妹妹，你先别哭，咱两个的心算是想到一块儿了。实话说我早有此意，当初咱寒山哥给我说这事时我就不同意，我早就想叫你俩成亲，但又不知你的心意如何。现在既然咱俩想法相同，天明我就给咱寒山哥把这件事说明，你也就别再哭了。”

站在窗外的寒山听到这里，不由得打了一个冷战，心里说：拾得和麻姑的亲事早已张扬出去，并且婚期在即，如果按他二人的想法，外人不知内情就等于我仗兄夺妻，那我寒山还算个人吗？现在我不能待在家里，我要远走，他们找不到我就会死心。就这样寒山急步走到自己的住房，把所有挣来的钱都装到一个盒子里，然后又轻步来到麻姑的住房门前，把钱盒放下，又在门上画了一个光头人像就走了。

屋内拾得好歹总算劝麻姑止住了哭泣，就出门准备去找寒山。谁知他刚一出门，就看见了地上的钱盒和门上画的那个光头人像，他不禁大吃一惊。麻姑听到拾得的惊叫声也从屋里跑了出来，两人一看心里都明白了。原来寒山哥他回来过，是他听了他们的谈话之后，为了要成全他俩，给他们留下了钱，而他自己去当和尚走了。拾得和麻姑两人禁不住抱头痛哭不已。隔了一会儿，拾得对麻姑说：“天底下难得寒山哥这样的好人，我就是走遍天涯海角也要把他给找回来，这钱你留下用吧。”说完就要出门去找，但麻姑拉着拾得的手就是不放，叫他把装钱的盒子带上，因为一路上要用。拾得听麻姑说得有理，只得带上盒子踏上了寻找寒山哥的漫长道路。

寒山那天离家出走后，他一边走一边哭：一是舍不下多年的兄弟手足之情；二是怕两个弟妹安排不好他们自己的生活，总觉得他们还小；三是他这么一走，还怕急坏了拾得和麻姑。就这样，他一边哭一边毫无目的地向前走着。也不知走了多少天、多少里路。一天，他来到一座很大的寺院门前，他一狠心就走了进去。从此，他就在寺内剃头出家，成了这个寺院的敲钟和尚。这钟楼就坐落在本寺内的一个荷花池畔，每天早晨他想起拾得和麻姑时，就跑上去敲几下钟，再看看荷花，来寄托他对他们的思念之情。他虽然在这里出了家，但总还念念不忘那个“家”。

寒山前脚出门后，拾得后脚就抱着那个钱盒一路去找，可是茫茫人海他到哪里去找呢？他想起门上的那个光头和尚像，他就逢庙烧香、遇寺磕头地去打听。他见山就呼唤，他这种真诚而焦急的心情感动了山神。每当拾得走到一个山谷呼唤寒山哥时，山神也就帮助他发出同样的喊声，并把这声音传得很远很远。就这样，拾得一边走一边喊，也不知走了多少年月和多少路程，并且吃尽了人间辛苦，但他从没有灰心丧志。

寒山和拾得，一个在寺里想弟弟，一个在路上找哥哥，各自忍受着度日如年的折磨，转眼间好几年过去了。这天夜里寒山做梦又看见了弟弟和妹妹，醒来后他暗自伤心落泪，因此天不明就起身到钟楼上敲了几下钟，然后下楼来到荷花池边，眼望着满池荷花，想起弟妹们的手足之情，不禁又落下了伤心的泪水。他顺手折了一朵荷花，在池边走来走去。突然，从山谷中传来了有人喊他的声音，开始寒山还以为是自己想拾得弟想得太切，出现了幻觉，可是他仔细地静听，确真是拾得的声音。他顺着喊声的方向一直向山下奔去，当时他忘了扔掉手中的荷花，就边跑边喊：拾得兄弟、拾得兄弟。

这时山下边的拾得也同时听到了哥哥的声音，也一个劲地边跑边喊，朝山这边跑来。正好山根有条河，河上有座桥，两个人就是在这桥中心会面。兄弟俩久别重逢，今朝相见，相互抱住痛哭了一阵之后，拾得说明来意，叫寒山急速回家和麻姑成亲。而寒山则说：“我是为了叫你弟妹俩成亲才出走到这里来的，何况我现在已经出家做了和尚呢！”拾得见劝说不动寒山哥哥，也就随他一同进了寺院。为了表达兄弟分别多年、今又相会的纪念，寒山就把手中的荷花送给了弟弟拾得。而拾得是抱着寒山给他留下的为他们攒钱结婚用的盒子来找哥哥的，他又把盒子送给了哥哥寒山，同时他也在这寺里削发为僧了。

寒山与拾得这种真挚的情感，感动了天地，玉皇大帝就加封他们为“荷盒二仙”。因他们俩都是为了友情而甘愿牺牲自己爱情的好人，玉帝就想叫他们都分享一下人间的喜与乐，就传旨天下，凡是办喜事的人家，都要挂“荷盒二仙”的画像。因为“荷盒”和“和合”是同音，后人就逐渐叫成了“和合二仙”。再后来，又因为办喜事的人感到挂两个光头和尚像与办喜事的氛围不太协调，那些画家们就改画成两个胖乎乎的十分可爱的小男孩了。

那麻姑妹妹呢？她一直在家里等待她的两个哥哥回来，许多有钱有势的人家多次上门来提亲她都不答应，因为她的心里只能装下寒山一个人。

春去秋来，转眼几十年过去了，当年的小姑娘快要变成老太婆了。后来玉帝和王母就提示观音菩萨，点化麻姑成仙，并在蟠桃园中为她修了一座仙宫。麻姑为感谢玉帝和王母之恩，每当仙桃成熟之后，她都要先摘一篮，去为玉帝和王母献寿。这就是麻姑献寿。

讲述者：佚名
采录者：廉正义，洛农
采录时间：2005 年 8 月
采录地点：卢氏县文峪乡
选自：《中国民间故事全书·河南·卢氏卷》，闫建朝主编，知识产权出版社 2009 年 2 月版

朱仙镇木版年画，和合二仙（郭太运作，程健君供稿）

188

泥瓦匠的祖师奶

泥瓦匠的祖师爷和祖师奶可不是两口子。祖师爷姓张，祖师奶呢，却是鲁班师傅的老婆，人称鲁班师娘。

那时候，无论是起房盖屋，还是修桥砌塔，跟现在大不一样，竟是一下下地从高处往低处垒。那多难垒呀，要不会这手绝招的只有鲁班和他的三个徒弟？由于干这活路既难学又危险，当时无论天上人间的泥瓦匠活儿都归他们几个招揽，忙得是一天到晚不可开交。鲁班师娘看着他们成天奔东跑西，还顾了这头顾不了那头，就心疼地劝鲁班师傅："你能不能再想个更好的法儿来？"

没想到鲁班也正为这事着急呢，一听烦了："说着容易，要谁一学就会了，那天底下的人不都成了泥瓦匠了吗？"

过了几天，天宫王母娘娘要开蟠桃会，急着修建一座规模宏大的百仙庆寿殿，听说鲁班是有名的能工巧匠，就招他上天领班监修。这样一来，凡间的活路只好留给三个徒弟去做了。谁知道他们从没独自施过工，一离开师傅，就像没娘娃儿一样，少了主心骨。平时忘了秘诀或者哪处不明白，要么比葫芦画瓢，要么请教师傅甚至由他亲自动

手。这下子可真抓瞎了。眼看工期临近，他们只好硬着头皮去砌墙。可是一垒就倒。没办法，只好扒扒垒垒，垒垒再扒扒，三个徒弟整天愁眉苦脸、唉声叹气的。

鲁班师娘看着也很焦急，就也陪着他们琢磨。自从她劝过鲁班以后，早就暗暗操了心，要找出一个简便好学又保险的办法。当鲁班师娘看到无论把墙垒多高，最终还是轰隆一下倒塌在地上时，她的心里猛然间开了道缝：咳！要是干脆能从下往上垒该多好啊！鲁班师娘想了，就真的试摸着干了起来。没想到越垒越顺，时间长了，她的手让土灰泥、砖瓦渣刺得钻心疼，就顺手拿起自己的小脚鞋底子和鞋帮当工具，升子底针线笸箩反扣过来做灰斗。没想到这几样东西使着还怪得劲，既保护了手，又省工省力省料，加快了砌墙盖房的速度。三个徒弟在旁边别提多高兴了，争先恐后地蹿到师傅屋里，干脆把师娘的小脚鞋都拆巴拆巴拿在手里抢着干了起来。自此以后，泥瓦匠们砌墙都改为从下往上，而且开始有了工具。因在这以先，泥瓦匠干活全凭两只手，是鲁班师娘发明用鞋帮当瓦刀、鞋底当泥铲（抹）、针线笸箩当灰斗的，后人便称她为泥瓦匠行的祖师奶。

采录者： 鲁良敏，刘富亭

选自： 《中国民间故事集成·河南南阳市卷》，党铁九主编，南阳市民间文学集成编委员1988年9月编印

189

菩萨献发

玉皇大帝的九女儿名叫菩萨，只生得天资聪明，容貌美丽。她心地善良，最恨人间不平事，深受玉皇的宠爱。

有一回，玉帝派菩萨下凡访察民情，菩萨就化作一个村姑来到人间，正赶上秦始皇拉丁抓夫修筑长城，老百姓叫苦连天。菩萨赶到长城跟前一看，万里城墙刚刚垒好根脚。干活的民夫因吃不上饱饭，累得东倒西歪，有半数以上累死在工地上。菩萨很同情老百姓的遭遇，便拦住一个担石头的民夫问道："大哥，你们这样干会要累垮身子的，咋不想个省劲的办法？"

民夫叹了口气说："唉，有啥法子哩？"

菩萨说："你别难过，我教大家一个好法子。"说着，她取下头上的彩巾，拔下一缕青丝交给民夫说："你们每人拿一根头发拴在石头上，轻轻一提，那石头便自动滚在城墙上。"民夫们按照菩萨的吩咐，用头发拴着石头块，果然不费一点劲，那石头块便自动飞在城墙上，不偏不倚，只垒得端端正正、规规矩矩、严丝合缝，不一会儿便垒了五尺多高。民夫们又蹦又跳，知道是神仙下凡搭救难民，一齐跪在地上祈祷上神保佑。恰巧，秦始皇巡察路过这里，

看到民夫们跪了一片，便喝问民工们为何偷懒不干活。民夫隐藏不过，便将菩萨献发之事，如此这般说了一遍。秦始皇大喜，问仙女哪里去了，民夫用手指指前方说：“刚刚走出五里多路。”

秦始皇和勇士们翻身上马，追赶菩萨。果然，追出不远，便看见菩萨正在城墙下向民夫散头发哩。秦始皇催马来到跟前，怒声喝道：“妖女，将头发给我留下！”菩萨一看难以脱身，只好忍痛一根一根地拔掉头上的青丝。秦始皇等得不耐烦了，上前抓住菩萨发髻往后一拽，菩萨的满头青丝连同头皮被揭了下来，光秃秃的头，淌着鲜血，疼得她昏倒在路旁。过了很长很长时间，菩萨在民夫的救护下，才苏醒过来，发现自己的满头青丝没有了，连头皮也被揭去了一层，心里又羞又怒。她觉得头上光秃秃的，上天去难免引起母亲悲伤，还要受到众神的奚落，恼怒之极，一头撞死在长城上。新垒好的城墙齐崭崭地倒了一截。

老百姓听到菩萨遇难的消息后，一直哭了三天三夜。为了纪念这位大慈大悲的观音，各地都为菩萨建庙宇、塑金身，每年三月三举行隆重纪念。塑造神像的画匠看菩萨没有头发实在难看，就巧妙地给她戴了顶风帽。长城修好后，秦始皇又强令民夫交出保存的菩萨头发，编成一条长发辫，名叫赶山鞭。他扬鞭追打群山，各山都乖乖地挪了地方，太行山被赶到了山西、河南交界的地方，峨眉山被赶到了四川，秦岭被撵到了陕西。后来，秦始皇将神鞭扔进了南海。

玉皇大帝打听出九仙女的死讯，每日痛哭不止，眼泪变成了千万条江河。由于菩萨发辫沉入海底，所以那海水虽日夜奔流，仍流不尽、淌不干，至今还带有咸味呢！

讲述者： 陈杰，47岁，项城县付集乡汽车站工人，初中

采录者： 姜学成，29岁，项城县付集乡文化站职工，高中

整理者： 苏国安，项城县贾岭乡文化站专干

选自： 《中国民间故事集成·河南项城县卷》，孔祥谦主编，项城县民间文学集成编委会1987年12月编印

190

送子菩萨

很久前，在一条大路旁立着一尊送子菩萨塑像。过往行人总是你踢一脚、他踢一脚，这个人过来摸摸、那个人过去踹踹。一天，一个十六岁的淘气鬼路过这里，他见人常常揉揉送子菩萨，就干脆把它翻到大路外边河沟的水里。一会儿过来一个善心青年，见送子菩萨的塑像被弄到水里了，便下去把它捞上来，重新立起来。

传说送子菩萨是给天下人送儿送女的。送子菩萨为了表达对打捞它出水的青年的谢意，在这个青年长大成人成家立业以后，给他只送了一个儿子，好让他过上好日子，不叫他抚养那么多儿子，不致辛辛苦苦劳动，为安排那么多儿子成家立业而操碎苦心。果然这人只生了一个儿子。儿子长大，娶了个妻子，家庭和睦，生活幸福美满。

送子菩萨给把它翻到水里的那个青年送了十个儿子表示报复。这个人生了十个儿子，他给长子成了家，又熬煎[1]次子没有对象。次子娶了妻，又为三子的生活无着落而昼夜忧愁。他累死累活，结果十个儿子，还没有安顿完，

[1] 熬煎：方言，焦虑。

自己就累死了，连一天好日子也没过上。

讲述者：佚名

采录者：赵景方

采录时间：1986年8月

采录地点：卢氏县

选自：《中国民间故事全书·河南·卢氏卷》，闫建朝主编，知识产权出版社2009年2月版

木版年画，天仙送子（郭太运作，程健君供稿）

191

观世音

说起大慈大悲救苦救难的观世音菩萨，人人知晓，但是关于她出家为尼的故事，知道的人就很少了。

相传，观音大士俗家姓陈。当她年过二八之时，也和常人一样，有了儿女私情。但那时的女孩对这事无从说起，在身体发育方面也是一知半解。这天，她看到本家嫂子拖着六个月的大肚子，就心生好奇，向嫂子打探儿女方面的私情。嫂子看小姑子对男女私情有兴趣，就一五一十地说起了生儿育女的秘事。当说起成婚后就要生孩子时，她心里顿时紧张起来，就问她嫂子："带孩子时心里感觉咋样呢？累不累？"

嫂子听她说起这种傻话，就笑嘻嘻地说："带孩子时，心里感到非常快意。带孩子时，感到只有两斗米重。"说者无心，听者有意，陈姑娘就悄悄地用布做了一个布袋，装了两斗米缠在腰间。这怀孩子好比是身上长的一块肉，和那把东西缠在身上是两码事。所以，她带着米不到半天，就感到腰酸腿痛，不禁暗暗叫苦。心想这个罪，女人咋受得了？一辈子不结婚了。从此，她就出家修成了仙体。因她对人间的苦难体察得非常清楚，人们也就称她为大慈大

悲的观世音菩萨。

讲述者：李国英，女，58岁，商城县李集乡峡口村农民
采录者：姚仁奎，26岁，商城县李集乡峡口供销门市部职工
采录时间：1989年
采录地点：商城县李集乡
选自：河南省民间文艺家协会资料库电子文档《中国民间故事全书·商城县卷》

192 千手千眼佛

千手千眼佛本是皇帝的三妮儿。

皇帝的大妮儿招驸马了，二妮儿也招驸马了。三妮儿长大了，该招驸马了，她不招，光想修行。皇帝叫她招驸马，随咋[1]逼她，她也不招。这咋弄咧，一个皇帝，他妮儿光搁屋里[2]住着，是个啥咧？不中，得逼着让她招。

三妮儿没干过活儿，就贬她去浇花儿。她去浇花儿咧，后院各样的花儿，都浇得好好的，开得支支棱棱的，难不住她。这不中，又贬她去做别啥[3]。贬来贬去，叫她做啥，她啥都能做好，难不住她。没法儿了，皇帝撵她走，不要她了。

三妮儿被撵出来，上了寺院，当了尼姑。

皇帝知道了，想着他是皇帝，他妮儿当了尼姑，这多不好哇！就让人去烧死她。人们用柴火围住寺院，把这个寺院烧了。

[1] 随咋：方言，无论如何。
[2] 屋里：方言，指家里。
[3] 别啥：方言，别处，其他地方。

寺院里五百尼僧都烧死了，三妮儿还好好地在念经呢。皇帝可不得了啦，搁屋里叫喊起来。咋咧？死那五百个尼僧的鬼魂，一个点了他一指头，他起了五百个连痂泡，疼得不得了。这哈儿那哈儿的医生都找了，摆治不好。有个医生说他会看，皇帝问他："那你是咋个看法儿咧？"

"用你妮儿的一个眼、一个手泡黄酒，抹抹就好了。"

皇帝叫大妮儿回来了。一说要剜眼剁手，驸马捞[1]住人走了，不愿意也不吭声。

叫二妮儿回来了。一说要剜眼剁手，驸马也牵着人走了。

咋弄咧？还是得找三妮儿。

三妮儿找回来了，往那儿一站，皇帝就觉着身上疼得轻多了，他说："妮儿啊，要给我治病，得用亲骨肉的眼、手配药。叫你眼剜一个、手剁一个，中不？"

"中啊。"

三妮儿的眼剜一个，手剁一个，皇帝的病摆治好了。

末了，三妮儿被封为千手千眼佛。

平顶山香山寺供奉的千手千眼佛（2011年6月19日程健君摄）

讲述者： 曹衍玉，女，61岁，桐柏县月河乡金桥村郑庄农民，不识字

采录者： 程健君，28岁，河南大学中文系教师，大学

采录时间： 1984年12月18日

采录地点： 桐柏县月河乡金桥村郑庄讲述者家中

选自： 《中国民间故事集成·河南卷》，中国ISBN中心2001年6月版

平顶山香山寺（2011年6月19日程健君摄）

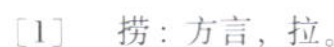

[1] 捞：方言，拉。

193

十八罗汉

十八罗汉是咋个来历呢？

古时候，有一天，如来佛跟波兰下凡到田间地里游玩。走到一块穷人种的谷地里，看到满地的谷穗长得疙疙瘩瘩、沉甸甸的，怪稀罕人儿。波兰手不失闲儿，揪一个谷穗搓起来，搓着随地撒着。

如来佛见他这样，气愤地说："波兰，你身为仙体，跟天下人有啥怨仇，糟蹋他们的庄稼？你揪掉一个谷穗，知道祸害多少性命？一个籽出一棵苗，一棵苗又结多少粒籽？天下人像草里虫一样艰难扒叉[1]，种个庄稼多不容易！你揪掉一个穗就是杀死一条人命呀！你这样不把天下人放在眼里，可知罪吗？"

波兰"扑通"跪到地上说："仙君恕罪，饶我一次吧！"

如来佛说："你犯了阶下之罪，天规不容啊！今，天底下有十八个强盗，玉帝要封他们，赶你收了他们之后，再回天宫见我，快去吧！"

说完，如来佛袖子一甩，"呲啦啦"脱掉波兰身上的神褂，驾起祥云，回天宫去了。

波兰就地打个滚儿，起来变成个老黄牛。

种谷子这家穷人到地里闲转，看见老黄牛，四下瞅瞅没人，就把黄牛赶回家。喂麦秸它不吃，喂青草它不闻。穷人失急[2]了，就把它拉到集上去卖。

有个财主去赶集，问穷人牛要多少钱，穷人说："四百两银子。"财主心里想：多好的牛，才要这儿个钱，便宜。他就把它买下了。

月把[3]天气。有天，财主到牛屋里闲转，牛见他来了，开腔说："你咋舍得到这儿看看我呀！"

财主一听，吃惊地说："我的妈呀，你这货还会说话呀？"

牛说："你眼下要大祸临身了！"

财主浑身抖起来，问："我有啥祸事？"

牛说："七月十三日，正当午时，有十八个强盗要来杀你抢你哩！"

财主慌忙跪下，说："牛啊，好歹我喂你这么长时间了，你可得想个门儿救救我呀！"

牛说："救你行，你得听我的。"

牛跟财主说了咋治这十八个强盗的门儿。

七月十三这天很快来到。晌午，十八个强盗真的骑着马，手里掂着鬼头大刀，来把财主家围了起来。财主见了，就照牛对他说的，把这十八个强盗迎接到客厅，让烟递茶，忙活开了。

不多时，依次每人一桌，叫人陪着，端上菜，备上酒。财主每人先敬三盅，十八个强盗有说有笑，猜枚划拳，吃喝起来。

过罢午，十八个强盗酒足饭饱，起身要走。财主忙叫人端上金银珠宝，十八个强盗见财主怪大方，就问："谁给你生的门儿，叫你这样好待承俺们？"

财主说："是我家那老黄牛。"

十八个强盗说："叫我们去见见它吧！"

十八个强盗跟财主来到牛屋。十八个强盗一见黄牛，

[1] 扒叉：方言，劳作。

[2] 失急：方言，着急。

[3] 月把：方言，一个月左右。

个个皮麻骨酥起来。黄牛说："你们都来了不是？你们在凡尘的气数尽了，跟我走吧！"

十八个强盗一听，跪下说："神仙饶命！"

牛说："跟我走，我领你们到清凉界去。我过河，你们脱脚[1]；我钻火，你们跟着。"十八个强盗只好答应。

牛领着他们，走啊走啊，一直走到一个大山里头。大山里头有个山洞，往外冒着火焰，牛把他们领到山洞前，对他们说："都进去吧！"说完，一头就扎了进去。

十八个强盗你看我，我看你，往后退着谁也不想进。这时，牛在洞里喊："你们不赶快进来，还磨蹭啥哩？"十八个强盗害怕，一个个硬着头皮钻了进去。

十八个强盗钻进去完了，波兰吹了一口气，霎时，山洞里冒起熊熊大火，十八个强盗粘在洞壁上，动也不能动，个个气得瞪着眼、蹩着筋。原来，他们是被波兰的定身法定在洞壁上了。大火越着越旺，不一会儿，十八个强盗的肉身子，个个都烧成石头身子，浑身也被烟气熏成黑枣红黑枣红的颜色了。

玉皇大帝念他们劫富济贫的侠义心肠，就封他们为十八罗汉。

讲述者： 刘国有，62岁，镇平县安字营乡连庄村小王洼农民
采录者： 姜典凯，张卡申
采录时间： 1987年4月20日
采录地点： 镇平县安字营乡连庄村小王洼
选自： 《中国民间故事集成·河南镇平县卷》，姜典凯主编，镇平县民间文学集成编委会1987年11月编印

[1] 脱脚：方言，脱鞋。这里意为脱了鞋子蹚水过河。

山村墙壁上精美的神龛（2016年6月9日程健君摄于云台山一斗水村）

庭院内的神龛（2018年3月26日程健君摄于云台山一斗水村）

天地全神之位（2021年程健君摄于荥阳环翠峪）

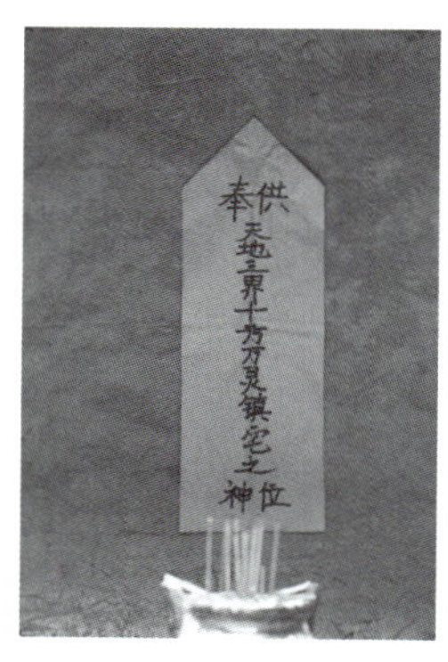

天地神位（2018年3月26日程健君摄于云台山一斗水村）

创世神话

一、日、月、星，天象神话

（一）日、月、星神话

194

太阳和月亮

（一）

很早很早以前，天上只生活着太阳和月亮。

月亮是个大姑娘，她长得很美丽，圆圆的脸儿像一面镜子，把大地照得亮亮堂堂。太阳是个大男子汉，他的脸像个金盘子，红光满面，把大地照得暖暖和和。

有一天，太阳对月亮说："好大姐，我向你求爱。如果咱俩结合，有儿有女、快快乐乐该多好呀！我恳求你，我们马上就结婚吧！"月亮喜欢太阳行为大方，性格耿直，心像一团火，当即同意了。

他们是一对好夫妻，日日夜夜形影不离。他们一起生活了一万年，他们生了十万八千个孩子。太阳和月亮有了这么多孩子，已记不清他们的名字，就干脆把他们全叫星星。

有一年夏天，大地上发了洪水，把花草和田苗全淹在水里。地上的人们烧香磕头，求天神保佑。月亮闻到香味，对太阳说："太阳，地上遭了水涝，请你想法搭救搭救他们吧。"太阳傲慢地说："这——我知道了，有本事你自己去搭救，用不着朝我穷叨叨。"

月亮放出全部光亮，想把地上的水晒干，但是不行。太阳看了好笑，又对星星说："你们谁有本事谁就去搭救吧。"星星们施展出各种本领，但还是不行。地上的水越积越多，到处横流，泛滥成灾。

地上的香烟不断飘来，呼救声不断传来。月亮再次请求太阳说："太阳啊，我的丈夫，难道你就这么残酷无情，见死不救吗？"

太阳说："我想看看你们有多大本事。"

月亮和星星齐声说："我们没有办法，才来求你，你有本领解救众人，我们全给你跪下。"说着大家一起跪在太阳面前求情。

在大家的请求下，太阳面朝大地，放出了全身的光和热。不一会儿，大地就像点着了干柴，地面的水像开了锅一样，蒸腾的水汽遮住了天空。过了三天三夜，地上的水全蒸发干了。花草田禾得救了，受苦的人们高兴极了。大家感谢太阳的恩德，太阳看见地上有无数的人给他叩头，就问月亮："你看我是不是主宰一切的神？"

月亮说："你为众人做了件大好事，见义勇为。至于主宰一切的神，谁也不是。"

太阳说："岂有此理！我上能管天，下也能管地，我就是主宰天上人间的神，你们还不承认？"

月亮说："我的丈夫，天地这么大，你是管不了的。"

太阳气极了，脸盘涨得通红，全身烫得像刚从火海里跳出来，大家都不敢接近他。月亮知道他一发怒，地上就要遭灾，就赶快用好话劝慰："啊，我的好丈夫，众人心中的太阳公公。我们承认你是神力无比的英雄，你千万别把怒火施向大地、让众人遭殃！"太阳不听，还是一个劲发怒，使大地变成了火海。刚从水里得救的受苦人，又像遭了火灾。大家又烧高香，向天上求救。香烟飘到天上，月亮闻到了，她连忙劝阻太阳的无理行为。太阳说："我能救他们出深渊，我也能推他们进火坑。我要让大地上所有的都知道我就是主宰一切的神，我有无边的神威。"

月亮说不服太阳，心里很难过。她看到刚刚逃离水灾的人们，又承受热的蒸烤，心间很痛苦，就离开太阳远去了。星星们也不愿跟着骄横无理的父亲过日子，都跟着善良的妈妈一起走了。

太阳见和自己相亲相爱生活了一万年的妻子走了，

十万八千个儿女一个也没有留下，知道自己错了。他赶紧息怒，去追赶自己的亲人。但是他的妻子和儿女——月亮和星星都不愿再看到他那暴怒的面孔，当太阳露面的时候，月亮和星星都赶紧躲避起来。当太阳从东到西，寻找他们一整天，带着疲倦和悔恨下山以后，月亮才带着她的儿女们出来，为众人送来光明。

太阳也不愧是个聪明、勇于改过的男子汉，打那以后，他痛改前非，再也没给人间带来灾难，不断地给人间送温暖。只因太阳一时糊涂，造成了千古大恨，从那以后，就再也不能和自己的亲人见面了。

讲述者：李永轩，62 岁，离休干部
采录者：李慧玲，女，22 岁，清丰县高堡乡文化专职干部
整理者：刘希功，45 岁，清丰县文化馆干部，大专
采录时间：1987 年 5 月 6 日
采录地点：清丰县文化馆
选自：《中国民间故事集成·河南清丰县卷》，唐孝方主编，清丰县民间文学集成编委会 1989 年 10 月编印

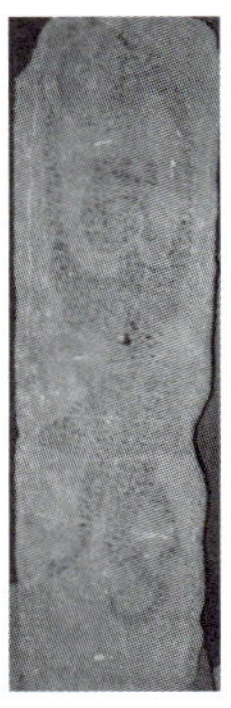

汉画像石，日神捧日（2008 年 5 月程健君摄于南阳汉画馆）

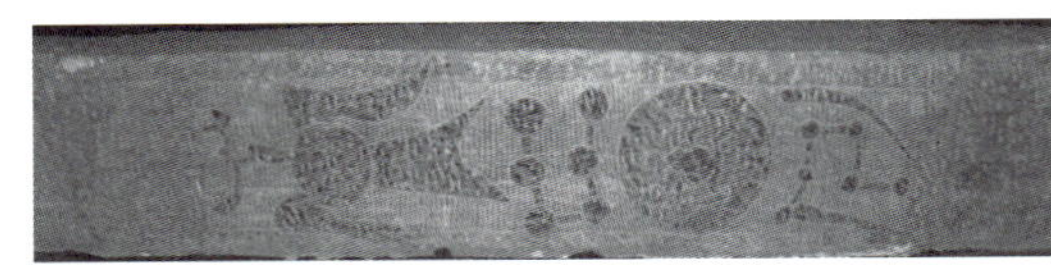

汉画像石，阳乌 月 彗星（2008 年 5 月程健君摄于南阳汉画馆）

汉画像石，阳乌（2008 年 5 月程健君摄于南阳汉画馆）

195

太阳和月亮（二）

相传在很久很久以前，太阳和月亮一样亮，没有白天和黑夜之分。而太阳和月亮呢，是王母娘娘的两个女儿的名字。

在盘古开天地的时候，天上地下一片漆黑，白天和夜晚一个样，人们的日子苦极了。为给人间送去光明，王母娘娘给自己的两个女儿——太阳和月亮每人发一根会发光的宝针，让她俩轮换着自东向西旋转，给人间带来光明，并命她们各尽其职，并不许把两根针合用，以防光线太亮。从此，大地万物生长，人类生息繁衍，一片生机勃勃。

太阳妹妹长得非常漂亮，惹得凡间的小伙子不住地向她张望，都投以爱慕的眼光。而太阳妹妹呢，总恨人们用眼看自己，下决心要报复一下。

一天，她们在碰头的时候，太阳妹妹对月亮姐姐说：“姐姐，你看地上的人们多无礼，光偷看我，让俺觉得怪不好意思的。让我用用你的宝针，惩治一下他们吧。”

“那咋能行呢？”姐姐吃惊地说，“两根针合在一起要出事的，光热得那么厉害，地上的生灵咋能受得了呢？”

太阳妹妹见月亮姐姐不肯把宝针借给她，便撒娇哭起来：“姐姐，我的好姐姐，你就可怜一下妹妹，让我用用吧！”

月亮姐姐经不住妹妹的苦苦哀求，答应把宝针借给她，但再三嘱咐她两根宝针要两手分开拿，千万不要合在一起。

太阳妹妹手拿两根宝针，大地唰的一下亮多了，人们感到又干又热，但还能看到太阳妹妹，她一狠心，不顾姐姐的嘱咐，一下把两根针拿在一起。这两根针一融在一块，顿时生出了万道金光，使人们感到灼疼，再也不敢看太阳姑娘了。

从此，月亮姐姐没了宝针，不能给人间发光了，大地一片黑暗，咋办呢？她只好用自己的绣花针给人间照明，而太阳妹妹的宝针却耀眼通明。

这样，就形成了白天和黑夜。

采录者： 范胜举

选自： 《中国民间故事集成·封丘县卷》，郭顺昌主编，封丘县民间文学三套集成办公室1986年4月编印

南阳市一中汉墓，阳乌（凌皆兵、王清建、牛天伟主编《中国南阳汉画像石大全》，大象出版社2015年9月出版）

南阳汉画像石，白虎 金乌（凌皆兵、王清建、牛天伟主编《中国南阳汉画像石大全》，大象出版社2015年9月出版）

196

太阳和月亮（三）

传说，太阳和月亮是父女俩，太阳是女儿，月亮是父亲。

想当初大地混沌的时候，世界上是一片黑暗、混浊不清，人们无法生活和劳动。天上有一位老人，名叫月亮，向老天爷请示，自愿发出光辉，给人们照明。老天爷准许了他的请求。可是，他回到家里，对他的女儿太阳一说，太阳说他年纪老了，这样太劳累，就自愿替父亲去。父亲嫌她是女孩儿家，身单力薄。女儿却说自己年轻，气力旺盛。父女争执不下，最后决定轮流值班。女儿年轻力壮，放出的光芒强，值白班；父亲年老力衰，放出的光芒弱，值夜班。从此，人们才分出了白天和黑夜，也分出了劳动和休息的时间。

可是，人们在白天劳动的时候，总爱看着太阳来测定时间，太阳是个女孩儿家，被看羞了，便回去告诉她父亲说："人们光看我咋办？一看我就脸红。"父亲对她说："你以后值班把你的绣花针带上，谁看你，你就用针刺谁的眼睛。"所以直到现在，谁也不敢瞪着眼看太阳，一看，她就射出像针一样的光芒，来刺你的眼睛。

现在，大多数的年轻姑娘，也都怕人看，人一看，她就脸红。

讲述者： 张云荣，女，53 岁，栾川县陶湾乡张盘村农民，初中

采录者： 杜金娥，女，16 岁，栾川县陶湾乡张盘村初中学生

选自： 《中国民间故事集成·河南栾川县卷》，贾翰如主编，栾川县民间文学集成编辑委员会 1989 年 1 月编印

197

太阳和月亮（四）

采录者：杜春晓，女，20 岁，农民，初中

选自：《中国民间故事集成 · 河南栾川县卷》，贾翰如主编，栾川县民间文学集成编辑委员会 1989 年 1 月编印

有的说，太阳和月亮是夫妻俩，太阳是结实健壮的小伙子，月亮是一个善良美丽的姑娘，他俩小时候经常在一起玩耍，感情很好。日久天长，他们就请风伯伯为媒，九月五日举行隆重的婚礼。结婚后，他们生下了许多孩子，那就是星星。

一天，天空云雾迷蒙，雷电交加，下起了瓢泼大雨，整整两天两夜没有住点[1]，把地下的庄稼都淹坏了。善良的月亮，看到这种情况，非常难受，就请求她的丈夫太阳，赶快想个办法。可太阳却故意和她开玩笑，硬说自己也没办法。

月亮见太阳那股消极的样子，生气了，一怒便带着孩子连夜回娘家去了。天亮后，太阳不见了妻子，就急忙在后面追赶，可是，已经晚了，月亮早已连夜走远了。太阳清早才起来追赶，所以一直追赶不上。

[1] 住点：方言，停住、停止。没有住点即没有停止。

198

太阳和月亮

（五）

讲述者：李妮，女，25岁，栾川县大清沟乡新南村农民

采录者：陈新建，27岁，栾川县大清沟乡政府临时工作人员

整理者：贾翰如，64岁，栾川县文化馆离休干部，高中

选自：《中国民间故事集成·河南栾川县卷》，贾翰如主编，栾川县民间文学集成编辑委员会1989年1月编印

传说，在很早很早以前，天上有一家，家里有个泼辣潇洒的美貌姑娘，名叫太阳，还有一个漂亮淑静的嫂嫂，名叫月亮。

有一次，她们奉了父母之命，嫂嫂带上妹妹去相婆家。她们去相婆家，要经过人间的上空。嫂嫂由于怕人们看见，害羞，便和妹妹商量，夜里再动身。谁知这个泼辣大胆的妹妹，却不在乎这一套。她说："不，夜间太黑，我不走。"

嫂嫂说："没事，我用夜光圈照着亮，咱好走。"

妹妹说："不行，我非白天走不可！"

嫂嫂又说："死妮子，白天走不怕人们看你吗？"

妹妹说："我不怕，谁看我，我就用绣花针刺谁的眼。"

就这样，姑嫂俩商量不到一块，最后妹妹说："嫂嫂，你想趁夜里走，你就先走一步，我明早起来赶你！"

所以，直到现在，月亮老是夜间在天上走，太阳却在白天在后边追赶，谁要是看她，她就用绣花针刺谁的眼。

199

太阳和月亮（六）

传说太阳和月亮是姑嫂俩，太阳是个姑娘，月亮是嫂嫂，姑娘和嫂嫂都想当太阳。

姑娘说："我当太阳，我年轻些。"

嫂嫂说："我要当太阳，因为你是个姑娘，人们看见会笑话你，大姑娘家天天出头露面。"

姑娘说："我拿把绣花针，他们看我时，我就扎他们的眼睛。"嫂嫂只好让妹妹做了太阳，自己做了月亮。

你看，每当我们想看太阳的容颜时，就会感到她是那样刺眼。其实，这就是太阳姑娘正在用绣花针扎我们眼睛哩！

讲述者： 黄光荣
采录者： 张福阎
选自： 《中原神话通鉴》（第四卷），张振犁编著，河南大学出版社 2017 年 2 月版

200

太阳和月亮（七）

传说在很久以前，天上没有太阳和月亮，大地一片混沌。人们在昏昏蒙蒙中过日子，东西南北看不清，五谷杂粮难生长。后来，玉皇大帝造了两个大火球，要找两个人到天上去举起来，为大地照明。

那时，有一对老夫妻，老头子叫太阳，老婆子叫月亮。太阳听说玉皇大帝找人举火球的事，就和月亮商量，要去天上举火球。

他们商量妥了，一起来到天庭，见着玉皇大帝，接受了举火球的重任。火球一个大，一个小。太阳举大的，月亮举小的。二人轮流举起火球照亮人间。因为大火球是太阳举的，人们就称它太阳；小火球是月亮举的，就称它是月亮。

自从太阳和月亮举火球照亮人间，分出了昼夜，万物生长，五谷丰登。因为太阳和月亮都是老人，举火球照亮人间有功德，人们就称太阳为"老爷儿"，称月亮为"月奶奶"。

讲述者：李孟荣

采录者：申法海，浚县公堂村人，新乡市民间文艺家协会主席

选自：《中原神话》，张楚北编，海燕出版社1988年1月版

201

太阳和月亮

（八）

传说，太阳和月亮都是女人，各自都有一大群孩子。

她们担心地上的人们受不了那么多的光和热，就约定各自吞下自己的孩子们。月亮舍不得她的亲生骨肉，就把孩子们藏在了太阳看不见的地方。太阳一看月亮的孩子们都没有了，就忍痛吞下了所有的孩子。谁知道过了不久，月亮又带着她的孩子们在天空中出来了，这些孩子们就是星星。太阳一见大怒，就去追赶月亮，非要杀死她不可。从此，人们就看见太阳在永无休止地追月亮。太阳一升起，月亮就带着星星们藏起来。只有当太阳远远落在后边的时候，也就是晚上，月亮才敢把她的孩子们带出来。据说太阳也有抓住月亮的时候，不过，月亮一挣扎就又逃走了。

讲述者：高桂兰，女，80岁，方城县券桥乡券桥街农民

采录者：孙中华，崔玉庆

采录时间：1986年4月3日

采录地点： 方城县券桥乡券桥街

选自： 《中原神话通鉴》（第四卷），张振犁编著，河南大学出版社 2017 年 2 月版

202

太阳和月亮

（九）

传说太阳和月亮，是一对恋人。他们共同生活在天堂里，有着深厚的情意。太阳是个文静、善良而又怕羞的姑娘，而月亮是个老实、忠厚、坦率的小伙子。他们相亲相爱经常在一起幽会，相互吐露着衷情。后来，他们相爱的事被星星知道了，星星们把月亮小伙围了起来，非让他讲讲和太阳姑娘的爱情故事不可。月亮见大家要求很迫切，就诚实地笑了笑，很坦率地把他和太阳姑娘的恋爱经过详详细细地讲了一遍。星星们听后，又羡慕，又敬佩，又感到有趣，就拉着月亮小伙子同他们去见识太阳姑娘的美丽。月亮无奈，只好同星星们去找太阳姑娘。太阳姑娘知道了月亮小伙把他们之间的秘密讲给星星们后，心里很生气。又听到月亮带着星星们来找她，更觉得没脸见人，就笑着跑开了。她一边跑，一边掏出银针，无论谁看她，她就刺谁一针，看得久了，她就刺得你的眼睁不开。星星们见太阳姑娘逃走了，就拉着月亮，一个劲儿地追赶。太阳姑娘也一个劲地跑，她跑到白天，就把月亮和星星甩到黑夜里。月亮和星星们出来找她，她就偷偷地藏了起来，一直不给他们面见。就这样整天追着跑着，跑着追着，月亮和星星

们总是追不上，直到现在还是一直在追着呢！

讲述者： 邢自文，57岁，平舆县东和店乡仙翁庙村农民，初中

采录者： 王继松，34岁，平舆县东和店乡仙翁庙村农民，高中

采录时间： 1987年10月

采录地点： 平舆县东和店乡仙翁庙村讲述者家中

选自： 《中国民间故事集成·河南平舆县卷》，李宏主编，平舆县民间文学集成编委会1989年10月编印

203

太阳和月亮

（十）

传说，月亮是个美男子，太阳是个俏姑娘。他们俩性情都很温和，少言寡语，又都勤快、踏实、能干、任劳任怨。乌龟对他俩很熟悉，心想：太阳和月亮容貌般配，又都勤劳能干，岂不是天生的一对儿？我何不从中撮合，来成全他们两人的好事呢？乌龟就从中牵线，给他们做了媒人。太阳和月亮结了婚。

可是，他们俩都有各自的特殊秉性，使这桩本来十分美满的姻缘并不十分美满。太阳姑娘爱白天劳动，一干就是一天，连口气都不喘，晚上才放工下山休息；月亮呢，却喜在夜间劳动，一干就是一夜，连口水也不喝，天亮才收工下山就寝。这样一来，太阳和月亮就很难团聚。因为这，太阳小姐总是心里不痛快，天天都是眼泪汪汪的，噘着小嘴干活儿。想来想去，她怨恨起了乌龟来，埋怨他不该没事找事儿，操这份闲心，给她说这样的媒。

这天，太阳小姐正在山上锄草，乌龟从山下一步一挪地走上山来了。来到太阳小姐的近前，笑说："就你自己在这儿干，那月亮呢？"太阳小姐正有气没地方出呢！她不但不说话，还抬起她那穿着三寸金莲绣花鞋的小脚"扑

哧！”把乌龟踩了个鼻青脸肿，一点儿情谊都没留。这下可把乌龟的头都恼小了，鼻子也气歪了，心想：你俩不能团聚，是因为你们只顾劳动，不合理地用时间，是你们自己造成的，咋能关着我媒人的事？不知道知恩图报，还以怨报德，真是忘恩负义的家伙！他噙着两眼泪，到天宫玉皇大帝那里奏了太阳小姐一本。玉皇大帝听了乌龟的话，很是同情他。对他安慰了几句话后，就派人把乌龟的上衣放到老君炉里，炼了七七四十九天，给乌龟炼制了一个非常坚硬的外壳。要是再碰上太阳小姐发脾气时，乌龟就把头缩进硬壳里。

打发走乌龟，玉皇大帝又想太阳和月亮只顾劳动不能团聚咋办？就规定：月亮在每月的二十九日，上山不上山都行；三十、初一两天不上山劳动，回家帮妻子干点家务；初二、初三上山干一会儿都行，以后每天再多干点儿；十五以后，每天可晚上山两个时辰……这样，太阳小姐才算高兴了。

太阳小姐脸皮儿薄，害羞，怕见生人。每天上山劳动时，总是红着脸，羞羞答答的。为怕那些好眼馋的男子背后偷偷地看她，晴天劳动时，就用她的绣花针，随时放射出一道道刺眼的光；要是阴天，就躲在白云的后面干。而月亮呢，虽然面皮儿白净，但他不怯不怵，大大方方的。你看他，他就笑眯眯地看你。

所以，到现在都是男子大方，敢说敢干；女子害羞，扭捏，脸皮儿薄，怕生人。

讲述者： 勒文琴，女，21岁，农民，高小
采录者： 许诗胜，33岁，教师，高中
采录时间： 1983年8月
采录地点： 商丘地区睢阳
选自： 河南省民间文艺家协会资料库电子文档《中国民间故事全书·睢阳区卷》

204

日头和月亮

（一）

自开天辟地以来，天上就有了日头和月亮。月亮是个媳妇，日头是个闺女。一天，日头和月亮碰到了一块，月亮想和日头换一下。月亮说："日头姑娘，咱两个换换吧，我白天出来，你黑了[1]出来，省得人家都看你。我是个媳妇家，不怕人看。"

日头说："月婆婆，你不要担心，谁要看我，我就用绣花针扎谁的眼。"

直到如今，日头的光线还像针一样刺眼呢！

讲述者： 张赵氏，女，85岁，淮阳县曹河乡张新庄农民，不识字
采录者： 张绘，28岁，淮阳县曹河乡张新庄农民
采录时间： 1987年4月
采录地点： 淮阳县曹河乡张新庄讲述者家里
选自： 《中国民间故事集成·河南淮阳卷》，杨复竣主编，淮阳县民间文学集成编纂委员会1988年4月编印

[1] 黑了：方言，夜里。

205

日头和月亮

（二）

传说，开天辟地以前，日头和月亮是姑嫂俩，月亮问日头叫嫂子哩，她俩身上都会发光。后来，地上有了人，人们整天摸黑干活。玉皇大帝看人们怪可怜，就叫日头跟月亮出来从天上往地下给人们照明。月亮和日头嫌整天立着照明不美气，她俩都不干。后来，玉皇大帝想了个门儿说："你们不想给地上的人们照明也行，你俩可得每天从东天到西天跑一趟，要是不跑了，你们就立着给地照明。"日头和月亮想，每天跑一趟就跑一趟，总比整天立着活套[1]些，她俩就答应每天从东往西跑一趟。

日头和月亮回去后，准备准备就要开始走，月亮说："黑了再走。"

日头说："白天走。"

月亮说："白天走，人们、神仙都光看咱，黑了走，没人看，反正一天从东到西是一趟。"

日头说："黑了走，别处有啥好看的东西咱也看不见。白天走，地下的、天上的好看东西都能看见，谁要是看我了，我用针扎他眼。"

月亮是个大闺女怕人，一个劲儿要黑了走，日头非要白天走。

后来，日头就白天走了，月亮等到天黑才走。她俩算分开了，各走各的。她们一走完天又黑了，人们就按照天明黑干活，白天干，黑了歇。玉皇大帝知道了，就想这样才美哩！就叫日头和月亮，每天必须跑一趟。

[1] 活套：方言，方便、自由。

讲述者： 周发茹，48 岁，西峡县米坪乡子母沟村农民，初小

采录者： 赵明亮，25 岁，西峡县米坪乡子母沟村农民，高中

整理者： 杨平，女，28 岁，西峡县文化馆职工，高中

采录时间： 1986 年 4 月

采录地点： 西峡县米坪乡子母沟村

选自： 《中国民间故事集成·河南西峡县卷》，谢起超主编，西峡县民间文学集成编委会 1987 年 9 月编印

南阳汉画像石，金乌 星宿（凌皆兵、王清建、牛天伟主编《中国南阳汉画像石大全》，大象出版社 2015 年 9 月出版）

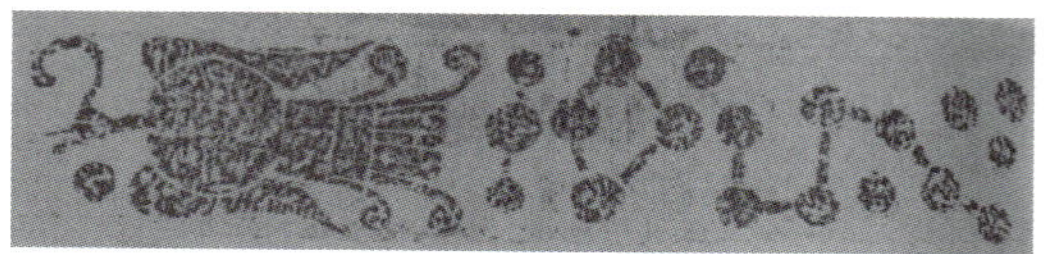

南阳市草店墓画像石，阳乌 星宿（凌皆兵、王清建、牛天伟主编《中国南阳汉画像石大全》，大象出版社 2015 年 9 月出版）

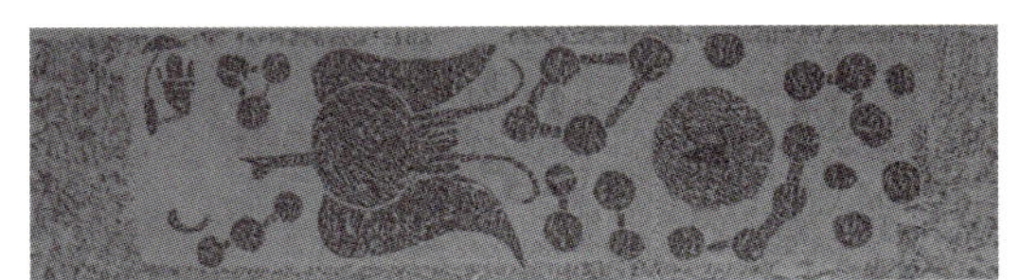

日月星宿，已调拨河南博物院（凌皆兵、王清建、牛天伟主编《中国南阳汉画像石大全》，大象出版社 2015 年 9 月出版）

206

太阳赶月亮

从前，天上有俩人，一个叫月亮，一个叫太阳。月亮是一个漂亮的女子，太阳是一个结实的小伙子。

有一天，太阳碰见了月亮，太阳说："我喜欢你。"月亮说："我也喜欢你。"他俩就结了婚。生了九万九千九百九十九个孩子，都起名叫星星。

有一年，地上发了水灾，人们种的田地都被水淹了。男女老少都在烧香磕头，想让水下去。

天上的月亮看见了，心里很难过，就对太阳说："太阳，你就做件好事吧，把地下的水吸上来。"

太阳仗着自己有本事，对月亮说："你有本事，你去吸。"

月亮费了很大的劲儿，没把水吸上来。因为她只会发光，没有热劲儿。她又去向太阳求情，让他把水吸上来。太阳同意了，把地上的水都吸上来。地上的人们高兴地喊着："太阳真好！"

太阳听见了，就说："你看我的本事多大。"

月亮说："你还算不上世上最好的人。"

太阳一听，火冒三丈。月亮知道，太阳一发火，地上就要遭旱灾，慌忙说：“太阳你快熄熄火，你是世上最有本事的人。”

太阳一点也不听，火更大了。月亮和她的孩子们都跪下求情，太阳还像没有听见一样。

打这以后，月亮不愿和太阳一起过了，星星们也不愿和父亲在一起，都跟着月亮一起走了。

后来，太阳想想是自己做得不对，就去找星星和月亮。月亮和星星呢，一看见他就赶紧躲了起来。

直到现在，月亮和星星一看见太阳就躲，太阳一走，他们才出来。

讲述者：　苏远林

采录者：　赵俊杰

选自：　《中国民间故事集成·河南桐柏县卷（第一分册）》，马卉欣主编，桐柏县民间文学集成编委会1987年9月编印

207

太阳和月亮换位

以前，太阳是个老婆儿，月亮是个小姑娘，她俩过着愉快的生活。

有一天，月亮姑娘对太阳婆婆说：“老奶奶，我请求你答应一件事，行吗？”

太阳婆婆说：“你不说啥事儿，我咋说答应不答应呢？”

月亮姑娘说：“你要能答应，我就说。要是我说出啥事后，你又不答应，那可难看呀！”

太阳婆婆说：“说吧！”

月亮姑娘说：“我不先说！”说着说着，姑娘哭了起来。

太阳婆婆看小姑娘哭了，就说：“好啊，小姑娘，你要我干啥，我就答应你！”

月亮姑娘笑了，她说：“咱们俩换换位儿吧！”

太阳婆婆说：“这不行！我在这里舒舒服服多好啊！换换干啥？”

月亮姑娘又流眼泪了。

太阳婆婆说：“看，这有啥可哭呢！换到白天有啥好呢？”

月亮姑娘说：“我还年幼，我想在白天多看看世间！”

“咦！那可不行啊小姑娘！你那么年幼，世上的男人光看你咋办呢？”

“我才不怕哩！我有把金梳子，谁要一看我呀，金梳子放光刺他们眼睛！”

太阳婆婆心很善，知道小姑娘不愿过夜晚寂寞生活，喜欢多见世面，就答应了小姑娘的要求，换了换位儿。

婆婆换到月亮的位儿上，人们叫月姥姥。月姥姥心善良，到了月宫后，经常在大树下推药，撒向大地，治人们眼上的火气病。

现在，姑娘在太阳位儿上，成了太阳姑娘，她不让人们看她，经常让金梳子放光，刺人们的眼睛，人们也不敢抬头看太阳了。

讲述者： 韩心信，桐柏县埠江镇栗楼村团支部书记

采录者： 韩立川

选自： 《中国民间故事集成 · 河南桐柏县卷（第一分册）》，马卉欣主编，桐柏县民间文学集成编委会 1987 年 9 月编印

208

太阳姑娘和月亮嫂嫂

据传说，月亮是太阳的嫂嫂，可为啥太阳在白天出来，而月亮却在夜晚出来呢？相传，这是月亮出的主意。

很久很久以前，月亮和太阳是一块行走的。因为她们长得像红牡丹那样好看，所以每当她们出来行走时，人们总爱抬头仰望她们，直看得她们满脸通红。可是她们也没有办法，她们是不能违背上神的命令的，还得每天都给世上撒下光明和温暖。

一次，月亮嫂嫂对太阳姑娘说：“妹妹呀，我看这样下去不行，我们一块走，地上热得都要着火了。我们还是分分工吧，我夜里走，你白天走，好吗？”太阳哪里知道嫂嫂的用心，一口答应了。月亮只在夜深人静的时候才出来行走，为了不让人们看清她，还在头上蒙上块儿轻纱。所以，你看月光总是柔和朦胧的，一点也不刺眼。这下，太阳姑娘可倒霉了，人们干活累了，想休息时要抬头看她；要下工了，也要抬头看她。太阳终于明白了嫂嫂的用意，可自己已经答应过嫂嫂了，也不好再改口，她就抬手使袖子遮住脸。突然，她的手碰到了头发上插着的绣花针，她猛然有了主意：谁要再看我，就用绣花针刺他的眼睛。

从此，人们再也不敢看太阳了。谁要是看她，就会看到无数个红的、蓝的、黄的、橙的绣花针朝着眼球刺来，眼花缭乱，不得不闭上眼睛。

讲述者：赵传山，邮电局职工，高中

采录者：赵红建，25 岁，公安局干部，中专

选自：《中原神话通鉴》（第四卷），张振犁编著，河南大学出版社 2017 年 2 月版

209

日头和月明

日头和月明是姑嫂姊妹俩，月明是姑娘，日头是嫂子。一回，她俩商量谁啥时候出门儿，日头和月明你说这、她说那，拿不定主意。还是嫂子年纪显大一点儿，能，她给月明说："妹子呀，你姑娘家没出过门儿，脸皮儿薄，怕见人，你就黑里出门；我是媳妇家，没人看我，我白里出门，要有人看我，我就用绣花针扎他。"

你看，让晚儿[1]看看日头，怪扎眼的，那是她在用绣花针刺你呢。打这以后，日头就白里出来，月明就黑里出来，有时候月明还出得可晚，那是她老怕别人看见。

讲述者：冯冉氏，女，66 岁，农民，不识字

采录者：冯长顺，河南大学中文系 1986 级学生

采录时间：1989 年 6 月 15 日

采录地点：中牟县冯堂乡蒿家村

选自：《中原神话通鉴》（第四卷），张振犁编著，河南大学出版社 2017 年 2 月版

［1］ 让晚儿：方言，现在。

210

月嫂和日妹

很久以前，世上没有白天和黑夜，太阳和月亮天天一块儿出来散步。

太阳是个大姑娘，长得丑，脾气泼辣，大家叫她日妹。月亮是个新媳妇，长得美丽、贤惠，发着柔弱的光，也是太阳的嫂嫂，所以人们爱称她月嫂。

没有白天黑夜，人们常常吃不好、睡不好。日妹很气愤，就向父皇玉帝提出，让她白天单独来行走，给人间足够的温暖与光明。几次请求，父王拗不过日妹，只好答应了她的要求。

这下可恼了月嫂，她再也不能像过去那样白天出来行走了，就向玉帝啼哭，请求白天出来行走。玉帝为难了，这事咋办哩！没办法，只好把这个难题交给了太白金星来处理。

太白金星找到了日妹和月嫂，让她们各自说出自己的长处，谁有理，就让谁白天出来。

月嫂说："我白天出来，我长得美丽好看，能叫人见到高兴。"

日妹说："我白天出来，可以发光发热，给人间温暖。"

"可你长得丑，又是个大姑娘，白天出来，让人看见了，你不害羞吗？"

"不怕！人丑心不丑，再说，我还有绣花针，谁偷看我，我用针刺他！"

经过争辩，月嫂输了。

就这样，日妹每天听到鸡鸣，就赶紧起来。

月嫂从那天起再也不能白天出来了。她每次出来只能在夜晚，只有在十五、十六才敢露出整个面容。

讲述者：王好美，女，41岁，平舆县高杨店乡安李庄农民，不识字

采录者：李雨顺，14岁，平舆县高杨店联中学生

采录时间：1987年10月

采录地点：平舆县高杨店乡安李庄

选自：《中国民间故事集成·河南平舆县卷》，李宏主编，平舆县民间文学集成编委会1989年10月编印

211

太阳姑娘

相传，很久很久以前，有一个勤劳的农民，整天不闲地操持着田里的庄稼。一年夏天，他在田里干活，被火热的太阳晒得头痛，皮肤都起了血泡，累倒了。他很生气，说："不行，地上没有比人再神圣的东西，谁知天上的太阳比人恶。"（据说从前人说话是通神的。）他拉起弓箭射掉了太阳，自己上天做了太阳公公所做的事情。

一年、两年过去了，越干越起劲，每天都是起早摸黑为大地万物贡献自己的暖和热。可是慢慢地，他把这也作为嘲笑下界的痛快事，放出大火，把大地晒得裂了缝，草木着了火，万物不收一粒，百姓无法生活。

一天，一个善良的仙姑不耐烦了，登上了天堂，把这个小伙子赶下天庭，一个人撑起太阳公公原先做的职务。

仙姑是一个年轻的少女，怕羞，每当早上值班放热的时候，就用一根银针插在自己头上，来掩护自己。所以现在人们说太阳是一个姑娘，当太阳出头就有几道尖锐刺眼的光芒，那是银针发出的亮光。人们看太阳时老用手遮着眼睛。

据说，现在地球上的大大小小石头，就是那个不善良的小伙子变的。人们把它断成方块块，修桥补路、打房基，烧成石灰，造福人类。

采录者： 乔思忠，40 岁，西峡县蛇尾乡石槽村农民，初中

整理者： 谢起超，40 岁，西峡县文化馆干部，高中

采录时间： 1986 年 3 月 25 日

采录地点： 西峡县蛇尾乡石槽村

选自： 《中国民间故事集成·河南西峡县卷》，谢起超主编，西峡县民间文学集成编委会 1987 年 9 月编印

212

月亮妹妹

采录者：　贺运营，31岁，西峡县桑坪乡东万沟村人，民办学校教师，高中
整理者：　谢起超，40岁，西峡县文化馆干部，高中
采录时间：　1986年
采录地点：　西峡县桑坪乡东万沟村
选自：　《中国民间故事集成·河南西峡县卷》，谢起超主编，西峡县民间文学集成编委会1987年9月编印

传说太阳和月亮是姐妹俩，太阳为姐，月亮为妹。她俩商量为了照亮人间，决定轮流值班，姐姐白天，夜晚妹妹。姐姐她想，白天出来可以向人们献媚。妹妹有心计，看出了姐姐的心思，为了姐姐不发生啥风流韵事，就给了她姐姐万根绣花针，并对她说："你白天出去可能要有些人找你的难看，你就把这万根银针带在身边。如果有人看你，你就拿根针刺他们的眼。"

姐姐听后说："如果你对姐不放心，那你就白天出去吧。"

妹妹听后心想：如果我白天出去，遇到一些痴心汉老盯着我，那不羞死我了？还是让姐姐去吧。

妹妹主意一定，就在姐姐面前撒娇。姐姐见拗不过，就带着万根银针，白天出来，给人们照明。

所以现在，你要是在晴天看太阳，就觉得非常刺眼，就看不见她的本来面目。

213

日头月亮为啥一个白天走，一个晚上走？

人们都知道日头白天走，月亮晚上走。那么，她们为啥会这样分工？

传说月亮是玉皇大帝的儿媳，日头是玉皇大帝的闺女。一天，玉皇大帝派她们两个到天空中巡回值班，给大地送去光明与温暖。她们俩都过惯了黑睡大明起的安逸舒适日子，谁也不愿晚上走。玉皇大帝见争执不下，就想了一个办法，说："你俩别争、别吵，我有一个办法，你们看行不行？"

"啥办法？父王，你快说！"日头、月亮异口同声地催促道。

"我出一个题，你们来回答，谁答得好，谁白天走。"

"行，行，你快说吧，父王！"两个都迫不及待。

"题很简单，就是'我为啥要白天走？'你们都先回去考虑一下，明天同着全家人来回答。"

日头、月亮回宫去了。回宫后都把自己的丫鬟叫到跟前，问她们如何回答好。月亮的丫鬟说："你就说，她是个姑娘，白天走，有人看，我是为妹妹好，怕她害羞。"

日头的丫鬟能，猜透了玉皇大帝的心思，对日头说："你就说，我是为地球上的人类和万物考虑的，白天走能给他们送去光明与温暖。"

第二天，日头、月亮去见玉皇大帝。玉皇大帝把全家人召集起来，让她们各摆各的理由，然后让大家评议，看谁答得好。

月亮说："我是出过门的，是媳妇，不怕人看，我应白天走；她是个姑娘，没出过门，应该让她晚上走。晚上人们都睡了，免得人们一个劲地看她，使她害羞，我是为妹妹考虑的。"

"嗯，儿媳的话有道理。女儿，你说吧！"

日头说："我坚持白天走，是因为白天走能给大地送去温暖，送去光明。我还能随气候变化，在四季中发出不同的光和热，有利于地球上动物、植物和人类的生长、生活和生存。"

日头说完了。玉皇大帝说："嗯，女儿的话也有道理。大家评一评吧，看谁答的道理最充分。"

"日头姑娘为了人类，为了万物，不是为了自己，应该让日头姑娘白天走！"全家人齐声说。

月亮发现全家人向着日头，有些生气，忙分辩说："那她就不怕地球上的人看她这个大姑娘？"

"是啊，你就不怕地球上的人看你吗？"

"我不怕，为了人类和万物，我啥都不怕！再说，我会绣花，身上带有绣花针，如果有人不自觉、一个劲地看我，我就用绣花针扎他的眼睛！"

日头说完，自豪地望着全家人。大家都为她的舍己精神所感动。

月亮见自己输了，只好罢休，让日头白天走，自己晚上走。

日头姑娘呢，也没有失信，说到做到，始终恪守着自己的诺言，每天给地球上送去光明与温暖。但是，如果有人不知趣，想从她身上得到更多的东西，那她也真不客气，用绣花针刺他的眼睛。人们常说，不敢直着眼睛看日头，一看眼就花了，就从这说起。

讲述者：	邱海观，73 岁，南阳县青华乡青华村农民，读过私塾
采录者：	杨琴，女，31 岁，干部，高中
采录时间：	1986 年
采录地点：	南阳县青华乡青华村
选自：	《中国民间故事集成·河南南阳县卷》，阎天民主编，南阳县民间文学集成编委会 1987 年 8 月编印

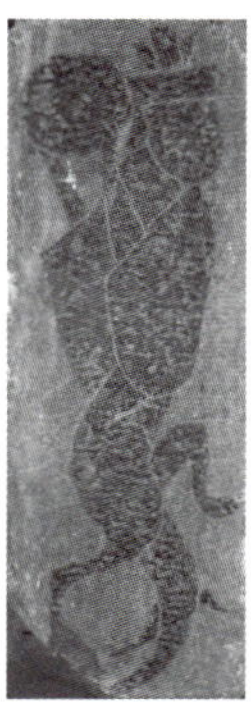

汉画像石，月神捧月（2008 年 5 月程健君摄于南阳汉画馆）

南阳王庄墓汉画像石，月神（凌皆兵、王清建、牛天伟主编《中国南阳汉画像石大全》，大象出版社 2015 年 9 月出版）

214

月亮为啥没穿衣裳

传说月亮是月宫里的一位丫鬟。刚出月宫时，身上亮盈盈、白光光的。因为穷，没穿衣裳，夜风一吹，冻得冷簌簌的。

一位好心的老裁缝师傅看到了，心想：月亮姑娘这样好，这样善良无私，连件衣裳都没穿，到冬天岂不要冻坏她？不行，我得给她做件衣裳。想到这儿，就对月亮姑娘说："月姑娘，你来吧，我给你做件衣裳穿穿！"

月亮姑娘也正为天冷无衣而愁呢，见这位裁缝师傅心地这样好，就来到了人间，来到了裁缝师傅家里。裁缝师傅可高兴了，忙拿出尺子，给她量了量尺寸，答应给她做一套合身的衣服，并约定五天以后来取。

五天过去了，月姑娘按事先约定的日子来取衣裳了。她来到裁缝屋里一看，嘿，衣裳真的做好啦。崭新崭新的，可漂亮了。她一边道谢，一边拿起衣裳来穿。这一穿，问题来了。咋搞的，衣裳变得又短又小又窄，穿到身上连扣子都扣不上了。

裁缝师傅一看，衣服穿不成，丢了丑，就向月姑娘道歉说："月姑娘，太对不起你了，让你白跑了一趟。"把月亮姑娘的身子又量了量。这一量，他发现，是自己疏忽大意，把尺寸量小了，弄错了，便对月姑娘说："月姑娘，你再等五天来吧，我重新给你做一套，保证比这套更漂亮，宽窄大小叫你合身、满意。"

月姑娘看裁缝师傅这样诚恳，道了谢，回月宫去了。五天以后，又按约来到裁缝师傅家里。进屋一看，果没食言，这套衣服花纹更美丽，式样更时新。她高兴极了，连连感谢老师傅。可是，拿起衣裳一穿，更糟了，连穿也穿不上了。

老师傅愧疚极了，深深地叹了口气，说："唉，人老眼花，看来又量错了，没办法，只好重做吧！"说着，拿起尺子，十分仔细地又量了量尺寸。这次，他可小心了。一连量了三遍，这才放心，然后对月姑娘说："月姑娘，只好麻烦你再等五天啦！"

又过了五天。老师傅早早把衣裳做好，放在案子上，等着月姑娘来取。心想：这套衣裳尺寸准确，款式讲究，针工精细，月姑娘见了一定满意。他等啊等啊，等来等去就是不见月姑娘来取，心里盘算：也许是她生气了？又一想：不会的，上两次她虽然跑了空腿，但她并无怨言，也无难色，我也不是故意的。想到这里，他就继续耐心地等着。一直等到吃过晚饭，他失望了。正要起身，忽然，眼前一亮，月姑娘来了。老师傅心里一喜，赶忙迎上前去。可抬头一看，愣住了。月姑娘变得又大又圆又胖，像一个大银盘，发出耀眼的光芒，连湛蓝的天空和广阔的大地上都像撒上了一层薄薄的银粉。老师傅不看则已，一看羞得无地自容，沮丧着脸对月姑娘说："月姑娘，我不能再给你做衣裳了，你的尺寸我咋也量不准。你看，这套衣裳又做小了，你还是穿不成。我让你白跑了三趟，实在对不起你！"

月亮看看那漂亮的衣裳，又望望自己胖胖的身子，猛然醒悟过来，深情地对老师傅说："不，老师傅，这不能怨你，不是你量不准，而是我的身子每天都在变化，你咋能量准哩！"

打那以后，月亮再也不找人做衣裳了。直到现在，她身上还是光光的，一丝不挂。

讲述者： 邱海观，73 岁，南阳县青华乡青华村农民，读过私塾

采录者： 李明才，42 岁，南阳县文化局干部，高中

采录时间： 1986 年

采录地点： 南阳县青华乡

选自： 《中国民间故事集成 · 河南南阳县卷》，阎天民主编，南阳县民间文学集成编委会 1987 年 8 月编印

民间供奉的月老，南阳市宛城区溧河乡牛郎庄

（2021 年 4 月 14 日程健君摄）

215

日月两兄弟分工

相传，老天爷有两个儿子，老大日神，红脸膛、脾气火爆；老二月神，白脸，生性调皮，平日里结交了好多的小星神做朋友。

早先，老大和老二合不来，常在天庭里打闹，惹得老天爷整天不得安生。老天爷很生气，心里琢磨着要是把他们兄弟俩分开，不让他们见着面，看他们还咋闹腾！

老天爷想啊想啊，终于有了一个好主意。

一天，老天爷把兄弟俩叫在一块，对他们说："这些日子凡间很不太平，我想派你们俩每天到那里去巡视，你们看咋样啊？"

看兄弟俩都点头答应，老天爷拿出了两个竹签，说："这里有两个竹签，一长一短，你们俩来抽。抽到长的白天到地界巡视，抽住短的夜里到地面巡视，不得有误！"

兄弟俩就来抽签。结果，老大日神抽到了长签，老二月神抽到了短签。从此以后，老大白天出巡，老二夜里出巡，从来没有误过。老大脾气暴躁，别的神都不敢和他来往，因此他出巡时总是独自一个。老二出巡时总带着他那帮数不出个儿[1]的小星神，前呼后拥，很是威风。老二还总要调皮，好做鬼脸，有时脸变得扁，有时又变得跟镜子一样圆。那些小星神呢，也都跟着挤眉弄眼的。

这下，老大老二天天见不着面儿，再也打闹不起来，老天爷比以前可清静得多了。

讲述者： 史五友
采录者： 郭红欣
采录时间： 1989 年 8 月 23 日
采录地点： 嵩县城关镇王庄村
选自： 《中原神话通鉴》（第四卷），张振犁编著，河南大学出版社 2017 年 2 月版

[1] 个儿：方言，数。

216

太阳月亮的团圆节

很久以前，月亮和太阳是夫妻俩，乌龟是媒人。

太阳白天出来，晚上睡觉；月亮和他相反，白天睡觉，晚上出来。他们结婚六年了，一回面儿也没见过，也没说一句话。月亮非常生气，就找乌龟大哥，乌龟大哥说：“月亮妹妹，啥事叫你愁成这么样？”

月亮说：“乌龟大哥，你看我和太阳结婚六年，没有说过一句话，咋不难过呢！你看我们俩该咋办呢？”

乌龟想了个主意，说：“月亮妹妹，你二八、二九、三十、初一这四天在屋里等着，我喊太阳到你住的地方，你俩好好拍一拍[1]。”

月亮说：“谢谢乌龟大哥出了这个主意。”月亮高兴地回家了。这四天她没有上山，在家里做饭，等着和太阳见面。

太阳在二十八那天来找月亮。吃晚饭时儿，太阳说：“月亮，你做的饭和菜真是太好了！”又说，“你这四天不上山，是谁的主意？”

月亮说：“没有人出主意！”

“那你咋不上山？”

月亮说：“是为了给你做晚饭呀！”

“为了给我做晚饭，你才没上山，是不是乌龟大哥的主意？”

月亮低着头说：“是乌龟大哥！”

太阳说：“乌龟出这主意是不对的。咱们犯了欺天罪，得给老天爷认罪。”

月亮说：“我不去！”

“那好吧，我去找乌龟大哥。”

太阳一找乌龟走，月亮也跟去了。乌龟一见太阳，说：“哦，是太阳弟弟，你来有啥事儿呀？”

太阳说：“是你给月亮出主意等我，不让她上山是吗？”

“是呀，”乌龟说，“这是为了你俩的幸福啊！”

太阳说：“你这样做不对，为了俺俩见面儿，就误了站班。大地上人们一叫喊，老天爷怪罪了咋办！咱们找老天爷认罪去！”

乌龟说：“我不去，要去你俩去！我实在瞌睡了，要睡觉啊！”

太阳发怒了，说：“乌龟你要尝尝我的厉害。”说着，月亮也没拦住，太阳就把乌龟打得粉碎。

这一吵闹，惊动了老天爷。老天爷对手下说：“把太阳、月亮喊进天宫！”

太阳和月亮来到老天爷面前，太阳把事儿说了一遍。太阳又说：“小的不小心打碎了乌龟，我有罪，该死！你给我啥惩罚都可以。”

老天爷说：“不要再说了，你用仙药把乌龟治成原来的模样儿。”

“是！”

老天爷对太阳说：“乌龟是一片好心，是为你俩的幸福，就得照乌龟说的办。这四天，月亮不上山，在家做晚饭，你俩过个团圆节。”

从此，月亮每个月就有四天不出来。人们称为“月黑头”[2]。

[1] 拍一拍：方言，即谈一谈。

[2] 月黑头：豫南方言，即没有月亮的夜晚。

讲述者：王广伟，桐柏县吴城乡王宽店人

采录者：刘国路

选自：《中国民间故事集成·河南桐柏县卷（第一分册）》，马卉欣主编，桐柏县民间文学集成编委会1987年9月编印

217

太阳公主

老早老早以前，天上的太阳不是一个，是十个，后来才变成一个了。这是为啥呢？这里面还有个故事呢。

玉皇大帝有十个闺女，一个比一个长得齐整，白生生的脸，长得可好看啦！两只大眼睛又明又亮，往哪儿看一眼，哪儿就一片明，那里的五谷就长得茂盛。玉皇大帝特别喜欢他的十个闺女，让她姊妹十个每天轮流着往人间看，好使五谷年年茂盛。

有一天，轮到玉皇大帝的小闺女往人间看了，她看见凡间有一个小伙子，长得浓眉大眼，膀大腰圆，他正在地里干活，浑身是汗。她心里想，这个小伙子多好。她喜欢这个小伙子，就狠看，看不够。到了该回去的时候了，她还不回去，在那里看啊看啊。她的九个姐姐左等右等也不见她回去，就去找她。看见她还伸着脖子往凡间看，就问："妹妹，你看啥哩？"

她说："姐姐，我在看凡间的那个小伙子呢。你们看，他长得膀大腰圆，多能干。"

九个姐姐都笑她说："你喜欢他，就把你嫁给他吧？"

她脸一红说："嫁给他就嫁给他，我看他怪好哩！"

正说着，她“哎呀”一声说：“他要走啦！”她的九个姐姐都伸头往下看，这一看不当紧，一下子给小伙子晒死了。你想啊，她姊妹十个都一块往下看，人间能受得了吗？

玉皇大帝的小闺女一看小伙子死了，就哭开了，边哭边埋怨九个姐姐：“都怨你们，谁叫你们都一块往下看呢？你们赔，你们赔！”九个姐姐咋劝都劝不住，她一个劲地哭啊哭，她的眼泪流到了凡间，就变成了倾盆大雨，“哗啦哗啦”地下个没头。不一会儿，小伙子给浇醒了。玉皇大帝的小闺女一看，可高兴啦，她推着九个姐姐不让她们在那儿站，还说：“往后你们都不兴再来看了，要是再把他看死了，我不依。”

九个姐姐连声说：“好好，我们都不看了，就让你一个人看他好啦。”

从那以后，其他九个姐姐都不再来了，每天都是玉皇大帝的小闺女来。她看饿了就回去吃饭，吃了饭再来。所以，天有黑有明。明的时候就是玉皇大帝的小闺女在天上往下看；黑了呢，就是她回去吃饭去啦。

讲述者： 郭焕明，女，77 岁，周口市文明路居民，初中

采录者： 郭岫岩，女，22 岁，商水县文化馆干部，大专

采录时间： 1989 年 3 月

采录地点： 周口市文明路讲述者家里

选自： 《周口神话故事》，《周口神话故事》编辑委员会编，学苑出版社 2006 年 8 月版

218

月亮半缺的来历

月亮和太阳同住在一个山脚下。太阳姑娘聪明勤快，她对月亮说：“月亮哥，要想让天下的人们生活得更快活些，我们还是为他们好好照亮吧！”

月亮是个懒虫，闭着眼睛说：“我们为他们辛苦一天，他们会给我们点啥报酬呢？”

“哎，月亮哥，你为别人做好事就是为了让别人给你报酬吗？”

“得啦，得啦，我早听腻了，要照，你自个去吧。”说完，就又大睡起来。

太阳没有办法，只好自己去了。

这时，月亮睡在床上，打起了太阳姑娘的主意。

劳累了一天的太阳回到家里，刚坐下，月亮就来了，提出要和太阳结婚，太阳不同意，他就死皮赖脸地不走。太阳去做饭，他就站在一边胡说八道。太阳心想：你这个懒汉，谁嫁给你！不一会儿，饭做好了。月亮急性去给太阳端饭，被太阳谢绝了，他还要端，太阳恼火了，和月亮扭打起来。太阳用又尖又利的指甲把月亮脸上划了一道又一道口子，月亮忍疼跑出来了。

从此，月亮无法见人，每次都是等太阳休息后才偷偷地出来一会儿。一天、两天……等到十五的那一天，人们欢天喜地地玩着、笑着。月亮为了看热闹，不顾脸上的疤伤，偷偷地跑了出来。所以每月的十五，月亮才会圆一次。

讲述者： 张小格，女，38岁，平舆县后刘乡黑庄村农民，小学

采录者： 黑晓雪，女，14岁，平舆县后刘联中学生

采录时间： 1987年12月

采录地点： 平舆县后刘乡黑庄村

选自： 《中国民间故事集成·河南平舆县卷》，李宏主编，平舆县民间文学集成编委会1989年10月编印

219

皎阳与洁月

太阳和月亮原来是两个精气，太阳是西天边山上的公黄狼，月亮是东海岸边的母白兔。它俩都有三千年的道行，仍然闭门不出，日夜修行，盼望早日成为天神。如来佛祖见它俩心诚意坚，便招到上天收为弟子。经过一番点化，黄狼精被玉皇大帝封为皎阳大仙，白兔精被封为洁月大仙。起初他俩也都勤劳守规，为人间送去光明，玉帝大喜，一次在灵霄宝殿宴会上，让皎阳、洁月坐在自己身边，并当着众神认皎阳和洁月为干儿子和干女儿，还把二人结为夫妇。

皎阳和洁月成亲后可就变啦，整天守在一起，有时几天不给人间照明，人间连白天黑夜也不分了。人祖爷告到天宫，玉皇大帝非常生气，把他们狠狠地骂了一顿。从此不准他们在一起，日夜给人间照明，不得间断。

他们新婚离别，怎忍得了？赶忙搬来王母娘娘说情。洁月跪在玉帝面前哭着说："父皇啊！恁就开开恩吧，俺夫妻一场，从此不让见面，可咋活呀！以后再也不敢耽误给人间照明了！"

王母娘娘也趁机为他们求情说："他们都年轻，念他

们以前的功劳，就给他们个见面的时间吧！”

玉帝正被闹得不可开交，经王母娘娘一说，就来个顺水推舟，准许他们每月的三十和初一住在一起。洁月还要说啥，玉帝站起来回后宫去了。

从那以后，每逢三十、初一夜里，人间就看不见洁月，是因为她和皎阳相会去了。到了初二晚上，洁月还恋恋不舍地在西北天边哭泣呢！

讲述者： 于书章，40岁，项城县官会乡于庄村人，初中

采录者： 王金亮，38岁，项城县官会乡文化站专职干部，初中

整理者： 苏国安，项城县贾岭乡文化站专干

选自： 《中国民间故事集成·河南项城县卷》，孔祥谦主编，项城县民间文学集成编委会1987年12月编印

220

龙女献日月

盘古开天地以后，天上没有太阳和月亮，地上混混沌沌的，树哇、草哇都是焦黄焦黄的，人又小又瘦，跟草扎的一样。一天，东海龙王的三公主到人间看景，见是这个样子心里很不好受。她想，天上要是有个东西能把人间照亮，地上的花草哇、树木哇就会长得快了，人会长得更漂亮，日子就好过了。可咋样才能造个照亮的东西呢？她想呀，想呀，猛然想起了自己的眼睛，要是把自己的眼珠挖下来挂在天上，人间不就明亮啦？想到这儿，她就赶快回到了龙宫。

三公主回到龙宫宝殿把自己的想法对老龙王一说，老龙王摇着头说："不中！不中！人间的事由天宫来管，碍不着咱龙宫，你不要多管闲事！"

三公主又哀求说："你没见人间有多苦哇，谁见了谁不可怜呢！我挖掉一只眼睛还有一只呢，可人间再也没有黑暗，再也不受苦啦，再说……"

话还没有说完，老龙王就截住话头，拍着桌子大声说："说不中就不中，你不要在这儿软缠，我不能看着自己的女儿终身残废，你给我快回后宫去！"三公主没法，

只得含着眼泪离了龙宫宝殿。老龙王又吩咐龙太子对妹妹严加看管，不准她再到人间去。

三公主回到后宫，饭不吃，茶不喝，三天三夜没睡着觉。龙母心疼女儿，就劝说道："天宫的宝贝有的是，要想给人间照亮那还不容易？玉皇大帝还不管哩，咱是何苦呢？你太傻啦，把眼睛挖掉会痛苦一辈子的呀！"不管她咋劝，三公主连理也不理。龙母没法，只得叹着气离去。

一天夜里，三公主趁龙王、龙母、龙太子熟睡的时候偷偷溜出龙宫，又来到人间。她站在泰山顶上，见人间一片漆黑，心一横拔出宝剑忍痛挖掉自己的右眼，向东天边扔去。这颗眼珠在海上翻了几滚慢慢上升，越升越高、越亮，照得人间一片光明。人们高兴得又是欢呼，又是跳跃。就在这时，天上起了乌云，又刮起了大风，三公主知道是哥哥来撵自己回宫哩。她想，人间白天有亮了，黑夜咋办呢？干脆，把另只眼珠献出来吧。她决心一定，又拔出宝剑，挖出左眼珠，向空中扔去。从此，天上有了太阳和月亮，人间有了光明。可三公主呢，从此成了双瞎。

讲述者： 王宏玲，女，24岁，项城县王明口中学教师，中专
采录者： 苏国安，项城县贾岭乡文化站专干
整理者： 孔祥谦，50岁，项城县文化馆干部，中专
选自： 《中国民间故事集成·河南项城县卷》，孔祥谦主编，项城县民间文学集成编委会1987年12月编印

221

红仙丹和白仙丹

从前，天上没有太阳，没有月亮，也没有星星。人们痛苦得很。

受苦受难的人们中，有一对善良的姐妹，经常商量弄来光亮的办法。一天，姐姐说："咱俩一个做太阳，在白天走，为人间放光散热；一个做月亮，夜间走，给人们照明，那该多好呀！"

妹妹说："真好！"她俩说服了父母，到很远很远的地方，求神仙去了。她们到神仙老头儿那里，跪在神仙老头儿面前，说："老爷爷，给我们想个办法吧！让我们变成太阳和月亮，为人间解脱一些痛苦吧！我们是诚心诚意的，我们决不后悔呀！"

老爷爷看了看两个孩子苦苦哀求的样子，抚摸着她们的头，说："孩子呀，你们真好。我也舍不得你们呀。孩子，可千万不要后悔呀。"

"老爷爷，我们不会后悔，快快说出你的办法吧。"

老爷爷取出两粒仙丹，递给两个姑娘说："孩子，喝了红仙丹，就会变成太阳；喝了白仙丹，就会变成月亮。谁喝哪一粒呢？"

姐姐问妹妹："妹妹，你愿变啥呢？"

妹妹说："变月亮吧，夜里走路我害怕。我做太阳吧，又怕别人看我，我怕羞。"

姐姐想了想，说："好办。你身上别一些针，谁要瞅你，你就用针刺他的眼。"

就这样，妹妹喝了红仙丹，变成了太阳；姐姐喝了白仙丹，变成了月亮。

讲述者：石志信，72 岁，桐柏县二郎山乡人

采录者：石大峰

采录时间：1986 年 4 月 4 日

选自：《中国民间故事集成·河南桐柏县卷（第一分册）》，马卉欣主编，桐柏县民间文学集成编委会 1987 年 9 月编印

222

太阳为啥东出西落

相传，很早很早以前，太阳整天骑在人们的头顶上，不分黑夜白天。

那时，太阳很年轻，总想娶个老婆。他传令飞禽走兽都来当他的媒红[1]。那些善拍马屁的飞禽走兽，早就想巴结太阳，一看机会来了，就东奔西忙起来。

唯独大公鸡不听他的，不但不为太阳提媒，反而骑着一匹骏马，向大沙漠走去。飞禽走兽们知道马是啃青草的，怎能去那寸草不生的沙漠呢？大公鸡说："现在咱们头上只有一个太阳，他动不动就给咱们点颜色看看。遇到旱天，风刮日晒，草死树亡，弄得咱们连生活都维持不下去。如果咱们再帮他娶个老婆，再生个小太阳，哪还有咱们过的光景？"大公鸡一席话，说得众禽兽心眼活了，再也不给太阳提媒了。

太阳知道了这件事，非常恼火，发誓不再给世间光和热，一头钻进海洋睡大觉去了。

从此，世间万物不长了，有多少飞禽走兽饿死冻死，

[1] 媒红：方言，媒人、媒婆。

有些走兽来责备大公鸡。

大公鸡越想越别扭，忽然想起太阳爱听唱歌。第二天五更，他独自跑到东海边，面对大海“咯咯咯”地叫起鸣来。

太阳睡得正香，迷迷糊糊听到唱歌声，睡意顿消，自言自语道：“这里谁在唱歌，待我上去瞧瞧。”太阳出了海面，天又亮了。公鸡见太阳出来了，就一个劲儿往西走。太阳为了弄清谁在唱歌，一个劲儿地追。他越追，升得就越高，追到天顶上，还是没看见大公鸡。他后悔不该出海，折回去也划不来了，就横下心一个劲儿往西追。可公鸡呢，见目的达到，不再唱歌了。太阳追来追去，也没弄清歌是谁唱的，一怒之下，又落到了西山下，白天又成了黑夜。

可第二天五更，大公鸡又站在东海边唱歌，太阳又出来追，天天如此。久而久之，形成了太阳东出西落的规律。

采录者： 王守谦

整理者： 黎玲

选自： 《中原神话通鉴》（第四卷），张振犁编著，河南大学出版社 2017 年 2 月版

223

月亮为啥晚上出来

传说，太阳和月亮是姑嫂俩，月亮是妹。有一天，太阳嫂嫂对月亮说：“妹妹，你看咱们都赶在白天出去，天底下亮堂堂的，美归美，但是一到夜里，到处是黑咕隆咚，老百姓在黑暗里摸来摸去，多着急呀！我想跟你商量一下，从今往后，咱们一个人白天出去，一个夜里出去，不论白天黑夜，天底下都是亮的，老百姓办事就方便多了。”月亮一听很高兴，拍手说：“嫂嫂，你想的办法太好了！”

可是，一商量到值班的事，姑嫂二人发生了争执：她们都想赶在白天出去。

后来嫂嫂想出了好办法，她对月亮说：“妹妹，你看天下那些男人，一见女人，就色迷迷的，不眨眼地看。你是一个姑娘，又长得漂亮，一个人大白天出去，他们能不看你吗？”

月亮想，嫂嫂的话很有道理。可是她又反转来为嫂嫂担心了：“嫂嫂，你哩？你长得年轻俊俏，不是同样被人看吗？”

嫂嫂想了想说：“不怕！我头上有几把簪子，谁要看我，我就扎他的眼。”妹妹一听很有道理，就同意了。

从此，太阳和月亮就轮流在天空出现。人们偷看太阳嫂嫂的时候，嫂嫂就用簪子扎人们的眼睛，人们不论咋样吃力也看不清她的脸。月亮呢，她总是等人脚定了[1]，在天上悄悄出现。

讲述者： 王秀杰，女，75岁，唐河县古城乡张庄村农民，略识字
采录者： 张果夫，42岁，唐河县文化局干部，高中
采录时间： 1985年4月
采录地点： 唐河县古城乡张庄村
选自： 《中国民间故事丛书·河南南阳唐河卷》，张果夫主编，知识产权出版社2011年9月版

[1] 人脚定了：方言，指人们都安静了。

224

白天和黑夜

很早很早以前，大地一片黑暗。人们冻得浑身哆嗦，像瞎子一样摸索行走，常对着黑暗的天空叹息："啥时有个光照照该多好！"

一天，天宫里的仙女太阳出宫散心，听见了人们的叹息，勾动了她的下凡之心。回宫，她就对妹妹月亮说："咱们一直住在天宫里，枉度光阴。凡尘需要光，不如下凡去为人类造福！"

月亮也早有此心，听姐姐这么一说，二人就结伴下凡了。

大地上从此有了光明。谁知没过多长时间，人们又埋怨了起来："当太阳当月亮也不会当，这样一直照着，我们不能休息，还不累死了嘛！"

这话又被太阳听见了。太阳是个好心肠的姑娘，她觉得自己下凡来是想给人类造福的，没想到没造成福，反而给人类带来了灾难，感到十分内疚和不安，脸羞赧得红彤彤的。

太阳对月亮叙述了人们的议论。月亮是个急性子，忙问："那该咋办呢？"

太阳说，她身体好，发光强烈；月亮身体弱，有时发不出光，有时发一会儿光。她打算和月亮分分工，一替一半时间值班。这样，轮到她值班时，光强，明亮，人们可以干活；轮到月亮值班时，光弱，人们可以睡觉、休息。

月亮觉得姐姐想的这个主意好，就点头同意了。

第二天开始，她俩一替半天值起了班。人们把太阳值班的时间称为白天，把月亮值班的时间称为黑夜。从此就有了白天和黑夜。

人们感激太阳和月亮二姊妹，就把她俩当神供奉起来。

讲述者： 王泥秋，28 岁，武陟县阳城乡郭下村农民，高中

采录者： 王广先，43 岁，武陟县文化馆编辑，中专

选自： 《中国民间故事集成 · 武陟县卷》，王广先主编，武陟县民间文学集成编委会 1985 年 12 月编印

225

太阳、月亮和鸡冠

传说，太阳和月亮起根[1]是地王从地下挖出来的，挖了很多很多。日月多了气候很热，天干地裂，寸草不生。后来有一位射日英雄，把太阳和月亮个个射了下来，只留下了一个太阳和月亮，吓得躲起来不敢露面了。人们就叫老犍牛去喊它们，老犍牛的声音太大，太阳月亮不敢出来。叫老虎去喊，老虎的模样太凶，它们也不敢出来。最后叫老公鸡去喊，公鸡用它那清脆的叫声，把日月唤出来了。

老公鸡立了大功，人们赠给它一把红木梳，老公鸡高兴地把木梳顶在头上。直到现在老公鸡都顶着个大红冠子。

讲述者： 刘庆斌，57 岁，西峡县米坪乡石门村农民，不识字，

采录者： 刘春生，15 岁，西峡县米坪乡石门村小学生

整理者： 杨平，女，28 岁，西峡县文化馆职工，高中

[1] 起根：方言，最早、开始。

采录时间：1986 年 4 月

采录地点：西峡县米坪乡石门村

选自：《中国民间故事集成·河南西峡县卷》，谢起超主编，西峡县民间文学集成编委会 1987 年 9 月编印

226

日、月、星的由来

太阳和月亮本是兄妹俩。太阳是妹，月亮是哥。很早很早以前，兄妹俩一块儿行，后来要分开走，一个管白天，一个管夜间。

哥哥说："妹妹，夜间清静，你夜间走。白天乱，我白天走。"

妹妹说："不行呀，夜里太黑，我害怕，还是在白天走吧。"

哥哥说："在白天人家都来看你咋办哪？"

妹妹说："我用万丈金针来刺他们的眼哪。"

哥哥说："你早晨贪睡起不来咋办哪？"

妹妹说："我叫公鸡打鸣儿来催着我呀。"

哥哥听了还是不放心，还是结记[1]妹妹，常常不等天黑就往天边偷着来瞧着妹妹，便有了初二初三的月亮牙儿。

月亮哥哥光顾着照顾妹妹了，却误了自己的时辰，结果行走得不是早了，就是晚了。有时不如意了，就连着几夜不露面儿，就有了二十七、八晚上的月黑头儿，它的脾

[1] 结记：方言，惦记。

气很不正常。

妹妹清早、傍黑来和哥哥替班的时候，常常见不到哥哥，气得脸发红了。有时，哥哥、妹妹走对了头，哥哥害羞，就让云彩遮住脸；妹妹担心哥哥夜里不专心，就把很多小灯笼挂在天上。月亮不出来的时候，这些小灯笼也能照得大地明闪闪的，这就是满天星斗。

讲述者： 路广忠，80岁，范县农民，不识字

采录者： 崔金钊，60岁，范县王楼乡教育组干部，大专

采录时间： 1990年2月20日

采录地点： 范县王楼乡赵菜园村

选自： 《中国民间故事集成·河南范县卷》，荆耕田主编，河南省范县文化局1990年7月编印（油印本）

227

太阳、月亮和星星

传说太阳和月亮是老天爷的两个女儿。大女儿太阳长得十分美丽，个头高高的，脸儿白里透红，为人厚道，乐于给万物光和热。不过她脸皮薄，动不动就羞得满脸通红。二女儿月亮比太阳低，脸蛋洁白、明媚，心地善良，助人为乐。因此，人们都很喜欢这两个姑娘，谁也不愿意离开她们。慈祥的老天爷就顺应着人们的心意，让他的两个女儿站在高处给人们做伴。

时间一长，她们有些吃不消了。月亮对老天爷说："这样日夜不停地站着，累得慌。不如叫俺姐姐黑夜陪伴人们，我白天陪伴人们，俺俩儿也有个歇息的时候。"

太阳说："我怕羞，黑夜站到高处，人们那么多的眼睛看着我，多不好意思呀。"

"那好，你就白天去，可以离人们远一点，再用纱布蒙住脸，谁要是看你，你就用光芒刺他的眼。"老天爷抚摸着太阳说。

这时，月亮姑娘不高兴了，她噘着小嘴说："我胆子太小，夜里那么黑，走吧，我找不到路；摸吧，我摸不到物。我也不在黑夜里陪伴人们。"

老天爷一看小女儿生气了，慌忙说："我叫星星伴着你总行了吧？你可以早点去高处，也可以晚点去高处，另外，只要你往高处一站，就让你姐姐端着灯往你身上送亮。这样行了吧？"月亮听了爹爹的话，脸上露出了笑容。

直到现在，月亮只要出来，星星总是陪伴着她。她身上的光亮也是太阳用灯给照上去的。太阳有时用纱布蒙着脸显得红通通的！而当你仰头看她时，她就用强烈的光芒刺你的眼睛。

讲述者： 刘伍，女，70岁，确山县留庄乡农民，不识字
采录者： 王奎山
采录时间： 1988年11月
采录地点： 确山县留庄乡
选自： 《中国民间故事集成·河南确山县卷》，杨建军主编，中国民间文学集成确山县编委会1990年9月编印

228

上天梯

很早以前，有个农夫在田里犁地。两个过路人走到他跟前问："大哥，上天梯在哪里呀？"

农夫连头也没抬，用鞭一指远处那棵弯腰儿柳树，说："在那儿，去上吧！"

过了一会儿，农夫抬头一看，那个人果然顺着那棵柳树上天去了。他就把牲口停下来，紧跑几步，跟在两人后头往上爬，一直上到南天门前，看到有两个老人在那里下棋。他就站在那儿看起来了。只见头顶上有两只鸽子，一东一西飞来飞去，非常好看。他看了一会儿，忽然想起来该吃午饭啦，牲口还停在地里，不如回去吃过饭再来看，就顺着原路下来了。下来一看，牲口和犁都不见了，再回头一看，上天梯也找不到了，他就往村里走。村子已经大变样了，连自己的家也找不到了。村上的人连一个也不认识，村上的人也不认识他。他报出自己的名字，村里没人知道。打听村上老人的名字，也没人知道。说起上天梯的事，有个老者说："过去听先人传说，村里有个老人去犁地失踪了，到现在不知道多少年代了，咋会是你呢？"

大家都感到奇怪，这究竟是咋回事呢？原来他在南天

门上看到的那两只鸽子，是太阳和月亮，飞过一次就是一年，一小会儿就过了几百年。

讲述者： 李全来，81岁，干部，小学
采录者： 郭从珍，68岁，工人，大专
采录时间： 2006年9月
采录地点： 中牟县城
选自： 河南省民间文艺家协会资料库电子文档《中国民间故事全书·中牟县卷》

229

日食月食

很早以前，天下的百姓全都是靠天吃饭的。遇到风调雨顺的年景，百姓们五谷丰登，还能吃顿饱饭。要是遇大旱年景，百姓们就会饿肚子。所以，一到过年过节，人们都忘不了把最好吃的东西供上，叫天上的神灵吃。

一天，玉皇大帝在收供品的时候，心里对百姓给他的供品乏味了，全是馒头、肉，连一样山珍海味都没有。他生气了，就叫来雨神说："天下百姓对我心不诚，我给他们风调雨顺的，连一样好东西都不给我上。你给他们停雨一百天，一百天内若要降雨，我拿你问罪。"雨神连口应诺。

玉皇这一命令，可苦坏天下的老百姓了，地里的庄稼苗眼看着旱得叶子都干了，百姓们天天烧香磕头，求老天爷下雨，可连个雨滴也没求下来。后来，他们便全家老小都一担一担地从河里那快耗干了的水坑里挑水，从井里打水，才算多少保住了点苗儿，人们勉强能糊糊口。

不知谁又把这事儿对玉皇说了，玉皇就又找来太阳神和月仙子说："天下的百姓，不下雨他挑水浇地。我命你

们一百天之内不许露面，我看他们还有啥法！”

太阳神和月仙子领旨下殿，走到路上就议论起来了。太阳神说：“玉皇的心太狠了，叫咱一百天不出来，不是想把百姓们都闷死呀？”

月仙子说：“不叫下雨，又不叫咱出来，真是不想要老百姓活了。”

太阳神说：“他不叫咱出来，咱也得出来，不能叫天下人都骂咱。”

月仙子说：“对，咱抗旨不遵。”

太阳神和月仙子还是天天照样出来，给天下的百姓照明晒东西。不几天，太阳神和月仙子抗旨不遵的事叫玉皇知道了，玉皇很恼太阳神和月仙子，就命天狗去把他们吃掉。黑天狗领了圣旨，找着太阳神和月仙子把他们吃了。天下的百姓一看黑天狗吃了太阳神和月仙子，赶紧从家里拿出来锅碗瓢盆儿敲起来，把天狗吓得赶紧又把太阳神和月仙子吐了出来。天下的百姓一个劲儿地敲打，终于把黑天狗吓跑了。

所以，人们只要看见日食、月食都敲东西，那是为了惊走天狗，救出太阳神和月仙子。

讲述者： 张克善，63 岁，濮阳县户部寨乡大高庄村农民

采录者： 张富臣，20 岁，濮阳县户部寨乡大高庄村农民

采录时间： 1990 年 8 月

采录地点： 濮阳县户部寨乡大高庄村

选自： 《中国民间故事集成·濮阳县卷》，魏盼先主编，濮阳县民间文学三套集成编纂委员会 1990 年 8 月编印

附记

天狗吃太阳和月亮的传说，在民间根深蒂固。记得儿时在家乡观看日食月食，每当日食月食之时，天地昏暗，许多小伙伴就会使劲敲打铜铁盆子，响声越大越好，以期吓退天狗不吃日月，直至日月重现光明。（程健君）

230

天狗吃月亮

唐河南部柳州[1]境内有两座山：紫玉山和唐梓山。相传这两座山是二郎神担山撵月亮时留下的。

那时候天上共有四十九个月亮。因为二郎神触犯了天规，被玉皇大帝压在了大山底下。天狗没主，心里烦躁，每天晚上都要撵吃月亮。眼看天上的月亮越来越少，人们都很着急。看见天狗追吃月亮，他们就要敲击拍子、锅盖、面盆，想惊扰天狗。可是天狗根本不理会。天下只剩下一个月亮的时候，人们又敲击，又喊，闹得很凶，让二郎神听到了。二郎神想：你这个畜生，心里鸣不平，也不能拿老百姓出气！一急，担起两座大山向天狗追去。路过唐河柳州地带，因用力过猛，扁担断了，两座山掉在地上。如今紫玉山和唐梓山之间，都伸出一段山脊，据说就是二郎神的断扁担留下的残迹。

讲述者： 李文玉，女，62 岁，唐河县湖阳镇新店村农民，不识字

采录者： 靖秋焕，女，18 岁，唐河县湖阳镇新店村初中学生

采录时间： 1985 年 2 月

采录地点： 唐河县湖阳镇新店村

选自： 《中国民间故事全书 · 河南 · 唐河卷》，张果夫主编，知识产权出版社 2011 年 9 月版

[1] 柳州：唐河县湖阳镇汉时的旧称。

南阳市西丁奉店汉墓，日月交辉（凌皆兵、王清建、牛天伟主编《中国南阳汉画像石大全》，大象出版社 2015 年 9 月出版）

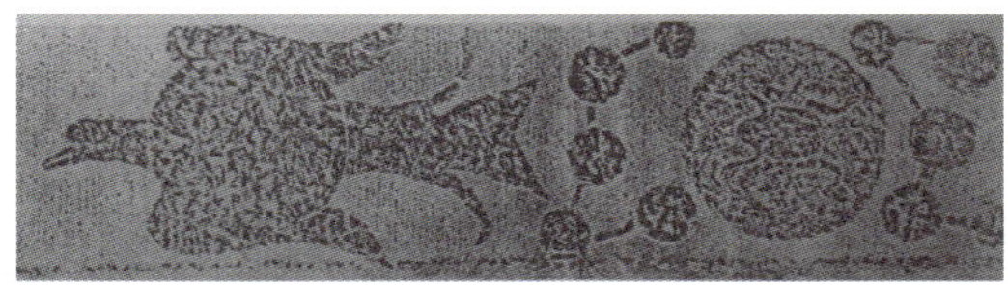

南阳市汉墓，日月同辉（凌皆兵、王清建、牛天伟主编《中国南阳汉画像石大全》，大象出版社 2015 年 9 月出版）

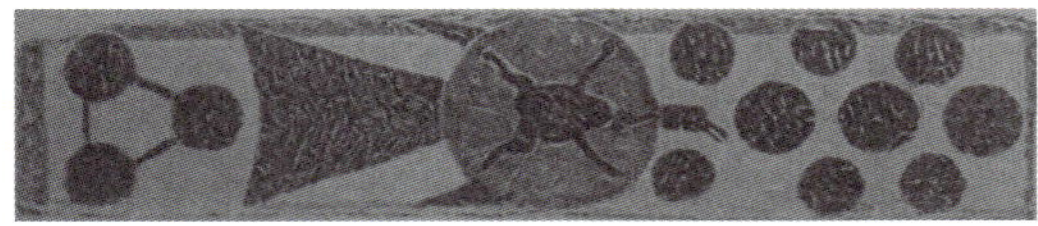

日月合璧，征集于南阳市茹楼村，已调拨河南博物院（凌皆兵、王清建、牛天伟主编《中国南阳汉画像石大全》，大象出版社 2015 年 9 月出版）

231

天狗吞月

神箭手后羿射死九个太阳有功，普天下老百姓都感谢他除害的大恩大德，为他烧香祷告。

这件事感动了天堂里的王母娘娘，她要下凡看看是咋回事。一天晚上，后羿带着他的猎狗黑耳，在深山里围猎豹子。王母娘娘在仙女陪伴下，驾起万朵祥云，落在山头看起来了。王母娘娘把后羿喊到跟儿，令红衣仙女捧出一个光彩夺目的匣儿，取出灵药两粒、人参精一根，嘱咐后羿："回家用人参汤煮熟吞服，可以成仙。"

后羿接了灵药，谢过王母娘娘，带着他的猎狗，驮着一只射死的金钱豹，高高兴兴回家了。

后羿为人忠厚善良。他暗想：妻子嫦娥和自己是结发夫妻，和她同吃了这仙药，一起升天多好啊！

他向嫦娥交代一番，又说："乡亲父老们向来待俺好，我把这豹子送给他们去。"后羿捋捋猎狗黑耳的毛，说，"你在家歇歇脚儿，好好看门，我停一会儿就回来。"

嫦娥按后羿的嘱托，把仙药在人参汤里煮熟，等后羿回来好一起吃。嫦娥想：自己是个凡家女子，托丈夫洪福，要升天成仙了。得穿戴好点，得有仙女的样儿呀！她梳好一头五尺多长的黑发，找出柜子里的好衣裳穿上。一打扮好，闻到仙药煮熟了的味儿。

嫦娥嘴馋了，揭开锅，香气逗得她心尖儿乱颤。嫦娥忍不住馋劲儿，用勺儿舀吃一粒。一吃呀，心里格外舒服，劲儿也不一样了。品品味儿，咋还想吃！

她赶紧狠咬了一下自己的舌尖，自家责怪自家：真该打这馋嘴，剩下这粒是留给丈夫的，可别吃！

嫦娥是个心眼灵动的女子，她又想：后羿能从王母娘娘那里讨来两粒仙药，总还能讨个十粒百粒！我干脆把这一粒也吃了，落个痛快。

嫦娥吃了最后一粒仙丹，又把那人参精用指甲掐吃了，香得眯着眼笑。

天黑了，嫦娥见丈夫还没回来，就出来看。她刚一出门儿，身子随着凉风飘飘地飞了起来。

嫦娥落泪了，只恨自己嘴馋偷吃灵药，抛下了丈夫。

门外的猎狗黑耳，见嫦娥偷吃灵药，独自升天，就叫唤着扑进屋里。一闻到香味，一爪扒翻锅，舔了剩下的人参汤，朝天上的嫦娥追去。

嫦娥听到黑耳的叫声，又惊又怕，慌慌张张，一头闯入月亮中。

黑耳根根狗毛竖起来了，身子越长越大，一下子扑上去，连嫦娥带月亮吞了下去。

老天爷和王母正在天堂赏月，一见天色昏暗了，忙派一天神出来看看。夜游神跑来禀告：一条大黑狗吞吃了月亮。

老天爷命天兵天将去拿那条黑狗。拿来黑狗，王母娘娘一看，是后羿的猎狗黑耳，就发慈悲了，封它为天狗，让它守护南天门。

天狗黑耳得了王母娘娘的恩封，怒气消了点儿，吐出了肚中的月亮。

现在，人们说月亮变昏了是月食，以前就说天狗吞月呀！

讲述者：王王氏，94 岁，桐柏县毛集镇田木湾村人
采录者：甘心田，桐柏县党史办干部

采录时间：　1986 年 12 月

选自：　《中国民间故事集成·河南桐柏县卷（第一分册）》，马卉欣主编，桐柏县民间文学集成编委会 1987 年 9 月编印

日月同辉，征集于南阳市（凌皆兵、王清建、牛天伟主编《中国南阳汉画像石大全》，大象出版社 2015 年 9 月出版）

日月同辉，征集于南阳市（凌皆兵、王清建、牛天伟主编《中国南阳汉画像石大全》，大象出版社 2015 年 9 月出版）

232

天狗吃太阳

据说在很久很久以前，太阳有弟兄九个。这九个太阳天天轮流在天上值班，只有白天没有黑夜。人们不能睡觉、不能休息，很多人渴死了，庄稼也都干死了。后来，这件事被天空中的一只天狗知道了。他想：如果这九个太阳再这样下去，人都要全死了。咋办？天狗决定去劝劝太阳九兄弟。

天狗到了太阳的宫殿，笑哈哈地说："太阳兄弟们，你们不能再这样干下去了，你们应该歇一天上一天的班，这样对你们和大家都有益处。要是你们再这样干下去的话，很多人都得晒死。"

太阳听后，却大笑着说："天狗，你少管闲事！我们只管在天上尽情地玩，谁管他们的死活呢？"

天狗一听，火冒三丈，说："既然你们不讲理，那我就无情。"说着就张开血盆大口一下就吞下一个太阳。众太阳一看，天狗有那么大的本事，吓得掉头就跑。天狗在后面紧紧追赶，直追得地动山摇。最后天狗吃掉了八个太阳，另一个太阳却咋也找不着了。大地一片漆黑，天狗仍找啊找。他哪里知道，那个太阳藏在了一棵马齿菜的下面。

这时，蚯蚓出洞来玩耍，看到了太阳，就大声叫道："太阳在这里！太阳在这里！"

可是，天狗走远了，他没能听到蚯蚓的叫声。后来，这个太阳又回到了天空。天狗看到只有一个太阳了，心想：如果天上没有太阳，大地一片漆黑，万物不能生长，这也确实不行，就命令太阳必须上一天班歇一天才行。太阳答应了。从那以后，就形成了现在的白天黑夜。

最后一个太阳保住了命，可他总忘不了马齿菜对他的恩德。所以一直到现在，马齿菜有根没根也晒不死。可太阳最恨蚯蚓，只要蚯蚓爬出地面就会被晒死。所以，蚯蚓只有夜里或阴天才出来。

讲述者： 陈爱芝，女，48岁，确山县石滚河乡石头庄农民

采录者： 李新华，34岁，确山县石滚河乡石头庄农民，高中

采录时间： 1988年9月

采录地点： 确山县石滚河乡石头庄

选自： 《中国民间故事集成·河南确山县卷》，杨建军主编，中国民间文学集成确山县编委会1990年9月编印

233

太阳神和黑煞神

远古时候，神界中发生了这样一场战争。

太阳神和黑煞神轮流值班，一大早，太阳神便从东方起床，为勤劳的人们发光发热。人们很喜欢他。天快黑的时候，黑煞神就开始起床，让劳累了一天的人们安歇。他觉得自己不仅看不到人世间的欢乐，并且还时常受人们的厌恶和抱怨，渐渐地他嫉妒起太阳神来。

为了使自己在人们中间的威信超过太阳，他便决定吃掉太阳。

这天晚上，他就动身杀向熟睡的太阳。太阳仓促逃走，黑煞神紧追不舍，太阳实在累得没办法了就躲在马齿苋底下。当黑煞神找不到自己的仇人——太阳时，就泄气了，走了。

蚯蚓为了讨好黑煞神，指着躲在马齿苋下面的太阳说："这儿——这儿——"黑煞神也没听见。

太阳有了喘息的机会，等黑煞神过去后，就猛地钻出来，奋起神威，一直将黑煞神晒死。所以，后来的夜晚就像僵了一样，死气沉沉的。

蚯蚓得罪了太阳，输了理，从此躲在地下不出来了。

只有在太阳睡觉的时候，偷偷地爬出来，活动活动。而马齿苋呢？它救了太阳的性命，太阳就封它为“晒不死”。

讲述者： 王爱莲，女，34岁，舞阳县保和乡卸店村农民，不识字

采录者： 张玉明，21岁，舞阳县保和乡卸店村农民，高中

采录时间： 1989年2月3日

采录地点： 舞阳县保和乡卸店村

选自： 《中国民间文学集成·河南舞阳县卷》，王秉钧编辑，舞阳县民间文学集成编辑委员会1990年8月编印

234

启明星

（一）

古时候，天上有弟兄三个，大的叫黄老大，二的叫黄老二，三的叫黄老三。他仨都是卖菜的，天天挑着菜担去赶集。

有一回天快黑时，他仨挑着菜担碰面了，黄老大说：“明儿个逢节气，集上的菜该快啦，咱仨谁先起来，谁就叫叫。”

老二老三都说：“中！”

等天黑以后，老大不守信用，他怕两个弟弟起早赶他头里、抢他的生意。干脆现在就走吧！他主意拿定，挑起菜担就走了。都说现在天一黑，就出现在西南角那颗大星星就是黄老大。

黄老二睡到半夜醒了，他穿好衣服就去叫大哥，听说大哥走了，他赶忙挑上菜担上路了。他就是半夜时分出现在偏南边的那颗大星星。

剩下老三，他年轻贪睡，一下子睡到鸡叫，被鸡叫声惊醒，这才懒洋洋地穿衣下床。他去叫大哥、二哥，结果俩哥哥都走了。他着了慌，赶忙挑着菜担撵两个哥哥，走不多远，天就亮了。他就是每天早上出现在东天边的那颗

大星星。因为他在天启明的时候才出来，人们都叫他启明星。因为他走得慌忙，又叫他慌忙星。

不信你看看，这颗星星的两边有俩小星星，那就是黄老三的两个菜筐。你仔细看看，启明星好像在不停地跳动，那是他正在慌慌张张地赶着去下集卖菜呢。

讲述者： 赵翠兰，女，52 岁，郸城县吴台镇农民，不识字

采录者： 罗希良，郸城县吴台镇干部

采录时间： 1987 年 9 月

采录地点： 郸城县吴台镇讲述者家里

选自： 《中国民间故事集成 · 河南郸城县卷》，阎春茂主编，郸城县民间文学集成编委会 1989 年 9 月编印

235

启明星

（二）

每天早晨，在东方天空上，最早地出现了一颗又明又大的星星，名叫启明星。天上原来并没有这颗星星。据说，是古时候一位聪明的小姑娘变的。

很久以前，在洛阳邙山的一个偏僻山村里，住着一户姓金的老夫妇。他们没有生男育女，临老收养一个义女，名叫金花。小金花七八岁时，遇上了荒年，金花年纪幼小，爹妈又年迈多病，日子可真难熬。锅下没柴烧，锅里没米下，吃上顿断下顿，连老鼠都不来她家掏洞。金花姑娘虽说是小小年纪，却很懂事，知道孝敬老人。她天天到山坡上挖野菜，好让爹妈充饥。

有一天，饿得头晕眼花的金花又上山挖野菜。她挖着、挖着，忽然在草丛里发现一颗闪闪发光的金豆豆。她捧在手里，叹口气说："金豆呀金豆，你多好看！可惜不能吃。"金花望着金豆，想起秋天割黄豆时，爹爹点起一把火，把几棵结着饱腾腾豆角的黄豆秧架在火上，只听"噼噼啪啪"一阵响，被烧熟的黄豆籽儿滚在地上，捏起来一颗填到嘴里，牙一咬，"咯嘣嘣"响，黄澄澄、香喷喷的。

想到这里，金花在地上扒了个小坑，把金豆埋在土里，

然后又端来一瓢清水浇了浇说："金豆呀金豆，你变一颗黄豆苗吧！秧儿长大大的，角儿结多多的，让俺烧烧吃。"谁知她话音刚落，真的从埋金豆豆的地方长出来一棵黄豆苗苗，转眼就是好大好大的黄豆秧儿。金花眼瞪着见它开了花，结了角，一会儿就长熟了！金花高兴极了，忙把长熟了的豆秧拔了出来。

她拿着这棵豆秧正要走，只见地上金光一闪，那颗埋进土里的金豆又滚了出来。金花想：金豆会变黄豆，也一定会变别的豆豆。黄豆烧熟，爹妈还是咬不动，这可咋办哩？让它变一颗绿豆吧，结了籽儿好给爹妈熬绿豆汤喝，还能去火哩。

想到这里，金花又把金豆埋进土里，照样又端一瓢清水浇了浇，说道："金豆呀，金豆，你变一棵绿豆苗吧！秧儿长大大的，角儿结多多的，让俺给爹妈熬绿豆汤喝。"金花的话音一落，埋金豆的地方真的又长出了一棵绿豆苗苗，转眼工夫又长成了好大好大的绿豆秧儿。金花看着它开了花，结了角儿，一会又长熟了。

金花把这棵绿豆秧一拔，那颗金豆又从土里滚了出来。这时，金花想起妈妈给她讲的王小得了宝葫芦，要啥有啥的故事。她把金豆捡起来，心中暗暗高兴，哎呀，俺得宝啦！这金豆一定是个啥都会变的宝贝！

金花回到家里，爹妈见她拿回来两大棵豆秧，豆秧上长着嘟嘟噜噜的角儿，把一棵豆秧上的籽儿剥出来，也能盛两大碗呢！爹娘问金花是从哪里弄来的，金花便把捡到金豆的事说了一遍。爹妈不相信，金花就走到院中，把金豆埋到土里，又端了一瓢清水浇了浇，说："金豆呀金豆，你变一棵玉米吧，秆子长粗粗的，棒子结大大的，让俺给爹妈做块馍吃。"顿时，院里长出一棵玉米苗苗，像手提着一样"噌噌噌"地往上长。不大一会儿，秆子长粗了，顶上出缨了，腰里甩"花线"[1]了，玉米棒子也出来了。玉米秆上一下子长出了三个棒子，个个棒子长得都比棒槌还大呢！

金花家得了宝贝，左邻右舍都争着来看。金花爹人和善，心肠好，对来看的人说："金花得了这宝贝，这是天意，是让它救咱们全村的穷人的。谁家没吃的，拿去让它变粮食吧！"有了这颗金豆，家家清水锅里，都煮上了豆豆或玉米糁子。

消息像阵风一样传到财主孙敬仁的耳朵里，他硬说金豆是从他家的山坡上捡的，立逼金花交出来。金花生怕金豆被财主抢走，就把金豆噙在口中。财主让人用耙齿撬开金花的嘴，金花没有办法，就把金豆咽到了肚里。

金花咽下金豆以后，通身立刻闪闪发光，这光刺得孙敬仁和他的狗腿子们连眼都睁不开了。孙敬仁一伙睁开眼时，啥也不见了，吓得只像筛糠一样打战战。这时，金花突然腾空而起，飞到天上去了。

金花升天以后，就变成一颗星星。这颗星星每天早晨又明又亮地出现在东方，人们叫它启明星。看见这颗星星，都说金花舍不了她的家乡，舍不得她的爹妈，天天一大早便一眨一眨地睁大眼睛在张望呢！

采录者：　盛长柱

选自：　《河南民间故事集》，中国民间文艺研究会河南分会、河南大学中文系编，中国民间文艺出版社1985年5月版

[1] 甩"花线"：方言，指玉米棒子刚长出花缨。

236

镰刀星座

讲述者：　赵训华

选自：　《中国民间故事集成·河南桐柏县卷（第一分册）》，马卉欣主编，桐柏县民间文学集成编委会 1987 年 9 月编印

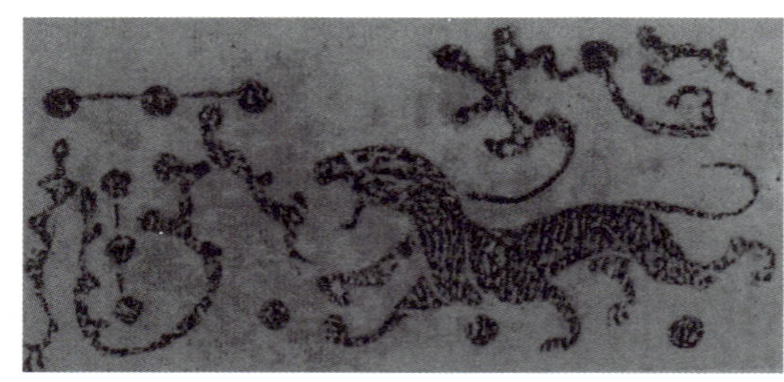

南阳市蒲山阮堂汉墓，白虎星座（凌皆兵、王清建、牛天伟主编《中国南阳汉画像石大全》，大象出版社 2015 年 9 月出版）

南阳市蒲山阮堂汉墓，苍龙星座（凌皆兵、王清建、牛天伟主编《中国南阳汉画像石大全》，大象出版社 2015 年 9 月出版）

天上数不清的星星中，有十六个星星在一起，像一把镰刀样的星座，叫镰刀星座。为啥叫镰刀星座呢？

有一年，麦子长得非常好，好得比任何一年都好。人们再用竹劈儿割麦不行了。麦秆太粗哇，人们商量割麦的办法。一位老人说："我听说天宫中有一把金镰，要能拿下用用，再比着做一些，割麦就不发愁了。可有一点呀，天神要知道偷镰刀，就惩罚呀！"

一个美丽、善良、胆大、机灵的姑娘知道了这话，就对这个老人说："老伯，我去吧，惩罚我不怕。我只要把金镰偷到手，扔到地下，天神惩罚时，我闭上眼睛，愿咋惩罚都行！"

姑娘悄悄地爬上天梯，盗出了金镰刀。盗镰的时候，神不知，鬼不觉。她把镰刀往地上一扔，天神知道了。这姑娘被剁成了十六块，扔向天空。

十六块姑娘的尸体，化成了十六颗明星，闪闪发光。十六颗星组在一起，像把镰刀，人们称为镰刀星座。

237

井星

晴天的夜里，一抬头就会看到头顶的天空有一圈星星。这个星圈，有个缺口，在星圈中间还有颗星星，这就是井星。为啥井星有个缺口，里边有颗星星呢？这里还有个动人的传说哩！

相传，王母娘娘的外孙女织女，私自下凡同牛郎结婚，王母娘娘认为织女败坏门风，大逆不道，派天神把织女抓回天宫。这件事让织女的妹妹小二姐知道了，觉得外婆是狗咬耗子——多管闲事，拆散姐姐好姻缘，使姐姐夫妻不能相聚，母子难以团圆，害得姐姐整日泪水洗面，真真可恶之极！小二姐越想越气，越气越恼。

这天，王母娘娘正在瑶池大会群神，小二姐风风火火地冲进城池，找外婆辩理。王母娘娘见外孙女竟敢当着众神顶撞自己，觉得有失尊严，把个老太婆气得七魂出窍，即传旨：小二姐触犯天规，罚其今后每日担水百担浇花，少担一担水，打她两百钢鞭。尽管太上老君、太白金星等诸神替小二姐讲情，王母娘娘一点也不心软。

小二姐性情刚烈，麦秸火性儿——一燃就着，在天上是位出名的辣姑娘。她被王母娘娘这样刁难，只气得柳眉倒竖，杏眼圆睁。心想：外婆无情，休怪外孙女无义——嘿嘿，我叫你哭都哭不出眼泪。

原来小二姐自幼舞剑弄棒，且又天资聪慧，托塔李天王夫妇非常喜欢她，就认她做了干女儿。小二姐跟着干爹用心习武，长进很快。李天王曾给小二姐传授一手绝技：跺脚山倒，伸腿地摇。

第二天早上，小二姐担起水桶，来到十二块金砖砌成的井边，只见她“咚”的一声，一脚把井口的一块金砖蹬到井里。护井神见此情景，跟头流水地跑去向王母娘娘禀报。王母娘娘这才想起小二姐不像织女那样好欺侮。正在左右为难，还是和事佬太白金星出来打了圆场：“请娘娘速速收回成命，惹恼了辣姑娘，别想安宁。她能使天宫梁倾柱折，神仰仙翻。”王母娘娘只得收回成命，小二姐不再担水了。

从此，天上井星就有了缺口。每当人们看到这颗井星，老奶奶就会向孙孙讲起小二姐担水的故事。

讲述者：	马宗芳，女，69岁，镇平县大刘营村家庭妇女，不识字
采录者：	刘筱芬，女，40岁，镇平县大刘营村干部，高中
采录时间：	1987年3月
采录地点：	镇平县王岗乡姑坡村
选自：	《中国民间故事集成·河南镇平县卷》，姜典凯主编，镇平县民间文学集成编委会1987年11月编印

238

担子星

从前有个年轻人，从小死了母亲，父亲又娶了个老婆。不久，后娘生了个弟弟。兄弟俩平时在一起还算和睦，只是后娘一心向着弟弟。哥哥每天起五更下地干活，回来还得喂牛、磨面、打柴、挑水。哥哥脾气好，聪明能干。日久天长，不仅练成了一个好把式，还是个身强力壮的好汉。老二呢，因为身单力薄，啥也不会干。村里人都夸奖老大，骂后娘不公平。后娘听到这些风声，又气又恨，就千方百计地用脏活累活来折磨老大。老大呢，每天只是干活，也不放在心上。

有一年夏天，一连下几场大雨，山洪冲下来，村里成了一湖水，人们纷纷外出逃难。这个后娘让老大和弟弟挑着担子，蹚水到对面高地上去避难。狠心的后娘恐怕累着亲生骨肉，就让他挑一担子灯芯草，叫老大挑了一担子石头。弟兄二人挑着就走了。老大挑的石头沉，肩都压弯了，脸上累得通红。但他还是甩开步子，脚踏实地到了对岸。他回头一看，老二的灯芯草挑子被水浮着，在原地直打转，就是蹚不过来。

天上的玉帝见了，就把两兄弟接到天上去了。如今，每逢夏天夜间，星星满天的时候，那明晃晃的银河就是当年的洪水。银河的西南岸有颗发着橘红色的亮星，就是老大。他那通红的脸庞发出的光，因为离我们太远，就成了橘红色。在他两旁各有一颗稍微暗蓝的星星向下坠着，这就是担子上的两个竹筐。

在银河东岸偏北也有三颗连成一条线的星星，这就是老二。比起老大的担子轻多了，后来人们就把这两组星星叫“担子星”了。

老大在二十八宿古星图上叫“心宿二”(也就是大火星)，老二叫“河鼓二”。他俩都是夏夜星空最引人瞩目的一等亮星。

采录者： 罗兆夫，21 岁，河南大学中文系 1978 级学生

采录时间： 1981 年

选自： 《中原神话专题资料》，张振犁、程健君编，中国民间文艺家协会河南分会 1987 年编印

239

七女星六明一暗

讲述者：何德章，50岁，商城县观庙乡板庙村农民

采录者：耿昌军，22岁，商城县观庙乡板庙村农民

朱大印，27岁，商城县汪桥乡钟铺贸易公司职工

采录时间：1989年

采录地点：商城县观庙乡板庙村

选自：河南省民间文艺家协会资料库电子文档《中国民间故事全书·商城县卷》

南阳汉画像石，星宿 月轮（凌皆兵、王清建、牛天伟主编《中国南阳汉画像石大全》，大象出版社2015年9月出版）

河南人民出版社1958年5月出版的《河南星（星星的传说）》，收录《河南星》《黄河星》等4篇星星传说（程健君供稿）

夜晚，只要你看一看星空，就会发现天河边有一团特别拥挤的星群。这星群就是“七女星”，乡亲们说它是“抓儿星”。

七女星是指玉帝的七个女儿。你向天上乍一看，是六个，但仔细一看，还是七个。那一个，却是一时明、一时暗，越看叫你眼越花；还像不住地在眨眼睛，好似要告诉人们，关于玉帝七个女儿下凡的故事。

据说，玉帝的七个女儿，过不惯天庭里的寂寞生活，都背着父亲先后偷偷地来到人间，与凡人配成了夫妻。唯有五女，在《封神榜》一书里说得明白，为破万仙阵，死于阵中了。

后来，那六个女儿下凡的事都叫玉帝知道了。玉帝大怒，遣下天兵天将，先先后后将那六个女儿扯回了天庭。可五女已死，再无法上天，七女星只剩下了六个。而那个时明时暗的星星就是五女，像是身居冥冥之中。

那么，人们为啥又将七女星说成抓儿星呢？这是因为那六个女儿是一个一个被抓回天庭的，所以又有了这个叫法。

（二）

其他天象神话

240

虹[1]

很久很久以前，在一座山脚下，有个百来户人家的村庄。庄东南角的一棵老桑树下，有两间草房，住着娘儿俩。娘五十来岁，采桑养蚕做家务。女儿红妮十五六岁，织得一手好绸，是方圆出名的巧女。

这年，红妮整整十六岁了。按照当地规矩，闺女年长二八，理当出嫁。娘对红妮说："红呀，有钱人打发闺女，陪送八箱四柜，全套嫁妆。咱家你爹去世早，家底薄，娘没啥陪送你。你用心织匹绸，到时候娘给你做几件嫁妆衣。"

红妮红着脸对娘说："娘，吃喝穿戴论家当。好男不争分家饭，好女不争嫁妆衣。女儿织绸，娘做衣，穿在身上，暖在心里。"从此红妮用心用意织红橙黄绿青蓝紫七色绸。七色绸好看极了，方圆十里八村的大姑娘、小媳妇拧成股子[2]来看稀奇。红妮家门前，被人们踏出条明晃晃的路。

[1] 虹：方言音"jiàng"，指彩虹。

[2] 拧成股子：方言，形容人多。

这庄有个财主，姓杜名舍，心毒手辣，庄上人叫他毒蛇。毒蛇有个独生女，模样天下少有：前背锅，后罗锅，眼里长个棠棣花儿；秤锤鼻子，窝窝嘴，长着两条罗圈腿。看一眼能使人恶心半年，人们背地里叫她丑女。毒蛇为了讨得亲家欢心，陪送的各样嫁妆应有尽有。

这天，丑女听丫鬟说七色绸咋好、咋好，"噔噔噔"跑到毒蛇跟前，闹着要七色绸。毒蛇派人到红妮家买七色绸，红妮娘对来人说："这匹绸说啥也不卖——红妮六月初八去婆家，咱小户人家没啥陪送，用这给她做几件嫁妆衣，也是当娘的一点心意。"

来人回去如此这般一说，毒蛇听了一蹦八丈高，吼道："老乞婆，敬酒不吃吃罚酒，嘿嘿，骑驴看唱本——走着瞧！"

送走来人，红妮娘眉头绾个大疙瘩，想到毒蛇平日欺压乡邻的一桩桩往事，心里一阵阵发紧，觉得马上要大祸临头。娘儿俩合计：娘打杂供下作[3]，红妮连明彻夜织绸。天晓得毒蛇会想出啥鬼点子。

六月六日那一天，天上像下了火一样，红妮中午饭都没顾得吃，汗珠"啪啪"直掉，刚把七色绸从机子上卸下、叠好，一眼瞅见门外小路尽头有几个黑点。红妮整日织绸，眼特别亮，细看这几个黑点是几个人，朝着这里走来。不好，为头的是毒蛇！

红妮急急地对娘说："娘，毒蛇带着人朝咱家来了。"娘大惊失色地说："啊呀，怕是来抢七色绸的。"红妮银牙咬得"咯嘣嘣"响，一字一顿地说："想抢七色绸，没那么容易。"话音刚落，雷声隆隆，电光闪闪，乌云滚滚，狂风阵阵，倾盆大雨，沟满河平。毒蛇一帮人，落汤鸡似的闯进红妮家。

一进门，毒蛇就横眉竖眼地索要七色绸。娘背转身向女儿递个眼色，随转身缓缓地对毒蛇说："七色绸在里间放着，我去给你们拿。"等这帮人随娘向里间时，红妮把七色绸紧紧地搂在怀里，冒着电闪雷鸣，箭一样射向门外波涛滚滚的大河。

等毒蛇醒过劲儿，带人追到河边，只见小山似的浪

[3] 供下作：方言，帮手，打下手。

头向岸上压来，“哗”的一声，一个浪头打来，只听毒蛇“妈呀”一声，到阎罗宝殿报名注册去了。

村里人听见红妮娘的哭声，从村里赶来时，雨过天晴，河的上空出现一条弧形彩练，红橙黄绿青蓝紫，十分好看。红妮娘看见彩练，想起扑河自尽的女儿，她抬头向着彩练，“红啊红啊！”不住声地喊着。人们恍然大悟：红妮没死，上天成神了。看，天上的彩练就是红妮织的七色绸，她把绸抖着，让娘和乡亲们放心——七色绸没被毒蛇抢去，在天上挂着呢！

从那以后，夏天雨过天晴都要出虹。人们说，那是红妮的七色绸哩！每当这时，老奶奶就向小孙孙娓娓动听地讲起这个传说。

讲述者： 马宗芳，女，69 岁，镇平县大刘营村家庭妇女，不识字

采录者： 刘筱芬，女，40 岁，镇平县大刘营村干部，高中

采录时间： 1987 年 3 月

采录地点： 镇平县王岗乡姑坡村

选自： 《中国民间故事集成·河南镇平县卷》，姜典凯主编，镇平县民间文学集成编委会 1987 年 11 月编印

南阳汉画像石，长虹（凌皆兵、王清建、牛天伟主编《中国南阳汉画像石大全》，大象出版社 2015 年 9 月出版）

241

朝霞为啥是红色的

从前，大山脚下有个王家庄，庄上有个小伙子叫王小。王小为人忠厚，也很勇敢，人们都愿意和他在一块干活。

有一天中午，人们在田里干活，天忽然黑了下来，黑得啥也看不见。人们都喊王小，问他这是咋回事，王小也不明白这是咋回事。

第二天中午，在山口，他见了一个白胡子老汉，很像个仙翁，就施礼问：“老人家，昨天，天为啥突然变黑？”老汉对他说，山顶上有个大湖，湖里来了个黑龙，昨天，是它把太阳摘下来，放在湖里玩呢，所以天才变黑。

王小一听，就要上山除龙。老汉拉着他说：“除龙不难，但要一样东西。”

“要啥？”

“人血！把人血涂在太阳上，恶龙就害怕了。”

王小听了，二话没说，提着剑就朝山上爬。山很高，山顶插在云彩里，要翻九十九道岭，要过九十九道沟，才能爬上去。可是王小不怕，没黑没明地爬呀爬，饿了吃野果子，渴了喝山泉水；爬了七七四十九天，到了山顶。他到山顶，天就暗下来，原来恶龙又摘了太阳，正要往湖里

放呢。王小大喝一声，一个箭步冲上去。恶龙一愣，王小已经把太阳夺在怀里。恶龙醒过神来了，也拿出了剑，扑过来夺太阳。两个人都不相让，在湖边大战起来。

王小战了一阵，力气不支。眼看恶龙要夺回太阳，他忽然想起白胡子老汉的话，猛地把利剑插入自己的胸膛。立刻，鲜血四溅，恶龙吓得潜入湖底，王小也流尽了鲜血倒下了。

这时，正是黎明的时候，沾了鲜血的太阳缓缓升上东天，那霞光也像血一样红了。

讲述者： 立边，18 岁，唐河县上屯乡下屯村初中学生

采录者： 曲范杰，30 岁，唐河县文化馆干部，高中

采录时间： 1985 年 3 月

采录地点： 唐河县上屯乡下屯村

选自： 《中国民间故事全书 · 河南 · 唐河卷》，张果夫主编，知识产权出版社 2011 年 9 月版

242

雪花的由来

远古时候，世上出现人类。上帝为了解决人类的暖饱，命令掌管财粮的大臣往下界播撒雪白的面粉。

人们看见，都来争着收藏，播撒的白面粉很快就被抢收一空。

上帝为了满足人们的需求，命令掌管财粮大臣不断往下界播撒一次比一次多的面粉，并告诉人们要百倍珍惜，小心贮藏，精打细算，节约用粮，以防荒年。可是，有些人就是不自觉，对上帝的忠告当成耳旁风，认为面粉遍地皆是，吃完了还有下回，没啥稀罕，不需要珍惜，就抛上面一层，舍下层，只拣中层。有的人竟用白面烙厚厚一叠薄饼，串到一起当凳子坐、当垫子铺。

一天，上帝到下界视察民情，来到黄河流域的河南，发现一个年轻妇女，摇车纺线时，屁股下坐的就是一叠厚厚的烙饼。他又走到长江、淮河一带看有人用白面打墙、做坯，浪费极大。上帝大发脾气，急急忙忙回到天庭召集掌管财粮的大臣，带领天兵天将，收回播撒到下界的面粉。

上帝下令收回面粉的消息传开，人们可慌了手脚，抓紧时间抢收，利用一切东西贮藏。人们这边收，那边面粉

化；人们外边收，屋里面粉化。传说，从此面粉也就变成现在的雪花了。

讲述者：刘位波，48 岁，郸城县公安局干部，高中
采录者：赵红建，25 岁，郸城县公安局干部，中专
选自：《中国民间故事集成·河南郸城县卷》，阎春茂主编，郸城县民间文学集成编委会 1989 年 9 月编印

243

天上下雪的来历

相传在很早很早以前，玉皇大帝准备建造一个大德大善天国，在每年最寒冷的冬天，派天神普天降下白面。每到这时，天下人争先恐后，拿着家什抢收白面。人人丰衣足食，家家户户缸满囤流，人人是吃不清喝不尽，视白面如粪土。有一天，伏牛山下来了一位衣衫破旧的讨饭老头儿，满脸灰垢，拄一根烂拐杖，步履艰难地来到一家财主门口，抬头一看，门前的狮子都是用白面做成的。他停下片刻，走进大门，见院内无人，朝屋里一看，里面的桌子、椅子等各样家具都是用白面做成的。老汉儿摇了摇头，朝里喊了一声："爷，有剩饭给一口吧！"

屋里人听到喊声，走出一个肥头大耳的老财主，见是一个要饭的，眼一瞪："是要饭的，出去！"

要饭老头儿苦苦哀求道："老爷，就是糠菜之物，赏给我半碗吧！老夫饿了三天没饭了。"

财主怒道："穷鬼，这也是你来的地方？喂猪都是白面，哪儿有糠菜给你！"

讨饭老头儿双膝跪下："老爷恁家有余粮千石，却连一口剩饭也不给。恁不给，老夫今天就跪下不走了。"

财主一听，勃然大怒，叫来两个家丁，用乱棍把老头儿赶出了家门。这讨饭老汉原来是天上太白金星，奉玉帝旨意下凡私访。他从财主门口爬起来，化作一团白气，升天而去。回到天宫，把一切奏明玉帝，玉帝一听，怒从心来："天下人心如此歹毒，如此糟蹋粮食，气煞孤王也。来人，传下本王旨意：从今往后，百年不下白面，让天下人知道粮食贵重。"

太白金星一听，慌忙跪倒奏道："启奏圣上，百年不下白面，天下人皆能饿死。我们的大德大善天国何时建成？"

玉帝道："依你之见呢？"

"以臣之意，让人耕种五谷杂粮，将所下白面改为每年冬季天降白雪，雪化为水，滋润庄稼，不知圣意如何？"玉帝连说好计。

天降白雪，耕田种地，便从这时开始了。

采录者： 张万山，23 岁，南召县板山坪乡松东村农民，高中
采录时间： 1986 年 6 月
选自： 《中国民间故事集成·河南南召县卷》，乔明宪主编，南召县民间文学集成编委会 1987 年 10 月编印

244

为啥先闪电后响雷

响雷据听说是老天爷惩罚人间的作恶人哩，谁要在世上作了恶，老天爷就叫响雷击他。

原先，都是先打雷后闪电。有一回，天黑了，天底下有个人看天上黑云滚滚，快要下雨了，就慌慌张张吃罢饭，把锅刷了刷，把锅里的刷锅水泼到了院地上。可老天爷没有看着这个人刷锅，就看着这个人端锅泼了，认为这个人把饭泼了，是在作恶，就响了个雷把这个人给击了。随后就是一个闪电，老天爷借着闪电仔细一看，这个人泼的不是饭，是刷锅的脏水，可人已经击死了。老天爷后悔自己断了冤案，为避免类似的事再发生，老天爷把"先响雷后闪电"改为"先闪电后响雷"。先看清是不是恶人，如果看清了是恶人，再击。

讲述者： 何桂花，女，57 岁，淇县桥盟乡农民
采录者： 郭灿星，29 岁，淇县桥盟乡文化站专干
采录时间： 1987 年 3 月
选自： 《中国民间故事集成·河南淇县卷》，于德

伦主编，淇县民间文学集成编委会 1987 年 7 月编印

245

雨水为啥不均

不知哪年、哪月、哪日，老天爷去西天拜访如来佛。临走时，给老天奶奶说："我这次去，得一段才能回来，你看着该下赌下啦。"谁知老天奶奶错听为"该嫁赌嫁啦"。老天爷走后不久，她就嫁人走了。

老天爷在西天得知天下大旱，就急忙赶回天宫安排下雨。谁知，老天奶奶改嫁时把雨谱带走了。老天爷听了很发急，不管三七二十一就命令下起雨来。下了几天以后，老天爷派孙悟空去看人间雨下得咋样。孙悟空出了南天门，一个筋斗下来，偏巧撞到一座山顶上，碰得他头昏眼花，也没来得及细看，就返回天宫说："不够，不够，地上的土还硬得像石头一样。"老天爷又命令下了几天雨，结果好多地方都遭了水灾。

过了一段时间，听说好多地方又出现了旱情，老天爷又派孙悟空下去查看旱情。这一回，孙悟空一个筋斗下去正好落到井里，冷不防喝了几口冷水。他带怒返回天宫，嚷道："下边水还多着咧，不能再下啦！"

从此以后，天下总是旱旱涝涝。

246

阴天刮风不下雨

讲述者： 刘静轩，70岁，濮阳市人，干部，中专
采录者： 高双春，高中
采录时间： 1984年
采录地点： 内黄县文化馆
选自： 《中国民间故事集成·河南内黄县卷》，李香菊主编，内黄县民间文学集成编委会1990年10月编印

据说老天爷刚登位不久，要去召开天庭大会，需要好长时间才能返回。临走，他嘱咐他的妻子天奶奶说："我走了以后，啥地方旱，你该下就下吧。"

天奶奶耳朵有点背，把话听错了，她听为"我走了以后，你想嫁就嫁吧"。就这样，天奶奶又另嫁他人了。

后来，老天爷回来，一看家里空无一人，很是生气。这时，老风婆走过来说："她嫁走了，如果你不嫌弃我的话，我愿嫁给你。"

老天爷摇摇头说："不得，我如果想下雨，积些云彩，你就会给我刮散。"

老风婆说："没有那么严重吧，一切我还是听恁呢。"

就这样老风婆缠着老天爷不放。老天爷无奈，只好娶了风婆做了他的第二个妻子。

老天爷和老风婆的脾气都很急躁，动不动就吵嘴、生气。天爷要下雨，风婆不让，一阵风把云彩刮散。这就是我们常常会看到大阴天时刮风不下雨。不过，要是老天爷真的生了气，老风婆就不敢再犟了，就帮天爷下雨浇田，以博得天爷的欢心。但是，大雨来到之前，必要先刮一阵

风以显示她的威力。这就是所谓风是雨头的因由。

讲述者： 冯来兰，69 岁

整理者： 凡孟曾

选自： 《中国民间故事集成·河南省辉县市卷》，周抒真主编，河南省辉县市民间文学三套集成编委会 1989 年 9 月编印

247

天明为啥一阵黑

不论春夏秋冬哪个季节，天明之前总要黑一阵。这是啥原因呢？有传，这是东海龙王的儿子——小白龙留下的规矩。

相传，小白龙为救天下的众多生灵，私自降雨，触犯了天条，玉皇大帝一怒之下，把他贬下了天庭。小白龙来到人间后，仍不断为百姓办好事。

一天，太阳已经落山了，小白龙看到一个放牛小孩仍然在山坡放牛，小白龙正想上前问问，可那小孩突然倒在山坡上，正在往山下滚，小白龙急忙上前一把抱住。小白龙问："小孩，天已经黑了，你为啥还不回家？"

小孩哭着说："我是给东家放牛的，回去得早了要挨皮鞭。东家是个大财主，嫌我吃得多，一顿只给我喝一碗稀饭，刚才，饿得我头晕眼花，不小心摔了下来。若不是叔叔搭救，我的小命也难保，多谢叔叔救命之恩。"放牛小孩子连忙给小白龙磕了个头，表示感谢。回过头来准备牵牛回家，小白龙飞起一脚把那牛给踢死了。

小孩一见牛死了，越发哭成了泪人，小白龙对小孩说："不用怕，我自有办法。"

小孩按小白龙说的蹑手蹑脚地摸进财主家，偷偷地拿了一把柴刀，背起一口大铁锅，一溜烟跑回山坡。他俩一起动手，剥下牛皮，剁下牛尾巴，支起铁锅，一会儿就炖热了。他俩美滋滋地吃了一顿。小白龙把牛尾巴插在一个山窟窿里，对小孩说："你就说牛钻进山窟窿里，拉不出来，必须让财主亲自来。"

等他们把事安排停当，天已经大亮，小白龙说："老天爷呀，你就不能让天再黑一阵？"说罢，天果然黑起来。

他们赶快把东西送回财主家，小孩放下东西，叫醒老财主，说："东家呀，你家的牛钻进山窟窿里拉不出来。"

老财主说："你胡说，我不信。"财主跑去一看，山窟窿里果然有个尾巴，用手拽拽，山那边有牛叫的声音。老财主左拽右拽牛不出来，小白龙一喊"一、二、三"，牛尾巴被拽出来了，老财主也随着掉进了山沟里，去见阎王了。

讲述者： 郭老愚，93 岁，淇县阁南村农民
采录者： 陈香，女，21 岁，淇县保险公司职员
整理者： 张长虹，51 岁，淇县文化馆干部
采录时间： 1987 年 3 月
选自： 《中国民间故事集成·河南淇县卷》，于德伦主编，淇县民间文学集成编委会 1987 年 7 月编印

248

天为啥是蓝的

（一）

开天辟地，天上和地上一样，有很多高山、河流。这些山都是头朝下，好像是镜面朝下照看地上的东西。

天底下只住着一家人，这家人怕天塌下来，从未出过门。老天爷知道这事后，对天神们说："用块蓝布把天包住，不让人们看见就好了！"

从此，天就变成蓝色了，人们再也不必担心天会塌下来。

讲述者： 任朝江，西峡县军马河乡农民，不识字
采录者： 罗天宝，31 岁，西峡县米坪乡关山村教师
整理者： 杨平，女，29 岁，西峡县文化馆职工，高中
采录时间： 1987 年 1 月
采录地点： 西峡县米坪乡关山村
选自： 《中国民间故事集成·河南西峡县卷》，谢起超主编，西峡县民间文学集成编委会 1987 年 9 月编印

249

天为啥是蓝的（二）

选自：《中国民间故事集成·河南范县卷》，荆耕田主编，河南省范县文化局1990年7月编印（油印本）

那时候，太上老君还没出生，正赶上一场天地演变。他要等天长严了，再出世。没出世，看不到外界的事情，却会说话，嘴上还长出了胡子。每隔上几天，老君就问娘，天长严了没有，娘总说："没有，没有。"

老君在娘肚里怀了八十年，胡子长白了，娘被老君问得很不耐烦，娘生气说："长严了，出来吧。"

老君听说天已长严，就咬断娘的三根肋骨呱呱出世了。

老君生下来到世上，一看天还没有长严，天的西北角还有一个大窟窿，他就挖了一块冰给补上。用冰块补的西北角，与原来的天不合体，人们常害怕冰块补的天塌下来。老君便脱下自己的蓝衫，把天遮住，天就变成蓝颜色了。

讲述者： 崔金甲，65岁，范县王楼乡赵菜园农民，不识字

采录者： 崔金钊，60岁，范县王楼乡教育组干部，大专

采录时间： 1990年3月14日

采录地点： 范县王楼乡

250

天为啥是青的

采录者：杜小喜

整理者：龚国强，34 岁，新蔡县文化局干部，高中

采录时间：1987 年 9 月 5 日

采录地点：新蔡县砖店乡

选自：《中国民间故事集成 · 河南新蔡县卷》，龚国强主编，河南省新蔡县民间文学集成编辑委员会 1988 年编印

很久以前，天不是青的，抬头看天上尽是石头。风一吹，天上的石头就"噼里啪啦"地砸下来，把天底下的人砸死不少。一到刮大风，人们都提心吊胆，赶快躲进大山洞里。他们都幻想有一样东西能把天蒙着，那该多好啊。

有个姑娘长得非常漂亮，心地非常善良，是一个织布能手。她看见天上的石头砸死了那么多老百姓，心里非常难过，就没明没夜地织布，想织一匹青布把天上的石头蒙住。她织呀，织呀，一下子织了大半辈子，终于织出一匹能够蒙住天的大青布来。

天黑了，乡亲们都来送她，姑娘含泪告别了众乡亲，带着青布腾云飞到天上，用了一夜把天上的石头全蒙上了青布。第二天，乡亲们看见天已变成青色的了。

从此，天上再也没落下过石头，人们也能安心过日子了。只要没乌云遮住，太阳一出来，就看见天是青幽幽的。

讲述者：杜思钟，70 岁，新蔡县砖店乡农民，不识字

251

为啥西南风热东北风冷

据说，在很久很久以前，快要天塌地陷的时候，玉皇大帝派一天神下凡私访，看谁的心眼最耿直，就搭救谁逃灾避难。天神领了旨意，装扮成一个卖油的老汉来到人间，叫喊着卖油。不论你给多少钱，打的油都比你应该买的多得多。可是买油的谁也不说多打了油的话。

这天，他来到一家，只有母女二人。听说卖油的来了，就拿了一斤油钱来灌油。卖油的老汉也同样给她打了很多很多的油。母女一看，说啥也不要多打给她的油。这老汉见她母女心眼耿直，就对她说："明儿个天上要下很多的棉花，你们不要拾它，啥也不要要，一直向很远的地方跑，见到一座破庙，你们再停下来。因为天要塌地要陷了，跑到那里可以躲灾避难。"说完，老汉便不见了。

她母女二人按照老汉说的，就向远处跑去，跑呀，跑呀，前面果然有座破庙，就走进庙里。天冷得厉害，母女便在破庙里生着了火。这时候就听一声巨响，大地摇摇晃晃，眼看就要陷下去。母女俩灵机一动，女儿拿起一根木柴，顶住大地的西南角，母亲抱块冰柱，顶住了东北角。

后来，灾难过去啦，大地又恢复了原来的样子。因为西南角是木柴顶住哩，一刮西南风天就热；东北角是冰柱顶住哩，一刮东北风就冷。

讲述者： 赵先，62岁，汝南县马乡镇陈冲村农民，不识字

采录者： 梁玉辉，39岁，汝南县马乡镇陈冲村教师，高中

采录时间： 1987年5月14日

采录地点： 汝南县马乡镇陈冲村

选自： 《中国民间故事集成·河南汝南县卷》，冀世清主编，汝南县民间文学集成编委会1991年8月编印

252

补天

在很早以前，天东北角塌了一个大窟窿。人们都很害怕，很发愁，天天磕头祷告，求老天爷开恩，赶紧把塌下来的窟窿补住。

祷告来，祷告去，老天爷不答应，窟窿还照样是窟窿。人们没法儿，就求告圣母娘娘。圣母娘娘心眼软，还有一身好本事，能叫海水结冰三尺。她见人们可怜，就用一个大冰块堵住了天塌的那个窟窿。

就为这，现在一刮东北风，天就变冷了。

讲述者： 陈德荣，女，78 岁，社旗县陌陂乡前宁洼村农民，不识字

采录者： 魏森林，30 岁，社旗县陌陂乡前宁洼村农民

采录时间： 1986 年 3 月

采录地点： 社旗县陌陂乡前宁洼村

选自： 《中国民间故事集成·河南社旗县卷》，徐东主编，河南省社旗县民间文学集成编委会 1987 年 9 月编印

253

龙皮补天

远古的时候，有一对老夫妻，膝下没有一个孩子，心里非常忧愁。

这天，老头儿上山打柴，突然在草丛中发现一个孩子。老头儿高兴极了，柴也顾不得打了，便抱起孩子回家了。这老夫妻老来得子，喜得合不拢嘴，把孩子取名叫“快成”，就是愿孩子快长大的意思。邻居们听说了，都来祝贺。

这快成长得也真快，没几年就长得八尺多高，膀乍腰圆。快成干活很辛勤，一家人日子过得蛮不错。可是不久，祸从天来。在距快成住的村子四百里的地方，有一座大山，山下有一个清水潭，潭水清如明镜。有两条龙都相中这个潭，就在这潭的上空打斗起来，打得天昏地暗。有一条龙的尾巴猛一用力，把天扫了个大窟窿。霎时，狂风暴雨从天的大窟窿里一个劲往下倒，气温下降，江河横流，老百姓齐哭乱叫，十分忧愁。他们聚集在山洞里商量补天的办法。有位老人说：“听说冰山上有一个老爷爷，可以想办法补起来。可这路途遥远，谁能去得到哩？”

这时，快成自告奋勇，站起来说：“我去！为了救大

家，就是上刀山，下火海，我也不怕，一定要把天补起来。”他爹娘听了，很感动，也同意了。快成便背上行李，告别了爹娘和乡亲们，上冰山去了。

快成迎着狂风暴雨，辛辛苦苦走了六个月，蹚了七七四十九条河，翻了七七四十九座山，鞋子磨烂了，脚也磨破了，终于到了冰山。到冰山以后，果然见有个老爷爷坐在山顶上，胡子耷拉到山脚下。快成在老爷爷面前行个礼，说明了来意。老爷爷听后说：“孩子，你去补天是要牺牲的，天补好了，你就永远不能回到家乡去了。”

快成说：“为了救乡亲，我宁愿牺牲自己。”

老爷爷看到快成有这样的诚心，很是感动，就梳了一下胡子，胡子中立刻出现了一双靴子和一把宝剑。他叮嘱说：“孩子，你要杀死恶龙，用龙牙做钉子，用龙角做锤子，用龙皮把天补起来，快些去吧。”

快成听了老爷爷的话，穿上靴子便往家赶去。

快成穿上靴子后，只觉得飘飘悠悠地升上了天空。不一会儿就到了清水潭的上空，只见那两条龙还在激战。快成瞅准机会，挥剑砍去，三下五去二，就把两条恶龙劈死了，那两条龙的血把水潭中的水都染红了。快成按照老爷爷的嘱咐，用宝剑把龙角砍下，用龙角把龙牙敲掉，装在口袋中，然后再把龙皮扒下。完成这一切后，双脚一并，跃上天空。他把龙皮堵在窟窿上，又从口袋中拿出龙牙、龙角。用龙角当锤，用龙牙把龙皮钉牢。钉在龙皮上的龙牙变成了星星，快成也慢慢地变成了红霞。

人们看到快成把天补好了，顿时欢呼起来，可快成再也没有回来。人们为了纪念他，就修了一个庙，起名叫“快成庙”。

讲述者： 郭老三，75 岁，方城县博望镇农民

采录者： 郭广林，25 岁，学生

采录时间： 1984 年 10 月 6 日

采录地点： 方城县博望镇陈庄村

选自： 《中国民间故事集成·方城卷》，毛秀荣主编，方城县民间文学集成编委会 1987 年 9 月编印

254

西北雨为啥好下冰雹

在很早很早以前哪，天的西北有个很大的窟窿。那现在咋没啦？是老君给补住啦。

据传，老君在他娘肚里住了一千八百年，在娘肚里常问他娘：“娘，天长严了没有？”

他娘看看天，就说：“还没咧。”一直怀他一千八百年，烦啦。有一回，他又在娘肚里问：“娘，天长严了没？”

他娘也不看天，就说：“长严啦。”这一说，老君就降生了。

老君出了娘肚子，抬头往西北一看，天上那个大窟窿还没长严咧，他就砸开河里的冰，用冰块把天给补上了。

他这一补不要紧，只要西北来雨，就好下冰雹。

讲述者： 魏世敏，60 岁，濮阳县西八里庄村农民，小学

采录者： 魏盼先，女，30 岁，濮阳县文化馆干部，中专

采录时间： 1990 年 7 月

采录地点： 濮阳县西八里庄

选自：《中国民间故事集成·濮阳县卷》，魏盼先主编，濮阳县民间文学三套集成编纂委员会1990年8月编印

西北角天低

夏秋季节，邵原人看天有没有雨，往往从天的高低来判断，至今还有“西北角天低”的说法。

传说盘古开天辟地以后，怕天从上边掉下来，用八根柱子在天的八角顶着，后被人称“擎天柱”。这擎天八柱是八座山，西边天的昆仑山就是其中一座。

很久很久以前，共工与颛顼争帝，在邵州地区发生了一场恶战，只战得天昏地暗，日月无光，最后共工战败。气急败坏的共工发怒了，一头撞向了西边天的昆仑山。“轰”一声，顶天的柱子被撞断了，后来这座山也就叫“不周山”。没了柱子支撑，霎时，天倾斜低沉，还出现一个黑洞。这下女娲的后代遭了殃，眼看不能生存下去，后来就发生了女娲补天的事。女娲历尽千辛万苦，终于补住了黑洞。但是，倾斜和降低的天空再也恢复不了原来的样子。

天塌后，性情暴躁的黑龙占据这里，隐身于黑龙山，常常发威，施暴雨，降冰雹，危害百姓。因此，西北角常常阴沉沉、黑蒙蒙的，让人感到“西北角天低”，随时有可能降雨。

讲述者：翟明祥，60岁，济源市邵原镇邵原村人，初中

采录者：翟明安，47岁，济源市邵原镇中心校教师，高中

采录时间：2003年10月

采录地点：济源市邵原村西街翟家祠堂门口

选自：《济源邵原创世神话群》，济源市邵原镇政府、济源邵州文化研究会编，河南人民出版社2008年4月版

二、自然神祇

（一）风雨雷电

256

风婆婆

“风婆婆，放风来，大风不来小风来。”

在豫南的桐柏山区，每逢炎热的盛夏，人们被火炉似的太阳炙烤得难以忍受的时候，就会到处听到上面的那首儿歌。风婆婆是这一带的风神。说来也灵，只要孩子们把那首儿歌念上几遍，就会从东南方吹来阵阵微风，给人们带来爽快凉意，常此以往，人们对风婆婆就更加崇敬。

说起风婆婆为民办好事，这里还有一段故事呢！

在很久很久以前，桐柏山区有两座最高的山，一座叫桐山，一座叫乐山。桐山在西，乐山在东，两山相距一百华里，中间是一个小盆地，土地肥沃，河流纵横，阡陌交通。住在这一带勤劳的人民，用自己的双手，把这个山间盆地绣得如花似锦。可是，主管这一带山岭的山神——凶煞神是一个凶残无道的家伙，他与他的弟弟，主管这一带的水神——恶煞神，经常狼狈为奸，无恶不作。人民饱受这俩恶神的灾害，对他们恨之入骨，却也拿他们没有办法。

这一年三月二十七日，凶煞神和恶煞神在桐山山顶吃酒，别看这两个家伙终年不劳动，吃的可都是山珍海味，他俩一顿酒饭吃掉的东西，价值合一百个贫民百姓一年的口粮。这天，两个恶神在此狂欢，整整闹了一天，待他们酒足饭饱之后，便站在桐山之巅，解衣宽带，观赏这一带的风光。当时正是夕阳西下时分，干了一天活的人们这时都收了工，炊烟四起，别有一番景致。

凶煞神看了一会儿，指着东方远处隐约可见的乐山对恶煞神说：“老弟，我可以在一夜之间从桐山到乐山修一座天桥，天桥全部用大石条砌成，在明天鸡不鸣狗不叫的天亮之前完工。如果我说话不算数，我就到民间给你抢十个美女。”

听了凶煞神的话，恶煞神也拍着自己的胸膛说：“大哥，只要你能把天桥修成，我可以在一顿饭工夫让这一带洪水泛滥，把桐山、乐山之间变成一片汪洋。如果小弟的话不能兑现，我愿为大哥到民间抢二十个美女来。”

“好，一言为定。”

“说干就干！”

当天，天黑前，凶煞神抓了许多民夫。天黑后，凶煞神就驱赶着被他抓来的民夫修筑天桥。他还手提钢鞭亲自督阵，如果哪位民夫干活稍微慢点，凶煞神就一钢鞭把他打下地狱。因此，人们只好拼命地干。天桥迅速地向前伸展，还不到半夜，就修好三分之二了。凶煞神看着那即将完工的天桥，脸上露出了得意的狞笑。

凶煞神修天桥和恶煞神泛洪水的事被主管这一带风的风神——风婆婆知道了，她非常气愤，马上派小鬼去察看动静。风婆婆是个一贯为民办好事的神仙，但苦于没权势，力量又不抵两个恶神，一时也拿不定主意。

外出察看动静的小鬼回来了，向她一口气讲述了恶神们咋样打赌、凶煞神咋样督阵及天桥快要修成的全部情况。听了小鬼的汇报，风婆婆心想：直言奉劝吧，恶神们肯定是不会听的；动武自己又不是他们的对手；撒手不管吧，又问心有愧。这下可给风婆婆出了难题。正在她左右为难的时候，风婆婆又想到要是两个恶魔阴谋得逞，这一带的千顷良田都将成为汪洋大海，人成为鱼鳖，即使不被洪水淹死，也必须离乡背井，流落他地，死于冻馁。作为一个正直的神仙，必须要救民涂炭。想到这时，风婆婆把自己的安危置于度外，她只身来到了桐山的东南方。当她看到天色还早，那天桥马上就要竣工了，就毅然学起了鸡鸣狗叫，因凶煞神有言在先，随着一声雄鸡的长啼和黄犬的吠叫，即将完工的天桥“轰”的一声全部垮了下来。正在得意的凶煞神一时被眼前的情景弄怔了，当他知道这是风婆婆干的之后，就举起钢鞭恶狠狠地朝风婆婆打去，风婆婆躲闪不及，被凶煞神一鞭打掉了脑袋。从此，风婆婆那没有头的身躯就慢慢化成了座山峰——风婆婆山，至今还屹立在桐柏山的东南侧。

后来，在风婆婆山的前坡，出现了两眼清泉，泉水清澈见底，人们都说这泉水是风婆婆的奶水。如果是善良的人来泉边喝水，泉水就会像糖水一样甘甜，像乳汁一样香醇；如果是丑恶的人来泉边喝水，泉水马上变得像胆汁一样苦，像鱼血一样腥臭。为了纪念为民捐躯的风婆婆，人们在风婆婆山前和桐山山顶修筑两座风婆婆庙。每年到了三月二十八，也就是风婆婆遇难的那一天，人们就拖儿带女，来到庙里为风婆婆进香，这已成为这一带的民间传统习惯。这一带的三月二十八会，据说就是从那时开始的。

讲述者： 赵奇峰，48 岁，确山县瓦岗乡文化专干，高中

采录者： 刘曙光，33 岁，确山县瓦岗乡中学教师

采录时间： 1988 年 9 月 9 日

采录地点： 确山县瓦岗乡

选自： 《中国民间故事集成 · 河南确山县卷》，杨建军主编，中国民间文学集成确山县编委会 1990 年 9 月编印

汉画像石，风神 雨神图 (2008 年 5 月程健君摄于南阳汉画馆)

南阳麒麟岗墓汉画像石，风神飞廉（凌皆兵、王清建、牛天伟主编《中国南阳汉画像石大全》，大象出版社 2015 年 9 月出版）

257

风神下凡

风神在天上犯了错误，玉皇大帝罚他到凡间为人。风神见汝州龙山上长满柏树和翠竹，一道山泉从野花丛中叮咚穿过，环境优美，十分幽静，就相中了这块地方。身子一晃，投胎到龙山脚下一个姓张的富户家中。

张员外家良田千顷，骡马成群，非常富裕。可只有一样，张员外年过四十，尚没有一子一女，忽然得了一子，名为风神，就把儿子当宝贝疙瘩捧着。

风神在张员外家从小到大，衣来伸手，饭来张口，要啥给啥，慢慢养成了骄横的习惯。别人稍有对他不住，他就拳打脚踢，非打即骂，后来，他在外边纠集一帮少年，成了地方上的一霸。乡亲们打不过他，告不倒他，受他欺负时只好躲得远远的。不过风神也有一点，赖是赖，但不偷不抢，不嫖不赌。

有一年，黑风怪也相中了龙山这块地方，常到这里玩。黑风怪来的时候，龙山上就会刮大风，直刮得天昏地暗，飞沙走石。乡亲们种的庄稼被连根拔掉，种的树被刮断，有时住的房屋也会被风刮塌，弄得乡亲们叫苦不迭。

黑风怪怕风神，每当刮风时，就会先把风神弄病，让他昏睡在床上不能动。风神常得一种怪病，刮风天他就昏迷不醒，任凭别人咋喊，他都不声不吭。说是死了吧，鼻子里有气，身上不青不紫。那时，龙山上的寺院里住着一位和尚，叫贞禅师父，是个得道高僧，能知人前世未来。张员外就去请贞禅师父来治风神的病。贞禅师父给风神看了病，念了一阵经儿，对张员外说："令郎遇到了劫数，不过无碍，让他到寺里还个愿，往后不但永无疾病，还能得道成仙。"张员外大喜，就让风神到寺院里还愿。

风神一见贞禅师父，大吃一惊，只见贞禅师父身边卧了两只猛虎。那两只虎见了风神，低着头像迎客人一样迎接他。风神问贞禅师父："这两只老虎是咋回事？"贞禅师父说："这是老衲的俗家弟子。"

风神惊奇地说："猛虎也能成佛家弟子？"

贞禅师父说："我佛大慈大悲，普度众生。只要以慈悲为怀，拯人化俗，做善事善人，世上万物皆可皈依我佛。"

风神受了贞禅师父的感化，回家后一心一意要做善事善人，不但不打不骂乡亲们，还拿钱为村里人修桥铺路。遇见谁家有了难处，他就把家里的银子送去，扶危救困，像变了一个人。不久，黑风怪又来到龙山兴风作怪，风神就把自己变成一棵棵大柏树，和黑风怪打了一仗。黑风怪斗不过风神，从此再也不敢到龙山来了。

风神变成了柏树后，再也变不成人身了。龙山上有了这些柏树，从此再也没有了暴风毁坏庄稼的事了，老百姓感念风神献身救民的事，就在寺院前为风神盖了一座庙，常年祭拜他。把这座庙叫作风伯庙，把龙山又叫风穴山。

讲述者：	吴元忠，59 岁，汝州风穴寺文管所原所长，初中
采录者：	常文理，40 岁，汝州市王寨乡王寨村人，干部，高中
采录时间：	1991 年 9 月
采录地点：	汝州风穴寺
选自：	《汝州民间故事选萃》，彭忠彦、常文理主编，现代出版社 2016 年版

258

后生斗风神

晏河西南八华里，有座大山叫“风响山”[1]，山上有个洞叫“风响洞”。风响洞在风响山的半山腰，洞口有簸箕那么大，洞底有九丈深。每逢刮风，洞中传出“呜呜”的响声，方圆几里都能听到。这是咋回事呢？

据说，在很久很久以前，每到秋收时，这一带的人们都要备祭品，祭奠风神。要不，风神就会施法力，有时一点风也不刮，叫你扬不成稻，有时刮起大风来把你的稻谷全吹走。人们恨透了风神，但又拿他没办法。

有一年，谷都打在场上，只等风来扬场。一直等了三天三夜，风神就是不降风。有个小伙子对天骂道：“瘟风神，死风神，还不刮风，眼瞎了！”

风神挨了骂，跳到天空作起法来。一眨眼工夫，狂风大作，场上的稻谷全被吹跑了，大树也被拦腰吹断，房屋全被刮倒了。大风卷起水浪，把塘湖堰坝的堤埂也打断了。这样的大风一刮就是三年。

后生晓得自己闯了祸，他要寻找得道的仙长去学法，好和风神一决高低。

他爬过七七四十九座大山，蹚过七七四十九条大河，请教了七七四十九位仙长，法力学到了。回到家乡，又用了七七四十九天在半山腰凿了一个大石洞，好同风神较量。

风神看到人们种下了庄稼，盖上了新房，又在天上作起法来。他念了一遍又一遍“刮风经”，却刮不起一丝风。没有风，风神站不住，径直摔到山下，后生上前逮住了风神。原来，年轻的后生在山上挖的那个洞，在风来之前，会先发出响声，告诉人们大风就要来了。这个洞还能将大风收进洞里，这样一来，不管风神咋样作法，也不灵了。

风神被制服了，这一带一年四季都风调雨顺。后来，人们便把这座山取名叫风响山，把小伙子凿的洞叫风响洞。

讲述者：彭国运，30 岁，干部，高中
采录者：彭建樯，25 岁，干部，大专
采录时间：1984 年 6 月 1 日
采录地点：光山县晏河乡文化站
选自：河南省民间文艺家协会资料库电子文档《中国民间故事全书·光山县卷》

[1] 风响山：在光山县晏河西南七八里处。

259

水母三娘

商丘县南二华里有个八关斋，八关斋里面有个八棱石碑，石碑下有口井，井里有根铁锁链子。据说，这根铁锁链子很长，有人打捞过，拉出来有几抬筐也没拉完。拉着拉着，可清的井水慢慢地成了血红色。

这是啥缘故呢？有人说水母三娘就是用这根铁锁链子拴在这个井里的。

水母三娘为啥被拴压到这个井里边呢？原来是因为她错行了水路。

水母三娘是一位管水的女神，她能调遣天下所有的虾兵蟹将。她性子像火，脾气很躁，法力无边，十分厉害。有一次，玉皇大帝让她发水淹四川，她听错了，听成了水淹四关。当时，大水正从归德城北四十五里老黄河过。她把水头一转，归德城四关都成了汪洋大海，城里人也很害怕，用土囤住四门。当时，水都挨着城墙垛口，坐在城墙上都能洗脚。四关的老百姓死伤好些。

后来，玉皇大帝吵她说："我让你水淹四川，可你为啥要水淹归德府城四关？"她听了不认错，还怪玉皇大帝的传旨官没给她讲清楚。

玉皇大帝派下天兵天将去捉她，因为她神通广大，法力无边，天兵天将都没拿住她。后来，玉皇大帝又让南海大士变成一个老婆婆，在土城墙上卖面条。

当时，水母三娘也没看出卖面条的老婆婆就是南海大士。她闻着面条里香气扑鼻，心想：凡间也有恁好的饭，我去吃它一碗，尝尝味道。哪想到，吃过面条就觉得一阵心绞痛，往外一吐，竟然吐出来一条铁锁链子。

原来，那面条就是捆仙锁，一下子捆住了水母三娘的心。南海大士一把拽住铁锁链子说："我看你这三娘还往哪里逃跑！"

水母三娘虽然被捉拿住，心疼像刀绞，但她还不认错。玉皇大帝一生气，就把水母三娘压到了南关八关斋的井下。

讲述者：张声魁，48 岁，农民，高小
采录者：江方聚，46 岁，干部，高中
采录时间：1984 年
采录地点：商丘地区毛固堆乡
选自：河南省民间文艺家协会资料库电子文档《中国民间故事全书·睢阳区卷》

260

癞蛤蟆大战雨娘娘

很久以前，有一个癞蛤蟆修炼成精了。

有一次，癞蛤蟆挑逗雨娘娘，要跟雨娘娘比本领。雨娘娘白了它一眼说："一个癞蛤蟆，不知天高地厚，敢跟我较量？"

癞蛤蟆哈哈一笑，说："我喷气能站住，叫你出不来。"

雨娘娘不服："我就不会用雨水来淹你吗？"

癞蛤蟆反问："你淹我，我不会出气来堵截你？"

双方争得各不相让，只好拉开阵势，一决高低。

雨娘娘口中念念有词，呼风唤雨起来。顷刻间，大雨"哗哗"地向癞蛤蟆泼去。那癞蛤蟆跳向西山，蹬卧在地，扬头向空中喷出一口长气，但见一条巨大的彩带，从它嘴里直飞向天边，像一座五光十色的天桥横跨上空。雨娘娘一看大雨被彩带堵住，使出全力加大雨量，很快又把彩带冲没影了。癞蛤蟆一看，使出吃奶的劲又向空中喷一口气，一条更大的彩带横跨空中，把雨又堵截住了。就这样，双方大战了几十个回合，仍然不分胜负。最后都筋疲力尽了，只好暂且作罢，约定下一次再战。结果双方从古打到今，也不知战了多少回合，总是没有输赢。

所以，每逢到天旱，只要天上下了一阵子雨，空中也就出现了一阵子彩带，据说这又是雨娘娘和癞蛤蟆在大战呢。我们当地人称那彩带为绛，书本上称那彩带为虹。

讲述者：曹元凯，66岁，商城县汪桥乡钟铺村农民

采录者：朱大印，27岁，商城县汪桥乡钟铺贸易公司职工

耿昌军，22岁，商城县观庙乡板庙村农民

采录时间：1989年

采录地点：商城县汪桥乡钟铺村

选自：河南省民间文艺家协会资料库电子文档《中国民间故事全书·商城县卷》

附记

打"旱鬼"和祈雨

小时候的记忆里，每年春季老天能一连几个月不下雨，大人们说这是有了旱鬼了。这时候，就有人召集全村有力气的男人们，手里掂着扁担、铁锨、扫帚，还有的把棍子上绑个破鞋，一起到干裂最厉害的土地上打"旱鬼"。大人们都从干裂地的圆圈往中间打，一边打着一边念着"打死旱鬼，打死旱鬼"。待打到中间时，有人拾来一堆草和树枝，点火就烧，说是把旱鬼烧死。因为看不见"旱鬼"啥样，小孩子总爱问，大人就告诉我们，旱鬼叫"魃儿"，是个女鬼，到底烧死了没有，也不知道。

一般来说，打"旱鬼"的第二天人们就开始举行祈雨仪式。祈雨活动声势很大，往往是全村乃至三里五村的男女老少，头上戴着用柳条编的帽子跪在地上。先由几个善男信女到马坡（也叫下观）的蚩尤观祈祷，然后在东阳河里盛上水就算龙王赐水了，大队群众跪地接水，而后倒在邵原的南河里。人们各自回家等待着下雨，记得有一次还真下了雨了。大人们议论说：把女魃打死了，龙王派雨师来下雨了。

讲述者：李菊英，女，65岁，济源邵原镇邵原村农民，初中

采录者：李菊月，女，59岁，济源邵原镇刘沟村

油房洼人，大学

采录时间： 2001 年 5 月 4 日

采录地点： 讲述者家中

选自： 《济源邵原创世神话群》，济源市邵原镇政府、济源邵州文化研究会编，河南人民出版社 2008 年 4 月版

祈雨碑（1992 年程健君摄于内乡县马山口镇）

南阳汉画像石，虎吃女魃（凌皆兵、王清建、牛天伟主编《中国南阳汉画像石大全》，大象出版社 2015 年 9 月出版）

南阳汉画像石，河伯出行（凌皆兵、王清建、牛天伟主编《中国南阳汉画像石大全》，大象出版社 2015 年 9 月出版）

南阳王庄墓汉画像石，河伯出行（凌皆兵、王清建、牛天伟主编《中国南阳汉画像石大全》，大象出版社 2015 年 9 月出版）

汉画像石，大象 异兽 河伯出行图(2008 年 5 月程健君摄于南阳汉画馆)

261

雷公和闪母

很久以前，山沟下住着一户姓雷的老两口。一辈子没生儿女，要个义子，名叫雷小。老两口把他看成宝贝蛋，没吵过一句，没打过一巴掌，说咋着就咋着，养成了好吃懒做的习惯，成了有名的二流子。

雷小年长一十八岁，老两口为他完了亲。一成亲，小两口把老两口看成了眼中钉。雷小是张口就骂，抬手就打，说养活俩老人还不如养活两条狗。老两口听了只有暗暗流泪。一天夜里，连刮风带下雨，老两口的衣裳都淋湿了，冻得直打哆嗦。这时，只听到人喊："雷公闪母！"他们一看，床前站着一个白胡子老头儿，说："雷公闪母不必害怕，我是太白李金星。三十年前，下凡人间，今夜你们有大灾大难，玉皇让我把你们救回天宫。"又见老头儿吹两口仙气，他们觉得身子一摇晃，凡胎不见了，变成了一公一母两条金龙，卧在草屋内。太白金星又说："你们走时把那两个恶人的魂抓走，带到天宫后处置！"说罢，转眼就不见了。

再说堂屋里，雷小家两口子，正商量着害死两位老人。准备趁刮风下雨的机会，把草屋推倒，把老人活活砸死。这时屋门"吱呀"一声开了，老头儿一闪过去，指着雷小说："好你个忘恩负义的东西！竟要害我们一死！"

雷小听了气得像吹猪的一样，二话没说，从床底下摸出一块砖头，"叭"的一声，朝老头儿砸去。只听"咣当"一声，正砸在门上。

这下子他犯了疑，屋门上得好好的，连一点缝也没裂，老东西是咋进来的呢？点着灯看看，屋里也没有啥，只是把门砸了个窟窿。他害怕起来，拉起床上的老婆，蹑手蹑脚进了草屋，打着火一照，只见两条金龙卧在屋内。雷小两口扭头就往外跑。这时，两条金龙腾空而起，寒光一闪，"轰隆"一声，雷小两口没魂儿啦。两口子倒在泥水里。

住在雷小隔壁的胡大，出来屙屎，太白金星的话他听得一清二楚。雷小家两口被龙抓的事，他看得明明白白。第二天一明，胡大就把夜里发生的事儿给村里人讲了。一传十，十传百，不几天就传遍了方圆几十里。老百姓都知道了雷小两口因为不孝敬父母，他两口都叫龙抓了。他爹是雷公，他娘是闪母，老两口都是天上的金龙变的。

后来，老百姓都捐钱盖庙，烧香磕头，敬仰雷公闪母这两条金龙。那些不孝敬父母和公婆的人，听见打雷就害怕，看见打闪就没魂，再也不敢打公骂婆、虐待老人了。

采录者：雷文杰，41 岁，太康县朱口镇专职通讯员

选自：《中国民间故事集成 · 河南太康卷》，胡有典主编，太康县民间文学集成编委会 1989 年 10 月编印

262

雷神

在远古的时代，天地混沌，魑魅魍魉纵恶不已。天帝赐封雷神，要他组织雷部，司掌天下闪电雷击，为世间除邪镇恶。

雷神走马上任时，只有一条九耳狗，还没有发雷闪电的工具。为了寻觅这些工具，他去请教元始天尊。途中路过皋亭屯，忽然看到天上落下一件东西，碰到一升三丈见方的青石，发出强烈的闪电。这是太上老君的拨火棒。老君封炉炼丹，发现拨火棒发出的火花使丹炉经常走火，炼坏了真丹，他十分恼火，就把它扔下来了。

雷神拾起拨火棒，在青石上磨了磨，指向哪里，哪里就会闪电发光，他见了十分高兴。从这以后，苍天就能闪电了。因为这棒在闪发电光时，还伴有霹雳声，他就把这棒称为霹雳棒。

雷神到了元始天尊处，敲门求见。弟子回说："教主外出未归，要半月之后才能回来。请问你来有何贵干？"

雷神回答说想找些打雷的工具。天尊的徒弟们告诉雷神："东海之中有一座流波山，那里有种叫'夔'的野兽，可用来制鼓击雷。"

说这夔兽，它的形状像牛，头上却不长角，身子有三丈长，皮肤灰白，灿灿发光，只有一条腿，吼叫时会发出响雷声音，人站在八百里开外都能听到。世上仅有一对夔兽，雌夔性情温顺，雄夔凶猛好斗，它们每天日出时到外面去，面对阳光采集太阳精华。天长日久，由于阳刚之精集于全身，吼叫起来声音大极了。夔兽外出采阳必须彼此回避，所以只能见到一头夔兽。

雷神带着九耳狗来到流波山，只见一只夔兽在瀑布下对着太阳嬉戏，就想用霹雳棒击打。但见这夔兽嬉戏时身子摇晃不定，他怕发出的闪电，打穿全身，可能影响制鼓质量，就没有击打。

为了得到最佳打击位置，雷神先放出九耳狗引诱夔兽，九耳狗吠叫着凶猛地扑向夔兽。这头夔兽是雌性，性格温顺，它并不理会九耳狗的吠叫。九耳狗见没有反应，猛地蹿去一口咬住耳朵，不曾想它自己却翻倒在地，夔兽没伤着一根毫毛！

原来，夔兽的耳部长着蜂窝状的海绵体，情况危急时会自动释放电力。它的耳朵被九耳狗咬住，便发出电力击倒了九耳狗。

九耳狗吃了亏，畏畏缩缩，不敢近前撕咬，老是与夔兽保持一定距离吠叫。

那雌夔兽也不理会狗的吠叫，慢吞吞地转过身子，准备离去。雷神见夔兽转身时正斜对着自己，便趁机举起霹雳棒。闪电穿过夔兽双眼，即刻倒毙在地。

雷神高兴地回去了，将夔兽剥皮制鼓。谁知，制成鼓后，声音低微，没有响雷的声音，不由大为失望。

雷神第二次去元始天尊那里请教，天尊笑着指点说："我的弟子没有讲明夔兽有雌雄之分。雌夔兽只能取骨制槌，雄夔才能剥皮制鼓，槌和鼓必须相配，方能发出阳刚响雷之声。"

雷神明白了鼓不响的原因，再次去流波山。

流波山外已不见夔兽，雷神放出九耳狗寻找。那九耳狗是条神犬，不但凶猛，而且善于侦查。它头上长着九只耳朵，能旋转收听四面八方声音。

雄夔自从失去雌夔后，情绪不好，整天蛰伏在山洞里不再外出。九耳狗很快就找到了它。雷神不敢贸然进去，就让九耳狗入洞探寻。

九耳狗因为上回曾受雌夔兽的电击，所以这回见到雄夔兽，就不敢向前，只是站在远处吠叫。雄夔起初没有理会它。九耳狗见没有反应，这才大胆地向前去撩拨。终于，雄夔被九耳狗激怒。它一条腿慢慢站起，连声吼叫。山河中回荡起雷响的声音，“轰隆隆”的声波震聋了九耳狗。雄夔吼叫完，猛地向前一跳，快似闪电，一口咬住九耳狗。这时，九耳狗想挣扎脱身，已力不从心，禁不住“汪汪”地大声吠叫。

雷神在洞口听到九耳狗的惨叫，知道遇了险。他急中生智，赶快收集山上的枯枝，堆放在洞口，点火燃烧起来。他想用浓烟熏洞，迫使雄夔兽出洞。

这夔兽本身是神物，有着呼风唤雨的本领。它见浓烟灌进洞来，此刻洞内没有了水泊，唤不起雨，只得使劲呼起来。浓烟被风一吹，反向洞外滚滚涌去。

雷神见浓烟滚滚外涌，大为奇怪。他一时兴起，不住向洞内鼓风。呼风唤雨本是雷神的职能，夔兽当然比不过雷神，顷刻，洞内浓烟滚滚，雄夔受不住烟熏，急忙向洞外逃窜。

这时雷神正站在洞口鼓风，不提防被跑出来的雄夔一撞，一个趔趄，差点摔到山下。

雄夔逃离山洞就潜入东海。这时，它浮在水上，张开巨口猛吸海水。一股水柱就从雄夔顶额喷向高空。方圆几十里的洋面，顿时下起暴雨，刮起大风，海洋上波涛滚滚。雷神找了个机会，终于把雄夔杀死。

雷神制作好鼓和槌，擂动起来，“隆隆”的雷声从天而降，八百里外闻声令人惊骇。世间称这鼓为雷鼓。

雷神拥有霹雳棒和雷鼓后，就时常闪电响雷。从此，电光闪闪黑夜明，惊雷声声魑魅惊。世间魑魅魍魉、邪恶害怕雷电，再也不敢兴风作浪，在人间作恶了。

讲述者： 牛顺英
采录者： 牛化法，44岁，干部，专科
采录时间： 1989年12月
采录地点： 安阳县磊口乡目明学校

选自： 河南省民间文艺家协会资料库电子文档《中国民间故事全书·安阳县卷》

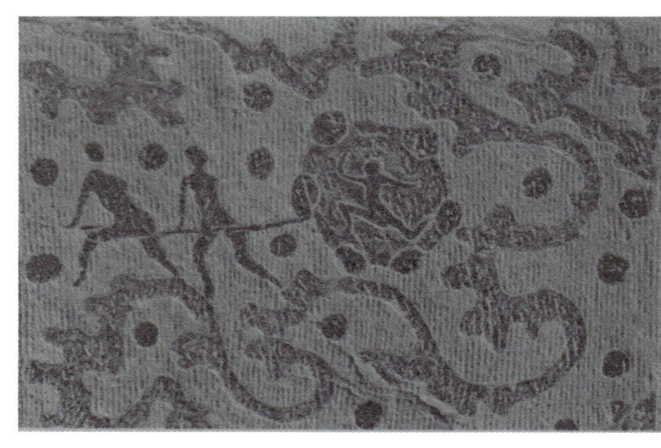

南阳高庙墓汉画像石，雷神击鼓（凌皆兵、王清建、牛天伟主编《中国南阳汉画像石大全》，大象出版社2015年9月出版）

汉画像石，雷公出行图（2008年5月程健君摄于南阳汉画馆）

263

水火不相容

在汤阴县正南有一个古老的神话。在很久很久以前，火神和水神同时爱上了美丽的云女。可是，云女爱的却是年轻英俊的水神。云女和水神相爱，气煞了火神。当正直的水神到人间去施雨时，火神却再次威胁云女和他成亲。遭到了云女的坚决拒绝，火神勃然大怒，口喷烈火，将云女活活烧化了。水神得知云女被害，非常悲痛。他踩着汹涌的狂涛急浪向火神扑去，但云女早被火神烧化了。水神不愿再看到火神凶残的面孔，只好饮恨退居人间。从此水和火就不相容了。

采录者： 宝东，林英

选自： 《中国民间故事集成·河南汤阴卷》，王权、张保东主编，汤阴县民间文学集成编委会1987年7月编印

264

火帝真君

相传在很早的时候，玉皇大帝创造了人类，使人类衣食无忧。因此每年玉帝正月初九的寿辰时，人们都会为他献上一只烤猪，供在院内并上香朝拜。

传说有一年，天灾人祸，地上颗粒无收，眼看玉帝的寿辰到了，人们连饭都吃不饱，哪里还有烤猪献给玉帝呢？百姓很是无奈，就在地上捡些树枝点燃后供在院内烧。

玉帝看罢十分生气，就命火帝真君在六天的时间内将整个人间变成火海。火帝真君听后，觉得十分离谱，但他又不敢多言，只好受命了。当天晚上，火帝真君再三考虑，最终决定下界和百姓们商量对策。一位老者说："如果有啥办法能让地下从天上看去是一片火海，就好了。"

火帝真君听后，道："真是一语惊醒梦中人，我已知道咋办了。"大家围过来，听了火帝真君的办法后都点头叫绝。大家商量完毕，火帝真君又悄悄回到了天庭。正月十五那天，玉帝给的期限已满。天刚黑，玉帝就来到南天门，俯视人间，他看见人间一片火海，就夸火帝真君办事得力。其实玉帝看到的一片"火海"，只不过是火帝真君和百姓约好，天一黑，百姓人人出门在外举火把，从天上

看当然是火海一片了。

事情过去后，玉帝就再也没提人间的事了。事过十几天后，突然有位天神，在玉帝面前告发了火帝真君。玉帝就决定在二月初二这天再次临视一下人间。火帝真君听后十分着急，当天夜晚又偷偷下界和百姓商讨对策。百姓们听了火帝真君的话后，急得坐卧不安，他们一起商讨到四更天才散去。二月初二的上午，玉帝来到宫外，拨开云雾，放眼看去，只见一片灰烬，就召来告发火帝真君的天神。先是训斥了他一顿，后再把他打下凡间去受苦。其实玉帝那天看到的景象，只不过是火帝真君与百姓共同商量出的对策，制造出的假象罢了。他让百姓在各自家中的房顶上撒一层灰，从上往下看就是一片灰烬。

过后，玉帝也忘了这件事。正当人间农忙春播时，玉帝突然又准备巡视一下人间，就定在三月二十七日。晚上，火帝真君又下凡商讨对策。第三天，就是三月二十七日，这天天刚亮，玉帝就来巡视人间。当他拨开云雾，看到人间一片绿荫时，他满意地笑了，说道："人间果真已亡，到处丛生野草。"其实人间的百姓们都在家中播了杨柳，所以从天上看自然一片绿荫了。

从此，百姓们在人间安居乐业。他们为纪念火帝真君，每年正月十五日闹元宵，二月初二打灰簸箕，三月二十七日插杨柳。

火神塑像（2021 年 10 月 8 日程健君摄于荥阳环翠峪二郎庙）

讲述者： 徐强，35 岁，新县宣传部干部，本科
采录者： 吴刚，29 岁，新县文化局干部，大专
采录时间： 2005 年 9 月
采录地点： 新县新集镇白果树村
选自： 河南省民间文艺家协会资料库电子文档
《中国民间故事全书·新县卷》

（二）

山神土地

265

山神

传说韩湘子是画仙生的，还未出世，就死了父亲，是叔父韩文中（朝中二品官）把他抚养成人的。

后来韩湘子得道成仙，叔父很高兴，也想随侄儿到仙境走一遭。可几次都被湘子拒绝了，说自己有公事在身，况且天境不是随便可以上去的。叔父听了很不高兴。

这一天，叔叔又说话了："侄儿呀，我几次让你带我去天境走一遭，你都不答应，这次你不答应我也得去！虽说你是我的侄儿，可又跟亲生的有啥两样！按家规，你得听我的。"湘子无奈，只得带他同游天宫。

在天宫游了几天，他一心惦记着朝中事儿，惦记着家庭和百姓等一些事情，要湘子送他下天宫。湘子难为情地说："叔父啊，当初不是侄儿不愿意带你来天宫，只因对凡人不可泄机。现在你来到天宫，已脱凡成仙了。想重返人间，需得玉帝旨意，再经八九七十二道鬼门关，才能转世成人。现在既然不愿在天宫，那就到世上找个位置吧。切记：进门楼要拣高大的较好。"说完袖子一甩，说了声："下去吧！"韩文中就到了人间。

韩文中一连找了几天，对所有的高大门楼都不感兴趣。当来到最小的一座门楼前，被门前的山水所迷（那是人们修的山神庙），就进去了，从此他做了山神土地，也是最低的神位。如果听了韩湘子的话，进高门楼，那么做的神位就高了。

讲述者： 李相知，74 岁，清丰县巩营乡吴莱园东村人
采录者： 刘凌霜，女，清丰县企业局职工
整理者： 刘希功，44 岁，清丰县文化馆干部，大专
采录时间： 1986 年冬
采录地点： 清丰县巩营乡吴莱园东村
选自： 《中国民间故事集成·河南清丰县卷》，唐孝方主编，清丰县民间文学集成编委会 1989 年 10 月编印

南阳汉画像石，《山海经》中记载的山神（凌皆兵、王清建、牛天伟主编《中国南阳汉画像石大全》，大象出版社 2015 年 9 月出版）

山林中常见的山神土地庙（程健君摄）

山林中常见的山神土地庙（程健君摄）

山林中常见的山神土地庙（程健君摄）

山林中常见的山神土地庙（程健君摄）

山林中常见的山神土地庙（程健君摄）

山林中常见的山神土地庙（程健君摄）

山林中常见的山神土地庙（程健君摄）

山林中常见的山神土地庙（程健君摄）

山林中常见的山神土地庙（程健君摄）

山林中常见的山神土地庙（程健君摄）

266

羊十八

陕州正南有一座大山叫塔山，山顶有一座庙院，院内有一塔，现塔已不在，只留小庙一间。

当年，有一位修行的道士，隐居山上，想在山上盖一庙宇以供神灵，继续修行养性，为民祈祷，保佑一方平安。

但山高坡陡，荆棘丛生，根本无路可上。盖房子的砖瓦从何而上，这可愁坏了道士。道士为实现此愿，整天露宿山头，顶风冒晒，成天祈祷，他的诚意终于感动了天上的玉皇大帝。

玉帝便派太白金星下凡查访，太白金星立足云头往下一看，果然老道如此虔诚，便回禀玉帝。玉帝便派十八个天兵天将下凡，化作十八只绵羊，在一天晚上老道熟睡后，从山下五十余里处将砖、石一块一块地驮到山上。

老道醒来睁眼一看，啊！一座漂亮的小庙立在山头。小庙建成了，十八只羊却累得趴在地上，再也动弹不了。老道便给它们喂青草，喝泉水，慢慢地一个个又精神起来了。

这十八只羊立下了汗马功劳，玉帝当即封它们为山神，常年守山以陪伴老道。后来，这十八只羊变化成了十八个山峰，分布在塔山西脉的甘山[1]坡上。

讲述者：莫非，56 岁，陕县文化馆职工，高中

采录者：赵俊虎，43 岁，陕县文化馆职工，中专

采录时间：2005 年 10 月 18 日

采录地点：陕县县城

选自：《中国民间故事丛书 · 河南三门峡 · 陕县卷》，尚根荣主编，知识产权出版社 2016 年 1 月版

襄城县首山五龙庙山神土地神位（2022 年 4 月 1 日程健君摄）

山神神位（2016 年 6 月 9 日程健君摄于云台山一斗水村）

[1] 甘山：在三门峡市陕州区南部，距三门峡市区 30 公里。

267

后土

咱们邵原的老百姓做事怕别人不相信时，总爱说“有皇天后土做证”。其实，这里的皇天是指轩辕黄帝。

黄帝到天坛山上设圆坛祭天后，天神王母娘娘授给一个九鼎符，让他战败了蚩尤。黄帝要统管大地上的黎民百姓，就在黑龙山的半山腰设方坛祭地神，也叫后土。最大的地神是谁呢？就是用黄土捏人的女娲娘娘。

传说黄帝祭祀后土时，亲自拿笤帚扫这娘娘坛的。

后来人们在这里修了娘娘庙，这地方现在就叫娘娘腰。

再后来，汉武帝祭后土，嫌黑龙山的路难走，就在河东建了个后土祠，至今那里香火都还很旺盛。现在咱们说的皇天不是黄土的“黄”，是皇帝的“皇”，皇帝媳妇叫皇后就是从这儿来的。

讲述者：卢雪芹，女，82 岁，济源市邵原镇阳安村农民，不识字

采录者：李菊月，女，58 岁，济源市邵原镇刘沟村油房洼人，大学

采录时间：　2000 年 11 月

采录地点：　济源市邵原镇阳安村讲述者家中

选自：　《济源邵原创世神话群》，济源市邵原镇政府、济源邵州文化研究会编，河南人民出版社 2008 年 4 月版

268

太岁

在农村里盖房、点宅、打窖、挖土、出外，都要看好是黄道日还是黑道日。黄道是大吉大利，黑道日是太岁当值，干啥啥不利。太岁是谁呢？

传说，太岁是玉皇大帝的小儿子。玉帝有五个儿，分别封了青帝、赤帝、白帝、玄帝，都主管一方一季的事务。有了领地和时令，能够给人们办些好事，受到人民的尊敬。

太岁年纪小，没有受封。太岁认为父王看不起他，便找玉皇大帝评理，问得玉皇大帝无言答对，便封太岁在东西南北四方和春夏秋冬四季中，都有他掌管的日子。凡他掌管的日子，皇历上划为黑道日。人们认为太岁敢与玉帝讲理，是很厉害的。他掌管的日子里不动土，不出门，不嫁娶，怕冲撞了太岁，给自家招灾惹祸。实际上太岁是讲理的，在他掌管的日子里，建房、娶亲都行。只是在人们心目中，"太岁"厉害的说法已成了习惯。

讲述者：　崔金甲，65 岁，范县王楼乡赵菜园农民，不识字

采录者：	崔金钊，60岁，范县王楼乡教育组干部，大专
采录时间：	1990年2月24日
采录地点：	范县王楼乡赵菜园村
选自：	《中国民间故事集成·濮阳市卷》，王林章、李章义主编，濮阳市民间文学集成编委会1990年9月编印

附记

太岁头上动土

俺这儿传着一种盖屋子看年头的风俗，哪年盖啥屋是有一定讲究的。不该盖西屋，盖了西屋，就要出事，一出事老百姓就说："闯了山煞啦，太岁头上动土啦。"可全濮阳就海通乡的沙堌堆跟外村不一样，他们不管山煞、太岁，想盖啥屋盖啥屋。那是为啥？因为沙堌堆早先出了个大官儿，兵部尚书董汉儒。有一年他回家盖屋，也没查该盖啥屋就打了夯，他爹怕闯了山煞、太岁，家里出事，就吵起了儿子。董汉儒为了叫他爹不再有顾虑，就想了个法儿，让他的两个随从到晚上躲在庙里，装山煞、太岁。随后又对他爹说："恁老人家也别怕闯山煞、太岁啦，今后晌恁到天王庙烧烧香，求天爷把山煞、太岁赶走不中哟？"他爹一听，也觉着有理，就叫着他的堂弟做伴，晚上到村南的天王庙烧香去啦。他俩正烧着香咧，就听着有人说话："恁俩小鬼干啥啦？"只听有一个人说："我是山煞，他是太岁，董尚书盖屋子打夯咧，把俺俩咧头打破啦，找点灯油抹抹。""那恁俩向哪去呀？""俺在恁这庙咧躲躲中不？"

董汉儒他爹一听，高兴啦，回到家把这事一说，就在村里传开啦。从此，沙堌堆姓董咧盖屋，就再也没看过黄道，谁也不怕山煞、太岁啦，一直到现在。

讲述者：	董师榜，53岁，濮阳县工商管理局副局长，初中
采录者：	刘子丰，60岁，退休干部，中师
采录时间：	1990年2月
采录地点：	濮阳县工商管理局

269

土地爷

传说，土地爷是八仙韩湘子的叔叔，名叫韩文公。由于他与人为善，积累了不少德行，加上命有道缘，所以被湘子度入仙境。

有一次，韩湘子问叔叔："叔父自从脱离人间，步入仙境后，觉得咋样？是否还挂念儿女，留恋凡间？"叔父道："仙境固然比人间好，只是太寂寞，没人间热闹罢了。叔叔啥也不想，只是有点想你婶子。"韩湘子一听，顿时气得火冒三丈，手指着叔父说："原来你是个老色鬼，凡心不退，有伤仙规戒律，不配出入仙境，辜负了俺一片好心，后悔真不该度你。俺能度你来，就能放你回，你回去见到红门就进，给俺下去吧！"说着仙袖一拂，就把叔父甩下去了。

韩文公被甩得昏头转向，他把韩湘子的话听错了，以为是逢门就进。正行间，抬头见山坡下有座小庙，庙门敞着，就一头扎了进去，成了庙里的土地神，再也不能转胎了。

打那以后，土地庙里的土地爷叫韩文公，在人间传开了。

270

土地爷让权

讲述者：苏王氏，女，72岁，平舆县东和店乡仙翁庙村农民，不识字
采录者：王继松，34岁，平舆县东和店乡仙翁庙村农民，高中
采录时间：1987年
采录地点：平舆县东和店乡
选自：河南省民间文艺家协会资料库电子文档《中国民间故事全书·平舆县卷》

过去，土地爷啥事都管，不论大小事都是他说了算，土地奶奶不得过问。

这天，有个庄稼人到土地庙里许愿说："土地爷，恁老保佑保佑，快下雨吧，庄稼都快旱死啦，你要下了雨，我备三牲[1]祭礼来谢恁！"

一会儿又来个生意人许愿说："土地爷保佑保佑，千万这几天别下雨，货能按时运到，赶上好行市，赚了钱，我备三牲祭礼来谢恁！"

生意人刚走，又进来一个船匠许愿说："土地爷保佑保佑，来股子顺风，冲船就不费力，货能早运到，到时我备三牲祭礼来谢恁！"

船匠刚走，又进来一个梨园园匠许愿说："土地爷保佑保佑，园里梨子熟了，千万别刮风，待梨子丰收了，到时我备三牲祭礼来谢恁！"

这样一来，可把土地爷愁坏啦。"可惜他四人许的祭礼都一样，要有个许愿大的，我也好办啦。我叫谁打发得

[1] 三牲：即猪、牛、羊。旧时，祭祀鬼神的供品。

劲，也只有一份祭礼。这可咋办哩？”晚上，他把这事给土地奶奶说了。

土地奶奶笑了笑说：“这就没法啦？”

土地爷摇了摇头。土地奶奶说：“我要是有了好办法，你说咋做？”

“好说，你的办法好，就叫你当家！”

“说话算话，打手击掌！”

土地奶奶说：“夜晚下大雨，白日放晴天，大风顺河走，别叫进梨园。”

土地爷一听，高兴得直拍大腿，说：“好办法，好办法！明天就让你当家！”

讲述者：胡越，60岁，汝南县老君庙退休教师，高中
采录者：任立功，55岁，县文化局干部，高中
采录时间：1985年7月
采录地点：汝南县县教体局
选自：《中国民间故事集成·河南汝南县卷》，冀世清主编，汝南县民间文学集成编委会1991年8月编印

异文：土地爷和土地奶奶

原先，在田关乡有个土地庙，土地爷非常显灵，人们也很信任他，进香的人们源源不断，进香的男女也络绎不绝。

一天，有个种姜的人，由于地湿，想让太阳出来晒晒姜，许愿说：“若能让太阳出来，我用两味香表来还愿。”

种姜的刚走，又来了一个插秧的人。插秧的人烧完香，叩了个头说：“土地爷，你老若能让天下雨，保我插秧，情愿在两月内香表不断。”

插秧的刚许完愿，站起身欲走，又来了一个种梨的人。种梨的人点着香，跪下叩头说：“土地爷，天晴天阴都无妨，千万不能刮风，你若允了我这个愿，愿在此庙前唱上三天大戏。”

种梨的人走后，又来一个撑船的。撑船的点上香，烧着表，叩完头，跪着说道：“土地爷，你看今日想起程，可一点风都没有。你若能让刮点风，叫我顺利往返，我赚钱回来后，半月大戏，三天跑马会。”

土地爷听了四人的许愿，确是心满意足，可惜一个要雨，一个要晴，一个不让刮风，一个偏要有风。

土地爷为这大伤脑筋，闷闷不乐。这天，土地爷到家后唉声叹气，心神不定。这时土地奶奶发现了土地爷的心思，土地奶奶上前问道：“老爷为何闷闷不语？为了啥事？”

土地爷听了，不高兴地说：“妇道人家，管不了这等闲事。”

土地奶奶耐心地说：“啥事你尽管言明，看我能否帮你！”

土地爷不耐烦地说：“给你说了也无用。”

土地奶奶说：“你说了让我听听，常言道：‘夫有千斤担，妇挑三百斤嘛！’”土地爷听土地奶奶这样一说，就只好把四个人的愿，前前后后说给了土地奶奶。土地奶奶一听笑着说：“这有何难？你还不想给我说呢！”

土地爷一听忙问：“夫人有何妙计？快快说来听听。”

土地奶奶一笑说：“白天天晴他晒姜，夜里下雨他插秧，有风刮到河凹里，不进梨园有何妨！”

土地爷一听，连连叫道：“妙计，妙计！”

几个月过去了，果然来还愿的连连不断，香烟缭绕。自此，土地爷更加显灵了。

讲述者：宋光荣，60岁，西峡县五里桥乡宋沟村农民，初小
采录者：刘银芳，24岁，西峡县五里桥乡封店村农民，高中
谢起超，40岁，西峡县文化馆干部，高中
采录时间：1986年5月
选自：《中国民间故事集成·河南西峡县卷》，谢起超主编，西峡县民间文学集成编委会1987年9月编印

271

土地爷的嘴为啥是歪的

从前，不管村落大小，村头都有一座小庙，那就是土地爷的宝殿。土地爷在许许多多的神仙中，算是个小头衔。他的神位虽低，可是他与平民百姓关系密切，都说他是一村之主。谁家有了三灾八难的，先祷告土地爷护佑。

据说，有天夜里玉皇大帝下界巡游，眼看金鸡就要叫了，他的游兴不减，令随从通知土地爷让金鸡晚叫个把时辰。土地爷听后十分生气："百姓们巴望天亮起来劳作，咋能延长黑夜呢！"

这番话传到玉皇大帝耳朵里，他老儿大怒，接着又听到了金鸡报晓声，更加气愤，叫来土地爷，照嘴巴"啪"打了一耳光，然后气冲冲地回天宫了。

土地爷的嘴巴从此歪到一边去了，平民百姓却因此更加尊敬土地爷了。

采录者： 温春义，武凤琴

选自： 《河南民间文学集成·西平故事卷》，高沛主编，中州古籍出版社 1997 年 1 月版

272

土地神勾龙

中国最早的土地神叫勾龙，是太古神话中共工氏的儿子。他的父亲为了和颛顼争夺帝位，曾经发生过一场恶战，只闹得海荡山摇，天崩地裂。

共工氏人面蛇身，呼风唤雨，掀起滔天巨浪。颛顼也不示弱，使雷闪电，向共工氏喷射腾腾烈焰。最后共工氏被烧得焦头烂额败下阵来，然后又羞又恨撞死在不周山上。谁知撞断了天柱，把苍天也戳了个大窟窿，使得天水凶猛倾泻而下，人间洪水泛滥成灾。虽说女娲炼来五色石把天补住，但地面上仍旧汪洋一片，巨蛇猛兽经常出没，扰害人类。勾龙看到这些非常难受，决心代父亲受过。

他化作了一条飞龙，先砍伐掉一些荒林野莽，驱走无数恶兽，使人们有了安身之地。接着去一口一口地吸水，把洪水平息下去。为了免使人们遭受干旱，它又用身子艰难地一拱一拱，掏挖淤泥，引水入渠。就这样不停地干哪干哪，一直累得龙鳞脱落，尾巴也勾了起来。

它到了一个地方，那个地方就风调雨顺，五谷丰登。人们非常感激它的功德，尊它为"土地神"。到了后来形成了一种习惯，每逢阴历二月二都要祭祀一番，连勾龙的

神像还是按它当时辛苦劳累、弯腰弓脊的模样画下来的。

采录者： 王宗明

选自： 《中国民间故事集成·河南南阳市卷》，党铁九主编，南阳市民间文学集成编委会1988年9月编印

土地爷土地奶（2018年10月6日程健君摄于鲁山昭平台）

南阳市宛城区溧河乡牛郎庄供奉的土地爷和土地婆（2021年4月14日程健君摄）

荥阳环翠峪山神土地庙的山神爷（左）和土地公（2021年10月8日程健君摄）

（三）

龙王

273

金豆开花

传说黑龙山原来是由从天上下来的一条黑龙所管，盘踞在黑龙山西侧的黑龙潭中。黑龙生性暴戾，常降灾于民间。有一年，天下久旱不雨，庄稼枯死，民不聊生。在天上分管银河的那条白龙私自降了一场雨，缓解旱情，解除了民忧，却由此触犯了“天条”，被贬下天庭，居住在黑龙山东边的白龙池内。白龙体察民情，适时降雨。而独霸黑龙山、为所欲为的黑龙对白龙极为不满，便反目为仇，兴狂风、施暴雨、吼雷电、坠冰雹，年年危害百姓。白龙不占地主之利，只得移住东阳河东的白龙沟。

人们对黑龙的狂暴恣肆不满，又十分同情白龙的不幸遭遇，经常祈求天帝降罪黑龙，让白龙掌管黑龙山。天帝让女娲斩杀黑龙，还传话民间：“（白龙）要想重登灵霄阁，除非金豆开花时。”

一天，一老妇上市赶集，无意中将玉米撒了一地，在太阳照耀下金光灿灿，好似满地金豆。有读书人见之大悟，在二月二这天，将玉米放锅内爆炒至开花献给上天。太上老君眼花，误认为金豆开了花，奏本玉帝，赦免了白龙之罪。白龙这才回到天界，“白龙池”和“白龙沟”却落地生根。邵原一带，每逢农历二月二，家家都要炒玉米花，就是为了纪念这件事。

采录者： 翟钢炮，59 岁，济源市邵原镇邵原村人，初中

采录时间： 2001 年 8 月 20 日

选自： 《济源邵原创世神话群》，济源市邵原镇政府、济源邵州文化研究会编，河南人民出版社 2008 年 4 月版

附记

本篇原注是采录者根据其母亲生前讲述回忆整理。（程健君）

龙王庙（2018 年 3 月 26 日程健君摄于云台山一斗水村）

龙王爷神像（2018 年 3 月 26 日程健君摄于云台山一斗水村）

274

二龙反目

讲述者：杨志云，女，89 岁，济源市邵原镇邵原村农民，不识字

采录者：翟明东，52 岁，济源市邵原镇村西街人，高中

采录时间：2000 年 5 月

采录地点：济源市邵原镇邵原村讲述者家中

选自：《济源邵原创世神话群》，济源市邵原镇政府、济源邵州文化研究会编，河南人民出版社 2008 年 4 月版

邵原西北角有一座巍峨的火山，叫黑龙山。黑龙山住着黑白两条神龙，主宰这一带施风布雨。黑龙暴戾凶残，常祸害生灵；白龙忠厚慈爱，多造福民间。二龙不同道，因而反目成仇。黑龙住到黑龙沟的黑龙潭，白龙住在黑龙山的白龙池。凡黑龙兴风，便是暴雨、冰雹；轮到白龙行雨，方能细雨和风，滋润庄稼。因而百姓对白龙喜爱，对黑龙惧怕。各处多修白龙庙、黑龙庙祭祀。春冬天旱，常祈白龙赐雨；夏秋之季，人多祭黑龙免灾。但是，黑龙恶性难改，还是时常发威。后来百姓无奈，每当暴雨、冰雹之际，鸣炮点铳、敲锣、扔切刀，镇吓黑龙。一直到后来，女娲神才把作恶多端的黑龙给斩杀了。

至今邵原一带百姓仍有鸣炮扔刀、驱除暴风冰雹的风俗。析城山还留着“拴龙柱”“斩龙台”的地名。当地还有如果谁向黑龙潭里扔块石头，就能引来暴雨、冰雹的说法。

275

龙王奶奶改雨布

有一天，龙王爷爷因有事外出，就把玉皇大帝写好了的雨布交给龙王奶奶。由龙王奶奶向雷公、电母、云汉、风婆交代，在何时何地下雨、刮风、打雷、闪电等事。

龙王奶奶正要去安排布雨，正巧来了一位船夫。船夫说："我的船载满了重物，向西行驶，船帆已经撑上，请求龙王奶奶刮东风，风力不大不小为好。"

话音刚落，又来了一位种桃的，他向龙王奶奶求道："我的百亩桃园正在开花，今天千万不能刮风。如果刮风，可就毁了我的果子啊。"

这时，又来了一位农夫。他向龙王奶奶央求道："我的庄稼快干死了，请求恁今天布场喜雨……"

正说着，又来了一位种药的。他说："我的中药已经受潮，眼看就要发霉变质了。请求龙王奶奶开恩出个暴日头，把我的中药晒一晒。否则，这些药就不能用了。"

龙王奶奶听了他们四人的诉说，感到左右为难。心想：龙王爷爷外出未归，我又是第一次安排布雨，有啥办法满足他们四人的要求呢？再说，雨布已经写好，咋能随便改动呢？龙王奶奶心里盘算着，琢磨着。他们四人见龙王奶奶迟迟不开口，很是着急！都不约而同地再次下跪请求。龙王奶奶见状，怜悯之情不禁而生。她沉思片刻，忽然心生一计，想了个万全之策。接着把雨布改写成："大风溜河沿，莫进果子园；夜里下细雨，白日大晴天。"四人的要求都得到了满意的答复。

龙王奶奶把改写的雨布交给了雷公、电母、云汉和风婆。他们各显其能，河沿两岸，刮起了风，使船夫顺风行船；而果园里一丝风也没刮，保住了桃花不凋谢；白天天气晴朗，使药夫那受潮的中药得到了日晒，保住了药材；到了夜里，下起了细雨，使农夫的庄稼得到了雨水滋润。他们四人打心眼里佩服龙王奶奶会办事。

第二天，龙王爷爷回家后，知道了龙王奶奶改写雨布的事，很生气，责备她违反了玉皇大帝的旨意。龙王奶奶感到委屈，就把昨天的事情一五一十对龙王爷爷说了一遍。龙王爷爷听后，觉得雨布改得很有道理，就对她说："看来你比我会办事，我要把你改写雨布的事禀报给玉帝，奏请玉帝让你和我共掌雨布，叫人间风调雨顺，百姓安居乐业。"

玉帝果然授给龙王奶奶半个雨布的权力。龙王夫妇共同掌管雨布，替民间百姓办了许多好事，得到了人间百姓的好评和爱戴。每到逢年过节，人们总是忘不了龙王夫妇的恩德。各家各户都为龙王奶奶、龙王爷爷立下神位，年年磕头烧香供奉祭祀，至今香火不绝。

讲述者： 任建，淮滨县马集镇农民
采录者： 宣海学，干部
采录时间： 1989 年 10 月
选自： 《中国民间故事集成·河南淮滨县卷》，赵庆尧主编，淮滨县民间文学三套集成编委会 1990 年 1 月编印

襄城县首山五龙庙（2022 年 4 月 1 日程健君摄）

襄城县首山五龙庙（2022 年 4 月 1 日程健君摄）

276

没有胡子的龙王爷

据老辈人说，过去淮河岸边有座龙王庙，庙里有个没有胡子的小龙王爷刘小安。刘小安是要饭的小孩，咋成了龙王爷？听完这个故事就会明白。

很久很久以前，这庙里曾有一个胡须苍白的龙王爷，很灵验，能使动风雨，能掌管淮河水涨水落，还可断问官司。所以，四乡八里的人们常来这里焚香化纸，祈祷风调雨顺，或求问官司，香火十分旺盛。

一个夏天的早晨，十几个衣着破烂的百姓围着一个财主进了庙堂，一个个“扑扑通通”跪倒在地，燃香烧纸，恭恭敬敬地拜了三拜。拜毕，那个财主抢先说：“小人姓赖名财，淮溪人氏。仰仗龙王爷恩典，我家世世代代就是本地大户，这方圆几十里的土地原本属我家所有，如今让这些刁民抢占……”

没等赖财说完，穷人们异口同声地把话接了过去：“请龙王爷明察，我们都是本分的种田人，自家的亩把几分地，都是祖上留下的，怎能是抢占他人的？”

赖财急忙接道：“莫听他们一派胡言！在我爷爷的爷爷的时候，这些土地就是我们赖家的，谁敢说个

‘不’字？”

“休得无理！”龙王爷果然显灵说话了，“待俺查明后再作公论。如果谁要无理，三日后俺定叫大水淹没你的房屋和田地。”

穷人们听罢，连忙磕头谢恩，只等三日后见分晓。再说那赖财听了龙王爷的话，差点丢了魂儿。他明知是自己想霸占别人的土地，“要是让龙王爷查出来了，真的淹了俺的房屋和田地，那可就糟了”。他回到家里，坐卧不安，茶饭不进。后来，他一想，哪有神鬼不爱吃喝的？当天夜晚，他就带上酒、肉、供果一大筐，摸进龙王庙里，把供品一样样摆在龙王爷面前，点上香，化过纸，跪在地上祷告起来：“神明的龙王爷啊！今日求你开开恩，三天后若能让淮河水淹了那些穷鬼的房屋和田地，俺愿像儿子一样好好孝敬你，保你天天有酒有肉，香火不断。”

原来这个龙王爷也是个见利忘义的昏神。他看见面前摆的这么多供品，又听赖财说了那么多的恭维话，心就动了十二分。“管他啥天理公道，只要有酒有肉，俺就吃喝个痛快。”向赖财回道：“请放心吧！”

却说那些穷人们满怀希望地等着龙王爷显神威，公断此案。没想到，三天后淮河水暴涨，像一条巨龙漫过河堤，绕过赖财的房屋和田地，直冲向穷人家的房屋和田地。穷人们哭叫连天，多数被淹死，幸存的也只好远走他乡。

穷人们的这一灾难，却叫一个十来岁的小男孩心中不安。这个小男孩，名叫刘小安，没家当，独自一人乞讨流荡，常在龙王庙里神座后面夜宿。那天赖财给龙王爷送礼，刘小安亲眼看到。龙王爷与赖财对话，他全听到。如今穷人蒙受冤屈，他怎能不恼？他忽地跳到神案上，赤脚丫子一跺，怒道：“呸！你做神不公正，谁有钱替谁说话，谁烧香就为谁帮腔，害死了多少人命！俺不把你告到玉皇大帝那里，给你劈个稀巴烂，俺就不是好儿男！”

刘小安就在神案旁找了一打火纸，当下燃了，对天拜了三拜，将龙王爷的罪状一一向玉皇大帝数落出来，求玉皇大帝查办。

再说那赖财，亲眼看着龙王爷淹了那些穷鬼，心里高兴极了，当晚又备了一份厚礼送给龙王爷，以示自己的孝心。这家伙鬼鬼祟祟进了庙堂，一边磕头如捣蒜，一边爹呀爷的叫个不停，把龙王爷捧得心花怒放。就在这个时候，突然狂风大作，怒云翻滚，还没等他们明白是咋回事，一个震天的响雷劈降下来，只见那一对贪财之徒，顿时被劈得粉碎，成了一堆烂泥、臭肉。

这正是：

贪财原为诛命剑，
亏心便是葬身坑。

这件事很快被传开了。那些流落外地的穷人得知老天爷怒杀了龙王爷和赖财，都高兴得拍手叫好，纷纷回到家乡，又种上了自己的田地。当人们得知是一个乞讨的刘小安为他们申了冤，赶紧四处寻找那个刘小安，已找不到刘小安了。

后来，人们为了感谢那个见义勇为的刘小安，就把那座被击塌的龙王庙重新修建起来，要立那个刘小安做这庙里的龙王爷。塑像那天，人们正议论给刘小安塑个啥样的长像，忽然有一位须发皆白的老人从外面走进来。这老人也不言语，将一张画着小孩的画儿往那神座上一挂，便又飘然而去。大家回头一看，嗬！神座上已端端正正地坐着个虎头虎脑的小龙王了。人们不由叫道：“哎呀，我们想的就是他。”原来，玉皇大帝封刘小安为淮河龙王了。

从此，没有胡子的龙王爷显灵了，淮河两岸年年风调雨顺，百姓们也都过上了安生日子。

讲述者：郑锡龙，37 岁，息县中渡店中学校长
采录者：陈坤
选自：《中国民间故事集成 · 河南省息县卷》，曹金铸主编，河南省息县民间文学三套集成编委会 1990 年 1 月编印

豫北太行山中龙王小石庙（2008年程健君摄）

登封阳城龙王庙内供奉的龙王（2007年11月2日程健君摄）

277

蛟龙讨水

在岗杨村流传着这样一个故事。

相传村东的岗上有一条蛟龙，它的心地善良，岗上一年到头风调雨顺，百姓见年丰收。人们都到蛟龙那里烧香还愿，时间长了，为了烧香方便，就在河边建起了一个庙，取名为蛟龙庙。

天有不测风云。没想到这件事让玉帝知道了，玉帝很生气，说是蛟龙争了他的香火，打算惩办它，除掉它。玉帝就下令把所有的河水、井水都收了。这样，不仅蛟龙没有立足之地，当地百姓都快要渴死，地干裂，庄稼晒焦。

蛟龙看到这情景很着急，就偷偷到玉帝那里偷水，连着几回都未得逞，还几乎把命送了。蛟龙没有办法，就拼着命冒险到玉帝那里硬是讨水。单枪单马，人们不忍心它去送死，但它不怕，真的去了，蛟龙斗不过天兵天将，被捉住了。玉帝问它为啥来战，它诉说了百姓苦难，请求玉帝放水。玉帝说："放水可以，你得留到天上伺候俺，不能到人间给俺争香火。"

蛟龙答应了。玉帝给岗上下了大雨，庄稼活了，百姓有水喝了，就是蛟龙留到天上回不来了。

大家为了纪念它，就经常到蛟龙庙烧香上供。

讲述者： 杨万清，45 岁，教师，高中
采录者： 郭保民，36 岁，教师
选自： 河南省民间文艺家协会资料库电子文档
《中国民间故事全书·长葛市卷》
原题《玉帝锁蛟》

278

东海龙王

听老人传说，东海龙王有一个女儿长得很美丽，非常聪明，这年已经十八岁了。

东海龙王忙着给女儿选女婿，可是女儿，这不要，那不要，弄得东海龙王没有办法。

东海龙王问她："我最心爱的女儿，你要找个啥样的女婿呢？"

女儿回答："爹，我不要有钱的财主，也不要有势的官家，我要找一个诚实勇敢的人。"

龙王就下了一道命令，命臣子百官去寻访。

龟丞相推选了一位，他不中意。

蟹元帅推荐了一个，他不欢喜。

一天，黄鳝将军从江河巡逻回来，他说有这样一个人。这个人叫阿二，住在河湾的高山下。他诚实、勇敢，远近都闻名，因为家贫，父母双亡，没有娶过亲。他和他的一个哥哥在一起，兄弟俩靠打猎为生。

龙王听了皱皱眉，他对女儿说："儿啊！一来，诚实、勇敢不知道真不真。二来，他不是我们水族里的咋能配婿？"

女儿见爹不答应，从此她不梳妆，不打扮，躺在床上，不起身。海龙王打不定主意，心里烦，虾太师献上一条计，龙王听了计，立刻笑嘻嘻。

这晚上，阿二做了个梦。梦里，一个白发老公公对他说："阿二，有一个姑娘，在河湾滩上等你，快去向她求婚吧！"

阿二心里高兴，就醒过来了，他把这件事说给哥哥阿大听。阿大听了很嫉妒，他说："做梦哪好当真哩！不要胡思乱想，睡吧！"

阿二睡着了，阿大偷偷地起来赶到河湾去。

阿二醒过来，不见阿大，也不知道哪儿去了。他想：做梦，做梦也许是真的呢！就披起衣裳，赶到河湾去了。

阿大来到河湾上，阿二也赶到了。圆圆的月亮，高高挂在天上。微风吹过，河水闪着万道银光。萤烛带着小灯笼，在河滩上飞上飞下。清清楚楚地瞧得见，果真有一个年轻姑娘，坐在河滩的石块上，把她那长长的头发，浸在河水里。

这姑娘真美丽极了。阿大和阿二都走了过去，向她求婚。那姑娘回过头来，瞥了他们一眼，说："叫我答应谁呢？你们自己说吧！谁是最诚实最勇敢的人？"

他俩都说："我是最诚实、最勇敢的人。"

姑娘说："好吧！最诚实、最勇敢的人，我现在需要一颗夜明珠，如果谁给我拿来，我就嫁给谁。"

阿大和阿二问："姑娘，夜明珠在哪里呢？"

姑娘说："夜明珠在东海龙王那里。我给你们一人一支分水簪，有了这簪，就能下海。"她把二支簪，递给他们兄弟俩，兄弟俩向姑娘行了礼，就各自去了。

东海龙王在哪里呢？谁也没有去过，阿大向别人借了一匹马，骑着马，向大路上走去。阿二背了一串草鞋，顺着河向小路上走去。他们日行夜宿，走了很多天。

一天，阿大来到一个村里。这里正在闹水灾，许多田地被淹死了，许多房屋也淹没在水里。

三天了，大水还没退，大家很着急。庄稼就要淹死了，房屋也塌了。有一个老年人说："咱们到龙王那里去借来金瓢才能把水舀干，可是谁能到龙王那里去借金瓢呢？"

阿大正路过这里，干粮吃完了。大家在说要到东海龙王那里去借金瓢的事。他走到大家跟前道："我就到东海龙王那里去，如果你给我一些干粮，我可以给你们借金瓢。"村庄上的人听了都很高兴，就把自己的干粮拿来给阿大，并且还用一只船把他送到河岸上。

过了两天，阿二也路过这里，看见村庄上的庄稼被河水淹没，房屋被淹塌。他来到这里也把自己的干粮吃完了。他很焦急，有一个老人问他："你在急啥？"

他说："我要到东海龙王那里去借夜明珠。"

老人听到他要到东海龙王那里去，也把借金瓢的事托给他，并把自己吃的干粮送给阿二，也用一只船把他送到岸边。

阿二来到东海边，阿大早已等候在海边了。海里波浪滚滚，几千斤重的大石头，被海风吹到海里。阿大看到这个情景不敢下海，阿二说了声："我下。"就拿起了分水簪，跳到海里，阿大闭着眼，跟阿二向海底走去。

他们兄弟俩来到东海龙王宫殿的门前，他们向守门的卫士说明自己的来意，卫士就把他们带到东海龙王的住处，东海龙王见了他们，非常高兴，就把他们带到宝库里去。"好吧！你们要啥，就拿啥，要有规矩，只许你们拿一样东西。"说罢，他用手一指，宝库门开了。

他们兄弟俩走到宝库里。阿大看见宝库里东西都好极了，可是一想只让拿一件东西，阿大光顾自己把一颗珠子拿到手，想得到那个河湾上的姑娘做他的妻子。

阿二，看见架上的夜明珠，闪闪发光。可是他答应给那个老年人借金瓢的事，阿二走到那里把金瓢拿到手中。他们俩告别了东海龙王走出宫殿，各走自己的路去了。

阿大来到他路过的村庄，那个老年人向他要金瓢，他撒了谎，说东海龙王不借给他金瓢，说罢就走了。

又过了几天，阿二也来到村庄，他把金瓢交给了那个老年人，还帮助他把水舀干。他临走时那一位老人把一颗珠子叫他带去，留作纪念。他接过珠子，告别老人。

阿大来到河湾，看见那位姑娘还在这里等着。阿大把珠子给姑娘看，姑娘说到晚上才能看出是不是夜明珠。

天黑了，阿大来到这里，跟姑娘一起看珠子，可是珠子在黑暗中一点也不发光。

又过了一天，阿二来到河湾，他一点也不高兴。姑娘问阿二：“你为啥不高兴？”

阿二说道：“我没把你托付给我的事做了，请你原谅。”

那个姑娘问：“阿二，你的口袋里是啥？”

阿二说：“这是在去的路上，那个老人的村里闹了水灾。老人要我给他借金瓢，我给他借到了，我告别的时候，那位老人送给我的珠子。”

姑娘说：“到晚上看看是不是夜明珠。”

天黑了，阿二来到这里，阿大也来到这里观看珠子。阿二的珠子闪闪发光，阿大惊呆了，闭住了眼睛。等阿大睁开眼的时候，阿二和那姑娘已经离开这里。

阿大正在发呆，眼前立起一座金色的小宫殿，那夜明珠高高地嵌在屋顶的尖尖上。那姑娘和阿二换上华贵的礼服，拉手并肩走进宫殿去成亲。

从此以后，他们夫妻俩过着幸福美满的生活。

讲述者： 高自山，63岁，清丰县大流乡高村人，读过私塾

采录者： 高爱淑，初中学生

整理者： 刘希功，45岁，清丰县文化馆干部，大专

采录时间： 1987年4月15日

采录地点： 清丰县大流乡高村

选自： 《中国民间故事集成·河南清丰县卷》，唐孝方主编，清丰县民间文学集成编委会1989年10月编印

279

龙女拜观音

在观音菩萨身边，有一对童男童女，男的叫善财，女的叫龙女。

龙女原是东海龙王的小女儿，生得眉清目秀，聪明伶俐，深得龙王的宠爱。一天，她听说人间玩鱼灯，异常热闹，就吵着要去观看。

龙王捋捋龙须摇摇头说：“那里地荒人杂，可不是你龙公主去的地方啊！”龙女又是撒娇又是装哭，龙王总是不依。龙女嘟起小嘴巴，心里想道：“你不让我去，我偏要去！”好容易挨到三更天，便悄悄溜出水晶宫，变成一个十分好看的渔家少女，踏着朦胧月色，来到闹鱼灯的地方。

这是一个小渔镇，街上的鱼灯多极啦！有黄鱼灯、鳌鱼灯、章鱼灯、墨鱼灯、鲨鱼灯，还有龙虾灯、海蟹灯、扇贝灯、海螺灯、珊瑚灯。龙女东瞧瞧、西望望，越看越高兴，有时竟往人群里挤。不一会儿来到十字路口，这里更有趣哩！鱼灯叠鱼灯，五颜六色，光华璀璨。龙女呆呆地站在一座灯山前，看得出了神。谁知，这时候从阁楼上泼下半杯冷茶来，不偏不倚正泼在龙女头上。

龙女猛吃一惊，叫苦不已。原来变成少女的龙女，碰不得半滴水，一碰到水，就再也保不住少女模样了。

龙女焦急万分，怕在大街上现出龙形，招来风雨冲塌灯会，她不顾一切地挤出人群，狠命地向海边奔去。刚刚跑到海滩，突然“呼啦啦”一声，龙女变成一条很大很大的鱼，躺在海滩上动弹不得。

正巧，海滩上来了一瘦一胖的两个捕鱼小子，看到这条光灿灿大鱼，一下子愣住了。

“这是啥鱼呀！咋会搁在沙滩上呢？”胖小子胆子小，站得远远地说，“从来没有看过这种鱼，怕是不吉利，快走吧！”瘦小子胆子大，不肯离去，边拨弄着鱼边说：“不管它是啥鱼，扛到街上去卖，准能赚笔外快用用！”两人嘀咕了一阵，然后扛着鱼，上街叫卖去了。

那天晚上，观音菩萨正在紫竹林里坐，早将刚才发生的事情看得一清二楚，不觉动了慈悲之心，对站在身后的善财童子说：“你快到渔镇去，将一条大鱼买下来，送到海里放生。”

善财稽首道：“菩萨哎，弟子哪有银两去买鱼呀？”

观音菩萨笑着说：“你从香炉里抓一把去就是了。”

善财点头称是，急忙抓了一把香灰，踏着一朵莲花，飞奔渔镇。

这时，两个小子已将鱼扛到大街，一下子被观鱼灯的人围住了。称奇的、赞叹的、问价的，叽叽喳喳，议论纷纷，可是谁也不敢贸然买这么一条大鱼。有个白胡子老头儿说：“小子，这条鱼太大了，你们把它斩开来零卖吧！”胖小子一想，觉得老头儿说得有理，借来一把肉斧，举起来就要斩鱼。

突然，一个小孩子叫开了：“快看呀！大鱼流眼泪了。”胖小子一看，大鱼果然流着两串眼泪，吓得丢掉肉斧就往人群外面钻。瘦小子怕外快泡汤，赶紧拾起肉斧要斩，却被一个气喘吁吁赶来的小沙弥阻止住了：“莫斩！莫斩！这条鱼我买下了！”众人一看，十分诧异：“小沙弥咋买鱼来了？”

那个老头儿停了一声，翘着山羊胡子说：“和尚买鱼，怕是要开荤还俗了吧？”

小沙弥见众人冷语讥笑，不觉脸红了，赶紧说：“我买这条鱼是去放生的！”说着，掏出一撮碎银，递给瘦小子，并要他们将鱼扛到海边。

瘦小子暗自高兴：“外快赚进了！扛到海边，说不定等小沙弥一走，依旧能把这条大鱼扛回来呢！”他招呼胖小子扛起大鱼，跟着小沙弥向海边走去。

三人来到海边，小沙弥叫他们将大鱼放到海里。那鱼碰到海水，立即打了一个水花，游出老远老远，然后掉转身来，同小沙弥点了点头，倏忽不见了。瘦小子见鱼游走了，这才断了再捞外快的念头，摸出碎银，要分给胖小子。不料摊开手心一看，碎银变作了一把香灰，被一阵风吹得无影无踪。转眼再找小沙弥，也不知去向了。

再说东海龙宫里，自从不见了小公主，宫里宫外乱成一窝蜂。龙王气得龙须直翘，海龟丞相急得头颈伸出老长，守门官蟹将军吓得乱吐白沫，玉虾宫女怕得跪在地上打战。一直闹到天亮，龙女回到水晶宫，大家才松了口气。龙王瞪起眼睛，怒气冲冲地呵斥道：“小孽畜，你胆敢犯宫规，私自外出，说！到哪里去了？”

龙女一看龙王动了怒，知道撒娇也没有用了，便照实说：“父王，女儿观鱼灯去了。要不是观音菩萨派善财童子来救我，女儿差点没命！”接着将自己的遭遇讲了一遍。龙王听了，脸上黯然失色。他怕观音将此事讲了出去，让玉皇大帝知道了，自己就得落个教女不严的罪名。他越想越气，一怒之下，竟将她逐出水晶宫。龙女伤心极了，茫茫东海，到哪里去安身呢？第二天，她哭哭啼啼来到莲花台。哭声传到紫竹林，观音菩萨一听就知道是龙女来了，她吩咐善财去接龙女上来。善财蹦蹦跳跳来到龙女面前，笑着问道：“龙女妹妹，你还记得我这个小沙弥吗？”

龙女连忙揩掉眼泪，红着脸说：“你是善财哥哥呀？你是我的救命恩人呢！”说着就要叩拜。

善财一把拉住了她：“走，观音菩萨叫我来接你呢！”

善财和龙女手拉手走进紫竹林。龙女一见观音菩萨端坐在莲花台上，俯身便拜。观音菩萨很喜欢龙女，让她和善财像兄妹一样住在观音洞附近的一个岩洞里，这个岩洞后来称为善财龙女洞。

从此，龙女就跟了观音菩萨。

讲述者：杨金苹，女，52岁，漯河市第二医院职工，初中

采录者：张丽亚，女，30岁，源汇区文化馆干部，大专

选自：河南省民间文艺家协会资料库电子文档《中国民间故事全书·源汇区卷》

附记

民间多将龙王祀为雨神，如遇久旱不雨，多向龙王爷求雨。最常见的仪式是到龙王爷庙里烧香许愿。祈雨的人们无论男女老少，都要头戴柳条编织的帽子，带上供品，一路上锣鼓队在前面敲敲打打。到龙王庙后，摆上供品，然后都跪在龙王爷神像前烧香、磕头、许愿，许愿多许唱大戏之类的“大愿”。如果没过几天碰巧下雨了，那就归功于龙王爷显灵，就得唱大戏还愿。这样的大戏也叫唱“雨戏”。（程健君）

三、动物

（一）六畜

280

六畜的来历

很早很早以前，世上没有六畜[1]，所有飞禽走兽全都是野的。后来，黄河沿出了个打猎的，名叫齐宇。他长得又壮实又麻利，跑起来像飞风，一跳能蹿两丈高。再凶的野兽，他只要看见，撵上去都能逮活的；啥鸟从头顶上飞过，他跳起来都能一把抓住。

齐宇天天上山打猎，逮了很多飞禽走兽，他吃不完，就养起来。时间长了，那些畜生都喂熟了，见了齐宇都很亲热。齐宇见它们怪可爱，也不忍心杀吃了。

畜生也怪通人性，齐宇对它们好，它们都很感激，在一块商量着要报答齐宇的恩德哩。这天齐宇来喂那些飞禽走兽，畜生们都围了过来。红马说："主人，你天天喂我们，比俺到处跑着找食儿吃强多啦。我要报答你的大恩大德，我跑得快，从今往后改掉野性，帮你拉车，走路叫你骑。"齐宇听了，高兴地拍拍马的脖子。

黄牛接着说："我也要跟马学，我力气大，能帮你拉犁拉耙。"齐宇听了，高兴地摸摸牛的脊梁。

[1] 六畜：指猪、牛、羊、马、鸡、狗。

白羊笑眯眯地说："我身小力薄，拉不动车，拉不动犁，不过我的奶很好喝，以后我给你奶喝吧。"齐宇听了，高兴地抚抚羊毛。

花狗摇着尾巴说："我生性机灵，以后帮你看家护院吧。"齐宇听了，高兴地拍拍狗的头。

公鸡仰着头说："我也没别啥本事，就长一个好嗓门儿，以后我天天早上给你打鸣吧。"齐宇听了，高兴地点了点头。

黑猪生来好吃懒做，它噘着嘴嘟囔着说："我啥也不想干，只想吃了睡，睡了吃，干活又苦又累净是活受罪，还不如死了舒服呢。"

齐宇听了很生气："你这个懒家伙，既然你认死也不想干活，我就杀吃了你！"

就这样，这些畜生改掉了野性，变成了人喂的六畜。

讲述者：不详
采录者：刘德俊，46 岁，鹿邑县生铁冢乡学校教师
采录时间：1986 年秋
采录地点：鹿邑县生铁冢乡政府
选自：《中原神话通鉴》（第四卷），张振犁编著，河南大学出版社 2017 年 2 月版

朱仙镇木版年画，牛王马王（郭太运作，程健君供稿）

281

神牛下凡

相传在很久以前，牛是玉帝天宫里的一位大臣，称作“神牛”。那时，人间也归天宫管理，最高统治者自然是那位玉皇大帝。人们在土地上辛辛苦苦地劳作，每年都要将收获的谷子向天上缴税，这样，他们自己留下的粮食就不多了，常常饿着肚子，一日只吃一餐。

有一年，地上干旱很严重，谷子下种以后很长时间没下过雨。田晒干了，苗枯焦了，人们想方设法抗旱，可结果还是受灾，粮食收成很不好，自然向玉皇大帝也就没有粮食可缴了。这下，玉帝可恼火了，他要把天下的粮食都收起来，并下圣旨“从今以后，规定人间从原来的一日一餐改为三日一餐”，并派大臣去人间传旨。

这被派去传旨收粮的大臣不是别人，正是“神牛”。神牛心地善良，虽然接受了玉帝的派遣，可心情沉重，很为人们的生活担忧。到人间之后，他见到人们苦难的生活之后，更是于心不忍，他大着胆子将圣旨改为“从今以后，规定人间从原来的一日一餐改为一日三餐”，对于催粮纳税之事只字未提。上天施恩，人们非常感激，奔走相告，从此一日三餐的规矩便在人间定了下来，一直传到现在。这样一来，人间本来就不多的粮食自然更是无法上缴天宫了。

神牛回到天宫后，向玉帝回复这次下去已在人间传达圣旨，但因灾情太严重了，粮食收获很少，民间只剩口粮，确已无粮可收。玉帝以此也就相信了神牛的话。过了一段时间，玉帝不知咋听说神牛错传圣旨，顿时大怒，召来神牛责问。神牛不慌不忙地回复玉帝：“玉帝派我到人间传旨，我照本宣读‘从今以后，规定人间从原来的一日一餐改为一日三餐’，一字不差，如何错传？”

玉帝哭笑不得，只好将神牛派到南天门粮仓管门，撤大臣职务，另派一臣去人间收粮。这个大臣不顾人们死活，不但将人们的口粮抢走，还将留作种子的粮食也抢走了。

冬去春来，又到了第二年下种的时候，可是人间却没有种子，人们焦急万分。这时神牛在南天门粮仓管门，他对自己的贬职倒无所谓，但对人间的生活却时时记挂在心。当他知道人间没有种子，无法种田时，更是焦急。一天，天正下着毛毛细雨，神牛灵机一动，便不顾一切，擅自打开南天门的粮仓，把谷子随雨一同撒向人间。人们看到天上撒下谷种，十分高兴，忙着种粮生产。后来，人们为了纪念这一天，就把这一天叫作“谷雨”。

这样一来，触犯天规，玉帝恼怒万分，责怪神牛假传圣旨和撒谷种，犯下弥天大罪，召集文武大臣，对神牛进行严厉的惩罚：神牛不准为神，还在牛的下颌钉上一痣，使他不准说话，撵出天庭。一声令下，两名武士便将神牛从南天门推下人间。神牛跌在地上，上面牙齿全部跌落，所以，牛就没有了上牙，光有下牙，而且牛下颌有一颗痣，大约就是这个缘故。

牛被推到地上，人们都跑来看他，大家知道神牛为了大众的利益而受罚，纷纷表示要将牛好好护养起来。可是神牛却想既然不能在天上为神，那从今以后就在地上帮人们拉犁耕田吧！

从此之后，牛便一直帮助人们拉犁耕田，而且不吃谷子，只吃谷草和其他草类。这样神牛就成了耕牛，成了农家的好宝贝。

讲述者：黄琳的外祖母，80 岁，郑州人
采录者：黄琳
采录时间：1988 年 4 月
选自：《中原神话通鉴》（第三卷），张振犁编著，河南大学出版社 2017 年 2 月版

282

牛来人间

很古很古的时候，人们生活一半靠树果和草籽，一半靠种的庄稼。后来人越来越多了，树果草籽和很少的庄稼不够吃了。人们就用石斧、石铲等挖地。可是，这些工具又钝又笨，开垦荒地还是很困难。因此，人类常挨饿，后来人发明了石犁耕地。

人家说土地爷是好管闲事的老头儿。土地爷确实是个好办好事的老头儿。土地爷看到人类耕种这个情况，很是同情人类。心想，要是让那些力大无比的动物帮助人多好啊！他就带着这个问题，为民请命，请求玉皇大帝赐福人间。可是，又恐怕玉皇大帝不准，得罪了其他神。他清楚，在朝中，只有牛王等人和他最要好。他们两个人都爱为民请命，敢于直言，指出天帝的错处，制止天帝的荒淫生活，当面揭露其他神的作恶行为。因此上，风神、河伯、虎王、狐狸精们恨他们，就连玉皇老儿也恨他们。土地爷想来想去，最后还是决定向玉皇大帝建议。

这天，天帝升殿，诸神排到左右，只见从左列里走出土地爷，他手拿玉笏，叩拜玉皇说："如今，下界的人们

生活困难，耕种不力，望我皇派动物界神，率其部为民耕地。”接着只见他又呈上一份奏章。

玉皇大帝听此言，将表一览，面有惊愕之色，自言自语道：“哼，叫我把那些让我满意、使我欢心、能够为我满足百般欲望去做的几个神，放逐人间劳作，这咋能行！这明明是拆我的台！这个老头儿！”一怒之下，把土地爷斥退了。

这时，牛王爷觉得土地爷说得有理，就从朝班中走出来，请求玉皇恩准。接着马王爷、老君等神也站出来请求。玉皇大帝看着不准不行，先点头恩准土地爷的建议，然后问两班大臣，派谁去最合适。玉皇话音未落，那些引上荒淫、败坏朝纲、胡作非为的虎狼风神河伯狐狸精们，恐怕皇上把自己放逐下界，就想先发制人，趁此机会把牛王爷这个耿直忠臣压下去，觉得这样以后在朝上就没有人和自己作对了，便齐声推举牛王爷下界。谁知这正合玉皇大帝的意。土地爷和几个老忠臣一看这种情形，磕头再三，请皇上留下牛王。他们说：“朝中不可没有牛王！”可是玉皇大帝这老儿坚意不听。

就这样，牛王爷被派遣下界。牛王临行时，几个老臣挥泪相送，并告诉老牛，过些时候一定奏请玉皇将牛王召回。

却说这老牛生性忠厚耐劳，虽然被派来民间率同类为民拉犁，但他并没有怨言。他帮助人们耕地，有多大力用多大力，埋头苦干，从不讲吃的好劣，因而人们很尊重他。

后来，玉皇大帝知道了自己的错误，无辜放逐了好臣子，就下旨召回牛王。可是狐狸这家伙早有所料，心想：如果把牛王召回，我们这班人日子就不好过了；咱把他的脚切烂，他驾不住云就不用担心牛王会回来了。狐狸假传玉帝旨意，令一大力士用利刀把牛王脚切成两瓣儿，牛王再不能踏云上天回朝。

据说，现在牛脚呈两瓣儿“丫”形，就是这个缘故。

讲述者： 耿张英

采录者： 耿玉芳

选自： 《中原神话通鉴》（第四卷），张振犁编著，河南大学出版社 2017 年 2 月版

283

牛的来由

相传很久很久以前，天上有一个天神统治着、管理着人间。

一天，天神传旨牛神说："你去通知人间，让他们一年种三季粮食、收三季粮食，每天吃两顿饭，早上吃一顿，晚上吃一顿。"牛神离开天宫，下凡去人间了。

牛神来到人间，美丽的景色吸引着它，绿色的群山，清清的河水，茂密的树林，绿色草地上点缀着小花……牛神大饱眼福，尽情观看，把天神的话忘记了，想了半天，才想起一点。

它见到人们就说："你们听着，天神让我给你们传话，让你们每年只种两季粮食，一天吃三顿饭。"人们听后，就一年种两季粮食，一天吃三顿饭。这样，人们一年辛辛苦苦打下的粮食，到头来还不够吃，就只好饿着肚子。

天神后来知道牛神把话传错了，就把牛神赶到人间，罚它到人间为人们耕地。牛神感到不服气，它到人间后，人们把它套上犁地，它乱踢乱跳乱跑，踏坏庄稼，有时还咬人。人们管不了它，又让它回天宫了。

天神看牛神又回来了，知道人们管不了它，就把牛神的两颗门牙拔掉，鼻子上穿个洞，让人们套上它上地耕地。这样，牛神的神力就没有了，服服帖帖听人们的使唤。人们说它的神力已失，就叫它牛了。从此以后，牛就在人间帮人们耕作。

采录者：魏锋

选自：《中国民间故事集成·河南镇平县卷》，姜典凯主编，镇平县民间文学集成编委会1987年11月编印

284

牛的来历

（一）

从前，牛是野的，它们成群结队到处乱跑，每年春、夏、秋三季还能生活，一到冬天，特别是下了大雪，它们就不好过了。饿死、冻死、被野兽咬死的很多，眼看就要绝种了。

一天，玉皇大帝对老君说："牛在凡间没人经管，眼看就要死绝了，老百姓种地没有力量。不如把这些牛交给他们经管，等喂熟了也好帮他们犁地。"

老君来到凡间，见到牛王说："玉皇大帝可怜你们，叫恁都到人们家里，叫人们给恁端吃端喝，夜里还把床铺得软软的，睡在屋里边，他们忙了，恁帮他们耕种。这样，保险叫恁子孙后代永远不绝。"牛王见老君说得好听，就答应了。

谁知，牛一到人的家里，人们就把它们鼻子上扎了个孔，穿上了鼻桊儿。端吃端喝虽办到了，床铺可不中，差不多都是在地上撒点干土，根本就不铺被子。夜里卧在地下，粪尿浆着不说，白天还得干很重的活。想挣跑不干吧，稍微动一动，鼻子疼得钻心。那些狠心人动不动又是打，又是骂。牛们这才知道上了当，心里又气又恨，直到现在，每当晚上卧时，还长出几口气哩。

讲述者：蔡文典，58 岁，社旗县田庄乡蔡庄村农民，高小

采录者：蔡艳红，女，19 岁，社旗县田庄乡蔡庄村农民

采录时间：1985 年 12 月

采录地点：社旗县田庄乡蔡庄村

选自：《中国民间故事集成 · 河南社旗县卷》，徐东主编，河南省社旗县民间文学集成编委会 1987 年 9 月编印

285

牛的来历

（二）

讲述者：吴根兰，60 岁，新野县施庵乡桥楼村农民，中师肄业

采录者：吴韵芳，女，28 岁，新野县施庵乡曾营联中教师，高中

采录时间：1985 年 8 月

采录地点：新野县施庵乡桥楼村讲述者家中

选自：《中国民间故事集成·河南卷》，中国 ISBN 中心 2001 年 6 月版

牛原先生活在天上，整天游那儿逛这儿，自在得很。

后来老天爷见天下的百姓拉犁耙很作难，种不好地，吃不饱肚子，怪可怜，就想叫牛下凡帮人拉套。怕它不愿去，就诓它说："牛哇，你到凡间去享几天福吧。到那里吃饭有人端，睡觉睡地毯，平时脖子上只放个二尺长的弯棍儿，轻闲得很。"牛一听怪高兴，立刻就下了凡。

牛到凡间后，发现不对劲：吃饭虽说有人端，端的是草料；睡觉的地毯原来是坷垃末子；脖子上的弯棍儿原来是牛索头，那后边还带着犁耙，拽起来很吃力。它越想越不是味儿，就又飞回了天宫。老天爷一见很生气，把它的蹄子砍成两瓣儿，一脚把它踢下了南天门。从那以后，它再也不能上天了。

牛一跟头栽到地上，把上牙全磕掉了，到现在还长不出来。人怕它再跑了，就给它穿上鼻桊儿，逼着它整天干活。牛又气又伤心，想诉说冤屈吧，又不会说话，只好唉声叹气。你看，牛每逢卧下时，总要长长出一口气，那就是叹气哩。

286

牛的来历

（三）

很久以前，世上没有牛。后来咋有了牛呢？这得从神仙撒花草籽儿说起。

原先，地上除了庄稼、树木以外，到处没一棵草苗儿。后来，天上下来个神仙，见地上连个草毛儿也没有，就问百姓："你们咋不在空地上种些花草哩？"百姓说："俺上哪儿去弄花草籽儿哩？"后来，神仙回到天宫把这事儿禀报给了老天爷。这一天，老天爷见牛仙在收拾花草籽儿哩，就说人间没有花草，想派个神仙把花草籽儿撒到人间些。牛仙说："这事儿交给我吧！"老天爷说："你笨手笨脚的，能中吗？"牛仙说："我一向老老实实，恁吩咐咋办俺就咋办，还不中吗？"老天爷说："你能照办也中。听着：到人间空地上，把花草籽儿三步撒一把，剩下的埋在石头底下。去吧！"

谁知这牛仙真是笨到了家，它记错了老天爷的话，来到人间，把这花草籽儿一步撒三把，遍地撒开了，剩下的埋在土堆底下，就回了天宫。

转眼到了来年春天，庄稼地里长满了各种各样的草，咋着也锄不完，庄稼苗儿也长不好了，老百姓可气坏啦！这事儿让一个神仙知道了，禀报给老天爷。老天爷把牛仙找来，问："你到人间是咋撒的花草籽儿啊？"牛仙说："你不是叫我一步撒三把，剩下的埋在土堆底下吗？"老天爷一听大怒："我叫你到人间空地上，三步撒一把，剩下的埋在石头底下。你把人间撒得到处是草，百姓们种不好庄稼，咋吃饭哩？从今往后，你带着子孙后代就到人间以吃草为生。为了赎回你的过错，罚你祖祖辈辈帮老百姓拉犁拉耙！"

打那时起，牛仙从天上来到人间。下凡时因为不小心，把自己的上牙给摔掉了，直到现在还没有上牙哩。

讲述者：杜敏，68岁，新蔡县砖店乡农民，不识字
采录者：龚国强，34岁，新蔡县文化局干部，高中
采录时间：1987年10月5日
采录地点：新蔡县砖店乡讲述者家中
选自：《中国民间故事集成·河南卷》，中国ISBN中心2001年6月版

附记

关于牛的来历，流传很广，民间还有几种说法：一说玉帝给人规定"三日一餐"，让牛仙下凡传话。牛仙为了不让人挨饿，故意把"三日一餐"传为"一日三餐"。玉帝以牛仙私改圣旨罪，贬其下凡。二说牛原是深山野牛，猎狗为人效劳，把野牛骗下了山。三说原来豹子为人干活拉套，为找替身，把野牛骗下了山。因此，牛跟豹子结了仇，豹子见牛就躲开。四说马为了减轻自己的负担，把野牛骗下了山。

还有项城县贾岭乡二中教师陈明怀采录、项城县贾岭乡农民袁家荣讲述的《牛的来历》，虽也是骗局，却与众不同。牛魔王的三太子，因受白骨精挑唆，拦劫唐僧，被孙悟空捉住，用葛条穿住三太子的鼻子见其父。牛魔王觉得三太子丢了它的脸，要杀三太子。孙悟空讲情，叫三太子到民间为人办好事。三太子怕苦不从，孙悟空骗它说，到民间吃金条、银条，喝糖（塘）水，三太子方答应去。孙悟空怕它以后反悔，冷不防用宝剑把它的蹄子劈开，使失去凶野气，送到了民间。三太子到了民间后悔已晚，至今还特别恨猴子呢。（程健君）

287

天牛下凡

（一）

采录者：张凤琴，女，15 岁，汝南县马乡联中学生
采录时间：1987 年 6 月 14 日
采录地点：汝南县马乡镇马乡集
选自：《中国民间故事集成 · 河南汝南县卷》，冀世清主编，汝南县民间文学集成编委会 1991 年 8 月编印

原来世上没有牛，牛在天上过日子。那时候，人还不会种庄稼，靠吃野东西生活。后来，人越来越多，野东西越吃越少，眼看野东西快吃光了。玉帝心里很焦急，就派神牛到凡间去传他的旨意，叫人“三天只准吃一顿饭”。神牛听三不听四，传成“一天吃三顿饭”。

玉帝听说神牛错传了旨意，非常生气，把神牛传来，说：“我是玉皇大帝，金口玉言，说出去的话也不能再收回了。你胡传谕旨，该当何罪？”神牛跪下求饶。

玉帝说：“死罪好饶，活罪难免。你到凡间去吧，掏点笨劲，帮助人们种好庄稼，多打些粮食，让天下人都吃饱，将功折罪！”就这样，神牛被打到凡间。

从此世间才算有了牛。牛天天闷着头犁地、耙地、打场、拉车，累得够受，还光吃草喝水，也不敢多吃粮食。因为这，牛气得天天“哞、哞”叫唤。

讲述者：张贤，女，52 岁，汝南县马乡镇马乡集农民，不识字

288

天牛下凡（二）

讲述者：郑效发，51 岁，平舆县高杨店乡洼李村农民，不识字
采录者：郑俊豪，15 岁，平舆县高杨店联中学生
采录时间：1987 年 10 月
采录地点：平舆县高杨店乡洼李村讲述者家中
选自：《中国民间故事集成·河南平舆县卷》，李宏主编，平舆县民间文学集成编委会 1989 年 10 月编印

据说，从前牛曾是兽中之王，老虎居第二。有一天，玉皇大帝为了使人间得到能劳动的动物，便对老虎说：“你到人间去吧！人们整天会让你享受荣华富贵。”

老虎想，我在山上一日三餐，有肉有酒，何苦到人间去呢？就对玉皇大帝说：“启禀万岁，我不愿去人间，还是让牛去吧。”

玉皇大帝见老虎不去，也不勉强，就召见牛，对牛说：“牛爱卿，你到人间去吧，人间会让你享受荣华富贵的，让你吃田草，喝塘水，你愿不愿意呀？要不愿意让老虎去。”

牛一听，吃甜草，喝糖水，心想：这福不能让老虎去享。就一口答应，它哪里知道老虎根本不愿去。

牛到了人间，被人用来干了拉犁子、耙等笨重活；吃的不是甜草，而是田间的草；喝的不是糖水，而是塘里的水。这可把老牛气坏了，可是已经在玉皇大帝面前说过了，再也没办法了。

从此，老虎成了兽中之王，老牛就成天拉犁耕田。

289

天牛下凡

（三）

传说在很久以前，人间还没有牛，都是用锄头挖地，用肩拉车，干啥都非常难。

一年天气大旱，地硬得很。人们为了及时把庄稼种上，不分昼夜地在地里刨地挖地，累死许多人。死去的人来到阎王殿报到，阎王爷一查生死簿，都没有到死的时候，一问，这些鬼魂说："刨地累死的。"

阎王爷一听，想："要是这样下去，人们累死的越来越多，我这生死簿不就失去作用了吗？"

阎王爷把这事报告给玉皇大帝，玉皇就召集百神商议。老君上前奏道："那两头天牛整天没事，吃饱歇饿，有的是力气，不如命天牛到人间给人们犁地。"玉皇同意了，就传旨命那一公一母两头天牛下凡。

这两头天牛，游闲惯了，听说叫下凡帮助干活，心里都想：到人间干那繁重的劳动，哪如在天堂自在？玉帝看出了它俩的心思，就对它俩说："你俩到人间去，我让人向你俩喊'姐姐'[1]和'爹爹'。你俩不操吃喝心，饭时，站着不动，让人们把吃的端到嘴边；不操睡觉心，人们会给你俩搭棚盖屋。"

俩天牛一听，心想：下凡以后，人们向我俩喊"姐姐""爹爹"，多神气，还顿顿端吃端喝，睡觉让人们伺候，多美气！就同声答应下凡。

这俩天牛踏着云头降落到凡世。人们看到这样大的两个动物，有些害怕，不敢靠近，别说用它俩犁耙地拉车了。

时间一天天过去了，天牛没有听到一声亲热地向它俩喊"姐姐爹爹"的话，也没有人给它端吃端喝，也没有人给搭棚盖屋。它俩只好在野地沟边吃点野草，渴了去河边沟里喝点水，夜里就卧在荒草里土坎边。它俩认为被玉帝欺骗了。两头天牛一商量，就扬起金蹄，驾起云头，飞回天上去了。

玉皇大帝听说天牛从人间回来，便传旨命它俩进殿，问为啥不在凡间帮助人们干活。天牛委屈地诉说在人间遭到冷遇。玉皇大帝摇摇头说："我不相信人们会不理你俩，是你俩架子大。"俩天牛要求不再下凡了。玉帝说："圣命既出，怎好收回！眼看人们累死那么多，像你俩这样私自回来不是太随便了吗？"

老君奏道："玉帝可将它俩金蹄去掉，使它俩不能再起云驾雾回天；把它俩的鼻子穿上鼻桊，使它俩不能再任性，让人们有法使用它俩；再给它俩舌头根上钉上肉刺，使它俩不能说话，成为人们驯服的牲畜。"

玉帝准奏，命天将按老君所说的办。

天牛去掉了金蹄，鼻子上凭空多了个鼻桊，又不会说话了，气得鼻子呼呼直出粗气，"哞哞"直叫唤，那灰色的眼睛也气成红的了。玉帝见状，又安慰了一句说："下凡以后，你俩可以生子养孙。"

俩天牛这次到了人间，和上次不一样了。因为有了鼻桊，人们就可以使用它俩了，一不听话，人们把鼻桊上套的绳猛一拽，天牛就疼得不行，只好老实。人们给它俩搭了牛棚，每天给它俩端吃端喝，但并不完全照玉皇大帝的话去喊，把"姐姐"改成"哒哒"，把"爹爹"改为"咧咧"。天牛根据"哒哒咧咧"的喊声，犁地拉车时往外走往里拐。

俩天牛每当做了重活时，想起在天上的自由闲散生活，

[1]　姐姐：古代对女性的美称。

气得鼻子直喘粗气，变成红色的眼睛气得再也变不成原来灰色的了。久之，一代传一代，天牛完全忘了自己的“天性”，演变成现在的老实、吃苦耐劳的耕牛了。

讲述者：张爱菊，女，68 岁，唐河县毕店乡刘凹村农民，不识字

采录者：张康，31 岁，唐河县毕店乡张延令村教师，高中

采录时间：1983 年 3 月 10 日

采录地点：唐河县毕店乡刘凹村

选自：《唐河民间文学》（第三集），唐河县文化馆、唐河县源潭文化分馆 1983 年 10 月编印

后收录《中国民间故事全书 · 河南 · 唐河卷》，张果夫主编，知识产权出版社 2011 年 9 月版

290

牛驴二将军

牛和驴从前并不是拉犁和拉磨的。它们都生活在天宫里，还都是将军呢。每天只是传达传达玉皇大帝的圣旨，痛快极了。

这天，玉帝把它们召来说道：“二位贤臣听旨，近来人间屡闹饥荒，饿死不少人等。平民应以节俭为本，今特令你们二位速到人间传旨，从即日起，改为三日一餐，不准吃馍，只许喝汤。切切！”

牛、驴二将军听毕，齐声道：“遵旨！”说罢，驾起云头，向人间飞去。不一会儿，就到了人间。正赶上那个地方有会，人们拥拥挤挤，好不热闹。牛、驴二将军看到一酒馆，经不住那酒香的引诱，便变作二老翁走了进去。它俩要了两碗酒，一饮而尽，出来竟都有些东倒西歪。二位将军摇摇晃晃来到一高台之上，现了原身便传圣旨。由于喝多了酒，它们竟然把圣旨传错为：“一日三餐，又吃馍又喝汤。”这样一来，粮食更不够吃了。

玉帝为了惩罚它们，便令牛、驴二将军下凡，帮助人们种地生产粮食。从此，牛拉犁，驴拉磨，而且只能吃草。

讲述者：李秀亮，68 岁，农民，不识字

采录者：刘玉安，32 岁，教师

选自：《河南民间文学集成·杞县故事卷》，刘玉亮主编，中原农民出版社 1990 年 5 月版

291

牛为啥吃草

牛是人最忠诚的朋友，为人耕田、拉车，辛辛苦苦，可吃的却是青草，这是为啥呢？

据说，牛原来是天上的金牛大仙，负责传递玉帝的旨意。有一年腊月，灶君从人间返回天堂，向玉帝说人们谷物缺少，情况十分悲惨。玉帝听了，十分同情人们的不幸遭遇，唤来金牛大仙，说："你带上稻种到人间去，走一步撒一把。"金牛大仙领旨出殿，到粮仓里取种子时，把玉帝说的错记成是带上草种，走一步撒三把。他把草种拿出来，把人间的平原、山岗、田地全部撒满了草种。到处长满青草，把庄稼欺得长不起来。人们的生活更苦了。

第二年，灶君又把人间的全部情况告诉玉帝，玉帝听后，气得七窍生烟，传令把金牛大仙找来。问他时，他说："你让我到人间去撒草种，一定是草长得太旺了吧。"

玉帝听了恼羞成怒，要金牛大仙去人间把田里草犁掉，一脚把他踢到人间。金牛大仙连滚带爬，摔得就算站不起来了，上牙也磕掉了。直到现在牛还没有上牙。

到现在，牛在人间耕地拉车，吃青草，都毫无怨言。

292

玉帝哄牛下凡

讲述者：崔蕊的祖母

采录者：崔蕊，女，16 岁，遂平县花庄乡初中学校学生

采录时间：1988 年春节

采录地点：遂平西部山区

选自：河南省民间文艺家协会资料库电子文档《中国民间故事全书 · 遂平县卷》

从前，世上没有牛，人们种地很难，就求玉帝给个帮人耕地的牲畜。玉帝答应了，叫人去从百兽中挑选，人一挑挑中了温驯的牛。牛认为在上界悠闲自在，不乐意下来。玉帝就给牛许下了四个条件：吃的是甘草，喝的是糖水，在干活时人们还要专门给它唱小曲儿，一天内让它睡七十二歇觉。

牛一听玉帝许下恁好的条件，就下凡了。

牛到人间干了一段，吃的不是带甜味的甘草，而是晒干的干草；喝的不是甜糖水，而是坑塘里的塘水；干活时人在后面吆喝着，是轰它干活哩，不是唱的小曲儿；一天睡七十二歇觉，只是一会儿打一个盹儿，有时候夜里也得去干活。

牛受不了这个苦，就跑到玉帝那里告状，玉帝说："条件都兑现了，不要再来无理取闹！"

牛还是不甘心，三天两头到玉帝那里去纠缠。玉帝没法儿，只得命天兵把牛蹄儿切成两瓣，从此牛就再也不能去上界告状了。

牛生气呀，直到现在干着活还不住"忿忿"出闷气呢。

讲述者：郭永玉，30岁，沈丘县周营乡政府干部，高中
采录者：徐程，29岁，沈丘县文化馆干部，大专
采录时间：1987年4月
采录地点：沈丘县周营文化站
选自：《中国民间故事集成·河南沈丘县卷》，徐程主编，沈丘县民间文学集成编委会1989年12月编印

293

牛蹄子为啥分两瓣

相传，古时候老百姓种地没牛，耕地十分困难。这事被太上老君知道了，他动了慈悲之心，想把天上的神牛牵到人间试试，看能不能帮助人们耕地。

到夜深人静，太上老君牵着牛，扛着耧，下凡来到山上。套好牛后，他打算先试一试，看牛是不是听话。不料那牛转过三道山，望见涧河，便挣脱套绳朝山下跑去，老君紧追不舍，撵到河边。牛贪吃水草，死活拉不走，老君生气地打了牛一鞭子。牛蹶子一蹦多高，竟然踢了老君一脚，把老君踢了个仰八叉。

老君起来，抹了一把头上的汗水，捋着雪白的胡子，心想："要是把牛留在人间，庄稼人使唤不住咋办？"想到这里，他邀来天兵天将，把牛的四蹄捆了个结实。他拿起斧子照准每只蹄子的中间砍了一斧，然后放开牛。这一回牛变老实了，服服帖帖站在那里，再也不狂蹦乱跳了。老君将牛赶到山坡跟前，天已经快亮了，他坐下磕了磕鞋里的土，霎时间长成了土堆。

老君将牛和耧留在人间，上天去了。从那时起，牛开始听人使唤，蹄子也成了两瓣。

讲述者：郭绍卿，71岁，新安县磁涧乡奎门村农民，不识字

采录者：王雁竹，43岁，新安县磁涧乡奎门村农民，中专

选自：《中国民间故事集成·河南新安县卷》，刘国华主编，新安县民间文学三套集成编辑委员会1989年10月编印

294

牛蹄子为啥两瓣

相传几千年前，牛在天上专耕蟠桃园。有一次，王母娘娘到蟠桃园游玩，见牛不停地劳作，累得满身大汗，就下令让牛停下来休息，并且对牛说："以后每年只耕一回就可以了。"牛听了很高兴，从此就常在天上歇着，没事干。

有一天，孙悟空到下界游玩。他到人间一看惊呆了，农民都在拉犁耕地，累得汗流浃背。悟空心想，要是有啥能代替他们耕地该有多好啊！这时，他想到了蟠桃园里的牛，就一个跟头回到了蟠桃园，到牛身边，对牛说："你整天在这里没事干，我带你到人间游玩去吧，那人间可真美丽呀！"牛被悟空说动了心，就随着悟空来到人间。

悟空把牛领到一座很漂亮的大山旁，牛就忘记了上天。悟空一看时机一到，赶快拿出早已准备好的锯子，利索地把牛蹄子全锯开了。牛感到蹄子痛，低头看时，蹄子已成两瓣，再找孙悟空已没影子了，想回天上，也回不去了。

从此，牛就留在人间，为农民耕种。直到现在，它的蹄子还是两瓣，仍没长好。

295

鸡的来历

（一）

讲述者：柳世荣，62 岁，平舆县高杨店乡柳王庄农民，不识字

采录者：柳红伟，16 岁，平舆县高杨店联中学生

采录时间：1987 年 10 月

采录地点：平舆县高杨店乡柳王庄讲述者家中

选自：《中国民间故事集成 · 河南平舆县卷》，李宏主编，平舆县民间文学集成编委会 1989 年 10 月编印

传说，从前在黄河两岸住着很多人，人们一块吃、住，生活很幸福。

可是，有一天黄河突然开口了，冲走天下所有的房子，淹死了天下所有的人。只有兄妹二人没有被淹死，因他俩抱着一棵大木头，漂到一座高山岗上。

过了不久，洪水退下去了，二人在山岗上相依为命。看周围荒凉的一切，除了大水剩下的泥沙，啥也没有。天长日久，为了繁衍后代，让子孙过上好日子，他们便私合了。

后来有一天，妹妹要生孩子，哥哥听了很高兴，说："这下子总会有人来在这土地上生活了。"可是，生下来的却不是他久已盼望的胖儿子，而是一个大白蛋。

哥哥说："扔了它吧！说不定是个啥不吉利的东西。"可是，到底是妹妹身上的一块肉啊，哥哥越是逼，妹妹越是不让。哥哥一下子火冒心头，抡起棍子便打起来。

可怜妹妹就只哭着求饶说："哥哥打，哥哥打吧！"

到底是亲生兄妹，哥哥也就软下心来，饶它一次。

这样，后来，蛋里孵出了小鸡，小鸡又生了小鸡，代

代繁衍下来。

这样就有了鸡。

为了免于受哥哥的毒打，鸡每下一个蛋，就要喊："咯咯哒！咯咯哒！"（哥哥打！）

不信，你仔细听听母鸡下蛋后的叫声，到今天还在叫着"哥哥打"呢！

讲述者：解克仁，55岁，农民，不识字
采录者：解国旺，24岁，河南大学中文系学生
采录时间：1984年7月
采录地点：汤阴县东部
选自：《中国民间故事集成·河南汤阴卷》，王权、张保东主编，汤阴县民间文学集成编委会1987年7月编印

296

鸡的来历

（二）

究竟是先有鸡，还是先有蛋？谁也说不清楚。

相传，在很早以前，山下住着一户人家，姓吉，父母早亡，兄妹三人过日子。大哥性格温顺善良，二哥脾气暴躁，小姑娘跟着生活，常受气。

小姑娘长到十七岁，一天，她外出挖野菜，在地里拾到一个鲜红的李子。李子香气扑鼻，她吃了下去。

转眼过了半年，女孩竟有了身孕。大哥看见了，他想起爹娘死得早，妹妹可怜，忍气没吭声。二哥知道了这事，一蹦老高，手掂木棒要活活打死妹妹。姑娘暗暗流泪，大哥给妹妹讲情说："先不要打死她，让她先说说原委吧。"

姑娘把拾吃李子的事讲了一遍。二哥的气消了几分，经大哥再三劝说，他也不提此事了。

姑娘十月怀胎分娩了，生了一双蛋。二哥叫拿出来打烂扔掉，大哥不同意，说："虽然不是人，也是个小生命，留个根吧。"

姑娘搂着一双蛋过了满月。一天蛋壳忽然破了，跳出一对鸟样的小动物，嘴里不停地发出"叽叽叽"的叫声。姑娘对大哥说："你看，它一出来就饥，咱们就起名叫它

‘鸡’吧！”

小鸡慢慢地长大了，一只公鸡，一只母鸡。当公鸡伸长脖子昂起头，拖着长音打鸣时，它叫“哥根”，因为是大哥叫留的根。母鸡呢？它叫“哥打”。

讲述者： 张汉成，46岁，农民
采录者： 曲小君，女，32岁，干部，高中
采录时间： 1988年2月
采录地点： 兰考县仪封乡
选自： 河南省民间文艺家协会资料库电子文档
《中国民间故事全书·兰考县卷》

297

小鸡放屁

盘古开天以后，女娲造人也造了各种动物，可在造动物时，忘给它们安生殖器了，上神就命阎罗王给动物们制造安置繁殖后代的器官。阎罗王细心地琢磨了好久，才制定出了它们生殖的方法。像有的动物是胎生，有的动物是卵生。方法制定好以后，阎罗王就规定在某一天，让动物们都去领生殖器。

各种动物一听叫领生殖器，都起得很早去了阎罗殿。尤其是大公鸡起得最早，它领了一个生殖器——阴茎，高高兴兴地回来了。走到半路上，它碰见了公鸭子，公鸭子一摇一摆地才开始去啦。大公鸡说：“鸭大哥，你咋才去？你看我的生殖器都领回来了。”

公鸭子说：“领了个啥样的东西呀？叫我看看。”

大公鸡高兴地指给它说：“你看，就在这儿，这叫阴茎。”

鸭子拿着看了又看，说：“公鸡兄弟，你看我这笨样，啥时候能走到啊？你跑得快，把这个给我，你再领一个去吧，我知道你是好行好事的。”大公鸡本来不想给它，可经它这一夸就答应了。

大公鸡又跑到阎罗殿，向阎王要阴茎，阎王说："你不是早就领走了吗？"公鸡说："我让给鸭大哥了，它说它跑不动。"

阎罗王一听，生气地说："你乱来，放屁！把它赶出去！"

大公鸡被赶出了阎罗殿，垂头丧气地回了家。因为阎王说话是金口玉言，从此，公鸡在交配的时候就放个屁。

一直到如今，鸭子有阴茎，公鸡没阴茎。再说，大公鸡也不像大雁、小燕、麻雀等动物那样成双成对，而是群居——乱来。

讲述者： 张同修，60 岁，濮阳县清河头乡中村农民
采录者： 张松林，44 岁，濮阳县清河头乡文化专干，高中
采录时间： 1990 年 8 月
采录地点： 濮阳县清河头乡中村
选自： 《中国民间故事集成·濮阳县卷》，魏盼先主编，濮阳县民间文学三套集成编纂委员会 1990 年 8 月编印

298

狗为啥吃屎

远古时候，天狗因偷吃了蟠桃宴上的御膳，被玉帝打下凡尘，从此，在人间繁衍生息。

天狗被打下天庭后，寄居在一个农夫家里。它整天帮农夫看家守门，倒也是勤勤恳恳，任劳任怨。可是就有一头，天狗很不满意每到吃饭时，农夫总是将吃罢了的残汤倒给天狗吃。渐渐地，天狗由懒变馋，暴露了偷吃的本性。每当农夫从地里干活回来，总发现屋里食物少了许多。农夫质问天狗，天狗总是装聋作傻，一问三摇头。从此，农夫开始留意了。

一天，农夫扛起锄头假装下地干活，绕到屋后窗下偷看。不一会儿，就见天狗跑进屋里偷吃起食物来。农夫怒不可遏，提起手中的锄头，冲进屋里，将天狗痛打了一顿。天狗带着伤痛跑出农夫家门，它想：我堂堂一个天狗，整天叫我吃农夫吃剩下的，饥一顿饱一顿，还挨打受气，这太不公平了。天狗越想越不是滋味，决心向玉帝告瞎状，借机狠狠惩罚一下农夫。

天狗来到灵霄宝殿，向玉帝哭诉了遭受农夫虐待的苦楚。玉帝心想：打狗也得看主人面，我的犬臣怎能受这样

凌辱？这农夫也太可恨了。对天狗说："你还到人间，警告农夫，若下次再敢虐待，我定降罪于他。"

天狗一听旨意，心花怒放，道声"谢玉帝"，就摇头摆尾出了灵霄宝殿。刚走出殿，忽然想到，还得问问我与农夫谁先吃饭。想到这，天狗回头又进了灵霄宝殿，向玉帝问道："每天吃饭，我与那可恶的农夫谁先吃呢？"

玉帝道："自然是狗吃了人吃。"天狗千恩万谢，辞别了天宫。

天狗记性很差，恐怕忘了玉帝的旨意，一路上，嘴里不停地念着"狗吃了人吃"这句话。它跑着念着，念着跑着，突然被一棵草绊了一跤，摔得头昏脑涨。这一摔不要紧，却把玉帝的旨意给摔糊涂了，咋样也想不起来到底是谁吃了谁吃。没法子，天狗只好又返回天宫，再次请示玉帝。玉帝正在陪娘娘高高兴兴地谈私房话，一见天狗又来啰啰唆唆，没完没了，雅兴大伤，心里非常生气。他想，这天狗实在可恶，一个狗事竟搅得天地都不得安宁，便怒气冲冲地喝道："狗奴才，永远忘不了吃食。记住，狗吃了人食。"

天狗把"吃食"听成了"吃屎"，所以自那以后，狗再也忘不了吃屎。

采录者： 师桂林

采录时间： 1989 年 10 月

采录地点： 淮滨县赵集乡

选自： 《中国民间故事集成·河南淮滨县卷》，赵庆尧主编，淮滨县民间文学三套集成编委会 1990 年 1 月编印

299

仙狗下凡

很久很久以前，人类只能靠吃野菜、野果度日。一天，天上王母娘娘出宫游玩，看见人间以野果野菜为食，很同情，决定派仙狗下凡，为人间看门，并令它带稻种到人间播种，生产粮食。

这天，王母娘娘唤来仙狗，将稻种拴在它的尾巴上，并嘱咐道："到了人间，要看好门，打下的粮食吃大份。"谁知仙狗听错了，以为是叫人们打下粮食，它吃"大粪"。

仙狗按照王母娘娘的吩咐，下凡到人间来。过大海时，不小心将稻种掉到水里，它急忙用尾巴去捞，结果只捞起一粒稻种，带到人间。人们经过精心栽培，由一粒种子繁育为千千万万。从此，水稻传遍世界各地。不过狗看门、吃大粪的特性，却一直沿袭至今，没有改变。

讲述者： 徐强，35 岁，新县宣传部干部，本科

采录者： 吴刚，29 岁，新县文化局干部，大专

采录时间： 2005 年 9 月

采录地点： 新县新集镇北湾村

选自： 河南省民间文艺家协会资料库电子文档

《中国民间故事全书·新县卷》

（二）

其他

300

老鼠的来历

在很古的时候，有一家三口人，老两口守着一个女儿。两口子去世后，撇下女儿独自过日子。她整天吃喝玩乐，一个钱的活儿也不做，不到一年把二老留下的粮食吃了个净光。没有办法，她就去讨饭。人们看她那懒劲儿，都不给她吃的，她到父母坟上大哭起来。太白金星知道了，变成一个老头儿来到她屋里，给她一把米，说："一顿下一粒米，做的饭就够你吃了。"说完，老人就走了。

时间长了，这姑娘嫌顿顿做饭麻烦，想着要是把剩下的米一下子放到锅里做成饭，饿了就吃，多得劲呀。她把剩下的米一下子放到锅里煮了起来，煮着煮着米长了，一会儿长满一间屋子，把她埋在米堆里了。人们看见她屋里的烟气，都忙来看。不多一会儿，屋子不见了，长起来一座米山。人们眼看着懒姑娘埋在米山下边，就赶紧扒起来。扒呀，扒呀！连懒姑娘的影子也没有，见到的是一个尖嘴的小动物。

一个老婆问："俺来扒懒姑娘，咋扒了个你呀！你就是她吧？"那尖嘴小动物点了点头。

人们问："懒姑娘，你咋变成这了呀？"

小动物开了口，说："我把米放得太多，烧得老熟了呀！"

大家一齐问："老熟就这个劲儿？"

懒姑娘变的那个小动物觉得没脸见人，钻到洞里去了。人们根据这个懒姑娘的最后一句话，就叫这小动物为"老熟"了。"老鼠"的名字就是在"老熟"的字音上转来的。

讲述者：何春霞

采录者：梁士东

选自：《中国民间故事集成·河南桐柏县卷（第二分册）》，马卉欣主编，桐柏县民间文学集成编委会1987年9月编印

301

青蛙是咋样改恶从善的

采录者：张海亮
采录时间：1986年3月
采录地点：社旗县城郊乡柳营村
选自：《中国民间故事集成·河南社旗县卷》，徐东主编，河南省社旗县民间文学集成编委会1987年9月编印

相传，女娲造人时，是用黄泥巴捏的。她捏一个活一个，捏两个活两个，一连捏了很多很多。一天，有个蛤蟆在她面前一晃不见了。从此，女娲再捏人就捏不像了，不是手长，就是脚短；不是头歪，就是身斜。女娲生气了，就把手里那块泥巴扔进了长江。不知过了多少年，那块泥巴变成了一个蛤蟆精。

这一天，蛤蟆精爬到一座山顶上，看到人们有说有笑地在地里干活，心里恨起女娲来：同是一块泥巴，为啥叫他们变成人，叫我变成蛤蟆呢？它越想越气，就带着它的子子孙孙，去糟蹋人们种的庄稼，弄得长江两岸的老百姓日夜不安，年年歉收。

一天夜里，蛤蟆精又带着它的儿孙们去糟蹋庄稼。谁知人们正拿着棍在地里等着它们哩。一阵棍打，蛤蟆们的两条腿都被打断了。蛤蟆们看跑不了啦，就苦苦求告说："以后永不再糟蹋庄稼了。"人们还不依。它们又求告说："饶了我们吧，以后我们捉害虫吃。"人们这才放了它们。

从此，蛤蟆再也站不起来了，一直到现在，它们还是似坐非坐，似站非站，经常在地里找虫吃。

302

青蛙的舌头为啥短

据说，从前青蛙本来有一个很长的舌头，说起话来非常灵巧，可不像现在这样只是“哇哇”地乱叫。这是为啥呢？

很古的时候，大地是一个没边的大平原，没有丘陵高山，地比天还大得多。玉皇大帝是天地全神，他住在天上，应该天包地，不能地包天。他问文武大臣：“谁有天包地的本事，官升三级。”可是满朝文武都说没有这个本事。

一天，太白金星对玉皇大帝说：“地既然有这么大，就一定有万物精灵，可将皇榜张贴下界，看何物有此妙策！”

玉帝就叫太白金星到下界张贴皇榜。这消息很快地传开了。太白金星等啊，等啊，就是没人揭榜。一天，青蛙突然把皇榜揭了，太白金星就把青蛙带上了天庭。

玉皇大帝问青蛙：“你有啥办法让天把地包着呢？”

青蛙转动着灵巧的舌头说：“这很好办，如果把地多捏些鼻儿，让大地耸起来，地不就小了吗？”

玉帝一听，这真是个好办法，便派出力士把大地捏了许多鼻儿。经过这么一捏，大地耸起的部分，便成了高山丘陵，这样地就缩了许多，天就把地严严实实包了起来。玉皇大帝看天把地包得严丝合缝，高兴得牙也笑掉了。可是他想：一个小小的青蛙，竟有这么大的本事，要是哪一天它对我不满，凭它这张利舌去联合起万物造反，我可对付不了；不如把它的舌头割掉，不让它讲话，它纵有天大的能耐也就不可怕了。玉皇大帝叫太白金星偷偷割去了青蛙的舌头。

现在，我们再也看不到青蛙那灵巧的舌头了，我们常听到青蛙“哇哇”地乱叫。仔细听听，还会听出青蛙是在向人们诉着它的委屈：哇！哇！割舌头为啥？天小地大！哇！哇！割舌头为啥？天小地大！

讲述者： 马长富，53 岁，南召县板山坪乡农民，不识字

采录者： 铁天培，32 岁，回族，南召县板山坪乡松东村教师，高中

采录时间： 1985 年 6 月

采录地点： 南召县板山坪乡

选自： 《中国民间故事集成·河南南召县卷》，乔明宪主编，南召县民间文学集成编委会 1987 年 10 月编印

303

青虫为啥没有牙

据说，原来的青虫都有牙，可后来为啥没牙了呢？

传说，很古很古的时候，青虫的牙齿又尖又利，而且，它们的头目——虫王爷，是个又贪又馋的家伙。它年年过生日，都要神农氏给它送很多很多的贡品，如果得罪了它，它就要虫子们把遍地的庄稼吃个净光。

这年，虫王爷要过生日哩，被玉帝召上天去了。它刚走，神农氏就送来了上好的贡品。它的两个童子想，年年送的贡品都让虫王爷独吞了，有时剩下一些，就是放得发霉，也不让下人吃，这次，趁它不在把贡品给大家分吃了。

俩童子就这样做了。哪知，虫王爷回来没见贡品，大发脾气，连连追问它俩。它俩知道虫王爷是个吃肉不吐骨头的家伙，怕吃眼前亏，就撒谎说神农氏没来上贡。虫王爷气得咬牙切齿，下令要在来年春季下吸浆虫，把天下的麦子全吃光。

俩童子见惹出了大祸，忙计议了一番，夜里给神农氏托梦说："今年千万别种麦子，最好种上两季稻。若不然，就有大祸临头了！"

神农氏按照俩童子的嘱咐，教天下农人学种了稻子。第二年，虫王爷的吸浆虫没处下嘴，全都饿死了。普天下的稻子获得了大丰收。

虫王爷见此计失算，又发誓要在来年下料虫（稻螟虫），把天下的稻子全吃光。

俩童子忙给神农氏托梦说："秋季千万别种稻子，最好种上玉米。若不然，就大祸临头了。"

神农氏按照俩童子的嘱咐，教天下农人把稻田起旱，全种上了玉米。结果，虫王爷下的料虫没处下嘴，全都饿死了。普天下的玉米获得了大丰收。

虫王爷见一计不成，又生一计，它找到冰雹将军，煽动说："天下的农民表面上惧怕你，背地里天天诅咒你，还扬言早晚要把你点天灯烧死哩。"冰雹将军本来就是个冷酷无情的家伙，一听此言，好像冰上泼水，发誓在来年下一场大冰雹，把地上的玉米砸个粉碎。

俩童子得知消息，不敢怠慢，连夜托梦给神农氏："来年千万别种玉米，一定要种上红薯。若不然，就有大祸临头了！"

第二年，神农氏又按照俩童子的嘱咐，就教天下农人全种上了红薯。冰雹将军的一场冰雹又落了空，家家户户仍是有吃有喝。

虫王爷见此计又未得逞，更加恼怒，抱头想了三天三夜，又生一条毒计。它找到"一担挑"姐夫瘟神，要它在来春发一场瘟疫，要使天下农人饿不死病死。

两个童子知情后，又惊又气，为了挽救众生，就冒死上天，向玉皇大帝报告了虫王爷的所作所为。

玉帝闻知，勃然大怒，立即传旨，把虫王爷拘上天庭，斥责道："你这个贪馋狠毒的东西，竟然如此妄为，该当何罪？"

虫王爷刚想分辩，不料，玉帝一把夺过它手中的朝王板，狠劲向它嘴上打去，一下把虫王爷的牙齿打落了。因此，直到如今，所有的青虫都没有牙齿。而普天下农民却学会了种五谷杂粮。

讲述者：姚六娃
采录者：姚国芳

采录时间：　1984年6月

采录地点：　淅川县盛湾乡单岗村

选自：　《中国民间故事集成·河南淅川卷》，刁诏主编，淅川县民间文学集成编委会1987年8月编印

304

黄河鲤鱼

当初，舜王在黄河南岸陕县与渑池界治水，天天夜里巡察工地，总看见山脚下有两盏明灯。一往跟前去，就钻进山里，不见了，舜王下令工匠挖山。

挖呀挖，白天挖开了，晚上又长住。舜王叫人分开，轮换挖，白日黑夜不停。

挖呀挖，北边挖，从南边出来；转南边挖，又从北边出来。舜王又把人分开，南北都挖。

挖呀挖，挖出来了，不是灯，是两条金鲤鱼，头靠着头，卧在山肚里，活像一个汉字写哩“八”字，一闪一闪发光。

工匠里三层，外三层，围了个圈不透风。“哧”，鲤鱼打个挺，从人们头上跳过，向北跑去。右边一条，到黄河沿上又一尥，落进黄河里。左边一条跳进北流清水河，顺水往下，在河口停住。舜王看见那儿又放光，搭上箭，拉满弓，“嗖嗖嗖”连放三箭。金光一闪，也进了黄河。

舜王三支箭矢射进清水河左岸的石崖里，撇到今儿，还在那儿，那段河也叫“箭的河”。鲤鱼最后停留的地方有个村叫鱼立。上游山脚石板上，印着两条鱼痕迹，人都

说那是“金鱼窝”。

两条金鱼都进了黄河，生下子子孙孙就是黄河鲤鱼。

讲述者： 郑富宝，52 岁，农民，小学

采录者： 刘邦项，22 岁，陕县张茅乡白土坡村农民，高中

采录时间： 1982 年 8 月

采录地点： 陕县柴洼乡天治河村

选自： 《中国民间故事丛书 · 河南三门峡 · 陕县卷》，尚根荣主编，知识产权出版社 2016 年 1 月版

305

龟盖为啥四十五块

从前，乌龟盖是一整块，不是像现在这样四十五块连在一起，这是咋回事呢？

原来，带翅膀的鸟都秘密去参加王母娘娘二百年举办一次的宴会。后来不知咋被乌龟听说了，它也想参加这次宴会。可是自己没有翅膀，飞不上天宫，咋办呢？它就找鸟儿们求助。鸟儿们想：如果一个人驮，太沉，抬着吧显得乌龟高贵，自己下贱。最后，终于想出了一个好主意，每人贡献一根羽毛，给乌龟插上。乌龟有了翅膀，能上天赴宴了，别提多高兴了！它为了感谢大家就新起了名字叫“大家”。

开宴的一天终于到了，它们一同飞到天宫。到那儿以后，来赴宴的都还没有就席，乌龟见到自己没吃过、没见过的美味佳肴摆了一桌，就急得流出了口水。它问跑堂的小麻雀：“这叫谁吃的？”

小麻雀随口答：“叫大家吃的呗。”

乌龟听了，高兴得没法说，它想：“我第一次到天宫，王母娘娘就这样招待我，以后，哈哈……”它就大吃起来，不一会儿就把酒菜吃得差不多了。等赴宴的来吃时，酒菜

已没有了。众鸟都气急啦，它们一看就知道是乌龟干的。一个个找着乌龟，都拔下了自己的羽毛。

该回去了，乌龟没有了羽毛，无法下去，求谁谁也不理。鸟儿们都回去了。乌龟没有办法，只得趴在天边往下喊，原来它和妻子商量好，回来给妻子带些菜。妻子也许正在等自己，它大声喊："老婆子！老婆子！"听听没有回声。又喊了两句，似乎听见下面有声音，它使劲往下喊："把下面打扫好，铺些被子……"它妻子把被子错听成了坯子，它把整个院子都铺满了砖坯子。乌龟觉得铺好啦，就变变方向，一个跟头翻了下来。结果"啪嚓"一声，把整个盖摔碎啦。它妻子把碎盖对一起，经过精心照料，慢慢长到了一起，最后变成了四十五块。直到现在，乌龟的盖还是四十五块呢。

讲述者： 张三，45 岁，农民，不识字

采录者： 杨华伟

采录地点： 西华县颍河岸边

选自： 《中国民间故事集成·河南西华县卷》，胡有典主编，西华县民间文学编纂小组 1990 年 5 月编印

306

王八

在很早以前，赵河岸边住着一位心地善良的老妈妈。老妈妈年过半百，丈夫去世早，跟前没儿没女。幸好老伴留下了不少东西，生活也算安乐，可老妈妈总感到孤单。

有一天，老妈妈家门前来了一个衣裳破烂的小伙子，是个讨饭的。那小伙子说是自小父母都死了，也没田地，只好出来要饭。老妈妈心肠软，很可怜这个小伙子，想想自己也没个后辈人，就想收留他做个干儿子。一说，那小伙子也怪喜欢，老妈妈就给他起了个名，叫王八儿。

老妈妈对王八儿爱如掌上明珠。哪知道这王八儿生成就是个好吃懒做的浪荡鬼儿。他有爹有妈，就是不正混，他爹妈恼了，才把他轰了出去。他到王老妈妈家里以后，还是东游西逛，招风惹草。老妈妈屡次劝他学着做点杂活，日后也好娶个媳妇。王八儿哼哼一笑说："咱有这么多家产，还愁娶不来媳妇？"

老妈妈见他这个不成器样儿，害怕自己和老伴辛苦大半辈子挣来的家业被这个干儿子扑腾完了，就暗地里藏了些银子。谁知这事叫王八儿看破了，暗暗下了黑心，要找机会杀了王老妈妈，自己独吞家业。

这天夜里，王八儿鬼鬼祟祟来到老妈妈住的屋子。老妈妈还没有睡，正坐在床沿上，为认这个浪荡鬼儿做干儿的事伤心哩。听见有脚步声，抬头一看，见王八儿进来了，就问："八儿，你还没睡哩？"

王八儿装着很亲热地对老妈妈说："娘，我怕你孤寂，想给你说会儿话哩。"

老妈妈一听，觉得干儿怪懂事，就不再伤心了，笑眯眯地说："八儿呀，快坐娘床上来说吧。"

王八儿一听，正合心意，坐在床上跟老妈妈东扯葫芦西拉瓢地呱嗒了好大时间。他看老妈妈有点乏了，夜也深了，就趁老妈妈不防，把老妈妈掐死了，然后背起老妈妈往河边跑去。

来到河边，这个狼心狗肺的孬孙就把老妈妈扔到河里了。谁知响声惊动了守河水神，慌忙托起老妈妈进了水府，放在水晶床上，又从葫芦里倒出一颗仙丹，塞到老妈妈嘴里。老妈妈立时醒了过来，抬头见一个壮年汉子站在跟前，感到很奇怪，忙问："我这是在哪儿呀？"

河神说："老人家，这是水府，我不是凡人，是河神。你快说说是咋掉到河里了吧！"

老妈妈就把如何认王八儿当干儿，最后王八儿如何哄着自己，又把自己扔到河里的经过，一下子说了个明白。河神还没有等老妈妈说完，就气得火冒三丈，咬着牙说："真没想到会有这号没良心的可恶东西。我一定要治治他，给你出气！"说罢，河神把小葫芦递给老妈妈说："这是一个宝葫芦，你回家以后，见着王八儿也别说话，只管摇这葫芦。等把他变成一个小东西以后，连这葫芦扔到河里，你就能安生过日子了。"嘱托完，水神叫老妈妈闭上眼，又送到岸上。老妈妈觉得像做梦一般，低头看看手里的葫芦才知道不是梦。

这时候，天已经大明了。老妈妈走到家门口就上去敲门。王八儿这一夜也没敢睡着，听见有人敲门，心里一阵发慌。他轻脚轻手地开开门，一瞅是老妈妈，吓得浑身打哆嗦。老妈妈一句话也不说，对着王八儿就摇起了葫芦。只见老妈妈摇一下葫芦，王八儿就搐[1]小一下，摇了一阵后，哪还有个人影儿？老妈妈往地上一看，一个黑青色的小动物，一动也不动地趴在地上。老妈妈想起了河神的嘱咐，就用火筷子夹着它，连葫芦一起扔进河里了。

河神接着这个小动物以后，为了叫它立功赎罪，没杀它；还叫慢慢长大，做一味补药，叫人们滋补身子，特别是老年人吃它益处更大。

从此以后，水里多了这种动物。因为它是王八儿变的，人们就叫它"王八"。又因为它是圆形的，所以也叫"老圆鼋"。还因为它总是憋在水里不出来，也叫它"鳖"。王八儿做过亏心事，一见人就把头搐到肚里，到现在还是这样。

[1] 搐：方言，缩。

采录者： 赵桂梅，女，16 岁，社旗县城郊乡中学生
采录时间： 1986 年 3 月
采录地点： 社旗县城郊乡中学
选自： 《中国民间故事集成·河南社旗县卷》，徐东主编，河南省社旗县民间文学集成编委会 1987 年 9 月编印

附记

原稿注明作品来源为"听外祖父讲"。（程健君）

307

蚕姑奶奶

古时候，在伏牛山的一个小村子里，住着一家姓尤的夫妇。男人尤山，身强力壮，精明能干。妻子生下女儿尤德卉不久，就离开了人世。尤山又当爹又当娘，擦屎擦尿，把女儿养大。

尤家有一匹白马，能日行千里，夜行八百，既通人性，又懂人话，都说是匹神马。后来，边关有了战争，尤山被征入伍，走时交代女儿："早归晚出，养好白马，战事一毕，为父疾速回家。"德卉在家牢记父教，伴随白马生活。

尤山一走就是三年。由于他智多谋广，打仗勇敢，立下战功，升为领兵副帅。边关不稳，害得他有家难回，离家又远，连个信也捎不回去。

德卉在家思念父亲，想得吃不下饭，睡不好觉。夜里做梦，听见爹爹喊她，常被惊醒。这天，德卉刚刚哭过，眼里噙着泪去给白马添草拌料，那白马"咴——咴——咴——"直叫，又是用前蹄扒地，又是扑棱耳朵，抬起头看她。德卉见此情景，抹去泪水，用手捋着马鬃，轻轻地说："白马呀白马，家里只有你和我，俺爹服役三年，没有音信。人人都说你通人性，你若听懂我的话，去到边关，找回爹爹，我就做你妻子。"那白马听后，前蹄立起，嘶叫一声，挣断马缰，一阵风跑了出去。

白马跑起来像离弦的箭，没几天就到了边关，找到了尤山。尤山一见是自家的白马，心想：是女儿来了。左等右等不见女儿，立时安排好军务，骑上白马。那白马扬起四蹄，"嗒嗒嗒"，直奔家乡而来。

到家后，父女团聚，格外高兴。尤山觉得白马功劳大，就特别细心喂养。可怪事来了，草再好，料再多，白马一口也不吃。女儿德卉去喂，也是这样，眼里还有泪珠，时常叫唤。白马不吃草，急坏了父女二人，想着长途奔跑，把马累伤了。请来兽医看病，兽医说："马没病。"后来，尤山问起女儿德卉，马是如何到了边关的。德卉就把因思念爹爹对白马说的话，向爹爹学了一遍。德卉又说："我想它是哑巴牲口，只当是说个宽心话，谁知白马真个去了。"尤山听后，紧锁双眉，想了想，责怪女儿说："终身大事，咋能做儿戏呢？记住，这话千万不要传出去，从今后你不要再到马跟前去。"

第二天，尤山用硬弓射死了白马，剥了皮，把皮钉在墙上晾晒。家里没了白马，德卉心里感到十分难受，背着爹爹，常常一个人暗中哭泣。

一天，德卉和邻居几个女伴，在院中踢毽子。她看到墙上钉的马皮，就走到跟前，用手摸一摸它的毛。这一摸，意想不到的事情发生了，马皮突然掉下墙来，往德卉身上一扑，卷住德卉，一阵风后，马皮连人都不见了。尤山再喊也喊不应，再找也找不到。

马皮卷着德卉，一直向伏牛山深山飞去。在一棵大栎树下，马皮停了下来，德卉姑娘失去人形，变成了马头形蚕。她不吃别的东西，只吃栎叶或桑叶。后来，成了这片树林的主人，上帝封她为蚕神。

她对这场遭遇，有说不出的苦处。日夜思念家乡，想念父亲和女伴。每当她想亲人的时候，便从口中吐出长丝。后来，她把自己吐的丝织成茧，人们又把茧抽成丝、织成绸缎。据说，这是德卉姑娘为了报答爹爹的养育之恩，才这样做的。现在还有人把蚕称为马头娘，也就是这个缘故。

讲述者： 薛书林，33 岁，南召县太山庙乡横山村农民，初中

采录者： 刘万普，25 岁，南召县石门乡孙庄村农民，高中

整理者： 乔明宪，48 岁，南召县文化局干部，大学

采录时间： 1986 年 5 月

采录地点： 南召县太山庙乡横山村

选自： 《中国民间故事集成 · 河南南召县卷》，乔明宪主编，南召县民间文学集成编委会 1987 年 10 月编印

附记

河南南召、鲁山、方城一带多养山蚕，学名柞蚕。柞蚕养在山坡上，敌害很多，如蛇、鼠以及鸟类、马蜂等，养蚕者在山坡上搭棚看护，食宿都在坡上。柞蚕收获后，蚕农煮茧取丝、取蛹，织绸。

养蚕禁忌很多：养桑蚕禁说“长”，应说“高”；不说“喂”，应说“撒叶子”；一人喂，其他人不能插手；生人不得进蚕房，进蚕房不兴说不吉利的话；养柞蚕禁说“爬”，应说“行”。蚕农把蚕当姑娘待，若违反了禁忌，据说蚕会跑光或者害羞不结茧。

蚕农敬奉的神叫蚕姑奶奶，是一马首人身的少女。还有传说：蚕姑奶奶是高辛氏之女，她的父亲为人劫走了。她母亲发誓说：如有谁能将我丈夫找回，就把女儿嫁给他。结果是他家马将他找回来了。父亲觉得自己的闺女咋能嫁给马呢，就把马杀了，把马皮晒在院子里。闺女经过时被马皮裹上了桑树，变成了蚕，后人就把她敬为蚕神。旧时，南召、鲁山、方城一带蚕坡上多建有蚕姑奶奶庙。（程健君）

308

桑蚕

古时候，有个男的出门远行，在外边很久没有回家。他家里没有别的人，只有个小女儿和一匹公马。这个公马就由他的女儿亲自喂养。小女儿在家里很闷，没净拉光[1]的，常常想念她的爹爹。有一天，她开玩笑地向拴在马棚里的马说：“马呀！你如果能够把我的父亲迎接回来，我一定嫁给你做妻子。”

那马一听这话，就跳起来，拉断缰绳，从马棚里跳出来跑出院子。跑了不知几天几夜，一直跑到小姑娘父亲住的地方。小姑娘父亲一见是自己家的马从千里的家乡跑来，又是害怕又是喜欢，便抓住马鬃翻身上马，那马倒也奇怪，望着跑来的方向伸长脖子悲哀不止。他父亲暗想：这马远远从家里跑来，是不是我家出了啥事情？没有停，赶紧骑马跑回家去。

回到家后，女儿见到父亲，说明家里没有发生啥事，就是想念父亲。可能马通人性，就去把父亲接回来了。她父亲也没有说啥，便住下来，见马这么聪明通人性，心里

[1] 没净拉光：方言，没一点意思。

很高兴，待它比从前不一样了，总是给马上等好料，这匹马老是不肯吃。可就是见了小姑娘，又叫又跳。父亲见到这光景，心里觉着奇怪，便问他的女儿："你说说，那马见了你为啥总是又叫又跳？"女儿只得老老实实把那次和马开玩笑的事给父亲说了一遍，父亲一听就说："唉，真是气死我了，说出去人家还不笑死！最近几天你也别出门。"

姑娘的父亲是爱马，但也不能让马来做他的女婿呀。叫村上的人听说，不笑话死喽！为了不叫那马长期作怪，父亲就把马射死啦。然后剥了马的皮，把皮晾在院子里。

有一天父亲有事出门，小姑娘和邻居家的姑娘们在院子里马皮旁边玩。姑娘看见马皮，心里生气，就用脚踢它，一边踢一边骂："你这畜生，还想叫我做你的妻子，现在把你的皮剥啦，不受屈！"话刚说完，马皮就跳起，裹住姑娘就往门外跑去，像风一样地旋转着，一会儿没影啦。女伴们都吓坏啦，谁也没有办法去救，只得等她父亲回来，给她父亲说了经过。父亲听了女伴的话后，到附近各地方找了一遍，没踪影。几天以后，才在一棵大树上发现了他那全身包裹着马皮的女儿已经变成了一条大虫一样的生物，慢慢摇摆着她那马样的头，从她的嘴里吐出一条白而长长的细丝，缠绕在树枝四周。好奇的人们纷纷跑来看，大家叫这吐丝的奇怪物"蚕"，把缠绕蚕丝的树叫"桑"，意思是人在这树上丧了年轻的生命。

这就是如今桑蚕的来历。

讲述者： 左殿敏，70岁，农民
采录者： 刘自革，清丰县仙庄乡文化站干部
整理者： 柳桂亮
采录时间： 1987年4月2日
采录地点： 清丰县仙庄乡左家村
选自： 《中国民间故事集成·河南清丰县卷》，唐孝方主编，清丰县民间文学集成编委会1989年10月编印

309

动物为啥不会说话

以前，动物们都会说话。后来玉皇大帝听到地上天天都在吵吵嚷嚷，心想：动物们都和我一样自由自在地说话，咋能显得我？便把一包哑药交给二郎神，让二郎神把药放在酒里，让动物们喝。

二郎神在天空说："这是玉帝赐给你们的酒。"说完把一大坛酒放在地上。

动物们都跪在地上向天叫道："谢谢玉帝。"

狗说："咱们把酒热热吧。"

"好！"大家都高兴地说。

不一会儿，火点着了，狗说："汪！汪！汪！"二郎神想，狗叫唤得怪好听的，以后它就向人类这样说话吧。以后，狗只会"汪汪汪"地叫了。

小燕子说："我数到一百，咱们再喝酒。"燕子开始说数：一、二、三、四、五、六、七……当数到十时，猫说了声："俩五。"二郎神想：以后就叫小燕子说一、二……十时，猫说俩五吧。

当小燕子数到九十九时，早已急得流口水的黄牛赶急说了声"哞"，就急去喝酒。二郎神想：干脆以后叫牛

“哞”吧。据说，牛以后嘴流白沫，就是因为喝药酒太多的缘故。

其他动物喝药都成了哑巴。而猪呢，喝了药酒一直昏迷不醒，嘴里不住地哼哼，二郎神就叫猪说话的声音为“哼哼”。

地下人们想，玉帝那么蛮横，咋对人却大发慈悲呢？原来人们没有喝药酒，所以仍能说话。

讲述者： 李京学，23岁，郸城县酒厂职工，高中
采录者： 郭花，女，25岁，郸城文化馆职工，高中
整理者： 张世存
选自： 《中国民间故事集成·河南郸城县卷》，阎春茂主编，郸城县民间文学集成编委会1989年9月编印

310

禽兽为啥不能变人

人是世界的主宰者，飞禽走兽都遭到杀灭和虐待。

有一天，鸟类和兽类愤愤不平，联合召开大会。会议决定，双双选出代表团，去请求玉帝改变它们的命运，如有可能，也把它们变成人类。

玉皇大帝接见了它们，并耐心倾听它们的申诉。兽类代表说：“人类对我们的领袖都不尊重，连老虎、豹子、大象也惨遭他们的杀害。”

鸟类代表说：“人类把我们捉住，轻则装进笼子，重则杀死，当作他们的一顿美餐。”

玉皇大帝说：“听到你们的控诉，我感到很可怜。不过想改变你们的处境，可不是一件容易的事。你们必须按照我的指点行事，或许能变成人类。”

代表们异口同声地答应照办。玉皇大帝说：“光讲不行啊，得靠心诚。你们到下界的城市里去，会发现那里有几坛棕油，你们用棕油涂抹身体，七天之内，皮毛脱落，你们就变成人类了。”

代表们高兴极了，到下界去了。

鸟类和兽类在森林里召开了盛大的庆祝宴会，宴会上，

它们兴高采烈。按玉皇大帝的说法，不久它们会变成人的，皮肤会变得像油一样柔滑，还能像人一样直立行走，它们将使用人类的武器来保护自己。

宴会一直进行到深夜，大家得意忘形一个个喝得酩酊大醉，竟忘记了进城抹棕油的事了。后来，唯有猴子想起了这件事，忙往城里跑去。

等猴子到了城里，已近中午时分，可惜这天太阳似火，那几坛棕油已被晒得只剩下几滴了。猴子先到，用那几滴油抹了手掌和面孔。棕油擦完了，它便跳进坛里，用屁股摩擦坛底。因此，现在猴子的手掌、面孔和屁股上都没有毛，同时体形也仿似人。等其他动物赶来时，油坛已成空的了。

这时，鸟兽们都悔恨地流下了眼泪，都埋怨自己太愚蠢，不该忘记玉皇大帝“光讲不行啊”的指点，它们只得又悻悻地返回森林。

可是，城里的人们已经发现了它们，跟在后面穷追猛打，许多鸟兽逃进了森林，牛、羊、鸡、狗……却被人们捉住了。

从此以后，牛、羊、鸡、狗……便成了人们的家畜家禽。

讲述者： 丁辉

采录者： 张德润

整理者： 王家壁

选自： 《中国民间故事集成·河南郸城县卷》，阎春茂主编，郸城县民间文学集成编委会1989年9月编印

四、植物

（一）庄稼蔬菜

311

小麦为啥一个穗

（一）

讲述者：刘氏，女，扶沟县韭园乡大王庄农民，不识字

采录者：王顺江，38岁，扶沟县百货公司工人，初中

选自：《中国民间故事集成·河南扶沟县卷》，唐贵知主编，扶沟县民间文学集成编纂委员会1989年9月编印

传说很古很古的时候，麦子满棵都是穗，打的麦是大囤尖小囤流，家家户户吃不完。可是，后来为啥会变成一个穗呢？

据说，有两口子，生了一双儿女，非常溺爱。一天，两口子正在做饭，一双儿女啼哭不止。他们就用和好的面块来哄孩子，叫他们当尿泥来玩。

谁知，这件事惊动了天宫玉皇大帝，传下圣旨，命令蚂蚱精带领天兵天将把麦穗全部捋光。

玉皇大帝下令时是夜间，人们还在梦里。只有看家的狗知道了这件事，纷纷跪地磕头，求蚂蚱精给主人留一穗。蚂蚱精被狗对主人的诚恳所感动，就留下了一个穗。狗说："留一穗只够主人吃，我吃啥？"

蚂蚱精说："不够吃，你吃屎。"说罢，带领天兵天将回天宫交旨去了。

从此，麦子只有一个穗，狗就改成了吃屎。

312

小麦为啥一个穗

（二）

讲述者：　黄永良
采录者：　黄新建
采录地点：　西华县聂堆镇黄庄村
选自：　《中国民间故事集成·河南西华县卷》，胡有典主编，西华县民间文学编纂小组1990年5月编印

传说过去一棵小麦就有好几个穗，多的一棵能长十多个穗。麦穗长得又大，人们打的小麦又多，过日子也就不俭省。打的麦子到处放，有的磨面做馍叫小孩拿着玩，玩够了，就扔了。老天爷知道这事，很生气，他下令把所有的粮食都绝收了。

这样才过一年，人们就把粮食吃完了，地里一点也不收，人们就只好吃树叶树皮了。忠厚老实的狗眼看人们都要快饿死，就上天上向老天爷求情，让老天爷给它留下一个麦穗。老天爷不答应，狗一连跪下三天三夜，老天爷被狗的诚心感动，就同意给狗留下一个麦穗。他问狗要一多大的麦穗，狗想了想，正要回答，这时一只不吃粮食的兔子跑过来说："跟我的尾巴这样长。"老天爷答应了。

这下可气坏了狗，因为兔子的尾巴太短了。它谢过老天爷，扭身便向兔子扑去。从此，狗见了兔子就咬。但一棵小麦也只有一个穗了。

313

小麦为啥一个穗

（三）

古时候，麦子从根到梢结一身穗子，打的粮食吃不完，老百姓过着丰衣足食的生活。

时候长了，老百姓有的不在乎起来，收种庄稼不讲精耕细作，过日子忘了勤俭持家。麦天，金黄的麦穗撒在地上也没人捡。吃面光吃三遍细面，饭剩下都倒扔了。老灶爷看不下去，就把这事报告给了老天爷。老天爷听后大怒，要给人间降灾。王母娘娘说："我去看看。"她化装成一个讨饭老婆来到了人间，进了一家朱漆大门。这家的几个孩子正玩面团儿，有的用面捏人，有的用面捏成小车、板凳。更可恶的是一个小男孩，掂了两瓢面，在面里撒泡尿和面，大人在一旁看着哈哈大笑。

王母娘娘向这家主人讨饭，主人很大方，给了她好几个白面蒸馍，她不要，指名要了一个面人、一个面凳。

王母娘娘看罢，回到天宫，对玉皇大帝一说，玉皇大帝立马派太白金星督阵，带领各路神仙，把风雨冰雹一齐降到人间。刚出土的禾苗被冰雹打坏了，成熟的麦子被大风刮跑了。

金狗看到这种情况，赶忙跑到土地庙里，跪在土地爷面前说："恁老使使面子，让老天爷给俺主人留口吃的，俺主人可从来不抛撒粮食。"

土地爷看狗怪可怜，就说："你去衔棵麦放在我庙里。"狗听说后，撵着风头衔回一棵麦。由于风大雨猛，它摔了一跤，回到庙里时，麦棵上只剩一个麦穗。就是这棵麦穗救了人类，所以，往后种的麦子一棵只结一个穗。

人们感激狗的忠诚，日子再苦也要给狗留一口饭。大人教育小孩时常说："快去喂狗吧，人吃的还是狗的粮食哩！"

采录者：　张培乾

选自：　《河南民间文学集成·西平故事卷》，高沛主编，中州古籍出版社 1997 年 1 月版

314

小麦为啥一个穗

（四）

相传，在很早的时候，一棵小麦上长八九个麦穗，最少的也有六七个，自然人们就觉得不愁吃不愁穿，都过着富裕的生活。人们看着那大囤满小囤流的麦子，就不在乎了，到处撒的都是粮食、饭粒。

这天，王母娘娘化作一讨饭的老人来到人世间察访。当她来到第一家乞讨时，一位妇女抱着孩子从屋里走出来，气呼呼地说："早不来，晚不来，偏偏没馍你就来。刚才还剩一个单馍，小孩拉屎了，就给他当屎布了。"说完，扭头进屋了。

王母娘娘听后很生气。她又来到第二家，一位老人出来说："刚才还有一碗剩饭，你来晚了一步，我把它倒给猪了。"

王母娘娘听后，更是气得不得了。接着来到第三家，一位妇女走出来说："这位老太婆，你咋也不早来，刚才还有一个剩馒头，喂给狗了。"

王母娘娘听后气得直摇头，接着去到第四家、第五家……都是这样说的。王母娘娘耳闻目睹这些情景后，就又化作仙人回到天上。一气之下，她拔掉头上的簪子往空中一划，"哗哗"的水往下流，淹没了庄稼，收回了麦穗。农民们看着这些可爱的麦子，一个个都没了头，心疼极了。

后来，听说谁如果往天上求王母娘娘让麦子恢复原样，就得挨四十大板，谁也不敢去。没有办法，只好找兔子，说它跑得快。兔子也是怕挨打，说啥也不去。又求鸟，鸟也不敢去。最后只好求黄狗，兔子在旁插嘴说："黄狗哥，那你就去吧！"狗强忍着点了点头。

第二天，黄狗准备好行装，开始上路了。它走呀走呀，翻过了一座又一座山，穿过了一片森林又一片森林，渡过了一条条河流。它走了七七四十九天又七七四十九天，直走得疲惫不堪，才走到了。它跪在王母娘娘面前，苦苦地请求。王母娘娘就是不允，黄狗跪了整整七天七夜，王母娘娘才答应了，可还是打了它四十大板。然后，扔给了它一个麦穗，算是达到了目的。

黄狗带着这一个麦穗回到了地面上，一茬茬地繁衍种植，从那时候起麦子就只长一个麦穗了。

讲述者： 孟广新，72 岁，舞阳县孟寨乡小王庄农民，小学

采录者： 黄成勃，32 岁，舞阳县孟寨乡文化专干

采录时间： 1989 年 3 月 21 日

采录地点： 舞阳县孟寨乡小王庄

选自： 《中国民间文学集成·河南舞阳县卷》，王秉钧编辑，舞阳县民间文学集成编辑委员会 1990 年 8 月编印

315

小麦为啥一个穗（五）

据传，古时候只有麦子一种粮食作物。那时的麦子秆上净是穗，因为穗多，收的粮食也很多。人们因此无忧无虑，生活十分美满。

那时，尽管天下的人不愁吃、不愁穿，但都是勤劳俭朴的，从不浪费粮食，个个过着俭朴生活。这样过了一代又一代，天下安定，人人团结，一派繁荣。

哪知，天下竟出现了一代大逆不道的子孙们，他们看粮食多，就开始吃喝玩乐，浪费粮食。开始，还能种着庄稼，后来，连庄稼也懒得种了，吃储存的，把地上搞得乱七八糟，直至储存的粮食也快吃完了，他们也没觉悟。

由于以前地上繁荣，所以玉皇大帝也好久没有派天神巡视地下了，不知怎的，这时，玉皇大帝又派了一位天神下来巡视。这位天神往下一看，地上庄稼荒芜，野草遍野，就把看到的一切都告诉了玉帝。玉帝大发雷霆，即派天兵天将把地上可吃的东西都刮走、卷走，把他们全部饿死。众天神把地上的东西开始往上卷。这一下，地上的人们才知道事情的不妙，都吓得躲在屋里不敢出来。小狗、小猫都跪在地上乞求天神给它们留下一条生路。天神内心不忍，就对玉帝强谏。玉帝思之再三，决定把麦子留下一穗。

所以到现在麦子仍是一个穗。这里面有着小狗、小猫的一份功劳呢。不然，人们都饿死了。

再说那些大豆、玉米等是玉帝看人们改造变好了，给人们增添的谷物。

讲述者：楚贵民，48岁，遂平县和兴乡中学教师，大专
采录者：樊怀军，16岁，遂平县和兴乡初中学生
采录时间：1988年5月
采录地点：遂平县和兴乡
选自：河南省民间文艺家协会资料库电子文档《中国民间故事全书·遂平县卷》

316

小麦为啥一个穗

（六）

讲述者：李树松，63岁，息县城郊乡农民

采录者：计守申

选自：《中国民间故事集成·河南省息县卷》，曹金铸主编，河南省息县民间文学三套集成编委会1990年1月编印

相传，很久以前，一棵小麦能出几个穗。一次，玉皇大帝对龙王说："该行雨就行雨，不该行雨就不能行雨。"这样一来，连年风调雨顺，天下的小麦收成很好。真是"麦垛堆如山，麦面白如雪"。

且说这年夏天，王母娘娘下凡察看。她打扮成一个老太婆，走村串户，家家户户吃的都是白面馍，她看着从内心高兴。但是，却发现有的粪池中扔有白面馍，有的小孩用白面馍饼垫屁股，看后非常恼怒。

王母娘娘回天宫后，向玉皇大帝讲述了此事。玉皇大帝生气地说："不爱惜粮食，真是岂有此理！命你处之。"

第二年春天，王母娘娘又来到凡间，对着小麦说了一声："变！"到小麦出穗的时候，一棵小麦就变成一个穗子了。

从此，一棵小麦只抽一个穗。粮食少了，人们也就养成了爱惜粮食的习惯。

317

一根麦秆为啥只结一个穗

相传远古时候，一根麦秆上至少要结十个穗。有一天，有个老道来到一个村庄化缘，瞧见那个村上的人把烙热的白面油饼给小孩当尿布垫。老道一见，急得不行哩，说："中，你们欺天瞒地，随便糟蹋粮食，我非收走恁哩[1]口粮不中！"说罢，一溜烟似的跑到村边的一块麦田里，动手掐起了麦穗。

这时候，村上有一只看家狗看到了这事儿，马上集合了全村的狗跑到那块地里，劝说老道。可是，老道就是不听。那些狗再次劝说道："人类遭罪人类担，糟蹋粮食是我们主人的错儿，与我们这些狗类不相关。请恁发发慈悲，高抬贵手，给我们留一棵保命粮吧！"

那老道一听，觉得狗说得有理，等掐到只剩一个麦穗时，就停止，说："中，给你丢一个吧。"

从那以后，一根麦秆上就只结一个穗了。

据说，那个老道是神农下凡，是专门来点化天下那些糟蹋粮食的人咧。

[1] 恁哩：方言，你们的。

讲述者： 唐有顺，38岁，浚县白寺乡人

采录者： 张守树，41岁，浚县县委宣传部干事

采录时间： 1989年10月

采录地点： 浚县白寺乡

选自： 《中国民间故事集成·河南浚县卷》，张守树主编，浚县民间文学集成编委会1989年10月编印

附记

中原农村寺庙里，过去多敬奉有麦神，民间俗称麦奶奶，每年都有接送麦奶奶的祭祀仪式。内黄县井店镇张拐村的张清臣（1941年生）先生，这样记述他所看到的该村接麦奶奶的祭祀活动。

农历四月十二，早饭过后，村头麦地边上一拉溜儿放着三个簸箕篮子，街里边的中老年妇女有送香的，有送纸箔的，到半晌就装了满满的三篮子。听说是接麦奶奶，我也从家拿来一把纸香，两块纸箔。

主事人是82岁的老太太，名叫春芝。在她的带领下，有18位中年妇女劈香捏箔，封土埂准备就绪后，主事人双手拿一把点燃的香，然后举过头顶，望空祈祷："麦奶奶来俺村，请你保佑麦子打得多多的，麦收平平和和的，把害虫都收回去。"接着18个人都把香举过头顶，望空祷告后，把香插在土埂上。主事人把捏好的两篮子纸箔倒在地上，用火点燃。一时间香火缭绕，烟火通天。这就是把麦奶奶接来了。麦奶奶来到人间，享受香火，保佑麦收。大家跪下，虔诚磕头礼拜。主事人又点燃一把香仰望空中，祈祷说："麦奶奶，请暂且到佛祖老爷的青龙宝殿办公吧。"佛祖老爷庙在老街里边儿，一行人簇拥着麦奶奶，一起来到大街里的老爷庙前。有人已经封好了一道四五米长的土埂，主事人点上一炷香，毕恭毕敬插在老爷神像前的香炉里，祷告老爷："暂且让麦奶奶在你宝殿里办公，你要善待麦奶奶。"接着十几个人一起把香插在庙前的土埂上，点燃剩下的一篮子纸箔。霎时间，半道街香火缭绕，大家虔诚下跪，磕头作揖。这些跪拜的人有拿花糕的，有拿鸡蛋的，有拿饼干的，有拿苹果的。各人都把自己的供品掐上一点儿扔在地上，嘴里还念叨着："老爷、麦奶奶请享用供品。"礼毕，各自带着自己拿来的供品回家。

五月十二再送麦奶奶。送的时候就和今天不一样了，先烧香磕头，告知老爷麦收顺利，今天送奶奶回天宫交差。然后点着香把奶奶护送到原来接麦奶奶的地方，再烧香，磕头，千恩万谢，祝愿麦奶奶回天宫安歇。并祷告："请恁秋季还来，把害虫都收走，保佑秋季粮食打

得大囤满、小囤流，家家吃穿不发愁，到年底再给恁上大供。”（程健君）

浚县碧霞宫麦神塑像（2010年2月28日程健君摄）

318

小麦为啥只有一个头儿

在很早很早以前，小麦、高粱、谷子浑身上下都长着穗，粮食脚踩垫地，到处都是。

粮食多了，人们慢慢地不爱惜粮食了。猪吃清了也不管，麻雀叼了也不撵，收割时马马虎虎，打场时歪好碾碾。要是小孩儿们闹人哩，女人们掂一块面哄小孩们玩去了。

后来，凡间的事被灶神爷禀给了玉皇大帝。老天爷见人们造孽太重，就命令天兵天将全部出动，把小麦的穗全部剪掉。

天兵天将正在地里剪着，不提防被村里狗发觉了。狗们集合起来，一齐跪在天兵天将面前求情，请求神仙手下留情，给它们留点狗食。

天兵天将看狗很可怜，就报告给了玉皇大帝。老天爷听说狗求情心切，何况这也不是狗的过错，就下令将麦子等庄稼留下一个头儿，给狗留点狗食儿。

天兵天将不敢怠慢，当即遵旨行事。可是，黄豆剪着扎手，他们没有剪，只将小麦和其他庄稼剪剩下一个头儿。

小麦有一个头儿以后，人们再也不敢大手大脚地糟蹋粮食了。

319

小麦为啥只一个头

讲述者：张万荣，60 岁，方城县赵河乡陈庄农民
采录者：张保德，23 岁，农民
采录时间：1985 年 10 月 20 日
采录地点：方城县赵河乡陈庄村
选自：《中国民间故事集成·方城卷》，毛秀荣主编，方城县民间文学集成编委会 1987 年 9 月编印
原题《小麦的传说》

在很久很久以前，小麦有很多头，每个叶都能发一个头，那为啥现在的小麦只有一个头呢？

原来呀，在小麦有许多头的时候，天下的老百姓收获的麦子可多了，可是人们不知道爱惜粮食，大块大块的白馍吃不完就扔掉，这事终被玉皇大帝知道了，让查事神下凡查实。这位神通广大的神灵变成一个要饭的老婆婆，手拿破篮子和拐杖，一步一晃朝一家高门大院走去。这院子真是漂亮极了，门口还有两尊石狮子，虎头门环透着幽光。这些玩意儿是拦不住查事神的，他很容易地走了进去。

他来到一棵大花树下，只见一个打扮很妖艳的少妇正逗小孩子玩呢。小孩屁股下坐着一摞油馍，还有很多糕点等食品被小孩踩在脚下，手中仍在不停地抛撒着。

查事神说："大姐，给我点东西吃好吧！我已经三天没吃东西了，你行行好吧！"

连说三遍，不见那妇人回话。他加重语气又说了一遍，只见那妇人不满意地扫了他一眼，说："老不死的婆子，给你吃，我还嫌可惜呢。"

查事神说："那小孩扔掉不是更可惜吗？"

那少妇干笑了两声说："这几个算啥？我家有的是，宝宝扔一辈子也扔不完。"说着自己也帮孩子扔起来。

查事神大怒，现了原形，驾祥云去了。玉皇大帝听了查事神查看的情况，就让管理庄稼的神，给小麦只留一个头，以保下界的人们的命。

从此，小麦便成了一个头了。

讲述者：赵连如，57岁，平舆县射桥乡农民，初中
采录者：乔蕾，19岁，平舆县射桥乡越楼村农民，高中
采录时间：1987年10月
采录地点：平舆县射桥乡
选自：《中国民间故事集成·河南平舆县卷》，李宏主编，平舆县民间文学集成编委会1989年10月编印

320

太白金星传错麦种

古时候，世上没有粮食，人们就靠打猎过生活。后来人越哩越多，野兽越打越少，轻易打不来了。没办法，大家就去摘野果、挖野菜吃。可那也不顶事儿呀！眼看人们都活不下去了，玉皇大帝知道了，就叫太白金星背一袋麦种下凡，把麦种传给仁义忠厚的人。

太白金星好喝酒，临下凡时多喝了几盅，迷迷糊糊来到凡间，看见一个小伙子正挖草根哩。挖出来一截，也不洗，用手揉搓两下就往嘴里填。太白金星正看着哩，又听见一个女人有气无力地喊："仁义，孩子快饿死啦，你快想想法儿吧！"

太白金星一听"仁义"二字，心里一喜，想着玉帝叫我把麦种传给仁义忠厚的人，听这小伙子的名字就像个好人，不如就传给他吧，就把那袋麦种交给了那小伙子，说："玉帝看下界百姓可怜，叫我送来天麦种一袋。我把这麦种交给你，你要好好耕种，收打之后分给大家种，叫大家都有种的、有吃的，可不能生贪心，霸住不放。"

小伙子连忙跪到地上磕头答应，太白金星就化了一阵清风回天庭去了。

原来这小伙子姓仁名义。别看他名字起得怪好听，做事可不仁义。他得了天麦种，就先煮了一锅，盛出来一尝，又香又甜，味道好极了，忙去开荒耕地，把麦种种了下去。

第二年，麦子长得可好啦，那麦秆从上到下全是穗。一打，两间房子都盛不下。他只顾高兴哩，早把太白金星嘱咐的话忘到脑后了。他不但没把麦种分给大伙儿，还把周围的百姓们都招来当他的仆人，给他种地，平时不是打，就是骂，只叫大家喝点稀汤汤；他自己哩，吃香的，穿光的，连他小孩的各样玩具都是麦面做的。

一天，玉皇大帝忽然想起天麦传到人间已经三年了，百姓日子一定很富裕了，就想到人间走一遭，看看人间的丰收景象！

当时正是五月天，麦子都快熟了，麦秆上结满了沉甸甸的穗子。玉帝乐滋滋地看了多会儿，觉得天热，有点口渴，就变作个老头儿，到仁义家里讨水喝。走进院里一看，可把他气坏啦！只见仁义的老婆和孩子正坐在树荫下乘凉，为凉快，那老婆的光脚下、那孩子的屁股下都铺着一层白生生的麦面饼。粪坑旁边，还扔着好些给孩子擦屁股用过的白馍馍。玉帝气得水也不喝，袖子一甩，就来到麦田里，招来天兵天将说，把麦穗都捋完。当时人们正在田里干活哩，见天兵天将要捋麦穗，都吓得放声大哭起来，一齐跪在地上，向玉皇大帝磕头作揖，苦苦哀求留点麦种，给穷人撇条活路。

玉皇大帝见人们面黄饥瘦，感到很奇怪。一问，才知道是太白金星把麦种传错了人。他想了想，就叫天兵天将把仁义一家都用神鞭打死了；每棵麦上只叫留下一个穗子。一来给老百姓留口饭吃，二来告诫天下人，再不要糟蹋粮食了。

讲述者： 关老大，71 岁，社旗县桥头乡史庄村农民，不识字

采录者： 关炳聚，42 岁，社旗县桥头乡吴庄村农民

采录时间： 1986 年 5 月

采录地点： 社旗县桥头乡史庄村

选自： 《中国民间故事集成·河南社旗县卷》，徐东主编，河南省社旗县民间文学集成编委会 1987 年 9 月编印

原题《小麦的传说》

321

麦穗与狗和兔子

狗和兔子原本是一对好朋友，可为啥现在狗见了兔子就又撵又咬呢？据说这里面还牵扯着一个麦穗的传说。

相传古时候，麦子长得浑身上下都是穗。人们打下的粮食吃不完，慢慢地就不爱惜了。有的人用面饼子给小孩垫屁股；有的人蒸个大馍当板凳坐；还有人用白面当土垫地，用白馍擦屎沤粪。各方土地爷把这些事儿禀报到天庭。玉皇大帝听说天下百姓如此糟蹋粮食，不由心中大怒，即命二郎神带领天兵天将下凡，要把小麦穗子全部捋光，以惩戒那些作孽的百姓。

二郎神带着哮天犬和天兵天将下得凡来。这哮天犬是天下狗的祖宗，这狗们又最有灵性，听说祖宗下凡，都纷纷前来叩拜。见天兵天将将捋麦穗，狗们想起人们平日待它们还不错，便一齐跪下苦苦哀告说："人们有错，也得给我们留口饭吃啊！"

二郎神说："你们不是还能吃屎吗？"

狗们说："要是把麦穗都捋光，人们没啥吃都饿死了，哪儿还有屎可吃呀？"

哮天犬也替子孙们向主人求情。二郎神想了想说："那你说给你们留下多长麦穗哩？"

狗们一齐摇着尾巴说："给我们留下一尾巴长吧。"

二郎神听了，正要吩咐天兵天将把麦穗捋剩下狗尾巴那么长。谁知，正在这时，一群兔子跑了过来，也不问青红皂白，边跑边喊道："也给我们留口饭吃。"

二郎神问："你们要多长？"

兔子们一齐摇摇尾巴说："跟我们的尾巴这么长就中。"

二郎神听罢，就吩咐天兵天将，把麦穗捋得只剩下了兔子尾巴这么长，然后回天庭去了。

由于兔子多嘴，麦穗又短了那么多，狗们都很生气，一齐扑向兔子，要把这些多嘴多舌的东西全部咬死。兔子们吓得回头就跑，由于急于逃命，跑得太快，为此把嘴都碰破了，一个个都成了豁子嘴。

就从那以后，狗和兔子就结了仇，狗一见兔子就又撵又咬。可那麦穗再也不会变长，直到现在大致还是兔子尾巴那么长。

讲述者：张运芳，41 岁，社旗县青台乡何岗村农民，初中

采录者：徐东，36 岁，社旗县文化馆馆长，高中

采录时间：1983 年 4 月

采录地点：社旗县青台乡何岗村

选自：《中国民间故事集成·河南社旗县卷》，徐东主编，河南省社旗县民间文学集成编委会 1987 年 9 月编印

322

麦子为啥单穗头

传说远古时候，麦子并不像现在这样只有一个穗头。当麦子成熟时，每个叶叉间都生长着一个金黄饱满的穗头。那真是秋种一斗，年收万石。老百姓吃不了，用不尽，日子过得十分富足。

俗话说，饱时易忘饥时苦。初时，每到丰收季节，老百姓家家杀猪宰羊，烧香磕头，祭祀上苍，感谢恩赐。可随着生活的富足，渐渐把这件大事给忘掉了。天上的玉皇大帝长时间受不到人间烟火，很不高兴，决定到人间察访。

这年冬天，玉皇大帝化作一个衣衫褴褛的叫花子来到人间。一天，他来到一个农户门口，见一农妇一边烤着炭火，一边将一块烤得热腾腾的白面饼子给孩子暖屁股。玉帝故意乞求道："老人家，舍口饭吃吧。"

农妇看了一眼门前的"叫花子"，嘴一撇，头一扭，怪声怪气地说："哪来的穷要饭的？真没一点眼色，饭早就吃完了，哪有东西打发你！"

玉帝听她出言不和，强压气头，指着小孩屁股底下的圆饼子说："你行行好，把那块饼子舍给我吃吧。"

农妇一听，气不打一处来，两眼一瞪："说得怪轻巧，不怕闪着了牙。这饼子能是给你吃的吗？饿坏了你这叫花子是小事，冻坏了我的孩子可是大事。快别啰唆啦，滚吧！"

玉帝听罢，又气又恨，心想：我恩赐万物生长，保佑人间太平，没想到人间的百姓竟福中忘德。他边走边想，突然被一群如狼似虎的官兵拿住，连打带推，把他赶出了城门外。玉帝见城门外有许多骨瘦如柴的讨饭人，感到纳闷，上前一打听，大伙纷纷咒骂、诉苦。原来，当今皇帝来这里游玩，县官为了讨皇上欢心，以便日后升官发财，竟下令凡乞丐一律轰出城外，违者定斩不赦。玉帝闻言，顿时气冲牛斗，驾起五色祥云，腾空而去。

玉帝一回到天宫，盛怒之下，传出一道谕旨：麦子统统不再生长麦穗。这时，太白金星出班奏道："人间百姓以麦为食，若麦子绝收，无数生灵必然尽死于饥饿，人间从此荒矣，望玉帝大发慈悲之心。"

众神仙也觉得太白金星言之有理，纷纷劝谏。玉帝呢，旨意已出，碍着面子，不好收回。何况，刚刚在人间受辱，余怒未消。可是，群仙臣请旨，又不能不给点面子。思索片刻，改口道："看在众仙卿分儿上，给人间麦子留下一个麦头就是了。"说罢，袖子一甩，罢朝回宫。

从那以后，人间的麦子每棵就只生长一个穗头了。

采录者： 李健，赵玉明，邓建臣
采录时间： 1989 年 11 月
选自： 《中国民间故事集成·河南淮滨县卷》，赵庆尧主编，淮滨县民间文学三套集成编委会 1990 年 1 月编印

323

小麦顶头穗的来历

从前，在伏牛深山的陈家庄，住着很多人家。他们一不愁吃，二不愁穿，过着富足安闲的生活。

那时小麦是一叶一个穗，其他杂粮都是这个样儿。这还不说，到冬天，老天爷不是下雪而是下面。这样一来，人们就随意糟蹋粮食也不在乎，把白面馍蒸成杠子当枕头用，摊煎饼给娃们擦屁股、当尿布，冬天衬在身下取暖。连喂的猪、狗、鸡、鸭也是人吃啥，它们吃啥，却把野菜糠皮敬神。

有一天，玉皇大帝在灵霄宝殿早朝，文武大臣三呼完毕，各站一边，玉帝龙口启动："众位仙家，有本出班启奏，无本站到一边。"

太白金星进前奏道："万岁，臣前日游玩，遇见了下界土地神氏。他向我诉苦道，人间如今敬我们连个面花也没有，一律用野菜、麸子当供品。"

玉帝听了说道："下界神氏苦处当然是有的，我们也不可只听一面之词，应该去查对一下。"

金星奏道："臣愿下凡一走，以查实情。"

金星下朝以后，踏着云朵，驾着清风来到人间。摇身一变，化作要饭老头儿来到了陈家庄。

进到村子第一家，馍疙瘩、煎饼片子遍地都是；又看了猪槽、狗食盆全是面饭；又走了全庄一看，都是一样。即刻返身回到天宫。金星面见玉帝，如实启奏。

玉帝龙颜大怒，传旨给龙王，不得再下白面，改成下雪。令托塔李天王，派天兵天将下界全部捋掉五谷杂粮所有之穗。

这些天兵天将个个如狼似虎下界捋开了，人们跪在地上苦苦求情也无济于事。狗也围成一片，趴在地上哭："撇一个吧，撇一个吧，总不能让我们饿死，哪怕撇一个蝇子头呢！"

天兵天将看狗哭得怪可怜，觉得它们是受连累的，撇了一个顶头穗不捋。

捋完了麦穗，捋玉米、稻谷、高粱。捋着，捋着，天兵天将们的手划破出了血，给高粱染上了斑斑的血迹；捋谷子的时候，血水顺手流，给谷子秆也染上了红血；最后捋荞麦时，天兵天将们的手疼得实在捋不成了才作罢。

后来，小麦、玉米、稻谷、高粱、谷子都成了一个穗，而谷子高粱被血染成了红色。荞麦穗未被捋掉，可也成了红色。

以后人们再也不敢糟蹋粮食了。因为一年到头总是紧巴紧地接住季，这样，猪、狗、鸡、鸭只能吃刷锅水和糠了。而狗却自认为有功劳，不想吃坏食，在人们吃饭的时候，立在面前可怜巴巴地望着，人们总是把碗里的饭给它拨几口。时间一久就烦了，骂道："死狗货，吃屎去吧！"以后，狗就吃起屎来。

讲述者：	李运忠，67岁，西峡县军马河乡军马河村农民，不识字
采录者：	董留申，25岁，西峡县军马河乡军马河村农民，高中
整理者：	谢起超，40岁，西峡县文化馆干部，高中
采录时间：	1986年4月4日
采录地点：	西峡县军马河乡军马河村
选自：	《中国民间故事集成·河南西峡县卷》，谢

起超主编，西峡县民间文学集成编委会
1987 年 9 月编印

324

麦、谷子、玉米为啥只有一个穗

相传，过去的麦、谷子、玉米都和豆子、绿豆那样，每一棵都长了很多穗儿，并且穗儿非常大，人们的生活也相当好，家家户户的粮食都吃不完。

这一天，有一个婆娘，为了哄孩子玩，便烙个油饼叫孩子坐上。不料这事被老天爷看见了，他想：这个人，咋能叫小孩坐油饼上哩，这不是糟踏粮食吗？老天爷便化装成一个要饭的老头儿下凡到人间。可是他讨了半天，也没人肯给他一口。老天爷非常生气，随即唤来天兵天将，捋麦捋谷子，掰玉米。豆子，像绿豆扎手没法捋，他们便从中间将上半截儿折去。人们都吓坏了，纷纷跪下讨饶，老天爷不但不准，还下令把所有的五谷杂粮全部毁掉。

就在这个时候，狗领着许多动物赶来讲情。狗说："人糟踏粮食，你罚他不亏，那俺这些动物又没啥错，不能把俺也饿死呀。"

老天爷听着有理，这才下令不让捋咧。所以，麦、谷子和玉米都是独穗儿，豆子和一些扎手的农作物呢，也就剩下一点儿扑拉棵。

325

只剩一穗儿

讲述者：赵子亮，35岁，农民，小学
采录者：赵玉莲，女，25岁，教师
选自：《河南民间文学集成·杞县故事卷》，刘玉亮主编，中原农民出版社1990年5月版

很早以前，地里的麦子不只结一个穗儿，而是从根儿到梢儿浑身都是穗儿，就跟那芝麻一样，每年打的麦子都吃不完。

麦子多了，人们就不爱惜，吃着扔着，随意糟蹋。头下枕的是白面馒头，屁股下垫的是白面烙馍，还用白面馒头擦屁股。

人们糟蹋粮食的事儿传到了天上，玉皇大帝听了很生气，恼嘟嘟[1]地说："这地上的人呀，咋这样不知好歹，咋就不知道爱惜粮食，我得把粮食收回来，饿饿他们，看他们还糟蹋不！"玉皇大帝就派天神下界，在麦子快熟时，把麦穗子全都给捋下来。

人们看到天神要捋去麦穗，便围上去苦苦哀求："麦穗可不能捋呀，捋了我们会饿死的！"不管人们咋哀求，天神只管捋。

看看只捋剩顶端的一穗了，一只大黄狗跑过去，拖住天神的双腿，泪流满面，嗷嗷大哭，哀求道："人们糟蹋

[1] 恼嘟嘟：方言，恼怒。

粮食，我们狗可没糟蹋粮食，不能把我们也给饿死呀，就给我们狗留一穗儿吧！”

天神看大黄狗哭得可怜，犹豫了，想想狗也确实没有糟蹋粮食，饿死它们也真的不应该，停下手来，无奈地说：“好吧，就给你们狗儿们留一穗吧。不过要记住，上天赐给你们的粮食是宝贵的，千万要爱惜，可不能糟蹋。”大黄狗连连点头。

从此，麦子再也不是浑身都是穗儿了，每棵只结一个穗儿。这一个穗儿，还是上天给狗留的粮食。

讲述者： 李金贵

采录者： 李泉海，汝州市卫生局干部

选自： 《汝州民间故事选萃》，彭忠彦、常文理主编，现代出版社 2016 年版

326

留一穗

天上不下白面，地上人吃啥子？饿极了，饿得人吃人，犬吃犬，这可知道饥饿是啥滋味了。

天神看看把人也惩罚得差不多了，就又给人一条生路，往地下撒了把麦籽。

从此，地上长了麦子，麦子一个叶根长一个穗，一根麦秆上长十来个穗。人们把麦穗搓搓、打打，靠吃麦籽度了饥荒。时间长了，麦子多了，人们又好了伤疤忘了疼，糟蹋粮食的老毛病又犯了。

上神又知道了，下令众神下界，连夜把地里的麦穗统统捋干净。

人们在呼呼大睡，不知道上神正在收麦穗。眼看快收完了，人们养的狗耳朵灵，听见动静，就跑到众神跟前哭着说：“留一穗，留一穗。”从这块地哭到那块地，从那块地哭到这块地，哭得上神们心软了，心疼狗，说：“看在你的分儿上，好吧，留一穗！”就每根麦秆上留一个麦穗，是给狗吃的。

狗见人可怜，就把自己要来的口粮给人吃了。

直到现在，每根麦秆儿上只长一个麦穗，麦子少了，

人们也不敢浪费了。不得够吃，就满山野地寻找瓜果和五谷杂粮来填肚子。

讲述者：王秀梅
采录者：杜玉峰，39 岁，卢氏县文联干部，大专
采录时间：1986 年 8 月
选自：《中国民间故事全书·河南·卢氏卷》，闫建朝主编，知识产权出版社 2009 年 2 月版

327

五颗麦籽

很早很早的时候，人们不种庄稼。吃啥呢？老天爷下面嘛！人们吃不了，就把馍呀面呀到处乱扔，吃的没有糟蹋的多。

老天爷很生气，不再下面了，就把麦籽撒下来，让人们自己种着吃。

麦子种上了，地里一半子麦苗一半子草。人们都拿着石头站在地边上，一边敲着石头一边说："苗长，草死。苗长，草死……"真格的，麦苗长起来了，草都死了。麦子收成可好啊，面还是吃不了，用不完。

后来，人们又不稀罕粮食了，还像过去那样糟蹋。老天爷知道后，就派天兵天将下凡收回麦子。

天兵天将把麦子都收回天上了。有一个天将累瘫了，坐在地上打瞌睡，手里还攥着五颗麦籽哩！五个苍蝇、五只麻雀和五个蚂蚁看见了。

五个苍蝇说："弟兄们，老天爷把麦子收走对咱也不好呀！"

五只麻雀说："对，咱们都要饿死呀！"

五个蚂蚁说："咱可得把这剩有的五颗麦籽抢走啊！"

它们都说："中！"

五只苍蝇上去咬那天将攥麦籽的手，那天将觉得手痒疼痒疼的，伸开手抓痒哩，五颗麦籽掉在了地上。五只麻雀啄着飞走了。

天将驾着云就撵。不大一会儿，撵上麻雀了。麻雀看事儿不好，把嘴里的麦籽吐到了地上。天将按落云头，弯腰捡咧，五个蚂蚁又把五颗麦粒噙着钻进洞里了。天将用手就抠，指头抠得流血，没见到一颗麦籽。没法儿，就回天上了。

以后，五颗麦籽在人间又传开了。

讲述者： 苏远林

采录者： 周君立，25岁，桐柏县鸿仪河乡仓房村农民，高中

采录时间： 1985年

选自： 《中国民间故事集成·河南桐柏县卷（第一分册）》，马卉欣主编，桐柏县民间文学集成编委会1987年9月编印

328

通条麦和小麦

古时候，大地上尽是光秃秃的，没有一棵庄稼，人们靠吃肉过日子。时间长了，动物要吃得差不多了。

一天，小狗问小猪："大哥，请你给人们想个办法，找点吃的东西。要不，等些时咱哥俩也得成人的肉食儿啊！"

小猪说："狗老弟，咱到南坡脚下神王庙里问一下神王爷吧！"

小狗和小猪来到神王庙，说："神王爷呀，请救救我们吧！能不能给人们找点吃的东西。要是能救救我们，我小狗一定来给恁看神王庙院。我小猪要是死了，把我的肉都让恁吃掉。"

神王爷说："办法是有，就怕你们不想干，太艰难了呀！"

小狗说："为了保住命，啥难也不怕。"

小猪也说："请说吧，再难俺也不怕。"

神王爷说："离这儿有几千里的一座天山，是我的老家，那里有粮食种子。你俩想去的话，就能为人取来粮食种子啊！"

它们商量了一下，就上路了。走啊走啊！遇山翻山，遇河蹚河。一二三，它俩走到一座山下，一看从山下到山顶有恁多小路，哪一条是通向山顶的路呢？

正发愁哩，一个白发老婆婆走了过来。小狗和小猪问老婆婆："老婆婆，这么多的路，哪一条是通往山顶的呢？"

老婆婆说："这路有三百九十九条，最中间的一条就是。"

小狗和小猪一听，就数了起来。它俩东数一百九十九条，西数一百九十九条，找到了中间一条，跑了上去。到上面一看，还是在山下见到的那个老婆婆在纺线，身边有很多石头，还有一个石马。

它俩来到老婆婆面前，老婆婆说："要去天山，离这儿有几千里，你们还没走到一半儿。"

小狗和小猪说："请恁给我们想个办法吧！"

老婆婆说："要是去，就得把你们的牙砸掉一个，安在石马嘴上，石马吃一块石头，就能驮你们上天山。路上，要过火山，穿大海。你们骑不好，一掉下来，就没命了。要抓紧马鬃。"

小狗和小猪把牙打了一个，安到石马的嘴上。石马真吃了一块石头，蹦了起来。小狗和小猪骑在它身上，上路了。

它们走十二个白天，十二个黑夜。路上火山一个接一个，大海一个挨一个。石马一气儿把它俩驮到神仙堂。一进门，神王爷问它俩："你们来干啥呀？"

"来取点粮食种。"

神王爷说："你们有装粮食的东西吗？"

"没有。"

"那你们看咋办呢？"

小狗和小猪来到外面的池塘边想法儿。走火山，太热了，就跳进池塘里洗个澡再说吧。洗了澡，坐在地上歇一会儿，湿淋淋的皮毛上粘了些草。"有法儿啦！"

它俩跑到神王爷面前说："我们有法儿啦！"

神王爷一听，也不问是啥法儿，就把装粮食种的仓门打开了。小狗和小猪进去躺在粮食种上，滚来滚去，身上粘了密密麻麻的粮食籽。

神王爷问它们："你们还要吗？"

小狗和小猪说："不要了。"

说罢，骑上石马就回到了老婆婆纺线的地方。等它俩下了石马一看，身上粘的粮食在过大海时被大浪冲得快没了。它俩气得直出长气。老婆婆说："别丧气，你们拿的粮食一个也没有掉，都在石马嘴里。"说完，老婆婆把它俩安在石马嘴里的牙一拔，把石马嘴里的粮食倒进了一个口袋，接着又把那俩牙安到它俩的嘴里。老婆婆说："这粮食叫通条麦，麦秆通身都是麦穗。你们把这些种子拿回家，让人们种，一两年人们就有吃的了。人们要是忘了你们，我就把通条麦给他们捋捋！"话一说罢，老婆婆就不见了。

小狗和小猪又走了十二个白天，十二个黑夜，回到了它们家里。它俩拿出通条麦让人们种，过了一两年，粮食就长满遍地。

时候长了，人们打的粮食吃不完，就乱糟蹋。小狗和小猪把这事给老婆婆说了。老婆婆一听很生气，就来捋通条麦。眼看要捋光了，小狗和小猪就向老婆婆求情，不让捋了。老婆婆一看捋得只剩下一个麦头了，就说："我不捋了，就让它是这个样儿吧！就给它起个名叫小麦。"

直到现在，麦子还是只长一个头。

人们为了不忘小狗和小猪的功劳，生粮熟饭总是有它们吃的。

讲述者： 陈祖明
采录者： 汪永军
选自： 《中国民间故事集成·河南桐柏县卷（第一分册）》，马卉欣主编，桐柏县民间文学集成编委会 1987 年 9 月编印

329

小麦和稻谷为啥只有一个头

相传，原先麦和稻谷一棵就长十个头。人们过着富裕的生活。

老天爷派一名天将到人间察访民情。天将变成一个讨饭的老头儿，路过一家门口，看到一个小孩坐在一块厚烙馍上。天将拿着这块馍，回去给老天爷说了。老天爷看人们不爱惜粮食，就派天兵天将到人间把麦穗和谷穗都捋光。

天兵天将一下来，就在地里捋了起来。黄豆角和芝麻角扎手没捋，又去捋麦穗和稻谷穗。捋着捋着，一只老黄狗出来求情，它跪在地上苦苦哀求："留个梢吧！留个梢吧！"

天兵天将看在狗的面子上，留一点庄稼梢儿。从此，除了黄豆和芝麻，别的庄稼只是有个梢儿。

讲述者： 刘英元，女，54岁，桐柏县城关镇南街人，不识字

采录者： 张明芝

选自： 《中国民间故事集成·河南桐柏县卷（第一分册）》，马卉欣主编，桐柏县民间文学集成编委会1987年9月编印

330

五谷为啥不是从根到梢都结籽

在很早很早的时候，世上没有五谷杂粮，人们日子过得很苦。

有一天，玉皇大帝化为凡人来到人间察访。一看到这种情况，心里很不是滋味。回天上以后，就把天上的五谷种子撒向人间。

第二年，玉皇大帝撒下的种子都发芽、开花、结籽了。大家看到这些五谷，不知是啥。有人试着生吃，又煮熟吃，味道很好，又能治饿，就一传十，十传百，把种子采回家去，保存起来，慢慢地吃，又慢慢地学会了种。就这样，种子一年一年保留下来。

这些五谷，原来从上到下都结籽。春种一粒，秋收万籽，年年都是好收成，家家大囤满小囤流。

后来，玉皇大帝又化作凡人来到人间，看到一个年轻人睡到前半晌子还不起床，他爹喊他干活，他懒洋洋地说："五谷从根到梢都是籽，只要种上，粮食就吃不完，何必起早摸黑去干呢！"玉帝又看到许多人不爱惜粮食，随地糟蹋，有的还用白馍擦屁股。

玉皇大帝生气了，回到天庭，召来夸娥氏说："下界粮食多了，人们变懒了，粮食糟蹋得看不上眼。你去把五谷的籽捋了，只剩梢上一点，让勤快的能吃饱，不再有多余的粮食。"

夸娥氏遵旨下界，就动手捋起来。捋了小麦捋高粱，捋了高粱捋谷子。遍地都是粮食呀，她捋着捋着，感到心烦。又去捋芝麻时，从下往上捋有半尺高，感到芝麻蒴扎手，就不捋了；又去捋大豆，手刚挨着大豆角，觉得比芝麻蒴更扎手，就不捋了。夸娥氏又到了玉米地，觉得腰弯得酸疼，手捋得发胀，就用脚踢掉玉米秆下面的几个棒子；又踢中间的棒子时，不想踢得高了，只踢掉上头几个，把中间的一两个棒子留下来，然后回天庭交旨。

玉皇大帝问她捋得咋样，夸娥氏撒谎说："五谷杂粮样样只留个梢。"

玉帝听了很满意，随即传旨："人世间的五谷，以后就按夸娥氏捋后的样子长。"

从此，芝麻下部半尺高没蒴；大豆从上到下都有豆角；玉米只在腰里结个棒；另外的庄稼，只到梢上才结一个穗。

讲述者：	倪张氏
采录者：	张康，31 岁，唐河县毕店乡张延令村教师，高中
采录时间：	1983 年 8 月
采录地点：	唐河县马振抚乡小河村
选自：	《唐河民间文学》（第三集），唐河县文化馆、唐河县源潭文化分馆 1983 年 10 月编印

淮阳五谷台的五谷爷像（2013 年程健君摄）

淮阳五谷台的五谷奶奶像（2013年程健君摄）

331

老天爷下凡私访

听上辈人讲，在古时候，哪一样庄稼都比现在结得穗大、粮粒多。有的浑身是角，有的浑身是穗。

那时候，天下太平，风调雨顺。人们勤恳耕作，粮食连年丰收。老百姓过得很是富裕。

有一次，老天爷变成一个要饭的老头儿，下凡到民间私访，想看看老百姓的生活到底咋样。

他先到临街头的一家，连叫几声没人答应。他只得走进院门，见有一个中年妇女正在厨房做饭，白花花的面粉撒了一地。旁边的一个小孩正光着屁股坐在一个用白面做的大饼上玩，手里还拿着一大块和好的面，在地上当胶泥摔着玩。这事老天爷当成没看见，装成可怜的样子连声叫着："大妹子行行好，给我这要饭的拿点吃的吧！"

谁知道那妇女光不理还不说，还口出赖话："去去去！看你身上脏的，没东西打发你。"说完又连推带搡地把老天爷推出大门外，"哗啦"一声又上了门闩。

老头儿气得直跺脚，吹胡子瞪眼没办法。这时他想，自己和王母娘娘，还有天庭大小天兵天将，百位诸神，多年来费力操心，本想让天底下的人们过上好日子，谁知道这些老百姓忘恩负义！光听说下界有人浪费，谁知道连老百姓也是这样不知天高地厚，糟蹋粮食。他越想越气，就在当天夜里把谷子、稷子、黍子、高粱等作物上的穗都用手捋得只剩下梢上一个穗。他又去捋豆子的时候，手被豆子扎得生疼，就丢开豆子又去捋麦子。正要把梢上的穗也捋掉时，忽然听到一阵哭声，抬头一看，见是一只狗跪在一旁，哭着哀求道："老天爷，天下的生灵数我瘦，你就给我留一穗吧！"说得老天爷心一软，松开了手。麦子、谷子等作物才算没有断种。他气哼哼地驾云回天宫了。

据说，因为豆子扎手，没有被捋，直到现在豆子还是浑身都是角，其他的庄稼就都只有一个穗了。

讲述者： 连玉美，87 岁，农民，不识字

采录者： 连海志，23 岁，农民，初中

选自： 《中国民间文学集成·河南通许县卷》，张学文主编，河南省通许县民间文学编委会 1989 年 12 月编印

332

盗五谷

在很久很久以前，人不种庄稼，靠天上下米下面过生活。米面来得容易，谁也不爱惜，有的女人把面炕成锅盔，给小孩子垫屁股。玉皇大帝知道了，气恼之下，停了下米下面，让人们种五谷。

那时候，五谷满身都是穗，种到地里不用锄地，只要用石片在地头一敲说"草死苗长"，草就死了苗就长。粮食年年收成好，吃不完，用不尽。人哩，又慢慢懒起来了。天热的时候，就用绳子把石片吊在树上，人睡在树底下，等小雀碰着石片一响，人睡那儿说声"草死苗长"，草就死了。这事又被玉皇大帝知道啦，又一恼下子，令下大雨，把世上的五谷全淹死了，也没种子了。

人没粮食吃啦，就下水里捞鱼鳖虾蟹吃。可这也不是长法呀！咋办哩？有人说，西天老佛爷手心里还有五样种子：麦子、稻子、谷子、秫秫、黄豆。这是玉皇大帝叫他看管着哩，就是不让凡人种。

这又咋办哩？大家一合计，派五个苍蝇、五个小雀、五个蚂蚁，上西天去啦。来到老佛爷那里，五个苍蝇"嗡嗡"落到老佛爷的眼皮上，老佛爷抬手去撵苍蝇，这五

样种子一下子落在地上。五个小雀叼着跑了。老佛爷派天兵天将去撵，小雀眼看快被撵上，嘴一松，五样种子掉在了地下。五个蚂蚁衔起来钻进了蚂蚁窝。天兵天将再也找不着了。过了几天，这五样种子发芽啦，后来成苗啦，开花啦，结果啦。人们收下来的果实不敢再吃啦，第二年又都种到地里。没过几年，普天下又有了五谷杂粮，粮食又越来越多了。

真是一饱忘百饥。有些人又把没粮食的时候忘啦，拿着粮饭乱扔。这事又被玉皇大帝知道了，又派风神下凡刮一场大风，把五谷全部收去了。这时候老黄狗哀求上神说："上神息怒，我是最爱惜粮食哩，扔掉的馍饭都是我吃完的，恁开开恩给我留点吃的吧！"风神发了慈悲，说的是不论黄豆，还是小麦、稻子、谷子、秫秫都只留上面一个穗。可是，风神去摘豆角哩，豆角尖扎着了他的手，他没敢再摘，才给黄豆留下了满身豆角。

后来，人们感谢盗五谷保五谷有功的功臣，叫黄狗吃熟食，叫小雀在穗上吃，叫蚂蚁在地下吃，叫苍蝇照天闻香气。

讲述者： 张吴氏，女，86岁，汝南县马乡镇马南村人，不识字

采录者： 张东亮，30岁，汝南县马乡镇马南村农民，初中

采录时间： 1987年7月

采录地点： 汝南县马乡镇马南村

选自： 《中国民间故事集成·河南汝南县卷》，冀世清主编，汝南县民间文学集成编委会1991年8月编印

333

羊盗五谷种

在西峡县太平镇东坪村的西南坡上，有一块巨石，端平光滑，上面马、羊、虎、犬四种图像并列。尤其羊的图像更加生动、明显。可是这幅石画并不是人们雕刻的。它的来历，传说还有一段神奇的故事哩。

传说，很久很久以前，人间没有五谷（稻、稷、麦、豆、麻）。这五样种子是羊从天宫玉皇大帝的御田里盗来的。

有一年，天上的神羊为了散心而来到下界观赏人间秋色，恰好落在现在的太平镇地盘，发现大地草木丛生，一片荒凉景象。人们吃野菜野草过活，一个个面黄肌瘦。羊就走到人们面前，问道："你们为啥不种粮食吃？"

"粮食？"人们有气无力地回答说，"我们还不知道粮食是啥东西，连见都没见过。"

羊说："下次我摘些给你们送来。"神羊腾云驾雾上天去了。

可是，神羊来到玉帝的御田里，身穿铠甲的武士手持明晃晃闪亮亮的兵器，守护严密，不可近身。无可奈何，羊只得等到晚上兵士们酣睡之后，偷偷潜入田内摘了五样

种穗，噙在嘴里，腾云驾雾给人间送谷种来了。人们听到神羊送来谷种的消息，奔走相告，蜂拥而来。这个左看看，那个右瞧瞧，稀奇得不得了。神羊给人们教教种植栽培的办法，就又回天宫去。

人们种上了五谷，辛勤耕作，精心护理，当年就长上了庄稼。五谷种子都是羊叼来的，所以穗穗都既像羊犄角，又似羊尾巴。人们开始吃上了五谷，穿上了麻衣，显得精神百倍，脸膛红润，生活比过去强多了。“吃水不忘掘井人。”每当秋收冬藏之后，人们就想起了神羊，举行了盛大的祭羊仪式。

不知咋的，民间祭神羊的事情被玉皇大帝知道了。玉皇大帝看到人间出现的五谷，猜想五谷种子很可能是羊盗下凡了，就命令天神把羊宰杀到人间，并要人们吃掉羊肉。

说也奇怪，第二年，在神羊被杀的大石头上，先是长出了青青的野草，后来又生出了羊娃，石块上也印出来羊的图案。从此以后，羊就在人间传宗接代。它生长在人间，仍以吃草为生，供人食肉。

人们为了感谢神羊送给谷种的恩情，每到年终都要举行“腊祭”。

羊为人们丧了性命，人们都拥护它当十二生肖属相，玉帝也拗不过，只得把羊的名字也列在属相上。说也奇怪，那块巨石上出现了马、羊、虎、犬的新图案。

从此，民间又把“马、羊、虎、犬”并列，作为“忠、孝、节、义”的代表。“羊盗五谷种”的传说也从此流传开了。

讲述者： 王字间

采录者： 姚平

谢起超，40 岁，西峡县文化馆干部，高中

采录时间： 1986 年 5 月

采录地点： 西峡县太平镇乡东坪村

选自： 《中国民间故事集成 · 河南西峡县卷》，谢起超主编，西峡县民间文学集成编委会 1987 年 9 月编印

334

狗尾巴大谷穗

传说远古的时候，人世间并没有谷子这个品种。谷子只是天上有，种在玉皇大帝的御田里。人想得到谷种，就愁上不了天。

一天狗说：“我能上天取回谷种。”

“你咋能上天呢？”

“我沿着通天河的水游上天去。”说完，狗就跳到通天河里，上天要谷种去了。到了天上，玉皇大帝见狗没有带来盛谷种的东西，有意考考它，叫狗自己去取。狗到了御仓里，寻思片刻，想出来一个好办法。它立刻躺在谷种堆上打了几个滚，等它站起来，身上已粘满谷种，它高兴极了，遂顺原路回去。

可是，狗一路浮水，狗身上粘的谷种已全被水冲掉了。不过，因为狗尾巴翘在水面上，没湿着水，所以尾巴上粘的谷种没被水冲掉。人们看到狗带回了谷种，非常高兴，说：“狗啊，多亏了你这条尾巴，以后结的谷穗就有你的尾巴大！”

从此，人间有了谷种。狗尾巴大谷穗的说法也就传了下来。

讲述者：张作向，50 岁，郸城县汲冢镇农民
采录者：楚万生
采录时间：不详
采录地点：郸城县汲冢镇
选自：《中国民间故事集成·河南郸城县卷》，阎春茂主编，郸城县民间文学集成编委会 1989 年 9 月编印

335

狗求五谷

在很早以前，人们还不会种地，吃的是野果、树叶，生活很苦。老天爷很心疼，就叫天神们夏天从天上下米、冬天下面、春天下油、秋天下水，人们过上了好日子。

可时间一长，人们开始挥霍浪费了。老天爷听说后很生气，就让一年四季只下雨和雪。人们又没吃的了，就烧香磕头，求老天爷保佑。老天爷正在气头儿上，无论人们咋哀告也不动心。忽然看见老黄狗也在跪着求情，心就有些软了：哑巴畜生没罪呀，得给它留条生路。就对狗说："我给你一粒谷、一粒麦、一粒豆、一粒秫黍、一粒黍子当种子，种到地里就能收五谷杂粮。今后狗吃粮食，人吃狗屎。"

狗当人的奴才当惯了，赶紧把五粒种子交给人种到地里，以后就有了粮食。狗记性不好，把老天爷的话记反了，没咋[1]后来一直是人吃粮食，狗吃人屎。

人们知道这五粒种子来之不易，再不敢抛撒粮食了。那五粒种子打下的粮食，就是现在的五谷杂粮。

[1] 没咋：方言，要不。

讲述者：林李氏，女，87 岁，农民，不识字
采录者：林智慧，26 岁，农民，初中
采录时间：1986 年 5 月
采录地点：新野县城郊乡段堡村
选自：《河南民间文学集成·贵地新野的传说》，曹宝泉主编，文心出版社 1993 年 5 月版

336 狗求玉皇留五谷

在很久很久以前，小麦、稻子、谷子、高粱、大豆、绿豆、芝麻，从根到梢都结满了籽。那时候，才真是年年五谷丰登，家家米面如山，天下百姓吃喝不尽。

一天，玉皇大帝派千里眼和顺风耳到人间巡察。这时，人间有个妇女和面做饭，身边一个五六岁的小孩哭闹不休。把那妇人哭得不耐烦了，伸手把和成的面块扔给了小孩，说："拿着玩去吧。"那小孩抱着面团，一会儿捏个面马，在地上骑着玩，一会儿捏个小凳，坐在屁股下边，乐得"咯咯咯"直笑。

这情景恰让千里眼看个明白，顺风耳听个清楚。两人回到天庭禀报给玉皇大帝，玉皇大帝一听，说道："我让五谷结满籽粒，使天下百姓美满幸福。谁知尔等如此糟蹋粮食，不思节俭，真是气煞寡人！"随即传命王母娘娘，派仙女下凡，把五谷籽粒捋净，让天下百姓尝尝无粮之苦。

众仙女瑶池领命，下得凡来，走到五谷地里就去捋籽粒，正好被一头驴和一只狗看见了。驴子因不愿干活，常挨人们的鞭子，早对人们不满，见此情景，高兴得转圈尥蹶子昂头大叫："捋光——捋光——"狗一见，心想：以

后没了粮食，人们咋活？自己也免不了要饿死！就跪在地上，流着眼泪，嘴里叫道："勿——光，勿——光。"苦苦哀求。

玉皇大帝本来只是想教训一下百姓，一见狗替人们求情，连忙传旨让仙女们住手。这时仙女们已经把小麦、稻子、谷子、高粱等捋得只剩个头了，只是大豆、绿豆捋着扎手，还没有捋。芝麻呢，因为有油气，捋着很光，仙女们咋也捋不掉。

所以直到现在，麦子、稻子、谷子、高粱只是长个头，豆类和芝麻还是根梢都结籽。从此，人们再也不敢随便糟蹋五谷了。人们为了惩罚懒驴，就给它戴上眼罩，让它拉磨拽碾，只给它吃一点秸秆和粮食皮。

人们为了感谢狗，每当吃饭的时候，总忘不了给它留一碗。

采录者：张兆浩，30岁，南召县皇路店镇薛庄村农民，高中
采录时间：1984年3月
采录地点：南召县皇路店镇薛庄村
选自：《中国民间故事集成·河南南召县卷》，乔明宪主编，南召县民间文学集成编委会1987年10月编印

337

狗求天神留麦穗

据说在古时候，小麦可不是今天的样子，拖着长长的尾巴，从根到顶都是种子，为啥会变成今天这个样子？

相传，神农氏教会人们种庄稼后，五谷丰登，人们衣食无忧，遍地都是小麦，每年不用干活都有吃不完的大米白面。慢慢地，人们开始懒惰起来，也不知道爱惜粮食，除了吃饱喝足外，还用麦面捏成面人、面兽，连小娃们用的玩具都是面捏的。

这事不久就给天帝知道了，天帝大为震怒，决心惩罚一下不知道节俭的人类。他派一个专管农业的天神，叫他把小麦从根到顶全部捋掉，饿一饿糟蹋粮食的人类。

天神来到人间，先把小麦从下往上捋，眼看着就要把麦子捋光，一只老黄狗冒死出来替人类求情，要天神看在其他动物的分儿上，饶恕人类的愚昧无知，给人类留下一条生路。天神被黄狗冒死苦谏的精神所感动，答应将此事奏知天帝。天帝更为黄狗对主人的忠诚所打动，要天神将剩下的一段像狗尾巴一样的麦穗留给人类，但他提出一个条件——人类必须养成勤劳节俭的好习惯。

从此，麦子就成了今天的样子，人类也慢慢养成了勤

劳节俭的好习惯。而老黄狗呢，由于它在最关键的时候为人类求得一条生路，所以一直受到人类的尊敬和保护，吃住都同主人在一起。

讲述者：冯九志，70多岁，南阳县新店乡山东营村农民
采录者：陈少强，河南大学中文系1984级学生
采录时间：1987年8月
采录地点：南阳县新店乡山东营村
选自：《中原神话通鉴》（第四卷），张振犁编著，河南大学出版社2017年2月版
原题《小麦的来历》

338 麦、谷、高粱一个穗的由来

传说早先，地里庄稼都跟豆子一样，从根到梢都结粮食。老百姓家家户户的粮食都吃不完，粮食多啦，谁也不会过日子啦。

有一天，张玉皇差太白金星到凡间来查看，看老百姓日子过得咋样，粮食够吃不够吃。

太白金星下天宫，变成一个算卦老道，走家串户去查看。正巧这一家有个老太太在烙饼，烙出来的饼又白又大。正在这时，睡着的小孩拉屎拉到床上，老妈妈急忙跑过去，把一张白饼垫到孩子屁股下，又拿起一张给孩子擦了屁股，随手把这张白饼扔到粪坑里。正好有一只大黄狗跑过去衔到窝里吃去了。

太白金星可气坏啦，一会儿跑到灵霄殿，见了玉皇大帝说："老百姓这样败坏粮食，这还了得。"玉帝一听就传了一道旨，让太白金星下凡间，把所有庄稼穗子都捋净，叫他们受受罪，才知道粮食主贵。

太白金星来到庄稼地里一看，高粱、谷子、麦子从根到梢都是角、穗，太白一伸手，就从根上往上捋，最后只留下顶尖一穗。心想：把这粮食都捋净，连那不嫌脏的黄

狗也得饿死，给这只黄狗留一穗吧。又跑到豆地，刚一伸手被豆角扎了满手刺。这东西扎手，不摸它啦，然后回到了天宫。从此以后，庄稼只有顶尖的一穗了，只有豆子上下都是角子。据说顶尖的一穗还是太白金星给黄狗留的呢。

讲述者： 高希吉，75 岁，农民
采录者： 高东，83 岁，清丰县说唱团艺人
整理者： 刘希功，45 岁，清丰县文化馆干部，大专
采录时间： 1987 年冬
采录地点： 山东省菏泽高庄
选自： 《中国民间故事集成·河南清丰县卷》，唐孝方主编，清丰县民间文学集成编委会 1989 年 10 月编印

附记

原稿标注这个故事流传于山东与清丰交界一带。（程健君）

339

植物浑身长穗的传说

传说在很早很早以前，麦、谷、玉米等农作物都是浑身长满了穗的。那时粮积如山，人们过着丰衣足食的生活。

东西多了，有些人奢侈起来，看粮食不是粮食，有个农妇还用白面做个面墩，让孩子坐在上面玩。这些事都被老天爷知道了，老天爷非常恼火，决心惩罚天下人，下令把所有农作物穗都捋去。命令一下，天兵天将雷厉风行，干起来了。

狗看到这情景，就跪在地上哭着向老天爷求情说："老天爷，你把农作物的穗都捋了让我吃啥呀？"老天爷仍怒火不息，呵斥道："你吃屎！"狗说："人都饿死了，我上哪吃屎哩？"

老天爷一想，狗讲得有道理，又看狗可怜巴巴的样子，就下令给一棵庄稼剩一个穗头吧。可天兵天将们捋黄豆、绿豆等庄稼时嫌扎手，也就暗暗偷懒没捋。

现在的稻、谷、麦子都是一棵一穗，豆类却还满身是穗，据说就是这个原因。

讲述者：张成青，女，76岁，新乡县七里营大张庄农民
采录者：张成凤
采录时间：1985年8月
采录地点：新乡县七里营大张庄
选自：《河南民间文学集成·太行山民间故事》，王震宇主编，中原农民出版社1992年3月版

340

庄稼的传说

据传古时候，麦子、谷、高粱等不论啥庄稼，从上到下都结满了穗，籽实累累，人们收的粮食堆满仓。粮食多了，吃不完，也就不爱惜了，到处糟蹋。

一天，一个妇女正在做饭，她的孩子哭闹，就用一块麦子面做了一个面墩儿，让孩子坐在上边玩。

这事恰好被下凡视察的天神看到，就把人们糟蹋粮食的情况，一五一十地向玉皇大帝作了汇报。玉帝听后大怒，马上传旨，派管五谷的天神，把地上的庄稼全部收归天上，以此来惩罚那些糟蹋粮食的人。

管五谷的天神施展法术，狂风大作，准备把长满一身穗子的庄稼从根到梢捋个精光。正在捋麦子、谷子、高粱等庄稼时，忽然听到一个悲哀的声音，就停下来，发现猫、狗跪在地上，嗷嗷直向天空惨叫，请求给它们留一点。天神看到它们可怜的样子，心想：作孽的是人，何必让猫、狗活活受罪呢？就把梢上未捋掉的穗头给它们留下。在捋大豆时，不防手被豆角尖儿扎了个大口子。去捋荞麦时，鲜血滴在荞麦秆上，顺着茎秆往下流，把荞麦秆都染红了。由于天神的手受了伤，就不再捋那些果实带尖的庄

稼了，便带着捋下的麦子、谷子、高粱等庄稼的穗回天宫交旨。

从此以后，麦子、谷子、高粱等只有顶端长个穗头，大豆、荞麦、棉花等扎手的庄稼如故。

人们为了感谢猫、狗，吃饭时总要给它们留点儿，以示未忘其恩。

讲述者： 田守义，40岁，鹿邑县张店乡中学教师，大学

采录者： 薛勤贞，女，16岁，鹿邑县张店乡初中学生

采录时间： 1988年5月

采录地点： 鹿邑县张店乡

选自： 《中原神话通鉴》（第四卷），张振犁编著，河南大学出版社2017年2月版

341

玉帝捋禾

相传，很早以前，年年丰收，小麦、谷子、高粱等庄稼也和大豆、芝麻一样，从下到上都是穗，把秸秆压弯了，打的粮食堆成山，吃也吃不完，人们根本不知道挨饿是咋回事。粮食多了有人就随便糟蹋，有的烂在地里没有人收割，有的收到家里也不好好保管。有个叫王婆的懒老婆不给孩子洗尿布，用白面烙馍给小孩垫屁股。老灶爷见了很生气，就问她："你这样浪费，不知道种粮食的难吗？"

王婆说："见[1]的粮食多，就是扔点也没事。"

老灶爷一生气，马上上奏玉帝，玉帝一听，立即派天神下界察访。天神变成一个要饭的，来到王婆家，正见她用烙饼给孩子擦屁股，心里生气，就向前要饭："大嫂，行行好吧。"

王婆抬头一看是个身穿破烂衣服的穷要饭的，说："俺家没有，到别家去吧！"

天神又求："大嫂，救救命吧，你用烙馍给小孩垫腚，就不能省下一口给我吃吗？"

[1] 见：方言，打、收。

王婆发火：“我的东西，你管得着吗？”说着又拿起一张烙馍垫在孩子腚底下。这一来可把天神气坏了，马上驾云上天去了。

天神回到天宫，向玉帝一禀报，玉帝大怒，马上派天神带领天将到下界捋庄稼。

天神带领天兵天将来到凡间，刚开始捋麦，恰巧被卧在村头的狗儿发觉了，小狗跪下向天神求情。天神可怜这些小狗，便传令：每棵禾苗顶上留一穗，给小狗做口粮。从此，小麦、谷子、高粱就只在秆子顶端长一个穗子。天兵天将捋到大豆、芝麻的时候，因为豆荚、麻蒴扎手，便只捋了下边一点。

从此，人们整年干活，收到的粮食也只能维持一家人的吃穿。粮食少了，人们才体会到粮食的主贵，再也不敢扔了。

讲述者： 冯建良，78 岁，夏邑县曹集乡金楼村代营农民，小学
采录者： 冯秀元，34 岁，夏邑县文化馆干部，高中
采录时间： 1984 年 11 月
采录地点： 夏邑县曹集乡金楼村代营
选自： 河南省民间文艺家协会资料库电子文档《中国民间故事全书·夏邑县卷》

342

玉皇拔穗

传说，从前的庄稼都是每片叶长一个穗，人们不费事就能得到好多粮食，弄得遍地都是，一点也不金贵。老天爷睁眼往下一看，气得不行。

又到庄稼出穗的时候，张玉皇就到下界，拔掉叶间的穗子，每棵只留顶上一个穗。当拔到豆子时，老天爷的手被豆角刺出血，急忙返回天宫了。从此各种庄稼只剩下一个穗，只有豆类是每片叶都结果的。豆类开的花常有红花，据说是老天爷的血染红的。

讲述者： 谷老汉，80 岁，农民，不识字
采录者： 谷振田，睢县胡堂乡农民
采录时间： 1987 年 8 月
采录地点： 睢县胡堂乡
选自： 河南省民间文艺家协会资料库电子文档《中国民间故事全书·睢县卷》

343

人吃狗食

讲述者：李群，女，41 岁，栾川县潭头乡马窑村农民，小学

采录者：尚广宗，28 岁，栾川县潭头乡马窑村农民，初中

选自：《中国民间故事集成 · 河南栾川县卷》，贾翰如主编，栾川县民间文学集成编辑委员会 1989 年 1 月编印

相传，在很早以前，麦子长着浑身穗，产量很高，农民们打的粮食吃不完，从来就没把粮食当成一回事。农民们用面做桌子、做凳子，给小孩儿们做玩具，到处乱扔，有时候用蒸馍打狗扔鸡，随便糟蹋米面。

后来，天上的神知道了，玉帝就派太白李金星下凡私访。李太白就变成个讨饭吃的，弯腰驼背沿街乞讨，他向一家媳妇讨饭吃，谁知那个媳妇却说："俺有面还给孩子擦屁股，扔鸡打狗哩！"

这太白李金星探明了事实，就回天宫禀报给玉帝。玉帝闻言大怒，当即传旨："收回粮食。"顿时天昏地暗，风雷大作，天上的神都各使神通下凡收回粮食。眼看把麦秆上的穗子都快捋完了，只剩下最顶上的一穗，这时一个农家的看门狗，跪在地上大哭："老天爷，可怜可怜我吧！给我留下一穗吧！"老天爷看狗哭得可怜，就把最顶上的一穗小麦给狗留下。据说现在留下的一穗麦子，还是狗给求情，留给了人们的。

所以，世上还有"人食狗食"的传说，还有人说"狗也是一口人"的话。

344

五谷的来历

很早的时侯，伏牛山下有条大河，河里有九条恶龙。一遇上老天下大雨，九条龙就在河里胡打乱闹，常常闹得河水漫岸，见年也不知被水冲走多少牛羊财物，淹死多少父老乡亲。

这条河的源头是个大海眼，海眼直通东海龙宫，那九条恶龙就是东海龙王的九个儿子。

河边有户人家，原先是三口人，老婆叫九龙闹水淹死了。为了记住这个仇，父亲给独生儿子起名叫九龙，盼他长大后除掉恶龙，为他妈报仇。

九龙长到九岁就跟父亲学会了武艺，特别是箭法更为高超。天上飞禽，山里野兽，只要叫九龙瞅见，哪个也逃不了。

九龙十二岁那年夏天，九条恶龙又趁下雨涨水的机会出来祸害人。九龙的父亲一见在水里胡闹的恶龙，气得再也忍不下去了。他往门头上搭了条头巾，又绰起一把斧子对九龙说："不除了这九条恶龙，咱就甭想过安生日子，我这回要泼上老命跟它们拼一伙。我走后，你看着门上这条头巾，要是变红了，就是我死了，你就去为我和你妈报仇！"

父亲走后，九龙盯着头巾，三天三夜没眨眼。到第四天一早，头巾突然变红了。九龙知道父亲已被恶龙害死了，就大哭一场，然后背上弓箭，拿把斧子，找九条恶龙去了。

九龙走到一片大树林里，碰见一个白胡子老头儿。那老头儿问他："小壮士，你要干啥去呀？"九龙就把找恶龙报仇的事对老人说了一遍。那老头儿对九龙说："那九条恶龙可厉害得很哪！你的斧子要能连着砍断九棵大树，你的箭要能射穿九块顽石，才能降服那九条恶龙哩！"

九龙听了老人的话，就举起斧子朝一排大树砍去，谁知只砍了八棵，斧子就卷刃儿了。他又取下弓箭朝九块石头射去，也只射了八块，箭头就断了。九龙为难地瞅瞅身旁的老人。老人笑嘻嘻地说："只要你有恒心，我能帮你找到好家什儿。"说着，老人把九龙领到一个石坑前说："这底下有一口石钟，你把它挖出来，再用火烧它三四一百二十天，你就能得到降服恶龙的宝贝。"

九龙按照老人的指点，不分昼夜地拼命挖起来。整整挖了三八二百四十天，果真挖出了一口石钟。石钟烧裂了，里边露出一把寒光闪闪的宝刀、九支锋利无比的金箭。

九龙刚拿起刀箭，白胡子老头儿突然又站在他的面前，笑着对他说："好孩子，你现在能去降伏恶龙啦。不过你要记住：治住它们以后，千万甭害了它们的性命，它们肯定有最好的东西报答你！"说完，那老头儿就不见了。

九龙明白是神仙点化自己，就赶紧朝河边走去。老远看见翻滚的河水里有九根木头往上水头冲。他料定这就是九条恶龙变化的，就急忙取下弓箭，"哧哧哧"连发九箭，那九根木头霎时沉了下去。停了一会儿，九条恶龙现出原形浮上了水面，每条龙头上都带着一支箭。九龙一见，跳进水中举刀就要砍。九条恶龙一见耀眼闪光的宝刀，吓得齐声哀求："饶了俺吧，往后再也不敢祸害人啦！"

九龙见它们那可怜的样子，又想起白胡子老头儿说的话，就挨个儿拔掉龙头上的箭。九条龙感激不尽，一定要叫九龙到龙宫去玩玩。九龙见它们没有恶意，就答应了。

九龙骑在最小的那条龙身上，只听一阵"哗哗"水响，不一会儿就到了龙宫。九条龙领着九龙见着老龙王，叙说了根由。老龙王也很感激，就叫九个儿子带九龙去看珍宝，说是九龙想要啥就给啥。九龙看遍了无数金银宝贝，觉得都没啥用处，一样也不要。最后来到龙王的五龙女住的房里，见五龙女正用琼汁玉露浇五颗金黄的宝珠，九龙很奇怪，就问："你浇它弄啥呀？"五龙女说："这是人世上根本没有的宝贝，每天由我们姐妹九人采来人间的第一束阳光沐浴它，收集百花上的玉露来浇灌它。要是拿它往天上一扔，想要啥就会有啥。"

九龙一听，就决定要这件宝贝。给老龙王一说，老龙王有点舍不得了。为啥咧？因为老龙王曾经说过：谁能从五龙女手里要走这五颗宝珠，谁就是五龙女的丈夫。要是答应了九龙，就得把闺女搭配上。可自己说过九龙要啥给啥，这会儿也不好再赖，他就把这事儿推给了五龙女。不料五龙女对九龙很中意，一口答应下来。老龙王没话可说，只得在龙宫里把女儿女婿的婚事办了办，然后叫九龙夫妻带上宝珠回去了。

九龙和五龙女出了龙宫，就登上伏牛山的最高峰，迎着初升的太阳，把五颗宝珠扔上高空。九龙大声喊着："宝珠，宝珠！我要你变成成年吃不完的粮食，叫天下百姓永不再挨饿！"

话刚落音，就见五颗宝珠化作万道金光，又慢慢落到地上。霎时之间，漫山遍野长出了无数的庄稼。从此以后，人们有了吃的，日子过得很美满。因为这些庄稼是龙王五姑娘的五颗宝珠变化的，人们就把所有的庄稼称为"五姑撒粮"。后来传得久了，粮食种类多了，人们才改称为"五谷杂粮"。

讲述者： 许正华，58岁，社旗县郝寨乡石桥村农民，不识字

采录者： 许记民，23岁，社旗县郝寨乡石桥村农民

采录时间： 1986年3月

采录地点： 社旗县郝寨乡石桥村

选自： 《中国民间故事集成·河南社旗县卷》，徐东主编，河南省社旗县民间文学集成编委会1987年9月编印

345

五谷的传说

很古的时候，地里的各种庄稼都跟豆子和芝麻一样，从根到梢结的都是籽，那个时候的粮食很多很多。

这一天，王母娘娘想看地上的人们生活得咋样，就变成一个要饭的老太婆下凡了。她来到一个村里，见粮食堆得像山一样，遇到的人个个都红光满面，心中很高兴。但当她来到一家门前，忽听院里有一个小孩在哭，就停住了脚，只听院里女人高声喊："别哭了，乖乖，给你面墩，坐着玩吧。"

王母娘娘透过门缝一看，原来是用白面做了一个大墩子，让小孩坐着玩呢！王母娘娘非常生气，回到天宫便把这事给玉皇大帝说了。玉皇大帝一听也很生气，当即召来天兵天将，吩咐道："下去把地里的庄稼穗都捋了。"

天兵天将得令，个个来到地里捋了起来。这时跑过来一只狗，说："求求恁，给我留下点儿吃的吧！"

天兵天将就问它："给你留多少呢？"

"像我的尾巴这么大。"狗晃了晃尾巴。

"好吧。"结果，高粱和谷子就剩下像狗尾巴那样大的穗。

天兵天将又来到麦地，正要捋，一只兔子跑过来，说："行行好，给我留一点儿吃的吧！"

天兵天将就又问它："给你留多少啊？"

兔子也摇了摇它的秃尾巴，说道："就像我的尾巴这么大吧。"

结果，小麦就剩下兔子尾巴大的穗。

后来，狗听说可气坏了，因为兔子尾巴远没有狗的大。狗去找兔子算账，见了就咬，一直算了几千年，到今天还没算清呢。以后的人们只能吃给狗和兔子留下的粮食了，所以，现在人们还常说吃的是狗食饭。

讲述者： 杨万里，51 岁，农民，不识字

采录者： 李灵芝，女，20 岁，农民，高中

采录时间： 1985 年 11 月

采录地点： 睢县县城

选自： 河南省民间文艺家协会资料库电子文档《中国民间故事全书 · 睢县卷》

346

五谷杂粮的来历

据说在很早很早以前，人们还不会种地，吃的是野果和树叶，生活很苦。一位天神把这情况报告了玉帝，玉帝同情人们疾苦，就下令给人间下些米面。从那时起，每年夏天从天上下米，冬天下面。人间老百姓有了米和面，再不发愁没饭吃了。可是，过了一段，天神装成乞丐到下界察看，却见每家都在扔米撒面，浪费特别严重。天神顺便走进一户人家，对一个中年妇女说："行行好，把你那馍馍给我吃上一个吧！"

那妇女头也不抬地说："馍馍还要喂狗呢！"

天神又乞求道："那就给点烙饼吧，我饿得实在不行了。"

妇人狠狠地说："烙饼，还要给俺孩子垫屁股呢！"边说边将烙好放凉的一张饼，顺手放到孩子屁股底下。

天神禀报玉帝，玉帝大怒，立即下令把下米改成下雨，下面改成下雪。

人们又没有吃的了，饿得肚里咕咕直叫唤，便跪在地上向天神祈求饶恕浪费之罪。天神气呼呼地说："绝不饶恕！"这时，一条黄狗也跪倒在地，眼泪汪汪地请求给它

留点吃的。天神觉得狗并无罪，就对狗说："你起来吧！我给你留下一粒谷、一粒麦、一粒高粱、一粒稻、一粒豆，你自种自吃吧。"

狗把这五粒种子种在地里，一夜之间，就成熟了。第二天黄狗把粮收回来，看见人们都快饿死了，便煮了一锅粥，给大伙分着吃。人们觉得自己是狗的主人，反而让狗养活自己，都不好意思地说："粮是你求来的，我们吃了你吃啥呀？"

狗说："你吃我的饭，我吃你的屎！"这五粒种子，就是今天的五谷杂粮。

讲述者： 李秀琴，女，48岁，教师
采录者： 王现玲，学生
整理者： 程邦民
采录时间： 1987年5月6日
采录地点： 清丰县大流乡王里固村
选自： 《中国民间故事集成·河南清丰县卷》，唐孝方主编，清丰县民间文学集成编委会1989年10月编印

347

苞谷棒为啥长腰里

粮食的籽儿不是长在根上，就是结在梢上，只有苞谷的棒子是长在腰里，这是为啥呢？

在很早以前，伏牛山里有个老君峰，峰上有座老君庙，庙前头有个万宝洞，洞里啥样的东西都有。老君爷修道成仙以后，就住在那座庙里。老君爷没出家那阵儿，也是一个穷人，给财主当过小伙计，打过铁补过锅，受过不少苦。他成了神仙，还没忘世间那些穷伙计。遇着天寒地冻或是青黄不接，总要打开万宝洞，叫穷人去拿出些衣裳和吃食。可有一条，就是不准拿洞里的金银财宝，谁要是拿了谁就要倒霉。

人们代代相传，告诫子孙们不要贪心，甭拿洞里的宝贝。老君爷见人们听他的话，就年年开万宝洞救济人。

后来，老君峰下出了一个又馋又贪的婆娘，名叫包姑。这包姑整天东游西逛不干活。她到万宝洞拿粮食、拿衣物嫌不解渴，总想瞅个机会偷几件宝贝，拿进城去换成钱，买楼房买丫鬟，当阔太太享福。这一年，万宝洞又打开了。包姑跟着人们走进洞，趁别人拿衣物、拿粮食不在意，把一根金条、一根玉棒塞到腰里，又抓一把珍珠装进衣袋里，

拿一件衣裳遮盖着溜出洞去。

人们走后，老君爷查看洞里宝贝，见少了金条、玉棒和珍珠，掐着指头一算，知道是包姑偷走了，急忙掂起拐杖，驾云去赶。

包姑偷了宝贝，心里害怕，慌二八张往山外跑。可她跑得再快，也没有老君爷驾云快。眼看就要追上了，包姑心里一急，掏出珍珠就扔。扔到树上的变成了山樱桃，落到地上的变成了山葡萄。老君爷见了又气又急，抡起拐杖扔过去。他那拐杖本是仙家宝物，凡人咋会禁得住？一杖下去，把包姑打了个无影无踪。老君爷按下云头去找，哪儿还有包姑和金条玉棒的影子？只见豆棵缝里新长出一种庄稼。那庄稼长着翠绿绿的大叶，腰里长着鼓囊囊的大棒子，剥开看时，有金黄的，也有玉白的。老君爷知道这是包姑和金条玉棒变的，有心收回洞去，再想想人间的庄稼真是太少，只好长叹了一口气，转身回庙去了。

从那以后，万宝洞再也不开了。人们恨包姑，就去吃她身上的棒棒。为了教育后代不贪心，就把那结棒棒的庄稼叫“包姑”。喊来喊去喊转了，喊成了“苞谷”。

年长日久，包姑偷宝的事人们忘了，见那籽粒颜色如玉，味道像米，就又改名为玉米，但知道它底细的人们还是叫它苞谷。

讲述者： 刘子林，64 岁，社旗县大冯营乡杨庄村人，高中

采录者： 乔海童，39 岁，社旗县大冯营乡丁庄村农民

采录时间： 1986 年 3 月

采录地点： 社旗县大冯营乡杨庄村

选自： 《中国民间故事集成·河南社旗县卷》，徐东主编，河南省社旗县民间文学集成编委会 1987 年 9 月编印

348

高挂、高粱和秫秫

高粱每先[1]不叫高粱，叫高挂。那时候，高挂每棵都有两丈多高，还是每个叶子上都长个穗子，到了成熟的时候，每个穗子都勾着头，跟在叶子上挂着一样，人们才给它起名叫高挂。

高挂啥时候变成了高粱呢？传说是在周朝的时候，有个朝廷叫周懒王。这周懒王懒得出奇，饭要宫女喂，衣要宫女穿，整天不上朝也不理事，吃饱喝足睡懒觉。后来，这周懒王的懒名叫老天爷听说了。老天爷就叫雨神下暴雨，想治治这个懒王，叫他改改懒劲儿。

暴雨一气儿下了一个多月，庄稼眼看要绝收。朝里官员们闯进宫里向周懒王禀报。周懒王躺在床上听罢，不慌不忙地说：“这好办！传令黎民百姓，有鼓抬鼓，有锣敲锣，没有锣鼓拿锅拍，一齐到地里敲着喊：‘风停雨住日头出。’”说罢，就又“呼呼噜噜”地睡着了。

朝官们不敢争辩，就把懒王的旨意传出去。黎民百姓也只好照办。人们抬鼓提锣拿锅拍，一齐来到地里，边敲

[1] 每先：方言，从前。

边喊："风停雨住日头出。"这一敲一喊惊动了天上的神仙，禀报给老天爷。老天爷见雨下得确实多了，就把雨停了下来。

周懒王听说雨停了，认为是自己说话灵验，变得更懒了，整天在宫里吃喝享乐睡懒觉。朝臣们有事到他床前禀报，他就随便下个旨意了事。

再说雨虽然停了，地里的草却长荒了。除了高挂已经长高，别的庄稼苗都叫草裹着，长不起来。想锄草吧，地湿锄不及。朝臣只好又去向懒王禀报。懒王不耐烦地说："还照上次，叫百姓们到地里敲锣打鼓，一齐喊：'草死苗壮地发暄。'喊够七天七夜就中了。"说罢又翻了个身睡着了。

朝官传出懒王旨意，老百姓也只好再次照办，一齐掂锣提鼓到地里边敲边喊："草死苗壮地发暄。"

这一喊又惊动了老天爷。老天爷瞪眼向凡间一看，不由大发脾气："好你个周懒王，本想叫你改改懒劲，好好治理国家大事哩，谁知你变得更懒，连天下的百姓也跟着你学坏了。"随即传令天兵天将，"把凡间庄稼一齐收上天来，叫周懒王跟这些懒百姓都饿死算啦！"

天兵天将领了老天爷的旨意，下凡来就要收庄稼。谁知别的庄稼叫草裹着还没有长起来，只有高挂已经挂穗，众天兵就把高挂收到了天上。百姓们见此情景，知道是上天惩罚，吓得一齐哭起来。

再说人的祖先神农氏成仙之后，被封作农神。老天爷下圣旨的时候，他正在五洲巡查农事。回来见此情景，急忙赶回天庭，向老天爷求情说："下界之事，都怨懒王一人，要是把庄稼都收了，百姓饿死，谁还供奉上天咧？"

老天爷觉得有理，可高挂已收到天上，咋办呢？他想了想，就叫农神下凡，把周懒王变成高挂一样的庄稼，借此表示对懒王的惩罚。农神遵照老天爷的旨意，真的下凡把懒王变成了高挂。可是，周懒王变成庄稼还是懒劲不改，长得比原来的高挂低一截子，也不会全身挂穗，只在头顶上长了一个穗。虽说不挂了，但它还是庄稼当中长得最高的，人们就把它改名叫高粱。

周懒王变成高粱后，他的侄子当了朝廷。老百姓都知道这高粱是新朝廷的叔叔变的。不敢说懒王，也不愿说高粱，就叫它作"叔叔"。新朝廷知道以后，嫌丢人，就叫造字官把"叔叔"改成了秫秫。直到现在，俺这儿还管高粱叫秫秫。

讲述者： 张运芳，41岁，社旗县青台乡何岗村农民，初中
采录者： 徐东，39岁，社旗县文化馆馆长，高中
采录时间： 1986年3月
采录地点： 社旗县青台乡何岗村
选自： 《中国民间故事集成·河南社旗县卷》，徐东主编，河南省社旗县民间文学集成编委会1987年9月编印

349

天上下白面

老古时，世上没有庄稼，人们美气得跟啥样的，整天吃白面。白面哪来哩？天上下的。

那时候，世上的人确实美，不用出力流汗种庄稼，天上下的白面都吃不完哩！可人们不知足，白面多了，也不知爱惜，茅坑垫的也是，喂猪喂鸡也是，糟蹋得厉害。

天上神知道了，派下来一个神来查是实是虚。那个神变成讨饭老汉，扛着拐杖，挨家挨户去讨饭，名义上讨饭，实际是看虚实。

他走到这一家说："婶子大娘哩，行行好，给口饭吃，我肚饥呀！"

"哼，穷鬼，谁知道饥是啥哩，走吧，走吧！"

他走到另一家，见一个大嫂正用油馍给娃子擦屁股，擦一张扔了，擦一张扔了。他上前说："好大嫂哩，行行好，把你那油馍给我一个吃吃，我肚子饥！"

"饥、饥，饥是啥？有油馍还给我娃子擦屁股哩，给你哩！"

上神挨家挨户都要走遍了，走到哪一家哪一家也不给他，他好气哩。他想，人有吃的，不知东西中用，良心也坏了，行，治治他们！

上神回天上禀报了，为了惩罚人，从那以后，天上再不下一点白面了，下的尽是雪。

讲述者：王秀梅

采录者：杜玉峰，39岁，卢氏县文联干部，大专

采录时间：1986年8月

采录地点：卢氏县朱阳关乡

选自：《中国民间故事全书·河南·卢氏卷》，闫建朝主编，知识产权出版社2009年2月版

350

面粉为何变成雪

据说，现在冬天下的雪是由面粉变成的。

相传在很久以前，每逢数九寒天，天上的王母娘娘为了帮助人们度过漫长的寒冬，下令天兵天将打开天上的粮仓，降下一层又一层面粉，供人们冬天度日。勤俭持家的人很珍惜面粉，但也有少数人不爱惜。有的用它喂猪、喂狗，有的用它做饼当坐垫。这些被土地神看得一清二楚，他便把情况一五一十地告诉王母娘娘。王母娘娘不相信会有这回事，便来人间看个究竟。

王母娘娘扮成个要饭的老太太，有一天，她到一家门前，见这家大人小孩都用白面馍当椅垫，一个小孩还往馍上撒尿。王母娘娘强压怒火，走上前，靠着门框，有气无力地说："大嫂，行行好吧！给点吃的吧。"农妇上下打量着这个要饭的老妇人，爱理不理地说："不行，俺自己都顾不过来，哪还能顾上你咧！想要饭，换个门吧。"王母娘娘瞅了瞅床上、地上抛撒的馍馍，继续哀求说："大嫂，可怜可怜我这孤老婆子，你把小孩当坐垫的馍给点我吃吧！"农妇眉毛一竖，两眼一白，没好气地说："你说得倒好听，把小孩的坐垫给你，俺小孩垫啥？""那就行行好，给点别的吧！"王母娘娘又声音颤抖地哀求道。农妇见老婆子不走，就嚷开了："唷！我是哪辈子欠了你的账？咋的，老娘今天就是不给！"说完，"哐"的一声关了门。

王母娘娘十分生气，回宫后，就叫天兵天将关上粮仓，打开冷冻库。从那以后，每逢数九寒冬，天空降落的再不是白面，而是冷气逼人的白雪。

讲述者： 杨炳秀，女，37岁，农民，初中
采录者： 刘宗德，40岁，教师，初中
采录时间： 1979年11月11日
采录地点： 光山县南王岗乡翁湾村
选自： 河南省民间文艺家协会资料库电子文档《中国民间故事全书·光山县卷》

351

面粉变雪花

很久很久以前，年年冬天都要飞撒几场面粉，让穷苦人收集食用，免遭冻饿，度过严寒。开春，好从事耕作。

据说，这是南海观世音菩萨可怜人间数九寒冬，野菜野果枯残，穷苦人断了生计。特别是北方，大禹治好洪水以后，雨水稀少，长期干旱，庄稼连年歉收，饿死的人遍地白骨。她大发慈悲，让天神在正风洞口架起齐天大风车，又在银河岸边盘上大石磨，打开天仓，取出储存万年的小麦，没日没夜地自动转磨着。冬天一场又一场地向人间撒下雪白的面粉。

好景不长，一次昴日星君告诉她说："自己每天破晓，看到人间并非尽是良善之辈，有的好吃懒做，有的糟蹋粮食，还有的恃强逞凶、欺压良善……"劝她不要再"好心帮恶人"。

观世音菩萨好生怀疑，变成一位白发苍苍的老婆婆，挎着竹篮拄着拐杖，颤巍巍地走向一个人烟稠密的村子。

她先走进一个竹篱茅舍的院落，只见一个蓬头拖脚的中年妇女，敞开前襟拖吊着一对布袋似的大奶，坐在堂屋中间，围着火炉吃油饼。旁边一个不满周岁的小儿，坐在五寸多厚的麦面大馍上咧嘴大哭着，那妇人却理也不理。

"给点吃的吧，做好事，菩萨保佑……"老婆婆苦苦哀求着。

那妇人厌恶地挥了挥手："去，去，中不中，午不午，哪有你吃的？"

"那就把小孩坐下的白馍赏一点，救救我，求求你了……"

"讨厌死了，孩子垫着都嫌小，能给你吃？再不走，我唤狗咬你。"好狠心的妇人真的翻起三角眼噘嘴唤狗了。

老婆婆气得发抖，转向庄子中间一座高大的庭院走来。

这是大财主的住宅，高大的门楼，朱红大门紧闭，一对石狮龇牙咧嘴踞蹲两旁，很有点威严的架势。

从墙外可以看到两排各十间有顶无墙的仓房，全是满囤满堆的白面。

一个过路的老汉告诉她：这儿周围几里，全是这家财主的土地、山场，干活的都是他家的佃户。每次撒落白面，财主说是老天赏赐给他的，不准别人在他土地上取走一升一碗，全都要佃户帮他收拾清扫、送进仓库。再随意给你一点，去养儿抚女，你还得感激他的善心哩。至五六月青黄不接时，他再重利投放，要赚大钱的。

观世音菩萨后悔极了，这真是"道高一尺，魔高一丈"。看来，自己的悲天悯人，确实让恶人钻了空子。

她恢复了本来面目返回天庭，让天神把银河里的冰凌，用石磨碾碎，刮起罡风，飘洒人间。

从此，每年冬天总是先刮起凛冽的北风，再下几场冰冷的白雪。

讲述者：	张炜，69 岁，退休干部，高中
采录者：	张亚铎，70 岁，新县文联退休干部，高中
采录时间：	2005 年 11 月
采录地点：	新县新集镇挪房湾村
选自：	河南省民间文艺家协会资料库电子文档《中国民间故事全书·新县卷》

352

雪的由来

据说在很古很古的时候，每到冬季，天上下的不是雪而是一种能吃的白面。天为啥后来又改为下雪了呢？这里是有原因的。

相传，猿变成人后，不知道种五谷杂粮，春、夏、秋季节以打猎为生。到了冬天，动物都躲进了山洞里，就无法猎获食物了。因此，每到冬天就有大批的人饿死。这就惊动了上神玉皇，每到冬天，就令管食物的天神向人间撒下白面。

一晃又是多少年。一天，玉皇大帝闲坐在宫里，忽然想起人间的事来，就命身边的大臣到尘世查看一下人们的生活如何。也是阴差阳错，这大臣一下凡，刚好来到一个坏女人家里。他看到这女人正用白面给小孩子垫屁股，很不高兴，但没有发火，问她道：“这白面是人吃的东西，你为啥不爱惜粮食呢？”这女人一听大笑起来：“这白面多的是，还没吃完，天又下起来了。”

大臣心里很生气，就如实向玉帝回报了详情。玉帝听后大为恼火，就命司粮神不再往人间撒发白面了。

从此以后，天就再也没下过白面了，人们也就挨饿了。现在还有不少老年人，一到大雪天就骂那该死的坏女人呢。

讲述者：黄自秀，女，45 岁，商城县李集乡杨畈村农民

采录者：姚仁奎，26 岁，商城县李集乡峡口供销门市部职工

采录时间：1989 年

采录地点：商城县李集乡

选自：河南省民间文艺家协会资料库电子文档《中国民间故事全书·商城县卷》

353

原来下面不下雪

原来天上不下雪，下的全是白面。后来为啥不下白面、光下雪哩？

据说，很早以前，天底下有两种人：一种人勤俭节约，一种人好吃懒做。天上下白面的时候，勤俭节约的人收了自己该收的白面，都保存起来，等粮食接济不上了，才拿出来吃一些。好吃懒做的人平时啥活不干，单等着天下白面时，拼命抢着多收一些白面，吃不完了还到处抛撒。

这件事被玉皇大帝知道了，他变成了一个要饭的老头儿，到人间查访。

一天，他来到人间，见一个大闺女吃得胖乎乎的，坐在屋里正打盹。玉帝走上前说："这位大姐，行行好，可怜可怜俺这要饭哩，给点饭吃吧！"

这闺女睁睁眼，看是个要饭的，连理也没理，还是睡她的觉。玉帝又喊了一遍，这闺女可就烦啦，把眼一瞪，说："你没看我正睡觉吗？饭有的是，就是懒得给你拿，快滚开！"

玉帝挨了一顿骂，只好走了。接着又来到一家，见一个胖媳妇正在哄孩子。玉帝说："这位大嫂，行行好，可怜可怜俺这要饭哩，给点饭吃吧！"

这媳妇翻了翻白眼说："哼，你这糟老头子！我有的是馍，就是不给你吃，留着给俺孩子垫屁股哩！"说着，又给她孩子往屁股底下垫了一大块锅盔。

玉帝见到这些，可气透啦！想不到人间还有这样作恶的人。他一怒之下，传下旨意，从今往后再也不许下白面了。命北极星把白雪降到人间，下雪的时候，越冷越好，叫那些不劳动的人冻得他比干活还难受。

第二天，就刮起北风下起大雪来。那些懒蛋又以为下白面哩，慌着去收，都冻得浑身打战，好容易把盆盆罐罐都收满啦，天一晴都变成了冰凉的水，再也不是白面了，只得被活活饿死。勤俭节约的人，一点也不担心，把原来节省下来的白面拿出来做饭吃。

就从那儿起直到现在，一直是光下白雪，再也不下白面了。

讲述者： 李世深，47岁，教师，中专

采录者： 李凤奇，35岁，汝南县马乡联中教师，中专

采录时间： 1987年5月

采录地点： 汝南县马乡镇联中

选自： 《中国民间故事集成·河南汝南县卷》，冀世清主编，汝南县民间文学集成编委会1991年8月编印

354

下雪的故事

传说很早很早以前，天上下的雪不是雪而是白面粉。为啥后来改成下雪了呢？有这样一个传说。

老天爷为了了解人间民情，特派王母娘娘来到凡间巡察。王母娘娘化装成一位讨饭老婆，来到人间。她走到一家门口，只见一位大嫂正在院内烙油饼。她便装着有气无力地说："大嫂，可怜可怜俺这个要饿死的老婆吧。"

大嫂忙说："哪有啥给你，改改门吧！"

王母娘娘见掉在地上一个油饼，忙说："行行好，把那个掉在地上的泥油饼让俺吃了吧。"

大嫂忙说："不行不行！俺还喂猪哩！"这时院中树下的小孩睡醒了，哭得哇哇大叫。大嫂忙去抱孩子，只见屙了一席，她顺手拿一张油饼给孩子擦屁股上的屎，接着又拿一张油饼当尿布给垫到屁股上。

王母娘娘说："大嫂！把油饼当尿布使用，糟蹋那么多白面，多可惜呀！"

这位大嫂毫不在乎地说："糟蹋点怕啥，天上会下白面。"

王母娘娘又走了许多村庄，串了千家万户。她见到人间不把白面当作宝物，而是视面如土，速回天宫禀告给老天爷。老天爷一听大怒，立即下令，停止下白面粉。

从此，下白面粉改成下雪了。

讲述者：杜汉三，70岁，新乡县小冀镇农民，高中
采录者：张兆平，51岁，干部，大专
采录时间：不详
采录地点：新乡县小冀镇
选自：《河南民间文学集成·太行山民间故事》，王震宇主编，中原农民出版社1992年3月版

355

雪与面

据说在很早的时候，冬季从天上落下来的并不是遇热就化的雪，而是像雪一样能吃的白面。故事是这样的。

王母娘娘的第八个女儿白玉公主，既聪明又漂亮。王母娘娘对她非常宠爱，事事都依从着她，还特意在白玉山上为她修建了一座宫殿，作为她游玩居住的地方。

有一年冬天，白玉公主背着王母娘娘，偷偷地来人间玩耍，见很多人穿着破烂的衣服，沿街要饭，不少没吃没穿的人饿死在路边。她很可怜这些穷人，回到天宫后，就整天坐在白玉山上磨玉石。一到冬天，就把磨下来的玉石粉一把一把地撒向人间。那玉石粉落在地上就变成了洁白的面粉。人们有了这么多的白面，再也不愁没吃的了。后来，白玉公主把这件事告诉了王母娘娘。王母娘娘不相信女儿的话，就决定下凡去查看一番。

一天，王母娘娘扮成一个要饭的老婆婆，穿着很旧的衣服，一步一颠地走进一个红门大院。一进门儿，就看见一个小孩屁股下坐的小褥子是用白面做成的大饼，可她再三向主人乞求，主人连块剩馍也不肯给她。

王母娘娘大怒，回天宫后，下令封闭了白玉山，白玉公主也搬到别处去了。

从此，冬季天上落下来的再也不是能吃的白面，而是一遇热就化的雪片了。

讲述者：王明高，45 岁，农民

整理者：王继玲

选自：《中国民间故事集成 · 获嘉卷》，刘锡元主编，获嘉民间文学三套集成办公室 1985 年 12 月编印

356

天为啥不下面了

先前，天又下米，又下面，下得跟现在下雪一样。人们把面收点子[1]回去，把米撮点子回去，日子过哩容易得很。

老天爷咧，怕人们糟蹋粮食，派观音老母下来看看。观音老母下来了，变成一个要饭的老婆儿。有一个媳妇，看她哩小孩冷了，就把面做成馍，烙烙，垫到了小孩的屁股底下。观音老母咧，看巧来到她门上。她一看来了一个要饭老婆儿，说："看，你这个大娘，你来晚了，我将将[2]烙了一个馍，放到小孩的屁股底下，垫住了。你要是早来，就给你一点啵！"

观音老母回去了。老天爷晓得人们糟蹋粮食了，就不再给人们下米下面了。往后，人们都得自己种粮食了。开始种粮食，也很容易，人们把锄头敲敲就中了。锄头一敲，地里的草就锄光净了，没有了，得劲哩很。

老天爷见人们还不好好干，再往后，就让人们完全靠自己了。人们开始一镐一锄地种庄稼，收粮食辛苦起来了。

[1] 点子：方言，一些。

[2] 将将：方言，刚刚。

讲述者：曹衍玉，女，61 岁，桐柏县月河乡金桥村郑庄农民，不识字

采录者：张振犁，60 岁，河南大学中文系教授
程健君，28 岁，河南大学中文系教师
郑大芝，女，22 岁，河南大学中文系 1981 级学生

采录时间：1984 年 12 月 18 日

采录地点：桐柏县月河乡金桥村郑庄

选自：《故事婆讲的故事》，张振犁、程健君、郑大芝采录，海燕出版社 2000 年 6 月版

附记

曹衍玉是桐柏县一位很有特色的女民间故事讲述家，1998 年 9 月被联合国教科文组织和中国民间文艺家协会联合授予"中国民间故事家"的称号。她善良勤奋，一直在家务农，不识字。她所生活的桐柏县月河乡郑庄，地处淮河上游。这里北有著名的盘古山，西南有巍峨的桐柏山，淮河从村旁流过。这里土地肥沃，物产丰富，也是桐柏著名的民歌和民间故事之乡。她的父母亲都是讲故事能手。从儿时起，她便受到了民间文学乳汁的哺养。她之所以能记得那么多、讲得那么好，离不开这块人民艺术的土壤。

曹衍玉讲故事，往往是在繁忙的农事和家务劳动的过程或间隙进行的。白天剥棉桃、摘梅豆，晚上纺线、做衣服，都是她讲故事的好时机。她纺线时，随着纺车的转动和棉线的抽出，故事就像泉水一样缓缓涌流出来。她讲故事可以把听众完全引入古老传说的环境之中，甚至令人失去知觉，随着故事情节的发展和语言、神情的感染，而发生不同的情感变化。

曹衍玉讲故事，在思想感情上往往和故事中主人公的遭遇发生融合，这些主人公大都是勤劳、善良、诚实的弱者（像妇女、童养媳、农民、工匠、小商贩等）。他们被剥削、压迫，命运十分悲惨。许多故事都对他们的不幸表达了不平和同情。曹衍玉的生活经历很不幸。青年时期，她失去丈夫以后，又带着孩子改嫁到现在的大家。在旧社会的封建家庭里，她备受歧视、打骂、折磨。沉重的农活、家务劳动和精神上的痛苦，使她逐渐陷于痴呆、麻木。后来，她在讲故事中发现了自己与故事主人公的共同命运，很快就产生了共鸣，从故事的结

局中找到了精神寄托。因此，她也很自然地运用民间故事里的是非、善恶信条来砥砺自己的品德、情操，鼓起生活下去的勇气；也用来教育子女成为“好人”“有用的人”。

1984年12月18日，“中原神话调查组”到曹衍玉家中采访，不少邻里乡亲闻讯来到曹家。男男女女、老老少少挤满了一屋子，气氛轻松自然，采录工作十分顺利。（张振犁、程健君）

357

荞麦的来历

在一个名叫三块瓦的小村庄里，住着一家贫苦的农民。这家人姓乔，家里有个姑娘，因为生在收麦时节，乳名叫乔麦。

常说“女大十八变，越变越好看”。乔麦姑娘长到十八岁，眉目清秀，貌似天仙，又总爱穿一身紫色衣服，头上戴几朵小白花儿，就衬托得格外美丽动人；再加上她天资聪慧，举止不凡，更加招人喜爱。她的名字，传遍了三里五村。

附近有一个大地主，名叫老韩路，家有好地千顷，家财万贯。他仗着有钱有势，横行霸道，欺压百姓。

一天，他闯进乔家收租子，见乔麦姑娘长得俊秀，生了歹心，想娶她做小老婆，姑娘不答应。老韩路诱逼姑娘说：“若不答应，别怪我不让人。你要嫁我，绫罗绸缎任你穿，山珍海味任你吃。”

乔麦姑娘气愤地说：“我劝你还是死了这个心吧！你姑奶奶不是那种贪财图利的人。你就是给个金山银山，我也不稀罕！”

老韩路见软的不行，就来硬的。他把手一挥说：“给我抢！”家丁一拥而上，一个弱女子，怎能抵得过几个如狼似虎的家丁呢？就这样乔麦姑娘被抢走了。

姑娘被抢进韩府后，关在一间小屋里。老韩路一天三次威逼利诱，姑娘不肯屈服，每次都是破口大骂。这一次，姑娘见了老韩路却变了脸色，老韩路以为乔麦姑娘答应了，上前就要动手，乔麦姑娘一摆手说："慢，要想成亲，我可以给你介绍个比我还美的姑娘。"

"她是谁？"

乔麦姑娘笑着说："是你闺女呀！"

老韩路一听气得脸都青了，但他为了讨乔麦姑娘喜欢，就忍着气溜走了。

乔麦姑娘被抢到韩家已经是第三天了。她被锁在房里，边拨灯，边想心事，想到可怜的父母受苦，想到自己的悲惨遭遇，泪水顺着面颊往下流。忽然门被推开了，老韩路闯进门来，她情知不好，伸手抓起石灯台，准备反抗。老韩路笑着凑到姑娘跟前，姑娘厉声喝道："你要干啥？"

他皮笑肉不笑地说："你一个人在这儿孤单单的，怕你闷得慌，我来和你做伴呢！"

"你赶快出去！不然我可要喊人啦！"

老韩路得意地说："人都睡了，你喊谁？你喊，你喊。"说着他就像饿狼一样，向姑娘扑去。姑娘早有准备，举起石灯台相迎，石灯台恰巧碰在老韩路的脑门上。老韩路从姑娘的身上又歪倒在地上，乔麦姑娘用手一摸，老韩路断了气，她黑夜逃出了韩家大院。

打死了老韩路，姑娘逃到家里。父母见女儿从虎口里逃出来了，悲喜交集，抱头大哭，哭了一夜。天一明，老韩路当县令的侄子就派衙役围住了乔家院子，绳捆索绑把乔麦姑娘抓进了县衙门。县令黑了心，不审不报，为了给他叔韩路报仇，立即动大刑。可怜一个如花似玉的姑娘，活活被打死了。狗县官还不解恨，又亲自动手将乔麦姑娘大砍八块，扔到野地里。后来，穷人们含着眼泪把乔麦姑娘的尸体凑在一起，埋葬在洼地里。

第二年夏天，奇怪的事情发生了。乔麦姑娘的坟墓周围，出了好多谁也没有见过的紫秆三角叶的苗苗，谁也不认识是啥庄稼或啥草。夜里，许多人在地里看庄稼，又常常听到姑娘的墓旁有她唱歌的声音。唱的是："家住三块瓦，出生在贫家。小时爱穿红，长大戴白花。"

人们都说这是姑娘含冤而死，阴魂不散。哪知道过一些日子，小苗苗长大了，果然开出白色小花来，花落之后，又结出黑色籽粒的果，籽粒外面正好有三片瓦块形状的小片片包着。人们这才明白，这原来是乔麦姑娘为了养活穷人变成的一种庄稼。秋后，人们把这种庄稼的籽粒收到家里，磨成面一尝，果然很好吃。人们为了纪念乔麦姑娘，给这种庄稼起名叫"乔麦"，后来又添了草头成了"荞麦"。

第二年，人们又在地里种了荞麦，长得很好。在快要成熟的时候，人们下地去看庄稼，又有人听到姑娘在坟旁唱歌，唱的是："快收吧！快收吧！韩路快来了，来了毁庄稼！"

人们听了她的话，赶快把荞麦收回家去。没过几天，天气骤变，寒风凛冽，冷气袭人，一些没收完的庄稼被打得枯萎下来。人们明白了，这原来是老韩路死后变成的一股寒风，专门来危害荞麦的。因为韩路一来就寒冷，所以人们把"韩路"说成了"寒露"。从此以后，人们就赶在寒露之前，把荞麦收回家。

讲述者：蔡尚卫，35 岁，农民，初中
采录者：乔月江，女，29 岁，中学一级教师，大学
采录时间：2006 年 3 月
采录地点：兰考一中
选自：河南省民间文艺家协会资料库电子文档
《中国民间故事全书·兰考县卷》

358

荞麦与寒露

从前，在一个山脚下，住着一家三口人，老两口和一个儿子。儿子叫寒露，二十来岁，为人忠厚，有几分憨气。可他摇耧撒种，扬场放磙，样样都拿得起、放得下，三里五村都夸他是个好庄稼把式。寒露没成亲，老两口心里总是放不下，就央亲托友，到处打听哪庄有像样的好姑娘。老两口心里盘算：寒露不老能，得找个精明点的姑娘当媳妇，好当家理事。

后来听说东庄有个名叫荞麦的姑娘很聪明，究竟咋样咧？寒露妈不放心，想先去试试。她拿了几尺布，装着是找人帮忙做衣裳哩，来到荞麦家。一瞅，荞麦长得细皮白肉，苗苗条条，跟一朵花儿样。寒露妈心里就喜欢上了，忙赔着笑脸说："姑娘啊，我听说你心眼儿好，手又巧，今儿个想给你添点麻烦：就这几尺布，给俺娃儿做件衣裳。"

荞麦见老人白头丝窝，眼也不济事，赶紧接过布，笑盈盈地说："大婶，只要不嫌俺手笨，俺就帮这忙，可不知要做件啥衣裳？"

寒露妈说："家寒底薄，做件衣裳想多派点儿用场，说出来你不要见怪。这几尺布，要做一件长衫，一件短衫，再做一件床单。"

姑娘猜中了老人的心思，说："中啊，三天后来拿吧！"

三天过去，寒露妈去到荞麦家。姑娘送给她一件长衫，细密密的针脚，活儿做得真好。她心里喜欢，脸上却装成不满意的样子说："我叫你做三件，你咋只做了一件啊？"

荞麦把那衣裳抖开，架在身上说："这是长衫。"又把长衫的底边往上一折，说："这是短衫。"接着又把衣裳铺在床上说："这是床单。"

寒露妈哈哈笑着回家了。没停两天就备下聘礼，送到荞麦家。荞麦姑娘收下了。这年腊月，寒露和荞麦成亲了。又过了几年，一双老人下世，只剩下小两口。夫妻俩男耕女织，日子过得也怪舒坦。

这年，镇上起了会，荞麦叫丈夫把自己织的布匹拿到会上去卖。寒露背上布，骑上自家的小马上路了。半路上碰见一个秀才，秀才见寒露骑马背布，像个二百五，就想坑他，说："老弟，我有点急事，把你的马借给我骑骑吧？"

寒露问他："你姓啥叫啥，家住哪儿啦？骑过了我好去牵。"

那秀才骑上马，扬扬鞭子说："我姓你所赠，日月本是名，住在半空里，月亮落村中。"说罢催马跑了。

寒露回到家里，荞麦问："马丢了？"

寒露说："一个秀才借去了。"

荞麦又问："他叫啥，住哪庄啊？"

寒露说不出来，只好把秀才那几句话学说学说。荞麦想了想说："明儿个你翻过大梁山，山西坡半腰里有个庄儿，去找一个叫马明的人要马。"

第二天，寒露按着荞麦的话找到了马明。马明见寒露找来了，惊奇地问："谁叫你到这儿找的呀？"

寒露说："俺屋里人。"

马明心想：憨蛋丈夫倒娶了个聪明妻子。低头又出了个孬点子，说："马你骑回去，顺便给你妻子捎份礼物。"

寒露接过礼物回到家，把礼物递给荞麦。荞麦抖开礼包一看：见是一棵葱、一朵花和一个歪哩疙瘩的大南瓜。

荞麦看罢，羞得满脸通红，知道这是刺刮[1]她“聪明伶俐一枝花，不该配个大憨瓜”。看着气着，气着想着，越想越气，一下得了个气结胸病，一天重一天，不到半年就死了。

荞麦死后，寒露一想她，就到坟上哭一场。今儿哭，明儿哭，慢慢地在他流泪的地方长出一棵红秆绿叶的小苗苗。他看见苗苗，想起荞麦，哭得更痛了。眼泪落到苗苗上，慢慢地秆粗了，叶大了，开出白花，结出了有棱有角的果果。寒露想念妻子，就把这从没见过的苗苗叫荞麦。他把荞麦籽捋下来，撒到地里，第二年长了一大片。在地里干活时，看着荞麦棵，就好像见着妻子，心里也好受些。荞麦又熟了，他叫荞麦自生自落。这样一年多一年。开花时，他瞅着一地银花，想着他的妻子；成熟时，看着一地金黄，还想他的妻。就在这一年荞麦熟的时候，寒露也忧愁成病死去了。

这年秋旱，庄稼绝收，只有寒露地里的荞麦丰收了。人们没啥吃，就把荞麦收下来磨了磨。虽然面色黑青，吃着也不多好，但总算能挡饥，度过了灾荒，保住了性命。人们都感激寒露，就把寒露死的那天叫“寒露节”。

人们尝到了荞麦的甜头，一逢秋旱就种荞麦。这荞麦也怪，总是在寒露节前熟。人们说：“这是荞麦和寒露夫妻情重的缘故哇！”

讲述者： 董刘氏，女，67岁，社旗县吕楼公社董庄农民，不识字

采录者： 董进山，37岁，社旗县党校干部，大专

采录时间： 1981年6月

采录地点： 社旗县吕楼公社董庄

选自： 《中国民间故事集成·河南社旗县卷》，徐东主编，河南省社旗县民间文学集成编委会1987年9月编印

[1] 刺刮：方言，讽刺、挖苦。

359

芝麻香油的传说

看过《宝莲灯》的人都知道，沉香打败二郎神后，斧劈华山，救出了亲生母亲三圣母。可圣母娘被压到华山底下一十五年，少衣无食，落了一身残疾。沉香上山打来虎豹，下河捉来鱼虾，为母亲补养身体。可圣母的肠胃不好，喉咙干疼，再好的东西也吃不下去。沉香是个孝子，看着母亲那虚弱的样子，心里跟刀剜一样疼。他吃不下饭，睡不着觉，整天跑着请医问方，可请来的先生谁也治不住他母亲这病。沉香见没法可想了，不由地痛哭起来。他哭啊哭啊，直哭了七天七夜，才模模糊糊地睡着了。刚睡着就做了个梦，梦见一个白胡子老汉对他说：“你往东南去，走上一千八百零八里，那里有座盘古山，盘古山上有座盘古庙，盘古庙里有个盘古爷。他那里有方有药，百打百中，你母亲一吃就好。可你去时得一步一祷告，五步一磕头，盘古爷见你心诚，才会给你药。”

沉香从梦中醒来，见天已明了，就把梦中情景给父母亲说了。父母劝他歇息几天，准备准备再走，可他说啥也不依，立时就辞别了父母，按着老汉说的方向登程了。

一路上，沉香真的像老汉嘱咐的那样，一步一祷告，

五步一磕头，逢山翻山，遇水过河，那份辛苦就没法说了。就这样，一直走了一年零三天，终于走到了盘古山，找到了盘古庙，见着了盘古爷，对盘古爷哭诉了一番为母亲求医的心愿。盘古爷见沉香一头土一身灰，膝盖也烂了，血糊淋剌的，也被沉香的孝心感动了，就对沉香说："你母亲的病不要紧，用芝麻保养保养就中了。这东西世间还没有，这里有种儿，眼下就是种的季节。你要愿意，就在这山脚下找片儿空地种上，等到收下了新芝麻，就能治好你母亲的病了。"说着，拿出一个小包递给沉香嘱托说："记住，用这新芝麻磨油吃最效验[1]。"沉香走出庙院拆开一看，见尽是些细砂子。他孝母心强，就决计照着盘古爷的嘱咐去办。

沉香扮成一个凡人，在盘古山脚下开了一片地，种下了那芝麻。他深耕细作，施肥浇水，精心管理。时间一长，还和周围庄上的人们交上了朋友。芝麻出芽了，长叶了，开花了，结蒴了，到了金秋十月，终于成熟了。他邀来朋友们庆贺。可他刚收割了一些，父母突然捎来了信儿，叫他赶紧回家。他也不知道是父母想望，还是舅舅二郎神又去家中闹事，只好连夜带着已收的那点芝麻离开了盘古山，回家去了。剩余的芝麻都由朋友收了下来。人们听沉香说过，这芝麻磨油最好吃，就想办法把收的这芝麻磨成了油。因为这芝麻是沉香种下留给大伙的，人们为了纪念沉香，就把这油称作香油。那三圣母吃了儿子沉香带回的芝麻，身体果然很快就好了起来。

就从那儿以后，芝麻便在人间传了下来。因为那盘古山就在咱这儿河南泌阳境内，所以至今全国芝麻还数河南最多呢。

讲述者： 袁顺兴，58岁，社旗县朱集乡许庄村农民，不识字

采录者： 李祥文，36岁，社旗县朱集乡许庄村农民，高中

采录时间： 1986年3月

采录地点： 社旗县朱集乡许庄村

选自： 《中国民间故事集成·河南社旗县卷》，徐东主编，河南省社旗县民间文学集成编委会1987年9月编印

[1] 效验：方言，准确、应验。

360

白菜的来历

早年的时候，唐河岸边有户人家。儿子青哥在外做生意，家中老母心眼窄狭，整天挂牵，得了场大病不能下床。家务事全靠媳妇白姐料理。白姐勤劳能干，精打细算，日子还能勉强过得去。

这一年，天不作美，干旱了九九八十一天，庄稼枯死，六粮[1]没收。青哥又没往家送钱，婆婆病在床上眼看难活下去，白姐急得没办法，猛然想起一个会做木工的表哥，就去借了一些碎银和粮食。白姐知道婆婆是想念儿子才得的病，为了让婆婆早日病好，就撒谎说是青哥叫别人捎回来的东西。婆婆一听儿子捎回来了东西，当时病就好了一半。

这天，白姐给婆婆抓药回来，听见婆婆在喊她，就连忙走到婆婆跟前。不料婆婆一手抓着白姐的头发，一手朝白姐脸上猛扇了几耳光子，厉声问白姐上他表哥那儿干啥去了。白姐被婆婆打得两耳轰鸣，眼冒金星，不知婆婆为啥发恁大的火，心想：说出真情实话吧，又怕伤了老人的心；不说吧，婆婆一个劲儿地追问。真是左右为难。没说出来话，却憋出来了眼泪。

原来，自青哥出外以后，有个本家兄弟对白姐不怀好意，被白姐臭骂了一顿。那天，那人看见白姐上她表哥家借钱，就趁机报复，添油加醋地给白姐的婆婆胡说了一番。婆婆听那人说得有根有秧，安鼻子带眼的，就信以为真了。如今见白姐支支吾吾，以为她心虚，心里更火了，就厉声骂道："你这个伤风败俗的贱人，玷污了我家的门风，还有脸哭？滚！不准你再进我家的门！"

白姐听后，真是万箭穿胸，自己好心好意地伺候婆婆，如今却遭受这不白之冤。真是浑身是口难分辩，跳进黄河也洗不清啊！就对婆婆说："媳妇我清清白白，恁冤枉了我呀！我要是干过那见不得人的丑事，死了变成黑心烂菜；要是清清白白，没干过亏心事，死后就变成青皮白菜……"话没说完，就一头倒在地上死去了。

等青哥行商回来，真相大白，母子俩后悔不已，去到坟上祭奠。只见坟上果然长出一棵青皮白心菜。婆婆一头扎在坟上痛哭起来："媳妇，你清清白白，是我冤枉了你，是我害了你呀！"

现在，人们常说的"白菜还有个心哩"这句俗话，就是这个传说的缘故。

讲述者：司马竑，教师

采录者：冯天佑

选自：《庄稼、蔬菜、瓜果传说故事》，社旗县科学技术委员会、社旗县科学技术协会、社旗县人民文化馆 1983 年 9 月编印

[1] 六粮：指稻子、高粱、豆子、麦、黍（黄米）、稷（小米），称作"六谷"，民间俗称"六粮"。

（二）

果木花草

361

天上娑罗王母娘娘栽

有日张天师脚踏祥云，来到西天，听如来佛讲经。忽然，他口吐酸水，腹内疼痛难忍，虚汗顿生，垂头不语，脸色苍白。

“天师，我观你神色不对，恐有病侵。”

听罢如来佛的话，张天师连连点头示意：“是也！是也！我胃病发作了！”

“天师，莫要惊慌，”佛祖捋着胡须，“待老夫赐你娑罗树种服用，就会好的！”

“多谢佛祖解俺之危，救俺之难！”

说来也巧，张天师服用娑罗树种子后，胃病即刻痊愈，神色恢复正常。

第二天早晨，张天师碰见王母娘娘，与她言说昨日病况。王母娘娘大为惊奇，连连叫绝：“娑罗籽真乃宝贝，老身先前从未耳闻。待俺前往西天，向佛祖讨要几粒，回宫下种，你看如何？”

“是啊！”张天师赞许着。

“丫鬟走上！”王母向众丫鬟发号施令。

身着彩缎的丫鬟们，纷纷进宫应声：“来了，奶奶有何吩咐？”

“随俺西天而行！”

“遵命！”

众丫鬟扶着王母，辞别张天师，腾云而起，向西天飘去。佛祖甚为高兴，立赐娑罗树籽百粒。

王母携带种子，回宫下种十余天，娑罗树果然在庭院破土而出，开花结果。七仙女在树前跳来跳去，称之为神树。

娑罗树木质细腻，树叶茂盛为掌状七叶，冠如伞，形状独特。王母创造这一奇迹，引起了众神仙的注意，天神相聚王母院，看个不够。都欲种植，但没有一个能够成功。唯有王母娘娘亲手下种，方可出苗，故“天上娑罗王母娘娘栽”。

娑罗树种子价无量，珍如宝。因此，玉皇大帝特封娑罗树为“摇钱树”，由王母专管，任何神仙不准移栽。娑罗树每年果实累累，像一个个元宝挂在树梢，众神仙均欲采摘，但伸手不及，只有张天师方可采摘。因其籽形状与板栗相似，故玉皇大帝大封娑罗籽为“天师栗”。这下，王母娘娘倒有意见了，埋怨张玉皇封娑罗树为“摇钱树”、娑罗籽为“天师栗”，把她自己忘却了。张玉皇沉思良久，觉得王母言之有理。由于年过七旬，是个老太婆，张玉皇就取一个“婆”字，又取娑罗树的“罗”字，还取娑罗籽的“籽”字，加封娑罗籽除了为“天师栗”外，还叫“婆罗籽”，此事就这样平息下来。

后来，王母娘娘的第七个女儿，在天宫觉得无聊，就偷偷地带着“摇钱树”私奔凡间，几经相会，终与凡间董永结为恩爱夫妻。从此，人间才有了娑罗树。

古老娑罗树前必有王母庙，庙壁上绘有“如来佛亲赐娑罗籽”“王母在庭院栽娑罗”“七仙女天庭观娑罗”“张天师采摘天师果”“张玉皇封就摇钱树”等栩栩如生的神奇画面。

讲述者：　杨献民
采录者：　王洵
采录时间：　1986 年 8 月

采录地点：　卢氏县徐家湾乡

选自：　《中国民间故事全书·河南·卢氏卷》，闫建朝主编，知识产权出版社2009年2月版

362 王母娘娘点核桃

在瓮潭沟入口处有一株核桃树，干粗枝壮，高大繁茂，人称"核桃王"。提起它的来历，民间还有段传说。

核桃原是西王母的圣果，又称长寿果，一般的凡人根本看不到，摸不着。后来，西王母追随玉皇大帝来到卢氏，随身把核桃和蟠桃也带了来。

有一年，卢氏流行瘟疫，神医扁鹊带着弟子到玉皇山采药，灵芝、天麻、枣皮、金银花都采到了，独独少了最主要的一味药——核桃。因为核桃去皮后极像人的大脑，它不仅温肺补肾，对哮喘咳嗽、肾虚腰痛等病有明显的疗效，最重要的是对人的脑神经系统有不可替代的滋补作用。到哪儿找核桃呢？弟子子阳建议：进瓮潭沟，向住在瑶池的西王母讨要。

扁鹊来到瓮潭沟口，被西王母的丫鬟杜鹃挡了驾，说仙女们正在瀑布戏水，请君稍待片刻。又等了一会儿，杜鹃说，仙女们转移到上面瑶池去了，请君入瓮吧。

瓮潭沟口小肚子大，生得真是像个瓮。扁鹊进到沟里一看，两边山坡上尽是中草药：杜仲、辛荑、山茱萸，连翘、娑罗、八月炸，就连溪水里游来荡去的甲鱼、大鲵等，

用于救死扶伤也都是上好的补品。扁鹊走到瀑布跟前，只见几十米高的瀑布像长空白练，从半空中咆哮而下，在高耸的崖壁间发出“嗡嗡”的回声。这时，杜鹃送来了核桃种子，并且告诉他，这一个核桃救不了多少人，不如把它种在沟口，经王母娘娘一点化，马上就能长成大树，就能结许多核桃。

扁鹊走到沟口，按杜鹃的说法把核桃埋进土里，眨眼间，面前便长起一棵大树，并且结了无数的核桃。扁鹊就用这棵树上的核桃做药引子，救活了无数百姓，并且扑灭了瘟疫。

后来，卢氏人就不断地到这儿采种育苗，使全县房前屋后、沟旁渠边到处都长着核桃树，让它一年又一年地向人们奉献果实和阴凉。

讲述者： 杨献民

采录者： 牛爱民，29岁，卢氏县城关镇人，干部，大学

采录时间： 1986年8月

采录地点： 卢氏县狮子坪乡

选自： 《中国民间故事全书·河南·卢氏卷》，闫建朝主编，知识产权出版社2009年2月版

附记

卢氏县的地理环境非常适宜种植核桃，是“中国核桃之乡”。“卢氏核桃”获得国家地理标志产品保护和国家地理标志商标。（程健君）

363

无花果

常言说：瓜果瓜果，开花结果。可仙人果不开花就结果，所以人们也称它是“无花果”。

传说，无花果树是一种仙果树，和东海仙山上的蟠桃树生长在一起，并且和仙桃一样，三千年开一回花、结一回果。王母娘娘开蟠桃会时，总是把绿丝丝的果摆在外边，把红艳艳的桃放在中间，特别好看。

王母娘娘对仙山上的树看管得很严，谁要想得到一个果或桃，那真比登天还难。她设下层层岗，还有专人分管浇树、看树。每到开花时节，就派七个仙女每天察看两次，自己也常到仙山察看。若有掉落，看管人就要遭受毒打；若有丢失，看管人拿命偿还。

这年春天，紫红的果花、粉红的桃花开满仙山，七个仙女每天两晌察看。到了秋天，又是两晌查果数桃。这一天，她们发现掉落了一个果，就拿去见王母娘娘。看果的一男一女惨遭毒打。两人实在受不了这种法规，商定要下凡到人间。临走时，他们各摘去一个果子。王母娘娘知道后，硬说是灌园老翁的主意，不问青红皂白，就用金簪缝住了老翁的嘴，把老翁活活饿死了。

就在老翁死去的当天夜里，满山果树一怒把累累果实撒向人间，果子全落进了地里。第二天，王母娘娘带着仙女找遍了天上人间，连一个果子也没找到。从此，每年春天，她都要带领仙女到人间找寻。一年、十年、百年……三千年，一朵紫花也没找到。原来这果树永不开花了，也不三千年结一回果了。而是每年的秋天到来时，它就结出累累的果实，奉献给人们吃。

自此，人们就称它为仙人果，也叫它无花果。

讲述者： 余振明，女，62 岁
采录者： 张梅忍，女，23 岁，文化专干，高中
采录地点： 社旗县桥头乡桥头街
选自： 《庄稼、蔬菜、瓜果传说故事》，社旗县科学技术委员会、社旗县科学技术协会、社旗县人民文化馆 1983 年 9 月编印

附记

原稿标注故事来源“幼时听奶奶讲述”。（程健君）

364

百果祖师

远古的时候，有个叫桀瓠的人。他很有本领，还能听懂各类动物的语言。

一天，桀瓠来到一个很远的地方。这儿两岸是望不见顶的山峰，中间是呼啸奔涌的河流，荒无人迹。桀瓠正看之间，忽然听见一声细弱的呼唤：“大哥大哥救救我！”桀瓠好生奇怪，顺着声音看去，见水边的草丛中有一条小小的白蛇，旁边有只很大的白鹤正一下一下地啄食着小白蛇的脑袋。小白蛇勉强昂起血淋淋的脑袋向桀瓠呼救：“大哥大哥快救我，救我带你尝鲜果！”

桀瓠看这弱小的蛇很可怜，就摘下背上的弓箭，略一瞄准，嗖的一声弦响，那白鹤应声一跃，钻入云端不见了。

小白蛇得救了，它感激地对桀瓠说：“善良的人啊，你真要救我，还得快把我身上贴的一张黄纸揭下来，然后我带你到鲜果园尝尝鲜果，吃着了百样鲜果露汁，保你能长寿百年呢！”

桀瓠心想：天下现在只有那几种酸涩的果实，要是鲜果园里的鲜果真好吃，能设法带回来一些种植多好啊！想着，他就伸手揭下了蛇身上的黄纸。小白蛇翻动了几下身

子，对槃瓠点点头，把身子盘在槃瓠的左脚上，呼出一口气。霎时一朵淡淡的云雾腾空而起，稳稳当当地托着槃瓠向山峰上飞去。

不一会儿，来到一个地方，槃瓠睁眼看时，只见眼前现出一大片果园，阵阵香气扑鼻。小白蛇对槃瓠说："这就是百果园，园中各样甘甜的果实都有。园中央还有个玉颈细腿的长瓶子，瓶子里是积了五百年的鲜果露，你要是有胆量去喝上一口，真的就永生不死了。我就是为了妈妈能不灾不病永生不死，去偷鲜果露被罚下山去的。"

槃瓠听了说："我啥也不稀罕，只想选点好果种带回去，让人们也能种这种树、吃这种果就满意了。"

白蛇想了想说："管百果园的老翁可厉害了，谁也别想弄走一个果核。不过你既然救了我，又是为大家造福，我豁上命帮忙。走，我走到哪棵树下，你就马上摘那棵树上的果实，剥出果核收藏起来。快走！不一会儿老翁就该出巡啦！"

槃瓠连忙跟着小白蛇走进果园。只见每棵树上都成嘟噜成串地挂着香喷喷的果实，一棵连一棵，一样挨一样，看不到头，瞅不见边。小白蛇在这棵树下停停，那棵树下停停，槃瓠摘了这样又摘那样。不一会儿，就集了一大包果核。小白蛇说："行了，咱们快走吧，要让老翁发现了，就不得了啦！"

槃瓠看自己快拿不着了，只好答应。小白蛇刚刚盘到槃瓠脚上，突然一道青光射来，槃瓠觉得一时间筋骨酸麻，颤抖得站不稳，一跟头栽在地上，立时变成了条水桶粗细的大怪蟒，果核也撒了一地。槃瓠心中明白：这是老翁发现了他，并对他的惩罚。他勉强把身子盘成一堆，保护着好心的小白蛇，不让老翁看见。果然不长时间，一个白发老翁就来到他面前。这老翁用手指把他左点一下，右点一下。槃瓠立时觉得浑身刀刮一样疼。但他死也不肯伸开身子，拼命地护着小白蛇。后来实在受不住了，挣扎着想把实情给老翁说说，谁知一张口，却探出一根火红的舌芯，连一句话也说不出来了。槃瓠料定今日非死不可了，但这么好的果子却永远也带不回人间了，多可惜啊！他急得"扑嗒嗒"直滚泪珠。这时的小白蛇身子一挺，从槃瓠的身下钻了出来，对老翁说："看果大仙，要惩罚就惩罚我吧！槃瓠大哥来偷果核是为了天下人们，只要你答应放了他，让他把果核带回去，就是处死了我，我也不后悔。是我带他来的，我受罚！"

槃瓠动弹不得，一个劲地冲小白蛇落泪，又晃着脑袋，表示不肯让小白蛇受惩。这时，老翁一招手，天上立时飞来一个九头大白鹤，大白鹤对准小白蛇伸出凶猛的九张大嘴，要吃掉白蛇。槃瓠一见，忙翻动身子挡着了小白蛇，让啄自己。小白蛇又钻出来护着了槃瓠。

老翁一见，深深地点了点头，挥手驱开了白鹤，把食指朝槃瓠一指，槃瓠立时感到全身一松，恢复了原形。他忙给老翁跪下，乞求说："老仙翁，恁看这么多的果实，成年在这荒无人烟的地方长了落、落了长多可惜呀！求恁把这果核儿送给人们种植，就是叫我死了，我也心甘情愿。小白蛇一片好心，求恁别怪它，我情愿代它受罚。"

老翁笑着点了点头说："你不知道，这可是上界天仙们食用的果园啊。为了你们的善良无私，为了让天下的人们也尝到这美好的果实，你就把这些果核带回去吧。"

槃瓠高兴地连连给老翁叩头，然后又在小白蛇的帮助下，带着果核回到了山下。他回家后，就一心一意地种植果树。没几年，人们就吃到了这些甘美的果实，移种了好多这种果树。

人们为了铭记槃瓠的功德，就尊奉他为百果祖师。过去，每个果园在果熟卸果时，都要放炮上供，以纪念他的功德。那条善良的小白蛇呢？它在把槃瓠送下山后，就到峨眉山修炼去了。后来终于得道成仙，化成了人形。那白蛇传中的白娘子，就是它变的。

讲述者：贾宝祥，67 岁，医生

采录者：姜淑华，女，社旗县饶良公社饶良村农民，高中

选自：《庄稼、蔬菜、瓜果传说故事》，社旗县科学技术委员会、社旗县科学技术协会、社旗县人民文化馆 1983 年 9 月编印

365

花神种花草

相传，远古时候，天上有个女子，名叫花神。她的父临终前，将一袋子花草种子传给她，让她先在天庭种花草，然后将花草种子撒向人间，来美化天庭和大地。

花神尊父之言，先在天庭种花草，不几年，整个天庭处处花红草绿，百花争艳。玉皇大帝看到十分满意，就问这是谁种的花草。有个大臣禀报，是一位名叫花神的女子所种。玉帝就下旨传花神女子受奖。花神来到宫殿，玉帝问她想要啥奖物，花神说："俺啥奖物都不要，只想请玉帝准俺向人间种花草。"

玉帝说："这个想法很好。我们天庭美化好了，也要把人间美化得像天庭一样。这样吧，我给你选一百个仙女，同你一起，把花草种子撒向人间。"花神一听玉帝准奏，急忙跪下施礼拜谢。

花神回去后，将花草种子准备好，把一百个品种的花草种子，分别装进一百个小袋子里，等玉帝选定日子向人间播种花草。

到了播种那天，花神将这一百个小袋子分给一百个仙女。这一百个仙女手提花种，脚踏彩云，分别将这一百种花草种子撒向了人间。

这就是人们常说的"百花仙子"和"仙女散花"。

从此，人间就有了花草。

讲述者：李向东，69 岁，市民，中学

采录者：戴金瑛，69 岁，息县县志总编室干部，中学

采录时间：2005 年 8 月 2 日

采录地点：息县城关

选自：河南省民间文艺家协会资料库电子文档《中国民间故事全书·息县卷》

366

昙花

听老年人说，昙花原先是天上王母娘娘身边的仙女。在仙女里头，这昙花最漂亮。她的脸儿，比花园里的牡丹、芍药还耐看；她走过去，比茉莉花还香。女伴们见了她不敢抬头，天神们见了她也动凡心。王母娘娘对她最喜爱，管得也最严，平日从不叫她离身。

这一天，王母娘娘一时高兴，叫昙花去摘点鲜花打扮打扮宫房。昙花高高兴兴地跑出了门，来到琼林花园。一见她那美丽的容貌，牡丹羞得低了头，芍药羞得合了瓣。她走一处，鲜花蔫一处，好半天也没有采到一枝鲜花。要是空手回去，王母娘娘怪罪下来，那还得了？她焦急地跑着、找着，不知不觉地就跑出了南天门。

昙花平日里一直在宫里，从没有出过天门。一出天门，不由得朝下界看去，只见下面有山有水有鲜花，还有锄地的农夫。她感到新奇极了，心想：我何不到下界摘些鲜花，顺便游玩一番呢？想罢，就朝人间飞来。

昙花落到一个大花园里。只见这里鲜花满地，好看极了。她正要摘花，忽听一声吆喝，随着走过来一个年轻小伙子。这小伙子身穿青布短衣，肩担两桶清水，长得利利索索。昙花编个弯弯儿，说是因母亲有病，想摘一把鲜花给母亲治病。小伙子听罢，二话没说，亲自摘了一把最好的鲜花递给昙花，然后转身给花木浇水、整枝去了。昙花接过鲜花，呓语了一阵，猛然动了凡心。她轻轻走到小伙子跟前，问起各种花的名字、习性和栽种的方法。小伙子种花最爱好，一说到那花上，有说不完的话。他给姑娘说说这，讲讲那，越说越投心思，都生了爱慕之情。那天晚上，他俩就在花园拜了天地。

再说王母娘娘叫昙花去采花，半天没见回来，就叫侍女们去找。侍女们找遍了天庭，也没见着昙花。正在这时，把守南天门的天将禀报说，昙花下凡采花去了。王母娘娘听罢，忙带侍女们飞出天庭，赶到人间。只见昙花和一个年轻花郎在花园房里，正手拉着手说悄悄话哩。王母娘娘哪能不恼！就叫天兵天将擂动天鼓捉拿昙花。昙花一听天鼓响，抬头见是王母娘娘来了，就知道大事不好，连忙跪在地下苦苦求告，愿意永留凡间，与花郎白头到老。王母娘娘眉头一皱，想出一个狠毒的主意，就说："好吧，我成全你，只是得受点苦。"昙花连忙磕头说："就是剥皮也愿意。"王母娘娘把手一指，昙花立即变成了一棵奇怪的花棵。

那天鼓一响，花郎就昏过去了。醒来的时候，妻子不见了，只见花房前长出一株从来没见过的花棵。花郎心想一定是妻子昙花变的，就用泪浇灌她，盼着她早日开花，盼着心爱的妻子回到身边。他盼了一天又一天，等了一月又一月。一年的时间过去了，他与妻子分别的那一天又来到了。这天夜里，他偎依在花棵旁边，两眼直直地看着那花棵，泪水不由得又流了下来。夜深了，忽见那花棵的枝头上冒出了骨朵，不一会儿就伸瓣了，放开了。他急忙点着蜡烛，只见那花色洁白，清香扑鼻，要咋好看有咋好看，就像妻子那样耐端详。花郎定定地看着这花儿，流着泪诉说着一肚子思念之情。可时间不长，那花儿就慢慢地谢了。原来，昙花的灵魂每年只能化成花朵，在花棵上出现一次，每次也只能在深夜开放，天一快明就谢了，平日里被王母娘娘押入魔窟受罪。就从这儿，昙花留在了凡间。这昙花下凡的故事也传开了，一直传到现在。

367

牡丹

讲述者：杨风歧，54岁，方城县教师，高中

采录者：徐东，38岁，社旗县文化馆干部，高中

采录时间：1985年5月

采录地点：方城县独树乡

选自：《中国民间故事集成·河南社旗县卷》，徐东主编，河南省社旗县民间文学集成编委会1987年9月编印

不知道多少年以前，邙山流行过一种奇怪的病。人一得着这病，白天发冷，夜里发热，面黄肌瘦，四肢无力，不论吃啥药也治不好。

邙山脚下有一家，只有母子二人。儿子叫英哥，才十二三岁。他妈也染上了这种病，怕英哥再染上病了，他妈就哄英哥说："离这儿很远的地方，有个昆仑山，昆仑山上有灵芝草。你去弄回来一个，我一喝就好了。"

英哥信以为真，就告别母亲上路了。他逢河过河，遇山翻山，没明彻夜地往昆仑山走去。一天，正走着哩，听见有人喊他。一扭头，见是个白胡子老汉儿。那老汉问他干啥去哩，他说上昆仑山找灵芝草给他妈治病哩。那老汉说："甭去了，灵芝草也治不了你妈的病。"

英哥一听哭起来。那老汉见他哭得怪可怜，就说："甭哭了，我给你说一样药能治你妈的病。"

英哥问："啥药呀？"

老汉说："仙丹！"

英哥问："哪儿有哇？"

老汉说："天上！"

英哥说："天恁高，我咋去哩？"

老汉说："只要你敢去，我自有门儿。"

英哥说："我敢！"

老汉从腰里掏出来一个亚腰葫芦，从里头倒出来一个红药丸，递给英哥说："你先把它吃了。"

英哥接过来往嘴里一填，那药丸"咕噜"喝下去了。停了一会儿，只觉得浑身发热。他跳到水里洗了个澡，出来觉得身子轻得不得了。往上一蹦，可蹦到云彩里去了。他喜欢得不得了，给那老汉施了个礼说："谢谢你，我走了！"

那老汉急忙摆着手说："下来，下来！你知道哪儿有哇？"

英哥只好从云彩里下来了。那老汉又从腰里掏出来个钥匙，递给英哥说："你从这里上去，一直向西北走，早晚看见一个大门楼，上头写着'瑶池'俩字就到了。你记着甭从大门进，从西北角小门进。小门那里有俩狮子在那儿把着，那俩狮子是顺毛捋，你从一边绕过去，一个狮子捋三下，它们就不咬你了。进去小门是王母娘娘的后花园，花园东南角有一间用玉石垒的房子，那就是'丹房'。刚才我给你的就是那门上的钥匙，进去也甭多拿，有一个就把你妈的病治好了。"

英哥说："我记住了。"趴那儿给那老汉磕了个头，站起来腾云驾雾走了。

约莫过了俩时辰，飞到一大片亭台楼阁跟前。只见门楼上有俩金字，写的正是"瑶池"。他按那老汉说的，找着了西北角的小门，只见小门口真有俩狮子，正龇牙咧嘴瞅着他。他心里害怕，不敢上跟前去，见近处有个水道眼，就顺水道眼拱了进去。进去之后，他见里边有人，就钻进一大片花棵里藏了起来。一直到半夜里才试摸着向丹房走去，到那儿没费多大事就把门开开了。他进去一看，屋里摆了好些长脖子细瓷瓶。打开盖看看，都是仙丹。他想想凡间有很多人都害这种病，干脆多拿回去点，一个人给他们一个。想到这儿，就把布衫一脱，狠命包起来。正在这时，只听"当当当！"一阵锣响，接着有人大声喊起来："有贼了，快来人哪！"英哥一失急，背起衣兜就跑。还没跑到小门，王母娘娘可带着人撵上来了。英哥又急忙从水道眼拱出去。他想背得多了跑不快，这么好的东西，可不能叫他们撵上再要回去。干脆把它扔到凡间去，不管谁拾到都能治病。他边跑边扔，看看快到邙山了，王母娘娘撵了上来。他看实在跑不了，就掂着布衫角一撒，把剩下的都倒了下去，想着他妈只要能拾着一个就能治好病。

王母娘娘见他把仙丹全部撒了，气得举剑就朝英哥头上砍去。谁知那剑被一个拂尘挡住了。王母娘娘气得双脚直蹦："好哇，我就知道是你捣的鬼，你赔我的仙丹！"英哥睁眼一看，还是那个白胡子老汉，他急忙躲到那老汉的背后。那老汉哈哈一笑说："圣母息怒，只为天下百姓有难，玉帝让我下来救人。我就怕去问你要仙丹你不会给，这才叫英哥偷出来点。"

王母娘娘听说玉帝有命，气得怪很，也没法说，就带着人走了。

原来这老汉是南极仙翁。他对英哥说："你撒下去的仙丹，已经入土化作仙花。你下去把它的根挖出来，剥点皮煮煮，让你妈一喝就好了。"

英哥回到家里，见房前屋后的山坡上，开满了从来都没有见过的鲜花。他知道这就是仙丹开的花，就挖了一大把，然后把根上的皮剥下来，熬了一大碗汤让他妈喝。他妈一喝，果然好了。英哥又给乡亲们说说，人们都纷纷剥仙花根上的皮熬水喝，喝一个好一个。因为这是王母娘娘的仙丹变的，人们就给它起名叫"母丹"。也不知道又过了多少年以后，人们又发现这花分雌雄两种，雌的当时叫"牝"，雄的称"牡"。雌的后来慢慢变成了芍药，雄的人们又给它起名叫"牡丹"。一直到现在，还有不少人说牡丹和芍药是姊妹花。

讲述者： 柳玉成，62 岁，洛阳退休教师
采录者： 纪文灏，37 岁，社旗县大冯营农民，初中
采录时间： 1982 年
采录地点： 社旗县大冯营柳庄村
选自： 《中国民间故事集成·河南社旗县卷》，徐东主编，河南省社旗县民间文学集成编委会 1987 年 9 月编印

368

桂花

也不知道是多少年前了，有个寡妇，没儿没女也没地，只好开个小店，自己做酒卖。她为人好，做的酒味也好。为此，大家都叫她“仙酒娘子”。

这年冬天，天寒地冻。一天早起，仙酒娘子刚打开门，忽见门外挺[1]着个要饭吃的汉子，瘦得皮包骨头，衣裳劈了片的，鼻脸乌青。仙酒娘子摸摸那人的鼻口，还有点气儿，就把汉子背回屋里。先灌了些热汤，又喂了半碗酒，过了好一会儿，那汉子才慢慢醒过来，感激地说：“谢谢娘子救命之恩，我是个瘫子，出去不冻死也得饿死，恁行行好，再收留我几天吧。”

仙酒娘子为难了。常言说“寡妇门前是非多”，叫个汉子住在家里，别人会说闲话的。又一想，只要有一线之路，也不能叫人冻死饿死啊！仙酒娘子想了又想，还是点头答应了。

仙酒娘子招汉子的闲话不久就传开了。俗话说“唾沫星子淹死人”。传来传去，大家都有点信了，上酒店来的人也少了。仙酒娘子心里能是个啥味儿？可她咬牙忍着，照样尽心尽力地照顾那汉子。那汉子也真不识趣，一直住到第二年春上也不说走。这时正赶上天下大旱，还传开了瘟疫。仙酒娘子生意做不成了，还得管着一个男子汉的吃喝，日子苦得就不用提了。可仙酒娘子任凭自己不吃，也不叫那汉子受委屈。一次，仙酒娘子两天没吃饭，后来找到一碗白垩土。她把土碾碎掺上点菜末子，烙了两个白垩饼，端到那汉子面前。那汉子也真不懂事儿，连谦让一下的话也没说，就狼吞虎咽地把两张饼子全吃完了。

仙酒娘子端着空盘子出来，自己饿得头晕眼花，还想着白垩土吃多了肚里会发沉发胀，非得喝点开水才中，又端了碗开水给那汉子喝。可到屋一看，那汉子不见了。一个瘫子会到哪儿去呢？仙酒娘子连忙出去寻找。找啊找啊，一直找到月亮出来，还是没见那汉子。

仙酒娘子找到一个山坡上，碰见个白发苍苍的老头儿。那老头儿挑着一担柴，气喘呼呼的，一步挪四指。仙酒娘子心善哪，一见老汉这难劲儿，连忙上去帮忙。谁知她还没有跑到跟前哩，那老头儿就“叭嚓”一声摔倒了，两捆柴“唰啦啦”撒了一大片。仙酒娘子连忙扶起老人。那老人闭着眼，嘴一动一动地喊着：“水、水。”天旱了很长时间了，在这荒山野坡上，哪儿来的水呀？仙酒娘子眼看老人快没气了，咋能见死不救咧？她想了想，就咬破中指伸到老人嘴边，把血滴到老人的嘴里。谁知那老人又忽地不见了。一阵清风，从天上飞来一张黄纸帖，飘飘悠悠落到仙酒娘子的怀里。仙酒娘子展开黄帖，凑着月亮一看，只见上面写着：“月宫赐桂枝，酿酒救生灵。慈悲赴人难，吴刚谢忠诚。”

仙酒娘子这才明白了，原来那瘫子和这老人都是月宫里的吴刚大仙变化的呀！可哪来的月桂枝呢？仙酒娘子四下一看，只见一大捆干柴都变成了一棵棵桂树，树枝上还开满了花骨朵，有白的，有黄的，还有红的，风一吹，香气扑鼻。仙酒娘子可高兴了，连忙跪在地下感谢吴刚大仙的点化。

第二天，她就在大路边上支了口大锅，用跑好远担回来的清泉水煮桂花让人喝。真灵验哩很，人们一喝这桂花水，也不知饿了，病也好了。

[1] 挺：方言，躺。

为了救人，仙酒娘子一遍一遍地摘着桂花，一锅一锅地煮着桂花水。后来累得桂花不开花了。一直等到中秋八月，饥荒过去，桂树才又重新开花。

从此以后，桂花直到每年八月才开一回花。

人们知道桂花是仙物，都学仙酒娘子采桂花做酒。一到桂花开的时候，还要说说仙酒娘子积福行善感动上神、给人间带来桂花的故事。

讲述者： 唐宏业，42 岁，社旗县饶良村人，高中

采录者： 姜书华，女，26 岁，社旗县饶良村人，高中

采录时间： 1982 年 8 月

采录地点： 社旗县饶良公社饶良村

选自： 《中国民间故事集成·河南社旗县卷》，徐东主编，河南省社旗县民间文学集成编委会 1987 年 9 月编印

369

夹竹桃

夹竹桃的节秆儿像竹子，叶片像桃叶，花儿都开到枝儿头上，叶子一发就是三片，中间长，两边短。为啥夹竹桃长哩恁蹊跷咧？听老辈儿人传说，这是仨人变的。

不知是哪个朝代啦，信阳府里有个竹沟镇，竹沟镇上有个姓贾的茶叶商人。这商人的老婆生下一个儿子，起名叫贾竹。贾竹还没长到一岁哩，商人的老婆就病死了。这商人可难坏啦，顾孩子就得扔了生意，要做生意又舍不得叫孩子受罪。为了两不耽搁，他八下托人，打听出了一个人人夸奖的小寡妇，把她娶过来照顾孩子。

这寡妇姓王，叫巧儿。人真是不赖，对小贾竹比亲生还亲哩。一年以后，王巧儿也生了一个儿子，取名贾桃。王氏也不因为有了亲生就外待贾竹，相反地更加疼爱贾竹。两个孩子长到会说话会跑，王氏总叫贾桃让贾竹。外人都夸王氏贤惠过人，只有商人心里担忧，光怕王氏把贾竹娇惯坏了。一晃几年过去，两个孩子到了读书的年纪，一齐送到南学攻书。这俩娃都聪明，先生很爱见，说他俩赶明儿都有出息。

没想到王氏命苦，过门十年不足，商人又害上了重病。

眼看不中了，就把老婆孩子叫到跟前，拉着王氏的手说："人人都说后娘狠，我看善恶在各人。这十年你对竹儿的亲劲儿，真比他亲妈还强。只是你心眼太软，非把竹儿惯瞎[1]不中。你要念起咱夫妻一场，往后甭再惯他啦！"停了停又说，"我看你也改不了脾气。要是日后竹儿真学孬了，你也甭跟着生气。我这床底下埋了一坛子元宝，交给他，叫他自己找条活路吧！"说完，就咽气儿了。王氏痛哭一场，料理了丧事。为了不叫孩子受苦，她辞了学馆，请了一个有名的老秀才到家里来教书。

自打商人死后，王氏对贾竹更加疼爱，任他咋着也舍不得大腔儿说说。贾竹也摸透了后娘的脾气，越大越会胡闹，再大一点，书也不读，帖也不临，气得先生光找王氏告状。王氏一心想着树大自直，人大自规，光给先生赔笑脸，还是舍不得管。

转眼几年，贾竹十八，贾桃十六，书也念完了。先生对王氏说："学我教到头了！今儿个给你销销差，你坐这儿看着，我考考他俩。"

考法是对对子。先生出个上联："柳条击牛背。"

贾桃马上对了个："文武定乾坤。"

贾竹想了想说："你对得不好，应该对'枣刺戳狗牙'！"气得先生直瞅王氏，王氏心里不美气，嘴上还要替贾竹遮拦说："先生，你这个上句出得太俗气，换个有气派的吧！"

先生哭笑不是，只好又出了一句："金殿上站两班文文武武。"

贾桃应声接了下联："寒窗下读十年春春秋秋。"

贾竹愣了一下，接了一句："牌桌边坐四人输输赢赢。"

王氏一听这话，才知道贾竹这二年不但没好好读书，倒学了一身贱毛病，一时气得浑身发抖，拿起家法戒尺就去打贾竹。谁知尺板还没挨着衣裳哩，贾竹就打滚撒泼地哭着喊起亲爹亲妈来啦。他这一哭，王氏心又软了，慌忙搀起贾竹，儿啦乖地好哄半天，贾竹才不哭不闹。那先生瞅瞅这架势，长叹一声走了。

不久，赶上皇王开科。王氏收拾起两份银两盘缠，还格外多给贾竹一些散碎银子，打发兄弟俩进京去求功名。

路上，贾竹故意不跟弟弟一路走，光操着玩心，见戏就看，见赌就来，没到京城就把盘缠钱花了个罄净，没办法只好一路要饭往家走。

贾桃呢，一进京城就考中了头名状元，因为在科场上没见他哥，心里不实落，赶紧告假回家。到家一瞅，他哥还没影信儿哩！王氏也吓坏了，直埋怨贾桃不懂事，不该扔下他哥。光说也不中啊，还是找人要紧。娘俩又托了十几个人，分十来路上进京的路上去接，才把贾竹接了回来。

贾竹回来一见弟弟中了状元，衬得自己老大没趣，心里生了个歪点，进家就哭就闹，说后娘偏心，给他的银子净是锡疙瘩，花不出去，才误了考期，引得外人也跟着说三道四凑热闹。王氏心里憋屈，可又有口难辩，只好把全部家业留给贾竹，自己跟着贾桃到任上去。临走时又噙着泪劝贾竹说："娘好娘孬你心里知道，我走了以后你可得自己拿主意。有这一片家业，十年八载饿不着，好好念书，下一科还去考。想做生意了，本钱也有，你爹临死时交代说他床底下埋了一坛子元宝，想花了你扒出来。"贾竹这时也有点不好意思，噙着泪点了点头。

王氏走后，贾竹成了个没笼头野马，整天跟那些赖痞孬蛋们胡厮搅。家业没二年就董得光剩下几间空房子。贾竹慌了，后来猛然间想起后娘说床底下埋有元宝，不知是真是假。掀开床一刨，真有。贾竹可高兴了，顺手摸了俩元宝就上当铺去换碎银子。

谁知道元宝往当铺里一递可坏事了，里头出来几个人扭着胳膊把他送到县衙。当堂一验，那元宝是假的。这一整可不是小事，私造假银，罪该充军发配，当堂钉了个榆木大枷，押到济宁州牢城去了。

要说也真巧，那济宁州知州就是他弟弟贾桃。贾桃一接着他哥的案卷，吓得赶紧回后院向母亲禀告。王氏听了案由，心里十分惊疑，想了好大一会儿，才明白丈夫的心思。她对贾桃说："国法无情，咱也免不了他的罪，叫他吃点苦也好。记住，说啥也甭叫他知道咱娘俩在这儿啊！"

贾桃不敢不听娘的话，大堂上只免了贾竹一顿苦打，

[1] 瞎：方言，此处指坏。

别的啥苦役劳碌都跟别的犯人一样对待。不过，背着他娘给贾竹派了个武教师，还送他一些兵书、战策，就是不叫说是谁叫送的。

贾竹到了这步田地，开始还恨后娘有意害他，后来想想自己也确实不亏，只好煞下身子，勤练武功，苦读兵书，盼着日后有个出头之日。

后来，赶上边关有事，贾桃又生法叫他哥当了个吃粮官军。贾竹得着这个坷蹬儿[1]，一心没二用，打仗可掏劲儿啦，连立几回功，就当上了领兵将军。等战事平定，一下子升到三品高官。庆功宴上，朝廷老子还给他倒酒哩！末了，朝廷按着他的心思，让他回到信阳，当了上马管军、下马管民的格外州官。

贾竹一到任上，就打开府库，查看抄封他家的那一坛元宝，一个一个验过来，真个净是假货。他疑惑地捧起坛子一瞅，底下还铺着一张白绢。拿出来一抖，见上头写了几行字：

慈善后娘心肠软，
定将顽子惯不贤。
假银逼他走正道，
枯枝发芽重见天。
我经商数十年，
积攒下假银一坛，
不敢去坑害别人，
且留作救儿苦药。

贾竹看罢，心里刀剜一般，思前想后，痛恨自己冤枉了好心的后娘。他发誓要找着后娘，真心认错尽孝。就在这时，家将来报，说济宁知州前来拜会。贾竹急忙迎出门去。到跟儿起一看，原来是自己的弟弟带着母亲来了。贾竹这才明白自己早就受到弟弟的关照，心里更加难受。只见他“咕咚”跪倒在地，爬到王氏面前，连声叫着：“亲娘，亲娘！不孝逆子给你赔罪来了。”喊着哭着，把头都磕出血了还不肯起来。贾桃拼命拉起哥哥，母子三个说不完的心腑话。

从此以后，兄弟俩争着孝敬王氏。

王氏死后，弟兄俩双双辞官不做，在母亲坟旁搭庵守孝。这弟兄俩死后，坟也埋在母亲坟边。不知多少年以后，竹沟发了水，仨坟头冲平了。后来那坟地上长出了一墩谁也没见过的小树。秆像竹，叶像桃，仨叶总是一蓬一蓬一齐长。人们说：“这一定是贾家娘仨的魂灵幻化的。”

为这，人们起名叫“贾竹桃”。到后来，又叫成了夹竹桃。

讲述者： 贾金城，66 岁，确山县竹沟人，中学退休教师，初中

采录者： 孙喜增，35 岁，社旗县陌陂乡陌陂村农民，高中

采录时间： 1986 年 12 月

采录地点： 社旗县陌陂村贾金城舅父李兰箱家

选自： 《中国民间故事集成 · 河南社旗县卷》，徐东主编，河南省社旗县民间文学集成编委会 1987 年 9 月编印

[1] 坷蹬儿：方言，台阶。

370

牵牛花

伏牛山里有座金牛山，金牛山下住着一对双生姐妹，家很穷，没牛耕地，姐妹俩只好每天刨地种庄稼。

这一天，天快黑的时候，姐妹俩忽然刨出来个雪白耀眼的银喇叭。正稀奇哩，旁边走过来个白头发的老头儿，笑着对她俩说："这座金牛山里，有一百头金牛，这个银喇叭就是开金牛山的钥匙。要是夜里听见这金牛山里"呼啦啦"发响，一定会射出来一道金光。出来金光的地方就是山眼，把这银喇叭插到山眼里，嘴里念：'金牛山，呼啦啦，开山要我这银喇叭。'念三遍，山眼儿就会变大，你就进去抱出来一头金牛，保你一辈子也吃喝不完。这钥匙是一千年一现，当时灵验，天一明就不中了。不过，可得记着，这银喇叭千万可不能吹，一吹响，金牛就会变成活牛，就要冲出山口，四下乱跑。"

那老头儿说罢，转眼不见了，姐妹俩才知道遇上神仙了，心里可喜欢了，商量着咋去开山抱金牛。姐姐说："银喇叭开开金牛山，咱俩腿脚放快些，把那一百头金牛都抱出来，分给咱的穷乡亲们。"

妹妹说："金牛虽好不当饭。那金银在富人眼里看得主贵，在咱穷人眼里还不胜一瓢面呢！咱干脆开开金牛山，吹响银喇叭，叫那些金牛都变成活牛，送给乡亲们耕田用。"姐姐也赞成妹妹的主意。她俩就走村串庄给乡亲们交代：夜里啥时听见喇叭响，啥时就去金牛山牵牛。

那天夜里，没有星星也不见月亮，山前山后一抹黑。姐妹俩绕着金牛山转一圈，静悄悄地没有一点动静。转了一更到二更，转了二更到三更，一直转到五更鼓时，忽听山内"呼啦啦"响，山北坡放出一道金光。姐妹俩慌慌张张地向放光处跑去，只见放光的山眼，只有指头粗。顺着山眼往里看，看见里面有一张金方桌，方桌上摆放着一排排一行行馒头大的小金牛，闪闪放着金光。

妹妹忙把银喇叭插进山眼里，姐姐忙念："金牛山，呼啦啦，开山要我这银喇叭。"姐姐念，妹妹插，山眼慢慢地变大了。姐姐闪身进去，双手抱住喇叭吹了起来，妹妹也跟着进去了。随着喇叭响，金桌上的金牛一头一头都活了，从桌上站了起来，伸伸腿，抖抖毛，蹦下桌子，忽地变成大牛，顺着山眼向外跑。当最后一头牛刚跑出山眼时，天亮了，山眼慢慢地合上了。姐妹俩就被关在山洞里了。

乡亲们听见喇叭响，朝金牛山跑来。只见一群金黄金黄的大黄牛满山跑，人们喜笑着去拉这些金牛。金牛都拴住了，可一双姐妹却不见了。

这时候，日头出来了，山眼儿里的那只银喇叭经日头一照，变成了一朵喇叭花。

乡亲们为了纪念双生姐妹，就把喇叭花叫作牵牛花。人们都说南阳黄牛好，就因为它们是金牛山金牛的后代。

采录者： 杨东来，41 岁，社旗县桥头公社杨庄村农民，初中

采录时间： 1982 年 3 月

采录地点： 社旗县桥头公社杨庄村

选自： 《中国民间故事集成·河南社旗县卷》，徐东主编，河南省社旗县民间文学集成编委会 1987 年 9 月编印

附记

原稿注明作品来源是采录者幼时听母亲讲述。（程健君）

371

牛王种草

很早以前，天底下一片荒凉，除了很少的一点庄稼，啥都没有。玉皇大帝想给地上增添些生机，就命牛王带着各样草种子到凡间撒草种；叫它三步撒一把，光往山上撒，剩下的草种子埋在石头底下。牛王耳朵不灵，听成一步撒三把，剩下埋在土里啦。就这样过了一年，普天下到处是草，唯有山上、石头上没草。土地爷气得跑到天上向玉帝告了牛王的状，说："牛王不听玉帝旨意，草种不往山上撒，光撒到平地里，就连庄稼地里也撒上了草种子。"

玉帝听罢大怒，就把牛王一脚踢到凡间，叫它啥时候把草吃完再回天宫。牛王从天上一头栽下来，不小心摔掉了上牙，所以到现在牛也没有上牙。

讲述者： 韩狗堆，48 岁，农民，不识字
采录者： 韩凤岭
采录时间： 1987 年 8 月
采录地点： 汝南县张楼乡杨沟村

选自：《中国民间故事集成·河南汝南县卷》，冀世清主编，汝南县民间文学集成编委会1991年8月编印

老牛植草

从前，大地上没有草，遍地光秃秃的。神农爷对老天爷说："老天爷呀，地上有树和庄稼，就没有别的东西了。人们想求恁赐给点啥东西，把大地变成绿绿的。"

老天爷找来好多神将，商议神农的请求。有的说："除了人住的地方，都让变成水。"

有的说："天上的草给下界撒一点嘛！"

老天爷对一个叫牛的老将说："带上百草籽，走三步撒一把，剩下的放在硬土下。"

牛老将带了草籽，来到地上，撒了起来。老牛忘性大，它把"走三步撒一把，剩下的放在硬土下"，记成"走一步撒三把，剩下的放在软土下"了。到了草发芽的时候，遍地都成草了。

神农找到老天爷说了这事。老天爷气了，把牛赶出了天宫，让它来地下除草灾。牛到天下除草，费尽了力气，除不净，只好吃了起来。直到如今，牛还是整天吃草。

373

草死苗活

世上有了小麦和五谷杂粮，人们才有吃的。那时种庄稼很简单，把种子撒到地等着到时候就收了。

地里长草，人不用锄它。咋着哩？上神给人一面锣，一有草，人拿着锣绕地边转着敲着，口里边喊叫：“草死苗活！草死苗活！”这样草就死了，光剩庄稼苗好好地生长。

多省事！可人不知足，时间一长，连锣也懒得去敲了，枕着锣在树底下睡大觉。地里草长多深，收成很不好。

上神又知道了，心想：人真不知好歹，叫他省事，他连省事的也不干了，干脆叫他费点事。趁人正睡得美，上神悄悄把锣收走了。

后来，人醒了，不见锣了，再没法子敲锣除草，只得用锄头一棵一棵锄草。焦红日头地，上晒下烤，热得浑身流汗，也得锄，不锄没收成，吃不上。人就是这样得寸进尺，受了惩罚，后悔也晚了。

讲述者： 栗文伟

采录者： 马卉欣，桐柏县文化馆干部，高中

选自： 《中原神话通鉴》（第四卷），张振犁编著，河南大学出版社 2017 年 2 月版

附记

采录者马卉欣为 1945 年生人。本篇原稿采录时间不详。（程健君）

讲述者：王秀梅

采录者：杜玉峰，39岁，卢氏县文联干部，大专

采录时间：1986年8月

采录地点：卢氏县朱阳关乡

选自：《中国民间故事全书·河南·卢氏卷》，闫建朝主编，知识产权出版社2009年2月版

柳树神（2018年3月26日程健君摄于云台山一斗水村）

柳树神位（2018年3月26日程健君摄于云台山一斗水村）

树神神位（2020年6月25日程健君摄于鲁山县杨孙庄村）

树神神位（2021年10月8日程健君摄于荥阳环翠峪）

五、河湖山脉

（一）河湖

374

黄龙与黄河

（一）

混沌初开，大地一片汪洋，只有一些露出水面的高山和高地，住着一些人家。一天，天神看到这种情况，心里非常难过。为了使百姓越传越多，就没黑没旱地用金勺把水收走，他舀呀舀呀，眼看快要把水舀完，天神想：要是把水舀完，天下百姓咋活呢？灵机一动，打定主意。在水快要舀完时，南方出现一条青龙，北方出现一条黄龙。这两条龙可长了，从西天降下，威威风风，向东方蜿蜒入海。南方这条青龙，性情温和，行走规范，在南方养育着两岸百姓。而北方这条黄龙，自天降下，性情凶猛，一声吼叫，便张牙舞爪地跑呀，抓呀！到了高原它能给抓个深沟，到了沙漠它能给抓个大坑，路过大山深谷，它还想在那里玩一会儿哩。有些村落被淹没了，婴儿被冲走了。那时候大地上水深火热，百姓们没法过生活。无奈，人们禀报了天神，天神拍案大怒，说道：“这样不行！锁它一下。”当黄龙跑到龙门时，不知不觉，它的脖子上就套上了绞索。黄龙心里还有点不服气，出了龙门还是它那股势头，每每行走，横冲直闯，或多或少又给百姓带来一些灾难。这时，有人又向天神禀报，天神说：“一锁二堵，黄龙必降。”天神派邙山察视黄龙的行动。又高又长的邙山见它一来，就着实把黄龙堵得死死的，动弹不得，只得低头归顺，徐徐向东而去。这时，天神又让黄龙身经九弯十八曲，养育着两岸百姓。

讲述者： 张清朝

采录者： 张治国，52 岁，新安县铁门镇土古洞村人，退休工人，高中

选自： 《中国民间故事集成 · 河南新安县卷》，刘国华主编，新安县民间文学三套集成编辑委员会 1989 年 10 月编印

原题《黄河的传说》

375

黄龙与黄河

（二）

在黄河流域流传着这样一句民谣："黄河九道弯，道道弯里有神仙。"

相传，在盘古开天地的时候，中原大地上并没有黄河，只是一片一望无际的原始草原和森林。刚刚诞生的人类如星似棋地散居在草原和森林间，靠着木棒和石头同自然界进行搏斗。

还传说西边很远很远的地方，有一座大山，山里住着一条小黄蛇，名叫黄龙童子，在那里修道练功，已有万年之久。每当春暖花开或夏秋盛日，他常驾着祥云到东方来游玩。

这年夏天，他又来到东方，低头一看，不禁大吃一惊，那葱茏茂密的森林、草原变成了一片黄焦枯萎的荒野，土地旱得像老鳖盖儿一样，裂开一道道匀把宽的缝缝。人类也都死了十有八九。这一惨景，使黄龙童子感到无限惊讶，他决意要搭救这里的人类。后来，他打听到是东海龙王掌管着这一方的行雨大权，他便去请求东海龙王。谁知东海龙王却说："这是玉皇大帝的事，没有他的旨意，我怎敢私自行云降雨呢？"

黄龙童子见求他无用，就驾着祥云直抵灵霄宝殿，去见玉皇大帝。谁知玉皇大帝连眼也不睁一睁便怒斥道："你个小小童子，乳臭未干，胎毛未褪，就敢擅自来到天宫为人间求情。真是胆大妄为，目无天规。命你速速回山，修道练功，如要再多管闲事，罚你为驴做马、永世受罪！"

黄龙童子挨了一顿无理训斥，闷闷不乐地回到山间。有心为中原大地降点雨，但还未练成行云降雨的本领；若不降雨，就要眼睁睁地看着一方生灵毁灭于旱荒之中。身为神灵，应该为百姓消灾解难，岂能坐视不管呢？

思来想去，他终于横下了一条心，虽说自己的本领还不全成，但已可以呼动雷公电母、风婆雨神了；尽管违犯天条，也不过是弃仙还俗，永世受罪罢了。他用尽了平生力气，使出了浑身解数，刮起了一阵巨风，把长期集聚在深山老林里的云烟雾气，统统凝聚在山头，奋力推向中原上空。不一时，瓢泼般的大雨倾注下界，直下得沟满河平、横水漫溢。

久旱得雨的人类，纷纷烧香祷告，感谢天恩。

这时玉帝正同王母娘娘大宴宾客，共赏蟠桃盛会。东海龙王惶惶恐恐地跑进天宫，连滚带爬地跪倒在地，哭诉道："黄龙童子冒犯天规，私自行云作雨，下得江河暴涨，沧海横溢，连我的龙宫宝殿也给冲毁了，鱼兵蟹将尽在混浊的泥水中争相逃命，乱作一团。请陛下速速下令，严惩黄龙童子，以正天规。"

玉帝听了勃然大怒，立即传令天兵天将急速捉拿黄龙童子，回天受审。但他也知道黄龙童子已经修练了万年之久，功深道广，不好对付，又怕天兵天将不肯卖力，又追加一道诏令说："此去，凡是捉拿不到黄龙童子的，统统罚下天宫，化土为原，立石为山，永远不得上天。"众天神听了，争先恐后，虎突狼奔地杀下天庭。

黄龙童子因为超越自身功力行云作雨，已累得筋疲力尽。一日，他正在洞中养神歇息，忽听洞外杀声震耳，出来一看，只见黑压压一大片天兵天将向他杀来。他情知抵敌不过，就抽身向东方逃跑。在他跑过的道上，立即出现了一条滚滚奔流的黄河。

玉帝在南天门上观阵，见那么多天兵天将未能拿住黄龙童子，反而又给人间留下了一条大河，气得七窍冒火，接二连三地派兵派将，对黄龙童子进行围追堵截，迫使黄龙童子东转西抹，直抵太行山脚下。太行老君接到天令，立即摆开八百里山石，拦住黄龙童子的去路，妄图把他困死在千山万壑之中。黄龙童子一见冲不过去，便转身向南直扑下来。玉帝见黄龙童子又要从太行脚下溜走，就立即下令给太行老君：设龙门，卡龙子。

太行老君接到命令，火速布下龙门阵，把黄龙死死卡在太行山包之中。谁知黄龙童子经过千里奔波，已形成了一股难以阻挡的气势。他用尽平生功力，狠命地向龙门冲去，只听得“轰隆”一声巨响，龙门被冲决了。

玉帝猛吃一惊，他知道龙子跃过龙门，就变成龙了。为了治服黄龙，又派出了两条巨蟒下凡来追击，妄图南北夹击，迫使黄龙俯首听命。谁知道，北蟒追到如今的孟县城西五里许处，忽见一老一少在那里观看小孩斗鸡。他见那一老一少仙风道骨，闲情逸致，便上前问道：“二位先生，偌大年纪还看斗鸡，倒是自在得很呢！”

那老者答道：“老天手太长，众神心太狂，徒劳无所益，何如当个自在王？”

那少者也笑道：“诸神罚下天，纷纷到人间，都道人间苦，其实乐无边。”

那北蟒一听暗想：玉帝常说人间受罪，可他们却这样逍遥；多少大神大仙都被罚下天宫，咱还有多大能耐，干脆任玉帝罚去，咱也不上天了。他就停了下来。南蟒见北蟒不追了，也歇息下来，这样就形成了南北蟒岭。后来刘秀坐洛阳，因王莽把他撵怕了，感到身后两条大蟒对他威胁太大，就把蟒岭改作邙岭。邙岭也就这样传下来了。

“黄河九道弯，道道弯里有神仙。”这神仙也正是玉帝派下来捉拿黄龙童子而没有拿到，被罚下天宫的。

黄河每年都要把大量的泥沙带进海里。这是因为东海龙王告了他的状，他立志要把东海填平。

讲述者：　刘清顺，80 岁

采录者：　马久智

选自：　《中国民间故事集成·孟县卷》，宋瑞府主编，河南省孟县文教局 1985 年 11 月编印

原题《黄龙传》

376

黄龙与神堤

传说在很早的时候，黄河河面浪宽头大，经常给两岸百姓带来灾难，两岸百姓哭声连天。伊洛河地区的百姓经常到邙山顶的黄帝河洛坛烧香，求上天保佑，也有很多人到附近的河洛汇流处的河渎庙去求神保佑。他们诚心的香火飘进天宫，被伏羲和女娲两位神仙发现了，他俩是兄妹，最惦记下界的黎民百姓。他们将这事汇报给玉皇大帝，他俩又请求到下界查黄河涨水的原因，为民除害，玉帝准奏。

兄妹俩选一个阴天，飘飘悠悠落到巩县洛汭地区邙山顶的黄帝河洛坛前，他俩查看黄河，好大一会儿没有动静。到了夜里四点多钟，只见黄河的西边游来一个黄色庞然大物，身躯百十里长，伏羲兄妹二人腾空起来，在黄河上定住身子仔细一瞅，原来是条黄龙。看清楚之后，就悄悄跟在后边看着，看黄龙去干啥。那黄龙不知上空有神仙在偷偷看住它哩，只知道在河中兴风作浪，好不快活。游着游着，又将尾巴甩了三甩，不一会儿，水族的头头都出来恭候两旁。这时只听黄龙大吼一声："小的们，今天咱们再来学习吞日功，等到俺功力达到，就能把日头吞咽。那时天下将一片黑暗，就是咱们的天下啦！现在开始。"只见黄龙直立身躯，张开大口运足气，然后向东扑去，再直立起来，就这样反复八次。这时候日头就要往上升起，就要向上蹦一下的那一瞬间，刚好那黄龙第九次又直立身躯张开大口等着。日头一蹦，黄龙用功力一吸，只见日头晃了几下，黄龙这时也筋疲力尽。伏羲氏兄妹看惊了，心想：好险啊！如果这黄龙真的有一天功力达到吞日的时候，下界就遭殃了。这兄妹俩急忙施法定住黄龙，伏羲刚要去抽斩龙剑，女娲氏伸手一挡，忙说："大哥，让俺来吧！"只见女娲指向黄龙，黄龙便迷迷糊糊地向女娲氏游来；女娲又跳到黄河南岸，由西向东走一趟，黄龙也跟着慢慢地游；到邙山前头时，只见女娲氏将手向下按，那黄龙被定在那里。女娲氏对黄龙说："以后你在这里挡住黄河不能往南泛滥，因为这里有神坛，是神圣的地方，你就叫神堤吧！以后水涨你也涨，水落你也落，为万民造福，可以受人间香火，与天齐岁。"

从此以后，黄河在洛汭地区没有再泛滥。后来伏羲氏先回天庭，女娲氏又在这里抟土造人，为民造福。这里慢慢成为历代帝王祭天的风水宝地。这里的人民为感谢女娲氏的大恩大德，给她建造一个"女娲窑"以作纪念。

讲述者：孟方琴，68 岁
采录者：贺淑英，55 岁
采录地点：巩县沙鱼沟
选自：河南省民间文艺家协会资料库电子文档《中国民间故事全书·巩义卷》

377

蛟龙破河

黄河是咋形成的？它为何有九道弯？说来话长了。

相传，东海龙王与蟒蛇交配，生下一怪。说它是龙吧，头上无角；说它是蟒吧，它长有四爪。似龙非龙，似蟒非蟒。别看这怪长得不咋样，老龙王可娇宠得很哩，给它取名为蛟（“娇”的谐音）。蛟毕竟是龙种，所以后人称它“蛟龙”。

蛟龙不仅样子长得出奇，它的习性也特别。龙体可以五曲，蛇身能够三弯，蛟龙却能曲体九弯。龙性绵软、驯服，行雨和熙适度；蛟龙生性暴躁，行雨也狂烈猛下。世人怕它，所以祈雨往往求龙而不求蛟。老龙王害怕蛟长大后，在龙宫招惹是非，就趁早把它打发到青海湖，封它为王，并一再叮嘱它，要安分守己，不得胡作非为。

却说青海湖中，原有一只千年老龟，身体庞大，动作迟缓，所以千百年来也没谋个一官半职，在青海湖水晶宫里一直是一个当差的。蛟龙来到青海湖为王，老龟对新主子服侍更为殷勤，不但给蛟龙当贴身差役，外出还让主子坐在背上，给主子当坐骑，日久天长，背上被蛟龙压了个大坑。说来有趣，现在龟的背上，仍然留有坑洼的痕迹。

过了好长时间，千年老龟生了一个念头：水族众生都笑它无能，只会当差，难道就不能弄个一官半职干干？它想，如果蛟龙能夺得王位的话，我飞黄腾达就大有希望了。它向蛟龙献计说：“蛟大王，你武艺超群，才华出众，又是龙王的娇子。可是，你头上无角，身上无鳞，将来老龙王晏驾，继承王位的一定是你的龙兄龙弟。可是他们无能无智，怎能掌好大权？你应当趁早面谏龙君，说明理由，争得王位，才是上策。”

蛟龙头脑简单，被老龟一番话激了起来，立即叫老龟驮着，离开青海湖，急急忙忙向东海进发。

路途遥远，蛟伏在老龟背上一伸一缩，不知不觉脱掉了几次皮，每脱一次皮，身体就增长一倍。它越来越重，最后竟把大龟压到泥沙中，慢慢腾腾地爬也爬不动。蛟龙急了，一阵雷鸣电闪，借着狂风暴雨，体弯九曲向东海飞奔。它经过的地方，平地冲出了一条回肠九曲的大河，这就是黄河。

可怜的老龟，见主人撇下自己，不觉伤心落泪，忍不住哭诉道：“我这样迟缓，何年何月才能赶上主子呢？”蛟龙怜念它护送有功，封它在半道的“黑龙潭”安身。如今位于原阳县黑龙潭一带的人都这么传说：此地平均二十年一小灾，四十年一大灾，那是蛟龙思念主仆之情，来探望潭中的老龟引起的。

讲述者： 郭松针，女，40 岁，新乡地区艺术馆干部，大学

采录者： 李茂山

选自： 《中原神话通鉴》（第四卷），张振犁编著，河南大学出版社 2017 年 2 月版

378

天下黄河几道弯

很古很古的时候，天上常年不下雨，世界就像个大蒸笼。太阳一出来，晒哩山上的石头都发烫，地都冒烟了。人们打柴，种地，都只好在夜里摸瞎[1]干。田野里的庄稼苗儿都被晒死了，只有背阴的地方和大树底下才能长成几棵。人们劳动一年，收上来的粮食还不够一个月吃。那日子真是太苦了！

天上有一条龙。它扒开云缝向下一看，见田里的庄稼都焦了，人们都饿哩东倒西歪，实在没法活下去。它很伤心，就背着玉皇大帝下了一场雨。一会儿，庄稼就变绿了，树也长出了新叶子，天气也不像过去恁热了，人们白天也能干活了。

这事被玉皇大帝知道了，玉皇大帝把那条龙召到灵霄宝殿，怒冲冲问道："你为啥私自往人间降雨？"

那条龙说："陛下，你高高在上，咋知那人间的疾苦？世上的人都因为没有雨，快被折腾死了。难道下场雨救救他们还不应该吗？"

[1] 摸瞎：方言，摸黑，在黑暗中。

玉皇大帝见龙敢跟他吵，更恼了，说："天条天规由我一个人掌握，哪年往人间降雨，我心里自有安排，哪能由你胡作非为？你既然可怜人间，那你就到人间去吧，永生永世也不要再回天庭！"说完，下了一道圣旨，就把那条龙贬下凡来。

那时，西山脚下住着一个女人，姓穷，名叫穷婆婆。她十月怀胎，眼看就要分娩了，丈夫却饿死了，家里再没有别的人，所以一切还得由她自己料理。有一天，她下地拾柴，突然一阵狂风把她卷倒在地上，接着有一道金光，照得她两眼发花，竟然昏了过去。等她醒过来，忽然听见有小孩的哭声。她起身看看，原来自己不知啥时候生下个男孩子，那小孩光着身子躺在地上，乱动，还在"哇哇"哭。穷婆婆连忙把孩子抱在怀里，流下了泪。她望着孩子说："苦命的孩子呀，你咋降生在我穷婆婆家里？我穷哩啥也没有。今后咱娘儿俩的日子可咋过呀？"没想到那小孩听了她的话，突然不哭了，睁开小眼睛看看母亲，好像在说："不要紧，有我呢！"

这孩子就是那条龙托生的。因为他身上有鳞片的印子，母亲给他起了名字叫鳞儿。

日子过得很快。鳞儿和母亲在黄连水里过生活，终于熬过了七个年头。鳞儿是个挺孝顺的孩子，从他会动手那天，就开始帮妈妈拾柴火，拣豆粒儿，啥活儿都想帮妈妈干一点；七岁就会挓上篮儿，拾上一篮一篮的柴火往家背了。妈妈看他年纪小，怕他累坏了身子，不让他干恁重的活儿。可鳞儿咋说也不听，他可怜妈妈，他要用双手给妈妈分担辛劳。

鳞儿十岁那年，有一天，他正在家里帮妈妈烧火做饭，突然从外边走进来一个恶人。那恶人说他母子住的地方在他管辖的地方，要让鳞儿给他做苦工。鳞儿没有办法，只好离开妈妈去了。

那恶人实在太恶了。他让人们给他开山凿石，给他砍木头造房子，给他拉犁子种地，全让干那累死人的活儿，可就是不想让人家吃饱饭。小小的鳞儿一天忍着半天饥，实在受不了。妈妈可怜儿子，经常不断地来看他。鳞儿的衣衫破了，妈妈给他缝好；鳞儿累了，妈妈让他到一边歇着，背起绳子去替他拉犁。妈妈还总是把馍、饭省下来，捎给鳞儿吃。鳞儿看着头发花白的妈妈替他受苦，经常伤心掉泪。

这件事终于感动了西天王母。有一天，西天王母派一位神仙下凡给鳞儿送上一个宝囊，对他说："你啥时候有了难，对这宝囊一说，它就会想办法帮助你。"

这一下可好啦。别看那宝囊只有一个烟布袋[1]大，它的神通可不小。鳞儿和他的伙伴们被逼去开山，累得手脖子酸疼，只要对那宝囊说句话，马上就会从里边跳出一群人，七手八脚地帮大家把山开了；鳞儿和伙伴们被逼去运木料、运石头，拉得腰弯背驼，只要对宝囊说一声，马上就会从里边刮起一阵大风，叽里咕噜帮他们把木料、石头刮到要运的地方；鳞儿和他的伙伴们被逼去拉犁，累得脚肿腿胀，只要对着宝囊叹口气，转眼就会从里边跑出几匹骡马，一直替他们把地耕完。有时候那恶人不给饭吃，鳞儿对宝囊一说，随即就会从里边出来又热又香的饭菜……

时间一天天地过去了。恶人见那些苦役们不但没有累死、饿死，而且一个个都是身强力壮，他很奇怪，一心要弄清这到底是咋回事。

鳞儿的宝囊终于被恶人发现了。恶人把鳞儿悄悄叫到一边，笑嘻嘻地说："你把那宝囊给我，我就放你回家，让你同你母亲一起过日子。"鳞儿咋说也不答应。那恶人就把鳞儿强按在地上，把宝囊夺走了。

鳞儿从地上爬起来，没命地朝恶人扑了过去，拽住恶人的衣服，死力跟恶人夺。那恶人见鳞儿拼命哩争，两只贼眼滴溜溜一转，就想出了一条毒计。他见旁边有个盛满水的大缸，就用手卡住鳞儿的脖子，拖到水缸跟前，把鳞儿往上一提，朝水缸里就按。

那恶人本来想把鳞儿按进去淹死，他哪知道鳞儿的真体是条龙呢？龙在旱地里没办法施展自己的本领，一到水里，那神通就大了。鳞儿一被按进水缸，立刻就现了原形。只见它把身子一摇，尾巴一摆，缸里就腾起几丈高的水浪。这龙的身体本来是又长又大的，小小的水缸咋能盛得下！只听得"扑腾——哗啦"一声响，水缸一下子四面迸开，大水"哇"的一声流了出来。那恶人吓得身子一抖，宝囊落在了水里。这一下可不得了啦，地上立刻冲成了一条大河，这条河就是今天的黄河。那恶人早被卷到水里淹死了。

再说穷婆婆听说鳞儿被恶人卡住脖子按到水缸里，气哩一头白发乱抖，摇摇晃晃要去跟恶人拼命。她来到恶人家里，见自己的儿子变成了一条龙顺流而去，不知儿子这是遭了啥样的祸殃，赶紧朝水流去的方向撵去。她一边撵一边向前招手喊着："鳞儿，回来！鳞儿回来……"声音好伤心啊。

鳞儿被按到水里，一气之下现了原形，没来得及回去看看天天把他挂在心头上的母亲。现在，它想再变成鳞儿去跟母亲见面已经不能了。它听见母亲的呼唤，心中一阵酸痛，连忙扭回头向母亲望一眼，水流也随着它打了一个折儿，转了个转儿。它每听到一声呼唤，都要折头向母亲望一眼，每折一回头，河水就要拐一个弯儿。人们都说，黄河九曲十八弯，其实到底多少弯，谁也说不清。

直到现在，要是你站在黄河岸边静静地听听，还真会隐隐约约地听到像老人呼唤的声音。那就是穷婆婆呼唤鳞儿的声音，而那"嗷嗷"的波涛的声音就是鳞儿因为再也见不到母亲发出的哀怨声。

采录者： 刘春正，18 岁，高中学生
采录时间： 1982 年 4 月
采录地点： 商丘地区谢集镇
选自： 河南省民间文艺家协会资料库电子文档《中国民间故事全书·睢阳区卷》

[1] 烟布袋：装烟叶末的小袋子。

379

黄河之水天上来

“君不见，黄河之水天上来，奔流到海不复回。”这句诗，千百年来一直被人们所传诵。李白为啥说“黄河之水天上来”？说起来还有一个动人的故事呢。

从前，有一个住在海边的人，年年八月，见海上有木筏漂浮，来去很准时。他就把这件事报给地方官员。地方官员也一级一级地向上报，最后传到了汉武帝的耳朵里。汉武帝就派张骞去探寻黄河河源。张骞和随从在木筏上搭个小棚，带了很多粮食，就出发了。一路上紧赶慢赶，来到了一个地方。只见这个地方，到处烟雾缭绕，一道道彩虹在天边出现。上岸后，又见这地方到处是鲜花、树林，非常壮丽。他和随从到处找人，想问问这是啥地方，可找来找去一个人影也没有。他就让人烧火做饭，准备吃过饭再说。忽然，一团红衣在眼前出现，他仔细一看，是一位姑娘。张骞问她这是啥地方，姑娘笑着不说话，从身边拿出一块石头给了他，转身就走。张骞回来把这件事报给汉武帝。汉武帝让人把有名的算卦先生严君平找来，让他看这块石头。严君平一见石头，很惊奇，说：“这是天上银河边织女的支机石。你从哪里得来的？”张骞这才把自己遇到的事一五一十地告诉了严君平，严君平对他说：“你沿黄河往上一直到了银河，遇到的姑娘是织女。”

从那以后，人们就把黄河的河源当成了银河。李白才写出“黄河之水天上来”的诗句。

采录者： 刘春正，18 岁，高中学生

采录时间： 1982 年

采录地点： 商丘地区谢集镇

选自： 河南省民间文艺家协会资料库电子文档《中国民间故事全书·睢阳区卷》

380

黄河翻身

过去的黄河下游，也就是从邙山往东流经河南、山东到大海这一段，传说并不在现在流经的地方，而是离现在的黄河以北几十里，有的还要有几百里的地方。那么，它又是咋样变成了流经现在这个地方的呢？这里边，有一段“黄河翻身”的故事，而且，现在黄河水里不断有许多树梢和煤炭冲出来，也和这段故事有关。

相传，黄河在大平原上从西往东流呀流，流呀流，不知流了多少年月，也不知到了哪朝哪代，黄河里的各种水族，都想换一个地方新鲜新鲜，解除一下疲倦和烦恼。答应不答应部下的这个请求呢？黄河大王拿不定主意。据说黄河大王在众神里面是官职最小的一个神，只相当人间的一个七品知县。这样小的神要答复这么大一个事情，是得认真考虑一下的。答应吧，自己没有这么大的职位，给人间造的祸害大了，上边怪罪下来咋办呢？不答应吧，觉得部下的要求也不过分。黄河大王考虑了半天，忽然一个办法涌上心头。他想：对，我何不到人间人王帝主那里去讲讲，如果他答应了，一切事情就好办了。主意打定，他就来到当朝皇帝的寝宫，给正在睡大觉的当朝皇帝托了个梦，要求他答应自己的要求，让黄河翻一翻身。

皇帝听了黄河大王的话，大吃一惊，说：“光黄河每年开的决口，我就耗费多少钱哪！如今你们还想弄个大翻身，要是依了你们，叫黄河翻动一下身，人间的灾难有多大且不讲，我光钱得出多少呀！不中，我不能准许这样做！”

黄河大王见第一次碰了钉子，并没有甘心，他第二天又给皇上托了个梦，并且和他讲起理来了：“我们每天躺在那儿，连动也不能动一下，几千年几万年了，要是你自己，你受得住吗？眼下，河里各族都在嚷嚷着要求翻个身，要是一点儿也不依他们，叫他们乱了套，就会冲决河堤，到人间乱来的。这样，你的江山会坐得稳吗？到那时，后果不堪收拾，你再想法子也没有用了，还不如现在就依了我们呢！”

一说到这，皇帝的脸都吓白了，连忙说：“中中，那就依了你们，翻个身吧。可有一件，要翻身只能翻到一县里，可不能翻得太远了！”

听了皇上这句话，黄河大王就回去了。他向黄河里的水族们说了得到皇上允许一事，并把皇帝说的叫翻到一县的“一县”二字，误解为“伊县”。伊县当时在黄河下游南边二百里，水族们一听能翻这么大一个身，都非常高兴地做起了准备，都来请示自己在翻身中干些啥事情，黄河大王也都一一作了妥善安排。

当一切将要准备完毕时，黄河大王的夫人也来请示黄河大王，说想找点儿活儿干干。黄河大王见自己的夫人叫派活儿，想了一晌，觉得百事顺利，没有啥事可做了，就对她说：“你看着办吧，别人忙，你随便。”大王夫人没听清，她以为黄河大王说的是“你撒炭”，高高兴兴地准备撒炭的事情去了。

就在这一天夜里，黄河大王扯带着黄河，从原来的地方向南滚去，一直翻到了南边的伊县，才停了下来。

这一天半夜子时，人们正在睡觉，只听见外面风雨声大起，声如山崩地裂、天塌地陷，都吓得把门关得紧紧的，躲藏得严严实实的，谁也不敢出来看一眼。第二天一早，风停了，雨住了，天晴了，人们起身一看，见树梢上挂了许多的水草，庄稼像被石碾碾了一遍一样，原来平平展展的地上，自北向南有一条条像被水冲过一样的东西方向的大沟，每条沟里还有不少泥沙。人们还发现，在冲过的泥沙里，还夹杂有不少的能烧火做饭的煤炭哩！

由于翻身的缘故，黄河由北边挪到了南边，淹没了伊县。从此，伊县这个县在地图上没有了，它变成了黄河的河床。一直到现在，人们还能在黄水冲过去的泥沙里，或是在黄河故道里，不断地挖到一些乌黑发亮的煤炭来。传说这就是在黄河翻身时大王夫人误听了大王的话，在翻身的那一夜中间，撒了不少煤炭的缘故。

讲述者： 贾宗贤，64 岁，封丘县王村乡徐寨村农民，不识字

采录者： 郭顺昌，30 岁，封丘县文化馆干部，大专

采录时间： 1984 年 4 月

采录地点： 封丘县王村乡徐寨村

选自： 《中国民间故事集成·封丘县卷》，郭顺昌主编，封丘县民间文学三套集成办公室 1986 年 4 月编印

381

黄河和白河

很早很早的时候，有一对儿很穷的夫妻，走到东，奔到西，四海漂流，到处为家。

这一年，两口子到了青海，生下一个孩子，起名叫“黄河”。黄河三岁的时候，母亲又生了个弟弟，叫“白河”。

本来就穷得叮当响，又添了两个孩子，日子更苦了。吃没吃，穿没穿，冻得大人直打哆嗦，饿得孩子哇哇叫。夫妻两个看着在青海过不下去了，就打算到四川去混日子。他们实在养活不了两个孩子，怕路上有个好歹，就把黄河给了一个当地老妈妈收养，带着白河，三口人逃往四川。

到了四川，一晃就是十几年。白河十五岁时，父母先后去世。母亲临咽气告诉白河说：“你有个哥哥，叫黄河，他在青海，你可以去找他。”

白河自己生活一段时间，感到很孤单，常常想念死去的母亲和远在青海的哥哥。他很想和哥哥在一起，自己能有个依靠。后来，白河变卖了几件破旧东西，凑了几个钱，奔上通向青海的路，找哥哥黄河去了。

黄河在老妈妈的教养下，成了一个勤劳忠厚的小伙子。

老妈妈离开人间时，告诉黄河说："你的亲生父母亲和一个叫白河的弟弟在四川，听说老人都不在了，只剩下你的一个弟弟，你要找回他。"

黄河埋葬了老妈妈，自己生活了一段时间，感到心里不安生，天天做梦，梦见弟弟在旷野里喊自己。他怕弟弟一个人在外飘零，年纪小气力单，受人欺负，就决定去四川找回弟弟，同甘共苦过日子。

兄弟两个人，一个从北向南，一个自南往北；一个要找哥哥，一个要寻弟弟。走呀！走呀！汗水洒了一路。

白河翻了九架山，腰疼腿酸脚打泡，再也走不动了。累了一坐下，就起不来。他在地上爬呀，爬呀，坚硬的山石磨破了胳膊磨烂了腿，累得疼得汗水啦啦流。汗水流呀流呀，身后成了一条河。他终于没劲了，轻轻喊着："哥哥！哥哥！"一伸腿咽了气。白河的心刚停止跳动，突然一阵电闪雷鸣，白河化成一条小河，河水汩汩向北流去。人们叫这条河为"白河"。

黄河翻了十九架山，他已经十天没吃饭了，又饥又困，累得走不动了。他躺在地上，心里还想着孤零零的弟弟如今不知咋样，想着想着眼里流出了泪。泪水流呀流呀，成了一条大河。他实在支持不下去了，大喊一声："弟弟！"趴在地上死啦。黄河刚合上眼，一阵天昏地暗，接着一场暴风雨，黄河变成了一条大河，"哗哗"向南弯弯曲曲地流去。人们叫这条河为"黄河"。

白河和黄河，流呀！流呀！终于在四川和青海交界的唐克见了面，汇在一起，向东流去。从此，两兄弟变成的黄河和白河，再也没有分离过。

讲述者： 宋增文

采录者： 胡佳作，52 岁，新乡地区群众艺术馆干部，大专
申法海，38 岁，浚县公堂村人

采录时间： 1981 年 5 月

采录地点： 获嘉县同盟山

选自： 《中国民间故事集成·获嘉卷》，刘锡元主编，获嘉民间文学三套集成办公室 1985 年 12 月编印

382

邙山和黄河

相传很久很久以前，中国这一大片土地上本来没有黄河，西边是高山峻岭，东边是没有尽头的万里平川，再往东是水势滔天的汪洋大海。高山上树木成林，平地里花香鸟语，海洋中游鱼成群，人们过着幸福欢乐的日子。

有一年夏天，不知从哪里跑过来一条长长的大黄水怪，这黄水怪吞云吐雾，带着狂风暴雨和洪水来到人间。它忽东忽西，忽南忽北，行动无常，给人类带来数不尽的灾难。无数的树木花草被狂风刮折，无数的村寨和庄田被洪水淹没。从那开始，山洪经常暴发，江河到处决口，小鸟逃得无影无踪，连东海的游鱼也吓得躲藏到深深的海水底下了。人们的幸福生活没有了，整天提心吊胆地过日子，一刻也不得安宁。

天上的玉皇大帝知道了人间这件事，对黄水怪的胡作非为非常生气，他下了一道命令，派天兵天将把这个黄水怪拿住，压在了巴颜喀拉山下。

过了一些年，高山上的树木又长成了林，平原上又出现了鸟语花香的世界，东海里的鱼又浮到了水面，人们又重新过上了太平幸福的日子。

却说天上有一位神通广大的蟒神，他热爱人间奇异美丽的风光，向往人间幸福美好的生活，在人们生息的地方到处游山逛景，分享人间的快乐。有一天，他来到巴颜喀拉山游玩，看见山下压着一条长长的黄水怪，连忙上前询问是咋一回事，为啥压在了大山下。黄水怪一见有人问自己的事，连忙把自己如何作乱、如何被天兵天将们捉住压在大山下受苦的过程，轻描淡写地说了一遍，还假装表示自己愿意悔改，然后流着眼泪，哀求蟒神去到玉皇大帝那里讲情，救它出来。

蟒神听了黄水怪的话，看了看它的脸色，不放心地问："你出来以后，还像以前那样凶恶地危害别人吗？要是那样的话，谁也不会救你的！"

黄水怪见有希望，赶忙说："我再也不敢像过去那样做了。只要能救我出去，我要给人们造福，不给他们一丁点儿的祸害。你要是不信我的话，我现在可以起誓！"

蟒神见黄水怪说话很诚恳，就答应了它的请求："好吧，我到玉皇大帝那里去试试，中了就放你出去。可你得按自己说的话做，要不然，我可不管这个闲事。"

黄水怪见蟒神信了它的话，很高兴，连连说："蟒大仙，我说到办到，只要放我出去，我真不敢像过去那样胡来了。恁的营救之恩，我永生不忘！"

蟒神听信了黄水怪的话，他一直来到天宫，拜见了玉皇大帝，请求放黄水怪出去。

蟒神是天上很有威望的大神，不但众神都很尊敬他，连玉皇大帝对他也敬重。现在，玉皇大帝见蟒神给黄水怪讲情，有心想做个人情，放黄水怪出去；却又担心它出来旧习不改，继续作恶，沉吟了半晌没有作声。

蟒神看出了玉皇大帝的心思，他走上前去，对玉皇大帝说："陛下不必担心，黄水怪如果出去后继续作乱，叫小神我收拾住它，想也万无一失。"

玉皇大帝听了蟒神的话，心这才放了下来，对蟒神说："好吧，就依了你的请求，放它出去吧；可出去后，要是它不改旧习，你可见机行事，把它拿住治服就是了。"

玉皇大帝又派天兵天将，用神力搬动巴颜喀拉山，让黄水怪从大山下的缝隙里钻了出来。

谁知那黄水怪一见放了自己，立即又换了一副面孔，把说过的话抛了个一干二净。它刚从山下钻出来，见天兵天将一走，就又凶恶地挟带着暴风雨和洪水，一路向东，滚平了不少名川大山，淹没了不少树木森林和庄稼田园。不管蟒神在后面咋叫它，连理也不理，一个劲往无边无际的东海跑去。

蟒神见黄水怪这样无理，非常气愤，后悔自己不该对害人的东西讲仁慈，求情救它跑出来。这时，他立即按照玉皇大帝的吩咐，从巴颜喀拉山上驾起云头，飞身赶上前去，在中原一带降落，拦腰按住力大无比的黄水怪，想把它重新拿住压在山下。谁知，那黄水怪也十分厉害，任凭蟒神咋拽也拽不回它。

黄水怪见蟒神按住了自己的腰，非常着急，挣扎着想继续逃窜，无奈蟒神紧紧扣住了自己的腰部。它左右摇晃前边身躯，却咋也挣脱不得，终于筋疲力尽，停在了那里。

后来，蟒神因没有降住黄水怪，无颜回天宫里去，就化作一座大山，沉重地压在黄水怪的身上。黄水怪后身咋也动弹不得，只是前半截身还不定时地左右摆动，给东部平原带来祸害。这样，大山和黄水怪相持了很久很久，黄水怪总也无法挣脱，日子一长，它无可奈何地变成了一条大河。后来，人们把蟒神变的大山叫蟒山，后又称邙山；把黄水怪变成的大河称为黄水怪河，后又叫它黄河。直到今天，在这座山以西，黄河一般不决口，河身也无大的变化，传说那是蟒神扣紧黄水怪后半截身的缘故；而在邙山以东，由于黄水怪经常晃动前半截身躯，想挣脱蟒神的束缚逃跑，河身经常南北滚动，给黄河下游的两岸人民带来很多的灾难。

讲述者： 刘振山，64岁，封丘县司庄村农民，不识字
采录者： 郭顺昌，30岁，封丘县文化馆干部，大专
采录时间： 1984年5月
采录地点： 封丘县司庄村
选自： 《中国民间故事集成·封丘县卷》，郭顺昌主编，封丘县民间文学三套集成办公室1986年4月编印

黄河南岸邙山（2007 年 3 月 10 日程健君摄）

383

淮河的来历

（一）

桐柏山下，有一个地方叫固庙，固庙的附近，住着一户人家，这家人只有母亲和儿子两个人。儿子叫吴忌，是个孝子。

他们没有土地，家里很穷，吴忌是个老实人，不会干别的事，只会砍柴。他天天上山砍柴，用卖柴的钱买点米，母子两个吃。固庙西南的山腰里，有一个沁水荡，水清溜溜的，甜丝丝的。砍柴的路过这儿，总要歇一会，喝点水。这一天，吴忌到这儿来喝水，拾到两个大蛋，他不知是啥蛋，就拿回去给他妈了。有的人认得，说是龙蛋。

吴忌让他妈煮吃它，他妈说让他吃，两个人让来让去，都不吃，龙蛋都放那了。过了几天，吴忌也忘了龙蛋的事。

吴忌上山，每次都要带顿晌饭。这一天，天晌午了，吴忌的肚子也饿了，他就拿出饭来吃。谁知不是饭粑而是两个龙蛋。他饿急了，就吃了一个。吃倒觉得好吃，不觉得把剩下的一个也吃了，只是觉得有些渴得慌。

路过沁水荡，他喝了一大气水，还觉着不解渴。回到家里，“咕咚咕咚”把一缸水都喝光了，觉着还不解渴，他又跑到山涧里去喝。他妈看到不对劲，跟了出来。见他拼命地喝，他妈怕他喝坏了，就喊他让他少喝点。说着说着，他变成了一条龙，大水涨了起来。

它想着它不能是人了，不能再养活它妈了，再也看不见它妈了，它就回过头来叫一声“娘”，它叫得十分惨。它不走，堵着水下不去。看着看着，水淹到庄稼了，它妈流着泪，挥着手让它走了。它听话地顺着水走了。它舍不得它妈，它妈也舍不得它，它在水里落泪，它妈在岸上撵着哭。它不由得立起来，回头叫一声“娘”，水一下子又涨了起来，要淹住庄稼。它妈又挥着手说：“儿呀，你走吧，别淹了人家的庄稼。”它又顺着水走了，它妈累得上气接不上下气，跟不上了，才站在岸上望着它走去。它走一截，回头叫了一声，就这样，回了十八个头，叫了十八声“娘”。它每次回头，都把沙堵了一些，出现一个沙滩，这十八个沙滩，人们就叫它作“望娘滩”。吴忌走后出现了一条河，人们就给起了一个名字叫淮河。淮河就是这样，由孝子成龙得来的。

每年，吴忌过生儿的时候，就跑回来看它妈一眼。桐柏不绝粮，就是因为吴忌带来了风调雨顺。桐柏山区流传着这样的谚语：

跑到天边，
不胜太白顶圆圈儿。
吃的是大米白面，
烧的是松枝槲叶。

讲述者： 郑昌禄，60岁，桐柏县月河乡金桥村郑庄人，干部

采录者： 郑大芝，女，22岁，河南大学中文系1981级学生

采录时间： 1984年3月31日

采录地点： 桐柏县月河乡金桥村郑庄讲述者家中

选自： 《中原神话专题资料》，张振犁、程健君编，中国民间文艺家协会河南分会1987年编印

附记

讲述者为采录者的父亲。（程健君）

桐柏淮河源头的“淮池”（2008年5月10日程健君摄）

384

淮河的来历

（二）

相传，很久很久以前，有个淮夷族的人家，逃难落户于浮光山[1]下。全家只有母子二人，母亲年过半百，儿子二十六岁。母亲说儿子从小就心灵手巧，就给儿子起名叫灵子。

灵子家里很穷，每天靠上山打柴度日子。一天，母亲得了重病，家内无钱买药，灵子就照着民间验方上山采药。他采了一种又一种，摘了一棵又一棵，还差一样没找到，就爬到一个陡坡上，不料，脚一滑摔死在山下。

正巧，王母娘娘路过此地，就将拂尘一挥，小伙子蹬了蹬腿，慢慢苏醒过来。灵子睁眼一看，只见王母娘娘驾云而去，才知道原来是王母娘娘救了他。这时，突然空中暴风骤起，随风飘下一条白色裙带。那白色裙带一落地，却变成了一条又宽又长的大河。

这裙带咋会变成大河呢？原来，这条白色裙带是从王母娘娘身上掉下来的。白色裙带看灵子忠厚老实，孝敬母亲，就趁暴风骤起之机飘落下来，要和灵子成亲。不料，被王母娘娘发现，拔下金簪对下一划，那白色裙带就变成了一条大河。

灵子站起来往家走，可他刚走几步，觉得两腿发软，难以立身，只好又躺在地上。忽然，有一个身穿白衣的女子来到他的面前，向他问道："这位大哥，你咋在这里躺着？"

灵子回答说："我母亲得了重病，没钱买药，就来到山上自己采。不料，从山上摔了下来，摔得两腿不能走了，就在这里歇一歇。"

女子说："没有钱，咋不去取宝珠呢？"

灵子叹了一声说："这里哪有啥宝珠呀！"

女子用手指了指浮光山："宝珠就在那山上。别看那山上是块块石头，那石头取回去就是宝珠。你若不信，可到河里去看，河水会映出那山上五颜六色的一串串葡萄似的宝珠。不过取宝时，每人每天只能取一个，取多了，就犯了山规。"灵子还想向女子问些啥，谁知眼一眨，那女子不见了。莫非又遇上仙女？他一时高兴得蹦了起来，一翻身，醒了，原来是场梦。他急忙站起来往河水里看，果然见到浮光山的倒影现出一串串葡萄似的珍珠。灵子又往山上看去，仍是一片石头，再往水中倒影看去，又是一串串珍珠在闪光。他急忙往家里跑去，要把这个喜事儿告知众位乡亲。没想到，路上遇一女子躺在地上乱叫唤。上前一问，原来那女子得了肚子疼病，求灵子给她背回去弄点开水喝。灵子将她扶起，不好意思去背，就用手架着女子的胳膊走。那女子疼得更厉害了，身子一歪趴在灵子的身上，灵子只好背着女子走回家去。灵子把女子背到家后，马上烧了一碗开水，端给女子喝。那女子喝了一碗开水后，当下止了疼，便来到灵子母亲身边，问了问母亲的病情。她说她有个祖传单方，可以治好母亲的病。这女子出门不知取了些啥，用开水一冲，让母亲服下，不到一个时辰，母亲的病好了。母亲很感激，便向女子问道："你叫啥名字？为何来到这里？"女子说自己的名字叫秋月，父母双亡，剩下孤独一人，无依无靠，乞讨到这里。母亲看她聪明伶俐，又贤惠，就收留了秋月。

再说灵子来到乡亲家里，就把他做梦的事儿和亲眼见

［1］　浮光山即今濮公山，为大别山最北端的余脉，距息县城南四公里，淮河南岸。淮河在这里趋山势而三曲三折，呈倒"U"字型。山映长淮，每有光耀，故名浮光山。

到山上宝珠的事儿说了一遍。大家都觉得很奇怪，有的立刻跑到山下去观看，果然现出一条大河，东西望不到头。又到水中一看，那山上一块块石头也不见了，全是一串串金光闪闪的珍珠。乡亲们都说这是灵子的福气，是他发现这条大河是王母娘娘的白色裙带变的，就以灵子的淮夷族名给这条大河起名叫淮河。

从这以后，灵子每天领着众乡亲前往山上取宝，照着梦中女子说的，每人每天只取一颗宝珠。从此，这一带的人们富了起来。

这里有个浪荡公子，名叫胡才。他贪财不足，嫌一天取一颗太慢，就派几个家奴给他上山挑宝珠。谁知，那些上山挑宝珠的家奴都被压死在山上。胡才一连派了几次，都没取成宝珠，一时怒火万丈，自己亲自上山取宝珠。胡才来到山上，捡了一个又去捡第二个，当他捡第二个时，两手发麻，浑身发抖，抖得一个也没捡到。说也奇怪，手里没有宝珠了，手也不麻了，身上也不发抖了。可他财心不死，又去捡了两个，浑身又是发抖，这才知道自己犯了山规，只好两手空空回去。当他走到灵子家门口时，正巧遇上了秋月。他看秋月长得如花似玉，顿时起了歹心，回去后就派几个家奴来抢秋月。灵子一见歹徒抢秋月，拿起棍棒与歹徒打起来，只见灵子打伤歹徒，歹徒却打不住灵子，刀枪一到灵子身边就被挡了过来。秋月在一旁哈哈大笑起来："有本事的跟我来！"说罢，就往外跑去。

歹徒一见秋月跑了，急忙去追秋月，灵子也在后面紧紧追去。秋月来到淮河岸边突然变成了一个白衣女子，跳入淮河水中。灵子这才明白，他的妻子原来就是他梦见的那个白衣仙女。几个歹徒见此情景，吓得浑身发抖，转身跑回禀告胡才。谁知，那胡才早已瘫在地上死了。

说也奇怪，自从秋月投河之后，山上再也没有宝珠了，人们到淮河水中观看，淮河水再也映不出那一串串葡萄般的珍珠了。人们想念秋月，更痛恨那个恶贯满盈的胡才。可是，再恨，也追不回来宝珠了，留下的只是它的传说。

讲述者： 姚慧敏，女，63岁，离休干部

采录者： 戴金瑛，49岁，息县县志总编室干部，中学

采录时间： 1985年5月

采录地点： 息县

选自： 《中国民间故事集成·河南省息县卷》，曹金铸主编，河南省息县民间文学三套集成编委会1990年1月编印

385

淮河的来历

（三）

古时候，淮河并不那么长，也没那么宽，更没那么深，只不过是一条小沟沟。人们可以从它身上一跨而过。那么，后来这条小沟沟咋变成了一条又宽又长的大河呢？说起来，这里有一段玲珑玉剑降恶龙的故事。

相传，很久以前，这条小沟沟两边都是槐草滩，东西望不到头。小沟沟北面有个单家台[1]，单家台有个李员外，家有良田千顷，骡马成群，但他从不吝惜钱财，加之年老得子，使他更加心地善良，常拿自己的钱财修桥补路，周济乡邻，做了很多好事，人们称他李善人。

李员外的善念感动了张天师。因为张天师爱贤求才，知人善用，闻得下界单家台出了个李善人，就派龟蛇二将去请李员外，让他来到府中一叙。

这天，李员外闲暇无事，独自一人坐在书房看书，不觉困倦，伏案而睡，蒙眬中忽听有人闯进书房，李员外抬头一看，只见黑白二将站在面前。李员外正要开口问话，那黑白二将已向李员外躬身施礼道："李善人有请！"

[1] 单家台：今息县临河乡单台村。

李员外一时愣了起来："你是何人？为何请我？"

龟蛇二将道："我们是奉张天师之命，请你到府中一叙。"

李员外一听是张天师有请，不敢怠慢，当下就随同黑白二将，足踏祥云，直奔天庭。不多时，来到张天师府门，张天师立在府门相迎。二人互相礼毕，进入客厅。张天师命人献茶。不多时，进来一个童儿，手端玉盏，献上香茗。只见这童儿有十三四岁，五官端正，眉清目秀，上下着一身黑衣；就是头上无发，白茫茫一片，实在令人生厌。茶罢撤去玉盏，摆上珍馐异果，斟上玉液琼浆，果然天上人间大不相同。酒至半酣，李员外微带酒意，说道："今蒙天师召爱，小奴实在三生有幸。恕我直言，天上仙人英俊，非同人间可比，唯有这童儿的头上太不雅观，为何不去医治呢？"

正巧，黑衣童儿送酒至此，听得清清楚楚，心中不由好怒。他放下酒瓻，"哼"了一声扭头就走。张天师言道："李善人有所不知，这童儿并非仙童，也并非凡人，而是一条秃尾黑龙。他生性倔强，脾气暴躁，经常出来残害生灵。想当年我带领龟蛇二将平魔降妖时把他收服，一直拘役身旁。但山河依旧，本性难移。刚才李善人露出轻慢之意，这条秃尾黑龙必定要寻事生非，少不了一场灾难。"

李员外一听心惊胆战，半晌不语。张天师接道："李善人不必多虑，本师自有办法帮你除难。你要谨记今年七月十五日，秃尾黑龙必定找你生事，我这里有一把降龙宝剑，若遇黑龙寻事时，可将它抛入空中，便可制伏这孽龙。"说罢，从衣袖中取出一把三寸长的玲珑玉剑，交给李员外。李员外当即拜谢收纳。张天师又遣龟蛇二将送李员外回到家中。李员外刚要相送龟蛇二将，不料脚被一物绊住，摔倒在地，"啊"的一声醒来，原来是南柯一梦。李员外回起味来，口中仍有异香，怀中真有玲珑玉剑一把。李员外认为这是张天师托梦给他的宝剑，便精心将它收藏起来。

有话则长，无话则短，不知不觉到了七月十五日。刚到午时，只见西南上空乌云翻滚，电闪雷鸣，大有裂石惊天之势。不一会儿，大雨倾天而降，只见一条黑龙张牙舞爪，誓将单家台夷为平地，以报轻慢之仇。瞬间，单家台周围一片汪洋。李员外见此情景，急忙取出玲珑玉剑，抛入空中。那玉剑金光万道，瑞气千条，直向黑龙穿去。那黑龙自然认出这是张天师的降龙之宝，便扭头逃走。但为时已经晚了，那玉剑已从龙背上穿心而过，剑随龙落，把那秃尾黑龙钉在单家台南面的小沟沟之中。那黑龙摇头摆尾拼命挣扎，可它咋也摇摆不掉，越摇摆越深，很快摇摆成一条大河，把小沟沟两边的槐草滩全都毁了进去。后来，秃尾黑龙也不见了，洪水顺河滚滚流去，人们才算得救。

因这条大河是槐草滩所变，人们就给它起名“槐河”，日子久了，就演变成了“淮河”。

讲述者： 李龙泉，57 岁，息县临河乡农民

采录者： 张涛

采录时间： 1987 年

采录地点： 息县临河乡

选自： 《中国民间故事集成 · 河南省息县卷》，曹金铸主编，河南省息县民间文学三套集成编委会 1990 年 1 月编印

386

龙王湖

以前，我们这里有座大山，这山上有座最高的龙王峰，龙王峰上有个大湖，人称龙王湖。龙王峰到底有多高？谁也知不道。龙王湖到底有多大？谁也没有见过。

听说龙王湖里的龙王很凶，好发起山洪冲田。农民们给龙王修祠盖庙，逢年过节给龙王烧香摆供，求龙王不发山洪，但也没门儿[1]。

山脚下住着个老人，他有两个儿子。大儿子叫大能，二儿子叫二实，弟兄俩只有老大接了个好吃懒做的老婆，二实还没有说亲。老人为了养家糊口，就经常到山上采药卖。有一天，他爬上了一座山，从山上传来了歌声：

龙王顶啊上接天哟，
高高钻在云上边啊。
峰上能观四角地哟，
峰下不见峰上面啊……

[1] 没门儿：方言，没用。

老人听得入迷，不由拍手叫起好来，忘记了自己是站在一块突出的尖石头上，一不小心脚下一滑，从山上滑了下来。老人滑到了半山腰，幸好有一棵大树挡住了他，才免得粉身碎骨。

这时有个打柴的人，就把他背回了家。老人临终前，他对大能、二实叮嘱说："儿子啊，我死后，你们俩一定把我的尸体埋在龙王峰上！"兄弟俩人带着铁锹和干粮，背起爹爹的尸体上山了。

爬了一天山，山越来越高，路越来越陡，弟弟背着爹爹使得满头大汗，哥哥扛着东西使得直喘气。哥哥说："啥时才能到龙王顶哩？"

二实回头说："慢慢爬吧，总有一天要爬上去的。"

已是爬山的第五天了，龙王顶还是插在云里哩。哥哥说："这么陡的龙王顶，啥时能爬上去哩？不如在这儿把爹爹埋了吧，反正是个山顶。"

二实说："不中！爹爹的遗嘱咱没能实现，只要有一口气，也要把他老人家送到龙王峰。"弟弟说完又背起爹向上爬起来了。

哥哥气了，说："要爬你自己爬吧，我不去了！"哥哥顺着小路滑下去了。

弟弟咬咬牙，背起爹和铁锹往上爬。二实一阵浑身酸痛，不知不觉就睡着了。二实一觉醒来，这是啥地方？

二实看见爹的尸首就在身边，他又饿又渴，忙爬上一棵果子树去摘果子，想吃了果子赶路。不想他爬上树后往湖里一看，望见湖那边有个亭台，亭台上写着金光闪闪的三个大字——龙王湖。二实高兴地从果树上跳下来，在地上抓起铁锹就埋葬爹。埋了，对着爹的坟说："爹，我把恁埋到了龙王峰！"话刚落音，从新坟上生出一根竹子，竹子上还刻着三个字——仙笛竹。二实用铁锹砍断，从腰里掏出刀子来做了一个精巧的笛儿。

二实拿起笛子吹起来，笛子的声音好听极了。正吹着，湖里一个好看的少女走了出来。

二实看见了，忘了吹笛。那女子到了二实跟前开口说："我是龙王的第三个女儿，我爹对我管得很严，我趁他不在意出来游玩，看见你在石缝里，我就把你和你爹的尸体托上来。今天我爹还没醒，听见你的笛声我就来了！"

龙女跟着二实来到家里，哥哥已独霸了家产，不让他们进门。二实和龙女只得在另一处搭一个屋，开荒种地，不多长时候龙女就怀了孕。

龙王自从丢了三女儿，常发洪水冲淹山下农田，还四下里派人寻找。还派人贴了告示，有谁知道龙女的下落向他说，赏银千两。

大能夫妇，平时好吃懒做，很快就把爹留下来的家产挥霍净了。一听说龙王找龙女，知道下落者赏银千两，又知道弟弟娶了个老婆，料想是龙女，前去一问真是龙女。他们回去后就商量着向龙王的差役偷说龙女的消息，想得到那千两白银。

有一天，大能夫妻正遇上龙王的差人找龙女，他俩就向他偷说了，龙王马上派兵把龙女抓去。二实正在田里耕地，当他知道后，赶紧去撵。龙女向兵将恳求等她生了孩子再去，兵将哪里肯应。这时二实眼看要撵上了，龙女从怀里掏出个荷包投向二实，二实接过一看，里面有颗宝珠，上写"镇山珠"，他拿着宝珠还是撵，不想山脚拦住了路，看不见龙女啦。他恼极了，就用手里的宝珠狠狠地向山石摔，只听天崩地裂一声响，出现了大雾。不多会儿，云消雾散，再看去，山没有了，龙女没有了，二实也不见了，眼前成了一望无际的大平原。

后来人们在一个地方看见了龙王和大能夫妇的头。他们的眼珠和舌头叫乌鸦叼走了。但人们没有找到二实和龙女，听说他们成了神仙。

讲述者： 许化玉，86 岁，工人，初中
采录者： 陈富修，干部
采录时间： 1986 年 6 月
采录地点： 虞城县刘店乡
选自： 河南省民间文艺家协会资料库电子文档
《中国民间故事全书·虞城县卷》

387

五湖四海的形成

有几个人整天到处寻找幸福。有一天，他们走到一个村口，眼看天快黑了，也没有找着住的地方；一瞅，有一棵大柳树，十几搂粗，里头是空的，他们一商量决定住在大树窟窿里。第二天半晌午，一个小孩过来把这棵柳树薅了，他们钻出来问他："俺们正睡觉哩，你把树薅了弄啥？"

小孩说："俺娘蒸馍缺把柴火。"

"那你的馍得给俺们一个。"

小孩说："那咋不中！"

不大一会儿，小孩给他几个拿来一个馍，他几个吃了几天，才吃了个大窟窿。他几个就钻进馍窟窿里，吃、睡都在里面。

有一天发了大水，馍顺水漂走了。漂着漂着，从那边游过来一条鱼，鱼一张嘴把馍连人吞进了肚里。他几个出来一瞅，鱼肚里啥都有，铁匠、木工、水泥匠、种地干活的，还有一条木船，船上装了一船红绒线。

这条鱼游到江边，一个洗衣服的闺女伸手逮住鱼，剖开鱼腹，把一船红绒线给他丈夫扎了一对鞋上的红缨子。这时从那边飞来一只老鹰，把那对鞋缨子叼住叼跑了。她在后头就撵，一撵撵到南天门，老鹰"扑啦"屙个蛋把南天门堵住了。她叫木匠做梯子，铁匠打钻。"噼里啪啦"一会儿工夫，她吩咐的东西都准备齐了。她说："恁站我肩膀头上，把老鹰蛋打烂。"

这几个人往她肩膀上一站，正好到南天门。几个人开始敲老鹰蛋，叽哩哐当，把老鹰蛋弄开了。老鹰蛋里的水"哗"地流了一地，形成了五湖四海。

讲述者：郑会振，33岁，西华县红花集镇柳城村农民，不识字

采录者：郑书成，西华县红花集镇柳城村人

采录时间：1987年8月

采录地点：西华县红花集镇柳城村讲述者家里

选自：《河南民间文学集成·周口地区故事卷》，陈连忠主编，中原农民出版社1991年9月版

（二）

山脉

388

中岳嵩山

上古时候，乾坤是由玉皇大帝定的。他叫天下雨，天就得下雨；他叫地生金，地就得生金。玉皇大帝咋有这么大本事哩？传说，他有五个保驾天将。这五个天将，每人都有一件法宝。每一件法宝，又有七十二能，不但能劈云拨雾，遣风调雨，发水生火，镇魔伏妖，还有很多很多的能处。

玉皇大帝有个女儿，名叫天灵，才貌双全，文武皆通。玉皇大帝早打算选个女婿了。他看保驾的五个天将，才貌都很好，可是选谁呢？一时又拿不定主意。

有一天，天府巡官急步走进天宫，向玉皇大帝禀报，说东方出了水兽，西方出了风妖，南方出了火魔，北方出了冷怪，闹得天下大乱，黎民不得安宁，求玉帝快快发兵除害。

玉皇大帝听罢，急忙把天将招到教场比武选将。谁的本领高，就派谁去降魔；谁能降住魔，就选谁当驸马。天将们来到教场，经过一番比试，玉帝平日心爱的五个天将中，有四个选上了。玉皇大帝传下圣旨，命一个到东方去镇水兽，一个到西方去挡风妖，一个到南方降火魔，一个到北方伏冷怪。四员天将领旨，分别带领天兵离开天宫。

五个天将中，唯有一个名叫山高的没有被选上。为啥呢？这山高身体有些单薄，武功虽然也行，但不及其他四将。可是这位山高天将怀有满腹文才，能书善画，智足谋广。他看到其他四位天将下凡去了，便来到灵霄宝殿，向玉皇大帝施礼说："陛下！下界东西南北四方，都有人把守了，陛下就不怕中原出事吗？倘若中原出了大事，东西南北四方把守再严，也是枉然啊！比如，一个人，残手废脚尚能活下去，若是心脏坏了，可就都完啦！"

玉皇大帝听他一说，觉得语言不多道理很对。可是派谁挂帅去镇守中原呢？玉皇大帝发了愁。山高一看，时机已到，便说："末将情愿去镇守中原。"

玉皇大帝知道他武艺不及那四个天将，迟迟没有说话。山高猜知玉皇大帝的心思，就当面立下"军令状"，玉皇大帝这才勉强传旨，让山高天将下凡。

玉皇大帝带着随从来到南天门，拨开云头向东看去，只见一员天将把斩兽宝剑挥了三挥，突然出现了一座大山立于海岸。张牙舞爪的水兽来到山跟前，"砰"的一声，撞得粉身碎骨，翻下海去。玉皇大帝看罢，哈哈大笑，封这架山为"东岳泰山"。他又拨开云头，向西望去，见一员天将把捆妖绳抡了三抡，突然出现一座大山站在那里。风妖"呼呼"来到它身边，撞得头破身软，败下阵去。玉皇大帝看着拍手大笑，封这架山为"西岳华山"。接着，他拨开云头看南方，见一员天将把劈魔锏挠了三挠，突然出现一座大山站在那里。火魔扑来，浑身发抖，掉头就逃。玉皇大帝高兴地封这架山为"南岳衡山"。他又转过头来看北方，见一员天将用长矛刺了三刺，突然出现一座大山。冷怪"呼呼"飞来，看见大山毛骨悚然，缩身不敢动弹了。玉皇大帝便封这架山为"北岳恒山"。

最后，玉皇大帝拨开云头俯视中原，只见山高天将一手拿着天书，一手拿着镇世宝刀，把书和刀一上一下，端了三端，突然出现一座大山，又上下端了三端，山又分为两支。接着，两架山脊上，慢慢出现七十二峰，有的像老翁，有的像白鹤，有的像金童，有的像玉女……山上山下，好似一卷美画展现出来。玉皇大帝越看越高兴，可到封山的时候，他却发了愁。封啥呢？一个贴身随从悄悄地说：

“陛下，你看山高天将，长得与山一样俊美啊！”

玉皇大帝一机灵，“山”与“高”合在一起不是“嵩”字吗？封为“中岳嵩山”。

封罢山，玉皇大帝想起招驸马之事。他见这五员天将个个武艺高强，但细品起来，数山高天将文武双全，就选定了山高天将。可咋说呢？这么一犹疑，世上已过了几千年。天宫巡官看透了玉帝心思，忙禀报说：“陛下，把这事交给当代天女去办如何？”

玉皇大帝问：“武则天吗？”

巡官说：“是武则天。”

此后，没隔多久，武则天梦中接到玉皇大帝诏书，命她到嵩山去封岳神。武则天遵玉皇大帝之命，来到中岳嵩山，在峻极峰上建起“登封坛”，举行礼祭嵩山大典。祭后封山高天将为“天中王”，封玉皇大帝之女为“天灵妃”。

现在，中岳庙峻极殿的后边，有座“寝殿”。寝殿的东西两厢，放着两张透花雕刻顶子床。东边床上躺着个檀香木雕刻像，西边床上躺着个泥塑彩色像，两个像均为天中王像。两个床头处的椅子上，各坐着一个彩色泥塑贵妃像，这两个像均为天灵妃像。天中王的善男信女，便称他们为“睡爷爷”“坐奶奶”。

讲述者： 李明贵，80 岁，中岳庙道士
采录者： 王鸿钧，57 岁，登封市文联干部，高中
选自： 《河南民间故事集》，中国民间文艺研究会河南分会、河南大学中文系编，中国民间文艺出版社 1985 年 5 月版

中岳嵩山（2007 年 11 月 2 日程健君摄）

389

伏牛山

（一）

相传，很早以前，黄河流域的函谷关一带，荒无人烟。不幸，山西省洪洞县发生灾荒，那里的人们都纷纷四处逃难。有一行人逃荒来到函谷关，见这里土地肥沃，水源充足，就决定在这里安家落户，开垦农田。可是，缺乏种地的农具，一年也开不出多少地来，终日吃不饱穿不暖，生活十分清苦。

一天，金牛星在天河旁玩耍。他来到南天门前，见人间的山清水秀，很是动情。又一看，一伙百姓顶着炎炎的烈日，用镢头刨地，个个累得满头大汗，心里同情他们，便悄悄地下了凡，将随身的印匙解下，吹口气变成了一张锃光耀眼的金犁挂在自己身上，跑到这伙刨地人跟前。百姓一见这头金牛还拉着张金犁，都很喜欢，随手扶着犁柄，让金牛犁地。犁呀犁，地开了一块又一块，种了一片又一片，庄稼长得壮壮实实。到了秋天，一片片金黄的玉米、谷子都成熟了，大家忙着收割，家家户户粮食都倒得仓满囤流。

第二年春天，金牛又下凡帮助百姓犁地，大家非常感激，把家里的好吃的都拿来让金牛吃。

一天，天宫的雨司，云游各处巡察雨情。当他来到黄河滩上空时，发现了金牛星私自下凡逞能，心里就十分妒恨他，便恶声恶气地喊："金牛！快回天宫来，别在人间逞能啦！"

金牛听了，自言自语地说："你别狗逮老鼠多管闲事。"说后不理他，只管拉着犁向前跑。

雨司见金牛不理睬自己，便发了火，恶狠狠地说："金牛呀！你再不听我的话，我定要到玉帝面前告你的状。"

金牛一听生了气："你随便好了！"

雨司落个无趣，愤愤地驾起祥云返回天宫报告玉帝去了。金牛仍然帮着人们种地。

玉皇大帝听了雨司的禀告，大发雷霆，喝天兵天将立即下凡，将金牛拿回天宫问罪。天兵天将奉了玉帝圣旨，下来后，不由分说地捆住金牛，并且还用剑威胁着金牛，要他立即返回天宫。金牛发怒了，把金犁向地下一摔，立即变成了一把宝剑，腾空登上云头，和天兵天将对打起来。直打得风驰电闪，天昏地暗，飞沙走石。天兵天将战不过金牛，又回天宫报告玉帝去了。

玉帝听了天兵天将的报告，气冲斗牛，二次派霹雷大将领了旨令，立刻带上兵将出了天门，大声怒吼道："轰隆，轰隆。"

金牛一听，便知事情不好。没有来得及躲避，只见雷鸣电闪，终于被霹雷大将拿上了高空。刹那间，已到了天宫门。金牛星情知此番若回到天宫，性命难保，就横下一条心来：宁愿一死，不愿再见玉帝。只见他瞪圆了眼，四蹄猛然一跃，"扑通"一声，一下子跌下凡来。霹雷大将根本没有提防这一着，见金牛摔下凡去，心想必定是摔死了，急忙回宫交旨去了。

百姓怀着悲痛的心情，守护在金牛的尸体旁，不忍离开。男男女女不住地向天上祷告。到第二天清晨，金牛的尸体竟然变成了一座巍峨的大山。这山长达八百余里，横跨陕西、湖北、河南三省。这座山很像一头牛卧在那里。

后来，人们为了纪念有益于人民的金牛，就把这座山称为"伏牛山"。老君也非常痛惜金牛，就把他拉过的金犁挂在悬崖的陡壁处。这就是人们游玩时所看到的"老君犁沟"。

讲述者：周建西，57 岁，灵宝县西阎乡农民

采录者：赵增荣，56 岁，灵宝县西阎乡农民

采录时间：1987 年 12 月 5 日

选自：《灵宝民间文学集成》，阎迪生主编，灵宝民间文学集成编委会 1988 年编印

原题《伏牛山的来历》

伏牛山（2017 年 10 月 29 日程健君摄）

390

伏牛山

（二）

八百里伏牛山的东头——南召县境内，有座“铁牛庙”。庙前有个铁橛子，上细下粗，从地下伸上来，谁也不知道它有多长。传说山底下有一头头在河南、尾巴在陕西，身长八百里的大铁牛，这是它的一只角。这么大的一头铁牛，咋会藏山底下呢？故事还得从嫦娥飞上月宫以前说起。

嫦娥飞上月宫以前，她家养了一头大黑牛，浑身黑黝黝的，没有一根杂毛。这牛长着一对阴阳角，一只向上伸，指着天；一只向下弯，指着地。这头牛力气大，套拉得好，又听话，嫦娥特别喜欢它，使到老的时候，不忍心杀掉，便把它放进了山中。谁知这大黑牛在山中长生不死，千年以后有了神通，能变小变大，成了“黑牛精”。

这一年，有个神仙去赴王母的蟠桃寿宴，想献一件稀奇东西讨王母的欢心，便把大黑牛骗住，带进了瑶池宫里。

蟠桃宴上，这位神仙把大黑牛献给王母，满以为会得个笑脸，想不到王母却皱起了眉头：“它会歌？会舞？模样儿好看？有出色的本领？”

一连串的发问，这位神仙都答不上来，窘得他脸上发烧，身上直冒冷汗。他见玉案上放着蟠桃，灵机一动，有了主意：“它力气大，会犁地，恁那蟠桃园里不是用得着嘛！”

王母最爱占便宜，一听这东西对她有用，马上换了笑容：“是呀，是呀，我那蟠桃园需要犁耙。这头牛黑是黑，黑得好看，我收下啦！”

大黑牛进了蟠桃园，得不到关心照料，整天犁地耙地，累得满身大汗。这时候，它特别怀念嫦娥。它知道嫦娥上了月宫，常常眼巴巴地望着月亮。

再说嫦娥，自从来到月宫，发现桂花是人间没有的香花，便年年采籽往人间撒。为了让桂花香遍天下，她要栽更多的桂树，采更多的种子往人间撒，又年年刨地育苗。当她听说蟠桃园里有牛时，非常高兴，心想把牛借来用用，便可多犁些地，多育些苗苗。但她不知道王母有交代，牛只让园内使用，不准外借；到那里说了许多好话，也没把牛借来。

上山擒虎易，开口求人难哪！嫦娥扫兴地回到月宫，只得又用镢头去刨地。走进桂花园，猛然看见一头大牛立在她的面前：全身上下黑黝黝的，长着一对阴阳角，对她摇头摆尾，“哞哞”欢叫。原来，嫦娥去蟠桃园时，大黑牛认出了她，变得如大拇指那么大小，偷偷用嘴咬住嫦娥衣裙上的飘带，被带到了月宫。大黑牛虽然在蟠桃园里累瘦了，但瘦了牛瘦不了角，两只阴阳角还和过去一样，毛色也没有变。嫦娥一眼就认出来是她当年养的那头牛，忙上前抚摸着，像见了亲人一样亲热。她见大黑牛还是生龙活虎有力气，高兴极啦！便做了犁耙，耕起地来。响鼓不用重槌，好牛不用鞭催。大黑牛拉犁拉耙，疾走如飞，没多大工夫，犁耙出好大一片土地。

歇息的时候，嫦娥正奇怪地揣摩着大黑牛咋会没死，又咋会来到月宫，忽然来了两名天将，说王母有旨，黑牛私自逃出蟠桃园，违犯天条，立即打入东海里受苦。说罢，押着大黑牛离开了月宫。

嫦娥疼爱大黑牛，更为它受到的惩罚不平。当天夜里，她派一只大蟾蜍下凡，去搭救大黑牛出海。

蟾蜍到东海找到大黑牛，往背上一驮，向岸边游去。谁知被打入苦海的大黑牛，王母还命龙王派有鳌精龟将看守着。它们发现大黑牛被救走了，就兴风作浪追赶。蟾蜍望着后面的狂风巨浪，像山头一样压来，知道在海边登岸不行，就从一条大河的入海口进入了河中。这就是现在的黄河。黄河越往上游地势越高，蟾蜍想：我们直往高处游，看你们能撵多远！约行了几千里地，只听一声大喝，又有神兵拦住了去路。原来这是王母听了龙王的禀报，派来捉拿大黑牛的两名天将。前边截，后边追，进也不行，退也不行，蟾蜍便让大黑牛上岸躲藏。

大黑牛登上河的南岸，这里是一马平川，无处藏身，就拼命奔跑，两名天将风驰电掣般地紧紧追赶。大黑牛眼看要被天将追上，见前面有个地穴，斜着通往地下，便钻了进去。它本想暂避一时，不料一钻进去，天将立即把洞口死死地封住了。大黑牛顺着地穴往前走了八百里，到了尽头，竟不见出口。它想：别的没有办法，只有自己变得大大的，用力把地皮撑破，才能钻出去。说变就变，大黑牛在地穴里越变越大，压在它身上的地层被撑了起来，一个劲地往上升。转眼间，平地凸起一道八百里长的大山。

两名天将想：被逼到死地的黑牛发怒啦！它有这样大的神力，钻出来可不是好惹的！他们立在地上，地面越升越高，他们越想越怕，竟给吓走了魂，变成了两根大石柱子。至今，石柱还在山上立着，人们叫它“将军石”。

只恨地穴太深，地层太厚，大黑牛没有把它撑破，已使尽了力气。

蟾蜍见这情景，连忙返回月宫禀告嫦娥。嫦娥闻听，便找王母讲情，恳求把黑牛救出来。王母冷冷一笑：“听说是你把它放回山中，千年不死，才养成这个不能驯服的黑牛精。我把它打入苦海，你又私自派蟾蜍去救，你想让它翻天吗？幸亏它进入地穴没有再出来，钻出来谁能制服得了？”嫦娥还要为大黑牛辩解，王母不准她讲。糊涂的老婆子不但没有准情，还要把嫦娥治罪呢。

大黑牛深深地伏在地下，再不能出来了。人们就叫它“伏牛”。这条八百里的山，也因伏牛得名，叫“伏牛山”。

后来，大黑牛变成铁牛。那只向上伸的长角，在地上露出个尖尖，被人们发现了，就在那里建庙祭祀。

讲述者： 史友仁，许昌地区文化局干部

整理者： 张楚北，46岁，河南省民间文艺家协会干部，高中

采录时间： 1982年

采录地点： 许昌

选自： 《河南民间故事集》，中国民间文艺研究会河南分会、河南大学中文系编，中国民间文艺出版社1985年5月版

伏牛山老界岭（2017年10月29日程健君摄）

391

嵖岈山

（一）

古时候，普天下遭受洪灾，嵖岈山这一带也成了大水洼。百姓年年遭灾，没法活下去。掌管万物生灵的老天爷只顾自己享乐，不管凡间百姓死活。一天，他召集天宫文武百官、各路神仙，搜集天下山珍海味，摆上蟠桃、仙丹和御酿琼浆，过起花天酒地的日子。

有一个叫嵖岈的，是一个爱民如子的神仙。他看到凡间水灾成祸，百姓没安生日子过，就请玉帝息掉凡间水患，拯救黎民。玉帝听后，脸上马上变了颜色，狠狠地说："凡间大水，乃为奇观，再言息水者斩！"

这时，诸神仙吃肉喝酒，一个个大醉，哪管人间生灵？听到玉帝号令，面面相觑，齐声答道："遵命！"

嵖岈大仙遭到玉帝一顿怪罪，心里火烧一般，愤愤离开宴席。太白金星看见，上前拦住："大仙息怒，主上酒醉心迷，不理政事。等酒醒之后，咱共上谏言如何？莫走，莫走！不然你可吃罪不起啊！"

"愚弟我不忍心凡间百姓连年水灾，死去活来！"

嵖岈大仙甩开金星老人的阻拦往回走。走着走着，看到一堆古里古怪的石头，细细观视，原来是王母娘娘花园里的一座假山。他再往凡间一看，噫！只见这里一片凄凉：天下着雨，地上是积水，房倒屋塌，田地荒废。偶然看见一些百姓，拖儿带女，哭声震天，嵖岈大仙决心要治理人间洪水。冷不丁想起玉帝的禁令，不由得打了一个寒战……

他正在犹豫，地上又传来百姓的哭声。他忍不住施展出翻山倒海的神力、呼风唤雨的本领，把王母娘娘假山上的大石头一块一块地往地下水洼里扔去。哪里水大，他就往哪里扔石头。石头扔到哪儿，哪儿的水就退了下去，露出了一片平地。最后，他看见还有一片洼地，积水海深，就把剩下的石头一块不留地扔下去了。那石头从天上掉下来，如同烧热的火炭一般明光耀眼，"咕咚咕咚"地堆在一起，大水"呼啦"被挤进了大海。人间水祸息除了。嵖岈大仙整整干了七七四十九天，把王母娘娘花园里假山的石头扔得一个不剩。石头堆在地上，冒高冒高，堆成了一座山。嵖岈大仙看到这座豁豁牙牙的小山怪得出奇，大笑三声，昏过去了。

后来，玉帝派太白金星下凡私访，知道自己做错了事，为褒奖嵖岈大仙，就把这山封为嵖岈山，并托梦人间帝王，专给此山赐名"嵖岈"二字，后来的字典上专为"嵖岈"立了条目。

讲述者：肖完云，50 岁，嵖岈山乡中学教师，大专
采录者：杨科
采录时间：1987 年 12 月
选自：《河南民间文学集成·嵖岈山民间故事》，杨忠欣、臧喜平主编，中原农民出版社 1991 年 3 月版
原题《嵖岈大仙造山》

392

嵖岈山

（二）

有一年，玉皇大帝传下一道圣旨：叫太上老君在百天内炼出仙丹，来供天宫蟠桃大宴上神仙享用。太上老君接了御旨，不敢怠慢，马上动手。他看嵖岈山一带地面怪宽哩，四周也平展，就在那里架起了炼丹炉。

炼仙丹需要整整一百天才能炼成。传说这种仙丹，神仙吃了，神通广大；凡人吃了，能长生不老。等太上老君炼到九十九天时，玉帝召他到天宫禀报炼丹的事。临走，老君再三交代俩童子："这左边近旁有个大蛇精，修炼了八百多年，有点神通，你俩要谨防蛇精来盗仙丹！"

接着，太上老君又附耳如此这般地向俩童子交代了一番，就驾起云到天宫去了。

单说炼丹炉的西南方，有个大土岭，土岭下面有个洞，洞里有个大蛇精。八百年前，它就盘踞在洞里，专吃过路行人，探听到老君炼仙丹，整天流着涎水，做梦都想把仙丹偷吃了。这一回，听说太上老君不在家，心里大喜。摇身一变，变成一个童子，来到炼丹炉边，和两个童子玩耍起来。他们一边玩，一边说笑，越谈越亲乎，后来竟拜起把子来了。他们表面亲热，可都心里有数，炼丹童子时时防备着蛇精，蛇精也鬼伺[1]着趁机偷仙丹。

这时，一个炼丹童子向另一个童子使了个眼色说："兄弟，我想出去方便，恁俩先看一会儿，可甭离开这儿。"大蛇精巴不得少一个看炉人，忙说："你放心吧，兄弟，有我在，保管没事儿。"另一个仙童也说："失陪了，朋友，我也得出去方便方便。"说着，俩仙童一前一后离开炼丹炉。俩仙童出门后，随即化作两只小蠓虫[2]趴在窗上。刚趴在窗上，就望见大蛇精现出原形，正在喷云吐雾，想熄灭炉火偷吃仙丹哩。

"妖精住手！"俩仙童手拿青锋宝剑向蛇精扑来。怎奈那蛇精已修行八百年，武艺高强，俩仙童只能战它个平手。眼看力量不加，一个仙童卖了个破绽，从炉旁掂起太上老君的烧火铁棍朝天上一扬。只见一道金光，太上老君早站在炉旁了。他一手捋着白胡子，一只手指着蛇精，咳嗽一声："孽障，不得无礼！还不快快受降！"

蛇精一听太上老君回来了，吓得浑身骨酥，一阵白雾向西南方逃去。太上老君紧追不放。蛇精逃到土岭上，化成一股黑风，钻进洞里。

太上老君一看，怒发冲冠："甭说你钻进洞里，就是逃到天边地沿，我也要抓住你。"他召集一百零六名仙童前来挖洞，挖到八八六十四丈深时，遇见了大大小小的怪石。太上老君带领众仙童一齐挖起石头来了。挖出一块石头，就扔在身后，石头越挖越多，越挖越大，眼看堆不下了，他就选出三八二十四名神臂仙童，把石头揸在附近的平地上。挖一块，揸一块，石头挖得越多，揸得就越大越高……整整挖了七天七夜，整整揸了七天七黑上，才把洞挖到底，把蛇精捉到天宫治了罪。

太上老君挖洞揸摞起来的石头成千上万，天长日久，变成了一座离奇古怪、石洞百出的山。山上的石头都豁豁牙牙的，人们都叫它"揸牙山"，后来人们又把这座山写成"嵖岈山"了。当年，太上老君看这座山怪好玩儿的，就在山上支上炼丹炉，炼起仙丹来，还让炼丹童子修了一座花园。现在嵖岈山上还有老君花园和炼丹炉遗址哩。

[1] 鬼伺：方言，心里想、琢磨、盘算。

[2] 蠓虫：一种很小很小的飞虫。

讲述者：李继根，83 岁，遂平县嵖岈山乡土山村人，读过私塾
采录者：李玉新，32 岁，遂平县槐树乡通讯专干，初中
采录时间：1988 年
采录地点：遂平县嵖岈山乡
选自：《河南民间文学集成·嵖岈山民间故事》，杨忠欣、臧喜平主编，中原农民出版社 1991 年 3 月版
原题《嵖岈山的传说》

393

嵖岈山（三）

据说很久以前，嵖岈山还是一块平地。有一回，王母娘娘去西天，经过嵖岈山上空时，头上的玉簪掉了下来，就停下来寻找。找了好大一会儿也没找到，不耐烦了，就找来一把钢叉，在地上挖了起来。她这么一挖，地下面的大大小小的石头都挖出来了。石头都揸摞得好高好高，就成了嵖岈山了。

讲述者：刘中海，23 岁，遂平县阳丰乡初中教师，中专
采录者：袁永军，13 岁，遂平县阳丰乡中学生
采录时间：1988 年 3 月
选自：《河南民间文学集成·嵖岈山民间故事》，杨忠欣、臧喜平主编，中原农民出版社 1991 年 3 月版

嵖岈山（2014年2月26日程健君摄）

394

步顶山

步顶山，又叫土步岭，是离光山县城西南四十华里处的一座大山，传说它是个叫步顶的人变的。

相传，在远古时候，这里还是一片平地。在这片平地上，住了个名叫步顶的小伙子，他勤劳、勇敢、善良，劳动之余喜爱养些龟、蛙、螺、蚌一类的动物，从不杀害它们，这些动物死了，他也不吃掉，而是埋入土里。天长日久，他养的龟、蛙、螺、蚌便越来越多。其中有只特大的乌龟，到底有多大岁数，谁也不知道。

有一年，这里发生了大水灾，到处是一片汪洋，庄稼被冲毁，人们没吃穿。步顶看到人们遭受大灾大难，日夜都在苦想办法拯救当地农人。

他问蚌蚌："你生活在水中，大水淹不死你，你能想个啥法子挡住洪水吗？"蚌蚌听后摇了摇头。

接着他又问青蛙和螺："你们生活在水中，大水淹不死，你们能想个啥法挡住洪水吗？"青蛙和螺同样摇了摇头。

这时，那只特大的乌龟爬过来对步顶说："你快去找天上的玉皇大帝，洪水是他放的。"

“我是个凡人，咋能上天呢？”步顶难过地说。

大乌龟说：“我有五千年的道法，知道天上的事，我背你上天去吧。”

步顶没再细问，骑着大乌龟就上天。他们闯火海，跨银河，尝尽苦头，总算到了灵霄殿，找到了玉皇大帝，求情说：“大帝啊！求恁收起洪水吧，人类正遭……”没等步顶说完，玉皇大帝就发起怒来。他抓起鼓槌，敲起天鼓，顿时响声震天，天庭摇动，满殿的神仙都大惊失色，步顶也被震到殿外去了。

步顶站在灵霄殿外流着悲伤的眼泪，问大乌龟咋办。

“咱们去偷。”大乌龟说话了。

“偷啥？”步顶又问。

“偷玉皇大帝的宝！”大乌龟说。

正说着话，忽然走来一位漂亮的姑娘，她在一边插话说：“那可不行啊，要是被我爹知道了，非杀了你们不可。”

步顶感到说话的姑娘很善良，立即向姑娘哀求说：“大姐姐，我是为了拯救受水灾的乡亲才来到天庭的，你能帮我的忙吗？”

姑娘眨了眨眼，望着步顶说：“其实，每当我听到人间呼救声时，心里也很难过。但又想不出啥法子去解救他们，今天你们来得正好，快把这拦洪水的宝瓶拿回去吧！”

步顶感激地问：“你是啥人？”

那姑娘说：“我是玉皇大帝的小女儿，前天为了堵洪水的事，我跟爹爹闹了一场，他今天还未消气呢，你们快走吧。”

步顶双手接过宝瓶说：“谢谢公主！”

步顶抱着公主送给的宝瓶，骑在乌龟背上回到人间。他打开宝瓶一看，才知道自己抱的宝瓶里面装的是“黄壤”。他想起鲧伯[1]的教训，千万别再叫玉帝把黄壤夺回。他便立即召来自己养的龟、蛙、螺、蚌等，并对它们说：“这里马上就要大难临头！乌龟，你是修道成仙之物，还回到山洞去吧！蛙、螺、蚌蚌，你们要走就快走吧，不管游到哪里都行，我是不会走的。”

龟、蛙、螺、蚌蚌像懂事的孩子一样望着步顶，一个也没走。“你们都不愿走，是吗？”步顶问。龟、蛙、螺、蚌蚌都点了点头。步顶说：“那好，我将玉皇大帝小女儿给我治水的宝瓶吞下就会变成大山。现在，我留一份自己吞吃，其余的分给大家，愿吞就吞，不吞也不勉强。”龟、蛙、螺、蚌蚌听后争着吞吃黄壤，眨眼工夫，一座座龟山、蛙山、螺山、蚌蚌山便从地上生长了起来，挡住了洪水。不一会儿，天上雷鸣电闪，风雨大作，步顶明白这一定是玉皇大帝知道了此事，正在发怒，他爽快地吞下了自己分得的一份黄壤。由于他吞得太急，太快，又加上风大雨大，步顶变成了一座高低不平的大山。

后来，人们为了纪念步顶，就把他变成的那座山取名叫步顶山。

讲述者：杨玉霞，女，31岁，农民，初中
采录者：汤世江，40岁，教师，高中
采录时间：1981年11月11日
采录地点：光山县杨墩公社张寨村
选自：河南省民间文艺家协会资料库电子文档《中国民间故事全书·光山县卷》

[1] 鲧伯：传说中禹的父亲。

395

花山

很早以前，花山顶上有个神仙，人们都叫他花山爷。那时候，这一带到处都是山。花山爷见老百姓们没地种，就跟花山奶商量，想把这一带的山平了。花山奶是个凡人，不知道花山爷有多大本事，想着花山爷是跟她说玩话哩，就说："只要你能把这些山都平了，我见天给你送饭吃。"

花山爷说："中！咱说一句当一句。我走时带个鼓，啥时候我饿了就敲鼓，你听见鼓响就去给我送饭。"

这天，花山奶给花山爷做了一锅面疙瘩。刚刚做好就听见鼓"咚咚、咚咚"响了起来。花山奶当是花山爷饿急了，忙把面疙瘩盛到饭罐里，掂着就往山上去。谁知到山上一看，原来是马尾鹊在叼鼓哩。她把饭罐放在一块石头上，正要去找花山爷来吃饭，忽然看见一头大花猪，在花山东南东一嘴、西一嘴地拱山哩！小山只用一下就拱平了，大一点的山顶多也不过两三下。眼看就拱到花山跟前了，花山奶害怕了，转身就往山下跑。不防绊着了放饭罐的那块石头，一跟头栽死了。那罐面疙瘩顺着山坡流下去，一直流到山脚下。到现在花山西北角还有一条上头窄、下头宽的白石头带子。人们说：那就是花山奶当初洒在山上的面疙瘩汤变的。为此，人们又把花山叫作"面疙瘩山"。

据说从前伏牛山是跟桐柏山连在一起的。现在几百里平川，就是花山爷变花猪拱平的。花山奶死了以后，花山爷知道真身叫凡人看破了，就上天去了。人们为了纪念他拱山造地的功德，在花山顶上修了一座花山爷庙，一年四季烧香朝拜他。

讲述者：战玉生
采录者：赵山勤
采录时间：1986 年 3 月
采录地点：社旗县下洼乡中学
选自：《中国民间故事集成·河南社旗县卷》，徐东主编，河南省社旗县民间文学集成编委会 1987 年 9 月编印
原题《花山爷与面疙瘩山》

396

龙门山

洛阳城南的龙门山有个山口，两厢是断崖绝壁，形成一道门阙。石壁上凿有一千多个雕着佛像的石窟，石壁中间是奔流不息的伊水，这就是闻名天下的龙门。

关于龙门的形成，民间流传着不同的说法。

龙门开不开

古时候的龙门山是一道东西走向的青石山，并没有“龙门”这个山口。这个山口是咋样开的呢？民间流传着这样一个故事：

那时青石山下，住着母子二人。母亲纺花织布，儿子上山放羊。

有一天，正午时分，放羊娃把吃饱的羊群赶到树荫下倒沫，他躺在树下乘凉。一闭上眼睛，蒙眬间，忽然有个白胡子老人向他走来，问道：“龙门开不开？”放羊娃睁眼一看，周围啥人也没有。他想，我是做梦吧？也不在意，继续在山上放羊。

第二天晌午，他把羊放饱了，照样把羊赶在树荫下倒沫，他躺在树下乘凉。刚刚闭上眼睛，又见那位白胡子老人走来，弯下腰来问道：“龙门开不开？”放羊娃一骨碌爬起来，四下瞅瞅，仍然没有人影。放羊娃想着奇怪，便急急地赶着羊群下山了。

他的母亲正在纺花，见儿子早早回来，便问：“今天咋恁早就回来了？”放羊娃说：“娘，今天我遇到仙人啦。”接着便把事情经过说了一遍。母亲想了想，说：“娃呀，你想想，这架大山南边阴雨连天，已经积水成灾，莫不是山神显灵，要救那一边百姓哩？明天那老人再问你，你就答应开。”

第二天上午，放羊娃急着答应老人的问话，天晌午，就把羊赶到树荫下。他又躺在原来的地方，闭上眼睛，心里说：“白胡子爷爷你快来吧，俺娘叫俺答应哩。”他想着想着，老人已站在他的身边，低头问道：“龙门开不开？”放羊娃应声答道：“开！”这一声回答很响亮，远近的山都听见了，连声应道“开！开！开！”的回声。说时迟那时快，只听“轰隆”一声巨响，天昏地暗，接着是电闪雷鸣，倾盆大雨下起来了。

一阵狂风暴雨过后，只见青石山开了一道山口，山南的积水顺着山口流了下来，像一条长龙奔腾而下。这个山口人们就称它“龙门”，青石山也改名“龙门山”。

山开之后，人们发现山口两边的峭壁上，满是石窟佛像。有些佛像活灵活现，好似真人一般，有些佛像鼻子眼睛模模糊糊。人们说，那些鼻眼不清的石像是因为放羊娃心太急了，没到正午就答应开了龙门，它们还没有长好呢。

放羊娃呢？传说龙门开了之后，河水奔腾而下，他来不及躲开，被滚滚的河水冲走了。后来，他就成了一棵柏树，长在龙门山上。它四季常青，却不往高处长，好像永远就那么大，人们叫它“童子柏”。

山娃和水秀

龙门山的北面住着一个大财主，他为人狠毒，对长工刻薄，人称活阎王。

长工里面有个小孩子，名叫山娃。他父母为还债给活阎王家扛活，到死还没把债还清，活阎王就把山娃弄到家里给他放羊顶债。山娃天天上山放羊，顿顿连粗糠剩饭也不让吃饱。有一天，山娃放羊回来，有个小姑娘在羊圈旁等他。这姑娘叫水秀，也是个苦命的孩子，是顶她娘来活阎王家干活的。水秀偷偷递给山娃一块硬馍，山娃悄悄接住吃了。就从这天开始，山娃帮水秀挑水做活，水秀帮山娃缝补衣裳，两人相互帮助，亲亲热热，像兄妹一样。

日出日落，月缺月圆，日子一天天过去，山娃和水秀都慢慢长大了。聪明伶俐的水秀越长越好看，那秀丽的样儿好似一朵花。山娃也长成了膀大腰圆的小伙子。他俩偷偷地相爱了。

诡计多端的活阎王发现山娃和水秀相爱的事以后，把山娃叫去说："山娃子，听说你想和水秀成亲，那好哇！安心给我放羊吧，等到羊群繁生得满山坡的时候，我就成全你们。"山娃看看狠心的活阎王，想了又想，虽然条件苛刻，但还是咬牙答应了。

从此，山娃对羊群照顾得更加细心，羊群一天天多起来。只是几年的光景，山上的羊群就像朵朵白云落满了山坡。

这天，山娃高高兴兴地去见活阎王："老爷，你的羊群已经繁生得满山坡了，该我和水秀成亲了吧！"只见活阎王小山羊胡子一撅，两眉一皱，然后满口答应："好，山娃子为我出力不小，该是成亲的时候了。只是……我想，也该给水秀做几件嫁衣作陪送吧，三天后让你们成亲。"

听罢这话，山娃立即把喜讯告诉水秀，俩人喜出望外。可是他俩谁也没想到，活阎王已经暗中把水秀卖了。

第二天，山娃照样赶着羊群上了山。他走后不久，水秀去村边洗衣裳，便被人贩子拉走了。好心的长工偷偷上山，把这不幸的消息告诉了山娃。他要下山去追水秀，却被活阎王带一帮子打手给拦住了。原来活阎王知道有人给山娃报了信，怕山娃丢下羊群去追水秀，立即带人赶上山来。山娃跟活阎王说理，活阎王狠狠地骂道："穷小子还想娶媳妇，别做梦吃星星了，快放羊去，羊要是少一只，我扒了你的皮！"山娃知道上了活阎王的当，气得浑身打战。他冲上去要与活阎王拼个死活，被一帮子打手死死地抓住。山娃气晕了，倒在了地上。恍惚间，他听见山肚里有"叮叮当当"凿石声音，接着又传来一声连一声的问话："龙门开不开？龙门开不开？"山娃想，让大山裂开吧，山崩石裂，摧毁那吃人的世道吧，砸死那狼心狗肺的活阎王吧！他忽然站起身来，高声喊道："开——！"山娃的喊声一出口，就听见"轰隆隆"一阵惊天动地的巨响，山崩地裂，洪水奔腾，转眼之间山下成了一片汪洋。活阎王和他的那帮子打手再也不见踪影。山娃和羊群也都不见了。

洪水消退后，大山崩裂的地方出现一个大缺口，就形成了今天的龙门；而洪水流过的地方，变成了一条河流，就成了今天的伊河。

水秀呢？传说被人贩子拉走不远，便投井而死。后来，在山下的池塘里出现了并蒂莲，人们说，这就是山娃和水秀的化身。

鲁班劈伊阙

有一天，鲁班听说黄河上游有一座大山挡住了黄河的去路，河水泛滥成灾，决定和他的父亲一起去劈山凿石，为百姓消除水患。

上路时，鲁班拿出丈量尺寸用的五尺杆，让他父亲骑上，交代说："你扶好杆子，把眼闭住，早晚杆子落地站稳了，再把眼睁开，就到了咱要去的地方。"鲁班的父亲把眼睛一闭，那五尺杆晃了晃，变作一条飞龙，腾空而去。

鲁班急忙拾掇了东西，大步流星地在后边追赶。

鲁班的父亲乘着飞龙经过洛阳南山上空，突然听见有人呼救的声音。那是一个肩背包袱要翻山越岭的行路人，一不小心，落进水中。那时候，洛阳城南有一座青石山挡住了伊河的去路，河水壅积成湖，茫茫一片。善良的老人救人心切，竟忘了儿子的嘱咐，睁开了双眼。他一睁眼，飞龙又变成了五尺杆，和老人一起从半空中跃进茫茫的大水中。就在这时候，鲁班风风火火地赶到了，只见他"呼"的一下从腰包里拔出开山斧，照着脚下的大山狠劈下去。随着一声震天巨响，南山被劈开一道缺口，壅积的湖水顺着山口向北流去。水很快消退了，鲁班的父亲和那位落水者都被救了出来。

鲁班救了父亲和落水的过路人，又看看山口越冲越大，豁然敞开，两边石壁陡立，形成了一个门阙，就高兴地在断崖雕刻起佛像来。他刻啊刻啊，雕刻出了数不清的佛像。

几天以后，鲁班和他父亲起程往西走，疏通黄河去了。

采录者：梁书根

选自：《民间文学》1983 年第 11 期

原题《龙门的传说》

洛阳龙门山石窟（2016 年 7 月 21 日程健君摄）

张振犁（右）、程健君在洛阳龙门考察时留影

（1985 年 4 月 18 日程健君自拍）

人类起源神话

一、洪水后兄妹结婚神话

397

洪水后兄妹结婚

老早以前，有个村庄，住着许多农民，庄上有座小学校，门口立着个大青石狮子。孩子们上课下课常围着大狮子蹦来跳去，连先生们也跟着学生一块围着做游戏。

有一对兄妹也在这学校念书，学习好、心善、诚实，又长得好看，先生和学生都很喜欢他俩。妹妹很淘气，哥哥也不打她，常逗着和她玩，有时候俩人就在石狮子下面玩石子儿。妹妹好动，常常在狮子头上摸来摸去，动动这儿，弄弄那儿。

有天放学，妹妹忽然发现石狮子的眼睛通红，嘴也很热，叫哥哥过去看看。哥一看，也很奇怪，想，石狮子今天咋会这样呢？哥想喊几个伙伴儿来看看，刚要去喊，狮子就说话了："别叫人，你们看，天这么热，看样子要下雨了，你俩在我下面躲躲雨吧！"两人就在下面站着，不一会儿，天就下起雨了，还有闪电，妹妹很害怕，两人就挤在一处不说话。

等了一会儿，雨还不停，哥就说："咱们没带伞，咋回家呀？"

妹说："咱俩跑回去吧！"

狮子听见了，说："好，你们跑回去吧！不过，我想给恁俩说个事儿，可千万别给别人说，要不，你们会死的。你看，天要下大雨了，要下七天七夜，马上这个庄子就要被淹了。你们回家后，吃好点，再多做些干粮。把你家的大槐树出了，做条小木船，钻进去，再把盖儿盖上，等着雨停了，再出来，记好。"

俩人吓坏了，赶快回家，把啥都弄好了，吃了一顿好饭，钻进了船里，把盖弄好，躺在里面听外面的雨水声。妹妹一直都怕，躺在哥哥身边一动不动，还不住地哭。

过了好长时间，妹妹心慌，要哥哥把盖子打开看看。哥想，反正船不晃了，在里边又难受，就弄开了盖子。一看，周围全是水，村也没有，船在水中漂着，妹妹说要哥哥注意别掉进水里，哥说："妹妹，咋办？"

妹说："再瞅瞅找找，看看有没有山顶。"

哥让船又漂了一会儿，猛看到远处有一个小山尖，就划着船过去了。

白天玩，可到了晚上，四面一点声音都没有，妹妹又害怕了，哭起来。

哥说："我也没办法，等水下去了再回家吧！"妹妹听着想着就不再哭了。

又过了几天，水下去多了，山变得又大了，俩人在上面乱跑着玩儿。哥说："妹妹，你看就咱俩，以后咋办哩？"

妹说："咱的庄子和家呢？"

"都被水冲没了，我们没家了，啥都没了，这儿又没别人。"

妹又说："就是的，就咱俩，又不兴结婚。"

"就咱俩又没别人，谁也不知道，结婚又咋了？"

"我不愿意。"妹妹嘟哝着嘴说。

哥又说起："好吧，咱俩试试看谁有运气。从山上滚石片儿，要是滚不到一块儿，就不结婚；滚到一块儿，就结婚。中不？"

妹妹说："中！"马上就跑到了山上。

俩人看着从山上滚下去的石片，妹说："滚不到一块。"

哥说："那不一定。"

最后，石头还是“当”的一声滚到了一起，妹妹马上红起脸说道：“这真没办法。”

哥说：“看，就说会滚到一起吧，你不信？”抱起妹妹又说道：“我赢了，我赢了！”

自此以后，兄妹在一起共同生活，生儿育女，天下的人又多起来了。

讲述者： 杨战军的母亲
采录者： 杨战军
采录时间： 1989 年 12 月 15 日
采录地点： 密县城关乡东瓦店村
选自： 《中原神话通鉴》（第二卷），张振犁编著，河南大学出版社 2017 年 2 月版

398

两兄妹

很久很久以前，有兄妹二人，住在一座山下。家门前有一头大青石狮子，是兄妹俩最要好的伙伴。白天，兄妹俩常守在狮子旁，跟狮子一块玩耍；晚上，狮子为他们当哨卫，壮胆子。一来二去，兄妹俩和狮子的交情很是深厚。

一天，兄妹俩又来到狮子跟前。哥哥抓着狮子一跃跳在狮子背上，狮子的嘴一张一合，一合一张的。妹妹看到这情形，赶忙招呼哥哥：“哥哥，快下来，看狮子都不高兴啦！”哥哥跳下来，见真个是，忙问：“狮子，是不是累了？”

狮子不吭声，嘴还是一合一张，一张一合的。妹妹说：“一定是狮子饿了。”妹妹连忙跑回家拿来馍馍，填到狮子嘴里。狮子嘴一合，脖子一伸，咽了。哥哥也赶紧跑回家拿来馍馍，填进狮子嘴里。狮子嘴一合，脖子一伸，咽了。狮子吃了兄妹俩的馍，又像原先那样立着，一动也不动。

从那儿以后，兄妹俩每天来找狮子玩，都要带来些馍馍，给它吃。吃饱了，才玩。

一天，两天，一个月过去了。哥哥从没有忘了每天给

狮子送馍馍吃。

一月，两月，一年过去了。妹妹也从没忘记每天给狮子送馍馍吃。

一年，两年过去了，兄妹俩也长成大人了。可是他们还是没有忘记给狮子送馍馍吃。

这天，兄妹俩又来找狮子玩。他们把带来的馍送给狮子，狮子咋也不张嘴。

哥哥问："狮子，是不是渴了？"

妹妹问："是不是病了，狮子？"

一问，狮子不吭声，再一问，狮子流下泪来。

这一哭，兄妹俩可就慌了神儿，一起叫道："狮子哥，狮子哥！俺又没委屈你，你说话呀！"

狮子对兄妹俩说："小弟弟，小妹妹，给你们说一个不好的事。这世界原是一万八千年要混沌一次的。每次混沌，都是天地相合，万物俱灭呀。再过三天，正好又是一万八千年。"

这一说，兄妹俩慌张了。他们一起请狮子帮助拿拿主意。狮子说："好弟弟，好妹妹，别着急，等到那一天，你们来找我，我自有办法。"

兄妹俩提心吊胆地等到第三天，正中午时，果然平地卷起大风，天昏地暗，接着，电光闪闪，雷声隆隆，倾盆大雨下了起来。哥哥妹妹冒雨来到狮子跟前，狮子正焦急地等着他们，一见，忙说："快，我张开嘴，你们快跳进来吧。"

兄妹纵身跳进狮子的嘴里，又从嘴里来到肚子里。在肚里，他们才发现平日送给狮子吃的馍全存放在这里，完完整整，没有坏一点。

离开人间，痛苦啊，难受啊！过了些天，兄妹俩真有点急了。乡亲们咋样？他们会遇到危险吗？兄妹俩很着急。

等了十天，哥哥终于耐不住了。他请求狮子放他出去看看，狮子说："不行！现在正是天塌地陷，山崩塌，水倒流，连我都有点站不稳呢！"哥哥用耳朵贴着狮子肚皮听听，真听到一种"隆隆"的声音，也就不说啥了。

又过了十天，妹妹也有些待不稳了。她请求狮子放她出去瞧瞧，狮子说："快了！如今混天老祖正在补天，混地老祖正在修地哩。"妹妹只好耐住性子等下去。

七七四十九天过去了。这天，狮子才告诉哥哥和妹妹："混天老祖和混地老祖已把天地修好了，世上太平了，你们出来吧。"

兄妹俩重新回到世上。一看，天还是过去的天，地还是过去的地，可是没有了村庄，没有了乡亲。

兄妹俩从山上割来些黄草，从树上折些枝枝杈杈，搭成棚棚，这是他们的房子。

又过了些年，也不知为啥，他们都感到有些忧虑和愁闷。

哥哥想："眼下这世上只有自己和妹妹，要是不跟妹妹结合，过后不是没有人了吗？"又一想，"不行，她是我的妹妹，我咋好张口呢？"

妹妹想："这种生活也真是太单调了，要是能跟哥哥结合就好了。"又一想，"不行，他是我的哥哥，我咋好出唇呢？"

最后还是哥哥先向妹妹说了，妹妹说："那就先问问那头石狮子的意思吧。"

兄妹俩来找大青石狮子，狮子说："这样吧，你们各背一扇磨盘，各立一个山头，让磨盘从山上滚下，要是两扇磨合在一块，你们就结婚。"

兄妹俩都觉着狮子的办法可行。哥哥背了一扇石磨，来到东边一座山头上；妹妹也背了一扇石磨，来到西边一座山头上，两人约好同时放。只见两个圆圆的磨盘顺着山坡，"咕噜噜——叭"一声，正好合在一起。

从此，兄妹俩结为夫妻，生儿育女。后代人就尊他们为自己的祖先。有人说，这兄妹俩为了使人类更快地繁衍，还从河上挖来好多黄胶泥，捏成泥人。有一天，一大批泥人才晒半干，忽然天上长出乌云，一会儿就下起雨来。兄妹俩一个用簸箕往屋里端，一个用扫帚扫。结果，有的不是胳膊被碰掉，就是腿被弄断，再不就是眼睛被戳瞎，世上就有了残疾的人。因为人都是用泥巴捏成的，现在人洗澡时候总要洗掉些泥土。

399

姐弟俩

（一）

传说，天地是九千九百九十九年一离合，要有一次天塌地陷。

在很古时候，有姐弟俩，弟弟在学校上学。放学回来，半路上都要在一头石狮子上爬上爬下，玩一阵子，再回家。

一天中午，弟弟放学回家，又在石狮子身上爬上爬下。突然，石狮子说话了："小孩儿，我给你说个要紧事儿。"

弟弟东找西瞧不见人，低头发现石狮子的嘴在动，就说："是你说话吗？"

石狮子又说："我九千九百九十九年说一次话。咱俩经常在一起玩，你每天回家吃饭，咋不想想我也要吃饭呢？"

"你也会吃饭啊？真稀奇！"弟弟说。

"我咋不会吃饭呢？你每天三顿饭给我捎个馍，夹点菜，填到我嘴里中不中？"

"中。"弟弟满口应承。

"这事可不能对别人说呀，千万得保密。"

弟弟说："保证不露出去。"

弟弟回家吃罢饭，随手又拿了一个馍，夹上菜就走了。

讲述者：王金合，90多岁，农民，不识字
采录整理：王定翔、王树林，河南大学中文系1977级学生
采录时间：1981年2月
采录地点：商丘、开封
选自：《中原神话专题资料》，张振犁、程健君编，中国民间文艺家协会河南分会1987年编印

来到石狮子前，石狮子真的张开嘴把馍吞下去了。弟弟和石狮子玩了一会儿就上学去了。

一连三天，姐姐看出蹊跷，就追问弟弟："你每天捎个馍给谁吃呀？"

弟弟说："我自己吃呀。"说着就又拿个馍去了。姐不信，悄悄跟着弟弟，发现弟弟把馍喂了石狮子，非常奇怪。回家后就问弟弟，弟弟见姐知道了真情，只得说了实话。

姐一听，就对弟弟说："这样吧，你每顿也替我捎个馍给石狮子吧。"

从此，弟弟每顿总是拿两个馍给石狮子，一连送了九十九天。到百日这天，石狮子又开口说话了："小孩儿，你听我说。今天正当午时，只要看见正北方黑云升腾，大风刮起，你就赶快和你姐来见我，我有大事相告。"

弟弟听罢石狮子的嘱咐，就不去上学了。他在姐姐身边玩，眼就注意着北方。将近午时，只见北方乌云翻滚，狂风大作，鸡飞狗跳，蛤蟆乱叫。弟弟知道不好，赶快拉住姐姐的手说："姐，快！石狮子说天一变就叫咱俩到它身边去，有大事给咱说。"

姐弟俩跑到石狮子面前，只听石狮子说："孩子们，这一世界今天就到头了，天地要合拢，万物将毁尽。你俩赶快从我口里钻进肚里去，里边有我给你们存放的吃食，啥时候我叫出来，你俩再出来。"说完张开大口，让姐弟俩钻了进去。这时，只听外边"轰轰隆隆——咔里咔嚓"，响个不住，天塌地陷了。

姐弟俩在石狮子肚里，饿了就吃他们平时送进来的馍菜，困了就睡一阵子。也不知过了多少个日夜，馍吃完了，石狮子张口说："孩子们，出来吧。"

姐弟俩出来后，只见荒野一片，没边没沿，人烟绝迹，天无飞鸟，地无走兽。只有灰蒙蒙的天，黄腾腾的地。姐姐说："现在，天底下只剩咱姐弟俩啦。我也嫁不出去，你也成不了家，将来老了，绝了子孙，无人养活咱，可咋办呀？"

弟弟说："是要绝后了。"

这时，姐姐红着脸吞吞吐吐地给弟弟说："为了不绝后，咱姐弟俩就只好成家了。"

"不行呀！姐弟成婚没有这个规矩呀！"

姐姐又说："这样吧，咱俩从山上滚下两块磨扇，两扇合在一起，咱俩就成一家；要是分成两处，咱姐弟俩就绝了此念，听天由命了。"

姐姐说罢望着弟弟，弟弟低头说："那就让上天决定吧。"

姐弟俩各背一扇石磨，从山上一齐向山下滚去。两扇石磨滚呀滚呀，一直滚到山脚下。姐弟俩下山一看，石磨正好合在一起。姐弟俩成了家，养儿育女，繁衍后代。

石狮子仍然卧在那里不动，不说话，也不吃食。姐弟俩为了报答石狮子的恩情，逢年过节，都为石狮子送去贡品，放鞭炮，在一起玩一阵。后来慢慢成为习俗，这就是今天的"玩狮子"的来历。

讲述者： 李合义，47岁，粮店工人

采录者： 王雅湘

选自： 《河南民间文学集成·轩辕故里的传说》，李新明主编，中原农民出版社1990年10月版

400

姐弟俩

（二）

很久以前，有姐弟俩一块去学校上学。学校离家十几里地，他们每天早晨上学时，都带着一天的干粮，到晚上才回家。

路旁有一个大石狮子，整天张着大嘴巴。姐弟都觉得好玩，每天都往狮子嘴巴里塞上一个馍，晚上回来时，再用手去摸，就摸不着了。

也不知过了多少日子，有一天石狮子突然会说话了。“孩子们，明天早晨早点来。那时要刮大风，下大雨，天塌地陷，你们不要告诉任何人。”

第二天，姐弟俩冒着风雨来到石狮子跟前，狮子嘴巴一张，急忙说：“快钻进我肚子里。”

姐弟俩刚钻进肚子里去，天塌地陷了。他俩在里面就听见外面轰轰隆隆的乱响，非常吓人。

姐弟俩在里面看到以前放的馍都好好的，他们就一边吃馍，一边急着出去。

这样一直过了七七四十九天，石狮子又说话了：“孩子们，现在灾难过去了，你们出来吧。”

姐弟俩出来一看，天好好的，地好好的，可是没有一个人了。世界上就剩下他们两个人。

石狮子就让他们姐弟俩成婚，传接后代。姐弟俩不愿意，他们俩是亲姐弟，咋好意思呢？石狮子就说：“这里有两块磨盘，你们各占一个山头，一齐往下推。如果俩磨盘碰在一起，你们就成亲；如果撞不着，那就算了。”

姐弟俩心想，两座山离那么远，磨盘这样小，谅它也碰不着，就答应了。

你说巧不巧，两块磨盘竟“咕咕噜噜”地碰在一起。姐弟俩也就不好再说啥了，结成了夫妻。

这姐弟俩就是现在人们的祖宗。

讲述者： 乔明昭

采录者： 王悦民，河南大学中文系学生

采录地点： 南召县

选自： 《中原神话通鉴》（第二卷），张振犁编著，河南大学出版社 2017 年 2 月版

401

兄妹祖先

相传，天和地隔一段时间，就要合在一起，叫作“天地混沌”。天地混沌时，天上没有日月星辰，地上万物灭绝，阴阳不分，漆黑一团。

天地混沌以前，有兄妹二人在一个学堂念书。学堂离家远，兄妹俩总要带上干粮去上学，早出晚归。

在他们上学的路上，蹲着一头石头狮子。这个石狮子是在一座庙院香火败后，从那里逃出来的，逃到这里天亮了，石头狮子就停在这里不走了。

有一天，兄妹俩又带着干粮上学路过这里，忽然发现石狮子平常闭得严丝合缝的嘴张开了，像是想吃东西，兄妹俩就把自己的干粮拿出一块，塞到石狮子的嘴里，石狮子的嘴慢慢地合住了。

第二天，他们见石狮子的嘴又张开，兄妹俩又塞它嘴里一块干粮，石狮子又慢慢地合上了嘴。第三天，还是这样。后来，兄妹俩每天多带些干粮，到这里喂石狮子。

不知道过了多少天，也记不清石狮子吃了兄妹俩多少干粮。一天夜里，兄妹俩在睡觉，梦见石狮子对他们说：“小弟弟，小妹妹，从明天起，我不吃你们的干粮了，我要吃生的五谷杂粮和棉籽。”说完就走了。醒来，兄妹俩互相说了自己的梦，意思一模一样。

第二天，他们记着石狮子的话，从家里粮囤里捧了几捧五谷杂粮，又抓了一大把棉籽，就上学去啦。来到石狮子跟前一看，它的嘴紧闭着。他俩没办法，就把五谷和棉籽带在身边上学去了。下午放学回来，他俩快走到石狮子跟前时，突然狂风大作，飞沙走石，天昏地暗。正在没处藏的时候，他俩看见有座小屋，还听见“快来，快来呀！”的声音喊他们。他俩急忙钻进小屋，里边没有一个人，只有一缸清水和一大筐馍。这馍和他们平常拿的馍是一样的。他俩正惊奇，猛然眼前一片漆黑，啥也看不见了。两人没法，就待在小屋里，饿了吃馍，渴了喝水。不知过了多长时间，眼前突然亮了，小屋的门开了，他俩钻出来回头一看，发现自己是从石狮子的嘴里出来的！他俩才知道正是这石狮子救了他们，忙跪下给石狮子磕了三个响头。起来看看四周，以前的绿树、青草、庄稼、村庄都无影无踪了，到处是乱石焦土、光山秃岭，一片荒凉，再也见不到爹妈和乡亲们了！兄妹俩抱头痛哭起来。

后来，他俩到处跑着找人，找吃的。可是普天下除了他俩，再也找不到第三个人了，能吃的东西更难找到。一天，他们走到一个地方，发现那地方的鹅卵石像馍一样能充饥，也有土能种庄稼，他俩就在那里住下来，把身上带的那几把五谷杂粮和棉花籽撒在地上。到了秋天，遍地都是黄澄澄的庄稼、白花花的棉花。兄妹俩高兴极了。从此，哥哥种地，妹妹纺织。

一天，妹妹突然问哥哥：“哥，你看这世上只剩你我二人了，咱现在还能干活，到老了干不动活了，咋办呢？”

哥哥说：“是呀，妹妹，我们老死以后，这世上不是就没有人了吗？”

“这可咋办呢？”妹妹说，“哥，咱俩就不能结为夫妻吗？”

哥哥一听忙说：“傻妹子，别胡说，哪有亲兄妹结夫妻的？”

妹妹说：“可是咱们也不能让人就这样绝了种呀！”

兄妹俩没有办法，就来到石狮子面前，向它说了他们的想法。当晚，石狮子给他俩托梦，让兄妹俩每人抱一个磨扇，一个从东山顶滚下，一个从西山顶滚下。如果俩磨扇滚到山下，合在一起，就能结成夫妻；合不到一块，就不结也罢。

天亮以后，兄妹俩就按石狮说的去做。两个磨扇分别从东西山顶滚下，“咕咕噜噜”，“咕咕噜噜”，到山下只听“呱嗒”一声，两扇磨磨脐对磨眼，一下子合得严严实实的。兄妹二人没话可说了，就手拉手来到石狮子跟前，请它做媒，当下就拜了天地。

从此，他俩生子抱孙，子子孙孙越来越多，人类就从这儿发展开来。至今，还有把夫妻说成兄妹俩哩！

采录者： 周德合，35 岁，南召县板山坪乡华山村人，干部，中专

采录时间： 1985 年 6 月

选自： 《中国民间故事全书 · 河南 · 南召卷》，张玉峰、乔明宪主编，知识产权出版社 2011 年 9 月版

402

兄妹通婚

很久很久以前，人们都是长着一对蚂蚱眼。有这么兄妹六人，相依相靠搁和[1]得很好。

有一天，他们几个在荒山坡上开地。搬走石头，放倒大树，点起火把坡上的草烧掉。整整干了七七四十九天，开出了一小块土地。他们都很高兴，商量着第二天就把庄稼种上。

第二天，天刚亮，兄妹几个来到地边一瞧，哇，傻眼了！昨天搬走的石头自己回到了老地方，放倒的大树也直竖竖地长了起来，翻过的地面整个反了个儿，连地皮上的荒草又长得好好的。他们只好重新开荒，掘石头、放树、烧荒草。又是七七四十九天，累得他们筋疲力尽。没想到第二天来一瞧，哇，还和从前一样。一连三次都是这样，可把兄妹六人吓坏了。几个人多了个心眼儿，把地又翻了一遍，商量好半夜三更来瞅瞅到底是咋回事儿。

到了后半夜，他们有的拿金铲，有的拿银铲，还有的拿把铁锅铲，找个地方藏了起来。忽然，一道金光闪过，

[1] 搁和：方言，相处。

有个白胡子老头儿从天上飞了下来，站到他们白天开过的荒地里，这戳戳那捣捣，不一会儿就让石头、树、草恢复了原样。老大老二憋不住了，掂着金铲银铲就要去打，让老三拦住了。老头儿看老三怪仁义，就说："你别小看我这白胡子老头儿，我是老天爷哩！眼看就要发大水，水能漫到天顶那么高。我看你们可怜，想给你们透个信。啥时候了干哩啥活，快点逃命去吧！"

兄妹六人一听吓坏了，一齐跪下来求老天爷救救他们。

老头儿说："你们想活命得照我说的去做。大娃大妮坐金柜子，二娃二妮坐银柜子，三娃三妮坐木柜子。记着放点干粮，别忘了拿上铁锅铲。"说完，又是一道金光不见了。

过了不久，真的变天了。东方飘红云，西方飘黑云，南方飘黄云，北方飘白云。一会儿，四方云彩聚成一疙瘩，下起了瓢泼大雨。雨越下越大，下了七天七夜，大水铺天盖地，山倒地陷，浪头卷起来快挨着天顶了。世上的人也淹死完了。金柜子、银柜子沉了底，光剩下三娃三妮坐着个木柜子顺水乱漂。

也不知道过了多长时间，木柜子晃晃荡荡冲到了天上。"嗵嗵嗵！"撞响了南天门。天兵天将急忙喊："你们没看水冲到南天门了吗？都是因为水没处流哇。你们赶紧拿住铁锅铲往下挖，找着地穴让水流下去，水就消了。不哩[1]，我们也没门儿！"

兄妹二人真的拿着锅铲捣开了，不防铁锅铲是件宝物，捣着捣着真的找着了地穴，水也慢慢地往里面流，消下去不少。十天落一尺，整整九九八十一天，三娃三妮坐的木柜子才从南天门落到一个山脊上。山脊上没别的，只有一棵桃树。兄妹二人央求说："桃树啊，你不接住俺们，非把俺们摔死不可。叫俺们在你头上歇歇吧，过后俺们决忘不了你的大恩，俺过年保准也叫你过年。"桃树伸出俩枝把木柜子接住了。

后来，人们逢年过节拿两块桃木板放在门两边，用"桃符"驱邪，慢慢地才换成贴对联。这都是因为他们兄妹俩应许兴起的。

[1] 不哩：方言，要不这样。

兄妹二人总算活下来了。可是地上都没人烟了，有啥活头哩！急哩兄妹俩成天哭，一连哭了三天三夜。到了第四天，他们正哭呢，飞来了一对蚂蚱。一公一母都来劝："没看都到啥时候了，光哭也没用。世上没了人烟，还不剩你们兄妹俩配成夫妻算了。不哩，世上人真要绝种了。"

兄妹二人听了这话，吓得不敢吭气，心里说：天底下哪有亲兄妹成亲的，那才害臊呢！不管咋说，他俩死活不答应。俩蚂蚱会生门儿[2]，叫他们滚石磨。当哥的站南山，妹子站到北山，把两扇磨一块往下滚。他俩一松手，两扇磨"咕咕噜噜"滚得可快了，滚到山根儿，巧了！哥哥滚的磨在上，妹妹滚的磨在下，两扇磨齐不崭崭[3]合一块了！

就这，兄妹俩还不答应。一对蚂蚱又叫他们穿针引线。哥哥站河东岸，妹妹站河西岸，妹妹手里拿根针，隔着河让哥哥抓根线去纫针[4]。想着天大的本事也纫不上，谁知道真是想不到的事儿——隔恁远的河水，那根细线飘飘悠悠，飘飘悠悠，嘿！真的穿进了针眼里。

兄妹没啥说了，俩大蚂蚱高兴地要送份贺礼。说了半天，兄妹俩啥也不稀罕，看蚂蚱眼长得怪好哩，想要。俩蚂蚱说："只要你们俩配夫妻，就把眼换给你们。"

兄妹俩只好答应了。当时的人眼睛是直着长，换上蚂蚱眼横着看，不仅得劲，瞅啥都清楚。趁着兄妹俩高兴，蚂蚱催着他们成亲，再说是兄妹俩，咋磨开脸儿[5]哩？俩蚂蚱看出来了，还当场交配让他们看。兄妹二人一想，只有成亲才能延续人类，终于结合到一块了。当妹子的还是没脸，扯把扇子叶遮住脸。（这与后来的娶新娘要搭盖头遮羞有没有联系，我不清楚。）

不管咋说，兄妹二人一配夫妻，俩蚂蚱是高兴坏了，又蹦又跳的，弄得兄妹二人又惊又羞，连声求它们别声张。如今人们对某件事情表示惊奇，央告时爱说："我的蚂蚱爷呀，我的蚂蚱奶呀！"传说就是当初兄妹配亲时对蚂蚱说的求情话。

[2] 生门儿：方言，想办法。
[3] 齐不崭崭：方言，整齐。
[4] 纫针：方言，穿针。
[5] 磨开脸儿：方言，也作"磨不开脸儿"，就是"不好意思"。

讲述者：冯元欣

采录者：党铁久，42 岁，南阳市文化馆干部，初中

选自：《中国民间故事集成·河南南阳市卷》，党铁九主编，南阳市民间文学集成编委会 1988 年 9 月编印

附记

南阳等中原地区民间婚俗唱的撒帐歌，多赞早生贵子；新娘头顶盖头遮羞。（程健君）

403

姊妹成婚

很久以前，在伏牛山下卧着一头大铁牛。

山脚下有一对孪生兄妹，每天上学路过铁牛身边，总要掰块馍放在铁牛的嘴里。也怪，每次放铁牛嘴里的东西都无影无踪。一次兄妹俩想亲眼看看是咋回事，果真见铁牛把馍慢慢吃进肚里。兄妹俩很高兴，就天天喂它，从来不间断。

这一天，兄妹俩又去上学，忽然狂风大作，飞沙走石，刮得天昏地暗，使人难辨方向。他俩忙躲在铁牛身旁。过了一会儿，只听铁牛张嘴说道："天欲倾，地欲陷，高山要崩毁，海水要出岸，天下人难脱鬼门关。要想躲开大灾难，赶快藏在我肚里边。"兄妹俩还不明白这是咋回事，只见那铁牛猛张大口，一下将兄妹俩吸进肚里。铁牛肚里黑沉沉的，伸手一摸里边堆着很多碎馍。有了吃食，他俩就在那里安心居住下来。

也不知过了多少日子，馍也吃完了，铁牛才张开大口放兄妹俩出来。他俩出来后，只见洪水把田地、村庄冲得光秃秃的，乡邻不见了，父母没有了，世上只剩他们兄妹两人。他兄妹哭哇，哭哇，想着以后咋生活，咋安身呢？

没办法时，铁牛又说起话来："可怜的孩子们，为后继有人，你们就成婚吧。"

兄妹俩听了后都有些难为情，一母同胞哪能成婚呢？这时铁牛又说道："这是天意，如若不信，就从两个山头上各滚一磨扇下去试试看。若滚下去合为一体，就说明这婚姻是老天爷的安排；如合不到一块，我也不再难为你俩。"

兄妹俩点头答应，当即滚起磨。说来也巧，两扇石磨滚到山下正好合为一体，稳稳当当不差分毫。天意难违呀，兄妹俩只好结成夫妻，繁衍子孙，世上的人又慢慢多起来了。

没咋现在咱这儿，人们还称夫妻俩为姊妹俩。

讲述者：张茹，女，30 岁，新野县溧河铺乡土堰村农民，初中

采录者：冯元欣

采录时间：1985 年 8 月

采录地点：新野县溧河铺乡土堰村

选自：《中国民间故事集成·河南新野县卷》，曹宝泉主编，新野县民间文学集成编委会 1987 年 8 月编印

404

阴阳石

中岳嵩山北麓有座老庙山，老庙山里有条河谷叫洪荒沟，洪荒沟底有两块比碾盘还大的圆形石块叠摞在一起，当地群众叫它"阴阳石"。说起这阴阳石来，还有个神奇的故事哩。

传说很古很古的时候，洪荒沟外有兄妹二人，每天都一块上山放牛、砍柴。每逢上山，他们都要路过金狮岭。金狮岭上，有个石头狮子，成年累月蹲在路畔，孤孤单单。兄妹二人很可怜它，每天都要把自己带的干粮分一半给石狮子吃。说也奇怪，只要他们把干粮凑近石狮子嘴边，那石狮子就会慢慢地张开嘴把干粮吞咽进肚里去。就这样，暑往寒来，春夏秋冬，从没有间断过。

有一天，兄妹二人又路过金狮岭，他们把干粮放进石狮子嘴里准备离开时，突然，那石狮子像人一样张口说话了："你们兄妹二人的心肠太好了，我一定要报答你们。你们听着，不久，尘世上就要遭受一场大劫大难，谁也无法避免。不过，我可以搭救你们，以后上山，你们要注意我的眼睛；如果哪一天我的眼睛变红了，那就是说尘世上的大劫大难就要来了；到那时，你们赶快到我身边来，我

会搭救你们。千万要记住。”兄妹俩听了，又惊奇，又害怕，想再问得清楚些，但石狮子再也不说话了。

以后，兄妹俩照样上山放牛、砍柴，照样分出干粮喂石狮子吃，每天都要仔细看看石狮子眼睛红不红。这样又过了一些日子。突然有一天，兄妹俩在上山的路上，听到一种让人不安的声音，霎时，天变黄了，地变黑了。兄妹俩慌忙朝金狮岭跑去，远远就看见石狮子的眼睛红得像两盏灯。他们还没跑到跟前，石狮子就急忙说：“快，快爬进我肚里去！”说着，便把大嘴张开。兄妹俩刚爬进去，石狮子便把嘴合上了。

兄妹俩在石狮子肚里，一点也不知道外面发生的事情。这里又舒服，又暖和，还放着不少吃的东西。仔细一看，原来全是他们俩每天喂给石狮子的干粮。他俩饿了，就拿块干粮吃。也不知道又过了多少日子，直到把干粮吃完了，才听见石狮子说：“尘世上的劫难已经过去了，你们俩出来吧！”

他俩赶忙从石狮子嘴里爬了出来。四下一看，世界全变了。就像大水冲过，就像大火烧过，所有的生物都灭绝了。兄妹俩看到这一片凄凉，架不住哭了起来，这可咋生活啊！

石狮子说：“好心的兄妹，不要哭。现在尘世上只有你们兄妹二人了，重要的还是繁衍子孙，让人类重新旺盛起来，你们兄妹应该成个家。”

这一说，兄妹二人都不同意，亲兄妹咋能够结婚成家呢？石狮子又说：“这东西两座山上，都有一块碾盘样的大圆石头，你们兄妹各上一座山头，把石头滚下洪荒沟底。如果两块石头合在一起，你们就结婚；石分阴阳，人作父母。如果石头合不到一块，那就只好让人类灭绝了。咋样？”

兄妹俩只好答应了。

兄上东山，妹在西山，果然找到两个形状相同的大圆石头。妹呼哥，哥喊妹，两山呼应，便同时把石头推下沟底。那两块巨石像用绳子牵着一样，“轰隆隆”一声响，滚落沟底，一上一下正好合在一起。

兄妹二人便在洪荒沟底盖了石屋，成了亲。用石头打造了刀、斧、镰、锄等各种工具，开荒种地，生儿育女，繁衍后代。

据说，这兄妹二人就是现代人类的始祖。

直到如今，在老庙山的洪荒沟底，那合在一起的两块巨石还在。人们都把这两块石头叫作“阴阳石”“父母石”。

采录者： 石栏

选自： 《中原神话通鉴》（第三卷），张振犁编著，河南大学出版社 2017 年 2 月版

405

人皇兄妹成亲

远古时候，世上由天皇、地皇、人皇来掌管。天皇管日月星辰，地皇管山川河流，人皇呢？不用说是掌管人类繁衍的。

可是，天有不测风云，这年忽然天塌地陷了，人世万物全都毁灭了。唯有人皇兄妹为播撒人种，上了世上最高的昆仑山，才幸免于难。

天昏地暗地不知过了多长时间，混沌的天体又开始愈合。日月星辰时隐时现，塌陷的大地慢慢凝成，山川万物逐渐回阳。可是，天下除了人皇兄妹以外，都没有一个人芽儿。

天下无人，要天何用？人皇兄妹为难死了，按老规矩，兄妹是不能成亲的。可是，纯阳不生、纯阴不养啊！没有阴阳交配怎能繁衍后代呢？

兄妹商议，凭天意吧，将两扇石磨各执一扇，同时推下山去。若两扇合一，兄妹结婚造人；若两扇分开，兄妹不能成亲。

主意打定后，他俩就并肩站在昆仑山顶，同时各推下一扇石磨，由西向东滚动。霎时，石磨过处显现出一条深深的沟辙，这两条沟辙就是以后的黄河和长江。石磨同时滚向大海，哥哥的石磨向右拐了个弯，妹妹的石磨正巧向左拐了个弯。它们在瀛洲相会合在一起了，这就是以后的蓬莱仙岛了。

天意让兄妹俩结合了，从此，天下又有人类繁衍了。

讲述者： 贾钦若，70 岁，商城县上石桥公社农民
采录者： 张德光，49 岁，商城县京剧团音乐专干
采录时间： 1982 年
采录地点： 商城县上石桥公社
选自： 河南省民间文艺家协会资料库电子文档
《中国民间故事全书·商城县卷》

406

姐弟结亲

从前，河北[1]村有姊妹俩，每天都要到河南岸学堂去读书。路上有一只万年老乌龟，姊妹俩心地善良，每天上学总要给老乌龟带些吃的。时间久了，老乌龟和姊妹俩成了好朋友。

一天，姊妹俩遇到老乌龟，老乌龟忽然张口说话了，它告诉姊妹俩："我是一只万年乌龟精，两天后要天塌地陷，人类就要灭亡了。为了报答你们姊妹俩对我的恩情，后天早上卯时我在这里等你俩，你俩只要从我嘴里钻到我肚子里，就能免掉灭亡。这事只可你姊妹俩知道，万不可告诉别人。"

第三天，姊妹俩按照老乌龟说的，刚钻进老乌龟肚子里，忽听"轰隆"一声巨响，天塌地陷了。

过了七七四十九天，老乌龟开口对姊妹俩说："你们可以出来了。"

[1] 河北：此指沙河以北。沙河发源于河南省鲁山县伏牛山，东流经宝丰、叶县至舞阳县入漯河境，又东流经商水、项城、沈丘，至安徽入淮河；在漯河市辖区内全长百余公里。

姊妹俩出来后，见大地荒无人烟，就刀耕火种，维持生活。世上的人都死了，姊妹俩觉得很孤单，心想：我们姊妹俩一老，人类就会灭亡了。为了使人类繁衍下去，姊妹俩就去问老乌龟，老乌龟告诉姊妹俩："要想使人类继续繁衍下去，你们姊妹俩必须结为夫妻，生儿育女。"

这时姊妹俩心想：姊妹俩乃一母同胞所生，两个结合有悖人伦。老乌龟看姊妹俩难为情，就说："你们姊妹俩结合繁衍人类，这是上帝的旨意。不信，你们爬到高山上向山下推石磨，如果两扇磨盘从山上滚下来正好合在一起，你姊妹俩只有结为夫妻。"

姊妹俩只好按照老乌龟所说，从山顶向山下推石磨。说来也巧，两扇石磨自山上滚到山下后，真的牢牢地合于一起。姊妹俩觉得这是上帝的旨意，就结为夫妻，生儿育女，人类就繁衍下来了。

不信，现在许多地方还管夫妻叫姊妹呢！

讲述者：李垅，女，85 岁，农民，不识字
采录者：傅胜利，33 岁，干部，大学
采录时间：2005 年 10 月
采录地点：漯河市召陵区后谢镇谢庄村
选自：河南省民间文艺家协会资料库电子文档《中国民间故事全书·召陵区卷》

407

兄妹夫妻

很古很古的时候，有两个小兄妹常在河边玩。这一天，兄妹俩在背静旮旯里“当花客儿”[1]，拜了天地又支锅做饭，用茶盅磕“蒸馍”，放在柳条编的“锅”里“蒸”起来。刚“蒸”好，就听背后粗声闷气地喊了一声“饿——”。

兄妹俩吓了一跳，扭头一看，一个大乌龟从河里爬出来，像小船那么大，把嘴一张像簸箕，接着又是一声“饿——”。妹妹吓坏了，抓起“蒸馍”向乌龟一扔，拔腿就跑。谁知那个“蒸馍”“乓”的一下就被乌龟吞进肚里了，当哥哥的看得一清二楚，就把“蒸馍”一个接一个地扔过去。也不知咋恁巧，个个都扔到乌龟嘴里了。乌龟把一锅“蒸馍”吃完了，向哥哥点点头，回头又钻进水里。

第二天，哥哥又让妹妹到河边去玩，妹妹说：“不去了，那个乌龟太吓人。”哥哥说：“不要紧，我看它还怪乖哩。扔给它几个‘蒸馍’，它就回去了。”

兄妹俩来到河边上，还是“当花客儿”那一套。刚把馍蒸好，那个大乌龟又爬上岸来，叫了一声“饿——”。兄妹俩“叽里乒乓”把一窝蒸馍扔过去，那乌龟稳稳当当地一个一个吞到肚里，吃完了扭头就走。

一天，两天，三天……兄妹俩每天都做一锅“蒸馍”喂大乌龟。时间长了，乌龟成了他兄妹俩的好伙伴。在兄妹俩拜天地的时候，它还趴在一旁当傧相哩。过了九九八十一天，大乌龟见了他兄妹俩，忽然流泪了。

哥哥说：“乌龟，你天天都高高兴兴地跟俺一起玩，今儿个是咋啦？”

乌龟不吭气，妹妹又问：“俺天天给你做馍吃，从没亏待过你，你到底是哭啥哩？是谁欺负你啦？”

乌龟不哭了，说：“小弟弟，小妹妹，实话告诉恁吧。这天地原是一万八千年一混沌，每次混沌，天塌地陷，万物齐灭呀！明天，又是整整一万八千年了，天地混沌的日子又到啦！”

乌龟叹了一口气，劝俩孩子：“好弟弟，好妹妹，千万不要害怕呀！只要你们听我的，保管让恁活下去。千万别忘了，明天这时候来找我。”

第二天上午，“呜——”刮起了一阵黑风，接着就是霹雷火闪，瓢泼大雨“哗哗哗”倒下来。不知是天上下的，也不知是地下冒的，平地的泥水膝盖深。兄妹俩慌脚了，手扯手往河边跑，大乌龟爬到岸上，正心急火燎地等着他们。见他兄妹俩跑来了，乌龟张开大嘴，说：“快！都跳进我嘴里吧！”

哥让妹跳，妹不敢跳；妹让哥跳，哥不敢跳。大乌龟急了，上前一口一个，两口两个，把兄妹俩全都吞进肚里。

兄妹俩到乌龟肚子里一看，里面全是又大又暄的白蒸馍。这会儿，他俩也不害怕啦，光稀奇啦，对着乌龟的喉咙喊话：“龟哥哥，哪儿来的这么多白馍呀？”

只听乌龟在外面说：“那是你们小夫妻每天喂我的，我都给恁留着哩。”

兄妹俩听了这话，又稀罕，又高兴。饿了就吃白蒸馍，渴了就喝乌龟咽下肚的水。也不知过了多少天，多少夜，反正里面黑洞洞的。时间长了，觉得闷得慌，哥哥有点耐不住了，就说：“龟哥哥，让我出去看看吧！”

乌龟摇摇头，说：“不行啊！眼下正是天塌地陷，日月无光，混沌一团，我正发愁无处躲哩！”

[1] 当花客儿：儿童游戏，过家家。

兄妹俩用耳朵贴到龟壳上，真听到了山崩地裂的“隆隆”声，只好唉声叹气，闷坐在乌龟肚里。

又不知过了多少天，妹妹也憋不住了，说：“龟哥哥，让我出去看看吧！哪怕看一眼也行啊！”

乌龟还是摇摇头，说：“不行啊！这会儿天地刚分开，天还没长圆，地还没长方，到处洪水横流，连我都爬到山顶上来了。”

兄妹俩又用耳朵贴到龟壳上，听到那洪水“哗哗”声，只好再耐住性子等下去。

又不知过了多少天，兄妹俩把耳朵贴紧龟壳，听听山也不崩了，水也不响了，齐声嚷嚷着要出来。乌龟说：“现在天已长圆了，地也长方了，只是地面还不平。你们实在等不下去了，那就出来吧。”

兄妹俩出来一看，天还是原来的天，地还是原来的地，只是地势西北高、东南低。地面上没了村庄，没有人烟，天底下只剩他兄妹两个。想起父母乡亲，兄妹抱头痛哭了一场。没房住，他们就挖个山洞住下来；没饭吃，他们就摘野果，采草籽；没衣穿，他们就用树叶连成围裙遮羞。

乌龟看他们兄妹的日子太苦了，就教哥哥出来打猎，教妹妹在家织网。有了肉吃，有了鱼吃，乌龟又教他们种庄稼。

一年一年过去了，兄妹俩长大成人了，心里都在想着一回事：“天下的人太少了，今后俺兄妹一死，天下不是没人了吗？这该咋办呢……”

乌龟看透他兄妹的心事，笑着说：“天下就剩你们一男一女了，你们就结婚吧！”

哥哥说：“我们是亲兄妹呀！”

乌龟说：“你们不是早就拜过天地了嘛！”

妹妹说：“那是小时候闹着玩哩，哪能当真！”

乌龟说：“你们做的土馍都能变成真馍，这事咋不能变成真的？”

兄妹俩红着脸，不说话，说不出到底是喜是愁。乌龟又说：“你们的婚事，由我乌龟做媒。你们再各背一扇石磨，从那俩山头上往下滚，两扇磨到山底下合在一起，这算天地为证，你们就结成夫妻吧。”

兄妹俩听了乌龟的话，哥哥背着一扇磨上东山，妹妹背了一扇磨上西山。两人一齐把磨“骨骨碌碌”滚下去，在山下“啪”的一声扣得严严实实。从此，兄妹俩就成了真正的夫妻，他们就是人的祖先。

人祖爷看到大片土地没人种，到处荒草胡棵的，不由得又发起愁来。这时大乌龟又对他们说：“你俩快让子孙多起来吧！用胶泥捏成你们自己的样子，放在太阳下晒够一百天，泥人就活啦。”

夫妻俩听了，非常喜欢，从河里挖出可多黄胶泥，日夜不停地干起啦。他们捏了好多好多泥人，男的女的，老的少的，啥人都有。在太阳地里晒到九十九天上，忽然阴天了，他们就慌哩往屋里收。收着收着，下起雨来，俩人就一个用扫帚扫，一个用簸箕撮。到一百天上，这些泥人果真活了，欢蹦活跳地跑到他们面前喊爹叫娘。最小的一群娃娃喊爷爷，叫奶奶。只可惜在收泥人的那会儿，有的被扫帚扎住眼，成了瞎子；有的被碰断腿，成了瘸子……所以，世上总少不了残疾人。正因为凡人都是用泥做成的，所以在出汗的时候，都是搓不完的灰，洗不净的泥。

世上的人多了，人祖爷恐怕后代忘了大乌龟的恩，就把这些事讲给自己的子孙，让他们一代一代传下去，还把乌龟当成神供奉着。你看大庙里的墙壁上不是还画着乌龟吗？乌龟吃风屙沫，万年长寿，那都是人祖爷封过的。

讲述者：张彭氏，女

采录者：张起云，42岁，睢县文化馆干部

采录时间：1982年10月

采录地点：睢县阮楼公社汤庙村

选自：河南省民间文艺家协会资料库电子文档《中国民间故事全书·睢县卷》

408

姐弟成亲

很久很久以前，有一户富裕人家，有一对伶俐聪明的儿女，在离家不远的一个村庄上学。上学的路上有一只很大的石狮子，开始那两个孩子也没注意它，直到有一天那石狮子忽然开口对他们说话：“今后每天路过我面前时，往我口里塞点吃的东西吧，不拘啥吃食，你们吃啥就喂我啥！”两个孩子小，心想，石狮子也许会饿吧。以后，每天姐弟俩上路前都要另外带些当天的吃食，走到石狮子面前时喂进它嘴里，慢慢就成了习惯。只是石狮子任凭咋喂它食物，不再开口了。

有一天，姐弟俩经过石狮子时，刚要把吃食塞进狮子嘴里，石狮子忽然又开口说话了：“赶快从我嘴里钻到肚子中来，天下立刻要发洪水了。”当下姐弟俩来不及细想，就一同钻进了石狮子的肚里。到里面一看，见里面非常宽敞，以前他们每日喂石狮子的食物，都还好好地存在那儿。他们不久就听到外面惊天动地的轰隆声，整整响了七七四十九个日夜。这期间姐弟俩就住在石狮子肚子里，饿了就吃存在那里的食物。到了第四十八天，石狮子又说话了，告诉他们洪水已经消退，他们可以出去了。姐弟俩爬出狮子嘴一看，只见地上一片荒凉，人畜树木都被洪水卷得无影无踪。

眼看人种要灭绝了，弟弟对姐姐说：“咱们成亲吧。”

姐姐说：“按说咱们亲姊妹不能成亲。现在我们分头去到东西的山头上，把那上面的石磨推下来，石磨若能合在一起，我们就成亲。”他们就照着姐姐说的那样做了，结果两扇石磨严严地合在一起。姐弟俩就成了亲。

三年后，姐姐产下一个肉球，弟弟以为不祥就把它扔到了野外。过了七七四十九天再去看时，见肉球还好好地在那儿。弟弟就用刀把肉球割开，却见里面有七男七女十四个婴孩儿。弟弟把他们带回家，待他们长大以后，又让他们择对成亲，人类就这样慢慢繁衍下来。

传说，后来姐弟俩因见靠生育人类的繁衍太慢，就用黄土造人。他们用黄泥捏成一个个的人形，放在太阳下晒干后，对着它吹一口气，它便成为一个有生命的人。他们造了很多泥人，放在太阳下晒着，但这时天忽然阴了，他们忙着向家里搬运。开始时比较细心小心，这些泥人便成了以后的贵人。但后来天越阴越厉害，眼看雨就要下下来了，他们便用木铲把泥人朝屋里铲，在雨落下前把泥人都送到了屋里。最后匆忙间用铲子铲的，许多泥人或缺胳膊掉腿的。这些便成了残疾人。

讲述者： 宋汪成，信阳县平桥乡兴旺村人
采录者： 宋大勇
采录时间： 1987 年 8 月
选自： 《中原神话通鉴》（第二卷），张振犁编著，河南大学出版社 2017 年 2 月版

409

姐弟婚姻

很古时候，有姐弟两人。弟弟在附近一家先生家学字，姐姐在家种地。

弟弟上学的路上，有一座庙，庙前蹲着两只石狮子。弟弟很调皮，每次经过这里，都要骑到石狮子身上玩一会儿。

一天，弟弟骑上石狮子正玩得有劲时，听到石狮子说话了："土娃（土娃是弟弟的名字），往后你再经过这儿时，把你姐给烙的馍塞我嘴里一张，到我的眼发红了，就快叫你姐姐一块跑来。"

弟弟听了石狮子的话，回家告诉了姐姐，姐姐就每天多烙一个馍让弟弟塞到石狮子嘴里去。到七七四十九天的时候，弟弟看到狮子的眼红了，就连忙跑回家告诉了姐姐，姐姐就和他慌慌张张地朝石狮子跑去。

石狮子见姐弟二人到来，就张开嘴，说："快从我嘴里钻进来！"姐弟俩很听话，就钻到了狮子肚里。刚一钻进去，石狮子的嘴就"叭"地合上了。接着，就是一阵"轰轰隆隆"，天塌了。

姐弟俩在石狮肚里晕晕忽忽不知过了多少天，他们把从前塞进狮肚里的馍吃完的时候，石狮子张开了嘴，说："出来吧，没事了。"

姐弟俩从石狮肚里出来，一看，一切都变样了：村子没有了，人没有了，啥都认不出来了。

姐弟俩为了生活，跪求上苍，一个白胡子老头儿出现了，给他们送来了粮食种子，让他们开荒种地。

几年后，吃饭穿衣的一些问题都解决了，弟弟也长大了。一天，弟弟又碰见白胡子老头儿，老头儿说："你和你姐结婚吧！"

弟弟把这话跟姐姐说了，姐姐说："亲姐弟结亲，不中！"

弟弟说："天底下没别的人了，不结亲，往后天底下连一个人也没了。"

姐姐出了一个主意，两人各自在两个山头上同时向下滚石磨，若石磨合并，就结亲，否则就不成亲。结果是两个滚下的石磨合并了，两人结亲，繁衍后代。

讲述者：赵光全，74 岁，农民，不识字
采录者：赵恩昌，河南大学中文系学生
采录时间：1983 年 7 月
采录地点：禹县神垕镇
选自：《中原神话通鉴》（第二卷），张振犁编著，河南大学出版社 2017 年 2 月版

410

兄妹神婚

从前，也不知啥时候，出现了惊人的事。那年，连续下了几天雨，雨下得像瓢泼一样，淹没了庄稼和房屋。忽然间，地猛然一沉，地面上露出了无数条深沟，随即哭娘叫爹地乱成一团。停了一会儿，地面上静得鸦雀无声，被淹死的淹死，掉进深沟的掉进深沟，只剩下兄妹二人。设法逃脱的时候，一只老黄牛走到他们跟前说道："你们的爹妈被淹死了，你们二人也要保个活命啊！你们快活不成了，赶快从我嘴里进到我肚里吧，我能让你们二人活下去。"这两位兄妹顾不得多想，就钻进了老黄牛的肚子里去。

等到水落完的时候，老黄牛又开腔了："出来吧！该你们活跃的时候了。"兄妹二人忙跪在黄牛伯伯面前，感谢它的救命恩情。老黄牛说："不谢！不谢！"忙把他们两人扶了起来。

"只要你们答应我一件事就行了。"

"好，请讲吧。"

"你们看，这天底下没有一个人影儿，连一个人也没有了，我想让你们二人配成婚姻。"

"啊！牛伯伯这能行吗？"

"咋不行呢，要是你们不同意的话，这世上就你们两个人，你们二人能保定活一辈子吗？……"

不管黄牛咋样开导，咋样劝说，他们还是不同意。他们只是想，我们是兄妹，不能做夫妻。

"那这样吧！我让一个两扇的磨盘从山顶往下滚，滚下去后，磨盘要是合成圆形，那你们就结为夫妻，可以吗？"

两人点点头。牛伯伯随即就用两半的磨扇往下滚。说来也真奇怪，两扇磨盘合成了圆圆的磨盘，连点缝儿也没有，这两兄妹也不得不做夫妻了。牛伯伯笑了笑，就不见踪影了。

这兄妹二人结成夫妻后，就一代接一代生男育女。

这个故事一直流传到现在。

讲述者： 郑新春，18 岁，北舞渡镇郑李村人，高中

采录者： 郑向阳，16 岁，北舞渡镇郑李村人，初中

采录时间： 1989 年 4 月 5 日

采录地点： 北舞渡镇郑李村

选自： 《中国民间文学集成·河南舞阳县卷》，王秉钧编辑，舞阳县民间文学集成编辑委员会 1990 年 8 月编印

411

洪水滔天

很早的时候，有兄妹俩，天天蹚水到洪河[1]对岸去上学。在河这岸，有一头大铁牛，平常老合着嘴。每天，兄妹俩走过铁牛身旁时，就把没吃完的馍喂它。也只有在这时，它才把嘴张开，让两个孩子把馍塞进它的嘴里。接着，就又紧紧地合上了大铁嘴。以后，兄妹俩就故意从家里多拿些馍，放进铁牛的嘴里。这样，一连很多天。

有一回，兄妹俩又走过铁牛身旁，向它喂馍时，它不再张嘴了。这时，天上忽然下起雨来。雨越下越大，河水也不停地往上涨。两个孩子找不到地方躲雨，浑身淋得像落水鸡一样。正在这时，铁牛慢慢张开嘴巴，孩子们一看，便麻利钻进了牛肚子里。接着，铁牛就“乓”的一声，把嘴死死地合上了。

兄妹俩进到铁牛肚子里，见里面好些干馍，原来这些馍都是他俩喂牛的馍。他们就这样在牛肚里躲着。每天，他们饿了就吃些干馍。后来，他们发现牛肚里的馍快让他俩吃完了，都很发愁。这时候，只听“呱嗒”一声，铁牛把嘴张开了，他俩这就蹦了出来。

二人出来一看，遍地洪水也渐渐退完了，到处是一片荒凉，连一个人影也没有。兄妹眼瞅着这种景象，心里很不好受，便一心挑起生儿育女的重担。

这时，茫茫大地，只有他们兄妹二人。兄妹咋能婚配呀！不结婚又没有别的啥办法。哥哥猜想这可能是老天爷的意思，就自言自语说：“要是眼前水里立即出现一对红鱼，俺俩就可以成亲了。”

话刚说完，地上没退尽的洪水里就浮出了两条红鱼。

哥哥心想这太偶然，就又起誓说：“要是天空正飞的大雁，飞着飞着头掉了，俺俩就成亲。”

这时，空中果然飞来一只大雁，正飞的时候，头一掉，身子就掉在他们面前。兄妹二人觉得还是不能成亲，哥哥就对妹妹说：“你朝东走，我朝西走，不管走多长时间，要是咱俩最后又见面了，咱就成亲。”

这样，二人就走啊，走啊，终于这一天，兄妹又碰在一起了。他们这时才相信是老天爷的意思。从此，兄妹就结成夫妻，生育、繁衍了一代一代的子孙。

讲述者： 周合成，52 岁，舞阳县袁集村农民
采录者： 周领顺，23 岁，河南大学教师
采录时间： 1986 年 4 月 30 日
采录地点： 河南大学西一斋
选自： 《中原神话通鉴》（第二卷），张振犁编著，河南大学出版社 2017 年 2 月版

附记

本篇的议婚实际反映了中国古代婚俗的特殊信息。红鱼的出现与古时订婚送双鱼有关，意在吉祥；孤雁掉头，意味“否极泰来”；孤雁死去，苦命结束，喜事将至。雁有传信的意思。（张振犁）

[1] 洪河：淮河支流，位于河南省东南部，源出伏牛山，流经河南省东南部、安徽省北部边境，在洪河口入淮。

412

玉人和玉姐

很古的时候，有兄妹二人，哥哥叫胡玉人，妹妹叫胡玉姐。两个人常到亲戚家去读书，来回常常从一棵奇树旁经过。这棵奇树有几十搂粗，一到夏天，奇树的枝叶像碧绿的宝盖，远远看去，就像一个须发飘动的仙翁。走到跟前一看，树上有一个大洞。这个洞黑得看不见底，兄妹二人就常常在这里歇息。

有一天，正是三伏天。兄妹二人又路过这里，奇树忽然说起话来。他俩一听，吓得拔腿就跑。奇树说："你们不要害怕，我是人间正神，地上的人都是我的子孙。从今往后，你们要天天拿一个馍或一碗米，倒在树洞里。这件事，千万不能叫任何人知道。"

兄妹二人当时听着，心里不害怕了，话也记住了。从这以后，一天三次，兄妹俩把馍和米倒进树洞里去。天天如此，日不错影。

第二年三伏天，兄妹俩刚刚走到奇树跟前，黑洞里就亮了，只见里面堆着很多米和馍。这时，里面走出一个老人，对他俩说："你们快快进来！"

胡玉人、胡玉姐刚进到树洞里，老人用手把洞口一推，洞口被堵得结结实实。老人说："从今天起，你俩就住在里面，饿了吃你们的馍馍。"老人说完，只见一道亮光一闪，他就不见了。

这时候，树洞外面的大地上，刮了一个月的寒风，河里的水冻得实确确[1]的。人们虽说死了些，不过有的人还可以活着。又刮了一个月的热风，人们可受不住了。人被热死的万不留一。接着，只见天边蓝光闪了半天，大地一声巨响，四周就全黑了下来。又过了一个月，地上到处一片泥海。从此，地上的一切就全毁灭了。

约莫又过了半年时间，地上的泥泞变成了大地；地上的水流到一块，成了海洋；内地没流出去的水，汇积在一起，成了湖泊、河流。

有一天，奇树又在地面上长了起来。老树又说话了："孩子们，出来吧！"

玉人和玉姐走出树洞一看，整个大地上啥也没有了，觉得非常孤单、无聊。兄妹俩正在发愁，老仙翁又出现了。他把树枝砍下来，做成扫帚，又把树干修成圆锥形的房子。然后，他就倒下了。兄妹俩赶来时，老汉已经上气不接下气了。二人一见，不觉流起泪来。

老仙翁说："我已经活了一世，下一世的祖先就是你们兄妹了。我死后，就要变成人间的花草树木、虫鸟万物了。"说罢，两眼一闭，就死了。兄妹俩扑上前去痛哭，一转眼，老汉的尸体也不见了。

从此以后，兄妹二人就在一起干活，把还没有吃的米，种到了地里。闲时没事，玉人和玉姐便在水池旁边捏起泥人来。先捏的人，高个子、双眼皮、方面大耳；又捏的人，矮个子、单眼皮、尖脑猴腮；再捏的是漂亮、美丽，能生儿育女的女人；最后还捏了一些稀奇古怪的人。

兄妹俩把泥人捏好了，就放到平地上去晒。泥人快被晒干了，也没刮风。后来，忽然天上乌云翻滚，霹雳火闪，雷电交加，玉人急了，拿起扫帚，一下子就把泥人扫进沟里，跑回房里去了。

过了好久，天晴了，水里就跳出一个个欢蹦乱跳的小孩儿，来找母亲。小孩儿来到胡玉人家门前，玉人让小孩

[1] 实确确：方言，坚实、牢固。

在外面等着，自己进房去好久也没有出来。

小孩儿跪了好久，抬头看看爹妈还没出来，就又低下头跪在那里。

后来，玉人和玉姐出来一看，心里很是喜欢。他们就嘱咐这些孩子，叫他们以后再来时，都要跪下磕头。

小孩子听了，都高高兴兴地散去了。只有一个女孩子在地上跪着，不肯走。这个女孩长得像朵花一样，又娇又嫩。玉人问她为啥不走，这个女孩子说："我想服侍爹娘。"

玉人问她："你做我的女儿行不行？"女孩子听了高兴地连连磕头。玉人笑着说："女儿，赶快起来。"

玉人这时候心想：老这样出口一个女儿，合口一个女儿，不如起个名字好，喊起来方便。他想了半天，也想不出个合适名字。

玉姐在一旁早看出他的心事来，就说："她是个女的，就是个女货。"

玉人一听，十分高兴，说："是——是个好名。"

玉姐听说个"是"，就说："她的名字就叫'女货是'吧！"后来，人们把字音念转了，就叫成了"女娲氏"。

一天，玉姐和玉人正在休息，女娲氏进来说外面来了一个和尚，要见爹妈。兄妹二人出来，正好碰见这个和尚，正是如来佛。身后面还跟着一个五官端正的少年，正是玉皇大帝。

他们是咋来的呢？原来如来佛是老仙翁的兄弟。这个玉皇大帝就是没被玉人扫进水沟，让如来佛拾去放在一盆仙水里铸成金身玉影的人。今天，如来佛带他来找玉人、玉姐，就是让认儿子的。

玉人不知道如来佛的坏心眼，当然很喜欢，当时就认下玉皇大帝为儿子。这样，如来佛就成了玉皇大帝的恩师——最高佛爷。

后来，又过了五千年，胡玉人和胡玉姐死了，玉皇大帝就把一些妖魔鬼怪都收到天宫里去了。他们苦害生灵，跟地上老百姓作对。不过，人们从来也没向玉皇大帝低过头。

讲述者： 采录者的邻居老人

采录者： 张昀，17 岁，正阳县袁寨公社袁寨大队农民，初中

整理者： 振犁

采录时间： 1981 年 5 月

选自： 《中原神话专题资料》，张振犁、程健君编，中国民间文艺家协会河南分会 1987 年编印

附记

整理者"振犁"为河南大学中文系张振犁先生。（程健君）

413

鸳混鸯乱

讲述者：翟金明，50岁，新安县南李村乡孙洼村农民，初中

采录者：李希成，38岁，新安县南李村乡孙洼村人，县剧目组创作员

采录时间：1989年4月7日

选自：《中国民间故事集成·河南新安县卷》，刘国华主编，新安县民间文学三套集成编辑委员会1989年10月编印

金哥和玉妹成亲后，虽然生儿育女不断，但一对夫妻生育，毕竟数量有限。许多年过去了，也不过只有十几口人，家族还很小，他俩觉得这样速度太慢，就想了一个好办法，靠捏泥人加快人类繁衍。

他俩每天起早贪黑，从河边挑来黄土，精筛细和。金哥捏男的，玉妹捏女的，捏好后他们进行分类，好的配好的，丑的配丑的，高的配高的，低的配低的，一对也不含糊。所以，他们开初造的泥人，变成人后，都是长相漂亮的相配，相貌丑陋的相搭。

有一天，他们还在造人，忽然，下起雨来，他们怕淋坏泥人，仓促间，不分好赖，混在一起搬到屋里。经这么一搅，俊丑不分了，婚配规矩被破坏了，这就是现在人们看到的家庭现象——好男人有的娶个丑八怪，俊姑娘有的嫁个猪不啃。

有句俗话："有好汉没好妻，赖汉娶个花髢髢[1]。"这就是从那时流传下来的。

[1] 花髢髢：本指好看的假发和首饰，方言借用为漂亮媳妇。

414

滚磨成亲

(一)

天地相合以前，有兄妹俩成天一路儿[1]着上学，学校在庙里扎着，庙门儿前坐着一对儿石狮子，他们天天往石狮子嘴里装馍。

装天数儿多了，积攒得多了。这一日，石狮子说话了，说："恁俩明儿再过来，多拿些馍！"两人怪听话，第二天就多拿了些馍。石狮子说："天地要相合了，恁俩拱到我这嘴里吧！"他俩就进去了，一看，里头也跟个世界一样。他俩也饿不着，有馍吃。

一直到天地合罢，他俩出来了，没人烟了，神人叫他兄妹俩配，俩人不配。神人说："是这吧，东山一扇磨，西山一扇磨，恁俩上去滚吧。磨要合住了，恁俩睛配了。要是合不住，不配。"

两人说："中。"

他俩一个上到西山上，一个上到东山上，就一齐往下滚磨。滚下去，磨就合住了，严砌合缝儿。没门了，他俩配了。

[1] 一路儿：方言，一起走，一块儿走。

天数长了，他俩老想人，就捏泥人儿。好的跟好的搁一堆儿，赖的跟赖的搁一堆儿，缺胳膊少腿的搁一堆儿。

老天爷看不惯了，就叫下起大雨来，天一下，怕淋湿喽，拿扫帚往一堆儿扫，好赖掺一堆儿了。

如今说起谁家两口儿，"恁兄妹俩咋着咋着"就是从那说起哩。

讲述者：白同海

采录者：刘选民，汝州市小屯镇张村人，干部，高中

选自：《汝州民间故事选萃》，彭忠彦、常文理主编，现代出版社 2016 年版

附记

本篇原稿缺失采录地点等有关信息。据相关资料显示，采录者刘选民应为 1980 年生人。（程健君）

415

滚磨成亲

（二）

很久很久以前，在一座大山下住着一对老夫妻。老夫妻跟前有一男一女，男孩叫金哥，已经十五岁，女孩叫玉女，年龄一十四春。老头儿每天上山开荒种地，老婆在家操持家务。兄妹俩在村头学堂里念书。

一天，兄妹俩背着书包到学堂去，当他俩走到村头的石狮子身旁时，这头石狮子突然对他俩说："孩子，很快出现天和地合，人世间的生灵全部都得死去。我看你们俩与众不同，想保你们不死！"兄妹俩一听，忙跪在地上向石狮子磕头谢恩，并追问搭救的办法。石狮子又说："你们回去叫家里一天给你们烙两张油馍，每天上学来时，悄悄放进我的嘴里。这件事要保密，对谁也不能说，否则你们的性命就难保了。"

从这天起，这对兄妹把娘给他们烙的晌午当干粮的油馍，悄悄放进石狮子的嘴里。这样，过了九九八十一天。一天，石狮子对他俩说："孩子，我一张嘴，你们就赶快进来！"说罢，石狮子就张开了大嘴，兄妹俩一齐钻了进去。他们俩钻进去一看，他们俩给石狮子送的馍，还原封不动放在石狮子的肚里。

过了不知多长时间，石狮子又对他们说："孩子，你们快出来吧！天又上去了。"兄妹俩出来一看，人间的一切活物都砸死了，世界上就剩下他们两个人，他们俩难过得痛哭起来。这时，一位白发老人出现在他俩面前，说："眼下世上就剩下你们兄妹二人，我看你们不如赶快结为夫妻。"

兄妹二人一齐摇了摇头："我们兄妹咋能成婚！"

老人说："你们俩随我到山上，山顶上放着两扇石磨，你们俩一齐把石磨从山上往下滚。如果滚到山下，两扇石磨合在一起，就是天意，你们俩就该成婚；如果合不到一起，这事就拉倒了。"

兄妹心想：这石磨咋会合在一起？各自推着石磨往山下滚了下去。谁知这两扇石磨滚到山下便合在一起。这时他们俩不得不按照老人的话在山洞里成了亲。

成婚的那天晚上，妹妹捂着脸说："哥，这事真羞人，你赶快用草盖住我的脸。"哥哥抓了一把草盖在她的脸上。后来女人结婚头盖红布就是这样传下来的。

兄妹二人结婚后，他们天天到河边捏泥人儿，由于各自的捏法不同，所以有高的，有低的，有瘦的，有胖的，有丑的，有俊的。

兄妹俩没明没夜地捏啊，捏啊，把所有的山坡都放满了，把所有的平地也放满了。一天，那个白发老人又出现在他们面前，他轻轻往泥人身上吹了口仙气，泥人立刻变成了活人。哥哥捏的泥人变成男人，妹妹捏的泥人变成女人。后来这些男女成婚，世上的人渐渐多了起来。

讲述者： 朱超凡，66 岁，禹州市鸿畅乡杜村人，离休教师，初中

采录者： 焦松岳

采录时间： 1989 年

采录地点： 讲述者家中

选自： 《河南民间文学集成 · 禹州市故事卷》，王同全主编，中原农民出版社 1990 年 8 月版

416

滚磨合婚

上古时代，黄河边有兄妹二人，男的叫金哥，女的叫玉妹，他们常年住在山洞里，靠采山果过日子。

一天，兄妹二人在山上滚石磨玩耍，滚着滚着，哥哥突然停下来，心想：这石磨分阴阳两扇，上下合配与男女形体多么相似啊！他把目光转移到玉妹身上，小声细语说："我们若能成一家那该多好啊！"

哥哥的心思，玉妹早就看到眼里。她也停下来，眼瞅着金哥说："哥，你刚才说的啥呀！"

金哥不好意思地说："妹妹，黄河边就咱俩人，要是百年后咱俩不在了，这里还会有人烟吗？"这句话说得也对，妹妹听了点点头。金哥又说："我有一个想法，咱把石磨滚到山下，要是合到一块，咱俩就成一家。"玉妹高兴地答应了。

兄妹俩立即行动起来，他们拢了一个小土堆儿，点燃几根干草棒，一齐跪下磕了三个头，祈求神仙保护称心如愿。然后，哥哥推起上扇，妹妹推起下扇，一齐向山下滚去。

说来也怪，两扇石磨开始离得还远，可是越向下滚越接近，等到了山脚，就紧紧地合在了一起。他俩牵手跪地，朝天四拜，当天就结成了夫妻。

婚后，他俩生儿育女，黄河边的人类世代繁衍下来。

讲述者：翟金明，50 岁，新安县南李村乡孙洼村农民，初中

采录者：李希成，38 岁，新安县南李村乡孙洼村人，县剧目组创作员

选自：《中国民间故事集成·河南新安县卷》，刘国华主编，新安县民间文学三套集成编辑委员会 1989 年 10 月编印

附记

本篇是流传在河南洛阳地区新安县的"洪水后遗民再殖人类"神话。兄妹结婚时，婚仪简单：二人牵手跪地，朝天四拜，就结为夫妻。此婚俗一直传到今天，仍然盛行。（张振犁）

417

合磨成婚

开天辟地那时候，世界上只有两个人，一男一女。

他们俩感到很孤单，成天厮跟着转来转去，看见飞禽走兽一对一对地“那个”，他俩也想“那个那个”，不知敢不敢，天容不容。

后来，他们俩就一人掂一扇磨子，上到两个山头上，把磨扇往下滚。嘴里说了：“上神，要有意叫我俩人成夫妻，就叫磨盘合到一起吧！”果然，两扇磨盘滚到沟底合到一起了，这一男一女就成了夫妻，这夫妻俩就是人类的开山老祖。

他们看满世界飞禽走兽多得不得了，而二人生娃子太慢，就想咋着能把人发展得快一些。早些成为一群一群的，不怕那些飞禽走兽。

晒暖儿[1]的时候，他们闲着没事，挖些泥巴捏娃娃。他们想捏泥娃娃发展人快，就天天捏泥娃娃，捏胳膊捏腿，安鼻子安嘴。捏了好多泥娃娃，放在太阳底下晒着。冷不防大雨下来了，夫妻俩失急慌忙把泥娃娃往窑洞里搬，怕雨淋坏。结果，把好泥娃娃弄得缺胳膊少腿的，好的瞎的、男的女的都混杂到一块了。

到后来这些泥娃娃都活了，好人瞎人搅在一起，缺胳膊少腿的到现在还有，麻子脸也是那个时候收拾得晚叫雨点子打的了。

人就是这样发展起来的，不信你到身上搓搓，再干净都能搓下泥巴来。

讲述者：杜滕氏

采录者：杜玉峰，39 岁，卢氏县文联干部，大专

采录时间：1986 年 8 月

采录地点：卢氏县朱阳关乡

选自：《中国民间故事全书·河南·卢氏卷》，闫建朝主编，知识产权出版社 2009 年 2 月版

原题《合磨成婚　捏泥成人》

[1] 晒暖儿：方言，晒太阳。

418

拼磨成亲

很久以前，荟萃山[1]下住着个叫上娃的姐弟俩。爹娘早死了，姐弟俩在一起过日子。姐姐每天在家做饭，兄弟上学。在学堂大门口，有个大石狮子。上娃每天都爬到石狮子身上玩。有一天石狮子突然开口对上娃说："上娃，我已经九千九百九十九年没吃过东西了，肚里老饿得慌，你每天上学来能给我拿两张馍吃吗？"

上娃点点头："中呀。"

晚上回到家里，上娃把石狮子对他说的话给姐姐说了。姐姐从此每天都多烙两张馍，让上娃给石狮子吃。也不知又过了多少年，这天上娃刚把两张烙馍递到石狮子嘴里，石狮子又说话了："上娃，你回家对你姐姐说，今天夜里打三更，你两个来这里，我张开嘴，你俩爬进我的肚里。天要塌地要陷了。记住了没有？"

上娃点点头说："记住了。"

上娃回家后，又把石狮子的话对姐姐学了一遍。姐姐一看天色不早，就和上娃一块离开了家，来到石狮子跟前。石狮子早已张开了大嘴。上娃与他姐姐就爬到石狮子身上，钻进了石狮子肚里。

果然，天交三更时分，狂风大作，呼雷闪电，一声震天巨响，天塌地陷，日月星辰啥都看不见了。天地间一片混沌。

上娃和他姐姐在石狮子肚里，每天靠吃过去石狮子给他们存的烙馍过日子。也不知过了多久，存在石狮子肚里的烙馍眼看就要吃完了，突然石狮子又说话了："上娃，世上的大灾难过去了，你们姐弟俩可以出来了。"说着石狮子张开大嘴，上娃和姐姐一前一后爬了出来。

上娃姐弟俩从石狮子肚里爬出来以后，见世界上啥都变了，到处一片荒凉，啥东西都没有了。上娃和他姐姐哭了。

石狮子见上娃姐弟哭得很伤心，就说："你们不要哭了。如今世界上只有你们两个人，就赶快成亲吧。要不，以后世界上就没人了。"

姐姐听说要让她与弟弟成亲，脸早红了，说啥也不愿意。上娃也不愿意。石狮子说："让你们姐弟成亲，是老天爷的意思。你俩好好想想吧！"

上娃不信，问石狮子："石狮子，你说这是老天爷的意思，谁能做证哩？"

石狮子说："如今世界上就你们姐儿俩，谁能作见证呢？"石狮子想了想，又说："这样吧，你们如果不信我的话，前边不远有一盘石磨，你姐俩每人抱一扇到荟萃山顶上，然后一齐往下放。到山下如果两扇磨拼在了一起，说明我的话是真的，你姐儿俩就成亲。两扇磨如果拼不到一块，就说明我说的是瞎话，你姐儿俩就不成亲。"

上娃和他姐各人抱了一扇磨爬到了荟萃山顶。上娃喊了声"一、二"，姐儿俩同时一松手，两扇磨就"咕咕噜噜"地滚下了山。最后在离石狮子不远处，"哐咚"一声拼在了一起。上娃姐儿俩见两扇磨拼在了一起，只好成亲了。

从此，上娃姐弟俩就在拼磨的地方住了下来。几十年以后，他们俩生了子，子又生孙，子子孙孙传了下来。在

[1] 荟萃山：又名郐对山、凌云山、灰堆山、荟翠山。在今河南省登封市、禹州市、新密市交界处，海拔约1000米，山顶有祖师爷庙。因与古郐国国都正对而得名，为古郐国及后来郑国、韩国的军事要地，有郑韩长城绵延约10公里，附近有历代修筑的古寨10余座。

拼磨这个地方，逐渐形成了一个大村子。这个村子的名字就叫拼磨。后人又把它改成了平陌[1]，流传至今。人类也从此开始，一代一代地繁衍，世界上的人才慢慢地多了起来。

讲述者： 张铁健，密县平陌乡宣传委员

采录者： 李改玲

采录地点： 密县荟萃山一带

选自： 《密县民间文学集》，高力升、刘玉田主编，密县民间文学集成编委会 1990 年 6 月编印

附记

“平陌”地名的演变与远古中原部族史有密切关系。据当地传说，这一带原很荒凉，属嵩山区原始森林地带，叫“虎岭”，狼虫虎豹出没无常。荟萃山也十分古老，姐弟在此滚磨成亲，符合此地实际情况。神话中有黄帝战胜野兽恶魔，所以此地又叫“平魔”。再后，这里随着农业开发，又叫“平陌”了。（张振犁）

[1] 平陌：地名，在河南新密市境内。

419

磨沟

嵩山东麓有个磨沟村。

天地相合以前，这里住着一户善良的人家，老夫妻俩生了一对挨肩孩子，姐姐叫桑桑，弟弟叫昌昌。在桑桑十七岁、昌昌十五岁那年，母亲去世了，剩下父子三人过日子。爹终日在地里做活，桑桑在家里缝衣做饭，昌昌去南沟口外奶奶庙上学。这座奶奶庙不大，三间大殿，里头敬的是老奶奶。东西两厢房扎的是学堂，邻近村的小孩子都在这里上学读书。庙门外边有一对青石雕刻的石龟，左边的石龟是公的，右边的石龟是母的。

昌昌上学很用功，别人没来他先到，别人走了他还在。有一天后晌，同学们都走了，只剩昌昌在学里用功，做完功课天已经麻糊眼[2]了。他出来庙门，正低着头往前走，忽听背后有喊叫声。

“昌昌，你过来。”

昌昌回过头来一看，不是人喊，是庙门左边的石龟叫，问道：“你喊我弄啥哩？”

[2] 麻糊眼：方言，指天刚黑，看不清。

石龟祈求说："我肚老饥，你明日上学，给我捎个馍吃吧！"

"中！"昌昌答应了石龟的要求。

"昌昌，你也给我捎个馍吃吧！"右边的石龟说。

"中！"昌昌也答应了。

从第二天起，昌昌每天来上学，都给两个石龟各捎一个馍吃。每当昌昌拿着馍快走到石龟跟前的时候，两个石龟都伸着脖子张着嘴在等着。昌昌走到石龟跟前，把馍往石龟嘴里一扔，石龟"咣当"就把嘴合住了。整整捎了九十九天，昌昌一共给两个石龟捎了一百九十八个馍。就在这九十九天的后半晌，天昏地暗山摇动。昌昌还像往常一样，最后一个走出了庙门，他一看两个石龟的眼红得像血罐一样。

左边的石龟说："昌昌，你明日一早让你姐给你烙个馍，赶快到这里来。"

昌昌不解其意，问道："为啥？"

"到时候你就知道了，"石龟不敢泄露天机，又嘱咐说，"这一回，你无论如何要听我的话啊！"

"中。"昌昌答应了。

右边的石龟说："昌昌，你每天给俺俩捎的馍是谁烙的？"

"是俺姐。"

"明日一早，也叫你姐跟你来。"

"中。"昌昌答应后，回家走了。

第二天一早，爹起身做活去了，桑桑按照弟弟说的烙熟了两个馍，姐弟俩拿上，便向庙门前跑来。昌昌前头跑，桑桑后头追。快走到庙门外的时候，只听石龟喊道："昌昌，快，赶快钻到我肚子里来，天地快要相合了。"昌昌一听说天地快要相合，吓得也不顾后边追赶的姐姐，"哧"一声可钻到左边石龟肚子去了，石龟"咣当"把嘴合住了。

石龟说天地相合的话，桑桑也听见了，心里很害怕。这时候她看见刚出来的日头乱跳，山岭乱摇，正愁着没办法哩，门右边的石龟喊道："桑桑，你快进我肚子里！"

桑桑还在犹豫，石龟催促道："桑桑，你快点吧，马上天鼓就要响了，快往我肚里钻吧。"

桑桑失急慌忙，也钻进石龟肚子里。石龟"咣当"也把嘴合住了。

昌昌和桑桑在石龟肚里整整藏了九十九天，终日像冬眠一样，昏昏沉沉，吃了睡，睡了吃。九十九天，各吃了石龟肚里的九十九个馍。外面发生了啥变化，他们不知道。到一百天头上，石龟又开口说话了。

"昌昌！桑桑！天地相开了，还剩下一个馍，快吃了出来吧。"

昌昌和桑桑像睡了大觉醒来，从石龟肚里爬出来一看，天还是那样蓝，地还是那样黄，就是人不见了，房没有了。

昌昌和桑桑问石龟道："世上的人和房子都到哪里去了？"

石龟对他们说："事到如今，实话对你俩说吧。你在俺肚子里整整藏了一百天，俺肚子里的一天，就是世上的一万年。天地相合的大灾难过去了，现在天地相开，又是一重世界啊！"

昌昌和桑桑一听，知道他们躲过了这场大灾难，是两个石龟搭救了他们，赶快跪下给两个神龟磕头。

石龟说："现在世上只剩下你姐弟二人了。俺劝你俩结成夫妻，生儿育女，繁衍后代吧。"

昌昌和桑桑都说亲姐弟二人结亲老丑，含着泪走了。

他们走后，母龟对公龟说："咋办呢？尘世上只有这姐弟二人，他们若执意不肯成亲，以后谁来流传后嗣呢？"

公龟笑了笑说："这样吧，咱俩变成他家的两扇石磨，到时候让他俩上山滚磨，使两扇磨在沟里相合。叫他们知道，姐弟俩成亲是天意。"

母龟说："中，用这个办法试试。"

昌昌和桑桑回到家里，啥都没有了，只有院里的两扇磨还在。后来，昌昌开荒种地，桑桑抽丝织布，日子过得很好。但有一件事不称心，姐弟两人都到了婚配年龄，可世界上只有自己亲姐弟俩，这种事又都说不出口。天数老多了，桑桑向昌昌提出来姐弟二人结亲的要求，昌昌还是不同意。

桑桑说："昨夜我做了个梦，上神说把爹给咱留下的两扇石磨，你推一扇上东山，我推一扇上西山，叫两扇磨往下滚。磨扇滚到沟底合到一起了，咱俩就该成亲；合不到一块，就不成亲。你看中不中？”

昌昌想了半天说：“中！”

二月二十这一天，桑桑推磨扇上了西山，昌昌推磨扇上了东山。到山顶后，共呼一声，两人一齐把石磨往沟里推，磨扇滚到沟底，合在一起了。

昌昌和桑桑就在石磨跟前拜了天地，结成夫妻。小两口正在行对拜礼的时候，听到半空中有说话声：“罢、罢、罢，尘世上的人不会绝种啦！”

昌昌和桑桑一看，两扇石磨眨眼又变成俩神龟，便赶快给石龟叩头。转眼两个石龟不见了。到哪里去了？原来两个石龟是天上玉皇大帝的金童玉女，因他俩相爱，被玉皇大帝贬下凡受罪。这次他俩又泄露天机，玉皇大帝降旨一道，使金童玉女永为石龟，不能变态。

昌昌和桑桑的后代，为了纪念神龟搭救自己的祖先，年年二月二十这天，邻近村庄的男女青年，都来庙会上，围着二龟压蛋石谈情说爱。

讲述者： 崔文秀

采录者： 韩有治，60岁，登封县工商局干部，初中

选自： 《登封县民间故事·歌谣·谚语集》，何国正主编，登封县民间文学集成编委会1990年3月编印

附记

当地青年男女谈情说爱有去磨沟看二龟压蛋石的习俗，后来因修水库把二石炸掉了。（程健君）

420

小磨湾

在安阳县马家乡的紫金山上，有两道弯弯曲曲的石沟沿山坡两边而下，到山脚下合为一处。当地人称它为“小磨湾”，外地人叫它“滚石沟”。说起来，这里边还有一个美丽的神话故事呢！

传说在几千年前，人类一年四季，男耕女织，生活十分安定。在紫金山下的村庄内，有一户贫苦人家，生有一男一女，男孩叫班哥，女儿叫班姐。兄妹二人长得聪明伶俐，心地又十分善良，很讨人喜欢。

班哥每天到紫金山坡放牛，班姐形影不离地跟在后边玩儿。

在紫金山上有一座寺院，寺院的南大门外，有一尊石狮子，张着大嘴，活灵活现的。兄妹二人每次路过这儿，看着它不吃不喝地蹲在这儿守着山门，总是要掰下一块自带的干粮塞进狮子嘴里。天天如此。

有一天，兄妹二人喂过狮子干粮正要离去，忽听狮子开口说道：“班哥、班姐，今年六月六那天，你们俩哪儿也不要去，到我这儿，有要事告诉你们！”兄妹二人惊奇地问它啥事，狮子却再也不吐一个字啦！

班哥、班姐虽说半信半疑，这天还是按时来了。谁知刚刚走到狮子身边，天忽然阴了，变得黑乎乎的，顷刻间便下起了倾盆大雨，兄妹二人一人抱住狮子的一条腿，一动也不动。只见天地间一片昏暗，山洪“哗哗”地冲下来，平地涨起了大水。这时，狮子又说话了：“班哥，快拉妹妹骑上我的背！”班哥闻听，赶紧拉着妹妹的手骑到狮子的背上。奇怪得很，大水越涨越高，淹没了一切村庄，可就是淹不着狮子的背。

洪水连涨几天几夜，才落下去。这时候天下被淹得没了人烟，只剩下班哥、班姐兄妹二人。那石狮子这时又说话了：“天底下的人都没有了，你们二人赶紧成婚，重新创造人类吧！”

天底下哪有兄妹成婚的道理？二人不愿意。可狮子说这是天意，是不能违背的。

既然是天意，兄妹二人有心试验一下，看狮子说的话是不是真的。他俩商量了一个办法：抬到山顶一盘石磨，每人将一扇石磨从山坡上滚下，若是滚到山下合在一起，那就证明狮子说的话是真的。

哥哥从左边滚下石磨的上扇，妹妹从右边滚下石磨的下扇，只见两扇石磨从山坡两边“咕噜噜”滚下来，到了山脚下边，恰巧合在了一起。兄妹二人这才相信狮子的话是真的，就成婚过起日子来。从此以后，人类才又开始繁衍起来。而紫金山山坡上石磨滚下的地方，很明显地留下了两道石沟，这两道沟在山脚下合在了一起。

这就是人们常说的滚石沟，其实，我们马家乡一带的人却习惯称它为小磨湾。

讲述者：刘纪清，30 岁，安阳县马家乡科泉村人，教师，大专

采录者：张炳信，35 岁，安阳龙山煤矿干部

采录时间：1990 年 7 月 16 日

采录地点：安阳龙山煤矿学校

选自：《中原神话通鉴》（第二卷），张振犁编著，河南大学出版社 2017 年 2 月版

421

葫芦哥哥和妹妹

在几万万年以前，在大地上生活着的人不知咋惹恼了水神，水神就发了一场滔天的洪水把所有的人都淹死了，只有一双兄妹因在一个大葫芦里玩耍，才免于一死。

大水过后，两个小孩爬出了葫芦。“这是啥地方啊？爹爹和娘及所有的人都到哪里去了呢？”兄妹二人哭啊，哭啊，眼泪都哭干了，也找不到一个亲人。最后哥哥劝住了妹妹，二人饥了吃野果，渴了饮泉水。没几天倒忘掉了悲痛，常常手拉着手儿无忧无虑地快乐地生活着。妹妹称哥哥叫“葫芦哥哥”，哥哥称妹叫“葫芦妹妹”。

转眼几年过去了，二人都长大成人了，哥哥就想和妹妹结婚。一天，他们来到一棵大树下，哥哥向妹妹正式提出了结婚的要求。不料妹妹却用双手捂着羞红的脸说：“这咋行呢？我们是亲兄妹呀，倘若被雷公知道了会劈死或抓走我们的。”

正在这时，猛听得空中有人说话啦：“孩子们，我就是雷公，大地上没有了人类后我一直感到很寂寞，很早就想让你们二人结婚繁衍后代，咋会劈死你们呢？”二人大惊，放眼望去，只见空中白云上有一白胡子老头儿正捋着

胡须朝他俩微笑呢！

“老爷爷，你真是雷公吗？”妹妹不放心地问了一声。

“这还能假？不信让你们看看。”老头儿话音刚落，只听“咔嚓”一声惊雷，老头儿转眼不见啦。

“你还有啥话说？”哥哥欢喜地向妹妹靠来。

“不行，不行，你试着追我，如果能够追上就和你结婚。”妹妹羞涩地边说边围着大树跑了起来。就这样你跑他赶，妹妹机灵敏捷，追了好久，总是追不到。哥哥心生一计，追着追着忽然转过身来，这样，一点防备也没有的妹妹气喘吁吁地迎面投入哥哥的怀抱。妹妹羞容满面，抓起一片树叶盖在了脸上，意为遮羞。就这样他兄妹俩结婚做了夫妻。据说，现在结婚时新娘子头上的蒙头红布，就是由葫芦妹妹遮羞树叶演变而来的。

二人做夫妻以后没多久，女的便产下一个肉球，夫妻俩觉得奇怪，便把这肉球切成细碎的小肉块，用一片树叶包了起来，拿着去山上游玩。不料刚走半山腰，忽然刮起一阵大风，把树叶吹裂，细碎的肉块四散飞扬，落在地上都成了人。落在树叶上的姓叶，落在石头上的姓石；落在啥地方，就以啥地方的东西做姓氏。从此，世界上又有了人类。

采录者： 田聚常，濮阳市市区史志办公室编辑，大专

选自： 《中原神话通鉴》（第二卷），张振犁编著，河南大学出版社 2017 年 2 月版

附记

采录者田聚常为 1953 年生人。（程健君）

422

石狮子做媒

有一家富户，财多人少，只有姐弟俩。每天姐做饭，弟上学。学校门口有一个石狮子，有一天，弟弟看见石狮子嘴动了，像在嚼啥东西，弟弟就把带来的馍让石狮吃了一半。这样过了好几天，石狮会说话了，对他说：“你带的馍太少，不够我吃。”弟弟下回就带了一个半馍，让石狮吃了整个，自己只吃半个。

有一天，石狮对他说，天快要塌了。弟弟赶紧跪下叫石狮救他姐弟俩。石狮告诉他说，等看到它的眼睛红得要滴血时，赶紧来站在跟前，救他们。到了天要塌的这天，石狮眼红得滴血，姐弟俩赶紧跑来，石狮一口把他俩吞下，一撅尾巴，把他俩屙到了山嘴上，还屙出好些馍，天说话就要塌下了。这姐弟俩正好从天裂的一道缝中露出来。地上的人都死完了，只有他俩靠吃石狮屙的馍活着。

姐说，咱俩成亲吧，弟不同意。姐就说，咱把这一盘磨滚下山去，要是能合在一起就成家，要合不成就不成。磨轱辘下去，正好两扇合到了一块，姐弟俩就成了亲。

他俩嫌人太少，就开始捏泥人，捏动物。过了些日子，

塌下的天又升上了，还下了雨，姐弟俩怕把泥人淋[1]坏，赶紧用草苫上。有的戳瞎了眼，有的掰断了胳膊腿，往后这世上就有了残疾人。雨停后，就让泥人配对成家，好的配个坏的，坏的配个好的，这就是人常说的："有好汉没好妻，赖汉娶个花髦髦。"

泥人慢慢会走，穿上树叶做的衣裳，天给他们下米下面，泥人变得越来越懒，越来越坏。把面捏成面墩让小孩坐，狗把面墩吃了，泥人把狗打死，死狗到老天爷那儿告他们，天就不再给他们下米面了。泥人把没吃完的米面藏起来。天就给他们下了些铁片，来了个老汉教他们说，弯的是锄，不弯的是铲；天又下了些粮食籽种，老汉教他们种地，有绿豆、麦、稻好些种。那时候的麦从根到顶结的都是籽，有一天刮大风时候一下子把底下的麦子捋掉，只剩顶上一指头长。

以后人就开始种地了。

讲述者：雒嘉黍，59 岁，武陟县北郭乡北郭东村农民，小学
采录者：张晓宏，焦作人，河南大学中文系 1984 级学生
采录时间：1987 年 8 月 16 日
采录地点：武陟县北郭乡北郭东村
选自：《中原神话通鉴》（第二卷），张振犁编著，河南大学出版社 2017 年 2 月版

[1] 淋：豫北方言音 lún。

423

狮子眼红

很早以前，有个小孩上学时，每天经过庙院门前。这天碰见一个老道，老道问小孩："你家几口人哪？"

小孩说："有父亲、母亲、姐姐和我共四人。父亲瞎，母亲残废，只有姐姐在家做饭。"

老道说："每顿饭你给我带过来个团饼，你姐姐让不让？"

小孩说："我去问一下吧。"小孩回到家中，对他姐姐说："有个老道要我每顿捎一个团饼，你同意吗？"他姐姐想了想同意了。

一连过了好多天，粮食快吃完啦，省吃俭用，也得去给老道送团饼。又过了好多天，小孩问老道："你叫拿这么多东西弄啥啦？"

老道说："这是给你们准备的，快天塌地陷了。这话可不能胡说，别叫别人知道了。"

小孩问："啥时呀？"

老道说："你天天走这庙门前，这对狮子啥时眼一红，你就回家叫你姐姐；啥时狮子掉泪，你们就往它嘴里钻，就能救活你姐弟俩啦。"

过了七七四十九天，狮子的眼真红啦。小孩一看，赶紧回家，把他姐姐叫来啦。过了一会儿，狮子眼真的掉泪啦，他俩就很快往里钻。只听“轰隆”一声响，狮子嘴合住啦。一到里边，楼瓦雪片，又有平原，风景美极了，可是只有他俩人。

过呀，过呀，过了不知多少天。他姐说：“弟弟呀，咋办哩，只有咱俩，你也娶不上媳妇，我也嫁不出去啦，不如咱俩结婚。”开始她弟弟不同意，后来他强捺着头皮成亲啦。他姐姐说：“咱生能生几个哩，不如咱做小泥人哩。”

他俩就开始挖胶泥捏小泥人，小动物。一下子捏了一百童男，一百童女，起了一百个姓，在外头晒着哩。这一天，天下大雨啦，小泥人咋拿完呢？他俩就拿起扫帚往房里撍[1]开了。结果有瞎眼的，少胳膊缺大腿的。各样的小人都有。据说后来的瞎子残废的，各种小动物，还有百家姓就是他俩留下来的。

讲述者： 马培义，50 岁，农民，小学

采录者： 纠广彬，干部，大专

选自： 《河南民间文学集成·杞县故事卷》，刘玉亮主编，中原农民出版社 1990 年 5 月版

[1] 撍：方言，“推”的意思。

424

夫妻为啥称姊妹

相传，古时候有一户人家，父母早亡，只剩下两个孩子儿。大的是姐，小的是弟。弟弟上学，姐姐在家做饭。有一天下了学，弟弟因赶作业，走得晚，他回家时校院已无人了。他刚走到学校门口，门口一只大青石头狮子嘴一张，上去咬住了他的后衣裳襟。狮子说：“学生孩儿，再有几天，天和地就要相合了。你回家后多拿一份干粮让我吃，天地相合时，我张开嘴，你进我肚里来，我救你不死。这话不能再让第二个人知道。”弟弟点头答应了。

自此之后，弟弟天天上学，拿的干粮全部送进了狮子嘴里。到晚上回家里后，他就大吃起来。姐姐心想，可能烙的干粮太少了，不够弟弟吃。第二天就又多烙一个油馍让弟弟拿上。谁知，弟弟晚上回来时，还是饿得和没吃饭一样。第三天她偷偷跟在弟弟后边，看到弟弟把干粮送进狮子嘴里去时，十分生气，转身就回家了，打算等弟弟回来时要好好训他一训。

再说弟弟天天往狮子嘴里送干粮，和狮子也熟悉了，这天，他看看四周无人，就爬到狮子耳朵上小声地问：“这天地啥时候相合呀？”

狮子也小声地说："明天！"

"明天啥时候！"

"你看见我的嘴张开了，赌来啦！"说完，嘴又合上了。

这一天，弟弟吃了饭，催着姐姐快烙馍。姐姐一只手拿着馍，一只手拉着他的书包说："弟弟，咱爹娘死得早，就你我二人相依为命。我省吃省用，给你烙干粮，你不该拿去喂那石头狮子。你说，还喂不喂啦？"

弟弟说："姐姐，狮子说啦，今天天和地相合哩，你快给我干粮吧。"

他的话刚一出口，天色马上黑了起来，天也越来越低了，弟弟看势不妙，就往学校里跑。他姐姐一手拿着馍，一手拉着弟弟的书包，也跟着跑。刚跑到学校门口，狮子的嘴就张开了。弟弟一纵身跳进去，姐姐随着也跟了进去。狮子的嘴"扑嗒"就合上了。

天和地相合后，正转三圈，倒转三圈，所有的生物全没有了。后来这天慢慢又和地分开了。

他们姐弟进到狮子肚里后，啥也看不见。狮子告诉他说："我肚子右边是你送的干粮，我没有吃，给你留下的，你赌吃啦。我肚子左边是我存的雨水。啥时干粮吃完了，水喝干了，天和地就开了，你再出来。"

因为干粮是一个人的，他姐弟两个吃了，眼看干粮快吃完了，弟弟就问："天开了没有？"

狮子总是说："没有。"后来姐姐也问："天开了没有？"狮子说："快开了，还有一块没长好哩。"

这天，他们的干粮吃完了，水干了，就一齐问狮子："天长好了没有？"

狮子被问气了说："长好啦，出来吧！"

他两个果真出来了。谁知西北天上有个窟窿还没长严，一个劲刮冷风，冻得他俩抱成一团，围着狮子求情，让它再张开嘴。可狮子只是微微摇头，微微张着口说："天地相合一次，我也只能张一次口，你们急着出来，就只好在外边受罪吧！"说完，狮子再也不说话了。

又过了一段时间，日头、月亮、星星都长出来了，他们姐弟两个的生活也好过了起来。可就是没有人烟，姐姐就提出结为夫妻，弟弟不同意。后来姐姐又提此事，弟弟说："山顶上放着一扇石磨，山下一扇石磨，从山上往山下滚。如果两个石磨合到一块了，就结为夫妻；如果合不到一块，就不结为夫妻。"

两人都同意了这个办法。结果从山上滚下的石磨扇，正好和山下的石磨扇合在了一起，他们俩就结为了夫妻。

直到现在，夫妻两人同称对方母亲为妈妈，同称父亲为爸爸，原因就是夫妻原来是同胞姐弟，后来结为夫妻。所以，至今夫妻仍称姊妹。

讲述者： 孙西海，74 岁，郏县黄道乡农民，不识字

采录者： 孙少中，41 岁，郏县黄道乡文化站专干，高中

采录时间： 1987 年 4 月 15 日

采录地点： 郏县黄道乡文化站

选自： 《中国民间文学集成·平顶山市故事卷》，邹积余、禹本愚主编，中原农民出版社 1994 年 4 月版

425

夫妻称姊妹的来历

从前有个学生，父母双亡，上学全靠姐姐供给。学校的大门口，有一个大石狮子。这天这个学生上学来，到学校门口时，石狮子把大嘴张开了。这个学生见了，觉得很奇怪，也怪好玩，就把姐姐给他烙的中午当干粮的油饼丢进狮子嘴一块，谁知油饼一丢进去，狮子的嘴“呱嗒”一声又合上了。从此以后，每天都是这样：狮子见他来上学就张嘴，他就往狮子嘴里丢馍，狮子又把嘴合住。时间长了，他俩成了朋友。

一天下午放学时，石狮子对他说：“明天中午要天塌地陷，黑七天七夜，遍地是水，啥东西也没有了。你回家给你姐姐说，再多烙油馍，烧两壶茶，带一些衣裳和工具。小晌午时，你们俩都来我跟前等着，到午时三刻我张嘴时，你们都钻到我嘴里来。”

那学生回家给姐姐说了，姐姐说：“我才不信石狮子会张嘴说话哩！”弟弟一再说是真的，姐姐才半信半疑，按照石狮子说的办理了。

第二天，他姐弟俩带着东西，来到石狮子跟前等着。晌午时，石狮子果然张嘴说话了：“时间快到了，你俩快进来吧，再拿一块小石头好支着我的牙，省得闷死你。”他俩就赶紧钻了进去。不多时，午时三刻到了，只听“咕咕咚咚”几声响过，外面就黑了下来。姐弟俩隔着石狮子牙缝往外看，真的是黑天黑地，遍地是水。他俩在狮子肚里饿了吃馍，渴了喝茶，就这样度过了七天七夜。

后来，天渐渐亮起来了，石狮子说：“你们看看外边啥号样子。”他们又往外看看，只见地下的水已经干了，大地恢复了原样。石狮子说：“你们俩出去吧，把准备的东西都带出去。”姐弟俩带着东西出来了，石狮子又把嘴合起来。他们俩开荒种田，打坯割草，又盖起一座茅草庵，开始了新的生活。

因为整个世界上只有他们两个人，也着实孤寂得慌。这一天姐弟俩又去看望石狮子，石狮子又张口说话了：“你们姐弟俩结婚吧！”

他两个都不同意，说：“那才不中哩，哪有姊妹俩成亲的事？”

石狮子又说：“你们不要不相信，这是神的指示。让我指派你们，叫你姐搬着花磨的下扇，在山下边，你搬着花磨上扇，在山上边，让花磨自己往山下滚。要是两扇花磨‘咣当’一声合在一起了，那你们就是夫妻。若是合不住，就算还是姐弟。”

他俩听了，心想山顶山下那么远，花磨滚下来，总不会那样凑巧，就同意这样办。谁知弟弟把花磨滚下来，果真不假，两扇花磨“咣当”一声合在一起了。石狮子说：“不是假的吧，往后你们俩就成夫妻了。”

所以到现在还流传着夫妻俩就是姊妹俩的说法。

讲述者：李祖奇，70岁，方城县杨楼乡张庄村农民
采录者：郭桂全，50岁，农民
采录时间：1985年6月9日
采录地点：方城县杨楼乡张庄村
选自：《中国民间故事集成·方城卷》，毛秀荣主编，方城县民间文学集成编委会1987年9月编印

426

童男童女造人

很多年很多年以前，天上有对男女，男的叫童男，女的叫童女。

这一天，童男和童女来到原野，看看周围的情景，觉得没意思，更感到孤独和无聊。他们看到大地上莽莽的草木，凸凹不平的山川，更感到世间的荒凉和寂寞。

童男叹惜着这乏味的景色，童女也觉得这天地之间好像该添点啥，使整个世界变得生机勃勃起来。

他们想呀想呀，不知想到啥时候，童男一眼不眨地看着童女。童女呢，也下意识地看着童男，好像在说：这世间啥都有了，就是没有像你我一样的生物。

想到这，他们就顺手挖起一堆泥来，互相模仿着对方的模样捏起来。

一会儿，他们就捏成了一男一女，放在地上一晒干，泥人马上就活蹦乱跳起来，跑过来抱住他俩的脚跟，一个劲地叫爹叫娘。

这下他俩可乐了，世间要是有这些小生物，那该是多么有趣呀！他们会说话，还会耕种地，营造家园呢。想到这儿，他们就给自己的孩子取名叫“人”。

他们又有信心了，便昼夜不停地捏起来，捏呀捏呀，捏了很多很多。童男、童女看着眼前的泥娃儿，想着日后有生机的大地，感到满足、骄傲和自豪。

就在这时，天上雷声大作，风吼电鸣，转眼间下起雨来。童男和童女慌了手脚，哪还管得了那么多，为了保护自己的泥娃儿，慌忙把淋湿的泥人搬进房里。慌乱中，有的碰掉了胳膊，有的碰掉了脚，有的还碰瞎了眼。从此，人间便有形形色色的人出现了。

后来，他们发现人还要遭受天灾和猛兽的袭击，有的会得病死亡。要是人都绝迹了，可就没意思了。为了让人能够自己繁育，能够自己生活、养育后代，他们就把男的和女的配合起来，从此人类生活就完全自立了。

讲述者： 王麻子，70 岁，舞阳县保和乡卸店农民

采录者： 张玉明，21 岁，舞阳县保和乡卸店农民，高中

采录时间： 1986 年 2 月 16 日

采录地点： 舞阳县保和乡卸店村

选自： 《中国民间文学集成 · 河南舞阳县卷》，王秉钧编辑，舞阳县民间文学集成编辑委员会 1990 年 8 月编印

427

人祖造人

很久很久以前，有个大头男孩子，上学的时候常常带个馍走到路上吃。就在他去上学的路上，站着一块路碑，下面有个大石乌龟驮着。

这一天吃过早饭，他像往常一样走过这儿，忽然见乌龟张开了口，说了声“饿”。他看了看乌龟，觉得很奇怪，就把手里的馍放到它嘴里，这个乌龟便合上了口。他下午上学走到这里，乌龟又张开了嘴，说声“饿”，他又把手中的馍送到它嘴里。一连几天都是这样。

从那以后，他每回上学都要带个馍喂这个乌龟。有时候父母问他，他就说是自己吃，从来不提起乌龟的事。

十几天后的一天，他妹妹忽然问他：“哥，你带馍干啥？”

“路上吃嘛！”

“不对，你骗我，我看见你把馍喂那个乌龟了。”

原来他妹妹觉着哥哥天天捎馍很奇怪，趁他不注意，就在后面偷偷地跟着，发现他把馍喂给那块路碑下的大石龟。

“别说，好妹妹，我告诉你。”他就把咋回事说了一遍。

妹妹听完后，问：“那么大的乌龟，一个馍它能吃饱吗？哥哥，你再替我捎一个吧。”

“中！”从此，他每天两回又给妹妹捎了一个馍喂那个乌龟。

喂到一百天上，那天他吃过早饭，又带着两个馍来到乌龟面前。这个乌龟吃完馍，就对他说：“今儿个别去上学了，眼看要上大水了，回去快叫你妹妹，我来救你们。”

他虽说不咋相信，还是把他妹妹叫来了。只见乌龟张开大嘴，一口把他俩吞进肚里。

乌龟肚里有好多馍，这都是他们平常喂乌龟的，现在成了他俩的口粮。

大约过了八九十天，乌龟张开了嘴，他们就钻了出来，睁眼一看是在一座山上，洪水已经下去，周围没有了人烟，荒凉一片。看着，看着，他们落了泪，哭了。

“别哭了，现在世上的人只剩下你们两个，你们不如结婚，生儿育女吧。”一边的乌龟又说话了。

一席话闹得兄妹俩都不好意思起来。

“那咋能行呢？”哥哥说。

“不中！”妹妹也说。

“现在天下没人，你们俩再不结婚，人就绝了。”乌龟又劝。

兄妹俩也不知咋办才好，但就是不同意。

“这样吧，这山上有两扇石磨，你们俩往山下推吧，若是合到一起，就结婚，合不到一块就不结婚。”乌龟又出主意。

“好吧！”哥哥推了一扇，往东滚下山来。妹妹推了一扇，往西滚下山来。可是两扇石磨都往南去。他俩下山一看，见两扇磨早合到一块儿啦。没办法，他们只好拜了天地，算是结了婚。

没有房子，他们就住山洞里，将山上的一些草籽用石磨磨成面。可没有火做不成熟饭。他俩从地上捡来两个铜钱，就用这两个铜钱磨火。时间长了，这两枚铜钱被磨得光亮亮的，晴天用它对着太阳一照，就能照出火来。再后来，他们又开荒种地。这样过了四五年，他们有了一双儿女。

世上人少，太荒凉了，他俩常常很苦恼。那大乌龟又告诉他们说："你们捏泥人吧！晒到第一百天，泥人就能成真人了。"

他们听了，非常欢喜，回到家里就没黑没白地干起来，捏了好多好多泥人，男男女女，老老少少，捏好后就放在太阳下晒。到第九十九天上，老天忽然下起大雨，他们怕把泥人淋坏了，就忙着往屋里收。一时收不及，就用扫帚扫起来。结果有的泥人掉了腿，有的缺了胳膊，有的扎坏了眼。到一百天上，这些人果真活了，一个个欢蹦乱跳的，喊他们爸爸妈妈，那就别提多高兴了。可因为收得慌张，有的人成了拐子，有的成了瞎子……一直到今天，世界上啥人都有。

那个哥哥，也就是传说中的人祖爷。人们从没有说起过人祖奶奶，这因为他们是兄妹俩，后人为了尊重自己的祖先，从来不提起这事。

讲述者： 王甫成，65 岁，农民
采录者： 王蕾，23 岁，农民，高中
采录时间： 1986 年 8 月
采录地点： 睢县尤吉屯乡朱吉屯村
选自： 河南省民间文艺家协会资料库电子文档《中国民间故事全书·睢县卷》

428

人祖兄妹

（一）

古时候，有两小兄妹在门外的大石狮子上爬着玩。这一天，小男孩听到大石狮子忽然说话了："我饿啊！"俩小孩吓了一跳，仔细看看，那石狮子还像原来的样子没有动，就是狮子嘴张开了。他兄妹俩忙跑回去，一人拿了一个馍放进狮子嘴里，那石狮子才把嘴合上。

第二天，两个小孩在门口玩，那个大石狮子又说话了："我饿啊！"他们把手里的馍又喂到它嘴里。一连几天，都是这个样，从这以后，他们天天拿馍喂这个石狮子。

一个月、两个月过去了，一年、两年过去了，兄妹俩从没忘记给石狮子拿馍吃。这一天，石狮子突然对他们说："快上大水了，这一次洪水要灭世，我谢谢恁兄妹俩喂我，我要救恁俩。"

兄妹俩听了，大吃一惊。转眼间，就刮起大风，下起大雨。大石狮子摇了摇头，猛扑上去，一口把他俩吞到肚里啦。

大狮子的肚里有好多馍，这都是他们平日喂它的。也不知道到了啥时候，眼看着馍吃完了，就听石狮子说："你俩出来吧。"他们兄妹两个就从嘴里钻出来，到了一座

高山上，放眼一望，山下洪水还没有退完，一个人都没有。看着看着，不由得掉下泪来。这时一旁的大狮子又说："世上没有人了，只剩你俩一男一女，恁俩就结婚吧！"

兄妹俩一听，脸都羞红了。哥哥说："那咋能行呢？"妹妹也不愿意。

大狮子就说："前面有两扇石磨，你们俩往山下推吧！石磨到了山下，要是能合到一块，你们就得结婚；合不到一块，就不结婚。"

兄妹俩红着脸，一人扶起一扇石磨推下山。到山下一看，两扇石磨不偏不斜，正正好好合到一起，他俩只好结婚了。

地上没有吃的，他们就采山上的草籽磨成面。没有火，天天就吃生的，那个大狮子就叫他俩拿一块尖石头在木头上钻。不大会儿，木头冒出了烟，又钻好大一会儿，那块木头就着火了。

再后来，他们就来到地上开荒种田，就这样过了三年，他们生了一对儿女。

那会儿世上太荒凉了，整天过着没人的日子，他们天天哭。大狮子又对他们说："恁俩捏泥人吧，捏好晒到一百天上，泥人就活了。"

他俩知道后，就不分白天黑夜哩捏起来，捏了好多。男的、女的、老的、少的，都有。谁知到了第九十九天上，老天突然下起大雨，他俩怕淋坏了，就慌着收。收着收着雨下大了，就赶紧用筢子搂，用扫帚扫，总算收到了屋里。由于收得慌张，丢胳膊少腿的，啥个样的都有。第一百天上，这些泥人果真都活了，一起向他们跑来，叫他们爸爸、妈妈。可惜的是有的成了瘸子，有的少只胳膊，有的瞎了眼……这些人就祖祖辈辈生活下来。

那个应[1]哥哥的男的，就是人祖爷。因为他们是兄妹，后人为了尊重自己的祖先，所以从不提起"人祖奶奶"。

讲述者： 杨万里，53 岁，农民，不识字
采录者： 李灵芝，女，22 岁，农民，高中

[1] 应：方言，当。

采录时间： 1987 年
采录地点： 睢县尤吉屯乡冯关屯村
选自： 河南省民间文艺家协会资料库电子文档
《中国民间故事全书·睢县卷》
原题《人祖爷》

429

人祖兄妹

（二）

传说天地一万八千年一混沌，混沌时天地不分，世上没有万物生灵。盘古开天辟地，轻清者上升为天，混沌者下降为地，有了世界。不知哪一年，出来了一个神猴，猴子在山坡的一块青石板上撒了泡尿跑了，这猴尿受了阴阳之气，青石板慢慢裂开了，从石头缝里蹦出一个男孩和一个女孩。男孩和女孩慢慢长大了，他们兄妹相称，白天在山上采野果子吃，夜晚就住在山洞里。一天，他们发现谷子能吃，就采收些谷子，吃一半留一半做种子，种起庄稼。兄妹俩吃饱了就到山上种庄稼，打柴，不知又过了多少月多少年。

有一天，妹妹见哥哥上山时总带一个馍，问："你在家吃得饱饱的，咋恁饥哩，天天还带个馍？"

哥哥说："你不知道，这山洞里住着一个老头儿，他说他是老君。有一天，他对我说，叫我天天给他捎一个馍。"

妹妹说："咱辛辛苦苦劳动得来的馍，不给他捎。"

哥哥说："妹妹不知，捎的馍他也不吃。他说南山坡那个石狮子啥时候眼红了，要天塌地陷，叫我跑山洞里，留着以后叫我吃哩，如今我都积存三大缸馍了。"

妹妹忙说："明天我也捎一个馍，让那老头儿也给我留着中不中？"哥哥点点头。从此以后，兄妹俩每天上山时捎两个馍，交给老君留着。兄妹俩天天都去南山坡看狮子的眼红了没有。这天兄妹俩又来到南山坡，见一只猴子骑在狮子身上吃红果，猴子吃了红果，把红果皮贴在狮子眼上玩耍，兄妹俩以为狮子的眼红了，急忙往老君住的山洞里跑。刚跑到山洞里，"轰"的一声，天塌地陷了，地上没有了庄稼，兄妹俩就靠山洞里的馍生活。

有一天，老君对兄妹俩说："世上没有了人和庄稼，还算啥世界哩！你兄妹俩成亲生儿育女吧。"哥哥低下了头，妹妹摇摇头，不同意。老君再三劝他们，妹妹总是摇头，坚决不同意。老君说："有一个办法，在南山上放个石磨，在南山下放个石磨，山上的石磨往山下滚，若是山上的石磨同山下的石磨合在一块，你兄妹俩就成亲，若是合不到一块，我就再不提你兄妹成亲的事。"妹妹想了一会儿，点点头。

从山上往山下滚石磨那天，老君手扬拂尘，二目微闭，口中念词作起法来。哥哥从山上滚下石磨，正巧同山下的石磨合在一块。妹妹见老君作法，向前夺下老君的拂尘说："是你作法石磨才合在一块的，还是不能算数。"

老君笑笑说："既然你兄妹执意不成亲，你们就采泥巴做泥巴人吧。"

从此，兄妹俩就天天在山下的泥塘里采泥巴。采了好多泥巴，做了好多男人，做了好多女人。兄妹俩把做好的泥巴人放在洞口晾晒，老君见了笑着说："你俩做出这么多泥巴人，成人祖了。"

兄妹俩一听笑了，妹妹想着做这有趣的事能成人祖，越发觉得可笑，一直笑出了眼泪。这一掉眼泪不当紧，天上霎时下起了暴雨，兄妹俩急忙往洞里抱泥人。由于搬得慌张，有的断了胳膊、腿儿，有的弄瞎了眼，有的弄歪了鼻子、嘴儿，洞里堆了一洞泥人。哥哥和妹妹弄坏了泥人很伤心，都流出了伤心的泪，滴滴洒在泥人上，老君却笑着说："这就好了，这就好了，世上没有完美的事，人也不会有完美的人。"老君对着泥人吹口气儿，一会儿这些泥人睁开了眼，都活了。老君说："造化、造化。"兄妹俩大吃一惊，忙问老君，老君大笑着说：“你俩造就了他们，是得了你兄妹的阴阳泪才活的呀，恭喜二位人祖。”

兄妹俩可发了愁，洞里人多了，吃住不下，咋办呢？老君就打发这些泥巴人择偶配对儿，各自生儿育女，凭着一双手谋生去了。对那些伤残了的人，也给指了条生路去过生活。兄妹俩这时才明白，原来老君是位创世的神仙。至今民间还有这样一句传说：“先有佛祖后有天，老君治世他在先。”所以老君住在三十三天之上，称太上老君。

讲述者： 李爱荣，女，59岁，不识字

采录者： 乔吉焕，39岁，兰考县文化馆干部，大学

采录时间： 1988年10月20日

采录地点： 兰考县文化馆

选自： 河南省民间文艺家协会资料库电子文档
《中国民间故事全书·兰考县卷》
原题《人祖爷》

430

人祖爷和人祖奶奶

很久很久以前，有这样姐弟二人，父母早亡，弟弟正在念书，姐姐自然就是里里外外一把手了。

有一天，弟弟背着书包上学，手里还拿着个馍，一路走一路吃。忽然，一位白胡子老头儿拦住路说：“把馍送给我吧，我快饿死了！”

弟弟心想：“这一定是个饿坏了的叫花子吧！”他赶紧把馍递给了老人。

第二天，那要馍的老头儿又同样向他讨馍，第三天、第四天……弟弟都把馍送给他。时间一长，姐姐觉得奇怪，追问原因，弟弟就把此事告诉了姐姐。姐姐也是个善良姑娘，她说：“一个馍咋能吃饱呢？以后，你就多带一个给他，就算这个是我送给他的。”老头儿每天就可以得到两个馍。

不知这样过了多少天，老人接过男孩子的两个馍说：“天塌地陷的日子到了，回去把你姐姐叫来，我要救你们这善良的姐弟俩。”弟弟闻听了，哪敢怠慢，姐弟俩来到老人面前听候吩咐。老人把他们领到海边，只见一个大老鳖精在那里等候。姐弟俩依照老人的吩咐，骑在鳖精的背

上，闭上眼睛，耳边一阵“嗡嗡”的水声，姐弟俩被带进海底。到海底一看，原来他们送给老人的馍都原封不动地在这儿呢！他们就在这儿住下，每天吃这些馍充饥。

不知过了多久，馍也吃完了，眼看就得挨饿，姐弟俩就央求老鳖精把他们送上岸去。又坐在老鳖精的背上，又返回了海岸，恰巧白胡子老人又在那儿，他指着天对姐弟俩说：“天塌过后又长出来了，只有东北面没有长严，就用冰补好了。所以，逢到刮东北风就该冷了。”

姐弟俩一看重新长出的天地，没有人烟，不知该咋生活。白胡子老头儿告诉他们，南山有石磨二盘，姐弟每人一盘，从上往下滚，如石磨滚到下面合二为一，姐弟俩就可以成婚。姐弟俩无奈，就依照老人的话做。当二人把石磨滚下山时，真的合在了一起。从此，姐弟俩结为夫妻，每天到山上寻点山菜野果仁拿回来，两人就用石磨磨成面来度日。

据说这一男一女就是后来人们所敬的人祖爷和人祖奶奶呢！

讲述者：张登科，45岁，郸城县丁村乡文化站专干，高中

采录者：张效连，38岁，郸城县法院干部，高中

整理者：任海萍，女，25岁，郸城县育红小学教师，中专

选自：《中国民间故事集成·河南郸城县卷》，阎春茂主编，郸城县民间文学集成编委会1989年9月编印

附记

中原民间多有“奶奶庙”“娘娘庙”，供奉的都是造人的祖先，其神职多为送子，也护佑一方平安。缺儿少女的多前来小庙求子。（程健君）

431

人祖

（一）

很古很古的时候，一个村子里住着姐弟俩，小时候就死去了爹娘，日子过得也不富裕。弟弟长到七岁，姐姐省吃俭用，供养弟弟念书。到弟弟十二岁那年春上，一天，弟弟吃过早饭，带着馍去南学。刚走到村边土岗子前，只听“扑”的一声，土岗上冒起一股白烟。他一看，哎哟，有一只大老鳖，比筐箩[1]还大，瞪着一双眼，正打土里往外拱。他吓得连退几步。老鳖见到他，张了张嘴说：“不要害怕，只要你天天给我送个馍，遇着大灾大难我保你一家无事。”他一听，慌忙从怀里掏个馍扔了过去。老鳖张嘴接住，又钻土岗子里头去了。

这个事儿给谁也没敢讲。一个月过去了，他天天都到土岗子前给老鳖送馍。自己忍着饿，硬撑到天黑回家，才吃下一顿饭。

这天吃过清早饭，他想：“天天我带俩馍分给老鳖一个，饿得受不了。今儿个我多拿几个馍。”他拿起馍正要走，姐姐问他带恁些馍弄啥哩，他瞒不过去，就照实话

[1] 筐箩：方言，一种条编的盛东西的圆形器物，直径一般一米大小。

说了。姐姐听罢，一没打他二没骂他，端过来馍筐子说：“给我捎去一个，也让它吃个饱。你没想想，你吃馍还饿得慌，恁大个鳖吃馍能饱到哪儿呢？”就这，他连姐姐的馍也捎去了。

他让老鳖吃罢馍，又把姐姐的话学一遍。老鳖照旧啥也没说，又钻进土里。过了半月，老鳖吃罢馍说：“明儿来多带些馍，叫你姐姐也来，我有句要紧话对你俩说。这事千万不要往外说。”

第二天，姐弟俩挎着一大篮子馍，老早就来到了土岗子跟前。老鳖一见，一下子把馍吞到肚里了，说：“马上就要天塌地陷啦，我张开嘴，恁俩钻到我肚里，才能躲过这场大灾。”

姐弟俩半信半疑，都不敢往老鳖嘴里钻。老鳖说：“你要不信，往西北看看！”

他俩往西北一看，哎呀，不好！西北方的天真的塌了个大窟窿。姐姐慌忙拉着弟弟，把牙一咬，眼一挤，一下子钻到了老鳖嘴里。就在这时候，整个天都塌下来了，地上的房、树、人……全都砸得粉碎！老鳖一下子飞了起来，天砸下来它也不怕，它用又厚又硬的鳖盖挡住天上的石头，保护住这姐弟俩。

姐弟俩钻进老鳖肚里，看见他们给老鳖送的馍，全在那儿放着，一个也不少。老鳖说：“你送给我的馍，今儿都还给你们。吃罢饭没事干，就捏泥人玩吧！”

姐弟俩接过老鳖送来的泥，吃罢饭就捏泥人，一天也不闲着。在老鳖肚里住了七七四十九天，馍也快吃完了，泥人也捏了不少，姐弟俩吵着想出去看看。老鳖说：“天还没长严，还得住几天。”

姐弟俩不信，伸头往外一看，西北方真有个大窟窿没有补住，冷风刮得“呜呜”叫。据说，就因为姐弟俩伸头一看，西北的天补不住了，最后用河里的冰凌才堵住窟窿。至今只要西北风一刮，天就冷了起来。

姐弟俩在老鳖肚里又住了两天，老鳖才把他们吐出来。他们来到一座石头山上，老鳖说：“眼下天也补住了，人也死净了，天底下如今只剩你姐弟俩了。要想传宗接代，人间不断烟火，依我看，你俩结为夫妻才好。”

姐弟俩说啥也不愿意。最后，老鳖说：“那你俩就滚石磨定终身吧！我给你俩找来一盘石磨，你俩一个人一扇，站在山顶往下滚。要是两扇能合在一起，你俩就是夫妻；要是两扇合不到一块，你俩还是姐弟。”

姐弟俩站在山顶，各人把手里的石磨使劲往下推，一眨眼，石磨滚到山下。姐弟俩跑下山一看，上扇磨正好压住下扇磨，严丝合缝，一点都不错。老鳖说：“看起来人不该灭，你俩就结为夫妻吧！你们捏的泥人，我晾在山顶了，你们要多操着心，要天天晒，天天收，一定要藏好。我也不行了，你们就想着法子过吧。”说罢，它头一缩，眼一挤，死了。姐弟俩这才看见，鳖盖早已被砸得裂纹条条，血迹斑斑了；就连肚子上也被砸得青一块紫一块，没有一点好地方。据说，如今鳖盖上的花纹和肚子上的五色肉，就是这样来的。

姐弟俩见老鳖为了救他们累死了，心里很难受，就跪在地上放声大哭起来。姐弟二人哭着哭着，空中“咔嚓”一声响雷，大雨“哗啦！哗啦！”下了起来。俩人心里一惊，不哭了，赶紧上山顶去收泥人。俩人赶到山顶，泥人已被淋湿不少。俩人又气又急，顺手拾起一把扫帚就往洞里扫。把泥人扫进洞仔细一看，少胳膊掉腿的、瞎眼没耳朵的还真不少。据说，也就是从这个时候起，天下就有了五官不全的人。

姐弟俩望着山上山下，空荡荡的没一个人影，便抱头痛哭起来。哭啊，哭啊，又哭了好大一场，一直哭到天黑透，俩人才走进山洞深处，结成了夫妻。说来也怪，他俩醒来，就听见洞外乱哄哄地有人说话。走出洞一看，哎呀，成堆的泥人都变成了活人，个个正忙着在山下地里干活呢。

从此，天底下又有了人，这姐弟俩就成了人们传说中的“人祖爷”和“人祖奶奶”。都说他俩是人祖传世，让泥人投了胎，才续上了人间烟火。为此，人们世世代代都敬仰他俩。淮阳至今还修有“人祖”坟，每年二月二古会，一直会到三月三，到人祖坟上烧香祷告、拴娃娃的人成千上万。

讲述者：李显民，54 岁，太康县朱口镇关路沿村农民，初中

王文科，48岁，太康县朱口镇大王村农民

采录者： 包敬学，36岁，太康县朱口镇文化站专职干部

采录时间： 1985年10月

采录地点： 太康县朱口镇关路沿村

选自： 《中国民间故事集成·河南太康卷》，胡有典主编，太康县民间文学集成编委会1989年10月编印

432

人祖

（二）

相传在天地混沌的时候，有一个学生叫人根，人根家父母早亡，只有姐弟二人。一日，人根上学走到河边，见河里有一件怪物，嘴似簸箕，没有耳朵和眼睛，嘴张得很大，像是想要一些吃的东西。人根问："你是啥？"

怪物回答说："漏。"

人根便将所带的食物投进它的嘴里，那张嘴便合上了。从此以后，人根每天都将带的食物投一些到漏的嘴里。到一百天时，漏忽然开口说："人根，人根，天下将遇到毁灭性的大灾难，只有我肚子里可以避难，请速速回去准备一下来躲躲难吧。"人根到家告诉了姐姐，急忙多多备下食物来到河边。漏见二人到了，说："快来，快来。"人根把食物投入漏的嘴里，和姐姐一同跳进漏的嘴里了。

二人只觉恍恍惚惚，飘飘悠悠落到一处，四周一片黑暗，不分白天黑夜。二人见原来投的食物都在，还有一池泉水。二人饥食干粮，渴饮泉水，外边的情况再也不知道了。

人根姐弟二人跳入漏的嘴里不久，天下降，地上升，天地相接，正转三圈，倒转三圈，合而为一了。不知过了

多少时日，天又上升，地又下降，天地又一分为二。只是天地分开后，虽有日月照耀，风吹雨润，万物复生，却一个人也见不到。这时，漏对姐弟二人说："我口中一日，世上一年，现大难已过，你二人可以出去了。"漏将口张开。姐弟二人出外一看，天地已不是原来的样子，寥寥落落，连一个人也没有。城郭村庄都成平地了，只有日月星斗、风云雷雨、山川土地、草木鸟兽、鳞甲昆虫还跟过去一样。二人没办法，只得四处寻找存身之处。

后来，二人走到一座山下，见山半坡有一处悬崖峭壁，峭壁下有一个大山洞，近前一看，洞前有一条溪流，溪流两旁长着很多桃树、枣树、梨树，树上有很多果子。二人就在洞内安家，饥则吃野果，渴则喝山泉，在山前开出了一片土地，日出而作，日落而息。时间久了，从没见过其他人。一日，姐姐对弟弟说："弟无妻可娶，姐无夫可嫁，天下再没有其他人在世上了。这样下去，我们老死以后，人类将会绝迹，不如弟为我夫，我为弟妻，我们二人配成夫妇，生儿育女，天下人就不会绝迹了。"

弟说："姐弟成婚，不合情理。"

姐说："我们二人能否成婚，可看天意如何？"

弟问："如何能知天意？"

姐说："我们出去找找看。"二人走到山坡，见有两扇小石磨，就各搬一磨扇，登上两个山坡，将磨扇滚下。说来也巧，弟的磨扇滚到山谷磨口向上，姐的磨扇正好和弟弟的滚到一起，两扇磨正好合一起。姐说："此乃天意，不可违抗。"二人遂拜了天地，结为夫妇。不久，生儿育女，天下人从此繁衍，日益众多。

后世人就把他们姐弟二人称为人之祖。

讲述者： 李经星
采录者： 李道增，58岁，干部，大专
采录时间： 1990年2月
采录地点： 中牟县大孟镇冯庄
选自： 河南省民间文艺家协会资料库电子文档
《中国民间故事全书·中牟县卷》

433

捏泥人

（一）

从前，有个学生上学，天天从地主门口过。地主家门口有个石龟，有一天，这个大石龟对这个学生说："你天天给我拿个馍吧，等将来我给你说个事。"

这个学生说："中。"

他天天上学时候都给石龟拿个馍。拿哩多了，学生的姐怀疑了，说："你天天吃了饭再拿个馍啊？"

学生把石龟的事给姐姐说了，他姐说："你拿两个吧。这一个算我给它拿哩。"

学生说："中。"这天，他给石龟拿两个馍。

石龟说："今个你咋给我拿两个馍啊？"

学生说："这一个是俺姐叫我拿哩，她说她也天天给你送一个。"

石龟说："噢。"

从这以后，学生天天给石龟拿两个馍。拿到四十八天时，石龟对学生说："明个是七七四十九天了，要天塌地陷了，你和你姐到我这儿来吧。"

第二天，他姐弟俩到石龟那儿去了。石龟说："一会儿就要天塌地陷了，你两个快钻到我嘴里去吧！"

他姐弟俩就钻进去了。石龟活动活动身子，“忽”的一下跳到大海里去了。一小会儿，天上下起大火，地上哪儿都是火，一下子下了七天七夜，后来又下了七天七夜大雨。天晴后，石龟从海里出来了。它把嘴张开，说：“你俩出来吧。”他俩就从石龟嘴里爬出来了，天下连一个人也没有了。石龟说：“不能叫地上没有人啊！这样吧，咱叫这两个磨盘往山下滚。磨盘要合在一起了，你俩就结为夫妻，一块儿捏泥人；要合不到一块儿，天下就该没有人了。”

他们把两块磨盘往下一滚，“轰”的一下两个磨盘合到一块了。石龟说：“看来天下该有人，你俩从今天起开始捏泥人吧。”

他俩说：“中。”就摔泥巴捏泥人，捏了好多好多。这一天他俩正捏着，天阴了，快要下雨了，他俩赶快往屋里搬泥人。搬着搬着天下雨了，搬不及了，他俩就赶紧用扫帚往屋里扫。有的扫掉了胳膊，有的扫断了腿，有的戳住了耳朵，有的戳瞎了眼……后来这些泥人成了真人，大部分都好好的，个别的成了残废。现在的瞎子、瘸子还是那时候遗传下来的哩！

因为人是泥捏的哩，现在人身上还有一层子一层子泥哩！

讲述者： 常守信

整理者： 李红花

选自： 《中国民间故事集成·河南周口市卷》，杨小波主编，周口市民间故事编委会1989年9月编印

原题《一万八千年一混沌》

434

捏泥人

（二）

天地相合以前，也是一个世界呀。也是人，粹啥[1]都有。天地相合了，天昏地暗哪。原来，一个妮儿，一个孩儿是姊妹。俩人在寺院上学哩，寺院门口有个石狮子。它说：“恁来时，天天来给我捎个馍。”石狮子会说话儿。

二人天天给石狮子捎一个馍，石狮子吃了。

捎的天数不少了，天地该相合了。他说：“天昏地暗哩，咱二人就去找石狮子。”

一寻寻它去了。石狮子说：“天地要相合了，老厉害。恁拱到我的肚里来吧！我一张嘴，恁就拱我肚里吧。”

石狮子一张嘴，他俩就拱到狮子肚里了。

天地成一湖了。姊妹俩就在狮子肚里吃他们送的馍。

馍一吃吃清了，天地相合也过去了。水下去了，石狮子就把他俩吐出来了。

一吐吐出来了，四外都没人哪，咋办哩？

世上光剩他姊妹俩啦，没一个人哪。他姐想与弟弟二人结婚哪。她弟弟不愿意。

[1] 粹啥：方言，什么。

他姐说："世上没人哪，过一场咋办哩？"

她弟说："咱就滚磨成亲吧！你站在这山上，我站在那山上，两扇儿磨咱就往下轱辘哪，会碰到一头[1]咱就成亲，碰不到一头儿就不成亲。"

"中。"

他站在这山尖上，她站在那山尖上。两扇儿磨都往下轱辘。一轱辘下来了，合到一头儿了。只该成亲了。

人根之祖，从那儿，他俩繁腾[2]开了咱这人。

后来，老天爷跟老佛爷他们说："人真[3]稀，得生法叫他们配合。"

老佛爷说："叫好的配好的，赖的配赖的，穷的配穷的，富的配富的。"

老天爷说："穷的配穷的，叫他怎过哩！赖的配赖的，好的会寻赖的！"

老佛爷就叫兄妹俩把好些泥人捏捏晒晒，晒干了就是人。

正晒哩，天下雨了。老佛爷怕泥人淋了，就撮到一头儿了，好赖也分不清了。还是这样混杂在一起，赖的也寻好的，好的也寻赖的。

以前就是娃娃媒，说啥是啥。生下来，半生儿[4]就寻[5]下了。一寻寻下了就不兴变了。常常很好的一个妞子[6]，寻个赖汉子；很好一个汉子，寻个赖妞子。只要传了期儿，踖跟人家过了。离婚，没那事。

讲述者： 张振恒，74 岁，密县超化村农民、艺人，读过私塾

采录者： 张振犁，59 岁，河南大学中文系教授
程健君，27 岁，河南大学中文系助教

录音整理： 程健君

采录时间： 1983 年 11 月 30 日

采录地点： 密县超化乡超化村讲述者家中

[1] 一头：一起，一块儿。

[2] 繁腾：方言，生育、繁殖。"繁"方言音"fèn"。

[3] 真："阵"音，这样。

[4] 半生儿：方言，半岁。

[5] 寻：方言，订婚。

[6] 妞子：方言，女子、妻子。

选自： 《中原神话专题资料》，张振犁、程健君编，中国民间文艺家协会河南分会 1987 年编印

附记

讲述者张振恒是张振犁先生的三哥，会吹唢呐、笛子、笙，是位多才多艺的民间艺人。（程健君）

435

百男百女

很早以前，在通许县境住着一户人家。家有父母和两个孩子，共四口人。大孩子是个小妮儿，二孩子是个小子。在两个孩子该上学读书的时候，父母不知得了啥病先后都死了，两个小孩没办法，就被另一户人家收养起来了。天长日久，这一家的人，看两个孩子聪明伶俐，又孝顺听话，就叫他们上学念书。

在姐弟俩天天上学的路上，有一条河，河上有一座桥，他们天天从这儿过。有一天他们看[1]走到桥边，不知为啥，那座桥“轰隆”一声突然塌了。姐弟没办法，急得哭起来。姐姐哭着说着，他们家爹妈都死了，在邻居家吃饭还叫上学念书，等等。哭得没意，在桥下的一只大老鳖，听了姐弟俩的哭诉，动了心。那个大老鳖就浮到水面爬到河边，问姐弟俩哭啥哩。姐姐说：“俺爹娘都死了，邻居把俺收留，还叫俺上学念书，这桥一塌俺咋过河去念书哩！”

那个老鳖说：“这样吧，恁俩来回上学时，就爬到我的脊背上，我把恁俩驮过去。”

姐姐说：“你来回驮俺，可叫俺咋报答你哩！”

老鳖说：“那没啥，只要恁俩一天给我拿个馍让我吃就中了。”

就这样姐弟俩一天给老鳖拿个馍，老鳖一天来回驮他们过河。

一直到姐弟俩给老鳖拿到第一百个馍的时候，姐弟俩看巧走到河边，天“忽”的一下变了，又刮大风又下大雨。姐弟俩正急没法时，那个老鳖爬到河边对他们说：“眼看天要塌地要陷了。”

姐弟俩一听又急得大哭起来，说：“那咋办呀，对你的恩情俺还没报哩，就要死了，俺对不住你呀！”

老鳖说：“别说恁些了，恁俩赶快钻到我肚子里吧。我是不怕哩！”姐弟俩没办法，就从老鳖嘴里钻到老鳖肚子里。刚钻到老鳖肚子里，就听“轰隆轰隆”一阵大响，天塌地陷了。

姐姐和弟弟两个人不知在老鳖肚子里有多长时间了。这一天他们肚里饥了，想吃东西，可是到哪里弄哩？姐姐正发愁哩，就听弟弟说：“姐，看这里有一堆馍。”姐姐一看，呀！真的。弟弟数数看一百个。这时姐姐心想，咋有一百个馍呀！俺不是也为老鳖拿一百个吗？姐姐心里一动，啊！这是神仙搭救俺的呀。她正想把这些给弟弟说说哩，一看弟弟正拿着那馍大口大口地吃哩。

不知道又过了多长时间，在那一百个馍他们吃完的时候，老鳖又对他姐弟说话了。老鳖说：“馍吃完了，没饭了。恁俩也出来走吧！”说完老鳖把嘴一张开，姐弟俩就从嘴里爬了出来。睁眼一看，呀！外边没有一个村庄，没有一点动静，只有一眼望不到边的荒草胡棵。再回头看看，老鳖也没影了。

上哪哩？姐弟俩又发起愁来。这时弟弟用手一指前边说：“前边有座山，咱先到那山上吧。”他们也不管路不路，只管蹚着齐腰深的荒草向山前走去。

姐弟俩正往前走着，忽然从后面传来了叫他们的声音，扭头一看，只见一个男不男女不女的人叫他们。那人说：“恁两口子上哪去呀？”

姐弟俩一听这话气哩没法说。姐姐说：“你这个人

[1] 看：方言，刚、刚好。

说话咋恁不填唤人[1]哩，俺是姐弟俩，你咋说俺是两口子哩！”

只听那个人又说：“恁是两口子。”说到这，他指指一旁的那盘石磨说：“要不信，咱就把这盘磨弄到山上，从山上把两扇磨往山下轱辘。轱辘到山下边，要是两扇磨能合到一起严严实实，恁俩就是两口子。要合不在一起，就不是。”说完，那个人就把石磨弄到山上放好，叫姐弟俩一人往下轱辘一扇。姐弟俩一齐把磨往山下一推，只见那两扇磨，一会儿离开，一会儿又合在一起。这样反复多次，到山下边，被一块石头一挡，只听“啪”的一声，两扇磨真的停住合在一起了，合得严严实实的。

这时，那个人又对姐弟俩说：“看见了吧，恁两口子就是两口子。听我的话，从今儿个起，恁俩睛当两口子在一起过了。”说完，一滚眼球儿那个人没影了。

没办法，姐弟俩在一起过了。开头时，都不好意思。后来时间长了，并且那时世上也没有其他的人，只有他们姐弟俩，慢慢地就当两口子过起来了。

后来又不知过了多少天，姐姐身上怀孕了。怀孕整整三年，一天她生一个圆箍轮的肉蛋子。弟弟一看是个那，气得不得了，抓住就埋了。

不知又过了多长时间，姐姐又怀孕了。还是整整三年，生下来，又是一个圆箍轮的肉蛋子。弟弟又要掂住去埋哩，去到半路，听到肉蛋子里有叫他的声音。他把耳朵贴在肉蛋子上仔细一听，听见里面有孩子在叫他：“爹爹，别把我们埋了呀，我们是你的儿子呀！你打开看看就知道了。”弟弟心里闷得慌，就又把肉蛋子掂回家，同着姐姐把那肉蛋子打开一看，里面整整有一百个男孩儿。姐弟俩就把小孩养活起来。可是奶水不够吃，他们就打了半碗面糊糊喂他们。那半碗面糊糊也真稀罕，咋着也喂不完。喂着喂着姐弟俩就商量起来了。姐姐说：“以前你埋的那个肉蛋子里不知道是啥。能也是小孩吗？”

弟弟说：“我去把那个肉蛋子再扒出来，拿回来咱打开看看，到底里面是啥。”说完，弟弟就去把那个肉蛋子扒出来，又掂回家了。姐弟俩把肉蛋子打开一看，呀！里面整整有一百个小女孩，个个还都是活蹦乱跳的。虽说都活着，可是因为那个肉蛋子埋的时间长了，就有些发臭的气味。后来人们说小闺女是臭妮子，想来可能就是因为这吧！

姐弟俩把一百个男孩、一百个女孩慢慢都养活大了，到了成家的年龄，姐弟俩就让一个男的配一个女的，让他们结为夫妻。都配完了，姐弟俩就对他们说：“你们已经都成夫妻了，都走吧，去生儿育女吧！”从这以后，一对夫妻生的孩子就是一个姓，慢慢就成百家姓了。

讲述者： 连金新，25 岁，农民，初中

采录者： 连海志，23 岁，农民，初中

选自： 《中国民间文学集成·河南通许县卷》，张学文主编，河南省通许县民间文学编委会 1989 年 12 月编印

原题《百家姓的来历》

[1] 不填唤人：方言，不让人喜欢，讨人厌。

436

乾坤造世

今天，闲暇无事，给大家讲一个故事。哪一个故事哩？就是第三次天塌地陷以后，乾坤造世的故事。

那时候，昆仑山的东边有一个村庄，叫谢祥村，村中有一个人姓赵名方。这赵方有一儿一女，是一胎所生，男孩叫赵乾，女孩叫赵坤。

有一天，赵乾、赵坤兄妹俩为治父亲的病上山采药——阴阳宝参。找到午时不见此药，很焦急，又找到未时还是不见此药，二人掉泪，准备下山回府。

就在这时，有人叫住他们道："呃，你们这二位青年别走啦，哈——"

二人扭头一看是位老者，吃惊地说："为啥？"

老者说："你们不能下山啦，你们往山下瞅瞅……"

兄妹俩往山下一瞅，只见洪水滔滔，一片汪洋——树木没有啦，楼房没有啦，村庄没有啦，人畜全都没有啦。老者是谁哩？就是鹰鸽大仙。鹰鸽大仙是奉天命变作人来搭救他们兄妹的。鹰鸽大仙又说："你们兄妹不要害怕，刚才你们只顾寻药，不知道已经发生了天塌地陷。此山未沉，是因为鸿钧老主奉天命守护着，现在全世只剩下你们二人啦。这是天意，在你们未生之前就由天定下啦。你们一母所生，一男一女，一乾一坤，阴阳大泽，就是夫妇之交；留下你们，就是让你们繁衍后世。"

兄妹俩一听心中很有恼情，亲生兄妹咋能成为两口哩？他这个人咋恁不通情达理！鹰鸽大仙说："你们若不信，叫你们看一个实际例子。经你们眼看，经你们心想，看是不是天定，好不好？"

兄妹二人说："那中啊。"

鹰鸽大仙说："你们看，这里有一对磨，你们一人扶住一扇；我喊一，你们准备，我喊二，你们丢手，让两扇磨往山下滚动；滚着滚着如果能合在一起，这就说明你们俩该成夫妻。"

兄妹俩都想着两扇磨不会合在一起，就说："中啊，只要两磨能合在一块，我们就成亲。"

就这，鹰鸽大仙喊："一——二——""二"一出口，妹妹赵坤将磨丢手啦，这扇磨就往山下滚去；而哥哥赵乾却扶住另一扇磨不丢手，等妹妹那扇磨滚动几十圈子啦，他才丢手。谁知，前头那扇磨越滚越慢，后头这扇磨越滚越快，滚到一齐时，两扇磨"叭"地合在了一起。底扇在下边，上扇在上边，规规矩矩不动啦。

鹰鸽大仙说："是真是假，你们信不信？"

兄妹俩红着脸说："信了。"

鹰鸽大仙笑了笑，就把五样粮食种子给了他们。哪五样种子哩？一个麦，一个高粱，一个豆子，一个谷子，一个黍子。鹰鸽大仙指指东边说："那边有一座寺院，你们就住在那里。"

兄妹俩扭头一看，那边果然有一座寺院，待回过头来感谢时，鹰鸽大仙已经无影无踪了。

兄妹俩来到寺院一看，房子不少，门都开着。东厢房内，床、锅碗瓢等食宿的用具都有。就这样，二人就住下了。从此，夫妻二人日出而作，日落而息，重新繁衍了人类。

后来，咱中国称乾方为男、坤方为女，乾方为阳、坤方为阴，就是因为这个缘故。

讲述者：芦长仁，民间医生，读过私塾
采录者：文俊，35岁，干部，大专
选自：《河南民间文学集成·杞县故事卷》，刘玉亮主编，中原农民出版社1990年5月版

437

人的起源

（一）

古时候，有姊弟俩，在一堆儿念书。他们念书的地方有个庙，庙里住个和尚，庙门前有个大铁狮子。这姊弟俩好到庙里骑铁狮子玩。有一天，和尚对这姊弟俩说："往后，你俩见天早上来上学的时候，拿个馍，填到铁狮子肚里。"

姊弟俩不懂啥意思，问老和尚："铁狮子又不会吃，填馍干啥？"

和尚说："你们别问，只管填就是了。"姊弟俩照办了。

这以后，每天早上，姊弟俩都要拿个馍，填到铁狮子肚里。过了多少天，和尚对姊弟俩说："你们往后细心点，看铁狮子眼红了，就赶紧钻到铁狮子肚里。"

姊弟俩问和尚："钻里干啥？"

和尚说："别问，到时候你们就知道了。"

姊弟俩又问："铁狮子嘴恁小，咋钻进去哩？"

和尚说："到时候就能够钻进去了。"

过了一个月，有一天，姊弟俩又往狮子肚里填馍的时候，姐姐看见铁狮子的眼通红，对兄弟说："狮子眼红了，咱们钻进去吧。"才说完，看见狮子嘴张得跟个大水缸一

样，他们赶紧钻了进去。

他俩钻进去不大一会儿，外头黑风陡暗，只听见“轰”的一声，天就亮了。他俩出来看看，连一个人影也看不见。往天上看看，才知道是天塌了下来。他俩又钻进狮子肚里，吃几个馍，又拿几个，出来找房子去了。

姊弟俩跑呀跑，跑到一座山上，看见一个老太婆。他俩问老太婆：“老奶奶，人都死完了，咋整哩？”

老太婆说：“你们俩不死就行了。你们是姊弟俩不是？”

他俩说：“是哩！”

老太婆说：“山上有盘磨，我把一扇放到山底下，一扇放在山顶上，叫山顶上那一扇往下滚。能跟山底下那一扇合住，你俩就得成亲。合不住，不叫你们成亲。”后来，山顶上那一扇磨下来恰好跟山底下那一扇合住，老太婆叫这姊弟俩成了亲。

姊弟俩成了亲后，养了五个男娃娃、五个女娃娃，他们又成了亲。后来，一辈一辈往下传，人多了起来，就成了这世界。

讲述者：彭廷政的母亲，农民
采录者：彭廷政，河南大学学生
采录时间：1982 年 7 月 10 日
采录地点：南阳县
选自：《中原神话通鉴》（第三卷），张振犁编著，河南大学出版社 2017 年 2 月版

438

人的起源

（二）

在很久很久以前，大地上到处都是草木树林、飞禽走兽，就是没有人。玉皇大帝看着凡间乱哄哄的没个人管，就派了一位神仙来到凡间造人。

这个神仙来到凡间，先捏了两个泥人：一个男的，一个女的。他朝泥人吹了口仙气，两个泥人就变成了两个活人。

神仙就教他们咋着捏泥人，两人照着神仙教的法儿，捏了很多很多的泥人。他们也把泥人捏成了男的、女的，还把这些男的、女的，都一个一个地配成对儿，晒在平整的地面上。

一天，忽然天上起了很多云，又刮起了大风，接着大滴大滴的雨点落下来了，两人手忙脚乱收拾泥人。雨越下越紧，泥人再也收拾不及了，就用扫帚扫，簸箕撮，才收完。等天晴了，他们又把泥人拿出来晒。一看，有缺胳膊断腿的，有瞎眼的，啥样儿的都有。仙翁把小泥人一吹，都变成了活人，他们各人找各人的伙伴，结为夫妻，建立家庭。

从那时起，地面上才有了人类。人都好说“泥人泥

人”，也许是这个缘故吧！

讲述者：杨世栋，60岁，濮阳县柳屯镇教师，中专
采录者：刘俊刚，31岁，濮阳县柳屯镇文化专干，高中
采录时间：1990年3月
采录地点：濮阳县柳屯镇
选自：《中国民间故事集成·濮阳县卷》，魏盼先主编，濮阳县民间文学三套集成编纂委员会1990年8月编印

439

人的来历

这一家养了个大老鼋（老鳖），姐弟俩对大老鼋可好啦。

这一天，大老鼋把姐弟俩驮到大山里头，藏到山洞的水里头，一连几天不让出来。天也塌了，地也陷了，没有人了。修天吧。

他问那老鼋：“多点出去哩，俺俩？”

“多点出去？那天还没修好哩。”

“多点修好？”

它说：“那还卯[1]东北角没修。”

“东北角没修，用啥修哩？”

“用冰冰碴子往上搁。”

东北角用冰冰碴子补哩，一刮东北风就冷。

天修好了，姐弟俩出来了。出来了，没有人。没有人咋弄哩？

他姐说：“就咱俩，算咋着哩？那不哩，咱俩就结婚吧！”

[1] 卯：方言，剩下。

她兄弟说："那不中，亲姊妹俩咋能哩？"

她说："这，滚磨，滚磨，咱叫这两扇子磨，一个人推一个，向底下一放，跑远了咱就不讲了。要是磨一堆去了，就得结婚。"

姊妹俩一个人推一扇子磨，打那山顶上往下一推，放下去了。这一扇子磨跟那扇子碰到一块了。下底下一看，搁在一起了，就结婚了。

成天说，就是姊妹有小孩，那人也少，就捏那个小泥巴孩。天塌地陷了，没房子，就往山洞里搁，捏着捏着也晒干了。雨来了，有的收也收不及，咋弄？唉，山上扑扑楞楞[1]多些，上那弄个扫帚有个尖，弄个木锨推推怪得。那时候上哪弄扫帚哩？啥也没任啥[2]，有点石块子，扑楞[3]扑楞，一个人折一把拢了拢，拢得腿断胳膊折哩。

捏了正好一百对，一百个姓。百家姓就打这里来，拐胳膊拐腿也是打这里来。人身上洗不净，原是用泥捏哩。

讲述者： 李文忠的母亲，40 岁

采录者： 李文忠，20 岁，河南大学中文系学生

采录时间： 1982 年

采录地点： 驻马店平舆县

选自： 《中原神话通鉴》（第三卷），张振犁编著，河南大学出版社 2017 年 2 月版

〔1〕 扑扑楞楞：方言，指草丛、灌木丛。

〔2〕 没任啥：方言，什么都没有。

〔3〕 扑楞：方言，这里为动词，意思是用手拨开。

440

人的由来

很早以前，地上一片荒草，没有人烟。有个王母娘娘，下界看到有地没人，咋办呢？她就挖来泥，捏成小孩，晒干后，过一夜就成了活人。

有一天，王母娘娘捏了很多泥人，还没有晒干。一下子阴了天，又打雷又打闪，眼看要下雨了，王母娘娘怕淋坏了泥人，就用簸箕往屋里撮。没晒干的泥人，"吐噜吐噜"地撮到簸箕里，有碰折胳膊的，有碰断腿的，也有缺鼻子少眼的。

打那儿后，在人间就有了瞎子瘸子各样的残疾人。

讲述者： 路友三，70 岁，范县王楼乡赵菜园村农民，不识字

采录者： 崔金钊，60 岁，范县王楼乡教育组干部，大专

整理者： 荆耕田，22 岁，范县文化馆干部，高中

采录时间： 1990 年 3 月 1 日

采录地点： 范县王楼乡赵菜园村

选自： 《中国民间故事集成·河南范县卷》，荆耕

田主编，河南省范县文化局 1990 年 7 月编印（油印本）

441

我们的祖先

地上原本就有人，不过他们大多都很坏，所以上帝决定要毁灭他们，只有一个学生和他的姐姐例外。这个学生，虽然他家里很穷，只有姐弟二人，弟弟上学，姐姐种地，可是他们都很善良。弟弟每次上学时，总要把自己的干粮分一些给蹲在路边的石狮子吃。姐姐也从不责备弟弟，有时还尽力支持弟弟这么做。上帝被他们的善行感动了，就决定把他们留下。

这一天，那个学生正要把干粮塞进石狮子嘴里去，狮子突然发话了。这一说话不打紧，学生吓得面无血色，扭头想逃，以为石狮子成精了。狮子看得很明白，说道："别害怕，我是来搭救你们的。明天要发大水，你们姐弟俩赶紧收拾点吃的到我这儿来。"

学生当时就跑回家，把东西收拾停当，姐弟二人就挑着东西来到狮子面前。狮子把嘴张开，有笸箩那么大，让他们俩人钻进去，然后又合上嘴，依旧蹲在那儿不动。

过了不知多久，石狮子才又张开口说："没事儿了，出来吧！以后你们要好好地过活，有啥难处就来找我。"

姐弟俩平安地走了出来，地上的变化简直把他们吓坏了。山上只剩下些大石头，庄稼地里只剩下死土板，树木花草没了，房子没了，到处一片黄色，人和飞禽走兽更是没个影儿。没有风也没有云，日头晒得烫皮。

姐弟俩感到有些饿了，想吃些东西。他们把所有的口袋都翻了个遍，除了一丁点儿干馍屑，啥也找不到。咋办呢？到别处去找吃的是不可能了。姐弟俩都饿得肚子“咕咕”叫唤，愁眉不展的。

狮子看到了，就说：“有啥难处了，孩子们？”

姐弟俩忽然记起了狮子的话，就把事情原原本本地告诉给狮子，并把馍屑给它看。狮子接过馍屑说：“不会饿死你们的，孩子们！”说着它把馍屑向四方撒去。真是奇怪，那干透了的馍屑一沾了地就发了芽，一眨眼就长出了叶，又眨眼就抽了穗，很快就结出沉甸甸黄澄澄的麦穗。姐弟俩高兴极了，他们把新收的麦粒重新撒开去，又是一下子就结出了麦穗。这样，他们一次又一次地反复，每次打下的粮食都比上一次多几倍，没多久就打下了他们几辈子也吃不完的粮食。

有了吃的，姐弟俩就快快活活地生活着。可是没过多久，他们又发愁了。为啥呢？他们都到了结婚的年龄，和谁结婚呢？别说人，就是个活蚂蚁也找不到。姐姐找不到男人，弟弟找不到老婆。后来，弟弟想起了狮子的话，就拉着姐姐的手到了石狮子那儿。他们你推我，我推你，谁都羞于开口。狮子看透了姐弟俩的心事，说：“别推让了，我保准知道你们想问啥，是不是想成亲了？”

狮子一语说破了姐弟俩的心事，他们俩都红着脸，勾着头，从鼻子眼儿里答应了一声：“嗯！”

狮子笑着说：“我早就给你们准备好了。这南山北山上各有一扇石磨盘，你们俩一人一个，从山上往下滚，要是它们合到一块儿，你们就可以结为夫妻了。”狮子说罢，哈哈大笑起来。

姐弟俩开始很为难，他们毕竟是一母所生呀！经过石狮子的百般劝解，弟弟登上北山，姐姐登上南山，只听石狮子一声喊：“放！”姐弟二人都提心吊胆地松开了手，两扇石磨盘唰一闪就到了沟底，不偏不斜合到了一块。姐弟俩就变成了夫妻俩。

结婚以后，他们夫妻恩爱和睦，都眼巴巴地盼小宝宝。可是盼呀盼，盼了一年又一年，五年过去了，他们也没有生出一个小宝宝。他们知道自己不可能有后代，就绝望着哭起来，越哭越伤心，越哭声音越大，把睡了五年的石狮子也惊醒了。狮子问他们：“你们哭啥呢？这么伤心？”

姐弟俩就告诉石狮子说他们不会有后代了。狮子的眼睛滴溜一转，说：“有了。这里黄土多的是，你们做小泥人好了。”

姐弟俩照着狮子的话去做。他们做了很多很多个泥人，都放到场里去晒。可是总还嫌少，不满足，就去拿些草绳来，把泥往绳子上一裹，三捏两捏就成了一个小泥人，做起来比以前快多了。就这样，他们做呀做呀，做得数都数不清有多少。有一天，忽然来了大风雨，他们俩咋也搬不及，就用扫帚往屋里扫。这么一扫，有的折了胳膊，有的断了腿，有的少了耳朵，有的掉了眼珠。后来，这些小泥人都变成了有血有肉的活人。用草绳做成的人就愚笨些，用纯泥做的就聪明些，原来缺啥的变成人还缺啥：没胳膊的变成了拐子，少腿的成了瘸子……还因为这些人是用黄土做成的，人也是黄色的，人身上的灰尘总也洗不干净，洗洗还有，洗洗还有。

这些黄土变成的人就可以自由结婚了，他们生下孩子，孩子又生孩子，人就这样一代代地延续下来，直到今天。

那姐弟俩就成了我们的祖先。

讲述者： 孙均芝，女，70 岁，不识字
采录者： 付新超
采录时间： 1984 年 3 月 25 日
采录地点： 内乡县西庙岗乡桃庄河村
选自： 《中原神话通鉴》（第二卷），张振犁编著，河南大学出版社 2017 年 2 月版

442

捏泥造人

很早很早的时候，世上只有一男一女两个人，他俩不用种地就能吃饱饭。因为那时候，树上的果子很多很多，有苹果、梨儿、桃儿、核桃、山楂、红柿子、毛栗子，等等等等，一年四季不断，有的都熟透了自己掉在地上，年年长，年年落。他俩饿了伸手摘几个吃吃，渴了捧一捧水喝喝，啥心也不操。

本来够舒服的，可后来，觉得只有他俩在一块儿说话儿，鸡儿狗儿都不懂，真没意思，就想：要是能再有很多能听懂他俩说话的东西儿，不就热闹多了？想来想去总想不出啥法儿，俩人就到处找，看看圆圈儿是不是还有能说话的东西。俩人朝相反的方向走，走过了一条河又一条河，周围除了会叫的就是不会动、不会说话的，最后俩人都累得浑身没一点劲儿，伤心败兴地回到了原处。可俩人一进屋儿都忽然想起他们搭棚子的时候，用地上的泥土和成软泥铺在上面。俩人都高兴得不得了，赶紧和泥，面对面坐着捏起来，男的照着女的模样捏，女的照着男的样儿捏，捏了好长时间才捏成了俩，俩人累得再也打不起精神儿，不知不觉哩就睡着了。一觉醒来，俩泥人被太阳晒得干生生儿的，和他俩一模一样儿，正看着他俩说话哩，俩人高兴得很，就教着他俩也捏泥人。就这样天长日久，地上的人越来越多，他俩自己不再亲手捏，只是指给他们说地上这东西是啥，那东西是啥，啥东西能吃，啥东西能喝，这些泥人真成了和他们一样了。

人多了热闹是热闹了，可就是地方儿小，你碰我，我碰你，有时候儿还动手动脚呢。有的人就漫无边际地往前走到别的地方，只要果子多，有水喝就搭个棚子住下来。就这样，天底下才有这么多人。后来这人都称一开始那一男一女叫送人爷、送人奶奶。

那为啥世人又有那么多瞎子、聋子、缺胳膊少腿的残废人呢？那是因为有一回捏的泥人太多，天下了雨，来不及往屋里搬，搬得多了屋里也没地方。雨点砸在泥人儿脸上成了小坑儿，后来就成为麻子。搬的时候泥儿还软，泥人变了样儿，变成了歪脖子、撇腿、拐胳膊、扁脚锅腰、驼背，还有掉在地上的摔掉摔断了胳膊、腿、脚、手、耳朵，等等等等。有的泥人在捏的时候捏得太快，不是忘了这儿就是多了那，这就成了六个指头、四个指头的人，没鼻子、少耳朵的人，等等等等。还有为啥咱这人身上总是洗不净的泥，就是因为咱这人和一开始那俩人不一样，咱是泥儿捏的。

讲述者：杨万荣，女，72 岁
采录者：杨秀林
采录时间：1990 年 2 月
采录地点：安阳县崔家桥乡韩宋村
选自：《中原神话通鉴》（第二卷），张振犁编著，河南大学出版社 2017 年 2 月版

443

洪水灭世

很久很久以前，有一个小女孩儿，天天到一个庙里去玩儿。庙门前有一个石狮子，这个石狮子啊，可好看了，跟真的一模一样。小女孩儿哪回来玩都要往它嘴里塞一块馍，塞到狮子嘴里的馍，哪回它都吃到肚里。

日子一天天地过去了。一天，小女孩儿又来到石狮子跟前，正要往它嘴里塞馍，石狮子突然张嘴说话了："小姑娘啊，你真是个善良的孩子，到明儿，你千万要在天亮以前来到我身边。可要记住，千万不要对任何人说。一定要在天亮以前来到，记住，千万记住，一定，一定啊！"

到第二天，小女孩儿记着狮子的话，早早地就起来啦。她正要往外走，弟弟跑来非跟她去玩儿不可。眼看天就要亮了，小女孩没法儿，就只好带着弟弟走了。

到了庙门前，石狮子又张开嘴说："快，快！快进来吧，我要请你到我家去玩儿。"话音刚落，只见石狮子张开了大口，口中有一条路通向远处。女孩领着弟弟到里边一看可好啦，里边有亭台楼阁、花园苗圃，要啥有啥。小女孩跟弟弟顺着大道一边走，一边看，玩了一天也没玩儿够。天快黑了，小女孩领着弟弟准备回家了。他们从石狮子嘴里往外一看，可吓坏了。天哪，地上啥也没啦，黄洋洋的到处都是水，连个人影也没有，房屋都倒塌啦，只有石狮子还在那儿没动。小女孩没法回家了，就问石狮子："石狮子，石狮子，这是咋着啦？"

石狮子说："小姑娘啊，这是洪水灭世啊。如今，世上没有人啦，就剩你姐弟俩了。"小女孩儿一听就跟弟弟哭起来。

石狮子说："甭哭了，哭也没用。要想世上有人，我看你们就姐弟成婚吧，这是天意呀！"

小女孩儿说啥也不愿意。最后，石狮子说："这样吧，你姐弟一盘磨分开放到东山上一扇、西山上一扇，同时往下滚。要是两扇磨能合在一起，那就说明是天意，你姐弟就结为夫妻繁衍人类；要合不到一起，就算啦。"

姐弟俩按照石狮子的话，把两扇磨从山上往下滚，真的合到了一块。从此，姐弟就结为夫妻，人类又得到了繁衍。

讲述者：申慧宇，女，54岁，濮阳县文化馆干部，高中

采录者：王卫濮，女，26岁，濮阳县文化馆干部，大学

采录时间：1990年7月

采录地点：濮阳县文化馆

选自：《中国民间故事集成·濮阳县卷》，魏盼先主编，濮阳县民间文学三套集成编纂委员会1990年8月编印

444

天塌地陷

很久以前，有姐弟二人一起生活，弟弟上学读书，姐姐在家做饭。

弟弟的学校附近有一个破门楼，破门楼底下有一个石狮子，弟弟每天上学总要到石狮子上玩一会儿。有一天，他又在石狮子上玩的时候，石狮子突然张口说话了："小弟弟，我饿了，你能每天给我拿一个馍吗？"

小孩很奇怪，石狮子咋会说话呢？他觉得很好玩，就从家里拿了一个馍放在石狮子嘴里，石狮子真的把馍吞下了肚子。以后他就瞒着姐姐每天把自己的馍省下给石狮子吃。

过了一段时间，石狮子告诉小孩："一天拿一个馍太少了，能不能每顿拿一个？"小孩同意了。石狮子又说："这事你千万别往外说。"以后小孩每顿饭都给石狮子拿去一个馍。

又过了些时候，石狮子对小孩说："你给我拿的馍都存在我肚子里，过不多久就会天塌地陷，到时候，你可以躲到我肚子里，这馍对你很有用。"小孩听了半信半疑，他觉着很是神奇。

小弟弟吃的馍越来越多，引起了姐姐的注意。她问："你每天吃饱了，为啥又要拿馍？"

小弟弟支支吾吾不好说，就撒了个谎，说饿了吃。后来，他把这事告诉了石狮子，石狮子说："你可以告诉姐姐。"他就告诉了姐姐。

姐姐说："你问问那石狮子，到时候我也躲到它肚子里行吗？"弟弟就问了石狮子，石狮子同意了。以后，他就每顿给石狮子拿去两个馍。

就这样过了一段时间。

这一天，石狮对小孩说："天塌地陷的时候快到了，你赶快回去把你姐姐叫来。"

小孩跑到家里叫来了姐姐，这时天空突然狂风大作，乌云滚滚。他们二人慌忙跑到石狮子那里，石狮子张开了嘴，二人钻了进去。一到里面，他们就看到了那里堆着他拿去的馍。这时只听见外边惊天动地般的轰响，他们看不到一点亮光，心里非常害怕。可石狮子肚子里不冷不热，非常舒适，非常安全，饿了就吃他们拿去的馍。就这样过了些时候，一切都平静下来。等他们快把馍吃光的时候，石狮子说话了："外边平安无事了，你们可以出来了。"说完它张开嘴，姐弟俩就钻了出来。

到外边一看，房子不知道都跑到哪里去了，一个人影也没有。大地像被水洗过一样，空气也格外清新。他们感到很孤单，很悲苦，就跪在石狮子面前问石狮子："我们该咋办呢？"

石狮子说："你们到对面山上去，找一个洞住下来，在山上采些野果吃，过一段时间再来找我。"这姐弟二人抬头往南一看，果见对面有两座高山，山中有树有草。他们谢了石狮子，就朝山上走去。

他们在山脚下找到一个山洞，又在山上摘了些野果、采了些野草住了下来。

过了几年，姐弟二人长大了，姐姐成了大姑娘，弟弟长成了小伙子。这一天他们又找到石狮子问："我们还应该干些啥？"

石狮子说："天已经补好，地也填平了，一切都恢复了正常，只缺人类的繁衍了。现在天底下就只有你们两个人，你们成亲吧！"你想，这姐弟二人咋样能成亲呢！无论如何他们不肯同意。石狮子说："在前边那两座山上各有一扇磨，你们二人站在两个山头上，从山上把石磨往下滚，如果这两扇磨能合在一起，就说明你们该成亲，若合不在一起，你们可以不成亲。"两个人没有别的办法，就只好爬上了两个山头，各人推起一扇石磨。只听狮子喊声"一、二"，两人同时放手，两盘磨骨碌碌滚下山来，不偏不倚，正好齐整整合在了一起。两人就只好成了亲。

又过了些年，他们生了儿子、女儿，一代一代地繁衍下来。有一天，石狮子找到他们："天底下这么大地方，这样生儿育女太慢了，咱们一起做泥人吧！"两人听了很高兴，他们就动手捏起了泥人。这样的泥人做得很快，做好了就放在太阳下面晒，晒干了就收到石洞里，过了些时候，泥人就活了，他们蹦蹦跳跳走下山去。他们越做越多，越做越快。

有一天，他们忙了一整天，做了很多泥人，天快黑的时候，刮起了东北风，他们怕泥人被风吹坏了，就用大冰块挡住了东北风，所以后来一刮东北风就特别寒冷。紧跟着老天爷又下起了大雨，他们赶快往洞里收泥人，咋也收不及，就用大扫把扫起来，有的扫掉了胳膊，有的碰断了腿，有的碰坏了眼睛，有的撞掉了耳朵。所以现在的人就不是那么齐全，缺胳膊少腿的，聋子、瞎子，啥样子的都有，这就是那时候留下的。

我说的你不信，可以搓一搓你身上，洗得再干净也有灰。泥人泥人，咋也是洗不干净的。

讲述者：姚桂英，女，60岁，农民，小学
采录者：陈书亮，42岁，干部，大学
采录时间：1987年10月
采录地点：正阳县
选自：《中国民间故事集成·河南正阳县卷》，夏纪德主编，正阳县民间文学集成编委会1989年7月编印

445

花花和良诚

很久很久以前，有两个孩子从小死了爹娘，大的叫花花，是个漂亮的少女，小的叫良诚，是个活泼可爱的小男孩。姐弟俩相依为命，小日子过得还算不错。

姐姐花花种地忙家务，供良诚念书。良诚每天上学总要在石狮子旁玩一会儿。一天，吃过早饭，良诚背着书包又从那儿经过，忽听石狮子说："孩子，以后你天天给我拿一个馍，塞到我嘴里。等我的眼睛发红了，就是天要塌啦，那时你就钻到我的肚里。"从此，良诚每天路过这里，总要拿一个馍塞到它的嘴里。

几个月过去了，这天良诚又拿个馍朝外走去，被姐姐发现了，就问他："你吃过饭了，为啥又拿个馍？"良诚把事情告诉给姐姐，姐姐说："那你每天就多捎几个馍给石狮吃吧。"就这样，良诚每天捎六个馍给石狮子。一连又过了几个月，这天，良诚和往常一样来到石狮旁，突然他发现狮子的眼红了，他连忙把馍塞到了狮子嘴里，就跑回家把姐姐领来，一起钻进了狮子的肚里。石狮子嘴比以前闭得更紧了。

狮子肚子里很黑，姐弟俩在里面蹲了一天就饿坏了。

他俩转了一圈才看清狮肚里尽是馍，就用这些馍度日。

不知过了多长时间，只剩两个馍了，花花对良诚说："这俩馍咱先别吃咧，等到实在饿得不行了再吃。"第七天头上，姐弟俩眼看要饿晕，才把这两个馍吃了。刚吃完，有道白光射进狮肚里，就见石狮子张开了大嘴，姐弟二人爬了出去。他俩惊奇地发现原来的庄稼不见了，石狮子后面的寺院也不见了，所有的人也不知上哪去了，眼前只有荒山和小溪。

"你们到别处谋生吧，这个世上还会有人的。"姐弟俩听了石狮的话，离开了救命恩人谋生去了。他们在一片荒地上种上庄稼，又盖起了房子。几年以后吃穿都不愁了。一天，姐弟俩都做了一个同样的梦。梦中一位白发老人对他们说："天下没人了，有心让你们姐弟成亲，可又不合天理。你们二人从今以后每天捏泥人放在外面晒，这样天下的人就会多起来。"

姐弟俩信了白发老人的话，每天捏起泥人来，一个大院子晒的尽是男女老幼的泥巴人。夏天到了，夜里下起了大雨，姐弟俩赶快起床去收泥巴人。因为雨下得太大来不及收，良诚拿着大笤帚把泥人扫到屋里。这一扫不要紧，泥人中便有一些断腿、少胳膊、瞎眼、没耳朵的，啥样的人都有。

从那以后，天下又有了人烟。据说现在的残疾人都是良诚那把笤帚扫的。

讲述者： 宋邦英，女，60岁，新蔡县佛阁寺乡老围孜村龚楼人，读过私塾

采录者： 龚国强，34岁，新蔡县文化局干部，高中
邱祥军

采录时间： 1987年10月3日

选自： 《中国民间故事集成·河南新蔡县卷》，龚国强主编，河南省新蔡县民间文学集成编辑委员会1988年编印

二、造人神话

446

人是泥人

很早很早的时候，世界上人就很多了，干各行各业的都有。有一个村子里的一家人，家里有个小男孩，才七八岁，正上学。他每天上学时都要带一张饼，当作中午饭在学校吃。这一天，他又去上学。上学路要经过一个土地庙，庙前蹲着个大石狮子。小孩儿刚走到石狮子跟前，就听一个声音说："你停一停，你停一停！"小孩儿扭头一看，只见石狮子眼睛发红，嘴巴一张一合，正对自己说话。小孩就问："你叫我干啥？"石狮子说："我饿了，把你的饼给我吃吧。"小孩很可怜它，就把饼给石狮子吃了。

从第二天起，小孩儿每天上学，就带两张饼，一张喂石狮子。他妈问他，他说自己一张饼不够吃。

这样，三个月过去了。

这天，小孩儿又走到石狮子跟前，刚要给它饼，只见石狮子摇摇头说："我不吃了。明天要天塌地陷，世上啥东西都要完了。只有躲在我肚子里才能逃过难关。你对我好，我要报答你，明天你上学时，就钻到我肚子里。不要对别人讲，外人知道了，我就保不住你了。"

小孩儿很害怕，可又不敢跟别人讲。他家有个小妹妹，他很疼她。第二天上学时，他也不说话，拉着妹妹就走。妹妹当是去玩儿，就跟着他。俩人来到石狮子跟前时，只觉得天空红得像烧透了反扣下来的铁锅，越压越低；脚下的地只乱颤，软绵绵的，还裂了缝，直把人往里吸。这时，石狮子张开大口，一下把他们吞了下去。他们在石狮子肚子里，很安稳，也很暖和，还发现了厚厚的几摞大饼，这些都是小孩儿从前喂石狮子的。他们听见外面一会儿"轰隆隆"地响，一会儿"哗啦啦"地响，也不知道发生了啥事。

过了不知道多长时候，外面不响了，静静的，只听石狮子说："没事了，你们出来吧！"他们俩就出来了。一看，呀，大变样了，地上光秃秃的，啥都没有，原先的村子、树木、庙全不知去哪儿了。小孩儿和妹妹找不着家，哭起来了。石狮子劝他们："不要哭，你们就住在我肚子里吧，饿了就吃大饼。"他们俩只好这样。

过了几天，小孩儿和妹妹没事干，就用水和泥，捏泥人。俩人捏得不一样，小孩儿捏男的，妹妹捏女的。捏的泥人大的，小的，胖的，瘦的，高的，低的，都有。他们每天捏，每天捏，捏好就摆在地上，让太阳晒干。后来他们捏了很多。

一天，早上起来，天就阴着。小孩儿和妹妹怕下雨，把泥人淋坏，就把泥人往石狮子肚子里放。先是很小心，一个个地摆好；后来，天越来越阴，眼看就要下雨了，小孩和妹妹一着急，就顾不上小心了，干脆一摞摞地往石狮子肚子里抱。这样就把不少泥人碰坏了，有的折了胳膊，有的断了腿，有的掉了耳朵，有的歪了鼻子，啥样儿都有。但就是这样，也还有一部分泥人被雨淋了，脸上被雨点砸了许多小坑坑。

天晴了，小孩儿和妹妹又把泥人都搬出来，这一回，他们决定不用太阳晒了，而用火烧。他们烧了一堆火，把泥人弄过来烤。结果呢，有的烧过了，成了焦黑色；有的烧得稍微过点，成了棕色；有的烧得不到劲儿，是白色；有的烧得正好，黄色。这些泥人烧过以后，就都会动了，还会说话，叽叽喳喳的，围着小孩儿和妹妹又跳又唱。因为那次搬弄，这些人有的腿瘸，有的胳膊残疾、歪鼻子，没耳朵的也有。又因为烧的程度不一样，这些人皮肤颜色也不一样，黑、白、棕、黄都有。后来，这些人就一伙伙地走开了，到啥地方的都有，并且开始种地、干活，像天塌地陷前一样。因为人都是泥捏的，他们离开土地就活不了。他们的身体总也洗不净，有泥土味，他们死以后，还要变成泥土。

这样，世上又慢慢热闹起来了。

讲述者：崔淑贞，女，50 岁，固始县安庄乡人，小学

采录者：王军芳，河南大学学生

采录时间：1991 年 2 月

选自：《中原神话通鉴》（第二卷），张振犁编著，河南大学出版社 2017 年 2 月版

447

捏泥人

从前，有个小妮儿，刚生下来亲娘就死了，她大又给她娶了个后娘，对小妮儿可刻毒了，六七岁上就叫她到庙东山拾柴火，拾得少了就打她，不叫她吃饭。

小妮儿的心眼儿特别好，每次拾柴火经过庙前，都看到有个石狮子张着嘴蹲在那里。小妮儿心里想：石狮子也饿了吧！就把她大偷着塞在她怀里的馍馍分一半放在石狮子嘴里，可石狮子真的把馍吃了。小妮儿以为石狮子显灵了，把自己的苦都诉给石狮子听，并且每天都把自己的馍分一半给石狮子吃。

有一天，石狮子突然说话了，它给小妮儿说："过不长，就要天塌地陷了，你跳到我嘴里来吧。"小妮子就按石狮子说的做了。当小妮子出来的时候，天底下没了人烟，只有那个破庙、石狮子和自己。

小妮儿想：就我一个人多害怕呀！她一想：对了，用泥巴捏成人，再滴上手指上的血，一晒干，或许就活了。她照自己想的捏了许多人，滴上血，放在庙前晒。有一天，天突然下大雨了，小妮儿收不及泥人就用扫帚往庙里扫，后来这些泥人都活了，就是我们现在的人。有的人瞎，有

的人瘸，有的人麻……就是那时小妮儿用扫帚扫的、捣的。

人身上的灰洗不干净，洗了还有，就是因为用泥捏的。

讲述者： 袁氏，孙耕田的外祖母
采录者： 孙耕田，新蔡人
采录时间： 1989 年 12 月 21 日
采录地点： 新蔡县
选自： 《中原神话通鉴》（第二卷），张振犁编著，河南大学出版社 2017 年 2 月版
原题《造人》

448

泥人

传说有兄妹二人每天上学的时候，就拿一块馍给石狮吃。一天石狮对他们说："再过七七四十九天就要天塌地陷，那一天你俩藏到我肚里，就可以躲过去。"这一天终于来了，他们因为藏在石狮子肚里而平安无事。其他的人都全部毁灭了。由于没了人，石狮要他们捏泥人。一个，二个……一天，两天，很多日子过去了，捏好了好多泥人在外面晒着。可有一日忽然下起大雨，他们搬不及了，就动手扫，结果人就有了残缺：瞎拐、独臂、少腿断胳膊的。

讲述者： 高立亭，46 岁，驻马店市刘阁乡农民，小学
采录者： 高大山，21 岁，驻马店市刘阁乡文化专干
采录时间： 1987 年 6 月
采录地点： 驻马店市刘阁乡
选自： 《中国民间故事集成·河南驻马店市卷》，袁可风主编，河南省驻马店市民间文学三集成编委会 1989 年 2 月编印

449

兄妹捏泥人

据传，有一对同胞兄妹，哥哥姜子牙，妹妹姜子岚，兄妹俩在一起上学。学校很远，中午一顿常带上干粮，他们的干粮放在一个石坎里。上午放学后，他兄妹俩经常到石坎里去吃干粮。不知咋的，干粮常常不见，俩人只好饿着肚子去上学。

这天，他兄妹俩又来到石坎里，吃干粮时，石坎突然变成了一头牛。大牛慢慢张开嘴说："我吃了你们的不少干粮，我要报答你们！天快要塌了，到那一天，你们看到天上裂开了缝，你兄妹俩就拿着一个棒槌。到时，我张开嘴，你们两个就进到我嘴里来。"

第二天清早，姜子牙和妹妹姜子岚俩人去上学，刚走到离家三里地时，妹妹姜子岚突然叫道："哥哥，不好了，你看天上好像裂开了一个缝。"

"啊呀！不好！妹妹，我们快回家叫咱娘一块上牛嘴里去。"兄妹俩走到家赶紧把娘背起就走。天上的裂缝越来越大，他娘说："儿啊，我老了，反正也快死了，你快领你妹妹去吧！"

姜子牙兄妹俩没法，只好加紧脚步赶到大牛旁，大牛张开了嘴，他兄妹俩刚爬进牛嘴，牛嘴就合上了。待兄妹观看周围时，只见周围尽是石头。原来他俩进到山林之中。山里头啥也没有，吃啥呢？俩人就拿棒槌这儿敲敲，那儿打打，打下来的小石块用舌头舔舔，倒也能解解饥渴。

没过多少天，来了个卖馍的老太太。姜子牙兄妹好久不吃馍啦，很馋。那位老太太走上前说道："你二人想买馍吗？"

"我兄妹想买，也想吃。可是没有钱咋买呀？"

接着姜子牙就把兄妹二人到这里的经过说给老太太听，老太太说："我不给你们要钱，这一筐子馍就送给你们兄妹吧！"

兄妹二人有吃的了，没事干，就捏泥人玩，捏得好的放在一起，孬的放在一起。

玉皇大帝知道了这事，心想：好的和好的好过生活，孬的和孬的就不好过生活了。我何不让雨神下一场大雨，他兄妹没地方分开放，只好把这些泥人混合在一起了。想到这儿，玉皇大帝便传旨雨神，急下大雨。雨神遵旨，下起大雨来，大雨倾盆，山洪暴发。姜子牙兄妹赶紧收拾泥人，忙乱中有的泥人被损坏了。后来这些泥人都活了，形成了人类世界。好人坏人总是混在一起，损坏了的泥人便成了残疾人。

讲述者： 张文方，55岁，清丰县瓦屋头乡张林子村农民，初中
采录者： 曹建芳，学生
采录时间： 1988年4月17日
采录地点： 清丰县瓦屋头乡张林子村
选自： 《中国民间故事集成·河南清丰县卷》，唐孝方主编，清丰县民间文学集成编委会1989年10月编印

450

人身上的泥为啥洗不完

人身上的泥为啥洗不完？世上为啥有很多四肢不健全的人哩？

据说，在很久以前，有一个村庄，村东头有一座庙，庙前有两个石狮子。这个村的学生上学都要从这儿路过，有一个叫王孩的小孩儿，好吃零食，他不管吃啥东西，总要给左边的石狮子嘴上糊一点。一天，这个石狮子突然会说话了，它对王孩说："王孩，你对我也不错，我也得对得起你。我告诉你一件事儿，你不要对任何人说。快要天塌地陷了，你啥时候看见我眼红了，我张开嘴你就钻进我肚里去，这样，可保你平安无事。"

王孩说："我钻到你肚里不是把我吃了吗？"

石狮子说："没事，等过了那阵儿，我把你吐出来。"

王孩说："那我家还有个姐姐，能不能让她也钻到你肚子里？"

石狮子说："中。"

打这儿以后，王孩照样每天上学，吃啥东西总忘不了让石狮子吃点，像没发生任何事一样，王孩没对任何人说。转眼半年过去了，有一天王孩上学到庙门口，看见石狮子的眼当真红了，赶快跑到家把姐姐叫来，一起钻进石狮子肚里。果真天塌地陷了。姐弟俩从石狮子肚里钻出一看，世界上的人全死光了。他们搭起一个草棚，就靠挖野菜过日子。

王孩没事儿的时候，就用泥捏泥人，放在屋外晒，晚上收回屋，越捏越多。有时天下雨了，拿不完，就拿簸箕端，不小心，就把泥人弄得缺胳膊少腿的。

一天，石狮子对王孩说："光捏泥人不中，你应该和你姐姐成婚，再生些人。"

王孩一听很急："我咋能和我姐姐成夫妻哩！"

"这是老天爷的意思，你如不信，你们姐弟俩可以到那边山顶上，弄两个石磙，你们分别推到山的两边，如果石磙滚到一块，你们就是夫妻。"王孩和姐姐上到山顶上，用两个石磙向山两边一推，那两个石磙滚来滚去还是滚到一块儿。王孩只好和姐姐结为夫妻，生儿育女，繁衍后代。

王孩捏的泥人，不管是完整的还是不完整的，也都变成真人，从此世上又有了人类。因为人是泥捏的，身上的灰老是洗不完。

讲述者：	郭长友，32 岁，淇县城关镇西坛村人，初中
采录者：	冯华，女，25 岁，淇县城关镇文化站专干，高中
整理者：	张长虹，51 岁，淇县文化馆干部
采录时间：	1987 年 3 月
采录地点：	淇县城关镇西坛村
选自：	《中国民间故事集成·河南淇县卷》，于德伦主编，淇县民间文学集成编委会 1987 年 7 月编印

451

石人下凡

很久很久以前，一座山上有两个石人，经过数年的修炼，这两个石人忽然会说话了。从此，这两个人开始了生活，二人结为夫妻。

一天，天阴得沉沉的，突然一声响，雷鸣电闪，这时玉皇大帝出现在上空，命令这一男一女两个人，马上回天宫，否则，就要罚他们受罪。二人无奈，只好又变成原来的样子，重新站立在山头上，他们二人的真体却升天去了。到天宫后，他二人与玉皇辩理，说："我们二人，本是千年定就的夫妻，玉皇如若不信，我们愿变成石磨，从山上往下滚。如果这两盘磨能会合在一块，就说明我们的话是真的，如果会不到一块，我们愿永做石人。"玉皇听后，同意了他们的意见，叫他们变成两扇石磨从山上往下滚。果然，两扇磨滚着滚着，越来越近，最后到山下终止的时候，两扇磨一个在下面，一个在上面，整整齐齐地压在一起。玉皇无奈，只得让他们结为夫妻。从此，从天宫贬为凡体，在大地生儿育女，以至今天。

讲述者： 刘树连，44岁，宁陵县孔集乡人

采录者： 刘灿旺，36岁，宁陵县孔集乡文化站专干

采录时间： 1986年7月8日

采录地点： 宁陵县孔集乡刘堂村

选自： 《中国民间故事集成·宁陵卷》，张久亮主编，河南宁陵县民间文学集成编委会1988年6月编印

原题《人的来历》

附记

关于人的来历民间还有多种说法，比如：

山神造人 在一个很高的山上，住着一个山神，天天捏小泥人，捏好了，就放到太阳下晒。捏了很多，满山遍野都是。一天夜里，山神正在山洞里睡觉，突然下起大雨。山神发现下雨，就赶紧把泥人往山洞中搬。因为捏得太多，搬不及，雨又太大，没招呼好，叫雨水冲走两个，一男孩，一女孩。冲到山底下，这两个泥人，越变越多，从此，就有了人。

人是从星星中下来的 为啥说地上的人与天上的星星一般多呢？因为过去地上没有人，天上星星的眼睛一眨就看到地上地方不错，人就从星星上到地上，就在地上生活开了。至今，上岁数的人，还有"地上死一人，天上少一星"的说法。

人是鸟叼来的 过去有一种大鸟，神通广大，经常飞来飞去，这瞧瞧，那看看，看到哪地方没人，就从有人的地方，叼着人到没人的地方。现在的人的祖先，就是这种鸟叼来的。

人是山上的树长的 过去山上有一种枣树，不光长枣，还长小孩。谁家想要小孩，就到山上从枣树上往下来摘，想要男孩的摘男的，想要女的摘女的，尽着挑。不信吗？看看每人肚上都有个肚脐，肚脐就是与枣树连接的地方。好多小孩，一看自己的肚，就是有个圆点点。所以，对人是从山上枣树上摘下来的说法，也就坚信不疑了。

采录者： 阎泉峰，51岁，滑县上官镇人，中专

选自： 《中国民间故事集成·河南滑县卷》，王权、张保东主编，中国民间文学集成滑县卷编委会1990年2月编印

452

百男百女

很久很久以前，有个人叫方五，他从小爹娘去世，只好到姑姑家过日子。

方五的姑姑只有一个女儿。姑姑想，娘家只有这条根，如果小方五以后有出息，招他为女婿，就能接替两家的香火。方五呢，年纪虽小，但很懂事，能吃苦，肯劳动，又聪明伶俐。姑妈和姑父一合计，把方五送进私塾里去读书，表姐小芳还给他缝了一个花书包。小芳虽年纪不大，可倒有心计，平时从爹娘的话语中已知道了表弟是她将来的丈夫。这事正合小芳的心意，她想，现在待他好点，将来成了亲也免得受他的气。方五也看透了姑父姑母的心思，就刻苦读书，一心想出人头地，这样才对得起姑父、姑母和表姐。从此，他的学业日有所进。

一日，方五散学回家，正在路旁欣赏景致，突然被一白发、白须、白眉毛的老翁拦住，老翁可怜巴巴地说："我实在饿得走不动了，好学生，求你积个德，再来上学时，给我带两个馍吃吧。"方五读书知礼，就点头答应了。回到家里，方五把路遇老翁要馍吃的事儿告诉了表姐，要表姐给他拿两个馍送予老翁。他表姐小芳虽没读过书，也很贤淑，听表弟一说，知道表弟是个好心人，便笑着给方五拿来两个馍，方五上学时送给了老翁。第二天，那老翁又在那个地方等着方五，求他要四个馍吃。方五回来就又向表姐要四个馍，送给老翁。第三天，那老翁又是在那个地方等着方五，求他给拿八个馍吃，方五回家就向表姐要八个馍，送给老翁。第四天，老翁还是在原地方等着方五，求他给带十六个馍吃。方五恐怕表姐不给，便对表姐说："那老翁真能吃，咋能吃那么多馍？"表姐笑着说："他能吃，他饿。拿去吧。"说着给方五拿十六个馍。第五天，那老翁要三十二个馍；第六天，老翁要六十四个馍……一天增加一倍。

贤淑善良的小芳，知道方五天天要给老翁带那么多馍，就天天给他蒸几锅准备着，方五天天把表姐蒸好的馍装进布袋里给老翁背去。这一天，方五把小芳蒸的馍全给背走了，小芳一看，慌了手脚，想到，一家人吃啥呀？便跟在方五后边追赶。追着追着，离老翁近了，她见那老翁大口大口地吃馍，吃完馍，又张开大嘴把方五也吞肚里了。最后把小芳也吞吃了。

方五和小芳醒来的时候，发现自己在一座四方小院里，正在发呆，忽然发现面前站着一个白发老婆。老婆说："这就是你们的馍，饿了可以吃。天要塌了，外面的人，都不能活了。等到天撑起来以后，你们再出去。"白发老婆说完就不见了。

真的天塌地陷了，人烟绝迹。

过了些日子，天撑起来了。方五和小芳走出小院，天下只有他两个人。从此，他俩结为美满夫妻。

一年过去了，小芳生了孩子。可她生的都是一个个大肉包，数一数，不多不少，正好一百个。他俩把那些肉包割开，发现每个肉包里都有一个男孩和一个女孩。心想，等他们长大了正好配成一百对夫妻。

一天天过去了，一月月过去了，一年年过去了，那一百双儿女都已长大成人。一日，方五两口把儿女们召集在一起，让他们结为夫妻。方五两口还给他们确定了姓氏，一百对夫妻，定一百个姓氏。儿女们听罢甚是欢喜，还是老人带他们走进山林，突然发现一片果树，树上结满了红灯笼似的果子，见那些鸟兽都在树上吃果子。儿女们见了，便问小猴："我们可以吃吗？"小猴子说："试试，试试。"他们又问花喜鹊："我们可以吃吗？"花喜鹊说："试试，试试。"他们还是不敢吃，又去问小花蛇："我们可以吃吗？"小花蛇说："可以，试试。"他们一听说可以试试，姑娘们便各自摘了一个果子，给自己的心上人，谁知小伙子们刚把果子咽到喉咙管里，再也咽不下去了。他们哪里知道，这事被天帝知道了，因为这种果子还不该让人吃。不多一时，小伙子们便噎得瞪眼伸脖。姑娘见心上人被噎死，个个泪如涌泉，放声大哭。哭声冲上云霄，惊动了天帝。天帝一想，不能让他们死啊！他们一死，世间的人又要灭绝了。立刻派一位神仙下界。神仙来到人间，用手指把那些小伙子的喉咙给捅透气了。小伙子们立刻复活。他们醒来后，对那些鸟兽很生气。便去打猴子，猴子逃了；去打花喜鹊，花喜鹊飞了；只好去找小花蛇算账了。他们一见小花蛇正卧在草丛里，便用脚狠狠地踏在小花蛇的头上，蛇头被踏扁。可是，这些小伙子，每个人的喉咙上都留有一个疙瘩。那种红灯笼似的果子呢，他们就叫它"试试"，就是现在的柿子。

讲述者： 邹清和，58 岁，正阳县兰青乡胡冲村农民，小学
采录者： 邹志华，29 岁，农民，高中
采录时间： 1987 年 11 月
采录地点： 正阳县兰青乡胡冲村
选自： 《中国民间故事集成·河南正阳县卷》，夏纪德主编，正阳县民间文学集成编委会 1989 年 7 月编印

453

蒸面人

很古很古的时候，天上下来两个人，创造了世界。人太少哇，地方那么大，咋管呢？他俩捏面人在锅里蒸了起来。

第一锅，他俩怕蒸不熟，火烧得太大了，把面人蒸成黑的了。第一锅面人落地，成了黑种人。

第二锅，他俩怕再蒸过火了，就少蒸了一会儿。锅盖儿一掀，面人还没变色。第二锅面人一落地，成了白种人。

第三锅，他俩用小火多烧了一会儿。一掀锅呀，他俩喜坏了。一个抱男的，一个抱女的。抱起来，面人就会喊爹喊妈。这第三锅面人呀，颜色不黑也不白，黄橙橙的，和仙女一个色，这就是黄种人。

他们只顾照管第三锅出世的黄种人哩，黑种人白种人走远了，住到很远很远的地方去了。

讲述者： 朱学恒
采录者： 马卉欣，42 岁，桐柏县文化馆干部，高中
采录时间： 1987 年

选自：《中国民间故事集成·河南桐柏县卷（第一分册）》，马卉欣主编，桐柏县民间文学集成编委会1987年9月编印

老天奶奶造人

据说，开天辟地的时候，世界上没有人。老天爷就命老天奶奶用仙水圣泥造些人送到尘世上去生息。老天奶奶手巧，一会工夫就捏了许多。

老天奶奶捏的人，不论男女，大都是端端正正的，但模样有丑有俊。然后，俊配俊，丑配丑，一对一对放在阳光下照晒，等晒干后送到下界尘世上去。可是，她忘了今天要下雨，半晌时下起雨来。刚捏的泥人，咋能经得住雨淋？她就赶紧一对一对往屋里收。谁知雨越下越大，她一下急了，从屋里拿起个簸箕，三下两下把泥人拢到一块，用簸箕端到了屋里。她这一拢不要紧，全乱了套，泥人变了形状不说，原来配好的一对对全弄散了，有的甚至成了残疾。再重新捏吧，仙水圣泥已经用完，没办法，只好就这样送到了尘世上去。

如今尘世上人长得各式各样的，还有残疾的，都是当时老天奶奶造成的。

俗话说“有好汉，没好妻，猪八戒娶了花髦髦”，都是从这儿来的。

采录者： 江岩

选自： 《中国民间故事集成·河南省辉县市卷》，周抒真主编，河南省辉县市民间文学三套集成编委会1989年9月编印

附记

在平顶山香山寺山门西边不远处，有一条沟顺山而下，人们称为娃娃沟。要说这娃娃沟，还有一个很久远的传说。

开天辟地时，世上没有人。三皇姑妙善捏了九九八十一个泥人，被鸡子叼后，成了四十一个男人，四十个女人，男女相配，一共配了四十对繁衍人类。但也有的男女婚配后不会生孩子，为了让那些无子的夫妇能够生孩子，享受天伦之乐，三皇姑又捏了一些泥人，晒成石头蛋儿，就放到娃娃沟。一旦有妇女来求子，就到这里来拴娃娃。一般是无子的妇女在婆婆的陪同下，先到菩萨殿里向三皇姑说明求子的心愿，然后拿一根红线到娃娃沟去。是要男孩儿还是女孩儿，就在娃娃沟里找，找到自己想要的石头娃娃，赶紧用红线拴上，不让他跑。拴好后就揣到怀里，不能回头一直往家走。

凡是在娃娃沟拴了娃娃、生了孩子百天后的妇女，要及时上香山寺给三皇姑还愿。如果当初在三皇姑（观音菩萨）像前许了愿，到沟里拴了娃娃，回家后生了孩子不还愿的，孩子会跑，叫你养不住。因此，凡是在娃娃沟拴了娃娃生了孩子的，必定都会及时去还愿。人们都说三皇姑百灵百验。

讲述者： 任守礼

采录者： 任学，平顶山新华区石桥营村人，公务员，大学

附记

采录者任学为1951年生人。本篇原稿采录时间不详。

455

人为啥会说话

（一）

古时候，世上所有的动物都会说话，整天叽叽喳喳，吵吵闹闹。天神听到，吵死了，闹死了。天神想了个办法，拿出两只木碗。一只盛好水，喝了还能说话；另一只盛哑水，喝了就成了哑巴，只会叫，不会说话。

这一天，天神命令所有的动物都来喝水。所有的动物都到天神那里去，有的飞，有的跑，有的爬，有的跳。它们都想快点赶到，喝上好水。但是它们谁也不知道哪只碗里是好水，哪只碗里是哑水。只有青蛙知道，那时候，世界上数青蛙最聪明。

青蛙一蹦一跳地跑得很慢，好着急啊！它看到喜鹊从头顶上飞过，就说："喜鹊，你飞得快，请你带上我吧。"喜鹊说："对不起，我没工夫。"说着就飞到前边去了。

青蛙看见兔子从它身边跑过，忙说："兔子，兔子，你跑得快，请你带上我吧。"兔子说："对不起，我没工夫。"说完就跑到前面去了。

老虎、狗……一个个都从它身边跑过去、飞过去了，谁也不肯带它。

后边，人跑过来了，看见青蛙一蹦一跳地累坏了，就

说："青蛙，让我带着你走吧。"青蛙说："谢谢恁。"它想，人真好，应该让人喝上好水。

所有的动物都来到了天神跟前，它们一看：一只木碗上雕着花，里边盛着清清的山泉水；另一只木碗又旧又脏，还缺了个大口子，里边盛着一点污泥水。青蛙悄悄对人说："你去喝那个破木碗里的水吧，那里边是好水。"人说："咱俩一起去喝吧。"青蛙说："不行，你看那木碗里只有一点水，我喝了你就喝不成了。我呀，水里游游，地上走走，会说话也没有啥用。"

青蛙说完，就跳到大木碗里喝起水来。喜鹊呀，兔子呀，所有的动物都知道青蛙最聪明，只有青蛙才知道哪是好水，都以为大木碗里的水好，就一起围着大木碗喝起来。

人看它们喝着大木碗的水，就端起那只又旧又脏的小木碗，把那污泥水喝了下去。

从那时候起，只有人还会说话，所有的动物都变成了哑巴。

讲述者： 永旺
采录者： 李广武
选自： 《中国民间故事集成·长垣县卷》，张如源主编，长垣县民间文学集成编委会 1986 年 12 月编印

456 人为啥会说话（二）

很早的时候，世间的所有生物都会说话，天王看见这种情况不好，只想让一种生物说话。但是让谁说，不让谁说，这下可难坏了。天王想来想去，想出了一个办法。

一天，天王下命令，叫天底下的各种东西，不分树木、石头、山沟、飞禽走兽、鱼虾昆虫，都聚在一起，要大家喝一种仙水，由大家自由选择喝啥水。喝了会说话的水，就继续说话；喝了不说话的水，就不能说话。这样，以免大家争执。大家一听，都很满意。但是哪是说话的水，哪是不说话的水，大家都不知道，只好去乱碰，个个都担心，怕喝着不会说话的水。

约定喝仙水的这一天到了，地上所有的东西都向天王指定的地点赶去。走的跑的最快，赶在了前面；爬的滚的就很慢，只好落在后面。他们都非常担心说话的水被先去的喝完。大家都走了，只有青蛙独自落在后头，由于跳得慢，心里很慌，青蛙又气又急。

当时，世间最聪明的要数青蛙，只有它知道哪是说话的水，哪是不说话的水，但它跳得慢。当它正着急的时候，忽然人走来了。人见青蛙走得太慢，便将它托在手里，向

前赶去。

青蛙看见它被人托着，跑得真快，把一些爬的昆虫、跳的走兽都超过了，心里很高兴，非常感激人。青蛙想：“世上动物中，只有人才又善良又厚道。如果人不能喝到会说话的水，那多么可惜呀！应该设法叫人喝到会说话的水才行。可是，会说话的水只能让一种动物喝，人若喝了，我青蛙就喝不成。连我也永远不会说话了。”青蛙又为难起来，咋办呢？它抬头望望抱它的人，好像没有啥事一样。青蛙这才感到自己的想法太可耻了，为啥不学人那样大公无私呢？它下定决心，非要想法让人喝到会说话的水不可。

大家都到了天王召集的地点，只见在一个平坝上摆着两个木碗。有一个木碗非常漂亮，碗外面画着金黄的花，碗内装满了水，水也是清亮透明的。另一个木碗，外面的花色很旧，木碗也缺了一块，里面装一点浑浊的水。青蛙看了，便把人叫到一边，悄悄说：“你要喝那旧木碗内的水。不能去喝那又大又漂亮的木碗内的水，因为那水喝了就永远不能说话了。”人听了青蛙的话，再三推让青蛙去喝。青蛙说：“我喝了，就没有你的。我虽然以后会说话，可我只能在水里游，在陆地上跳，哪能管得住那些会飞会跑的东西？你快去喝吧！”青蛙说完，就先喝了大花碗内的水。其他的各种飞禽走兽、山河树木土石、昆虫鱼虾等看见聪明的青蛙在喝大花碗内的水，以为大花碗里一定是会说话的水，都去抢大花碗里的水喝。人见青蛙喝了不能说话的水，无法再推让了，便端起旧木碗，一口将水喝完了。从此，只有人才能说话，其他一切东西都不能说话了。

人为了感谢青蛙，便把青蛙放在自己开出来的田地里，每天耕种田地时可以看到青蛙；种出来的粮食成熟了，任随青蛙先吃。

青蛙见人对它这样好，不仅不吃粮食，还在田地里捉害虫吃，吃完了就“哇哇哇”唱歌给大家听。从此，大家更喜欢青蛙了。

讲述者：　孔贤义

采录者：　马振华

选自：　《中国民间文学集成·河南开封县卷》，赵才主编，开封县民间文学集成编委会1990年6月编印

457

人为啥会说话

（三）

盘古开天辟地，有了万物，那时天上的、地上的、水里的、树上的动物都会说话，从早到晚，世界上吵吵闹闹，乱得老天爷不得安宁。老天爷烦了，就想了个办法，派天兵天将在路口上，摆上一盆清水，一盆浑水，谁喝了清水就不会说话，谁喝了浑泥水就能说话。可这事得保密，谁也不知道。

各种动物得知后，都往十字路口跑。天兵天将到河边洗澡时走漏了风声，青蛙知道了底细。可是青蛙跑得慢，央求别的动物带它去。大家都各顾各，谁也不带它去。这时人跑过来了，看青蛙跑得慢，把青蛙托在手里。青蛙知人心境好，就说："可别喝清水，喝了清水就哑巴啦，喝了浑水才能继续说话。"

人说："咱俩一起喝吧！"

青蛙说："不行，清水多，浑水只有一口，我喝了，你就没啥喝了，我让给你。"说着来到十字路口，人把青蛙放到地上，青蛙蹦蹦跳跳地往前走。

老虎在那里看守，吆喝着："别管谁，只能喝上一口，不能多喝，排好队一个一个地喝。"青蛙喝了清水，马、羊接着喝，天上、地上的动物都接着喝，挤着喝清水了。老虎怕喝不上了，赶紧把清水喝了一口。人趁动物们争喝清水的时候一口把浑水喝了个干净。

从那以后，动物不会说话啦，只会"叽叽喳喳，吱吱哇哇"，只有人还是照样会说话。

讲述者：崔金钊，60岁，范县王楼乡教育组干部，大专

采录者：荆耕田，22岁，范县文化馆干部，高中

采录时间：1990年4月20日

采录地点：范县文化馆

选自：《中国民间故事集成·河南范县卷》，荆耕田主编，河南省范县文化局1990年7月编印（油印本）

458

人为啥会说话

（四）

相传很久很久以前，人不会说话，动物会说话。动物整天吵呀，说呀的，搅闹得天神们不得安宁。有一次，天神正在睡觉，又被一群动物吵醒了。他想，忠诚老实的不好说狂话，就想了一个法子，来惩治好说好闹事的。他先找一个大盆和一个小盆，分别装上“哑水”和“话水”，叫动物和人来喝。然后，他变作一只青蛙，暗中点化。这时，动物和人都在往这里走，动物走在人的前面。开始，“青蛙”叫动物驮着它，动物都不愿意。后来，它又让人驮它，人答应了。它就对人说：“忠诚的人啊，一会儿，请你喝小盆的水。”人点点头就去喝小盆的水。“青蛙”来到水盆边二话没说便带头喝大盆的水，动物都莫名其妙地跟着喝大盆的水。

从那以后，动物就不会说话了，而人却会说话了。

讲述者：　陈氏，女，87 岁，新蔡县古吕镇人，不识字

采录者：　陈宏丽

整理者：　张敬中，新蔡县扶贫办干部

采录时间：　1988 年 3 月 10 日

选自：　《中国民间故事集成·河南新蔡县卷》，龚国强主编，河南省新蔡县民间文学集成编辑委员会 1988 年编印

459

人为啥会说话

（五）

很早以前，传说天下的动物都会说话，整天吵翻了天，天神很不耐烦，觉得成天像这样下去自己就受不了啦。他就想了个法，用两个木碗，一个碗盛好水，喝了还会说话；另个碗是哑水，谁喝下去就会变成哑巴。

这天，天神让所有的动物都来喝水，嘿，这下子可热闹了，有的飞，有的跳，有的跑，都想跑快点儿，抢喝会说话的水。它们各自想着，拼命地跑！可到地方一看，也不知道哪碗是好水，哪碗是哑水，看来看去分不清，不敢喝。只有蛤蟆才知道，那时候蛤蟆最能，最聪明。

蛤蟆的最大特点是跑得慢，一蹦，一蹦，干跑跑不快。它想让喜鹊兔子带上走，可谁都怕拖累时间，都不带它。后来，人跑来了，看见蛤蟆走得怪累，就说："蛤蟆，让我带你走吧！"蛤蟆高兴极了，它想："人真好，该让人喝上好水。"

所有的动物都来到天神跟前，它们一看一个大碗里盛着清清的泉水，另外一个木碗又旧又脏还缺了一个口子，里面盛了一点污泥水。蛤蟆悄悄地对人说："你去喝那碗污泥水吧，喝了就会说话。"人说："咱们一起去喝吧！"蛤蟆说："那不行，你看那木碗里只有一点水，我要是喝了，你就喝不上了。再说，我只能在水里跑，地上蹦，喝了好水也没啥用。"蛤蟆说罢就去喝那碗清水，动物们都知道蛤蟆最能，想着它喝的是会说话的水，也都喝了起来。

人喝完了那点污水，就只有人会说话，动物们都变成了哑巴。

讲述者： 杨金祥，55 岁，西峡县石界河乡通渠村农民，初小

采录者： 曹明航，23 岁，西峡县石界河乡通渠村农民，高中

整理者： 杨平，女，28 岁，西峡县文化馆职工，高中

采录时间： 1986 年 4 月

采录地点： 西峡县石界河乡通渠村

选自： 《中国民间故事集成 · 河南西峡县卷》，谢起超主编，西峡县民间文学集成编委会 1987 年 9 月编印

460

人为啥会说话

（六）

采录时间： 1987 年

采录地点： 平舆县十字路乡大秦庄

选自： 《中国民间故事集成·河南平舆县卷》，李宏主编，平舆县民间文学集成编委会 1989 年 10 月编印

传说在很久以前，地球上的动物都会说话，天天把天上的神吵得不得安宁。天神便想了个办法治理一下，就准备了一池清水、一池浑水，清水池里天神下了哑药。

这天，天神下令让所有的动物到池里喝水。命令一下，飞的飞，跑的跑，争着去喝清水。只有青蛙和人落在后面，青蛙急得“呱呱”乱叫，善良的人啊，把它放在肩上带到池边。这时清水池里的水还有一滴，青蛙一跃而下跳到清水池里，把剩下的一点水喝光了，又到浑水池里喝点浑水。善良的人，没有喝到清水，只好到浑水池里喝浑水了。

从此以后，喝了清水的动物，都不会说话了，只有人会说话。因为青蛙喝的清水少，也能“咕咕呱呱”地说几句。

讲述者： 秦敬仁，39 岁，平舆县十字路乡秦坡楼村农民，初中

采录者： 秦春霞，女，14 岁，平舆县十字路联中二年级学生

461

语言雨

讲述者：汪流保，66 岁，商城县武桥乡农民
采录者：顾光义
采录时间：1989 年 5 月
采录地点：商城县武桥乡
选自：河南省民间文艺家协会资料库电子文档
《中国民间故事全书·商城县卷》

相传，最早人都不会说话，全世界都是哑巴。人与人之间交往靠打手势、动腿脚、挑眉弄眼和呼叫声的长短来表示。

一年夏季，天下久旱无雨，河水断流，人们的嘴唇都裂出了血，无法进行呼叫。正当人类面临灭顶大灾的时候，突然狂风四起，响起炸雷，接着乌云翻滚，下起了瓢泼大雨。人们见到雨水，不顾死活往外跑，纷纷张大嘴巴接水喝。奇怪的是，这些雨水分赤、橙、黄、绿、青、蓝、紫、白等多种颜色。有的地方下白雨，有的地方下红雨。人们喝足了雨水，精神倍增，呼叫着，跳跃着，没想到张嘴说出了话。更有趣的是，生长在同一地域，喝了同一色雨水的人，说出的话相互听得懂。生长在不同地域，喝了白色雨的人，听不懂喝了红色雨的人讲的话；喝了红色雨的人，听不懂喝了白色雨的人讲的话。

后来人们就把这种雨叫语言雨。

462

没角捏

讲述者：李志九
采录者：李连杰
采录时间：1985 年 5 月
采录地点：唐河县上屯乡丁岗村
选自：《中国民间故事全书·河南·唐河卷》，张果夫主编，知识产权出版社 2011 年 9 月版

很久以前，人们的头上也长着两只角。它长在鬓角处，是软的。它的用处是：人不管得了啥病，只要捏一捏角，就好了；遇到危险，捏一捏角，危险就没有了；渴了饿了，捏一捏角，肚子不饿、嗓子也不渴了。有了这样两只角，人们就天不怕地不怕，整天吃饱睡觉，啥活也不愿干，地里长满了野草，很多良田都荒了。

有一年，天上玉皇大帝派天使下界巡察，天使看到人们那懒散的样子，心里很不高兴，就耐着性子劝人们耕田织布。可人们仗着两只角，谁听他的？天使一怒之下，就上天把民情如实地报给玉皇大帝。玉皇大帝很恼火，就派天兵天将，把人们的角割了。

人们没了角，只好干活。得病了，还习惯用手捏捏角。没有角，就只好捏捏角根太阳穴，也能治点小毛病。遇到麻烦的事，就挠角根，手指伸得远了，就挠着头皮。挠头皮当然不抵事，人们就长叹一声："唉，真是没角捏呀！"

463

眼耳口鼻的由来

很早很早以前人没有脸，更没有眼、耳、口、鼻，听、看、吃、屙、说都是一个地方。所以现在骂人时还常说“真不要脸”或者“净是屁话”等。人的脸和眼、耳、口、鼻是咋形成的呢？这还得从远古说起。

盘古开天地以后，王母娘娘的第五外孙女韩俭，在天宫忍耐不住，私自下凡招了男人，接连生了六个儿子，其中有两对还是双生呢！不幸男人死了，她便带着孩子过日子。俗话说寡妇门前是非多，那些平时假装正经的人常到她家串门子，免不了动手动脚的。韩俭本来就不正经，这样更拨动了她改嫁的春心。可是找来找去找不到主，一来她是后婚，二来还带着六个孩子，谁愿意招这些麻烦呢？

韩俭实在熬不下去了，就带着孩子到陈州人祖庙找人祖爷。她一见人祖爷就说：“人祖爷呀人祖爷，你掌管的人间，男女成对，恩恩爱爱，可我孤单一人多苦哇！你给我找个主吧。”

人祖爷一听吓了一跳，忙说：“不中，不中，要是让王母娘娘知道了，我可吃罪不起。当初织女下凡就惹恼了她老人家，还把我传到天宫狠狠训了一顿，说我没把人间管好，要不是太白李金星讲情，我非受罚不可。你私自下凡王母娘娘就催我查找，我说了假话，说是查不到。现在你让我给你找主改嫁，我可不担这个风险。”

韩俭一听可急坏了，就鼻子一把泪一把地说：“我虽说是仙女，可现在是人了，这点小事你就不管，还算啥人祖爷？我看我也没法活了，干脆碰死你跟前算了！”说着就往墙上撞去。

人祖爷急忙拦住说：“不要这样，让我想想办法中不中？”人祖爷可是作了难了：不管吧，她寻死觅活要出人命事；管吧，又怕王母娘娘知道了。可咋办哩？他想呀想，忽然想起了好法子，就对韩俭说：“这样吧，我给你换个名字，让你长个脸，这样谁也不认识你了。再把六个孩子都安在脸上，你晴改嫁了，这样再也不会因为你有孩子没人要你了。”韩俭一听当然高兴，觉着只要能嫁人咋着都中。

人祖爷就给她改了形体，另起个名字叫脸。不久她嫁给了一个姓孙的，热热和和地过了一辈子。

从那时候起，人才有了脸和眼、耳、鼻、口。因为眼、耳、鼻是亲兄弟，直到现在还团结得很好，各干各的事，一点也不乱套。

讲述者：	陈杰，47 岁，项城县付集乡汽车站工人，初中
采录者：	姜学成，29 岁，项城县付集乡文化站职工，高中
整理者：	苏国安，项城县贾岭乡文化站专干
选自：	《中国民间故事集成·河南项城县卷》，孔祥谦主编，项城县民间文学集成编委会 1987 年 12 月编印

464

男人为啥长胡子

男的最初也不长胡子，为啥后来长胡子了哩？这得从年三十晚上熬皮袄说起。

据说，在很久很久以前，玉皇大帝传下谕旨，每年腊月三十晚上，南天门大开，向凡间施舍恩典。谁能在这天夜里守到大开南天门，谁就会得到好处。有得金银财宝的，有得大米白面的，最少也能熬上一件大皮袄。这就看你有没有诚心。

这年年三十晚上又到啦，人们都坐到自己屋里守夜熬年。熬年有个忌讳，不到半夜子时南天门大开不能出屋。有一个老头儿，一直在守在熬，谁知道年纪大了不顶事，熬着熬着打起瞌睡来。他怕睡着了，就站起走动，顺便打开屋门，想看看南天门开了没有。谁知正赶半夜子时已到，南天门大开。玉皇大帝看下边站着个老头儿正往上看，就命人把他叫来。老头儿来到南天门，玉皇大帝问他："你这老头子不等南天门大开，你就急得直往上看，你究竟想要点啥呀？"这老头儿见这个场面，也不知道说啥好啦，光摸下巴，说不出话来。

玉皇大帝想了一下，点了点头，笑笑说："大概你是急等要胡子吧！"遂命手下人说："给这老头儿一把胡子，送他回去！"只见手下人拿出一把胡子往老头儿嘴上和下巴上一拍，就长出了很长的胡子。

就打那时候起，男子大了都长胡子。

讲述者： 张顺清，64岁，杞县官庄乡官庄村农民，私塾二年

采录者： 张福国，38岁，杞县官庄乡文化站专干，高中

采录时间： 1987年7月16日

采录地点： 杞县官庄乡官庄村讲述者家中

选自： 《中原神话通鉴》（第四卷），张振犁编著，河南大学出版社2017年2月版

465

人身上为啥没毛

很早以前，人跟现在的猴一样，不穿衣裳，身上长满了毛。后来人为啥没了毛，而且穿上了衣裳呢？传说有这样一个故事。

有一次，玉皇大帝过生日，地上的飞禽走兽都派代表带着礼物到天宫去祝寿，人也派了个代表。谁知道这个人很爱喷大空儿[1]，酒宴上喷得云天雾地。说人能降龙伏虎，驯服百兽；人能生产五谷杂粮，生火做饭，吃熟食，放的屁都是香的。把人说得比神仙的神通还大。也是他多喝了几盅，说着说着胡扯起来："我看恁仙界就是不胜人间，俺人间一个男人跟几个女人睡觉，想咋着就咋着，谁也管不住谁。"说着还哈哈大笑，羞得王母娘娘脸色由红变白、由白变青，当着玉帝的面又不好发脾气，站起来走了。

玉皇大帝早就不耐烦了，见王母娘娘一走更加生气，大声说："你这个畜生，在天宫竟敢胡言乱语，我要看看你人有多大本事！"随即下令把他绑了，命太上老君架上油锅，把他给炸了。

太上老君烧滚了油锅，就把他放到油锅里炸。因为那个人喝了仙酒，只把浑身的毛炸光了。太上老君以为他死了，就把他扔回了人间。

爱喷大空儿的人回到人间，身上脱了一层皮，变成了赤身白条。他觉得怪难看，就用树叶连起来穿在身上。打那以后，人才穿上了衣裳。

讲述者：王宏玲，女，24 岁，项城县王明口中学教师，中专
采录者：苏国安，项城县贾岭乡文化站专干
孔祥谦，50 岁，项城县文化馆干部，中专
采录时间：1987 年 7 月
采录地点：项城县王明口中学
选自：《中国民间故事集成·河南项城县卷》，孔祥谦主编，项城县民间文学集成编委会 1987 年 12 月编印

[1] 喷大空儿：方言，即说大话。

466

喉疙瘩和胡须

相传在很早以前，男人女人都没有胡须，也没有喉疙瘩。有一天，玉皇大帝过生日，他一时太喜欢，多喝了点酒，醉后下了一道旨意，让仙女们向人间撒仙桃。那仙桃是三千年开一次花，三千年结一次果，再过三千年才会熟，谁吃了谁就会长生不老。那桃子到了凡间以后，男女老少都抢着吃。那些男子们口大，咬一口抵女人们三口。

玉皇大帝酒醒以后，知道自己说错了，又连忙向天下发出一道旨意："那些桃子不准吃。"他话音刚落，那些只顾吃没顾咽的桃子，当时就卡在喉咙里，后来就成了喉疙瘩。

又停了一段时间，玉皇大帝想知道人们对这件事是咋看的，就派太白金星下来私访。太白金星下凡后变成个老头儿，他见到一个中年男子就问："天上下来的桃子，你吃了吗？"

那人因为长了喉疙瘩，心里很生气，一听他又问这事哩，就骂了起来，越骂越难听。太白金星实在听不下去了，就飞回天宫向玉皇大帝从头到尾说了一遍。玉皇大帝想了想说："再让他们嘴上长些毛，让他们说话不恁顺当吧。"

太白金星说："那女人们和孩子们可没有骂呀。"

玉皇大帝说："那好，女人和十八岁以下的小孩儿们不长就是了。"

从此，十八岁以后的男子们都长胡须了。

讲述者：丁喜陆
采录者：李廷坡，34 岁，社旗县青台乡文化站专干
采录时间：1986 年 3 月
采录地点：社旗县青台乡朱庄村
选自：《中国民间故事集成·河南社旗县卷》，徐东主编，河南省社旗县民间文学集成编委会 1987 年 9 月编印

467

男人为啥有喉结

讲述者：李假如，60岁，栾川县潭头乡大王庙村农民

采录者：张献发，17岁，栾川县潭头乡大王庙村高中学生

选自：《中国民间故事集成·河南栾川县卷》，贾翰如主编，栾川县民间文学集成编辑委员会1989年1月编印

相传，很久很久以前，地上没有人的时候，天上王母娘娘的仙桃园里有两个看桃的，那个男的叫阿狗，那个女的叫阿甜，他俩都是馋鬼。仙桃熟了，他们总是偷偷摘个尝尝。

这一年，仙桃又熟了，他们偷偷地爬上了树，各自摘了个又红又大的仙桃，往嘴里填。吃了一个又一个，当吃到第十个仙桃时，刚塞到嘴里，恰巧，玉皇大帝出现在门口，这倒把他们吓坏了，吐又不敢吐，咽又不敢咽。阿甜眼快，一扭脸便把仙桃吐在了园外。阿狗呢，他舍不得吐出没吃完的仙桃，便将仙桃连核往肚里咽，可是一咽，正卡在喉咙里，上也上不去，下也下不来，把喉咙里憋了一个大疙瘩。这事被玉皇爷看见了，便把他们两个训斥了一顿，并打下凡去受罪。

他俩下凡后，便结为夫妻，生儿育女，一代一代。男的咽喉里都憋了个喉结，女的没有。

468

男人为何有喉结

相传，很久很久以前，有一对神童看守蟠桃园。这两个神童一男一女，像孪生兄妹。

这一天，女神童不在桃园，魔鬼来了，望着那滴溜的仙桃，馋涎欲滴。但他不敢摘着吃，因为蟠桃是专门供玉皇大帝和王母娘娘吃的。再说吃了它能延年益寿，别的神鬼是吃不到的。魔鬼见男神童在睡觉，就来到他面前，低声地喊道："小神童，快醒醒！"

男神童被唤醒，揉了揉眼睛，问魔鬼有啥事，魔鬼说："你咋不吃仙桃呀？吃了它能延年益寿哇！"

男神童问道："这是真的？"

魔鬼说："那还有假？不信，你可尝一尝嘛！"

男神童说："俺不敢，偷吃仙桃玉帝要定罪的。"

魔鬼说："你真是个大傻瓜。桃子结得那么多，摘一个吃了算啥？再说，你的伙伴又不在，除了你知道，谁也不知道。"

男神童一想也是，女神童不在又有谁知道？他伸手摘了一个仙桃。魔鬼想等男神童咬上一口，再让他为自己也摘一个。谁知，还没等男神童张口，女神童回来了。魔鬼一看不妙，溜了。

男神童一见女神童回来了，急忙把桃子送进嘴里。这时，他忽地想起女神童的话，举手去掐脖颈，想把桃子吐出来，可是晚了。桃子已送进喉咙里，被卡住了。

从此，男神童的脖子上长出一个喉结。你看，现在个个男人都有个喉结，这就是那个男神童给留下的。

讲述者：许金山，农民

采录者：张静

选自：《中国民间故事集成·河南省息县卷》，曹金铸主编，河南省息县民间文学三套集成编委会1990年1月编印

469

男人的咽喉为啥特别大

有一次，王母娘娘命一个童男和一个童女看蟠桃园。她很爱护手下的童子，嘱咐说："你们千万不要摘树上带毛的桃子。这种桃子还没长熟，吃了，会出现原来的形状，我就要把你们打下凡去。"童男童女都很听话，点头记下了。

王母娘娘刚走，树底下爬出一条白花蛇。这种蛇很坏，专爱挑拨是非，它对童男童女说："你们为啥不上树去摘毛桃吃呀？越是带毛的桃子越嫩，又脆又甜，吃了能长寿不老。"

童女说："才没人信你的话呢！刚才王母娘娘还交代不让吃那种桃子，你没有听见吗？"

蛇说："那是哄你们的。王母娘娘怕你们偷吃桃子，才说出那种吓人的话。好不容易才轮到你们看回桃园，不吃，才是傻瓜呢！"

两个童子经这一番挑唆，可动心了！童女果真爬上树去，摘了两个毛桃，先扔给童男一个。童男就往嘴里填，刚咽进喉管，正好让转来的王母娘娘看见，急忙按着将毛桃挤了出来。

一场灾祸免除了，可是王母娘娘按着的地方却聚了个疙瘩，再也不会平复。从此，男人的咽喉就大了，一直传到现在。

讲述者：张庆轩，76岁，唐河县毕店乡刘古洞村退休教师，高中
采录者：张果夫，42岁，唐河县文化局干部，高中
采录时间：1985年6月
采录地点：唐河县毕店乡刘古洞村
选自：《中国民间故事全书·河南·唐河卷》，张果夫主编，知识产权出版社2011年9月版

470

膝盖骨

传说，在远古时候，人们没有膝盖，都是直腿子，跑得非常快，因此，就专靠捕捉野生动物过活。

一天，人正在追赶一只狼。据说，狼是山神爷喂的护山狗。山神爷见人快追上他的狗了，就急忙从地下抓起两把泥巴，向人的腿甩去。只听“叭”的一声，人“哎呀”一声倒下了，狼趁机逃跑。

追赶狼的那个人倒下去以后，发现自己的腿断了，但不感到疼。他仔细一看，发现腿断处有块泥巴糊着，取了几次都没取下来。从此，这两块泥巴就变成两块膝盖骨。人们虽然没有以前跑得快了，但两条腿却比以前灵活多了。

讲述者：高万红，65岁，栾川县潭头乡秋林村农民

采录者：胡宗敏，16岁，栾川县潭头乡高中学生

选自：《中国民间故事集成·河南栾川县卷》，贾翰如主编，栾川县民间文学集成编辑委员会1989年1月编印

471

人的寿命

传说，在当初，人的寿命是很短的，只能活二十多岁。可是，人为万物之灵，他很能，就去找上帝，说上帝给人的寿命太短了，要求他给人添寿限。缠得上帝不行了，上帝就指着牛说：“把它的寿限匀给你们一些吧！”这样牛的寿限缩短了，人的寿命却延长了，就能活上四五十岁了。

人们还是不满足，就又找着上帝要求再给人们延长一些寿命。这时，正是早朝已毕，上帝急于回宫，可是被人们缠磨着就是走不了，缠得上帝起急了，就说：“把猴子的寿限也匀给你们一些吧！”从此，猴子的寿限缩短了，人的寿命又延长了，就能活六七十岁或更长一些时间了。

因此，人们在二十多岁以前，过的是真正人的生活，自由自在，身体健康，精力充沛。由二十多岁到四五十岁这一段时间，过的是牛的生活，干的是又累又重的活，负担很大。到四五十岁以后，就过上猴子一样的生活，掉发掉毛，这儿抓抓，那儿挠挠，浑身都不是那样舒服了。

人们还是不满意自己的命运，又去找上帝，想要求上帝给予人们长生不老的寿限。缠得上帝不耐烦了，上帝就说：“要得长生不老，那就得像蛇一样，年年脱壳。”

从此，人们一到冬天，就要脱一层壳。但是，年年脱壳，使人太难受了。人们受不了脱壳的痛苦，就只好说：“要这样难受，还不如死了好。”从此，人们不再脱壳了，不是老死就是病死了。

搜集者： 贾翰如，64岁，栾川县文化馆离休干部，高中

选自： 《中国民间故事集成·河南栾川县卷》，贾翰如主编，栾川县民间文学集成编辑委员会1989年1月编印

原题《人寿的传说》

472

天帝封寿

相传，人祖爷造人以后，又造了飞禽走兽。谁知那些畜生都比人繁殖得快，很快超过了人的数量。玉帝一看这可不行，照这样下去，将来人就没法活了，得想法限制畜生的寿命。

玉帝把人和畜生召上天庭，先对人说：“天下离了人不能成为世界，我封你活二十岁如何？”

人问：“你叫我吃啥东西呢？”

玉帝说：“你想吃啥吃啥。”

人又问：“你叫我都干啥活呢？”

玉帝回答说：“想干啥就干啥，干累了就睡大觉。”人听了很高兴，磕头谢恩后，站在一旁。

接着，玉帝给马封寿限。他见马长得很威风，开口封马活五十年。马问玉帝：“天帝，你叫我吃啥屙啥呢？”

玉帝一听连屙啥也问着，心里怪烦：“你吃草料，屙元宝。”

马又问：“你叫我干啥呢？”

玉帝说：“拉车、拉磨，犁地、耙地，供人们骑着游玩。”

马心里想想：和人相比，吃的干的都没人好。看来玉帝是偏心眼儿，活恁长时间有啥意思哩？就对玉帝说："天帝，你让我活三十年就足够了，那二十年我不要啦！"

人在旁边听了心想：苦点累点怕啥，不苦哪有甜哩？活着总比死了强得多呀！人想到这儿，上前求玉帝说："天帝，你把马余下的二十年阳寿让给我吧。"

玉帝转脸看看马，见马没吭声，就把马的二十年阳寿给人了。

玉帝接着给牛封寿。玉帝见牛憨头憨脑的，就对牛说："马只要了三十年阳寿，我封你活四十年咋样？"

牛问玉帝："你让我吃啥呢？"

玉帝说："你吃金条拌银条，不供香料。"

牛又问："叫我干啥活呢？"

玉帝说："铺天盖地拉犁拉耙，偷懒挨皮鞭。"

牛听罢暗想：我比马干的活重，挨打又多，连香料也不给吃。它暗骂玉帝不公平，赌气对玉帝说："我也不愿活恁么长时间，让出二十年阳寿，你想给谁给谁。"

人在旁边接过话茬说："天帝，牛那二十年阳寿干脆也给我好啦。"

玉帝说："那好，既然牛不想要那二十年阳寿，就给你吧！"

玉帝接着把狗叫到跟前，给狗封了二十年阳寿。狗问玉帝："你让我吃啥哩？"

玉帝笑着说："能吃的东西都没有了，你给人的孩子舔屁股吃屎去吧。"

狗又问："叫我干啥活呢？"

玉帝说："防贼防盗，给人家看家护院吧。"

狗一听心里很不高兴，噘着嘴说："我只想活十年，那十年阳寿给人算啦。"

人赶忙接腔说："给我，我就要。"玉帝点点头同意啦。

随后，玉帝又把鸡叫过来，给鸡封了十年阳寿。鸡问玉帝："天帝，你叫我吃啥呢？"

玉帝说："你有两只爪，自己从土里挠食儿吃吧。"

鸡又问："叫我干啥活呢？"

玉帝说："你身小力薄，别的活你干不了，专门喊人起床下地干活好啦。"

鸡听了心想：叫我天天喊人起床，那不得老早就喊叫吗？连个安生觉也睡不成，活恁长时间净是多受罪！想罢，气呼呼地对玉帝说："我只想活五年，那五年我不要啦！"

人在一旁又接腔说："天帝，那五年阳寿鸡不要，我还要，我不嫌多。"

玉帝说："人心不足呀，给你就给你！"

玉帝一个接一个给飞禽走兽封寿限，谁知那些畜生都因为吃的干的不如人，个个吵嚷着不想活恁长时候。玉帝一恼火，站起来走了。

从此，人的寿限比一般畜生都长。二十岁以前，这段时间是玉帝亲口封下的，无忧无虑，快活自在，吃的穿的用的都不用自己操心。二十岁到四十岁这段时间是马让给的寿限，所以人在这段时间得奔波掏劲、创家立业。四十岁到六十岁这段时间是牛让给的寿限，人在这段时间是养儿育女、辛辛苦苦拉套吃累的时候。六十岁到七十岁是狗让给的寿限，人在这段时间干不了重活儿，只能在家看守门户。七十岁以后是鸡让给的寿限，人老体弱，夜里睡不好觉，常常天不明就醒，吵嚷着催孩子们起床下地干活。

讲述者：刘富兰，女，51 岁，项城县贾岭乡阎梅村农民，认字不多

采录者：周广富，项城县贾岭乡阎梅学校教师

采录时间：1986 年 2 月

采录地点：项城县贾岭乡阎梅村讲述者家里

选自：《中国民间故事集成·河南项城县卷》，孔祥谦主编，项城县民间文学集成编委会 1987 年 12 月编印

473

人祖问寿

自从盘古开天辟地以后，地上的一切都不知道自己能活多久。他们商量决定去问一下寿命神。

大家来问寿命神，寿命神乐呵呵地说："好，好！不过我当着大家的面无法分配，等到明天早晨再分。"

大家听了纷纷离去。寿命神有点偏心眼儿，他怕人醒得晚，让人祖睡在石板上，枕着硬邦邦的石头，盖着刺条。到了半夜里，人祖可受不住了，便把那块硬石头、那刺条扔了，那块石头正好砸在大山上，疼得大山和石头一夜未睡好。那刺条正好扔在大河里，疼得大河一夜未合眼。人祖打开兽皮，"呼呼"地安睡起来。

天还没明，寿命神就大声喊："谁要十万年的寿命？"因为大山和石头未睡好，便"哦"了一声，十万年的寿命它们得到了。寿命神又大喊："谁要一万年的寿命？"因为大河也未合眼，听到喊声，便"哗"的一声，一万年的寿命它得去了。寿命神恐怕人睡不醒，便派风到那儿吹醒人祖。谁知人祖睡在兽皮里正热，经风一吹，反觉凉爽，睡得更起劲了。寿命神喊："谁要一千年的寿命？"风没把人祖吹醒，倒把大树吹醒了，它"哗"的一声，一千年的寿命它又得去了。寿命神有点失望了，便喊："谁要一百年寿命？"正在这时鸡叫了，一百年的寿命被鸡抢去了。"哞！""咴！""汪！"牛、马、狗分别得了五十年、三十年、十年的寿命。寿命神失望了，心里烦，说："谁要五年的寿命？"这时，正巧人祖醒来了，便慌忙说："我要！"因此人只得了五年的寿命。人祖伤心极了，跟别的去换，别的说："我们的寿命都是寿命神分给的，我们不能和人换。"终于，公鸡出头露面了，说："我和你换，我把一百年的寿命让给你，我要五年的寿命。"人祖高兴起来了，称颂公鸡好。人祖为了感激公鸡，送给公鸡一个红宝石，给它安在头上作为对它的报酬。

从此，人的寿命就由五年变为一百年，把五年当作鸡的寿命了。

讲述者：张延文，50 岁，遂平县石寨铺乡大张庄村农民

采录者：郭建新，15 岁，遂平县石寨铺乡初中学生

采录时间：1988 年 2 月

采录地点：遂平县石寨铺乡大张庄村讲述者家中

选自：河南省民间文艺家协会资料库电子文档《中国民间故事全书·遂平县卷》

474

人的寿命

传说当天地初开、混沌初分之时，上天安排万物的寿命，曾问牛道："给你二十年寿命，行吗？"

牛哭诉道："太多了！我整天吃糠咽草，却出不完的死气力，到头来还难免一刀，不如早些死去。"

上天说："好吧，减免十年。"

上天又问狗道："给你二十年寿命行吗？"

狗也哭诉道："太多了！我黑里白天守在门边檐下，主人把好的吃完了，扔给我一些残汤剩食，稍不如意，不打就骂，不如早些死去。"

上天说："好吧，减免十年。"

上天又问猴道："给你二十年寿命，行吗？"

猴也哭诉道："太多了！我整天被关在木笼里，被人们当作玩物，玩得高兴时，撒一把花生米，玩得腻了，就抛开不管，稍不如意，还要抽几鞭子，不如早些死去。"

上天说："好吧，减免十年。"

上天又向人道："给你三十年寿命，咋样？"

人哭诉道："太少了！三十岁时，我刚成家立业不久，孩子还小啊！"

上天说："那么把牛的十年寿命加在你身上？"

人又哭诉道："太少了！四十岁正是出力的时候，死了太可惜！"

上天说："那么把狗的十年寿命也加在你身上？"

人还哭诉说："还少呀！五十岁有了孙子，我还要照顾后代呀！"

上天说："那么把猴的十年寿命也加在你身上？"

人仍然哭诉道："还少呀，还少呀！"

上天大怒道："难道想活一百岁，老不死的东西！"说完拂袖而去。

所以，人在三十岁以内，正是青春妙龄之时，无忧无虑，幸福得很。

从三十岁到四十岁，是立功创业之时，竭尽全力为儿子们驾辕爬坡，驮辎负重，有一股永远使不完的牛气力。

从四十岁到五十岁，有了孙子，好吃的和好穿的都尽着孩子们，自己粗茶淡食，热冷不均；遇到了则吃一点，遇不到也不争竞，像狗一样替孩子们看门守户。

从五十岁到六十岁，已经身竭力衰，无所作为，依靠孩子们过活；加上耳聋眼花，手脚笨拙，难免经常被小孙子们像玩猴一样地捉弄取笑。

六十岁以后，就非常怕死，恨不得想活长生不老，因此常常引起一些不孝儿孙的讨厌，面前背后骂道："老不死的东西！"

采录者： 余泽沛

选自： 《中国民间故事集成·河南南阳市卷》，党铁九主编，南阳市民间文学集成编委会1988年9月编印

475

女人的心为啥是水做的

传说离洛阳有二十来里有个李家庄。这庄上只住着一户人家，三口人，夫妇俩和一个十六七岁的女儿。有一天他们女儿到野地挖野菜，在一座坟上发现一株谷子。她觉得好奇，便掐叶子噙到嘴里，谁知，她从此便怀孕了，肚子一天比一天大起来。父母知道后，感觉丢人现眼，她的父亲给她拿来了一根绳子、一把菜刀，让她自己去选择死的道路。她母亲心软，晚上偷偷地将她放走。

当她逃到洛阳桥时，肚疼得厉害，她只好钻进桥眼里，生下一个男孩，取名鬼谷子。生下小孩因无法抚养，只是抱着哭，那小孩见她哭得伤心，便开口说话："妈呀，你哭啥？"

一听孩子会说话，吓了一跳，又一想自己生的没有啥害怕，她对孩子说："孩子，咱吃啥哩？"

那小孩说："今后要啥有啥。"

他妈要辆纺花车纺棉花，他给他妈弄来一辆纺花车和棉花。从此母子二人便搭了棚，在桥下过生活。

有一天出去了，桥上来了个推小车的。他听到桥下有纺花车声音，到桥下一看，是个美丽姑娘，便起歹心。谁知姑娘死活不从，他就把姑娘杀了。儿子回来见妈死了，他在地上划了个"十"字，喊了一声："妈，回来吧。"他妈又活了。

一个月过去了，那推小车的又路过这个地方，仍听到有纺花车的声音，又到桥下。她的儿子又是不在，他又把姑娘杀了，并且砍成八大块，把心摘走了。她儿子回来，把母亲每一块对到一起，就是找不到心。没办法，他到河里捧了一捧水做母亲的心，就这样他又一次将他妈救活了。

又过了一个多月，那推小车的又走到洛阳桥这里，听到纺花车的声音，又来到了桥下。女人经不住那人的再三纠缠，撇下儿子跟那人走了。从此，传说女人的心是水做的。

讲述者： 郭进山，76 岁，不识字

整理者： 周新彬

选自： 《中原神话通鉴》（第四卷），张振犁编著，河南大学出版社 2017 年 2 月版

文化起源神话

476

锄头的来历

（一）

讲述者：崔金甲，65 岁，范县王楼乡赵菜园农民，不识字

采录者：崔金钊，60 岁，范县王楼乡教育组干部，大专

采录时间：1990 年 2 月 10 日

采录地点：范县王楼乡赵菜园村

选自：《中国民间故事集成 · 河南范县卷》，荆耕田主编，河南省范县文化局 1990 年 7 月编印（油印本）

传说，在很多年以前，人们管理庄稼很省劲。那时候地里有了杂草，一不去锄，二不用拔草，只用个木梆子在有草的地里转悠着敲敲，草就惊吓死了。这样时间长了，人们越学越懒，敲梆子觉着麻烦，太累，又操心，就生了个巧妙的法儿：把木梆子挂在树上，风吹树摇木梆“乒乓”响，把草惊吓死，地里没有草啦，庄稼丰收啦。

这事玉皇大帝知道了，很是恼火，便让天兵天将把木梆摘去，并下了神旨，再挂梆灭草不灵。人们作难啦，除草得用手一棵一棵地拔，又慢又累又费事，弄得庄稼减收、人们受苦。这时神农氏在玉皇大帝那里听差，看不下了，这样长了，不得把人饿死吗？他就把玉皇大帝的龙头拐杖偷偷地拿来，下界到人间，用龙头拐杖往地里一榜，草就死啦。可天下地恁多，一个龙头拐杖忙活不过来呀！大家就模仿着龙头拐的样造了个家什去锄草，这就是后来的锄头。

477

锄头的来历

（二）

古代人们刚刚懂得五谷的时候，人少地多，耕种不过来，多是老天帮助。农民把种子撒到地里，庄稼长出来很茂盛。地硬了，草多了，咋办？农民就到田间去反复念几遍咒语：“草死，苗活，地翻暄……”只要念几遍以后，第二天地里的草就死了，地也暄了，庄稼苗子长得很旺。这样不用多大气力，年年是五谷丰登，人们过着非常富裕、悠悠自得的生活。

富裕啦，人们对老天相助生产出来的粮食，毫不爱惜，任意挥霍浪费。把细白面做成的饼，任意用做小孩的尿布，真是作孽之极。思想也懒惰起来，念除草咒语时，也不顾去田间了，而是在家里念，但照样灵验。时间一久，老天发现念咒语的声音越来越小了（因不去田间的事），对人们的劳作产生了怀疑，就化作乞丐到人间查访。当走到一户门口喊道：“请东家给拿点吃的！”一位家庭主妇指示孩子说：“把那尿布饼掂给他几个！”老天一见此情景，非常气愤，腾云回宫，即刻指示农神，收回咒语，不准再灵。从此除苗咒语不论在家里念，还是到田间去念，都不顶事了。

咒语不灵了，田间杂草丛生，地皮板结，庄稼当然也长得不好了。粮食生产越来越少，迫不得已人们都变得节约起来。但是，由于五谷不丰收，尽管节俭，仍是食不饱腹。无奈了，人们就生火打了一个长脖子铁铲，每天去田间割草。两手拿住长把向前推，像现在铲麦茬一样。由于铲的铁脖较长，用力一猛，恰巧碰到一块石头上，把草铲碰了个刃向后，直铲脖变成了鸭脖似的弯形。因除草心切，为了省事，也未去修就继续干起来，劳动架势由向前推变成了向后拉，从此就形成了锄，沿用至今。

讲述者：付金堂，60岁，农民

采录者：付孟经，清丰县政协干部

整理者：刘希功，45岁，清丰县文化馆干部，大专

采录时间：1987年3日22日

采录地点：清丰县马村乡孟卜村

选自：《中国民间故事集成·河南清丰县卷》，唐孝方主编，清丰县民间文学集成编委会1989年10月编印

异文：锄头的来历

很早以前，地里的草不是用锄头锄的，而是由一人拿住铜锣，在地里边敲边说：“草死苗长，草死苗长……”这样，一直说七七四十九遍，地里的草就死了。

可是，有一个懒汉不愿这么做。他觉得这样在地里太热太累，就在树下躺了下来，边敲边说：“草死苗长，草死苗长……”一直说了七七四十九遍，地里的草不但没死，反而长得更旺了。

原来，这些事都是老天爷一手做的。开始，他见老百姓在地里拔草很受累，就把击锣锄草的办法赐给了老百姓。今天，他看到这个懒汉竟这样用他的锄草法，非常生气，就用仙术，狠狠地罚了他一顿。

这一来，那个懒汉为了生活下去，就想了个门儿，用铲子来铲草。一次，由于他用力过猛，铲子头碰弯了，他也没管它，就用弯铲子锄起来。说也怪，这弯了的铲子竟

比以前好用多了，一块地不大一会儿就锄完了。这以后，懒汉有了得心应手的工具，也变得勤劳了，年年打下的粮食吃不完。

老天爷看懒汉变了，很高兴，可又一想：这个懒汉虽然变勤快了，可还会有第二个、第三个懒汉出现；要想杜绝懒汉，就必须让他们自己劳动。老天爷就下了一道令，收回了敲锣锄草的方法。

这样，人们为了能生活下去，就不得不亲自动手锄草了。由于那懒汉发明的锄头，既省力，锄得又快，很快被人们一传十、十传百传开了。从此，过去的铲头，也就变成现在的锄头了。

讲述者： 吴文龙
采录者： 范成林，26岁，文化馆职工，高中
采录时间： 1988年11月
采录地点： 驻马店市胡庙乡吴楼村
选自： 《中国民间故事集成·河南驻马店市卷》，袁可风主编，河南省驻马店市民间文学三集成编委会1989年2月编印

478

弓和箭

传说上古时，黄河以北有个部落首领叫共工氏。他有个女儿，叫农奇，是一位勤劳勇敢、聪明智慧的女子，经常登山涉水出外猎兽采果，供伙伴们享用。

一次，她来到一个古老的林中，放眼一看：满山架岭都是树，郁郁葱葱，琳琅满目，松、柏、杉、榆、楸、桐、枫、杨……笔直的树干直插云霄；还有板栗、柿子、山楂……许许多多的果树，果实累累，挂满枝头，散发着香味。农奇高兴极啦，心想：进了宝山不可空回，今儿要多摘一些回去，叫姐儿们好好饱餐一顿。她来到一棵葛藤攀缠的柿子树下，伸出两只胳膊，将树一抱，两条腿往树上一夹，"哧溜哧溜"地爬到树杈上。然后，又像小鸟一样，挪动着轻巧的身躯，摘罢这枝摘那枝。她摘呀，摘呀，正在兴头上，突然，"呜——"一声怪叫，把她吓了一跳。定神一看，一只毛色斑斓的金钱豹，正朝自己扑来。她连忙折了根七八尺长的棍子，攥在手中，爬在柿树枝上。碰巧那根树枝有个弧形弯儿，犹如一张弓，一根葛藤横攀而过，恰似一根弦。农奇左手抓着树枝，右手攥着木棒，屏着呼吸，目不转睛地注视着下面的动静。那豹子越来越近，

农奇的心也越提越高。由于过于紧张，她攥棍的右手，不知啥时候已从树枝移到葛藤上了。她唯恐手抓得不紧，掉下去，就使尽全身的气力，使劲地攥着、攥着……说时迟，那时快，当那金钱豹又“呜”地怪叫一声时，农奇只觉得心一惊，头一蒙，手猛地一松，那根木棍“嗖”的一下，飞出去好几丈远，正好射在金钱豹的天灵盖上。金钱豹被这突如其来的棍子捅得晕头转向，吓得魂不附体，尖叫一声，扭过头去，撂开四爪逃跑了。

农奇是善于思索的女子，她觉得奇怪极了，就又摸索着试做了几次。结果，仍然是那样。她觉得，攥木棍的右手，用劲越猛，木棍飞出去就越远，速度就越快，撞击力就越大。

那时候，人们劳动和防身的工具就是木棍和石头，工具十分简陋，不断遭到毒蛇猛兽的作害。农奇心想：要是能把这个原理用来猎捕鸟兽和抵御外来的侵害，那该多好啊！

她的想法得到了父亲共工氏和伙伴们的支持。她就去山上弄回些木棍、葛藤，用脚踩着，用手握着，将木棍握成弧形，把一截葛藤拴上去，两端缠紧绑牢。然后，再取一根细树枝作为箭，进行试拉。一用力，根根树枝都被射得远远的。但是，用葛藤弓和弦，葛藤一干，一拉就断了，很不耐用；用树枝做箭，也不能杀伤命中的目标。后来，经过长期的实践和摸索，她终于发现了兽皮结实耐拉，有弹力；竹子质硬，有韧性，磨磋后非常锋利。她就用兽皮割成条条做弓弦，将竹竿的一头磨尖作为箭。这就是我国最早的弓和箭。

现在，孩子们玩耍，拉弓射箭，用竹子削尖做箭头，也是从那时留下的习惯。

讲述者：邱海观，73 岁，南阳县青华乡青华村农民，读过私塾
采录者：李明才，42 岁，南阳县文化局干部，高中
采录时间：1986 年
选自：《中国民间故事集成·河南南阳县卷》，阎天民主编，南阳县民间文学集成编委会 1987 年 8 月编印

479

造屋的传说

在很久以前，我们的祖先，在森林里生活，居住在山洞中；靠捕猎生活，连毛带血地吃野兽肉。没有衣穿，也没有房住。

后来有个人，仿造鸟窝，架木为巢。在森林里把砍倒的树木架起来，搭些树枝树叶。这些树棚棚，就是原始的房屋。

传说到了尧王时候，他手下有个专管修建房屋的人，名叫普安。普安根据尧王的旨意，想要修建一座外形美观、舒适又结实耐用的房屋，在天下到处查访能工巧匠。在几百人中，选中了两个人，一个叫鲁班，一个叫张佐。张佐是泥工，垒墙、盖屋，件件活计都行，手艺高超；而鲁班呢，是个木工，家具、门窗，也样样精通。

普安把鲁班和张佐叫到跟前，说：“你俩是天下有名的能工巧匠，尧王命令你们，盖一座外形美观、住着舒适又结实耐用的房屋。你们把最好的本领，都使出来吧！”

张佐和鲁班都想在尧王面前露一手，两人各领一班人，就开始了。张佐带领自己一班泥工，打墙的打墙，盖房的盖房，很快就盖起了一座四四方方的房子。张佐看着自己

盖的房子，自言自语说道："鲁班能盖这样结实耐用的房子吗？尧王见了一定会称赞。"

鲁班看到张佐先干起来了，他也不示弱。他想：你干我也干哩！就召集手下的一帮木工，做门窗的做门窗，架梁檩的架梁檩，不久，一座玲珑精巧、亭亭柱立的木板房盖起来了。鲁班左看看，右看看，心想：这样美观、舒适的房子，尧王见了一定满意。

房子盖好，就请普安来看。普安先来到张佐的房前转了一圈，又绕着鲁班的房子转一圈。他俩满以为会受到普安的称赞和夸奖，谁知普安摇了摇头，叹口气说："看你们盖的都是啥房子？"他拿眼瞟了一下张佐："四面都是一尺多宽的土打的墙，结实怪结实，可是，没有门窗，没有光亮，屋里黑洞洞的，叫人咋住呢？"

"你盖的房子，"他又看鲁班一眼，"样子怪好看，可惜只有木柱、板墙。虽然美观、舒适，但经不起风雨，又防不了野兽的侵扰，也算不得好房子。"

一番话说得张佐和鲁班心里很服气。普安想了一下，故意提高嗓音说："你俩为啥不合着干呢？"

一句话，提醒了他们。鲁班很谦恭，就主动对张佐说："张大哥，咱们合着干吧！你的房子的长处，恰巧是我房子的短处。咱们把两座房的长处合在一起，再盖一座！"张佐见鲁班态度很诚恳，就拉住鲁班的手说："行！咱们合着干！"

就这样，鲁班和张佐合在一起干啦！木、泥工合在一起，没几天，一座外形美观、住着舒适又结实耐用的房子便盖好了。普安见了这座房子，十分满意，便上报尧王。尧王一看，也满口称赞，说天下真还没有这样好的房子呢！就命天下老百姓都仿照此房盖房。

从此，无数座这样的房子，很快都盖起来了。而在盖房时，木工和泥工，总要合在一起，齐心合作，谁也离不开谁。同时，在盖一座房屋时，木工、泥工中都要选一个领工的。这个领工的，如果是木匠，就要仿照鲁班的名字，称他叫"堂班"。

采录者： 王庆文

选自： 《中原神话通鉴》（第四卷），张振犁编著，河南大学出版社 2017 年 2 月版

480

三黄和棉衣

通许县城南有一个赫庄村，在这个村的北边有一个大坑。在这个坑的边上，有一座三黄庙。这三黄庙是啥时候修建的哩？人们为啥要修这座三黄庙？要问这些，就得从很远很远的时候说起。

在很远很远的古代，人们不知道麻和棉花的用处，更不知道把麻和棉花纺成线，织成布，做成衣裳穿在身上。那时候，人们都是用树叶或者芦苇叶编在一起，披在身上当衣裳穿。穿这样的衣裳热天还好过，一到冬天冷的时候，就不中了，人们都冻得不行。再加上那时候也冷得很，一到冬天，不知道有多少人都被冻死了。咋办哩？能眼睁睁地等着冻死么？

时间又过了不知有多少年。

有一年，就在通许县城南二十多里的地方，有个名叫赫庄的村子。就在这个村的地方住着一户姓黄的人家。这家原来的人口不少，爹妈和其他的人都因冬天天冷被冻死了，全家只剩下兄弟仨。老大叫大黄，老二叫二黄，老三叫三黄。这兄弟仨都是有心劲的人。他们眼看着爹妈和其他亲人，一年又一年都被冬天天冷冻死了，心里很难过。可是想啥法不让自己被冻死哩？一年的夏天，大黄把俩弟弟叫到一块商量办法。可是一时谁也想不起办法，兄弟仨很着急。

又快到冬天了。为了叫冬天不被冻死，三黄弟兄仨积极准备过冬的柴草。大黄弄来些树叶，二黄拾来些蒿草棵、树枝和麻秆，三黄抱来些白白的、软软的花一样的东西。这些他们都弄到了山洞里，一层一层地铺在地上当床。当他们在那白白的、软软的棉花上睡觉时，感到又暖和又好受，兄弟仨很高兴。可是在冬天寒冷的时候，为了不让饿着，还得到山洞外去打猎找能吃的食物。由于他们穿的是树叶和芦苇叶，大风一刮、大雪一下，他们都冻得吃不住。临他们回到住的地方时，大黄已经冻得快要死了。在大黄还有口气时，他把俩兄弟叫到跟前说："看着我是不能活了，你们俩在我死后，一定想办法把能过冬的衣裳改改，使你们不被冻死。"说到这儿他又对二黄说："你是大哩，这个事你要多操心呀！"说罢他就死了。二黄、三黄兄弟俩难过之后，就把大黄睡的地方，连蒿棵、麻秆带树叶、白棉花一下抬起把大黄埋了。当二黄、三黄把哥哥抬起来时，只听"嘎巴嘎巴"一阵乱响，他俩认为树枝麻秆都断了，没法再抬了。二黄拿起一根一看，见树枝、蒿棵和麻秆都断了，可是，虽说那麻秆断了，那麻秆的皮还很结实。兄弟俩就拽着麻秆的皮把哥哥抬出去埋了。

晚上，兄弟俩坐在洞里就琢磨开了。三黄说："哥呀，那白白的、软软的花埋了可惜了，咱睡到那上又暖和又好受，那是啥哩？"

二黄说："那麻秆断了，为啥它的皮恁结实哩？是啥哩？"后来兄弟俩用麻秆的皮把一朵朵白而软的棉花连在一起，往身上一披，呀！比树叶、芦苇叶暖和多了。当时兄弟俩可高兴了。

又快到冬天冷的时候了。兄弟俩为了早准备过冬的衣裳，就先弄来麻秆的皮和白而软的棉花，又连在一起当衣裳。心想，这下可不怕冬天冻得慌了。冬天到了，天又刮风又下雪。为了到外边找吃的东西，兄弟俩又去打猎了。到外边打猎一跑一动，那用麻秆和木棉花连起来的衣裳，一下子又被风刮起来了，还是很冷。再冷也得打猎物吃呀！最后回到洞里，虽说猎物打来了，可二黄却被冻死了。

弟兄仨冻死俩了，就剩下三黄一个人。他自己想着，那白而软又暖和的东西就叫棉花吧，那很结实的麻秆皮就叫麻吧。那咋着能把它们连在一起，披在身上，又暖和又不怕刮风下雪哩！他想了很久，试着干了好些年。最后他又发现，那棉花不但暖和，还有一小根儿一小根儿细绒线，要是能把白棉花和麻连在一起，成一块裹在身上，就不怕刮风下雨了。又经过多少次的试验，最后他总算成功了。他把麻皮和棉花绒线连在一起当成布，又把棉花放在两层布的中间，做成衣裳穿在身上。这棉衣裳既不怕寒冷，又能很利索地打猎。虽说三黄做的衣裳很简单，但总算世上第一件棉衣裳吧！这种方法后来经过人们不断地改改、试试，做的棉衣就更好了。人们再也不怕冻死人的冬天了。

三黄死后，人们为了不忘记他，就在原来三黄住的地方修了一座三黄庙。

讲述者：张秀生

采录者：常平

选自：《中国民间文学集成·河南通许县卷》，张学文主编，河南省通许县民间文学编委会1989年12月编印

481

三皇与三弦

新中国成立前，三弦书艺人，敬的是天皇、地皇、人皇。可为啥他们要敬这三皇呢？那还得追溯到遥远的年代。

在远古时，天下黎民百姓只知道采野果、打野兽吃，拿树叶、兽皮当衣穿，也不知道娱乐。

天皇当了首领以后，领导着人们向大自然斗争。一天，他出外打猎。当他的箭“嗖”地射出后，弦的余音延续了好大一会儿，声音怪好听。这就引起了天皇的注意。那时，有人已知道用兽皮或大个动物体内的尿脬张在木筒或竹筒上当鼓敲着玩，声音也挺好听。那天，天皇打猎回家后，又见到有人敲着鼓在玩，他灵机一动，心想：能不能把这两物合在一块，做成一件新玩具呢？经过多次试验，终于成功。这件新玩意比以往那些弹起来，声音就更好听了。人们都为这种发明创造而庆幸。随着弹出的声音，人们有的在歌，有的在唱，有的在舞，有的在蹈……尽情地欢乐。

天皇之后，地皇继位。他领导着人们继续和大自然搏斗，繁衍子孙，继往开来。他与属下常常举行娱乐会，弹着那一根弦的乐器。起初倒也称心，后来就有点不顺心了——太单调了。他在原基础上经过反复摸弄，恰如其分

地又安上了一根弦。这样发出的声音就较前好听些了。大家又为这一进步而欢悦。

地皇之后，人皇继位。在闲暇之余或在获胜之后，他也和属下常常作乐。他弹起这两根弦的乐器，起先还挺如意，后来，他也想："前二皇都对这种乐器有所发明、改进，我能不能也在原基础上再添上一根弦，弹出的声音更好听呢？"他下了决心，经过无数次的摸索，终于如愿以偿，三根弦的乐器诞生了。他有节奏地弹起来，声音确实婉转、悠扬、悦耳、好听。

后来，人们都公认"三皇"的功劳最大，是"贤人"。为了纪念他们，艺人就把这种由他们三人发明并改进的乐器叫"三贤"。

久而久之，人们用同音的"弦"字代替了"贤"字，一直沿用到现在。其实，"三弦"应改名为"三贤"才名正言顺哩。

讲述者： 王国祥，65岁，方城县广阳乡广店村人，民间艺人，不识字

采录者： 吕春合，40岁，南召县留山镇官坡村民办学校教师，高中

采录时间： 1987年10月

采录地点： 南召县留山镇官坡村

选自： 《中国民间故事集成·河南南召县卷》，乔明宪主编，南召县民间文学集成编委会1987年10月编印

泌阳神农山云阳寺内的"三皇阁"（2014年4月16日程健君摄）

482

食盐

很早以前，人间哪有啥盐？吃饭吃菜净是些淡味。

那时候，从天宫到地上有一个天梯，朝廷爷每天按时上天宫议事。有个朝廷的喂马人，白天见马吃得很饱，可每天早上起来见马浑身都是汗，肚子饿得很秕，觉着奇怪，就趁夜里人静时，摸到马棚里观看。

这天当他走到马棚时，看见一个黑影牵着马出了棚，接近一看，原来是朝廷爷牵马。他想：朝廷爷往哪里去呢？我要看个仔细。就在朝廷爷骑上马，要扬鞭走时，他轻轻上前抱着马尾巴，那马知道是自己的喂主，也没用蹄踢他。

不大工夫，马把朝廷爷从天梯上带到天宫里。朝廷爷一下马，扭头看见后面有个人，原来是喂马的，也没法儿说，只好让他在天宫上游玩，自己议事去了。

那马夫在天宫转来转去，最后转到天宫的盐库，看见里面盛着很多不大不小的颗粒。他拿了一颗，往嘴里一塞，味道美极了，觉得一辈子也没吃过恁好的东西，就在盐库里挑了一颗好的扔到了人间。

朝廷爷议事毕，马夫又抱着马尾巴回到了人间。路上

他把在天上看见的和尝到的美味说给朝廷爷听，朝廷爷听了说："你尝的叫食盐，人间没有这，吃着香是因为咸，你扔一颗也没用。"

几天以后，朝廷爷又上天宫议事，玉帝训谕说天宫的盐精给人偷走了，嘱咐朝廷爷下次不要再来议事了，并叫天兵送走了朝廷爷，抽掉了天梯。那马夫把一盐精扔在人间，天上盐库的盐就断绝了。从此人间吃到了咸的，天宫吃的却是甜的。

讲述者： 王正有
采录者： 王遂成
谢起超，40 岁，西峡县文化馆干部，高中
采录时间： 1986 年 3 月
采录地点： 西峡县五里桥乡
选自： 《中国民间故事集成·河南西峡县卷》，谢起超主编，西峡县民间文学集成编委会 1987 年 9 月编印

483

仪狄造酒

（一）

仪狄造酒的传说，在宝丰当地代代相传。

古时候，仪狄家居商酒务村金家泉，他终年给大户人家种田。有一年的五黄六月天，天气炎热，他在地里锄地，大汗淋漓，就放下锄头，来到田边的大桑树下面乘凉。正好妻子提着陶罐到田间送饭，仪狄饥渴难忍，抱起罐子囫囵吞枣地吃了个饱。他用桑叶把剩有饭汤的罐口盖好，又拔了一棵野麻缠上，然后将罐子放在桑树的枯洞中，以便饿时再吃。晌午过后，仪狄继续干活，直到晚上收工，竟把罐子忘记在地里。说来也巧，第二天下起了大雨，一连几天阴雨绵绵，仪狄无法下地干活，也就把取罐子的事情忘得一干二净。

等到天晴，仪狄再次来到地里，打开罐口，一股芳香扑鼻而来，端起一尝，饭水绵香可口，甘美无比。回到家中，他经过反复琢磨、实验，用金家泉水调制、过滤、品尝，最后发明了酒。仪狄将造酒技术教给了村上人，以后代代相传，酒就成了商酒务村的传世之宝。

采录者： 李全营

采录时间： 2016 年 8 月

采录地点： 宝丰县商酒务村

附记

唐代时村民编了个《村语》刻在石碑上：“村旁古绕金家泉，禹凿商开流不断。冬天热来夏天寒，流经寨子润姜园。仪狄村祖秘方传，福我境地醴甘甜。上有千载衍后代，天赐神造袭平安。”可见，无论史书记载还是民间传说，都足以证明宝丰是中国白酒的真正发源地。（赵振乾）

宝丰县商酒务榷酒遗址（2021 年 4 月 11 日程健君摄）

宝丰县商酒务镇金家泉，传为仪狄造酒处

（2021 年 4 月 11 日程健君摄）

宝丰县商酒务镇金家泉标志碑（2021 年 4 月 11 日程健君摄）

宝丰县商酒务镇仪狄像（2021 年 4 月 11 日程健君摄）

484

仪狄造酒

（二）

以前兰考县东五十华里，有个古老村庄叫方明胡同。方明本是上古雷公的长子，曾辅佐黄帝治理天下。方明的玄孙名方炳，号仪狄，是大禹的臣子，传说仪狄帮助禹筑城时发明了酒，他是中国最早的造酒师。

洪荒时代，黄帝、尧、舜之后传到大禹坐天下。天下洪水泛滥，毒蛇猛兽横行，百姓无法生存。大禹带领百姓疏通了黄河、济水，使洪水归了河道，杀死了祸害百姓的大鸟和毒蛇，又在各地筑城池，修房盖屋，广种庄稼、树木，使百姓安居乐业。

这一年，大禹带领百姓在方明胡同一带筑城，因筑的城像个簸箕，人们就叫它簸箕城。中原没有山，筑城都是用土堆的土城，仪狄也和百姓一样，有时用肩担土、背土，有时帮百姓做饭，日复一日、年复一年地建设家园。仪狄无意将一些百姓吃剩下来的馍饭倒进了桑树洞里，数日后，从桑树洞中散发出一股香味。仪狄是个有心人，他断定这些发酵的馍饭不会有毒，就掏出一些试着品尝，果然味道甘甜。他用麻布将秽饭过滤后让百姓尝，百姓都说："好喝。"有个小伙子竟然喝了两碗，醉倒在工地上爬不起来。

这时大禹过来视察筑城情况，见众百姓围着喝醉的小伙子议论，就打听发生了啥事，百姓就将仪狄让大伙喝的坛中水给禹说了一遍。禹对仪狄说："喝了你造的水，竟能让个大小伙子趴在地上起不来，让我也喝一碗。"仪狄端来坛中水让禹喝，禹边喝边品味，果然味道鲜美，连声夸赞说："好！应该给坛中水起个名字，就叫它'酒'吧。"从此中国就有了酒。禹又对众人说："后世必有以酒亡天下者。"

此后，禹就让仪狄专职为百姓造酒，建立了酿酒的作坊，把饭食放进大缸里，然后将大缸送入地窖里发酵。由浑酒经过麻布一道道过滤变成清酒，由甜酒变成香酒。后人写"酒经"时，详细记载了仪狄为人类酿造美酒的功劳。中国人爱喝酒，如今全国人一年能喝一锡（西）壶（湖）酒呢！

讲述者：乔吉焕，57 岁，兰考县文化馆副研究员，大学

采录者：乔月江，女，29 岁，中学一级教师，大学

采录时间：2006 年 3 月

采录地点：兰考一中

选自：河南省民间文艺家协会资料库电子文档《中国民间故事全书·兰考县卷》

485

仪狄造酒

（三）

很古那会儿，大禹看到新蔡这个地方水很大，就带着人把洪汝河挖开，掘了个口子，洪河啊，汝河啊的水都淌到淮河里去了。大伙都高兴得不行，这下好了，咱这里可得好好种庄稼了。大禹王想好好热闹一下，犒劳犒劳大家伙。大禹也因为长期治水，落下了很严重的风湿关节炎，走路一拐一拐的。一天，大禹的闺女见父亲脸上不高兴，就问父亲因为啥事呀。大禹说，俩腿越来越痛了。女儿想了想说：“父亲，我知道仪狄造了一种很神奇的水，很多人喝了会减轻疼痛。”“真的吗？”女儿说：“就是用大米和溰水掺和一块，造出来的辣辣的甜甜的水，人喝了就会乱蹦乱跳。”大禹说：“啊，还有这事？你让仪狄送来点，我尝尝咋样。”

大禹的闺女心里很喜欢仪狄，暗地里和仪狄相好了。她找到仪狄后，就把大禹的意思说了。仪狄说：“我就是把你给我的剩大米饭，放到瓦缸里，一家伙下了三场雨，坏啦，变得酸辣酸辣哩，我就叫它酒了。”帝女说：“你再弄点给大王喝喝吧。”仪狄说：“中啊，我试试。”仪狄就找来大米，在溰水岸边的九里棚、六里棚搭建了造酒的棚子，开始了做酒。造出的美酒献给大禹，大禹一闻，浓香扑鼻啊，就多喝了几口。这一喝不当紧，才坏啦！大禹一家伙就醉过去了，这一醉就是三天。三天后大禹醒来后，腿疼消失了，精神头也有了。大禹奇怪，问仪狄：“你这是啥子水？恁厉害，喝下去晕晕乎乎的。”仪狄想了想，说：“大王，这东西在造的过程中需要很久的时间，堆放啊，发烧啊，翻搅啊，没有几个月时间做不出来。”大禹惊奇地说：“啊，要这么久啊！”仪狄灵机一动，赶忙说：“就叫酒吧。”世上就有了酒。可是，大禹却从此再也不见仪狄了。伯夷感到奇怪，就问大禹：“为啥这样对待仪狄啊，人家可是造酒的功臣啊。”大禹半天才对伯夷说：“酒这东西不孬，可是喝多了会耽误大事的。”

伯夷知道了大禹的心思，就趁大禹带着人马班师回朝时，悄悄地把仪狄留下来，就没有去夏都禹州。仪狄后来与大禹的闺女成亲，就在溰水边生活。百年之后，仪狄化作一条赤龙投身到溰水河中。所以，新蔡的老百姓就把溰水河叫作洪河了。

后来，人们在新蔡城邑的东边建造了一座祖师庙，供奉酒祖仪狄。

讲述者： 李文化，46 岁，新蔡城关农民
采录者： 冀世清，51 岁，汝南县文化局干部
采录时间： 1992 年 3 月
采录地点： 新蔡县顿岗乡
选自： 《新蔡县“河南仪狄文化之乡”申报材料》，新蔡县人民政府 2020 年 8 月编印

附记

仪狄生在祖岗

听老一辈人说，俺新蔡古时候到处是水呀，没个站脚的地点。水里不是老鳖就是长虫，连根庄稼毛都不长。为啥会是这样呢？因为洪河和汝河都流经新蔡县境，两条大水一淹，啥庄稼也长不成。

大禹知道后，就带着一杆子人来到这里，决心治理水患，决洪汝河水入淮河。到处都是水，人咋住哩？为了让大伙住下，就挖了很多高岗。姓宋的人们住在宋岗，姓顿的人们住在顿岗，姓李的人们住在李岗，姓王的人们住在王岗。光住岗上还不中啊，四下里都是水啊。大禹就带着伯夷挖了很多港，龙港、柳港、拦岗港、涧头港、潘港、戚桥港等，这么一来，水都顺着港往下流，就出现了平地。

这年，住在王岗附近的一个岗上的部落里，生下来一个小孩。这个孩子不寻常，一生下来就哭声如雷，几里地外就能听见。哭声惊动了大禹，大禹问，谁在吼喊？打雷一样。有人说，附近岗上的人家刚刚生了一个小孩。大禹心中奇怪，问，叫啥名字？说是还没有名字。大禹觉得这个孩子不寻常，一生下来这么大动静，不是个凡人。这时人群中走出来一个男人，跪在大禹面前，说："我就是这孩子的父亲，请大王给孩子赐个名字吧。"大禹看着眼前正在治理的溰水河，说："这孩子生在溰水之地，就叫溰地吧。"大家齐声欢呼："溰地！溰地！"就这么着，传着传着，就传成了仪狄。

后来，伯夷和仪狄帮助大禹决洪汝河治理了水患，并为大禹造酒，被天下尊为酒祖。所以，仪狄出生的岗，也被人们尊称为"祖岗"了。

讲述者： 陈大妮，80岁，新蔡县十里铺乡农民，不识字

采录者： 王文化，31岁，新蔡县十里铺乡干部，高中

采录时间： 1988年7月

采录地点： 新蔡县十里铺乡祖岗村

选自： 《新蔡县"河南仪狄文化之乡"申报材料》，新蔡县人民政府2020年8月编印

新蔡县祖岗村，传为仪狄出生地（2020年10月30日程健君摄）

仪狄塑像（2020年10月31日程健君摄于新蔡）

486

一日三餐

（一）

讲述者：刘道灵，80岁，西峡县五里桥乡封店村工人，初小

采录者：刘银芳，24岁，西峡县五里桥乡封店村农民，高中

采录时间：1986年4月

采录地点：西峡县五里桥乡封店村

选自：《中国民间故事集成·河南西峡县卷》，谢起超主编，西峡县民间文学集成编委会1987年9月编印

传说女娲把人造好后，人也不吃不喝，闲居无事。一天女娲对手下俩神女说：“人间闲暇无事，人类不会长久，要给他们播下粮种、草木，让他们学会改造自然，学会生活！”说完后两个神女化作两个人间主妇下凡去了。

一年过去，遍地是粮，可是人们不吃，也不知咋样吃！

这天女娲娘娘来到人间，看到人间粮多如山，都要坏了。她上天后对俩神女又说：“今到凡间，需要教会人间咋样做饭，咋样炒菜。”而后又对俩神女说，“通知凡间三天一顿饭！”

俩神女没有听清，就匆匆忙忙地向凡间而来了。

不到半年工夫，凡间的人啥饭、啥菜都会做了。这时才有人问：“这些饭菜如何吃呢？”这两个神女才慌慌忙忙地想：不知是三天一顿，也不知是一天三顿？两位神女看这么多的饭菜，总该是一天三顿吧！她俩就顺口答道：“一天三顿。”

从此，人间就成了一天三顿饭。

487

一日三餐

（二）

人，一天为啥要吃三顿饭呢？说起来，还有一段非常有趣的故事哩。

传说，在古时候，猴子是玉皇大帝在天宫御花园里喂养的一群小动物。时间长了，这些猴子越繁殖越多，整天不是爬高，就是上低儿，乱蹦乱跳哩，搅得玉皇大帝不得安宁。更气人的是，有一天趁王母娘娘外出的当儿，猴王竟撺掇几个小猴，偷吃了王母娘娘的几个仙桃，连桃核都让几个没吃够的小猴砸吃了。这还了得，这天早饭后，玉帝来到御花园把猴子们召到一起，对它们说："你们不要在这里胡蹦乱跳了，净给我戳事儿。我想叫你们到一个比天宫还强的地方去，愿意不愿意啊？"猴子们在天宫也早感到寂寞了，没等玉帝把话说完，想也不想就齐声高呼："愿去！"玉帝接着说："你们将要去的那个地方，叫地球。地球上有很多很多的树让你们爬，很多很多的山洞让你们住，有很多很甜的泉水让你们喝，有很多很多酸甜的野果让你们吃……"

猴儿们一听地球上恁好，一个个都很高兴，围着玉帝又是蹦啊又是跳。玉皇大帝本来还想安排它们几句到地球上咋生活的话，看到它们乱七八糟闹嚷嚷的样子，一生气，干脆也不给它们说了。猴儿们便"嗽"的一声到了地球上。

好多年过去了。猴儿们在地球上生活，又由猿变成了人，地球上也就成了人间。

把猴子差往人间后，天宫上倒一时变哩清静多了。这一天，玉皇大帝心想："它们在地球上将是咋生活的呢？能过得成吗？在天宫，调皮倒是调皮了点，但是不管咋说，这些猴儿们倒毕竟是跟随自己生活了多年的善良臣民啊！现在跟它们分离，时间一长，倒还真有点想得慌呢。"一时，他竟感到有一点后悔了。想来想去，玉帝提御笔给它们制定了一个生活的方案：白天下地劳动、收种，夜晚休息，三天一餐，不够加一点儿。立即派牛奔大神，把圣旨传到人间去。

这牛奔大神本是夸娥氏第十八代子孙，跟他们的祖父辈们一样，也有着一身很大的力气。在天宫上也是整天没得事做，浑身有劲儿没地方使，整天只是溜溜达达，天天松散惯了。现在虽然奉玉皇大帝的命令来到了人间，一路上他也只是游山玩水，折树枝扑蝴蝶儿，捉小鸟撵兔儿，只顾得玩耍，早把玉皇大帝的命令给忘了。

这一天，他来到一个比较大的部落前，看见一群没穿衣服、披散着长发的人，正闹嚷嚷地围着分吃一只羚羊和几只野兔。牛奔这才猛然想起自己下到人间的任务。但是玉帝的话一时又记不清了，回想再三，结果还是传错了一句话，把三天一餐，传成了一日三餐。

牛奔回到天宫，把他在人间的见闻还有经过一五一十地报给了玉皇大帝。没等他报完，玉帝就动怒了："啥，你私自把'三天一餐'改成了'一日三餐'！"谁不知玉帝的话都是金玉之言呢？牛奔心想，事情已经这样了，孬也孬不掉，争辩也没用，只有任凭发落了，认命由天吧。

"人世间现在正是原始阶段，他们一没吃、二没穿，三天叫他们吃上一顿都有很大困难，上哪儿弄恁多的粮食呢？多时他们才能猎到一只羚羊和几只野兔？如今只有让他们用更多更多的时间去劳动，劳动，再劳动，经过艰苦的劳动，生产出很多很多的粮食来，才能填饱他们的肚子。现在，你贪图玩耍，酿成这样的大错，是玩忽职守，欺君！"停了停，玉帝接着又说，"去吧，先关你两天禁闭，然后贬你到人间去，帮助人们去出力干活，这是对你的惩罚。”

就这样，牛奔被流放到了人间，变成了一头身强力壮的牛，凭它那一身力气，默默无闻地为人们犁地、耙地。

老牛认识到自己的过错了，下凡以后它再也不敢玩忽职守了。因为它任劳任怨，从来不叫苦喊累，人们都赞扬它。从那以后，人间因为有老牛的辛勤耕作，粮食生产也富裕了，人们也就保留了“一日三餐”的习惯。

采录者： 许诗胜，33 岁，教师，高中
采录时间： 1983 年 8 月
采录地点： 商丘地区观堂公社
选自： 河南省民间文艺家协会资料库电子文档《中国民间故事全书·睢阳区卷》

488

一日三餐

（三）

传说，以前，人们吃饭不论顿，饿了就吃。这在上帝派天兵天将下界捋庄稼以前，是没有啥的。可在捋庄稼之后，只留下顶端的一穗，粮食少，再这样吃就不行了。人们只好挨饿，每天吃一顿饭，就这样还是不够吃。老灶爷禀报玉帝，玉帝便派牛大王下降传旨：“三天一顿，不够的时候加一顿。”谁知牛大王刚喝过酒，脑袋还不清醒呢，便把玉帝的圣旨传错了。他下得界来，传旨说：“一天三顿，不够时再加一顿。”

这样，粮食更不够吃了，老灶爷把情况报告给玉帝。玉帝马上召来牛大王一问，十分生气，一抬脚把牛大王踢下灵霄殿，连门牙都摔掉了。玉帝传旨：“牛大王错传圣旨，罚下界帮助百姓种地。”

牛大王知道错了，就下界来帮老百姓种庄稼。尽管他见天干活，见粮食还是不够吃，就自己吃草，把粮食省给人吃。人们还是吃不饱。

老灶爷又上天禀报玉帝，玉帝便传旨派猪将军下界帮助。谁知那猪来到人间，整天吃了睡，睡了吃，根本不干活。老灶爷禀报给玉帝，玉帝派天将召猪将军问罪。谁知

这天猪正在太阳下晒暖儿，睡着了，咋也叫不醒。由于他吃得太肥，拍又拍不动，天将只好转回天宫复命。玉帝大怒："既然猪将军不愿干活，就让人们吃他吧。"自从那以后，猪将军就成了人们的一道菜。

讲述者： 冯建芳，52 岁，夏邑县曹集乡代营农民，不识字

采录者： 冯秀元，34 岁，夏邑县文化馆干部，高中

采录时间： 1984 年 11 月

采录地点： 夏邑县曹集乡代营

选自： 河南省民间文艺家协会资料库电子文档《中国民间故事全书 · 夏邑县卷》

489

一日三餐

（四）

据说，在很早以前，人们吃饭是没有一定顿顿的。想啥时候吃就啥时候吃，有的一天吃一顿，有的两天吃一顿，还有的三天吃一顿，也有的一天吃几顿的。总之，没有一定的规矩。

有一年，在王母娘娘的蟠桃会上，玉皇大帝对着各路神仙来讨论这个问题，都说应该有个规定。大家就议论开了，有的说三天一顿，有的说两天一顿，也有的说一天一顿的；最后玉皇大帝和王母娘娘决定三天吃一顿，饥了可先吃点点心。这样可多干点活，少吃点饭。

决定后，就命太白金星安排这事，太白金星又把这事交代给天蓬元帅猪八戒，叫他下凡传旨。猪八戒肚量大，本想借此蟠桃盛会饱吃一顿，不料叫他下凡传旨，岂不耽误了嘴头？他非常生气，就慌慌张张生着气驾起云头走了。

猪八戒驾着云头出了南天门，行至半空，他就高声喊道："喂！凡间的人们听着，玉帝有旨，人们吃饭应有个规矩，应定为一天三顿……"喊罢，他扭头就又回天宫赴蟠桃宴去了。

由于他急着吃喝，误把"三日一顿"喊成了"一日三

顿”，凡间的人们听了，谁也不敢违犯天意。一日三餐的规矩就传了下来，到时候就肚饥。

直到如今，人们还忙着一日做三顿饭，耽误了许多工作。这都怪那个马虎贪吃的猪八戒。

采录者：尚建武，21岁，栾川县潭头供销社职工，高中

选自：《中国民间故事集成·河南栾川县卷》，贾翰如主编，栾川县民间文学集成编辑委员会1989年1月编印

490

二十四节气

在很多年以前，那时候没有二十四节气，时冷，时热，能热个死，冻个死。种上庄稼，热得很了，就热死了，冷得很了，庄稼就冻死了。人们冒着暑热寒冷，靠打猎过生活。

因为热冷变化无常，许多动物也被热死、冻死。人们打猎难，无东西吃的人越来越多。

人们无法，都来央求灶君爷："好饭恁先吃，好事恁先知，一天三上报，报忧也报喜。你救救苦难的人吧！现在人们难以生活，没有吃的谁来给恁烧香磕头呢？"

灶君爷听后，就报告了玉皇大帝。玉帝打开南天门一看，人间气候变化无常，忽冷忽热，大部分庄稼、牲畜都已被冻死，人们因没有吃的，所以哭诉。

玉帝把二十四节令神仙传来，吩咐道："你们下界去吧！按春夏秋冬四季排列，由热到冷，从冷到热，热冷轮流交替，以立春神为一年之首，全年分为十二个月。"

二十四节令神仙领了命，都按玉皇大帝的吩咐下了界，管理气候，掌握天气的寒冷。以后，万物生长，禽兽增多，人们可以安然地生活了！

讲述者：崔锡刚，55 岁，范县王楼联校教师
采录者：崔金钊，59 岁，范县王楼乡教育组干部，大专
整理者：荆耕田，21 岁，范县文化馆干部，高中
采录时间：1989 年 10 月 20 日
采录地点：范县王楼联校
选自：《中国民间故事集成·河南范县卷》，荆耕田主编，河南省范县文化局 1990 年 7 月编印（油印本）

491

熬年

古时候，有一种叫“年”的大怪物。它凶猛残暴，不仅吞吃毒蛇猛兽，而且经常残害人类。人们吓得到处东躲西藏，唯恐被它吃掉。

这件事叫玉皇大帝知道了，就派出天神降妖。没想到年非常厉害，把许多天神都打败了。火神自告奋勇要去把年降服。谁知还没交战呢，年就吓得浑身发抖。望着火神的红脸膛红头发、红眉毛红胡子，满身火光，趴在地下连连求饶。

火神见这么容易就取胜了，交代说：“那你以后只准吃野兽。”年也答应了。

过了一些日子，年恶习不改，又吃起人来，被火神抓住了。问它：“你为啥又吃人呢？”

年说：“野兽都让吃光了，再不吃人我就要饿死了！”

“那也不准吃人！”火神回答。

年只好苦苦哀求：“一年这最后一天，就让我吃回人吧。”

火神无可奈何答应了：“好吧。今后发现你平时吃人，决饶不了你！”

火神返回天宫，禀告玉皇大帝。玉皇大帝急忙降旨人间：每隔三百六十天，要加倍防范年出来伤害。因此，到了年尾最后一天，家家都要关门闭户；还要挂红灯，贴红纸，燃放烟火爆竹，一家人坐在一起彻夜不眠。后来人们就把这种形式叫作“熬[1]年儿”。

到了第二天一大早，大家互相串门问候，忘不了拱手“恭喜”来表示没有被年吃掉的庆幸之意，互贺终于把年这个可怕的怪物“熬”跑了。

采录者： 雷鸣

选自： 《中国民间故事集成·河南南阳市卷》，党铁九主编，南阳市民间文学集成编委会1988年9月编印

[1] 熬：等的意思。

492

除夕

春节的时候，人们都说：“过年喽，过年喽！”鞭炮“噼噼啪啪”放个不停。你知道春节为啥叫过年？还要放鞭炮呢？

在很久很久以前，大地上的人们过着安安生生的日子。在一个年三十的晚上，突然来了个怪物，叫“夕”。头上长着一根坚硬的独角，两根又粗又长的獠牙，伸到嘴外，样子很难看，用“青面獠牙”比它，一点儿也不过分。夕在每年的三十晚上，都来到村里，偷吃人们的供品和过年的食物。人们恨它，可是谁也没法拿它，它的力气大得惊人。有时吃供品，要是觉得不饱，还要吃人哩！那时人们一到年三十晚上，便早早吃过饭，把大门关得紧紧的，躲在屋里不敢出来，生起大火，坐在屋里烤。

有一年的年三十晚上，夕又来到村里。它看到家家都大门紧闭，气得“嗷嗷”大叫，猛地，它向一扇门冲了过去。躲在门后的白胡子老爹爹，被吓呆了，他愣了一下，看见夕正在吃供品，便慌慌张张地跑去对灶神说：“快，不得了啦！那个怪物又来吃人啦！”

灶神一听，很生气，说：“这个夕，也太不像话了，

年年来打扰老百姓。你放心，我就去禀告玉帝。”说完，驾起祥云，直往南天门而去。

不一会儿，灶神来到了灵霄宝殿，见了玉皇大帝。他就把夕的坏事说了一遍，还要求让玉帝除掉这个怪物。玉帝捋着胡须说：“嗯，这样吧，我派年去除掉它吧。”

年是玉帝的外甥，还是个小孩子，头上梳着“竖天辫”，穿着布兜肚，身上别着一个竹鞭和几个竹筒子。一路上，他一会儿拽灶神的帽子，一会儿扯灶神的胡子，给灶神弄得顾这头顾不得那头。当他们来到老爹家时，夕已经吃得饱饱的，正准备溜哩！年眼疾手快，赶快把竹筒点着，“噼噼啪啪”地响起来。夕最怕爆竹声，一听见就吓得半死。年又赶上夕，用竹鞭打它，一直把夕打死。

夕死了，人们把年举得高高的来庆贺。人们不知道年是玉帝的外甥，也不知道是灶神请来的，只当是年从村里过，除掉了夕。第二年，人们怕夕来害人，就让孩子学着年的样子，燃放爆竹来吓夕。人们还在屋里生起火，等着年再从这里过。时间久了，形成了风俗，人们把年三十晚叫“除夕”，把守夜叫熬年、春节叫过年。

讲述者： 张庆德，35岁，南召县皇路店镇黄寨村农民，高中

采录者： 张瑞芳，女，15岁，南召县皇路店镇黄寨村初中学生

采录时间： 1986年3月

采录地点： 南召县皇路店镇黄寨村

选自： 《中国民间故事全书·河南·南召卷》，张玉峰、乔明宪主编，知识产权出版社2011年9月版

附记

河南各地都有除夕夜守岁的习俗，俗称“熬年”。守岁从吃年夜饭就开始了，这顿要慢慢吃，从掌灯时分一直吃到深夜。还有的人家整晚都不睡觉，传说是要等老天爷的闺女打开南天门向人间赐福，如果早睡就没有福了。深夜，家里还要摆好香案和供品，点上蜡烛，上香祈福。旧时，除夕夜守岁禁大声喧哗，以免惊动神灵；禁开箱柜，以免跑财；禁照镜子、拿木梳，以免见“鬼”；禁见刀剪，以免破家；禁扫地，以免金银外流；禁倒尿盆，以免污秽神灵。家中老人在这个时候，一般都会给孩子们讲一些有关“年”的传说故事。（程健君）

493

万年历

古时候，没有历头，人们不知道趁时播种，一年到头瞎忙活，总是得不到好收成。那时候，有一个名叫万年的小伙子，是个有心计的人。他想摸摸时间的规律，定出季节来，好按时种庄稼。可是，也不知道从哪儿着手。

那天，万年上山打柴，坐在树荫儿下歇息。他坐了一会儿，树荫儿偏了，日头就晒着他了。万年挪了挪地方。不一会儿，树荫儿又偏了，他又被晒到日头底下了。万年留心这事儿，回到家里，在院里竖上一根杆子，照日头影子计算一天的长短。可是天有阴雨，耽误事儿。他就想再做一件记时的家什。有一天，他上山挖药，到泉边喝水，崖上的泉水滴答滴答响着，很匀称。他望着泉水出了神，想了一阵，回到家里，做成了一个五层漏壶。从此，他照日影，记漏水，经心经意地干了起来。就这样，他干了几年，发现天时的长短，每隔三百六十多天就会从头翻过来。他把最短的一天叫冬至。

那时的天子叫祖乙，经常召集百官，商议五谷不收的原因。一个名叫阿衡的权臣，他不知道日月运行的规律，说是人们做事不慎，得罪了天神，只有真诚祭天，才能得到天神的宽恕。祖乙信以为真，就领百官祭祀，又传谕全国，设台祭天。

举国上下，祭来祭去，还是不能五谷丰登。这时，万年去见天子，说了他观测出来的冬至点，讲了日月运行的规律。祖乙听罢，心中大喜，就下令大兴土木，在天坛前头修建日月阁；又给万年十二个服侍听用的童子，要他继续精心推算，摸准时间的规律，弄出一套历法来。

那天，祖乙让阿衡去日月阁向万年询问制定历法的情况，万年指着一本草历说："日出日落三百六，周而复始从头来。草木枯荣分四时，一岁月有十二圆。"阿衡听罢，心里一惊。他想：要是万年制出了历法，天子重用万年，谁还听我阿衡的？阿衡越想心里越不得劲，想生法儿把万年害死。

有一天，阿衡找到一个箭法很高的刺客，请到家里，好酒好肉款待一番，又给了好些钱，叫他去射死万年。天到二更的时候，那刺客离开了阿衡家，向日月阁奔去。日月阁下，有卫士守护，那刺客到不了跟前。他看见万年正在阁上看啥东西，就拉弓搭箭射去。谁知那刺客喝酒过多，眼睛昏，手发抖，箭偏了，只射着万年的胳膊。万年"哎哟"叫了一声，惊动卫士，把他救了下来，凶手也被捉住了。

祖乙问明了情况，传令将阿衡下监，又当即登上日月阁看望万年。万年见天子来看望他，非常感动，他捧着他草制的历法请祖乙给它定个名字。那天正是十二月满，一个循环到头，下个循环就要开始了，请祖乙给岁首也定个名字。

祖乙说："你入阁三载，以日月为准制出了历法，功高德重，就以你的名字为名，叫它万年历吧。明日岁首，也叫年节就是。"说罢，请万年出阁，到宫中调养身体。

万年说："历法虽然草成，但不十分准确，岁尾剩有点滴时辰。如不把岁尾末时闰进去，天长日久，就会出差错。"他坚持留在日月阁中带伤推算。

此时，谯楼三鼓，祖乙便命宫中点放鞭炮，迎接新年，又传谕臣民，欢庆新年五日，这就是年的来历。

494

姓氏的起源

开天辟地，除了女娲夫妻二人，天下是没有人类的。后来，女娲夫妻相亲相爱，生下一百零八个儿女。

女娲很喜欢自己的儿女们，渐渐地，这一百零八个儿女都长大了。女娲夫妇分不清该叫啥，做起事来难极了。他夫妇左思右想，挖空心思，终于想出来个好办法。

有一天，他们把一百零八个儿女叫到跟前，说今天就要给他们起名字了。儿女们听了，都高兴得不得了。

吃过饭，儿女们都想着父母该给自己起个啥样的名字，但左等右等，还等不着父母张口。

他们照旧玩耍，有的爬在树上玩耍，年龄小的就立在下面看。有的跑到河里，捉螃蟹、逮鱼的、摸虾的；有赶猪的、赶牛的、看热闹的、涮锅的。一百零八个儿女忙得不亦乐乎。

女娲夫妇来到儿女面前，指着刚跳进河里的那个儿子，说："往后你就姓河了，拎着鱼的孩子姓鱼，捉鳖的姓鳖，捉虾的姓虾，赶牛的姓牛，赶猪的姓猪，放羊的姓羊，涮锅的姓锅，做馍的姓馍，抬水的姓水，砍柴的姓柴……"他们为一百零八个儿女都起了姓氏，儿女们可以根据父母

讲述者：姜淑华，女，26岁，社旗县饶良公社饶良村农民，高中

采录者：纪文濒

杨东来，41岁，社旗县桥头公社杨庄村农民，初中

采录时间：1982年

采录地点：社旗县饶良公社饶良村

选自：《中国民间故事集成·河南社旗县卷》，徐东主编，河南省社旗县民间文学集成编委会1987年9月编印

附记

本篇故事原稿注明"幼时听祖母讲述"。（程健君）

给自己指定的姓氏起名字。

后来，他们互相匹配，生了儿女，又按自己的姓氏给自己的子女规定了姓名。就这样，人类的种族一代一代繁衍下来，姓氏也一代一代流传下来。

后来他们嫌自己的姓太土气，可这是祖宗给规定的，他们又不便改换，只好按同音把河字改成“何”、鱼字改成“于”、鳖字改成“别”、虾字改成“夏”、猪字改为“朱”、羊字改为“杨”、锅字改为“郭”……人类的姓氏从此便固定下来了。

采录者： 姚广生，35岁，西峡县丁河乡简村农民，初中

整理者： 杨平，女，28岁，西峡县文化馆职工，高中

采录时间： 1986年4月

采录地点： 西峡县丁河乡简村

选自： 《中国民间故事集成·河南西峡县卷》，谢起超主编，西峡县民间文学集成编委会1987年9月编印

附录

一

《中国民间文学大系·神话·河南卷（三）》神话分布一览表

神话分类	神话主题	分布特征	覆盖区域	主要内容
诸神神话	玉皇大帝	分布广	南阳：西峡 唐河 周口：太康 西华 驻马店：平舆 洛阳：栾川 漯河：郾城 信阳：息县 平顶山：鲁山 商丘：永城 焦作：焦作市区 鹤壁：浚县 许昌：长葛 安阳：内黄	老天爷的来历 选天帝 玉皇大帝是小偷 玉皇大帝强占修道洞 赶山鞭 玉皇大帝的金童玉女 玉皇大帝吃贡 老天爷难当 老天奶奶当家 老天爷分家 聪明的老天奶奶 天奶奶替天爷解难
	王母娘娘	分布广， 散见各地	郑州：新密 新郑 周口：项城 焦作：焦作市区 信阳：光山 南阳：西峡 鹤壁：淇县 开封：开封市区 济源	王母娘娘 王母娘娘洞 王母泉 王母娘娘磨绣针 仙狗下凡 三山争高 麦子为啥只长一个穗
	二郎担山	集中在豫西、 豫西南山区	南阳：镇平 桐柏 方城 邓州 新野 西峡 南召 三门峡：卢氏 渑池 平顶山：鲁山 洛阳：栾川 郑州：巩义 鹤壁：浚县 安阳：林州 新乡：辉县 驻马店：汝南 商丘：柘城 睢阳 周口：扶沟	二郎担山赶太阳 二郎神追日 马齿菜为啥晒不死 太阳瓜 二郎船
	二郎治水	分布黄河两岸	三门峡：渑池 郑州：新密 平顶山：汝州	二郎神担山填海 二郎斩蛟 二郎除水怪
	后羿射日	分布广	南阳：桐柏 南阳市区 周口：项城 淮阳 太康 鹤壁：浚县 淇县 濮阳：范县 驻马店：正阳 遂平 漯河：舞阳 开封：开封市区 焦作：焦作市区 武陟 济源	师徒比武 羿喉中箭 后羿追日 羿射九日 马蹄救日 马齿菜救日 马齿菜和马抬蹄 鸡叫明 老公鸡、马齿菜、蚯蚓和太阳

(续表)

神话分类	神话主题	分布特征	覆盖区域	主要内容
诸神神话	嫦娥奔月	分布广，南阳流传较多，郑州集中在新密月台村一带	南阳：社旗 南召 方城 桐柏 西峡 郑州：新密 登封 濮阳：濮阳县 安阳：安阳市区 漯河：漯河市区 开封：开封市区	嫦娥奔月 嫦娥与桂花酒 药奶奶 金乌汤 嫦娥与彩虹 嫦娥和蟾蜍 嫦娥与后羿 嫦娥和吴刚 嫦娥下凡
	牛郎织女	南阳牛郎织女神话群	南阳：南阳市区 社旗 桐柏 唐河 内乡 邓州	牛郎织女 牛郎织女与南阳丝绸 牛二九女 意儿与仙女 牛郎织女与银河 牵牛星和织女星
		鲁山牛郎织女神话群	平顶山：鲁山	牛郎织女
		其他地区牛郎织女神话，分布广泛	郑州：新郑 中牟 周口：沈丘 扶沟 新乡：新乡市区 焦作：博爱 洛阳：嵩县 许昌：襄城 漯河：漯河市区 信阳：固始 商丘：永城 驻马店：遂平 开封：杞县	牛郎织女 憨二 牛郎偷吃蟠桃
	共工神话	流传较少	周口：太康 南阳：南召 济源	共工和祝融 共工怒触不周山
	精卫填海	零星分布	商丘：宁陵 南阳：方城	精卫填海
	夸父追日	集中流传在灵宝夸父山一带	三门峡：灵宝	夸父追日 夸父山 夸父山和桃林寨
	姜太公	集中在豫北地区，以新乡流传较多	濮阳：清丰 鹤壁：淇县 新乡：卫辉 安阳：林州 周口：郸城	姜太公封神 姜太公与厕所神 姜子牙封玉皇 太公楼

(续表)

神话分类	神话主题	分布特征	覆盖区域	主要内容
诸神神话	八仙	分布广，三门峡陕州和信阳淮滨、潢川流传较多	信阳：淮滨 潢川 周口：项城 郸城 驻马店：平舆 三门峡：陕州 新乡：卫辉 漯河：源汇 濮阳：清丰	张果老成仙 何仙姑成仙 曹国舅成仙 吕祖修仙 铁拐李成仙 韩湘子单度韩文公
	老君	洛阳栾川和三门峡陕州流传较多	南阳：新野 镇平 洛阳：栾川 三门峡：陕州 周口：沈丘	老子出世 老君修天地 老君撑天 太上老君造锄头 太上老君炼丹炉 太上老君降牛 老君犁黄河 南山埋金，北山撒煤 打石取火和锄头的来历
	灶王爷灶王奶	普遍流传，信阳比较集中	驻马店：西平 平舆 信阳：信阳市区 淮滨 周口：郸城 项城 许昌：长葛 郑州：登封 三门峡：渑池 南阳：桐柏	灶王爷 老灶爷 张灶君 灶神 老灶爷和老灶奶 老灶爷和灶糖 祭灶
	寿星	散见各地	濮阳：濮阳市区 濮阳县 安阳：滑县 南阳：社旗 桐柏 洛阳：栾川	寿星 老寿星头上的包 彭祖夸寿 星象官徐三亭
	其他神祇	散见各地	南阳：方城 镇平 信阳：信阳市区 商城 潢川 洛阳：栾川 周口：项城 开封：开封市区 濮阳：濮阳县	鸿钧老祖定乾坤 鸿钧老祖降徒弟 刘海成仙 菩萨献发 无心财神 门神 和合二仙 泥瓦匠的祖师奶 观世音 千手千眼佛 十八罗汉

(续表)

神话分类	神话主题	分布特征	覆盖区域	主要内容
创世神话	日月星神话	分布广，以南阳、周口、濮阳等地流传最多	南阳：桐柏 方城 西峡 宛城区 唐河 镇平 周口：淮阳 郸城 周口市区 项城 濮阳：清丰 范县 濮阳市区 洛阳：栾川 嵩县 驻马店：平舆 确山 郑州：中牟 新乡：封丘 商丘：睢阳 焦作：武陟 漯河：舞阳 信阳：商城	太阳和月亮 太阳姑娘和月亮嫂嫂 月嫂和日妹 日头月亮为啥一个白天走，一个晚上走？ 月亮为啥没穿衣裳 日月两兄弟分工 太阳月亮的团圆节 太阳公主 皎阳与洁月 龙女献日月 红仙丹和白仙丹 太阳为啥东出西落 月亮为啥晚上出来 太阳、月亮和鸡冠 太阳、月亮和星星 天狗吃月亮 太阳神和黑煞神 启明星 镰刀星座 井星
	其他天象神话	分布广，南阳、周口濮阳流传较多	南阳：唐河 南召 西峡 社旗 方城 周口：郸城 西华 濮阳：范县 濮阳县 驻马店：汝南 鹤壁：淇县 安阳：内黄 新乡：辉县 驻马店：新蔡 济源	虹 朝霞为啥是红色的 为啥先闪电后响雷 雨水为啥不均 天明为啥一阵黑 天为啥是蓝的 为啥西南风热东北风冷 龙皮补天 西北雨为啥好下冰雹
	风雨雷电	零星分布	信阳：光山 商城 驻马店：确山 平顶山：汝州 商丘：睢阳 安阳：安阳市区 汤阴 周口：太康	风婆婆 后生斗风神 水母三娘 癞蛤蟆大战雨娘娘 水火不相容 雷神 雷公和闪母 火帝真君
	山神土地	分布广，收录的篇目较少	驻马店：平舆 汝南 西平 南阳：南阳市区	土地爷 土地爷让权 土地爷的嘴为啥是歪的 土地神勾龙

(续表)

神话分类	神话主题	分布特征	覆盖区域	主要内容
创世神话	龙王	分布广	信阳：淮滨 息县 许昌：长葛 濮阳：清丰 漯河：源汇 济源	金豆开花 二龙反目 龙王爷改雨布 没有胡子的龙王爷 蛟龙讨水 东海龙王 龙女拜观音
	六畜	散见各地	南阳：镇平 社旗 唐河 驻马店：汝南 遂平 平舆 信阳：淮滨 新县 周口：鹿邑 沈丘 郑州：郑州市区 开封：杞县 兰考 洛阳：新安 安阳：汤阴 濮阳：濮阳县	六畜的来历 神牛下凡 牛驴二将军 牛为啥吃草 牛蹄子为啥分两瓣 鸡的来历 狗为啥吃屎 仙狗下凡
	其他动物	流传各地	南阳：桐柏 社旗 南召 淅川 三门峡：陕州 周口：西华 郸城 濮阳：清丰	老鼠的来历 青蛙的舌头为啥短 青虫为啥没有牙 黄河鲤鱼 龟盖为啥四十五块 蚕姑奶奶 动物为啥不会说话
	庄稼蔬菜	流传各地，南阳比较集中	南阳：社旗 西峡 方城 桐柏 唐河 新野 南召 宛城区 周口：扶沟 西华 郸城 鹿邑 驻马店：西平 平舆 遂平 汝南 信阳：淮滨 光山 新县 商城 开封：杞县 通许 兰考 商丘：夏邑 睢县 鹤壁：浚县 漯河：舞阳 信阳：息县 平顶山：汝州 三门峡：卢氏 濮阳：清丰 新乡：新乡市区 获嘉 洛阳：栾川 焦作	小麦为啥一个穗 太白金星传错麦种 麦穗与狗和兔子 麦、谷子、玉米为啥只有一个穗 通条麦和小麦 老天爷下凡私访 羊盗五谷种 狗尾巴大谷穗 狗求玉皇留五谷 玉帝捋禾 人吃狗食 五谷杂粮的来历 苞谷棒为啥长腰里 天为啥不下面了 荞麦与寒露 芝麻香油的传说 白菜的来历

（续表）

神话分类	神话主题	分布特征	覆盖区域	主要内容
创世神话	果木花草	散见各地，南阳比较集中	南阳：社旗 方城 桐柏 信阳：息县 三门峡：卢氏 驻马店：汝南	天上娑罗王母娘娘栽 王母娘娘点核桃 百果祖师 花神种花草 昙花 牡丹 桂花 夹竹桃 牵牛花 牛王种草
	河湖	集中黄河两岸	南阳：西峡 桐柏 南阳市区 新乡：新乡市区 封丘 获嘉 商丘：梁园 虞城 洛阳：新安 焦作：孟州 郑州：巩义 信阳：息县 周口：西华	黄龙与黄河 黄龙与神堤 蛟龙破河 天下黄河几道弯 黄河之水天上来 黄河翻身 黄河和白河 邙山和黄河 淮河的来历
	山脉	集中在豫西山区	郑州：登封 南阳：社旗 洛阳：洛阳市区 许昌：许昌市区 驻马店：遂平	中岳嵩山 伏牛山 嵖岈山 龙门山
人类起源神话	洪水后兄妹结婚神话	分布广，以郑州、南阳、驻马店、濮阳等地流传最广	南阳：南召 南阳市区 新野 方城 内乡 郑州：新密 新郑 巩义 登封 中牟 驻马店：正阳 平舆 新蔡 濮阳：濮阳市区 濮阳县 范县 开封：杞县 兰考 通许 周口：周口市区 郸城 太康 商丘：商丘市区 睢县 漯河：召陵 舞阳 信阳：信阳市区 商城 平顶山：汝州 平顶山市区 许昌：禹州 洛阳：新安 三门峡：卢氏 安阳：安阳县 焦作：武陟	洪水后兄妹结婚 姐弟结亲 洪水滔天 滚磨成亲 玉人和玉姐 鸳混鸯乱 葫芦哥哥和妹妹 石狮子作媒 夫妻为啥称姊妹 童男童女造人 人祖爷和人祖奶奶 百男百女 人类的起源 洪水灭世 天塌地陷

(续表)

神话分类	神话主题	分布特征	覆盖区域	主要内容
人类起源神话	造人神话	分布广，以驻马店、南阳等地流传最广	驻马店：新蔡 正阳 驻马店市区 遂平 确山 南阳：桐柏 西峡 唐河 开封：开封市区 杞县 洛阳：洛阳市区 栾川 信阳：固始 息县 新乡：辉县 长垣 濮阳：清丰 鹤壁：淇县 商丘：宁陵 周口：项城	人是泥人 蒸面人 老天奶奶造人 人为啥会说话 语言雨 眼耳口鼻的由来 男人为啥长胡子 人身上为啥没毛 男子为啥有喉结
文化起源神话		散见各地	南阳：南阳市区 宛城区 南召 西峡 社旗 濮阳：范县 清丰 驻马店：驻马店市区 新蔡 商丘：梁园 夏邑 开封：通许 平顶山：宝丰 洛阳：栾川	锄头的来历 弓和箭 造屋的传说 三黄和棉衣 三皇与三弦 仪狄造酒 一日三餐 二十四节气 熬年 除夕 万年历 姓氏的起源

二

《中国民间文学大系·神话·河南卷》方言注释

熬煎：焦虑。

扒叉：劳作。

白里：白天。

白一儿：白天。

扳倒：摔倒。

半拉天：半片天。

半生儿：半岁。

背背雨：躲雨、避雨。

甭家：不要。

边起：边上。

扁食：饺子。

别啥：别处，其他地方。

笸箩：一种条编的盛东西的圆形器物，直径一般一米大小。

不兴：不准。

不依：不答应。

茬口：时机，机会。

黍：即高粱。人们用脱粒后的穗绑扎成刷锅把子。

搐：缩。

粹啥：什么。

搭：从……开始。

打：“从”的意思。

打发：即给钱或食物予讨饭的。

打过别：即打别。不听话、不顺从。

刀头：敬神供品，一般指猪肉供品，也称“刀头肉”。

道道：“知识”的意思。

得劲：①舒服；②合适。

点子：一些。

吊挂：节日里悬挂的旗子或花帘，用布或纸制作。

丁俩：弟兄两个。

顶：耐。

董：挥霍浪费。

多得老去了：“老去了”当“很”字解。

多往儿：多久，意思是在什么时候。

多嫌：嫌弃。

多咱儿：什么时候。

多早晚：什么时间。

二八板：原指豫剧唱腔的主要板式，即固定在由两个八板组成的一个小乐段。用于俗语，意思是“基本固定了”“差不多”。

繁腾：生育、繁殖。“繁”的方言音“fèn”。

干嘣嘣：非常干燥。

疙蔫：枯萎。

搁：在。

搁合（和）：合作，相处。

搁劲儿：下功夫。

圪挤：闭。

个儿：数。

给：“像”的意思。

跟起：跟前。

艮：硌，挤碰。

供：“捐献”的意思。

供下作：帮手，打下手。

拱：钻进。

古趣：有趣。

牯氐牯氐糙糙：描述牛向前用力和摩擦的动作。

鬼伺：心里想、琢磨、盘算。

过杠：指过了结婚的年龄。

蛤蟆癞肚：也叫癞肚蛤蟆，即蟾蜍。这里泛指蛙类。

孩娃不掉：把人全杀光的意思。

海啦：意为“很多”“非常多”“多得数不过来”。

薅：“拉”的意思。

好儿：日子，指可以办事的好日子。

黑地儿：黑夜、夜晚。

黑老：夜里。

黑了：夜里。也写“黑喽”。

活套：方便、自由。

肌挠针儿：指人的胳肢窝。

见：打、收。一般指收到多少粮食。

见天：整天、每天。

将将：刚刚。

礓石：一种药用矿石。

犟脖子：硬脾气。

结记：惦记。

净：全、都。

看：①作动词，看病、治；②作副词，刚、刚好。

可早：很早。

肯肯儿：刚好。

来先：早先，以前。

老扒子：豹子的俗名。

老鸹：乌鸦。

老先儿：老先生的俗称。

老阳儿：太阳。

老中：非常好。

雷公头：香附，中药名。

楞正：好。

烈礓：一种石头。

落叶：驻扎。

麻糊眼：指天刚黑，看不清。

毛妮：指女孩。

卯：剩下。

没材料：没本事。一般指办事缺乏智慧。

没得：没有。

没净拉光：没一点意思，没剩一点。

没门儿：没用。

每先：从前。

闷子：指傻子。

蠓虫：一种很小很小的飞虫。

摸：“走”的意思。

摸瞎：摸黑，在黑暗中。

磨开脸儿：也作“磨不开脸儿”，就是“不好意思”。

抹拉：抹平。

哪达：哪里。

那哈：那里。

恼嘟嘟：恼怒。

恁：这么、那么。

恁些：这么多。

恁远：那么远。

恁：①那么；②你、你们。

年成假：收成不好。

拧成股子：形容人多。

牛索头：即“轭”，指驾车时套在牛脖子上的曲木。

拍一拍：即谈一谈。

盘：①管理；②垒。

盘山：劈山。

抛撒：浪费。

喷大空儿：即说大话。

扑楞：用手拨开。

扑扑楞楞：草丛，灌木丛。

齐不崭崭：整齐。

起：兴办、举办。起会，即兴办庙会。

起根：最早，开始。

起先：最初。

巧嘴：指特别好吃的饭或点心。

擎：“宠”的意思。

曲偻：佝偻。

蛐蜷儿：蚯蚓。

娶女客：婚礼中男方去女方接新娘的人。

榷：捣。

让晚儿：现在。

绕：意为照，两个物体或人面对面。

惹万儿：现在。

人脚定了：人们都安静了。

纫针：穿针。

任啥：什么。

晒暖儿：晒太阳。

晌晌：天天、每天。

失急：着急。

时搁：什么时候。

实确确：坚实、牢固。

实受：实在、本分。

使不住：不好管理。

使手儿心：侍从、佣人。

树扑棱：泛指树的枝杈，指草丛、灌木丛。

数叨：唠叨，批评，教训。

甩花线：玉米棒子刚长出花缨。

顺：乖乖依从。

说：口语表达方式，“（从）……开始”。

挼： 打招呼时的发声。

天： 再；用天表示极致。

挺： 躺。

土坷垃： 土块。

脱脚： 脱鞋、赤脚。

崴了： 折断了。

晚黑儿： 夜里。

尾： 尾巴。

擓： “推”的意思。

舞乍： 挥动。

瞎： “坏”的意思。

小： 男孩。

小儿： 对小男孩儿的习惯称呼。

效验： 准确，应验。

信人： 找媳妇，结婚。

寻： 订婚。

阳会儿： 现在，如今。

摇窝： 摇篮。

一路儿： 一起走，一块儿走。

一么： 一直。

一脬： 一摊，一堆。

一齐儿： 一起。

一趟： 一起。

一头（儿）： 一起，一块儿。

一坨儿： 一块儿或一起。

姻子： 女子、妻子。

应先： 早先。

游游： 转一转。

圆圈儿： 方圆。

月舒： 月亮中的黑狗，为仓颉部落图腾。

咋势： 咋，咋啦。

粘转： 用青麦子做成的一种面食。

张罗： 布置、安排、打理。

招呼： 注意、小心。

着： “知道”的合音，意为知道。

真： “阵”音，这样。

阵者儿： 现在。

织布溜子： 织布的梭子。

直巴： 办法。

中： “行”“可以”。

住点： 停住，停止。没住点即没有停止。

庄稼把式： 种庄稼的老手。养牛使牲口的也称“牛把式”。

攥： 扔，投，掷。

三

中原神话调查报告
（一、二、三）

这是河南大学“中原神话调查组”1983年至1985年进行田野调查的三篇调查报告，最初刊登在中国民间文艺研究会研究部编的内部刊物《民间文学研究动态》1984年第2期和1985年第6—7期合刊上，后收录到《中原古典神话流变论考》等多部书刊中。

中原神话调查报告（一）

程健君

为进行河南省哲学社会科学规划项目《中原古典神话流变论考》的科研工作，最近，河南大学中文系组织了“中原神话调查组”，对西华、淮阳、沈丘、项城、新郑、密县等地的古典神话流变情况做了一次专题调查。调查组有两名教师，张振犁副教授亲自参加了这次调查活动。调查工作自1983年11月2日开始，到12月6日结束。在短短的三十几天时间里，调查组共采录到各类民间文学作品109件，其中神话占68篇（包括异文及有关资料），录制录音磁带14盒，拍摄照片128张，摘录了一部分碑文和文物档案资料。

这次调查，是为科研而进行的专题科学实践活动。为了突出中心，保证重点，在时间紧、任务重的情况下，我们集中力量调查了女娲、伏羲、黄帝的神话传说。

11月3日，雨过天晴。我们在西华县文化馆两位同志的陪同下，骑自行车二十余里，来到了位于县城东北的思都岗大队。据旧志记载：思都岗是女娲氏遗民思念祖先在此建都而得名的。现在的思都岗，仍有丈余高的土台。台上的建筑有龙泉寺，寺院门、大殿和东西配殿还保存完好。寺内大殿里，过去供奉有身披槲叶的女娲像。在龙泉寺内，我们请来了张慎重老先生，他滔滔不绝地给我们讲述了《思都岗的来历》《女娲炼石补天》《女娲修城》等神话传说。相传，远古时期，天塌以后，女娲在这里炼五色石补天。洪水过后，女娲又在这里修城筑堤，造福人类。因此，这里的人民对女娲有着特殊的感情。他们把女娲尊为自己的保护神。在思都岗大队，关于女娲的传说故事，是老幼皆知的。只要你一提起女娲，不管是谁都能对你讲起许多故事来。

从思都岗向西北行约二里，就是女娲城遗址。蜿蜒起伏的古城墙，还隐约可见。据说，城中的土岗上，过去曾建有“女娲阁”。城址南约二里的地方，还有“女娲坟”。这里，曾有被誉为西华八景之一的“娲城晓烟”的美景。旧志所载女娲城“为女娲所筑之城，古老相传，由来已久。春夏之交，城上朝烟，缤纷在目。诗曰：女娲炼石自何年，补尽人间缺漏天，石屑化为城上土，常将五色幻朝烟。

文化馆的孟白同志，带我们来到了曾经发掘过的一段女娲城城墙遗址。他拣起一些春秋时期的陶片给我们看。在这里曾发掘出春秋时期的下水管道，还可以看到明显的夯土层。西华县文物室里陈列的“娲”字汉砖，也是在这里发现的。

为了进一步弄清女娲神话的流传情况，我们来到了有“小南京”之称的逍遥镇。根据中文系一九八〇级一位同学提供的线索，在当地文化站同志的帮助下，找来了几位老先生座谈。从上午到下午，虽讲了不少的民间故事，但有关女娲的神话，却没有涉及一点儿。天近傍晚，我们都有点失望了。最后，我们抱着一线希望，找到了寨外的刘炎老先生。他开始有顾虑，等我们说明来意后，便兴致勃勃地讲了《女娲补天》，又讲了《鲁班》《祸从口出》等几篇故事。他讲的《女娲补天》，不仅比我们在思都岗采录到的材料完整，而且细节特别生动感人。眼看太阳近西山了，我们才依依不舍地告辞了刘先生，登上了最后一班回县城的公共汽车。

以淮阳为中心的附近几县，又形成了洪水过后伏羲兄妹再造人类的神话群。传说远古时候，太昊伏羲氏风姓，人首蛇身，头生双角，以木德王都宛丘。宛丘就是现在的淮阳。伏羲兄妹在这里创制人烟，始作八卦，结绳为网以渔，教民耕种，造《驾辩》之曲，成为中华民族的斯文之祖。人们都习惯称伏羲为“人祖爷”，亲切地叫女娲为“人祖奶”。后来，据说孔子带着子路等弟子周游到陈国（淮阳），发现了头生双角的人祖爷头骨，便劝服陈王，在淮阳城北找了一块“风水宝地”。陈王亲自点穴动土，为人祖伏羲修建了陵墓，并举行了隆重的葬礼。到了明朝初年，朱元璋为报人祖爷救命之恩，下圣旨从全国征收了很多金银物资，要仿照南京城扩建人祖庙。结果经办这事的官员贪污了大量钱财，最后只建成了方圆540亩大的一座宫殿式的陵园，名为太昊伏羲陵。

一个细雨蒙蒙的下午，我们驱车来到了太昊陵。穿过园内的太极门、显仁殿，一个偌大的丘陵出现在我们的眼前。丈余高的大青石墓碑，因年深久远，已风化剥蚀，但“太昊伏羲之墓”几个大字仍依稀可辨。烟雨笼罩着整个陵墓，使陵墓显得更加宏伟庄严。陵顶的几棵松柏，苍老挺拔。我们沿着石阶盘旋而上，站在陵顶尽情地领略古陈州的雨中风光。雄伟的显仁殿，典雅的钟鼓楼，古朴的明代午朝门，错落有致，如在脚下。向南望，万亩城湖环抱着的淮阳古城，犹如大海中的一个小岛。雨幕中，湖面上渔船点点。小巧玲珑的画卦亭，建筑在“白龟池”中的“白龟”背上。陵丘的背后，就是伏羲的蓍草园。传说，伏羲就是在这里用蓍草占卜，为民除灾祛病的。陵前，蔡河水像一条长长的玉带，环陵而过。

在这里，我们不仅搜集到了大量的伏羲神话，饱览了太昊陵的胜景，还重点调查了太昊陵古庙会的习俗。每年从农历二月二到三月三，庙会历时一个月。会期，河北、山东、安徽、湖北、河南等五省的香客、商人云集这里，进行物资贸易。无数的善男信女，来到太昊陵前上香祭祖，祈求富贵，求子求孙。他们甚至相信，太昊陵上的土和草籽草根都能祛除百病。有趣的是，在庙会期间，还有大量的泥塑玩具出售（当地人叫“泥泥狗”）。泥塑工艺古雅，品种极多。有泥捏的人、龟、青蛙、猴子、小鸟等百多个品种，而且都能吹响。泥玩具价格很低，一角钱可以买二十几个。来赶庙会的人，大都要带一些回去，意味着带回了人祖爷家乡的土。太昊陵附近有几个村子，大都以捏泥人为家庭副业。至于这种捏泥人的传统工艺与洪水以后再造人类神话有没有必然的联系，还有待进一步的研究。

在沈丘、项城两县，我们同样调查到了关于伏羲女娲的神话传说，故事情节和淮阳的大致相同。

从文献记载和地名遗迹来看，河南的新郑和密县，是黄帝及其大臣们活动的主要地区之一。在周口地区调查结束以后，我们又来到了“轩辕故里”。在新郑北关，实地考察了竖立“轩辕故里”石碑的遗迹。可惜的是，刻有“轩辕故里”字样的巨大的“槐抱碑”，如今下落不明了。残存的只有几间古庙。当地群众传说，黄帝就是出生在这里。新郑西南和密县交界的几座大山，都是以黄帝的几个大臣命名的。如风后岭（顶）、具茨山、大鸿山、力牧台等。这一地区流传着关于黄帝得“八阵图”、练兵、讲武、战胜蚩尤等神话。

11 月 27 日，我们向风后岭出发了。风后，传说是黄帝大臣三公之一。起初，黄帝为求贤臣治国安邦，不辞辛苦，在东海边上找到了风后、力牧二将。后来，风后、力牧帮助黄帝战胜蚩尤，平定了天下。黄帝便把一座山改名风后岭，封给了风后。在风后岭脚下的驼窑林场，我们访问了几位老先生。林场的史水池同志主动为我们当向导，向风后岭攀登。我们越岭爬坡，穿过一道石券门，便来到了位于悬崖峭壁之间的王母洞。洞口在峭壁上，离可以立足的地方有两丈来高。向上看，山峰似有压顶之势；向下看，又如在行云之上。传说，这个王母洞，是黄帝为报王母娘娘派“华盖童子”给他送宝书之恩而建造的。1950 年代前，洞前有木梯子可以攀上。洞内塑有伏羲、神农、有巢氏的神像，每年庙会期间，香火不断。

绕过王母洞，穿过“风后”，爬过“鹰嘴岩”，再往上走，就到了风后岭的最高峰。风后顶有一座石结构的祖师庙，十八根大石柱支撑着九条大石梁，石窗石门，雕刻十分精细。就连用石板刻成的大石瓦，看上去也相当精致。右脊上的石兽，更是栩栩如生。据说，这座石庙里，过去也塑有身披槲叶的神像，可惜现已荡然无存了。在风后岭南侧的深谷里，我们还看到了黄帝三公的庙宇及黄帝“成仙”的梳妆台。

调查组到密县以后，主要围绕着黄帝及其大臣活动的中心——云岩宫开展调查活动的。当地群众讲，云岩宫是黄帝住的宫殿。有首民谣称赞说：“南京到北京，不如云岩宫。二百（柏）一十（石）一座庙，王母娘娘坐空中。石头缝里长柏树，老龙叫唤不绝声。黄帝风后研八阵，云岩立宫聚群英。”我们一踏进云岩宫内，果然看到了山水如画的景色。一座座宫殿式建筑，坐北向南，正对着林立的峭壁。脚下是十几丈深的峡谷，一河碧水穿谷而过，发出如雷般的轰鸣。这就是所说的“老龙叫唤不绝声”。向县南望去，远处的大鸿山、风后岭，近处东南角的力牧台（讲武山）等群峰叠翠，像是一个个顶天立地的武士，日夜守卫着云岩宫。在河北岸一块突出在峡谷中的峭壁上，有一个王母洞。每当夕阳西下，阳光映着谷底的河水，反射在灰白色的岩石下，真像一大片行云。“王母娘娘坐空中”，说的就是这种景色。“二柏一石”说的是河中的一块大岩石上生长着两棵古柏。因为河的下游修筑水库，现在已经被淹没了。在这里，我们访问了一位八十多岁的老人和一位叫王石磙的园林工人。他们说，黄帝和力牧白天在讲武山练兵讲武，夜里住在云岩宫。宫内的点兵台，是黄帝点兵的地方。云岩宫附近还有养庄（黄帝养马的地方）、马脊岭（黄帝遛马的地方）、饮马河（黄帝饮马的地方）、仓王庄（黄帝储粮的地方）等黄帝留下的遗迹。在南面二十多里的大鸿山上，还有黄帝的避暑宫、御花园、梳妆台等遗迹。云岩宫向西四十里，就是黄帝炼玉膏的密山。

第二天，我们又步行去大鸿山考察。途经大隗乡，顺便去乡西的修德观察看。在修德观附近村头的小桥上，我们偶然碰到了一块用作桥板的残碑。碑文是明万历四年刻的《敕建重修修德宫记》。残损的碑文提到“……黄帝问道之所于是，而修德以为治平之本……广成子曾隐于大隗之山……广成子与黄帝有问答之书传于世……”等内容。可见，黄帝向广成子问道的故事，在此地有流传。

考察大鸿山，是这次调查活动中最艰苦的一天。同行的还有密县文化馆、苟堂公社的四位同志。为了抓紧时间，我们在天黑以前赶到了山下的申闲[1]大队。第二天早饭后，我们从申闲大队开始登山。途经南泉寺，来到

［1］ 闲：方言，读 már，指门外的空地、门外的小广场。

了半山腰的任家庄。说是“庄”，实际只有一户人家。任家庄背靠大鸿山，南面峭壁，北临深谷。这里怪石林立，草木繁茂。因为是在山阴，大鸿山山峰又高，每年都有半年时间见不到太阳。主人任民章热情好客，见我们远道而来，赶忙端出了一筐子刚蒸熟的红薯，又捧出了板栗让我们品尝。当我们问起黄帝避暑宫时，他说：“我们不叫避暑宫，叫避暑洞。现在，我把它改造成了我家的仓库。”他用手向一块巨石下面指了指：“这就是。”我们走进洞内察看，这个洞只有十几平方米，并不像我们想象的那样大。但这里地处山阴，树木成林，泉水常流，也真是一个避暑胜地。他还告诉我们，当地群众把“御花园”叫“花园坡”，离这里还有十来里山路。山顶有一个像大盆那样大的饮马槽，如遇上雨天，槽内积水，常常有五色鱼出现。临行，热情的主人又为我们每人准备了一根山核桃木的登山棍，并让八岁的儿子为我们领了一段路。爬到山顶，遇到一位叫王有才的农民，他带我们看了饮马槽，并指着山凹里一片开阔地说：“那就是黄帝的花园坡。当地群众在花园坡种地时，常常翻出带花纹的碎砖烂瓦。过去，这里还有一棵冬天会开花的桃树呢！”

从花园坡东行五里，就到了黄帝的梳妆台（当地也叫擂鼓台）。到此，我们要考察的黄帝遗迹，基本都了解到了。天黑了，大家用棍子探路，互相照顾着下山。口渴了，喝几口泉水继续赶路。张振犁副教授和文化馆的魏殿臣同志，都是年近六十的人了，虽经过十几个小时的奔波，连午饭也没吃到，但仍是谈笑风生，比年轻人还有劲头。直到晚上八点半钟，我们才摸黑赶到七堌堆山腰的张冈投宿。

密山，在密县城西南三十里的平陌乡境内，当地群众也叫密岵山，是传说中黄帝探玉策和炼玉膏的地方。我们又用一天的时间考察了这座名山，采录到一些神话传说。

从这次中原神话专题调查的实践活动中，我们有以下几点体会：

第一，专题调查和一般的民间文学采风不一样，准备工作必须做得细致深入。比如到某地调查什么，有什么线索，必要时，连访问对象的名单也得排列出来。这样，在工作中才能不走弯路。这次调查，我们是按照同学们提供的线索，修订了调查计划。这一点非常重要。

第二，各县文化馆、文物组和乡文化站的同志，是我们依靠的主要力量。我们调查组的成员只有两人。在实际工作中，往往又是由各县文化馆、文物组、乡文化站的同志共同参加的“联合调查组”（此次，参加调查的共有 21 人）。他们最熟悉当地的自然地理环境、人民的生活习俗和民间文学的蕴藏情况。例如，我们在沈丘调查时，事先通过地区群艺馆给沈丘县文化馆联系了一下，说明了意图。等我们到沈丘时，文化馆的李笃学同志把三个采访点、采访对象及路线都安排好了。这样，不仅节约了大量时间，而且也取得了比较满意的效果。实践证明，这个经验是切实可行的。

第三，搞神话调查，不可忽视文物考古、民俗、历史、语言等方面的调查。我们每到一地，都要走访县志编辑室，了解当地文物名胜古迹，参观文物室，向文物组的同志了解情况。西华女娲城的“娲”字汉砖和春秋地下城遗址发掘的器物等，就是在文物室里看到的。这给我们开展综合研究，提供了重要资料。

第四，搞专题调查，必须有充分的时间作保证。我们这次用 35 天的时间调查了六个县，虽然主要的地点都调查到了，达到了预期的目的，但总的来看，时间比较紧，没有做更细致深入的调查，接触的面也比较窄。这是在今后的工作中应该注意的。

最后，也是特别需要注意的是，运用现代化录音、照相器材和手头笔记相结合的方法调查，是保证调查顺利进行的极为重要的物质条件。虽然，这次调查，由于人手少，又是初次运用多种手段调查，难免临时出现一些漏洞和缺点。但总的讲，正是依靠现代科学器材，才保存了珍贵的第一手资料。

中原神话调查报告（二）

程健君

“中原神话调查组”继1983年第一期采访之后，于1984年11月30日至12月26日对中原神话进行了第二期考察活动。参加此次调查的有河南大学的教师和各地有关民间文学的专干同志。在27天的调查过程中，调查组克服了寒冷气候带来的种种困难，顶风冒雪，爬山越岭，跨越两省五县，行程数千里，登上了轩辕黄帝的铸鼎塬，采访了夸父山下的老农，察看了潼关风陵堆，爬上了白雪皑皑的西岳华山和桐柏盘古山。调查组与当地群众同吃同住，围着篝火与山民们交谈，听他们谈古论今，收到了良好的效果。这次调查，共记录到神话资料50余件(包括各种异文及片断资料)，其他传说故事30多篇，录制磁带14盘，拍摄照片资料100余张，并摘录了部分碑文及文物档案材料。这又是一次“田野作业”的科学实践活动。

黄帝与黄帝岭

关于黄帝的神话传说，在河南，尤其是在河南西部山区，流传是相当广泛的。1981年秋天，一九七八级学生在灵宝进行教育实习时，搜集到了一篇很有研究价值的神话《黄帝岭》，引起了我们的注意。这次赴灵宝的目的之一，就是调查黄帝神话和考察黄帝岭遗迹。在调查过程中，我们除进一步落实了原有的记录资料外，还发现了一些新的材料。旧志中记载的黄帝神话也是比较详细的。清光绪《阌乡县志》(阌乡今属灵宝)载：“铸鼎塬，城东南十里。《史记》：‘黄帝采首山之铜，铸鼎于荆山之阳。鼎成，有龙垂胡髯下迎，帝骑龙升天。群臣后宫从者七十余人。小臣不得上，悉持龙髯，髯拔堕弓，拖弓而号。后因名其地曰鼎湖。’”我们调查到的现在仍在群众中流传的黄帝神话，则与司马迁的记录有很多的不同之处。虽然司马迁的《史记》也取材于民间传说，但相比之下，今天流传的神话，带有更强的人民性，而且更详细，更趋于合理。当地群众讲，黄帝之所以从昆仑山来到山穷地薄的灵宝，是为了察看这一带的灾情；采铜铸鼎，是为了炼出仙丹给老百姓治病。黄帝给老百姓办了不少好事，所以人民爱戴他、崇敬他。当黄龙来迎黄帝升天时，老百姓死活不让他走，这才拖下了他的金靴，扒下了龙皮，拔掉了龙须。有趣的是，老百姓说，阌乡一带过去就是一个大莲湖(旧称湖县)，这莲湖里的藕就是当年拔掉的龙须变的，所以只有这里的藕是九个孔的。这种神话与当地土产的结合，更增加了神话的可信性。

这里，不但黄帝铸鼎神话流传很广，而且有关黄帝铸鼎的遗迹仍有踪可寻。根据灵宝县文管所提供的线索，我们在西阎乡大字营学校找到了已破为三块的《轩辕黄帝铸鼎碑铭》。碑身高2.61米，宽0.95米，厚0.29米。碑头为半圆形，饰有盘龙浮雕图案。碑铭并序共137字，唐虢州刺史王颜撰文，唐贞元十七年所立。此碑原在阌乡南十里铸鼎塬黄帝庙内，解放前冯玉祥欲移往洛阳(一说为开封)，至大字营破为三块。碑文摘文记载：“黄帝守一，气衍三坟，以治人之性命，乃铸鼎兹塬，鼎成上升。”另外，碑阴还记载了这样一个故事：当年王颜曾在铸鼎塬上四尺深的地下，得到了一块玉石佩，传说是黄帝骑龙升天时，小臣们遗坠下来的佩饰。可惜的是石碑久经风雨剥蚀，字迹残缺不全，颇难认出一个完整的故事。尽管如此，我们也可以据碑文断定，至少是在唐代，黄帝铸鼎的神话就在这一带广为流传了。当然，其他典籍的记述则更早一些。

黄帝岭横亘于阌乡之南，全长十数里，是这一带最高的山岭。老百姓风趣地说，要是在黄帝庙奎楼上点一盏灯，北京城都能看见。可见，黄帝在这最高的地方铸鼎炼丹，也是自然的事了。黄帝岭西端顶，有一片宽阔的平地，是传说中的铸鼎塬。

我们登上铸鼎塬，已是落日时分了。站在塬上，可以北瞰黄、渭二河；南眺秦岭峻峰；东望，山岭蜿蜒如龙；西看，谷底地平似盆。黄帝在这里铸鼎炼丹，也真算是找到了宝地。关于黄帝铸鼎炼丹，当地群众的讲述和典籍记载的另一个不同点是：原来黄帝铸鼎“采首山之铜’就在秦岭。这种说法是合理的。荆山在秦岭北麓，与秦岭头(即首山之意)遥遥相对，这符合地理特征。而以往旧志中所谓襄城县伏牛山之首的首山，却与铸鼎塬有数百里之遥。所以，黄帝采首山之铜应在灵宝荆山之南的秦岭头。铸鼎塬在旧弘农、湖县、阌乡之南，应是黄帝骑龙升天和祭祀之处。看来，铸鼎的地点大致相同。以往的方志所载的疑点可以消除。

铸鼎塬中间是黄帝庙旧址。据志书记载，自汉武帝在此建宫以后，历代统治者大都在此为铭立碑。后几经战乱，黄帝庙建了又毁，毁了又建。据老年人回忆，黄帝庙除大殿和东西配殿以外，还有七层奎楼立于庙后。现在看到的只有一片废墟。在奎楼台基遗址上，我们发现了一块残碑，上书正楷“黄”字，“帝”字只能看到上半。字约四寸见方，碑宽约尺余。此物是否“黄帝庙”“黄帝神位”或“黄帝陵”的石刻，还待进一步考究。因庙宇倾毁，前来朝谒的人们无处安放香火，便在奎楼土台基上挖了一个大洞，在洞内朝拜黄帝。洞内正壁上刻有“黄帝神位”四个大字，土桌上面各有进香者放的油灯、香、火柴、硬币等物。土桌前面放一蒲团，供跪拜之用。据当地人讲，每年二月，这里的香火很旺。

奎楼西北约十七丈处，有一个一丈多高的土冢，当地群众叫葬靴冢。传说黄帝升天时，老百姓拖下黄帝的金靴埋在这里。所以也有人把此处叫“黄帝陵”。

夸父神话异文及有关习俗的发现

调查夸父的神话，是从调查《夸父峪碑记》开始的。为了弄清“碑记”的内容，我们于12月6日来到了西阎乡庙底村学校。在一堵教室的墙壁上，找到了一通保存完好的清道光年间的《夸父峪碑记》。此碑的主要内容是解决夸父峪山地之争。清道光年间，庙底村等八社山民与夸父营、狼寨屯山民为夸父峪山权发生争讼，邑令李公将夸父峪断为庙底村等八社山民所有。碑记中为考证夸父山的由来，录入了《夸父追日》的神话：“东海之滨，有夸父其人者，疾行善走，知太阳之出，不知其入，爰策杖追日至此山下，渴而死。山因以名焉。”这种说法和典籍文献的记载出入不大，只是把追日神话具体化了一点。

从碑记中可以看出，夸父峪八社山民是为了共同的山权利益而联系在一起的。那么，在此以前他们是怎样的一种组织形式，和夸父族有什么关系，就很难推断了。带着这个问题，我们重点深入到八社之一的庙底村采访，特别是对当地的风俗习惯做了较为详细的采访。从调查中得知，夸父峪八社山民实属夸父族后裔，夸父峪山权历来归他们所有。他们还说，他们的祖先都是信仰桃树的，祖先的旗帜上画的都是桃树（即“图腾”），对桃树只准栽培，不准砍伐。特别是对夸父神，八社山民更是无上崇拜。《夸父峪碑记》载：“此山之神，镇佑一方，民咸受其福，理合血食。兹故土八社士庶人等，每岁享祀，周而复始，昭其崇也。”八社山民赛社、送神迎神的习俗一直保留到解放初，其规模、声势相当可观。76岁的张志君老人告诉我们，他曾两次参加本村的赛社活动。送神迎神的盛大仪式在每年的二月或十月举行，山西、陕西、河南三省的数万人都前来观看。送神的一社排成几里长的仪仗队，敲锣打鼓，燃放火炮，浩浩荡荡，簇拥着神轿。神轿前面，是精工制作的花馍，高三尺，上面用面捏有各种花卉和传说故事中的人物，五颜六色，令人眼花缭乱。祭神用的器皿也相当考究，据说这些器具都是向当地群众借来的。有借必应，万无一失。这是当地群众自觉遵循的一条不成文的规矩。夸父峪八社山民轮流供奉夸父神，有送有接，八年一次，周而复始。朴素的信仰，共同的利益，把方圆三十里的八社山民紧紧地联系在一起。

《山海经》记载：“夸父与日逐走……道渴而死，弃其杖化为邓林。”又载，“夸父之山……其北有林焉，名曰桃林……湖水出焉，而北流注于河。”夸父山和桃林，都在今天的灵宝县境内，其地理位置也和文献记载完全相符。灵宝，古时即称桃林，周时称桃林塞，隋时叫桃林县，至唐天宝元年改为灵宝县。《地理通释》记载：“桃林从潼关东至函谷关，西至华阴等地皆为桃林。”《阌乡县志》：“阌乡东南十里有桃园焉，古之桃林。”清代《瞻紫楼序》记：“官道夹植绯桃，仲春花开烂漫，直走潼关，延绵百里。”这些记载都说明古时函谷关以西，直至华阴，确有一片茂盛的桃林。

此次到灵宝调查，我们虽然没有看到一望无际的桃林，但还是找到了与追日神话有关的夸父山。夸父山，位于灵宝县阳平乡东南二十余里，为秦岭北名山之一。它像一个安睡的巨人，仰卧在灵湖峪和池峪之间。12月7日下午，当地教师杨永山同志带领我们在蒙蒙细雪下，登上了夸父山。站在夸父的右腿山梁上，一个巨人的雄姿便展现在我们的眼前。百闻不如一见。劳动群众丰富的想象力，给夸父追日的神话增添了更加迷人的色彩。杨永山同志指着远处的一座高峰对我们说：那是夸父的头，他后面枕的山峰是秦岭的冷泉峰，头两侧的山梁是夸父的肩，中间的大山梁是腹部，我们站的山梁和西边的山梁是夸父的腿。我们顺着他的手指望去，真奇，就连夸父的膝盖还明明显显呢！登上夸父的肩向南眺望，只见秦岭群峰峥嵘，烟雾茫茫，加上纷纷飘来的雪花，真如仙境一般，令人流连忘返。自此东望，荆山之巅隐约可见。当年黄帝铸鼎炼丹，就是在那里采的铜。夸父山北面的山脚下，就是夸父营村和八大社。山民们世世代代陪伴着自己的祖先在这里繁衍生息。当年夸父饮枯的黄渭二河合流的黄河巨龙，如今仍湍流不息，滚滚东去。

那么，为什么这座山叫夸父山呢？劳动人民有自己的解释，有自己的不同于典籍文献的悲壮动人的神话。这些口耳相传的神话故事，弥补了古典文献资料的不足，有较为重要的研究价值。西阎乡的王生民同志给我们讲述了一个流传于群众中的神话：相传在五千年前，黄帝族与炎帝族在阪泉地方发生了冲突，在中原打了一仗，结果炎帝族战败。当时，夸父族是炎帝族的一个部族，被黄帝族下的一名大将应龙追赶西逃。夸父族逃到灵宝西部，正遇上八年一大旱的酷热天气，人们饥渴难忍，头领夸父不幸渴死在这里。夸父族的全体成员，决定在这座山脚下定居下来。他们把头领夸父葬在这座山下，因而也就称这座山为“夸父山”了。夸父临死时，嘱咐子孙要种植桃树，所以这里就叫桃林了。

黄炎中原之战的故事，不少史书典籍里都有记载，但夸父族战败后西逃，死于此地的故事，则不见经传，实属劳动人民的口头创作。

更有趣的是，夸父营村的农民张景春，给我们讲述了另外一个夸父追日的故事：传说在很早以前，有个巨人夸父，只知道日出，不知道日落。为了弄清日落的地方，才和太阳赛跑的。他追日来到此地，正好天近中午。夸父心想，我喝点水休息一下，再和它赛跑。谁知夸父一觉醒来，太阳已经进了西山。夸父一看已经追不上太阳，一气之下，就气死在这里了。后来，人们就把这座埋葬夸父的山叫夸父山。

从这个故事可以看出，劳动人民口头讲述的神话故事，要比文献的记录更加通俗，更富有生活气息。夸父不是“渴而死”，而是气死的。这一个情节的变化，更耐人寻味。它预示着，人是可以战胜大自然的。这里显然有原始人探求自然奥秘的愿望。

我们认为，以上所发现的“夸父追日”的两种异文，对于研究我国古典神话变异，特别是中原神话的流变，有极为重要的参考价值，是不可多得的珍贵资料。两种异文的发现，是我们这次调查的重要收获之一。

盘古山与盘古神话

盘古山在河南桐柏县北八九十里，与泌阳县交界，属桐柏山系，是一架年代久远的老年山。山上岩石已风化为粉状。山顶有一座盘古庙。

关于盘古山，当地流传着许多优美动人的神话传说。相传盘古开天辟地，造完了桐柏大山以后，就在盘古山休息了。这时候，玉皇大帝的三闺女下凡，和盘古结为兄妹。后来，天地间洪水泛滥，人类毁灭，盘古兄妹靠石狮子的搭救，才得以生存。兄妹俩补好了天上的破洞，又滚石磨结为夫妻，天底下才又有了人烟。因为盘古夫妻在这里生活，这座山就叫盘古山了。盘古山一带的人们，没有谁不知道盘古爷、盘古奶是“人根之祖”的。

这一带流传的盘古神话，故事情节都大同小异。从内容上来看，又和洪水以后再造人类的女娲神话有相通之处，至少可以说是两类神话在流变过程中形成的自然融合。另外，我们还在这里调查到了《九龙山》（盘古山一名“九龙山”）和《盘古出世》两篇很有价值的神话资料。《九龙山》这篇神话则又把开天辟地与治水的故事联系在一起了。

12 月 22 日，雪后初霁。文化馆的马卉欣同志和向导宋德平带领我们步行了六小时山路，来到了盘古山之阴、泌阳县境内的大磨村。大磨村离盘古山顶峰约三公里。相传这里是盘古兄妹滚磨成亲时大磨滚落的地方，因此叫大磨村。在大磨村，我们采访了陈玉九、李荣富、席志有等几位老人，他们讲述了盘古爷、盘古奶的神话故事。同时，我们也了解了此地三月三盘古庙会的习俗及求神祈雨的整个过程。在村西河边的一片竹林旁，我们看到了传说中的盘古兄妹滚下来的一扇大磨。这扇磨为青石质地，比一般的石磨要大，直径约 100 厘米，厚约 30 厘米。上面有磨齿约 136 个，磨面为两个正方形相套的八角浮雕线框，中间饰有两大一小三个花形图案。当初盘古兄妹从山上滚下来的是两扇磨，为什么大磨村只有一扇呢？当地群众说：那时盘古爷认为兄妹俩结婚不合理，当两扇磨从山顶滚下来恰巧合在一起，他们兄妹可以结成夫妻时，盘古爷很生气，抓起一扇磨扔到了西大山。西大山是不确切的山名，总之，是把大磨扔到西方山里去了。还有人讲，那一扇磨被扔到了河南嵩县（一说在陕西）境内，据说现在还可以在嵩县石门找到与此相同的另一扇磨。

盘古山一带的人民，不但把盘古敬为开天辟地的人根之祖，而且还把盘古奉为造就万物、给人们带来幸福的神灵。每年三月三，盘古庙人山人海，香烟如云。受穷的来求福，逢旱时来求雨。这种朴素的信仰和真挚的感情，不能都笼统地说成是在封建思想影响下的劳动人民的知识蒙昧，更重要的一点是，它表明了作为人根之祖的盘古在劳动人民心目中的地位。

在大磨村采访以后，已是下午三点多钟。为弄清盘古庙的现状，调查组顾不得休息，就向盘古山顶峰攀登了。途经半山腰的擂鼓台村时，碰到了一位叫石太秀的老农。一提起盘古爷，他就给我们讲起了盘古神话故事。石太秀不识一字，久居盘古山腰，盘古的故事是他从老辈人那里听来的。盘古山的人民，不仅勤劳正直，而且热情健谈。一路上好几个山民主动担任向导，翻山越岭，为我们引路。

自擂鼓台到盘古山顶这一段路，因为是在山阴行走，崖高沟深，加之大雪封山，到处是白茫茫一片，根本无路可走。无奈，我们只好沿着野兽的“足印”，踏着没膝深的积雪，一步一步地爬向山顶。来到盘古庙，太阳即将入山，我们顾不得收拾一下被雪水浸透了的裤子和鞋袜，立即察看了这里的建筑、碑文，拍摄了照片资料。

盘古庙现存有三间正殿，两间配殿，坐北朝南。大殿周围有不少残砖断碑，其中一通盘古庙碑的碑文记载：“盘古为夫妇阴阳之始，天地万物之祖也。声灵赫濯，固足庇荫于宇内，而举世悉蒙其苏矣……”此碑为清光绪二十一年三月重修盘古庙时所立。大殿正中的神台上，还保留着盘古的泥塑头像。盘古头像方面大耳，额头塑有两个明显的圪（角）。从神台上陈设的祭品来看，人们仍不断来进香祭祀。

盘古山顶峰是泌阳和桐柏的分界线。站在盘古庙背后，就可以看见山下的盘古村了。每年庙会期间，盘古村便是一个很大的集贸市场。夜里九点来钟，我们才摸黑下到了一个叫黄楝沟的小山村，借宿在刘太举的家里。我们虽然相当劳累，但还是在篝火边烤着火，听主人们讲述盘古神话故事。《盘古出世》《九龙山》等就是在这种情况下采录到的。

至此，我们对盘古山和盘古的神话调查才算暂时告一个段落。

大禹治水与玉井龙渊

有关大禹治水的神话故事，在河南的流传是很广泛的，遗迹也很多，尤其在黄淮地区则更为集中。我们在桐柏采访盘古神话的同时，也对这一地区大禹治水神话进行了调查。在这一地区流传比较广泛的是《玉井龙渊》这个传说。"玉井龙渊"也为桐柏八景之一，相传是大禹治水时锁水蛟无支祁的地方。玉井位于桐柏县固庙村的禹王庙后边。此井全部用汉白玉石砌成，故称玉井。以前建有井亭，亭中藻井画有蛟龙图案，形象逼真。图案倒映在井水里，真如活龙在水中游动。井前的禹王庙，占地约十亩，不知建于何时。《桐柏县志》记载："禹庙，县西三十里固庙村，淮源、井亭之西，禹治水经此。"禹王庙现改建为固庙学校，但从大门前屹立的两尊大石狮，还可以想见以前禹王庙的宏伟景象。禹王庙大门正对着桐柏山的主峰太白顶（又名天台山）。流经禹王庙西侧的淮源，就来自太白顶。太白顶西面不远处是石柱山，山上两石屹立，形似石柱。石柱铸有铁环，相传大禹导淮时曾系舟于此。

在禹王庙内的学校办公室里，我们请来了67岁的吴生相老人，给我们讲述禹王锁蛟的故事。他说：禹王锁的蛟是无支祁变的。无支祁是个孝子，因为吃了蛟蛋，变成了大蛟，成了淮河水神。无支祁常在淮河一带闹水灾，搅得百姓不得安宁。有一年，大禹来到桐柏山一带察看水情，捉住了无支祁，并在太白顶下挖了一眼千丈深井，又从花山运来玉石，砌成井壁，把无支祁投进井里，用铁链把它锁在了定海神针上。所以，直到现在，无支祁还在这个井里锁着哩。

类似的传说，不仅河南的桐柏有，禹县也有，而且禹县也有一个禹王锁蛟井，就连那根锁蛟的大铁链子，现在还在井里垂着。就全国来讲，这类传说也很普遍。其原因恐怕是与禹王治水的功绩分不开的。

中原神话调查报告（三）

程健君

盘谷寺与盘古寺辨疑

1985年4月13日，“中原神话调查组”自济源县城出发，冒着淅淅沥沥的春雨，驱车太行之行，考察闻名于世的盘谷寺。我们之所以对盘谷寺产生浓厚的兴趣，是因为这里流传着盘古出世等优美动人的神话故事。

汽车在山间颠簸了一阵以后，实在不能前进了，我们就下车步行。这时，雨渐渐停了。巍巍太行，被烟岚笼罩着，整个山川林壑，犹如蒙上了一层薄纱。太行山雄伟多姿的容貌，若隐若现。这时候的古刹盘谷寺，更显得幽美引人。

唐代大文学家韩愈，在《送李愿归盘谷序》中描写：“太行之阳有盘谷。盘谷之间，泉甘而土肥，草木丛茂，居民鲜少。或曰：‘谓其环两山之间，故曰盘。’或曰：‘是谷也，宅幽而势阻，隐者之所盘旋。’”盘谷寺坐落在山梁上，左侧谷深壑幽，清泉潺流；背靠陡崖峭壁，松柏苍翠，巨石林立；右侧的深谷里，就是盛产著名的盘砚的地方。

我们沿着盘谷寺前的台阶拾级而上，一个宏伟的寺院便出现在眼前。青石砌成的高大台阶，给古刹以庄严之感。平台上的八角碑亭内，矗立着乾隆写的《济源盘谷考证》御碑。一棵枯老而高大的娑罗树（遭火焚），记载着这座寺院的盛衰。穿过雕梁画栋、五颜六色的前殿，东西两侧是构制精美、小巧玲珑的钟鼓楼。钟楼里，吊着一口明洪武年间的大铁钟，以石击之，声震太行，音绕山谷。天井内，有一个砌制别致的曲池，壁上嵌有一石方，上刻“可泉”二字。正殿和配殿的墙壁上，刻满了人们登临盘谷，纪念盘古的诗文。

盘谷寺因有盘古出世的传说而使人们顶礼膜拜，又因韩愈写了著名的《送李愿归盘谷序》而闻名天下。

为了弄清盘谷寺与盘古出世神话的情况，调查组先后走访了当地的一些高龄老人，他们都是缪华访问过并由其介绍的。我们了解到了一些很有价值的资料。他们说：盘古没有爹，也没有娘，是在一个混混沌沌的大鸡蛋里孕育成人的。一万八千年以后，盘古用脚蹬烂了鸡蛋壳，这才出世，开天辟地，创造日月星辰、山川河流、风雨雷电、六畜树木、花草虫鱼、人类牲灵，等等。盘古出世时挣破的鸡蛋壳，埋在山下，慢慢变成了薄薄的、一层摞一层的细腻光滑的石头。后来，人们就用这石头做成了不渗水的砚台，这就是著名的“盘砚”。

后人为了纪念盘古开天辟地的功绩，就在盘古出世的这座山上修建了“盘古寺”。因年代久远，人们就把“盘谷寺”念成了“盘古寺”。

这则盘古的神话，和去年我们在桐柏县盘古山调查到的《盘古出世》等神话交相辉映。它是研究中原创世神话的极为重要的资料。

重上王屋山

王屋山位于河南西北部，东依太行，西接中条，北连太岳，南临黄河。因“山形如王者车盖”，故称王屋山。它是传说中愚公移山的地方。王屋山绝顶海拔1715.7米，相传为轩辕黄帝祈天之所，故名曰“天坛”。

1977年11月，我们曾对王屋山进行过一些调查。那时，虽然也采录到了像《愚公盘山》《盛花坪》《李耳铁鞭打黄河》之类的神话故事，但终因时间太短，仍不免有遗漏之感。况且，当时限于条件，采访缺乏录音、摄影等现代化工具。所以，我们决定重上王屋山，弥补当年的缺憾。鉴于王屋山一带有黄帝、王母、大禹、李耳等活动的神话线索，我们此行也有进一步调查当地更丰富的神话传说的任务。因此，我们对重上王屋山是充满信心的。

4月14日下午4时，我们在王屋乡文化专干李畅仁同志的陪同下，来到了传说中“愚公挖山”的地方。这是一条从王屋山主峰伸延下来的南北走向的大山梁。山梁东面是小有河，西面不远就是愚公村。在这条大山梁中间，断开一个很大的山口，山口南沿陡崖险峻，北沿坡度缓平。远远看去，这个山口真似人工挖开一样。山口两侧的土石，还有明显向外翻开的痕迹。趁太阳还没落山，我们赶紧拍摄了照片，实地录了音。

这天傍晚，我们又见到了上次讲《愚公盘山》故事的韩龙书同志。老朋友相见，分外亲切。一阵寒暄之后，我们请他再次讲了《愚公盘山》等故事。今天的录音和八年前他的讲述资料相对照，相差无几。

在济源县城，我们曾了解到王屋山不仅有《女娲补天》的神话，而且天坛山上还有五色石遗迹。可是，在最初一天的调查中，不但没有调查到"补天神话"，而且别人介绍的五色石遗迹也没讲清楚。因此，我们决定再登王屋山主峰天坛山，做更深入、更细致的采访。

第二天，王屋管理区派来既比较熟悉天坛山情况、又能讲一些故事的老农黄习瑞，做我们的登山向导。早饭后，我们一行六人，沿着王屋山腰的环山渠，向天坛山出发了。黄习瑞对王屋山非常熟悉，他沿途讲了许多优美的神话传说故事。什么"撒金坡""油篓沟""老鸦山""人参洼"等，他都能讲出这些地名的来历。

行至紫微宫，我们发现了小河里五颜六色的鹅卵石，便问黄习瑞："这是不是女娲补天时所剩的五色石？"他若有所思地回答我们："这不是五色石，记得天坛山三叉洞口有一片五色石，很好看。补天的事可不是什么女娲，我们这儿传的都是李老君补天。"接着，他就滔滔不绝地给我们讲述了李老君怎样出世、又如何补天的神话故事。补天神话有了眉目，我们内心自然是喜出望外。

过了紫微宫，就开始攀登天坛峰了。这里草木丛茂，道路奇险。有些地方还似原始森林，无路可走，只能沿着农民上山打柴的小路前进。越过老鸦山，翻过十八盘，绕过雷公庙、闪电娘娘庙、雨神庙，这才爬上了冷气袭人的济水之源——太乙池。出太乙池向南不远，便是三叉洞口。洞西南的一席之地的地面上，有一片五彩缤纷、耀眼夺目的山石。这就是我们要查找的"五色石"。传说女娲在这样高的山峰上炼石补天，比较合乎情理。再往上爬，有一条长 20 余米的"阴司洞"。洞口前，有一尊刻制精美的石狮子守门。穿过这个洞，便到了天坛顶险峰，传说从此就到了天宫。这里有黄帝祈年祭天时的"更衣亭"和拜殿，殿前有黄帝亲手栽植的"御爱松"。殿宇错落有致，气势雄伟。我们攀上南天门，尽情地领略了中州大地的锦绣河山：千里中原，群山峥嵘，连绵起伏；黄河如带，飘然东去。壮丽的王屋山梁，迤逦天坛峰之南；巍峨的太行，横亘中条之东。天坛峰北面，一条深不可测的峡谷，把太行和王屋断然分开。王母洞就坐落在这个峡谷北面的五斗峰上。当年，王母娘娘羡慕人间男耕女织的美好生活，经常到人间游玩，那时就住在这座行宫里。

在天坛山上，黄习瑞指着一座座山头、一条条沟壑，讲着一个又一个美妙动人的神话故事。比如《鳌背山》是因为鳌背山和天坛山争高低，而被天坛山用鳌子压在头上，压成了现在的形状。《待落岭》和《圣王坪》讲的都是商汤祈雨自焚时留下的遗迹。《人参洼》讲的是这里原来盛产野人参，因王母娘娘食用的活人参要在这里生长，所以把野人参全都贬到东北去了。这就是东北盛产人参的原因。《棋盘山》，传说是大禹导黄河时，在这里下过棋才得名的。其故事情节和我们 1977 年调查到的《李耳铁鞭打黄河》的情节一致，只是治水的主人公不同。

我们在调查中看到，这一地区的神话在流变过程中，受道教思想渗透相当严重。如《炼石补天》《铁鞭打黄河》等，就都附会在道家创始人李耳的身上。这种情况发生在"天下第一洞天"的天坛山一带，也是毫不奇怪的。

通过这次采访，我们体会到：让知情人亲临实地讲述的效果，一般要比开座谈会好一些。因为对采访者来说，不一定都熟悉当地的自然和社会环境，更不可能了解当地民间文学的全部蕴藏情况。因此，同讲述者一起到实地考察，既可以使讲述者触景生情，激起对脑海中所贮藏的作品的回忆，而且讲起来也无拘无束，格外生动。特别是在有了现代录音手段的情况下，这种办法更易奏效。

对采风者来说，往往一个偶然的机遇，就可能得到很有价值的作品。而有些作品，常常费了很大的气力也没有得到。这时候，你才会真正感到从事民间文学"田野作业"的曲折所带来的愉快和幸福。比如 4 月 16 日，我们从王屋山乘车返回济源县城。因为没有采录到"女娲补天"的神话，我们总觉得有点遗憾，心情不怎么愉快。我们想：王屋山既有补天的五色石，又有女娲补天神话的线索，还有"李老君补天"神话，那么，为什么没有女娲补天的原始神话呢？带着这个问题，胡佳作同志在与同车的一位名叫王生伟的同志聊天时，偶然得到了《女娲补天》的神话。王生伟是王屋山阳台宫附近王庄的民办教师。他一听说我们想了解女娲补天神话在这里的流传情况，便兴致勃勃地谈开了。他讲述的补天神话不仅完整，而且肯定当地老年人讲的就是女娲补天。由于他是在汽车上讲的，录音困难，临别时，我们只好委托他把王庄一带流传的补天神话的不同讲法都记录下来，寄给我们。他欣然应诺了。这个意外的收获，使我们兴奋得久久不能平静。

巧遇"龙马负图处"

依照这次的采访计划，自王屋山下来以后，是去洛阳转车到三门峡，调查大禹治水的遗迹和神话传说。这样就必须经过孟津黄河公路大桥。我们在济源了解到，与伏羲神话有关的"负图寺"，就在黄河桥南岸。因此，我们计划从洛阳转到孟津县，再去负图寺，准备用三天时间调查"龙马负图"神话。

负图寺在今黄河桥南孟津县的雷河村。这里曾是孟津渡口，旧属孟县境。据《孟津县志》记载："孟津在县西南，见于经者，《禹贡》最古。""伏羲时，河图出于孟津。……伏羲德洽天下，天应以鸟兽草木，地应以河图。"《水经注·河水》载："粤在伏羲，受龙马图于河，八卦是也。"这些文献资料，虽都记录了伏羲受图的地点和事件，却没有完整的详细的神话故事记录。

4 月 17 日下午，车经孟津老城时，因为离新县城还有 30 多里，所以，我们就临时决定先不去新县城联系，直接深入下去采访。这样可以节约一天多的时间。下车后，在孟津老城附近的雷河村街头，我们正巧遇到摆小摊的张从瑞和雷北海两位老人，分别听他们讲述了负图寺的动人神话。

相传孟津县老城一带，古时候是一片水草丰盛的地方。人们渔猎畜牧，安居乐业。后来，黄河里出了一个头似龙、身似马的妖怪，弄得这里的七里八河（方圆七里之内有雷河、孟河、位河、陈河、郑河、西里河、东里河、图河）洪水成灾，人们叫苦连天。伏羲知道了这件事，便身披槲叶，乘坐六龙，来到这里驯服了龙马。伏羲又根据龙马身上旋毛的图纹，研究出了"乾、坎、艮、震、巽、离、坤、兑"八卦图。龙马归顺伏羲以后，悔恨以往的过错，就利用自己深识水性的特长，替人们疏通河道，消灭了伤害人畜的狼虫虎豹。后人为了纪念伏羲的功绩，便在孟津县老城西北五里，当年伏羲降伏龙马的地方，修建了一座寺院，叫负图寺。在雄伟壮观的伏羲殿内，供奉着伏羲和龙马的塑像，每日香客不绝，烟火缭绕，钟磬长鸣。负图寺附近的马庄（桩）、前圈、后圈等村名，相传就是当年伏羲拴马和养马的地方。负图寺现在是雷河学校所在地。我们在学校负责人的热情协助下，参观了伏羲殿和"龙马负图处""龙马记"等石刻碑文。寺院里殿宇宏伟，石刻颇多，是研究伏羲神话的重要资料。由于工作进展顺利，原计划三天的采访时间，结果只用了一个下午就达到了预期的目的。

"三门"寻迹

三门峡在陕县东北 40 里，是大禹治水活动的主要地区之一。这里流传有《禹王开三门》《米汤沟》《马蹄窝》《神脚掌》《通天柱》《娘娘河》等有关大禹治水的神话传说，并留下许多遗迹。新中国建立后，党和政府为了根治黄河，在这里兴建了三门峡水利枢纽工程，大部分遗迹也就不存在了。但史料和民间流传的神话传说表明，大禹治水来过这里，并在这里疏导了黄河。

《水经》记载："河水东过底（砥）柱间。"郦道元注解"底柱"说："山名也，昔禹治洪水，山陵当水者凿之，故破山以通河，河水分流，包山而过，山见水中，若柱然，故曰底柱也。……亦谓之三门矣。"后来的地方志对砥柱石和三门的解释，大都沿用此说。黄河东流至此，折向东南，有两石岛，分河道为三门：南名鬼门，中曰神门，北为人门。鬼门水流湍急，人门水流较缓。冬季枯水期，只有神门通流。人门北岸有一航道，叫"娘娘河"，又名"开元河"（即唐开元时所开运河的遗迹）。据《陕州志》记载，隋开皇十五年就开始在这里开凿运河通漕了。三门以下 500 米处，有三个小岛，由西而东为砥柱、张公石（一名炼丹石）、梳妆台。以砥柱最小。三门河面宽达 200 米以上，两岸悬崖高 40 余米。大禹治水的神话遗迹，大都集中在这一带。

4 月 21 日清早，我们乘小火车来到三门峡附近的高庙乡大安村。在一家街头小饭铺里，我们一边吃饭，一边访问了开店的师傅王双师（农民）。《大禹造挢》的传说，就是他讲的。这是我们在三门峡采录到的第一篇神话故事。在这里的群众中至今还普遍流传着这样一句俗语："张店塬开船，魏德岭揽船。"张店塬和魏德岭是黄河南北两岸最高的两个大塬，前者在山西平陆，后者在河南陕县。相传在很早以前，这里曾是一片白茫茫的大湖，没有出口，又常常有水妖作怪，老百姓饱受水灾之苦。大禹治水来到这里以后，抡起开山斧，把大山劈开了三个豁口，引水东流，解除了水患。这三个豁口就是今天的三门。

在大安村，我们还访问了王明旺、王海亭等几位老人，采录到了大禹治水的不同说法。

第二天，我们来到三门峡南岸的三门村采访。62 岁的老农张小根，不识一字，却滔滔不绝地讲了两个多小时。他不但讲述了大禹造桥时，妻子给他送饭打了饭罐的《米汤沟》，还讲了大禹骑神马飞跨黄河时所留下的《马蹄窝》。另外，特别有趣的是，他还会讲《白蛇的传说》。据说，白蛇最初就是在三门峡的桃花山上修炼，以后才去峨眉山的。白蛇和许仙的婚事，也有这里的特点，不同于传统的说法。61 岁的张史氏和 81 岁的张百河，都讲了不少与禹王治水有关的三门峡神话故事。

电厂宣传部的小赵同志，陪同我们参观了三门峡大坝和发电机组。奔腾无羁的黄河，被宏伟的大坝拦腰截断，形成清澈碧绿的湖水。传说中的鬼门、神门、人门三岛，已变成了大坝的基础。现在看到的只有张公岛和人称"朝我来"的砥柱石了。关于砥柱石，还有一段悲壮的故事。相传是一位行船的老艄公，为了让船能顺利闯过三门峡，便跳进激流高喊“朝我来”，为船导航。后来，老艄公就化为巨石，屹立河中，成了三门峡激流的自然航标。船过三门，必须顺水势直对砥柱石行驶，然后借水的回旋力才能将砥柱避开。

站在大坝上，可以看到北岸传说中的米汤沟和建在米汤沟西侧山梁上的禹王庙。据说，以前过往三门峡的船工们，船到这里以后，都要停泊下来，到禹王庙烧香祈祷以后，才驶船过三门。鬼门岛上的“马蹄窝”，狮子头峭壁上的“神脚掌”和“鬼斧神工”巨大石刻等遗迹，现在全都看不到了。靠娘娘河一侧的“梳妆台”，也只剩下了一半。尽管这些遗迹大都消失了，但作为劳动人民的精神财富的大禹神话传说，却一直在劳动群众中流传。它是永远不会、也不可能消失的。

我们在调查中发现，三门峡一带流传的大禹治水神话，也渗进了一定的道家思想。例如这里既流传有《大禹造桥》，又有《老君造桥》，还有《鲁班造桥》；有《通天柱与巡河大王》（大禹治水妖），又有《老君列石》（老君治水妖）的传说等。这同王屋山的神话传说一样，是研究中原神话值得注意的神话哲学化的问题。

四

中原神话调查日记

（1983 ~ 1985）

这里摘录的是河南大学“中原神话调查组”1983 年到 1985 年所进行的四次田野调查共计 79 天的工作日记。日记由程健君撰写，主要记录当时的工作过程，调研内容另有专档存录。

第一次调查 18 天（1983-11-1 ～ 1983-11-18）

1983 年 11 月 1 日

中原神话调查计划（草案）

一、调查任务、目的：

此次调查要以全面调查各类民间文学为原则，以调查了解伏羲、女娲、神农开辟创世等神话为目的，为专题研究打下基础。同时，也要调查当地的风俗习惯。

二、调查地区、时间、路线：

主要调查周口地区四县一市，时间 21 天。

路线：

开封→西华（4 天）→周口（1 天）→项城（4 天）→沈丘（5 天）→淮阳（7 天）→开封

三、调查具体内容及重点采访人：

西华：

联系人：齐凤梧（文化局副局长，文化馆馆长）

律清泉（文化馆副馆长）

主要地点：逍遥镇（八〇级学生刘宏彬曾来此采访过）

采访人：镇十字街口一老者，盲人

任务：女娲城遗迹、故事、风俗。

周口（商水）：

联系人：陈连忠（地区群艺馆）

王广书（文联）

任炎（地方志总编室）

高恒忠（周口师专中文科）

任务：介绍情况，帮助落实采访计划。

项城：

联系人：屈志起（宣传部，七七级学生）

王定奄（文化馆）

地点：高寺公社

新桥公社丁庄

采访人：社员高李氏，高有鹏记录

丁荣花，张宁记录（记过刘秀故事）

任务：人祖爷造人创世。

沈丘：

联系人：（缺）

地点：刘庄店公社吴堂大队耿庄

采访人：耿如林，耿瑞记录（七九级学生，此村人）

任务：落实洪水、人头爷的故事。

另，沈丘东南地区记有太昊伏羲传说，讲述者齐永利、齐风运，齐春明记录（七九级学生）。

淮阳：

联系人：杨复竣（笔名杨牧）

田卫国（文化馆）

王继友（文化局）

张国生（师范，七五级学生）

刘永民

任务：女娲、伏羲、洪水、造人等。

四、调查活动

（一）调查方式：

1. 依靠地方政府和有关单位，共同制订可行的调查计划。

2. 开座谈会（或多种形式），初步掌握调查内容的一般情况，如作品内容、地点、讲述者等。

3. 重点采访。蹲下去，有闻必录，包括完整作品、片断及有关的历史、宗教、风俗、遗物遗迹、环境等有关资料。

（二）调查中应做好以下工作：

1. 张老师主持会议，联系、交谈、组织等；程健君负责照像、录音、记录、文字整理。

2. 当天资料当天整理、编号，胶卷随地冲洗，录音随地放音检查。发现有误立即补救。

3. 记好每日工作日记。

五、生活事项

程健君负责。

六、写调查报告

附：1. 如项城、沈丘不顺利，可把在淮阳的时间延长两天，然后去上蔡。

2. 地区介绍情况后，看是否能去郸城、鹿邑、太康。

1983 年 11 月 2 日　晴　西华县城供销旅社

经过两个多月的准备，中原神话的调查工作总算开始了。

这次调查，是经过充分准备的。从省民研会到中文系，都给予了大力支持。这次能随张老师下来，是一个很好的学习机会。从事这样规范的民间文学调查，我是第一次。

来西华，我和张老师都是第一次。为了赶时间，我们买了早上 5:30 的汽车票。4:10，张老师就到我家了。值得感谢的是那位蹬三轮车的张师傅，为了不使我们误车，他凌晨 1:00 就起来了。

上午 8:30，我们来到了西华县城。在县委宣传部，接待我们的李部长简单介绍了西华民间文化的蕴藏情况。然后由文化馆的张学炎同志带我们到文化馆，并安排我们的生活。文化馆的齐凤梧馆长（文化局副局长）给我们介绍了本县民间文学的蕴藏量，同时又商谈了在西华的活动日程及采访重点。

今天摸到的线索有：

1. 女娲城。遗址有春秋时文物出土（如最近发掘出的地下管道、陶片、砖刻等）。此城在 1938 年黄河泛滥前还可以看到城墙。

2. 思都岗。思都岗之别称。除有女娲神话传说外，还有与此岗相关的生活故事。

3. 粟大王的传说。此传说故事与此地黄水经常泛滥有直接的关系（这个传说准备请文化馆的张学炎再讲一次，留一个完整的录音）。

另有张百忍的传说故事等。

午饭间，初步制订了在西华的活动计划：

1. 如果明天不下雨，去女娲城、思都岗看遗迹。我们下决心步行去（10 多公里）。只要不影响工作，我们尽量少给地方政府及领导找麻烦。这里接待我们的李部长、齐局长、张学炎同志都很热情。

2. 4 号看文物及文字资料。

3. 5、6 号去逍遥镇采访。

这是活动的大体安排，可能会有变动。

下午，我上街买了电池等物。晚上，文化馆的张学炎送来了戏票，是叶县豫剧团演出的《丫鬟告状》。

晚 11:15

1983 年 11 月 3 日　星期四　晴转云　西华

采访工作今天正式开始了。

昨天晚上，我们还为今天的采访犯愁，一是睡觉前下了小雨，二是交通问题。早上起来，天气晴朗。齐局长 8:10 来了，我们商定用自行车代步去思都岗。文化局的郑岗岭同志、文化馆的孟白同志陪同前往。齐局长给我找了一辆自行车。三辆车子在田野飞驰。

10:00 左右，我们来到了目的地思都岗大队，直接来到龙泉寺小学，接待我们的是小学校长张银真同志。我们察看了龙泉寺（思都岗）遗迹。龙泉寺建在思都岗上，岗高二丈有余，龙泉寺的大殿和东西厢房还都保存了下来。龙泉寺山门摇摇欲坠，山门上镶嵌着一石匾，上刻“龙泉寺”三字。殿前地上横卧着三通石碑，其中一通为《龙泉寺记》碑。整个寺容，我们都拍了照片。接着，我们请来了张慎重老先生讲了“思都岗”的来历。

约 12:00，大队的副支书李德良同志回来接待了我们，并带我们一起察看了“思都岗”“女娲城”的遗址。这期间，支书也回来陪同我们。文化馆的孟白同志在现场详细介绍了女娲城发掘情况，他好像一个称职的导游。更有意思的是，在女娲城遗址上，几位热情的老农给我们讲了不少有关女娲的传说故事。

直到下午 2:30，我们才到张银真同志家里吃饭。饭菜很丰盛。看来，这里的农民生活水平也相当高。

吃过午饭，我们又请李燕宾同志讲了《女娲炼石补天》《女娲造城》传说。请张慎重老人讲了《女娲造人》的传说，收获不少。

下午 5:05，我们开始返回县城。天渐渐地黑了，加上道路坎坷不平，我生怕把录音机震坏了，所以一路上提心吊胆。上公路了，车灯多了，我加快了速度，追上了他们三人。

晚 6:30，回到文化馆，还了车子，汇报了情况，然后到街上吃饭。郑岗岭同志回家了，我们请孟白同志一起吃了晚饭。他们也太辛苦了。回到供销旅社，已是晚上 8:00 整。我们把录音全部放了一遍，并登记编号。

明天准备去逍遥镇。

写完日记，我才感到有点累了，左腿肚肌肉绷得困痛。

晚 11:00

1983 年 11 月 4 日　星期五　晴

早上 8:00，文化馆的孟白同志陪同我们去逍遥镇。目的是落实一下“洪后兄妹婚”的神话传说。因为从掌握的资料来看，这个传说在此地有流传。八〇级学生刘宏彬曾采录到这个故事，但很不完整。

车行一个小时，我们来到了古老的逍遥镇。这里还别有一番“江南小镇”的景色。街市繁荣，水旱交通都很方便，大沙河穿镇而过。人称此地为“小南京”。

公社的叶书记、两个李书记接待了我们。之后是文化馆的李风选、容安民二位同志陪同我们采访。上午我们请来了丁富和、支同林二位老先生座谈。丁老先生讲了《八仙的传说》《张百忍》《贾阁老》《王猴》等故事，但对“女娲兄妹婚”故事讲不出什么。下午，我们接到刘宏彬提供的线索，来到姓牛的先生家里，又请来了一位姓洪的先生一起座谈，没有什么进展。这时候，我们和陪同我们采访的同志都有点儿失望了。就这样失望而归吗？不能。最后，我们按洪先生提供的线索，来到了镇西寨外的刘炎先生家。老先生正在门外打扑克，我们说明来意后，他把我们让进了院里，因开不开家门，我们就在院里开始交谈了。一提到女娲开天辟地、造万物生民，他就打开了话匣子，讲了一个完整的《女娲兄妹结婚》的故事，我及时打开了录音机，录下了这个难得的故事。接着，他又讲了《找牛》《福从口出》《鲁班的传说》等传说故事。下午 4:00 多了，我们为赶最后一趟车回城，才依依不舍告辞了这位给我们讲了四个“冒话”（当地称讲故事为“冒话”）的老人。从这个传说的搜集中，我真正体会到，采风要有信心，要有恒心；座谈要广泛深入，厘清线索、顺藤摸瓜。只要这样做了，就一定会有收获。

晚 10:20

附：刘宏彬提供线索：镇十字街口有一老者，80 多岁，一只眼睛有病。据此，我们找到了这位牛先生，也是住十字街口，82 岁，一只眼，但很遗憾，他不能讲。

文化馆的同志说，老镇长能讲，但他家里正在扒房子（说省里有文件，拆除公路两侧建筑），没时间来讲。

明天，准备到县文化馆去看文物，拍照片，请城里老年人再座谈一次。文化馆的张学炎能讲《粟大王的传说》，可以录音。

1983 年 11 月 5 日　星期六　雾转晴　西华

今天是在西华的最后一天了，按计划，我们准备上午去看文物，因文物管理人员不在，我们把看文物时间改在下午。上午文化馆的张学炎同志来旅社录了《粟大王的传说》，之后他又带我们去县志总编室查资料。在县志总编室了解的资料表明，思都岗一带过去为丘岭地带，这对女娲炼石补天的说法提供了依据。

下午，孟白和文化馆的王同志带我们去看了文物库，给女娲城上仅留的一个“娲”字砖刻和从女娲城遗址中出土的春秋时期的下水管道拍了照片。另外，从文物库里还看到了当地出土的三米多长的远古时期的大象牙化石。

晚，我和孟白一起冲洗放大这几天拍的照片。张老师去听山东曹县著名青年坠子演员王晓菊的戏了。

四天来收获不小，除采录到了女娲、伏羲重要神话之外，还搜集到了《鲁班的传说》等多篇民间故事作品。

明天，准备去周口。

1983年11月6日　星期日　晴　周口

今天是比较轻松的一天。

早饭后，我在旅社结了账，和张老师一同到西华县委宣传部告辞，也算是汇报工作吧，两个李部长都在。

从宣传部出来，我们顺便搭乘去郸城的小车来到了有“小武汉”之称的周口市。果然，名不虚传，当车过沙河大闸时，我们看到了这里真如江南之色：河面停泊的船只，河边洗衣的妇女，饭店门前悬挂的几尺长的鱼。来到周口市宣传部，只有一位姓祝的同志值班，他安排我们在小所休息。

午饭后，我们没有休息，就去文化局找陈连忠同志商量工作了。

下午3:00，我去周口师专见水照、玉柱同学，二人都在家。水照还是老样，玉柱的脚扭伤了。另外还见到了赵永健和七九级的高恒忠等。章秀定老师的姑娘在这里上学，章老师有给她带的东西，因我回所要晚一点，让她自己来所取走了。

晚饭后，老同学们在玉柱屋里聊天，很多话说不完。因我晚上要整理资料，不得不早点告辞了。

刚才把在西华搜集的文字资料及照片粗略整理了一下。录音资料卡片上有记录，未重新整理，待回校后统一整理归档。

晚 10:00

1983年11月7日　星期一　阴　淮阳

早上起床后，张老师临时决定来淮阳，目的是为了保证重点。

吃早饭时，大伙议论纷纷，说是5:10地震了。我可能是没睡醒，没有一点感觉。

早饭后，我们去宣传部，谈了基本情况，决定下午来淮阳。

午饭后，杨局长和文化局的韩科长去地委小所（小招待所）见了我们。韩科长陪同我们来到淮阳。到淮阳以后，文化局的李局长、雷馆长等同志来见了我们，简单地安排一下工作，决定明天上午先开小型座谈会。

晚上，文化局送来了《台岛遗恨》电影票。

晚 8:40

1983年11月8日　星期二　小雨　淮阳

在淮阳的采访工作开始了。

上午，文化馆的杨复竣同志、文管所的骆崇礼同志来谈了情况，确定了采访对象。原计划下午去看古迹，因下雨，只到伏羲陵看了一下，参观了文物，到公园看了剪柏艺术。雨中游伏羲陵，别有诗情画意。淮阳古城，四面环水，伏羲之陵，烟雨笼罩，古柏苍劲，殿宇雄伟。陵前丈余高的石碑，虽已风化，但“太昊伏羲”四字还依稀可辨。太昊伏羲的墓碑，传说是苏小妹用手绢蘸墨写的。登上羲陵，宛丘古城尽收眼底。

晚，宣传部送来了《下陈州》戏票，是鹿邑县剧团演出的。此地此戏，更能使人情感交融。

骆（崇礼）同志上午来时带来了三份有关淮阳的资料。

晚 11:40

1983年11月9日　星期三　阴　淮阳

一整天都是座谈、录音。

上午，杨复竣同志和骆馆长领老艺人闫先盈来，讲了几则清官故事，杨复竣同志讲了二月古庙会的习俗。

下午，除上午三人外，又请来了文化馆彭兴孝同志。彭兴孝主要讲了《伏羲的故事》和淮阳泥泥狗民间艺术。

晚 8:45

1983年11月10日　星期四　晴　淮阳

上午去太昊陵拍照片，因为不想打搅地方领导，我们是步行去的。

原计划今天上午是杨复竣同志带我们去画卦台的，因他有点儿事情，文管所骆崇礼同志又派了陈红军同志来。

来到画卦台，是想看“泥泥狗”的，因门开不开，没有看成。彭兴孝同志昨天的录音也不太清楚，本想请他再讲一下，因他不在，故未录成。

去太昊陵拍照以后，就在那里吃了一点儿饭，来到彭兴孝同志家，他刚好回来，录了音。他是负责搜集泥泥狗的，又看了他收的一部分泥泥狗。

回来时又绕到画卦台，见了民间文学专干田维国，上午去时也见到他了。

下午回来时在书店买了四本书。

晚上看《魔术师的奇遇》。

明天上午去平粮台，下午去沈丘。

晚 7:45

1983年11月11日　星期五　沈丘

上午10时，我们到了位于淮阳县城东南四公里的大连乡大朱庄的平粮台古城遗址，这个遗址是目前我国发现的年代最早、规模最大、保护最完好的4600年左右的龙山文化时期古城遗址。我们参观了文物陈列室，曹同志向我们介绍了古城遗址考古发掘情况。此遗址内出土有剑，剑刃锋利，还有当时使用的下水管道。

中午我们又让杨复竣同志去了一趟，目的是让他把胶卷给我们带去，因我们昨天的胶卷留在太昊陵冲洗了。结果也没带去，看来只有等以后让他寄了。

下午2:30，淮阳派车送我们来到沈丘县委小所。同车来的还有河南日报社王德佑编辑。4:00整，我们来到这里，宣传部的王部长来接待我们。

晚，王部长等陪我们去看电影《彩桥》。

沈丘市容绿化不错。

晚 9:50

1983年11月12日　星期六　晴　沈丘

早饭后，胡部长、文化局长、文化馆长来谈了工作计划。后去文化馆，由李笃学同志介绍当地民间文学情况，安排了具体工作。翻看他们收到的民间文学稿子及《沈丘文化》小刊物。所需材料不多。恰逢业余作者乔云行同志也在，谈了他找的采访对象。在沈丘活动的具体时间安排如下：

13 号去新安集公社；

14 号去刘庄店公社耿庄；

15 号去赵德营公社；

如有时间，考虑去卞路口和莲池公社。

中午，文化馆的同志安排我们去吃饭，陪同的有胡部长、杜局长、付馆长、石洁玉馆长、李笃学等同志。

下午，去县委档案室翻看了咸丰年间的《沈丘县志》，摘录了一点儿有关刘秀的传说故事。后上街买录音带和胶卷，因胶卷质量太差，没买。

晚 8:20

1983 年 11 月 13 日　星期日　阴　沈丘

早饭后，由文化馆的李笃学同志陪同我们去新安集公社，因没有赶上公共汽车，我们坐“大棚车”来到了离城 25 里的新安集。在和公社书记见面后，由公社宣传委员（团委书记）刘同志和文化站的一位同志（还有派出所一女同志）陪同，一行六人骑了五辆自行车直奔离公社 18 里的魏桥大队乔庄。简单吃了饭以后，我们便开始了访问和录音。因馆里事先有安排，魏桥学校的齐云行等三位同志热心帮助，所以，访问进展得很顺利。第一个访问了 87 岁的乔振邦老汉，他主要讲了《人祖爷》《牛郎织女》《朱洪武》三篇神话和传说，有特色。第二位访问了乔黄氏（70 岁）老大娘，她讲了《亚当爱娃》和《孟姜女》（韵文）的传说，收效很大。

晚饭时，陈连忠同志从周口赶来，回到所里一直谈到 10 点。

明天去刘庄店。

1983 年 11 月 14 日　星期一　晴　沈丘

刘庄店一行也比较顺利。

早起，我们在汽车站随便吃了一点东西，由陈连忠、李笃学、李老师等同志陪同，来到了刘庄店公社。李笃学和文化馆的同志去找采访对象。我们又在镇上找了一位任先生（自称曾是冯玉祥的警卫团长），他讲了一点儿有关冯玉祥的传说。在耿庄请来了耿玉章，讲了《人头爷》的故事。

晚上，耿瑞来，谈了很久。他想要八本《河南方志民俗资料汇编》。

1983 年 11 月 15 日　星期二　晴　沈丘

早上，坐“大棚车”行程 60 里，到赵德营公社，找到齐永仁、齐永会二人，讲了《人头爷》《牛郎织女》《孟姜女》《王羲之》《郑板桥》等多篇传说故事。

下午，搭便车回来，风冲路颠，实在难受。

晚上，耿瑞请去吃饭。回来后整理录音资料。史馆长来，商谈了近几天的工作。

明天上午去项城。

1983 年 11 月 16 日　星期三　晴　项城

上午从沈丘乘车来到项城，由陈连忠同志陪同。

下午，文化馆的王洪勋同志来谈，王新安同志也来了。遇见了七八级的张振岭同学。七七级的屈志起同学在项城宣传部工作，今天也来陪我们。

晚，看电影《美猴王》。

1983 年 11 月 17 日　星期四　晴　项城

上午在这里召开座谈会，主要谈了《人祖爷》的故事，另外还谈到了光武庙、鬼修城的来历等。参加座谈会的有文化馆及中学任教的六位同志。收获不小。

下午去看了鬼修城、光武庙、白果树等遗迹遗存。

晚，在屈志起同学家里吃饭。

1983 年 11 月 18 日　星期五　晴　开封

为期 18 天的周口地区采风工作胜利结束，收效很大。

早上乘车自项城返汴，12:30 回到开封。

第二次调查 13 天（1983-11-24 ~ 1983-12-06）

1983 年 11 月 24 日　星期四　晴　新郑

第二阶段的考察工作开始了。

本来，我们是准备昨天来新郑的，因误了车，没有来成。

今天下午，我们是乘两点的车来新郑的，到这里已五点钟了。宣传部的一位秘书接待了我们，把我们安排在了二所。晚上，我们去文化馆找蔡柏顺同志（张老师事先同他联系过），他爱人说他去开封开会，还没有回来。我们又找到了李敬贤馆长，简单地谈了一下来意。看来只有等蔡回来后，工作才能开展。

来新郑的主要任务是考察有关黄帝的神话传说。

明天上午宣传部开会，文化局的干部也去，张老师的意思是想到部里找部长谈一下情况。

1983 年 11 月 25 日　星期五　晴　新郑

上午去宣传部接一下头。文化馆的蔡柏顺去汴开会仍没回来。

午饭后，我们收拾行李去密县，路过文化馆，蔡回来了，我们逗留原地。

下午，蔡领我们去文庙看了清代石碑，之后去北关祖师庙看了遗址，听李庆水先生讲了轩辕故里的传说。

明天上午，准备请文管所的同志来讲一下。

1983年11月26日　星期六　晴　千户寨

上午，请文管所的薛文灿同志谈了一点关于轩辕故里的传说。

下午，乘公共汽车由蔡柏顺同志陪同来到了山区千户寨乡。这个乡就在风后岭山脚下。来到一个幽静的小院，马上给人以清新的感觉。没有休息即入工作。副乡长申宝安同志讲了关于王母洞、风后岭的一些传说故事。

晚饭后，又请来了文化站的同志，他准备明天陪我们上风后岭。

1983年11月27日　星期日　晴　新郑

早饭以后，由蔡柏顺和文化站的张爱民同志陪同登风后岭。在驼窑林场，我们见到了袁州同志，他给我们讲了一点有关祖师爷的故事传说。然后，史水池先生又讲了王母洞的故事。10:00，由史水池先生当向导，开始登山了。今天真是天时地利人和。登山无路，我们攀崖爬坡，来到了位于悬崖峭壁之上的王母洞。这里有石拱门、天爷屋等遗迹。王母洞在峭壁上，阔约两丈许，过去有梯子可上，今不能上。绕过王母洞，就是风口。这里山风呼啸，景色诱人。山下的水库犹如一弯清水，层层梯田鱼鳞般嵌在山坡之上。再往前走，就是传说中黄帝的避暑台，一块巨大的鹰嘴石，将鹰嘴朝向山下。翻过鹰嘴石，就到了山顶。山顶有一座工艺精细的全石结构但已坍塌的祖师庙大殿，石门石窗，石梁及屋脊石兽犹在。殿前的石碑也已残断。自西面而下，途经“三宫”（轩辕宫、医圣宫、三官殿）、马神仙庙、康神仙庙和梳妆台。

下午1:30，我们在驼窑林场的窑洞里吃了一碗捞面条。山里人，热情，厚道。

下午4:30，从千户寨乡乘车返回新郑。今晚住在新郑服务楼。

1983年11月28日　星期一　晴　密县

上午去新郑县志总编辑室采访，后到县委宣传部告辞。蔡柏顺说顾丰年要去新郑，我们也没有等上她。

下午乘车来密县，下车后就近安排在旅社。后到高力升家，在文化馆吃了晚饭，顺便安排了工作，听老魏（魏殿臣）介绍了一些情况。明天上午准备去宣传部，然后去超化。

1983年11月29日　星期二　晴　超化

早饭后，乘公共汽车去密县新城，到宣传部，由高力升同志陪同，和宣传部几位部长接了头，谈了工作计划。

午饭后，我们下山，后乘车来到张老师的故乡——超化。这里有是全国十五名刹之一的超化寺，可惜的是，今天看不到名刹的景色了。寺的大殿，隔墙可见，有一株参天古柏，其余就是尘土、烂房、垃圾了。

晚上，张振恒先生（张老师的三哥）讲了一些故事，吹了笛子和笙。特别是他讲的老君和天仙的故事，很有一点研究价值。

1983年11月30日　星期三　晴　密县

上午，我们先去有名的金华泉看了看，人工雕琢，失去了自然美。但泉水还清澈见底。据说这泉水里至今还有“冒珠子眼鱼”，传说是被李自成的马踏的。然后，我们来到了超化寺内，看到了破旧的大殿，殿前的一棵古柏上，传说中李自成拴马的缰绳印和刀劈缰绳的痕迹依稀可见。

著名的超化寺隋塔，也被毁掉了。

下午我们乘车回到了县城文化馆，商定明天去刘寨。

1983年12月1日　星期四　晴　密县刘寨公社

今天是到密县后收获较大的一天。早上6:30，我们和文化馆的魏殿臣、高力升同志一起乘车来到刘寨公社，在公社吃了早饭。早饭以后，由公社的王同志陪同去力牧台采访。在力牧台（讲武山）拍照以后，来到刘寨大队东圪台村访问了张造老先生。他讲了一些附近（有关黄帝）的地名传说，如云岩宫、仓王、马骥岭、力牧台（养马庄）等。

中午我们在大队学校吃了一点饭，然后去养马庄（刘寨大队）访问了周河老先生。他讲了一些有关（黄帝）云岩宫的传说。从养马庄出来，我们来到了山青水绿、景色宜人的云岩宫。这里现在是某部的保密工事。虽然云岩宫大部分宫殿被毁，但当年的胜景仍依稀可见。宫殿依山而立，绿柳垂岸，松柏苍翠。两岸峭壁陡立，清澈的湖水，映出山石庙宇，好一幅优美的山水画。美哉，要不然，慈禧太后会到此避暑三个月吗？在云岩宫里，我们碰到一个叫王石磙的园林工人，他讲到了宫里的黄帝点将台和宫外的泉源河（黄帝饮马泉）。

晚上，我们回到公社，住在公社的招待室里。

这里棉被上的虱子好大啊！

1983年12月2日　星期五　密县苟堂公社　申咧

今天是很辛苦的，不过最辛苦的可能要在明天。

早上，天还不亮，我们就起床了。太阳还没有升起来，我们就登上了去老寨的公共汽车。然后步行十几里山路到大隗乡，此时已有八点。在大隗乡简单吃了早饭。听文化馆的魏殿臣同志讲，大隗西三里观寨，是黄帝向广成子问道的地方。听说有此遗迹，我们都来了兴趣，打点起行装，快步向观寨走去。

在观寨路沟内，我们发现一块被当作小桥板的石碑，为明万历四年所刻。碑头是《敕建重修修德宫记》，下半部碑文已经被破坏，在尚存的字迹中“黄帝问道之所……”等字仍清晰可见。听围观的当地群众讲，碑背有人像。我们将碑翻过来一看，此碑原来是用汉墓石门刻成的，上有带三叉的人头像。我们将碑文向下扣好，并告诉当地群众注意保护，然后去修德观内做进一步调查。

中午，来到苟堂公社。饭后，由公社秘书和文化站的同志陪同，我们步行两个半小时来到大鸿寨山下的申咧大队。山里人厚道，条件虽差，但挺热情的。山区文化生活也挺丰富的，今晚有两部机器在一个大队放电影。

路上，听高力升和魏殿臣同志讲，在平陌公社的密山上有支锅石、晾经台、破经山等。传说，唐僧西天取经回来，路过此地，放下经担，支锅做饭。恰在这时，天下起大雨，把经文全部淋湿了。雨过天晴，唐僧把经文摊开晒晒，谁知一阵风吹来，又把经卷吹走了，唐僧只好起身追赶，赶到另一个山头上，只抓住了一张纸片，打开一看是“阿弥陀佛”四个大字。所以，这里就留下了支锅石、晾经台和破经山等地名。

1983 年 12 月 3 日　星期六　晴　张闲

今天可以说是调查以来最辛苦的一天，但也弄清了一些问题。

早上 8:24，我们在苟堂公社的申闲大队火碱厂吃了饺子以后，便从南泉寺开始登大鸿山了。这里是羊肠小道，行走艰难。公社的胡秘书是个很幽默的人，话虽不多，但句句惹人发笑，他给我们今天的考察平添了不少的乐趣，缓解了登山的劳累。

来至半山腰，路更难走了。胡秘书在前边开路，已基本登上了山顶。这时，我和老魏发现西边约二里路的地方，有一片地方树木较多，且峭壁上看似有洞口。我们估计此地会有人居住，便去弄个明白。来到此处，果然怪石林立，石下多洞，可防风避雨。树木成林，鸡犬之声可闻。这里居住着一个四口之家，男主人叫任民章，30 岁左右，他的妻子叫王雨，是个开朗的山村妇女，话很多，也很忠厚。她先给我们舀水，后抓板栗子，刚掀开锅的红薯，给我们拾了一大盆。而后，又给我们每人找了一根山核桃木拐杖，以备上山之用。

据任民章讲，他住的地方叫任家庄，这里有半年时间不见太阳，一到夏天，景色优美，气候凉爽。黄帝的避暑洞就在这里，他现在改造成了住房。洞上是一块大石头支撑。洞深丈余，阔有两丈。他房后的石崖上还有一石洞，无人上去过。据南泉寺的于安全（59 岁）曾经讲，他小时候，这里有个赵四别子，脾气很倔，非要上一上这个洞。大年三十吃过饺子，他爬了上去，整整在里边走了两天才从山东南的另一个口里出来。他说里边有喇叭状的怪石。据我们分析，这可能是个溶岩洞，传说中的崆峒山，或许就指这里。

了解到了这些情况，我们继续上山，向大鸿寨进发。任民章让他七岁半的儿子任照旭给我们当向导，小家伙很聪明，路很熟。他在前边走，我们在后边几乎跟不上。本来，到山顶以后，我们是想看一下传说中靳老倌的石椅的，可爬到了顶，却又找不到了。到山顶，才见到了熟睡的胡秘书。这时，遇见了禹县寨东大队的王有才同志（这里是密县和禹县的交界处），他带我们看了靳老倌的椅子、拴马桩、饮马槽等。这些地方都在大鸿寨西约二百米处。饮马槽不大，像一个大盆，有意思的是，如遇阴雨天，这个槽里总会有五色鱼出现。在石寨与饮马槽之间，有一个半亩大的山顶池塘，水深约四尺，内有小鱼。据王有才讲，这个池塘是人们用来饮牛的。

从这里东南望约一里，就是寨东大队的任家闲，传说中的黄帝御花园就在这里，当地群众叫花园坡。

大鸿寨的寨墙、房屋、洞、井等遗迹可见。传说，这里曾是捻军活动的中心。

在寨东大队，我们了解到，花园坡原来有一座寺院，寺里有一株桃树，冬天可满树开花。东行四里，有一擂鼓台。他们说是寨里擂鼓招呼群众的。还说，在这里擂鼓，北京都可以听到（我们来到北坡的张闲大队时，又听说雷鼓台就是黄帝的梳妆台）。沿山脊东行四里，就是石楼山，一座孤立的自然石台上，有一个小寨，遗迹可见。我们从东边爬上寨顶，可以俯瞰山南山北。小寨面积半亩许。高力升讲，这里是风后囚禁七女儿果多公主的地方。

然后，我们又东行约 20 里，才摸黑问路来到了张闲大队的高家庄，此时已是晚上六点半了，晚八点半，我们才吃了饭。

从申闲出来到高家庄，我们整整在山上行走了 11 个小时，中间只在下山时喝了几口泉水。

晚饭后，我们就借宿在这里。我和高力升住在一个姓高的老乡家。

12 月 4 日写毕于张闲大队部

1983 年 12 月 4 日　星期日　云

12 点，我们在张闲大队吃早饭。山里的早饭，大概都是这个时间吧。饭后，已是下午 1 点钟了，我们步行三里到公路乘车，3 点钟来到县城。在苟堂和公社秘书告辞。插一句，昨晚在山上时，胡秘书说下山后有啤酒招待，今天中午真的兑现了。我在山上只不过是一句戏言。山里人，厚道。

在县城文化馆休息了一个多小时，整理了一下行装，5 点钟乘车来平陌公社了。

晚，于平陌公社

1983 年 12 月 5 日　星期一　晴　密县老城

今天是这次采访的最后一天，一切进行得都比较顺利。

早上，公社（平陌）用车把我们送到密岵山脚下，我们从西侧开始登山考察。据山脚下的冯拴老人讲，这里有大密岵和小密岵。大密岵山顶有龙爪碑，附近有银洞沟等，以前开过银矿。小密岵在大密岵的北侧。传说，这里以前有很大的原始森林，人可以在树顶上走到山顶。来到山半腰，我们请来了在这里护林的杨树堂老人，他带我们爬上了密岵山南崖，这里山势陡峭，攀登艰难。龙爪碑就在崖之上。“碑”四五尺高，三尺宽，上有形状不同的“龙爪印”。当地群众说，有一年下大雨，龙在这里抓的。实为石头的自然纹路风化而成。

站在大密岵山顶，东看是最高峰七堌堆山，东北望是鸡冠山。向北绕过一个小山头，就可以俯视小密岵山了。

传说，密岵山是黄帝炼玉膏的地方，密县也是由此山而得名的。

下午两点，我们赶到大冶，乘公共汽车到平陌后又回老县城。

采风至此告一段落。

1983 年 12 月 6 日　星期二　晴　开封

新郑、密县二县的调查工作全部胜利结束了。上午去密县县委宣传部辞行，下午就回到了开封。

马上写工作总结。

第三次调查 26 天（1984-11-30 ~ 1984-12-26）

1984 年 11 月 30 日　星期五　晴　郑州

经过一段充分的准备工作后，中原神话的第二期的考察工作自今日起正式开始了。原先，我以为张老师去京几个月，刚回来，要休息一下，明年再下来，可张老师的劲头很大，非要下来不可。故此，我也只好放下正在进修的日语，同老师一起下来。我也很想下来再锻炼一下，以增加对本专业的熟悉程度。

我们是上午 11:30 自开封乘车来郑州的。下午二时到达省文联，准备在这里转介绍信。张老师让他儿子买车票之事未成。我刚才去车站买了明天下午去灵宝的慢车票。没办法，慢车也要走。

此次考察的路线是：灵宝—华山—洛阳—孟津—南阳—桐柏—信阳—许昌—开封。

主要任务是黄帝神话和大禹治水的神话传说。

晚 8:45，于省文联招待所

1984 年 12 月 2 日　星期日　晴　灵宝

昨天下午 3:42，我们自郑州乘 475 次去西安的慢车于今日凌晨 3:00 到达灵宝县车站，暂歇在车站旅社。11 个多小时的旅途中，我们受到了 475 次列车 6 号厢及卧铺车厢乘务员的热情照顾。

早上，我们在火车站广场小吃摊前吃了半斤炸油饼，每人一碗小米稀饭，共用了 5 毛钱。车站广场上一个个用帆布搭成的摊棚里，风味小吃丰富多样：豆腐脑、炒凉粉、浆面条、油条、油饼、糖糕等。早饭后，我们乘公共汽车到县车站，然后，步行到县委。

不巧，今天是星期天，宣传部的胡同志带我们来到招待所。现在他去找文化馆的同志了。我们准备明天和部长接一下头。

上午 10:30，于灵宝招待所

又：11 点，宣传部的胡同志找来了文化馆的杜、杨、宁三位同志，简单谈了一些情况。

下午，我和张老师到市场上转了一圈，买了文具等用品。

晚饭后，李庆红同学来看望张老师。

1984 年 12 月 3 日　星期一　风

上午，宣传部宋部长等来接见，谈计划。

下午，看文字资料。

给郑大芝同学写信，联系被采访人。

1984 年 12 月 4 日　星期二　云　灵宝

上午去文化馆座谈。

下午 3 点，文化馆派杨虎胜同志带我们下乡。4 点整，我们挤公共汽车来到了西阎乡。乡志办的王生民同志来谈了一些情况。特别是他讲到的有关夸父山一带的风俗习惯，有很重要的研究价值。他说，这一带八社（村）的人，都崇拜夸父，敬为保护神，每年都举行祭祀活动，十分热闹。有关材料，详见录音资料。

晚 8:00，于西阎乡招待所

1984 年 12 月 5 日　星期三　晴　灵宝西阎

今天是难得的好天气，收获也特别大。

早上，杨虎胜同志找来了两辆自行车。我们三人骑车行 10 余里，来到了西阎乡大字营村，先到王生民同志家稍事休息。这是一个相当好的农家院落，一排正房坐南朝北，中间过门直通后院。西厢房是厨房和杂物间。全家 14 口人，相当和睦，是当地公认的好妯娌家庭。

10:00 左右，我们带上器材来到大字营学校，在校务处会议室门前找到了破为三块的《轩辕黄帝铸鼎碑铭》石碑。碑头一块略小，正面朝上，篆文书写，字迹清晰。碑身一块最大，但正面向下，我们请几位教师帮忙，好不容易将这块重约半吨的石碑立了起来，字迹清晰。另有一块最小，是碑身的左下角，刻有立碑之年代。据资料记载，此碑原立于轩辕铸鼎塬（黄帝岭）上，当年，冯玉祥想把它运至开封，后因战乱，此碑运到大字营时就放下了。

自学校向东行 200 米，有一座石城门，高约丈五，宽有丈余，拱券，上圆下方。拱券上有两幅匾额，西为“三蕃要地”，东为“中土首镇”。城门顶上立有两通碑，其中一通为明崇祯七年所立，记述了李自成当年在这里的战斗。

之后，我们又回到王生民家，他讲了有关夸父的习俗、大禹治水等故事。

午饭是在王家吃的。热情的主人端上的是豆腐面条，另有几个菜。这里的馒头特别大，一个足有半斤重。为了迎接我们，王生民同志还亲自炒了个花生。

下午 3:00，我们返程，王同志指着村中的一条沟说，这就是古京道（洛阳一西安），看来这个乡在过去的确是相当重要的。

下午在西阎乡招待所休息。

晚，和张老师聊了很久，张老师谈了很多治学经验。

00:10

1984 年 12 月 6 日　星期四　晴　灵宝阳平招待所

早上，自西阎乡招待所出发，杨虎胜同志和他的弟弟（杨龙威）推来了自行车，并带来了一台照相机。我们四人用自行车驮上器材，步行去庙底村（夸父峪八社之一）。途中遇一盲艺人刘学，略讲了黄帝岭情况。

在庙底村学校的一面墙上，找到了《夸父峪碑记》，校正了原抄录的碑文后，拍了照片。后经人介绍，我们又找到了 76 岁的张志君老人进行座谈，他讲了不少有关夸父峪社火的情况。他两次参加接神活动，第一次是八岁时，是个打小旗的，第二次是 16 岁时，是个打锣的。他少时曾当过长工，多次上夸父峪打柴。

中午，在庙底村一老乡家吃饭后，在 4 点左右，我们一行四人开始从下庙地村登黄帝岭。途经上庙地，就上到了塬上。自岭上西行约二里，就到了黄帝庙，黄帝庙现存有奎楼遗址，原有东西厢房。现残垣可见。在黄帝庙奎楼遗址，找到了一块残碑，上有楷书“黄”字，约四寸见方，下方的“帝”字只见上半截。奎楼（台基）下有一大洞，残碑存在洞内，土墙上另刻有“黄帝神位”四字，有灯、香、硬币、蒲团等拜神用品。奎楼西北约 50 米，有一土冢高丈余，底部直径约二丈，下粗上细。据当地一老人讲，此为黄帝葬靴冢。传说是黄帝来到此地，靴子陷进土中而拔不出，这是一只金靴，故为黄帝葬靴冢。后传黄帝又到弘农涧去了。

每年二月，黄帝庙香火很旺。

记于阳平乡旅社

1984 年 12 月 7 日　星期五　细雪　阳平乡涧沟大队学校

早饭后，我们到阳平乡党委联系以后，由乡团委书记许伯赞同志做向导，步行两个小时，来到了秦岭之阴的夸父山下——涧沟大队，夸父营就在此村西一里许，属本大队管辖。午饭后，由学校教师杨永山带我们到夸父营村小学，找来了本村两位老人。一位叫张景春，65 岁，是夸父营的老户，他讲了夸父逐日的故事，是一个重要异文。说是夸父追日至此，时至天午，喝水休息以后，一觉醒来，日已西没，故而气死在此，化为一山。另一位是孙金禄，75 岁，也讲了点有关夸父逐日的问题。

下午 3∶25，我们一行四人开始从夸父山的“东腿”上登山。登上“夸父膝盖”后，就可以很清楚看到，夸父山的确很像一个人仰卧在那里。自夸父山梁（肩）上，可以南眺巍峨的秦岭冷泉山峰，烟雾蒙蒙，如仙境一般；东望荆山之巅（约三里），当年黄帝采首山之铜，就是在此铸鼎炼丹的；北可瞰夸父营村。

两小时后，我们从“夸父腹部”山梁下山。

晚，在涧沟学校开了一个小型座谈会。

值得一记的还有，今天登山至半山腰，下起了细雪，真是别有一番情趣。

另，这里的房屋建筑大都是一面房坡的，有的是“道士帽”式的建筑，新旧房屋都有前檐，有的也有后檐。

1984 年 12 月 8 日　星期六　雪　潼关饭店

早上，自涧沟学校徒步下山，至 11∶00，到达阳平乡党委办公室。于秘书很热情，带我们参观乡金矿以后，又陪我们进了午餐。

下午 2∶00，于秘书找来偏斗摩托车，冒雪将我们送到了阌乡车站。陪同我们三天的县文化馆杨虎胜同志也和我们分了手。约 4∶00，我们冒着纷纷扬扬的雪花乘上了去潼关的列车。晚 6∶00 到潼关，还好，老天不下了。

今晚住潼关饭店，房不错，但有点冷（没有炭火），说是怕煤气中毒。对门住的卫生检查团，可能是不怕中煤毒，要不，他们的房间怎么有煤火呢？

雪，还在下，而且越下越大。

明天，先到文化馆了解一下情况。因为出省了，没有介绍信，只有靠闯了。

1984 年 12 月 9 日　星期日　阴　潼关饭店

糟糕得很，本想今天去文化馆了解一下情况，恰巧又碰上一个星期天。没办法，我们只好临时决定去旧潼关。11∶00 整，我们在潼关汽车站乘车出发。一路上车子翻山越岭，左回右旋。车行 30 分钟，我们到达了潼关县。这里地势险要，两山对峙，真有一夫当关、万夫莫开的险峻。可惜，旧潼关的遗迹很少了，留下的只有几段残城墙。黄河滚滚东去，一桥飞架南北，连通陕晋豫三省。隔河相望的是传说中的风陵堆，这个诺大的土山包，传说是女娲的陵墓。

下午 2∶30，我们挤上了公共汽车，返回了驻地。

1984 年 12 月 10 日　星期一　阴雨　华山脚下，华阴文教招待所

上午 8∶00，我们去潼关县文化馆索取资料，馆长赵继详同志送我们几本《潼关民间故事》。

下午 2∶00 到达华山玉泉院。

1984 年 12 月 11 日　星期二　阴转雪

上午 9∶30 开始登山，路上大雪封路。晚 6∶00 到达东峰旅社。

晚，记于东峰

1984 年 12 月 12 日　星期三　阴雨转小雪

上午 10∶00 自西峰下山，下午 3∶30 到玉泉院。

1984 年 12 月 13 日　星期四　阴

上午离华山来灵宝。晚去十六中看望王菊、侯家操老师。

1984 年 12 月 14 日　星期五　雪

由灵宝去洛阳。

1984 年 12 月 15 日　星期六　雪

早上 5∶00 到南阳。

1984 年 12 月 16 日　星期日　阴

早饭后，雪停，张老师突然决定去桐柏，我赶紧去给玉洁还自行车，然后去东马道 96 号找惠姐，不想他们搬家了，而且搬得很远，据说在白河桥头啤酒厂家属院。因时间紧，我不能去见她，写了一个小纸条，让同院的人转给她。同院的人讲，见到了开封来的一封信，可能又找不到了，我估计是小华写来的。

下午 3∶00，我们乘上了去桐柏的长途汽车，晚 7∶00 到桐柏，住在一个个体小旅社里。

1984 年 12 月 17 日　星期一　阴

早饭后，到桐柏县委宣传部联系工作，并搬到县委招待所来住。宣传部的几位同志及文化局、文化馆的同志都很热情。

1984 年 12 月 18 日　星期二　晴

早饭后，由文化局的孙建英、马卉欣二位同志陪同来到了桐柏县月河乡郑庄，访问了一位叫曹衍玉的老大娘。郑昌禄同志是八一级学生郑大芝的家长，我们是根据郑大芝同学提供的线索来访的。

午饭是由乡党委乡政府的几位同志陪同的。

不出所料，夜，郑大芝的母亲曹衍玉滔滔不绝讲了 20 来个故事。这些故事大都生动，且富有较深的教育意义。据她本人讲，这些故事大都是她小时候从母亲那里听来的，而且都是为了教育孩子而讲的。直到深夜 11∶00，她还兴趣不减。

1984 年 12 月 19 日　星期三　晴

上午，曹衍玉大娘又讲了一些故事。

午饭后，我们离开郑庄回县城。临行，全家人硬拉硬塞非让带上一点花生。

晚，宣传部的同志送来《远离人群的地方》电影票。

1984 年 12 月 20 日　星期四　晴

上午，去鸿仪河村固庙访问大禹治水的神话故事。在固庙学校（原禹王庙）的后边考察了大禹锁蛟井和淮源碑。然后在学校里听吴生相（67 岁）老人讲了《禹王锁蛟》的神话故事。

我们沿河而上，欣赏了一步就可跨越的淮河之源溪流。

下午，回到县城，在文化馆参观。

1984 年 12 月 21 日　星期五　晴

上午，因车未能来乡下。

下午，乘车来到桐柏铜矿。明天准备上盘古山。晚，马卉欣同志遇到当地一位叫宋德平的同志，明天当向导，带我们上山。这里有电影《少林小子》，是露天的，天太冷，我们没去看。

记于铜矿招待所

1984 年 12 月 22 日　星期六　晴

早上，从大河铜矿出发，由宋德平同志带路，步行五六个小时的山路，来到盘古山下泌阳大磨村。在村中的一片竹林旁，我们找到了传说中盘古爷与盘古奶滚磨成亲的大磨。此磨为青石质，直经约 100 公分，厚约 30 公分，上有磨齿 134—136 个。此村离盘古山顶约七华里。

中午，我们在大磨村的小饭店里采访了陈玉九、李荣富两位老太太和席志有老大爷（70 岁），他们给我们讲了盘古山的传说、三月三庙会的习俗及祈雨的过程。特别是有关盘古爷的传说，讲得更是动人。

下午 3:00，一位热情的青年农民（李姓）给我们带路（宋德平同志中午返回了），我们向盘古山进发了。途经擂鼓台村，碰到了一位叫石太秀（66 岁）的老农，我们又请他讲了盘古开天辟地的传说。

自擂鼓台到盘古山顶这一段路，是极为难走的。这里几乎找不到路，加之大雪封山，我们一行三人（我和张老师、马卉欣）只好踏着二尺来深的积雪一步一步往上爬，稍不小心，就有滚进深渊的危险。爬到山顶，太阳就要进山了。我们顾不得休息，立即察看了这里的建筑、碑文。这里仍存有三间大殿、两间配房（据说住有和尚，因当时锁着门），残垣断碑到处可见。在三间大殿里，侥幸保存着盘古爷的泥塑头像，其像方面大耳，两鬓上方各有一个明显的圪（角）。从现场看，这里仍有不少人来烧香。自山顶北瞰，就是盘古村，离山顶约五华里。这里是泌阳和桐柏县的分界线。

下到黄楝沟，已是夜里 8 点来钟了，我们在团支部书记刘太举家里落了脚。借住宿的方便，我们又请刘太举和他的父亲刘国山给我们讲了一些故事，其中的《盘古出世》《九龙山》等神话传说是很有价值的。

1984 年 12 月 23 日　星期日

早上，自黄楝沟回到桐柏县城。

下午，去水帘寺参观。

1984 年 12 月 24 日　星期一

今天准备去信阳，因车的因素，没能去成。

1984 年 12 月 25 日　星期二

下午两点来到信阳。

晚，见陈有才。

1984 年 12 月 26 日　星期三

早上 8:15 自信阳上车，下午 2:00 到郑州。

下午，去省文联民研会汇报，见朱可先、张楚北、张桂琴同志。

晚 8 点回到开封。至此，第二阶段的采访工作结束。资料等，待以后整理。

第四次调查 22 天（1985-04-04 ~ 1985-04-25）

1985 年 4 月 4 日　星期四　云

中原神话的第三期调查工作即将开始，这几天忙于准备工作。系里没有小型录音机，杨守权同意让买一个，回来报销，此事王忠仁同志也知道。与张老师谈后，他也同意。

下午，去系里将卖书的手续交给王忠仁，清了。

晚上，八一级学生贺居心来，谈编《民歌集》的事，刚才同去见了张老师，老师让调查回来以后再说。

这几天还忙于写《河南民间文学研究概况》一文，本来是约张老师的稿子，老师忙不过来，让我写了。刚才将草稿写完，约 6500 字。此稿是省社科院编《河南省社会科学工作手册》用的。

1985 年 4 月 5 日　星期五　小雨

上午，和张老师一起去买了一个小收录机和一些调查用的必需品。

下午，去系里借《三门峡民间故事》。

晚，将昨日完成的稿子送给老师，回来后准备行李。

1985 年 4 月 6 日　星期六　晴

上午 8:00 自开封出发，11:00 到省文联。因民研会没人，文联的张有德同志帮助转了介绍信。后见到张楚北、王剑冰、朱可先。《故事家》创刊，在民研会带了两份。朱可先同志找车送我们到车站。听说黄河桥常塞堵，故改乘下午 2:20 的 504 次管客（管内旅客列车）。

中午在大同路吃了点饭。

下午4:00来到新乡。在宣传部接上了头，部里的王同志接待，一个陈同志带我们来到三所住下。本想找一下王敏等，因太远，又是星期六，怕找不到人。星期一上午修订计划，准备先去辉县等地。

刚住进招待所，老师说他的钥匙找不见了，让我们二人好慌了一阵子，结果还是在他自己身上找到了。

晚，三所203室

1985年4月7日　星期日　晴

为提早做好调查准备，上午我们去群艺馆找胡佳作同志，米有同志告知了胡的家庭住址。胡佳作昨天去郑未回。住在同楼的王绶青同志（新乡地区文联主席、省文联委员、作协理事、诗人）接待了我们。王绶青还谈了他对民间文学的看法，认识是比较深刻的，他说："朱仙镇的年画、户县农民画（的水平）在外国可以成为研究生（的水平），而我们油画的水平只不过是西方小学生的水平。"

晚上，看电视世乒赛，中国队获六项冠军。

晚10:30，于三所203

1985年4月8日　星期一　晴

早饭后，胡佳作同志来宾馆，后同去宣传部，文艺科的副科长王忠文等在等我们。计划安排以后，由胡佳作陪同我们来到辉县。因正赶上中午下班，我们在街上随便吃了一点东西，后到辉县一中院内休息。一中是旧文庙，这里苍松翠柏，小桥流水，亭台楼榭，甚是幽雅。

下午，先去宣传部，后由文化局的冉明富副局长陪同来招待所，一同到共城遗址考察。

晚，看电影《寒夜》。

艺术系的二十几名同学在这里写生，带队的是冯瑞林老师。

1985年4月9日　星期二　风

上午，在辉县招待所开座谈会，参加人员有文化局的冉明富副局长、文化馆的周抒真同志。周是搞民间文学的，搜集了不少的东西。他主要谈了百泉的传说（多种异文）和包公治水的传说等。

下午，乘车来到百泉。让人扫兴的是，泉水干涸，不见湖光，只有山色美景。楼台亭榭，依山而建，苍松翠柏，荫掩庙宇。

在党校召开座谈会，参加的有党校的校长等。

周抒真、冉明富等同志陪同来百泉。

晚饭后，绕百泉转了一圈，风很大。他们都去看电视了，我因感冒回来休息。

晚8:30，于百泉乡党校

1985年4月10日　星期三　风

上午，文管所的蔡同志带我们参观百泉文物室，拍摄了一些文物照片。不巧的是照相机又出了毛病，只得临时借了一个。

下午，访问蔡秀彬（65岁）、邵理文（72岁，邵康节30世孙）两位老先生。

晚，拜访郭亮老先生，他从小就和百泉道士在一起，知道百泉一草一木的来历。老先生很健谈，自晚上7点开始，一直讲了三个小时，要啥有啥，可以称得上是个故事篓子。他讲的百泉来历、包公治水、邵康节的传说都是很有意思的。

1985年4月11日　星期四　晴转小风

早上，从百泉党校步行到辉县车站。

到新乡以后，本来是要找一个叫崔墨林的座谈的，但他不在家，也只好免了。然后到缪华家里，他也不在家，他爱人将有关王屋山的稿子找出来，我们抄了几个采访人名以后就去汽车站了。

下午1点自新乡上汽车，5:30到济源，在文化馆找到了王夫行同志，他把我们领到了县委招待所就宿。

黑了，不写。

晚9:00，于济源招待所

1985年4月12日　星期五　云

上午，在文化馆座谈。文管所的魏平复同志（40岁）讲了盘古开天辟地、盘古寺以及女娲炼石补天的神话传说。

下午，找曹秀德同志座谈，没得到什么有价值的东西。然后又到西关重访了缪华访问过的段庆川、杨建德二位老先生，请他们讲盘古的传说，可他们都不知道，缪华的说法是否可靠，待考。

晚上，去文化馆访王怀修，他讲了一些故事，大多是以前他给张老师讲过的。

晚，于济源招待所

1985年4月13日　星期六　阴转小雨

8:30，文化馆的小黄同志带来一部吉普车，并陪同我们去登太行之阳的盘谷寺。因地区群众艺术馆的胡佳作同志早上回新乡找缪华落实有关盘古的讲述材料，故未同行。科学的东西掺不得半点虚假。因现在的讲述者都不知道盘古的传说，说明（原有的稿子）在整理过程中是不慎重的。

汽车驶出城，来到克井乡政府，小黄找来了文化站的翟同志（30岁）同往。车窗外，麦田油绿，菜花金黄。巍巍太行，给人以雄伟壮观之感。公路两旁，林立着农民开办的小煤矿井架，据说，每口井一年可获利几十万元，不少农民拿出几万几万的资金来资助地方的文化教育事业。

越往山上走，道路越坏，离盘谷寺还有二里时，汽车实在上不去了，我们只好下车。这时候，下起了小雨，太行山被烟雨笼罩着，云雾中，它显得更加巍峨。盘谷寺位于太行之阳，这里谷壑幽深，松柏苍翠，怪石林立，清泉潺潺，好一派太行春色。盘谷寺背靠陡崖峭壁，寺院右侧的深谷里，就是出产著名的盘砚石材的地方。

沿着盘谷寺旧址的台阶拾级而上，可以看到一个很大的寺院轮廓。青石砌成的台基，御碑亭（乾隆《济源盘谷考证》），一株枯老的娑罗树。穿过前殿，展现在面前的是典雅的四合院，正殿飞檐斗拱，雕梁画栋，正殿两侧是构制精美、小巧玲珑的钟鼓楼。右侧的钟楼里，还吊着一口明洪武年间的大铁钟，直径一米有余，五尺来高。以石击之，声震太行，音绕山谷。正殿月台下面，是一个砌得考究的曲池，墙壁上嵌有一石，上刻“可泉”二字。殿壁上写满了游人题诗。相传这里是盘古出世的地方，其实是在韩愈的《送李愿归盘谷序》后而闻名。

寺院西北侧谷口，有一舍利塔。

在寺内考察完毕，我们便去寺西采访。离寺一里余，住有一户姓严的人家，因严老先生下山，未能采访。热情的主人给我们端出一筐热气腾腾的烤红薯。

在大社村，我们采访了严先生，了解到了有关盘谷寺的一些基本情况，但有关盘古出世的传说，他和另外几位老先生都不知道。所以，我们对原来看到的盘古传说表示怀疑。

下午，4 点返回济源城。

晚上 8 点，胡佳作同志从新乡赶回来了，带来了缪华写的说明材料。他说几年前来济源采访时，的确调查到了有关盘古开辟的传说，只因当时是在街头采访，讲述的人很多，没有详细问姓名地址，以后是根据回忆写了两个讲述者。他强调，这个故事是有的。

1985 年 4 月 14 日　星期日　晴

今天是星期天，按照昨天的计划，今天本来是在县城休息。早上起来后，因天气很好，在县城又没啥事可办，所以临时改变计划，乘车来到王屋山。

自济源县城到王屋乡，约 80 里路，因为修路，汽车公司的车停开，故而乘坐矿山车队的小卡车来王屋。公路在山间盘旋，山岗上的树木绽出了新绿。

中午，车到王屋乡，我们在街上随便吃了一点东西，在乡政府接了头，由文化专干李畅仁同志陪同，于下午 4 点来到愚公村。

愚公村，因愚公移山的故事而得名。在阳台宫东侧的闫婆洼村前，有一道南北走向的山岭，中间陡然断开，似人工开挖一般，且断崖两侧的土石有明显的向外翻开的痕迹。李畅仁同志指着断崖对我们说：这就是传说愚公挖开的那座山。老百姓讲，当年愚公开挖此山的主要目的是解决水源的问题。愚公住在闫婆洼，要到对面的小有河里去取水和到王屋去，这架山梁正好挡住去路，故而率子孙开挖了此山。

1977 年，张老师曾带两个学生来此地调查到了愚公移山的传说。这次的目的和前次是有所不同的。趁光线还好，我跑到小有河的对岸拍下了传说中愚公开挖的山口。

因我们要找的采访对象韩龙书正在开会，我们就先参观了这里的阳台宫。文化馆的曹修吉同志给我们介绍了阳台宫的历史与现状。

阳台宫始建于唐，坐落在天坛山之南，因天坛山形似凤头，宫前的九道山岭形似凤尾，有丹凤朝阳之意，阳台宫因此而名。自宫前拾级而上，只要游人轻轻跺下脚或是拍一下掌，立刻就会传来“啾啾”的声音，老百姓都说这是金鸡、凤凰在啼鸣。

宫院内古柏参天，状似青龙，故而名为龙柏。前院有东西殿和正殿三清殿，属清代建筑。三清殿的石柱高丈余，直径两尺，共 30 根。正面四柱上雕有黄帝战蚩尤、八仙过海、苦海无边等图案。绕过三清殿，就是玉皇阁。此阁共四层，高大雄伟，属明代建筑。四面回廊共 20 根大石柱，每根石柱都是四面雕花，除饰有盘龙、百鸟朝凤等，还雕刻有苏武牧羊的传说故事。旋至顶楼，可俯瞰阳台宫全貌和宫前的九条山岭所组成的凤尾。

在宫东侧的村委会内，我们采访了韩龙书、黄习瑞两位老人，他们除重新讲了《愚公移山》的传说外，还讲了《圣王坪》《李耳铁鞭打黄河》等神话故事。韩先生是本村的原党支部书记，黄先生为副大队长。

晚上，住在林山水库管理所。热情的山民挤了一屋子。在暗淡的油灯下，他们问这问那，十分热情。继而，曹修吉唱了几段戏，这里的两个青年艺人也唱了一段书。我给他们录了音，小屋里充满了欢乐的气氛。

1985 年 4 月 15 日　星期一　晴转阴转阵雨

早上 7:30，我们准备了干粮、啤酒，由黄习瑞和一名姓韩的青年当向导，开始登王屋山了。同行的除我和张老师外，还有胡佳作和一名姓向的乡干部。

我们顺小有河沿着山腰的水渠向山上行进，一路上风光无限。途经撒金坡、包公祠、迎恩宫，来到紫微宫的银杏树下。每过一地，黄习瑞就给我们讲一个传说故事。银杏树有一千多年了，现在仍枝叶繁茂，我们六人才能合抱。

10:30，我们自紫微宫开始爬山。这是一段极其难爬的路，羊肠小道上铺满了落叶，且怪石林立。路边紫色的白头翁和黄的连翘花绽放着春天的生机。

11:00 多，胡佳作实在爬不动了，我们给他留下了食物，让他在半山腰等我们。再往上的路更难走。这里几乎是原始森林。穿过老鸦山，翻过十八盘，出现了雷公庙、闪电娘娘庙、雨神庙等。自峰顶北行，在一处绝壁，是黑龙池，再后是太乙池，传说是四渎之一的济水之源。黑龙池冰雪未化，太乙池泉水甜美。洞中的太乙池，有泉眼两个，自洞顶流下，注入池内。三叉洞前，有一片五色石，传说是女娲炼石补天所余之物。钻过一个长洞（升仙洞、阴司洞），就到了天坛之巅，庙宇已毁，南天门仍存。我站在南天门之顶，东望太行，西瞰中条，俯视王屋，甚是壮观。

登上山顶是 12:30。

回到水管所，已是下午 5:00。这时天色变暗，下起了小雨。

晚上，又请黄习瑞讲了《人参洼》等几个故事。

1985 年 4 月 16 日　星期二　晴

乘车回济源。

下午，去宣传部、文化馆辞行，并请曹修吉讲了济源花鼓戏的基本情况。

晚上，看电影《风雨阴晴》，是王清芬主演的豫剧。

1985 年 4 月 17 日　星期三　晴

乘车去孟津（意在调查负图寺），在车站和胡佳作同志分手。

车到孟津老城，了解到负图寺就在附近，故改变计划，直接到雷河小学调查负图寺。在这里，访问了张从瑞、雷北海等老人，他们都谈到了一些重要的资料。在学校教师的陪同下，察看了此处的碑文，只用了近两个小时的采访时间，一切顺利。

晚上，赶到洛阳东站旅社。

1985 年 4 月 18 日　星期四　晴

因车是下午的，所以有半天的时间赶到龙门去看了看。白居易墓刚开放。

晚上 7 点多，赶到三门峡，住水利电力部水工厂招待所。

1985 年 4 月 19 日　星期五　晴

早上，在街上遇见张忠理，他在市一高教书。

上午，去见张高山，他在一中教书 。

下午，去宣传部联系工作，因部长不在，明天上午再去。

晚上，高山来，带我们去访问了陕县文化馆的李树滋（70 岁）同志，也谈到了一些东西，但收效不大。

晚 11:00，三水招

1985 年 4 月 20 日　星期六　晴

上下午都是去宣传部联系工作。部里准备派文化局剧目组的杨焕珍（又名杨帆）同志带我们下去。

中午，去张忠理家。

晚上看电影《归乡》。

准备休息时，杨焕珍同志又带来了高庙乡文化站专干谈情况，后又领来了汤部长（中文系六三届毕业生），谈了工作安排情况。

晚 11:00

1985 年 4 月 21 日　星期日　晴

早上 6:30，和杨焕珍同志去湖滨小火车站（三门峡市一水库大坝）乘车，半小时后来到高庙乡（大安村）。在一家小饭店里，我们在吃饭的时候顺便访问了店主王双师同志（48 岁），也巧，他很有兴致地讲了“大禹治水”等传说。又是一个意外的收获。

乡党委派了一个叫师黎霞的小同志陪同采访了王海堂。王海堂 65 岁，他讲了不少老君的传说。本来还要去采访王海亭，因他不在家，我们顺便到河边转了转。这里的水很深，也很清，水库大坝离此还有六华里，河水面宽约两华里。两岸是典型的黄土丘岭，树木很少，水土流失严重。自大坝回乡政府的途中，我差点踩上一只兔子，吓了一跳。

下午，访问王海亭以后，5:30 回到三门峡市。

晚上看电影《乌纱梦》。

晚 10:40

1985 年 4 月 22 日　星期一　晴

早上，和杨焕珍同志去三门峡电站采访。车到史家滩车站以后，高庙乡的师黎霞同志也同到。

上午，准备去访张百河，因没有找到他，顺便采访了张小根等两位老先生。

下午，由电厂宣传部的赵同志陪同参观电站机组。之后，又去采访了张百河，他谈的东西不是很多。

晚上，焕珍送来戏票两张，和张老师同看，是太康县豫剧团的《状元媒》。

夜 11:40

1985 年 4 月 23 日　星期二　晴、小风

上午，去市图书馆借来《陕县志》，摘录了一部分资料。

下午，去水利电力部十一工程局搞照片资料，他们答应给一部分，不知能否。然后去湖滨车站参观车马坑。此坑宏大，车五辆，马十匹。假虞灭虢的故事就发生在 2600 年前的这里。

晚上，看电影《三笑》。

1985 年 4 月 24 日　星期三　阴

上午，去陕县县志总编室查《陕县志》。

水电部十一工程局宣传处的李中峰同志送来三门峡原照一张。

下午，去宣传部辞行。蔡平安部长很热情，他是本系的毕业生。

晚，去见高山。

晚 10:00

1985 年 4 月 25 日　星期四　阴　小雨

早上 6 点乘宝鸡—徐州的 292 次直快，下午 3 点回到开封。

至此，中原神话第四次调查结束。

五

中原神话调查组
（1983 ~ 1985）
录音、文字资料简表

摘自：张振犁、程健君编《中原神话专题资料》，中国民间文艺家协会河南分会 1987 年印行

讲述内容	讲述者	采录人	采录时间	采录地点	记录方式
盘古山	刘国山 61岁 小学	中原神话调查组	1984.12.22	桐柏县 黄楝沟	录音
盘古山	刘太举 24岁 中学	中原神话调查组	1984.12.22	桐柏县 黄楝沟	录音
盘古山	席志有 70岁 读过私塾	中原神话调查组	1984.12.22	泌阳县 大磨村	录音
盘古山	石太秀 66岁 略识字	中原神话调查组	1984.12.22	泌阳县 擂鼓台	录音
盘古山	马献占 65岁 不识字	中原神话调查组	1984.12.22	桐柏县 黄楝沟	录音
盘古山	马×× 40岁 农民	中原神话调查组	1984.12.22	泌阳县 擂鼓台	录音
盘古山	李蓉芙 女 60岁 农民	中原神话调查组	1984.12.22	泌阳县 大磨村	录音
盘古山	楚新余 30岁 文化站干部	马卉欣转述，中原神话调查组	1984.12.23	桐柏县 招待所	录音
盘古山	崇明 （马卉欣转述）	中原神话调查组	1984.12.23 （1979年）	桐柏县 招待所	录音
盘古山	黄发美 41岁 姚义雨 40岁 农民	马卉欣转述，中原神话调查组	1984.12.23转述 （1979—1980讲）	桐柏县 招待所	录音
盘古出世	马卉欣转述	马卉欣	1985	桐柏 文化馆	文字记录
盘古行雨	秦怀山 59岁 唐河人 李占华 60岁 泌阳人	冯天佑 社旗县文化馆	1985	泌阳县 大磨村	文字记录
盘古与无花果	方家义 71岁 农民	马卉欣	1985	桐柏县 城东	文字记录
天书缘	王英布 31岁 平氏乡人	马卉欣	1980	桐柏县 城关镇	文字记录
盘古山风物 ①盘古山 ②盘古庙 ③盘古像 ④盘古碑 ⑤神秘大磨 ⑥石狮子		马卉欣	1984—1985	桐柏县 文化馆	文字记录
盘古习俗	陈玉九 女 55岁 农民	中原神话调查组	1984.12	泌阳县 大磨村	录音
盘古歌	岳秀良 50岁 皮影艺人	马卉欣	1985	泌阳县 大磨村	录音

（续表）

讲述内容	讲述者	采录人	采录时间	采录地点	记录方式
盘古	曹衍玉 女 61岁 故事能手	中原神话调查组	1984.12.18	桐柏县 月河乡 金桥村郑庄	录音
盘古山 （洪水泡天）	曹衍玉 女 61岁 故事能手	郑大芝	1984.4	桐柏县 月河乡 金桥村郑庄	文字记录
盘古奶出走	马卉欣	中原神话调查组	1984.12.22	桐柏县 招待所	录音
盘古生子 （九州的来历）		马卉欣	1985.7	南阳	录音
盘古寺 （盘谷寺）	魏平复 40岁 大学 文物所干部	中原神话调查组	1985.4	济源县 文化馆	录音
盘古寺	程玉林 小商贩 读过私塾	缪华 胡佳作	1981	济源县 西关街市	文字记录
《盘古寺》 调查纪实	缪华	胡佳作转述	1985.4	济源县 招待所	录音
《盘古寺》 调查纪实	缪华		1985.4		文字记录
花神 （盘古女儿散花）		杨东来	1983		文字记录
盘古山		赵成先	1983		文字记录
盘古兄妹	曹衍玉 女 61岁 不识字 故事能手	中原神话调查组	1984.12.18	桐柏县 月河乡 金桥村郑庄	录音
乌龟、女娲、 伏羲和黄帝	耿如林 72岁 农民	耿瑞	1983	沈丘刘庄店	文字记录
杞人忧天		王怀聚	1981	杞县文化馆	文字记录
玉人和玉姐	张昀 17岁 农民	张振犁	1981.5	正阳县袁寨	文字记录
人祖	乔振邦 87岁 农民 不识字	中原神话调查组	1983.11.13	沈丘新安集	录音
亚当和爱娃	齐黄氏 女 70岁 不识字	中原神话调查组	1983.11.13	沈丘新安集 乔庄	录音
人祖爷	刘炎 60岁 农民 不识字 小贩	中原神话调查组	1983.11.4	西华县 逍遥镇	录音

（续表）

讲述内容	讲述者	采录人	采录时间	采录地点	记录方式
人祖爷	耿玉璋 60岁 农民 不识字	中原神话调查组	1983.11.14	沈丘刘庄店	录音
人祖	彭兴孝 59岁 文化馆干部	中原神话调查组	1983.11.10	淮阳 太昊陵	录音
人祖爷	高老师 45岁 教师	中原神话调查组	1983.11.17	项城县 招待所	录音
人祖爷	张慎重 72岁 农民 私塾	中原神话调查组	1983.11.3	西华 思都岗	录音
白龟寺	彭兴孝 59岁 文化馆干部	中原神话调查组	1983.11.10	淮阳县 文化馆	录音
人祖爷	齐永会 62岁 农民	中原神话调查组	1983.11.15	沈丘县 赵德营	录音
兄妹俩	王金合 90多岁 农民 不识字	王定翔 王树林	1981.2	商丘、开封	文字记录
人的来历	李文忠之母 40岁 农民	李文忠	1982.8	驻马店	文字记录
人祖的传说	高李氏 女 81岁 不识字	高有鹏	1983	项城高寺	文字记录
人的来源	彭延政之母	彭延政	1982	南阳	文字记录
人头爷 （白龟寺）	齐永利 齐风运 农民	齐春明	1982	沈丘	文字记录
人祖庙	胡某 农民	刘洪杉	1983	西华 逍遥镇	文字记录
太昊	刘永民	高有鹏	1983	开封	文字记录
捏泥人	张振恒 74岁 农民 艺人 私塾	张振犁 程健君	1983.11.30	密县超化乡 超化村	录音
饥饱石	张振恒 74岁 农民 艺人 识字	中原神话调查组	1983.11.29	密县超化乡 超化村	录音
伏羲避难	高老师 45岁 教师	中原神话调查组	1983.11.17	项城县 招待所	录音
白果树	高老师 45岁 教师	中原神话调查组	1983.11.17	项城县 招待所	录音
男多女少的 来历		林兰	1930	豫西	文字

（续表）

讲述内容	讲述者	采录人	采录时间	采录地点	记录方式
怨男恨女之由来		林兰	1930	豫西	文字
“百家姓”的由来	孙佳讯	林兰	1930	豫西	文字
我们的祖先	孙均芝 女 70岁 不识字	付新超	1984.3	内乡西庙岗桃庄河村	文字
洪水泡天	高振风 60岁 农民	司荣婷	1984.7	新乡大召营后高庄村	文字
鸡的来历	解克仁 55岁 农民 不识字	解国旺	1984	汤阴县	文字
负图寺（一）	张作贞 76岁 农民	褚书智	1983	孟津老城	文字
负图寺（二）	张从瑞 70岁 不识字 小摊贩	中原神话调查组	1985.4.17	孟津老城街上	录音
负图寺（三）	雷北海 68岁 小摊贩	中原神话调查组	1985.4.17	孟津县负图寺门外	录音
中岳嵩山	李明 78岁 道士	王鸠钧	1982	登封文化馆	文字记录
女娲补天	李燕宾 84岁 农民 私塾	中原神话调查组	1983.11.3	西华县思都岗龙泉寺	录音
女娲城	李燕宾 84岁 农民 私塾	中原神话调查组	1983.11.3	西华县思都岗龙泉寺	录音
女娲补天	张慎重 72岁 农民 私塾	中原神话调查组	1983.11.3	西华县思都岗龙泉寺	录音
女娲显灵	张慎重 72岁 农民 私塾	中原神话调查组	1983.11.3	西华县思都岗龙泉寺	录音
三都城	张慎重 72岁 农民 私塾	中原神话调查组	1983.11.3	西华县思都岗龙泉寺	录音
思都岗（女娲城）	张慎重 72岁 农民 私塾	中原神话调查组	1983.11.3	西华县思都岗龙泉寺	录音
风后岭（女娲补天）	袁周 63岁 林场技师	中原神话调查组	1983.11.26	新郑县千户寨乡风后岭林场	录音
女娲补天	王生伟 30岁 小学教师	中原神话调查组	1985.4	济源县王屋山	文字记录
“女娲补天”调查记	王生伟 30岁 小学教师	胡佳作转述	1985.4.16	济源县招待所	录音
伏羲女娲造人烟		杨牧	1985.11	淮阳县文化馆	文字记录

（续表）

讲述内容	讲述者	采录人	采录时间	采录地点	记录方式
伏羲甩鞭		徐其广	1985.11	淮阳县 文化馆	文字记录
伏羲墓		肖新明	1982.8	淮阳县 文化馆	文字记录
斯文鼻祖	杨牧 39岁 文化馆人员	中原神话调查组	1983	淮阳县 文化馆	文字记录
孔子认祖	杨牧 39岁 文化馆人员	中原神话调查组	1983	淮阳县 文化馆	文字记录
伏羲劝朱元璋	骆崇礼 文化馆人员	中原神话调查组	1983.11.3	淮阳县 文化馆	录音
画卦台	艾文生	中原神话调查组	1982	淮阳县	文字记录
淮阳泥狗	彭兴孝	杨牧	1983	淮阳县	录音
人祖造人	丁荣华	高有鹏	1983	项城县 新桥丁庄	文字
朱元璋卖杏	骆崇礼	中原神话调查组	1983.11.17	淮阳县 文化馆	文字
太昊陵庙会习俗	杨牧 骆崇礼 阎仙盈	中原神话调查组	1983.11.17	淮阳县 文化馆	文字
兄妹造人	杨牧 骆崇礼 阎仙盈	中原神话调查组	1983.11.17	淮阳县 文化馆	文字
伏羲女娲	杨牧 骆崇礼 阎仙盈	中原神话调查组	1983.11.17	淮阳县 太昊陵	文字
黄帝战蚩尤	张造 77岁 私塾	中原神话调查组	1983.12.1	密县云岩宫 东圪台村	录音
云岩宫（黄帝造城）	周河 77岁 农民 私塾	中原神话调查组	1983.12.1	密县云岩宫 养马庄	录音
云岩宫	王石滚 53岁 林场工人	中原神话调查组	1983.12.1	云岩宫 王母洞	录音
轩辕丘	薛文灿 50岁 文化馆专干	中原神话调查组	1983.11.25	新郑县 文化局	录音
黄帝口	薛文灿 50岁 文化馆专干	中原神话调查组	1983.11.26	新郑县 文化局	录音
轩辕故里碑	刘水庆 78岁 农民	中原神话调查组	1983.11.25	新郑县 北关祖师庙	录音
轩辕故里碑	六婶 女 78岁 农民	中原神话调查组	1983.11.25	新郑县 北关祖师庙	录音

（续表）

讲述内容	讲述者	采录人	采录时间	采录地点	记录方式
风后岭	申宝安 23岁 乡长	中原神话调查组	1983.11.26	新郑千户寨	录音
望景楼	袁周 63岁 林场技术员	中原神话调查组	1983.11.27	风后岭林场	录音
金靴子	马××	中原神话调查组	1984.12.6	灵宝县铸鼎塬黄帝庙前	录音
阕莲九孔 （黄帝升天）	王生民 57岁 乡志室主任 中师	中原神话调查组	1984.12.5	灵宝县西阎乡大字营	录音
奎星阁 （黄帝岭）	任有德 74岁 中医 塾师	中原神话调查组	1984.12.6	灵宝县西阎乡庙底村	录音
双洎河 （黄帝传子）	刘遇三 81岁 私塾	蔡柏顺	1985.12.6	新郑文化馆	文字记录
《敕建重修修德宫记》 （碑文）		中原神话调查组	1983.12.2	密县大隗西三里修德宫东小桥上	碑文
黄帝岭	贾同然 文化馆人员	程健君	1981.12	灵宝县文化馆	文字记录
夸父追日 （夸父山）	张景春 65岁 农民 略识字 孙金禄 75岁 农民 不识字	中原神话调查组	1984.12.7	灵宝阳平乡夸父营	录音
夸父山	王生民 57岁 乡志室主任 中师	中原神话调查组	1984.12.4	灵宝西阎乡大字营	录音
夸父营传说	刘明生 75岁 农民 不识字	中原神话调查组	1984.12.7	灵宝县阳平乡涧沟大队小学	录音
夸父山、桃林	刘明生 张景春	中原神话调查组	1984.12.7	灵宝县阳平乡涧沟大队小学	录音
夸父峪赛社	王生民 57岁 乡志室主任 中师	中原神话调查组	1984.12.5	灵宝县西阎乡大字营	录音
	张志君 76岁	中原神话调查组	1984.12.6	灵宝县西阎乡庙底村	

（续表）

讲述内容	讲述者	采录人	采录时间	采录地点	记录方式
夸父山和 桃林寨	许顺湛 59岁 省博物馆长	李庆红	1987.5	灵宝县 文化馆	文字记录
夸父山	杨景山 36岁 教师	中原神话调查组	1982.8	阳平公社	文字记录
河伯受图		申法海	1985.10	新乡地区	文字记录
金牛开河	王生民 57岁 乡志室主任 中师	中原神话调查组	1984.12.5	灵宝县西阎 乡大字营	录音
神脚掌		顾丰年 女 49岁 文化馆干部	1983.7	三门峡市 文化馆	文字记录
通天柱与巡河 大王	薛子奇 王新章	戴征贤	1982	三门峡市 文化馆	文字记录
开三门		顾丰年	1980	三门峡市 文化馆	文字记录
禹王开三门	张小根 62岁 农民 不识字	中原神话调查组	1985.4.22	三门峡 三门村	录音
大禹开三门	王海亭 62岁 农民 不识字	中原神话调查组	1985.4.21	三门峡 大安村	录音
禹王治水 （一）	王明旺（海堂） 65岁 农民 不识字	中原神话调查组	1985.4.21	三门峡 大安村	录音
禹王治水 （二）	张百合 81岁 农民 私塾	中原神话调查组	1985.4.22	三门峡 三门村	录音
大禹开三门	王双师 48岁 厨师 识字	中原神话调查组	1985.4.21	三门峡市高 庙乡大安村	录音
米汤沟		顾丰年	1980年	三门峡市 文化馆	文字记录
大禹造桥	王海亭 62岁 农民 不识字	中原神话调查组	1985.4.21	大安村	录音
米汤沟	张小根 62岁 农民 不识字	中原神话调查组	1985.4.22	三门村	录音
马蹄窝	王明旺 65岁 农民 不识字	中原神话调查组	1985.4.21	大安村	录音

(续表)

讲述内容	讲述者	采录人	采录时间	采录地点	记录方式
马蹄窝		顾丰年	1982	三门峡市 文化馆	文字记录
马蹄窝	张百合 81岁 农民 私塾	中原神话调查组	1985.4.22	三门村	录音
马蹄窝	张小根 62岁 农民 不识字	中原神话调查组	1985.4.22	三门村	录音
马蹄窝		巴牧	1960.10	三门峡	文字记录
三门七井	张富照 77岁 不识字	中原神话调查组	1985.4.21	三门峡	录音
打开龙门口		贾国忠	1984.11	禹县	文字记录
启母石	宫熙 55岁 文物组干部	冯辉	1977.11	登封县 中岳庙	文字记录
青石筋		赵成先	1983.7	社旗县	文字记录
五指岭		甄秉浩	1985.5	嵩山	文字记录
邙山的传说		白眉	1984	豫西	文字记录
诸侯山治水		王根生	1984.11	禹县	文字记录
禹王锁蛟井		教之忠	1984.11	禹县	文字记录
禹王锁蛟		试犁	1984.11	禹县	文字记录
淮河起源 （望娘滩）	郑昌禄 60岁 乡干部	中原神话调查组	1984.12.18	桐柏县 月河乡郑庄	录音
淮河起源 （望娘滩）	郑昌禄 60岁 乡干部	郑大芝	1984.3	桐柏县 月河乡郑庄	文字记录
玉井龙渊	吴生相 67岁 农民 私塾	中原神话调查组	1984.12.20	桐柏县固庙 村禹王庙内	录音
玉井龙渊		马卉欣	1980	桐柏县 文化馆	文字记录
大禹治水	曹衍玉 女 61岁 不识字 故事能手	中原神话调查组	1984.12.18	桐柏县 月河乡郑庄	录音
大禹治水	曹衍玉 女 61岁 不识字 故事能手	郑大芝	1984.5	桐柏县 月河乡郑庄	文字记录
玉井龙渊	郑昌禄 60岁 乡干部	中原神话调查组	1984.12.18	桐柏县 月河乡郑庄	录音

(续表)

讲述内容	讲述者	采录人	采录时间	采录地点	记录方式
玉井龙渊	曹衍玉 女 61岁 不识字 故事能手	郑大芝	1984.5	桐柏县 月河乡郑庄	文字记录
玉井龙渊	路明轩 教师	马卉欣	1984.12.19	桐柏县 招待所	录音
金甲潭	路明轩 教师	马卉欣	1984.12.19	桐柏县 招待所	录音
淮渎庙	曹衍玉 女 61岁 不识字 故事能手	中原神话调查组	1984.12.18	桐柏县 月河乡郑庄	录音
大禹导沇水		缪华 胡佳作	1982	新乡	文字记录
大禹导沇水	王怀修 68岁 文化馆离休干部	中原神话调查组	1985.4.12	济源县 文化馆	录音
大禹铁鞭打黄河	黄习瑞 58岁 农民 不识字	中原神话调查组	1985.4	去王屋山顶 途中	录音
禹王显圣	吴生相 67岁 农民 私塾	中原神话调查组	1984.12.20	桐柏禹王庙	录音
丹朱墓		冯传增	1982.5	范县濮城	文字记录
丹江的来历		李顺翔	1982.7	淅川县丹江	文字记录
种麻籽	刘伯欣的母亲	刘伯欣	1981.6	偃师县	文字记录
骡子为什么不会下驹	刘伯欣的母亲	刘伯欣	1981.6	偃师县	文字记录
大舜耕田		王孟晓	1984		文字记录
黄河鲤鱼	郑富宝	刘邦项			文字记录
后羿射日	林小群 杨文彪	李延平	1983.6		文字资料
后羿射日	马富贵 90岁 农民	刘志伟	1982.8	卢氏一带	文字资料
仲秋祭月		徐东	1980	社旗县 文化馆	文字记录
嫦娥奔月			1960	南阳汉画馆	拓片本
牛郎织女	乔振邦 87岁 农民	中原神话调查组	1983.11.13	沈丘新安集 乔庄	录音
女郎织女	贾淑昌 女 58岁 农民	百双欣	1982.7	偃师县李村 武屯	文字记录
女郎织女	徐鸿欣 女 50岁 农民 不识字	张耀昌	1982.7	鲁山县城东	文字记录

（续表）

讲述内容	讲述者	采录人	采录时间	采录地点	记录方式
牛郎织女（憨二）	顾学兰 女 68岁 农民 不识字	方明昌	1982	杞县湖岗	文字记录
七夕会		西去	1980	社旗文化馆	文字记录
圣王坪	韩龙书 64岁 农民 不识字	中原神话调查组	1985.4.14	济源县王屋乡阳台宫	录音
圣王坪	王怀修 68岁 文化馆离休干部	中原神话调查组	1985.4.12	济源县 文化馆	录音
盛花坪	王怀修 68岁 文化馆离休干部	中原神话调查组	1985.4.12	济源县 文化馆	文字记录
盛花坪	韩龙书 64岁 农民 不识字	中原神话调查组	1985.4.14	王屋乡 愚公村	文字记录
商汤祈雨	黄习瑞 58岁 农民 不识字	中原神话调查组	1985.4.17	登天坛山 途中	录音
愚公盘山	韩龙书 56岁 农民 不识字	中原神话调查组	1977.11	王屋山	文字资料
愚公盘山	韩龙书 64岁 农民 不识字	中原神话调查组	1985.4.14	济源县 愚公村	录音
愚公盘山	李畅仁 35岁 乡文化站干部	中原神话调查组	1985.4.14	王屋山口	录音
愚公盘山	曹修吉 58岁 民间艺人 文化馆干部	中原神话调查组	1985.4.14	王屋山口	录音
二郎担山 赶太阳	尚保元 吴光瑞	尚海山	1981.7	镇平县	文字记录
二郎担山 赶太阳		马卉欣	1984.12.22	桐柏县 招待所	录音
二郎山	周树真 56岁 文史室干部	中原神话调查组	1985.4.8	辉县招待所	录音
伏牛山		史友仁 张楚北	1982	许昌地区 文化局	文字记录
伏牛山		张治国	1980		文字记录

（续表）

讲述内容	讲述者	采录人	采录时间	采录地点	记录方式
邙山		白眉	1984		文字记录
蟒山		李文忠	1982.6	郑州西	文字记录
鳌背山与天坛山	韩龙书 64岁 农民 不识字	中原神话调查组	1985.4	王屋乡 阳台宫	录音
天坛山	王怀修 68岁 文化馆离休干部	中原神话调查组	1985.4.15	济源县 文化馆	录音
天坛山、阳台宫	曹修吉 58岁 艺人 文化馆干部	中原神话调查组	1985.4.15	王屋山	录音
玉皇大帝	赵子虚	王安鹏			文字记录
撒金坡	黄习瑞 58岁 农民 不识字	中原神话调查组	1985.4.17	登天坛山 途中	录音
老鸦山	黄习瑞 58岁 农民 不识字	中原神话调查组	1985.4.17	登天坛山 途中	录音
王母洞	段庆川 78岁 卖菜者 程月英 女 65岁 卖茶者	缪华等	1982	济源县	文字记录
王母洞（习俗）	黄习瑞 58岁 农民 不识字	中原神话调查组	1985.4.17	登天坛山 途中	录音
人参洼	黄习瑞 58岁 农民 不识字	中原神话调查组	1985.4.17	登天坛山 途中	录音
老君出世（补天）	张小根 62岁 农民 不识字	中原神话调查组	1985.4.22	三门村	录音
李耳补天	黄习瑞 58岁 农民 不识字	中原神话调查组	1985.4.17	登天坛山 途中	录音
隐阳山		苏鹰	1960	鹿邑	文字记录
铁鞭打黄河（棋盘山）	韩龙书 56岁 农民 不识字	中原神话调查组	1977.11.16	王屋山	文字记录
老君造桥	王明旺 65岁 农民 识字	中原神话调查组	1985.4.21	三门峡 大安村	录音

（续表）

讲述内容	讲述者	采录人	采录时间	采录地点	记录方式
老君造桥	张史氏 女 61岁 不识字	中原神话调查组	1985.4.22	三门峡	录音
老君造桥		顾丰年	1982	三门峡	文字记录
鲁班造桥	张百合 81岁 私塾	中原神话调查组	1985.4.22	三门村	录音
天仙庙	张振恒 74岁 农民 艺人 识字	中原神话调查组	1983.11.29	密县超化乡 超化村	录音
进云城	张振恒 74岁 农民 艺人 识字	中原神话调查组	1983.11.29	密县超化乡 超化村	录音
老君列石		顾丰年	1982	三门峡	文字记录
阏伯台	王伟	刘秀森	1982	商丘文化馆	文字记录
五谷台				淮阳	文字记录
天何以 不再下面	曹衍玉 女 61岁 不识字 故事能手	中原神话调查组	1984.12.19	桐柏月河乡 郑庄	录音
人为何一天 吃三顿饭	王盼 女 95岁 农民 不识字	石迈远	1982.6	开封	文字记录
麦子为什么 只长一穗	吴风亮	耿瑞	1981.7	沈丘	文字记录
太阳和月亮		立勤 春娥			文字记录
太阳沟		任方元			文字记录
吴刚伐桂		辛毅	1985	登封	文字记录
担子星		罗兆夫	1981.7		文字记录
共城共伯传说	蔡秀彬 邵理文 百泉公园职工	中原神话调查组	1985.4.10	百泉公园	录音
共城地望遗迹	冉明富 文化局副局长	中原神话调查组	1985.4.8	辉县 共城遗址	录音
双冢		庄冠正	1981	淮阳县	文字记录
盘古造牛		马卉欣	1986	桐柏县	文字记录
盘古造字	汪连成 72岁 离休教师	马卉欣	1985.7.3	桐柏县	文字记录

（续表）

讲述内容	讲述者	采录人	采录时间	采录地点	记录方式
人活七十古来稀	杨培义	马卉欣	1987	桐柏县	文字记录
盘古寺壁间题诗		中原神话调查组	1985.4.13	济源县	文字记录
盘古初分	赵某某 74岁 医生 私塾	陈连山	1987.2.27		文字记录
九子长明灯	杨容中 65岁 中师	杨东来	1979	社旗县	文字记录
龟为媒	丁广友 58岁 农民 小学	梁耀、铁头	1986	信阳市	文字记录
女娲		陈连山	1987	洛阳市	文字记录
兄妹造人		朱占迎			文字记录
天塌地陷	申风芝	张明理	1986.7.14	唐河县	文字记录
洪水滔天	周合成 52岁	周领顺	1986.4.30	舞阳县	文字记录
轩辕黄帝管中原		胡佳作	1985	新乡市	文字记录
夸父西行		刘旭			文字记录
蚩尤冢		刘旭			文字记录
娃娃潭	赵某某 74岁 医生 私塾	陈连山	1987.2.27	栾川县	文字记录
黑潭坑		刘旭			文字记录
好马跑不出山门	寇文贤 女 60岁 农民	刘伯欣	1981.2	偃师县	文字记录
大禹王	赵某某 74岁 医生 私塾	陈连山	1987.2.27	栾川县	文字记录
龙门的来历		黄平均			文字记录

六

中原神话调查组
（1983 ~ 1985）
采访的主要讲述者一览表

摘自：张振犁、程健君编《中原神话专题资料》，中国民间文艺家协会河南分会1987年印行

姓名	性别	年龄	民族	文化程度	职业	居住地	主要作品	讲述时间
刘炎	男	60	汉	不识字	农民、讨过饭	西华逍遥镇	洪水遗民等	1983.11.4
张慎重	男	72	汉	私塾	农民	西华思都岗	女娲补天、修城	1983.11.3
李燕宾	男	84	汉	私塾	农民	西华思都岗	女娲补天、修城	1983.11.3
贾万成	男	78	汉	私塾8年	农民	西华思都岗	女娲补天、造人等	1983.11.3
张富田	男	78	汉	不识字	农民	西华思都岗	女娲补天、造人等	1983.11.3
彭兴孝	男	59	汉	美专	干部	淮阳太昊陵	人祖伏羲、泥泥狗	1983.11.10
杨牧	男	39	汉	高中	干部	淮阳城关镇	太昊陵庙会习俗等	1983.11.9
乔振邦	男	87	汉	不识字	农民	沈丘新安集乔庄	人祖爷、牛郎织女	1983.11.13
齐黄氏	女	70	汉	不识字	农民	沈丘新安集乔庄	亚当和爱娃（人祖）	1983.11.13
耿玉章	男	60	汉	不识字	农民	沈丘刘庄店耿庄	人祖爷	1983.11.14
耿瑞	男	22	汉	大学	干部	沈丘刘庄店耿庄	人祖爷	1983.11.14
齐永会	男	62	汉		农民	沈丘赵德营	白龟寺（人祖）	1983.11.15
袁周	男	63	汉	高师	技术员	新郑驮窑林场	风后岭、黄帝口等	1983.11.26
史水池	男	53	汉	小学5年	农民	风后岭林场	风后、轩辕黄帝	1983.11.27
张振恒	男	74	汉	私塾	农民、艺人	密县超化	捏泥人、天仙姑奶	1983.11.30
张造	男	77	汉	私塾	农民	密县刘寨	黄帝战蚩尤、云岩宫	1983.12.1
周河	男	77	汉	私塾	农民	密县养马庄	黄帝战蚩尤、云岩宫	1983.12.1
王石滚	男	53	汉	初中肄业	林场工人	密县云岩宫	黄帝云岩宫传说	1983.12.1
王生民	男	57	汉	中师	乡志办主任	灵宝西阎乡	夸父传说及习俗	1984.12.5
张志君	男	76	汉	略识几字	农民	黄帝岭庙底村	夸父、黄帝及寨社习俗	1984.12.6

(续表)

姓名	性别	年龄	民族	文化程度	职业	居住地	主要作品	讲述时间
张景春	男	65	汉	略识字	农民	灵宝夸父营	夸父追日等	1984.12.7
孙金禄	男	75	汉	不识字	农民	灵宝夸父营	夸父追日等	1984.12.7
刘明生	男	75	汉	不识字	农民	灵宝涧沟村	夸父追日等	1984.12.7
马 × ×	男	60	汉	不识字	农民	灵宝薛家营	夸父追日、黄帝炼丹	1984.12.8
曹衍玉	女	61	汉	不识字	农民	桐柏郑庄	大禹治水、盘古等	1984.12.18
吴生相	男	67	汉	私塾	农民	桐柏固庙村	禹王锁蛟等	1984.12.20
陈玉九	女	55	汉	不识字	农民	盘古山大磨村	盘古爷、盘古奶	1984.12.22
李荣富	女	60	汉	粗识文字	农民	盘古山大磨村	盘古爷、盘古奶	1984.12.22
席志有	男	70	汉	私塾	农民	盘古山大磨村	盘古爷、盘古奶	1984.12.22
石玉秀	男	60	汉	不识字	农民	盘古山擂鼓台	盘古开天辟地	1984.12.22
刘太举	男	23	汉	高中	农民	盘古山黄楝沟	盘古出世、九龙山	1984.12.22
刘国生	男	58	汉	不识字	农民	盘古山黄楝沟	盘古出世、九龙山	1984.12.22
魏平复	男	40	汉	大学	干部	济源城关	盘古寺、女娲补天	1985.4.12
杨建德	男	94	汉	略识字	农民	济源城关	盘古初开	1985.4.12
段庆川	男	81	汉	不识字	农民	济源城关	盘古初开	1985.4.12
韩龙书	男	64	汉	不识字	农民	王屋山愚公村	愚公盘山等	1985.4.14
黄习瑞	男	58	汉	不识字	农民	王屋山愚公村	愚公盘山等	1985.4.14
王双师	男	48	汉	小学	厨师	三门峡大安村	大禹导黄河	1985.4.21
王海堂	男	65	汉	小学肄业	农民	三门峡大安村	老君造桥、大禹治水	1985.4.21
王海亭	男	62	汉	不识字	农民	三门峡大安村	大禹治水	1985.4.21
张小根	男	62	汉	不识字	农民	三门峡史家滩	禹王治水、开三门等	1985.4.22

（续表）

姓名	性别	年龄	民族	文化程度	职业	居住地	主要作品	讲述时间
张百河	男	81	汉	私塾	退职塾师	三门峡史家滩	大禹开河	1985.4.22
张从瑞	男	70	汉	不识字	小商贩	孟津老城	负图寺	1985.4.17
雷北海	男	68	汉	不识字	小商贩	孟津负图寺	负图寺	1985.4.17
程玉林	男	70	汉	不识字	小商贩	济源城关	盘古寺	1981.5
王生伟	男	30	汉	中学	教师	济源王屋乡	女娲补天	1985.4

七

中原神话调查组
（1983 ~ 1985）
图片资料一览表

本表由程健君依据中国民间文艺家协会河南分会 1987 年印行的《中原神话专题资料》附表重新编制

编号	图题	拍摄地点	拍摄时间	拍摄者
1	女娲城龙泉寺大门	西华思都岗	1983.11.3	本表图片除署名者外，其余均为程健君摄
2	改为学校的龙泉寺	西华思都岗	1983.11.3	
3	察看记有女娲故事的《龙泉寺碑》	西华思都岗	1983.11.3	
4	张慎重在龙泉寺内讲述女娲故事	西华思都岗	1983.11.3	
5	调查组在女娲城址考察	西华思都岗	1983.11.3	
6	张慎重在龙泉寺内讲述女娲故事	西华思都岗	1983.11.3	孟白
7	张振犁、程健君在女娲城址采访老农	西华思都岗	1983.11.3	
8	调查组在西华逍遥镇召开调研座谈会	西华逍遥镇	1983.11.4	
9	调查组在西华逍遥镇采风留影	西华逍遥镇	1983.11.4	
10	采访人祖故事讲述者刘炎	西华逍遥镇	1983.11.4	
11	调查组在西华县文化馆考察出土文物	西华逍遥镇	1983.11.5	孟白
12	女娲城的“娲”字砖刻	西华文物室	1983.11.5	
13	女娲城发现的陶水管道（春秋）	西华文物室	1983.11.5	
14	淮阳太昊伏羲陵	淮阳城关	1983.11.8	
15	采访杨复竣、闫先盈、彭兴孝等	淮阳城关	1983.11.9	
16	太昊伏羲陵午朝门	淮阳城关	1983.11.10	
17	淮阳伏羲画卦台上的画卦亭	淮阳城关	1983.11.10	
18	画卦亭内顶的八卦图	淮阳城关	1983.11.10	
19	淮阳泥泥狗	淮阳太昊陵	1983.11.10	
20	彭兴孝在讲泥泥狗艺术及其习俗	淮阳太昊陵	1983.11.10	
21	采访人祖故事讲述者乔振邦	沈丘乔庄	1983.11.13	
22	人祖故事讲述者齐黄氏	沈丘乔庄	1983.11.13	
23	调查组与当地文化工作者合影	沈丘刘庄店	1983.11.14	
24	调查组在新郑轩辕庙考察	新郑城关	1983.11.25	
25	记有轩辕黄帝事迹的文庙碑（清）	新郑城关	1983.11.25	
26	具茨山风后岭远望	新郑千户寨	1983.11.27	
27	采访林场职工袁周	新郑千户寨林场	1983.11.27	
28	调查组登上风后岭上的鹰嘴岩	新郑千户寨	1983.11.27	
29	风后岭上的王母洞及子孙窑	新郑千户寨	1983.11.27	
30	调查组在具茨山风后岭考察祖师庙	新郑千户寨	1983.11.27	
31	密县力牧台（讲武山）	密县刘寨	1983.12.1	

（续表）

编号	图题	拍摄地点	拍摄时间	拍摄者
32	在黄帝养马庄采访周河	密县刘寨	1983.12.1	
33	张振犁在密县采风	密县刘寨	1983.12.1	
34	密县修德宫	密县大隗	1983.12.2	
35	记有黄帝问道之事的《敕建重修修德宫记》碑	密县大隗	1983.12.2	
36	《敕建重修修德宫记》碑文拓片	密县文化馆	1983.12.2	
37	大鸿山远望	密县苟堂	1983.12.3	
38	调查组在大鸿山黄帝避暑宫	密县苟堂	1983.12.3	
39	调查组登上大鸿山顶	密县苟堂	1983.12.3	
40	大鸿山顶的湖水	密县苟堂	1983.12.3	
41	大鸿山的“御花园”	密县苟堂	1983.12.3	
42	大鸿山上的旧城遗址	密县苟堂	1983.12.3	
43	黄帝炼玉膏的密岵山	密县平陌	1983.12.5	
44	调查组在密岵山采录黄帝神话	密县平陌	1983.12.5	
45	调查组拍摄密岵山资料	密县平陌	1983.12.5	
46	密岵山顶的龙爪碑	密县平陌	1983.12.5	
47	记有黄帝神话的文物档案（部分）	灵宝文化馆	1984.12.2	
48-49	调查组在大字营学校寻找 《轩辕黄帝铸鼎碑铭》碑	灵宝 西阎大字营	1984.12.5	
50	《轩辕黄帝铸鼎碑铭》额文（残）	灵宝 西阎大字营	1984.12.5	
51	《轩辕黄帝铸鼎碑铭》碑身（一）（残）	灵宝 西阎大字营	1984.12.5	
52	《轩辕黄帝铸鼎碑铭》碑身（二）（残）	灵宝 西阎大字营	1984.12.5	
53	采访夸父山习俗讲述者王生民	灵宝 西阎大字营	1984.12.5	
54	调查组在大字营旧寨墙上察看碑文	灵宝 西阎大字营	1984.12.5	
55	途遇盲艺人刘学，随机采访	灵宝庙底村 附近	1984.12.6	
56	《夸父峪碑记》全碑	灵宝庙底小 学	1984.12.6	
57	《夸父峪碑记》局部碑文	灵宝庙底小 学	1984.12.6	
58	调查组在庙底村采访	灵宝庙底村	1984.12.6	
59	夸父山习俗讲述者张志君	灵宝庙底村	1984.12.6	

（续表）

编号	图题	拍摄地点	拍摄时间	拍摄者
60	灵宝黄帝岭远眺	灵宝庙底村	1984.12.6	
61	调查组在黄帝岭考察	灵宝黄帝岭	1984.12.6	
62	黄帝庙遗址的“黄帝神位”	灵宝黄帝岭	1984.12.6	
63	黄帝庙遗址的“黄”字石刻（残）	灵宝黄帝岭	1984.12.6	
64	黄帝“葬靴冢”	灵宝黄帝岭	1984.12.6	
65	灵宝夸父山	灵宝 阳平夸父峪	1984.12.7	
66	调查组登上夸父山	灵宝 阳平夸父峪	1984.12.7	
67	张振犁在夸父山考察	灵宝 阳平夸父峪	1984.12.7	
68	在夸父营采访座谈	阳平乡夸父 营	1984.12.7	
69	夸父追日故事讲述者张景春	阳平乡夸父 营	1984.12.7	
70	夸父追日故事讲述者孙金禄	阳平夸父营	1984.12.7	
71	调查组采访后与山民们合影	阳平夸父营	1984.12.7	
72-73	潼关旧城遗址	陕西潼关	1984.12.9	
74	潼关黄河风陵堆（女娲陵）	陕西潼关	1984.12.9	
75-77	调查组雪中登华山	陕西华山	1984.12.11	
78	华山仙掌	陕西华山	1984.12.11	
79	华山劈山救母石	陕西华山	1984.12.11	
80	华山劈山斧	陕西华山	1984.12.11	
81-83	采访女故事讲述家曹衍玉	桐柏 月河郑庄	1984.12.19	
84	采访讲述者郑昌禄	桐柏 月河郑庄	1984.12.19	
85	桐柏“淮源”碑	桐柏固庙	1984.12.20	
86	淮源太白顶	桐柏固庙	1984.12.20	
87	大禹锁蛟井	桐柏固庙	1984.12.20	
88	禹王庙前的石狮	桐柏固庙	1984.12.20	
89	锁蛟故事讲述者吴生相	桐柏固庙	1984.12.20	
90	调查组在淮源水帘寺	桐柏水帘寺	1984.12.20	
91	张振犁在淮源水帘寺采风	桐柏水帘寺	1984.12.20	
92	盘古故事转述者马卉欣	桐柏县城	1984.12.20	

(续表)

编号	图题	拍摄地点	拍摄时间	拍摄者
93	调查组在桐柏淮渎庙旧址合影	桐柏县城	1984.12.20	
94	盘古兄妹滚磨结婚的大磨	泌阳大磨村	1984.12.22	
95	大磨村老农讲大磨的来历	泌阳大磨村	1984.12.22	
96	盘古兄妹婚神话讲述者席志有	泌阳大磨村	1984.12.22	
97	人祖神话讲述者李荣富	泌阳大磨村	1984.12.22	
98	调查组在采访老农石太秀	泌阳擂鼓台	1984.12.22	
99	盘古山主峰	泌阳	1984.12.22	
100	调查组踏雪登攀盘古山	泌阳	1984.12.22	
101	盘古山上盘古庙(寺)	桐柏 泌阳盘古山	1984.12.22	
102	调查组在盘古庙抄录碑文	桐柏 泌阳盘古山	1984.12.22	
103	盘古庙内的泥塑盘古头像	桐柏 泌阳盘古山	1984.12.22	
104	调查组采访刘国山	桐柏黄楝沟	1984.12.22	
105	调查组采访刘太举	桐柏黄楝沟	1984.12.22	
106	调查组在辉县考察	辉县	1985.4.9	
107	辉县百泉	辉县	1985.4.9	
108	辉县共城遗址	辉县	1985.4.10	
109-120	共城遗址文物	辉县 百泉文物室	1985.4.10	
121-133	辉县文史资料	辉县 百泉文物室	1985.4.10	
134	盘古神话讲述者段庆川	济源城北	1985.4.12	
135	盘古神话讲述者杨建德	济源城北	1985.4.12	
136	太行山盘古寺全景	济源城北	1985.4.13	
137	盘古寺古塔及大殿	济源城北	1985.4.13	
138	盘古寺内的娑罗树	济源城北	1985.4.13	
139	盘古寺内的御碑亭	济源城北	1985.4.13	
140	盘古寺内怀念盘古的诗文(一)	济源城北	1985.4.13	
141	盘古寺内怀念盘古的诗文(二)	济源城北	1985.4.13	
142	盘古寺内钟、鼓楼及大钟	济源城北	1985.4.13	
143	王屋山天坛远望	王屋山 愚公村	1985.4.14	

（续表）

编号	图题	拍摄地点	拍摄时间	拍摄者
144	王屋山阳台宫	王屋山 阳台宫	1985.4.14	
145	阳台宫黄帝战蚩尤石雕	王屋山 阳台宫	1985.4.14	
146	调查组采访韩龙书	王屋山 愚公村	1985.4.14	
147	调查组采访黄习瑞	王屋山 愚公村	1985.4.14	
148	愚公挖山处（一）	王屋山 愚公村	1985.4.14	
149	愚公挖山处（二）	王屋山 愚公村	1985.4.14	
150	王屋山迎恩宫	王屋山	1985.4.14	
151	调查组在王屋山千年银杏树下合影	王屋山	1985.4.14	
152	王屋山女娲炼石补天处	王屋山天坛	1985.4.15	
153	王屋山轩辕殿遗址	王屋山天坛	1985.4.15	
154	王屋山天坛南天门	王屋山天坛	1985.4.15	
155	王屋山天坛太乙池	王屋山天坛	1985.4.15	
156	王屋山天坛阴司洞(仙人洞)	王屋山天坛	1985.4.15	
157	王屋山上的王母洞	王屋山天坛	1985.4.15	
158	调查组在王屋山天坛采访黄习瑞	王屋山天坛	1985.4.15	
159	孟津负图寺大殿	孟津 雷河小学	1985.4.17	
160	负图寺“龙马负图处”碑刻	孟津 雷河小学	1985.4.17	
161	负图寺“一画开天”石刻	孟津 雷河小学	1985.4.17	
162	负图寺《龙马记》碑文拓片	孟津 雷河小学	1985.4.17	
163	调查组在街头采访张从瑞	孟津雷河	1985.4.17	
164	调查组在街头采访伏羲故事讲述者雷北海	孟津雷河	1985.4.17	
165	调查组采访李树滋	陕县文化馆	1985.4.19	
166	大禹导黄河讲述者王双师	高庙大安村	1985.4.21	
167	禹治水神话讲述者王海亭	高庙大安村	1985.4.21	
168	禹治水神话讲述者王海堂	高庙大安村	1985.4.21	
169	三门峡水库大坝及砥柱石	三门峡	1985.4.22	

（续表）

编号	图题	拍摄地点	拍摄时间	拍摄者
170	三门峡米汤沟	三门峡	1985.4.22	
171	三门峡禹王庙	三门峡	1985.4.22	
172	调查组在三门峡史家滩采访张小根	三门峡史家滩	1985.4.22	
173-177	地方志记载的大禹治水事迹	三门峡图书馆	1985.4.23	
178	三门峡原貌图	三门峡	水电部十一工程局宣传处李中峰提供	

后记

《中国民间文学大系·神话·河南卷》在2018年5月25日上海“民间文学大系神话、传说、故事卷工作会议”以后正式启动。本卷工作班子组建以后，河南省民间文艺家协会随即下发文件，利用多种手段开始征集资料。在短短的三个月时间里，编委会通过微信群征集到了将近40万字的资料；查阅“中国民间故事集成”县卷本、“中国民间故事全书”县卷本等223册，提取神话故事1490余篇；从中国民间文艺家协会提供的数据库资料中提取神话故事308篇；从近年来各地民间文艺工作者搜集整理出版的神话作品集中提取相关神话290多篇。资料搜集阶段，共查阅了约1000万字的文字材料，从中提取了近400万字有编辑价值的作品。通过对资料的分析研究，按照主编提出的“神话人物谱系为纲，神话集群分布为目”的编辑思路，编委会将《中国民间文学大系·神话·河南卷》分为三卷编纂。卷一从“盘古开天”到“三皇”（伏羲、女娲、神农、有巢、燧人）。卷二从“五帝”（黄帝、颛顼、帝喾、尧、舜）到大禹治水。卷三为其他诸神、洪水及天体自然神话。

2018年9月7日，中国民间文艺家协会在郑州召开中国民间文学大系河南神话卷编纂工作会议，与会专家对《中国民间文学大系·神话·河南卷》（一、二）初编稿进行了研讨评审，对河南卷编辑体例和目录大纲予以肯定。2020年《中国民间文学大系·神话·河南卷》（一、二）基本完成编校工作。

2021年6月，《中国民间文学大系·神话·河南卷（三）》列入总编委会编纂计划，编纂工作于7月正式启动。主编梳理了可进入卷三的神话资料，列出了目录大纲并开始汇集文本，查找搜集附记等相关资料，同时开展田野补充调查。主编带领工作人员，深入民间，采集第一手资料。此前，2021年4月14日主编程健君一行专程到南阳市卧龙区靳岗街道桑庄和宛城区溧河乡牛郎庄采录“牛郎织女”神话。10月8日，荥阳环翠峪“7·20洪水”后的道路刚刚修通，主编一行就到环翠峪二郎庙村采录二郎神话。

整理文本时，主编偶然发现了上海开明书店1927年1月20日发行的《北京大学研究所国学门月刊》第一卷第四号署名漱峦的一组《唐河的传说》，内有《牛郎织女的来历》一篇。“漱峦”为冯沅君（1900～1974.6.17）曾用的笔名，河南省唐河县人，现代著名女作家，曾任山东大学副校长，冯友兰先生的胞妹。冯沅君早年就关注民间故事，除在《北京大学研究所国学门月刊》第一卷第四号上发表《牛郎织女的来历——唐河传说之一》外，同期还发表了《灶爷之来历——唐河传说之二》《老猴精——唐河传说之三》《蛇吞相（象）——唐河传说之四》。此前，她以“漱峦”的笔名在《北京大学研究所国学门月刊》第一卷第三号上发表《老丑虎——关于老虎母亲的传说》一文，与钟敬文先生发表在《国学周刊》上的陆安传说《老虎外婆》进行比较研究。录入本卷的这篇《牛郎织女》神话故事于20世纪30年代流传在南阳地区，具有一定的代表性。

在整理卷三附录资料时，我们认为只编入三篇《中原神话调查报告》有点单薄，不足以全面展示河南大学“中原神话调查组”1983年到1985年的田野作业实况；同时也按照“大系”编纂工作科学性的要求，立体呈现中原神话在20世纪80年代的“生态环境”，故而整理补录了程健君当时撰写的《中原神话调查日记》。这个“日记”主要记录了当年从事田野调查的工作流程，是对《中原神话调查报告》的补充。另从《中原神话专题资料》一书中选录了《中原神话调查组（1983～1985）录音、文字资料简表》《中原神话调查组（1983～1985）采访的主要讲述者一览表》《中原神话调查组（1983～1985）图片资料一览表》。《中原神话专题资料》一书所附的这些资料弥足珍贵。

1983年至1985年间，“中原神话调查组”先后四次赴河南周口、开封、洛阳、南阳、新乡等五个地区的西华、淮阳、沈丘、项城、新郑、密县（新密）、灵宝、桐柏、辉县、济源、孟津、三门峡、登封、禹县（禹州）等县市和陕西的潼关、华阴等地，对流传在中州大地上的盘古、伏羲、女娲、黄帝、大禹、商汤、夸父、愚公等神话进行了科学考察，取得了大量科学资料（包括录音、文字、文物、碑文、档案等）。《中原神话专题资料》中的大量口承神话就来自这些田野考察的资料。这本以“中国民间文艺家协会河南分会”之名刊印的“内部资料集”，钟敬文先生不但题写了书名，还题写“扉页”称赞：“这是一部富有科学研究价值的神话传说的资料集。它的刊行，必将给予我国和国际神话学者以极大的兴趣。”

难能可贵的是，在20世纪80年代初，全国性的“民间文学三套集成”普查和编纂工作尚未开始，“中原神话调查组”就十分注重文本相关信息的完整性，率先以先进的录音、照相技术，科学地记录下了以民间神话为主的中原民间文学的生态环境。“中原神话调查组”记录神话文本时，明确标注了“讲述者”“采录地点”“采录时间”“录音者”“采录者”等信息，而且对“讲述者”的性别、年龄、文化程度、职业等内容，也都有明确的记录。三卷本中的多个“附录”也是对文本信息内容的补充和佐证。

《中原神话专题资料》一书还附录了编者之一程健君专门绘制的《盘古开辟神话分布图》《伏羲女娲神话分布图》《洪水兄妹婚神话分布图》《黄帝夸父神话分布图》《大禹治水神话分布图》《中原其他神话分布图（一）》和《中原其他神话分布图（二）》，这些宝贵资料，可帮助学界同人按照图示寻找到相关神话的流传地，也可为后代学者了解相关神话的传播与变迁情况提供依据。由于技术原因，这 7 张“神话分布示意图”未能录入本卷。

至 2022 年 4 月 6 日，本卷神话文本编纂和图片整理工作基本完成，初稿提交总编委会办公室。

本卷编务工作得到了荥阳市文联的协助和支持，在此表示感谢！

程健君

2022 年 4 月 6 日 · 郑州

又记：《中国民间文学大系 · 神话 · 河南卷》（一、二）已于 2022 年 1 月由中国文联出版社出版。

2022 年 6 月 24 日，编委会收到“大系办公室”寄来的《中国民间文学大系 · 神话 · 河南卷（三）》编辑专家组审稿专家苏晶、吴晓东、郭崇林的审稿意见及修改版纸质稿件（共 3 本）。本卷主编根据审稿意见，对稿件做了适当修改，调整了目录排序，对图片也做了相应调整。2022 年 6 月 29 日，一稿修改完毕返回“大系办公室”。

程健君

2022 年 6 月 29 日 · 郑州

2022年7月26日，编委会收到“大系办公室”寄来的“大系出版工程学术委员会”专家万建中、向柏松关于《中国民间文学大系·神话·河南卷（三）》的终审意见及纸质稿件2本。本卷主编根据终审意见，对稿件做了如下修改：

1. 删去“愚公”一组（2篇）；

2. 删去《牛郎织女》一组中生活化较浓的故事3篇（含1篇异文），即：《牛郎与南阳黄牛》《牛郎医生》《牛郎织女（异文）》；

3. 删去“仙道”一组中“传说”成分浓的故事15篇，即《姜太公钓鱼》《何仙姑（二）》《狗咬吕洞宾》《骚仙吕洞宾》《铁拐李扶善惩恶》《铁拐李认亲》《十拜和指望》《老君出世（一）（二）》《老君炼山》《老君》《彭祖能活八百多》《不到黄河心不死》《真武祖师》《关公行雨》；

4. 改二级目录“仙道”为“世俗神”；

5. 补充“附记”多则。

修改后文稿502篇，图片224幅。

2022年7月29日，终审稿修改完毕返回“大系办公室”。

程健君

2022年7月29日·郑州

2022年11月18日，收到中国文联出版社刘丰编辑发回的编辑意见和带批注的电子文档。本卷主编对刘丰编辑批注的问题一一做了核查、修改、加注，重新编制了附录七《中原神话调查组（1983～1985）图片资料一览表》。刘丰编辑还对本卷附录中的“神话分布表”“方言注释”进行了梳理，调整了格式。遵照她的建议，正文中删除了《人为啥不长角》一篇稿子，删除内文图片两张。

本次修改后正文 494 篇（含 7 篇异文），图片 221 幅。

2022 年 12 月 1 日，文稿返回中国文联出版社。

程健君

2022 年 12 月 1 日 · 深圳